DES NOUVELLES DE L'EMPIRE

DU MÊME AUTEUR

Palinure de Mexico (*Palinuro de México*), roman traduit par Michel Bibard, Fayard, 1985.

Fernando del Paso

DES NOUVELLES DE L'EMPIRE

roman

traduit de l'espagnol (Mexique) par
CLAUDE FELL

Ouvrage publié
avec le concours du
Centre national des lettres

Fayard

Cet ouvrage est la traduction intégrale, publiée pour la première fois en France, du livre de langue espagnole :

NOTICIAS DEL IMPERIO
édité par Mondadori España, S.A., 1987.

Pour ma femme,
Socorro

Pour mes enfants,
Fernando
Alejandro
Adriana
Paulina

A la mémoire
de mes parents,
Fernando
Irene

En 1861, le président Benito Juárez suspendit les paiements de la dette extérieure du Mexique. Cette suspension servit de prétexte à l'empereur des Français du moment, Napoléon III, pour envoyer au Mexique une armée d'occupation, dans le but de créer dans ce pays une monarchie à la tête de laquelle se trouverait un prince catholique européen. L'élu fut l'archiduc autrichien Ferdinand Maximilien de Habsbourg, qui au milieu de 1864 arriva au Mexique en compagnie de sa femme, la princesse Charlotte de Belgique. Ce livre est fondé sur ce fait historique et sur le destin tragique de l'éphémère couple impérial du Mexique.

I

CHÂTEAU DE BOUCHOUT
1927

« L'imagination, la folle du logis. »
Phrase attribuée à Malebranche.

Je suis Marie Charlotte de Belgique, Impératrice du Mexique et d'Amérique. Je suis Marie Charlotte Amélie, cousine de la Reine d'Angleterre, Grand Maître de la Croix de Saint-Charles et Vice-Reine des provinces de Lombardo-Vénétie placées par la pitié et la clémence autrichiennes sous l'aile de l'aigle bicéphale de la Maison de Habsbourg. Je suis Marie Charlotte Amélie Victoire, fille de Léopold, Prince de Saxe-Cobourg et Roi de Belgique, surnommé le Nestor des Hommes d'État, qui m'asseyait sur ses genoux, caressait mes cheveux châtains et me disait que j'étais la petite sylphide du Palais de Laeken. Je suis Marie Charlotte Amélie Victoire Clémentine, fille de Louise-Marie d'Orléans, la reine sainte aux yeux bleus et au nez bourbonien qui mourut de consomption et de tristesse à la suite de l'exil et de la mort de Louis-Philippe, mon grand-père, qui, alors qu'il était encore Roi de France, remplissait mes jupes de châtaignes et couvrait mon visage de baisers dans les Jardins des Tuileries. Je suis Marie Charlotte Amélie Victoire Clémentine Léopoldine, nièce du Prince de Joinville et cousine du Comte de Paris, sœur du Duc de Brabant qui fut Roi des Belges et conquérant du Congo, et sœur du Comte de Flandres, dans les bras duquel j'ai appris à danser, quand j'avais dix ans, à l'ombre des aubépines en fleurs. Je suis Charlotte Amélie, épouse de Ferdinand Maximilien Joseph, Archiduc d'Autriche, Prince de Lorraine, Empereur du Mexique et Roi du Monde, qui naquit au Palais Impérial de Schönbrunn et fut le premier descendant des Rois Catholiques Ferdinand et Isabelle à traverser la mer océane et à fouler les terres d'Amérique, qui fit construire pour moi au bord de l'Adriatique un palais blanc donnant sur la mer et, le lendemain, m'emmena au Mexique vivre dans un château gris donnant sur la vallée et les volcans couverts de neige, et qui, un matin de juin, il y a bien longtemps, mourut fusillé dans la ville de Querétaro. Je suis Charlotte Amélie, Régente de l'Anáhuac, Reine du Nicaragua, Baronne du Mato Grosso, Princesse de Chichén Itzá. Je suis Charlotte Amélie de Belgique, Impératrice du Mexique et d'Amérique : il y a quatre-vingt-six ans que je vis et soixante que je me désaltère, folle de soif, aux fontaines de Rome.

Aujourd'hui le messager est venu m'apporter des nouvelles de l'Empire. Il est arrivé, ployant sous les souvenirs et les rêves, sur une caravelle aux voiles gonflées par l'unique rafale d'un alizé lumineux chargé de perroquets. Il m'a apporté une poignée de sable de l'Ile des Sacrifices, des gants de daim et une énorme futaille de bois précieux débordant d'un chocolat brûlant et mousseux, où je vais me baigner chaque jour de ma vie jusqu'à ce que ma peau de princesse bourbonienne, ma peau de folle octogénaire, ma peau blanche de dentelle d'Alençon et de Bruxelles, ma peau neigeuse comme les magnolias des Jardins de Miramar, jusqu'à ce que ma peau, Maximilien, ma peau fissurée par les siècles, les tempêtes et l'écroulement des dynasties, ma peau blanche d'ange de Memling et de fiancée du Béguinage, tombe en lambeaux et qu'une nouvelle peau sombre et parfumée, sombre comme le cacao du Soconusco et parfumée comme la vanille de Papantla me recouvre entièrement, Maximilien, depuis mon front basané jusqu'à la pointe de mes pieds nus et parfumés d'Indienne mexicaine, de vierge brune, d'Impératrice d'Amérique.

Le messager m'a également apporté, Maximilien, un reliquaire contenant quelques fils de la barbe blonde qui ruisselait sur ta poitrine décorée de l'Aigle Aztèque et qui voletait comme un immense papillon aux ailes dorées, quand sur ton cheval au galop et avec ton costume de *charro* et ton chapeau incrusté d'arabesques d'argent massif tu sillonnais les plaines d'Apam nimbé de gloire et de poussière. On m'a dit que ces barbares, Maximilien, alors que ton cadavre était encore chaud et qu'ils venaient à peine de terminer ton masque mortuaire avec du plâtre de Paris, que ces sauvages t'ont arraché la barbe et les cheveux afin d'en vendre des mèches pour quelques piastres. Qui pouvait imaginer, Maximilien, qu'il allait t'arriver la même chose qu'à ton père (si tant est qu'il l'était), le malheureux Duc de Reichstadt que rien ni personne n'a pu sauver d'une mort précoce, ni les bains muriatiques ni le lait d'ânesse ni l'amour de ta mère l'Archiduchesse Sophie : quelques minutes à peine après sa mort, dans ce même Palais de Schönbrunn où tu venais de naître, on avait tondu toutes ses boucles blondes pour les conserver dans des reliquaires, mais au contraire de toi, Maximilien, il avait échappé, lui, à ce qu'on vende pour quelques réaux des lambeaux de son cœur débité en morceaux. C'est le messager qui me l'a dit. Il l'avait appris de Tüdös, le fidèle cuisinier hongrois qui t'a accompagné jusqu'au poteau et qui a éteint le feu que le coup de grâce avait allumé dans ton gilet, et le messager m'a remis, de la part du Prince et de la Princesse Salm Salm, un étui de cèdre contenant une boîte en zinc contenant une boîte en bois de rose contenant, Maximilien, un morceau de ton cœur et la balle qui t'avait ôté la vie et ton

Empire, sur le Cerro de las Campanas. Je tiens cette boîte bien serrée entre mes deux mains, toute la journée, pour que personne, jamais, ne me la prenne. Mes dames de compagnie portent la nourriture à ma bouche, car je ne la lâche pas. La Comtesse d'Hulst me verse du lait entre les lèvres, comme si j'étais encore le petit ange de mon père Léopold, la petite bonapartiste aux cheveux châtains, moi qui ne t'oublie pas.

C'est pour cette raison, uniquement, je te le jure, Maximilien, qu'ils disent que je suis folle. C'est pour cette raison qu'ils m'appellent la folle de Miramar, de Tervuren, de Bouchout. Mais s'ils te le disent, s'ils te disent que je suis repartie folle du Mexique et que, complètement folle, j'ai traversé la mer enfermée dans une cabine du paquebot *Impératrice Eugénie* après avoir ordonné au capitaine d'amener le drapeau français et de hisser le pavillon impérial mexicain, s'ils te racontent que pendant tout le voyage je ne suis pas sortie une seule fois de ma cabine parce que j'étais déjà folle et que je l'étais non pas parce qu'on m'avait donné à boire de la stramoine au Yucatán ou parce que j'avais appris que Napoléon et le Pape allaient nous refuser leur aide et nous abandonner à notre sort, à notre maudit sort au Mexique, mais que j'étais folle, désespérée, éperdue, parce que dans mon ventre grandissait un enfant qui n'était pas de toi mais du Colonel Van der Smissen, s'ils te racontent tout cela, Maximilien, dis-leur que ce n'est pas vrai, que tu as été et que tu seras toujours l'amour de ma vie, et que si je suis folle, c'est de faim et de soif, et que je l'ai été sans répit depuis ce jour où, au Château de Saint-Cloud, ce démon de Napoléon III en personne et sa femme Eugénie de Montijo m'ont offert un verre d'orangeade glacée dont tout le monde savait qu'il était empoisonné parce qu'il ne leur suffisait pas de nous avoir trahis, ils voulaient nous effacer de la surface de la Terre, nous empoisonner, et pas uniquement Napoléon le Petit et la Montijo, mais nos amis les plus proches, nos serviteurs, tu ne vas pas le croire, Max, Blasio en personne : méfie-toi du crayon à encre avec lequel il écrit les lettres que tu dictes sur la route de Cuernavaca, de sa salive, de l'eau sulfureuse des sources de Cuautla, méfie-toi, Max, du *pulque* au champagne, comme moi-même j'ai dû me méfier de tous, y compris de Madame Neri del Barrio avec qui je me rendais tous les matins dans un fiacre noir à la fontaine de Trevi parce que j'ai décidé — et c'est ce que j'ai fait — de ne boire que de l'eau des fontaines de Rome dans le verre de Murano que m'a offert Sa Sainteté Pie IX quand je lui ai rendu visite par surprise sans lui demander audience et que je l'ai trouvé en train de déjeuner et qu'il s'est rendu compte que j'étais morte de faim et de soif, l'Impératrice du Mexique désire-t-elle quelques raisins ? Auriez-vous envie d'un croissant au beurre ? Du lait peut-être, Doña Carlota, du lait de chèvre fraîchement tiré ? Mais moi je souhaitais uniquement tremper mes doigts dans ce liquide brûlant et mousseux, qui me grillerait et me calcinerait la peau, et je me suis jetée sur la tasse, j'ai plongé mes doigts dans le chocolat du Pape, je les ai sucés, Max, et je ne sais pas ce que j'aurais fait après si je n'étais pas allée au marché pour acheter des noix et des oranges que j'ai rapportées à l'Albergo di Roma : je les ai choisies moi-même, je les ai nettoyées avec la mantille de dentelle noire qu'Eugénie m'a offerte, j'ai examiné les coques, je les ai pelées, dévorées, accompagnées de châtaignes grillées que j'ai achetées sur la Via Appia, et je ne peux pas imaginer comment je me serais débrouillée sans Madame Kuchacscvich et sans le chat, qui goûtaient tous mes aliments avant moi, et sans ma camériste Mathilde Doblinger qui s'est procuré un petit poêle à charbon et m'a rendu le service d'apporter des poules dans la suite impériale pour que je puisse ne manger que les œufs que je voyais pondre sous mes yeux.

A l'époque, Maximilien, où j'étais le petit ange, la sylphide de Laeken et où je m'amusais à glisser sur la rampe des escaliers de bois du palais, et à ne plus bouger pour l'éternité dans les jardins, tandis que mon frère le Comte de Flandres, la tête en bas, grimaçait pour me faire rire, et que mon frère le Duc de Brabant inventait des villes imaginaires et me racontait l'histoire des naufrages célèbres, à cette époque, après que mon père m'eut invitée à dîner pour la première fois, qu'il m'eut couronnée de roses et couverte de présents, j'allais chaque année en Angleterre rendre visite à ma grand-mère Marie-Amélie qui vivait à Claremont — tu te souviens, Max, qu'elle nous avait dit de ne pas nous rendre au Mexique parce qu'on allait nous y assassiner ? —, et c'est à l'occasion de l'une de ces visites que j'ai connu au Château de Windsor ma cousine Victoria et mon cousin le Prince Albert. A cette époque, mon Max adoré, où j'étais une fillette aux cheveux châtains et où mon lit était un nid blanc tapissé de neige tiède où ma mère Louise-Marie humectait ses lèvres, ma cousine Victoria, qui avait été tout étonnée que je sache par cœur les noms de tous les rois d'Angleterre depuis Harold jusqu'à son oncle Guillaume IV, m'a offert pour me récompenser de mon application une maison de poupée, et quand la maison est arrivée à Bruxelles, mon papa Léopich, comme je l'avais baptisé, m'a appelée, me l'a montrée, m'a assise de nouveau sur ses genoux, a passé sa main sur mon front et, comme il l'avait fait pour sa nièce Victoria la Reine d'Angleterre, il m'a dit que chaque soir de chaque jour ma conscience, à l'instar de ma maison de poupée, devrait être immaculée. Depuis cette époque, Maximilien, il n'y a pas de soir où je ne me consacre à mettre de l'ordre dans ma maison et dans ma conscience. J'époussette les livrées de velours de mes laquais en miniature et je te pardonne d'avoir pleuré, sur l'Ile de Madère, la mort d'une fiancée que tu as plus aimée que moi. Je lave dans une cuvette les mille assiettes minuscules de ma vaisselle de Sèvres, et je te pardonne de m'avoir abandonnée, à Puebla, dans ma couche impériale, sous le dais de tulle et de brocart, pour t'en aller dormir dans un lit de camp et te masturber en pensant à la petite comtesse von Linden. Et je fais reluire les plats d'argent miniatures, je nettoie les hallebardes de mes hallebardiers lilliputiens, je lave les minuscules raisins des minuscules grappes de cristal et je te pardonne d'avoir fait l'amour avec la femme d'un jardinier à l'ombre des bougainvillées dans les Jardins Borda. Ensuite je passe un balai grand comme mon pouce sur les tapis du château grands comme un mouchoir, j'époussette les tableaux et je vide les crachoirs d'or grands comme un dé à coudre et les cendriers minuscules, et de même que je te pardonne tout ce que tu m'as fait, je pardonne à tous nos ennemis et je pardonne au Mexique.

Comment ne pas pardonner au Mexique, Maximilien, si tous les jours j'époussette ta couronne, je polis avec de la cendre le collier de l'Ordre de Guadalupe, je lave avec du lait les touches de mon piano Biedermeier afin d'y jouer tous les après-midi l'hymne impérial mexicain, je descends les escaliers du château et à genoux au bord des douves je lave dans leurs eaux le drapeau impérial mexicain, je le rince, je l'essore et l'étends au sommet de la tour la plus haute, puis je le repasse, Maximilien, je le caresse, je le plie, je le range et je lui promets que demain, à nouveau, je le ferai flotter pour que l'Europe tout entière le contemple, d'Ostende aux Carpates, du Tyrol à la Transylvanie. Et ce n'est qu'à ce moment-là, une fois ma maison propre et ma conscience tranquille, que je me déshabille, que je mets ma minuscule chemise de nuit, que je dis toutes mes petites prières, que je me couche dans mon grand lit miniature et sous l'oreiller de la taille d'un porte-aiguilles brodé d'acanthes en fleurs je place ton cœur, je l'entends battre, j'entends les coups de canon de la Citadelle de Trieste et du Rocher de Gibraltar qui saluent la *Novara*, j'entends le tohu-bohu du chemin de fer de Veracruz à Loma Alta, j'entends les notes du *Domine Salvum fac Imperatorem*, j'entends à nouveau la salve de Querétaro et je rêve alors, je voudrais rêver, Maximilien, que jamais nous n'avons quitté Miramar et Lacroma, que jamais nous ne sommes partis pour le Mexique, que nous sommes restés ici, que c'est ici que nous avons vieilli, couverts d'enfants et de petits-enfants, que toi tu es resté dans ton bureau bleu décoré d'ancres et d'astrolabes, à rêver à l'oiseau mécanique de Léonard et à écrire des poèmes sur tes futurs voyages à bord du yacht *Ondine* à travers les archipels grecs et au large de la Turquie, et que moi aussi je suis restée, éternellement, à t'adorer et à boire de mes yeux le bleu de l'Adriatique. Mais mes propres cris m'ont éveillée, j'avais si faim, Max, si tu savais, après des siècles à ne me nourrir que d'angoisse et d'effroi, j'avais si soif, Max, après des siècles à ne boire que mes propres larmes, que j'ai dévoré ton cœur et que j'ai bu ton sang. Mais ton cœur et ton sang, Max chéri, mon adoré, étaient empoisonnés.

Par chance, sur la route de Paris à Trieste et de Trieste à Rome, il avait plu des cordes, Maximilien, autant ou davantage que cette nuit où nous sommes arrivés à Córdoba dans une diligence de la République parce qu'une roue de notre carrosse impérial, tu t'en souviens ? s'était brisée sur la colline du Chiquihuite, et nous étions éclaboussés de boue des pieds à la tête, mais grâce à Dieu nous avions laissé derrière nous les infectes terres chaudes, Veracruz, les charognards, le vomito negro et dans un ou deux jours, au plus tard, nous allions pouvoir contempler, depuis les flancs du Popocatépetl, comme avant nous Hernán Cortés et le Baron de Humboldt l'avaient fait, l'immense vallée limpide et la ville aux mille palais construits avec la lave rouge des volcans et le grès jaune des marais. Il pleuvait des hallebardes sur la Savoie, quand mon train et ma suite ont franchi le Mont-

Cenis, tout au long de ce périple auquel nous avait contraints l'épidémie de choléra à Venise, par Maribor, Mantoue, Reggio et toutes ces villes où le peuple italien et les Chemises Rouges de Garibaldi m'ont reçue avec des vivats et des larmes, et il pleuvait encore quand ton ami l'Amiral Tegetthoff, celui-là même qui a bord de la *Novara* et dans une chapelle ardente dressée sous les ailes déployées d'un ange a transporté ton corps de Veracruz à Trieste, a fait défiler sous mes yeux la flotte autrichienne dans le même ordre de combat qu'à la Bataille de Lissa où elle s'était couverte de gloire, et moi je t'ai envoyé un message à Mexico, Max, où je te disais que si Plus Ultra avait été la devise, le cri de conquête de tes ancêtres, il devrait également être le tien et que, tout comme Charles Quint avait montré le chemin au-delà des Colonnes d'Hercule, tu devrais toi aussi aller de l'avant, tu n'abdiqueras point, t'ai-je dit, tu n'abdiqueras point, selon le onzième commandement que Dieu écrivit en lettres de feu dans le cœur de tous ces monarques auxquels il avait conféré le droit divin, intangible, de gouverner les peuples, tu n'abdiqueras point, t'ai-je écrit, je te l'ai dit et répété alors que tu étais à Orizaba où tu te promenais avec Bilimek qui t'expliquait comment on faisait du savon avec les graines de ricin, et que tu jouais à cache-cache avec le Docteur Basch et le Général Castelnau parmi les caféiers et les fleurs blanches du yucca, je t'ai écrit, mais dis-moi : as-tu reçu mes lettres ? quand tu séjournais sur le Domaine de Xonaca, quand tu es revenu à Mexico et que tu es reparti pour Querétaro, tu n'abdiqueras point, t'ai-je fait dire, te l'a-t-on dit ? même si tu dois manger, comme cela a été le cas, de la viande de chat et de cheval, en compagnie de tes généraux Mejía et Miramón et de ton Prince Salm Salm qui jetait des quignons de pain à tes gardes, et toi, qui n'as jamais pu t'en empêcher, Max chéri, tu donnais au Docteur Szänger les dernières instructions pour embaumer ton corps et à Blasio tu dictais les changements que tu voulais introduire dans le Cérémonial de la Cour, car tu n'as jamais cru qu'ils allaient t'assassiner, Max, comme ils t'ont assassiné.

C'est pourquoi durant tous ces trajets, de Paris à Trieste, de Trieste à Rome et de nouveau à Trieste pour atteindre Miramar, il me suffisait de sortir les mains par la fenêtre du train pour boire l'eau de pluie, la seule dont je savais qu'elle n'était pas empoisonnée, comme je le fais maintenant sur les balcons du château et là, au bord du bassin débordant d'une eau cristalline, se pose parfois une colombe blanche qui n'est autre que le messager m'apportant, depuis l'Ile de Cuba, les paroles de la chanson de Concha Méndez, là au creux de mes mains comme dans le fond d'une patère je vois ton visage et je le bois à petites gorgées, ton visage de mort aux yeux fermés, avec sur les paupières la poussière du temps qui a passé depuis l'année où on t'a fusillé, l'année même où naquit la valse du « Beau Danube bleu » que j'aurais tant aimé danser avec toi, Max, ou bien je vois ton visage de mort aux yeux ouverts, les yeux de verre noirs qu'on t'a posés à Querétaro et qui me regardent de très loin, depuis la pente d'un coteau couvert de terre et de cactus, tout étonnés, comme s'ils me demandaient pourquoi et comment ont bien pu se produire toutes ces choses dont tu n'as rien su, quelqu'un t'a-t-il prévenu, Maximilien, qu'on a inventé le téléphone, le néon et l'automobile, et que ton frère François-Joseph, le dernier monarque européen de la vieille école, selon lui, n'est monté qu'une seule fois dans une voiture à moteur ? et savais-tu, Maximilien, que tu ne reverras plus dans les rues de ta chère Vienne les phaétons et les voitures à la daumont, les carrosses et les berlines, ni même ces étalons à la crinière et à la queue tressées de cordons d'or, car les rues sont pleines d'automobiles, Max ? tu savais toutes ces choses ? et aussi qu'on a inventé le phonographe et nous aurions pu aller en excursion tous les deux et écouter, sur la rive du lac de Chapultepec, le « Beau Danube bleu » joué uniquement pour toi et moi, sans aucun musicien juché et dissimulé dans les branches des épicéas, nous l'aurions dansé dans l'aube dorée et violette des arches vivantes et frémissantes de l'Avenue des Poètes, sans le secours d'un orchestre caché sous le pont du lac, Maximilien ? Mais savais-tu également que du Dianabad, le salon viennois où le « Beau Danube bleu » fut joué la première fois, il n'est rien resté, qu'il a été détruit par les bombes tout comme le Château de Saint-Cloud, et que de l'Olympe de Mignard peint au plafond du Salon de Mars où Napoléon et Eugénie m'ont reçue avec un verre d'orangeade, à l'endroit même où Cambacérès a offert la Couronne de France à Napoléon Bonaparte, de tous les meubles et les tapis qu'il y avait là, de la cheminée monumentale surmontée par une tapisserie des Gobelins, de tout cela il ne reste rien, si ce n'est des pierres et des souvenirs, pas plus que du perron au pied duquel m'a reçue, l'Ordre de l'Aigle Mexicain pendu au cou, le petit prince impérial Louis-Napoléon, Loulou, celui qui avait une garde de cavaliers arabes, et quant à l'étang de Saint-Cloud, avec les barques qu'avait offertes à Loulou l'Empereur de Cochinchine, il n'est plus que poussière et vermine.

Quand je repense à tout cela, Maximilien, je ne peux croire que tant d'années ont passé, que tous ces jours improbables sont arrivés et repartis. Car tu sais encore une chose, Maximilien ? Tous les jours, aussi lointains qu'ils paraissent, finissent par arriver, même si tu n'y crois pas et que tu ne le souhaites pas. Le jour où tu as dix-huit ans et où tu vas à ton premier bal. Le jour où tu te maries et où tu es heureux. Et quand survient le dernier jour, le jour de ta mort, tous les jours de ta vie n'en font plus qu'un seul. Et il s'ensuit que toi, que nous tous, nous étions morts depuis toujours. Il s'ensuit que l'épouse de ton frère, Sissi, j'ai de la peine à te l'avouer, Maximilien, dès le temps de son enfance où elle dansait sur les places de Bavière tandis que son père jouait du violon déguisé en bohémien, dès cette époque, tu te rends compte, elle avait déjà, planté dans la poitrine, le stylet dont un fanatique a frappé l'Impératrice Elisabeth sur les rives du lac Léman cinquante ans plus tard. Il s'ensuit qu'alors que ton père l'Aiglon était encore un enfant et découvrait avec étonnement la bataille d'Austerlitz et la prise de Mantoue au milieu des morceaux de carottes et de dindon truffé, il avait déjà dans la bouche, comme c'est dur à entendre, Maximilien, la dernière bouffée de sang frais avec laquelle s'enfuirait la vie du Duc de Reichstadt, dans une pièce obscure et froide du Château de Schönbrunn.

Oui, quelle tristesse, Maximilien, d'avoir à te dire que tous les jours finissent par arriver, même si tu n'y crois pas. Quand mon oncle Ton Ton, le Prince de Joinville, me montrait les aquarelles qu'il avait peintes à bord d'un bateau baptisé *La Belle Poule* sur lequel il a rapporté en France, depuis l'Ile de Sainte-Hélène, les restes de Napoléon le Grand. Quand je faisais des bouquets de violettes dans les Jardins des Tuileries, que je me jetais ensuite dans les bras de mon grand-père le Roi Citoyen avec sa tête en poire et son parapluie noir, et que je lui demandais ce qu'on ressentait à être roi, et qu'à ma grand-mère Marie-Amélie je demandais ce qu'on ressentait à être mariée et reine, alors, Maximilien, je n'ai jamais songé que le jour arriverait où à mon tour je serais d'abord épouse, puis épouse et reine. Et ce jour est arrivé, Maximilien, parce que tous les jours finissent par arriver. Le jour où je suis devenue ton épouse on m'a couronnée avec un diadème de brillants tressé de fleurs d'oranger, Bruxelles m'a offert mon voile, Ypres mes escarpins brodés, Gand mon mouchoir et Bruges le manteau royal recouvrant mes épaules, et je me suis mariée avec un prince habillé en amiral et décoré de la Toison d'Or, avec toi, Maximilien, et avec lui, avec toi, j'ai remonté le Rhin et descendu le Danube jusqu'aux forêts de Vienne, j'ai vogué sur les valses et dans tes bras, et lorsque j'ai connu ton peuple, tes bourgeois en noir et gris qui nous saluaient de leurs chapeaux, les hommes de Carintie avec leurs bas bleus et leurs vestes aux revers cramoisis qui nous disaient adieu de leurs mouchoirs et les femmes de Styrie avec leurs jupes multicolores qui nous jetaient des œillets du haut des ponts, j'ai cru que n'arriverait jamais le jour où je serais moi-même souveraine d'un tel Empire, vaste et magnifique, dont on ne nous a donné que les rogatons, car lorsque je suis allée avec toi à Milan et à Venise, Maximilien, nous avons été Vice-Roi et Vice-Reine d'un bal de carnaval. Nous sommes revenus à Miramar pour nous abîmer dans la solitude et la passion, et quand on t'a offert le trône du Mexique, quand on a déposé à tes pieds un Empire encore plus grand et plus somptueux, plus grand que l'héritage de Constantin, plus somptueux que l'admirable Maison que Dieu édifia pour l'écrasement des hérétiques en Hongrie, en Bohême, en Allemagne et en Flandres, quand tu as accepté cet Empire et que toi et moi avons décidé de régner sur le pays aux dix-huit climats et aux quatre cents volcans, aux papillons grands comme des oiseaux et aux oiseaux petits comme des abeilles, le pays, Maximilien, des cœurs fumants, j'ai pensé que ce jour n'arriverait jamais, lui non plus. Et il est arrivé, Maximilien, parce que tous les jours finissent par arriver. Tu as été Empereur et moi Impératrice, et une fois couronnés nous avons traversé l'Atlantique et son écume a baigné notre pourpre impériale, et nous avons été reçus à la Martinique par les orchidées et les danseurs noirs qui criaient Vive l'Empereur Fleur Embaumée, par les grosses blattes volantes qui dégageaient une odeur infecte quand nous les écrasions, à Veracruz par des rues vides, le sable et la fièvre jaune, le vent du nord qui renversait les arcs de triomphe, à Puebla par les agaves et les anges, au Palais Impérial de Mexico par les punaises et tu as dû passer cette première nuit sur une table de billard, tu t'en souviens, Maximilien? Et moi, pour toi, j'ai été Impératrice et j'ai gouverné le Mexique. Pour toi j'ai lavé et baisé les pieds de douze vieilles femmes, j'ai touché de mes royales paumes les plaies des lépreux, j'ai essuyé les fronts des blessés et j'ai assis les orphelins sur mes genoux. Et pour toi, uniquement pour toi, je me suis brûlé les lèvres à la poussière des chemins de Tlaxcala et les yeux au soleil d'Uxmal. Pour toi encore, j'ai jeté par la fenêtre du palais le Nonce apostolique et le Nonce, tu te souviens, Max?, s'est envolé à travers la vallée limpide comme un charognard des terres chaudes, bouffi d'hosties pourries.

Mais on nous a donné, Maximilien, un trône de cactus hérissé de baïonnettes, une couronne d'épines et d'ombres. On nous a trompés, Maximilien, et toi tu m'as trompée. On nous a abandonnés, Max, et toi tu m'as abandonnée. Soixante fois trois cent soixante-cinq jours je me le suis répété, devant mon miroir et devant ton portrait, pour le croire : nous ne sommes jamais allés au Mexique, je ne suis jamais rentrée en Europe, le jour de ta mort n'est jamais arrivé, pas plus que celui où je me retrouve encore vivante. Mais soixante fois trois cent soixante-cinq jours le miroir et ton portrait m'ont répété à l'infini que je suis folle, que je suis vieille, que j'ai le cœur couvert d'escarres et que le cancer me ronge les seins. Et pendant ce temps, qu'as-tu fait, toi, de ta vie au long de ces années tandis que moi je traînais mes guenilles impériales de palais en palais et de château en château, de Chapultepec à Miramar, de Miramar à Laeken, de Laeken à Tervuren et de Tervuren à Bouchout, qu'as-tu fait si ce n'est de rester accroché dans les galeries, grand, blond, impassible, sans qu'une seule ride fane ton visage ou qu'un seul cheveu blanc éclaircisse ta chevelure, figé dans tes trente-cinq ans comme un nouveau Christ éternellement jeune, éternellement beau, dans ta tenue d'apparat, monté sur ton cheval Orispelo, avec tes grands éperons d'Amozoc? Dis-moi, Maximilien, qu'as-tu fait de ta vie depuis que tu es mort à Querétaro comme un héros et comme un chien, en demandant à tes assassins de viser la poitrine et en criant Vive le Mexique, qu'as-tu fait si ce n'est de rester bien tranquille sur les portraits des palais et des musées, Maximilien, avec tes trois frères, Maximilien, à la proue du yacht *Fantaisie*, Maximilien, dans le Salon des Mouettes du Château de Miramar, figé à dix-huit, à vingt-trois, à vingt-six ans, et également figé dans mes souvenirs : mon Max chéri au marché d'esclaves de Smyrne, mon Max chéri, adoré, avec son filet à papillons sur les bords du Río Blanco, mon Max chéri, idolâtré, paresseux, passant ses matinées en robe de chambre et en pantoufles à siroter des vins du Rhin et à manger des galettes trempées dans du Jerez, qu'as-tu fait d'autre, dis-moi, que de rester tranquille, désormais, dans la crypte des Capucins, tranquille et embaumé, bourré de myrte et d'épices, à regarder le monde avec les yeux de sainte Ursule, le plus tranquille possible pour que rien de nouveau ne t'arrive, ne t'agresse et ne t'humilie, pour que tu n'aies plus jamais à m'offrir trente mille florins pour coucher avec moi ou vingt pesos en or à chacun de tes bourreaux pour qu'ils t'ôtent la vie ? Qu'as-tu fait d'autre si ce n'est de te tenir tranquille, désormais, pour que tranquillement et sans bruit ta barbe repousse et recouvre les médailles rouges, coagulées, que tu as achetées sur le Cerro de las Campanas, qu'as-tu fait, Maximilien, pendant que moi je suis devenue chaque jour un peu plus folle, un peu plus vieille ? Qu'as-tu fait, dis-moi, en dehors de mourir au Mexique ?

Le messager m'a également apporté un lingot d'argent des mines de Real del Monte. Un singe araignée de San Luis. Un violon de Tacámbaro. Un coffre de santal avec des haricots sauteurs. Un crâne en sucre avec ton nom sur le front. Un livre aux pages blanches et un flacon d'encre rouge pour que j'écrive l'histoire de ma vie. Mais il faudra que tu m'aides, Max, car je deviens si écervelée et si distraite que certains jours je me demande où j'ai laissé ma mémoire, où sont restés mes souvenirs, dans quel tiroir je les ai rangés, au cours de quel voyage je les ai perdus. Si tu me voyais dans ces cas-là, folle d'angoisse, les chercher dans les lettres que tu m'as écrites du Brésil et où tu me racontais que tu avais déambulé dans la forêt vierge avec une chemise bleue, des bottes rouges, un bonnet de nuit sur la tête et sur le dos, un sac où tu transportais des flacons remplis d'insectes lumineux. Tu étais si fier alors de ta collection de mantes religieuses, si fier d'avoir offert un tapir et un agouti au zoo de Schönbrunn, d'avoir trouvé un squelette de baleine sur la plage d'Itaparica, mon pauvre Max. Je cherche mes souvenirs dans les lettres que tu m'as écrites depuis Querétaro alors que tu étais déjà tombé aux mains des juaristes, où tu me racontais que tu avais toujours cru que Juárez allait te pardonner et où tu me disais, Max, quelle bouffonnerie, qu'en arrivant sur le Cerro de las Campanas la porte de la voiture noire qui t'avait amené s'est coincée et que tu as dû sortir par la fenêtre, que tu avais refusé, avec quelle superbe, qu'on te bandât les yeux, que ton premier cercueil, quelle tristesse, Max, était trop court et que tes pieds dépassaient et que le docteur qui a embaumé ton corps, quelle injustice, Max, avait dit l'énorme plaisir qu'il prenait à tremper ses mains dans le sang d'un Empereur. Quelle bouffonnerie, quelle douleur, quelle tristesse, mon pauvre Max, mon pauvre Malbrough qui partit à la guerre et mourut à la guerre, quelle superbe, quelle injustice, quelle tristesse qu'on ait dû t'embaumer deux fois, quelle équité qu'en sortant des eaux mexicaines la flotte autrichienne ait tiré cent un coups de canon en ton honneur, quel dommage qu'il ait neigé le jour de tes funérailles, Max, quelle douleur, quel froid. Je voudrais alors enfouir mon visage dans tes lettres et m'étouffer du parfum des mangues et de la vanille, de l'odeur de la poudre et de ton sang versé et je ne le peux pas, Max, parce que parfois je ne trouve même plus tes lettres. Je les ai cherchées sous mon lit. Dans le coffre où je conserve, près de mes fichus et de mes châles, les bâtons de sucre brun et les pains d'épice que mes paysans wallons m'ont offerts le jour de mes noces. Je les ai cherchées dans la cuisine. J'ai ordonné aux plongeurs de fouiller les douves de Bouchout, les canaux de Bruges et le lac de Chapultepec. J'ai demandé de les chercher dans la décharge de Laeken, dans toutes les salles du Palais Impérial de Mexico, dans les caves du Couvent des Teresitas de Querétaro, dans les sentines de la *Novara*, dans les nids que construisent sur les cheminées de Gand les cigognes qui viennent d'Alsace, et elles n'apparaissent pas, Max, et parfois je pense que jamais, jamais tu ne m'as écrit ces lettres et que je dois maintenant le faire pour toi, qu'il me faudra maintenant les écrire chaque jour pour toi.

Si tu savais, Max, quelle terreur j'ai ressentie la première fois, quand j'ai vu toutes ces pages blanches, quand j'ai compris que si je ne retrouvais pas mes souvenirs il me faudrait les inventer. Quand j'ai compris que je ne savais pas dans quelle langue les écrire, parmi toutes celles que j'ai apprises et que j'ai oubliées. Quand j'ai compris que je ne saurais pas à quel temps verbal les raconter, car je vis dans une confusion telle que parfois je ne sais pas où se termine la vérité de mes rêves et où commencent les mensonges de ma vie. L'autre jour j'ai rêvé que le Maréchal Bazaine était une grosse vieille qui mangeait des pistaches et recrachait les coques dans son bicorne aux plumes blanches. Une autre fois, que je donnais naissance à un enfant qui avait le visage de Benito Juárez. J'ai rêvé, également, que le Général Santa Anna me rendait visite et qu'il m'offrait sa jambe. J'ai rêvé que j'étais dans les Alpes, étendue sur un vivant tapis de myosotis et de gentianes bleues, que je me levais et commençais à descendre de la montagne, le soleil me brûlait de plus en plus et à midi je suis arrivée à Mexico, j'ai continué à marcher et dans la nuit j'ai atteint un désert, j'étais morte de froid: mon édredon de plumes de canard sauvage était tombé par terre et le foyer était éteint. J'ai appelé mes dames et elles ne sont pas venues. J'ai appelé les gardes et ils ne m'ont pas entendue. Je les ai de nouveau appelés et c'est Bazaine qui est entré dans ma chambre pour me violer avec le bâton de Maréchal de France qu'il avait entre les jambes, mais, crois-moi, j'ai encore des forces, Maximilien, malgré mon grand âge: je l'ai étranglé de mes mains, j'ai couru vers une cheminée allumée, j'ai pris une torche, j'ai mis le feu au cadavre de Bazaine, ainsi qu'à toute l'aile du Château de Tervuren, qui fut réduit en cendres.

En cendres ont également été réduits tous les autres, Maximilien. Plus personne ne témoignera sur ma vie. Si tu ne m'aides pas, qui d'autre pourrait le faire, Max: le jour de leur mort à tous est arrivé. Quelle tristesse d'avoir à te le dire et quelle joie. Quelle joie, oui, de savoir que le petit prince impérial qui m'a reçue sur le perron de Saint-Cloud a perdu la vie au Zoulouland, sous un uniforme anglais et avec les bottes pleines de boue, sur les rives du Fleuve Sang. Quelle joie de savoir que son père Napoléon le Petit est mort en exil avec les moustaches en berne et la vessie pleine de pierres, que toutes ses maîtresses sont mortes, elles aussi: la Gordon, la Castiglione, Miss Howard, la Belle Sabotière, et que sa femme l'Impératrice Eugénie est morte vieille, laide et presque aveugle, dans ses crinolines fripées. Tu n'as pas idée, Maximilien, de la foule des morts. L'autre soir je me suis assise pour broder des fleurs avec mes dames de compagnie, et à la moitié d'une rose elles m'ont dit que ton neveu Rodolphe était mort à Mayerling. L'autre jour j'étais en train de peindre de mémoire le Paseo de Santa Anita avec ses porteurs d'eau et ses vendeuses de charbon de bois, et j'ai appris que François-Joseph était mort. L'autre soir j'étais en train de goûter et on m'a raconté que Leonardo Márquez était mort. Mort également le Père Fischer, mort assassiné à Sarajevo l'Archiduc François-Ferdinand d'Autriche, mort d'angine de poitrine Benito Juárez, mort le Général Escobedo, morte Concha Méndez, mort fusillé à Vincennes le fils que tu as engendré dans les Jardins Borda et morte sa mère Concepción Sedano, mort Baby le chien fidèle qui t'a suivi à Querétaro, mort Florian le cheval favori de ton frère l'empereur. Et l'autre jour je me suis penchée à la fenêtre et j'ai appris que le siècle était mort, tout comme l'Empire Austro-Hongrois et un million d'hommes dans la vallée de la Somme.

Et aujourd'hui, qui parmi les vivants peut dire qu'il a vu naître ton père Napoléon II le Roi de Rome ? Qui parmi les vivants peut raconter qu'il l'a vu se promener dans le carrosse orné d'argent et d'huîtres perlières que lui a offert mon arrière-grand-mère la Reine Caroline de Naples, tiré par deux chèvres dressées et décorées du ruban rouge de la Légion d'Honneur ? Qui t'a vu jouer avec ton frère François-Joseph dans la chambre d'Aladin du Palais de Schönbrunn, qui t'a vu méditer sous les orangers de la Hofburg et caracoler sur un alezan à la queue nattée à l'École d'Équitation Espagnole de Vienne, et qui t'a vu debout près du cratère du Vésuve, parmi les éclats de soufre multicolore et les rocs orangés, rouges et vert-de-gris couverts de givre, qui t'a vu qui s'en souvienne ? Qui, dis-moi, Maximilien, se rappelle notre entrée triomphale à Milan et la couronne de roses constellée de diamants que je portais ? Qui se souvient qu'en honneur du Vice-Roi et de la Vice-Reine des provinces de Lombardo-Vénétie on a joué l'hymne national autrichien et la *Brabançonne* ? Qui, dis-moi, se rappelle la dalmatique d'or que portait l'Archevêque Labastida quand il nous a reçus à la porte de la cathédrale Saint-Hippolyte de la ville de Mexico ? Qui, aujourd'hui, plus de soixante ans après, peut dire qu'il se rappelle que les quarante-huit cloches de la cathédrale ont sonné le tocsin en guise de bienvenue à l'Empereur et à l'Impératrice du Mexique ? Morte ta mère l'Archiduchesse Sophie, qui a enfoui son visage dans la neige recouvrant ton cercueil quand tu es revenu à Vienne à l'état de momie. Mort ton frère Charles-Louis et mort, d'une maladie vénérienne, ton neveu Otto. Mort, assassiné par des bandits, le Colonel Platon Sánchez. Mort ton frère Louis-Charles, enfermé à vie dans un château, servi et entouré uniquement par des femmes parce qu'il aimait coucher avec des hommes. Mort, la bouche pleine d'écume, notre compagnon le Colonel López. Et aujourd'hui qui, parmi les vivants, qui peut t'avoir quelquefois vu te baigner dans la source des jardins suspendus de Chapultepec, là même où se baignait la Malinche, qui peut dire qu'il nous a vus depuis les terrasses du palais contempler les lacs de Xaltocan et de Chalco ourlés de nénuphars, avec au-delà les montagnes enneigées comme des ailes d'anges, et au-dessus le ciel pur de l'Anáhuac ? Je me suis habillée, pour les peintres de la cour, en paysanne lombarde et en « china poblana ». Sur le marché de Venise j'ai acheté des mandarines et du raisin muscat. Sous le Porche des Marchands à Mexico j'ai acheté des châles de soie et des laques d'Olinalá, des ananas et des fleurs de Noël. J'ai lu à voix haute les poèmes du Roi Netzahualcóyotl et j'ai appris par cœur la légende du Christ au Poison de la rue de la Porte-du-Ciel. Nous nous sommes embrassés à l'ombre du couvent aux murs couverts de clématites dans l'Ile de Lacroma où Richard Cœur de Lion a fait naufrage, et le jour de notre mariage la Maison Royale d'Angleterre et la Marine Britannique ont porté un toast à notre bonheur avec du vin et des grogs. A l'Alcázar de Séville, tu as respiré le doux parfum de l'ambre et dans la chambre du secret à l'Alhambra tu as entendu les chuchotis des enfants de Philippe II. Aux Canaries on t'a offert une gigantesque scolopendre et au Mexique une couleuvrine de bronze fondue à Manille, portant les armes de Charles III. Nous sommes arrivés en gondole au Teatro de l'Harmonia où les valets des aristocrates milanais nous ont insultés de leur présence et à bord de l'*Elizabeth* nous avons fait l'amour une nuit de tempête où les balais, les tasses de thé et les bouteilles de vin se sont livrés à une sarabande effrénée, dans un bain d'écume. Avec ton poncho de Saltillo sur les épaules tu as poussé le cri de l'Indépendance à Dolores tandis que je gouvernais le Mexique, signais des décrets et offrais des soirées. Qui, parmi les vivants, se souvient de nous? Qui m'a vue, enfermée dans la *Gartenhaus* de Miramar aux fenêtres vissées et aux portes verrouillées, ruminer ma folie et mon désespoir, et qui t'a vu, Maximilien, dans ta cellule du Couvent des Teresitas de Querétaro assis toute la journée sur ton grand bassin de porcelaine avec une diarrhée qui n'en finissait pas ? Qui se souvient, Max, pour l'avoir vu, de la prestance du Colonel Van der Smissen à la tête du Corps des Volontaires belges, de l'affection de notre petit Prince Iturbide, de la cruauté du Colonel du Pin, de l'humilité de nos chers Indiens mexicains qui se signaient devant notre portrait et remplissaient mes jupes de dahlias, de scorpions en vanille et d'œufs en turquoise ? Qui a vu, qui se rappelle la hideur de Benito Juárez, le courage des soldats français vainqueurs à Magenta et à Solférino, qui, dis-moi, qui se rappelle les yeux verts du traître López ? Uniquement l'histoire et moi, Maximilien ?

Moi je me rappelle le Colonel López beau comme un ange de lumière, qui chevauchait à mes côtés sur la route de Córdoba et m'offrait des bouquets d'orchidées. L'histoire, pour sa part, peut porter témoignage de l'assassinat du Roi Alexandre et de la Reine Draga de Serbie, de la poitrine ébouillantée de Benito Juárez, de l'incendie de la bibliothèque de Louvain, et moi, Maximilien, j'ai vu, des fenêtres du Château de Bouchout, les fortifications d'Anvers en flammes, le général Prim assassiné à Madrid, Bazaine mourir dans l'exil et la misère, Bismarck proclamer l'Empire allemand dans le Salon des Glaces à Versailles, le visage dévoré par les chacals du Prince Impérial Louis-Napoléon, l'œil pendant de Marie Vetsera la maîtresse de ton neveu Rodolphe et le Palais de Buena Vista transformé en usine de cigarettes et ton fidèle cuisinier Tüdös et ton valet Grill, Maximilien, humecter leurs mouchoirs dans ton sang près du poteau d'exécution du Cerro de las Campanas, moi, Maximilien, Marie Charlotte Amélie de Belgique, Comtesse de Maracaibo, Archiduchesse du Grand Sertao, Princesse de Mapimí, moi qui ai goûté des ananas en boîte, emprunté l'Orient-Express, parlé par téléphone avec Raspoutine, dansé le fox-trot, vu un gringo voler la tête de Pancho Villa et le cercueil d'Eugénie traverser Paris couronné de violettes, moi qui ai, dans la buée de mon souffle, écrit ton prénom sur les jarres de porphyre du perron de Miramar, moi qui ai contemplé ton visage mort dans l'eau des gouffres sacrés du Yucatán où l'on sacrifiait les princesses vierges, moi, Maximilien, qui t'ai adoré en secret chaque nuit de chacune des soixante années que j'ai vécues dans la solitude et le silence, moi qui passe et ai passé ma vie, Maximilien, à broder tes initiales Maximilien Premier Empereur du Mexique et Roi du Monde, sur les draps et les mouchoirs, sur les rideaux et les nappes, sur les serviettes et sur ton suaire, sur les roses de l'oreiller et sur la peau de mes lèvres, moi qui, du sommet des montagnes d'Acultzingo, là où l'air raréfié illumine les constellations et grossit les étoiles, t'ai montré la cambrure du ciel et t'ai dit que là-bas, sur le Navire et sur la Croix du Sud, sur Arcturus et le Centaure, là-bas où était écrite la destinée des plus glorieux de tes ancêtres, celle de Charlemagne le fondateur du Saint-Empire Romain Germanique, celle de Rodolphe de Habsbourg qui traversa avec une armée le Danube sur un pont de barques, celle d'Al-bert II Prince de la Paix, celle de Charles Quint sur le royaume duquel le soleil ne se couchait jamais, celle de Maximilien Ier, de Marie-Thérèse d'Autriche et de Philippe II le vainqueur de la Bataille de Saint-Quentin et la terreur des Maures, de Léopold Ier le sauveur de l'Europe et le vainqueur du Grand Vizir Kara Mustapha, de Joseph II le rebelle vêtu de pourpre chez qui tu as appris à aimer la liberté de tes sujets, là-bas également, t'ai-je dit, était écrite la destinée d'un homme qui serait plus grand que tous et qui s'appelait Maximilien Ier, Empereur du Mexique. Qui, dis-moi, vit encore pour se rappeler, en dehors de moi, qu'il y a soixante ans je t'ai dit adieu à l'ombre parfumée des orangers d'Ayotla, que je t'ai laissé seul à jamais, monté sur ton cheval Orispelo, habillé en *charro*, avec ta longue-vue d'amiral de la flotte autrichienne, qui si ce n'est l'histoire, elle qui t'a laissé étendu et perdant ton sang sur le Cerro de las Campanas avec ton gilet enflammé, puis pendu par les pieds à la coupole de la Chapelle de Saint-André pour que s'écoulent de ton corps les liquides avec lesquels on t'avait embaumé et réembaumé pour voir si ta peau, Maximilien, cessait d'être de plus en plus noire, comme c'était le cas, et si ta chair de momie boursouflée, pauvre Max adoré, cessait d'être de plus en plus pestilentielle, comme c'était le cas? Uniquement l'histoire et moi, Maximilien, qui sommes vivantes et folles. Mais, moi, ma vie s'enfuit.

II

TU VOIS DES NAPOLÉON PARTOUT
1861-1862

1. Juárez et «Moustachu»

En l'an de grâce 1861, le Mexique était gouverné par un Indien olivâtre, Benito Juárez, orphelin de père et de mère depuis l'âge de trois ans et qui à onze ans était un simple gardien de moutons qui grimpait aux arbres de la Lagune Enchantée pour souffler dans une flûte de roseau et parler avec les bêtes et les oiseaux dans la seule langue qu'il connaissait alors: le zapotèque.

De l'autre côté de l'Atlantique, en France, régnait Napoléon III, surnommé par certains « Moustachu » à cause de ses moustaches touffues, noires et pointues, ointes de pommades hongroises, et par d'autres « le Petit », pour le différencier de son illustre oncle Napoléon « le Grand », c'est-à-dire Napoléon Bonaparte.

Un jour, Benito Pablo abandonna les parents qui l'avaient recueilli, ses moutons et son village natal de Guelatao — mot qui en zapotèque signifie « nuit profonde » — et fila à pied vers la ville d'Oaxaca située à quatorze lieues de distance, pour y travailler comme domestique dans une noble demeure, comme le faisait déjà sa sœur aînée, et surtout pour apprendre. Dans cette ville, capitale de l'État du même nom, et ultramontaine pas seulement parce qu'elle se trouvait au-delà des montagnes, mais en raison de sa bigoterie et de sa soumission à Rome, Juárez apprit l'espagnol, l'arithmétique et l'algèbre, le latin, la théologie et la jurisprudence. Avec le temps, et pas uniquement à Oaxaca mais en d'autres villes et en d'autres exils, que ce fût pour atteindre un but opiniâtrement poursuivi ou pour accomplir une destinée tombée du ciel, il apprit également à être député, gouverneur de son État, ministre de la Justice et de l'Intérieur, et président de la République.

Empereur des Français seulement à sa troisième tentative — ni l'anneau de mariage de Napoléon et de Joséphine, auquel, dit-on, il a eu recours la première fois, ni la barde de lard qu'il avait, d'après ce qu'on raconte, accrochée avec des épingles à son chapeau la seconde fois, pour que le suivît et voletât autour de lui l'aiglon qu'il avait acheté une livre sterling à Gravesend peu après s'être embarqué sur la Tamise à bord de l'*Edinburgh Castle*, n'avaient permis à Napoléon le Petit de venir conquérir le pouvoir en France. Quelques heures ont suffi pour étouffer le premier essai de 1836, quand à Strasbourg il a rallié à sa cause le quatrième régiment de cavalerie. Louis-Napoléon fut envoyé, sur un bateau, aux États-Unis. Il n'a fallu également que quelques heures, quatre ans plus tard, à la police et à la garde nationale de Boulogne pour semer la panique parmi ses quarante ou cinquante partisans qui — d'après ce que d'aucuns ont prétendu — portaient des uniformes français loués dans une boutique de déguisements de Londres, et pour capturer le séditieux Louis-Napoléon en le tirant, tremblant moins de peur que de froid, trempé comme une soupe et les moustaches tissées d'algues, des eaux inhospitalières de la Manche où il était tombé quand avait chaviré le canot de sauvetage dans lequel il prenait la fuite. Cette fois, le roi Louis-Philippe le fit enfermer et condamner à la prison à vie, au fort de Ham, dans le nord de la France et sur les bords de la Somme.

Toujours vêtu de noir, portant canne et redingote croisée, don Benito Juárez lisait et relisait Rousseau et Benjamin Constant, forgeant dans ces lectures son esprit libéral, il traduisait Tacite dans une langue qu'il avait apprise à parler, à lire et à écrire en même temps, comme dans le meilleur des cas on apprend habituellement une langue étrangère, et il commençait à constater que son peuple, ce qu'il appelait son peuple et qu'il avait juré d'éduquer, de relever et d'amener à surmonter la zizanie, les vices et la misère, ne se réduisait pas à une poignée d'individus ou à ces cinq millions d'Indiens silencieux et matois, apathiques, mélancoliques, pareils à ceux qui, quand il était gouverneur, descendaient de la Sierra de Ixtlán pour laisser sur le seuil de sa maison leurs modestes offrandes : des pigeons, des fruits, du maïs, du charbon de bois de chêne venu des collines de Pozuelos ou du Calvaire. Mais pour d'autres, pour beaucoup, Benito Juárez portait sa patrie comme sa redingote noire : comme quelque chose d'étranger qui ne lui appartenait pas, à une différence près : si la redingote était coupée à ses mesures, la patrie, en revanche, lui était trop grande et débordait de loin Oaxaca et aussi le siècle où il était né. C'est pourquoi — « même si la guenon s'habille de soie, guenon elle reste » — les mauvaises langues avaient composé ces vers de mirliton à son intention :

Si parce que vous êtes habillé en bourgeois
vous souhaitez couper cet œillet,
sachez mon vieux que le miel
n'est pas pour le museau de l'âne;
respirez-le et fichez le camp...

Au fort de Ham, disposant de tout son temps pour contempler la chute des feuilles, pour lire *la Guerre des Gaules* ou pour penser avec fierté que bien des années auparavant Jeanne d'Arc, la Pucelle d'Orléans, avait été elle aussi détenue dans cette prison, Napoléon le Petit, Louis-Napoléon, qui à sa manière fut — ou était alors — une sorte de socialiste saint-simonien, commença à se préoccuper de la pauvreté et de l'injustice, et il écrivit entre autres un petit livre intitulé *l'Extinction du paupérisme*. C'est également là que, inquiet pour son avenir, il demanda au gouvernement britannique d'intercéder en sa faveur auprès de Louis-Philippe, le roi des Français, pour que, sous la promesse de ne jamais revenir en Europe, on le remît en liberté. Il s'embarquerait alors de nouveau pour le continent américain, il deviendrait empereur du Nicaragua et réaliserait un de ses vieux rêves qui était de construire à travers ce pays un canal interocéanique du cap Géant au cap Gros, qui, en dépit des dunes, des moustiques et des boucaniers, unirait et réconcilierait les eaux de l'Atlantique avec celles du Pacifique. Puisque Napoléon le Grand avait épousé sans déchoir une créole martiniquaise, lui choisirait une brûlante indigène aux grands yeux noirs pour en faire son impératrice. Depuis le poste d'observation impérial des îles Solentiname il regarderait à la jumelle croiser les navires de Chine chargés de thé et de tissus de Shantung, de bois aromatiques et de Chinois par douzaines, destinés aux fabriques de cigares de La Havane. Mais Sir Robert Peel, le Premier ministre britannique, ne prit même pas la peine de demander à Louis-Philippe la liberté de Louis-Napoléon, pas plus que le Roi Citoyen à la tête en poire n'eut, à aucun moment, l'idée de lui accorder la liberté en échange de l'exil. Le roi, avec son parapluie noir et son costume d'homme d'affaires parisien — casaque marron à quatre boutons, pantoufles de toile cirée par-dessus les chaussures pour ne pas les tâcher de boue —, coupait des fleurs dans les jardins des Tuileries pour les envoyer, entre les pages de *Fabiola* ou d'un livre de contes de fées, à sa petite-fille Charlotte, la jeune princesse de Belgique. C'est pourquoi Louis-Napoléon a dû s'affubler d'une perruque et d'un tablier bleu, et se mettre un madrier sur l'épaule pour s'échapper, déguisé avec les vêtements d'un ouvrier appelé Badinguet, de la prison de Ham. Il vécut plusieurs années à Londres, il fréquentait l'aristocratie anglaise dans les clubs de Saint-James, buvait du Jerez clairet et se promenait sur Pall Mall aux côtés de sa blonde maîtresse, Miss Howard, dans une calèche qui arborait sur ses portières l'aigle impériale napoléonienne.

Agueda, la sainte qui portait sur un plateau ses deux seins coupés, apprit la lettre *a* au petit Benito Pablo. Blandine, qui mourut en martyre enveloppée dans un filet, sous les pattes et les cornes d'un taureau, la lettre *b*. Casiano d'Imola, que ses propres disciples mirent à mort en le criblant de leurs plumes de fer, la lettre *c*. Malgré cela et bien qu'il eût appris l'alphabet dans *Vies et Martyres des saints*, grâce à la patience et à l'affection de son maître, le laïc mais presque frère Salanueva, qui portait constamment l'habit de bure sombre des carmes déchaux, Benito Juárez, alors ministre de la Justice, avait édicté une loi qui porte son nom, loi Juárez, laquelle, en mettant fin à la juridiction des tribunaux ecclésiastiques dans les affaires civiles, ranima le feu des vieilles rancunes entre l'Église et l'État, ce qui provoqua à l'époque, en plus de sanglants combats, l'expulsion de six ecclésiastiques, parmi lesquels l'évêque de Puebla, Pelagio Antonio de Labastida y Dávalos. Les Angélopolitains — c'est ainsi qu'on appelait ceux qui étaient nés ou qui vivaient à Puebla de los Angeles — accompagnèrent sur une longue distance leurs évêques partant pour l'exil, en pleurnichant. Bien qu'il eût également été un élève assidu du séminaire d'Oaxaca, quand, avant de se décider pour le barreau, il voulait être curé, et bien qu'il eût juré, quand il avait prêté serment en tant que gouverneur d'Oaxaca, sur Dieu et les Saints Évangiles de défendre et de préserver la religion catholique apostolique et romaine et de faire précéder ses décrets du nom de Dieu Tout-Puissant, un en essence et trois en personne, Benito Juárez — à qui Salanueva avait appris aussi bien les secrets dans l'art de relier les catéchismes du Père Ripalda, que le respect et la vénération envers le Nazaréen de la Montée au Calvaire qui, chaque soir de chaque jour, passait devant chez lui —, ce même Benito Juárez, une fois président de la République, a confisqué les biens de l'Église mexicaine, a aboli tous les privilèges du clergé et a reconnu toutes les religions. Pour son outrecuidance, il a été considéré par les conservateurs mexicains et européens, et évidemment par le Vatican et par le pape Pie IX, futur créateur du dogme de l'infaillibilité pontificale, comme une sorte d'Antéchrist. Comme il ne savait pas monter à cheval, ni manier un pistolet, et comme il n'aspirait pas à la gloire des armes, on l'a accusé d'être faible, froussard, lâche. Et comme il n'était ni blanc ni d'origine européenne, comme il n'était ni aryen ni blond selon l'archétype de l'humanité supérieure tel que le définissait le comte de Gobineau dans son *Essai sur l'inégalité des races humaines* publié à Paris en 1854, et comme il n'était même pas, en fin de compte, un sang-mêlé de Blanc, Juárez, l'Indien matois, était, aux yeux des monarques et des potentats du Vieux Monde, incapable de gouverner un pays qui, en lui-même, semblait ingouvernable. Il est vrai que l'ambassadeur américain au Mexique, Thomas Corwin, exagérait quand dans une lettre au secrétaire d'État William Seward il affirmait qu'en quarante ans le Mexique avait eu trente-six formes différentes de gouvernement, alors qu'en réalité elles se réduisaient à une seule, avec de rares et sporadiques exceptions : la prépondérance de l'armée. Et il est vrai aussi que M. Corwin tenait mal ses comptes quand il soutenait qu'au cours de ces mêmes quarante années le Mexique avait eu soixante-trois présidents, car non seulement ils avaient été moins nombreux, mais certains d'entre eux étaient parvenus à plusieurs reprises à la présidence, et que c'était là comme une fièvre maligne dont souffrait le pays. Mais de toute façon, comme disait M. Masseras, rédacteur en chef du journal publié en français à Mexico, *l'Ère Nouvelle*, cette infortunée nation n'attendait qu'une seule chose : un gouvernement d'ordre, de développement et de prospérité, trois mots, ajoutait le journaliste, qui, appliqués au Mexique, terrain proverbial des révolutions et des contre-révolutions, résonnaient de façon inutilement ironique. Pour sa part, *Monsieur* * Charles Bordillon, correspondant du journal anglais *The Times*, affirmait que la seule morale de cette nation dont la race était « profondément pervertie » était le vol, considéré comme un objectif primordial par tous les partis politiques. L'illustre Lord Palmerston partageait ces points de vue. Pour lui, le peuple mexicain était dégénéré et corrompu jusqu'à la moelle, sans courage et sans force, et « j'en réponds à Votre Majesté — dit-il un jour à la reine Victoria au château de Balmoral —, il sera englouti par la race anglo-saxonne et disparaîtra comme ont disparu les Indiens peaux-rouges devant les Blancs ». Aux carences de sa race et à ses défauts personnels — démagogue, jacobin, bradeur de sa patrie et tyran sanguinaire faisaient partie du chapelet d'adjectifs dont l'agonisaient ses ennemis — le président du Mexique ajoutait une laideur physique notoire, paraphée, d'après de nombreuses personnes qui l'ont connu — entre autres, la princesse Salm Salm —, par une horrible cicatrice sanguinolente qui n'est jamais apparue sur les photos qu'on a de lui. Margarita, son épouse, la fille des patrons et des protecteurs qui l'avaient accueilli lorsqu'il était arrivé en ville quémandant « Doctrine et castillan » (elle qui tous les matins nouait le lacet noir de sa cravate et bénissait la blancheur immaculée de ses impeccables plastrons amidonnés), se disait à elle-même et disait à ses enfants : « Il est très laid, mais il est très bon. »

Lui qui était blanc, mais qui n'était ni blond ni laid, malgré son visage de perroquet mélancolique, lui, Napoléon le Petit, bien qu'il parlât français avec un accent allemand ou bien qu'il fût suisse par éducation ou anglais par *le bon ton**, ne se considéra jamais autrement que comme un Corse d'origine et un Français de droit et par tradition familiale, ou, en d'autres termes, comme un représentant de ce qu'il appelait « la race latine », dont il assuma le destin et la grandeur à venir, face à la voracité et à la fougue anglo-saxonnes, non seulement en Europe mais outre-mer lorsque, une fois nommé empereur des Français, le nom du Mexique commença à lui résonner aux oreilles avec des tintements de minerai d'argent du Sonora. Mais pour en arriver là, quelques années doivent s'écouler. Et surtout certaines choses doivent se produire, comme en 1848, année de cette révolution dont quelqu'un a dit qu'elle a été un moment décisif de l'histoire où celle-ci n'a pas pu se décider, et où la doctrine des droits de l'homme a commencé à agiter certains pays d'Europe comme la France, l'Italie, la Pologne et les nations intégrées à l'empire des Habsbourg. Et parmi les choses qui se sont produites, notons qu'à Budapest, les étudiants radicaux ont exigé des droits égaux pour toutes les nationalités, et la fin du *Robot*[1] sans compensation. L'insoumis Johann Strauss fils a conduit son orchestre sur les barricades pour y jouer des polkas et des mazurkas, tandis que Johann Strauss père continuait à les

---

* Les mots ou phrases en italique suivis d'un astérisque sont en français dans l'original. (N.d.T.)

1. Travail forcé. (N.d.T.)

jouer à la Hofburg et au palais de Schönbrunn. Les radicaux milanais ont arraché aux piétons, dans les rues, leurs cigarettes allumées pour protester contre leurs oppresseurs autrichiens qui, en plus du monopole du pouvoir, avaient celui du tabac. Les étudiants de Munich ont expulsé la ballerine irlandaise Lola Montez, maîtresse du vieux roi Louis Ier de Bavière. Le ministre autrichien de la Guerre, le comte Latour, a fini étripé et pendu à un réverbère de la belle place de Am Hof. Les gauchistes prussiens ont clamé leur satisfaction devant l'élimination des rebelles tchèques. Le leader paysan Tancsics a traversé sur les épaules du peuple et des étudiants le pont unissant Buda à Pest et le poète Sandor Petöfi a été assassiné et son corps jeté à la fosse commune. L'Allemand Karl Marx qui, dans les colonnes de la *Nouvelle Gazette rhénane*, appelait au soulèvement contre le gouvernement du roi de Prusse a été accusé de haute trahison. Le général Cavaignac a réprimé avec une brutalité inouïe l'insurrection de juin dans les rues de Paris. Le puissant chancelier autrichien Metternich s'est éclipsé, non sans avoir obtenu auparavant que l'empereur Ferdinand d'Autriche-Hongrie, un demi-idiot, abdiquât en faveur de son cousin François-Joseph, fils aîné de l'archiduc Ferdinand-Maximilien. Des milliers d'Allemands ont émigré aux États-Unis sur les pas des Irlandais qui avaient fui leur terre à cause de la grande famine provoquée par le fléau touchant la pomme de terre. La Hongrie s'est proclamée République et a élu Kossuth comme président, et de même qu'au temps du Roi Soleil était précipité chaque matin par les fenêtres de Versailles le contenu fécal des pots de chambre royaux qui, au passage, servait d'engrais aux roses, aux bégonias et aux giroflées, et de festin aux bousiers, de même le trône de Louis-Philippe fut précipité par une fenêtre du palais des Tuileries, avant d'être réduit plus tard en cendres sur la place de la Bastille.

Après plus de deux mois de vexations au cours desquels, alternativement, on le séquestra puis on l'expulsa de plusieurs villes, villages et hameaux, le « licenciado » Benito Juárez fut conduit au château de San Juan de Ulúa. Construit en pierre « múcar » — une sorte de corail — sur le récif de la Gallega à l'entrée du port mexicain de Veracruz, dans une terre chaude où la malaria et la fièvre jaune étaient endémiques, la forteresse de San Juan de Ulúa, dernier réduit des Espagnols qui ne l'abandonnèrent que presque quatre ans après la proclamation de l'indépendance mexicaine, avait coûté bien des millions à l'Espagne. A tel point qu'on raconte qu'un jour on demanda à un des monarques espagnols ce qu'il contemplait, avec sa longue-vue, depuis l'Escorial, et le roi répondit qu'il essayait de voir le château de San Juan de Ulúa : « Il est revenu si cher au trésor espagnol, dit-il, qu'au moins on devrait le voir d'ici. » Treize ans après le départ des Espagnols, en octobre 1838, la forteresse capitula après avoir été bombardée par une escadre française commandée par l'amiral Charles Baudin, dont faisait partie le prince de Joinville, fils de Louis-Philippe de France et oncle de la princesse Charlotte de Belgique, escadre venue réclamer au nom du gouvernement français une indemnité de six cent mille pesos en faveur de citoyens français résidant sur le territoire mexicain et se plaignant de la baisse subite ou progressive de leurs capitaux, due aux emprunts forcés ou aux vols légalisés que trop fréquemment les autorités mexicaines décrétaient pour financer leurs révolutions successives et leurs éternelles malversations. Étant donné que parmi ces réclamations figurait celle d'un pâtissier de Tacubaya qui prétendait avoir perdu, dix ans auparavant, soixante mille pesos de marchandises en *éclairs**, *vol-au-vent**, bras de gitan et *babas au rhum**, on appela ce premier conflit armé entre la France et le Mexique « la Guerre des Gâteaux ». La défense du port de Veracruz avait coûté sa jambe gauche à un général mexicain que Benito Juárez, alors domestique dans une grande famille d'Oaxaca, avait servi un soir dans un dîner et qui maintenant était responsable, à la fois, des mauvais traitements infligés à l'Indien et de l'exil dont il allait être victime: Antonio López de Santa Anna, qui avait déjà été cinq fois président du Mexique et qui, après que son héroïque jambe eut été enterrée avec honneurs et défilés, pleurs et pierre commémorative, salves et fanfares militaires, allait être de nouveau président à six reprises. Tantôt héros, tantôt traître, tantôt les deux en même temps, Santa Anna s'est levé un matin capitaine et s'est couché le soir lieutenant-colonel, pendant la guerre d'Indépendance du Mexique. Général à vingt-sept ans et bienfaiteur de la Patrie à trente-cinq, il avait reçu comme décoration la flèche d'un Indien lors de sa première campagne contre le Texas, cette province mexicaine qui souhaitait se transformer en république indépendante. Déjà héros à cette époque, Santa Anna l'est devenu encore un peu plus quand il est retourné dans la province rebelle pour prendre d'assaut Fort Alamo et obtenir un sanglant triomphe — *remember* Goliat où il a passé tous les prisonniers au fil de l'épée ou devant le peloton —, et il a été un peu moins héros quand, vaincu par les forces de Sam Houston, il s'est enfui à cheval et à pied, qu'il est tombé entre les mains de l'ennemi après le combat de San Jacinto et qu'il a reconnu par peur, pour obtenir la liberté ou parce que c'était tout simplement un fait acquis, l'existence de la république du Texas. Revenu au pouvoir après que sa jambe eut été déterrée et traînée dans les rues par la populace, et président du Mexique par deux fois au cours de cette année 1847 où culmina l'invasion expansionniste nord-américaine avec la cession aux États-Unis d'une superficie du territoire mexicain supérieure à un million trois cent cinquante mille kilomètres carrés qui comprenait les provinces du Nouveau-Mexique et de la Haute-Californie — ce qui, avec le Texas, équivalait à la moitié du territoire national —, Santa Anna se changea en traître parfait après avoir laissé la présidence aux mains d'un intérimaire, avoir été vaincu par le général Taylor à Sacramento et avoir abandonné le pays, en se lavant les mains de tout cela et en passant sans être inquiété, comme s'il était chez lui, au milieu des lignes ennemies: Santa Anna, dit-on, avait reçu des sommes confortables des Nord-Américains pour peser sur l'approbation, par le congrès mexicain, du traité de Guadalupe Hidalgo, qui en plus de ratifier la cession du territoire réaffirmait les vieux liens d'amitié unissant le

Mexique aux États-Unis. Revenu au pouvoir malgré tout quelques années plus tard et transformé en dictateur suprême et Altesse Sérénissime, Santa Anna, si tant est que cela fût possible, franchit un degré de plus dans l'ignominie en signant le traité de La Mesilla par lequel le Mexique vendit aux États-Unis cent mille nouveaux kilomètres carrés de territoire frontalier qui englobaient, entre autres, la zone dite du Gisement minier d'Arizona, productrice d'argent natif sous forme de gros blocs pouvant peser jusqu'à cent arrobes, et que peu de temps auparavant Raousset-Boulbon, un flibustier français lié à l'entreprise mexicano-suisse Jecker de la Torre, avait tenté de conquérir, raison pour laquelle, et parce qu'il avait proclamé l'indépendance du Sonora, il était mort fusillé au bord de la mer.

Après avoir été détrôné, et son trône défenestré, Louis-Philippe quitta la France et Napoléon le Petit y revint, cette fois sans tranche de lard sur son chapeau et sans aigle — à ce propos, beaucoup prétendaient qu'il s'agissait plutôt d'un vautour — et il passa de député à président de la Deuxième République avant la fin de l'année, élu par six millions de Français. Il y avait dix-neuf ans qu'était mort au château de Schönbrunn, à Vienne, le fils que Napoléon Bonaparte avait eu de l'Autrichienne Marie-Louise, et onze ans depuis le jour où les lanciers au panache tricolore avaient précédé, dans sa marche vers les Invalides, le cercueil contenant les restes de Napoléon le Grand, ramené en France par le prince de Joinville et suivi par un cheval sans cavalier, blanc comme le cheval de bataille du Grand Corse, conduit par deux palefreniers vêtus de vert et d'or. La dynastie des Bonaparte sembla s'éteindre alors à jamais. Mais au matin du 2 décembre 1851, anniversaire de la bataille d'Austerlitz et du couronnement de Napoléon Ier, on découvrit les peaux des tambours de la garde nationale déchirées, les cloches cachées, les imprimeries et les journaux antibonapartistes fermés, les maisons, les bâtiments, les kiosques et les arcs de triomphe de Paris couverts d'affiches où le président Louis-Napoléon annonçait la dissolution de l'Assemblée et la restauration du suffrage universel. En premier lieu, la dissolution de l'Assemblée, crime de haute trahison, perpétré alors que les derniers députés qui s'étaient enfuis du palais Bourbon pour se réfugier à la mairie de Saint-Germain étaient conduits en prison entre deux rangées de chasseurs d'Afrique, permit à Louis-Napoléon de détenir la totalité du pouvoir exécutif. En second lieu, la restauration du suffrage l'habilita à organiser quelques mois plus tard un plébiscite national où il proposa au peuple de France de rétablir pour lui la dignité impériale héréditaire, et le peuple lui donna son soutien avec deux millions de voix de plus — huit au total — que celles qui l'avaient porté à la présidence. Ainsi ce coup d'État restaura les prérogatives de la dynastie napoléonienne en la personne de Napoléon III qui, à partir de ce moment ou quelques jours auparavant, oublia — en réalité presque toute la France l'oublia — qu'en tant que président il avait juré de respecter la Constitution et d'être fidèle à la République démocratique, une et indivisible. Mais, après tout, cette dynastie elle-même était née d'un autre oubli : en la créant, en se proclamant empereur et en divorçant ensuite de Joséphine parce qu'elle ne lui avait pas donné d'héritier, pour épouser Marie-Louise l'Autrichienne, dont la bouche à la Habsbourg le rendait si fier car elle prouvait que c'était « une authentique fille des Césars », Napoléon le Grand oublia que sa propre intronisation avait découlé de l'annulation du prétendu droit divin à gouverner dont se targuaient tous les Bourbons qui avaient régné sur la France avant lui. « Un Napoléon de plus, quelle honte ! » dit le poète Charles Baudelaire, qui avait l'habitude de se promener sur les boulevards parisiens avec une négresse à son bras et les cheveux teints en vert. Un autre écrivain français de l'époque, Victor Hugo — celui-là même qui avait surnommé Louis-Napoléon « le Petit » —, devait parler dans *les Châtiments* de l'enfant qui mourut la tête éclatée par les balles des soldats : une atrocité parmi tant d'autres — peut-être pas autant qu'en 1848 — qui suivirent la proclamation du Second Empire : comme cette charge de lanciers contre des républicains exaltés qui venaient de sortir du café des Peuples en criant « Vive l'Assemblée nationale ! » ; comme cette fusillade à bout portant contre ces Parisiens qui avec leurs bérets et leurs cravates rouges faisaient étalage de leurs idées proscrites ; comme cette femme éventrée à coups de crosse et dont le sang se mêlait aux ruisseaux de lait s'écoulant des jarres brisées placées sur une carriole qu'on avait utilisée pour improviser, dans la rue Transnonain, une barricade démantelée à trois reprises par les chasseurs à pied et aussitôt reconstruite. Enfin comme ce comte, ce député, ce boucher, ce médecin, ce maçon et cet enfant aux têtes déchiquetées par les balles, dont les cadavres, entassés sur des charrettes, furent conduits hors de Paris au petit matin, à l'heure où les chiffonniers de Paris sortaient de leurs tanières et de leurs taudis pour fouiller dans les poubelles. Paris pacifié, le flambant régime impérial fit taire les bouillants Provençaux et les montagnards exaltés, et il envoya en Algérie dix mille des vingt-sept mille personnes arrêtées, et quelques centaines à Cayenne. A leur tour, ces choses furent très vite oubliées par les Français : aller au théâtre gratis pour l'anniversaire de l'empereur voir le can-can ou *la Dame aux camélias* ; être aveuglé par le soleil reflété sur les casques d'acier de l'escadron des cent-gardes à cheval, dont le commandant avait la réputation de renverser l'étalon le plus fougueux qu'il montait par la simple pression des ses jambes ; assister à la gare du Nord, au début de l'automne, au départ des invités de Napoléon III voyageant en train spécial jusqu'à Compiègne pour aller chasser lièvres, sangliers, faisans et perdrix ; admirer les longues files de luxueux équipages qui allaient, les uns vers le bal Mabille, l'immense dancing aux murs tapissés de damas rouge, où cinq mille lampes se multipliaient à l'infini dans d'immenses et limpides miroirs vénitiens aux cadres dorés, les autres, cohorte de sylphides et de reines de cœur, de conquérants espagnols aux armures resplendissantes et d'Èves sortant de leur bain au miel de Paradis, se rendant au bal costumé donné par l'Empereur aux Tuileries ; ou, pendant les soirées et les longues nuits d'hiver, regarder les traîneaux en forme de cygnes, de pégases ou de dragons, tirés par des chevaux blancs empanachés de plumes et décorés de grelots, qui sillonnaient les allées enneigées du Bois de Boulogne tandis que les dames enveloppées dans leurs martres zibelines et les messieurs avec leurs longues écharpes de cachemire patinaient à la lueur des torches sur le lac gelé : tous ces spectacles compensèrent, semble-t-il, chez les Français, la perte, non seulement d'une république, mais aussi de quelques-uns de leurs symboles les plus sacrés, comme *la Marseillaise*, remplacée par une vieille chanson mise en musique par la reine Hortense elle-même, la mère de Louis-Napoléon : elle racontait comment « *partant pour la Syrie / le jeune et beau Dunois / venait prier Marie / de bénir ses exploits** ».

Là, dans un des cachots de San Juan de Ulúa, qu'on appelait des « tinettes » parce qu'ils étaient situés en dessous du niveau de la mer et que l'eau suintait sur les murs de pierre « múcar » pour s'évaporer presque aussitôt, le licenciado Benito Juárez passa onze jours au secret, pour être conduit ensuite sur le paquebot *Avon* où les passagers organisèrent une collecte pour payer son billet jusqu'à la première escale, La Havane, d'où le licenciado partit peu après pour La Nouvelle-Orléans, l'ancienne capitale de la Louisiane, où il fit la connaissance d'autres Mexicains libéraux et, parmi eux, de Melchor Ocampo, disciple comme lui de Rousseau et, en outre, de Proudhon, qui devait être par la suite un de ses plus proches collaborateurs et que Juárez admira si fort pour la clarté de son intelligence. Pour gagner sa vie, Juárez roulait du tabac. Ocampo façonnait des vases et des bonbonnes en argile. D'autres compatriotes exilés travaillaient comme garçons de café si la chance leur souriait, ou comme laveurs de vaisselle dans un restaurant français. Debout face à la mer, Juárez contemplait la vaste embouchure du Mississippi et attendait le bateau qui devait lui apporter les lettres de sa femme et de ses amis. Margarita s'était rendue avec les enfants dans le village d'Etla, et là elle survivait avec ce que lui rapportait un petit commerce. Ses amis demandaient à Juárez de prendre patience, et lui envoyaient parfois un peu d'argent, certains lui reprochaient d'avoir choisi les États-Unis comme terre d'exil, ils lui juraient que Santa Anna serait bientôt renversé, cette fois pour toujours. Tournant le dos à la mer, Juárez suivait du regard le cours du Mississippi, le fleuve généreux aux quarante affluents qui naissait très loin, dans le nord du Minnesota, et il songeait à une coïncidence singulière : pour la même somme — quinze millions de dollars — que celle payée par les Nord-Américains pour que le Mexique leur cédât les provinces du Nouveau-Mexique et de Haute-Californie, Napoléon avait vendu en 1803 aux États-Unis ce qui restait aux mains de la France — les deux millions trois cent mille kilomètres carrés du bassin oriental du Mississippi — de ce gigantesque territoire appelé la Louisiane en l'honneur de Louis XIV, le Roi Soleil. C'est ainsi que les États-Unis avaient grandi, en payant à Napoléon six dollars cinquante-six centimes le kilomètre carré, et au Mexique, onze dollars cinquante-trois. Mais Juárez faisait ses comptes : si on incluait la république du Texas, perdue sans avoir rapporté un seul centime d'indemnisation, les onze dollars et quelque se réduisaient à six. Quelle bonne affaire !

Un soir Juárez et ses amis s'en allèrent voir une *troupe de minstrels** qui passait par La Nouvelle-Orléans et qui était un groupe de musiciens blancs maquillés comme des Noirs et qui, comme les Noirs, jouaient du banjo et des *bones*, une sorte de castagnettes faites avec deux morceaux des côtes d'un animal. « Je ne comprends pas », murmura Juárez. « Oui, l'anglais est très difficile à apprendre », dit un des Mexicains qui n'avait pas compris Juárez. Mais celui qui savait très bien ce que Juárez voulait dire, c'était son ami Melchor Ocampo qui, dans la moiteur de l'un ou l'autre de ces après-midi dominicaux où ils se promenaient sur les quais en manches de chemise, brillait par l'étendue de sa culture, qui englobait la politique et la botanique. Ocampo le politique proposait, comme remède aux maux du Mexique, de mener à bien la réforme engagée pendant les premières années qui avaient suivi l'indépendance du pays, avec l'occupation sur ordre du gouvernement des propriétés destinées aux missions des Philippines, et poursuivie par le président Gómez Farías — sans succès la première fois, avec un meilleur sort à la seconde tentative — lorsqu'il décréta la mise sous séquestre des biens de l'Église afin de réunir des fonds qui serviraient à la lutte contre l'invasion américaine, et Ocampo rappelait et citait des exemples et des précédents historiques qui lui revenaient à l'esprit en désordre, comme la nationalisation des biens du clergé décrétée en 1835 en Espagne par un Premier ministre libéral, la confiscation des biens de l'Église en Bohême au XVe siècle comme résultat de la révolution hussite — qui, en fin de compte, n'avait bénéficié qu'à la noblesse, disait Ocampo —, l'adjudication menée en France après la Révolution, et les mesures adoptées par l'empereur d'Autriche Joseph II, qui, en réalité, ne réussirent qu'à faire passer le capital d'une poche de l'Église à une autre, dit Ocampo, car le produit de la vente aux enchères de presque la moitié des couvents fut destiné aux paroisses, ce qui prouve que si Joseph II n'aimait pas les moines, il n'avait apparemment rien, ou peu de chose, contre les curés. Et Ocampo le botaniste, amoureux des plantes rares, que Juárez avait vu une fois s'agenouiller et pleurer devant des lys du Yucatán qui poussaient, solitaires, dans la gare de Tejería ; Ocampo cultivant des espèces exotiques dans sa propriété michoacane de « Pomoca » — anagramme de son nom —, proposait comme remède à la diarrhée du licenciado Benito Juárez une décoction de fleurs de cheveux d'ange broyées dans de l'eau, ou bien il racontait que la passion de l'impératrice Joséphine, la première épouse du premier Napoléon, avait été une fleur d'origine mexicaine, le *dahlia excelsa*, qu'elle avait fait semer dans les jardins de la Malmaison et dont elle avait interdit la culture à qui que ce soit, et il ajoutait que, après que quelqu'un eut dérobé des plants et que le dahlia mexicain eut commencé à apparaître dans d'autres jardins, Joséphine avait cessé de s'y intéresser et elle l'avait banni pour toujours, non seulement de sa demeure, qu'est-ce que vous en dites ? mais aussi, et excusez la rime, licenciado, de son cœur.

Tous les Français, ou presque, pardonnèrent également à Napoléon III — l'homme qui avait promis un règne pacifique — ses alliances bellicistes, ses expéditions impérialistes et les guerres coloniales qu'il commença à échafauder à peine installé au palais des Tuileries, dans le but de rendre à la France sa gloire et son prestige militaires. Entreprises qui reçurent ou ne reçurent pas, selon les cas, la bénédiction de Dieu ou les faveurs du sort. Le coup de chasse-mouches assené au consul de France par le bey Hussein, gouverneur d'Alger à l'époque où l'Empire ottoman s'étendait jusqu'à l'Afrique du Nord, fut le prétexte pour se lancer dans la conquête du territoire algérien, que Napoléon le Petit mena plus loin encore, en soumettant les tribus du désert de Kabylie. La mort de quelques missionnaires aux mains des indigènes d'Indochine provoqua l'envoi d'une force franco-espagnole qui s'empara de Saïgon et des trois provinces de l'Annam. L'exigence de la Russie d'exercer un protectorat sur l'Église orthodoxe de Turquie et l'invasion concomitante des principautés du Danube par les troupes Russes rappelèrent à Napoléon III que la France s'était engagée à protéger les chrétiens vivant sous l'hégémonie turque, et à la reine Victoria que le passage de sa marine de guerre et marchande vers l'Inde courait un sérieux danger : c'est ainsi qu'Anglais et Français, main dans la main, combattirent l'ours russe pendant la guerre de Crimée, célèbre non seulement à cause de Florence Nightingale et de la désastreuse et suicidaire charge de la cavalerie légère anglaise à Balaclava, mais aussi grâce aux batailles de l'Alma, d'Inkerman et de Sébastopol. Moins sonores par le nom, mais plus hauts en couleur, furent les combats de Magenta et de Solferino pendant la campagne entreprise par Napoléon III après avoir conclu un pacte secret avec le comte Cavour, Premier ministre de Sardaigne, pour aider l'Italie divisée à se libérer de ses oppresseurs autrichiens. Le « magenta » — du nom donné par les Italiens à un minerai rouge carmin, la fuchsine — fut découvert peu avant la bataille qui culmina par la reddition de la ville du même nom. Mais la couleur « solferino », un violet rougeâtre, ne devint vraiment à la mode qu'après le triomphe des troupes franco-piémontaises sur les Autrichiens à la bataille du même nom, qui suivit celle de Magenta, bien qu'indubitablement la couleur qui impressionna le plus l'empereur des Français fût celle qui oscillait entre ces deux nuances de rouge et qui coula à flots lors de cette campagne féroce qui, si elle ne réussit pas à unifier l'Italie, couvrit, en revanche, de sang les drapeaux français et autrichiens. C'est également pendant ce règne de paix promis par l'Empereur que les Français envoyèrent un corps expéditionnaire en Syrie — peut-être pour justifier l'existence de l'hymne impérial — et un autre en Chine, ce dernier devant s'unir aux Anglais dans l'opération destinée à se venger pour le mauvais traitement infligé par les Chinois à des délégués européens, et, en se donnant encore une fois la main, les forces franco-britanniques réduisirent en cendres le palais d'Été de Pékin. Mais de toutes ces aventures martiales, celle qui attira, fascina, absorba et préoccupa le plus Louis-Napoléon, ce fut l'intervention française au Mexique, dont l'objectif était de créer un empire dans ce pays, lointain et exotique, du continent américain. La guerre civile, qui, en dehors de rares trêves, avait duré quarante ans, montrait à l'évidence qu'au Mexique la république ne fonctionnait pas. Trois cents ans de vice-royauté et également le succès de Son Altesse Sérénissime, le général Antonio López de Santa Anna, prouvaient que les Mexicains, comme les Français et la plupart des peuples, aimaient la royauté, ses ors et ses pompes. Ce Santa Anna, précisément, orateur grandiloquent à la rhétorique ampoulée, reître et coureur de jupons, joueur invétéré et amateur de protocole, de galons et de tricornes emplumés, de titres et d'héraldique, créateur d'ordres et de décorations; ce Napoléon créole — je vois des Napoléon partout, disait Juárez, mais ils sont tous petits — qui jouait le pouvoir à qui-perd-gagne, comme il pariait sur les coqs ou les cartes, qui assumait ou abandonnait la présidence quand il en décidait ainsi ou quand cela lui convenait pour des raisons politiques, pour des motifs de santé, ou par caprice, ou par vengeance ou parce que ses partisans ou ses ennemis le mettaient dehors, ou parce que le peuple et ses adversaires le rappelaient, parce qu'il sortait de sa retraite de Manga del Clavo pour combattre l'ennemi extérieur qui oserait profaner le sol de la patrie — pour le dire avec les paroles de l'hymne national créé sous son égide — ou parce qu'on allait le chercher jusqu'en exil dans la maison de Turbaco où un jour avait vécu le Libérateur Simón Bolívar, ou aux îles Vierges où il cultivait le tabac et la canne à sucre et élevait des coqs de combat, afin qu'il revînt châtier la main qui avait profané l'auguste temple de la Constitution, pour le dire avec ses propres paroles; ce Napoléon de pacotille, disions-nous, semblait justifier la théorie et le discours du vicomte de Castlereagh, ministre britannique de la Guerre au début du siècle, alors que l'Angleterre avait déjà posé les yeux sur les colonies espagnoles d'Amérique, dont certaines étaient au seuil de l'indépendance. Lord Castlereagh, qui était pourtant homme à prendre les armes — il tua presque d'un coup de pistolet son collègue du gouvernement, Lord Canning, quelques années avant de se tuer lui-même d'un coup de couteau dans la veine jugulaire du meilleur aloi —, considérait que, plutôt que de tenter de reconquérir ces colonies par la force, il valait mieux y implanter des monarchies et mettre à leur tête des princes européens qui favoriseraient les intérêts du vieux continent et qui assureraient à ces peuples, plongés dans l'ignorance atavique, les superstitions et l'alcoolisme, la continuité de ces régimes patriarcaux, d'apparat et de circonstance, absolutistes et fourre-tout, mais contrôlés depuis l'Europe, auxquels l'Espagne les avait habitués depuis la conquête. C'est ce que pensait également Lord Canning lui-même, qui d'après l'historien Ralph Roeder avait pour habitude d'arracher une page de la Genèse, de s'éventer avec et de dire, à propos de l'Amérique espagnole: « J'ai appelé à la vie un monde nouveau. » C'est aussi ce qu'avait quelquefois pensé le duc de Wellington, qui suggéra au célèbre Fouché d'envoyer comme roi ou comme empereur dans un pays américain Ferdinand VII le Désiré, dont l'abdication avait permis à Pépé la Bouteille, le frère de Napoléon le

Grand, de gouverner l'Espagne. Désiré, Ferdinand VII le fut également, en tant que monarque, par ceux-là mêmes qui avaient pris en 1810 l'initiative du mouvement d'indépendance contre l'Espagne. Un ex-vice-président américain, Aaron Burr, aspira également à être empereur de ce pays. Peu après, un obscur franciscain espagnol, Joaquín Arenas, qui arriva au Mexique chargé de fers et mourut fusillé sur la route de Chapultepec, conspira pour rétablir la domination espagnole sur le Mexique à travers une monarchie locale. Et il n'a pas manqué de présidents mexicains monarchistes pour plaider en faveur d'un prince européen. Parmi eux Mariano Paredes et, plus tard, Santa Anna lui-même, qui sollicita l'assistance de l'Europe pour qu'on lui envoyât un homme qui mettrait fin à la corruption et au brigandage, et qui concourrait à la rédemption de ce peuple dont la cruauté, démontrée, preuves à l'appui, par les conquérants et les voyageurs, devait être également corroborée par d'illustres intellectuels et politiciens de l'époque. Le célèbre parlementaire et historien français Émile Ollivier, dans son *Histoire de l'Empire libéral*, racontait comment l'empereur mexicain Iturbide, pour célébrer, à une occasion, le Vendredi Saint, avait fait fusiller trois cents prisonniers. Et son compatriote le comte de Kératry, qui arriva au Mexique avec les troupes françaises, rapporta dans son livre *la Contre-guérilla française au Mexique* comment, lors de l'assaut donné au campement du chemin de fer de La Loma, les guérilleros juaristes surprirent un boulanger avec les mains dans la pâte, le tuèrent à coups de machette et continuèrent à pétrir la farine avec son sang.

Napoléon le Petit, Louis-Napoléon, qui avait autrefois rêvé de fonder un empire au Nicaragua, n'eut à franchir que quelques degrés de latitude sur la carte pour se retrouver au Mexique. La France, la protectrice de l'ordre et de la civilisation, de la liberté et de la foi catholique, était destinée, sous le règne du neveu de Napoléon le Grand, à endiguer l'expansion de l'hégémonie anglo-saxonne et du protestantisme sur le continent américain, habité en majeure partie par des peuples qui, comme celui de France, appartenaient à la race latine. Et elle le ferait en créant un trône au Mexique et en y installant un prince européen. L'idée fut suggérée à Louis-Napoléon par la belle Eugénie, Eugénie l'Espagnole, fille du comte de Montijo et petite-fille d'un marchand de vins écossais émigré dans la péninsule Ibérique. Dans sa jeunesse, Eugénie avait tenté de se suicider quand le duc d'Albe — descendant du sinistre seigneur du même nom, fléau de Dieu et de l'Espagne, et créateur aux Pays-Bas du Tribunal du Sang — préféra épouser sa sœur Paca. Mais Eugénie survécut au suicide et survécut à sa sœur, afin d'accomplir la noble destinée qui lui était promise, et qu'elle commença à assumer le jour où cinq cents musiciens jouèrent la marche « Le Prophète » de Meyerbeer devant la cathédrale Notre Dame de Paris d'où sortait Eugénie, au bras de l'empereur des Français, vêtue d'une robe blanche de soie et de velours d'Alençon, portant à la main un bouquet de fleurs d'oranger et sur la tête le diadème de brillants de la reine Marie-Louise. La France et le monde appartenaient à Eugénie, et si la couronne dorée surmontant le carrosse qui l'avait transportée à la cathédrale, et qui était le même que celui qu'avaient emprunté Napoléon le Grand et Marie-Louise le jour de leurs noces, si la couronne était tombée par terre en sortant des Tuileries, comme cela s'était également produit pour le mariage de Napoléon le Grand, cette coïncidence, incroyable, extraordinaire, ne pouvait être interprétée que comme un heureux présage.

C'est Juárez, l'Indien Juárez, qui fournit à Napoléon le prétexte qu'il attendait. Revenu au Mexique après un long périple — il voyagea de La Nouvelle-Orléans à Panamá, traversa le Darién et s'embarqua à nouveau sur le Pacifique à destination d'Acapulco —, il exerça la charge, successivement, de ministre de la Justice, puis de l'Intérieur, et ensuite il fut nommé président de la Cour suprême de justice par le président Juan Alvarez, qui, en renonçant à la première magistrature, transmit son poste à Ignacio Comonfort, surnommé pour cette raison « le Président Substitut ». Vers la fin de l'année 1857, Comonfort fit un coup d'État en appuyant le plan de Tacubaya proclamé par le général Félix Zuloaga, qui rejetait la toute nouvelle Constitution votée la même année et rétablissait les privilèges ecclésiastiques et militaires. Benito Juárez fut appréhendé et libéré quelques semaines plus tard, le 11 janvier 1858. Privé d'appui et ne souhaitant pas rester à la présidence, Comonfort abandonna le Mexique. Deux jours avant le départ de Comonfort pour le pays qui était le refuge traditionnel des libéraux mexicains : les États-Unis, Benito Juárez, qui, en qualité de président de la Cour suprême de justice, était automatiquement devenu président de la République, prêta serment dans la ville de Guanajuato et se rendit ensuite à Guadalajara. Le général Zuloaga fut élu par les conservateurs président par intérim, charge à laquelle il renonça un an plus tard, en nommant à sa place le général Miguel Miramón, surnommé par beaucoup « le jeune Maccabée », âgé de vingt-huit ans, qui, pendant l'intervention américaine de 1847, avait été un des jeunes cadets qui avaient défendu le château de Chapultepec, siège du Collège militaire. Le Mexique eut ainsi, pendant presque trois ans, deux gouvernements. Les conservateurs étaient maîtres de la capitale. Juárez décida d'installer son administration dans la ville de Veracruz, où il arriva au terme d'un autre de ces longs périples qu'il semblait tant affectionner et qui préfiguraient l'errance à laquelle l'intervention française allait contraindre son gouvernement : il s'embarqua sur le Pacifique dans le port de Manzanillo, voyagea jusqu'à Panamá, traversa le Darién et s'embarqua à nouveau sur l'Atlantique, en direction du golfe du Mexique. Avec le plan de Tacubaya débuta un nouveau conflit sanglant parmi tant d'autres, la guerre dite de la Réforme ou guerre des Trois Ans, entre libéraux et conservateurs. Quand enfin les libéraux remportèrent la victoire, ce ne fut qu'un triomphe précaire, à la Pyrrhus, car le pays était en pleine banqueroute : les coffres du trésor étaient vides, les terres cultivables abandonnées et improductives. En outre, les biens immobiliers du clergé, qui avaient été nationalisés, n'avaient pas rapporté autant qu'on l'espérait, en partie parce que les propriétés furent vendues à vil prix par leurs nouveaux possesseurs, pressés de les transformer en argent sonnant et trébuchant le plus vite possible, et les richesses dont on avait dépouillé les églises, les objets du culte en or, les peintures de prix, les candélabres d'argent, les joyaux des reliques avaient fini dans les poches, les maisons et les coffres de multiples militaires et de bon nombre de civils. Pour sortir de ce bourbier, le gouvernement du président Benito Juárez décréta, le 17 juillet 1861, la suspension, pendant deux ans, du paiement des intérêts sur la dette extérieure du Mexique, dont le montant atteignait un peu moins de quatre-vingt-deux millions de pesos. Les principaux créanciers étaient l'Angleterre, l'Espagne et la France. Aux Anglais, le Mexique devait soixante-neuf millions ; aux Espagnols, neuf millions et demi ; aux Français, deux millions huit cent mille pesos.

A leurs soixante-neuf millions, les Anglais ajoutaient plusieurs réclamations et, entre autres, la restitution de six cent soixante mille pesos extorqués par la force au siège de la légation anglaise à Mexico par l'ex-président Miramón, ainsi que des six cent quatre-vingt mille pesos que valait le chargement d'argent, propriété de sujets de la Couronne, mis sous séquestre à Laguna Seca par le général libéral Santos Degollado. Le gouvernement de Juárez avait reconnu antérieurement la « responsabilité de la nation » dans les deux cas, et décidé de payer les sommes correspondantes, comme le stipulait le traité Wyke-Zamacona, que le Congrès mexicain refusa de ratifier.

A leurs neuf millions et demi, les Espagnols ajoutaient l'indemnisation réclamée pour l'assassinat de plusieurs sujets espagnols dans les haciendas mexicaines de San Vicente et de Chiconcuaque, demande à laquelle avait accédé le gouvernement de l'ex-président Miramón en signant le traité Mont-Almonte.

A ses deux millions huit cent mille pesos, les Français ajoutèrent les quinze millions de ce qu'on appelait « les bons Jecker ». Jean-Baptiste Jecker était un banquier suisse qui faisait des affaires au Mexique, où vivait — et prospérait — un de ses frères, et qui, quelques années auparavant, avait consenti un prêt au gouvernement de Miramón. La maison Jecker fournit au jeune président un million et demi en argent et en uniformes pour ses troupes, en échange de quoi le gouvernement de Miramón émit des bons payables sur les douanes pour une valeur de quinze millions de pesos : un prêt à 900 %.

« *Morny est dans l'affaire** », entendait-on dire. Et si Morny y était vraiment, c'est que sa participation était presque une garantie de succès. Le duc Auguste de Morny était bâtard à double titre : c'était le fils naturel qu'Hortense de Beauharnais avait eu du comte Auguste Charles Flahault de la Billarderie, qui à son tour était le fils naturel d'un prêtre excommunié, devenu grand chambellan de Napoléon le Grand et prince de Talleyrand. Arbitre des élégances, créateur de modes comme le chapeau, les gants et le monocle *à la Morny**, propriétaire de fabriques de sucre de betterave à Clermont-Ferrand, amateur et *connaisseur** de chevaux de course, spéculateur en Bourse et homme, enfin, immensément riche qui collectionnait les lions vivants dans les jardins et les singes dans les chambres et les living-rooms de son palais, le duc de Morny avait intégré à son blason la fleur d'hortensia — c'est pourquoi on l'appelait aussi « le comte Hortensia » — en l'honneur de la mère qu'il partageait avec l'empereur des Français, Louis-Napoléon.

C'est à lui que Jean-Baptiste Jecker fit appel quand Juárez refusa de reconnaître les termes scandaleux du contrat qui portait son nom. Jecker promit cinq millions à Morny et Morny, en plus d'accorder la nationalité française à Jecker afin de rendre sa réclamation également française, lui promit à son tour de faire pression sur son frère utérin pour le décider à intervenir au Mexique.

Morny, dans la foulée, convainquit Louis-Napoléon de remplacer le vicomte de Gabriac comme représentant de la France au Mexique par son ami — et associé dans l'affaire Jecker —, le comte Charles Dubois de Saligny, qui non content de se déclarer victime d'un attentat contre sa vie commis au Mexique, ajouta aux dix-sept millions huit cent mille pesos que réclamaient désormais les Français différentes autres sommes, plus ou moins importantes, et entre autres la facture relative à un chargement de vins français qui avait été envoyé à Agustín de Iturbide quarante ans auparavant, et que l'éphémère empereur mexicain n'avait jamais payé, peut-être parce qu'on l'avait déjà fusillé.

Quoi qu'il en soit, peu importe que Louis-Napoléon ait appris ou non les manigances entre Morny et Jecker : pour lui, l'intervention ne visait pas à toucher quelques millions de plus ou de moins, mais d'accomplir ce que le poète Lamartine avait décrit comme « une idée grandiose, vaste comme l'océan... une entreprise qui sera à l'honneur du siècle en Europe et de la France dans l'Amérique espagnole... ».

Et il considéra que le moment était arrivé de mener à bien cette idée grandiose.

2. Du bal d'hier soir, aux Tuileries

Il neigeait sur Paris. Il neigeait sur le pont de l'Alma. Il neigeait sur la rue de Rivoli qu'empruntait Cléopâtre, tout juste sortie d'un bain de champagne et de lait d'ânesse.

« Le Sénat romain présente ses respects à la République de Venise », dit le sénateur romain vêtu d'une toge d'un blanc immaculé au noble vénitien portant une casaque dont les manches dorées touchaient presque le sol.

« Ah, Venise, Venise ! Rien de plus facile en ce palais que de présenter vos respects à Venise, mon cher sénateur, car ici vous découvrirez partout Venise, ou du moins son fantôme, et particulièrement dans le bureau de l'empereur sous la carte du nouveau Paris. »

Sur Paris tombait la neige. Sur ses ponts, sur ses arbres, sur les avenues où passaient les reines de Saba.

« Je ne comprends pas, Votre Majesté.

— Les mauvaises langues ne prétendent-elles pas que l'esprit de Venise hante les abords des Tuileries ? »

Vers le palais des Tuileries, resplendissant cette nuit-là sous la neige, avec toutes ses fenêtres éclairées, convergeaient les naïades aux loups de velours couleur d'aigue-marine.

« Votre Majesté... je ne me permettrais pas...

— Je ne suis pas Votre Majesté, dit le noble vénitien, et c'est pourquoi je me permets, moi, de répéter des phrases comme celle-ci, forcément mensongères et diffamatoires, non pas tant, d'ailleurs, parce qu'elles émanent d'un étranger. Je vous supplie donc de ne pas m'appeler Votre Majesté. Moi aussi, ne voyez-vous pas là une extraordinaire coïncidence ? je suis sénateur. »

Le sénateur romain inclina la tête. Aucune trace de neige ne subsistait dans ses cheveux.

« Me permettrez-vous une observation de circonstance ? dit-il. En raison de l'ampleur des manches, ce vêtement me fait plus penser à un doge qu'à un sénateur romain.

— Allons, allons, mon cher Prince, ne soyez pas aussi intransigeant. Je ne suis pas non plus arrivé aux Tuileries sur le *Bucentaure*. Pas même dans une modeste gondole. Considérez-moi comme votre égal.

— Bien des siècles séparent Rome de Venise.

— Mais seulement une centaine de lieues de terre ferme. Cette même terre italienne où tous deux : vous et moi... ou je devrais peut-être plutôt dire : où vous autres et nous autres avons posé les pieds.

— Votre Majesté... »

Par l'escalier de l'Impératrice, chaque fois qu'entrait un gladiateur ou une déesse grecque, un peu de neige se glissait.

« Oubliez ce titre une fois pour toutes, et je promets de ne plus vous appeler Votre Altesse ou mon cher ambassadeur. Au moins jusqu'à ce que nous retirions nos masques.

— Monsieur le sénateur est très spirituel...

— Appelez-moi *Signore Procurante* », dit le noble vénitien et il s'inclina. Ses manches frôlèrent le sol et s'il avait neigé à l'intérieur des Tuileries elles auraient recueilli un peu de cette neige presque tiède.

« Alors j'ai le plaisir de rencontrer un disciple de Voltaire ?

— D'une certaine façon, oui. Je suis un fils du siècle des Lumières et un admirateur de ces souverains qui ont tout fait pour le peuple, mais sans le peuple. Joseph II, Frédéric le Grand qui a tant aimé la culture française et qui fut l'ami de Voltaire lui-même... mais peut-être ai-je eu tort de mentionner Frédéric le Grand, dont le souvenir, j'imagine, ne doit pas être agréable pour vous autres...

— Si Votre Majesté se permet de parler en tant que Français, je le ferai en tant qu'Allemand : les rancunes du passé n'appartiennent qu'au passé. Joseph II et Frédéric le Grand furent tous deux de grands monarques pour le peuple allemand.

— Moi ? Vous me traitez de Français ? »

Celui-là devait être un chasseur persan, ou quelque chose d'approchant, avec son énorme cafetan. Une salamandre l'accompagnait.

« Tout est relatif. Regardez, par exemple », poursuivit le noble vénitien, sous son masque qui lui faisait une tête d'oiseau, « la culture française appartient au monde. Napoléon Ier, qui était corse, a appartenu à la France. Et moi...

— Vous ?

— Moi, mon cher Sénateur, en tant qu'homme cosmopolite, j'appartiens à l'Europe et je me suis engagé à lutter pour la liberté et la dignité de l'homme sur notre continent tout entier. Mais nous ne pourrons atteindre ce but que quand la paix l'emportera. Et nous atteindrons la paix quand... »

Le noble vénitien jeta un regard distrait sur une Ariane à la couronne d'or et d'astres, accompagnée par un Bacchus paré de boucles d'oreilles, de colliers et autres pampres aux raisins verts et pourpres. Le laquais musculeux qui les suivait, à moitié nu, était sans aucun doute la constellation d'Hercule à genoux.

« Mais vous disiez...

— Ah, oui, que moi, en tant que Vénitien, je lutte pour la libération de Venise... cela ne vous semble-t-il pas être la chose la plus naturelle au monde ?

— Et ne semble-t-il pas naturel au *Signore Procurante* que les maîtres de Venise ne souhaitent pas s'en séparer ?

— Les maîtres ? Mmmm... Vous savez qu'il y a une transaction qui, si elle est acceptée, contribuera dans une large mesure au renforcement de la Maison d'Autriche...

— Le trône du Mexique, Votre Majesté, pourrait surtout contribuer au renforcement de votre renommée... ceci, si l'aventure est couronnée de succès, sinon...

— Je vous en prie, ne parlez pas d'aventure : il s'agit d'une entreprise très sérieuse.

— Mais qui ne contribuerait en rien au renforcement du pouvoir effectif de la Maison d'Autriche, de son territoire... »

Le monde entier et tous les siècles étaient représentés. Jeunes philosophes portant chitons doriques et chlamydes blanches. Henri VII d'après un tableau de l'école de Holbein. Lansquenets avec piques ayant participé au *sacco di Roma*. La duchesse d'Urbino peinte par Piero della Francesca.

Le noble vénitien se gratta la tête.

« Les manches amples ne sont pas l'exclusivité des anciens doges de Venise, dit-il, les enchanteurs en ont également. Merlin, par exemple. Je ne peux pas, comme lui, me transformer en lévrier ou en lapin, mais par contre je pourrais tirer de ces manches plus d'une surprise. Je ne vous promets pas non plus que l'Empire romain germanique s'étendra à nouveau depuis l'Oceanus Hibernicus jusqu'à l'Arabie Pétrée... ces noms m'ont toujours ravi : Arabie Pétrée, Arabie Heureuse... Mais, je me le demande, les héritiers du Saint-Empire romain germanique fondé par Charlemagne ne voudraient-ils pas, ne souhaiteraient-ils pas agrandir leurs possessions à l'est du Danube ? »

De toutes les fenêtres que possédait l'immense et imposant salon des Maréchaux du palais des Tuileries, six donnaient sur la place du Carrousel et une sur le jardin. Par ces fenêtres, on pouvait voir que la neige continuait à tomber sur Paris.

« Agrandir l'Empire autrichien à l'est du Danube ? Maintenant que nous avons retiré nos troupes des principautés pour favoriser la constitution d'un nouveau pays, la Roumanie ? J'aurais l'audace de penser que cette proposition, Sire, arrive trop tard. »

Il neigeait sur Paris. Il neigeait sur l'avenue Montaigne. Sur la fosse commune du cimetière de Montmartre. Il neigeait sur les fortifications de la porte de Clignancourt et sur les misérables cahutes des alentours, sur la peau des tigres du Punjab et des léopards de l'Afghanistan au parc zoologique de Paris.

« Mon cher Sénateur : le fait que le sultan de Turquie ait exprimé il y a... c'était quand ? bref, il y a quelques semaines, son accord sur l'unification de la Moldavie et de la Valachie ne veut rien dire : la Roumanie n'est pas encore un pays. Ce n'est qu'un nom. Pour qu'elle parvienne à être un pays véritable, la protection temporaire d'une ou de plusieurs puissances ne lui serait pas inutile. Rien n'est écrit sur la carte de l'Europe. »

Et il avait également neigé sur les plumes de quetzal de l'immense panache de la princesse aztèque qui dissimulait son visage derrière un masque de jade.

« Apparemment, dit le sénateur romain, l'esprit du Mexique hante lui aussi les Tuileries.

— Je vous jure qu'il s'agit seulement d'une autre coïncidence extraordinaire. J'ignore qui est la dame qui a eu une si heureuse audace. »

Tristan de Loonois et Lancelot du Lac échangeaient leurs épées et des nuées de baisers. Il semblait que c'était deux hommes, mais ce pouvait être deux femmes.

« Comique, une princesse aztèque sur fond de neige, vous ne trouvez pas, Sénateur ?

— Comique, en effet. Et absurde. Aussi absurde, oserai-je dire, qu'un carrosse d'or en plein tropique. Je crains, Votre Majesté, que non seulement bien des coups de canon ne soient nécessaires pour asseoir un prince européen sur le trône du Mexique, mais qu'il n'en faille beaucoup plus encore pour l'y maintenir.

— Non, je ne crois pas que ce soit une entreprise si insurmontable. Le peuple mexicain a perdu aujourd'hui son ancienne grandeur. Avez-vous lu cet historien américain, Prescott ? Il me semble que c'est lui, oui, qui le comparait aux peuples égyptien et grec : ce sont des races conquises, mon cher prince, qui n'ont plus rien à voir avec la civilisation de leurs prédécesseurs.

— Il y a longtemps que le Mexique est une république.

— Il y a longtemps que le Mexique est en pleine déconfiture. Et dites-moi : si la France elle-même a démontré qu'elle n'était pas mûre pour être une république, pourquoi le Mexique le serait-il ? Même question pour ces pauvres pays hispano-américains qui vont de révolution en révolution ? Et puisque vous parliez d'un carrosse en plein tropique : que me dites-vous, Altesse, du Brésil, un pays qui a bénéficié de plus d'un quart de siècle de paix et de prospérité sous le règne de Pedro II ? Chemins de fer, routes, nouvelles industries : voilà ce qu'est le Brésil. Oui, un carrosse royal en plein tropique, mais un carrosse avec des cheminées, mon cher prince, qui se déplace mû par la vapeur sur des rails d'acier à l'image du progrès moderne dans son ensemble, qui, à son tour, avance à grands pas, ou bien ce n'est pas le progrès. Vous le voyez bien avec Suez. Nous avons commencé à creuser le canal avec des pelles et des seaux, et maintenant nous avons développé des méthodes incroyables, grâce au génie de Lesseps, et en plus nous en avons fait une source de richesse pour le peuple français. A Paris, tout le monde a des actions du canal : les coiffeurs, les maçons, les bouchers. Ensuite nous continuerons avec un canal au Nicaragua ou à Panamá, peut-être... »

Le noble vénitien rêvait. Il contempla une Diane chasseresse avec turban de fourrure et carquois à l'épaule, qui se frayait un passage suivie par deux laquais qui portaient un chevreuil, prêt à rotir. La reine des abeilles agitait ses ailes de gaze transparente et autour d'elle dansaient des nains déguisés en bourdons. Ils dansaient et ils bourdonnaient.

« Mais le Mexique est un pays plus violent que le Brésil. Là-bas un empereur pourrait connaître le même sort que William Walker en Amérique Centrale ou que Raousset-Boulbon au Mexique même...

— Il est effectivement curieux que Walker et Boulbon aient commencé, tous les deux, par envahir le Sonora et que tous deux aient été exécutés... Mais par Dieu, mon cher Sénateur : nous ne pouvons pas faire de comparaison. Je me permets de vous rappeler que Walker était un aventurier, un pirate. Nous, nous enverrons un prince de sang royal, qui, en outre, pourra compter sur le concours matériel des puissances européennes et sur le soutien de l'armée française.

— Walker a compté sur l'appui des États-Unis pour conquérir le Nicaragua.

— Nous autres, nous compterons sur l'appui de la Confédération.

— Ma condition de sénateur romain peut m'autoriser à demander au *Signore Procurante* : qu'en est-il des rumeurs selon lesquelles le Texas et la Louisiane seraient cédées à la France si celle-ci reconnaît la Confédération ? »

Les arlequins, qui pullulaient dans les bals organisés sous le règne austère de Louis-Philippe, brillaient par leur absence. Quant aux dominos, ce déguisement sommaire était réservé aux agents de la sécurité : Louis-Napoléon ne voulait pas mourir, comme Gustave de Suède, assassiné au cours d'un bal masqué.

« Vous l'avez dit, Sénateur, ce sont des rumeurs. Oui, j'avoue que j'aimerais réparer quelques erreurs historiques de la France, dont mon illustre prédécesseur est en grande partie responsable... La Louisiane... et quand on pense que Bonaparte a affirmé alors qu'avec la Louisiane il avait fourni à l'Angleterre un rival maritime qui allait rapidement museler son arrogance. Si nous pouvions remonter le temps, Sénateur, je convaincrais Napoléon de suivre le conseil de Colbert, qui a dit que la France devait maintenir sa présence en Louisiane et à Saint-Domingue. Je pense que si nous avions reconnu le gouvernement de Toussaint Louverture, nous n'aurions pas perdu Haïti. Vous ne croyez pas ? Et après la défaite du Nil, mon oncle aurait dû insister pour restaurer notre puissance en Inde... Mais, comme vous pouvez le constater, les Anglais se sont solidement implantés en Inde avec Clive, et maintenant ce pays est un des piliers de l'Empire britannique... Si vous me le permettez, pour revenir à Raousset-Boulbon, je vous dirai que le cas était différent...

— Parce qu'il était français... ?

— Parce qu'il était européen, et un de ceux qui ont remarqué que l'hégémonie des États-Unis s'étendait si rapidement que dans dix ans pas un seul coup de canon ne serait tiré en Europe sans leur consentement... J'exagère, évidemment, mais de son côté Tocqueville l'a déjà signalé, il y a plus de trente ans, quand il a affirmé — vous devez vous en souvenir — que les États-Unis et la Russie semblaient voués, de par la volonté divine, à gouverner chacun une moitié du monde... Mais nous n'allons pas faire de Tocqueville et de Raousset des prophètes, n'est-ce pas ?

— Je suppose qu'il faudra remercier la France et l'Angleterre d'avoir vaincu les Russes en Crimée ?

— Et les confédérés, mon cher Sénateur, pour les coups de feu échangés à Fort Sumter, puisqu'ils ont transformé les États-Unis en États-Désunis. Quel dommage que vous n'ayez pas pris part à la guerre de Crimée... Mais nous avons atteint notre objectif, qui était de contenir les Russes à l'intérieur de leurs frontières. Bien que, parfois, je me demande s'il n'aurait pas mieux valu se répartir la Turquie, plutôt que de l'aider... L'Autriche, comme je l'ai dit à l'archiduc Maximilien, aurait augmenté son territoire de l'Albanie et l'Herzégovine... »

En revanche il y avait une dame déguisée en arbre, et de ses bras pendaient des pommes de velours rouge. Deux ou peut-être même trois *macaroni* de la fin du XVIIIe siècle, avec leurs longues perruques merveilleusement frisées et leurs minuscules escarpins aux énormes boucles dorées que la neige avait tachés, se gargarisaient au champagne.

« Pendant combien de temps encore, Sire ? »

Le noble vénitien expliqua que la perruque des *macaroni* lui rappelait celle que portait habituellement le premier roi de la lignée des Hohenzollern afin de dissimuler sa bosse, et il ajouta :

« Pendant combien de temps encore, quoi... ?

— Pendant combien de temps encore resteront-ils les États-Désunis ? Le Nord peut compter sur des ressources supérieures.

— Le Sud, sur une armée plus puissante.

— Le Nord est en situation de tripler le nombre de ses soldats dans un délai relativement bref.

— Mon cher Sénateur, le Nord défend *la Case de l'oncle Tom*. Le Sud, tout un système économique, un système de vie auquel il ne va pas renoncer facilement. Rappelez-vous qu'il possède trois millions d'esclaves..

— Autant dire l'ennemi en la demeure.

— Nous pourrions leur fournir une soupape de sûreté, stimuler l'émigration des nègres vers l'Empire mexicain... Il y a un Américain, un certain Corwin, qui a des idées très intéressantes sur le sujet...

— Mais si les Confédérés se sont lancés dans une guerre pour défendre l'esclavage, je ne pas crois qu'ils seraient disposés à se défaire de leurs nègres...

— Je veux parler d'une émigration limitée... »

Il y avait également deux ou trois conquistadores espagnols avec des masques d'acier, et on trouvait là le ménage Arnolfini, suivi par un laquais qui tenait à hauteur du visage un miroir concave, ou peut-être convexe.

« Ou si le Sénateur veut le dire avec d'autres termes, poursuivit le noble vénitien, il pourrait parler d'un remboursement. L'Empire mexicain reconnaîtra la Confédération, et celle-ci remboursera à l'Empire son aide avec des ressources humaines...

— Le Mexique, dans ce cas, achèterait des esclaves ? »

Et des Lombards vêtus de tuniques de lin bordées d'une épaisse fourrure sombre.

« Il achèterait sa liberté. Nous ferons du Mexique un nouveau Liberia. A propos, l'Impératrice, toujours aussi férue d'histoire, était ravie l'autre jour quand je lui ai dit que le mot "Liberia" vient de "Liberté" et que le nom de sa capitale, Monrovia, s'inspire de celui du président Monroe — celui-là même qui a inventé la doctrine qui nous empoisonne tellement —, qui a eu l'idée de créer ce pays pour qu'aillent y vivre les nègres américains en toute liberté. Et qu'est-il arrivé ? Seuls sont partis quelques individus qui ont asservi les pauvres nègres locaux... un échec... Non, nous ne voulons au Mexique rien de semblable à l'État esclavagiste que Walker souhaitait fonder au Nicaragua. Au moment même où ils mettront le pied sur le territoire mexicain, les esclaves obtiendront leur liberté.

— Je ne pense pas, *Signore Procurante*, qu'un tel type d'immigration puisse améliorer la race latine... »

Et pour ne pas abîmer les tapis ou le *parquet** des salons du palais des Tuileries, les courtisanes grecques avaient renoncé aux sandales dorées dont les semelles, garnies de clous pointus, portaient écrit à l'envers le mot « Suis-moi » qui devait rester gravé à l'endroit dans la terre ou dans la poussière des rues et des chemins. Ou, dans le cas présent, dans la neige, qui continuait à tomber sur Paris.

« Le Mexique a un territoire énorme avec de grandes zones dépeuplées.

Nous répartirons les nègres de façon stratégique. En outre, quand nous disons que ce projet a pour objectif la protection de la latinité en Amérique hispanique, nous ne songeons pas à la protection de la race. Il ne s'agit pas de la couleur de la peau. Il s'agit de défendre les traditions et la culture latines et, en dernière instance, les traditions et la culture européennes qui appartiennent également à des millions d'Indiens de ce continent. »

Le noble vénitien prit le sénateur romain par le bras et il commença à marcher, en s'éloignant de l'orchestre.

« Juárez, poursuivit-il, se nourrit de l'esprit de Rousseau comme nous, et non pas de la philosophie politique des Aztèques ou des Incas, si tant est qu'elle ait jamais existé.

— Il ne semble pas que ce soit de l'esprit de Rousseau que se nourrissent les monarchistes mexicains. Gutiérrez Estrada, par exemple...

— Ah, je vous en prie, ne me parlez pas de cet énergumène. Vous saviez que la seule mention de son nom donne des frissons à l'Impératrice ? Elle dit qu'il lui rappelle Philippe II. Ou Torquemada. Mais ne vous inquiétez pas, Gutiérrez Estrada restera bien tranquille dans son palais Marescotti. Il ne peut vivre sans embrasser les sandales du Pape... Quant aux autres... on pourra toujours leur donner des postes diplomatiques dans les cours européennes. »

Quelques nymphes se maquillaient les lèvres en utilisant comme miroir le poli des cuirasses argentées des gardes palatins.

« Nous verrons bien, ajouta le noble vénitien. Je parlais de traditions. Vous conviendrez avec moi que la plus importante de toutes est notre foi catholique et sa défense constitue l'objectif primordial du projet. La très catholique Maison d'Autriche, marteau des hérétiques comme l'a appelée Laurens Gracián, partage sans aucun doute cet intérêt. »

Madame la Nuit, couverte d'un long manteau de velours bleu piqué d'étoiles et le visage caché par un masque de pleine lune rayonnante, dansait avec un décapité qui, à en juger par la tête posée sur un plateau d'argent portée par un laquais, devait être Charles Ier d'Angleterre.

Le noble vénitien s'arrêta, lâcha le bras du sénateur romain et lui frappa la poitrine du bout des doigts.

« Je vais vous demander une fois de plus de faire jouer votre influence sur Vienne. Il est nécessaire que Son Altesse l'archiduc Ferdinand Maximilien se décide une fois pour toutes. C'est-à-dire, de façon officielle, publique, car nous savons bien qu'il est convaincu.

— Puis-je demander comment *il Signore Procurante* le sait ?

— De très bonne source. Leurs Altesses l'Archiduc et l'Archiduchesse prennent des cours d'espagnol plusieurs heures par semaine. La princesse Charlotte dévore les livres sur les légendes mexicaines, et le prince est plongé dans Humboldt, dans Mathieu de Fossey et autres voyageurs qui se sont attachés à décrire les merveilles et les richesses du Mexique. Et attendez que notre illustre Michel Chevalier rende son rapport complet. Je vous montrerai quelques statistiques qui parlent d'elles-mêmes. Saviez-vous, par exemple, que les importations du Mexique en provenance de France sont presque cinq fois supérieures à ses exportations vers notre pays? Nous ne pouvons pas négliger ce marché ni le gigantesque potentiel minier du Mexique. Oui, je sais bien qu'au Parlement on a dit que le Sonora pourrait n'être finalement qu'un mythe, comme la Californie. Mais il n'en est rien. Walker et Raousset savaient très bien ce qu'ils voulaient. Le Sonora a d'immenses réserves d'argent. Et dites-moi: l'Europe va-t-elle, allons-nous nous laisser dépouiller de toute cette richesse? Il y a déjà longtemps que les Nord-Américains ont entrepris la conquête économique du Sonora. Ils ont investi là-bas des millions de dollars. Et il se peut que de but en blanc le gouvernement de Juárez signe un autre traité et leur livre la totalité du territoire du Sonora.

— L'Europe a déjà des intérêts au Mexique. Les Anglais contrôlent toutes les mines d'argent de la région centrale du pays.»

Le noble vénitien prit à nouveau le bras du sénateur romain et il commença à marcher d'un pas tranquille.

«Et ce n'est pas tout: les exportations de l'Angleterre vers le Mexique sont presque trois fois supérieures aux nôtres. Et si nous les laissons construire plus de chemins de fer au Mexique, ils vont tout rafler dans ce pays. Mais je m'étonne que vous considériez les Anglais comme des Européens. A plus d'un point de vue, l'Angleterre n'est pas l'Europe. Ou disons que nous pouvons considérer les Anglais comme des Européens quand cela nous convient, et comme des barbares ou des Vikings ou ce que vous voudrez, quand cela sert nos intérêts. En fin de compte ce sont eux, et eux seuls, qui sont coupables de la présence en Amérique de vingt millions de Yankees, les nouveaux vandales de l'histoire, qui veulent s'emparer de la totalité du continent, en commençant par son nom, qu'ils se sont déjà adjugé.

— A propos de l'Angleterre, je vous avoue que je trouve un peu étrange qu'on sollicite l'appui d'une nation protestante pour une entreprise destinée à défendre la foi catholique.

— Sénateur, une des vertus les plus appréciées chez un gouvernant, c'est le pragmatisme. Je me permettrai de vous rappeler que notre illustre cardinal Mazarin a sollicité l'aide de celui qui a été non seulement un protestant farouche, mais, de surcroît, un régicide: Cromwell. Et que François Ier a cherché, et obtenu, l'alliance de Soliman le Magnifique... Eh bien, s'il est vrai que la classe aisée anglaise souhaite le triomphe des Confédérés, l'Empire mexicain ne fera que renforcer ses intérêts. Oui, nous avions besoin du soutien de Sa Majesté Britannique et grâce à Dieu, ou peut-être grâce à Albert, nous l'avons obtenu... Une femme extraordinaire, Victoria, vous ne trouvez pas?

— On dit qu'elle ne se console pas de la mort du prince Albert.

— Ah, vous n'avez pas idée du plaisir qu'ils ont pris à venir si souvent en France. Victoria a toujours pris Saint-Cloud pour un palais de conte de fées. Et à Versailles, où ils ont à coup sûr connu Bismarck, ils pleuraient presque d'émotion au spectacle de ces magnifiques feux d'artifice dont le clou a été une reproduction du château de Windsor. Nous en avions également prévu un pour ce soir, mais, comme vous le voyez, il neige. Ce sera pour une autre fois. Pour en revenir au Mexique, êtes-vous au courant de ce qui s'est passé à l'arrivée des navires français à Campeche ? Le peuple a donné libre cours à sa ferveur monarchique. Et d'après mes calculs, Lorencez doit déjà avoir débarqué à Veracruz, avec quatre mille hommes supplémentaires. Dans ces conditions, nous n'aurons plus seulement au Mexique des pantalons bleus, mais aussi des pantalons rouges. On me dit, de plus, que Carrera serait disposé à s'unir à l'Empire mexicain dès que, bien entendu, un empereur sera installé là-bas.

— Carrera ?

— Rafael Carrera, vous devez vous en souvenir : le président perpétuel du Guatemala, comme il se fait appeler. Encore un de ces dictateurs comme il en prolifère dans ces contrées. Soulouque, Rosas, Santa Anna... Ouf, vous me permettrez d'enlever quelques secondes mon masque pour respirer. Je meurs de chaleur et la cire de mes moustaches commence à fondre. »

Le noble vénitien ôta son faciès et derrière le masque apparut le visage de Napoléon III.

« Je n'y aurais jamais songé... Cela a été un grand honneur, Sire, d'avoir conversé...

— Avec un sénateur de la République de Venise. Mais maintenant vous pouvez vous adresser à l'empereur des Français, à condition, bien entendu, cher Sénateur, que vous dévoiliez votre identité. »

Le sénateur romain ôta son loup de soie blanche et derrière le loup apparut le visage du prince Richard Metternich.

« Ah, ah, quelle surprise. Le prince Metternich, notre cher et excellentissime ambassadeur d'Autriche, le fils du grand chancelier Clemens Metternich. Je n'en crois pas mes yeux... Bienvenue aux Tuileries. »

Il n'y avait pas non plus cette nuit-là de Salammbô semblable à celle décrite par Flaubert, car depuis que la comtesse de Castiglione s'était présentée ainsi à un bal des Tuileries avec la consigne de mettre Louis-Napoléon dans son lit (cheveux ramassés sous un bandeau de diamants et, sous les tulles transparents, les épaules, le dos, les bras et les jambes nus, avec une traîne de velours noir que soutenait d'une main le comte de Choiseul déguisé en page africain avec la peau teinte en noir et dans l'autre main un énorme parasol — qui en l'occurrence aurait servi de pare-neige), personne depuis lors, n'avait eu l'audace de se déguiser ainsi. Mais tout le monde était là, y compris Vénus sortant de l'onde.

« Oui, poursuivit Napoléon. Accordez-vous quelques minutes la semaine prochaine, mon cher prince, pour vous entretenir avec moi. Prenons dès à présent rendez-vous. Je veux, comme je vous le disais, vous montrer plusieurs choses. L'Impératrice a commandé le dessin d'une vaisselle avec le monogramme impérial de Maximilien Ier du Mexique. Ce sera un de nos présents. Elle a également demandé à un de nos meilleurs tailleurs d'inventer un uniforme de parade pour les maréchaux mexicains : il y en aura bien un jour ou l'autre, n'est-ce pas ? Et moi-même j'ai dessiné quelques uniformes plus adaptés aux tropiques. Nous devons penser à tout. J'ai même commandé plusieurs tonnes de moustiquaires pour soulager, dans la mesure du possible, les souffrances de nos troupes sur ces terres si insalubres. Vous savez que la fièvre jaune est endémique à Veracruz — encore que, si les théories de M. Pasteur sur les germes s'avèrent exactes, nous en finirons bientôt avec la fièvre jaune, la malaria et autres maladies. Je vais suggérer à l'Impératrice d'inviter Pasteur à Compiègne l'automne prochain, et nous lui rabattrons quelques lapins pour qu'il ait le plaisir de les chasser. Ces scientifiques ne savent pas ce qu'est un fusil... Connaissez-vous M. Pasteur ?

— Il y a d'autres germes dont il faudrait également venir à bout, Sire.

— Ah, oui, j'imagine à quoi vous faites allusion. Ce journaliste allemand... comment s'appelle-t-il ? Karl Marx, qui passe sa vie à dénigrer, entre autres, l'Angleterre et qui a l'outrecuidance de vivre à Londres depuis dix ans. Saviez-vous que dans un article publié dans *Die Presse* il a dit que l'intervention au Mexique était encore un stratagème que j'utilisais pour distraire le peuple français d'autres problèmes ? Mais non, en fait, il ne faudrait pas en finir avec eux. Pas en France, du moins. Tant qu'ils seront contrôlés tous ces communistes et ces républicains seront une preuve que la liberté d'expression existe, que nous avons une monarchie constitutionnelle. Car c'est de cela que le monde a besoin : de dictatures libérales. Comme vous le voyez, ici à Paris nous laissons les légitimistes et les orléanistes parler tout leur saoul, et déblatérer contre l'Empire. Et il en va de même pour les blanquistes, les proudhonistes et je ne sais quoi encore. Victor Hugo devrait revenir pour se rendre compte de la liberté dont on jouit sous l'Empire. On me dit qu'il s'est mis à dessiner de ténébreux châteaux. On le comprend : à Bruxelles et sur les îles de la Manche il pleut sans arrêt. Je suis même devenu complètement mélancolique en Angleterre, avec cette pluie ininterrompue et ces journées grises, sombres... Ici, Victor Hugo retrouverait la joie de vivre et un type comme ce Marx oublierait son ressentiment. Ici il trouverait une bonne chère, il dirait ce qu'il voudrait, il boirait d'excellents vins, il profiterait du soleil sur les boulevards de Paris et sur les bords de la Seine, et je ne sais quoi encore : il verrait Cora Pearl danser toute nue sur un tapis d'orchidées. Ce que j'appelle la belle vie. Et ce que j'appelle la démocratie. Car il est vrai que nous devons nous garder d'attaquer la démocratie. Comment pourrais-je la combattre, puisque j'ai été le premier chef d'État en Europe élu au suffrage universel ? Comment le pourrais-je, puisque deux ans plus tard le peuple de France m'a élu empereur à une écrasante majorité ? Dans un certain sens, vous ne croyez pas, mon cher ambassadeur, que j'avais plus le droit de gouverner la France que Juárez le Mexique quand il est arrivé au pouvoir ?... Voulez-vous un peu de champagne ? L'impératrice Eugénie adore le champagne rosé. Lui avez-vous présenté vos respects ? Je vais vous confier un secret de polichinelle : quand vous apercevrez une Marie-Antoinette portant un panier plein de coquelicots et de fraises, suivie de deux laquais déguisés en vaches avec un collier de clochettes d'argent, vous l'aurez trouvée. Bien qu'avec mon Eugénie adorée on ne sache jamais. Parfois elle se prend à disparaître au milieu du bal pour revêtir un autre déguisement. Je ne serais pas du tout étonné, qu'elle se soit déguisée, par exemple, en matador... »

Avec son costume goyesque, sa petite natte, sa cape de torero à deux couleurs, et derrière elle la tête d'un taureau aux cornes incrustées de morceaux de nacre sur une plate-forme roulante dotée d'un volant que poussait un laquais en aide-picador.

Cette nuit-là, les fenêtres de tous les salons et de toutes les pièces du palais des Tuileries restèrent éclairées jusqu'à une heure avancée : la salle du Conseil, le salon des Ambassadeurs, les appartements privés de l'Empereur et de l'Impératrice, le salon Vert, le salon Rose, le salon des Officiers de service, le salon du Premier Consul. Au petit matin, on vit sortir du palais des Tuileries un chariot chargé des reliefs du dîner d'apparat : les pâtés et les marrons glacés, la galantine de lièvre, les blancs de poulet à la toulousaine, les vol-au-vent financière, les asperges à la hollandaise, destinés à être vendus aux Halles de Paris sous l'appellation : « Du Bal d'Hier Soir aux Tuileries », à ceux qui voudraient et qui pourraient se donner le luxe de consommer les friandises qu'une duchesse, un prince ou peut-être l'Empereur lui-même avaient effleurées de leurs couverts et laissées dans leur assiette. Quand les lumières commencèrent à s'éteindre, c'était l'heure où d'autres chariots se dirigeaient vers la forêt de Bondy, à l'est de la ville, pour y décharger les excréments recueillis dans les latrines parisiennes. Les déjections s'écoulaient entre les planches et laissaient une trace sombre sur la neige. Parfois, la neige continuait à tomber et la recouvrait. Ce n'est pas ce qui se produisit ce matin-là : il cessa de neiger sur Paris, la température chuta et la trace sombre des excréments gela sur place.

Mais s'il ne neigeait plus dans Paris, il neigeait toujours au-dessus de Paris : il soufflait un vent puissant qui empêcha la neige de tomber et qui l'entraîna, presque horizontalement, à la hauteur de ce qui vingt-neuf ans plus tard serait le troisième étage de la tour Eiffel.

3. Le roi de Rome

Le chancelier autrichien Clemens Lothar Metternich, surnommé le Grand Inquisiteur d'Europe, à la persévérance et au bon goût duquel on doit l'invention du gâteau viennois au chocolat ou *Sachertorte*, affirmait que le café devait être brûlant comme l'amour, doux comme le péché et noir comme l'enfer. Ce qui n'a pas empêché Vienne, qui avait pris l'habitude de boire du café grâce à l'invasion des Turcs — définitivement vaincus en 1683, *annus mirabilis*, après l'échec du siège décidé par le grand vizir Kara Mustapha —, d'apprendre au monde quarante façons différentes de le préparer, et pas forcément brûlant, ni doux, ni noir. Mais

Vienne, la ville dont les murailles ont disparu au début du siècle pour laisser place à la belle avenue baptisée Ringstrasse, la ville fondée par les Romains sous le nom de Vindobona ou de Vindominia, où mourut le philosophe stoïcien Marc Aurèle et qui fut dévastée par l'épidémie de 1679 — le fléau de Dieu est souvent plus cruel et plus impitoyable que le cimeterre et les catapultes de l'infidèle : Saint Louis est mort de la peste lors de la dernière croisade —, Vienne a également appris au monde la pompe et l'éclat d'un baroque triomphant et lumineux conjuguant l'art gothique et celui de la Renaissance, la frivolité et l'exubérance, à travers des temples comme la Karlskirche, des palais comme celui de Schönbrunn, des monuments comme la colonne de la Sainte-Trinité. Et elle lui a appris la joie de vivre, l'amour du faste et la gloutonnerie. Et l'amour de la nature, comme en témoigne l'énorme enthousiasme que suscita chez les Viennois l'éléphant offert en 1552 à l'Empereur par le Grand Turc, la stupeur que causa la girafe donnée en cadeau à Vienne par le vice-roi d'Égypte et qui fut à l'origine de la mode girafe : danses, coiffures, jupes et maquillages *à la girafe**, ainsi que l'admiration provoquée par le couple d'Esquimaux ramenés du pôle par le capitaine Hadlock, qui furent exposés dans le parc du Belvédère, pour l'inépuisable étonnement des habitants de Vienne. Ce n'est pas par hasard, évidemment, si Franz Schubert est mort dans cette ville de typhoïde et de misère. Car Vienne a préféré — et là encore c'est une chose qu'elle a apprise au monde — les délices de la musique facile, du vertige de la valse et du violon diabolique de Johann Strauss, de la musique mécanique qui semblait sortir du néant chaque fois que les horloges indiquaient la demie en jouant un menuet ou une gavotte pour les quarts d'heure ; chaque fois, finalement, qu'on ouvrait une fenêtre ou une tabatière ou qu'on plaçait une boule d'ivoire sur le feutre bleu d'une table de billard. Les riches bourgeois de Vienne, qui recevaient tous les huit jours à domicile une baignoire pleine d'eau chaude pour leurs ablutions, pendaient aux arbres de leurs jardins des harpes éoliennes dont jouait le vent venu des Alpes. Comme Vienne était depuis 1556 la capitale des empereurs de la très illustre Maison de Habsbourg, fondatrice du principe de la monarchie universelle et dont les possessions s'étendirent au cours des siècles du Portugal à la Transylvanie, de la Hollande à la Sicile et aux quatre cinquièmes du continent américain, Vienne a également appris à danser, à la pointe du bâton et du fouet, aux patriotes du Piémont. Quant aux rebelles hongrois, elle les a pendus aux potences pour qu'ils apprissent à danser au rythme des ailes des vautours.

C'est dans cette ville, au château de Schönbrunn, le 6 juillet 1832, que naquit Ferdinand Maximilien Joseph, frère du futur empereur d'Autriche-Hongrie et futur empereur lui-même d'un de ces pays d'Amérique où un soleil éblouissant à son zénith illuminait une vaste étendue de déserts tropicaux, alors que le soleil pâle qui éclairait l'alcazar de Tolède et la cathédrale de Vienne commençait à descendre sur l'horizon. Plus connu sous son second prénom — celui de son célèbre prédécesseur Maximilien Ier, mécène, chasseur de chamois et fondateur de la branche espagnole des Habsbourg grâce au mariage de son fils Philippe le Beau avec Jeanne la Folle, qui se prétendait descendant de Priam et rêvait d'être pape —, Ferdinand Maximilien Joseph vint au monde quinze jours avant que, dans ce même château de Schönbrunn, ne mourût, peut-être de tuberculose ou peut-être victime d'un melon empoisonné, un garçon qui avait une âme de fer dans un corps de cristal, et qu'on connaît quelquefois sous le nom de roi de Rome. Certains disent que ses derniers mots, parmi les rares paroles qu'il ait pu prononcer dans son agonie car sa bouche se remplissait de mucosités sanguinolentes que Moll, sa fidèle servante, devait retirer avec un mouchoir, furent : « Cataplasme, ampoules ! » D'autres affirment qu'il a crié : « Harnachez les chevaux ! Je dois voir mon père. Je dois l'embrasser une nouvelle fois. » Il est également possible que le roi de Rome, qui n'a jamais été roi et n'a jamais séjourné à Rome, soit mort d'amour pour la mère de Maximilien, l'archiduchesse Sophie.

A une occasion, le père du roi de Rome a dit qu'il préférerait voir son fils mort et exsangue dans le lit de la Seine plutôt que captif aux mains de ses ennemis. Le vainqueur de Wagram et d'Austerlitz a vécu suffisamment pour savoir que son fils avait été capturé par ces ennemis et conduit à la cour de Vienne où on lui interdit de parler français, où on ordonna à ceux qui l'entouraient de ne jamais lui parler de son père, où on le dépouilla de tous ses souvenirs et de tous ses titres et où les objets que lui envoya Napoléon depuis Sainte-Hélène n'arrivèrent jamais : ses éperons et les brides de son cheval, son pistolet de chasse, ses jumelles de campagne. Mais le Grand Corse n'a pas vécu assez pour savoir que quelques années plus tard son fils, qui commençait à peine à être un homme sans cesser d'être un enfant, avec sa peau durcie, cassante et blanche comme le papier, son thymus gonflé et cartilagineux, ses doigts fripés, sa poitrine rougie par les pommades émétiques et le cou piqueté par les pattes et les museaux des sangsues, était mort, toujours captif, dans la chambre contiguë à la pièce aux laques historiées d'or du château de Schönbrunn où lui, Napoléon le Grand, avait couché avec la comtesse Walewska après que ses troupes eurent franchi le Danube sur un pont de barques, pour infliger aux Habsbourg une première et sévère humiliation. La seconde ayant été d'épouser Marie-Louise, la fille de l'empereur François, car Bonaparte portait moins d'intérêt au postérieur exquis et volumineux de Joséphine qu'à un héritier de sang royal susceptible de perpétuer sa dynastie naissante. L'histoire raconte que quand Napoléon contempla l'arbre généalogique des Habsbourg, qui ont tiré leur nom du faucon et ont fait leur sceptre du crucifix rédempteur du monde, il montra le nom de Marie-Louise et dit : « Voilà la matrice que je veux épouser. » Bien que Napoléon ne se soit pas rendu à Vienne pour l'ouverture des cérémonies nuptiales et qu'il ait envoyé à sa place comme fondé de pouvoir le prince de Neuchâtel, qui, en outre, devait escorter Marie-Louise jusqu'à Paris, grâce à Mälzel, le génie qui avait inventé l'automate joueur d'échecs et qui, avec une infinie patience et une habileté prodigieuse, avait créé des orchestres et des fanfares militaires minuscules et mécaniques, le peuple de Vienne eut la chance de voir apparaître au balcon d'une maison du Kohlmarkt deux grandes poupées, au cœur et aux entrailles faits d'engrenages et de ressorts, qui ressemblaient comme des frères au couple impérial. La foule les ovationna et pleura d'émotion. Napoléon et Marie-Louise saluèrent le peuple, les hommes et les femmes, les enfants et les vieillards qui, vus du balcon, ressemblaient également à de minuscules jouets mécaniques et qui, quand ils se furent retirés, continuèrent à les acclamer dans les rues de Paris. Moins d'un quart de siècle auparavant, une autre Habsbourg, une autre Autrichienne qui fut également reine de France et qui eut également un fils qui ne régna jamais, fut bafouée par la plèbe parisienne et sa tête, qui avait blanchi en une nuit, roula sur l'échafaud dressé place de la Concorde. Cette même plèbe fantasque jusqu'à l'égarement acclama à nouveau le nom de Marie-Louise lorsqu'elle eut donné le jour à l'héritier de Napoléon, qui naquit presque mort, le visage cyanosé, et ne poussa son premier vagissement que quand on lui eut humecté les lèvres avec du cognac. Cent un coups de canon et une pluie de bulletins jetés par Mme Blanchard, l'aviatrice, depuis un ballon aérostatique annoncèrent la bonne nouvelle dont le ciel comblait la France et ses souverains, et dix mille poètes composèrent des vers en l'honneur du roi de Rome que, dès son plus jeune âge, on appela Napoléon II. Mais peu de gens connurent la liste complète de ses prénoms: Napoléon, François, Charles, Joseph, qu'on lui donna d'abord lors du baptême privé à la chapelle des Tuileries, et ensuite lors du baptême d'État à Notre-Dame de Paris le jour où son père montra à la foule le nourrisson langé d'or et d'hermine en le soulevant au-dessus de sa tête, de la même façon qu'Édouard Ier avait montré au peuple anglais le premier prince de Galles. Paris, la France entière pavoisèrent à nouveau et les marchands étalèrent dans les rues et exhibèrent dans leurs boutiques les tapisseries, la vaisselle, les paravents, les boîtes à musique, les médailles, les parasols, les estampes coloriées et les gravures qui commémorèrent le baptême. Dans le berceau du roi de Rome on accrocha avec des épingles la croix de la Légion d'honneur. Au-dessus de sa tête pendait l'ordre de la Couronne de fer. Avant l'âge de trois ans, il avait déjà revêtu l'uniforme d'officier des grenadiers français et celui de colonel des lanciers polonais. Mais il garda très peu longtemps son prénon unique: François, celui que son père choisit entre tous les autres et tous ses titres pour l'appeler et l'asseoir sur ses genoux et l'embrasser et lui faire des grimaces devant la glace et lui accrocher à la ceinture son énorme épée et jouer avec lui à la bataille sur les tapis du palais des Tuileries et lui dire François tu seras le second Alexandre de l'histoire: le jour où tu tendras le bras le monde sera à toi, car quand il s'est rendu avec sa mère à Vienne pour ne plus jamais revenir en France et que son père, tout seul, est parti pour l'île d'Elbe, en emportant sur son cœur la miniature qui l'avait accompagné à travers les plaines glacées de la Berezina et dans les rues de Moscou dévorée par les flammes, et qui représentait son fils monté sur un mouton, le petit roi de Rome cessa de s'appeler François pour commencer à s'appeler Franz.

L'archiduc Franz. Ensuite, pendant un temps, il devint prince de Parme. Plus tard, et jusqu'au jour de sa mort, il fut le duc de Reichstadt, alias l'Aiglon. Des poètes l'ont appelé Astyanax — en le comparant au fils d'Hector, capturé par les Troyens et précipité dans le vide par Ulysse du haut d'une des tours les plus élevées de Troie —, quand ils apprirent que, méprisé par la Maison d'Autriche parce que dans ses veines coulait le sang plébéien de l'aventurier corse, et envié par cette même Maison d'Autriche parce que dans ses veines coulait le sang royal des Habsbourg, on lui avait donné un palais pour prison. Mais dans aucune des pièces et des immenses salles de Schönbrunn — ni dans la salle du Carrousel, ni dans la Chambre chinoise toute ronde ni dans la salle du Million — l'Aiglon ne retrouva les chaises tapissées de velours dont les vastes dossiers s'ornaient de représentations du Tibre et des sept collines de Rome. Il ne retrouva jamais non plus les assiettes de Sèvres que Napoléon avait fait fabriquer pour qu'on y servît les repas du roi de Rome et sur lesquelles étaient représentées des batailles célèbres, des monuments de Paris, des extraits du Code Napoléon, les cataractes du Niagara. Il était seul, sans Maman Quiou, sa nounou adorée, à qui il sautait au cou pour qu'elle puisse enfouir son visage dans ses boucles dorées, mais qu'on avait renvoyée en France sur instructions de Metternich, et sans sa mère, qui, sur ordre de l'empereur François et parée du titre de grande-duchesse, était partie pour Parme où, livrée corps et âme à un maréchal borgne qui lui fit une kyrielle de bâtards, elle oublia Napoléon, l'amour que la Corse portait à leur fils et la dévotion qu'il lui avait toujours manifestée et dont il avait donné la première preuve le jour où elle arriva en larmes à Paris et où elle découvrit que sur ordre de l'empereur de France tous les meubles et les objets de son boudoir de la Hofburg avaient été transférés aux Tuileries afin que le décor d'origine fût reconstitué dans ses moindres détails : il y avait là son lit, les commodes, les chaises, les tapis et les portraits de papa François et de sa belle-mère, ainsi que des reliquaires, son poudrier, les oiseaux dans leurs cages, ses miroirs, ses rideaux et fringant, replet et bavotant, son chien favori.

Quand l'archiduc Franz, alias l'Aiglon, tendait le bras, ce n'était pas pour s'emparer du monde, mais pour que son mentor, le comte Dietrichstein, lui applique un coup de badine sur la paume de la main parce qu'il avait dit quelque chose en français. Cependant, ces coups de badine étaient surtout douloureux pour quelques bardes de France, qui s'imaginèrent, comme l'un d'entre eux l'écrivit, que le petit Jésus des Tuileries serait le futur Christ de Schönbrunn. Mais, en plus d'apprendre l'allemand et les autres langues que devait savoir un archiduc, ainsi que les rudiments des autres langues que devait connaître un prince de l'Empire qui régnait, entre autres, sur des Tchèques et des Magyars, des Polonais et des Roumains, des Italiens et des Serbo-Croates ; en plus d'apprendre l'histoire du Saint-Empire Romain Germanique (dont les Habsbourg détinrent la couronne pendant presque trois cent soixante années), les artifices et les arcanes du cérémonial et du protocole de la cour d'Autriche, ainsi que le comportement qu'on attendait qu'il adoptât, non seulement en tant que petit-fils de l'Empereur ou que futur membre de l'armée impériale mais aussi en tant qu'éventuel roi de Belgique ou de Pologne : sans la morgue ni la superbe que montra à une époque la branche espagnole des Habsbourg, mais plutôt avec la dignité et la grandeur, la générosité qui avaient distingué la branche autrichienne depuis le règne de Marie-Thérèse ; en plus de tout cela, l'Aiglon apprit à se faire aimer de son grand-père, de ses tuteurs, de sa grand-mère par alliance, des soldats autrichiens, des Viennois.

Blond, pâle, avec de grands yeux bleus, ressemblant plus à son père qu'à Marie-Louise, mais avec une beauté qui n'avait été l'apanage ni de l'un ni de l'autre, silencieux, sérieux et tendre, obéissant et avisé, l'Aiglon devint un superbe cavalier, un expert dans l'art des fortifications, en artillerie et en logistique, et il jura qu'il écraserait non seulement les rebelles de Parme qui s'étaient soulevés contre la grande-duchesse, mais aussi tous les ennemis de l'empire des Habsbourg. Cependant, une des rares personnes à ne l'avoir jamais aimé, le chancelier Metternich, savait fort bien que l'Aiglon n'oserait jamais se battre contre la France ou les Français : ses espions lui rapportèrent que l'Aiglon, qui avait dû, de surcroît, apprendre le français comme une langue étrangère après l'avoir oublié en tant que langue natale, avait traduit en secret en français, afin de l'apprendre par cœur, mot à mot, le livre intitulé *la Bataille de Waterloo* où le comte Anton von Prokesh rendait hommage au Grand Corse.

Infortuné roi de Rome, plus ses jambes grandissaient plus son thorax se rétrécissait et son visage s'effilait. Pauvre François qui, nommé capitaine d'infanterie à quinze ans, perdit la voix alors qu'il donnait des ordres à un bataillon. Malheureux duc de Reichstadt, dont les pointes des doigts perdirent un beau jour leurs couleurs et qui, un autre jour, commença à expectorer des crachats sanguinolents, fut frappé de dyspepsie et de toux chronique, souffrit d'hémorroïdes, eut le cou et le cuir chevelu couverts de croûtes, s'évanouit en pleine rue et se vit interdire de pratiquer l'escrime, de danser la valse tourbillonnante, de chevaucher sur les rives du Danube. Malchanceux Aiglon, que son grand-père nomma colonel alors que ses jambes ne le portaient déjà plus. Les remèdes et les potions du docteur Malfatti ne servirent à rien, pas plus que les soins et l'affection de sa tante l'archiduchesse Sophie de Bavière, qui avait quelques années à peine de plus que lui, et qu'on commençait déjà à surnommer l'Archiduchesse Amoureuse et Madame Putiphar. Les cataplasmes de moutarde et le lait d'ânesse dilué dans de l'eau de Seltz et de l'eau de Marienbad mélangées n'eurent pas plus d'effet. Le 22 juillet 1832, un voyageur qui passait par Vienne s'arrêta devant Schönbrunn, vit les deux aigles de pierre que Napoléon avait fait placer à l'entrée principale du château pour commémorer la chute de la ville, et que les Autrichiens avaient oublié d'enlever, et dit : « Un de ces deux aigles a dû mourir, en vérité, à l'île de Sainte-Hélène, de tristesse, de désolation, de nostalgie ou d'impuissance, ou peut-être empoisonné à l'arsenic ; mais l'autre prendra bientôt son vol pour reconquérir la France ! » Au moment même où le voyageur prononçait ces mots, le duc de Reichstadt, ruisselant de sueur, brûlant de fièvre, les jambes de plus en plus gonflées et la bouche pleine de sang frais, la rate hypertrophiée, les glandes mésentériques boursouflées et durcies, les yeux dérivant dans leurs orbites à la recherche du fantôme de son père ou de son portrait grandeur nature et de son épée (ce furent les deux seuls souvenirs du Grand Homme que Metternich lui permit de conserver), mourait dans une chambre de ce même château. De tuberculose, disent les uns. Les autres affirment que Metternich, qui n'a jamais cru qu'il serait bon pour l'Autriche d'avoir sur le trône de France quelqu'un susceptible de se montrer, du jour au lendemain, plus Bonaparte que Habsbourg, lorsqu'il se rendit compte de la fragilité de l'Aiglon, lui fit prodiguer les faveurs de la belle et célèbre Fanny Elsler et d'autres danseuses et courtisanes comme Mlle Pêche et une comtesse polonaise, dont les bras, le lit, les cuisses et les seins eurent tôt fait de venir à bout du malheureux Franz. D'autres encore affirment que le chancelier lui envoya comme présent un melon empoisonné et que l'Aiglon était mort vierge. D'autres encore soutiennent qu'au contraire il n'était resté vierge que jusqu'au moment où l'archiduchesse s'était rendu compte qu'il était déjà un homme, et que si quelque chose lui avait empoisonné l'âme et le corps, ce furent ses amours avec l'archiduchesse, et les mauvaises langues ajoutent que l'Aiglon était le père de l'enfant qui naquit deux semaines avant sa mort, qui s'est appelé Ferdinand Maximilien et devait devenir, bien des années plus tard, empereur du Mexique.

Les cloches de la cathédrale Saint-Étienne sonnèrent le glas, et les mariniers qui naviguaient sur le Danube en direction de la mer Noire ; les conducteurs des *Zieselswagen* en pantalon bleu et court et en haut-de-forme qui déambulaient sur la Landstrasse ; les archiducs et les princesses de la cour ; les petits chanteurs de Vienne ; les laquais coiffés de tricornes et portant des jaquettes brodées d'or ; les violonistes des cafés ; les soldats de la cavalerie avec leurs longues tuniques bleus ciel, leurs pantalons garance et leurs casques empanachés ; les bourgeois qui pique-niquaient dans le Prater ; les horloges musicales ; les valses ; les forêts ; le voyageur qui s'était arrêté devant Schönbrunn : tout le monde, toutes les choses à Vienne pleurèrent l'Aiglon. L'empereur François lui-même sanglota comme un enfant à la mort de son petit-fils adoré. Mais personne ne le pleura plus que l'archiduchesse Sophie, que son immense peine laissa sans larmes et sans lait. On ne saura jamais si Sophie et l'Aiglon firent plus que de se toucher le bout des doigts lorsqu'ils marchaient dans les jardins de Schönbrunn et s'abreuvaient à leurs fontaines ; on ne saura jamais s'ils ont fait plus que de s'embrasser les mains quand ils lisaient Byron ensemble, à voix haute, dans les sombres couloirs du château. Et s'il est vrai que Ferdinand Maximilien est le fils de l'Aiglon, on ne saura jamais s'il a été engendré après d'innombrables nuits où tous deux découvraient et redécouvraient la chaleur et la beauté, la jeunesse et l'éclat, la douceur de leurs corps, où si ce fut le produit d'un seul coït hâtif, soudain, pitoyable, survenu derrière le rideau de brocart d'un cabinet nauséabond, sur les roses du tapis recouvrant le théâtre rococo où Marie-Antoinette fit un croche-pied à Mozart, ou dans la cabane du jardin que l'Aiglon construisit de ses mains dans son enfance après avoir lu *Robinson Crusoé* et s'être imaginé son père sous les traits d'un solitaire abandonné des hommes et de la main de Dieu, sur une autre île perdue et déserte. Ce que, par contre, on sait avec certitude, c'est qu'un jour l'archiduchesse et l'Aiglon se sont agenouillés devant l'autel de la chapelle royale de Schönbrunn. Elle lui avait demandé de venir avec elle prier Dieu de le soulager. Il ne savait pas qu'il allait communier pour la dernière fois de sa vie et que le prêtre et eux-mêmes n'étaient pas les seules personnes présentes dans le temple : derrière une porte, en silence, se trouvaient les archiducs, les chambellans et tous les dignitaires de la cour qui, se pliant au protocole, devaient être présents chaque fois qu'un prince d'Autriche recevait les derniers sacrements, et, sans le savoir et sans y croire, ils furent les témoins silencieux, complices presque, de cette espèce de mariage quasi secret, adultérin et innocent. D'autres personnes, enfin, prétendent qu'on ne doit pas accuser de sa mort la phtisie, l'amour ou les fruits empoisonnés, car le roi de Rome, cet Aiglon qui ne devint jamais un aigle, était mort en réalité de la honte d'avoir été un orphelin et un roi sans royaume, un prince sans principauté, un colonel sans soldats, un empereur sans empire.

Le berceau de l'Aiglon, chef-d'œuvre d'orfèvrerie, prodige d'argent massif et d'huîtres perlières, incrusté d'abeilles napoléoniennes, avec à l'une de ses extrémités la statue de la gloire et à l'autre un aiglon prêt à prendre son envol, se trouve dans un musée de Vienne, la ville où il mourut. C'est également dans cette ville que reposaient ses restes près de ceux des empereurs et des princes de Habsbourg de la Maison d'Autriche, dans un tombeau de l'église des Capucins dont la pierre porte gravés tous les titres que l'Autriche et le destin avaient ravis au roi de Rome. Plus de cent ans après sa mort, un Autrichien paranoïaque qui rêva d'être roi du monde fit transporter ses restes à Paris, le ville où il était né et où ils furent placés près du sépulcre de son père, Napoléon de Grand.

III

CHÂTEAU DE BOUCHOUT
1927

Est-ce pour que j'ignore qu'Alphonse XIII d'Espagne parcourt le monde dans une automobile en écrasant ânes et vaches? Est-ce pour que je ne sache rien du calvaire qu'a fait endurer à ta famille ton neveu l'Archiduc Otto qui montait à cheval tout nu, en plein jour, au Prater? Est-ce pour cela qu'ils voudraient que je reste continuellement tranquille, sans rien faire, en ne regardant nulle part ou seulement les toiles d'araignée?

Je ne suis pour eux qu'une source de soucis. Parfois je me tiens tranquille tout l'après-midi, la bouche ouverte, et de ma bouche s'écoule la bave. Alors ils me disent qu'ils vont m'acheter un bavoir. Qu'ils vont m'attacher la mâchoire comme aux morts. Que si je continue, ils vont rassembler toute ma bave dans un flacon et qu'ils vont la montrer à tout le monde, à mon neveu le Roi Albert, à Henriette ma belle-sœur, à mon petit-neveu le Prince Léopold, pour que j'en meure de honte, voyons Votre Majesté, me disent-ils, le petit Léopold, qui est encore un bébé, ne bave plus depuis longtemps, faites attention, Madame Charlotte, et fermez bien la bouche.

Est-ce pour cela qu'ils voudraient que je compte les fils des toiles d'araignée, que je reste silencieuse et presque sans respirer? Ou bien au contraire que je respire et que je compte chacun de mes soupirs, que je reste assise sur mon balcon à regarder le ciel, à compter les nuages de chaque matin et de chaque soir, les caillots et les effilochures de chaque nuage, les moutons? Est-ce pour que je ne sache pas que mon neveu Guillaume II d'Allemagne a fini par être le pantin de von Hindenburg et de Ludendorff? Est-ce pour que je n'apprenne pas qu'après la Commune de Paris on a interdit aux Orléans et aux Bonaparte de remettre les pieds en France?

Assise toute la journée, les jambes écartées et la chemise de nuit retroussée, je me masturbe à longueur de temps, sans arrêt, et la bave qui s'écoule de ma bouche rejoint celle qui s'écoule de mes cuisses et forme un seul filet, épais et blanc comme ton sperme, Maximilien ; c'est dans cet état que mes dames de compagnie me trouvent et elles poussent les hauts cris, elles me disent quelle horreur, quel scandale, une Impératrice ne doit jamais faire cela. Une Impératrice, Maximilien ? De qui, dis-moi, suis-je l'Impératrice ? De deux Indiens et d'un singe, comme l'aurait souhaité Charles Wyke ? Ou Impératrice de quoi, d'un pays qui a cessé d'exister pour moi il y a bien longtemps ? Impératrice de mes souvenirs ? De ta dépouille ? Où sont, dis-moi, les gardes du palais avec leurs plastrons d'acier poli comme un miroir où se reflétait l'Impératrice Charlotte montée sur un alezan arabe et passant les troupes en revue dans les cours du palais ? Où, dis-moi, a-t-on caché ma couronne ? L'a-t-on jetée dans le lac de Xaltocan, pour qu'elle s'enfonce à jamais dans la vase et que les crapauds viennent y faire leur nid ? Ou bien l'a-t-on cachée dans la forêt lacandone pour que les iguanes y pondent leurs œufs ?

Est-ce qu'ils veulent que quand les nuages se changent en pluie je me mette à compter les gouttes ? Ou que, quand la pluie s'arrêtera et que soleil et arc-en-ciel apparaîtront, je me rappelle et me mette à compter tous les arcs-en-ciel que j'ai vus pendant ma vie ? Je n'ai jamais vu autant d'arcs-en-ciel, et aussi beaux, que dans la Vallée de Mexico, Maximilien, tu te souviens ? mais je ne serai jamais l'Impératrice de l'arc-en-ciel. L'Impératrice de quoi, dis-moi ? Du vert de ton visage moisi ? Du violacé de tes lèvres pourries ? Du rouge de ton sang répandu ? Se rendent-ils compte, Maximilien, que je ne serai jamais l'Impératrice de rien, qu'ils m'ont dérobé mes montagnes et mes fleuves, le Papaloapan et ses papillons, et qu'il n'y a plus d'eau douce où je puisse rafraîchir mes pieds après les longues randonnées à travers la forêt d'Oaxaca, qu'ils m'ont ravi l'Iztaccíhuatl et qu'il n'y a plus de neige que je puisse faire fondre dans ma bouche, morte de soif après tant d'années de vie dans le désert ?

Fermez bien la bouche, Madame Charlotte. Serrez bien les jambes, Madame l'Impératrice. Qu'est-ce qu'ils veulent encore ? Qu'en plus de rester calme et silencieuse je ne rie ni ne pleure ? Ou au contraire que je pleure à chaudes larmes et que je compte mes larmes avant de les boire, ou que je ne les boive pas, que je les laisse s'écouler, comme ma bave, et que je les recueille dans un dé à coudre et qu'avec tous ces dés j'édifie une tour plus haute que la plus haute tour du château ? Ou bien que je détruise cette tour et que je déverse les dés dans l'eau des douves, un par un, et que je compte les ondes sur l'eau ?

Mais pour qui ou pour quoi pleurer ? Parce que le cousin d'Eugénie, Ferdinand de Lesseps, est mort idiot après son échec à Panamá ? Ou parce qu'il n'a servi à rien à Achille Bazaine d'être commandant à Sébastopol, ni officier en Espagne au service de la Reine Christine ni maréchal au Mexique, puisque de toute façon il est mort comme un traître ? Non, ils ne voudraient même pas que je pleure, car si je pleurais ce serait à cause de ce qu'ils ont constamment essayé de me cacher. Je pleurerais volontiers sur Concha Méndez que l'on a bombardée de pelures d'orange quand elle a refusé de chanter Maman Charlotte sur scène. Je pleurerais volontiers sur la mort de notre petit prince Iturbide. Je pleurerais parce que tes intestins ont abouti dans un égout de Querétaro. Je pleurerais volontiers sur tous tes viscères, je les prendrais dans mes mains, je les salerais de mes larmes, je les dévorerais de baisers.

Mais je ne vais pas pleurer sur la mort du Second Empire, ni sur celle de Juárez, ni sur l'exil de Don Porfirio, ni sur la chute de l'Empire des Habsbourg. Je rirai de tout et de tous : parcourant les rues de Paris au bras de la Grande-Duchesse de Gerolstein, je mourrai de rire, je rirai aux éclats de ma propre folie à m'en faire tomber les dents. C'est pour cela qu'on me garde enfermée ici. Pour que je compte toutes les dents qui tombent de ma bouche et pour que j'en fasse un collier et pour qu'avec ce collier je me morde le cou à m'en faire jaillir la langue. Mettez-vous devant le miroir, Majesté, tirez la langue et comptez vos papilles. Fermez la bouche, plissez le front et comptez vos rides, Doña Carlota, comptez vos pattes-d'oie ; déshabillez-vous et comptez vos grains de beauté et les macules de votre peau, vos taches de rousseur provoquées par le soleil du Yucatán, les verrues nées de votre vieillesse et de votre stupidité et tous les poils de vos grains de beauté, de votre nez et de vos oreilles, nés de votre bêtise et de votre folie, de votre incapacité à rester toujours jeune comme votre belle-sœur Sissi, si belle à cinquante ans que le soleil arrêtait sa course pour la contempler, lorsqu'elle nageait à Corfou, et que les poissons s'éprenaient de sa chevelure noire comme le jais, longue comme la queue d'une comète.

Veut-on que je déambule dans le château et que je compte les recoins, les marches de tous les escaliers et les fissures de toutes les marches, sans même m'autoriser à me rappeler que dans ce recoin de Laeken je me cachais pour prier des heures entières, jusqu'au moment où mon frère Philippe me découvrait endormie et me réveillait par des caresses, et que les marches du perron de Miramar qui conduisaient au quai se sont un beau jour multipliées jusqu'à l'infini, car j'ai mis soixante ans à les descendre, uniquement pour m'apercevoir que j'étais descendue dans mon propre cœur et que toi tu étais là, noyé dans l'oubli ?

C'est de cela qu'on veut que je sois l'Impératrice ? L'Impératrice de l'Oubli ? L'Impératrice de l'Écume et du Néant ? C'est cela que l'on voudrait, que le voile de ma première communion, les tapis de coquillages que m'ont fabriqués mes Indiennes mexicaines, l'arc d'arums odorants qui couronnait la barque impériale quand nous nous promenions sur le Canal de la Viga, le poncho rouge que Garibaldi m'a offert, que tous ces objets ne soient plus que néant, un chapelet de bulles semblables à l'écume que la fureur me met à la bouche quand je leur dis, quand je leur crie qu'elles aimeraient bien, toutes ces idiotes, avoir été non pas la Vice-Reine du Royaume Lombard-Vénitien, non pas l'Impératrice du Mexique, mais tout simplement la Princesse de Laeken, la fille adorée de Léopold Ier de Belgique ? C'est cela qu'elles voudraient, que je ne puisse plus m'abreuver à mes souvenirs et que l'eau de la Fontaine de Trevi et de la Fontaine de

Tlaxpana me coulent entre les doigts, comme s'est écoulée ma vie, comme se sont enfuis mes jours ?

Veut-on que je mette mille épingles sur un porte-aiguilles et que sur chacune j'enfile un de mes cheveux blancs, alors que je n'ai presque même plus de cheveux blancs, Maximilien, puisque je deviens chauve ? Je deviens également aveugle. Tu te souviens, Maximilien, quand tu partais à la chasse aux araignées et aux lézards avec le Docteur Bilimek à Cuernavaca ? L'autre jour, le messager de l'Empire est arrivé, déguisé en Bilimek, avec son tablier plein de flacons et son grand parasol jaune, et il m'a apporté cinq mygales qui ont fait leurs nids dans ma perruque et ont tissé leurs toiles sur mon corps, et elles m'ont recouverte des filets de leur bave comme d'une pluie dense et elles m'ont enveloppée dans un réseau visqueux qui m'empêche de bien voir et presque de bouger, car je suis aussi invalide.

Mais pourquoi crois-tu qu'ils me voudraient aveugle ? Pour que je ne puisse plus me mettre à la fenêtre et voir, de là, les aubépines en fleurs ? Ou pour que je ne voie plus les soldats allemands qui ont envahi ma chère Belgique, tué et torturé tant d'innocents ? Ou pour que je ne les voie pas sourire parce qu'ils savent que s'ils ne doivent pas troubler ma tranquillité ce n'est pas tant en raison de ma parenté avec l'allié prussien, que parce que je suis folle à lier ? Est-ce pour cela, dis-moi, qu'ils me voudraient aveugle ? Ou bien pour que je ne retrouve pas l'armoire où je t'ai rangé, ce qui m'empêcherait de t'emmener dans mon lit et de me donner à toi, comme cette première fois, tu te souviens, pendant notre voyage de noces, alors que nous voyagions sur le Rhin et que nous sommes passés près du rocher de Lorelei la sirène et que l'écho a répété à cinq reprises mes gémissements d'amour et de plaisir ? Ou bien que je ne puisse pas lire les journaux anglais et que je n'apprenne pas que mon père Léopold — quelle honte, tu imagines, Léopold le Roi de Belgique — se rend en cachette à Londres pour visiter les bordels de petites filles de Miss Jeffries ? Ou bien pour que je ne puisse pas lire l'Almanach du Gotha et apprendre que ton nom est enfin apparu dans la rubrique des décès ? Ou bien pour que je ne me rende pas à la chapelle de l'Hôpital San Andrés, à Mexico, et ne t'y voie pas, tout nu, la peau noire et crevassée, oui, comme Juárez t'a vu, étendu sur la table du Tribunal de la Sainte Inquisition, comme t'a vu le tyran zapotèque qui n'a jamais osé te connaître de ton vivant, qui ne t'a jamais rendu visite dans la cellule du Couvent des Teresitas, car il savait fort bien que ta seule présence l'humilierait et pas seulement parce que tu étais très grand et lui un pygmée, mais parce que tu étais un Prince de la Maison des Habsbourg, et lui n'était qu'un Indien, un rustre, un plébéien qui aurait été contraint de lever les yeux pour rencontrer ton regard bleu et impérial, c'est pourquoi il a préféré te voir ainsi, nu et mort, avec la peau de la même couleur que sa peau d'Indien et c'est pour cela aussi qu'il a ordonné qu'on te mît des yeux de verre noirs ? Est-ce pour cette raison qu'on voudrait que je sois aveugle, Maximilien ? Pour que je ne rencontre jamais ton regard ? Dis-moi, dis-moi, Maximilien : qu'est-ce que l'Indien a fait de tes yeux ? Les a-t-il glissés dans les poches de son gilet ? Les a-t-il rangés dans un coffre-fort avec les archives de la nation ? Les a-t-il offerts au Colonel López pour qu'il les échange contre les siens et cesse d'avoir un regard de traître ? Ou les a-t-il jetés dans une bouteille du haut de la Forteresse de San Juan de Ulúan pour que les emportent les vagues refluant vers Miramar ?

Ou peut-être me veut-on aveugle pour que je ne voie pas qu'ils attendent tous, mes médecins et mes dames de compagnie, mes parents les plus chers, tous, la plus petite distraction, le moindre battement de paupières pour m'empoisonner ? Comme cette brute de Mathilde Doblinger qui l'autre jour a voulu me tuer avec un peigne aux dents trempées dans la salive d'une salamandre. Ou cet idiot de Philippe, mon frère, qui voulait me faire boire un philtre aux fleurs de jusquiame pour m'endormir et, une fois endormie, m'emmener en cachette de Miramar à Tervuren afin que personne ne sût que jallais avoir un fils, et pour qu'il naquît dans mon sommeil, sans même que je puisse en rêver, afin que jamais mes yeux ne le contemplent, que jamais mes bras ne le bercent, que jamais je ne puisse compter ses sourires et ses chagrins, ses mots et ses pas, ses années et ses jours : mais tout cela fut inutile car mon frère Philippe ne savait pas que ma grossesse allait durer toute une vie et que j'accoucherais bien après qu'il serait devenu sourd comme un pot, que le petit Prince Baudouin serait mort de pneumonie et qu'il aurait lui-même disparu, mon pauvre frère, le stupide et brave Comte de Flandres.

Ils ne savent pas que si je suis aveugle c'est parce qu'on m'a enlevé tes yeux. Quand on me les a enlevés, Maximilien, on m'a tout enlevé. On m'a enlevé le bleu de l'Adriatique et l'aquarium aux poissons rouges et dorés encastré dans le plafond qui couronnait l'escalier de Miramar. On m'a enlevé tout ce que je voyais à travers eux, car c'est avec tes yeux que j'ai appris à voir. A aimer les plaines de Waterloo où, un jour que nous les parcourions à cheval, tu te rappelles Maximilien? un paysan s'est approché pour nous offrir une balle de fusil, rouillée et pleine de boue, avec, en relief, les initiales de Napoléon le Grand. C'est toi, ce sont tes yeux qui ont ouvert les miens et leur ont appris à aimer le Château de Leaken, les verts canaux de Bruges, la forêt de cheminées de Bruxelles. Et qui m'ont appris que toutes ces choses avaient été faites pour moi. Tu as illuminé mon enfance, Maximilien. Et ensuite, quand tu es venu me chercher pour m'emmener à Miramar, tu as illuminé ma jeunesse et tu m'as appris, également, que tout cet univers qui était au-delà du petit monde de mes illusions d'enfant, que toutes ces années que nous allions vivre ensemble, toi et moi, l'Archiduc et l'Archiduchesse d'Autriche, le Vice-Roi et la Vice-Reine des Provinces Lombardo-Vénitiennes, et que toutes les choses autour de nous, toutes les personnes, tous les paysages, seraient faits désormais à la mesure de nos désirs. Tu as illuminé toutes ces années où je suis restée à t'attendre sans savoir que je t'attendais, tandis que mon père s'amusait à transformer en poudre d'or les épaulettes de ses généraux et que ma mère, la Reine Louise-Marie, le suppliait, à chaque Ave Maria de son rosaire, de l'emmener, une fois pour toutes, au paradis. Les guirlandes de fleurs tressées qui descendaient le Rhin, jetées au passage de notre bateau, comme des présents flottants. Les guirlandes, et tes bras. Les péniches chargées de résineux odorants qui venaient de Cologne et les bouteilles de vin de la Moselle que les capitaines vidaient par-dessus bord pour adoucir plus encore les eaux du fleuve et les tisser de fils d'or. Les péniches et le vin, les sillages d'écume dorée des péniches, le craquètement des cigognes qui survolaient le fleuve et le fleuve tout entier. Le fleuve et tes bras qui enserraient ma taille, le parfum des résines, ton souffle, la tombée du soir, la silhouette noire des châteaux se découpant sur le ciel teinté par le sang du dragon que Siegfried a mis à mort pour se rendre invulnérable, les colonnes du Palais de Charlemagne à Ingleheim sur lesquelles s'est élevé le château de Heidelberg où le vieux Goethe est tombé amoureux de Marianne von Willemer, les Sept Montagnes dont on a tiré la pierre pour construire la cathédrale de Cologne, la cathédrale elle-même et ses légendes, les reliques des onze mille vierges de sainte Ursule massacrées par Attila et le tombeau des trois Rois Mages qui, quand j'étais petite, entraient en secret, la nuit de l'Épiphanie, dans ce Palais de Laeken pour laisser au pied de mon lit le monde qui avait été fait pour moi. Le monde entier avec ses montagnes et tous ses fleuves, et parmi eux celui où mon image se reflétait, nimbée d'éclats de soleil, tandis que je pensais à toi. S'éveiller, ouvrir les yeux chaque matin, à Laeken comme à la Hofburg, à Schönbrunn comme à Miramar et voir la lumière filtrer par les interstices des rideaux, c'était se souvenir que ce soleil avait été fait pour moi, inventé rien que pour mon plaisir, et avec lui le ciel, les nuages et, au-delà, les étoiles. Voir les étoiles avant de m'endormir, prendre congé de la constellation d'Orion où voyageaient les Rois Mages, tirer à nouveau les rideaux pour me mettre au lit et fermer les yeux, c'était naître, chaque nuit, à un monde de rêves qui avait été, lui aussi, inventé pour moi... Demain serait un autre jour, une aube nouvelle que les dieux forgeraient pour moi pendant la nuit, avant de me l'offrir dans toute sa splendeur et de laisser au pied de mon lit le plus neuf de tous les jours, et, avec lui, le plus lumineux et le plus grand de tous les empires.

Alors que j'étais une fillette, que ma mère vivait encore, que mon frère Léopold me racontait l'histoire de Belgique et mon père et mes professeurs l'histoire du monde, c'est de toi que j'ai appris que les chevaliers prenaient congé de leurs fiancées au pied des tours des châteaux de Flandres pour aller, avec Baudouin, le Roi de Jérusalem, teinter les eaux de la Mer Rouge du sang des infidèles égorgés et pour mourir, à leur tour, dans les sables brûlants du désert du Sinaï; que les hordes de calvinistes ont pillé le Monastère d'Armentières et la cathédrale d'Anvers et ont brûlé sur les places les effigies de sainte Gudule et de saint Amand, et que les jacobins français ont parcouru les marchés de Bruxelles avec des capuches rouges et des piques où ils avaient embroché des choux-fleurs et dont ils se servaient pour obliger les gens à planter des arbres de la liberté: toute cette histoire de la Belgique, rasée par les Huns et les Normands, ravagée par

Philippe II, dévastée par Louis XIV, envahie par Napoléon, avait été inventée pour moi, pour mon plaisir ou mon chagrin, mon angoisse ou mon étonnement, et avec elle l'histoire de l'Europe et du monde : le flibustier Francis Drake qui pourrit au fond de la Baie de Portobello, Alexandre le Grand qui traversa l'Hellespont pour soumettre les satrapes perses, Lady Godiva nue sur son cheval dans les rues de Coventry, la Guerre des Deux-Roses, la rose rouge de Lancastre et la rose blanche de York, et avec les roses toutes les fleurs du monde : les corymbes pourpres des rhododendrons et les coupes blanches des nénuphars et les corolles violettes et parfumées des lilas : c'est pour moi qu'avaient été créés, pour moi que fleurissaient, en juin, les rhododendrons de Bouchout, c'est pour que mon frère Philippe pût les cueillir et me les offrir à genoux, que les nénuphars remontaient à la surface de l'eau des étangs d'Enghien ; c'était pour moi, et pour que la Comtesse d'Hulst pût remplir les vases de ma chambre à Tervuren quand on m'a amenée, brûlante de fièvre, à cause de la coqueluche, et que je toussais et que je vomissais tellement que j'ai pensé que ma vie allait s'échapper par ma bouche, et avec la vie le monde, c'était pour moi que les lilas de Laeken arboraient leurs bouquets triomphants.

Et c'est toi, Maximilien, qui m'as appris tout cela. C'est également toi qui as inventé le Mexique pour moi. Toi qui as inventé ses forêts et ses mers. Toi qui, avec tes mots, as inventé les senteurs de ses vallées et le feu de ses volcans.

Bien souvent je me suis aussi demandé ce que l'Indien avait fait de ta langue. Qu'est-ce qu'il a bien pu en faire, dis-moi, l'Indien Juárez, lui qui n'a jamais accepté ton invitation à un entretien parce qu'il savait qu'à peine tu ouvrirais la bouche tu allais l'écraser, le dominer de ta sagesse, de ta noblesse et de ta générosité, qu'est-ce que l'Indien, dis-moi, a fait de la langue que le Docteur Licea t'a coupée à Querétaro ? L'a-t-il mise dans une cage accrochée à un angle du palais pour que tout le monde sût comment finissaient les langues des usurpateurs ? Ou l'a-t-il envoyée comme présent aux Tuileries pour rappeler à Napoléon et à Eugénie les promesses qu'ils n'ont jamais tenues ? Ou bien l'Indien a-t-il cousu ta langue à sa propre langue pour s'en parer et parler avec ta voix, aux Mexicains, de la patrie et de la liberté, de l'égalité et de la justice ?

Depuis qu'on m'a pris ta langue, Maximilien, on m'a tout pris, car c'est toi qui m'as appris à inventer le monde avec des mots. Mais pourquoi crois-tu qu'on me voulait muette ? Pour que je ne leur raconte pas que José Manuel Hidalgo y Esnaurrízar est mort oublié du monde, le Prince Salm Salm fauché par une balle française, ton neveu l'Empereur Charles détrôné et de tristesse à Madère, ma nièce l'Impératrice Victoire d'Allemagne répudiée par ses sujets, Van der Smissen le père de mon fils tué de sa propre main et toi fusillé sur le Cerro de las Campanas.

Ou bien pour que je n'ouvre pas la bouche pour leur rappeler que, de même que j'ai enterré tout le monde, je vais les enterrer elles aussi, que je les ai déjà enterrées elles aussi ? Car tu dois savoir, Maximilien, que j'ai enterré toutes mes dames de compagnie, Julie Doyen et Marie Bartels et

Sophie Müsser, celle qui m'a traînée hors de Tervuren la nuit où j'ai mis le feu au château, si tu avais vu, Maximilien, la hauteur et la beauté de ces flammes, et que j'ai enterré toutes les autres, les espionnes et les geôlières dont m'ont entourée le Docteur Hart, le Docteur Basch, Madame Escandón, Radonetz, Détroyat et toi-même, Maximilien, que j'ai enterré mon frère Philippe et ma belle-sœur Henriette qui m'ont tenue enfermée à double tour dans le Gartenhaus de Miramar, et que j'enterrerai tous ceux qui voudraient ne jamais plus me voir sortir de ma chambre et du château pour visiter la tombe de ma mère à Laeken et lui jurer que j'ai toujours honoré sa mémoire, que je l'aime encore comme si elle était vivante, que je n'ai pas manqué de lire tous les jours le *Traité de l'amour de Dieu* de saint François de Sales ni les *Gloires de Marie* de saint Alphonse de Liguori, que toutes les nuits je prie pour son âme et pour l'âme de papa Léopich et de grand-papa Louis-Philippe et de grand-maman Marie-Amélie, que je n'ai jamais oublié les enseignements du Père Deschamps, que je ne suis plus aussi paresseuse que quand j'étais petite et que tout me fatiguait, car même si tu ne peux pas le croire, Maximilien, on ne me laisse pas aller au Palais Ducal de Milan pour voir comment va la progéniture de mes vers à soie et pour constater si avec leur soie je peux me faire un châle que j'étrennerai la prochaine fois que j'irai voir la Vierge de Guadalupe, on ne me laisse pas aller non plus à Schönbrunn visiter le jardin du Roi de Rome où ton père, le galant jardinier comme on l'appelait, cultivait pendant son enfance les graines des parterres des Tuileries et des Invalides que lui envoyait Monsieur Célestin Chantepie, les violettes blanches qu'aimait tellement Napoléon le Grand, on ne me laisse pas non plus jouer avec le petit cheval de bois de ma cousine la Princesse Minette à Claremont et on me laisserait encore moins — rien à faire, pas si folles — aller au Mexique, vous êtes bien âgée, Madame Charlotte, me disent-elles, pour un si long voyage et pour une si grande fatigue, vous auriez le mal de mer avec le tangage de la *Novara* voguant vers les Iles Sous-le-Vent et quand la roue de votre carrosse se briserait sur la route de Córdoba vos os, qui sont maintenant tout secs et spongieux, se rompraient eux aussi, car vous êtes maintenant bien âgée pour nager, Madame Charlotte, et vous vous noieriez dans le lac de Chapala, votre vieux cœur éclaterait dans la Vallée de l'Anáhuac et les quelques vieilles dents qui vous restent s'ébrécheraient quand vous mangeriez des bonbons en tire-bouchon ou quand vous croqueriez dans les gâteaux au miel d'abeilles que le Capitaine Blanchot a fait préparer, me dit-on, pour recevoir l'Empereur, mais moi, Maximilien, à chaque anniversaire de notre départ de Miramar pour le Mexique je revêts ma couronne et mon manteau de pourpre et mon grand collier de l'Ordre de Saint-Charles et je descends dans les douves de Bouchout et je monte dans la barque et je leur dis aujourd'hui nous partons pour le Mexique, et quand elles, mes geôlières, me voient ainsi, assise sur le bord de la barque et les yeux fixés sur l'eau comme si j'étais là à compter les poissons et les insectes aquatiques, les iris d'eau et les grenouilles, les taches sur la peau des grenouilles, les écailles des poissons et les membranes des iris, les petites feuilles rondes des lentilles d'eau, les cailloux du fond et les ailes des insectes, elles ne songent pas, elles ne s'imaginent pas, Maximilien, que j'en sais bien plus qu'elles et que personne, que je sais tout car chaque nuit le messager vient me voir et me rend compte de tout: hier soir il est arrivé déguisé en saint Michel Archange, il a amené les dieux de la pluie et il m'a dit, les Chaakob m'ont dit que j'allais avoir un enfant, et l'archange m'a recouverte de ses ailes, les dieux m'ont recouverte de filets d'eau et quand elles, mes dames de compagnie, ont frappé le matin à ma porte, qu'elles sont entrées et qu'elles m'ont dit bonjour Madame l'Impératrice, pourquoi êtes-vous déjà levée, Madame Charlotte, l'archange est parti par la fenêtre déguisé en alizé bleu et elles m'ont trouvée en train de ramasser les plumes qui étaient tombées de ses ailes et je leur ai dit, pour me moquer d'elles, que ce matin j'avais décidé de compter les plumes de mes oreillers et que c'était pour cette raison que les oreillers, les édredons et les coussins étaient tous dans cet état: éventrés, déchiquetés, et je dansais parmi les plumes, je les comptais une à une, je les portais une à une à mes lèvres pour souffler dessus et les laisser tomber par la fenêtre, pour les faire voler, tomber comme neige sur les jardins du château, flotter sur les eaux des fossés de Bouchout, et j'ai dit que je voulais qu'on m'apporte toutes les poules du château pour les plumer et compter chacune de leurs plumes, les poules qui pondaient des œufs pour moi dans la suite de l'Albergo di Roma, les quetzals que m'ont offerts mes prêtres mayas de Tenabo et de Hecelchakán, les grues qui ont accompagné ton train quand tu voyageais en Bohême, Maximilien, et les cigognes qui ont troublé ton sommeil dans les plaines de Blida, pour compter leurs plumes une à une, et aussi qu'on m'apporte les hirondelles qui nichaient dans les cours de l'Hacienda de la Teja, les charognards qui survolaient en cercle les friches du Cerro de las Campanas, la colombe, Maximilien, de la chanson de Concha Méndez et les canaris orangés que m'a offerts mon grand-père Louis-Philippe alors qu'il était encore Roi de France, et qu'on m'apporte également, leur ai-je dit, un colibri blanc des forêts du Petén pour compter ses plumes une à une et choisir la plus petite et la plus douce, comme me l'a dit l'archange, la cacher dans mon sein et ainsi m'engrosser pour que dans mon ventre, rond et lumineux, pût grandir durant neuf mois et soixante ans le fils qu'un jour je vais mettre au monde, Maximilien, et qui sera plus grand et plus beau que le soleil.

Ou crois-tu, Maximilien, qu'ils me veulent muette pour que je ne leur rappelle pas toutes ces morts? Ne penses-tu pas, Maximilien, que toi et elles, mes geôlières, et eux, mes bourreaux, voudriez que je ne sorte jamais non seulement du château, mais aussi de ma tête et que je reste à jamais enfermée à compter les fils, les filigranes et les racines de la mousse qui recouvre les murs de Bouchout et les gouttes de rosée qui les tapissent le matin, les scintillements des gouttes, les arêtes, les protubérances et les rides de la pierre, les jointures, les trous où nichent les scarabées et que je compte les élytres, les ailes, les pattes de chaque scarabée, tu imagines Maximilien, car ils ne veulent pas que je leur rappelle que je parle avec d'authentiques fantômes. Il faut en effet que tu saches, Maximilien, je te le répète, que j'ai enterré tout le monde. J'ai enterré Prosper Mérimée, cet imbécile qui, lorsque je suis venue à Saint-Cloud pour demander de l'aide à Napoléon et à Eugénie, a dit à tout le monde que, certes, on me donnerait à manger, mais qu'on ne m'accorderait pas un centime ni un soldat. Le Colonel Aureliano Blanquet, qui fut un des hommes du peloton qui t'a fusillé à Querétaro, je l'ai enterré dans le ravin de Chavaxtla, et à côté de lui tout le peloton. J'ai enterré le Général Porfirio Díaz dans la terre du cimetière Montparnasse et Karl Marx dans la terre du cimetière de Highgate. J'ai enterré ton frère François-Joseph et avec lui l'Empire Austro-Hongrois. J'ai enterré tous les Romanov à Ékaterinbourg et dans la terre du cimetière de Heiligenkreutz j'ai enterré, baignée de sang séché et de pétales de roses fanés, la Baronne Marie Vetsera. J'ai également enterré mon frère Léopold, et Margarita Juárez et aussi ses enfants, j'ai enterré le siècle, Maximilien, et si tu te tiens bien je te promets qu'un de ces jours je vais dire au messager de venir déguisé en fossoyeur avec un sac rempli de la terre humide d'Orizaba et de la terre de la Vallée de Mexico où se déversaient comme de la lave ardente les fleurs jaunes d'*acahualillo* quand tu te rendais à Cuernavaca, et de la poussière des plaines d'Apam que tu parcourais à cheval tous les matins, et je vais t'y enterrer de mes propres mains, Maximilien, pour voir si ainsi, toi qui n'as jamais appris à vivre sur ces terres dont tu disais que tu les aimais tellement, pour voir, te disais-je, si une fois pour toutes tu apprends à supporter la mort sous cette terre où l'on ne t'a jamais aimé.

Je suis Charlotte Amélie du Mexique, Impératrice du Mexique et d'Amérique, Marquise des Iles Marías, Reine de Patagonie, Princesse de Teotihuacán. Je vis depuis quatre-vingt-six ans, dont soixante dans la solitude et le silence. On a assassiné le Président Garfield et le Président McKinley et on ne me l'a pas dit. Rosa Luxemburg, Emiliano Zapata et Pancho Villa sont nés et sont morts, et personne ne m'en a fait part. Tu ne sais pas, tu n'imagines pas, Maximilien, l'avalanche d'événements survenus depuis que ton cheval a trébuché sur la route de Querétaro et que toi et les généraux êtes restés sans eau, mais avec du champagne, quand on a empoisonné avec les cadavres des républicains les eaux du Río Blanco. Gabriele D'Annunzio s'est emparé de Fiume et Benito Mussolini et ses chemises noires ont fait une entrée triomphale dans Rome. Kemal Atatürk et le Mahatma Gandhi sont nés, on a découvert les vitamines et les rayons ultraviolets et je vais commander une lampe à bronzer, pour que ma peau soit plus jolie que celle de ta maîtresse indienne, Max chéri, Max adoré. Je suis Charlotte Amélie de Belgique, Baronne de l'Oubli et de l'Écume, Reine du Néant, Impératrice du Vent. Miguel Primo de Rivera a battu Abd-el-Krim à Alhucemas et personne ne me l'a dit, les troupes américaines ont envahi le Nicaragua, Niels Bohr a inventé l'atome et Alfred Nobel la poudre sans fumée, et personne, jamais, ne m'a rien dit, car on croit que je suis folle et on me voudrait sourde, aveugle, muette et impotente, comme si j'étais vraiment une pauvre vieille aux seins rongés et flasques comme ceux de la maîtresse de Raymond Lull, avec des hémorroïdes de la taille d'un œuf de caille, des ongles jaunes et cassants et les poils du pubis argentés et raides comme de la paille de fer, une petite vieille assise dans sa chambre, la tête basse et les yeux mi-clos: voilà comment on voudrait me voir. Et parce que c'est ainsi qu'on me voit, Maximilien, les mains sur les genoux et la paume tournée vers le haut, on pense que je ne fais rien d'autre pendant toute la journée que de compter pour moi-même les lignes d'amour et de vie, les lignes du mensonge et de l'oubli, du rêve et du rire, on me voit morte, oui, une vieille grotesque, folle d'oubli, éclatant de rire au souvenir du néant, avec mes larmes tombant dans le creux de mes mains et se mêlant à la salive qui coule de mes lèvres comme un filet de *pulque*, pleurant pour la mort de personne — la tienne — de l'autre côté du non-océan — l'Atlantique —, ou avec les yeux fermés, révulsés, regardant les ténèbres, devinant les volutes de mon cerveau et m'y perdant comme dans un labyrinthe, n'interrogeant personne — tout le monde — à propos d'un prénom jamais prononcé — Ferdinand Maximilien — et muette, oui, sans piper mot, abstraction faite de cette bouche qu'un soir, sur la Colline du Chiquihuite, j'ai badigeonnée de lucioles pour que tu les éteignes avec tes lèvres, abstraction faite de ces mains qui sur l'Ile de Lacroma ont tressé sur ton front de délirantes couronnes et qui étaient vivantes et tièdes, et connaissaient le contour de ta poitrine et les mois les plus fertiles de l'année; abstraction faite de ces tétons qui ont mûri comme des raisins bleutés dans les eaux cristallines du Xinantécatl, abstraction faite de ces yeux qui sous le lumineux reflet de ton visage s'embuaient de diaprures verdoyantes. Abstraction faite qu'ils sont à toi, que je suis toute à toi, comme le sont mes deux jambes que j'ai baignées dans du citron et de la poudre de nacre, que j'ai passées à la pierre ponce pour que, quand tu reviendrais à Mexico après ton voyage dans les provinces, tu les trouves plus brillantes et plus lisses, comme sont à toi mes fesses que j'ai frottées avec des roses et de la poudre de riz pour que, quand sur la rive du lac gelé tu descendrais de ton cheval pour les escalader, tu en voies, tu en sentes, tu en embrasses la blancheur parfumée. Et ces seins aussi, qui étaient pour toi et dont j'aurais aimé que les fermes rondeurs regorgent de lait pour te sauver la vie et pour que les dames de Querétaro ne te bernent pas avec leurs oranges injectées à l'acqua-toffana, ni les nonnes avec leurs galettes empoisonnées, ni la Princesse Salm Salm avec ses gâteaux bourrés de pavot. Pour te sauver la vie, Maximilien, pour que Tüdös, ton cuisinier, ne te berne avec son goulasch de chien assaisonné au laudanum ni le père Soria avec son vin de messe vénéneux, je serais allée te voir tous les matins dans ta cellule du Couvent des Teresitas, pour te donner mes seins à téter, et pour qu'ils soient toujours pleins et qu'ils ne manquent jamais de lait, comme cela s'est produit pour cette malheureuse Concha Miramón quand Juárez lui a dit que rien n'éviterait à Miguel d'être fusillé, j'aurais demandé au messager de venir déguisé en mouton et je les aurais enduits de sel pour qu'il ne se lasse pas de les téter.

Si elles savaient, Maximilien, si simplement elles s'imaginaient, elles sauraient que je ne suis pas folle, que les folles ce sont elles. Hier le messager de l'Empire est venu me voir et il m'a apporté ta langue dans un étui de velours. Et dans une boîte de cristal, tes deux yeux bleus. Avec ta langue et tes yeux, nous allons, toi et moi, réinventer l'histoire. Elles ne veulent pas, personne ne veut te voir à nouveau vivant, que nous retrouvions notre jeunesse, alors qu'ils et elles sont tous enterrés depuis si longtemps. Lève-toi, Maximilien, et dis-moi ce que tu souhaites, ce que tu préfères. Aimerais-tu ne pas être né à Schönbrunn mais au Mexique? Aimerais-tu ne pas être venu au monde à quelques pas de distance de la chambre où agonisait le Duc de Reichstadt et de la pièce où Napoléon Ier a fait l'amour avec la Comtesse Walewska? Aurais-tu préféré, dis-moi, naître dans les jardins de notre Quinta Borda, à l'ombre des flamboyants, nourri par les colibris, bercé par la douce brise des terres tempérées? Aurais-tu aimé, Maximilien, ne pas être fusillé au Mexique, être le chef d'État juste et libéral d'un pays vaste et prospère où la paix régnerait à jamais, vieillir comme un patriarche à la barbe blanche et mourir adoré par tes Indiens, par tous ces Indiens mexicains que nous avons également inventés et que nous avons rendus tellement ingrats, Maximilien, qu'il n'y en a pas eu un seul, pas un seul, tu m'entends, Maximilien, quand tu étais abattu, prisonnier, abandonné de la main de Dieu, condamné par Juárez, pour te rendre visite dans ta cellule et t'apporter une poule, pour s'accrocher au cou une guirlande de cactus et aller à genoux jusqu'au temple de la Vierge de Guadalupe pour lui demander de sauver ta vie et celle de l'Empire? Allons, Maximilien, lève-toi, nous allons à nouveau inventer notre vie. Nous partons à la chasse en Afrique avec David Livingstone pour que tu puisses décorer avec des têtes d'éléphants le Salon Iturbide du Palais Impérial de Mexico. Nous partons pour l'auditorium de Boston écouter Johann Strauss, ses cent orchestres et ses vingt mille musiciens, que nous ramènerons au Mexique pour qu'ils jouent la « Valse de l'Empereur », sur la Place d'Armes de la capitale. Nous partons, si tu veux, Maximilien, déposer une couronne d'immortelles sur la tombe de Juárez dans le panthéon du saint qui porte son nom, afin de montrer à l'Indien que nous, les monarques, savons pardonner, et que la rancune ne coule pas dans nos veines. Le messager est venu l'autre jour et c'était Santos-Dumont, tu savais, Maximilien, qu'on a inventé le zeppelin et l'aéroplane, qu'on a bombardé Londres et Paris, que Santos-Dumont m'a invité à tourner autour de la Tour Eiffel dans un zeppelin, que du ciel j'ai vu tout Paris et je me suis vue en train de jouer dans les Jardins des Tuileries avec un ballon rouge et mon grand-père Louis-Philippe chassait les bourdons dorés avec son parapluie noir, et je t'ai vu à Satory chevauchant aux côtés du Prince Oscar de Suède, j'ai vu Versailles et le Grand Trianon où a été jugé le Maréchal Achille Bazaine, le Château de Saint-Cloud où je suis arrivée un soir où il faisait une chaleur épouvantable, le cœur brisé car je savais que, quoi que nous fassions, ce serait inutile, puisque tout le monde nous avait déjà abandonnés? Lève-toi, Maximilien, et partons bombarder le Sinaloa dans un aéroplane en compagnie du Général Pesqueira, partons avec Santos-Dumont dans un dirigeable pour faire le tour de la Vallée de l'Anáhuac, pour contempler d'en haut la tuerie de la Ciudadela perpétrée par le Général Sóstenes Rocha sur l'ordre de Benito Juárez, pour voir l'entrée triomphale des « Dorados del Norte » et le sang de Francisco Madero et de Pino Suárez répandu dans les rues de la ville de Mexico, viens avec moi, Maximilien, on a inventé la machine à laver, les feux tricolores et les tanks, et, on ne me l'a pas dit, on a inventé la mitrailleuse, et ces ânes pensent que parce qu'ils me tiennent enfermée et parce que je suis toujours seule, je ne suis au courant de rien, alors que c'est moi qui chaque jour réinvente le monde. Et tu sais ce qui leur fait le plus peur, Maximilien ? Que je te réinvente, toi. Que de ton fantôme, de ce fantôme qui hante les couloirs de la Hofburg désertés par les rats et les faucons, les terrasses de l'Alcazar de Chapultepec et les pentes du Cerro de las Campanas, que de ce spectre je fasse un prince encore plus grand que celui que tu as été de ton vivant, plus grand que ta tragédie et que ton sang. Allons, lève-toi, Maximilien. Mais, par contre, tu dois me promettre que personne ne t'humiliera plus, que tu te méfieras — écoute bien ce que je te dis — de Louis-Napoléon et d'Eugénie, de Bazaine et de Bombelles, du Comte Hadik et de tous tes amis, parce qu'on veut t'empoisonner. Si tu attrapes un rhume, crois-moi, Maximilien, ne prends pas de sirop de tolu. Méfie-toi, Maximilien, et quand tu iras à Puebla, ne bois pas de *rompope* à la Maison du Sucre d'Orge, et n'accepte pas le porto que t'offre le Général Codrington à Gibraltar, et quand tu retourneras à Smyrne, ne fume pas de narguilé. Méfie-toi, méfie-toi, Maximilien, des barres de gomme à mâcher que t'offrira Santa Anna le boiteux. Et méfie-toi de l'eau-de-vie de canne de Michoacán et de la liqueur d'agave qu'on te donnera dans le Chiapas. Si tu veux faire l'amour avec Amélie de Bragance, ne prends pas de poudre de cantharide. Ne bois pas non plus l'eau des Sources Jaillissantes, et ne mange pas de la cendre brûlante du Popo. Méfie-toi et si tu reviens à Vienne, ne bois pas de cappuccino à la Blauen Flasche, et si tu visites la cave de la Hofburg, ne bois pas des vins médicinaux de ton arrière-grand-mère l'Impératrice Marie-Thérèse. Ne mange pas de figues de Barbarie à Capri, Maximilien, ni d'œufs en nougat de Mixqui. Si tu vas dans le Parián pendant la Semaine Sainte, ne bois pas de l'eau carmin colorée au bois de Campeche. Et quand tu iras au baptême du fils de Miguel López, ne bois pas, Maximilien, d'eau bénite, et ne porte pas de toast au champagne. Méfie-toi, Maximilien : ne mange pas de queue d'opossum à Colimba, et si tu vas à l'Exposition Universelle de Paris, ne bois pas d'essence de rose d'Adrianapolis ni de liqueur d'acacia de la Martinique. Et quand tu iras à Cuernavaca, ne bois pas sur les lèvres de Concepción Sedano : elles sont empoisonnées.

IV

UNE HISTOIRE DE JUPES
1862-1863

*1. Partant pour le Mexique**

« Majesté, je viens de recevoir du Mexique des nouvelles très importantes. Les événements nous sont favorables et je pense que l'Intervention et l'Empire sont désormais réalisables. Je souhaiterais en faire part à l'Empereur. »

Le « Majesté » s'adressait à l'impératrice Eugénie. Et l'homme qui, d'après ce qu'on dit, lui a murmuré ces mots à l'oreille était don José Manuel Hidalgo y Esnaurrízar, un émigré mexicain qui vécut — et qui vécut très bien, comme le *bon vivant** qu'il était — à Madrid et à Paris, entre autres villes du Vieux Monde.

On dit également qu'Eugénie de Montijo a alors posé son ouvrage, s'est levée et s'est dirigée vers le bureau de son mari.

Son mari, Louis-Napoléon, pouvait être en train de faire toutes sortes de choses dans son bureau : peut-être lisait-il, comme le rapporte le comte Corti, une lettre du roi de Siam. Ou bien pensait-il à mille choses différentes : à la vie de César qu'il écrivait pendant ses moments de loisir. Au fait que ce soir il allait jouer au loto des animaux exotiques avec Loulou, le petit prince impérial. Ou à la collection de médailles que le duc de Luynes avait promis d'offrir à la bibliothèque des Tuileries. Ou peut-être à des choses de plus d'envergure, comme le projet concernant le nouveau système d'égouts pour Paris présenté par le préfet de la Seine, ou peut-être à la politique européenne : il y avait longtemps que la question de l'Italie ne l'inquiétait plus, mais il pensait peut-être à l'Espagne, car en février de cette année 1861 il avait parlé à Compiègne avec son ami le Premier ministre britannique Lord Palmerston — qui dix ans auparavant avait provoqué la colère de la reine Victoria en approuvant, sans la consulter, le coup d'État de Louis-Napoléon. Palmerston, pour qui tout Bourbon valait une misère, souhaitait placer sur le trône de Madrid le roi du Portugal. Louis-Napoléon, de son côté, annexerait à la France la Navarre et peut-être les provinces basques. Mais l'idée de créer en Amérique hispanique un empire continental était indubitablement beaucoup plus séduisante que celle d'envoyer Isabelle II en exil, d'autant plus qu'il pouvait tenter, par cet exploit, de rivaliser avec son illustre oncle. Avec l'avantage que — pensait peut-être Napoléon —, il pourrait convaincre l'Espagne, rassurée par la reconquête de Tétouan, de participer à la régénération du Mexique, et ainsi la dédommager au passage pour le rôle de comparse qu'elle avait joué dans l'expédition de Cochinchine. Napoléon avait sans doute déjà quelques présomptions sur les bonnes dispositions d'Isabelle II concernant sa participation à cette entreprise aux côtés de la France, car cet été même, pendant sa cure thermale à Vichy, il avait eu l'occasion de rencontrer en tête-à-tête, en secret et publiquement, un Grand d'Espagne: le général Prim, comte de Reus, héros du Maroc et marquis de Castillejos.

Eugénie passait très difficilement par la porte du bureau. C'est que l'impératrice Eugénie, perpétuellement parfumée au patchouli, était célèbre pour l'immensité de ses crinolines qui, lorsqu'elle se retrouva enceinte et afin de dissimuler son ventre de plus en plus rebondi — l'*heureuse grossesse** —, non seulement avaient pris une telle ampleur mais s'étaient aussi chargées de tant de dentelles, de soieries et de velours que rapidement tout Paris et toute l'Europe imitèrent la «Reine Crinoline», comme on appela Eugénie depuis lors, et des jupes volumineuses on fit une mode qui survécut pendant de nombreuses années à la naissance du petit prince impérial.

«José Manuel Hidalgo est ici, dit l'Impératrice, et il apporte des nouvelles du Mexique.»

Mais peut-être l'esprit de Napoléon était-il à cent lieues du Mexique ce jour de septembre où, parce qu'il se reposait à Biarritz, il pouvait se donner le luxe de penser à des choses triviales comme, par exemple, la prochaine saynète que Viollet-le-Duc allait présenter aux invités de Compiègne — dans la dernière, Loulou lui-même avait joué le rôle d'un vieux savant qui croyait découvrir partout des ruines gallo-romaines —; il n'en est pas moins certain que ces nouvelles obligèrent l'Empereur, à partir de ce moment et pendant tout le reste de ses vacances, à penser au Mexique comme jamais il ne l'avait fait auparavant.

«Benito Juárez, avait dit Hidalgo, vient de suspendre le paiement de la dette extérieure.»

Les crinolines d'Eugénie étaient si amples, mais si amples, qu'un homme, ou même deux, pouvaient se cacher dessous, de telle sorte qu'Hidalgo y Esnaurrízar pouvait fort bien avoir sorti la tête d'entre les jambes et les culottes de l'Impératrice pour transmettre la nouvelle à Louis-Napoléon.

Si cela ne s'est pas produit, car c'est pure imagination, ou même si Hidalgo n'est pas le premier — et alors il rêve dans ses Mémoires — à avoir donné cette information à l'Empereur et à avoir ajouté que le représentant de la France au Mexique, Dubois de Saligny, et celui de l'Angleterre, Sir Charles Wyke, après avoir adressé à Juárez un ultimatum lui intimant d'abroger son décret, avaient replié leurs drapeaux respectifs et rompu les relations diplomatiques avec le Mexique, et si, en revanche, c'est le Quai d'Orsay en la personne de son ministre, M. Thouvenel, qui s'est chargé d'en faire part officiellement à l'Empereur, tout cela n'a aucune importance. Le fait est que pendant son séjour à la Villa Eugénie à Biarritz, Louis-Napoléon a su, *premièrement*, que Juárez lui offrait le prétexte à une intervention sur un plateau d'argent.

Deuxièmement, qu'il pouvait désormais compter également sur le soutien de l'Angleterre. Et si Wyke était d'opinion que le Mexique n'était pas victime d'une tyrannie et que Juárez n'avait rien d'un satrape, ou si le ministre britannique des Relations extérieures en personne, Lord Russell, avait pronostiqué qu'une intervention au Mexique aurait des conséquences tragiques, tout cela n'avait pas non plus d'importance car, comme Hidalgo l'a affirmé à l'Empereur: « Sire, maintenant nous avons ce que nous souhaitions: la participation anglaise. Le Mexique, en voyant les trois pavillons réunis, sentira toute la puissance de l'alliance, et le pays en masse proclamera la monarchie. »

Troisièmement, Louis-Napoléon ne pouvait oublier que, le 12 avril de cette même année 1861, avait débuté aux États-Unis la guerre entre l'Union abolitionniste et la Confédération esclavagiste, et que par conséquent ce pays se verrait dans l'impossibilité de mettre en pratique la doctrine énoncée par le président Monroe dans les années 1820, selon laquelle sa nation s'érigeait en gardienne de tout le continent américain — « l'Amérique aux Américains »: telle était l'essence de la doctrine —, et avertissait que toute tentative des puissances européennes pour intervenir en Amérique hispanique ou pour y étendre leurs régimes politiques serait considérée comme un danger pour la paix et pour la sécurité des États-Unis. A cette doctrine s'était ajoutée la théorie du Destin manifeste qui établissait le droit que Dieu accordait aux États-Unis d'étendre à volonté leur territoire, théorie que la Divine Providence dévoila quelques décades plus tard et qui prit effet pour la première fois deux ans après son élaboration quand, en 1847, au début de la guerre où le Mexique perdit la moitié de son territoire au bénéfice des États-Unis — l'équivalent du sixième de la surface de l'Europe —, le général nord-américain Winfield Scott débarqua à Veracruz à la tête de trois mille hommes pour dire aux Mexicains: « Pensez que vous êtes Américains et que ce n'est pas d'Europe que pourra venir votre bonheur. »

En réalité, Eugénie alla chercher Hidalgo et elle l'invita à l'accompagner dans le bureau de Louis-Napoléon. Elle le précéda au milieu du froufrou de ses immenses crinolines. Les jupes de l'Impératrice des Français étaient si amples, mais si amples, que dans l'une des pièces de ses appartements privés des Tuileries elle fit construire un monte-charge, afin qu'on lui envoie, depuis l'étage supérieur et pour éviter qu'ils ne soient abîmés lors de leur passage par les portes étroites des pièces réservées aux domestiques, les vêtements qu'elle désirait porter. Dans le monte-charge il y avait un mannequin qui, plusieurs fois par jour, montait nu à l'étage supérieur et redescendait ensuite habillé de pied en cap avec le chapeau orné de plumes d'autruche, la ceinture en fanons de baleine, les crinolines empesées, la jupe de brocart de Lyon éventuellement brodée de tulipes et de roses de Damas, les bas de soie, les jarretelles aux filigranes d'or dessinées par Froment-Meurice, les escarpins constellés de brillants et les gants de peau de Suède que l'impératrice avait commandés.

« Racontez à l'Empereur ce dont vous m'avez fait part », dit-elle au Mexicain.

Le président Lincoln n'était pas un des « manifesdestinistes », comme on les appelait en France : député de l'Illinois à l'époque, il s'était opposé à la guerre contre le Mexique. Mais, une fois président, il avait déclaré que son pays ne tolérerait aucune atteinte à la doctrine de Monroe et, par la bouche de Seward, son secrétaire d'État, il avait prévenu l'Europe que l'Union considérerait comme une offense et un acte d'hostilité la création d'une monarchie au Mexique. La validité ou l'invalidité légale, morale, historique, politique ou impérialiste de la doctrine qui permettait aux États-Unis de s'arroger ce rôle sans avoir consulté les nations concernées préoccupait également fort peu Louis-Napoléon. Ce qu'il savait désormais c'est que, tant qu'il y aurait à Chesapeake, à Richmond et dans les Appalaches un seul soldat confédéré — quand bien même porterait-il un uniforme en lambeaux — qui se défendrait face à un soldat yankee — quand bien même aurait-il un vieux fusil en bois d'érable comme ceux qu'utilisaient les Texas Rangers —, lui, Napoléon III, pouvait poursuivre l'aventure mexicaine et substituer au Destin manifeste le Grand Dessein napoléonien. Il faut reconnaître que certains en Europe redoutaient à juste titre l'hégémonie des États-Unis : en plus de Tocqueville et de Raousset-Boulbon, le marquis de Radepont, ex-ambassadeur de France à Washington, qui vivait au Mexique et avait son propre candidat pour le trône local — le duc de Montpensier —, l'avait prédit et il avait souligné que la politique des États-Unis sur le continent américain ressemblait fort à celle de la Russie en Europe, et que cette dernière s'apercevrait très vite que les Nord-Américains étaient déjà les maîtres de La Havane et qu'ils se préparaient à envoyer un contingent d'infanterie de marine à Saint-Domingue, pour l'occuper.

José Manuel Hidalgo y Esnaurrízar dit ce qu'il avait à dire. Louis-Napoléon alluma une cigarette de tabac rincé dans du thé et il regarda sa femme.

Quatrièmement, et c'était un autre élément dont il fallait tenir compte, les crinolines d'Eugénie étaient d'une ampleur inouïe, mais s'il était vrai qu'un homme aurait pu s'y cacher, l'Impératrice n'a jamais eu recours à ce type de subterfuges pour dissimuler ses amants, pour la simple raison qu'elle n'en a pas eu ou que si elle en a eu personne ne l'a su ; et pourtant, cela n'aurait été que justice au regard des innombrables fois où Louis-Napoléon l'a trompée, même s'il ne l'a pas fait avec *les grandes* *horizontales**, comme on appelait à Paris les prostituées de haut vol, car il avait à sa disposition dans ce domaine plusieurs épouses de ses courtisans et de ses officiers supérieurs, qu'il attendait la nuit dans sa chambre vêtu d'une robe de chambre en soie garance, brodée d'une abeille d'or napoléonienne, et il n'a jamais manqué de princesses, de duchesses ou de comtesses comme celle de La Bédoyère et, bien entendu, la plus célèbre de toutes, la Castiglione qui, avec la duchesse de Hamilton et la duchesse de Pourtalès, fut une des femmes les plus belles de son temps et qui, en plus d'avoir partagé la couche de Victor-Emmanuel, roi du Piémont et de Sardaigne, et de s'être donnée un jour à un vieux lord pour un million de francs, fut envoyée à la cour de Louis-Napoléon par le comte Cavour pour séduire l'empereur des Français et le convaincre de soutenir l'Italie dans sa lutte pour son unité.

En fait, Eugénie était née pour être fidèle à plusieurs titres. Fidèle à elle-même : « Je ne remplirai jamais les fonctions d'une La Vallière », écrivit-elle à la baronne Beyens en faisant allusion à la célèbre maîtresse du Roi Soleil, pour lui raconter que Louis-Napoléon voulait la mettre dans son lit avant de l'épouser. Fidèle ensuite à son mari. Et enfin fidèle à la dynastie des Bonaparte : elle admirait jusqu'au délire le premier Napoléon et elle remerciait le ciel d'être venue au monde cinq ans, jour pour jour, après la mort du Grand Corse dans l'île de Sainte-Hélène. Et cette fidélité à toute heure du jour et de la nuit a dû paraître bien ennuyeuse à Eugénie. L'Impératrice avait besoin d'un amant qui remplacerait Saint-Alban, son bibliothécaire, qui pour la distraire sortait de ses poches toutes sortes de babioles, des bonbons, des timbres, des tabatières, des billes. Un amant avec lequel elle s'entretiendrait par l'intermédiaire de l'alphabet par gestes qu'elle-même avait inventé pour communiquer avec les demoiselles Marion et de Larminat. Un amant, enfin, qui l'accompagnerait dans sa fastidieuse promenade quotidienne au Bois de Boulogne ou lorsqu'elle visitait les grands magasins comme La Compagnie des Indes, rue de Richelieu, ou la maison Worth, rue de la Paix, où son couturier favori avait une série de mannequins en chair et en os qu'il payait pour qu'elles ne battent même pas des cils, de telle sorte qu'on appelait l'escalier intérieur de sa boutique l'échelle de Jacob, car, disait-on, il y avait un ange sur chaque marche. Mais comme elle n'a jamais eu d'amant, Eugénie aspirait à quelque chose de plus que l'ampleur de ses crinolines : à une idée. Une grande idée pour laquelle lutter, maintenant que le canal de Suez ne lui faisait plus palpiter le cœur car, comble d'horreur, il semblait que son cousin Ferdinand de Lesseps n'en viendrait jamais à bout, même dans mille ans. Et cette idée, le Mexicain la lui fournit.

« Je n'ai pas encore reçu les dépêches de monsieur Thouvenel, dit l'Empereur à Hidalgo, mais si l'Angleterre et l'Espagne sont disposées à aller au Mexique et si les intérêts de la France l'exigent, nous aussi nous y participerons. Cependant, je me contenterai d'envoyer une escadre, sans troupes de débarquement. »

Ni cette idée ni ce Mexicain n'étonnaient plus Napoléon, qui connaissait l'une et l'autre depuis plusieurs années, et ils renforçaient sa conviction que les intellectuels et les politiciens mexicains, aussi bien les conservateurs que les libéraux, passaient leur vie à offrir leur pays, ou une partie de celui-ci, aux puissances étrangères. Car non seulement quelques années plus tôt le président Zuloaga avait requis de la France une armée et un général français pour pacifier le pays et se maintenir au pouvoir, mais Santa Anna d'abord, ensuite Murphy, un ex-ambassadeur du Mexique à la cour de St. James, et maintenant Hidalgo et avec lui Gutiérrez Estrada, un autre Mexicain ultra-conservateur qui vivait au Palazzo Marescotti de Rome, voulaient faire du Mexique une monarchie et asseoir sur le trône un prince européen comme l'avait souhaité jadis le curé de Dolores, promoteur de l'indépendance du Mexique, dont les troupes portaient sur leurs uniformes un blason aux armes de Ferdinand VII. Et le président Juárez lui-même avait plus d'une fois engagé l'honneur et le territoire de son malheureux pays.

En 1859, alors que le gouvernement de Juárez était installé dans la ville de Veracruz, le général Miramón l'assiégea d'abord sur terre et ensuite, pour compléter l'encerclement, il mobilisa deux navires ancrés à Cuba, le *Miramón* et le *Marqués de La Habana*. Juárez décida que, s'agissant de bateaux sans pavillon, on pouvait les considérer comme pirates et que, par là même, n'importe quelle nation avait le droit de les attaquer. Il sollicita alors l'aide de navires américains qui se trouvaient au mouillage dans le port et le commandant Turner, à bord du *Saratoga*, prenant sous ses ordres cette corvette et les vapeurs *Indianola* et *Wave*, ouvrit le feu contre les navires de Miramón quand ceux-ci eurent refusé de hisser leurs couleurs comme on l'exigeait d'eux à leur entrée dans la rade de Veracruz.

Juárez consolida son pouvoir, après la défaite de Miramón, à l'occasion de ce qu'on a appelé par la suite « l'incident d'Antón Lizardo ». Mais si les coups de canon du *Saratoga* scandalisaient le Mexique, car pour beaucoup il était tout aussi humiliant qu'inconcevable que deux navires de guerre étrangers entrassent en action dans les eaux territoriales mexicaines, non seulement avec la bénédiction de Juárez mais, pis encore, à sa demande, ils furent loin de provoquer le bruit et l'émotion causés par le traité McLane Ocampo.

Hidalgo y Esnaurrízar raconte dans ses Mémoires qu'il s'est permis de demander à Louis-Napoléon s'il avait un candidat pour le trône du Mexique et que l'Empereur, après avoir allumé une autre cigarette, lui a répondu :

« Non, je n'en ai aucun. »

Effectivement, bien qu'il soit peu probable qu'il n'ait pas pensé à ce moment précis à son candidat favori, il est plus que probable qu'au même moment l'Empereur était convaincu de la nécessité d'intervenir, et rapidement, au Mexique, si on ne voulait pas voir l'Europe — et évidemment la France, en particulier — perdre à jamais un marché vital pour ses produits et une magnifique source de matières premières, étant donné que le Mexique n'était pas seulement important en tant que producteur d'argent : on pouvait en faire un grand pays cotonnier. Il était tout à fait pertinent que Louis-Napoléon eût ordonné d'augmenter la production de coton au Sénégal, possession française. Mais cela ne suffirait pas à alimenter les voraces filatures des Flandres et des Vosges qui se trouvaient à court de matière première car le principal fournisseur mondial, les États-Unis, avait cessé d'exporter du coton en raison de la guerre civile... Et à propos de la guerre, dès qu'elle se terminerait les Américains seraient à nouveau un danger pour le Mexique, quel qu'en soit le résultat et qu'ils en ressortent unis à nouveau ou désunis à jamais, car, comme l'avait dit le prince Richard Metternich, ambassadeur de Vienne à Paris, on ne pourrait écarter l'éventualité qu'à la fin le Nord annexe le Canada et le Sud, le Mexique... Et à propos de Metternich, celui-ci n'appuyait pas la candidature du duc de Modène au trône du Mexique, bien que les mauvaises langues affirmassent que celle qui en réalité s'y était opposée, c'était sa femme, Pauline Metternich, célèbre pour sa laideur, son intelligence et sa frivolité — deux tiers *grande dame* et un tiers *pute*, avait dit d'elle Prosper Mérimée —, et parce qu'elle fumait d'énormes cigares du meilleur tabac roulé par les petits Chinois de La Havane.

« Un prince espagnol serait idéal, dit Eugénie, en ouvrant l'éventail qu'elle avait à la main. Mais je crains qu'aucun ne fasse l'affaire. »

Le Journal des Débats allait très vite reprocher à Juárez et à son gouvernement de « n'avoir ressenti aucune honte à vendre par morceaux le territoire mexicain en échange de son maintien au pouvoir », et Charles de Barrès devait écrire dans *l'Estafette des Deux Mondes* : « Monsieur Juárez a bien vite oublié que les os de ses compatriotes blanchissent dans les solitudes d'Amérique et de Californie. » Mais, en dehors de l'opinion française, de nombreux Mexicains, et parmi eux plusieurs historiens, devaient également qualifier Juárez de traître dès que l'on eut appris que son ministre de l'Intérieur Melchor Ocampo — son compagnon d'exil à La Nouvelle-Orléans — et l'envoyé américain McLane avaient signé un traité selon lequel le Mexique cédait aux États-Unis, à leurs concitoyens — y compris leurs troupes —, à leurs biens — y compris leurs armes —, le droit de passage à perpétuité par l'isthme de Tehuantepec, d'un océan à l'autre. Étant donné que ce traité avait été conclu peu avant l'incident d'Antón Lizardo, on accusa Juárez de l'avoir échafaudé afin d'obtenir, à n'importe quel prix, quand bien même cela compromettrait la souveraineté d'une portion considérable du territoire mexicain, la reconnaissance et le soutien des Américains. C'était « la consécration du monroïsme », comme l'écrivait au roi de Prusse son ambassadeur au Mexique, visiblement inquiet. Et un autre diplomate, le vicomte de Gabriac — le prédécesseur de Saligny —, déclara qu'à plus ou moins long terme le traité McLane Ocampo signifierait que le commerce européen se verrait interdire le continent américain. Le traité, signé alors que James Buchanan était président des États-Unis, ne fut pas ratifié par le Sénat nord-américain, quand Lincoln arriva au pouvoir. D'après certains, on le considéra comme ignominieux : « C'était la belle époque romantique », écrivit un biographe de Juárez, le Mexicain Hector Pérez Martínez. Mais d'autres considérèrent — et leur compatriote Justo Sierra partageait cette opinion — qu'on l'avait rejeté en raison de la haine que les républicains ressentaient à l'égard de la politique du président Buchanan et des démocrates.

Quoi qu'il en soit, le fait est que ce jour-là Eugénie décida que le projet d'introniser au Mexique un prince européen était une idée plus importante, plus absorbante, et, pourquoi pas, plus amusante que de s'occuper de l'ampleur de ses jupes ou de la couleur de son chapeau, et même que d'organiser les lundis de l'Impératrice, quand plus de cinq cents invités arrivaient aux Tuileries, qu'on dansait dans le grand salon d'Apollon, qu'on dînait dans la galerie de la Paix et que la fête se terminait par un cotillon de figures simples, ou bien que d'agencer — et de passer — les vacances à Saint-Cloud et à Chantilly, ou bien à Fontainebleau, où l'Impératrice sillonnait les eaux du lac dans une gondole conduite par un authentique gondolier importé de Venise, tandis qu'à ses côtés le Prince impérial pédalait dans un bateau miniature qui imitait les vapeurs équipés de roues à aubes naviguant sur le Mississippi, ou à Compiègne où Mérimée récitait des fragments de chants illyriens, Mallarmé des poèmes au hasard, et où l'astronome Le Verrier racontait comment il avait découvert, sans jamais l'avoir vue, la planète Neptune.

Les automnes de Biarritz étaient autre chose, car Eugénie avait plaisir à s'échapper à Bayonne, qui n'était qu'à quelques lieues, pour assister à une corrida, et là, loin de la cour et près de la terre où elle était née, elle oubliait qu'elle était impératrice pour se souvenir qu'elle était gironde et espagnole. Et c'est ainsi qu'un jour, après un bain de mer, elle partit en excursion à Bayonne, la ville qui a inventé les baïonnettes et où le roi Charles IV avait cédé à Napoléon le Grand ses droits au trône d'Espagne et des Indes. Là, elle rencontra un gentilhomme qui la salua au passage de son carrosse et en qui elle reconnut — ce qui explique qu'elle arrêta d'abord le carrosse ensuite le fit asseoir à ses côtés — un ancien et très cher ami mexicain dont on dit qu'il avait été, malgré son jeune âge, l'amant de sa mère la comtesse de Montijo, et qui, lors des réunions à la résidence madrilène que les Montijo possédaient sur la place de l'Ange, de même que dans leur propriété de Carabanchel, acceptait volontiers de se mettre à quatre pattes avec d'autres de ses compagnons pour que les dames : Eugénie, Paca, la comtesse et leurs amies montent sur leur dos et jouent aux chevaliers participant à une joute médiévale. Et cet homme à la barbe noire, élégant et attirant, descendant de nobles andalous, qui voyageait d'Espagne en France car il quittait le poste de secrétaire de la légation mexicaine à Madrid pour prendre celui de Paris, et qui, d'une cour européenne à l'autre, pleurait la perte de ses propriétés tombées aux mains des juaristes, était le même qui aujourd'hui, quatre ans après cette rencontre — comme le temps passe ! —, était à nouveau à Biarritz pour implorer, une fois de plus, l'envoi au Mexique d'un prince européen.

Mais qui ? Un prince de la Maison d'Orléans ? Ou don Juan ?

« Votre Majesté sait-elle qu'on a cité le nom de don Juan de Bourbon ? » avait demandé Hidalgo à l'Empereur en 1857.

Ou une femme : Isabelle II d'Espagne, car, comme l'avait dit Lord Clarendon, si on l'envoyait gouverner le Mexique, ce serait un avantage pour ce pays sans que pour autant son absence fît du tort à l'Espagne.

Entre temps, aux années et aux intrigues étaient venues s'ajouter les suppliques d'autres Mexicains. Entre autres, celle de l'homme qui avait été plénipotentiaire du président Miramón à Paris, le général Juan Nepomuceno Almonte, fils naturel de José María Morelos, un autre promoteur de l'indépendance mexicaine, lequel, parce qu'il était prêtre, ne lui donna pas son nom — bien qu'il le fît colonel alors que c'était presque un enfant —, mais le temps et les hasards de la guerre se chargèrent de le baptiser, car chaque fois que le curé craignait pour la sécurité de son rejeton, il disait : « Emmenez l'enfant *al monte* [1]. » Par ailleurs, tout le monde connaissait pour lors un autre Mexicain, José María Gutiérrez Estrada, riche propriétaire de plantations d'agave, qui, depuis vingt ans et sans jamais être revenu de tout ce temps dans son pays, vivait à Rome dans un grand palais, obsédé depuis 1821 — à cette époque on avait pensé à l'archiduc autrichien Charles, vainqueur des troupes napoléoniennes à Aspern — par l'idée de créer une monarchie au Mexique, et encouragé dans cette voie par l'ex-dictateur mexicain Santa Anna, qui, au cours d'une de ses multiples présidences, lui avait donné les pleins pouvoirs pour parler de ce projet à Paris, Madrid, Londres et Vienne. Gutiérrez Estrada avait écrit un opuscule intitulé *le Mexique et l'Europe** qu'il remit, entre autres, à Louis-Philippe, à Palmerston et à Klemens Metternich, et où il proposait toutes les candidatures possibles, depuis l'autre Bourbon, l'infant don Enrique, et les deux oncles de Charlotte : le prince de Joinville et son frère le duc d'Aumale, jusqu'à Auguste de Morny, le demi-frère de Louis-Napoléon, en passant par le duc de Modène — écarté par Pauline Metternich — que l'annexion de son pays au Piémont avait rendu disponible, et par Léopold de Belgique, quand il était encore un prince de Cobourg et qu'il vivait en Angleterre, et il continuait sans relâche à proposer des candidats dans de longues, de très longues lettres ronflantes — certaines avaient plus de quatre-vingts pages — où il citait tous les saints du paradis et annonçait avec des accents apocalyptiques *la débâcle** qui ne tarderait pas à survenir au Mexique si l'Europe n'intervenait pas à temps pour en finir avec ces hordes de bandits et de sauvages qui profanaient les autels et les temples, se gargarisaient à l'eau bénite, attrapaient les curés au lasso, jouaient au ballon avec la tête des anges, arrachaient les pierres précieuses des statues pour les incruster sur la coiffe de leurs grands chapeaux et fondaient les custodes d'or et autres objets du culte pour en faire des pièces de monnaie qui, sur une face, avaient un aigle perché sur un cactus et dévorant un serpent, et, sur l'autre, le visage d'un autre serpent

1. Littéralement, dans le maquis. (N.d.T.)

venimeux: celui de l'Indien Juárez. Dans son livre *Die Tragödie eines Kaisers: Maximilian von Mexiko*, Corti raconte qu'Hidalgo parla alors d'offrir le trône à l'un de ces archiducs autrichiens qui étaient si nombreux qu'on en trouvait toujours un — bien entendu, le Mexicain n'employa pas cette formule — dans la soupe de tous les banquets.

« On avait mentionné l'archiduc Rainer..., ajouta-t-il.

— Oui, parce qu'il semble que l'archiduc Maximilien ne soit pas disposé à accepter », murmura Eugénie.

Cinquièmement, pour hâter l'intervention au Mexique, il fallait prendre très au sérieux les bruits qui quelques jours auparavant avaient mis le Quai d'Orsay en émoi quand on apprit que le gouvernement Juárez était sur le point de signer un autre accord avec l'Union américaine, aussi incroyable que l'accord McLane Ocampo: le nouvel ambassadeur du gouvernement de Lincoln au Mexique, Thomas Corwin, qui dans les années 1840 s'était opposé à l'intervention américaine avec tant d'emphase qu'il fut accusé de félonie et son effigie brûlée dans les rues — il avait proclamé alors qu'il espérait que les Mexicains recevraient l'armée des envahisseurs « avec des mains sanguinaires et des tombes hospitalières » —, communiqua au gouvernement de Juárez, peu après la suspension des paiements de la dette extérieure mexicaine, que son pays pourrait assumer pendant cinq ans le paiement des intérêts de cette dette, le Mexique s'engageant de son côté à rembourser la somme totale en six ans, plus les intérêts, à une condition: le projet comprendrait une servitude spécifique concernant des terres en friche et des droits miniers dans les États de Basse-Californie, du Chihuahua et du Sonora, territoires qui passeraient « sous la domination absolue des États-Unis » dans le cas où, à l'expiration des termes du traité, le Mexique n'aurait pas effectué « le remboursement des sommes en question ». Et au cas où ces motifs ne seraient pas suffisants, ni Napoléon ni Eugénie n'étaient obligés de prêter l'oreille à des raisons extravagantes pour justifier aux yeux de l'Histoire la glorieuse entreprise — quelqu'un affirma que l'intervention au Mexique était urgente car Benito Juárez, cet Indien « anti-charismatique », qui, lorsqu'il visitait les terres chaudes, s'habillait comme un vulgaire paysan: chemise et pantalon de coutil blanc et chapeau « poblano », voulait avant tout, précisément parce que c'était un Indien zapotèque, provoquer dans son pays une guerre raciale, afin d'anéantir la population blanche... —, car, *sixièmement*, si Maximilien acceptait — ah, s'il acceptait! — le trône du Mexique pour le Second Agnat de la couronne d'Autriche, ce pays y trouverait une sorte de compensation, accordée par la France, pour les défaites de Magenta et de Solférino.

Et *septièmement*: le point positif était qu'après ces deux batailles la Papauté n'aurait plus jamais le même pouvoir, mais, point négatif, Pie IX en voulait à Napoléon pour toutes les humiliations subies dans la guerre pour l'unité de l'Italie, parmi lesquelles les moins douloureuses n'avaient pas été la victoire à Castelfidardo de l'armée piémontaise sur l'armée pontificale, l'occupation de Rome par les troupes françaises et la perte de la Romagne : par conséquent, Louis-Napoléon et Eugénie avaient là l'occasion de consoler le Pape, en entreprenant une croisade pour la foi catholique dans le Nouveau Monde.

Alors Eugénie ferma son éventail. Et si le coup donné par le bey Hussein au consul de France avec son chasse-mouches est véridique et non pas pure légende, il ne fait aucun doute que le léger coup qu'Eugénie se donna sur la poitrine avec son éventail mérite lui aussi de passer à l'Histoire : si le premier a décidé du destin de l'Algérie, le second a décidé du destin du Mexique — au moins pour quelques années — et, évidemment, de celui d'un homme : Maximilien.

En effet, après s'être donné ce coup avec son éventail, Eugénie dit :

« Quelque chose me dit que l'archiduc Maximilien acceptera... »

Eugénie prit de sa propre initiative le flambeau de la croisade au Mexique et elle vit là une chance unique de montrer à Louis-Napoléon et à la France ce qu'elle, en tant que femme — et espagnole, de surcroît —, était capable de faire, et qu'elle pouvait aller bien au-delà des petites audaces connues de toute la cour, comme celles qui consistaient à s'habiller en homme, à boire du vin à la gourde pendant les corridas de Bayonne ou à inviter à déjeuner avec Louis-Napoléon, en tête-à-tête, les vingt plus belles femmes de Paris, afin de lui prouver — ce qui n'était pas certain — que ses infidélités la laissaient indifférente et qu'il pouvait les mettre toutes les vingt ensemble, ou une par une, dans son lit, selon son bon plaisir. Elle ne se préoccupait guère non plus, pour le moment, de la cohorte de ses serviteurs : sa lectrice et sa vice-lectrice, qui parfois la divertissaient avec des livres d'histoire, son majordome, son chambellan, ses douzes dames de cour et dames d'honneur, ses chambrières, son coiffeur qui portait pantalon court et épée à la ceinture, son secrétaire particulier et le bibliothécaire qui tirait de ses poches des petites pattes de lapins, sans parler de tous ses couturiers et couturières, Laferrière qui lui confectionnait ses tenues de soirée, Félicie ses capes, Mme Virot et Mme Libel ses chapeaux : c'est là, dans le coin de son cabinet de travail aux fenêtres d'acajou et aux murs tendus de tapisseries couleur vert d'eau, avec sa cheminée de marbre aux ornements de bronze et de lapis-lazuli, surmontée de deux vases chinois et du portrait de sa regrettée sœur Paca, la duchesse d'Albe, dont la mort soudaine l'avait tellement affectée, avec, sur un côté, la vitrine où elle gardait le chapeau de son mari déchiqueté par l'attentat d'Orsini, les tétines et les hochets du petit Prince impérial, des boucles de ses cheveux et ses premiers souliers, et, sur l'autre, un paravent de bambou doré, avec, au fond, le portrait de Louis-Napoléon vêtu de noir et peint par Cabanel, et dans ce coin la table où elle écrivait à genoux, comme elle aimait le faire, toutes ses lettres personnelles, c'est là qu'elle allait pouvoir désormais écrire à la plume d'oie des choses beaucoup plus importantes que raconter à sa maman la comtesse comment progressaient les travaux du nouveau bâtiment de l'Opéra qui devait être le point culminant du style multipastiche du Second Empire, ou comment Loulou s'était détraqué l'estomac en mangeant un œuf de Pâques avec son papier d'argent à fleurs rouges : sous les jupes protectrices d'Eugénie de Montijo, impératrice des Français, on trouvait maintenant non seulement le Mexique mais l'Amérique tout entière.

Dorénavant, tout allait être résolu en quelques semaines. Le comte Walewski, fils naturel de Napoléon le Grand, qui, comme ministre des Affaires Étrangères de Louis-Napoléon, s'était opposé dans un passé récent à l'intervention au Mexique, manifesta son appui après avoir entendu Hidalgo. L'empereur d'Autriche François-Joseph envoya à Miramar son ministre des Affaires Étrangères, le comte de Rechberg, pour s'entretenir avec l'archiduc Maximilien. Et Louis-Napoléon écrivit deux lettres : l'une à son ambassadeur à Londres le comte Flahault — père de son demi-frère utérin le duc de Morny —, où il lui demandait de présenter à la Grande-Bretagne le projet d'intervention et de lui exposer la pertinence de son intervention dans le but de récupérer l'argent prêté au Mexique, de mettre un terme à la politique expansionniste des États-Unis sur le continent américain et de réserver à l'Europe les futurs marchés locaux. La deuxième lettre fut adressée au roi Léopold de Belgique, afin de lui demander d'exercer son influence à un double niveau : sur sa nièce la reine Victoria d'Angleterre, et sur son gendre, l'archiduc Max. Enfin, Louis-Napoléon fit transmettre à l'ambassadeur d'Espagne à Paris le contenu de la lettre à Flahault, et, à son tour, l'ambassadeur communiqua les intentions de l'empereur des Français au Premier ministre espagnol Calderón Collantes qui, à son tour, écrivit à son ambassadeur à Londres pour que celui-ci informât la cour de St. James qu'en Espagne on considérait comme inévitable l'occupation, par les forces navales des trois pays, des points stratégiques des côtes mexicaines, non seulement pour obtenir les satisfactions réclamées, mais également pour organiser au Mexique un nouveau gouvernement capable d'assurer « la sécurité à l'intérieur » et de fournir « des garanties à l'extérieur ».

C'est ainsi que le 30 octobre 1861 les trois principales puissances maritimes du monde signèrent une convention tripartite à Londres où elles s'engagèrent — comme le dit l'historien mexicain Fuentes Mares : l'Angleterre « qui pouvait et ne voulait pas », l'Espagne « qui voulait et ne pouvait pas », et la France « qui voulait et pouvait » — à envoyer immédiatement des troupes d'occupation sur les côtes du Mexique avec pour objectif, défini comme ostensible, de faire pression sur les autorités mexicaines pour qu'elles offrent une protection plus efficace aux personnes et aux biens des sujets des trois nations signataires, et d'exiger du Mexique qu'il respecte les obligations financières contractées auprès d'elles. Dans le second article, les signataires s'engageaient à ne rechercher, à travers les mesures coercitives prévues par l'accord, aucune conquête territoriale ni aucun avantage particulier, et s'imposaient de ne pas exercer sur les affaires intérieures du Mexique d'« influence susceptible d'attenter au droit de la Nation mexicaine à choisir et à constituer librement la forme de son gouvernement ».

Du jour au lendemain, les Espagnols se transformèrent en amphitryons de l'expédition. Francisco Serrano, duc de la Torre et capitaine général de cette possession espagnole qu'était encore Cuba, reçut l'ordre de la métropole d'envoyer à Veracruz une escadre composée de onze navires transportant cinq mille hommes, en plus de cent lanciers, de cent cinquante soldats du génie et d'un total de trois cent trois canons. Les navires espagnols jetèrent l'ancre à Veracruz le 10 décembre 1861.

Il sembla, brusquement, qu'allait être exaucé ce qui était non seulement le vœu de l'ambassadeur d'Espagne Calderón Collantes mais aussi celui de l'un des deux seuls représentants de Juárez à l'étranger : son ministre plénipotentiaire en Europe, Juan Antonio de la Fuente, qui eut l'idée — c'est du moins ce que rapporte Ralph Roeder — que ce qui pouvait arriver de mieux au Mexique, pour se sauver de la France, c'était d'être envahi par l'Espagne. De son côté, le représentant de Juárez à Washington, Matías Romero, était d'avis que puisque l'intervention était inévitable, il était alors préférable que les États-Unis en fassent partie, étant donné que de la sorte, ils feraient au moins pencher la balance vers la légalité constitutionnelle.

Mais le président Juárez avait ordonné au gouverneur de Veracruz de livrer le port sans résistance et de se retirer. Quelques semaines plus tard, le commodore britannique Hugh Dunlop aborda aux côtes mexicaines à la tête de deux navires à hélice et de quatre frégates, avec un total de deux cent vingt-huit canons. Presque en même temps arrivait l'escadre française : quatorze bateaux à vapeur avec un total de trois mille hommes à bord, parmi lesquels un régiment d'infanterie de marine, un bataillon de zouaves et un détachement de chasseurs d'Afrique, placés sous le commandement de l'amiral Jurien de la Gravière, astronome et historien de la marine française.

On vit également arriver le général Prim, non seulement pour prendre la tête des troupes espagnoles, mais aussi avec l'intention — déçue — d'être élu chef de l'Expédition Tripartite. Enfin abordèrent aux rives torrides de Veracruz les deux ambassadeurs — l'Anglais et le Français — qui avaient rompu les relations avec le gouvernement de Juárez : Sir Charles Wyke et le comte Dubois de Saligny.

Les cent quatre-vingt-seize bouches à feu du fort de San Juan de Ulúa et des remparts de Concepción de Santiago, parmi lesquellles il y avait cinquante canons en fer et soixante provenant de fonderies anglaises et belges, restèrent silencieuses.

Au début de la deuxième semaine du mois de janvier 1862, l'Expédition Tripartite commença à se désagréger quand apparurent les premiers désaccords entre les participants. Les Espagnols et les Anglais refusèrent d'appuyer la réclamation française à propos des déjà célèbres bons Jecker, et ils stipulèrent que les démarches françaises étaient dépourvues de tout « fondement juridique véritable ». Le général Prim insista pour que fût appliqué le traité Mont-Almonte où l'on exigeait que le Mexique payât une indemnisation pour l'assassinat des ressortissants espagnols à Chiconcuaque, et le commodore Dunlop demanda le paiement des obligations reconnues par le gouvernement britannique sur les douanes des principaux ports mexicains du golfe, Veracruz et Tampico.

Cependant, peu après, Anglais et Espagnols, dans une déclaration bilatérale, communiquèrent au gouvernement de Juárez que leur intention n'était pas d'exiger réparation, mais de tendre une main amie au Mexique afin d'aider le pays à sortir du chaos, et que de leur côté ils aspiraient à être témoins de sa renaissance.

Benito Juárez suggéra aux alliés de se retirer à La Havane pour, de là, contempler la renaissance du Mexique et, comme cette suggestion fut ignorée, il envoya son ex-ministre Manuel Zamacona pour convier les chefs de l'invasion à s'entretenir, dans le village de La Soledad, avec ses délégués: le ministre des Affaires étrangères Manuel Doblado et les généraux Ignacio Zaragoza et López Uraga. En même temps, le gouvernement mexicain avait déjà dû renvoyer à l'hôpital de La Havane huit cents de ses hommes — et de se transporter provisoirement à Córdoba, Orizaba et Tehuacán, des villes au climat moins pénible, étant entendu que si les conversations de La Soledad n'aboutissaient à aucun résultat, les forces étrangères se replieraient sur Veracruz.

Pendant ce temps, Juárez avait mis à profit les tergiversations et les désaccords des chefs de l'Expédition Tripartite pour promulguer le « Décret du 25 janvier », où l'on condamnait à mort tout citoyen mexicain qui collaborerait avec l'intervention.

Par ailleurs, d'autres personnages entrèrent en scène: l'ex-président Miramón, à qui les Anglais ne permirent pas de débarquer; Juan Nepomuceno Almonte et, le 6 mars, le général Ferdinand Latrille, comte de Lorencez, qui arrivait au Mexique avec l'ordre de Louis-Napoléon de reprendre le commandement des troupes françaises des mains de l'amiral Jurien de la Gravière.

L'attitude conciliante du président Juárez, qui offrit de renégocier les termes de la dette extérieure et les indemnisations, désarma les envoyés espagnols et anglais qui, en accord avec le traité de La Soledad, acceptèrent un arrangement pacifique et se retirèrent du Mexique, en compagnie de leurs troupes.

Le comte de Lorencez dénonça le traité de La Soledad et chercha — et trouva — un motif pour déclarer la guerre au gouvernement de Benito Juárez.

« *Nous voilà, grâce à Dieu, sans alliés** ! », écrivait l'impératrice Eugénie à l'archiduchesse Charlotte quand les nouvelles parvinrent en Europe.

Et vers la fin d'avril, Lorencez, dans une lettre adressée au ministre français de la Guerre, précisa que la supériorité de race, d'organisation, de discipline et de moralité des troupes françaises sur les troupes mexicaines était telle qu'à la tête de ses six mille hommes il se considérait déjà comme le maître du Mexique.

Cela dit, il partit avec eux en direction de la ville de Puebla de los Angeles.

2. *L'Archiduc à Miramar*

Par cet après-midi calme et ensoleillé, l'archiduc Maximilien se trouvait dans le salon des Mouettes du château de Miramar, dans les environs de Trieste, la vieille ville où furent enterrés, dans la cathédrale San Justo, tant de prétendants carlistes qui ne réalisèrent jamais leur rêve d'être rois d'Espagne. L'archiduc Maximilien se tenait debout près d'un lutrin qui soutenait une carte de la République du Mexique montée sur carton. A côté, sur une table, il y avait une petite boîte de laque aux incrustations d'argent, pleine d'épingles à marquer.

Miramar, ou *Miramare* en italien, s'appelait ainsi, évidemment, parce qu'il regardait vers la mer : vers l'Adriatique qui est peut-être la plus bleue de toutes les mers, bien qu'elle se complaise dans un bleu figé et froid. Un jour, alors qu'il voyageait à bord du navire de guerre *Madonna della Salute*, Maximilien dut trouver refuge, devant l'imminence d'une tempête, dans la baie de Grignano, où il passa la nuit dans l'humble demeure de Daneu, un pêcheur. Là, sur un promontoire, Maximilien décida de bâtir le palais de ses rêves, et il en confia les plans et les travaux à l'architecte Carlo Junker, qui commença la construction en mars 1856. C'est aux tours blanches de ce château que faisait allusion le poète Carducci, qui les décrivait obscurcies par des nuées accompagnant le vol d'anges funestes. De souche romantique par son style, on considère Miramar comme un des exemples les plus étonnants et les plus complets « *di residenza principesca del pieno Ottocento* » : de résidence princière totalement XIXe siècle... L'Archiduc prit une épingle à tête argentée et il la planta à l'endroit de la carte correspondant à l'État du Sonora.

« Le Sonora. Si *Herr Professor* me permet une plaisanterie, je peux... *yo podría* ?

— Oui, Altesse : *yo podría, tú podrías, él podría...*

— Je pourrais, poursuivit l'Archiduc, dire que le nom de Sonora est sonore en raison de la quantité d'argent qu'il contient, et que Napoléon a jeté son dévolu dessus. Mais nous ne le lui donnerons pas. Il est à nous les Mexicains. »

La pièce où se trouvait l'Archiduc était connue sous le nom de *Sala dei Gabbiani* : la salle des Mouettes, car au plafond étaient peintes des douzaines de mouettes en vol. Chacune portait un ruban dans son bec et sur chaque ruban figurait une légende en latin. Il y avait également deux tableaux, de Geiger, qui rappelaient le premier voyage de Maximilien à Smyrne. Dans cette même salle, assise sur un canapé, absorbée par un ouvrage au point de croix représentant le yatch *Fantaisie* ancré à l'île de Madère, se trouvait l'archiduchesse Marie-Charlotte, ou María Carlotta, comme elle se faisait appeler depuis qu'elle avait été vice-reine des provinces de Lombardie et de Vénétie. Parmi tous les proverbes latins — depuis *Gaudet tentamine virtus* jusqu'à *Tempus omnia revelat* — on devait certainement trouver celui que le Chancelier Metternich a toujours appliqué en politique, pour la grandeur de la Maison d'Autriche: *Divide et impera*: Diviser pour mieux régner.

Debout, vêtu d'une redingote gris foncé, de pantalons bleu clair, d'une cravate blanche et d'un gilet de velours jaune paille, se trouvait un homme aux traits métissés, portant des lunettes, d'une taille moyenne, aux cheveux noirs et frisés: *Herr Professor*, comme lui disait l'Archiduc, ou *Monsieur le Professeur* [1], comme lui disait l'Archiduchesse.

« Mais en tout cas, *Madame* » — et « *madame* » était également une des formules qu'utilisait *Monsieur le Professeur* pour s'adresser à l'Archiduchesse —, « en tout cas, je pense que vous devriez peut-être enlever un des *t* de votre prénom, et l'écrire désormais sous la forme castillane, Carlota, avec un seul *t*. »

L'Archiduchesse leva les yeux de sa broderie et sourit à *Monsieur le Professeur*.

« C'est une belle idée. Merci. »

Monsieur le Professeur s'inclina et ses lunettes glissèrent jusqu'à la pointe de son nez.

« Ce serait un geste que nous autres, Mexicains, apprécierions au plus haut point. Et maintenant continuons, hein ? avec la conjugaison : *Nosotros podríamos, vosotros podríais, ellos podrían...* Hein ? »

Herr Professor arpenta le salon à grands pas, les pouces dans les poches de son gilet, et il s'approcha de l'immense fenêtre qui donnait sur l'Adriatique. Maximilien et son ami Junker étaient tombés d'accord : il n'y aurait pas une seule pièce, dans tout le château de Miramar, qui ne donnerait pas sur la mer. Une des fenêtres possédait trois sections, chacune avec du verre de couleur différente: ainsi l'Adriatique prenait-il tantôt une teinte d'un violet profond à travers la première vitre, tantôt rose lilas si on le contemplait à travers la seconde, tantôt vert pâle à travers la troisième. Le professeur s'approcha de l'Archiduc et regarda la carte. *Herr Professor* signala un endroit de la carte près de la capitale.

« On ne trouve pas de l'argent uniquement dans le Sonora, Don Maximiliano, dit-il, mais aussi ici, hein? dans d'autres mines parmi les plus riches du monde: celles de Real del Monte. »

Maximilien planta l'épingle. Le professeur reprit sa marche.

« En toute honnêteté, continua-t-il, nous pouvons affirmer que beaucoup de mes compatriotes ne s'apercevront pas du changement. Je fais allusion au Carlota avec un seul *t*, car malheureusement peu d'entre nous savent lire et écrire, hein ?

— *Davvero ?* s'exclama l'Archiduc à son tour en levant les yeux de la carte.

1. Dans ce passage, tous les mots en italique sont en langue originale dans le texte. (N.d.T.)

— *Davvero*, Don Maximiliano, se dit : vraiment ? Et hélas, hein ? c'est la réalité. Maintenant continuons : *yo podría, tú podrías...* »

L'Archiduchesse repoussa sa broderie et ouvrit un éventail.

« *Io* crois que ce sont... *Comment dis-tu, Max ?... Des inventions ? Des mensonges ?* »

Monsieur le Professeur sortit un mouchoir rouge de la poche de sa redingote et il épongea la sueur de son front.

« Des sornettes, Madame, hein ? Des calomnies, des mensonges !

— Oui, *Io* crois que ce sont des mensonges, *Monsieur le Professeur*, des sornettes. *Io* crois qu'il y a beaucoup de Mexicains qui savent lire. Mais notre intention n'a pas été de dire que *Monsieur le Professeur* dirait des mensonges...

— Que le professeur dit des mensonges, Madame. Par ailleurs... Leurs Altesses me permettent-elles de m'asseoir une minute ? Merci, hein ? Par ailleurs, moi je dirais, si vous me pardonnez la redondance, hein ? moi je dirais des mensonges, toi tu dirais des mensonges, lui il dirait des mensonges, vous... bref, je préférerais... »

L'Archiduc sourit.

« *Herr Professor* préférerait peut-être un peu de vin. Rien de meilleur par un jour de chaleur qu'un vin frais... *pétillant*... Servez-vous vous-même, professeur, *a piacere*, ajouta Max en montrant un coin de la salle. Il y a également des galettes irlandaises que m'a envoyées le *governatore* de Gibraltar. Trempées, *à l'anglaise*, c'est une exquisitesse.

— Un délice, Don Maximiliano.

— Ah, *Herr Professor* en a déjà goûté ?

— Non, non, c'est que... c'est-à-dire, oui, oui j'en ai goûté. C'est effectivement une... *squintezza.* »

Herr Professor se leva et se dirigea vers une petite table ronde, marquetée d'huîtres perlières, où se trouvaient le vin et les galettes.

« Bravo, servez-m'en un peu, *per favore*, et venez ici. *Übrigens... à propos* : dites-moi où l'on fait du bon vin au Mexique... *Et toi, Charlotte, un peu de vin ?*

— *Non, merci.* »

Charlotte avait près d'elle un verre d'orangeade. *Herr Professor* servit deux verres. Il marcha jusqu'à la table et en remit un à l'Archiduc. Ensuite, il prit une épingle à tête rouge.

« Ici, à Parral, dit-il, et il planta l'épingle, on produit du vin, hein ?, mais je crains qu'au Mexique n'existe ce qu'on pourrait appeler, *yo podría, tú podrías, nosotros podríamos*, de véritables vins de qualité, hein ? Nous devons les importer d'Europe, avec infiniment d'autres choses, comme du charbon, des instruments de musique, du savon, des armes, du papier, du verre et toutes sortes de comestibles. La saison chaude est couramment trop longue et le résultat, c'est qu'il y a un excès de sucre dans le raisin...

— *Es ist Schade*, professeur : *it's a pity...*

— Et ils sont capiteux... Impossible de les comparer, donc, avec les vins français ou italiens...

— Ou avec les vins allemands du Rhin, dit l'Archiduc en levant son verre. *Am Rhein, am Rhein, da wachsen unser Reben... Salute!*

— *Le comparazioni sono tutte odiose*, coupa l'Archiduchesse.

— Ou avec les vins allemands, hein? acquiesça *Herr Professor. A votre santé*, Don Maximiliano. Avec votre permission, Doña Carlota, hein? Constatez par vous-mêmes : les propriétaires des mines de Real del Monte, Don Maximiliano, sont anglais. Le propriétaire de tout le coton qu'exporte le Mexique est un Espagnol, José Pío Bermejillo, ou quelque chose dans le genre. Mmmm... quel excellent vin, hein? Comment avez-vous dit qu'il s'appelait? Je veux dire par là que les richesses du Mexique sont entre les mains de... Vos Altesses ne doivent pas en prendre ombrage : vous ne serez pas des étrangers dans mon pays. Vous ne l'êtes déjà plus... les richesses, disais-je, sont aux mains d'étrangers... hein?

— Du fer, *Herr Professor*. Le Mexique a du fer.

— Me permettez-vous, Don Maximiliano, de prendre une épingle? »

L'Archiduc lui tendit la boîte. *Herr Professor* saisit une épingle à tête noire et il la planta sur la carte.

« Ici, dans le Durango, Don Maximiliano, Doña Carlota, se trouve une colline de cent quatre-vingt-sept mètres de hauteur, dont on calcule qu'elle est constituée de fer pur à soixante-cinq pour cent... Hein?

— Nous fabriquerions nos propres armes, dit l'Archiduc, notre *railway*...

— Nous fabriquerons, Don Maximiliano. Je fabriquerai, tu fabriqueras, il fabriquera. En fait, si nous mettons à part le coton, l'argent et le fer, je ne crois pas que nous ayons grand-chose d'autre à exporter, en dehors des peaux de chèvre et de vache, dont nous envoyons chaque année des milliers de balles aux États-Unis... nous fabriquerons, vous fabriquerez... C'est que pendant les trois cents ans qu'a duré la colonie, hein? l'Espagne a interdit la création au Mexique de toute industrie susceptible de concurrencer celles de la métropole, Altesse : pas de vignobles, ni d'élevages de vers à soie, ni de tanneries, rien... C'est pour cela qu'ils ont été si furieux quand le curé Hidalgo y Costilla a commencé à planter des mûriers. Ah, j'oubliais, le Mexique produit également beaucoup de cochenilles...

— Comment dites-vous, *Monsieur le Professeur*? demanda l'Archiduchesse, en fermant son éventail.

— Cochenille. En italien, *coccinìglia*, du latin *coccinus*, qui signifie écarlate. La cochenille est un insecte très prolifique, hein? qui produit la laque et la cire de Chine. Comme la laque de cette boîte », dit *Monsieur le Professeur*, et il souleva la boîte aux épingles. « C'est-à-dire, une des espèces. D'autres produisent des colorants, comme la cochenille mexicaine, hein? car quand on écrase les femelles, on obtient une belle poudre d'un carmin intense, la "grana", qui sert à teindre les tissus de laine, de soie, le velours.

— Et elle est *come*... la *coccinìglia* de Madère, *Herr Professor*?

— C'est la même, Don Maximiliano, mais elle est originaire du

Mexique. Sahagún l'appelait "sang de figues de Barbarie"... vous savez, la figue de Barbarie, hein? c'est le fruit du nopal, et le nopal, hein? c'est un cactus, et le cactus, hein? c'est...

— Et peut-on, *Monsieur le professeur*, teindre un manteau impérial, non pas avec de la pourpre mais avec de la cochenille? demanda Charlotte.

— C'est une chose à laquelle je n'avais pas pensé, Altesse, mais... je ne vois pas ce qui s'y opposerait... bien sûr, oui, évidemment. De toute façon, la pourpre vient elle aussi d'un animal... du pourpre, un mollusque. Oui, pourquoi pas? Hein? Je trouve simplement, Vos Altesses me pardonneront, que cela sonnerait bizarrement si, au lieu de parler de "pourpre impériale" on parlait de "cochenille impériale"... hein? hein? »

L'Archiduc sourit. *Herr Professor* s'assit à nouveau, cette fois sans avoir sollicité l'autorisation de Leurs Altesses.

« Nous pourrions, certes, pourquoi pas, hein? Mais nous allons maintenant conjuguer ce temps avec un petit complément: aller au Mexique. Conjuguez, Doña Carlota: Je pourrais aller au Mexique, tu pourrais aller au Mexique, il pourrait aller au Mexique, hein?

— Je pourrais... mais ce n'est pas une *question, Monsieur le professeur*...

— On dit *cuestión* en espagnol, Madame.

— Une *cuestión* pour savoir si *Io* pourrais ou non aller au Mexique, parce que *Io* vais au Mexique, Max et moi nous allons au Mexique, n'est-ce pas, Max?

— *Par Dieu, mia cara Carla, Charlotte, Carlotta: Herr Professor* souhaite seulement donner un... *essempio? Ein Beispiel?*

— Un exemple, Don Maximiliano. Mais je pourrais évidemment donner un autre exemple... hein? »

L'Archiduc éclata de rire, avala une gorgée de vin et dit à *Herr Professor*:

« Comme vous le constatez, ma princesse Carla a le sens de l'*umore*. Moi je suis allemand, *tedesco, un uomo triste*...

— Homme se dit *hombre*.

— *Honbre*.

— Non, Don Maximiliano: *un hombre*.

— Ce n'est pas... *ben pronunziato*?

— Ce n'est pas un *n* mais un *m*... hommmmbre. »

— Hommbre. Hommbre.

— Parfait. En plus, *hombre*, en espagnol, et peut-être surtout au Mexique, est une exclamation qui peut exprimer bien des choses différentes, suivant l'occasion: surprise, joie, incrédulité, hein? *Hombre*, le tremblement de terre a été drôlement violent! *Hombre*, comment est-il possible qu'Untel soit mort, *hombre*, quelle tristesse!

— Par Dieu, professeur, dit l'Archiduc, et il prit une autre gorgée de vin, *vos essemp*... vos exemples sont presque tous plus moroses que moi. »

Herr Professor se risqua à désigner l'Archiduc de son index:

« Votre Altesse a le don des langues et progresse de façon stupéfiante.

— *Hombre*, c'est sûr.

— Et, comme Doña Carlota, Votre Altesse a également un grand sens de l'humour. Et maintenant, revenons à notre verbe. Je pourrais donner d'autres exemples. Je pourrais imaginer Doña Carlota allant au marché pour acheter des chirimoles, des mangues et des sapotes, qui sont quelques-uns des fruits les plus succulents et les plus délicieux que vous trouverez au Mexique, hein? et beaucoup d'autres que Don Maximiliano a certainement eu l'occasion de goûter pendant son voyage au Brésil; mais je pourrais également imaginer Vos Majestés persécutées par l'Église mexicaine et par les ultramontains, ou les imaginer endurant mille souffrances dans leurs voyages par les mauvaises, très mauvaises routes qu'il y a au Mexique... Je veux vous dire par là, hein? que je pourrais, que nous tous nous pourrions nous borner à parler des merveilles de notre pays, qui sont nombreuses, je ne peux pas le nier, et ne jamais mentionner ses énormes défauts, ainsi que les dangers et les hasards que comporte cette noble entreprise. Mais, de mon point de vue, ce serait immoral, hein?»

Charlotte s'impatientait. Elle ouvrit et ferma son éventail à plusieurs reprises.

«*Monsieur le Professeur* est ici uniquement pour nous apprendre l'espagnol, et pas autre chose... *C'est-à-dire*...

— *Laissez-le parler, Charlotte*. Nous avons beaucoup à apprendre, et pas seulement l'espagnol. *Yo podría decir*... est-ce correct, ainsi?

— Oui, Don Maximiliano.

— Je pourrais dire que *Herr Professor, quelquefois*... pourrait parfois être pris pour quelqu'un envoyé par Juárez pour nous convaincre de ne pas aller au Mexique.

— Loin de moi cette pensée, Votre Altesse.

— Nous avons eu la visite d'un Mexicain, M. Terán, délégué par le Président pour nous convaincre de ne pas y aller.

— Juárez a peur, Votre Altesse.

— Et ce consul américain à Trieste. Quel est son nom, Carla?

— Hildreth.

— Ah oui, Mr. Hildreth. Charlotte a dû refuser, dire qu'elle était *malade*, pour ne pas le recevoir. Il ne veut pas que nous allions au Mexique, chez lui c'est une *idée fixe*.»

Monsieur le Professeur s'épongea à nouveau le visage avec son mouchoir.

«Il n'exprime pas son opinion personnelle, mais celle de son gouvernement, Don Maximiliano.

— Nous allons le présenter, n'est-ce pas, Carla? à Don Francisco Arrangóiz et à M. Kint de Roodenbeek pour le convaincre... Mais dites-moi, *Herr Professor*, dans le fond vous êtes un républicain?

— Moi, Votre Altesse, je suis monarchiste, hein? Je pense que seule la monarchie peut sauver mon pays du chaos. Mais le type de monarchie que je souhaite pour le Mexique est très différent de celui que désirent et attendent d'autres émigrés, hein? comme Don José Gutiérrez Estrada et Don José Manuel Hidalgo. Bien qu'en réalité je ne sois pas un exilé. Je ne suis qu'un homme de science qui a vécu quelques années en Europe pour compléter son éducation. Vos Altesses, pardonnez-moi, devraient: *yo debería, tú deberías, él debería, nosotros deberíamos, vosotros deberíais, ellos deberían*, hein? avoir conscience que la monarchie libérale souhaitée par la classe éclairée de mon pays et par l'empereur des Français n'est pas le type de monarchie auquel ces messieurs, hein? avec tout le respect dû à leurs personnes, aspirent pour notre pays. Ce n'est pas non plus ce que veut le clergé du Mexique, hein? Ni le parti monarchiste mexicain, si tant est qu'il existe, car je me permets d'émettre des réserves à ce propos...

— *Come dici...?*

— Émettre des réserves à propos de quelque chose, Don Maximiliano, c'est en douter. Je crois que vous pourriez émettre des réserves à propos des exagérations et des dithyrambes de M. Gutiérrez Estrada...

— *Monsieur le professeur, je vous interdis...* je vous défends...

— *Laissez-le parler, Max...*

— Pourrions-nous... *rinfrescare?*

— Rafraîchir, Votre Altesse...

— Rafraîchir la conversation avec un autre verre de vin? ou *Herr Professor* préférerait peut-être aller respirer l'air de la mer. Tu veux venir, Charlotte? »

Charlotte préféra continuer sa broderie.

« Allons, *cara Carla, meine Liebe: Frisch auf! Cheer up!* »

A la belle pendule Louis XIV, décorée de festons de bois sculpté, qui se trouvait dans un angle du salon des Mouettes, il était deux heures un quart de l'après-midi. Max compara l'heure avec celle de sa montre et il sortit.

Debout sur le petit débarcadère de Miramar, face au bleu de l'Adriatique, Maximilien caressait la tête du sphinx de pierre taillée qu'il avait rapporté d'Égypte.

« Dites-moi, *Herr Professor: Il y a... hay*, dans le trésor impérial mexicain, d'Iturbide, ou des vice-rois espagnols, des choses comme celles que nous avons à Vienne... la couronne de... *des Heiligen römischen Reiches?*... Saint-Empire romain germanique?... celle qui a perdu la pierre de la sagesse? Ou la couronne impériale de Rodolphe II, le sceptre de l'empereur Mathias? Ah, *Herr Professor*, tous ces ravissants objets historiques comme l'épée de Charlemagne qui lui fut offerte par le calife Haroun-al-Raschid... avez-vous cela au Mexique?

— Non, non, j'ai peur que non, Don Maximiliano, au Mexique nous n'avons aucune épée de Charlemagne, hein? Et quant à des bijoux qui seraient restés de l'empire d'Iturbide ou de l'époque des vice-rois, je ne pourrais rien dire... Mais, je mens, hein? je me rappelle maintenant que l'épée de l'empereur Iturbide se trouve dans la salle du Congrès, oui, oui. Et peut-être la couronne, également... mais je pense, Don Maximiliano, que les véritables bijoux du Mexique, ce sont les dons qu'il a faits au monde: la tomate, hein? le chocolat que votre devancière l'impératrice

Doña María Teresa a mis à la mode en Autriche, tout comme l'impératrice Eugénie à Paris; le tabac, hein? la vanille...

— Belle idée... belle idée, *Herr Professor*...

— Les magnifiques arbres originaires du Mexique, Altesse: les gigantesques *ahuehuetes*, l'arbre de Tulé... hein?

— Ah, *Herr Professor: Io sono*... je suis un *innamorato* de la nature...

— Et les fruits dont je vous parlais, Don Maximiliano: les mangues, les ananas, les bananes dont le baron von Humboldt vantait tellement l'abondance et, hein? la valeur nutritive...

— Ah, oui, oui, un *innamorato*.

— Les orchidées par milliers, hein? Quoique, je vais vous dire, hein? nous avons eu, c'est certain, de très beaux bijoux religieux, comme la custode La Borda: un chef-d'œuvre en or massif, d'une aune et demie de hauteur, avec un disque, imaginez, Don Maximiliano, orné d'environ quatre mille cinq cents diamants, de près de deux mille huit cents émeraudes, cinq cents rubis, plus de mille huit cents diamants roses... Rien que sur le piédestal de la custode sont montés deux mille neuf cents et quelques gemmes, hein? quoique j'aie bien peur qu'aujourd'hui, avec le pillage des églises auquel se sont livré les juaristes...

— Bravo, bravissimo *Herr Professor*: vous avez une mémoire *prodigieuse*!

— De la mémoire? hein? Non: en fait je la connais très bien, Don Maximiliano, je l'ai étudiée: je m'honore de l'amitié de Don Manuel de La Borda, le fils de Don José, un propriétaire de mines de Taxco qui a été, au siècle dernier, l'homme le plus riche d'Amérique et qui a fait fabriquer la custode, hein? en l'honneur de Santa Prisca... Assurément, son fils, Don Manuel, a construit de très beaux jardins à Cuernavaca...

— Où ça?

— Cuernavaca, Don Maximiliano: Cuer-na-va-ca, à une quinzaine de lieues de la capitale, hein? de magnifiques jardins, avec une végétation luxuriante, des milliers de fleurs, et peuplés par des centaines de papillons, de perroquets, de colibris...

— Et, et *Io* pourrais connaître les Jardins Borda?

— Bien sûr, Don Maximiliano, il ne manquerait plus que cela: *yo podría, tú podrías, él podría*, Votre Majesté pourrait même les acheter... »

L'Archiduc tourna le dos aux vagues de l'Adriatique pour contempler les jardins de Miramar.

« Regardez, regardez donc, *Herr Professor*: des cyprès de Californie, des cèdres du Liban, des sapins de l'Himalaya... Je les ai tous fait transplanter pour orner mes jardins de Miramar. Mais puisque je ne peux pas en faire autant pour les arbres des tropiques: ceibas, baobabs, palétuviers... *Io* dois donc aller moi-même dans les tropiques... Connaissez-vous ces lignes de notre poète Schiller qui disent: *Io* aussi je suis né en Arcadie? Je vous les cite, *Herr Professor*: *Auch ich war in Arkadien geboren*... »

3. De la correspondance — incomplète — entre deux frères

Acultzingo, 29 avril 1862.

Très cher Alphonse,

Pardonne-moi d'avoir tardé à t'envoyer ces lignes, tu sais bien que je n'ai jamais été paresseux pour écrire, mais ce qui me décourage le plus c'est de penser à l'énormité du temps qu'il leur faut pour traverser l'océan — c'est ma première lettre transatlantique ! Si tu savais comme la traversée m'a paru longue. Pour la première fois j'ai souffert du mal de mer et j'ai passé des heures à vomir par-dessus bord, à la grande joie, je le suppose, des poissons volants et des dauphins qui nous ont accompagnés par moments pendant le trajet et qui ont dû s'offrir un sacré festin. De toute façon, l'odeur de la mer était préférable à la puanteur des cabines, qui achevait de me retourner l'estomac. Mais le pire, c'est qu'à la Martinique le bateau a été infesté de blattes gigantesques qui dégageaient une odeur épouvantable quand on les écrasait. Ainsi donc, si entre temps une balle juariste ne m'a pas tué (ce qui est peu probable, vu que les Mexicains sont des tireurs lamentables), j'ai calculé que quand tu liras cette lettre, je serai déjà à Puebla de los Angeles.

En fait, nous sommes presque aux portes de la ville. Au cours de ces derniers jours nous terminons l'ascension des crêtes d'Acultzingo — une partie de l'artillerie de campagne a emprunté le col de Maltrata, qui est moins escarpé —, de telle sorte qu'actuellement, alors que j'écris ces lignes, j'ai devant les yeux un panorama splendide. La nuit va bientôt tomber et la soirée est claire : d'ici je peux voir — vers l'est — le sommet enneigé du pic d'Orizaba, baigné de teintes roses. Cela me rappelle ces moments où la vallée de Zermatt est plongée dans l'obscurité et où sur le ciel se détache le sommet rouge sang du Matterhorn. Vers l'ouest, et avec l'aide de ma longue-vue, j'arrive à distinguer les coupoles chatoyantes des églises de Puebla et les tours de la cathédrale, ainsi que quelques-uns des nombreux fortins que compte la ville. Mais, malgré toutes ses défenses, nous sommes persuadés que nous pourrons l'investir en un seul jour. Évidemment, pour cela il nous faudra trouver, et vite, de meilleurs moyens de transport, car quand nous sommes arrivés à Veracruz toutes les mules avaient disparu comme par enchantement. Ou par une manigance des juaristes. Les Espagnols escomptaient transférer un nombre important de bêtes de somme de Cuba, mais comme, finalement, ils ont décidé de s'en aller, les quadrupèdes ne sont jamais arrivés. De toute façon, quel bonheur qu'ils soient partis, et avec eux les Anglais, qui doivent se balader dans les Bermudes ! Ainsi la conquête et la régénération du Mexique seront l'œuvre des seuls Français. Enfin, évidemment, avec l'aide, qui est la bienvenue, de la Légion étrangère et des Nubiens que le vice-roi d'Égypte nous a prêtés et dont la peau, noire comme le charbon, est la seule, à mon avis, qui s'accommodera de ce climat torride.

En réalité, Prim n'avait rien à faire ici, si ce n'est l'idiot. D'abord, il a voulu se mettre bien avec Dieu et avec le diable : au Parlement il s'est opposé, comme tu le sais, à l'envoi de troupes espagnoles, afin de s'attribuer tout le mérite au cas où l'Espagne déciderait de se désolidariser du projet, mais il a clairement laissé paraître que de toute façon il était au service de Sa Majesté Catholique, pour accaparer la gloire de commander le corps expéditionnaire, si l'Espagne tranchait en faveur de la participation, comme ce fut le cas. Il a effectivement reçu le commandement, mais la gloire n'était pas au rendez-vous, car non seulement il s'est très vite rendu compte que son rêve d'être empereur du Mexique était irréalisable, mais en outre il était prêt à faire trop de concessions au gouvernement de Juárez en échange d'une issue heureuse pour le traité Mont-Almonte. Je suis profondément persuadé que le fait que Prim soit parent par alliance avec Juárez n'a pas manqué d'influencer cette affaire. Plus précisément, il n'est pas parent de Juárez mais d'un des membres de son cabinet : je me suis laissé dire que son ministre des Finances est l'oncle de l'épouse de Prim — qu'il a certainement amenée au Mexique en qualité de *soldadera* de luxe. Pardonne-moi : on appelle ici *soldaderas* les pauvres femmes qui suivent leurs hommes à la guerre, où qu'ils aillent, avec leurs ustensiles de cuisine et tout le bataclan, et parfois même avec un enfant de quelques mois qu'elles transportent sur leur dos. Cc sont des femmes qui n'ont pas peur du danger et qui, à l'occasion, prennent part elles aussi aux combats.

Quoi qu'il en soit, les concessions de Prim ont, en fin de compte, entraîné une série de décisions absurdes, pour ne pas dire ridicules. Jurien de la Gravière n'aurait jamais dû permettre que le drapeau républicain flottât au même titre que ceux des trois alliés. Nous ne sommes pas non plus venus ici pour échanger des cadeaux avec les juaristes, comme cela est arrivé quand nous avons envoyé à Uraga ou à Doblado — je ne me rappelle plus à qui : à un des délégués de Juárez — un chargement de conserves et de vins français, et eux ils nous ont rendu la pareille — mais nous avons sacrément perdu au change — avec des caisses de confitures fadasses qu'ils font avec du *camote*, qui est le nom local de la patate douce, et des barriques d'une liqueur blanchâtre, épaisse comme de la bave, qu'ils appellent *pulque*, dont l'odeur nauséabonde rappelle celle du fromage avarié. En fait, il n'y a pas de bons vins dans ce pays : rien ne me manque autant que ce colin sauce béchamel que nous avions l'habitude de manger chez les Durrieu, accompagné d'une bouteille de Chablis glacé.

Pardonne-moi cette digression : si je critique également nos chefs, c'est parce qu'ils ont cédé à l'influence néfaste de Prim et de quelques-uns de ses généraux, comme Milans del Bosch, qui ont adopté au Mexique une attitude paternaliste. C'est à eux que l'on doit que les forces alliées aient accepté d'entamer des négociations avec Juárez, ce qui a permis à ce dernier de décréter la loi draconienne qui frappait de peine de mort tous les Mexicains qui collaboreraient avec nous. Cela lui a également — ce qui est plus grave — donné du temps pour organiser ses troupes, bien qu'à vrai dire il en ait tiré peu d'avantages : sur ces mêmes crêtes d'Acultzingo d'où je t'écris, nous avons vaincu et mis en fuite, il y a quelques jours, Zaragoza, le général républicain qui nous attend maintenant enfermé dans Puebla. Je crois que j'ai eu tort de parler de « troupes ». Je n'ai jamais vu de ma vie d'armées plus loqueteuses et avec aussi peu de discipline. Mais j'imagine que cela est dû à la « levée », à l'enrôlement forcé, car autrement on ne pourrait pas dans ce pays former d'armée : aucun de ces malheureux paysans déguisés en soldats ne sait pour quoi ni pour qui il combat. On cite partout ici la lettre qu'un officier mexicain a envoyée à un de ses collègues, où il lui disait : « Je vous envoie un groupe de volontaires enchaînés » (!) Les assassins sont également très nombreux dans les rangs mexicains. Ou à leur tête, y compris ceux qui sont de notre bord, comme c'est le cas de Leonardo Márquez. Le redoutable général a gagné le surnom de « Tigre de Tacubaya » parce que dans cette localité, proche de la ville de Mexico, il a massacré des médecins et des infirmiers sans défense. A part cela, on voit se multiplier les groupes de guérilleros, pour lesquels il ne me sert à rien de m'être brûlé les cils à Saint-Cyr à force d'étudier la trigonométrie et la logistique, car, comme tu le sais, je ne fais pas partie de ces chanceux qui pourront appliquer ici ce qu'ils ont appris dans la jungle de Saïgon. Je vais te donner un exemple : il existe ici une arme dont nous n'avions jamais entendu parler : la *reata*, qui est une longue corde dont une des extrémités est attachée à l'arçon de la selle, et que les Mexicains, habitués aux rodeos, manient avec une telle habileté qu'à des distances très respectables ils peuvent attraper n'importe quoi, que ce soit un animal, un fusil ou un homme. Quand il s'agit d'un homme, ils le traînent au galop, sans la moindre pitié. J'ai ainsi vu mourir déchiqueté un chasseur d'Afrique. Il faut avouer que les atrocités que commettent les prétendus « soldats » mexicains n'ont aucun équivalent dans l'histoire.

Bref, je n'arrive pas à comprendre, comme je te disais, dans quel but nos alliés sont venus. On a perçu jusqu'ici l'écho de la protestation élevée à Madrid par un député qui a dit au Parlement que si les Espagnols n'avaient rien à faire ici, pour quelle raison, alors, étaient-ils venus, et que s'ils avaient *vraiment* quelque chose à y faire, pour quelle raison, alors, partaient-ils. En réalité aussi bien eux que les Anglais ont donné comme prétexte principal quelque chose qu'ils savaient depuis toujours : à savoir que les intentions de la France étaient d'établir ici une monarchie. Je leur souhaite bon voyage. Adieu, comte de Reus, adieu, marquis de Castillejos. On me rapporte que le nom de Prim a un tel prestige — il y en a qui le comparent à Murat — que même ses ennemis le vénèrent, aussi bien dans le Rif que dans les montagnes de la Lune, où les mères font taire leurs enfants simplement en mentionnant son nom, comme si c'était le croque-mitaine. Eh bien je te donne ma parole, cher frère : dans quelques années, aucun Mexicain ne saura plus qui était ce Catalan prétentieux.

En fin de compte, les événements nous ont favorisés, bien que je t'avoue avoir été frappé par certaines contradictions. A un moment on a appris, je ne sais comment, que de la Gravière avait reçu un message secret de notre empereurs, où l'on affirmait que le parti monarchiste mexicain prendrait les armes dès qu'arriveraient les troupes alliées, pour agir en accord avec elles. Cependant, je commence à douter qu'il y ait autant de partisans de la monarchie qu'on le dit, en dehors de ce tas de loqueteux dont je te parlais et dont Lorencez a refoulé la plupart. Je pense aujourd'hui que l'Anglais Wyke a peut-être raison, lui qui affirmait, avant que ne s'ébruite le message secret, que la majorité des citoyens mexicains (ou au moins les plus célèbres, je suppose) sont républicains. Mais même ainsi, je reste persuadé que seule une monarchie pourra arracher ce pays à la barbarie, et je me suis réjoui de savoir que l'archiduc Maximilien a accepté en principe le trône du Mexique, étant donné que d'autres candidats, comme l'Infant Don Sébastien, ne m'inspiraient pas la moindre confiance. Mais j'ai du mal à imaginer comment on pourra parvenir, dans ce pays d'analphabètes, au « consensus national » qu'exige l'Archiduc en échange de son acceptation définitive.

Je te dirai par ailleurs qu'à défaut d'adeptes d'une monarchie, on ne compte plus ici ceux qui, à l'égal de Prim, rêvent de devenir empereurs ou, au moins, aspirent à un titre de noblesse, comme le général Santa Anna qui, d'après ce qu'on dit, est prêt à soutenir l'intervention et l'empire pourvu qu'on le nomme « duc de Veracruz ». Santa Anna est ce général qui a été plusieurs fois dictateur du Mexique, c'est lui qui a perdu une jambe quand le prince de Joinville a attaqué San Juan de Ulúa et qui ensuite l'a enterrée en grande pompe. Tu dois certainement te rappeler le tableau des Tuileries qui illustre la « Guerre des Gâteaux », n'est-ce pas ? Pourtant je vais te dire : les Mexicains n'ont pas tous des plumes, comme on le croit chez nous. En fait, je n'en ai pas vu un seul en porter, et je ne compte voir des hommes emplumés que si l'on m'envoie dans le Durango ou le Sinaloa, où, paraît-il, il y a des tribus apaches qui ont la mauvaise habitude de collectionner les cuirs chevelus.

Les choses se sont encore un peu plus compliquées avec l'arrivée à Veracruz du général Almonte, et de notre propre ambassadeur au Mexique, le comte Saligny. Les Anglais, qui, je suppose, ne lui ont pas pardonné le vol commis à la légation anglaise, nous ont épargné Miramón : dès qu'il a essayé de mettre un pied à Veracruz, le commodore Dunlop l'a arrêté et l'a expédié à La Nouvelle-Orléans ou à La Havane, je ne sais pas exactement. Pauvre général Miramón : il arrivait furieux à cause des rebuffades qu'il dit avoir essuyées à Paris de la part de l'Empereur, à la suite des manœuvres et des intrigues du général Almonte. Indubitablement, le fils bâtard du curé Morelos est une personne cultivée et raffinée, mais il partage beaucoup des défauts de ses compatriotes et, en particulier, de ceux qui ont passé vingt années hors de leur pays. Il n'y a pas longtemps, par exemple, Almonte s'opposait frénétiquement à l'établissement d'une monarchie au Mexique et, surtout, à l'intronisation d'un monarque étranger. Mais le voici aujourd'hui promu porte-étendard de l'Empire mexicain, plein de morgue, aspirant même à occuper la régence en attendant qu'arrive l'Archiduc, et auréolé de scandale, étant donné que, d'après ce qu'on dit, il est un de ceux qui appuient l'idée de créer un protectorat français sur le Sonora, idée que pour ma part je considère comme bénéfique pour les deux pays mais qui est repoussée par la plupart des conservateurs mexicains eux-mêmes.

Le comble, c'est qu'un groupe de Mexicains a refusé de reconnaître le gouvernement de Juárez et a nommé chef de la nation Almonte, qui a déclaré qu'il acceptait, « avec l'efficace collaboration des forces françaises ». Prim et Wyke — c'est là que la coupe a débordé — ont demandé son expulsion, mais nous nous y sommes opposés. Apparemment, Almonte intrigue contre tout le monde, comme il l'a fait dès le début contre La Gravière, en prétendant que l'amiral demandait conseil à Prim et à Wyke au lieu de s'adresser à Saligny. Si c'est cela, je m'en réjouis, malgré l'incorrection du geste, car Saligny — qui est constamment ivre ou qui en a l'air, et qui est en permanence d'une humeur massacrante — est un type à la fois sinistre et incompétent. Notre véritable mission ici, et ceci a été clairement posé, n'est pas de solder des comptes et de recouvrer de vieilles créances, mais de régénérer ce pays. Mais cet âne bâté de Saligny ne l'a pas compris ainsi, et il a continué à insister sur cette malencontreuse affaire des bons Jecker et sur le châtiment de ceux qui auraient soi-disant tenté de l'assassiner au Mexique. C'est également à l'ineptie et à la bêtise de Saligny que l'on doit en grande partie la contradiction créée par le traité de La Soledad, car quand celui-ci a reconnu la légitimité du gouvernement de Juárez, de corps expéditionnaire venu instaurer la loi et l'ordre dans un pays dépourvu de gouvernement, nous nous sommes transformés du jour au lendemain en armée d'invasion, traitant avec un gouvernement reconnu par nous-mêmes. Il ne restait donc pas d'autre alternative que de déclarer la guerre et, en la matière, la compétence de Lorencez fut contestée car d'après la législation internationale (on a cité Henry Wheaton), ce droit « appartient, dans toute nation civilisée, au pouvoir suprême de l'État ». De toute façon, La Gravière et Saligny se sont ingéniés à provoquer une escarmouche qui leur fournirait le *casus belli*. Ils ont réussi, et ils ont déclaré la guerre au gouvernement de Juárez. Lors de sa retraite de Córdoba à Orizaba, l'arrière-garde française est tombée sur un petit détachement de soldats mexicains qui bloquait la route à proximité d'un endroit appelé Fortín. Bien que les Mexicains aient pris la fuite, ils ont été poursuivis par nos troupes. J'ai trouvé que c'était là un début de campagne un peu triste, pas seulement en raison du caractère dérisoire d'un combat qui, de surcroît, était inutile, mais aussi parce que avec la « bataille de Fortín » le sang a commencé à couler : cinq Mexicains ont péri sous les sabres des chasseurs d'Afrique. Il y a certaines choses que nous devrons surveiller plus attentivement : à l'évidence, c'est un bataillon de Soudanais, et non pas de Français, qui s'est livré à des violences à Veracruz quand le gros de nos troupes s'est transporté à Orizaba et à La Soledad, mais tous se réclament du prestige du drapeau vainqueur à Sébastopol et à Solférino.

Et maintenant, pour ne pas t'ennuyer avec toutes ces histoires de politique, je vais te raconter quelques-unes des choses qui m'ont le plus captivé. A titre d'entrée en matière, je te dirai que le débarquement n'a pas été du gâteau, bien que la vue des murs rouge et noir des remparts d'Ulúa ne soit pas dénuée d'intérêt, de même que le vert intense — c'est ce qui lui vaut son nom — de l'île Verte, où pour quelques centimes on peut acheter des coraux splendides. Comme dans l'île des Sacrifices. Mais arriver à Veracruz, très cher frère, c'est arriver dans l'enfer de Dante. Si le futur empereur débarque à cet endroit, il va avoir une déception. Depuis la mer, le port ressemble aux ruines de Jérusalem, à la différence que c'est tout sauf une ville sainte. Elle n'a rien non plus de riche, bien que son nom d'origine soit Villa Rica de la Veracruz (c'est-à-dire Ville Riche de la Vraie Croix). Les rues ne sont pas pavées et je ne dirai pas en quoi elles se transforment quand il pleut à torrents, quand il tombe ce qu'ici on appelle une « averse ». Un camarade m'a dit qu'il n'avait vu plus de boue et de saleté qu'aux pires moments de Pehtang, il y a presque deux ans, quand nos troupes venaient de débarquer dans le nord de la Chine. Toute la ville est un immense cloaque. La *alameda* — le parc central — est en ruine et entourée de marécages fétides, et lorsqu'il ne fait pas une chaleur insupportable, il souffle un vent de tempête qu'on appelle *norte*, qui inonde la ville de sable : même sur la promenade de Malibran, un des endroits les plus présentables, on doit marcher avec du sable jusqu'aux genoux et, bien entendu, porter des lunettes spéciales pour ne pas finir aveugle. Et je ne te parlerai pas du *pinolillo*, un insecte qui inflige des piqûres épouvantables. Mais, avant d'oublier, je voudrais te transmettre une information curieuse : un journaliste anglais qui nous a accompagnés sur le bateau et qui a fait le voyage complètement *groggy*, non pas à cause du mal de mer, mais des quantités impressionnantes de gin qu'il avalait, m'a dit que l'île des Sacrifices — qui avec la forteresse d'Ulúa et l'île Verte constitue la rade triangulaire du port — ne s'appelle pas ainsi parce qu'on y sacrifiait des gens, mais parce qu'on y trouvait les poissons sacrés, les *sacred fish*. Va savoir si c'est vrai. Pour en revenir aux rues de Veracruz (même si je ne reviendrais pour rien au monde dans cet endroit infect), ce qui m'a le plus impressionné c'est le grand nombre de charognards, les *zopilotes*, qui se baladent partout et que personne n'embête parce que la loi les protège : ce sont eux qui sont chargés de nettoyer les ordures que les habitants jettent dans la rue. On voit également, très souvent, des cadavres de chevaux ou d'ânes à moitié putréfiés. Quoiqu'on les devine peut-être plus à cause de la puanteur qu'on ne les voit, car en général ils sont concrètement recouverts par un bouillonnement d'ailes noires. A cela s'ajoute une chaleur écrasante et le fléau de cette région, une des plus insalubres du monde : la fièvre jaune, endémique, qui a commencé à faire des ravages dans nos troupes — on appelle Veracruz le « Jardin d'Acclimatation » : si tu survis dans cette ville, tu survis n'importe où au Mexique. Les hôpitaux sont pleins et je pense avec tristesse à ces pauvres malades et médecins qui, en outre, doivent supporter l'odeur du soufre brûlé qui sert à chasser les moustiques. Là-dessus viennent se greffer le paludisme et d'autres maladies courantes dans les terres chaudes. Le docteur Léon Coindet, médecin-chef des hôpitaux de Veracruz, m'a montré une fois une longue liste de patients de grades et de races les plus divers — aussi bien un tambour zouave qu'un caporal de chasseurs à pied ou qu'un colonel du bataillon d'Afrique — qui souffraient de dysenterie, de fièvres tierces ou comateuses, de typhoïde. On dit au Mexique que le typhus épargne les fumeurs. J'ignore si c'est vrai, mais depuis qu'on me l'a rapporté je ne quitte plus ma pipe. J'ai trouvé du très bon tabac au Mexique et parfois j'y ajoute du *liquidámbar*, comme le faisait Moctezuma — ici on écrit de cette façon le nom de l'empereur aztèque et non pas «Montezuma», de la même manière qu'on dit Cuauhtémoc et non pas «Guatimozín». D'autres fois, je mélange le tabac avec de la vanille. Il s'agit, bien entendu, de cette même vanille avec laquelle nous avons de tout temps parfumé le chocolat en France, mais elle est si délicate et si fine que je n'aurais jamais imaginé qu'elle pût être le produit d'une orchidée originaire d'une région tropicale si sauvage qu'on la croirait inventée par Bernardin de Saint-Pierre. A propos de tabac: je ne sais pas comment ils s'y sont pris pour les conserver pendant le voyage — et je suppose qu'elles venaient de Cuba —, mais le fait est qu'un des bateaux français arrivés à Veracruz transportait des quantités de fleurs de flamboyants et que les officiers ont eu l'idée de débarquer avec, accroché à leur redingote, une de ces belles fleurs couleur de feu. J'ai aussitôt songé à Jean Nicot — un de ceux, comme tu le sais, qui ont apporté le tabac d'Amérique en Europe —, qui déambulait d'une cour européenne à l'autre en arborant une fleur rouge de tabac, également accrochée sur la poitrine. Mais je te parlais de la fièvre jaune ou «vomito negro», comme on l'appelle aussi: grâce à notre transfert sur des terres tempérées, on a évité que se répète la tragédie de l'expédition de Leclerc à Haïti, où plus de Français sont morts de la fièvre jaune que des attaques des nègres de Toussaint Louverture. Pourtant je vais te dire, mon cher Alphonse, que les maladies tropicales ne sont pas les seules à affecter et à décimer nos troupes, mais qu'il y en a également d'autres, aussi anciennes que le plus vieux métier de l'humanité, qui existent au Mexique parce que ce sont les conquérants qui les ont amenées d'Europe. C'est du moins ce que disent les Américains. Un assistant du docteur Coindet, dont je ne peux mettre la parole en doute, m'affirme que beaucoup de ces patients dont regorgent nos hôpitaux à un point tel que tu ne peux te l'imaginer sont internés pour des maladies vénériennes. La principale étant la syphilis. Et le traitement, aussi bien par le calomel que par les vapeurs de mercure, s'avère fréquemment inefficace. Cela m'a dissuadé d'avoir des rapports avec les femmes du cru parmi lesquelles, quand on s'habitue aux caractéristiques de la race, il y en a certaines qu'on pourrait considérer comme jolies. On trouve aussi à Veracruz un bordel avec des prostituées irlandaises, mais j'ai préféré (dans la mesure du possible) rester fidèle à ma Claude adorée, et quand j'avais une soirée de loisir j'allais jouer au baccara après dîner aux Diligencias. C'est à coup sûr le seul hôtel digne de ce nom dans tout Veracruz, où on peut avoir, suivant les jours, un repas passable pour environ cinq francs. Au reste, la cuisine, ici, est répugnante, surtout dans ces espèces de gargotes qu'on appelle *fondas*. Tout y nage dans la graisse et emporte la bouche. Les Aztèques devaient accomplir une sorte de confession païenne et à l'occasion les prêtres leur imposaient comme pénitence de se transpercer la langue avec de longues épines (d'une plante appelée *biznaga*). C'est cette sensation que j'ai éprouvée, mon cher frère : celle d'avoir non seulement la langue mais aussi le palais transpercés par des épines, la première fois que j'ai goûté le *chile* ou *ají*, le *capsicum*.

Or si la civilisaton n'a pas encore touché Veracruz, il est évident que la sauvagerie s'étend bien au-delà du port. Les routes sont également dans un état déplorable, et comme la bénédiction du chemin de fer se limite à une ligne pour deux ou trois cents passagers sur une distance ne dépassant pas cinquante kilomètres — de Veracruz à Camerón, si j'ai bien compris — la majeure partie des voyageurs est obligée de se déplacer dans les « Diligences de la République » peinturlurées comme des carrioles de cirque et qui ont l'air d'être construites sur le modèle des berlines du temps de Louis XV. Nous devrions commencer à les appeler désormais « Diligences de l'Empire »... (tu te souviens, Alphonse, du fameux livre de cuisine de Viard qui a si souvent changé de nom, et qui a cessé de s'appeler *le Cuisinier impérial* quand Bonaparte est tombé et que Louis XVIII est monté sur le trône, pour devenir *le Cuisinier royal*, puis *le Cuisinier national* à la chute de Louis-Philippe et à l'avènement de la Deuxième République. Dis-moi, existe-t-il toujours ? S'appelle-t-il maintenant à nouveau *le Cuisinier impérial* ?). Mais revenons aux diligences : comme je te le disais, les voyageurs y subissent toutes sortes de désagréments, surtout les cahots et secousses provoqués par un nombre infini de nids-de-poule, à quoi s'ajoute l'entêtement des mules qui ralentit encore plus le voyage, puisqu'elles n'obéissent que quand on leur lance des pierres. Il n'est pas rare de voir un conducteur descendre de la diligence pour reconstituer sa provision de projectiles. De nombreux piétons eux-mêmes, surtout chez les jeunes gens, se mettent eux aussi à lancer des pierres sur les pauvres bêtes, quand passe la diligence. Et comme si cela ne suffisait pas, le pays est infesté de bandits et de coupe-jarret — je parle de ceux qui osent s'appeler ainsi, et non pas de ceux qui se déguisent en « soldats ». Quand on voyage pour la première fois dans ces régions, l'attention est attirée par des croix de bois placées ici et là, au bord du chemin. On m'a dit que chaque croix représente un voyageur assassiné à cet endroit. Ce ne sont pas les détails pittoresques, quoique plutôt lugubres, qui manquent : de temps à autre, tu ne vas pas le croire, le kilométrage n'est pas indiqué par les poteaux ou par des pierres milliaires, mais il est inscrit à même un crâne de vache fiché, par la cavité de l'œil, sur la branche d'un arbre.

Bien que je sois ravi d'apprendre des choses nouvelles, l'éloignement et la confrontation à des coutumes si différentes des nôtres provoquent parfois en moi une véritable nostalgie. Ton souvenir est très présent à l'heure de l'absinthe, laquelle, malheureusement, s'est faite rare ces jours derniers. Que veux-tu, je ne peux éviter de t'imaginer, oui, toi, heureux mortel, dandy du Jockey Club, avec tes favoris à l'autrichienne, ton monocle carré et tes gants jaunes style Morny, en train de lire cette lettre, au Tortoni, attablé toi aussi devant une absinthe, je te vois sourire et écarter la lettre pour mettre sur pied ton programme de ce soir... où penses-tu aller, Alphonse? A la Brasserie des Martyrs, avec Honoré Daumier? Ou au Brébant en compagnie d'une dame de la haute?

Pour ma consolation, la glace abonde dans ce pays. Pas seulement celle du Popocatépetl (nom imprononçable), qui depuis l'époque de Moctezuma approvisionne la ville de Mexico, mais aussi celle qui vient par bateau de La Nouvelle-Orléans. Bref, qu'est-ce que je pourrais encore te dire : il existe d'autres compensations. Le logement en est une. Je vis chez une famille mexicaine fortunée, qui me traite avec froideur mais s'occupe bien de moi, et qui a une servante géniale pour ce qui est de repasser les uniformes. Une grande partie de nos troupes a été logée dans les couvents confisqués par le gouvernement de Juárez, ce qui ne manque pas de sel, car nous sommes supposés, entre autres — c'est du moins ce que supposent Gutiérrez Estrada, Almonte et leurs séides —, être venus ici pour restaurer l'Église dans ses propriétés et dans sa puissance. Mais on s'habitue vite à voir les temples transformés en caves et au spectacle de confessionnaux bourrés de caisses de cognac ou de christs en croix au milieu de montagnes de balles de coton. Mais une chose est d'être catholique et une autre d'être fanatique. Les petits potentats conservateurs qui ont rejoint notre armée au cri de « Vive la religion ! » — cri dont, bien entendu, nous ne nous faisons pas l'écho — n'ont pas compris que la grandeur de l'intervention de la France au Mexique réside dans le fait qu'elle combine deux traditions: celle, napoléonienne, des victoires militaires et celle de la politique libérale issue de la Révolution française.

Par ailleurs, la magnificence de la végétation tropicale est impressionnante. Il y a une véritable débauche de fruits. A ton tour, tu pourrais parfois m'envier si tu me voyais me reposer sous une voûte de verdure formée par des lianes et des fougères, feuilletant *les Campagnes d'Italie* de Clausewitz, tout en dévorant une *guanábana*. Bon, je sais que Clausewitz ne t'intéresse pas. Mais toi qui es un gastronome, Alphonse, tu serais fou de la *guanábana*, un fruit à la pulpe blanche et douce, parfumée, à la saveur unique (j'en ai d'abord goûté aux Antilles), avec laquelle on confectionne ici un sorbet ou *nieve* qu'on mange — imagine le raffinement — en utilisant une feuille d'oranger comme cuillère.

Voilà, mon cher frère, j'ai rempli mon devoir de t'informer. Comme je te le disais au début, j'espère que ma prochaine lettre sera datée de Puebla qui, d'après ce qu'on m'a prétendu, est remplie de réactionnaires, et, du même coup, nous espérons être reçus avec des fleurs et des arcs de triomphe, après une résistance conventionnelle destinée à sauver l'honneur de la ville. Je suis persuadé que tu te guéris peu à peu de ces idées socialistes échevelées qui ne te mèneront nulle part (ne te fâche pas, c'est un conseil désintéressé) et qui pourraient faire du tort à la famille. N'oublie pas, à coup sûr, de porter des fleurs sur la tombe de maman. Ses préférées, c'étaient les magnolias. Si tu ne souhaites pas aller tout seul au Père-Lachaise, demande à Claude de t'accompagner. Elle venait toujours avec moi. Ah, et dis-lui, à ma Claude adorée, que je lui ai acheté un de ces éventails que l'on fabrique ici avec les ailes d'un bel oiseau appelé « spatule ». Il aura beaucoup plus d'allure dans ses mains que dans celles de ces Négresses de Veracruz avec leurs dents en or, qui passent leurs journées à fumer des cigares et à boire du chocolat et des verres d'eau glacée. Et aussi à éructer en signe de politesse (je pensais que cela était réservé aux Chinois et aux Bédouins). En te souhaitant donc une bonne santé, je te quitte et t'embrasse. Ton frère affectionné,

JEAN-PIERRE.

V

CHÂTEAU DE BOUCHOUT
1927

Ou bien veux-tu vraiment que tout le monde sache que Maximilien et Charlotte n'ont jamais fait l'amour au Mexique et ne se sont jamais couchés ensemble dans le même lit depuis cette première nuit passée au Palais Impérial, alors que les punaises les dévoraient et que l'Empereur a dû se lever pour aller dormir sur une table de billard, en laissant l'Impératrice assise dans un fauteuil, toute seule, à gratter jusqu'au sang ses pustules immondes? Veux-tu qu'on sache que la Princesse qui a traversé la mer vêtue d'un manteau de pourpre pour régner sur le Nouveau Monde et qui n'a trouvé que le néant, le néant total, mais aussi l'aboulie et l'inertie mexicaines, est restée toute seule cette nuit-là et mille autres nuits, toute seule avec les punaises, les yeux rivés sur le porte-perruque en argent offert par ces Indiennes qui ont eu l'audace de me donner l'accolade et de fumer en ma présence, et qui croyaient qu'en s'affublant de crinolines empesées et de jupes de soie et qu'en s'accrochant des brillants aux oreilles elles s'étaient changées en dames de ma nouvelle cour, de la même façon que toi, idiot, cher idiot de Max, tu as cru qu'en apportant au Mexique des tapisseries, des pianos d'ébène incrustés d'or et de la vaisselle de Limoges, cela suffirait à transformer en résidence impériale cet horrible édifice, ce baraquement que les Mexicains appellent palais et où je suis restée toute seule tant de nuits, toute seule dans cette caserne, et toute seule ensuite dans cette bastille de Chapultepec, toute seule à l'Albergo di Roma, mon cœur suffoquant de mépris et de haine après que tu m'eus abandonnée, Max, mes bras et mes jambes couverts d'escarres, mes lèvres asséchées après que toute ma salive se fut répandue par ma bouche ouverte alors que je pensais à la peau de ce Max que j'idolâtrais, cette peau que j'aurais tant aimé embrasser, parcourir de ma bouche et de ma langue, cette peau blanche qui te recouvrait le visage, les épaules, les cuisses, l'embrasser et m'en emplir la bouche, Maximilien, que Dieu me pardonne, comme j'ai voulu le faire en Italie la fameuse nuit où les aristocrates italiens ont dédaigné notre invitation à la Scala et ont envoyé leurs valets habillés de noir pour qu'ils prennent place dans les loges et nous humilient, et quand je suis revenue au Palais Ducal j'ai voulu me donner à toi, faire l'amour jusqu'à ce que nous surprenne le soleil reflété sur les coupoles dorées de Saint-Marc rien que pour leur prouver à ces insolents — les Dandolo, les Borromeo, les Adda, les Maffei et les Litta — et te prouver à toi que toi et moi nous nous suffisions et que nous nous suffirions à jamais, moi nue et étendue sur le dos et toi à l'intérieur de moi à jamais, unis jusqu'à ce qu'on nous enterre ?

Dis-moi, veux-tu que tout le monde sache que si tu as été stupide je l'ai été plus encore quand j'ai cru, jadis, en toi, à ton amour, à la fidélité que tu m'as si ardemment jurée, comme si je n'avais pas su que, quand tu te rendais à Vienne pour régler ce que tu appelais les affaires de la Vice-Royauté, tu finissais dans le lit des choristes, et la seule chose qui me console aujourd'hui, c'est que tu ne peux plus me tromper, que tu ne le feras jamais plus, que tu ne pourrais plus faire l'amour avec ta chère comtesse von Linden qui est venue te rendre visite dans la crypte des Capucins sous le nom de Comtesse von Bülow et qui a laissé un bouquet de roses sur ton sarcophage à côté des immortelles sèches qu'y avait placées ta mère et du rouleau avec le salut écrit en nahuatl de tes Indiens de Xocotitlán, et il ne serait pas nécessaire que ta famille t'éloignât à nouveau afin que le Vésuve, Smyrne, la Vénus sortant de l'onde de Botticelli, le David de Michel-Ange, la Sicile, Naples et le rocher d'où l'Empereur Tibère précipitait ses ennemis ou la tour blanche dans laquelle il grimpait pour contempler les étoiles, t'aident à l'oublier, et même si tu revenais, Max, même s'il était possible que tu reprennes vie, tu apprendrais que Paola von Bülow est morte elle aussi et la seule chose que tu pourrais faire ce serait de lui rendre sa visite, d'aller pleurer sur sa tombe, comme tu l'as fait à Funchal lors de notre voyage à Madère, quand tu es allé visiter la maison où était morte de tuberculose la Princesse Marie-Amélie de Bragance à qui tu avais déclaré un amour éternel et secret dans les Jardins de Lumiar, et, en plus, si tu revenais, Max, si tu revenais à la vie et à Vienne, quelle frayeur t'étreindrait, mon pauvre Max, tu ne sais pas combien Vienne, ta pauvre ville, est devenue laide, sale, défigurée par la faute de ce misérable Clemenceau et du Traité de Saint-Germain qu'on a fait signer à l'Autriche après la Grande Guerre, si tu voyais cela, Max, quelle humiliation, l'Empereur Charles s'est enfui en Suisse déguisé en jardinier, et dans les rues de Vienne on voit pulluler les mendiants et les tuberculeux, il y a des familles qui vivent dans des fosses creusées dans le Prater, les tartes aux pommes ont disparu des menus des cafés, on te sert de la chicorée à la place du café, les gens arrachent le velours des sièges des trains pour se faire des vêtements car ils n'ont rien à se mettre, le lait et le beurre ont disparu, on ne mange plus que des pommes de terre et de la polenta, vas-y, Maximilien, viens à Vienne si tu veux, viens au Café Atlantis sur la Ringstrasse pour acheter l'amour d'une lesbienne, viens dans le cœur de la vieille ville, dans la Spittelberggasse, où tu pourras choisir une prostituée de l'âge et de la couleur d'yeux que tu voudras, déguisée en nonne ou en écolière, pour coucher avec elle et lui transmettre la mort, puisque tu n'as plus rien d'autre à lui transmettre : car même les ulcères de ton membre, Maximilien, les bubons et les chancres ou quoi que ce soit que tu as ramené de ton voyage au Brésil, même cela est desséché, Maximilien, aussi desséché que ta peau et que tes larmes, que ta langue et que ta lymphe. C'est ce que tu souhaites, que tout le monde sache que l'Archiduc Ferdinand Maximilien, l'agnat de la Couronne de l'Empire Autrichien et l'époux de la Princesse Charlotte de Belgique, a rapporté comme souvenir de son voyage au Brésil non seulement un flacon plein de scarabées aux carapaces d'émeraude et de tourmaline, un agouti vivant, un salacot de liège à l'armature de roseau et, entre les pages d'un livre, les feuilles d'une poinsettia, mais aussi, sous son pantalon et dans son sang, les stigmates d'une maladie vénérienne incurable que t'a collée une Négresse brésilienne, une esclave à l'odeur musquée avec laquelle tu as fait l'amour sous un palmier, au milieu des cris des perroquets et des ricanements des macaques, et que cela, Maximilien, je ne te le pardonnerai jamais ? Tout le monde l'a su, quelle honte, tu imagines, tout le Mexique a appris que c'était là la raison pour laquelle l'Empereur et l'Impératrice n'ont plus jamais passé à nouveau ensemble une nuit dans la même pièce. L'Abbé Alleau, ce dépravé, de connivence avec cet hypocrite de Gutiérrez Estrada, s'est chargé de divulguer et de crier aux quatre vents que ces punaises qui nous avaient reçu la première nuit au Palais Impérial et les yeux étonnés des Indiens qui nous épiaient derrière les vitres des balcons n'avaient été que des prétextes que t'avait fournis la Providence pour m'abandonner cette nuit-là et aller dormir sur une table de billard, et que jamais plus tu n'étais entré dans ma chambre la nuit, Maximilien, jamais plus depuis cette maudite fois où je suis restée toute seule, morte de peur dans mon fauteuil au milieu du bruit épouvantable, interminable, des fusées et des pétards, et du fracas de mon propre cœur, jusqu'au petit jour, à gratter les pustules provoquées par les punaises et à lécher mes blessures comme une chatte, et toi, Max, comment as-tu passé la nuit sur ton lit de bois et de feutre ? si au moins comme ton frère François-Joseph tu t'étais habitué à dormir sur un lit de camp, ou comme papa Léopold sur des matelas remplis de crins de cheval, tu t'en serais mieux tiré. L'autre jour j'ai rêvé que tu étais étendu sur un lit de gazon bleu et que ton membre était une queue de billard longue et vernie et tes testicules deux boules de billard, l'une blanche et l'autre rouge, quel fou rire, tu imagines, Max ? et que je souffrais atrocement en faisant l'amour avec toi : je me transperce presque la matrice, je me déchire presque l'utérus et me pourfends les intestins. Pour un peu je me fais exploser les yeux. Mais ce n'était qu'un rêve : la vérité, c'est que tu m'as laissée toute seule dans le fauteuil du Palais Impérial mexicain, comme tu m'as laissée seule la veille de notre départ pour le Mexique quand tu t'es enfermé dans la *Gartenhaus* de Miramar pour écrire des poèmes d'adieu à ton berceau doré, et tu m'as également laissée toute seule dans mon hamac sur l'Ile de Madère submergée par les parfums de toutes ces fleurs et ces fruits exotiques : l'ananas d'Amérique, le café d'Arabie, les orangers d'Italie, les lilas de Perse, tous réunis sur une seule île à laquelle il ne manquait que l'odeur acide de ton haleine sentant la menthe et le tabac, les vins épais, l'homme, pour être le paradis.

Et tu prétendais, tu as prétendu qu'il me fallait avoir pitié de toi quand je suis partie pour la Belgique rendre visite à mon père et qu'alors tu es resté dans le Palais Ducal de Milan, tu as écrit à ta mère et tu t'es plaint que ta bonté, ta dangereuse bonté, comme tu l'as appelée, allait te changer en un prophète conspué. Tu te souviens, Max, quand nous nous rendions dans ces misérables cahutes de la Valteline pour porter du linge et de la nourriture à ces pauvres gens ? Tu te souviens de tes projets pour restaurer la Coupole de Murano et la Chapelle de l'Arena de Padoue, la Bibliothèque Ambrosienne, et de tes messages d'amitié à Manzoni quand il était malade ? Et à quoi tout cela t'a-t-il servi ? Qui t'a remercié, dis-moi, de t'être occupé du drainage des lagunes de Venise et de t'être inquiété des inondations de Lodi et de Pavie ? Qui a autant donné d'amour à tes sujets des provinces lombardo-vénitiennes que toi, dis-moi ? Je suis un prophète conspué, écrivais-tu de Milan à ta mère, abandonné à la fois par les Autrichiens et par les Italiens : aussi bien par François-Joseph que par le Comte Cavour qui craignait que ta dangereuse bonté ne fît avorter l'unité italienne, et tu te promenais tout seul, dans la nuit et le long des couloirs obscurs du palais, tandis que de la rue t'arrivaient le brouhaha, les cris et les lumières du carnaval, et tu attendais le premier coup de cloche de la nuit pour que le début du Carême, et avec lui l'angoisse qui te pourrissait l'âme, fît taire toute cette joie, et tu prétends, tu as prétendu un jour qu'il me fallait avoir pitié de toi quand tu es resté seul à Querétaro et seul dans ta cellule des Teresitas, seul dans ton cercueil, seul dans la chapelle de l'Hôpital San Andrés à Mexico, seul sur la table de la Sainte Inquisition ou seul quand tu as fait le voyage d'Europe dans la chapelle ardente sur la *Novara*, seul quand sur ta chaloupe et sur ton grand catafalque tu es arrivé à Trieste, seul dans le train qui t'a emmené de Trieste à Vienne pendant que tombait la neige, seul quand ta mère Sophie s'est laissée tomber sur le couvercle enneigé de ton cercueil pour pleurer, certes, non pas ta mort, Maximilien, mais son propre lâchage, son inflexibilité, sa dureté, car de même qu'en 48, quand les troupes de Windischgraetz ont réoccupé Vienne et que l'Odéon a été réduit en cendres, de fond en comble, tu te souviens, elle a affirmé qu'elle supporterait la mort d'un de ses fils plutôt que de se soumettre à la masse des étudiants, de même elle porte la culpabilité de ton assassinat à Querétaro, car quand tu lui as écrit depuis Orizaba pour lui dire que tu voulais abdiquer et quitter le Mexique, elle, cette pute qui s'est donnée à Napoléon II pour en faire ton père, elle t'a écrit et t'a dit que, bien sûr, à Schönbrunn et à la Hofburg, à Vienne, en Autriche et en Hongrie on te regrettait beaucoup, qu'on soupirait quand on entendait le carillon de ton horloge d'Olmütz, quand elle contemplait à nouveau les longues boucles blondes qu'on t'avait coupées pour tes quatre ans et quand elle caressait et reniflait les jupes de fille que tu portais à l'époque, mais tu dois rester au Mexique, t'a-t-elle écrit, car un Habsbourg, mon fils, un Habsbourg ne s'enfuit jamais, et pourtant, qui pouvait en douter, ici nous pensons beaucoup à toi, et je me souviens, c'est resté gravé dans ma mémoire, je ne sais pourquoi, d'un matin où, vêtu de ton uniforme des hussards de Marie-Thérèse, tu es passé sous la porte suisse de la Hofburg, élancé et svelte, toi et tes cheveux blonds flottant dans le vent, sous l'arc qui arbore les symboles héraldiques d'Autriche et de Castille, d'Aragon et de Bourgogne, l'aigle du Tyrol, le lion des Flandres, le nouvel aigle de Styrie et la panthère de Carniole, toi et tes yeux bleus, mon cher Max, ici nous te regrettons tous énormément, nous nous sommes réunis avec nos quatre petits-enfants à Noël dernier et l'empereur a bercé ce grassouillet d'Othon, Franzi s'est assis sur un canapé à côté de Sissi, mais toi, évidemment, même si nous te regrettons tant, tu dois rester au Mexique, ici tu serais dans une situation ridicule, et je me rappelle aussi ce fameux après-midi, que je n'oublierai jamais, où tu t'es perdu dans les Jardins de Schönbrunn et où, folle de désespoir, je criais aux quatre vents, je criais à tout le monde où cet enfant a-t-il pu se fourrer, reste au Mexique, mon fils, ici ta position sera intenable, où a-t-il pu se fourrer, mon Dieu, reste, ne reviens pas: il vaut mieux, plutôt que d'être humilié par la politique française, s'enterrer entre les murs de Mexico, ne reviens pas à Vienne, mon fils, mais, en vérité, tu ne t'étais pas perdu ce matin-là, personne ne t'avait séquestré: tout l'après-midi tu avais joué à faire naviguer des voiliers miniatures sur la Fontaine de Neptune, et ensuite tu t'es endormi près de la fontaine de la nymphe Égérie, après avoir bu de l'eau du Schöner Brunnen, le ruisseau découvert par l'Empereur Mathias, qui a donné son nom au château, et quand tes frères Louis-Victor et Charles-Louis ont relevé Sophie qui était couchée sur ton cercueil, ta mère avait le visage plein de neige, comme un masque de talc collant à la peau, où les larmes avaient creusé des sillons minuscules, mais quand tu es resté seul dans la crypte de la chapelle des Capucins, elle ne s'est pas remise à pleurer, personne n'a pleuré, tout le monde t'a oublié, le carnaval, la fête a continué, non plus le seul carnaval de Milan et de Venise, mais le Carnaval du monde, la fête délirante de l'Histoire. Tu dois savoir que cette hypocrite d'Eugénie, qui avait tellement l'air de souffrir de ta mort le jour de la distribution des prix à l'Exposition Universelle de Paris, n'a pas voulu aller à Vienne présenter ses condoléances à ta mère et à tes frères, elle ne souhaitait pas apparaître trop tragique ou tomber dans l'excès, jurait-elle, à moins que ce ne soit le contraire: paraître trop froide, et quand quelques semaines plus tard elle s'est rendue avec Louis-Napoléon à Salzbourg pour y rencontrer François-Joseph et Élisabeth, ils souhaitaient tous t'oublier le plus vite possible, ils ne voulaient pas une guerre entre l'Autriche et la France, ils trouvaient plus intéressant de parler de la Crète et du Moyen-Orient, de Garibaldi qui préparait sa marche sur Rome et qui devait être vaincu cette année-là par les Français et par les troupes papales à Mentana, que de pleurer ta mort à Querétaro, il fallait t'enterrer et vite, une fois pour toutes, et tandis qu'Eugénie essayait de ne pas se laisser éclipser par la beauté de Sissi, je ne pardonnerai jamais à cette dernière de n'être pas venue nous dire adieu à Miramar quand nous sommes partis pour le Mexique, soi-disant parce qu'elle avait un rhumatisme dans les jambes, ni que cette dinde m'ait traitée de Belge arrogante assoiffée de pouvoir, Sissi se souciait davantage d'estomper Eugénie et de déguerpir le plus vite possible en Angleterre pour y commander une nouvelle tenue de cheval chez Henry Poole à Savile Row avec laquelle elle irait dans le Northamptonshire chasser le renard ou chasser un autre amant, que de te pleurer, Maximilien, toi, son beau-frère favori, qui as toujours été si bon pour elle. Oui, je regrette beaucoup d'avoir à te le dire, Maximilien, mais c'est la vérité : personne ne s'est plus souvenu de toi. Pas même ta mère, qui n'a jamais redemandé au cours de ces soixante dernières années où tu étais. Elle sait que tu ne t'es pas endormi dans le giron de la nymphe Égérie. Que tu n'es pas assis dans un recoin de la chambre des porcelaines de Schönbrunn en train d'inventer un langage secret pour rivaliser avec Albert II le Boiteux, le premier prince de la paix chez les Habsbourg. Que tu n'arpentes pas les onze pièces renfermant le trésor de la Hofburg, en t'arrêtant avec étonnement devant la couronne turque d'Etienne Bocskay, le Prince de Transylvanie qui est mort empoisonné par les Autrichiens. Elle le sait, Maximilien, parce qu'on lui a dit où on t'a casé, en tout cas pas dans la cabane où tu rêvais que tu étais non seulement un nouveau Robinson Crusoé, mais un nouveau Roi de Rome qui jouait à conquérir le monde du fond de sa solitude. Elle sait que tu ne t'es pas glissé non plus dans la chambre où est mort le Duc de Reichstadt pour te demander une fois de plus, la centième peut-être, devant l'aquarelle de Ender qui le dépeint sur son lit de mort, si ce prince au nez et au cœur d'aigle, si immensément pâle qu'il a l'air de rêver qu'il est vivant, avait vraiment été l'homme qui t'a engendré, ou si tout n'était qu'invention. Non, ta mère, l'Archiduchesse Amoureuse, savait fort bien, elle l'a toujours su, où tu t'étais fourré : dans un nid de scorpions, dans un guêpier, Maximilien, Sir Charles Wyke t'avait prévenu. Dans une souricière dont tu ne sortirais pas vivant, ma grand-mère Amélie t'avait prévenu, et je te l'ai moi-même dit, Maximilien, ne va pas prétendre le contraire maintenant. Je t'ai dit et répété que tout était inutile.

Mais moi je meurs d'envie de parler de toi. Je me suis juré de ne jamais t'oublier et que personne, jamais, ne t'oubliera à nouveau. C'est pour cela que j'ai décidé de camper dans un rêve avec les yeux ouverts. Dans un profond clair-obscur peuplé de fantômes qui me parlent tout le temps, qui me murmurent à l'oreille ou qui me crient, quand je veux jouer les sourdes-muettes, que ces yeux qui les regardent ne sont pas les miens, pas plus que les oreilles qui les écoutent ou que la voix qui les invective ou qui les supplie de me laisser tranquille, de me laisser seule, car je ne veux plus rêver, je ne veux plus être une autre que moi-même. Il est en effet bien tard. Et si je te dis qu'il est tard, Maximilien, je ne veux pas dire par là que soixante années représentent beaucoup de temps: le jour où j'ai choisi d'échapper au Mexique et à Miramar, à Bouchout, à ta mort et à ma vie, ce jour-là n'a jamais existé: ni il y a soixante ans ni il y a un instant. Depuis toujours, je suis toutes les voix, la tienne et celle de ta conscience, la voix de la rancune et celle de la tendresse, la voix qui un jour, plus par pitié pour moi que par amour pour toi, peut à nouveau te transformer en Roi de l'Univers et t'asseoir sur le trône sculpé par les Indiens de la Nouvelle-Espagne dans la lave de Tlalpan pour le Vice-Roi Antonio de Mendoza, et la voix qui avant ou après, maintenant, demain, plus par haine envers moi-même que par rancœur envers toi, peut t'abandonner à ton sort, criblé de balles, dans la poussière du Cerro de las Campanas. Ou bien je peux, si je veux, faire jaillir des blessures provoquées par les balles des coquelicots liquides ou des fleuves de papillons. Ou bien, en m'aidant de ce cordage d'or que les guérilleros de Tamaulipas transportaient toujours avec eux pour te pendre à un arbre au cas où ils t'attraperaient vivant, et que je glisserai dans les trous laissés par les balles, je peux t'encorder comme une marionnette, pour te faire danser le cancan sur la Place d'Armes de Mexico. Car si c'est là mon châtiment, c'est aussi mon privilège, le privilège des rêves et de la folie, que d'inventer un immense château de mots, de mots aussi légers que l'air dans lequel ils flottent comme du papier à bonbons, comme des cartes à jouer, comme des ailes, et de l'écrouler avec mon souffle pour que les plus douces de toutes mes paroles s'envolent sur les ailes de la colombe de Concha Méndez et t'emportent jusqu'à Querétaro, et pour que le portrait de l'Impératrice Charlotte déguisée en reine de cœur te porte chance, Maximilien.

Et aussi parce qu'il est de la puissance des songes de faire que le miroir soit une rose et un nuage, le nuage une montagne, et la montagne un miroir, je peux, si je le veux, te coller avec de l'empois les barbes noires de Sedano y Leguizano, te couper une jambe et la remplacer par celle de Santa Anna, te couper l'autre et te coudre celle d'Uraga, t'envelopper dans la peau basanée de Juárez et troquer tes yeux bleus contre ceux de Zapata pour que personne, jamais plus, n'ose dire que tu n'es pas Ferdinand Maximilien Juárez; que tu n'as pas été Ferdinand Emiliano Uraga y Leguizano; que toi, Maximilien López de Santa Anna, tu ne seras jamais mexicain jusqu'à la moelle de tes os. Aussi mexicain que ces ossements et ces crânes en sucre qu'on vendait pendant la fête du Jour des Morts sur le marché de Dolores, où j'ai vu les trois cercueils de balsa qu'un Américain appelé Chester Cuppia a dérobés en même temps que notre impériale vaisselle d'argent pour les exposer à New York, et où tu apparaissais sous la forme de trois pantins de cire, calme, blanc, vêtu non pas de la casaque bleue à boutons dorés, des pantalons noirs, des bottes militaires et des gants de chevreau qui ont été complètement abîmés quand ils se sont imprégnés de ta pourriture, à Querétaro: un pantin portait un uniforme rouge écarlate de colonel d'opérette, le second était en frac et haut-de-forme, et le troisième presque nu, avec un pagne, comme si tu étais un nouveau Christ. C'est moi qui ai fabriqué ces cercueils et ces pantins, car personne au monde, Maximilien, ne peut comme moi te faire et te défaire. Personne ne peut comme moi te modeler de mes propres mains, te sculpter dans la cire et te faire fondre d'amour à la chaleur de mon corps, te fabriquer des os en pâte d'amandes et les dévorer à belles dents, te transformer en savon pour baigner et frotter mon corps avec ton corps, te lécher à en devenir tous deux une seule et même langue, une seule et même peau amère et parfumée. Personne non plus n'est capable comme moi, si l'envie m'en prend, de te rendre tout petit, de faire de toi un bébé et de t'enterrer dans un carton à chaussures, de te changer en un fœtus de quinze jours et de t'enterrer dans une boîte d'allumettes. De faire en sorte que tu ne sois jamais né et de t'enterrer un beau jour, tout vivant, dans mon ventre.

Ce que je veux dire, c'est que je vais, à un moment ou à un autre, te mettre au monde, pour que tous sachent qu'il n'est pas vrai que tu es mort. Et c'est pour cette raison que je suis allée l'autre jour avec la Comtesse Mélanie Zichy et ma belle-sœur Henriette à l'Exposition Universelle de Paris. Tu ne peux pas savoir, Maximilien, le plaisir que j'y ai pris, toutes les choses que j'ai vues, toutes celles que j'ai achetées. Il y avait là le Sultan Mohammed Effendi. Et aussi Eugénie, qui marchait au bras de son amie la Marquise des Marismas, et derrière elles marchaient, en se tenant également par le bras, Louis-Napoléon et le prince impérial qui venaient de visiter l'aquarium de Brighton, mais Loulou avait particulièrement apprécié l'aquarium humain de l'exposition, où il y avait des scaphandriers qui mangeaient, fumaient, buvaient et jouaient aux dominos sous l'eau, c'était fantastique, si tu savais, Max, comme Loulou l'a fait remarquer à l'Empereur de Solo et au Prince de Manko Negoro qui se promenaient sur le Champ-de-Mars dans les carrosses dessinés par Monsieur Hermans de La Haye. Eugénie racontait à la Marquise des Marismas comment elle avait vécu l'inauguration du Canal de Suez, combien était imposante cette merveilleuse construction due au génie de son cousin Lesseps, qui était lui aussi, bien entendu, à Ismailia, et combien elle s'était sentie fière à bord de son yacht *L'Aigle*, que suivaient plus de cinquante bateaux, entre autres celui de François-Joseph, celui du Prince Royal de Prusse et celui du Prince Henri des Pays-Bas. Moi, Maximilien, j'ai fait semblant de ne pas les voir, de ne pas les entendre, car j'étais pressée, je faisais mes courses, et parce que je suis lasse de leurs ragots, de leurs intrigues et de leurs cochonneries; j'ai préféré demander à la Comtesse de Zichy de se rendre au pavillon d'Amiens et d'y commander cinquante yards de velours bleu pour mettre des rideaux neufs à ton bureau de Miramar, tandis que j'allais moi-même acheter un cabinet de bois de pistachier pour la chambre du Prince Augustin, mais, en réalité, je les ai bien vus, bien entendus, je n'ai pas pu l'éviter, et quand ils ont dit ton nom et que Sarah Bernhardt a prêté à Louis-Napoléon le diamant en forme de larme que Victor Hugo lui avait offert, pour que Louis-Napoléon ait l'air de pleurer sur toi, je n'ai pas pu le supporter, car tu connais aussi bien que moi leur hypocrisie à tous.

Louis-Napoléon préfère pleurer de ne pas avoir emporté à Sedan le reliquaire de saphirs contenant un morceau de la vraie croix que le Calife Haroun-al-Raschid a offert à Charlemagne et qui, d'après lui, aurait assuré son triomphe, il s'est plaint de douleurs épouvantables à la vessie et d'uriner des pierres rondes et sanguinolentes comme ces perles roses qu'on voyait à l'Exposition, au Pavillon des Bermudes, plutôt que de pleurer sur toi, Maximilien. Henriette préfère pleurer le sort de Stéphanie qui, après la mort de Rodolphe et son remariage dans notre château de Miramar, s'est enfoncée dans les ténèbres et depuis, jamais plus, jamais on ne l'a appelée Stéphanie la Rose du Brabant, tant elle était laide avec ses pieds énormes et ses mains rougies, et si stupide que jamais plus les paysans de Transylvanie ne s'agenouilleraient à son passage pour embrasser le bas de ses vêtements, jamais plus les habitants de Trieste ne lui crieraient Stephania benedetta, Stephania carissima, plutôt que de pleurer sur toi, Maximilien. Eugénie préfère pleurer de rage parce que le Pape Léon XIII a refusé de la recevoir au Vatican en raison de sa visite, vingt ans auparavant, à Victor-Emmanuel Ier au Quirinal, Eugénie préfère pleurer, c'est moi qui te le dis, Maximilien, sur la perte d'un royaume, qui remonte à cinquante ans, plutôt que de pleurer sur toi.

Aussi, afin de leur éviter les larmes de crocodile qu'ils auraient feint de verser pour toi, je leur ai dit que tu étais là, que ce qu'ils disaient était faux et qu'en vérité tu étais présent, dans le Pavillon du Mexique, et qu'ils te verraient tous ensuite, s'ils m'accompagnaient, mais j'ai d'abord demandé à Henriette de m'acheter des papiers de fantaisie de Guesnu pour envelopper les cadeaux de Noël destinés aux enfants pauvres de Trieste, et j'ai moi-même acheté un chargement de fusils Howitzer pour l'arsenal de Molino del Rey, j'ai donné le bonjour au Prince d'Orange et, avec lui, avec le Prince de Galles, la Princesse Murat, Pauline Bonaparte et ma belle-sœur Henriette nous sommes allés boire des cocktails au Pavillon Américain, car il faut que tu saches qu'on a inventé le mint-julep, Maximilien, le sherry-cobbler et le brandy-smash, puis nous avons été rejoints par Louis-Napoléon et par Eugénie, nous avons tous pris des cocktails, et pour sa part Henriette a bu un mint-julep après l'autre, jusqu'à s'écrouler ivre morte. Je ne voulais pas dire à Henriette que le petit Duc de Brabant, son fils, était là tout trempé et tremblant de froid, parce qu'il était tombé, l'idiot, dans un étang. Je ne voulais pas lui rappeler, la pauvre, que le petit Duc allait mourir de pneumonie quelques jours plus tard. Je ne voulais pas dire à Eugénie que si elle s'intéressait à l'uniforme de Loulou, elle verrait qu'il était hérissé de sagaies et que si le Prince lui racontait que dans son uniforme de cadet de Woolwich il était devenu l'ami intime d'Alphonse XII dans son uniforme de cadet de Sandhurst, elle ne manquerait pas de remarquer que son haleine sentait déjà les viscères pourris. Par contre je les ai prévenus tous les deux : pas question de me raconter des mensonges, et des Maximilien par-ci, des Maximilien par-là. Maximilien est ici, vous m'entendez ? Maximilien est ici, vivant, à l'Exposition Universelle de Paris. Et si toi, ai-je dit à Eugénie, tu as mangé des faisans farcis aux figues à Suez et des magrets de canard sauvage à la sauce aux dattes, moi, quand je suis allée au Yucatán, j'ai voyagé à partir de Veracruz dans un carrosse garni de velours et de soie frangés d'or, décoré de grappes de mangues et de *chérimoles*, d'ananas et de *mameyes*, et les hommes du peuple, comme ils l'avaient fait une fois avec Max à l'occasion d'un de ses voyages, ont dételé les chevaux frisons pour tirer eux-mêmes le carrosse, et je leur ai dit que tu m'avais accompagnée jusqu'à San Isidro et qu'à El Palmar j'avais décoré les soldats autrichiens qui s'étaient distingués à la bataille de Tecomahuaca, et que quand je suis arrivée à Mérida vêtue d'une robe blanche avec des garnitures bleu ciel et coiffée d'un petit chapeau noir également paré de bleu clair qui laissait à découvert, par-derrière, mes boucles d'or châtain, les canons de la Forteresse de San Benito ont commencé à tonner et toutes les cloches à tinter, et le peuple était là, les habitants tous vêtus de lin blanc immaculé, les enfants avec des ailes de papier crépon, et ils m'ont couverte d'une pluie de rubans de couleurs avec des broderies qui disaient Vive Notre Illustre Impératrice et des poésies imprimées sur des papiers parfumés où l'on m'appelait l'Ange Tutélaire du Yucatán, Bénie sois-tu Charlotte, et je te le jure, Maximilien, le Prince d'Orange n'en finissait pas de s'étonner, Eugénie faisait semblant de ne pas m'entendre et elle a continué à parler de la nuit où les lanternes de couleur pendaient, telles des noix de coco éclairées de l'intérieur, à tous les palmiers du Caire, et elle racontait qu'elle avait porté un toast au champagne rosé avec le Khédive d'Égypte à l'avenir de la France et du Canal, mais il est évident qu'elle m'a entendue et qu'elle crevait de rage et d'envie, comme Pauline Bonaparte qui a commencé à parler d'un esclave noir avec lequel elle se baignait nue dans un bassin à la Martinique, et Henriette, qui avait bu tant de mint-juleps que des petites feuilles de menthe lui sortaient par le nez, a commencé à se plaindre de mon frère Léopold, à dire que plus il vieillit plus il devient libidineux, bien qu'il l'ait toujours été, et que leur lune de miel à peine terminée il avait eu une liaison avec cette actrice, comment s'appelait-elle, Aimée Desclée, et que maintenant il avait pour maîtresse une petite pute de seize ans, Caroline, qu'on appelait la Reine du Congo, et moi je lui ai dit écoute Henriette, tu n'as pas le droit de critiquer Léopold parce que c'est mon frère et que je l'ai beaucoup aimé bien qu'il ait été parfois méchant avec moi, mais parfois aussi il était gentil et quand j'étais petite il me lisait l'histoire de l'Ile des Fleurs libérée par le Roi d'Athunt qui tua toutes les sorcières et l'histoire des diamants carnivores des *Mille et Une Nuits*; et c'est alors, Maximilien, que j'ai vu de mes yeux mon frère Léopold, là, je t'assure, à l'Exposition Universelle de Paris, j'ai vu mon frère Léopold II de Belgique dans un pavillon aux murs tapissés de miroirs, tout nu, très vieux, avec une barbe blanche, qui se vautrait sur un lit avec une gamine nue elle aussi, et les miroirs multipliaient leurs corps nus jusqu'à l'infini et des mains de nègres, aux moignons sanglants, qui bougeaient toutes seules, comme d'énormes araignées noires, grimpaient le long de ses jambes et de son dos, sans l'empêcher de continuer à forniquer pour autant.

C'est pour cela, Maximilien, que je ne veux pas que tu les voies... Ignore-les. Ne leur prête pas attention. Fais comme s'ils n'existaient pas. Rends-toi au Pavillon des Colonies Britanniques pour découvrir les tables recouvertes de peau de pingouin des Iles Sandwich, et achète-moi des peignes de santal au Pavillon Ottoman. Rends-toi au Pavillon Belge pour découvrir la statue équestre de Ambiorix le Roi des Éburons, et achète-moi un flacon de parfum de Guerlain au Pavillon Français. Rends-toi au Pavillon de la Tunisie pour y voir les Arabes du bazar avaler des mille-pattes vivants, et au Pavillon du Brésil achète-moi une crème pour le visage aux glandes de crocodile. Ah, Maximilien, j'ai envie que tu m'achètes tant de choses: un sac en cuir de Cordoue, un voile de dentelle de Bayeux, une théière de Christofle comme celle qu'on nous a volée au Mexique, un flacon d'herbe à maté d'Argentine, un poignard de Tolède. Et si tu as l'occasion d'aller jusqu'au Pavillon de Hollande, achète-moi le verre de cristal avec, au fond, un ludion de celluloïd qui apparaît et qui monte quand on remplit le verre de liqueur, et qu'on utilise pour trinquer à l'occasion d'une naissance, car le jour où Eugénie et Louis-Napoléon me réinviteront à venir boire des cocktails au Pavillon Américain, je vais leur faire la surprise: le ludion a tes yeux et ton visage, il a tes cheveux, les premiers langes dont ta mère Sophie t'a enveloppé, il a le lait de ta nourrice sur les lèvres, et quand tous me diront, tout ce ramassis de petits rois, de princes et de princesses de carnaval qui n'ont que leurs châteaux et leurs bijoux à la bouche, comme cette Marie-Christine de Savoie qui est venue acheter des soies de Shantung pour les rideaux du Palais Chinois de Caserte où mon arrière-grand-père le Roi des Deux-Siciles préparait des sorbets pour ses invités, et comme sa parente Maria Pia qui est venue à l'Exposition acheter de la vaisselle de Sèvres et de Limoges pour la jeter sous les pattes de ses chevaux et décorer avec les fragments de porcelaine les arcades du Palais de Fronteira, et comme la Grande Catherine de Russie qui est venue avec son diadème de diamants orné d'un rubis de la taille d'un œuf de pigeon, et comme Marie-Clotilde Bonaparte qui porte les boucles d'oreilles de perles noires des Iles Fidji qu'elle a héritées d'Eugénie, et comme Ena d'Espagne qui a apporté le collier d'énormes aigues-marines qu'elle arborait pendant la dernière cérémonie du lavement de pieds à Madrid, bref quand ils me diront que nous n'avons pas un centime, que les coffres sont vides et qu'il va falloir que tu vendes aux enchères les joyaux de la Couronne, je les interromprai d'un non, allons donc, vous vous trompez complètement: vous ne voyez donc pas que Maximilien nage dans le champagne? N'avez-vous pas entendu parler, ai-je dit au Maréchal Randon et au Comte de Chambord, des richesses inépuisables du Mexique, de ses métaux et de ses pierres précieuses? Qui a dit qu'il nous fallait vendre aux puces tes chevaux Orispelo et Anteburro? Maximilien nage dans les placers aurifères de la Sierra Madre Orientale, Maximilien prend un bain de *pulque* dans sa vasque d'obsidienne. Vous ne savez donc pas, ai-je dit à la Princesse Troubetskoy et à son oncle le Prince de Montenuovo et à mon oncle le Duc de Montpensier, qu'il n'y a aucun pays au monde, en dehors du Mexique, sur lequel la Divine Providence a répandu autant de bienfaits ? Vous ne savez donc pas que le Mexique possède tous les fruits, tous les paysages, toutes les fleurs ? Qui a dit qu'il me faudrait congédier toutes mes dames de compagnie et la moitié des cuisiniers du palais ? Ou que nous allions vendre le calendrier aztèque au Kunsthistorisches Museum de Vienne ? Maximilien est assis sur un trône de roses que lui a offert le Général Escobedo. Vous ne connaissez donc pas, ai-je dit au Comte d'Eu et au Duc de Persigny, l'histoire du vice-roi qui invita le Roi d'Espagne à visiter le Mexique et lui jura que de Veracruz à la capitale, sur plus de cent lieues castillanes, ses pieds ne fouleraient pas, son carrosse n'emprunterait pas une seule route qui ne serait d'argent pur ? Qui a dit que nous allions engager notre carrosse doré au Mont-de-Piété ? Vous ne savez donc pas que lorsque je suis allée au Yucatán j'ai marché depuis le quai, tout au long de la plage et à travers la forêt, sur un sentier de coquillages et de buccins que mes chers petits Indiens mayas avaient mis un mois à construire et que le chemin était bordé d'arbres en bois précieux d'où pendaient des festons de branches vertes, et de deux rangées d'Indiennes vêtues de blanc qui ressemblaient à de brunes vestales et qui me rafraîchissaient avec leurs grands éventails de feuilles de palme ? Qui dit que nous allons devoir sous-louer le Palais National ? Vous ne savez donc pas qu'avec les coquillages du Mexique et avec ses buccins nous pourrions recouvrir le lit de tous les lacs d'Europe : celui du lac de Côme où mon père Léopold allait pleurer sa chère Princesse Charlotte d'Angleterre, celui du lac de Starnberg où Louis de Bavière a noyé tous ses cygnes et ses paons de cristal, celui du lac de Constance où Louis-Napoléon patinait en hiver et rêvait d'être Roi du Nicaragua ? Qui dit que nous sommes pauvres et que nous allons devoir organiser une tombola dont le premier prix serait le Château de Chapultepec ? Eh bien non, apprenez plutôt, ai-je dit à Madame Tascher de la Pagerie, à la Comtesse Walewska et au Comte de Cossé-Brissac, apprenez plutôt que Maximilien se détend dans un hamac d'argent pur tissé par les dames de Querétaro. Vous ne savez donc pas qu'avec l'acajou et le cèdre, l'ébène et le bois de Campeche du Mexique nous pourrions remplacer toutes les traverses de l'Orient-Express ? Qu'avec son or nous pourrions recouvrir la Statue de la Liberté, avec l'écaille de ses tortues garnir la Cathédrale Notre-Dame de Paris, avec la peau de ses daims revêtir les Pyramides d'Égypte ? Le monde entier ne sait-il pas, Maximilien, qu'avec les étoiles du Mexique nous pourrions remplir les cieux d'Europe, avec les pétales de ses orchidées tapisser les Champs-Élysées, avec les ailes de ses papillons chamarrer les Alpes ? Eh bien non, Maximilien n'est pas pauvre : Maximilien, dans sa vasque d'onyx, prend un bain de cochenille impériale.

On a inventé l'Orient-Express, Maximilien, et nous allons faire un voyage de lune de miel de Paris à Istamboul. On a inventé la Statue de la Liberté, et un jour je vais monter avec toi jusqu'à la pointe de sa torche, pour que tu assistes à l'arrivée de La Fayette. On a inventé la machine à laver et je vais y laver le sang qui a taché ton gilet sur le Cerro de las Campanas. On a inventé le celluloïd et je t'ai moi-même fabriqué en celluloïd, en miniature, pour te faire naître, pour que tu remontes du fond du verre de champagne comme si tu remontais du fond des eaux d'un gouffre sacré du Yucatán, pour que tu retrouves ta respiration et moi la mienne. Car si je dois un jour avoir un enfant de quelqu'un, Maximilien, ce ne sera, comme je te l'ai déjà dit, ni de Van der Smissen ni du Colonel Feliciano Rodríguez, ni de Léonce Detroyat, ni de personne. Ce sera de moi-même. De moi-même et de mes paroles.

Et pour que tous puissent constater que tu es vivant, que si tu étais mort tu es revenu à la vie, que tu as ressuscité d'entre les morts, venez avec moi, leur ai-je dit à tous, venez voir Maximilien, il est là, à l'Exposition de Paris: assis sur un trône tapissé de peaux de vigogne et d'alpaga, avec ton uniforme d'Amiral du Lac de Texcoco, ta peau entièrement recouverte de poudre d'or du Pérou et ton visage dissimulé sous le masque doré d'un chef quimbaya, une grappe de raisins en onyx dans la main gauche et le globe de l'Empereur Mathias dans la main droite, sur tes genoux une réplique de la frégate qui a couvert ton nom de gloire à la bataille de Lissa, et sur ta tête la couronne du Saint-Empire Romain, sur ton épaule droite un toucan empaillé, sur ta poitrine un bijou électrique avec ton propre visage qui ouvre et ferme les yeux et la bouche, sur ton front l'ombre orangée d'un parasol Achille-Gruyer, sur tes lèvres une violette artificielle d'Ivernois, autour de toi les papillons bleus du Brésil, à tes pieds un tapis de mousse rouge et autour du tapis les épluchures qui sortent de la machine à peler les pommes, les cubes d'eau congelée qui sortent de la machine à faire de la glace, les peaux de lapin qui sortent en volant des cylindres pneumatiques à fabriquer des chapeaux, les fleuves de bière qui se déversent de la Bier-Halle et les cascades d'eau minérale de Schweppes, au fond une statue de sel de Charles Quint, à ta gauche un bloc d'améthyste d'un poids de trente kilos avec, en son centre, une libellule d'ambre gris, à ta droite l'aérolite de Yanhuitlán que t'ont offert tes astronomes mexicains et au-dessus de l'aérolite un œuf en or de Fabergé et à l'intérieur de l'œuf un grain de cacao givré, c'est ainsi que j'aurais aimé te voir à l'Exposition Universelle de Paris, t'exhiber aux yeux du monde, te montrer, vivant, au Prince de Galles qui a parcouru les pavillons monté sur un cygne d'argent de Bond Street, au Docteur Bilimek qui a déambulé dans les couloirs à cheval sur un microscope de Nachet, pour que personne ne sût que l'héritier de Constantin et des guerriers qui ont donné la mort à Ottokar de Bohême afin de fonder un Empire, ai-je dit à Eugénie qui est partie avec son dentiste américain dans la Rolls Royce argentée du Baron de Rothschild, et au Prince de Saxe qui a fait dépasser sa tête de la cheminée d'une locomotive, pour que personne n'apprenne que le noble autrichien qui a écrit un jour dans ses aphorismes que votre esprit soit d'acier, votre cœur d'or, votre âme de diamant, celui-là même qui sur les marches du Port de Barcelone a invoqué son ancêtre Isabelle la Catholique qui reçut là de Christophe Colomb l'hommage du Nouveau Monde et qui dans la Tour de la Giralda s'est souvenu du puissant Habsbourg qui a assiégé le Pape dans son Château Saint-Ange et retenu prisonnier le Roi de France, pour que personne n'eût l'audace d'imaginer que le Prince héritier des gloires de Lépante et de Pavie qui s'est assis sur le trône des rois aztèques, pour que personne ne sût que lorsque tu as vu que tout était perdu tu as voulu t'enfuir et tu as fait emballer tes meubles, tes livres et les tableaux que tu avais dérobés au Mexique afin qu'on les embarquât à bord du *Dandolo* à destination de Trieste, pour que personne n'apprît jamais qu'on t'avait humilié, Maximilien, en te jugeant dans un théâtre affublé du nom d'un empereur de pacotille, et que tu avais été condamné à mort par un colonel assassin et six capitaines crasseux qui savaient à peine lire et écrire, pour que personne ne sût qu'on avait enveloppé ton corps dans une toile de sac, qu'on t'avait mis dans un cercueil de quatre sous et qu'un officier mexicain avait dit voilà l'Empereur : un chien de plus ou de moins, quelle importance, ai-je dit à la Princesse Metternich qui s'est cachée dans une bouteille de rhum de la Jamaïque, à Johann Strauss qui a dirigé un orchestre de crabes violonistes, à Napoléon III qui a mis la tête dans un canon Krupp, au Duc d'Aoste qui m'a invitée à prendre un autre mint-julep, à ton frère François-Joseph qui m'a saluée depuis son portrait équestre, au tsar de toutes les Russies qui est sorti d'un moulin de savon, au Docteur Bilimek qui a avalé un cocon de vers à soie, j'aurais tellement aimé te montrer vivant, Maximilien, pour faire taire les murmures, les cris, pour que personne n'eût l'audace de dire Maximilien est mort, de t'imaginer nu sur la table d'un amphithéâtre avec les orbites de tes yeux vides et les intestins à l'air, pour que personne ne te vît ainsi, Maximilien, mais au contraire comme moi je le voulais, bien vivant, à l'Exposition Universelle et dans le pavillon le plus grand et le plus haut, au sommet de la Pyramide de Xochicalco, avec à tes pieds les esclaves nubiens aux corps enduits de graisse d'avocat, que t'a envoyés le Roi d'Égypte et qui font la sieste sur leurs oreillers de bois, avec tes Indiens kikapous qui t'apportent en cadeau des bottes en peau de caïman de la Louisiane, avec à ta gauche la Malinche tenant un encensoir et, en face et à genoux, le Colonel Rincón Gallardo qui t'offre la tête du Colonel López dans une cage de fer, avec à ton côté ton Secrétaire José Luis Blasio portant un plateau d'argent où se trouvent tes encriers et tes plumes. Pour qu'avec une plume de quetzal du panache de Montezuma tu signes des édits impériaux et qu'avec une plume de poule tu écrives à ta belle-sœur Sissi. Pour qu'avec une plume de rouge-gorge tu composes un poème à ma bouche et qu'avec une plume d'oiseau de paradis tu écrives à Pie IX. Pour qu'avec une plume de cacatoès tu écrives à ta mère Sophie et qu'avec une plume de cygne tu consacres un poème à mon cou. Pour que tu signes les invitations aux fêtes du palais avec une plume d'autruche et qu'avec une plume d'hirondelle tu écrives une chanson à mes aisselles, avec une plume de flamant rose un hymne à mes fesses et avec une plume de canari une ode à la langue de colibri que j'ai entre les jambes. Pour que tu signes la déclaration de guerre du Mexique à l'Autriche-Hongrie avec une plume d'aigle, qu'avec une plume de mouette tu écrives ton journal de bord sur la *Novara* voguant parmi les îles de la Mer Égée et qu'avec une plume de corbeau tu signes l'arrêt de mort condamnant Benito Juárez à être fusillé sur la Place Saint-Pierre.

VI
« QU'IL EST MIGNON, NOTRE ARCHIDUC »
1863

1. Bref compte rendu du siège de Puebla

Il est vrai que beaucoup se sont enfuis comme des poules en criant « les Français arrivent » : honte à eux et à ceux qui certes ne se sont pas comportés comme des poules perdant leurs plumes, mais qui ont jeté en l'air képis, pantalons, baudriers, chemises et vareuses, porte-gourdes et bottes, ceux qui se sont déshabillés en route pendant qu'ils s'enfuyaient, couraient, disparaissaient dans l'obscurité pour que les Français ne les attrapent pas avec leurs uniformes sur le dos, ceux qui se sont débarrassés des coins, des cordons frisants, des mèches avec lesquels ils devaient enclouer les canons, incendier la poudre, faire éclater les obus, ceux qui ont jeté leurs propres fusils au lieu de les briser comme le général en chef de l'armée d'Orient en avait donné l'ordre, ceux qui ont éparpillé aux quatre vents leurs bas et leurs guêtres, leurs ceinturons, leurs fanions, ceux qui se sont éclipsés. Mais gloire à tous les autres qui sont restés au pied de leurs canons pour les détruire : bien que quelques pièces d'artillerie n'aient pas explosé à la première déflagration, d'autres ont volé en éclats et affûts, écouvillons, avant-trains, fragments de mortiers et de canons de 24 espagnols et anglais et d'obusiers de 15 néerlandais, mortiers à la Coehoorn, obusiers belges sur affûts Gribeauval ont sauté dans les airs du haut des tours des forts et des clochers des couvents, et sont tombés en pluie sur les rues, les terre-pleins et les glacis, sur les pierres et les décombres, sur les mains, les jambes, les restes de cadavres des femmes de soldats aux crânes fracassés par d'autres obus, les boîtes à mitraille de 24, les grenades à main : le général Mendoza, dont les bajoues se gonflaient et les moustaches se hérissaient quand le sang lui montait à la tête, vêtu comme d'habitude de son uniforme extravagant : casaque au col gigantesque et aux manches aux larges revers, chapeau orné d'une grande cocarde et d'une jugulaire en métal articulé, éperons démesurés et autres bizarreries, était sorti la veille au soir pour parlementer avec le général Forey et il était revenu quelques heures plus tard avec l'épée entre les jambes (son épée dont la très fine lame tolédane avait été coupée en deux par la balle d'un chasseur de Vincennes et qui, d'après ce qu'on disait, avait appartenu au sinistre duc d'Albe en personne), mort de honte et de rage car Forey avait repoussé la requête du général en chef de permettre aux troupes mexicaines de sortir de la place avec leurs armes et les honneurs de la guerre pour gagner Mexico: il avait dit non, la reddition doit être inconditionnelle, les troupes mexicaines doivent rendre les armes et se déclarer prisonnières, et s'il n'en est pas ainsi, avait ajouté le général Forey, nous allons prendre la place d'assaut et passer les Mexicains au fil de l'épée.

C'est alors, et pour ne pas laisser aux mains de l'ennemi armes ou munitions qu'il pourrait utiliser ensuite, que le général Paz a réuni dans le couvent de Santa Clara tous les commandants d'artillerie et qu'il leur a dit que, sur ordre du général en chef, ils devaient, à quatre heures et demie exactement, au matin du 17 mai 1863, faire sauter tous les dépôts de poudre, briser tous les fusils, enclouer tous les canons, scier les affûts et brûler ou détruire toutes les munitions, et à l'heure dite on entendit dans l'un des forts de la ville une grande explosion suivie de beaucoup d'autres et le ciel s'illumina, se remplit d'éclairs et à l'aube sur les forts et les couvents planaient encore des fumerolles noires et blanches et des langues de feu, d'immenses langues de feu jaunes, rouges, bleues, comme si tous les pâtés de maisons et les places de la ville, celle des Fous et celle du Marché-aux-Puces, celle de l'Image et celle de la Miséricorde, et tous leurs bâtiments: le Théâtre des coqs, le Parián, l'Hospice des pauvres, la Poste, la cathédrale construite par les anges, étaient en flammes, et avec les maisons tous les soldats, les cadavres des soldats morts pendant le siège et les habitants: femmes, vieillards, enfants.

Le général Forey mit son chapeau aux longues plumes blanches: le déshonneur et la douloureuse surprise que la France avait éprouvés presque un an auparavant, le 5 mai 1862, étaient vengés.

Le 5 mai 1862, la *Grande Armée** française, l'armée vainqueur de la guerre de Crimée et de la guerre pour l'unification de l'Italie, invaincue depuis Waterloo, avait été battue dans sa tentative pour s'emparer de la ville de Puebla par les défenseurs mexicains de la place: l'armée d'Orient, commandée par le général Ignacio Zaragoza.

Le général Lorencez contempla quelques-uns des boulets tirés contre les Français par les canons des forts de Loreto et de Guadalupe et il dit, en souvenir de la promesse de Saligny selon laquelle les troupes de Louis-Napoléon seraient reçues par les habitants de Puebla sous une pluie de roses: «Voilà les fleurs de l'ambassadeur.»

«Non, mon cher général, devait dire peu après, dans une lettre, l'empereur des Français au général vaincu, l'ambassadeur ne vous a pas trompé. Il vous a dit que les fleurs des belles Mexicaines de Puebla tomberaient sur votre passage quand vous passeriez dans les rues de la ville ; mais il ne vous a pas dicté votre devoir de militaire face au problème technique qu'il vous incombait de résoudre », avait tranché l'Empereur et, en plus de qualifier de stupide la décision de Lorencez de placer les canons en batterie à deux kilomètres et demi des fortifications ennemies, Louis-Napoléon avait dit au général qu'il était un idiot et qu'il pouvait faire ses valises.

L'anecdote du drapeau décoré à Solférino qui tomba dans le fossé d'un fort de Puebla quand le porte-drapeau fut tué, et qui fut récupéré par ses compagnons au prix de plusieurs sacrifices, ne réussit même pas à couvrir d'un peu de gloire les troupes françaises qui terminèrent ce 5 mai 1862 surtout couvertes de boue : en effet les écluses du ciel s'ouvrirent et des trombes d'eau s'abattirent, que le général Lorencez rendit en partie responsables, au même titre que la gadoue, la grêle, le vent, le brouillard et l'obscurité, de la défaite de Puebla et de la mort de quatre cent quatre-vingts de ses hommes, parmi lesquels il y avait beaucoup de ces zouaves, descendants de la race d'hommes intrépides qui avaient loué leur force et leur férocité aux princes barbaresques et dont les hauts faits lors de la bataille d'Isly avaient conduit *la Revue des Deux Mondes* à évoquer l'expédition des pyramides et les combats de Marius contre les Cimbres : les zouaves, ceux-là mêmes qui, une fois, avaient marché des semaines et des semaines dans les bourbiers et les neiges du Jura uniquement chaussés de lambeaux de peaux de vache cousus avec du chanvre ; les zouaves, avec leurs amples habits orientaux, leurs turbans rouges et leurs écharpes pour se protéger du soleil et du sable, qui, de même qu'ils avaient bondi comme des panthères à travers le maquis d'Inkerman, s'étaient élancés dans les marécages de Veracruz entourés d'arbres à caoutchouc au feuillage noir et de mimosas au parfum débilitant, et qui, de même qu'ils avaient grimpé comme des chats sur les falaises de l'Alma, avaient escaladé les sommets de la Sierra de Acultzingo, avec pour objectif Puebla de los Angeles, en scandant, oui, en scandant le fameux air du père Bugeaud :

As-tu vu
La casquette,
La casquette ?
As-tu vu la casquette
Du père Bugeaud ?

Et ils ont mordu la poussière et la boue des plaines de Puebla.

La bataille du 5 mai représente dans l'histoire du Mexique une date glorieuse : « Les aigles françaises ont traversé la mer — dit le général Berriozábal — afin de déposer au pied du drapeau mexicain les lauriers de Sébastopol, de Magenta et de Solférino... vous avez combattu contre les premiers soldats de notre temps et vous avez été les premiers à les vaincre. »

En fait, la véritable bataille de Puebla, la grande, héroïque, tragique, grandiose bataille de Puebla n'a pas duré un jour, mais beaucoup plus.

Dans sa lettre à Lorencez, Louis-Napoléon reconnaissait que Prim avait eu raison, et que pour conquérir le Mexique trente mille hommes au moins étaient nécessaires. L'Assemblée législative française en approuva l'envoi, Lorencez revint en France et le général Élie F. Forey arriva au Mexique, à la tête de deux divisions, ce qui porta à vingt-huit mille hommes le total des troupes française sur le territoire mexicain. Une division était sous les ordres du héros de Malakoff, le général Charles Abel Douay. L'autre, sous le commandement du général François-Achille Bazaine, futur maréchal de France. A cet ensemble s'ajoutaient environ sept mille hommes de plus, en comptant les forces auxiliaires mexicaines commandées par les généraux Almonte et Leonardo Márquez, ainsi que les contingents nubien et égyptien. Les troupes de renfort s'étaient embarquées à Toulon et à Mers-el-Kébir et comprenaient un détachement de la Légion étrangère.

Dans les premiers jours du mois de mars 1863, dix mois après la défaite du 5 mai, et presque autant d'inaction et d'apathie, la colonne de Douay marcha sur Puebla par les hauteurs d'Acultzingo; le régiment du 99e de ligne, par les hauteurs de Maltrata; Bazaine, par la route de Jalapa et Perote. La brigade de cavalerie était placée sous les ordres du général Mirandol. En comptant les canons de siège, de réserve, de campagne et de montagne, les Français disposaient de cinquante-six pièces d'artillerie avec une provision de trois cents coups chacune. La réserve de cartouches, de deux millions quatre cent mille unités, devait augmenter rapidement avec l'arrivée de nouveaux convois.

Puebla, qui comptait alors quatre-vingt mille habitants, avait une garnison de vingt et un mille hommes, cent soixante-dix pièces d'artillerie et dix-huit mille armes légères. C'était la place la mieux défendue du Mexique et, depuis mai 1862, plusieurs forts étaient venus s'ajouter à ceux qui existaient déjà. Aucun effort n'avait été épargné pour renforcer les défenses, on n'avait rien oublié ni négligé: hisser des pièces de montagne dans les étages supérieurs du Pénitencier; confier aux Indiens des alentours la confection de gabions pour les tranchées; ordonner l'installation de deux ateliers: l'un de fonderie et l'autre de fabrication de poudre, et dans ce but réunir tout le salpêtre, le soufre et le plomb possible; garnir de meurtrières la partie haute du fort de San Javier et du Pénitencier; couvrir avec des sacs de terre les bâtiments annexes aux forts, et avec la terre extraite des excavations et la terre de charroi établir un vaste glacis devant le fort de Santa Anita; démolir l'église du fort de Guadalupe et construire une voûte et une citerne; élever plus de cent parapets dans des rues et des immeubles; acheter quarante mille aunes de drap, cinq mille shakos et huit mille couvertures, utiliser le bois des arènes pour construire des épaulements avec de la terre franche dans les rues qui débouchaient de la ville et, pour des raisons de logistique, ordonner que soient impitoyablement abattus les pruniers, pommiers, poiriers, *tejocotes*, orangers et citronniers des magnifiques vergers du Carmen. Dans la ville, en outre, la garnison était placée sour les ordres de quelques-uns des généraux juaristes les plus prestigieux, comme Berriozábal, Negrete,

Porfirio Díaz, O'Horan et le garibaldien Ghilardi. Mais les Français ne trouveraient plus à Puebla le héros du 5 mai, Ignacio Zaragoza, le général qui était né au Texas quand celui-ci appartenait encore au Mexique, car il était mort à peine quelques mois plus tôt de fièvre typhoïde, en proie au délire : sur son lit de mort, il rêvait qu'il était encore général en chef de l'armée d'Orient, qu'il parcourait les lignes et qu'il assermentait des drapeaux, monté sur son cheval du Kentucky. En son honneur et à sa mémoire, la ville devait cesser un jour de s'appeler Puebla de los Angeles, pour s'appeler Puebla de Zaragoza.

Le nouveau chef de l'armée d'Orient était un des militaires mexicains les plus en vue, de surcroît président de la Cour suprême de Justice : le général Jesús González Ortega, qui se rendit rapidement compte que, si les fortifications de la place étaient excellentes, les munitions, aussi bien celles destinées à l'artillerie que celles des armes légères, malgré leur abondance apparente — on calculait qu'il y avait trois millions cent quatre-vingt-quinze mille cartouches pour des fusils avec des balles de quinze, des fusils Enfield, des carabines Minié, des rifles Mississippi, des mousquetons —, ne suffiraient pas pour soutenir un siège qui se prolongerait plus de deux mois. Il demanda de nouveaux équipements au ministre de la Guerre, mais le gouvernement de M. Juárez pensait que le siège ne pourrait pas dépasser les quarante-cinq jours avant que la place se rendît ou que les Français se fatiguassent de l'assiéger, et il ne répondit pas à sa requête.

Le siège de Puebla dura soixante-deux jours : deux de plus que le célèbre siège de la Saragosse espagnole.

Le 10 mars, le général González Ortega annonça à la population que l'assaut contre la ville était imminent et il demanda aux bouches inutiles, ainsi qu'aux habitants possédant la citoyenneté française, d'en sortir.

Les Mexicains pensèrent que les Français passeraient à l'attaque le 16 mars, jour anniversaire du fils de Louis-Napoléon, le petit Prince impérial. Comme ce ne fut pas le cas, du fort de Guadalupe partit un coup de canon, le matin de ce même jour, en guise de salut et d'avertissement aux troupes françaises.

Celles-ci poursuivirent leur avance. A certains endroits le terrain était semé de tant de trous et de crevasses que les affûts se montrèrent plus têtus que les mules, et que les soldats devaient rompre les rangs pour pousser à la roue.

Le 18 mars, la moitié des forces ennemies encercla la place par le nord. L'autre moitié, sous le commandement de Bazaine, par le sud. Le général Élie Forey établit son quartier général au sud-ouest, sur la colline de Saint-Jean.

Le 19 et le 20 il n'y eut que des échanges de coups de feu isolés. Le 21 la vraie bataille éclata : l'ennemi tira ce jour-là plus de trente coups de canon contre la division du général Negrete qui avait pris position au pied de la colline de Loreto.

C'est lors d'une de ces journées que le colonel Troncoso demanda au lieutenant-colonel Jesús Lalanne: «A quoi peuvent bien servir les forces de Comonfort...?» Une partie de ces forces — un détachement de cavalerie — venait d'être battue à Cholula, à l'ouest de Puebla, et elle avait subi des pertes sérieuses au terme d'un combat acharné «à l'arme blanche» avec les chasseurs d'Afrique commandés par le général Mirandol.

Pendant ce temps, les assiégeants de Puebla commencèrent à appliquer les techniques de siège inaugurées par Vauban, ils choisirent leur angle d'attaque et ils entreprirent une approche progressive au moyen d'une série de tranchées parallèles. Le 26 mars ils commencèrent à creuser des boyaux à six cents mètres du fort du Pénitencier et de San Javier. Le commandant mexicain Romero Vargas, monté sur son cheval, sortit du fort pour inspecter les parallèles, un coup de feu le tua net et une ambulance de trois hommes avec un drapeau blanc recueillit son corps. Le lendemain, les Français creusaient un autre boyau à trois cents mètres seulement, et le fort fut la cible d'un tir concentrique nourri. Le capitaine mexicain Platón Sánchez fut blessé à une oreille. Le 29 mars, après que les Français eurent aménagé une quatrième parallèle en lui ajoutant deux ailes en forme de T, le fort tomba. Dans les arènes toutes proches et dans les rues adjacentes éclata un incendie qui se répandit jusqu'au Pénitencier, où de nombreux détenus de droit commun périrent carbonisés sans qu'on ait eu le temps de les libérer. Dans une cour du fort un groupe de zouaves se retrancha derrière une vasque circulaire couronnée par un ange aux ailes déployées. Les Mexicains ouvrirent le feu sur eux et plusieurs balles perforèrent la vasque, occasionnant ainsi des jets d'eau inattendus. Une autre balle fracassa une partie d'une aile de l'ange. Une autre lui emporta le nez. Un zouave se redressa pour traverser la place, un nouveau tir le fit tomber raide mort dans la fontaine et les jets d'eau commencèrent à se teinter de son sang. Enfin quelqu'un, du haut d'une terrasse, lança une grenade qui pulvérisa l'ange et tua plusieurs zouaves qui restèrent là, étendus, couverts de débris d'ailes, de visage, de tunique et de cheveux d'ange.

Personne ne vint les chercher et ils commencèrent à se décomposer. Mais s'il en fut ainsi, si ces zouaves restèrent là, étendus, à pourrir auprès des corps d'autres de leurs compagnons, des cadavres des hommes du 3e régiment de chasseurs de Vincennes et des hussards français qui avaient franchi le tropique enveloppés dans leurs moustiquaires de tulle et qui sans faire cabrer leurs chevaux avaient arraché les régimes de bananes pour les garder dans les manches de leurs casaques, et aussi aux côtés des cadavres de tous ces Mexicains des brigades d'Oaxaca et de Toluca, des Zacapoaxtlas, du bataillon de fusiliers et du bataillon Reforma, du corps des sapeurs et du corps du génie, si tous ces cadavres se trouvaient là, dans la rue de Judas Tadeo et dans bien d'autres rues de la ville: celle de l'Hospice et celle des Fous, celle des Cochers-de-Tolède et celle de la Santísima où il y avait un canon surnommé le Taureau parce qu'il faisait tant de bruit à chaque salve qu'il ne laissait aucune vitre intacte dans les maisons à la ronde, et s'ils restaient là, à l'abandon, à pourrir, si par la suite ils servirent de pâture aux chiens et aux chats et commencèrent, avec les pluies et le temps, à se désagréger, à se liquéfier, à se transformer en lambeaux, en charogne, en une purée épaisse, une bouillie grise et puante, c'est parce que le siège de la ville de Puebla, qui commença avec la prise du Pénitencier et de San Javier et s'acheva sur la chute de Totimehuacan et du fort du Génie, se transforma, dès les premières semaines, en un combat quartier par quartier, bloc par bloc, maison par maison, étage par étage, pièce par pièce, car souvent l'ennemi était de l'autre côté de la rue et on tirait d'une porte à l'autre, d'une fenêtre à l'autre, les corps des tués restaient à l'abandon au milieu de la rue, sans parler des blessés qui ne pouvaient marcher ni se traîner et qui seraient, qui furent bientôt, eux aussi, des cadavres.

Quand le général Forey en fut informé, quand il apprit que jour après jour il fallait investir un réduit après l'autre, mitrailler maisons, caves et boutiques, jeter des grenades par les fenêtres, les balcons, les soupiraux et les lucarnes, démanteler des barricades faites avec tout ce que l'on pouvait imaginer : armoiries, cuvettes, fers à repasser, vaisselle, tonneaux, paniers, tables, poêles et savons, qu'en huit jours sept blocs seulement avaient été occupés, pas même un par jour, et qu'un des rares recours possibles était de construire des galeries souterraines mais que le sous-sol rocheux de Puebla était très dur et qu'on ne pouvait creuser que dans certains endroits comme dans la rue de Pitiminí où un beau matin six maisons s'écroulèrent comme par magie après l'explosion d'une demi-tonne de poudre, le général Forey réunit ses officiers en conseil de guerre, il parla de la possibilité de transférer de Veracruz les canons de marine, il se plaignit amèrement, il déclina sa responsabilité et proposa de lever le siège et de marcher sur Mexico.

Il n'en fut rien, pour le malheur de Juárez et de son gouvernement, la bataille continua, ils attaquèrent Judas Tadeo, ils menacèrent le fort de Zaragoza, ils montèrent à l'assaut de Guadalupe et de Loreto, ils pilonnèrent le Señor de los Trabajos et Santa Anita et les tours de la cathédrale qui furent peut-être épargnées grâce à l'intervention des anges, ils pilonnèrent également l'église San Agustín, qui fut la proie des flammes des fondations à la coupole, et avec elle les objets du culte, les chasubles et les meubles emmagasinés là : chaises et tables, écritoires, chaises longues, divans, les caisses de munitions explosèrent et on vit voler dans les airs les cordes, les touches et les pédales de quelques pianos qui éclatèrent avec grand fracas et, parmi d'innombrables faits de guerre et autres escarmouches, combats baïonnette au canon, tirs nourris en écharpe, incendies tactiques de gabions et de barricades goudronnées, des bombes à grenaille mexicaines éclataient, faisant pleuvoir sur les zouaves, les Égyptiens et les chasseurs de Vincennes plusieurs quintaux de blocs de pierre de grosseur, d'épaisseur, de couleurs et d'arêtes différentes, qui leur cabossèrent le crâne, leur brisèrent les mâchoires, les dents, leur défoncèrent les côtes et leur sapèrent le moral.

Se retrouvant sans munitions, dans la rue du Moscoso, le capitaine Manuel Galindo décida de se rendre : un zouave le tua par traîtrise.

Un groupe de soldats français parcouraient la rue du Mesón de Guadalupe avec leurs prisonniers mexicains, quand des zouaves ivres, dissimulés derrière des décombres, tirèrent sur eux, tuant un prisonnier et en blessant un autre. Un capitaine français, fou furieux, enfonça son épée dans le ventre d'un zouave, désarma les autres et les emmena prisonniers.

Dans la rue du Padre Valdivia, des demoiselles ou des compagnes de soldats de Puebla avaient pris l'habitude de sortir sur le balcon, pour faire des avances et lancer des baisers aux zouaves et aux chasseurs postés dans les maisons d'en face, elles soulevaient leurs jupes jusqu'aux genoux afin que les Français s'avancent pour leur jeter des fleurs et qu'à ce moment-là les Mexicains puissent les tirer comme des lapins. L'une d'elles, désespérée parce que les Français connaissaient maintenant le truc et que personne ne s'avançait pour admirer ses mollets, dévoila ses attraits jusqu'à la hauteur du nombril et en réponse reçut une balle qui lui ouvrit le sexe comme une fleur.

Très rarement survenait une trêve rapide pour enterrer les morts. Les Mexicains ramassaient les corps des Français et ils les transportaient dans des charrettes jusqu'au Portal de Morelos. Ensuite ils relevaient leurs propres tués. Quelques-uns des cadavres, dans les deux camps, étaient presque complets. Les autres étaient tellement en morceaux qu'il fallait les ramasser à la pelle. En arrivant au cimetière du Carmel, on découvrit que des bombes avaient détruit les tombes et les niches et laissé à l'air libre les cadavres de civils enterrés là, dont le degré de décomposition variait en fonction de la durée de leur séjour en ce lieu. La puanteur était intolérable. On sentait également, sur la langue, la saveur douceâtre des cendres de ceux qui étaient morts depuis longtemps.

Le 5 mai, l'artillerie de la place tira une salve générale contre l'ennemi, en souvenir de la victoire de 1862. Les batteries françaises placées devant le fort du Génie intensifièrent le pilonnage. Le lieutenant-colonel Francisco P. Troncoso reçut l'ordre d'inspecter le fort et il constata qu'à peine reconstitués les parapets étaient à nouveau détruits et que tous les jours l'artillerie adverse mettait hors de combat une ou plusieurs pièces mexicaines.

Le 9 mai, le capitaine Matus présenta au lieutenant-colonel Troncoso un des projectiles ennemis qui n'avaient pas éclaté : c'était une grenade pour canon rayé, de fabrication américaine, dite à turbine. Le lieutenant-colonel savait que, ces grenades possédant un détonateur à percussion très sensible, il était recommandé de le leur enlever pour le transport et de le remplacer par un bouchon de bois auquel on substituait à nouveau le détonateur quand on chargeait les canons. Il était impossible que les États-Unis les aient vendus aux Français : ces grenades ne pouvaient donc provenir que de l'artillerie de Comonfort, ce qui expliquait pourquoi les

Français ignoraient qu'il fallait réinstaller les détonateurs. Et si elles venaient de chez Comonfort, cela ne pouvait signifier qu'une seule chose :

Une nuit, c'est du moins ce que raconte Charles Blanchot — un colonel qui écrivit ses Mémoires de l'époque où il était capitaine au Mexique et officier attaché à l'état-major d'Achille Bazaine —, une nuit dans le village de San Lorenzo, le général mexicain Ignacio Comonfort, commandant l'armée du Centre, décida qu'il était temps de relever le moral de ses officiers en organisant un bal. Comonfort, assisté des généraux La Garza et Echegaray, avait reçu l'ordre du ministère de la Guerre de prendre la tête de quatre divisions et d'aller briser le siège de Puebla. Cette même nuit, le général Bazaine reçut à son tour des instructions du général Forey, de se porter à la rencontre de Comonfort et à minuit juste, après avoir refusé des pilules contre la constipation que lui offrit le général Leonardo Márquez et accompagné, parmi d'autres officiers, par le colonel Miguel López, Achille Bazaine partit avec des zouaves, des tirailleurs algériens, le 51e, la cavalerie et le 81e bataillon, en direction de San Lorenzo, qu'il atteignit de bon matin, en déjouant les « qui vive ? » des sentinelles et l'aboiement des chiens et il tomba par surprise sur les troupes de Comonfort, ce qui, apparemment, n'arrivait pas pour la première fois à une armée mexicaine en lutte contre des troupes d'invasion — c'était la surprise de rigueur qui se produisait une fois de plus, dit l'historien Justo Sierra : ce fut le cas à San Jacinto, à Padierna, au Cerro del Borrego. La bataille de San Lorenzo signifia pour l'armée juariste la perte de deux mille hommes, en comptant les morts, les blessés et les prisonniers, de huit pièces d'artillerie, de trois drapeaux, de onze étendards, de vingt chariots de vivres et de munitions, de quatre cents mules et d'un grand nombre de têtes de bétail. Le général Forey envoya au général González Ortega un groupe de prisonniers afin qu'ils lui rapportent de vive voix le triomphe des Français et, après avoir ordonné pour toutes ses troupes une double ration d'*eau-de-vie*, il fit disposer sur le mur de la terrasse du Pénitencier tous les drapeaux et les fanions capturés, bien en vue de l'ennemi. Beaucoup de choses ne figuraient pas parmi ces trophées : un mouchoir de dentelle, des bottines vernies, car d'après le colonel Blanchot les troupes de Bazaine (des colliers, des peignes et des vêtements de quelques civils, comme un frac et un gilet blanc à boutons dorés) étaient arrivées lorsque allait à peine (parmi des sandales, un *corsage* à motif d'orchidées et le képi d'un sergent blessé), lorsque allait à peine se terminer le bal dans l'Hacienda de Pensacola, et peut-être les officiers mexicains (des blouses de fine batiste, arrachées), peut-être étaient-ils encore en train de danser lorsqu'ils entendirent les coups de feu des sentinelles et les cris d'alerte, au milieu des accords et des figures du cotillon final, et lorsque l'orchestre s'arrêta et qu'ils sortirent de l'hacienda pour rameuter leurs troupes et repousser les Français beaucoup de ces femmes (blanches mantilles à franges d'argent, nattes postiches et le ceinturon de cuir brodé de soie bleue d'un colonel mort) avec lesquelles ils dansaient sortirent avec eux, exaltées et enflammées par la danse, par les habaneras, par le punch et la défense de la Patrie (gants de chevreau) et beaucoup furent, elles aussi, à San Lorenzo, tuées, blessées; le sang coula sur leurs bas de soie rose, sur leurs jarretelles brodées, leurs sacs à main de velours agrémentés de verroterie, pêle-mêle avec des selles, des chevaux morts, un poncho, les bottes à la prussienne d'un capitaine mort, un corsage décolleté et garni d'un triple rang de dentelle, dont la propriétaire était morte elle aussi tandis qu'une autre femme gisait le ventre ouvert par les éclats d'une grenade, avec sa crinoline et sa ceinture bouillonnée piquetée de camélias dorés déchirées, ouvertes et souillées de sang.

A la question du colonel Troncoso, le lieutenant-colonel Jesús Lalanne avait répondu: «Les troupes de Comonfort servent à tout et à rien.» Envoyées dans le but de briser le siège et de réapprovisionner la place elles arrivèrent trop tard et, en plus de la perte de Cholula, elles avaient subi deux autres revers: l'un à Atlixco et l'autre au Cerro de la Cruz. Par ailleurs, comme elles continuaient à être commandées depuis la capitale, González Ortega ne put jamais disposer d'elles à sa guise, tant qu'existait encore la possibilité de le faire.

La défaite de San Lorenzo entraîna évidemment celle de Puebla. On avait des munitions. Mais pas de quoi manger. Calculées pour durer trois mois, les provisions furent entamées avant le siège de la ville. La garnison mangeait du pot-au-feu de mule et de cheval. Dans les derniers jours, les gens pillaient les boutiques et les magasins qui, du reste, étaient vides. Chiens, chats et rats disparurent et il ne fallait pas s'en étonner car c'en était fini de la viande, des moutons, des légumes: tomates, épinards, pommes de terre, carottes, et les fruits frais que produisaient les Indiens de la montagne et qu'ils vendaient maintenant aux Français à Amatlán et sur les collines du Tepoxúchil, le lait et le fromage se firent rares, les vaches disparurent et jambons, filets, oreilles et museaux de porc se volatilisèrent, et quand on apprit qu'une vendeuse des rues proposait d'excellents *tamales* à la viande, alors qu'il n'y avait plus une miette de viande dans toute la ville, les mauvaises langues affirmèrent que le cadavre d'un zouave, un zouave bien gras avec un ventre énorme, avait disparu de la rue Judas Tadeo, et que cette viande était de la chair humaine, mais personne — sans compter que beaucoup ne considéraient pas les zouaves comme des humains mais comme des démons —, personne ne trouva jamais dans ces *tamales* des doigts, des ongles, la queue ou les cornes d'un démon; ensuite les grains vinrent à manquer: haricots noirs, lentilles, maïs pour les galettes, blé pour le pain, et quand une bombe tomba sur une des rares boulangeries encore ouvertes, on vit voler des vol-au-vent, des petits pains, des pains aux œufs, des miches de pain français; les sacs de farine explosèrent et s'envolèrent, il se mit à pleuvoir, à neiger de la farine et à l'épouvantable puanteur des corps en décomposition abandonnés dans les rues s'ajouta un parfum consternant de pain carbonisé.

Par ailleurs, comme dans toutes les batailles, le sort réservé aux uns et aux autres — Mexicains et Français — pendant et après le siège de Puebla de 1863 fut favorable ou funeste, épouvantable ou miraculeux. Mais c'est le malheur qui l'emporta, comme dans le cas du général Laumière, qui, alors qu'il chevauchait au côté du général Bazaine, reçut en plein front une balle qui le jeta à bas de son cheval, mort, et lui en fit voir, bien qu'il ne vît plus rien, trente-six chandelles. Manque de chance, mais moins dramatique, pour le capitaine Hermenegildo Pérez, à qui les Français épargnèrent la peine de détruire son canon puisqu'une grenade s'en chargea, qui, en tombant sur la flasque de l'affût, fit sauter des milliers d'éclats de bois, dont l'un vint se ficher dans le ventre du capitaine et d'autres dans un œil : il ne perdit donc pas la vie, mais y laissa un œil. Sacrée chance, en revanche, pour le lieutenant Francisco Hernández qui pendant le siège fut élevé au grade de capitaine en second et ensuite de capitaine pour avoir reçu quatre blessures auxquelles il survécut : l'une à un bras, l'autre à San Javier, la troisième à une jambe, la quatrième à Pitiminí. Manque de chance et pas de pardon pour le caporal français Saint-Hilaire, qui, alors qu'il avait survécu à une balle qui lui avait fracassé l'occiput et s'était glissée entre l'os et le cuir chevelu pour ressortir par le front, fut mordu et tué, sur la route de Veracruz où il escortait des prisonniers mexicains, par un de ces serpents à sonnettes, un crotale, une vipère *nauyaca* ou à flagelle qui dans les terres chaudes surgissent de l'herbe, des flaques, des pierres ou des racines. Pas de chance, non plus, pour le colonel et marquis de Galliffet, à qui un coup de baïonnette fit jaillir les intestins. Il les ramassa dans son képi, entoura le tout d'une ceinture et se rendit jusqu'à son poste d'ambulances. Quand l'impératrice Eugénie apprit que le marquis avait été dans un état critique parce qu'il n'y avait pas à Puebla de glace pour mettre sur la plaie afin de l'aider à cicatriser, elle interdit de mettre de la glace dans les entremets et les boissons des Tuileries. Une chance relative (celle des gens qui ont survécu pour le raconter) quand de Puebla eurent disparu non seulement la glace mais aussi les drogues et les médicaments les plus indispensables, parmi lesquels le chloroforme. Par exemple, une femme de Puebla fut amputée d'une jambe : on lui entailla la chair, les muscles, les nerfs, les ligaments, on lui scia l'os, le tout sans chloroforme. Pas de chance, et pis encore, pour un soldat qui, après avoir reçu l'ordre de briser son fusil, l'attrapa par le canon au lieu de le prendre par la crosse et, quand il frappa celle-ci contre le talus, reçut, comme le général Laumière, une balle en plein front et resta là lui aussi à contempler le ciel, au milieu des pierres et de la boue, des pioches et des haches abandonnées par les sapeurs, des sacs de terre éventrés, des étendards boueux, des pétards mouillés, avec sa carabine Minié cassée en deux. Une chance miraculeuse pour le sergent Andrade, le jour où une grenade rebondit sur l'un des parapets de Santa Inés, se glissa par la fenêtre du magasin et tomba dans une caisse de grenades dégoupillées, qui explosèrent et tuèrent tous ceux qui étaient là, sauf le sergent Andrade, qui s'en sortit le visage noirci et l'uniforme en lambeaux, mais indemne. Manque de chance pour tous ceux qui sont restés manchots, boiteux, aveugles. Sourds également : comme croyait l'être devenu un lieutenant du régiment mixte de Veracruz, que des chasseurs à pied surprirent et soumirent à un feu nourri tout un après-midi, alors qu'il se trouvait derrière une des trois grosses cloches qu'on avait descendues d'une église pour les fondre. De la chance, et providentielle, pour les généraux Forey et Bazaine qui, un beau jour, alors qu'ils inspectaient à pied les tranchées, durent sauter comme des cabris pour esquiver une bordée d'obus qui rebondissaient sur les pierres, sans qu'aucun les atteignît. Manque de chance, mais relatif, pour cet espion qui du Cerro de la Malinche envoyait des messages écrits sur de petits bateaux en papier qui descendaient sur le San Francisco jusqu'aux abords de la ville de Puebla car, bien avant d'atteindre la briqueterie de Loreto, les messages s'effaçaient et les bateaux arrivaient vierges au pont du Taureau où un comparse les attendait. De la chance apparemment, mais en réalité de la guigne, pour ces prisonniers mexicains qui pendant un armistice intra-muros furent échangés contre des prisonniers français dans les premiers jours de mai, car ils passèrent d'une captivité où ils étaient à l'abri et nourris à une liberté synonyme de faim et de peur. Manque de chance d'un côté, mais comble de bonheur de l'autre, parce qu'il était absent au bon moment, pour le propriétaire du dépôt de feux d'artifice incendié par une bombe, ce qui fit croire, aux assiégeants du moins, que les Mexicains avaient utilisé tous les pétards, les mèches, les fusées et autres instruments de la télégraphie optique pour envoyer au général Comonfort une bordée de signaux lumineux, mais devant toutes ces fusées éclairantes, ces feux de Bengale, ces étoiles bleues et rouges, toutes ces girandoles folles, ces comètes argentées, ils pensèrent ensuite que les Mexicains célébraient peut-être une fête nationale, une impossible victoire imminente, une sortie couronnée de succès, le jour d'une Vierge, alors que ceux de l'intérieur savaient que ces myriades, ces cataractes, ce déluge d'étoiles, d'étincelles, de braises minuscules qui tombaient sur Puebla et sur ses morts, comme avaient plu auparavant les pains, la farine brûlée, les pierres et les grenades, les bombes et les balles, les décombres, la poussière, les débris d'ange et les débris d'homme, avaient peu de chose à voir avec des réjouissances ou une illumination. Cela n'avait même rien à voir : qu'avait-on à fêter là où ne régnait que famine et désolation, et à illuminer là où régnait la misère.

Alors que sur les forts de Puebla les drapeaux blancs de la capitulation étaient déjà hissés, quelques heures après la destruction des armes, tous les officiers mexicains se réunirent dans le palais de l'Archevêché de Puebla. Le général Forey permit aux officiers mexicains de conserver leurs armes, il les reçut au quartier général, leur offrit des cigares et du cognac, fit l'éloge du courage avec lequel la place avait été défendue et s'étonna du grand nombre d'officiers et même de jeunes généraux qu'il y avait dans l'armée d'Orient. Il dit également que l'intense échange de tirs du 29 mai lui avait rappelé les plus beaux jours de Sébastopol et qu'il en avait fait part au ministre de la Guerre français.

Sur les huit ou dix mille soldats mexicains qui, d'après les calculs, furent faits prisonniers, on en affecta cinq mille — avec leur assentiment — aux troupes impériales, sous le commandement du général Márquez. Deux mille furent utilisés par les Français pour détruire tranchées et barricades, et pour nettoyer la ville des décombres et des restes humains afin d'y préparer leur entrée triomphale. Le reste, en compagnie des généraux et des officiers qui refusèrent de signer, en échange de la liberté immédiate, un document où ils juraient de ne jamais prendre les armes contre l'Empire, fut conduit à Veracruz pour y être embarqué. Dubois de Saligny voulait qu'ils fussent envoyés à Cayenne, comme des droits-communs. Le général Almonte, revêtu d'un uniforme resplendissant de broderies d'or de la tête aux pieds, demanda qu'on les fusillât tous. Mais le général Forey décida que certains iraient en France et d'autres à la Martinique. Et c'est ainsi qu'ils partirent vers les navires *La Cérès* et *Darien* qui les attendaient ancrés dans la rade de Veracruz, passant de Puebla au Cerro de Amalucan, du Cerro de Amalucan à Acatzingo, à San Agustín del Palmar, à la Cañada de Ixtapa, à Acultzingo, laissant derrière eux les plaines à la terre jaune et rouge qui, avec la sueur, leur collait au visage et les faisait ressembler à des Mohicans, comme l'a affirmé le lieutenant Mahomet du bataillon turc, certains à pied et d'autres en chariot, dormant parfois dans des tentes de campagne et d'autres fois dans des enclos tapissés d'excréments, plus rarement dans des lits de camp aux draps propres préparés par les dames d'Orizaba, continuant d'Orizaba à Córdoba, de Córdoba à Paso del Macho, de Paso del Macho à Palo Verde, tantôt escortés par des bataillons de chasseurs à pied, tantôt par les Turcs, tantôt encore par les Égyptiens ou « panthères noires » qui étaient très grands et tout noirs, qui ne parlaient que leur langue et pleuraient la mort de leur chef qu'ils transportaient embaumé près de son cheval blanc harnaché à l'arabe pour qu'on l'embarque en direction d'Alexandrie, ou escortés quelquefois par les légionnaires aux nationalités et aux métiers les plus divers: Polonais et Danois, étudiants et tisserands, Italiens et Suisses, médecins et doreurs sur bois, Prussiens et Bavarois, marins et chasseurs de bisons, Espagnols et Wurtembourgeois, ainsi que quelques princes engagés incognito et des chercheurs d'or qui plus tard partirent pour la Californie, avec leurs vareuses bleu foncé, leurs couvre-nuques, leurs pantalons rouge garance, leurs guêtres de toile écrue, leurs képis à visière carrée et leurs grosses cartouchières qui leur valurent le surnom de « ventres de crin », deux mille au total sous le commandement du colonel Jeanningros et d'autres officiers aux tuniques noires et aux galons dorés à la hongroise; ils étaient venus au Mexique avec le général Forey, ils transportaient avec eux les légendes de leurs exploits et de leur batailles pendant les guerres carlistes, d'Algérie et de Crimée, l'histoire du choléra qui les décima aux îles Baléares, les souvenirs des razzias et du *cafard**, avec dans l'oreille l'écho des ululements de plaisir que poussaient les femmes algériennes quand les légionnaires étaient faits prisonniers et qu'on les attachait à un poteau pour que les chiens des Algériens les dévorent vivants, et ainsi, de Palo Verde à La Soledad, de La Soledad à Veracruz, les prisonniers de Puebla arrivèrent à destination, mais pas tous cependant:

Car sur les vingt-deux généraux qui rendirent les armes, treize seulement parvinrent au port de Veracruz, et sur les deux cent vingt officiers supérieurs, seulement cent dix s'embarquèrent. Les autres s'étaient débrouillés pour s'échapper çà et là et, parmi eux quelques-uns des chefs juaristes les plus importants comme le général González Ortega lui-même, les généraux Negrete et Porfirio Díaz et, parmi d'autres officiers de haut rang, un colonel nommé Mariano Escobedo.

Finalement, *Monsieur** Dubois de Saligny, qui fit courir le ragot que Forey se réjouissait de ce que González Ortega se fût enfui car il admirait le brio et l'héroïsme avec lequel il avait défendu Puebla, M. de Saligny, en fin de compte, avait en partie raison, car s'il est vrai que lors de son entrée triomphale à Puebla le 19 mai, avec les drapeaux déployés, dans le roulement des tambours et les sonneries des clairons, sous les fanions claquant au vent, le général Forey, qui avait enlevé son uniforme de campagne pour revêtir celui de gala et arborer son panache de plumes blanches afin que personne n'ignorât que c'était lui le général en chef des forces expéditionnaires, fut reçu par une ville morte et presque en ruine, et non pas par une pluie de roses de baisers, de dahlias, de mouchoirs parfumés, d'œillets tombant des balcons, des fenêtres vitrées, des embrasures, des grilles, des piliers, des barreaux détruits, il n'en est pas moins vrai qu'aux portes de la cathédrale, là où les Français avaient rassemblé tous les canons qui avaient survécu à l'hécatombe et parmi ceux-ci un canon rayé américain de quatre pouces qui devait être rapidement embarqué à destination de la France comme cadeau de Forey au petit Prince impérial, les attendaient, les bras ouverts, le sourire aux lèvres, dans une débauche de croix, d'eau bénite, d'orgues, d'encens, de cierges, de dais dorés, le chapitre, le clergé tout entier de la ville et avec lui toutes les nonnes ressuscitées, des abbesses, des sous-prieures, des sacristines, des novices, qui entonnèrent un *Te Deum Laudamus*, Nous Te Rendons Grâce, ô Béni entre tous, alors que le drapeau français avait été hissé à une tour de la cathédrale et le pavillon impérial mexicain déployé sur l'autre, et quand les Français entrèrent dans l'agglomération voisine de Cholula, là où les sabres des chasseurs d'Afrique avaient mis en fuite la cavalerie de Comonfort, comme le raconte dans ses Mémoires le colonel du Barail, pendant trois jours les églises — et Cholula était célèbre parce qu'elle avait autant d'églises et d'oratoires qu'il y a de jours dans l'année — firent sonner leurs cloches et se mirent à dégorger des reliques, des saints, des effigies de majolique, dans les rues, des processions, des confesseurs et des martyrs escortés par des essaims de chérubins portant le costume du ballet de l'Opéra, tandis que les Indiens s'agenouillaient dans la poussière, les muletiers se signaient, les femmes pleuraient, et dans un tohu-bohu de clarinettes, de cornets et de trombones, de timbales et de cymbales retentissaient, rugissaient, beuglaient des valses, des polkas, des gavottes, des mazurkas, à tel point qu'au bout de ces trois jours le général Mirandol, qui était resté à Cholula pour surveiller la place, fit disperser les gratteurs de guitare et de charango, les dominos et les midinettes, les contrebassistes, les empereurs aztèques, les chanteurs, les chefs d'orchestre, les chevaliers tigres, les pirates, les sopranos, les harpistes et autres tambourineurs, en lançant une charge de cavalerie.

C'est le général Achille Bazaine qui s'adjugea la gloire de la chute de Puebla. Élie Forey rapporta du Mexique le bâton et les abeilles dorées de maréchal de France, le souvenir de ses proclamations et de son entrée triomphale dans Mexico, aux côtés des deux personnes qu'à ce moment-là il haïssait plus que tout au monde: Almonte et Saligny. Un certain général Salas remit les clefs de la ville à Forey à la porte San Lazaro et peu après les troupes françaises entraient dans la capitale mexicaine, où elles furent reçues par des arcs de triomphe et une pluie de fleurs si dense que quelques chevaux se cabrèrent, effrayés. Les cris de « Vive l'Empereur ! » retentirent de toutes parts et les balcons s'ornaient non seulement de drapeaux français mais aussi de ces belles Mexicaines qui avaient été si rares à Puebla de los Angeles. Cette réception rappela à l'écrivain et homme politique français Émile Ollivier celle que les Français eux-mêmes avaient réservée aux troupes alliées quand elles étaient entrées dans Paris en 1814, pour le libérer de la dictature de Bonaparte: dans son délire le peuple parisien criait: « Vivent les Alliés ! Vive Guillaume ! Vive Alexandre ! Vivent les Bourbons ! » Mais, par ailleurs, cet accueil avait coûté aux troupes françaises elles-mêmes plus de quatre-vingt-dix mille francs, consacrés pour l'essentiel, semble-t-il, au transport de paysans: le capitaine français Loizillon, dans une lettre adressée à sa marraine, racontait qu'Almonte avait loué les paysans, pour la réception, à raison de trois centimes par tête, plus un verre de *pulque*. Cette technique, cependant, n'était ni nouvelle ni mexicaine: des années auparavant, les autorités autrichiennes du royaume lombardo-vénitien avaient loué, lors de la visite de François-Joseph et d'Élisabeth à Milan, des paysans et des villageois au prix d'une lire par tête.

L'entrée de Forey dans la ville de Mexico, le 10 juin 1863, coïncida avec le départ de Veracruz des navires *Cérès* et *Darien* transportant les prisonniers de guerre mexicains et avec l'arrivée à Fontainebleau de la nouvelle de la chute de Puebla. L'orchestre joua l'hymne *Reine Hortense*, Louis-Napoléon pleura d'émotion et José Manuel Hidalgo y gagna d'être réhabilité à la cour des Tuileries et personne — pour un temps, du moins — ne put s'exclamer à nouveau en le rencontrant dans une fête, comme on le faisait auparavant: « *Ecco la rovina della Francia !* » — tiens, voilà la ruine de la France.

La colonne française entra au Mexique par l'est. Juárez, après avoir amené les couleurs républicaines, partit vers l'ouest. A l'avant-garde marchait le général Negrete avec cinq cents soldats, et dans les calèches qui suivaient la colonne allaient le président et des membres de son cabinet, de la Cour suprême et de la commission permanente du Congrès, ainsi que les Archives de la Nation. De grandes quantités d'armes et de munitions restèrent à l'abandon. Don Benito invita le corps diplomatique — uniquement formé à l'époque par les représentants de quatre pays: l'Équateur, le Venezuela, le Pérou et les États-Unis — à l'accompagner. On déclina son invitation, mais le représentant du Pérou, Manuel Nicolás Corpancho — qui souhaitait que le Mexique se joignît à l'«Union américaine» projetée par son pays pour défendre l'indépendance de l'Amérique hispanique et qui pouvait déjà compter sur l'appui du Chili et de l'Équateur —, maintint pendant un certain temps dans la capitale quatre locaux protégés par le drapeau péruvien où les libéraux mexicains pouvaient se réfugier. Benito Juárez s'achemina vers la ville de San Luis Potosí, première escale de sa présidence itinérante.

Benito Juárez fut accusé d'avoir violé les conventions internationales de la guerre, lorsqu'il abandonna la ville de Mexico sans avoir désigné des autorités habilitées à livrer la ville à l'ennemi. Les Français avaient déjà oublié qu'eux-mêmes les avaient violées quand Lorencez, et non pas le chef de l'État français, c'est-à-dire l'Empereur, avait déclaré la guerre au gouvernement juariste. De toute façon, le général Forey considéra qu'avec la prise de la capitale la conquête du Mexique était une réalité. Mais Juárez soutint que la chute de Madrid et de Moscou n'avait pas assuré au premier Napoléon l'hégémonie sur l'Espagne et la Russie, et que le gouvernement des États-Unis du Mexique se trouverait dorénavant là où il serait lui-même: aussi bien à San Luis qu'à Matehuala, Monterrey, Saltillo, Mapimí, Nazas, Parral, Chihuahua ou Paso del Norte, autant de villes où Juárez résida, portant la présidence sur son dos — et investi par le Congrès, lors de sa dernière séance avant dissolution, de pouvoirs exceptionnels —, au fur et à mesure que s'étendaient les opérations militaires de l'intervention.

Forey, promu maréchal de France, quitta le Mexique et il fut remplacé par Achille Bazaine, un militaire qui s'était distingué en Algérie, pendant les guerres carlistes d'Espagne et à Solférino, qui parlait l'espagnol et qui rapidement devint en fait dictateur du Mexique quand Napoléon eut ordonné à Almonte de lui transférer le pouvoir civil.

On permit au général Miramón de rentrer au Mexique; il fut consigné à Guadalajara et plus tard appelé dans la capitale, où il fut mis «en disponibilité». Entre temps, quelques chefs libéraux, et parmi eux le général Uraga, passèrent du côté français avec armes et bagages. Un autre général libéral, Porfirio Díaz, resta fidèle à la République et établit ses quartiers à Oaxaca, au sud de Mexico. Le général juariste Comonfort mourut au combat. Bazaine organisa les troupes impériales mexicaines en deux grandes divisions: l'une, sous le commandement du «Tigre de Tacubaya», le général Leonardo Márquez, que certains appelaient également «Leopardo Márquez»; l'autre, placée sous les ordres d'un général qui, des années plus tard, devait partager avec Miramón le sort de Maximilien sur le Cerro de la Campanas: Tomas Mejía, Indien de pure race, qu'on appelait «Papá Tomasito» et qui avait de nombreux partisans dans la Sierra Gorda. Après la prise de Tampico en août 1863, d'autres villes tombèrent peu à peu au pouvoir des troupes impériales : Mejía l'emporta sur Negrete à San Luis et, en compagnie de Douay, il s'empara de Querétaro. Ensuite Morelia, Guadalajara et d'autres places tombèrent et lorsque des bateaux français commencèrent à accoster aux rives du Pacifique, les impérialistes purent se considérer comme maîtres d'une bande du territoire mexicain qui allait d'un océan à l'autre. Mais cela ne représentait qu'un sixième du territoire mexicain, et bien qu'au début de cette même année le total des hommes qui étaient arrivés au Mexique depuis Cherbourg ou Toulon, Oran ou Brest, Lorient ou Alexandrie, à bord de l'*Amazone*, du *Finistère*, du *Navarin*, de la *Charente*, du *Tilsitt* ou du *Palikari* atteignît déjà quarante mille, et les tonnes de matériel transporté d'Europe au Mexique vingt-six mille, le pronostic de Benito Juárez s'était avéré exact, à savoir que l'ennemi, concentré en un point, serait en situation de faiblesse partout ailleurs. Un des cauchemars de Bazaine commençait : les troupes impériales chassaient les juaristes d'une place, ceux-ci se repliaient, les impériaux laissaient une garnison dans la place et avec le gros de leurs troupes ils marchaient sur une autre ville pour l'attaquer, les juaristes réapparaissaient, ils écrasaient la garnison et réoccupaient la place. Il y eut des villes qui furent prises, perdues, reprises et reperdues jusqu'à quatorze fois.

Pendant ce temps, sur les terres chaudes les contre-guérillas s'organisèrent. A Veracruz, à Tamaulipas et dans d'autres États du Golfe se multipliaient les groupes de guérilleros mexicains qui harcelaient les troupes impériales. Tous ces guérilleros étaient considérés ni plus ni moins comme des bandits et des assassins, et certains l'étaient vraiment. C'était le cas des célèbres *plateados*, qu'on surnommait ainsi parce que leurs vêtements étaient brodés, incrustés et décorés d'argent des pieds à la tête. L'organisation et le commandement des contre-guérillas, qui n'avaient de français que le nom car elles étaient formées de la lie de nombreuses nationalités : Anglais, Hollandais, Martiniquais, Égyptiens, Turcs, Américains, Suisses, relevaient du colonel du Pin, qui avait pris part au sac du palais d'Été à Pékin. Du Pin avait été destitué de l'armée française parce qu'il avait organisé en France une vente publique des objets qu'il avait volés en Chine, puis il avait été réhabilité dans son grade de colonel avant d'être envoyé au Mexique. Grand et portant une barbe poivre et sel, un énorme chapeau couvert de broderies d'or et agrémenté d'un large ruban d'où pendaient deux breloques décorées d'une tête de lion, un ample sarrau de drap rouge, de grandes bottes jaunes aux éperons dorés, une capote de colonel, un revolver et un sabre à la ceinture, la poitrine constellée de croix, de médailles et de décorations, le colonel du Pin devint bientôt célèbre pour sa cruauté et ses chiens pisteurs : il était connu que tout guérillero mexicain tombant entre ses mains n'en sortait pas vivant.

En dehors des combats incessants et des interminables prises et reprises d'agglomérations et de villes, un fait de guerre survenu peu avant la chute de Puebla est passé à l'Histoire plus auréolé de gloire qu'il ne le méritait, à l'initiative même des Français. Un capitaine de la Légion étrangère, le capitaine Danjou, avait une main de bois constamment recouverte d'un gant blanc. Il avait été amputé de sa première main gauche, celle de chair et de sang, après l'explosion de la culasse d'un fusil qu'il utilisait pour marquer une mesure topographique. Un jour, le capitaine Danjou se porta volontaire pour inspecter et dégager le terrain le long de la route d'un convoi qui transportait quatre millions de francs en or et des pièces d'artillerie destinées au général Forey. Le capitaine Danjou et quelques douzaines d'hommes de la troisième compagnie furent surpris sur le chemin de Chiquihuite à Palo Verde par plus de mille lanciers mexicains. Réfugiés dans l'enclos d'une ferme abandonnée, appelée hacienda de Camerone, sans vivres et sans eau, les légionnaires furent exterminés et seuls trois ou quatre d'entre eux survécurent. Peut-être inspiré par Mac-Mahon, qui en prenant la ville de Malakoff pendant la guerre de Crimée y planta un drapeau français et proclama: «J'y suis, j'y reste», le capitaine Danjou décida que puisqu'il était à Camerone, il restait à Camerone. Et il y resta, sous forme de cadavre, séparé à jamais de sa main de bois. Le commandant de la Légion étrangère, Jeanningros, prit possession de la main et l'envoya au quartier général de la Légion à Sidi-bel-Abbès. Plus tard, elle devait aboutir dans un musée d'Aubagne, dans les faubourgs de Marseille. Depuis cette époque, le jour de la Légion étrangère s'appelle Jour de Camerone et chaque année, pour l'anniversaire de la bataille, la main du capitaine Danjou, avec son poignet et ses doigts d'acajou et sa paume de chêne, qui, pour une raison obscure, peut-être à cause de l'humidité, s'est transformée en une griffe à jamais délavée, est sortie de sa boîte de verre, placée sur un coussin de velours rouge en haut d'un piédestal au milieu d'une grande cour et saluée par les fanfares et les canons de la Légion étrangère dont les hommes défilent devant elle. Ensuite, les légionnaires trinquent à la mémoire de Camerone avec du rhum doux des Antilles françaises.

QVOS HIC NON PLVS LX
ADVERSI TOTIUS AGMINIS
MOLES CONSTRAVIT
VITA PRIUS QUAM VIRTUS
MILITES DESERVIT GALLICOS
DIE XXX MENSI APR. ANNI MDCCCLXIII

«Ici moins de soixante affrontèrent toute une armée, sa masse les écrasa, la vie mais non le courage abandonna ces soldats français, le 30 avril 1863.»)

2. *«Effectivement, Monsieur le Président»*

«Vous dites un quatre-vingt-cinq?
— Oui, don Benito, un mètre quatre-vingt-cinq.
— Mais alors, il est vraiment très grand...

— Effectivement, monsieur le Président.

— Il doit me dépasser d'une tête, au moins.

— Au moins, don Benito. Pardonnez-moi : vous souhaitiez que j'introduise tous ces détails dans mon résumé ? »

Don Benito mit ses lunettes et ouvrit le rapport ou « résumé », comme l'appelait le secrétaire, à la page deux. Et il lut :

Maximilien devint prétendant au trône de la Maison d'Autriche quand, le 1er décembre 1848, son oncle l'empereur Ferdinand, dont le frère François-Charles avait renoncé, le même jour, à la succession, abdiqua en faveur de son neveu François-Joseph, frère de l'Archiduc...

Puis il revint à la première page et une fois encore ses yeux parcoururent le premier paragraphe :

Ferdinand Maximilien Joseph, descendant en ligne directe des Rois Catholiques Ferdinand et Isabelle et de Charles Quint d'Espagne et Premier d'Allemagne, est né le 6 juillet 1832 au Château de Schönbrunn.

« Des détails, monsieur le Secrétaire ? Dans le genre de cette histoire de taille ? Non, c'était de la simple curiosité. Ce sont des choses superflues dans le cas présent. Ce que j'aimerais, c'est que vous me parliez de Schönbrunn... Vous avez visité Schönbrunn, n'est-ce pas ?

— Effectivement, don Benito. Mais uniquement les jardins, que j'ai beaucoup plus appréciés que ceux de Versailles...

— Pour quelle raison ?

— Pour quelle raison j'ai plus apprécié les jardins de Schönbrunn que ceux de Versailles ? Eh bien, parce que... Je ne sais pas. Je n'y avais pas pensé. En réalité ils sont assez semblables. Mais peut-être ai-je apprécié ceux de Schönbrunn parce qu'ils ne sont pas plats mais inclinés, et qu'ils montent jusqu'à la fontaine de Neptune ; c'est comme s'ils faisaient partie de l'horizon. Suis-je assez clair, don Benito ?

— Et ils sont très grands ?

— Énormes, monsieur le Président. Et le château également. On dit qu'il a mille quatre cents chambres et plus de cent cuisines... »

Benito Juárez poursuivit la lecture du rapport : « *Ses titres principaux sont : Archiduc d'Autriche, Prince de Hongrie et de Bohême, Comte de Habsbourg.* »

Puis il regarda le Secrétaire par-dessus ses lunettes.

« Vous savez ? lui dit-il. Je me suis toujours demandé comment on peut se sentir chez soi dans des endroits aussi vastes. Comptez vous-même, monsieur le Secrétaire... Mille quatre cents. Si on dormait chaque nuit dans une chambre différente, il faudrait... Laissez-moi réfléchir... trois... quatre... oui, environ quatre ans pour dormir dans toutes. »

Et il lut :

« *... Ferdinand Maximilien est le second fils — l'aîné est l'actuel Empereur François-Joseph — de l'Archiduc François-Charles et de l'Archiduchesse Sophie.* »

Il fixa à nouveau le Secrétaire par-dessus ses lunettes.

«Maximilien, fils de l'archiduc François-Charles? Mais ne disait-on pas que l'Archiduc est le fils de Napoléon II?

— En fait, oui, don Benito, c'est bien ce qu'on dit, qu'il est né des amours de l'archiduchesse Sophie et du duc de Reichstadt... dans ce cas, du sang jacobin coulerait dans les veines de l'Autrichien, pas vrai, monsieur le Président?

— Du sang jacobin? Allons donc, monsieur le Secrétaire: Napoléon Ier n'a jamais été jacobin. Il s'est fait passer pour tel quand c'était de son intérêt... Mais, dites-moi: ils se ressemblent?

— Qui ressemble à qui, don Benito?

— Je veux dire: il y a une ressemblance quelconque entre Maximilien et le duc de Reichstadt, Napoléon II?

— Là, je n'en sais rien, don Benito. Ce que je sais, par contre, c'est que l'Archiduc a les yeux bleus, comme les avait le duc de Reichstadt. Mais beaucoup d'autres Habsbourg ont eu les yeux bleus et par ailleurs, si vous mettez côte à côte un portrait de l'Archiduc et un de l'homme qu'on suppose être son grand-père, Napoléon Ier, vous observerez qu'ils n'ont pas la moindre ressemblance...

— Et l'Autrichien, il ressemble à l'archiduc François-Charles?

— A vrai dire, don Benito, je n'y ai pas fait attention. Je connais plusieurs portraits de l'archiduc François-Charles, mais je ne me suis jamais demandé s'il ressemble à Maximilien. Ce que je peux vous dire, en revanche, c'est que François-Charles est épileptique et que beaucoup le considèrent comme un débile mental, à peine moins qu'un imbécile, du genre de son frère l'empereur Ferdinand... et sur ce point Maximilien ne ressemble pas du tout à aucun des deux, parce que l'Archiduc n'a rien d'un idiot...

— Ah bon?

— Non, don Benito. L'Autrichien est un homme intelligent et cultivé, il a beaucoup voyagé, comme je l'ai indiqué dans le rapport...»

Benito Juárez sauta plusieurs feuilles du rapport et ses yeux s'arrêtèrent sur un paragraphe: «*Le caractère de l'Archiduc se rapproche plus de celui des Wittelsbach que de celui des Habsbourg. Il adore la bonne chère, la danse, la poésie, la musique, la littérature. Il collectionne les pierres et les minéraux. Il est amateur d'archéologie, d'histoire, de géographie. Il possède à Miramar une bibliothèque évaluée à six mille volumes. En revanche, François-Joseph est le plus Habsbourg des deux. Il est pingre, la musique ne l'intéresse pas, il travaille debout, il est frugal dans son alimentation*».

«Frugal dans son alimentation, l'empereur François-Joseph?

— Effectivement, monsieur le Président. Il paraît que tous les jours il déjeune simplement de saucisses et de bière. Et qu'il dort sur un lit de camp...

— Sur un lit de camp... Il doit imaginer qu'il ne vit pas dans un palais mais sur un champ de bataille...

— Probablement, don Benito. J'ai cru comprendre que l'empereur est particulièrement attiré par tout ce qui se rapporte à l'armée et à la milice...

— Et Maximilien aussi?

— Je dirai que non. Par contre il adore porter l'uniforme et il est vrai qu'il a été aux côtés de son frère dans certaines batailles, mais sa passion, d'après ce que j'ai cru comprendre, c'est la mer. A vingt-deux ans il était déjà amiral et commandant en chef de la Marine impériale autrichienne. Oui, sa passion c'est la mer. On m'a raconté que son bureau de Miramar est une réplique de celui qu'il possède à bord de la frégate *Novara*. Il est également grand amateur d'équitation, don Benito. Mais bien entendu, comme tout prince de la Maison d'Autriche, Maximilien a reçu une instruction militaire. Il sait manier les armes et il a étudié l'escrime... »

Don Benito ôta ses lunettes et il regarda vers la fenêtre.

« Dites-moi, monsieur le Secrétaire: vous auriez aimé apprendre l'escrime?

— Moi, l'escrime, don Benito? A vrai dire, je n'y avais jamais pensé. Et vous, don Benito?

— Non, pas l'escrime. Mais par contre très bien monter à cheval...

— Eh bien il n'est jamais trop tard, don Benito...

— Si, si, il est bien trop tard pour beaucoup de choses... pour briller dans toutes ces choses, il faut les apprendre dès l'enfance, ou quand on est tout jeune...

— Oui, c'est possible, don Benito. Ce n'est pas pour rien que les princes de la Maison d'Autriche ont la meilleure école d'équitation du monde, l'École espagnole de Vienne... »

Le président posa le rapport sur son bureau et se dirigea vers la fenêtre.

« Moi, il n'y a que sur ma mule que je sais bien monter, monsieur le Secrétaire. Mais, après tout, les mules s'y prennent beaucoup mieux que les chevaux pour grimper par des chemins difficiles sans tomber dans les précipices, pas vrai?

— Effectivement, don Benito. »

Don Benito contemplait le ciel.

« Parfois, quand je pense à tous ces libérateurs de notre Amérique: à Bolívar, à O'Higgins, à San Martín, au curé Morelos lui-même, je me dis: tous furent des héros à cheval. Mais si toi tu passes un jour à la postérité, Benito Pablo, tu seras un héros à mule...

— Mais comme vous l'avez dit, don Benito, les mules vont plus loin...

— Non, c'est vous qui l'avez dit, monsieur le Secrétaire: nous les mules nous *allons* plus loin.

— Pardonnez-moi, don Benito, je n'ai pas voulu...

— Ne me répondez pas. Effectivement, nous les mules, nous allons plus loin. Et maintenant dites-moi: pourquoi écrivez-vous dans votre rapport quand vous parlez de François-Joseph: *le plus Habsbourg des deux frères* alors qu'ils sont quatre en tout, comme vous le dites vous-même plus loin?

— Oui, c'est vrai, ils sont quatre: François-Joseph, Maximilien,

Charles-Louis et Louis-Victor, sans parler d'une ou deux filles, oui, ils doivent être six au total... »

Don Benito tourna la tête.

« Et lequel des deux derniers, me disiez-vous, est efféminé ? Charles-Louis ?

— Non, don Benito : Louis-Victor. Mais c'est plus qu'un efféminé, monsieur le Président : c'est un inverti, un sodomite. C'est pourquoi il n'a pas voulu se marier avec une des filles de l'empereur du Brésil, comme le voulait l'archiduc Maximilien. »

Don Benito contemplait à nouveau le ciel gris.

« Ici, dans le Nord, il y a trop de ciels gris, ils me rendent triste. Vous ne pouvez pas savoir, monsieur le Secrétaire, comme je regrette les ciels bleus...

— En fait, comme je vous le disais, don Benito, j'ai voulu surtout souligner le contraste qui existe entre les deux frères, François-Joseph et Maximilien, en raison de leurs implications politiques... Un contraste, à coup sûr, qui, comme le dit le rapport, reproduit celui qui a existé entre d'autres frères de la dynastie autrichienne, comme Frédéric III et Albert VI, Joseph Ier et Charles IV, François Ier et l'archiduc Charles...

— Bleus, bleus comme le ciel : c'est ce que disait mon parrain...

— Que dites-vous, don Benito ?

— Que c'est ce que disait mon parrain, Salanueva, qu'il repose en paix : si tu te maries, Benito Pablo, marie-toi avec une fille de Blancs, pour voir si de la sorte tu as un fils aux yeux bleus. Bleus comme le ciel... Et dites-moi, monsieur le Secrétaire ? Il est très blanc, l'archiduc ?

— Oui, monsieur le Président, l'archiduc est très blanc. Ainsi que la princesse Charlotte... »

Benito Juárez revint à son bureau, il s'assit, ajusta ses lunettes et feuilleta le rapport.

« Charlotte... Charlotte de Belgique. Vous ne racontez pas grand-chose sur elle, monsieur le Secrétaire...

— C'est vrai, don Benito. Je m'en suis tenu à l'essentiel, car pour le reste j'imagine que vous savez déjà qu'elle est la fille de Léopold de Belgique, l'oncle de la reine Victoria d'Angleterre, que sa mère la princesse Louise-Marie, la fille du roi Louis-Philippe de France...

— Pardon, monsieur le Secrétaire : Louis-Philippe n'était pas roi de France, mais seulement roi des Français...

— Comment, don Benito ?

— C'est-à-dire qu'il n'était pas roi de France selon les desseins de Dieu, mais roi des Français par la volonté du peuple... mais continuez...

— Ah, oui, je disais que la mère de Charlotte, la reine Louise-Marie, l'a laissée orpheline à dix ans, qu'elle a deux frères, le duc de Brabant et le comte de Flandres, et que...

— Quand je vous ai précisé que vous ne me racontiez pas grand-chose sur la princesse Charlotte, je faisais allusion, monsieur le Secrétaire, à son caractère et à son physique...

— C'est que, comme je vous l'ai dit, don Benito, j'ai considéré que certains de ces détails n'étaient pas assez importants pour figurer dans le résumé...

— Oui, vous avez peut-être raison. Mais rien ne s'oppose à ce que vous m'en touchiez deux mots. Dites-moi, monsieur le Secrétaire : avez-vous eu l'occasion de connaître la princesse Charlotte ?

— Eh bien, comme je vous le disais, monsieur le Président, j'ai aussi visité plusieurs fois les jardins du château de Miramar, qui sont ouverts au public le dimanche, et à une occasion j'ai vu de près l'Archiduchesse, qui se promenait sur le quai au bras de l'Archiduc. Et à dire vrai, elle ne m'a pas paru aussi jolie qu'on le dit... Il est certain qu'elle a " de l'allure ". Quant à son caractère, un prêtre avec lequel je me suis entretenu à Bruxelles m'a dit qu'elle est très catholique. Vous savez, bien que Léopold soit protestant, il a accepté que ses enfants fussent élevés dans la religion de leur mère. Le prêtre me racontait que la reine Louise-Marie priait plusieurs heures par jour et qu'on l'appelait " l'Ange des Belges ". D'après ce qu'il paraît, la princesse Charlotte s'est fait remarquer par son tempérament et par sa persévérance. Également, par une intelligence précoce... et pour ce qui est de ses lectures, je crois que j'y ai fait allusion dans le rapport, don Benito... »

Benito Juárez feuilleta le rapport et ses yeux s'arrêtèrent sur un paragraphe qui disait : « Nourrie avec une théologie austère, elle a lu saint Alphonse de Ligorius et saint François de Sales, elle s'abreuve de Montalembert, elle lit Plutarque. »

Don Benito regarda le Secrétaire par-dessus ses lunettes et il indiqua le bureau.

« Elle est nourrie *de*, et non pas nourrie *avec*, monsieur le Secrétaire.

— Comment, don Benito ?

— Vous auriez dû écrire " nourrie de théologie " et non pas " nourrie avec une théologie "...

— Ah çà, don Benito... vous corrigez tout le temps mon espagnol.

— C'est que j'ai été obligé de l'apprendre parfaitement, monsieur le Secrétaire, avec toutes ses règles, parce que ce n'était pas ma langue maternelle. Et je l'ai appris à la dure. Je ne vous ai jamais raconté que lorsque mon oncle me faisait réciter mes leçons, j'apportais moi-même la discipline pour qu'il me punît chaque fois que je n'avais pas bien appris ? C'est uniquement pour cette raison que j'ai quitté mon village pour Oaxaca, pour apprendre le castillan... " la castille ", comme on disait à cette époque...

— Vous avez rudement bien réussi, don Benito...

— Oui, j'ai obtenu de bons résultats, je l'admets. Mais cela m'a donné beaucoup de travail, monsieur le Secrétaire, et uniquement parce que j'était un Indien... un Indien sournois, comme on me disait parfois...

— Vraiment, don Benito ?

— Bien sûr que c'est vrai et vous le savez très bien, monsieur le Secrétaire : j'ai beaucoup souffert à cause de la couleur de ma peau. Ici même, dans ma patrie. Ne parlons pas de La Nouvelle-Orléans, même si là-bas j'avais l'avantage de paraître presque blanc à côté des nègres, rien que par comparaison... »

Don Benito se leva et il se mit à marcher lentement dans la pièce, en cercle. Il ôta ses lunettes et il commença à les agiter en parlant.

« Une fois pour toutes, monsieur le Secrétaire, je vais vous révéler quelque chose. Pourquoi croyez-vous que je m'intéresse à l'aspect physique de l'Archiduc ? En fin de compte je devrais m'en battre l'œil, pas vrai ? Savoir s'il a les cheveux blonds, il les a blonds, n'est-ce pas ?

— Oui, don Benito, il a la barbe et les cheveux blonds...

— Même la barbe, c'est un comble...

— Une barbe longue, divisée en deux. Mais vous avez dû voir des portraits de l'Archiduc, n'est-ce pas, don Benito ? On dit qu'il s'est laissé pousser la barbe pour dissimuler une des tares familiales. Mais j'y pense tout à coup : si effectivement l'Archiduc à le menton fuyant, il ne pourrait pas être alors le fils de Napoléon II, n'est-ce pas, don Benito, puisque c'est une caractéristique des Habsbourg ?

— Monsieur le Secrétaire oublie que si Maximilien était le fils de Napoléon II, il serait alors le petit-fils de Marie-Louise l'Autrichienne, une autre Habsbourg également...

— C'est vrai, don Benito. En plus, il est évident que tous n'héritent pas de cette tare. On dit que l'empereur François-Joseph se rase le menton précisément pour démontrer qu'il n'a ni la lèvre pendante ni le menton fuyant, et que dans ce but il a essayé plusieurs coupes de barbe pour finir par adopter une variante style prince Albert, mais vous me disiez, monsieur le Président... »

Don Benito continuait à marcher, lentement. Lentement, également, il balançait ses lunettes dans les airs.

« Je vous dirai, oui, que je devrais me battre l'œil de savoir à quoi ressemble l'Archiduc. Mais les choses ne sont pas aussi simples, monsieur le Secrétaire. Vous devez considérer que les écrits raciaux de Gobineau ont eu beaucoup plus de crédit en Allemagne qu'en France... pourquoi ? Parce que la théorie de la supériorité pangermanique n'est pas séparable de l'idée de la supériorité de la race blanche et même de la théorie selon laquelle à la beauté des traits correspond toujours la beauté de l'âme, et vice versa. Et comme je vous le disais, ici même, au Mexique, nous n'échappons pas à ce préjugé. Pourquoi croyez-vous, monsieur le Secrétaire, que je servais à table pieds nus dans la maison de ceux qui allaient devenir mes beaux-parents, à Oaxaca ? Parce que j'étais un Indien basané. Pourquoi croyez-vous que quand je suis arrivé à Veracruz sur le *Tennessee*... ? Je vous l'ai déjà raconté, non ? Non ? Eh bien figurez-vous que j'arrive à Veracruz, on me loge chez le gouverneur et un jour je sors sur la terrasse et je demande à une négresse qui était là de m'apporter un peu d'eau. Bien entendu, elle ne savait pas que j'étais le Président, mais vous savez ce qu'elle m'a répondu ? Je ne l'oublierai jamais : “En voilà un Indien donneur d'ordres, me dit-elle, vous m'avez l'air bien culotté... Si vous voulez de l'eau, allez la chercher vous-même!" Toutes ces choses m'arrivent, monsieur le Secrétaire, parce que je suis un Indien basané...

— Mais cela vous arrive de moins en moins, monsieur le Président...

— Oui, de moins en moins. Mais quelquefois encore...

— En outre, don Benito, vous nous avez rendus fiers de nos ancêtres indiens. Moi-même, don Benito... je suis sûr d'avoir quelques gouttes de sang indien dans les veines...»

Juárez s'arrêta, sourit, ajusta ses lunettes et regarda le Secrétaire pardessus les verres.

«Vous, du sang indien, monsieur le Secrétaire? Vous vous payez ma tête. Vous le dites uniquement pour me flatter. Vous êtes tellement blanc que vous en êtes transparent. Je vous disais...» Don Benito s'assit devant son bureau, enleva ses lunettes et sortit d'un tiroir un havane et une boîte d'allumettes. «Je vous disais...

— Avec votre permission, don Benito...

— Non, non, ça va», dit Juárez et il alluma le cigare. «Je vous disais que le comble c'est qu'on veut nous imposer un soi-disant empereur, qui possède tout ce qu'ici les gens trouvent joli, comme la couleur, blanche, de la peau, ou celle, bleue, des yeux, et vous ne devez pas oublier, monsieur le Secrétaire, que nous vivons dans un pays dans la mythologie duquel le dieu bienfaiteur, nous pourrions dire le dieu suprême, est un dieu blanc, grand et blond, qui a promis de revenir un jour.»

Le Secrétaire tendit un cendrier à don Benito.

«Quetzalcóatl, don Benito?

— Quetzalcóatl, monsieur le Secrétaire.

— Mais n'insinuez-vous pas, don Benito — ce qui serait très exagéré —, n'insinuez-vous pas que notre peuple pourrait confondre Maximilien avec Quetzalcóatl ressuscité...

— Pas tout le peuple, évidemment. Toute personne sachant lire et écrire sait très bien que l'Archiduc n'est qu'une marionnette de Napoléon. Mais il y a encore tant d'ignorance dans notre pays, monsieur le Secrétaire... six millions d'Indiens illettrés. Moi je suis un Indien qui a eu de la chance...

— Qui a eu de la volonté, don Benito.

— Qui a eu de la chance, je vous dis. Là où effectivement j'ai eu de la volonté, me semble-t-il, c'est quand j'ai pris la décision de vaincre ma propre méfiance envers moi-même...

— Mais vous croyez vraiment que notre peuple va confondre Maximilien avec un dieu?

— Vous m'avez raconté vous-même que de nombreux Indiens s'agenouillent devant les photographies de Maximilien et de Charlotte: mais non, à dire vrai, je ne le crois pas. Si l'Archiduc parvient à mettre un pied au Mexique, ils se rendront compte très rapidement que ce n'est pas un dieu ni rien d'approchant... C'est ce qui s'est produit avec les Espagnols... Il n'en reste pas moins que toutes ces histoires de couleur de la peau et des yeux m'agacent beaucoup, car elles me persuadent chaque jour davantage de l'arrogance européenne... de l'hypocrisie de tous ces pays qui se disent chrétiens et qui pratiquent des discriminations de couleur... Vous vous souvenez de ce que *le Monde Illustré* a dit de moi? "L'actuel président du Mexique, Benito Juárez, est tout sauf un descendant de la pure race caucasienne..." Et cela, on le trouve dans un journal qui s'intitule lui-même "illustré". Et ce journal anglais, lequel était-ce?...

— *The Times*, don Benito?

— Non, un autre.

— Le *Morning Post*?

— Oui, c'est cela. Vous vous souvenez, monsieur le Secrétaire, qu'il m'a traité d'usurpateur et qu'après avoir affirmé qu'il fallait consulter le peuple mexicain, il a dit que par peuple on entendait uniquement les races européennes et semi-européennes?

— Oui, je m'en souviens très bien, don Benito.

— Et vous trouvez que ce n'est pas un comble?

— Je pense qu'effectivement, don Benito, c'est un comble.»

Don Benito feuilleta à nouveau le rapport et il lut au hasard: «*On connaît deux histoires d'amour à l'Archiduc. L'une, avec la comtesse Paula von Linden, et la seconde avec la princesse portugaise Marie-Amélie de Bragance. La première était la fille de l'ambassadeur de Württemberg à Vienne. Cela contrarie l'archiduchesse Sophie...*» Archiduchesse... *archi*-duchesse... Vous savez une chose, monsieur le Secrétaire? Je me suis souvent demandé pourquoi ces Autrichiens ne se contentent pas de s'appeler "ducs", sans plus. Pourquoi doivent-ils être archiducs, comme s'il y avait également, par exemple, des archicomtes ou des archimarquis, des archirois?

— C'est juste, don Benito. D'après ce que j'ai cru comprendre, mais je n'en suis pas sûr, l'idée vient de l'un d'entre eux, de Rodolphe IV je crois, qui a considéré que le concept de "duché" était nettement insuffisant compte tenu de l'étendue des territoires placés sous la juridiction d'un duc...

— Le Mexique, monsieur le Secrétaire, reste un pays très vaste, malgré tout le territoire dont se sont emparés les Yankees. Plus étendu que l'Autriche, l'Angleterre ou la France, peut-être même plus étendu que ces trois pays réunis. Et alors? Est-ce une raison pour que je me baptise "archiprésident"? L'"archiprésident Benito Juárez"?»

Le Secrétaire sourit. Don Benito tira sur son cigare et poursuivit sa lecture: «"*Cela contrarie l'archiduchesse Sophie, qui demande à son fils l'Empereur d'envoyer l'Archiduc faire un long voyage, pour qu'il oublie la comtesse von Linden. Quant à l'ambassadeur wurtembourgeois, on lui assigne un autre poste, à Berlin, et l'Archiduc...*" Vous savez? le seul que je crois capable de s'affubler d'un tel titre, c'est Santa Anna: "Son Altesse Sérénissime Antonio López de Santa Anna, Archiprésident du Mexique"», dit don Benito sans lever les yeux du papier, et il continua sa lecture: «"*... et l'Archiduc s'embarque à destination du Moyen-Orient, accompagné par le comte Julius Andrassy. Au cours de ce voyage, et d'autres* *qui le suivirent, il connaît, en plus de quelques pays de cette région du globe, la Sicile, les îles Baléares, Pompéi, Naples, Sorrente, la Grèce, l'Albanie, les Canaries, Madère, Gibraltar, l'Afrique du Nord et plusieurs villes d'Espagne comme Barcelone, Málaga, Séville, Grenade.*" Mais, dites-moi : il a une petite amie, l'Archiduc ?

— Il ne semble pas, don Benito : il y a maintenant deux ou trois ans qu'il vit isolé dans son château de Miramar... quoiqu'on parle d'escapades à Vienne... En revanche, celui qui a ou qui a eu plusieurs petites amies, c'est le roi Léopold...

— Ah oui ?

— Oui, don Benito.

— Même du vivant de l'" Ange des Belges " ?

— Je ne saurais vous le dire, monsieur le Président. Mais c'est possible. Maintenant, parmi les plus connues figure une prostituée parisienne appelée Hortense et une certaine Arcadie Claret, qu'il a eu l'impudence de marier à l'un de ses courtisans, von Eppingoefen, ou Eppinghoven, ou quelque chose dans le genre, qu'il a ensuite envoyé en mission loin de Bruxelles. Léopold a eu deux enfants d'elle mais le peuple ne l'aime pas : plus d'une fois, on a lancé des légumes pourris contre sa voiture...

— Ah oui ? Et François-Joseph ?

— Je n'en sais rien, don Benito, mais il doit avoir une maîtresse, étant donné qu'il ne s'entend pas du tout avec l'impératrice Elisabeth, " Sissi " comme on l'appelle, qui, elle, croyez-moi, monsieur le Président, est une très belle femme...

— Oui, je crois que j'ai vu un portrait d'elle... et pourquoi ne s'entendent-ils pas ?

— Eh bien parce que ce sont deux caractères totalement opposés, don Benito : elle est très gaie et très vive, elle adore le grand air, elle raffole des chevauchées dans les bois. On dit que quand elle était petite, son père se déguisait en bohémien et il l'emmenait danser dans les tavernes de Hongrie, où il jouait du violon...

— Et cette histoire est vraie, monsieur le Secrétaire ?

— Peut-être bien, monsieur le Président. »

Le Président poursuivit sa lecture, à voix haute cette fois : « "*En 1856, l'archiduc Maximilien fait un voyage en France. Sa visite coïncide avec celle du prince Oscar de Suède. L'Archiduc est l'objet de toutes les prévenances et Napoléon III et Eugénie l'accueillent avec chaleur. On apprend plus tard qu'il formule des critiques féroces envers la cour de France.*" Et comment l'a-t-on appris ?

— Comment a-t-on appris quoi, don Benito ? L'histoire des critiques ?

— Oui...

— Eh bien il semble que Maximilien ait envoyé de Paris à Vienne, par courrier ordinaire, des lettres où il faisait l'éloge de Napoléon, car il savait qu'elles allaient être interceptées et lues par des agents français avant d'arriver à destination. Mais par un courrier secret il en envoyait d'autres où il mettait Napoléon et Eugénie plus bas que terre. Comment l'a-t-on appris, je n'en sais rien. Mais vous voyez que toutes ces choses finissent par transpirer. A Vienne il court une foule de ragots...

— Quel hypocrite cet Archiduc, vous ne trouvez pas ? Et maintenant il s'en remet à eux. Maintenant Napoléon et Eugénie sont ses anges gardiens...

— Effectivement, don Benito. La mémoire de l'Archiduc doit être bien fragile, surtout si on prend en compte que c'est Napoléon qui a aidé le comte Cavour dans sa lutte pour l'unité de l'Italie, au cours de laquelle l'Autriche a perdu la Lombardie...

— Et maintenant c'est Charlotte, monsieur le Secrétaire, la petite-fille de Louis-Philippe d'Orléans, qui vient au secours de Louis-Napoléon, alors que c'est lui qui a confisqué tous les biens que les Orléans avaient en France. C'est ce que j'appelle ne pas avoir de pudeur...

— Effectivement, don Benito, bien des gens croient que seul un fou pouvait accepter le trône du Mexique, mais l'Archiduc est loin d'être fou. Comme je vous l'ai dit, il a la réputation d'être intelligent et sensible. Et même d'être un peu libéral... Il a écrit des mémoires de ses voyages, et des poèmes. Ainsi qu'une série d'aphorismes qui, d'après ce qu'on dit, sont brillants. Et l'on sait qu'il transporte toujours avec lui, depuis qu'il est très jeune, un cahier rempli de préceptes moraux... c'est-à-dire de règles de conduite, qu'il s'est fixé de suivre constamment. »

Don Benito regarda le Secrétaire par-dessus ses lunettes.

« Et l'Archiduc ne fait pas entrer dans ces concepts le respect du droit d'autrui, monsieur le Secrétaire, le droit des autres nations à décider de la forme de leur gouvernement ?

— J'imagine que non, don Benito.

— Ce n'est que lorsqu'on respecte ce droit qu'il peut y avoir la paix entre les nations, vous ne croyez pas, monsieur le Secrétaire ?

— Effectivement, don Benito.

— Don, don, don Benito... Don Benito par-ci, don Benito par-là. Vous n'avez pas idée, monsieur le Secrétaire, des efforts qu'il m'a fallu déployer pour arriver à être un don dans la vie. Quand je suis né, je n'étais qu'un don Personne, en vérité. Par contre, comme nous le disions, ces archiducs viennent au monde avec tous les titres possibles et imaginables. Ils naissent avec la table mise. J'ai gagné mon don quand je suis devenu professeur de physique à l'Institut d'Oaxaca. Mais je ne l'ai même pas gagné pour ma vie entière... A San Juan de Ulúa et à La Nouvelle-Orléans, j'ai à nouveau cessé d'être don, pour redevenir purement et simplement Benito... Et sur Eugénie, que me racontez-vous ?... c'est vraiment une très jolie femme, n'est-ce pas ?

— Il semble que certains peintres, comme Winterhalter, la flattent un peu ; cependant, on dit qu'elle est très belle. J'imagine, don Benito, qu'Eugénie a hérité la beauté de sa mère, la comtesse de Montijo, celle qui a posé nue pour le peintre Goya...

— Là vous vous trompez complètement, monsieur le Secrétaire : il s'agit de la duchesse d'Albe... La confusion vient de ce que la sœur d'Eugénie, Francisca, a épousé le duc d'Albe et que c'est la mère, ou la grand-mère, de ce duc d'Albe qui a inspiré à Goya *la Maja nue*.

— Ah, fort bien, don Benito. Puisque vous le dites... Mais combien d'abâtardissements et d'adultères, n'est-ce pas ?

— Oui, beaucoup...

— Vous n'avez pas idée de tout ce que j'ai appris, mais que je n'ai pas mis dans le résumé, parce que je trouvais tout cela, là encore, superflu.

— Quoi donc, par exemple, monsieur le Secrétaire ?

— Eh bien, on m'a raconté qu'en outre le père de Charlotte, Léopold, quand il était jeune, en 1814, était entré dans Paris avec les troupes russes, qu'il avait rejointes, et qu'il fut séduit par la reine Hortense, la mère de Louis-Napoléon... »

Don Benito posa son havane dans le cendrier et il s'appuya contre le dossier de sa chaise.

« Vous m'en direz tant. Alors Louis-Napoléon pourrait être le fils de Léopold de Belgique ?

— Non, don Benito. Louis-Napoléon est né... en 1808, je crois. Il devait avoir dix ans environ à l'époque.

— En 1808... deux de moins que moi. Et quel âge, me disiez-vous, ont Maximilien et Charlotte ?

— Maximilien a trente ans, don Benito, et Charlotte vingt-deux.

— Vingt-deux ? Elle est si jeune ?

— Oui, don Benito... »

Don Benito tira une fois de plus sur son cigare, il le reposa dans le cendrier, laissa ses lunettes sur la table et se leva pour marcher à nouveau à travers la pièce.

« Et la liaison entre Hortense et Louis-Napoléon a duré longtemps ? Pardon, monsieur le Secrétaire, entre Hortense et Léopold ?

— Je l'ignore, don Benito. Vous savez, il me vient tout à coup l'idée saugrenue que tous ces adultères et ces enfants... ces enfants bâtards qu'ont eus les monarques européens, leur servent à purifier leur sang de temps à autre... On dit par exemple que Louis-Napoléon n'a pas une goutte de sang Bonaparte...

— Ce qui serait une raison supplémentaire pour éloigner d'Europe un homme qui, lui, pourrait en avoir...

— Effectivement, don Benito, mais comme je le dis dans le résumé, François-Joseph a d'autres raisons pour éloigner son frère. Entre autres, la jalousie. Vous n'imaginez pas combien il a été contrarié que Maximilien fût candidat à plusieurs trônes européens, comme celui de Pologne et maintenant, tout récemment, celui de Grèce... On me disait que lors d'un des derniers soulèvements survenus en Pologne, le vice-roi de Galicie s'est mis à crier, du haut du balcon de son palais de Cracovie : "Vive Maximilien, roi de Pologne"...

— Précisément, c'est sur cette rivalité que je veux que vous me donniez des détails, monsieur le Secrétaire... l'Archiduc, dites-moi, est-il franc-maçon ?

— Il semble que oui.

— De rite écossais, naturellement...

— Croyez-vous qu'en Europe ce soit comme ici, don Benito? Que les conservateurs soient de rite écossais et les libéraux, de rite new-yorkais?

— Je crois plutôt qu'ici c'est comme en Europe et non pas le contraire, monsieur le Secrétaire. Au reste, le vinaigre sera toujours du vinaigre, et l'huile sera toujours de l'huile.

— Bon, alors dans ce cas, j'imagine que oui, que l'Archiduc est de rite écossais...

— Vous vous contredisez, monsieur le Secrétaire: il y a quelques minutes vous me disiez que Maximilien était libéral, et maintenant vous convenez que c'est un conservateur...

— Ah, vous, don Benito, toujours à me tendre des pièges... Je voulais dire "libéral" dans les limites de son conservatisme, pour mettre les points sur les *i*...»

Don Benito s'arrêta devant un calendrier accroché au mur, où était représentée une corrida.

«Il y a trois mois que Puebla est tombé... Comme le temps passe... Comme ça, d'abord la Pologne, ensuite la Grèce et maintenant le Mexique... si ça continue ces Habsbourg vont avoir la prétention de créer à nouveau le Saint-Empire romain-germanique.

— Qui, comme l'a dit Voltaire, don Benito — don Benito arpentait une fois de plus la pièce — n'a été ni un empire, ni saint, ni romain...

— Si, en fait, ça a vraiment été un empire. Et qui a continué à l'être par la suite. Dans la réalité, ils ont régné sur une foule de peuples: italiens, espagnols, hollandais, scandinaves, français, magyars, slaves, que sais-je encore... et hispano-américains bien entendu.

— Comme vous le savez, Charles Quint a fort bien dit, à une occasion, que sur son royaume le soleil ne se couchait jamais... ou c'est Philippe II qui l'a dit, don Benito?

— Oui, c'est Philippe II, je crois... or, s'ils ont pu gouverner tant de peuples si différents, c'est précisément parce que l'empire des Habsbourg s'est bâti sur la négation de l'idée de nationalité... C'est-à-dire de toutes les nationalités sauf une: l'allemande. Et la confirmation de cette politique, comme vous le savez, c'est qu'au Congrès de Vienne on a ignoré avec le plus total cynisme le principe des nationalités...

— Sauf l'allemande, disiez-vous, don Benito? Mais l'archiduc Maximilien n'est pas allemand, il est autrichien.

— Il est allemand, monsieur le Secrétaire, ne jouons pas les idiots... ils peuvent tous être nés en Autriche, en Bavière, dans le Palatinat ou bien là où cela vous chante, mais ils sont allemands de cœur, et plus encore, ils ne peuvent cesser de l'être. Et comme je le dis, les Allemands sont un peuple nourri de théories dangereuses sur la supériorité et la domination du monde. Avez-vous lu Fichte, monsieur le Secrétaire? Un grand philosophe, en vérité, mais qui a persuadé les autocrates allemands que, comme Bonaparte avait trahi les idéaux de la Révolution française, les

Allemands étaient à même, mieux que les Français, de conduire l'humanité vers la conquête de ces idéaux. Et le plus absurde c'est que, peu après Fichte, Hegel a confirmé la divinisation de l'État, ce qui équivalait à diviniser la tyrannie... Alors je m'interroge: comment une personne comme l'Archiduc qui, d'après ce que vous dites, est "libéral", peut-elle concilier dans sa tête l'idée d'État en tant que contrat social émanant du consensus populaire, avec la conception mystique de l'État? Comment, monsieur le Secrétaire? Cela pourrait sembler impossible, n'est-il pas vrai? Et cependant c'est possible, savez-vous pourquoi? Parce qu'ils sont capables de tout trahir par ambition, y compris eux-mêmes. Comme je vous le disais, c'est aux desseins de l'homme qui a humilié les Autrichiens à Magenta et à Solférino que l'Archiduc se soumet aujourd'hui... Mais le fait de tenir ses promesses n'a jamais été non plus la marque distinctive de l'Autriche et de ses empereurs, n'est-ce pas? Prenez André Hofer, le patriote tyrolien: l'Autriche a juré à Hofer qu'elle ne restituerait jamais le Tyrol à la Bavière, et elle l'a trahi, elle l'a cédé à Bonaparte qui, aussi facilement que César avait réparti les Gaules, partagea le Tyrol entre l'Italie, l'Illyrie et la Bavière, et ce pauvre Hofer finit fusillé par les soldats français. La même chose s'est produite avec la Pologne: l'Autriche et la Prusse avaient juré de la défendre contre les attaques de toute autre nation... et qu'est-ce qui arrive? A peine Catherine envahit-elle la Pologne que les Autrichiens et les Prussiens se mettent du côtés des Russes, et ils se la partagent à eux trois. Et Louis-Napoléon? Peut-être ne s'est-il pas trahi lui-même? Je me demande, monsieur le Secrétaire, ce que sont devenus ses idéaux de *carbonaro*? Les *carbonari* avaient déclaré la guerre à mort à toutes les tyrannies... Et Cavour ne s'est-il pas prétendu, lui aussi, trahi par Louis-Napoléon? Certes, Napoléon a prétexté que les Prussiens avaient commencé à se mobiliser sur le Rhin. Et Cavour n'avait-il pas envoyé à Louis-Napoléon la comtesse de Castiglione pour le séduire et le convaincre d'adhérer à la cause italienne? Tout cela est proprement déshonorant, monsieur le Secrétaire. Ah, et à propos des Allemands, j'oubliais Herder, qui concevait le monde comme une symphonie de peuples, certes, mais dirigée par le peuple germanique et qui a pris sur lui d'apprendre à ses compatriotes à vénérer la spécificité de leur génie national... Et qu'est-ce que vous me dites de Metternich? Ce n'était pas un Rhénan pour rien: c'est lui qui a créé la Confédération germanique, le *Bundestag*, un système calculé pour défendre, non seulement contre les interventions de la France, n'est-il pas vrai, mais aussi contre les mouvements libéraux internes, les souverains des États allemands, parmi lesquels l'Autriche a toujours été comprise... Le comble de l'ironie c'est que sans l'intervention du premier Napoléon, les Allemands seraient restés divisés en trois cents et quelques principautés, cités "libres" et États ecclésiastiques. Bonaparte et son Code ont rendu au monde, monsieur le Secrétaire, le discutable service de réduire cette poussière d'entités à une trentaine environ... Ils n'ont pas de pudeur... ni de dignité. A propos de Metternich, écoutez bien: on m'a accusé de m'être enfui du

Mexique... quand me suis-je enfui du Mexique? Je me suis seulement retiré de la capitale... j'ai été contraint de le faire. Par contre, on a déjà oublié dans quelles conditions le grand chancelier Klemens Metternich s'est enfui — parce que lui il s'est vraiment enfui — de Vienne en 48...? Vous savez comment, monsieur le Secrétaire? Caché dans la charrette d'une laverie...

— Vous vous y connaissez en histoire, don Benito.

— Ne croyez pas cela. Demandez-moi les noms des six épouses de Henri VIII et vous verrez que je ne me souviens, peut-être bien, que de deux ou trois d'entre elles, au maximum. J'ai de grosses lacunes. Mais, justement, votre rapport m'a servi à dissiper certains doutes que j'avais sur le rôle de Maximilien en Italie et je suis tout particulièrement intéressé...

— Je suis très heureux de l'apprendre, don Benito.»

Don Benito se dirigea vers la table, mit ses lunettes et feuilleta le résumé.

«Là où vous dites... ah, non, ce passage concerne Léopold et Charlotte...» Don Benito lut: «"*C'est pendant le voyage en France que Louis-Napoléon met à la disposition de l'Archiduc le yacht* Hortense, *sur lequel Maximilien se rend en Belgique. Là il fait la connaissance du roi Léopold et de sa fille Charlotte. Léopold s'est marié en premières noces avec la princesse Charlotte, fille du futur roi d'Angleterre, George IV, qui a assumé la régence du vivant de son père George III...* "» Don Benito murmura: «Encore un roi fou, ce George III...» Et il continua sa lecture: «"*Grâce à ce mariage Léopold aspirait à devenir un jour prince consort d'Angleterre, lorsque la princesse Charlotte monterait sur le trône. Mais Charlotte meurt peu après sans descendance et Léopold, à quarante-deux ans, épouse la princesse Marie-Louise, fille du roi Louis-Philippe de France. Quand naît la princesse Charlotte, c'est la Reine qui insiste pour l'appeler ainsi, en hommage à la mémoire de la première épouse de Léopold. L'Archiduc et la Princesse tombent amoureux l'un de l'autre, et peu après la Maison d'Autriche demande sa main. Leur union est célébrée à Bruxelles le 27 juillet 1857, avec l'approbation non seulement de Léopold, de Sophie et de François-Joseph, mais aussi de la reine Victoria: lors d'un voyage en Angleterre, avant le mariage, l'Archiduc s'était gagné la sympathie de la souveraine anglaise et de son conjoint, le prince Albert. Auparavant, Charlotte avait suscité le courroux de Victoria en repoussant comme époux probable Pierre de Portugal. Un autre candidat au mariage avec Charlotte fut le prince Georges de Saxe.* " Mais alors, Léopold s'est trompé deux fois, n'est-il pas vrai? D'abord son Anglaise est morte et ensuite ce sont les Bonaparte, et non pas les Orléans ou les Bourbons, qui ont le pouvoir en France...

— Effectivement, monsieur le Président: son mariage avec Louise-Marie a été une erreur de calcul politique...

— Dites-moi — don Benito regarda le Secrétaire dans les yeux —, avez-vous été souvent amoureux?

— Moi, don Benito?

— Je vous le demande parce que je ne sais pas comment on peut aimer tant de femmes si différentes. Ou comment quelqu'un peut se faire aimer par autant de femmes...

— Eh bien, don Benito, dans le cas de Léopold, il paraît que dans sa jeunesse il était très attirant et très élégant. Maintenant, évidemment, c'est un petit vieux. On me disait que non seulement il se teint les sourcils mais qu'il utilise du rouge à joues et une perruque noire coiffée à l'ancienne mode...

— Que c'est ridicule... c'est comme si moi je me poudrais, vous ne trouvez pas ? » dit don Benito et il poursuivit sa lecture : « "*Peu après le mariage, François-Joseph nomme Maximilien vice-roi des provinces lombardo-vénitiennes...* " Ah, voilà les affaires d'Italie. Oui, oui, je suis très intéressé par le rôle qu'a joué l'Archiduc dans le royaume lombardo-vénitien... Que pouvez-vous me dire sur ce sujet, monsieur le Secrétaire ?

— Pas grand-chose de plus que ce que j'ai écrit dans le résumé, monsieur le Président. L'Archiduc a fait un certain nombre de choses que je n'ai pas consignées...

— Quel genre de choses ?

— Ah, eh bien, par exemple... il a suggéré la construction de la grand-place située face au dôme de Milan et il a restauré la bibliothèque Ambrosienne. Quand le poète Manzoni est tombé malade, il lui a rendu personnellement visite, bref... voyez ce que je dis dans le résumé : que l'Archiduc a tenté en vain d'obtenir de l'Autriche de libéraliser sa politique à l'égard des provinces lombardo-vénitiennes, mais François-Joseph s'y est toujours formellement opposé et la façon dont son frère gouvernait ce territoire ne lui a jamais plu. On dit, don Benito, que François-Joseph est allé jusqu'à faire espionner Maximilien, et que les lettres de l'Archiduc étaient censurées par ce qu'on appelait le *Cabinet noir** de Vienne... A dire vrai, l'Archiduc a poussé son libéralisme très loin, si vous me permettez de parler de "libéralisme". Le comte Cavour dit que Maximilien était le plus terrible ennemi que les Italiens avaient en Lombardie, précisément parce qu'il s'appliquait à être juste et à poursuivre les réformes auxquelles Vienne se refusait... Et Manin, de son côté, déclara que les Italiens *ne* souhaitaient *pas* que l'Autriche devînt plus humaine mais qu'elle partît...

— Et l'Autriche était en train de devenir plus humaine, monsieur le Secrétaire ?

— Eh bien, pas exactement. On m'a dit qu'à une occasion, imaginez-vous, don Benito, l'administration militaire de Milan a transmis à la municipalité la facture des gourdins que la police avait brisés sur le dos de manifestants... Et qu'est-ce que je pourrais vous dire encore, que je n'ai pas mis dans le résumé... eh bien, oui, que Maximilien et Charlotte se sont attiré la sympathie de leurs sujets italiens, mais que celle-ci ne se manifestait que sur un plan personnel. Ils ont cessé de se présenter en public, même si Charlotte raffolait d'aller à la Scala, à cause des huées du peuple. Même les jeunes Italiennes refusaient de danser avec les officiers autrichiens. Et on dit que l'Archiduc a donné d'innombrables preuves de faiblesse, par exemple lors du soulèvement des étudiants de Padoue... et on m'a raconté qu'il a critiqué la cruauté avec laquelle Radetzky a écrasé la révolte des Milanais en 1848, quand le maréchal a fait pendre et fusiller plusieurs centaines de patriotes italiens, simplement parce qu'ils possédaient des armes... »

Don Benito poursuivit la lecture, cette fois encore à voix haute :

« "*A maintes reprises l'Archiduc a signifié à Vienne que le dualisme entre l'autorité militaire et l'autorité civile était incompatible avec son propre gouvernement, et il a sollicité le commandement direct de l'armée autrichienne dans les provinces lombardo-vénitiennes, mais François-Joseph le lui a refusé. Et lorsque le comte Cavour ordonne à ses troupes de marcher sur la Lombardie aux côtés de l'armée de Louis-Napoléon, l'empereur relève l'Archiduc de ses fonctions et il nomme le comte Gyulaï commandant politique et militaire de Vénétie et de Lombardie...*"

— Ensuite surviennent les désastres de Magenta et de Solférino, don Benito, respectivement les 4 et 24 juin 1859. »

Don Benito continua :

« "*La rencontre de Villafranca entre Louis-Napoléon et François-Joseph débouche sur la libération de la Lombardie...* "

— Mais pas sur celle de la Vénétie..., dit don Benito.

— Effectivement, monsieur le Président : c'est là que Louis-Napoléon trahit Cavour. "*L'archiduc Maximilien et la princesse Charlotte se retirent alors dans leur château de Miramar, sur les rives de l'Adriatique, à proximité de Trieste. C'est là que les monarchistes mexicains vont leur offrir le trône du Mexique.*"

— Et vous me parliez d'une île où ils vont parfois...

— Oui, don Benito, l'île de Lacroma, face aux côtes de Dalmatie. Là où, un jour, Richard Cœur de Lion a fait naufrage. En réalité, mais ce n'est peut-être là qu'un ragot, on dit que Richard Cœur de Lion était sodomite lui aussi...

— Vous m'en direz tant. Oui, comme vous dites : que de dégénérés... mais ça, je l'ignorais complètement. Évidemment, ces choses-là on ne les apprend pas à l'école... » Don Benito laissa le résumé sur la table. « Vous n'allez pas me croire, mais parler de temps en temps de toutes ces futilités m'aide à me distraire de sujets plus graves. Vous savez qu'à présent on m'accuse de la défaite de Puebla, soi-disant parce que je n'avais pas prévu que le siège serait aussi long ?... Enfin, je vous remercie infiniment, monsieur le Secrétaire, pour cette conversation si savoureuse... Quand rentrez-vous en Europe ?

— Dans trois semaines environ, don Benito.

— Transmettez mes salutations et ma gratitude à Émile Ollivier. Et la même chose à Victor Hugo, si vous avez l'occasion de le voir... Ah... et si vous rencontrez également Jules Favre dites-lui qu'il veuille bien ne pas comparer Maximilien avec Don Quichotte... Don Quichotte était un idéaliste. L'Archiduc est un homme dont les ambitions sont sans bornes.

— Si monsieur le Président m'autorise à me retirer...

— Oui, bien sûr, faites donc... ou plutôt non, attendez... je voulais vous demander encore quelque chose. Qu'est-ce que c'était ? Ah oui... dans votre rapport vous dites que l'Archiduc a eu deux histoires d'amour, mais vous ne parlez que d'une seule. De celle avec la comtesse von Linden, et vous ne dites rien d'Amélie de Bragance...

— Ah oui, pardon, don Benito. J'ai oublié Amélie en route. Voilà une union que la Maison d'Autriche aurait volontiers approuvée. Mais elle est morte très jeune, de tuberculose, avant qu'on ait pu annoncer ses fiançailles avec l'Archiduc. En réalité elle est morte dans l'île de Madère, là où plus tard l'archiduchesse Charlotte, déjà mariée, devait passer un hiver toute seule tandis que l'Archiduc faisait un voyage au Brésil. Et l'on dit, mais là aussi ce n'est qu'un ragot, j'imagine, qu'au Brésil une négresse a transmis à Maximilien une maladie vénérienne qui l'a rendu stérile et que c'est pour cette raison qu'ils n'ont pas eu d'enfants... »

Don Benito se dirigea vers la fenêtre.

« Stérile ? Eh bien, vous comprenez pourquoi je ne me sens pas offensé quand on me traite de mule, monsieur le Secrétaire, puisque ce n'est qu'à cause de mon entêtement, de mon obstination... car je n'ai rien d'autre d'une mule. Les mules sont stériles, mais moi je ne le suis pas... j'ai eu plusieurs enfants...

— Effectivement, don Benito...

— Et certains sont même très mignons, d'après ce qu'on dit... beaucoup moins noirauds que moi. Écoutez..., poursuivit don Benito, tout en contemplant le ciel couvert, à travers la fenêtre, cette histoire de préjugé à propos de la couleur est si répandue que j'ai entendu ma propre épouse, Margarita, dire en parlant d'un petit-neveu ou d'un autre enfant : "Comme il est mignon, avec ses yeux bleus et sa peau blanche." Un de ces jours je vais lui écrire et je vais lui dire : "Tu sais, Margarita ? Tu sais une chose ? Il est mignon notre Archiduc"... »

3. Les cris de la ville

Mouron pour les petits oiseaux !
Achetez de l'encre !

Pour sûr que dans la capitale il y a beaucoup d'inondations et dans mon village pas une seule, dame oui. Mais dans mon village il n'y a pas la statue d'un lion, comme celui de la rue San Antonio, qui indique avec sa tête à quelle hauteur ont monté les eaux en l'an de disgrâce 1629... Pour sûr que dans la capitale il y a beaucoup de rats, c'est ma foi vrai. Mais dans le village d'où je viens il n'y avait pas de carnaval et ici pendant le carnaval, il y a des œufs remplis d'eaux parfumées, des confetti et des serpentins qui me font des chatouilles. Pour sûr qu'ici il ne faut pas se fier à la nourriture qu'on abandonne dans les couloirs parce qu'elle peut contenir du poison contre les rats, de ce poison qu'on appelle poudre muricide, dame oui. Mais ici en décembre il y a beaucoup de piñatas, *et dans mon village il n'y en avait pas. Et même si je n'ai pas le droit de cogner dessus, parce que je m'y connais pour les casser, je ne manque jamais l'occasion de me gaver de ciboule et de cacahuètes... Et où donc on entend plus de boléros et de habaneras pendant toute la nuit, même si c'est au loin? C'est pas dans mon village. Et de la musique française sur la place d'Armes après la sonnerie des vêpres? C'est pas dans mon village. Pour sûr qu'ici on me fait des crasses et parfois on m'enlève mon chapeau avec une bonne baffe, pour que je me découvre quand passe un petit curé ou un frère, dame oui. Mais où donc on trouve un Tivoli de l'Élysée avec des parties de campagne le dimanche toutes remplies de la bonne odeur des tartes à la sardine et au saucisson? Dans mon village, par exemple, il n'y a jamais eu d'évangélistes, ces gens qui écrivent les lettres de ceux qui savent pas écrire, comme moi... Un jour je vais t'emmener les voir, sur la place Santo Domingo, rien que pour que tu sentes l'odeur de l'encre d'acacia et que tu entendes le petit bruit de la plume quand elle griffe le papier... Et si tu te conduis bien je vais t'emmener jusqu'au coin de la Casa de los Azulejos, qui a les murs les plus lisses et les plus froids de tout Mexico, et un dimanche je t'emmènerai à la Alameda, pour que tu voies le banc où s'asseyait don Foré*[1]*...*

Pour le dîner, petits gâteaux et beignets fourrés.

Affalé de tout son long, c'est vrai, un peu bigle depuis toujours et vieux depuis maintenant quelques années, avec un paquet de friandises pour les enfants, tous les dimanches s'asseyait sur ce banc le général Élie Forey, qui, sur le point de faire ses valises pour rentrer en France, ne comprenait rien à ce qui lui arrivait, étant donné qu'en toute bonne foi, il pouvait assurer qu'il avait suivi au pied de la lettre les instructions de son empereur, ce qu'il commentait en ces mots au général Douay: Est-ce que je n'ai pas dissous le gouvernement réuni par Almonte? Est-ce que je ne suis pas, sans en avoir l'air, le maître du Mexique, comme l'empereur Louis-Napoléon me l'a recommandé? N'ai-je pas évité, comme l'empereur me l'avait souligné dans une lettre depuis Fontainebleau, de m'identifier aux querelles de tout parti politique, qu'il s'agît des libéraux ou des conservateurs?

En cadence crab' mes frères / en avant vers l'arrière
Un, bis et ter! en avant vers l'arrière.

Tu entends? Tu entends la chanson? Dans mon village personne ne chante. Ici, on chante. Ici on a fait pour don Foré un petit poème, qui dit:

Avec la barbe de Foré
Je vais faire un tapis d'selle

1. Prononciation mexicaine de Forey. (N.d.T.)

que j'mettrai au cheval
du vaillant don Porfirio.

Qui peut bien être, hein, ce don Porfirio de la chanson?

Et le général Douay approuvait: «Oui, mon général, vous l'avez dit vous-même très clairement dans une de vos proclamations: "Mexicains, abandonnez ces appellations de libéraux et de réactionnaires qui ne font qu'engendrer les haines et perpétuer l'esprit de vengeance."» Et le général Forey: «Oui, oui, c'est exactement ce que je leur ai dit.»

Savon de Puebla!
Galettes cuites au four!

Dans mon village, il n'y avait pas non plus de proclamations ni d'édits. Au moins pas quand je suis parti, il y a longtemps. Ici, il y en a tout le temps de nouveaux et c'est pour ça aussi que je me souviens de don Foré: à cause de ses annonces et de ses communiqués que don Atanasio, le marchand de vins, avait la bonté de me lire. Mais écoute ça, à certains coins de rue il y a même des gens qui lisent à voix haute les proclamations fixées sur les murs, pour les gens comme moi qui ne savent pas lire... Le bon côté de la venue des Français, c'est que maintenant toutes les fêtes sont en double: on a celles de Mexico et celles de Paris. Le mauvais côté, c'est que tous les curés et les moines sont ressortis dans les rues, et comme quand don Benito était là les couvents et les églises étaient vides et qu'ils étaient tous partis, j'ai perdu l'habitude de me découvrir. C'est pour ça qu'il vaut mieux savoir par cœur où se trouve chaque couvent, comme celui des Récollets, celui des Antonins, celui des Séculiers, celui de Sainte-Isabelle, celui de Regina: je les connais tous, c'est comme si je les voyais. Et si on peut, il vaut mieux également apprendre les petits bruits que font les nonnes et les moines, même si c'est difficile, parce qu'il y en a beaucoup: savoir si c'est des Bethléémites ou des Frères de Saint-Jean, si c'est les Franciscaines ou les Hospitaliers... Mais de toute façon avec le temps on apprend à distinguer entre le frou-frou que font les jupes des nonnes de Sainte-Brigitte, le petit bruit que font les chapelets qui pendent à la ceinture des Sœurs de la Charité et le clapotement des pieds des Carmes déchaux... D'ailleurs moi, pauvre comme tu me vois, je n'ai jamais manqué de sandales: avec toutes ces crottes de chien et de gens qu'il y a dans la capitale, je passerais ma vie à me barbouiller les pieds. Pour sûr que dans mon village il n'y a pas autant de crottes... dame oui. Mais dans mon village on ne trouve pas un Café Anglais et un restaurant Fulquieri où on me donne des restes.

En accord avec ce qu'avait dit Louis-Napoléon à Lorencez: «Le fait d'imposer un gouvernement au peuple mexicain va contre mes intérêts, mon origine et mes principes», Élie Forey, qui signait ses proclamations, ses annonces et ses décrets : « Le Général de Division, Sénateur et Commandant en Chef du Corps Expéditionnaire », n'avait-il pas nommé un conseil de gouvernement composé de trente-cinq citoyens et présidé par ceux qu'on appelait depuis « les Trois Caciques », à savoir le général Juan Nepomuceno Almonte lui-même,

Ouh là là, Jean Pomucène,
ne prends pas tes grands airs de Majesté,
le manteau et la couronne c'est pas pour toé,
toé c'est les sandales, toé c'est le huacal [1]

le général Salas, celui-là même qui, quand Forey était entré dans Mexico, lui avait remis les clefs de la ville, et l'archevêque Labastida, représenté en son absence par un certain Ormachea, ainsi qu'une assemblée de notables — deux cent quinze, comprenant depuis des médecins et des diplomates jusqu'à des chasseurs et des savetiers — qui à son tour, quarante et quelques jours à peine après la prise de la capitale, avait proclamé :

Fromage blanc et sirop de canne !

Pourquoi « toé c'est les sandales » et « toé le huacal » au lieu de toi c'est les sandales et toi le huacal, *je n'en sais rien, c'est ce que dit la chanson. J'ai appris par cœur tous les édits de don Foré, à force de les entendre, et aussi ceux de son général Douay, qui nous a récité les différentes façons, près de vingt, de mériter la mort si nous ne nous mettions pas du côté des franchouillards. Un jour on est allés demander aux Évangélistes pourquoi « toé » et pas « toi », et si c'était du lard ou du cochon quand don Foré disait : « Je ne viens pas faire la guerre au peuple mexicain, mais à une poignée d'hommes sans scrupules qui gouvernent en imposant une terreur sanguinaire !... » Et moi je lui répliquais au marchand de vins, quand il disait que don Foré n'arrêtait pas de réprimander les Mexicains, que je trouvais qu'il avait parfois un peu raison. « Que voit-on dans vos rues ? » disait don Foré dans ses annonces, « des eaux corrompues qui polluent l'air que vous respirez », et moi je suis bien placé pour le savoir, puisque je le respire deux fois plus que les autres mortels ; « que dire de vos routes ? des nids-de-poule et des bourbiers », et moi je suis bien placé pour le savoir, puisqu'il n'y a pas un seul jour où je ne manque de me briser un os en tombant dans un égout à ciel ouvert, comme dans le Callejón de la Amargura où on ouvre des trous nouveaux tous les jours ; « qu'est-ce que votre administration ? du vol organisé », et je suis bien placé pour le savoir, puisque je ne compte plus les*

---

1. Panier servant à transporter des marchandises sur son dos. (N.d.T.)

fois où on m'a volé mes aumônes... Et tu vas voir, là-bas chez les Évangélistes, comme elle sent bon l'encre de catalpa...

Beurre à un sou et demi!

Premièrement — avait proclamé l'Assemblée — la Nation mexicaine adopte la monarchie héréditaire et modérée; deuxièmement: le trône sera offert à l'archiduc Ferdinand Maximilien d'Autriche et à son épouse l'archiduchesse Charlotte; troisièmement: si l'Archiduc n'accepte pas, la Nation mexicaine s'en remettra à la bonté et à la sagesse de l'empereur des Français, afin que celui-ci désigne un autre prince catholique pour le trône du Mexique.

Et tu y crois, toi, à cette histoire de «terreur sanguinaire»? Moi je ne vois pas la différence. Mais par contre je la sens. On me racontait que quand les soldats de don Hernán Cortés sont arrivés, l'empereur Moctezuma les aspergeait d'encens, non pas qu'il s'imaginât que c'étaient des dieux, mais parce qu'ils sentaient horriblement mauvais: ils n'avaient pas changé leur linge en fer-blanc, pas même quand ils avaient grimpé sur le Popo pour y chercher du soufre pour leurs canons. Tu connais l'odeur du soufre? Dans mon village il n'y a pas de fabriques de poudre. A mon avis, comme je te disais, les Français c'est la même chose: ils puent encore plus que les Indiens et, en plus, ils lâchent leurs sous avec des élastiques... Ou alors c'est qu'ils ne comprennent pas quand je leur dis: «Une petite charité pour l'amour de Dieu»? Il faudra peut-être que je leur demande l'aumône en français, en disant «pardiou» au lieu de «Por Dios»? Là-dessus, les franchouillards sont bien comme les Sœurs de la Charité qui, malgré leur nom, ne me donnent même pas le bonjour, elles ne pensent qu'à m'emmener dans leur couvent pour rempailler leurs chaises. Mais je ne peux pas compromettre ma liberté... Là-bas, dans mon village, on longe trois pâtés de maisons et on se retrouve au milieu des cactus et des ravins. Ici en ville ce n'est pas le cas: on marche pendant des heures et on ne sort jamais. Je vais t'emmener à Puente de Peredo, à Siete Príncipes, dans la rue Neuve, à la route de Corpus Christi, dans la rue du Bijou pour que tu apprennes à reconnaître l'odeur de mouton mouillé que dégagent les magasins de drap après la pluie, et l'odeur de benzine des teintureries. Les débits de marbre on les reconnaît plutôt par le bruit, comme les académies d'escrime, et des herboristeries sortent toujours beaucoup d'odeurs, comme celle de la friction à la rose contre la blennorragie, celle de l'élixir parégorique ou celle du vinaigre aromatique contre les boutons...

Goûtez mon nougat aux amandes!

Forey croyait vraiment que c'était là ce que souhaitait Napoléon, et Douay également, mais ils se trompaient. Ou, du moins, ce n'était *pas* *exactement** cela. Entre autres, parce qu'on avait déjà commencé à parler des lettres qu'un certain capitaine Loizillon écrivait depuis Mexico à la marraine de Louis-Napoléon, Hortense Cornu, où il lui disait que Forey était en train de livrer le pays aux éléments ultra-réactionnaires et ultra-cléricaux — c'était le cas effectivement de la majorité des notables de l'Assemblée et beaucoup d'entre eux, en outre, étaient d'anciens membres de différents gouvernements de Santa Anna —, et la marraine montra une de ces lettres à son filleul, lequel décida, sans indiquer le nom de l'auteur à Bazaine, d'envoyer une copie de la lettre au susdit général qui à son tour s'était aussitôt chargé d'intriguer contre Forey, en se plaignant dans sa correspondance avec le ministre de la Guerre français de ce que le commandant de la force expéditionnaire avait commencé à distribuer, avec une générosité excessive, des croix de la Légion d'honneur à des officiers mexicains qu'il connaissait à peine. Peu importait de savoir s'il était vrai ou non que Forey eût en poche une liste de noms, rédigée aux Tuileries sur le conseil d'Hidalgo, dont beaucoup de ces «notables» mexicains devaient sortir: ce qui comptait maintenant c'est que Louis-Napoléon réclamait un gouvernement libéral et que ce n'était évidemment pas, mais pas du tout, la façon d'y parvenir, d'autant plus qu'on s'aliénait le parti libéral mexicain — qui, après tout, s'instruisait et se cultivait dans les livres, les institutions, les coutumes et les codes français — avec tous ces édits et ces décrets dont le général était particulièrement prolixe, comme celui intitulé «Des séquestres» qui ordonnait la confiscation des biens de tous les républicains qui prendraient les armes contre les Français. Et c'était encore moins une façon, non plus de servir le Mexique, mais de servir les intérêts de la France, surtout dans la perspective d'un protectorat sur le Sonora, que d'interdire, comme le fit Forey dans une nouvelle proclamation, l'exportation, non seulement de monnaies, mais aussi de lingots d'or et d'argent...

Mes belles noix de coco bien fraîches!

Pour sûr qu'ici dans la capitale on ne peut pas marcher dans les rues de sept à neuf heures du matin parce que tout le monde secoue ses tapis du haut des balcons et vide ses pots de chambre par les fenêtres, dame oui. Mais dans mon village on n'en est pas encore aux tapis, et encore moins aux balcons en hauteur. Je vais t'emmener dans les bas quartiers de Porta Cheli pour que tu entendes les bruits de l'imprimerie Murguía: dans mon village il n'y a pas d'imprimeries. Et à l'hôtel Iturbide pour que tu entendes les bruits qui sortent du restaurant Récamier et ceux des diligences qui arrivent tous les jours. Tu les entends? Tu entends les clochettes? Ce sont les clochettes du saint viatique, qu'on porte à quelqu'un qui est en train de mourir. Depuis que don Foré est arrivé, nous avons eu droit à nouveau au saint viatique et ici on l'entend tous les jours, car en ville il meurt plus de gens que dans les villages... C'est pour ça que je préfère la ville à mon village: à cause des odeurs et des bruits, à cause des cris des métiers. Car j'aime les écouter:

Tonneaux d'eau à un sou!
Grenouilles à vendre!

et parce qu'il est joli le bruit de l'eau dans les tonneaux, et le bruit des tabliers de cuir des porteurs d'eau. Mais pour ce qui est des grenouilles je n'aime ni leurs coassements quand elles sont vivantes, ni leur odeur quand elles sont mortes... Tu entends? Tu entends les cloches de la cathédrale? C'est matines qui sonne. Tu imagines un peu ce hasard: le saint viatique vient à peine de passer, et voilà que les cloches se mettent à sonner... dans mon village il n'y a jamais eu de cloches avec un aussi joli son...

Bien tranquille, tous les dimanches, assis sur son banc habituel, avec les enfants et leurs cerceaux qui criaient « Don Foré est là! Don Foré est là! » car ils savaient qu'il leur apportait toujours des bonbons et un goûter, au milieu du murmure des fontaines, des vendeurs de tourniquets, de plumeaux et de petits poissons blancs qui criaient:

Friture bien grillée, elle est bonne ma friture!

Les joueurs d'orgue, les baraques de loterie, les marchands de bougies, le mendiant qui lui demandait: « Une charité mosié don Foré, pardiou », et l'autre lui donnait toujours quelques piécettes, parfois un réal, et le soleil, surtout ce merveilleux soleil jaune de Mexico: le général Forey aurait peut-être préféré rester comme ça, tranquille, dans cette ville pleine de couleurs et de bruits si différents de ceux de Paris et des cris des petits métiers dont parlait la marquise Calderón de la Barca, des fruits capiteux et étranges comme le si délicat mamey et la mangue dont le capitaine Blanchot comparait l'arôme au parfum du térébinthe aphrodisiaque, sans rien faire d'autre que de donner des ordres à ses généraux depuis son bureau du palais de Buenavista et des friandises aux enfants le dimanche, assis sur son banc de la Alameda. Mais à la campagne contre Forey et ses affiliés se joignit M. de Radepont, qui soutint qu'Élie Forey était un moins que rien, et il fut suivi par le baron de Saligny, qui transmit à Hidalgo le ragot selon lequel le général Douay avait dit peu avant la chute de Puebla que la ville était inexpugnable et que toute cette entreprise était une folie, *née du caprice d'une femme**, ce qui, évidemment, renvoyait à l'impératrice Eugénie. Jusqu'à ce que finalement l'Empereur décide de demander à Forey de quitter le Mexique et de placer le commandement de l'expédition entre les mains du général Bazaine. C'est pourquoi il récompensa et sanctionna Forey en même temps: après lui avoir conféré le bâton de maréchal de France, il lui affirma qu'il n'y avait pas au Mexique suffisamment de troupes pour qu'un maréchal en prît la tête, de telle sorte qu'il devait rentrer en France et c'est ce qui se produisit, Forey partit pour ne plus revenir: du Mexique il emporta le bâton de maréchal et au

Mexique il laissa le souvenir des annonces et des proclamations où une fois encore il exaltait la puissance de sa patrie, où il disait que les expéditions en Chine et en Cochinchine démontraient qu'il n'y avait pas de contrées suffisamment lointaines pour qu'un affront contre l'honneur de la France restât impuni et où, à nouveau, il réprimandait les Mexicains en les accusant de cruauté pour leur attachement aux corridas alors que — l'information avait paru dans un journal de la capitale — les Français s'étaient offert le luxe de «combattre des taureaux de la taille de Louis XVI et de Marie-Antoinette», comme l'indiquait la légende d'une caricature où le bourreau, un Robespierre en habit de lumière, brandissait non pas la queue ou les oreilles d'un taureau de l'élevage d'Atenco, mais les têtes sans perruque des deux monarques. Et avec Forey partit définitivement le baron de Saligny qui, après avoir été convoqué à plusieurs reprises au Quai d'Orsay, se montrait réticent et faisait la sourde oreille, parce qu'il ne voulait pas abandonner ses affaires au Mexique ni laisser dans les transes la fiancée avec laquelle il pensait se marier...

Calebasse, calebassette / Donne-moi un petit verre pour Saligny
Calebasse, calebassette / Donne-moi un petit verre pour Saligny

... c'est ce que disait la chanson qu'on avait faite sur lui. Tu sais une chose? De tous les Français Saligny était celui qui sentait le plus mauvais. Et je ne dis pas ça parce que les senteurs du vin me déplaisent: ce qui me déplaît, c'est l'odeur des ivrognes... Un jour je vais t'emmener chez don Atanasio le marchand de vins, celui dont je te disais qu'il me lit les annonces, et qui accepte que je reste là pendant des heures, à demander l'aumône. Au début, on ne distingue pas les odeurs, parce qu'elles vous arrivent en bloc, comme s'il n'y en avait qu'une: ensuite, les différences apparaissent: ça, c'est l'odeur de la liqueur de framboise, celle-ci c'est la liqueur d'orange et cette autre, celle qui me plaît le plus, c'est la goyave. Ensuite, si on veut, on peut à nouveau les réunir dans un seul parfum... tu entends? Tu entends cette annonce:

Charbonsieur? Charbonsieur?

ce sont les Indiens qui apportent du charbon de la montagne et qui crient: Charbon, monsieur? Charbon, monsieur? Mais on entend: Charbonsieur, Charbonsieur... Les annonces elles aussi parfument la capitale...

Au nom de ces principes éclairés qui avaient conduit tant de monde à l'échafaud, l'opposition en France à l'imbroglio mexicain était représentée par cinq parlementaires, le groupe des *Cinq**: Ernest Picard, Émile Ollivier, Adolphe Thiers, Antoine Berryer et Jules Favre, politicien éminent qui avait déclaré à propos de la guerre avec le Mexique: «Il n'existe qu'une seule issue: négocier et nous retirer. Faire la guerre, pourquoi? On ne la fait qu'aux ennemis. Où sont nos ennemis?» Et à propos de la victoire probable: «Après elle viendra la responsabilité. Le gouvernement que vous avez instauré, il vous faudra le soutenir. » De son côté le romancier et poète français Victor Hugo, qui avait été de tous les bords en politique : bonapartiste, légitimiste, républicain et orléaniste, envoya depuis son exil de Bruxelles une proclamation au Mexique, dans laquelle il affirmait : « Nous combattons tous les deux l'Empire. Vous dans votre patrie, moi en exil. Je vous apporte ma fraternité de proscrit. » Benito Juárez fit traduire en espagnol les déclarations des deux hommes — Favre et Victor Hugo — et les fit placarder sur les remparts et les murs de Mexico, de Puebla et d'autres villes. Par ailleurs, Forey eut de la peine à comprendre pourquoi, puisque la guerre avait été déclarée afin d'obtenir le remboursement des dettes du Mexique envers la France, Louis-Napoléon lui avait tout de go ordonné d'oublier l'affaire. Il comprenait encore moins pourquoi, si l'on souhaitait installer au Mexique pour défendre la foi le prince catholique réclamé par les réactionnaires et les cléricaux mexicains, les ordres des Tuileries avaient été de proclamer la liberté de culte au Mexique et de ne pas aborder la question des biens de mainmorte de l'Église expropriés et vendus à des particuliers : car, évidemment, avec l'arrivée des Français et à la veille de l'Empire, l'Église pensa que les choses allaient redevenir ce qu'elles étaient avant l'accession de Juárez au pouvoir et quand elle vit qu'elle s'était trompée, quand elle se heurta, d'abord aux proclamations de Forey, puis, après le départ du maréchal, aux dispositions prises par Bazaine, l'Église elle-même commença à rédiger, à imprimer en secret, à coller et à clouer ses proclamations, sur les murettes et les clôtures où Juárez, d'abord, puis Forey et Bazaine avaient affiché leurs décrets et leurs édits : dans la rue de Vergara, célèbre pour ses galettes de maïs au levain :

Allez messieurs, goûtez mes galettes bien cuites !

sur le porche des Augustins qui sentait constamment le nougat aux amandes, suivis de nouveaux manifestes et appels contre les Français, sur l'enceinte du collège de jeunes filles, contre Louis-Napoléon, sur les murs mêmes du couvent de San Lorenzo ou de Santa Teresa la Antigua, contre les autorités et contre l'intervention, sans oublier la ruelle de Bilbao constamment parfumée au poisson blanc de Chapala et aux haricots chinois, ni les façades et les portes de tous les bistrots et cafés où les soldats français allaient manger, boire et aussi jouer, parfois — on entendait le bruit des cartes, des boules, des jetons jusque dans la rue — et Mgr Antonio Pelagio de Labastida y Dávalos lui-même, qui, expulsé évêque par Juárez, était revenu archevêque après avoir vécu en tant que prince de l'Église à Rome et à Paris et qui avait si peur de rentrer au Mexique à cause des risques de contagion du vomito negro dans les régions chaudes que, pour s'en préserver, il avait choisi comme date de retour l'époque où les vents du nord soufflaient sur Veracruz, Mgr Labastida n'était pas content non plus, bien que Bazaine lui eût rendu son palais épiscopal intact et rajeuni, lui eût reconstruit son séminaire et réparé sa résidence de campagne de Tacubaya, tout en regrettant de ne pouvoir remplacer les oliviers du jardin qui, déjà grands et couverts de fruits, avaient disparu au cours de la révolution.

Du lard, du meilleur!

Je gratte un peu et dessous il y en a toujours une autre. Je gratte celle de dessous et derrière il y en a une autre. Je m'amuse à les déchirer, en attrapant un morceau et en tirant dessus, jusqu'à les mettre en lambeaux. Mais on ne peut faire cela qu'en pleine nuit, quand je suis pratiquement sûr qu'on ne me voit pas. Et comme je te disais, je connais par cœur tous les coins de rue, toutes les églises, comme ici à Escalerillas, à Tacuba ou à La Profesa, où on les affiche. Maintenant je dois faire très attention parce que les curés, qui depuis peu n'aiment plus les Français, profitent eux aussi de la nuit pour coller leurs annonces. Celle-ci, dont la colle est encore fraîche, a certainement été posée par les bons pères et elle recouvre la dernière de Bazaine. Et celle de Bazaine cache une affiche de l'Oiseau vert [1] *et celle de* l'Oiseau vert *masque un décret de don Foré. Celle de don Foré est par-dessus celle de Nepomuceno Almonte, et celle d'Almonte sur celle de don Victor et don Hugo. Celle de don Victor et don Hugo dissimule une proclamation de don Benito. Celle de don Benito recouvre le plan de Noël d'Echegaray et de Miramón. Le plan de Noël chevauche un* pronunciamiento *de Santa Anna, bref, on n'en finirait jamais, d'autant plus que j'ai quitté, tiens-toi bien, mon village il y a un paquet d'années et que je suis arrivé dans la capitale alors que les murs étaient couverts des proclamations du plan de Iguala, qui se sont retrouvées par la suite sous les annonces de l'empereur Iturbide, recouvertes elles-mêmes par les proclamations du plan de Casa Mata, et c'est comme je te le disais, il suffit de gratter un peu…*

Terreau pour les pots de fleurs!

De toute façon, l'Église mexicaine a décidé de reconquérir ses droits et ses privilèges; elle a interdit le travail le dimanche et tous ces prêtres, frères et moines qui avaient disparu pendant le gouvernement de Benito Juárez peuplent à nouveau les rues de Mexico et à la foule des verriers qui échangeaient des vases à fleurs contre des vêtements usagés, des vendeurs de *chichicuilotes* [2] vivants et de patates grillées, de marrons et de bananes frites, des barbiers ambulants, des tripiers qui vendaient de porte en porte des têtes de mouton au four avec leur perruque de feuilles de laurier, des volaillers et des vendeurs de savon de Marseille, au brouhaha de leurs cris

1. Nom d'un journal. (N.d.T.)
2. Petit oiseau chasseur de mouches et de moustiques. (N.d.T.)

et au fracas des voitures: les broughams, les barouches, les fiacres postés à Seminario et à la Mariscala, les calèches tirées par des frisons potelés et pommelés, les diligences qui sortaient de la ruelle de Dolores vers tous les points cardinaux, les tramways à mules et les landaus, s'ajouta le tohu-bohu des processions, des cloches des églises et l'envolée des soutanes et des habits ecclésiastiques, et aux couleurs des fruits et des fleurs vendus sous les arcades, au violet et au vert pistache des gilets des dandys et des muscadins, au noir des manteaux de loutre des petits-maîtres et des gommeux, au gris des capotes militaires, aux ocres, aux marrons, au bleu marine des employés aux écritures, des contrôleurs de l'impôt sur les ventes, des percepteurs de pensions et des charretiers, des dépensiers, des allumeurs de réverbères et autres employés et gratte-papier, servantes et représentants des différentes corporations et métiers, aux roses, aux jaunes pâles des tulles et des crinolines des dames et des demoiselles avec leurs faux culs rembourrés de poufs remplis de crins de cheval, au rouge garance et au vert olive chatoyant des capes et des jupes de velours de Gênes des futures marquises et autres dames palatines mexicaines, les servantes et les épouses du Christ qui avaient renoncé au royaume de ce monde et aux pompes du siècle ajoutèrent: les conceptionnistes, le bleu ciel de leurs manteaux, les thérésiennes, le café de leurs tuniques, et les récollètes, en plus du brun de leurs robes de bure et du blanc des rubans brochés sur leurs bonnets, l'incarnat des cinq disques, cousus sur les rubans, en mémoire des cinq plaies du Sauveur. Le saint viatique recommença également à parcourir les rues et la Purísima recommença à défiler, dans le centre de la ville, dans Empedradillo, Plateros et San Francisco, précédée par d'élégants tambourinaires montés sur de superbes alezans et suivie par des fanfares, les élèves des collèges, les confréries avec leurs étendards et leurs bannières, et par les communautés religieuses et des prêtres du clergé séculier, sur son magnifique char triomphal, que les évêques et les chanoines tiraient à l'aide de longs et gros cordons de soie rouge, vierge entre toutes les vierges dans son manteau bleu ciel constellé d'étoiles et avec la légende écrite en lettres d'or *Tota pulchra est Maria*, dans un nuage de brocart et d'organdi et des arcs-en-ciel de gaze multicolore où pointaient les visages des anges et des chérubins.

Ah les bons feuilletés aux noix!

Tu entends? Tu entends le clic-clac, clic-clac? Allons, grouille-toi, ils arrivent, clic-clac, tu les entends? ce sont les bagnards qui balaient les rues. Parmi les bruits que l'on entend, l'un correspond aux balais allant d'un côté à l'autre, zis-zas, et l'autre, clic-clac, c'est celui des fers qu'ils ont aux pieds et celui des chaînes qui vont des pieds de l'un aux pieds de l'autre, puis de l'autre, et ainsi de suite. Ils sortent toujours de la prison à la sonnerie de matines, une rangée marche devant et une autre derrière, et ils balaient tous en même temps d'abord d'un côté, clic, ensuite de l'autre, clac, dépêche-toi, allez, tu sais qu'un des cantonniers qui les accompagnent et qui ramassent dans des seaux la boue et les ordures des caniveaux, pour les entasser au milieu de la rue et les laisser sécher, m'a balancé un jour un seau tout entier et il m'a couvert de merde, et le chef d'équipe et les gardes se sont contentés de rire, ces salauds... allez, ne traîne pas...

Afin de trancher dans le vif, Bazaine décida d'évincer l'archevêque du Conseil de régence, et il partit pour Guadalajara. Mettant son absence à profit, Mgr Labastida convoqua l'autre archevêque mexicain et cinq des évêques qui étaient revenus dans le pays et, réunis en synode, ils rédigèrent un document adressé aux généraux Almonte et Salas, dans lequel ils dénonçaient l'autorité du gouvernement à s'approprier les biens de l'Église et ils condamnaient à l'excommunication majeure, y compris à l'article de la mort, *in articulo mortis*, non seulement ceux qui se livreraient au pillage des temples, mais aussi ceux qui refuseraient de donner les ordres de restitution à leurs propriétaires légitimes. Et comme cette responsabilité incombait non seulement au gouvernement mais aussi au corps des officiers français et, en dernière instance, à l'armée tout entière, l'Église décida qu'il n'était plus nécessaire de célébrer une messe militaire solennelle chaque dimanche et elle annonça que dorénavant les portes de la cathédrale resteraient fermées. Le général Neigre, à qui Bazaine avait délégué le commandement de la capitale, répondit que, si on n'ouvrait pas les portes, il les ouvrirait à coups de canon. Le dimanche suivant, à sept heures du matin et sur l'ordre de Neigre, un canon fut posté face à la cathédrale Saint-Hippolyte. Quelques minutes après, les portes s'ouvrirent et la messe fut célébrée. Quand Bazaine fut mis au courant, il ordonna à son tour de faire tirer une salve d'artillerie qui coïnciderait avec l'élévation, pendant la messe que lui-même et ses officiers se disposaient à entendre dans la cathédrale de Guadalajara.

Galettes tamisées, garnies au piment, bien sucrées et bien huileuses! Pour sûr que dans cette ville il y a beaucoup de bruit et pas dans mon village, dame oui. Mais dans mon village les curés ne nous organisent pas comme ils l'ont fait ici avec les traîne-savates et les mendiants pour que nous nous mettions à faire du bruit avec nos chapelets, nos casseroles, nos médailles et nos timbales en étain, en signe de protestation contre les proclamations et les annonces de don Foré et de Basén[1]*. Pour sûr qu'ici il y a beaucoup de tremblements de terre, comme chez moi. Mais dans mon village, quand le tremblement se déclenche, comme toutes les maisons sont en briques de terre, toutes les fissures sont pareilles. Ici non, ici les crevasses dans la lave du palais de l'Inquisition elles sont très différentes des fentes que le dernier tremblement de terre il a laissées dans la pierre dans l'aqueduc*

1. Prononciation mexicaine de Bazaine. (N.d.T.)

de Belén, d'où l'eau s'échappe depuis environ un an. Et tu sais autre chose? Dans mon village il n'y a pas d'arbres. Ici, en ville, si : c'est là que pour la première fois j'ai pu toucher un arbre en entier, depuis la tête jusqu'aux racines: ça s'est passé pendant le tremblement de terre de la Sainte-Cécile, qui a renversé un très grand eucalyptus, et j'ai rempli mes poches de ces coques d'eucalyptus qui sentent si bon. Pour sûr qu'ici en ville il y a beaucoup de choses à toucher, et pas dans mon village. Pas question que l'archevêque me donne la permission de tâter sa mitre ou la croix d'améthyste qu'il porte, à ce qu'on dit, accrochée au cou, mais un jour il m'a laissé embrasser les boucles de ses chaussures qui sont, à ce qu'on dit, en argent massif. Ici j'ai appris la douceur du chevreau dont sont faits les gants de dames qui me donnent l'aumône, et la froideur du cuir verni de leurs bottines, qui est presque aussi lisse que l'eau et qui possède un petit craquement particulier. J'aime aussi toucher la peau râpeuse des mameyes et les picots des ananas. Dans mon village on ne trouve pas ces fruits-là. Et comme je te l'ai dit avant, un dimanche je vais t'emmener à la Alameda, où je m'amuse à écouter les bruits de l'eau des fontaines et à toucher les têtes froides des lions qui la recrachent, et je vais te montrer le banc de don Foré. Nous irons aussi, aujourd'hui même, à la Plaza Mayor. Là, tout près du Tabernacle métropolitain, se trouve le Paseo de Las Cadenas qui résonnent quand il fait du vent, et sur un côté il y a la pierre aztèque qu'on appelle le calendrier et moi j'aime la toucher parce qu'elle a des tas de petites boules... Je me souviens que le tremblement de la Sainte-Julie, en 1858, a été le pire de tous parce que les canaux ont débordé et beaucoup d'églises ont été abîmées, comme celle du Sagrario et celle de San Fernando; c'est cette secousse-là qui a fait tomber une statue de la Patrie et les autres ils ont beaucoup ri quand je lui ai passé les mains sur les tétons... dans mon village il n'y a pas de statues de patries avec les tétons à l'air...

Allumettes en tout genre!

L'Église s'étant momentanément calmée, Bazaine, désormais installé au palais de Buenavista à Mexico, ordonna le départ d'un détachement de Turcs pour assiéger par terre le port d'Acapulco, pendant que depuis la mer l'attaquait, avec un détachement d'Algériens, l'aventurier connu sous le nom de *Maître** Salar, qui, neuf ans auparavant, alors qu'il commandait un bateau de flibustiers, était accouru dans le Sonora afin de tenter tardivement de sauver la vie de Raousset-Boulbon. Le capitaine Blanchot, l'aide de camp de Bazaine, fut vexé de ne pas avoir été envoyé à Acapulco, car, d'après ce qu'on lui avait raconté, c'est dans ce port que pendant la colonie arrivaient d'Asie les cargaisons qui, après avoir traversé tout le territoire mexicain, étaient rembarquées à Veracruz à destination de la métropole. Et comme, avec le déclenchement au Mexique d'une interminable série de soulèvements, de pronunciamientos et d'émeutes, le trafic avait été interrompu, quelques riches cargaisons étaient bloquées dans le port du Pacifique. On disait qu'en dehors de ces petits Chinois qui ne sont jamais arrivés jusqu'aux fabriques de cigares de La Havane — où leurs maîtres espagnols, incapables d'apprendre leurs noms, les rebaptisaient avec des noms grecs tels que Socrate, Protagoras ou Alcibiade —, et qui eux aussi étaient restés à Acapulco, on murmurait qu'il y avait là des entrepôts bondés où il était possible d'acheter, très bon marché, certaines de ces merveilles qui auraient fait saliver le colonel du Pin et qui pour longtemps n'arriveraient peut-être plus sur les navires de Chine et des Philippines, comme des coffrets de santal et de laque, des figurines d'ivoire, des diamants de Golconde peut-être, et peut-être aussi des châles de Lahore, des mantilles de Manille, des foulards de Cachemire. Mais le général Bazaine consola le capitaine Blanchot en lui confiant deux projets. L'un fut de lui demander de redessiner le jardin espagnol du palais de Buenavista: le général en chef préférait un jardin *à l'anglaise**. Entre autres, le capitaine Blanchot détourna les eaux d'une rivière proche pour la transformer en plusieurs ruisseaux bruissants, mais comme la rivière était remplie de couleuvres d'eau qui se glissèrent dans le jardin, il se vit dans l'obligation de solliciter l'aide du cacique, ou, comme Blanchot l'appelle dans ses Mémoires, du «nabab» de Chapala, qui par retour de courrier lui envoya trente grues qui en quelques jours engloutirent toutes les couleuvres. L'autre tâche du capitaine consista à organiser un grand bal de gala qui serait offert par l'armée française à Maximilien et à Charlotte lors de leur arrivé à Mexico. Le capitaine calcula que, pour recouvrir avec une bâche ou avec une tente de couleur bleu ciel la grande cour du palais de Buenavista, il lui fallait plusieurs kilomètres de cretonne, une armée de couturières, une douzaine, ou plus, de seaux pour mélanger la céruse avec les anilines bleues, autant de balais qui tiendraient lieu de pinceaux, et un petit détachement de marins français amenés de Veracruz: des gabiers, des voiliers et des charpentiers munis de scies, de câbles, de grelins et de tout ce qui serait nécessaire pour hisser la bâche bleu ciel — le plus ciel possible — et faire pendre en son centre un grand aigle doré aux ailes déployées.

Je tiens à te dire deux choses, pour que tu te les mettes bien dans la tête: l'une c'est que je ne t'emmènerai jamais sur la place de Mixcalco, là où, tous les matins, on fusille deux ou trois juaristes — ou au moins un —, car si la guigne s'en mêle on risque de prendre une balle perdue... Tu as déjà entendu la Llorona? C'est le fantôme d'une femme qui est morte de chagrin parce qu'on lui a tué ses fils à Mixcalco et qui, la nuit, déambule sur la place en criant: «Aïaïaïaïe mes pauvres enfants... Aïaïaïaïe mes pauvres enfants» et quand je l'entends je sens mon cœur se serrer: on dit qu'elle a une longue tignasse et une grande chemise de nuit qui se traîne sur les pierres... et l'autre chose, écoute-moi bien, c'est la suivante: je ne sais d'où tu viens et si tu es d'un village ou de la ville. Mais si tu veux m'accompagner et que je te donne tes os et tes galettes, que je te laisse dormir collé à moi, que je te caresse et que je te gratte, tu dois apprendre à bien te conduire et à n'aboyer qu'après les Indiens et les loqueteux. Surtout ne va pas grogner après un curé : aux curés on leur remue la queue. Surtout ne t'amuse pas à aller mordre une religieuse. Aux religieuses on leur remue la queue, tout comme aux moines, aux dames et aux policiers de Basén. Il n'y a qu'au saint viatique qu'on ne remue pas la queue...

Souliers à ressemeler ?
Lait baratté et sauce au chocolat !
Vêtements usagés à vendre ?
Chauds les marrons, messieurs,
Chauds les marrons !

VII

CHÂTEAU DE BOUCHOUT 1927

Allez, Maximilien, risque-toi à redevenir tous les Maximilien que tu as été une fois dans ta vie. L'enfant poète du Château de Schönbrunn qui dans les allées des jardins saluait les statues et prononçait leurs noms et leurs légendes à voix haute : Artémise qui pleure la mort de son époux et frère Mausolée. Mercure l'inventeur de la flûte et de la lyre. Olympie avec son fils Alexandre le Grand, qui ressemblaient tellement à l'Empereur Joseph II et à son épouse Isabelle de Parme. Diane la déesse chasseresse qui, le jour où sa flèche t'a percé le cœur, s'est transformée en Comtesse von Linden. Allez, Maximilien, enlève les cotons que tu as dans le nez et qui t'empêchent de sentir aussi bien les senteurs des marronniers qui fleurissent en mai sur le Prater que le parfum des melons de Jojutla que nous a donnés Sarah York. Enlève, Maximilien, la laque avec laquelle on a badigeonné ton visage et qui t'empêche de sourire comme tu souriais en Albanie quand tu as reçu, sous un baldaquin et coiffé d'une chéchia, les envoyés de l'aga d'Ismir. Cette laque qui te tire la peau et qui t'empêche de pleurer, comme tu l'as fait après avoir combattu aux côtés de ton frère François-Joseph à la bataille de Raab quand Budapest est tombée, que de ses réverbères pendaient les cadavres de cent notables de la ville et que les femmes étaient fouettées dans la rue sur ordre du Baron Hayman. Parce que tu as pleuré, tu te souviens ? de rage et d'impuissance. Allez, Maximilien, enlève les cotons que tu as dans les oreilles et qui t'empêchent d'entendre aussi bien le grondement du canon dont le Prince Salm Salm s'est emparé pour toi à Querétaro que le souffle de mon haleine ou le son de mes paroles qui sont plus douces que l'écho de la grotte bleue de Linderhof où le roi fou Louis de Bavière rêvait qu'il était Lohengrin, et plus cristallines, plus claires, plus pures que le murmure des eaux du fleuve Usumancinta. Lève-toi, Maximilien, mets ton chapeau de liège où sont piqués les papillons de nuit que tu as chassés alors qu'ils étaient endormis sous les grands arbres touffus de la lagune de Mangueira, mets ton habit de mineur et le bonnet goudronné avec une chandelle allumée que tu portais quand tu es descendu dans les puits noirs des mines d'argent de la Hacienda de la Regla, et l'uniforme d'amiral que tu avais revêtu le soir où tu as conversé avec les fantômes du Duc d'Albe et de Philippe II sous les orangers parfumés de la Lonja de Séville. Allez, Maximilien, ouvre-toi les veines pour que s'en échappe le formol qui a servi à t'embaumer, et tout le porto que tu as bu à Gibraltar, et ouvre-toi l'estomac pour qu'en sorte la sciure arrosée de lavande et le blanc de poulet que tu n'as jamais fini de digérer, et mets ton gilet et la redingote que tu portais quand tu es sorti, au matin du jour le plus beau de l'année, du Couvent des Teresitas : regarde, j'en ai moi-même enlevé les taches avec de la benzine et je leur ai fait des reprises invisibles pour réparer les trous faits par les balles. Et enlève ces yeux de verre et remets-toi tes yeux bleus, les yeux qui ont cessé de me voir quand tu avais trente-cinq ans et moi vingt-six, parce que si tu ne te les mets pas, Maximilien, si tu ne replaces pas dans leurs orbites ces yeux bleus qui se sont remplis d'étonnement devant les carpes des viviers de Caserte, ah, si tu ne te remets pas ces yeux qui prenaient tant de plaisir à contempler, au milieu des brumes humides et violettes des petits matins de Cuernavaca, les volcans enneigés de l'Anáhuac, je te jure, Maximilien, que tu ne me verras plus telle que j'étais à vingt-six ans. Quand j'avais vingt-six ans la peau de mon visage était lisse, douce et fraîche, mes nattes étaient encore noires, elles m'arrivaient à la ceinture et je les ornais de fils de couleur pour qu'elles ressemblent aux tresses d'une Mexicaine fraîchement descendue de la Sierra de Oaxaca. Allez, Maximilien, lève-toi, mets tes yeux, peigne-toi, secoue de ton front et de tes joues le salpêtre qu'a laissé sur ta peau le masque mortuaire que t'a fait le Docteur Licea, brosse ta barbe pour en enlever tous ces moutons et ces toiles d'araignée, lave-toi les dents, gargarise-toi au champagne pour dissiper cette haleine qui sent le chlorure de zinc, Maximilien, baigne-toi dans ta vasque de granit et de lapis-lazuli pour t'enlever cette odeur de mort qui s'est collée à ta peau dans le mausolée des Médicis de Florence où les sculptures de Michel-Ange t'ont paru franchement indécentes et repoussantes, et qui s'est collée à toi à Grenade quand tu as visité le sépulcre des Rois Catholiques, de Philippe le Beau et de Jeanne la Folle, et sur la table du tribunal de la Sainte Inquisition de la chapelle de l'Hôpital San Andrés à Mexico.

Allez, Maximilien, enlève l'éponge imbibée de vins égyptiens et de sang-de-dragon dont on t'a rempli la bouche et dis aux docteurs Alvarado et Montaño de te remettre ta langue et ta luette pour que tu puisses à nouveau parler avec moi, me raconter tes secrets et me dire que tu m'aimes encore. Lève-toi, Maximilien, et raconte-moi. Si tu me dis ce qu'a rêvé ton cœur ouvert au sommet de la Pyramide de Xochicalco, je te dirai ce qu'a rêvé mon cœur endormi à l'ombre de la Pyramide du Tajín. Allez, Maximilien, ne joue pas les muets, ne joue pas les sourds, dis-moi : avec l'épine de quels agaves t'a-t-on cousu les lèvres ? avec la cire de quels essaims t'a-t-on bouché les oreilles pour ne pas écouter mes cris, mais uniquement le bourdonnement des ailes des colibris qui nichaient sous ton balcon et les paroles empoisonnées de Concepción Sedano ? Allez, dis-moi comment tu as passé ta vie entre tes draps de plomb et je te raconterai comment j'ai passé la mienne, comment je l'ai traversée, comment j'ai presque oublié qu'un jour, il y a bien longtemps, alors que j'étais à peine une petite fille, j'ai cessé de l'être pour commencer à être une Princesse et pour cela, me disait ma mère en me montrant du doigt, tu devras apprendre à aimer Dieu, et elle montrait le ciel, et apprendre à aimer ton peuple et pas seulement celui au milieu duquel tu es née, et elle montrait la fenêtre, mais aussi, me disait l'Ange de Belgique en me montrant de nouveau le ciel, celui que Dieu, demain, mettra à tes pieds, et elle m'a montré le plancher, et pour pouvoir le faire, me dit-elle, tu apprendras d'abord à reconnaître la couleur de ton sang, et avec son long doigt fin et blanc elle m'a montré les veines bleues de son poignet, et j'ai appris, dès cette époque, que mon sang était le même que celui de Saint Louis, de ton arrière-arrière-grand-mère Marie-Thérèse d'Autriche et de Louis XIII de France. Celui-là même, m'a dit Louis-Philippe, qui a baigné l'échafaud de la Place de la Révolution le jour où l'on a coupé la tête à mon père, ton arrière-grand-père, qu'on appelait Philippe Égalité, qui certes a été le traître de la famille mais dont tu dois savoir, en revanche, ma petite Charlotte, qu'il est mort non seulement comme un homme et comme un prince vêtu de la meilleure redingote vert bouteille qu'il possédait, de son gilet de piqué blanc amidonné et de ses bottes vernies fraîchement lustrées, mais aussi comme le grand glouton qu'il a été toute sa vie, parce qu'il a refusé de partir pour la guillotine sans avoir avalé auparavant une bonne douzaine d'huîtres arrosées de vin clairet, me disait mon grand-père avec les yeux brillants de rire et de larmes en même temps, et il me racontait son exil en Suisse quand il enseignait les mathématiques et à Londres où il achetait les vêtements les moins chers qu'il trouvait, mon pauvre grand-père qui avait oublié sept cent mille francs dans le tiroir d'une commode et était parti des Tuileries en courant, par le tunnel construit par Napoléon le Grand pour faciliter la fuite du Roi de Rome au cas où surviendrait la Révolution. Mon grand-père qui, assis sur le trône profané par la plèbe, m'assit sur ses genoux et me raconta que personne d'autre que lui n'avait été autant de choses avant d'être roi : soldat et émigrant, républicain et professeur, voyageur américain et noble sicilien, Prince d'Orléans et chevalier anglais : sans savoir à l'époque qu'en n'écoutant pas ma grand-mère qui lui demandait de ne pas abdiquer et de mourir en roi, après avoir été roi il n'allait jamais plus être rien ni personne, pauvre Louis-Philippe : il aurait mieux valu pour lui qu'on lui coupât la tête comme à son père Philippe Égalité ou comme à Charles Ier d'Angleterre. Il aurait mieux fait de mourir fusillé comme toi, Maximilien.

Dis-moi, que sont devenus les printemps hauts et clairs comme le ciel de l'Adriatique, qui ont embrassé à genoux le bord des nappes les plus blanches et qui, pleins de fureur et de joie, ont répandu leur sève épaisse dans ma bouche alors que j'étais une petite fille, Maximilien, à peine une petite fille qui à force de frayeurs et de fables, de larmes et de contes de fées brodait sur des coussins ses rêves de grandeur et qui promettait au ciel, en échange de la vie de ma mère Louise-Marie d'Orléans, que face à face avec les nuages j'enfilerais mes yeux sur les cordes de la pluie ? J'étais une Princesse et je ne te connaissais pas encore. Ma salive était chaste. C'est avec elle que je baptisais mes serments les plus purs. Tu n'étais pas encore arrivé, Maximilien, sur le yacht *La Reine Hortense*, pour m'emmener faire du cheval dans la campagne de Waterloo et m'accompagner à l'Opéra écouter *les Vêpres siciliennes*. Je n'avais pas regardé avec amour d'autre homme que mon père et mes frères. J'étais alors une Princesse sérieuse et triste, mais sans larmes et silencieuse : c'est à peine si les mots frôlaient mes lèvres de la pointe de leurs ailes. J'étais une Princesse chaste et j'avais mes repasseuses qui repassaient les règlements du palais, mes lavandières qui lavaient mes désirs dans l'eau verte des canaux de Bruges, et quand je m'éveillais, avec moi s'éveillaient tous les carillons de Bruxelles, ces mêmes carillons, Maximilien, qui pendent aujourd'hui à mon cou et qui m'étouffent d'angoisse et m'assourdissent parce qu'ils sonnent en même temps toutes les heures du jour et toutes les heures de ma vie. Hélas, Maximilien, la couronne que tu m'as donnée a fondu sur mes tempes et les coulées d'or m'ont brûlé et rongé les seins et le ventre. Hélas, Max, Max, mon Max chéri, adoré, où sont les étés à la gueule rouge et ces jours qui feignaient d'être aussi vastes que le monde et qui embrasaient mes joies de leur langue de feu quand j'étais une petite fille qui jouait avec le vent, qui jetait un cheveu dans le vent et courait après lui, quand j'étais une Princesse qui adressait tous les jours à saint Hubert le patron des chasseurs des Ardennes de ne jamais me laisser tomber dans le piège des tentations ou dans les filets de feu de la luxure, quand j'étais à peine, Maximilien, une petite fille et que l'insolence ne siégeait pas encore dans ma poitrine, que l'ombre d'un désir n'avait pas brûlé mes cuisses, et qu'il suffisait que je lève un doigt pour que mes laquais arrachent pour moi des oiseaux vivants aux arbres de Laeken et que mes dames lavent mon corps au lait d'avoine et à la pâte d'héliotropes, et le sèchent avec des feuilles de lys et des ailes d'alouette ?

L'apprentissage de l'orgueil et de la honte fut lent. Je pouvais pardonner à Philippe Égalité d'avoir voté en faveur de l'exécution de Louis XVI : il l'avait payé de sa propre tête. Comme à mon autre arrière-grand-père, Ferdinand Ier, Roi des Deux-Siciles, d'avoir pris plaisir à aller vendre du poisson sur les marchés ou de jeter aux mendiants, chaque Jeudi Saint, depuis sa loge au théâtre de San Carlos, de ses propres mains, des poignées de spaghettis cuisinés : il a eu au moins l'intelligence ou la chance d'épouser mon arrière-grand-mère Marie Caroline, qui a fait de Naples une des villes les plus cultivées d'Europe. Mais comment lui pardonner, à ce porc, de l'avoir si longtemps trompée avec cette putain à qui il avait offert le titre de Duchesse de Floridia ? Comment oublier, dis-moi, Maximilien, toutes les infidélités de mon père ? Comment lui pardonner, à lui que j'ai tant aimé toute ma vie, au Nestor des Hommes d'État, à mon

Léopich adoré, au mentor de la Reine Victoria, au seul monarque d'Europe continentale qui a préservé l'unité de son peuple durant les révolutions de 48, au bel et élégant, à l'intelligent Léopold Ier de Belgique, luthérien et moraliste, comment, dis-moi, lui pardonner d'avoir trompé ma sainte mère, la reine que la Belgique a le plus aimée de son vivant et qu'elle a le plus pleurée à sa mort, comme l'ont prouvé ses paysans et ses tisserands, ses soldats, son peuple tout entier qui, au passage du train funéraire qui la conduisait d'Ostende à Bruxelles, s'est agenouillé tout au long des voies pour bénir sa mémoire et prier pour l'âme de l'ange tutélaire des Flandres et du Brabant, du Limbourg et du Hainaut, de Namur et d'Anvers, de Liège et de Luxembourg ? Comment pardonner à mon père d'avoir souillé le sang de Saxe-Cobourg dont il a toujours dit qu'il était fier, en le mêlant au sang plébéien d'une catin comme Arcadie von Eppinghoven pour m'accabler de frères bâtards. Comment, Maximilien ?

Je connais chaque recoin de Bouchout. J'ai connu chaque recoin de Miramar, de Tervuren et de Laeken. Et parfois je pense que ma vie n'a été qu'une longue pérégrination de demeures en châteaux, de chambres en vestibules, et que c'est là, dans la solitude, et dans ses escaliers et ses recoins obscurs, de la bouche des fantômes et non pas des lèvres de mes préceptrices, de mes professeurs et de mes gouvernantes, que j'ai appris non seulement ce que les mathématiques et la géographie ne pouvaient m'enseigner, mais pas non plus l'histoire, Maximilien, cette histoire que me racontaient mes parents, mes oncles, ma cousine Victoria et le Prince Albert, et qui était pleine de noms immortels et de batailles où s'étaient couvertes de gloire les dynasties d'Europe dont les sangs, comme de petites rivières, alimentaient le courant noble et ardent que mon père n'avait pas su respecter et que j'ai juré de maintenir pur et immaculé, éblouissant de blancheur, comme ma conscience et ma maison de poupées, mais très tôt ces spectres m'ont dit que ce qu'il m'avait appris n'était pas la vérité et que son sang était souillé depuis toujours. Non pas que j'aie cru aux calomnies idiotes de ceux qui disaient qu'une certaine Maria Stella était la vraie fille de Philippe Égalité, que mon grand-père Louis-Philippe était en réalité le fils d'un chef de la police de Toscane : ce n'étaient là que racontars stupides et s'il en avait été ainsi, alors le sang des Orléans n'aurait pas coulé dans mes veines : non, tout vient de ce qu'un jour, au Château de Chaumont, j'ai vu Henri II de France faire l'amour avec sa maîtresse Diane de Poitiers sous le pont-levis, bien que je n'aie rien dit à personne, et de ce qu'à une autre occasion, au Château d'Édimbourg, m'est apparu le spectre de Jacques Ier d'Angleterre qui était étendu, tout nu, sur le sol dallé et qui réclamait à tue-tête au Duc de Buckingham de le posséder, mais je ne l'ai pas raconté à ma cousine Victoria parce qu'elle m'aurait dit que j'étais folle, et aussi de ce qu'une nuit, dans le pourrissoir de l'Escorial, j'ai vu Don Carlos d'Autriche qui tétait les seins de sa marâtre, Isabelle de Valois, et là encore je n'en ai pas dit un mot parce que j'ai compris que ces fantômes m'appartenaient et qu'ils n'apparaissaient à personne d'autre qu'à moi-même et que personne d'autre que moi ne pourrait les exorciser un jour, si j'oubliais ce liquide qui s'est mis à me couler entre les jambes et qui n'était rien d'autre que du sang, un sang corrompu et malodorant comme avait dû l'être celui du frère de Louis XIV, Philippe d'Orléans, qui abandonnait sa femme dans les toilettes d'améthyste du Palais de Schwetzingen pour aller faire l'amour avec le Chevalier de Lorraine, l'empoisonneur de sa première épouse, Henriette Stuart : ce même liquide qui pour la première fois a suinté sur mes cuisses un soir où j'étais montée sur le cheval de bois de ma cousine Minette à Claremont, car je me sentais encore petite fille et j'aimais jouer à l'être, et j'ai pensé sur le moment que j'étais en train d'uriner, mais ce n'était pas le cas : quand quelques heures plus tard ma grand-mère a vu sur le dos du cheval des sortes de croûtes couleur de vin, presque noires tant elles étaient foncées, elle les a nettoyées elle-même avec un chiffon mouillé, elle m'a demandé de lui mettre les bras autour du cou et elle m'a dit dans un souffle Ma pauvre Charlotte, Mon pauvre Bijou, tu n'es plus une petite fille et tu ne le seras jamais plus. Et si je me baignais tous les jours à l'eau glacée, si je me couchais les deux mains jointes sous la joue, si je ne glissais pas mes mains sous les draps et si je récitais le Credo, je crois en Dieu tout-puissant qui est au Ciel et sur Terre, plusieurs fois de suite avant de m'endormir de fatigue, je mettrais moi-même en fuite, du même coup, ces spectres de rois immondes et de reines adultères et je ne rêverais jamais plus, ni endormie ni éveillée, dans aucun des palais, des châteaux ou des demeures que je connaissais ou que je visiterais en rêve, à ces bêtes à deux dos, à ces monstres nus et haletants, couverts de sueur et la bouche écumante qui se vautraient sur des lits de pourpre et d'hermine, se pénétrant les uns les autres de leurs membres tuméfiés et crachotants. Ce n'était qu'à ce prix que je rêverais à nouveau aux anges.

Mais, un beau jour, tu es arrivé, Maximilien, sur le yacht *La Reine Hortense* que t'a prêté Louis-Napoléon et tu as récité le poème de Victor Hugo au Grand Corse et tes yeux se sont embués en pensant à la défaite de cet homme qui a peut-être été ton grand-père et tu le savais, bien que personne n'eût jamais osé te le dire, et je t'ai raconté que moi aussi j'avais été émue aux larmes quand j'ai vu au Château de Windsor le drapeau que Wellington avait pris aux troupes françaises, à mes chers soldats en pantalons rouges, à l'armée qui à Austerlitz triompha de deux empires et qui à Iéna, en six heures, humilia un royaume. Tu es arrivé et avec toi sont arrivées la jeunesse et la joie, et j'ai su que Laeken et ma vie étaient éclairés d'une lumière nouvelle parce que tu les illuminais de ton humour et de tes sourires. Tu nous as parlé de Paris, tu t'en souviens ? et tu m'as juré que si Paris était une ville d'empereurs, Vienne et Vienne seule était la ville impériale par excellence, et à propos du protocole des Tuileries tu as remarqué que c'était un protocole de parvenus, et tu as dit à mon père Léopold que malgré tout, le défilé auquel tu avais assisté sur le Champ-de-Mars avait été splendide, mais que les robes de toutes les femmes présentes au bal de la cour de Louis-Napoléon étaient véritablement scandaleuses tant elles étaient impudiques, et que le Prince Plon-Plon, le cousin de l'empereur, avait la dégaine d'un vulgaire dégénéré sorti d'une obscure compagnie d'opéra italienne, et tu ne peux imaginer, Maximilien, combien je t'ai été reconnaissante de te moquer de la cour et des prétentions de l'homme qui a usurpé le trône de mon grand-père Louis-Philippe : je t'en ai remercié avec mon sourire, tu t'en souviens ? j'ai presque été prise de fou rire quand papa Léopich t'a demandé comment était la Comtesse de Castiglione et que tu lui as dit que malgré sa beauté elle avait l'air d'une ballerine de la Régence sortie de sa tombe : combien je t'ai été reconnaissante, Maximilien, quand tu es arrivé à Bruxelles dans ton uniforme blanc d'amiral de la flotte autrichienne, de voir arriver avec toi, dans ce lugubre Château de Laeken, toute la splendeur et toute la magie de Vienne : tu étais suivi d'une multitude de valets qui mâchaient des pétales de lys pour parfumer leur haleine, tu étais suivi des cavaliers de l'École d'Équitation Espagnole de Vienne avec leurs tricornes, leurs redingotes marron et leur hautes bottes noires, montés sur des étalons à la crinière et à la queue tressées de cordons d'or, qui défilaient au rythme de la *Marche de Radetzky* et de la *Marche turque*. Dans tes yeux voletaient les violettes bleues qui poussent sur les pentes des Alpes du Tyrol, dans ta voix chantaient les alléluias des cloches de la Cathédrale Saint-Étienne, et dans tes bras, ah, Maximilien : Te souviens-tu du Langaus, la valse tourbillonnante que l'on dansait dans les salons de Vienne, de plus en plus vite, jusqu'à ce que les couples tombent sur le sol et où parfois des vieillards mouraient d'apoplexie ? dans tes bras, Maximilien, je me suis plongée dans un tourbillon encore plus grisant et plus vertigineux, un tourbillon qui a emporté mon enfance et mon innocence, sombre, doux, dense, tiède : car ces bras et ces yeux, cette lèvre Habsbourg proéminente que je voulais mordre et ces mains longues et fortes dont je voulais qu'elles me prissent par la taille pour me soulever jusqu'au ciel, n'étaient pas les yeux ni la bouche ni les bras ni les mains d'un ange, mais ceux d'un homme : non, Max, la valse tourbillonnante n'a pas détruit mon cœur, je ne suis pas tombée sur les dalles de Laeken aveuglée par ce maelström d'éclats de lumière et d'éclairs de verre qui tournait autour de moi de plus en plus vite, comme si j'étais immobile dans tes bras et que ce fût le monde, le soleil, l'univers tout entier qui tournoyait autour de nous : mais je suis presque morte d'amour pour toi, de désir, de tendresse et de lubricité, cette nuit où me retrouvant seule dans l'obscurité de ma chambre, mes mains ont rampé sous les draps : je voulais t'inviter à nous perdre dans les jardins de Laeken, je brûlais du désir de courir avec toi me cacher dans un bosquet du Tivoli, pour nous y dévêtir et y faire l'amour sous les saules, te couronner de myrtes et de baisers, arracher l'herbe à coups de dents pour la répandre sur ton corps et la mêler dans l'ombre à la toison blonde de ta poitrine et de ton bas-ventre. Je voulais t'inviter à nous baigner nus sur les plages de Blankenberghe et à nous étendre ensuite au bord de la mer par une nuit sans lune et là, sous les étoiles, passer ma langue sur ta peau, la lécher comme un agneau assoiffé d'amour et de sel, la promener sur ton ventre et tes cuisses et me remplir la bouche de ton membre et te sentir grandir à l'intérieur de moi et palpiter et soudain te vider dans ma gorge et laisser couler jusqu'à mon ventre ton lait chaud et aigre, et cette nuit-là, seule dans ma chambre j'ai demandé pardon à Dieu et à ma mère, je les ai suppliés d'arracher de ma chair et de mes pensées ces désirs immondes, et j'ai voulu les arracher moi-même, je me suis flagellée, j'ai passé toute la nuit à genoux, j'ai planté mes ongles dans mes seins brûlants et dans mon sexe humide jusqu'à les faire saigner, et alors, alors, pauvre de moi, Maximilien, alors j'ai de nouveau pensé à toi, j'ai su que je faisais l'amour avec toi et que plus je m'enfonçais les ongles dans les cuisses, la poitrine et le vagin, plus tu brûlais d'amour pour moi et plus je t'aimais. Je t'ai vu, sur le lit, nu, immobile, immensément blanc, avec ces yeux noirs ouverts et j'ai enduit ta peau de sang, de mon sang, pour la lécher. Ah, Maximilien, que n'aurais-je pas donné pour me trouver à Querétaro, à ton côté sur le Cerro de las Campanas, et ensuite laver tes blessures, les laver avec ma langue, avec ma salive, laver ton corps et tes entrailles : j'aurais rincé tes intestins à l'eau de fleur d'oranger, j'aurais laissé macérer ton cœur dans du vin, j'aurais lavé tes yeux au collyre, j'aurais dit au Baron Lago et à la Princesse Salm Salm de me donner tes bras pour les accrocher en plein vent et à notre ami López de me donner tes mains pour les garder sur ma poitrine, j'aurais demandé à Benito Juárez de me donner ta peau pour m'y glisser et de m'ajuster tes paupières pour me plonger dans tes rêves. Ah, Maximilien, comme je t'aurais aimé !

Si seulement j'avais su à cette époque combien tu étais menteur et hypocrite ! Si j'avais appris que dans tes lettres à Vienne tu disais que mon frère le Duc de Brabant était un être machiavélique et, à propos de mon père Léopold, que tu as surnommé le marieur de l'Europe, que tu ne supportais pas ses airs de supériorité paternelle et que ses interminables palabres et ses conseils t'ennuyaient à mourir ! Si j'avais su qu'à Tournai, à Gand et à Bruxelles tu as contemplé avec tristesse les vestiges de l'ancienne domination autrichienne et que tu as souffert que ce pays si fertile, aux villes si riches, si puissantes et si industrieuses, n'appartînt plus à l'Empire des Habsbourg ! Si l'on m'avait rapporté que tu as eu le cynisme, après nous avoir complaisamment raconté que les participants au bal des Tuileries avaient l'air de figurants de théâtre et qu'ils n'étaient presque tous que des aventuriers, de critiquer le bal du Jour des Rois que nous avons donné à Laeken, car la noblesse belge y côtoyait, as-tu écrit à François-Joseph, des tailleurs, des savetiers et des boutiquiers anglais à la retraite ! Si au moins les mauvaises langues m'avaient dit, bien que je ne l'eusse jamais cru, que l'homme qui prétendait m'aimer si fort n'a pas mentionné une seule fois, dans ses lettres à Vienne, sa chère Charlotte, le plus grand amour de sa vie !

C'est pour avoir menti de la sorte, pour avoir été aussi hypocrite, pour t'être vanté de ce que tu ne possédais pas : un esprit noble, généreux, universel et un cœur capable d'aimer tous les peuples de la terre, c'est pour cela que Dieu t'a puni, qu'il t'a envoyé au Mexique, pour que tu t'étrangles avec tes mensonges. Parce que, dis-moi : toi, Max, toi, oui, toi Ferdinand

Maximilien de Habsbourg, le guignol d'Hidalgo et d'Eugénie de Montijo, le fantoche de Gutiérrez Estrada et du Père Fischer, la marionnette de Napoléon III, toi, dis-moi, comment, pourquoi, d'où t'est venu l'amour pour les Indiens du Mexique? Toi qui, quand on t'a offert le trône de Grèce, a dit que tu ne serais jamais le monarque de ce peuple de crétins et de dépravés; toi qui as traité les Italiens de descendants dégénérés de Rome parce que ce qui t'a le plus intéressé de l'Italie ce n'est pas son peuple mais les palmiers de Naples avec leurs couronnes luxuriantes et l'aspect pittoresque des mendiants et des lépreux, et non pas leurs plaies et leur misère mais plutôt les douces madones de Raphaël Sanzio et la lampe de bronze de Galileo Galilei; toi qui à Lisbonne as été étonné de la laideur des femmes mais fasciné par le dos vert foncé des perroquets et par la tache pectorale des toucans de la volière du Palacio das Necessidades; toi qui à Madère as été dégoûté par les visages des habitants de l'île mais séduit par les géraniums aux ombelles compactes, par les vins de malvoisie et les promenades en palanquin par les rues ensoleillées de Funchal, parfumées par le souvenir d'Amélie de Bragance; toi, Maximilien, dis-moi, toi qui as affirmé à propos de l'Algérie et de l'Albanie que ces pays non seulement méritaient d'autres souverains mais aussi d'autres habitants car, plus que leurs peuples, ce qui t'a intéressé c'est de manger de la gazelle rôtie entouré de nains et de bouffons et de chasser l'autruche à dos de chameau et habillé en bédouin; toi, Maximilien, qui, aux Canaries, as moins été passionné par la population qui y vit que par les momies des rois primitifs enveloppées dans leurs peaux de chèvre, par les roches volcaniques et par le dragonnier de Tenerife qui vivait depuis plus de quatre mille ans; toi qui à Saint-Vincent as été plus captivé par les coquillages et les buccins que tu as ramassés sur les plages et par les fleurs blanches aux teintes lilas des citrouilles amères que par les femmes, dont tu as dit qu'elles ressemblaient à des scarabées noirs, et que par leurs enfants, que tu as traités de petits animaux couleur chocolat; toi, Maximilien, qui, à propos de Bahia, as écrit dans tes Mémoires que dans ses rues on ne voyait pas passer Cérès et Pomone, mais uniquement des mulâtres et des nègres aux faciès horribles dont les noires orbites ne s'éclairaient d'aucune étincelle d'intelligence, car de Bahia, du Brésil, ce qui t'a le plus intéressé, ce qui a le plus attiré ton attention, ce sont les tarentules et les lucioles géantes, les barbes de macaque qui pendaient aux branches des arbres, les lianes qui formaient comme des guirlandes de roses tressées et le casuarina dont l'aspect était celui d'un immense balai de sorcière. Qu'est-ce qui s'est produit en toi au Mexique, Maximilien? Qu'est-ce qui a fait naître en toi, tout à coup, l'amour pour un peuple exotique, étranger à tes coutumes et à l'odeur de ta peau, inconnu de la germanité immaculée qu'a exaltée Rodolphe de Habsbourg après sa victoire sur le Roi de Bohême, cette germanité dont toi-même tu t'es glorifié dans ton journal et qui préoccupait tant Marie-Thérèse, quand elle écrivait dans ses lettres à mon arrière-grand-mère Marie-Caroline qu'elle ne cesserait jamais d'être allemande de cœur quand bien même elle devrait agir comme une Napolitaine ? Dis-moi : quel breuvage t'a-t-on administré, Maximilien, à Miramar pour te faire renoncer aux liens les plus sacrés qui t'unissaient à la terre où étaient enterrés tes ancêtres et où tu as passé les plus belles années de ton enfance et de ta jeunesse, et pour que tu partes à l'autre bout du monde gouverner un pays de curés voleurs et de va-nu-pieds galeux, de politiciens et de militaires corrompus, d'inquisiteurs, de réactionnaires, d'Indiens emplumés et de paysans analphabètes qui s'affublaient de colliers de dents de coyote et mangeaient des feuilles de cactus et des testicules de taureau ? T'a-t-on fait boire une infusion de pomme épineuse ? Ou bien t'a-t-on donné un vin au datura, la plante qui rend les yeux exorbités ? Dis-moi, Max : quel philtre, quel breuvage as-tu absorbé dans le village de Dolores pour y braver le risque et le ridicule de célébrer, déguisé en *charro* mexicain, dans un pays qui n'était pas le tien, l'anniversaire du jour où s'est émancipé le plus vaste Empire qu'ait jamais possédé la Maison d'Autriche, ta Maison, Maximilien, la Maison que Dieu a fait rayonner sur toute la surface de la terre et qu'il a glorifiée pour qu'à son tour elle glorifie son Église ? Et à Querétaro, alors que tu déambulais sur la Place de la Croix en dictant à Blasio les nouveaux règlements du Cérémonial de la Cour, quand tu faisais monter sur tes genoux ton chien Baby et que tu jouais au whist avec le Prince Salm Salm, de quel envoûtement, de quel enchantement as-tu été victime pour croire que tu reviendrais vivant à Mexico et pour imaginer que, de même que le Comte Radbot a construit à Habischtsburg, d'où les Habsbourg ont tiré leur nom, un château sans remparts parce qu'il savait que du jour au lendemain et par la seule magie de leurs ordres leurs sujets constitueraient la meilleure et la plus puissante des murailles : une muraille de chair humaine vivante et palpitante, de même ces Indiens et ces paysans allaient accourir par centaines et par milliers à Querétaro par amour et loyauté envers toi, un prince étranger, pour protéger ton corps blanc de leurs corps basanés, pour répandre leur sang mexicain afin que ne fût versée aucune goutte de sang aryen, de ce même sang allemand qui a coulé dans les veines de celui qui a fondé ta dynastie sous la protection d'un nuage rouge en forme de croix déployant ses ailes sur la Cathédrale d'Aix-la-Chapelle le jour de son couronnement ? Quel élixir, quelle eau as-tu bue dans les yeux de Concepción Sedano pour ne pas voir que c'était elle aussi une Indienne étrangère à ta race ? De quel maléfice as-tu été victime pour ne pas t'apercevoir que dans les rues de Mexico il y avait cinquante mille mendiants et aucun dieu, qu'elles n'étaient pas fréquentées par l'Apollon du Belvédère mais uniquement par des Indiens à la peau foncée et aux yeux noirs et brillants comme ceux des cerfs, qui nous guettaient depuis les balcons du palais national et qui depuis lors m'épient par les serrures et les fenêtres de Bouchout, qui m'apparaissent au fond des lavabos et volettent la nuit dans ma chambre comme de minuscules soleils d'obsidienne ? De quel philtre as-tu été victime, Maximilien, pour ne pas voir que de même qu'au Brésil les négresses pieds nus vêtues à l'européenne ressemblaient, disais-tu, à des singes de cirque, de même, à leur tour, les dames de la cour mexicaine, avec leurs crinolines énormes comme des ballons, ressemblaient à des Esquimaudes avec le bas du corps engoncé dans un igloo ruisselant de lambeaux de rideaux et de franges de pacotille ? Qu'est-ce qui t'a empêché de te rendre compte que le peuple qui n'a pas répondu à ton appel après que tu eus répondu au sien ne pouvait être traité autrement que de fourbe et de perverti? De quel charme, dis-moi, Maximilien, de quel sortilège as-tu été victime, si ce n'est de l'hypocrisie et du mensonge?

Mourir, évidemment, est plus facile que continuer à vivre. Il vaut mieux être mort et couvert de gloire que d'être vivante et ensevelie dans l'oubli. C'est pour cette seule raison et pour te jeter au visage tous tes mensonges que chaque nuit je voyage en arrière dans le temps et, toute seule dans l'obscurité de ma chambre, je t'ai vu à mainte et mainte reprises, des milliers de fois, tomber en silence sous les balles d'une décharge silencieuse et je t'ai vu mordre la poussière de la colline et ouvrir la bouche sans dire un seul mot, j'ai vu l'officier montrer ton cœur de la pointe de son épée et le soldat tirer un coup de grâce silencieux, et de ta redingote s'élever une flamme, seule, elle aussi, et en silence: pas une feuille des peupliers des jardins ne bouge, pas une bûche ne crépite dans les cheminées du château et pas une seule onde ne trouble le miroir de l'eau des douves. De même, toute seule et dans l'obscurité de ma chambre, à mainte et mainte reprises, des milliers de fois, j'ai également remonté le temps et j'ai vu tes yeux s'ouvrir à nouveau, je t'ai vu revenir à la vie, te lever, les balles sortir de ton corps pour regagner le canon des fusils, le sang s'évaporer de ta poitrine, se fermer le trou fait dans le scapulaire par la dernière balle, je t'ai vu réunir à nouveau les deux ailes de ta barbe, les soldats du peloton te rendre les vingt pesos d'or que tu leur avais donnés à chacun pour qu'ils ne tirent pas au visage, et alors, Max, si tu voyais comme c'est amusant de remonter le temps, de redescendre la pente du Cerro de las Campanas, de te voir sauter en arrière par la fenêtre du fiacre noir pour y prendre place, et de voir la femme du Général Mejía courir en arrière avec un enfant dans les bras, et si tu voyais, Maximilien, l'air ahuri de ton cuisinier Tüdös qui ne comprend pas — et j'aurais beau le lui expliquer, il n'y parviendrait jamais — comment le temps s'écoule à l'envers, comment il est possible que tu reviennes d'entre les morts jusqu'à ta cellule du Couvent des Teresitas et qu'y apparaissent les quatre chandeliers avec leurs bougies, le lit de camp, la table d'acajou où tu lisais l'*Histoire d'Italie* de César Cantu et où tu écrivais au Père Fischer pour qu'il t'envoie quelques caisses de vin de Bourgogne de la réserve que tu avais constituée à Mexico, et qu'apparaisse le verre d'eau sucrée que t'avait ordonné le Docteur Basch contre la diarrhée et qui était recouvert d'un mouchoir pour que les mouches n'y touchent pas, et la couronne d'épines que tu as trouvée sous un citronnier dans le jardin du couvent et le crucifix et la cuvette en argent que ces bandits t'ont volés.

On a inventé le cinéma, Maximilien, et le messager est venu m'apporter une caméra d'ombres et de lumières et un long ruban d'argent et de celluloïd, il s'agissait de Charlie Chaplin et avec lui je suis partie pour la Californie déterrer des pépites d'or de la taille des pommes des Hespérides et manger des filets de semelle de soulier grillés, une autre fois il s'agissait de Rudolph Valentino et j'ai fait l'amour avec lui au son des fifres et des tambourins, sur la peau d'une gazelle blanche, au milieu des sables de ce même désert où se dressait la tente de ton ami Youssouf, tu te souviens ? celui qui te proposait des côtelettes d'agneau grillées avec la délicatesse d'une personne qui t'offre une fleur, mais ne pense pas, tu m'écoutes, Maximilien ? ne crois pas que si je pouvais véritablement remonter le temps, comme si le temps était un ruban de celluloïd projeté à l'envers, ne te risque pas à imaginer que j'aimerais te voir à nouveau marcher dans les rues d'Alger en minaudant avec les gourgandines et les grisettes en gants de chevreau roses parfumés au patchouli, ou assis dans le Marabout de mon oncle Aumale, le Vice-Roi d'Algérie, sous le vitrail de couleur du soupirail, à fumer le narguilé au milieu des œufs d'autruche, décorés de versets peints du Coran et accrochés au plafond pour lutter contre le mauvais œil. Non, Maximilien.

On a inventé le cinéma et c'est comme si tout à coup toutes nos photographies, nos daguerréotypes et nos peintures se remplissaient de vie et de mouvement. Comme si tous les drapeaux autrichiens, français et mexicains du tableau de Cesare dell'Acqua, qui a immortalisé notre départ de Miramar pour le Mexique, se mettaient à ondoyer, et les rameurs à ramer, et mon cœur à battre de nouveau avec émoi, et les eaux de l'Adriatique, qui étaient ce jour-là comme un miroir, à onduler imperceptiblement sous les voiles de la *Novara* gonflées par le vent qui se mettrait à souffler, doux et frais, voluptueux et plein de présages et de promesses azurés. Ou comme si sur la photographie qu'on m'a volée et qu'on a emportée au musée du Château de Hardegg notre très cher petit Prince Agustín de Iturbide nous clignait de l'œil, nous souriait et nous montrait ses dents, pauvre Agustín qui après avoir été l'héritier d'un Empire plus vaste que la France, l'Angleterre et l'Espagne réunies, est mort vieux et seul, transformé d'abord en professeur d'espagnol de l'Université de Georgetown, puis en moine, tu l'as su, Max ?

Mais je ne veux plus jamais te voir à Cuernavaca. Je ne veux pas te voir à nouveau dans l'arène de Séville, jetant des bourses pleines de pièces d'argent aux pieds du matador. Je ne veux pas te voir au Palais de Cristal de Sydenham, au bras de la Reine Victoria. Je veux seulement te voir et t'avoir constamment dans ta cellule du Couvent des Teresitas. Dans ta cellule, avec ton lit de sangle et ton vase de nuit. Si pour reculer dans le temps et pour t'enfermer à nouveau dans ta cellule il faut que tu sautes de ta bière en sapin dont tes pieds dépassaient, saute, Maximilien, et cours vers le fiacre, cours vers le couvent. Si pour remonter les années le lait doit revenir dans les seins de la femme de Miramón et la vie doit être rendue au Général Mejía, qu'on les leur rende, Maximilien : mais la bouche de Tüdös ne récupérera pas les dents que la balle de Calpulalpan lui a fait sauter, pas plus que ne se relèveront les soldats de l'Empire qui sont morts sur les pentes de la Colline de San Gregorio, taillés en pièces par les chasseurs de Galeana, pas plus que ne coulera à nouveau le long des arches de l'aqueduc de la Cuesta China l'eau claire et froide avec laquelle tu te lavais le visage chaque matin, car tout cela est arrivé avant qu'on ne t'enferme dans la cellule des Teresitas et c'est là, dans ta cellule et nulle part ailleurs, ni avant ni après, que je veux t'avoir pour que tu ne m'échappes pas à nouveau : dans ta cellule, avec ton crucifix et ta longue-vue et ton miroir et tes brosses et tes ciseaux.

Ou peut-être penses-tu que s'il était de mon pouvoir de remonter ces soixante années d'humiliation et d'oubli, j'aimerais que tous ceux qui sont coupables de ma solitude et de ma folie puissent jouir à nouveau des moments les plus beaux de leur vie ? Non, Maximilien : si le Colonel López s'imagine que j'aimerais le revoir chevaucher à mes côtés sur la route de Veracruz à Córdoba avec un bouquet d'orchidées à la main, grand comme un de ces dieux que tu regrettais tellement au Brésil : blond et de noble prestance au milieu de la multitude de Nègres du Soudan, de Nubie et d'Abyssinie que nous a envoyés au Mexique le Khédive d'Égypte, dis-lui, quand tu le verras, qu'il se trompe complètement, que je veux le voir à jamais à l'article de la mort, agonisant après avoir été mordu par un chien enragé, se mourant sans mourir d'asphyxie et de soif, s'étouffant avec sa propre bave et sa propre frayeur. Je ne veux pas voir Benito Juárez faisant son entrée victorieuse dans Mexico, à nouveau président et à nouveau dictateur : lui aussi je veux le voir sur son lit de mort, un jet d'eau bouillante tombant sans fin sur sa poitrine découverte. Et tu dois imaginer que je ne veux jamais plus voir Eugénie ni Louis-Napoléon partager le moindre moment de gloire : elle, je ne veux pas la voir nimbée d'un nuage de parfum de verveine, faisant des achats dans le Salon Lumière de chez Worth, couronnée du diadème de violettes que Louis-Napoléon lui a donné à Compiègne : je la veux à jamais agenouillée dans le Zoulouland, brisée au souvenir du prince impérial qui, à trois ans, avec son bonnet et sa casaque de grenadier, mais avec des jupes blanches parce qu'on l'habillait encore en fille, passait en revue les troupes françaises victorieuses à Magenta et à Solférino, et furieuse parce que cette imbécile de Victoria lui a gâché le plaisir de toucher, d'embrasser, de manger la terre où était tombé le cadet de Woolwich qui ne parvint jamais à être Napoléon IV. Quant à Louis-Napoléon, je ne veux pas le voir devant l'Assemblée Nationale française, avec le testament de Napoléon Ier dans une main et dans l'autre l'épée d'Austerlitz, je ne veux pas le voir non plus pendant sa visite triomphale au Sahara, alors que vingt mille Arabes l'acclamaient et nettoyaient ses bottes avec leurs barbes, non : lui je vais l'avoir pour toujours à Chislehurst, sur le cheval de bois où on l'obligeait à se hisser tous les jours pour qu'il ne perdît pas l'habitude de monter à cheval : c'est ainsi que je le veux, pâle et tremblant, les joues maquillées de rouge comme à Sedan, transpercé par les douleurs de sa prostate hypertrophiée et de ses calculs biliaires, tandis que de l'autre côté de la

Manche, dans sa France adorée, les croix, les anges et les guirlandes de marbre du cimetière du Père-Lachaise étaient éclaboussés du sang des cent quarante communards fusillés par Thiers et par Mac-Mahon près du Mur des Fédérés, et que Léon Gambetta, l'homme qui avait proclamé la IIIe République à l'Hôtel de Ville, s'enfuyait, le lâche, dans un ballon aérostatique à travers le ciel de Paris.

Je ne me lasserai pas de te le répéter des milliers de fois, Maximilien : toi je te veux dans ta cellule, je te l'ai déjà dit, couché sur ton lit et dévoré par les punaises qui dans leur sang, qui était aussi le tien, portaient le nom que tu as emprunté à la ville de Querétaro. Ou debout et mesurant de tes pas, sans jamais t'arrêter, la distance infinie et désolante séparant les quatre murs de la pièce la plus petite où tu aies jamais libéré tes cauchemars ou les effluves pestilentiels des excréments liquides et verdâtres que tu déposais, à cause de la dysenterie, cinq, sept, dix fois par jour dans ton vase de nuit : c'est là que je veux te garder, sur ton vase de nuit. Tu verras alors l'effroi de Tüdös, l'air surpris qu'il va prendre, quand il se rendra compte qu'il a voyagé en arrière dans le temps, jusqu'aux derniers jours de Querétaro où le pauvre, sans paprika et sans sel, sans origan et sans vin, préparait un pâté de viande de chat pour son Empereur et pour le Général Miramón, et des saucisses de foie d'âne pour le Général Mejía et le Prince Salm Salm, car comme pendant le siège de Puebla, mais cette fois c'était à ton tour d'être assiégé, mon pauvre Max, les matelas disparurent car il fallut les éventrer pour donner la paille qui les remplissait aux chevaux, les chevaux disparurent car il fallut les tuer pour donner à manger aux officiers, les cadavres disparurent car les chiens les mangeaient, les chiens disparurent car les soldats les mangeaient, comme disparurent le bronze pour les médailles dont tu voulais décorer tes chasseurs mexicains et le bronze pour les canons, et il n'y eut plus ni héros ni canons pour te défendre des troupes d'Escobedo, le soufre pour la poudre disparut et il n'y eut plus de compositions pyrotechniques, plus de girandoles, plus de châteaux lumineux pour célébrer le triomphe de la Bataille du Cimatario, les portes et les fenêtres disparurent car comme Santa Anna tu avais décrété un impôt qui les frappait, et quand tu as parcouru les rues de la ville dans le fiacre noir, pendant le jour le plus beau de l'année, précédé par le Bataillon des Pouvoirs Suprêmes, il n'y eut personne pour te crier Adieu, Maximilien que Dieu te bénisse, depuis les portes et les fenêtres de Querétaro, le plomb de toutes les imprimeries disparut parce que tu l'avais fait fondre pour fabriquer plus de balles et c'est pour cela que personne n'a lancé de proclamation aux quatre vents et n'a collé d'affiches accusant Juárez d'assassinat depuis les murs et les clôtures de la ville de Querétaro, les cloches disparurent puisque tu les avais fait fondre pour fabriquer plus de canons et c'est pour cela que, pendant ce qui était encore la matinée du jour le plus beau de l'année, alors que tu parcourais à nouveau, les pieds dépassant de ton cercueil, les mêmes rues silencieuses aux portes et aux fenêtres aveugles, il n'y a pas eu, Maximilien, le jour de ta mort, de cloches pour sonner le glas dans la ville de Querétaro.

VIII
« DOIS-JE ABANDONNER À JAMAIS MON BERCEAU DORÉ ? » 1863-1864

1. Cittadella accepte le trône de Tours

Louis-Napoléon envoya une lettre à Bazaine où il lui demandait des preuves confirmant le bruit selon lequel Benito Juárez avait suborné Jules Favre. Richard Metternich écrivit au ministre autrichien des Affaires étrangères, le comte de Rechberg, pour lui dire que l'impératrice Eugénie haïssait Miramón et que l'intervention était vouée à l'échec. Don Francisco de Paula y Arrangóiz écrivit depuis Madrid à son homonyme don Francisco Javier Miranda en lui disant que la reine Isabelle d'Espagne préférait la République avec Juárez à l'Empire avec l'Archiduc. L'Archiduc écrivit à Louis-Napoléon pour le féliciter à propos de la chute de Puebla et de la prise de la ville de Mexico. Le général Santa Anna écrivit depuis l'île de Santo Tomás à Gutiérrez Estrada, pour offrir ses services à l'Empire. Le lieutenant-colonel Loizillon, dans une lettre envoyée de Mexico, raconta à Hortense Cornu que l'embout d'ambre de sa pipe s'était cassé, mais qu'un Mexicain lui avait appris à dissoudre les restes dans le l'huile et de l'essence de térébenthine pour le remodeler. Gutiérrez Estrada reçut une lettre, de Miramar, où Ferdinand Maximilien lui certifiait que le sort du beau pays de M. G. E. l'avait toujours vivement intéressé, mais que pour sa part il ne pouvait coopérer au salut du Mexique, sauf si une manifestation nationale démontrait sans l'ombre d'un doute le désir du peuple de l'installer sur le trône. Depuis Chantilly, le général mexicain Adrián Woll d'Obm écrivit à son ami le colonel Pepe González à La Havane pour lui dire, en parlant de Leonardo Márquez, qu'en vérité « dans notre malheureux Mexique, la terreur confère du prestige » et qu'il n'oublie pas de lui envoyer tous les mois un billet de loterie. Le général Bazaine écrivit depuis le palais de Buenavista au ministre de la Guerre français, le maréchal Randon, pour l'informer que la division du général Castagny avait occupé avec succès les villes de León et de Lagos. A Bruxelles, le roi Léopold reçut une lettre de sa fille Charlotte où celle-ci se plaignait des orientations très réactionnaires du parti clérical mexicain. A Miramar, Charlotte reçut une lettre de son papa adoré Léopich où celui-ci lui faisait remarquer qu'un parti de ce type, une fois rallié à quelqu'un, lui reste fidèle, ce qui n'est pas le cas avec les voltairiens, disait le monarque belge, car « le voltairianisme espagnol et créole est une chose bien triste ». Le prince Karl von Solms reçut une lettre de Carlsbad où l'ancien *chargé d'affaires** d'Angleterre au Mexique, Sir Charles Wyke, lui disait qu'il espérait que l'Archiduc ne mettrait pas la tête dans ce guêpier. Louis-Napoléon écrivit à son nouvel ambassadeur au Mexique, Montholon, en lui recommandant de débattre avec la régence du projet de transformer l'État du Sonora en un protectorat français. Maximilien envoya à Richard Metternich une lettre qui devait être présentée à Louis-Napoléon, où il se référait au génie de l'empereur des Français et où il précisait que son acceptation était liée à l'appui de l'Angleterre. A Miramar, l'Archiduc reçut une lettre du commodore américain Maury, où celui-ci postulait la charge de grand amiral de la future flotte impériale mexicaine. De Londres, Sir Charles Wyke écrivit à Stephan Herzfeld une lettre où il lui racontait l'audience que Louis-Napoléon lui avait accordée à Paris et au cours de laquelle l'Anglais avait souligné à l'Empereur qu'étant donné les circonstances, l'archiduc Maximilien ne serait pas bien reçu au Mexique. Le général Almonte, dans une lettre où il appelait déjà Maximilien « Sire » et « Votre Majesté », lui assura qu'au moment où il lirait ces lignes, six millions de Mexicains se seraient déjà déclarés en faveur de la monarchie. De Compiègne, Eugénie écrivit à Charlotte pour lui dire que, par malheur, dans ce beau pays — le Mexi-que —, il n'y avait que des hommes de partis qui brûlaient de satisfaire leur haine et leur rancœur. Maximilien écrivit à Pie IX une lettre que Sa Sainteté considéra comme impertinente car l'Archiduc se permettait d'y parler du clergé mexicain « corrompu ». De Londres, l'ancien correspondant du *Times* au Mexique, Charles Bourdillon, écrivit à Maximilien pour lui dire que les banquiers anglais ne semblaient pas être très disposés à participer au financement de l'entreprise. De cette même ville de Londres, Karl Marx envoya une lettre à Friedrich Engels, écrite moitié en allemand et moitié en anglais, où il lui disait que Louis-Bonaparte non seulement brûlait les étapes, mais qu'en outre il se trouvait « *in a very ugly dilemma with his own army* », et que le Mexique et les génuflexions devant le Tsar, auxquelles « Boustrapa » (poussé par « Pam ») se livrait dans *le Moniteur*, pourraient bien lui casser les reins. « Pam », c'était Palmerston et « Boustrapa » un surnom de Louis-Napoléon, formé par les noms des trois villes à partir desquelles il avait tenté de prendre le pouvoir : Boulogne, Strasbourg et Paris. Et si, dans leur château de Nantes, les époux Cittadella et Blanche recevaient une lettre de Julien disant par exemple : « Cittadella a déjà eu l'occasion de constater que, sans aide de Bordeaux et de Rouen et guidée par la Divine Providence, l'armée de Metz a conquis Tours à la consternation des conservateurs et à la grande joie des libéraux, mais nonobstant il est maintenant indispensable, en plus de confirmer l'appui d'Orléans, que Jean fasse pression sur le corps diplomatique afin d'obtenir de nouvelles subventions en témoignages destinées à l'entreprise et de convaincre Adolphe d'effectuer la livraison de coton», cela voulait dire que dans leur château de Miramar, les époux Maximilien et Charlotte recevaient une lettre de Gutiérrez Estrada écrite selon un des codes secrets inventés par le Mexicain pour communiquer avec l'Archiduc, lequel, pour la déchiffrer, devait simplement remplacer certains noms par d'autres, en accord avec une liste où Nantes était Miramar, Cittadella lui, Son Altesse Impériale Maximilien, et Blanche Son Altesse Impériale Charlotte, Julien Gutiérrez Estrada lui-même et Bordeaux l'Angleterre, Rouen l'Espagne, Metz la France, Tours le Mexique, les conservateurs les libéraux et les libéraux les conservateurs, Orléans Vienne, Jean l'empereur des Français, le témoignage l'argent, Adolphe la Maison Rothschild, le coton l'emprunt, et la Divine Providence restait la Divine Providence, de même que Dieu et tous les saints apparaissaient toujours dans les lettres de Julien avec leurs noms et leurs attributs personnels, aux côtés, également, de Louis, Paul, Charles, Julie, Daniel, Richard et Le Havre — ainsi que beaucoup d'autres — qui étaient respectivement Eugénie, le Pape, Almonte, François-Joseph, Miramón, Santa Anna et Veracruz.

C'est ainsi que les lettres circulèrent, par douzaines, par centaines, d'un endroit à l'autre de l'Europe et, à travers l'Atlantique, d'Europe en Amérique, pendant les années 1862, 1863 et au début de 1864, les unes par courrier ordinaire, à dos d'âne, en diligence, sur les bateaux de la Royal Mail Stream Packet Company, d'autres par courrier spécial, les unes innocentes, les autres mensongères, secrètes ou chiffrées, brèves, interminables, optimistes, par messager privé, royales. Et comme cela ne suffisait pas, tout le monde voyagea également d'un endroit à un autre, opina, conseilla, avisa. Maximilien envoya à Rome son ancien *valet de chambre**, devenu son secrétaire particulier, Sébastien Schertzenlechner, pour demander conseil au Pape et, au passage, lui offrir une réplique de la chapelle sépulcrale de Jérusalem sculptée dans le bois d'un olivier du jardin, bien entendu, des oliviers. Le roi Léopold envoya à Miramar l'ancien ambassadeur de Belgique au Mexique, M. Kint de Roodenbeck, spécialiste des rapports flatteurs pour les oreilles de ses supérieurs, pour qu'il parlât avec son gendre de la viabilité d'une monarchie au Mexique. L'historien Louis-Adolphe Thiers souligna que tout cela était insensé. Charlotte fit confectionner à Bruxelles les livrées de sa future maison impériale. Maximilien se plaignit que, tandis que les parents de sa femme, les Cobourg, investissaient un trône après l'autre, la famille Habsbourg en avait perdu deux à une date récente: celui de Modène et celui de Toscane. L'archevêque mexicain Pelagio Antonio de Labastida y Dávalos demanda à Louis-Napoléon de permettre au maréchal Forey de se rendre à Miramar et de s'entretenir avec l'Archiduc, mais l'Empereur s'y refusa.

A Miramar, l'Archiduc lut un rapport du consul des États-Unis à Trieste, Richard Hildreth, où celui-ci assurait que les Mexicains manifestaient une antipathie totale et congénitale envers les rois et les aristocrates. M. Kint de Roodenbeck se rendit à Paris avec la consigne de préciser que Maximilien était disposé à accepter le trône dès que les villes de Morelia, de Querétaro, de Guanajuato et de Guadalajara se prononceraient pour l'Empire. Louis-Napoléon indiqua à Metternich qu'il ne serait pas convenable de recourir au Mexique au suffrage universel. Santa Anna écrivit à l'archiduc Maximilien et lui assura que non seulement un parti mais aussi l'immense majorité de la nation mexicaine aspirait à la restauration de l'empire de Montezuma. L'archiduc Maximilien, dit Sir Charles Wyke, gagnera les voix de tous les villages comptant deux Indiens et un singe. Le roi Léopold prévint son gendre, *Cher Max**, que ceux qui connaissaient les habitants du Mexique en pensaient malheureusement beaucoup de mal. M. Arrangóiz se rendit à Miramar et il dit à l'Archiduc que s'il était entendu que la meilleure forme de gouvernement pour le Mexique était une monarchie, celle-ci, cependant, ne saurait être permanente. Louis-Napoléon se déclara hostile à l'idée de rendre au clergé mexicain les propriétés confisquées, et Maximilien écrivit au Conseil de régence pour lui ordonner de ne rien décider concernant les biens ecclésiastiques avant son arrivée. La reine Isabelle d'Espagne regretta qu'on n'eût pas pensé à sa fille comme impératrice du Mexique. Et de même que le duc de Brabant avait écrit auparavant à sa sœur Charlotte à Miramar que s'il avait un fils majeur il tenterait d'en faire le roi du Mexique, de même Eugénie affirma à l'ambassadeur nord-américain en France — qui lui certifia que dans son pays le Nord serait vainqueur et que tout finirait mal pour l'Archiduc — que si le Mexique n'était pas aussi loin et que Loulou n'eût pas été un enfant, elle souhaiterait qu'il prît la tête de l'armée française pour écrire avec l'épée une des plus belles pages de l'histoire de ce siècle et l'ambassadeur répondit à l'Impératrice qu'elle devait rendre doublement grâce au ciel que le Mexique fût si loin et que Loulou fût encore un enfant. M. Arrangóiz se rendit à Londres en qualité de représentant de Maximilien, avec la consigne de convaincre la cour de St. James que l'Archiduc était imperméable à tout fanatisme en matière de religion. Maximilien invita Sir Charles Wyke à s'entretenir avec lui à Miramar, mais Sir Charles déclina l'invitation sur l'ordre de Lord Russell. Le général James Williams, de l'armée confédérée, écrivit à l'Archiduc et dans sa réponse l'Archiduc lui demanda de transmettre ses salutations au président de la Confédération, Jefferson Davies, et de lui préciser que le Sud avait toute sa sympathie. Louis-Napoléon écrivit à Maximilien pour lui dire qu'au Mexique une dictature libérale était indispensable, car un pays tombé dans l'anarchie ne pouvait être régénéré par l'instauration de la liberté parlementaire. Cittadella — c'est-à-dire Maximilien — et Julien — Gutiérrez de Estrada — se rencontrèrent secrètement à Merano et là Cittadella, qui voyageait incognito, dit à Julien qu'il n'exigerait pas un vote unanime de tous les Mexicains, mais que par ailleurs celui d'une fraction de la capitale serait insuffisant. Julien gardait tout son enthousiasme, car, comme le comte de Mülinen l'avait révélé en une occasion, il comparait l'Autriche, par rapport au Mexique, «à une jeune fille qui attend pudiquement le mariage». Par ailleurs, pourtant, Julien était fort déçu car Richard — c'est-à-dire Santa Anna —, qu'il avait proposé comme régent unique du Mexique — c'est-à-dire de Tours —, les avait trahis et, en compagnie de son fils, il s'était déclaré hostile à l'invasion de l'armée de Metz — c'est-à-dire de la France. En dernier lieu, Julien était très inquiet car en France — c'est-à-dire à Metz — on parlait déjà d'un autre candidat au trône: le prince de Joinville, l'oncle de Charlotte, ce qui permettrait, si l'on en croyait la rumeur, de calmer peut-être la redoutable opposition orléaniste au parlement de Metz. Et dans ce cas, évidemment, «orléaniste» voulait vraiment dire partisan de la Maison d'Orléans, des Orléans Orléans pour ainsi dire. Julien était très dépité car la presse d'Orléans — et dans ce cas Orléans voulait à nouveau dire Vienne — critiquait l'appréhension de Maximilien — c'est-à-dire de Cittadella — à accepter le trône de Tours — c'est-à-dire le Mexique — et, pis encore, un député avait dit que si Maximilien partait, il ne le ferait pas sans renoncer auparavant à tous les droits à la succession autrichienne, ce qui n'avait pas manqué d'alarmer, au plus haut point, Cittadella et Blanche, qui dans leur château de Nantes au bord de l'Adriatique pesaient tous les jours le pour et le contre.

Il aimait tellement ses livres, cette splendide bibliothèque de six mille volumes d'art, d'histoire, de littérature. Les romans de Walter Scott. L'*Histoire universelle* de son cher ami et professeur César Cantu. Les études de Léonard sur le vol des oiseaux. Les poèmes de Byron, qu'il s'était promis de lire un jour à voix haute sur les bords de la mer Noire. Il aimait aussi tellement — ils l'aimaient tous les deux — le château de Miramar, son parc si beau qui couvrait vingt-deux hectares, la *Saletta Novara* qui était une reproduction du *quadrato di poppa* de la frégate du même nom; le lac aux cygnes; la *Sala della Rosa dei Venti*, ainsi appelée parce qu'au plafond tournait une grande rose nautique grâce à laquelle on pouvait connaître la direction du vent sans sortir du château; la bibliothèque elle-même, avec les bustes de Dante, d'Homère, de Goethe et de Shakespeare; la *piazzola* avec les canons que papa Léopold leur avait offerts, la fastueuse *Sala dei Regnanti*, tant d'autres choses: *Dois-je abandonner tout cela pour une ombre et par simple ambition?* pensa-t-il, et il décida d'écrire un poème: *Vous me fascinez avec le mirage d'une couronne, et me troublez avec de pures chimères, devrai-je prêter l'oreille au doux chant des sirènes?* et Vienne, Vienne elle aussi, sa Vienne adorée, la Hofburg et Schönbrunn, oui, surtout, ce superbe palais de Schönbrunn que l'époux de Marie-Thérèse avait transformé extérieurement et intérieurement en une des merveilles de l'art et de l'architecture rococo et que seuls les idiots pouvaient comparer à Versailles ou à Caserte. S'il partait pour le Mexique, peut-être ne les reverrait-il plus. *Dois-je me séparer à jamais de mon pays aimé...* les fausses ruines romaines du jardin de Schönbrunn où il jouait à cache-cache, la salle des Miroirs où Marie-Thérèse assistait au serment de ses ministres et où Mozart avait donné un concert alors qu'il n'avait que six ans... *et de la belle terre de mes jeunes années?* la chambre blanche et dorée où il était né, avec ses rideaux de damas rayés et la pendule aux chérubins, ses murs tapissés de bleu ciel et l'alouette empaillée : *Souhaitez-vous donc que j'abandonne mon berceau doré, la terre où se sont écoulées les années les plus lumineuses de mon enfance?* et il se rappela avec un léger frisson la baronne Sturmfeder qui avait toujours préféré Franzi, son frère : il n'avait jamais gagné l'affection de la baronne, à laquelle ils disaient *aja*, tel quel, en portugais. Et où s'étaient également écoulées les années les plus lumineuses de sa jeunesse, et il se rappela la jolie comtesse von Linden et le jour où il lui avait acheté un bouquet de roses chez un fleuriste de la Ringstrasse et le soir où elle emporta le bouquet à l'opéra et quand il l'avait observée avec ses jumelles, la petite comtesse avait enfoui son visage dans les roses. Et quand il pense que son frère Franz avait osé le séparer d'elle et mettre un terme à cette romance entre adolescents... *Où ai-je éprouvé les sentiments exquis de l'amour précoce?* Mais par la suite il l'a oubliée, il a oublié la petite comtesse car il s'est transformé en un inlassable voyageur. Et ces voyages à travers le monde, il ne pourrait plus les faire s'il acceptait le trône. Il est vrai que d'autres monarques avaient quitté leur pays pendant de longues périodes, pour connaître et apprendre. Pierre le Grand, par exemple, resta presque une année hors de Russie. Et Éric XIV, le roi fou de Suède, avait pris ses dispositions pour visiter incognito les tavernes les plus sordides de Londres. On disait également que le nouveau sultan de Turquie, Abdülaziz, projetait de se rendre à Vienne et à Paris... Mais même ainsi, ses déplacements en qualité de souverain n'auraient plus rien à voir avec ses voyages de simple archiduc. Quelques semaines plus tôt il avait dit à sa belle-sœur Élisabeth, plus belle que jamais, qu'il aimerait faire un voyage en ballon à travers l'Inde, le Tibet, la Chine... Il était impossible que l'empereur du Mexique se lançât dans une telle aventure. Il se rappela les femmes nubiennes et berbères dont la nudité l'avait tant troublé sur le marché aux esclaves de Smyrne et que sur sa demande Geiger, le dessinateur officiel du *Vulcain*, qui les amena de Trieste jusqu'en Grèce et en Asie Mineure, avait croquées avec tant de talent. Oui, c'est parce qu'il n'était qu'un archiduc, ou un illustre inconnu, qu'à Séville il avait pu suborner les douaniers afin qu'ils ne fouillassent point ses bagages, et que sur une place d'Albanie et à l'ombre des rochers escarpés de Scutari, il avait pu se dévêtir pour se baigner *in conspectu barbarorum* — comme il l'écrivit dans ses Mémoires —, sous les yeux de ces Albanais mal dégrossis, avec leurs bonnets turcs écarlates, leurs cafetans de futaine brodée et leurs ceinturons garnis de pistolets et de dagues.

Mais les arguments en faveur d'une acceptation étaient loin d'être négligeables. Charlotte ne pouvait pas continuer à peindre des toiles et des aquarelles toute sa vie, ni lui continuer à jouer de l'orgue jusqu'à la fin de ses jours. Le Mexique n'était-il pas un pays immense, où l'on trouvait tous les climats du monde, et les paysages les plus divers : déserts, jungles, cordillères enneigées, forêts de conifères ? Il visiterait son Empire, il en parcourrait toutes les provinces, il se baignerait dans toutes ses mers. En outre, si le Grand Dessein se réalisait, le plus noble de tous, celui de créer un empire s'étendant du Río Grande à la Terre de Feu, il se rendrait au Honduras, il explorerait le Darién, il visiterait le Venezuela, la patrie de Simón Bolívar, il voguerait sur l'Amazone comme un nouvel Orellana, il escaladerait le sommet de l'Aconcagua, il boirait à Valparaíso les vins rouge foncé de Maipú...

Par ailleurs, le problème du financement de l'entreprise allait se résoudre tout seul : le Mexique était un pays aux ressources inépuisables. En vérité, Louis-Napoléon avait exagéré et Maximilien dut s'avouer à lui-même que sur ce point il avait fait preuve de faiblesse. Le Mexique, ou en d'autres termes le Trésor impérial mexicain, paierait tout : le transport des troupes françaises, leur nourriture, leurs soldes, et évidemment tous les frais de la campagne, aussi longue fût-elle : chaque balle, chaque obus ou grenade utilisés ou en réserve, les nouveaux uniformes qui seraient nécessaires, le picotin et le fourrage des chevaux et des bêtes de trait, les fêtes, tout. Louis-Napoléon, dans une lettre à l'Archiduc, confirma que l'armée française au Mexique serait graduellement réduite, de telle sorte qu'à la fin de 1865 il y aurait encore vingt-huit mille hommes, vingt-cinq mille à la fin de 1866, vingt mille à la fin de 1867 et que six mille hommes de la Légion étrangère resteraient pendant huit ans au Mexique. « Quoi qu'il arrive en Europe, disait Louis-Napoléon, l'aide de la France ne fera jamais défaut au nouvel Empire. » D'après les calculs, cette aide allait coûter au trésor mexicain, jusqu'en juillet 1864, la somme de deux cent soixante-dix millions de francs. En outre, l'Empire devait apaiser les réclamations de la Maison Jecker et, avec elles, toutes celles qui avaient été présentées par M. de Saligny aux alliés de la Convention tripartite, à Veracruz. Mais Maximilien ne souscrirait jamais au désir de Louis-Napoléon de créer un protectorat français au Sonora. Un « protectorat » qui, en vérité, se serait étendu un peu au-delà de cet État, car d'après les instructions reçues par Montholon, il devait comprendre une large frange du territoire mexicain, depuis le golfe de Californie jusqu'au Pacifique, et, par là même, de vastes étendues prélevées sur les États de Sinaloa, Chihuahua, Durango, Coahuila, Zacatecas, Nuevo León, San Luis Potosí et Tamaulipas : la moitié du Mexique. Mais il n'en serait rien. L'argent du Mexique appartenait aux Mexicains, et il devait plus que suffire à subvenir aux dépenses de l'expédition et de l'Empire. Oui monsieur, vous allez voir ce que vous allez voir. N'avait-on pas dit en Europe, quand Philippe II construisait l'Escurial, qu'il n'allait jamais le terminer parce que tout l'or de l'Espagne n'y suffirait pas ? Et Philippe II termina l'Escurial et dans l'une des tours il fit placer un gros bloc d'or pour montrer que les réserves étaient loin d'être épuisées. Charlotte et lui allaient procéder un peu de la même façon au Mexique... après tout, l'or de l'Escurial était sorti de l'argent mexicain.

Mais un autre problème les empêchait de dormir. Entre 1848, l'année où François-Joseph fut proclamé empereur, et 1858, quand naquit le prince Rodolphe, Maximilien avait occupé la première place dans l'ordre de succession au trône d'Autriche. En 1853, les broderies d'or du col de l'uniforme de François-Joseph — ou bien étaient-ce les boutons? —, en déviant le poignard de Livényi, avaient empêché Max de devenir empereur d'Autriche. L'Archiduc répugnait à penser à la mort de son frère, qu'il aimait tellement, ou à celle de son neveu Rodolphe. Mais il ne pouvait l'éviter et, par ailleurs, il fallait avoir les pieds sur terre: la mort de l'un et de l'autre était une possibilité... ou deux possibilités. S'il en advenait ainsi, il abdiquerait au Mexique et il reviendrait en Europe: impossible de renoncer à ses droits en Autriche. Il se rappela avec amertume le bruit qui avait circulé à la cour lors de l'attentat: François-Joseph n'avait pas interprété l'empressement de Maximilien à se rendre de Trieste à Vienne pour venir le voir sur son lit de convalescent comme un geste d'amour: Maximilien, d'après François-Joseph, brûlait de constater lui-même la gravité de l'état de son frère, afin d'évaluer ses propres possibilités d'accéder au trône. Franzi ne se montra également pas plus reconnaissant envers Max lorsque celui-ci lança une collecte pour construire, sur le lieu de l'attentat, comme action de grâce parce qu'il avait survécu, une église votive, la Votivkirche. En outre, le plus incroyable avait été, bien entendu, que Franz eût destitué Max du gouvernement des provinces lombardo-vénitiennes. Cela, Maximilien ne le lui pardonnerait jamais. Lui qui était né dans ce palais, à deux reprises quartier général de Napoléon le Grand; théâtre des somptueuses festivités de Joseph II et des bals interminables de ce qu'on a appelé le Congrès dansant de Vienne de 1815, alors que, l'aigle étant prisonnier à Sainte-Hélène, les Grands de l'Europe redessinèrent la carte du continent et se liguèrent pour étouffer tout mouvement révolutionnaire. Lui, Maximilien de Habsbourg, depuis son enfance dans ces longs corridors et ces vastes salons de Schönbrunn qui resplendissaient de toutes leurs laques et de tous leurs brocarts, dans les immenses jardins, dans les tonnelles surmontées de miradors d'où l'on pouvait admirer au nord le palais lui-même et les bois de Vienne, au sud les versants des Alpes, il avait appris à connaître la grandeur de sa Maison et de l'Empire. Lui, qui avait également rêvé d'être un beau jour un de ces empereurs: un autre Rodolphe II, collectionneur de nains, de peintres et d'astronomes au nez en argent; un autre Maximilien Ier, parangon de noblesse, protecteur des arts, homme de la Renaissance; un autre Frédéric III qui avait frappé d'innombrables objets et bâtiments de l'orgueilleuse devise bilingue aux cinq voyelles, AEIOU — *Austriae est imperare orbi universo. Alles Erdreich ist Oesterreich unterthan* —; enfin, un autre Charles Quint d'Allemagne et Premier d'Espagne, qui après avoir gouverné la moitié de la planète se retira dans son monastère pour monter des pendules, manger des œufs d'autruche et contempler son propre cercueil... Et pourquoi pas ?

Hier à peine — le temps s'envole —, il s'était réuni avec son frère à Venise et tout semblait marcher à merveille. Ils étaient tombés d'accord sur presque tout : qu'il adopterait non pas le nom de Maximilien, mais celui de Ferdinand : Ferdinand Ier du Mexique. Qu'il se rendrait en Amérique à bord d'un bateau de guerre autrichien : la frégate *Novara*, peut-être. Qu'il conférerait à Santa Anna le titre de duc de Veracruz ou de duc de Tampico (il le déciderait lui-même) et qu'il lui accorderait un salaire de trente-cinq mille écus. François-Joseph avait approuvé l'idée que Maximilien et Charlotte visiteraient, en chemin, Rome et Paris, et qu'ils demanderaient au Pape d'élever l'archevêque de Mexico à la dignité de cardinal ou peut-être de patriarche, la suggestion d'obtenir un prêt de vingt-cinq millions de dollars, le projet de recruter des volontaires chez les officiers d'active de l'armée autrichienne à la condition que tous fussent catholiques et qu'aucun ne fût italien. Le problème si délicat de la succession au trône avait été ajourné pour un an et Max pensa que François-Joseph finirait par céder. Ils s'étaient congratulés à Venise, y compris à propos du Congrès de Vienne de 1815 : on remit sur le tapis le prix élevé que les Autrichiens avaient dû payer, tout en reconnaissant que le Congrès avait dû être magnifique et très distrayant, avec la présence de Beethoven qui avait dirigé un concert de gala au Rittersaal de la Hofburg, avec les tournois et les défilés au Prater, les parties de chasse, les fêtes des Esterhazy, des Auersperg et des Liechtenstein, tout le luxe, la poudre aux yeux, mais à quoi, se demandaient-ils, tout cela avait-il servi en fin de compte, car non seulement Vienne fut submergée par les journalistes et les charlatans, les mendiants, les vendeurs ambulants et les prostituées, mais en plus, comme le dit quelqu'un : le tsar de Russie avait fait tout l'amour qu'il y avait à faire ; le roi de Prusse, pensé tout ce qu'il y avait à penser ; le roi du Danemark, commenté tout ce qu'il y avait à commenter ; le roi de Bavière, bu tout ce qu'il y avait à boire, et le roi de Württemberg, mangé tout ce qu'il y avait à manger — ah, et le tsar avait, en outre, dansé quarante nuits sans s'arrêter —, et qui avait payé pour tout et pour tous ? L'empereur Franz, d'Autriche : cinquante mille guldens par jour. Pour quoi faire, puisque le Congrès n'a pas évité la catastrophe de 1848 — envers laquelle François-Joseph devait se montrer, d'une manière ou d'une autre, reconnaissant, car il lui devait son trône — ni l'écroulement de la Sainte-Alliance et pas même le fait que la France réapparût en Europe comme une puissance à part entière. Mais si tout cela revenait dans la discussion, c'est parce que les temps étaient difficiles et qu'on ne devait pas gaspiller l'argent. Maximilien en fut d'accord. Mais la Maison d'Autriche ne l'abandonnerait pas, lui dit son frère, et il lui assura qu'il continuerait à recevoir sa dotation de cent cinquante mille florins par an, dont cent mille payables à Vienne et les cinquante mille restant étant destinés à rembourser diverses dettes, comme celles occasionnées par la construction de Miramar et par l'entreprise mexicaine. Ils tombèrent également d'accord pour restaurer au Mexique l'ordre de Guadalupe créé par l'empereur Iturbide, mort ensuite, ressuscité par Santa Anna et à nouveau disparu, et pour établir deux ordres supplémentaires : celui de Saint-Ferdinand et, pour les dames et en honneur du saint patron de Charlotte, celui de Saint-Charles. Il fut également confirmé qu'il se rendrait au Mexique à bord de cette belle frégate de mille cinq cents tonneaux, équipée de cinquante canons, dont le nom, *Novara*, commémorait la défaite de la Sardaigne devant les Autrichiens, et avec elle la mort de toute résurrection possible de la République de Venise.

Ensuite, quelques mois après le voyage qu'en mai 1862 Max et Charlotte avaient fait à Bruxelles pour consulter Léopold, s'était produite cette affaire si déplaisante, quand, Otto Ier ayant été expulsé de Grèce, l'Angleterre pensa que l'idéal serait que Maximilien occupât le trône vacant : la reine Victoria écrivit à Léopold pour qu'il persuade l'Archiduc et le monarque belge trouva l'idée épatante, d'autant plus que lui-même avait aspiré dans sa jeunesse à ce trône et rêvé qu'il marchait à l'ombre du Parthénon ou qu'il se reposait sous la marquise d'une tente de campagne de soie bleue dans les plaines d'Éleusis. Mais tandis que Lord Bloomfield, l'ambassadeur d'Angleterre à Vienne, promettait que, si l'Archiduc acceptait, les sept îles Ioniennes seraient rattachées à la Grèce, Maximilien, indigné, écrivit une lettre au comte de Rechberg où il affirma qu'il n'accepterait jamais une couronne déjà offerte sans succès, telle une marchandise, à une demi-douzaine de princes. De son côté, Charlotte écrivit à sa belle-mère l'archiduchesse Sophie et elle lui dit qu'accepter le trône de Grèce aurait signifié tôt ou tard, pour sa dynastie, l'adoption d'une religion schismatique.

Que se passait-il ? S'agissait-il d'une conspiration pour se débarrasser de lui à la première occasion ? Devrait-il renoncer également à ses droits en Autriche s'il acceptait le trône grec ? *Vous me parlez du sceptre et du pouvoir,* écrivit-il. *Ah, laissez-moi poursuivre en paix ma route parmi les myrtes ! Le travail, les sciences et les arts me sont plus doux que l'éclat d'une couronne...*

Cependant, le bruit courut que l'Archiduc avait envoyé à Paris et à Londres des échantillons de toiles et de boutons qu'on pourrait utiliser pour les livrées de ses futurs laquais mexicains et, comme l'apprit l'ambassadeur des États-Unis à Vienne, il fit également faire une couronne de *papier mâché** afin de mieux voir, devant le miroir, son allure quand il serait empereur du Mexique. Et Charlotte, bien décidée à faire n'importe quel sacrifice en faveur de sa future patrie adoptive, devait écrire : *Mais sommes-nous ici, dans ce monde, uniquement pour vivre des jours de soie et d'or ?* Pour cette raison et pour les aider à se convaincre, Charlotte était allée à Bruxelles s'entretenir avec le roi Léopold et ce dernier avait dit, sur le moment et après : l'Empire devra être constitutionnel ; les Français sont entre vos mains, et non pas le contraire ; de la même façon, il faut convaincre les Mexicains qu'ils ont besoin de vous, et que ce n'est pas le contraire ; les citoyens devraient être égaux devant la loi et la liberté des cultes respectée; la monarchie au Mexique n'est pas incompatible avec la doctrine de Monroe; et pour ce qui était de la succession, Léopold conseillait de temporiser et d'obtenir des garanties afin qu'en cas de fiasco Max pût récupérer tous ses droits en Autriche. Mais François-Joseph insista: *Mein lieber Herr Bruder, Erherzog Ferdinand Max*, lui disait-il dans ses lettres: «Cher Monsieur mon Frère, Archiduc Ferdinand Max, Si je mourais durant la minorité de Rodolphe, comment pourrais-tu être régent depuis le Mexique? Renoncerais-tu au trône mexicain? Et s'il en était ainsi, ne crois-tu pas qu'alors tu te sentirais complètement étranger au contexte autrichien?»

L'impératrice Eugénie fit fabriquer du papier frappé de la couronne des Habsbourg surmontant un aigle mexicain. Maximilien envoya à Paris le baron de Pont, un autre de ses secrétaires. Charlotte lut le livre de M. Chevalier, *le Mexique ancien et moderne*, que lui avait envoyé Louis-Napoléon et elle s'étonna que le lac de Chapala s'étendît sur plus de trois cent mille hectares, elle rendit grâce à Dieu que l'été dans la ville de Mexico fût aussi tempéré que les trois mois d'automne à Paris, étant donné que la température, disait-on, y dépassait rarement les trente-deux degrés centigrades. On affirma à l'Archiduc qu'à Paris l'expédition mexicaine était chaque jour plus impopulaire. Le député autrichien Ignaz Kuranda dit que le *Reichsrat*, la Diète impériale, exigerait la renonciation de Max à ses droits successoraux comme *condicio sine qua non* à son acceptation du trône du Mexique. On cita le cas du duc d'Anjou, petit-fils de Louis XIV, qui avait renoncé à tous ses droits en France pour régner en Espagne sous le nom de Philippe V. De son côté, Max avança l'exemple de Henri III, roi de Pologne, qui abdiqua pour devenir roi de France. Le général Santa Anna arriva à Veracruz sur le paquebot anglais *Conway* et quelques jours plus tard l'amiral Bosse l'embarqua sur la corvette *Colbert* à destination de La Havane. Lord Palmerston dit que le Mexique était un chaudron de sorcières. Almonte écrivit à Maximilien pour lui communiquer que la défaite de Juárez et de ses partisans était totale et que les Indiens mexicains se découvraient devant les portraits de l'Archiduc et de l'Archiduchesse. Louis-Napoléon écrivit à Almonte et il l'avisa qu'il ne permettrait pas que le Mexique fût entraîné dans une réaction aveugle qui, aux yeux de l'Europe, ne pouvait que déshonorer le drapeau français. Max pensa envoyer Schertzenlechner en mission secrète au Mexique. Sir Charles Wyke dit à Stefan Herzfeld que le peuple mexicain rejetait l'intervention. M. Kint de Roodenbeek citait comme exemple de la corruption du gouvernement juariste le fait que le couvent de Santa Clara, dans la ville de Mexico, qui valait cent mille piastres, eût été vendu au chef de la police pour dix-sept mille seulement. Charlotte lut que Humboldt avait dit qu'au Mexique un seul bananier suffisait à nourrir cent personnes et que le grand astronome Laplace s'était étonné que les Aztèques aient mieux su mesurer l'année que les Européens. Don Francisco de Paula y Arrangóiz dit à Palmerston, à Londres, que si Maximilien n'acceptait pas, il offrirait le trône à un prince de Bourbon, et Palmerston s'était écrié qu'il n'y avait pas un seul Bourbon qui valût un clou. Maximilien relut le mémorandum ou protocole qu'il avait signé à l'occasion de la visite du général Almonte à Miramar en février 1863 et il se réjouit des dispositions où l'on précisait que les troupes françaises devraient séjourner au Mexique jusqu'à la formation d'une armée nationale de dix mille hommes; que l'on lancerait un emprunt de cent millions de dollars et que les biens du clergé non encore vendus seraient offerts en garantie du paiement d'un intérêt de cinq pour cent; qu'il serait prudent d'instaurer un Sénat et une Chambre des députés; que pour s'assurer les services des dirigeants du parti conservateur mexicain et peut-être ceux des chefs d'autres partis, on disposerait d'une somme de deux cent mille dollars; qu'on reconnaîtrait les titres de noblesse des familles mexicaines qui en possédaient et qu'on promettrait d'autres titres à discrétion, pourvu que le nombre de barons ne dépassât pas vingt et que celui des marquis et des comtes ne fût pas supérieur à dix. Maximilien reçut à Miramar don Jesús Terán, envoyé spécial de Juárez, qui lui expliqua que l'Assemblée des notables était une farce, les actes d'adhésion une imposture et le gouvernement de Juárez un gouvernement légitime. Charlotte prit peur quand elle lut que dans les savanes arides du nord du Mexique, qui étaient commes les steppes tartares, il y avait des tribus apaches qui inspiraient une terreur semblable à celle que causaient les barbares dans les provinces romaines voisines du Rhin. Max écrivit à son agent en Angleterre, Bourdillon, et il lui demanda d'exposer à cette grande nation commerçante les avantages financiers découlant de l'établissement d'une monarchie au Mexique. M. Bourdillon prévint l'Archiduc et l'Archiduchesse de ne pas se fier aux promesses des Mexicains, car il n'y en avait pas un seul qui ne fût capable de trahir ses principes les plus chers pour cinq cents dollars. Le colonel Loizillon écrivit à Paris pour se plaindre de la poussière de Quecholac qui transperçait les vêtements et dit que son cheval arabe pourrait se vendre au Mexique pour quinze mille francs, alors qu'il n'en avait coûté que cinq cent cinquante en Afrique. Maximilien précisa que son expérience de Lombardie, où ses sujets l'avaient tant aimé et respecté, lui serait de la plus grande utilité au Mexique. Mr. Richard Hildreth dit, à Miramar, que tout aspirant au trône du Mexique pouvait être heureux s'il s'en tirait vivant. Et si Eugénie, à l'annonce d'un voyage à Paris de Max et de Charlotte, *n'a pas* pu écrire à sa sœur Paca, comme le soutient Bertha Harding dans son livre *La Couronne fantôme*, pour lui demander d'acheter deux éventails de couleur écarlate, l'un pour elle et l'autre pour l'impératrice du Mexique — et que s'il le fallait elle les fît chercher jusqu'à Cadix —, si elle n'a pas pu le faire pour la simple raison que Paca était morte plusieurs années auparavant, de toutes façons Eugénie était toujours enthousiasmée à cette idée, surtout après la chute de Puebla, et en plus du papier elle avait déjà fait fabriquer la vaisselle de Max et de Carla avec le monogramme impérial. Tout cela était trop pour Maximilien, trop de tensions, trop de tracas. Bien que Sir Charles Wyke eût peut-être exagéré dans ce qu'il avait dit des Indiens et des singes, il n'y avait pas de preuves garantissant qu'une majorité de

Mexicains souhaitait de tout cœur un empire, l'Angleterre ne se décidait pas à fournir son appui officiel ni les Rothschild à lâcher le coton — c'est-à-dire le prêt —, la députation mexicaine qui devait lui offrir le trône avait entamé son voyage vers l'Europe, Louis-Napoléon lui demandait de la recevoir le plus vite possible, et quoique lui-même autant que Charlotte dût réviser continuellement ses leçons d'espagnol et qu'il se trouvât maintenant aux prises avec les verbes irréguliers, certains extrêmement difficiles, comme «ir» qui commençait toujours de façon différente: «*Yo voy a Esmirna, yo iba a París, yo iré à México*», de toutes façons l'espagnol était pour Charlotte très proche de sa langue natale, le français, *je vais, j'allais, j'irai**, et par là même elle avait plus de temps pour lire les livres sur le Mexique de Chevalier ou de la marquise Calderón de la Barca et pour apprendre qu'au Mexique les routes avaient d'innombrables nids-de-poule mais qu'en contrepartie elles étaient très pittoresques parce qu'on y rencontrait les troupeaux de porcs les plus roses et les plus gros du monde, des trains de mules chargées de vanille qui parfumaient l'air, des paysannes indiennes aux tresses piquetées de fleurs et aux blouses brodées comme les gandouras des Arabes, qui vendaient des oiseaux exotiques aux couleurs chatoyantes dans des cages de bambou, alors que lui, Maximilien, disposait de moins de temps pour ces vétilles. A tout cela s'ajoutait, mon Dieu, une kyrielle de listes: les équivalences des mesures et des monnaies auxquelles il devait fréquemment se reporter pour savoir de quoi on lui parlait: combien de mètres y a-t-il dans une toise, combien de milles dans une lieue castillane, combien de piastres dans un florin, combien de dollars dans une piastre, combien de francs dans un dollar, combien de kreuzers dans un franc, combien de *tlacos* dans un kreuzer. *Tlaco* était un mot de plus dans cette liste de nahuatlismes et de mexicanismes que lui avait fournie le professeur d'espagnol et où ne figurait pas l'obsidienne avec laquelle les Incas fabriquaient leurs miroirs et les Aztèques les couteaux dont ils se servaient pour extraire le cœur de leurs victimes, car c'était la même chose que l'agate d'Islande et, en outre, un mot d'origine latine, mais par contre on y trouvait des termes comme *adobe*, qui désignait une brique faite avec une terre semblable à celle des briques du Cachemire — les Français commençaient déjà à appeler l'expédition «la guerre des adobes», en raison des parapets des tranchées que l'on construisait avec ces briques pour défendre les places —, et d'autres mots imprononçables comme *xoconoxtle*, désignant le fruit d'un cactus employé dans la cuisine mexicaine, ou *tezontle*, qui était une roche volcanique et poreuse de couleur grise ou rouge foncé qu'on utilisait dans les constructions, comme par exemple le palais de l'Inquisition (il y a de quoi devenir fou, Carla!). Mais le comble, c'était les lettres interminables que lui envoyait Julien — c'est-à-dire Gutiérrez de Estrada —, si nombreuses que parfois il en recevait trois la même semaine et totalement extravagantes, comme celle où, quelques mois plus tard, Julien lui proposait par l'intermédiaire d'Eugénie — c'est-à-dire du baron de Pont — de se rendre à Tours — c'est-à-dire au Mexique — et, une fois là-bas, de déclarer à Rouen, Bordeaux et Orléans — c'est-à-dire à la France, à l'Angleterre et à Vienne — qu'aucune majorité ne le soutenait et que par là même il revenait vivre tranquillement dans son château de Nantes — c'est-à-dire de Miramar. Maximilien, qui n'avait pas appris par cœur tout le code inventé par Julien, devait transposer : *Arteago* est Hidalgo, *Joseph* l'archevêque Labastida, *Ernest* le prince Metternich... Et *Cittadella*... eh bien, évidemment, il le savait parfaitement : *Cittadella*, c'était lui, Maximilien — au moins aussi longtemps qu'il ne viendrait pas à l'esprit du Mexicain de changer tout le code et de transformer, comme cela était déjà arrivé, Maximilien en « Núñez » et Miramar en « Bolivie ».

Mais ce que savait également l'archiduc d'Autriche, prince de Lorraine et comte de Habsbourg, c'est qu'au moment où il renoncerait à ses titres, il cesserait d'être tout cela : archiduc, prince, comte, pour devenir un citoyen de plus de l'Empire, un anonyme. Ou bien l'obligerait-on également à renoncer à sa citoyenneté autrichienne ? Son frère en arriverait-il à cette extrémité ? Deviendrait-il apatride ? Le condamnerait-on à une mort civile ?

La salle XIX du château de Miramar, située entre les salons chinois et japonais et l'ancienne salle du Trône, s'appelle *La Sala di Cesare dell'Acqua*, car on y trouve plusieurs tableaux de ce peintre istrien. L'un d'eux représente la fondation de Miramar par Maximilien et l'on y voit, entre autres choses, une femme avec une coiffure de plumes pas très différente d'un panache aztèque, qui offre à l'Archiduc — vêtu d'une tunique pourpre — un ananas, le fruit tropical par excellence qui figurait sur le blason de Maximilien, surmonté de la devise : « Équité dans la Justice ». Un autre tableau de Cesare dell'Acqua illustre *L'offerta della corona a Massimiliano*. Cette offre, faite par la députation mexicaine présidée comme il fallait s'y attendre par M. Gutiérrez Estrada, a eu lieu à Miramar le 3 octobre 1863. Charlotte n'assista pas à la cérémonie et Maximilien y apparaît vêtu en civil, sans décorations. Faisaient également partie de la délégation José Manuel Hidalgo, Tomás Murphy, le général Adrián Woll d'Obm, Joaquín Velázquez de León, Francisco Javier Miranda et Antonio Escandón, entre autres. Peu de temps auparavant, Maximilien et Charlotte avaient voyagé : lui à Vienne pour s'entretenir avec son frère de la question des droits de succession, et l'Archiduchesse à Bruxelles. De retour à Miramar, Charlotte rédigea à partir de ses notes un mémoire de plus de cinquante pages, intitulé *Conversations avec Cher Papa**. Léopold, heureux d'avoir retrouvé son rôle favori — celui de tuteur de futurs souverains —, insistait sur le fait que Maximilien ne devait renoncer ni au trône ni à ses droits en Autriche. Par ailleurs, les instructions de François-Joseph étaient très claires : on ne devait pas donner à la délégation mexicaine un caractère officiel mais privé et en aucune façon Maximilien ne devait, dans sa réponse, parler au nom de l'empereur d'Autriche ni même le mentionner. Comme il fallait également s'y attendre, le discours de Gutiérrez Estrada, né dans un pays au destin funeste, synonyme de désolation et de ruine, victime d'institutions républicaines qui étaient une source inépuisable de fort cruelles mésaventures, présentait la couronne de l'Empire mexicain que le peuple, dans le plein et légitime exercice de sa volonté et de sa souveraineté, par l'entremise d'un décret solennel des notables ratifié par de nombreuses provinces et qui le serait bientôt, comme tout le laissait prévoir, par la nation tout entière, dans l'espoir qu'enfin brillerait pour le Mexique l'aurore de temps plus heureux, présentait au digne descendant de la sage et illustre dynastie dont un des actes de gloire consistait à avoir apporté la Civilisation chrétienne sur la terre même où l'on aspirait à ce que lui, Maximilien de Habsbourg, auquel le Ciel avait dispensé d'une main prodigue tant de dons exceptionnels, homme d'une rare abnégation, ce qui est le privilège des hommes destinés à gouverner, et avec Lui son Auguste Épouse, dotée elle-même des plus éminentes qualités et d'une vertu exemplaire, instaurassent, en ce XIXe siècle mémorable à tant de titres, l'ordre et la liberté véritable, fruits généreux de cette civilisation même.

Dans sa réponse, Maximilien demanda que l'on prît les dispositions nécessaires pour consulter le peuple mexicain sur le gouvernement qu'il voulait se donner à lui-même, attendu qu'il ne serait pas disposé à accepter le trône sans que le vote de la capitale fût ratifié par la nation tout entière. Le discours de Maximilien fut sobre et direct, très différent de celui du Mexicain, même si un seul mot — le verbe «j'exige», appliqué aux garanties assurant l'intégrité et l'indépendance de l'Empire — allait causer à l'Archiduc de l'irritation et une première humiliation: le ministre français des Affaires étrangères se permit de censurer le discours dont la publication dans *le Moniteur* de Paris ne fut autorisée qu'après que M. Drouyn de Lhuys eut changé *j'exige** en *je demande**. L'Archiduc n'exigeait donc pas de garanties: il se limitait à les demander.

Avec ou sans les garanties suffisantes, avec ou sans l'appui de l'Angleterre, avec ou sans le vote de toute la nation, Maximilien et Charlotte avaient déjà décidé, dès Noël 1863, d'accepter le trône du Mexique. Seule restait à régler la question des droits successoraux. Au début de mars et à la veille de leur voyage à Paris, où ils avaient été invités par Louis-Napoléon, arriva à Miramar ce qu'on appelle le Mémoire d'Arneth, document commandé par François-Joseph à l'historien autrichien Alfred von Arneth, où après avoir évoqué plusieurs exemples historiques l'auteur soulignait que chaque fois que, dans le passé, les domaines des Habsbourg avaient été divisés, il avait toujours été possible de les réunir sous un seul sceptre, ce qui ne serait pas viable dans le cas où un empereur, domicilié au Mexique, tenterait depuis ce pays de gouverner l'Autriche. Arneth concluait que, pour servir les intérêts aussi bien de l'Autriche que du Mexique, l'Archiduc devait renoncer à tous ses privilèges.

A Paris, Maximilien et Charlotte furent reçus avec les honneurs impériaux. Louis-Napoléon et Eugénie étaient d'une humeur radieuse.

Lors d'un grand banquet en leur honneur, le *chef** des Tuileries leur présenta un immense aigle mexicain en sucre, qui dévorait un serpent. Charlotte posa trois fois pour Winterhalter, le peintre de la cour. Eugénie offrit à Charlotte une mantille espagnole et à Maximilien un médaillon de la Vierge en or massif. Dans la chapelle des Tuileries, où ils entrèrent précédés et suivis par le grand maréchal et le grand mestre de camp, le commandant en chef de la Garde impériale, les officiers et les dames des Maisons impériales de Louis-Napoléon et d'Eugénie, ils entendirent une messe chantée par les élèves du Conservatoire et Charlotte remarqua que l'empereur français ne cessait pas un seul instant de se tordre les moustaches. Ils dînèrent plusieurs fois dans le salon Louis XIV, orné de soleils et de cornes d'abondance, servis par des *maîtres d'hôtel** en habits de soie bleu ciel, en redingotes au col brodé de fleurs impériales, en tricornes à plumes noires, portés sous le bras ; au centre de la table trônait une grande et somptueuse porcelaine de Sèvres, et derrière Eugénie, immobile, un valet nubien portant un costume vénitien. Louis-Napoléon arborait sa canne favorite, recouverte de peau de rhinocéros et au pommeau surmonté d'un aigle doré. On parla de tout un peu : de Puebla, du départ précipité de Juárez de la capitale, des brillantes campagnes du général Brincourt, de la nécessité de traverser très vite Veracruz pour éviter la contagion de la fièvre jaune ou vomito negro ; Eugénie leur raconta que lors du dernier bal de Pauline Metternich, elle, l'Impératrice, s'était déguisée en Junon et le comte de Fleurier en Haïtien vendeur de noix de coco, et Maximilien est revenu sur le sujet de l'Égypte et il a dit qu'alors la France demanderait à l'Angleterre de lui rendre la pierre de Rosette. Mais ensuite les Égyptiens vous la demanderont, dit l'Archiduc, et les Grecs en profiteront pour demander aux Anglais de leur rendre les marbres d'Elgin. Les marbres de quoi ? Les frises du Parthénon, précisa Eugénie qui était très savante en histoire. Ouais, mais alors, dit Louis-Napoléon, vous les Autrichiens vous devrez rendre aux Albanais la couronne de Skanderbeg, et il vaut mieux que les choses restent en l'état. Il y eut également une grande parade sur les nouvelles avenues du Paris moderne dessiné par le baron Haussmann et Maximilien passa les troupes en revue. L'escadron des cent-gardes frappa la terre de la crosse de ses fusils, honneur qui était uniquement rendu, en dehors de l'empereur et de l'impératrice de France, aux monarques étrangers et Eugénie raconta qu'une fois elle avait assené une gifle à un garde pour voir s'il bougeait, mais le garde n'avait même pas cillé, pas plus qu'un autre n'avait réagi quand Loulou avait déversé tout un paquet de bonbons dans ses bottes, et Louis-Napoléon dit que depuis 1858 il avait aboli la coutume qui voulait qu'un des membres de l'escadron dormît couché à la porte de sa chambre. Eugénie et Charlotte visitèrent plusieurs églises, le visage recouvert d'épais voiles noirs pour que personne ne les reconnût et Eugénie lui raconta, mi-écœurée mi-souriante, qu'une fois elle s'était rendue incognito dans une église accompagnée d'Hidalgo, et qu'elle avait dû poser les lèvres sur un crucifix après qu'un nègre l'eut embrassé, mais comme en faisant cela elle accomplissait un vœu pour la chute de Puebla, elle ne s'était pas repentie, lui dit-elle, et en outre elle adorait sortir déguisée, ainsi elle rêvait de le faire pour aller voir *les Géorgiennes* d'Offenbach dont on disait que c'était une opérette délicieuse, mais là c'était franchement impossible. Enfin, c'était presque le printemps, la Ville Lumière faisait honneur à son nom, il y avait dans les rues des cracheurs de feu et des musiciens, des saltimbanques habillés en arlequins, sur les boulevards et dans les parcs des enfants avec des jupes écossaises et des *glengarries*, et partout où passait Charlotte, les gens l'applaudissaient et lui criaient: *Bonne chance, Madame l'Archiduchesse*!* et Charlotte ne savait pas si elle devait s'en réjouir ou en pleurer, car elle ne pouvait s'empêcher de penser que c'était là, aux Tuileries, dans ces mêmes couloirs et ces mêmes salons, tels que la salle des Travées, la galerie de la Paix, le salon des Maréchaux avec les portraits des douze maréchaux de France et les bustes de soldats et de marins français, et la galerie de Diane, qui longeait les appartements d'Eugénie, qu'elle avait joué quand elle était petite et que son grand-père Louis-Philippe l'asseyait sur ses genoux dans le salon du Roi pour lui raconter que ce magnifique personnage qu'elle avait devant elle, dessiné avec des fils de couleur, n'était autre que Louis XIV et que la scène brodée sur la tapisserie commémorait la cérémonie au cours de laquelle le Roi Soleil avait présenté son fils aux Grands d'Espagne. Mais dans ces mêmes rues de Paris, les mauvaises langues, qui s'étaient déjà chargées d'appeler l'expédition française «la guerre du duc Jecker», disaient que Maximilien n'était pas un archiduc mais un *archidupe**...

Quelques heures avant le départ de Maximilien et de Charlotte pour l'Angleterre, où ils devaient rendre visite à la cour de St. James et à la grand-mère de Charlotte à Claremont, l'Archiduc et Louis-Napoléon signèrent ce qu'on a appelé la Convention de Miramar. L'empereur des Français y ratifiait les conditions exprimées antérieurement dans sa correspondance avec l'Archiduc. Ses futurs sujets mexicains paieraient à la France les deux cent soixante-dix millions de francs correspondant aux dépenses de l'expédition jusqu'en juillet 1864, et mille francs par an pour chaque soldat français qui resterait au Mexique après cette date. Maximilien s'engageait également à satisfaire aux demandes de la Maison Jecker. En revanche, il repoussa catégoriquement le projet de Louis-Napoléon de faire du Sonora, pendant quinze ans, un protectorat français.

En Angleterre, la reine Victoria décida qu'on ne leur rendrait pas les honneurs impériaux, mais elle les reçut avec affection et elle observa que Maximilien semblait désireux de s'évader du *dolce far niente* et qu'indubitablement Charlotte le suivrait au bout du monde. A Claremont, la grand-mère de Charlotte, Marie-Amélie, veuve de Louis-Philippe depuis dix-sept ans, perdit brusquement son calme et elle leur demanda en sanglotant de ne pas aller au Mexique. Sa fille Clémentine, au long nez bourbonien, qui égrenait sans cesse son chapelet entre ses doigts, la comtesse de Clinchamp, Charlotte elle-même et la petite princesse Blanche d'Orléans tentèrent en vain de l'apaiser. En plein délire, la grand-mère criait : *Ils seront assassinés ! Ils seront assassinés* !* La petite princesse Blanche, qui avait six ans à l'époque, s'étonnait que ce fût un homme, Maximilien, qui se mît à pleurer, et non pas Charlotte, qui resta imperturbable.

D'Angleterre, Maximilien et Charlotte se rendirent à Bruxelles pour prendre congé de papa Léopold, du duc de Brabant et du comte de Flandres, et là, avec les généraux Chazal et Chapelier, ils s'entretinrent de l'organisation d'un corps de mille volontaires belges, que l'on baptiserait Gardes de l'Impératrice. La prochaine étape était Vienne.

Un autre tableau de Cesare dell'Acqua de la salle XIX du château de Miramar s'intitule *La partenza per il Messico*. Maximilien et Charlotte sont debout dans la barque aux huit rameurs qui les a amenés jusqu'à la *Novara*, depuis l'embarcadère de Miramar. La frégate, là-bas au loin dans la rade, est toute pavoisée de ses oriflammes de gala. Au grand mât flotte un drapeau impérial mexicain. Un autre sur la chaloupe et un troisième sur la tour du château. Près de la *Novara*, le bateau français *Thémis*, qui devait les accompagner jusqu'au Mexique, et le yacht impérial *Fantaisie*, en plus de la canonnière autrichienne *Bellona* et de six vapeurs de Lloyd qui allaient les escorter pendant une partie de la première journée. D'après l'historien belge André Castelot, Charlotte désigna le drapeau français hissé sur la *Thémis* et elle dit à Max : « Le drapeau de la civilisation nous accompagne », et Maximilien resta muet. Tout Trieste était venu prendre congé d'eux et depuis le quai, couvert de fleurs, les Triestins : hommes, femmes, enfants, envoyaient des baisers au couple princier, lançaient des vivats, leur souhaitaient bonne chance. La fanfare municipale joua l'hymne impérial mexicain, puis le *Gott erhalte, Gott beschütze. Unsern Kaiser, unser Reich !...* Maximilien et Charlotte étaient accompagnés au Mexique, entre autres, par le comte Franz Zichy et son épouse Mélanie ; la comtesse Paula von Kollonitz ; le marquis de Corio ; le comte Bombelles, fils de l'ancien tuteur de Maximilien ; l'ingénieur belge Félix Éloin, envoyé par Léopold ; Sébastien Schertzenlechner ; MM. Angel Iglesias et Joaquín Velázquez de León ; le général Adrián Woll d'Obm et Herr Jacob von Kuhacsevich. Depuis la *Novara*, Maximilien contempla le château de Miramar pour la dernière fois. *Comme il pleure, mon pauvre Max* !* dit Charlotte à Madame Zichy.

C'était le matin du 14 avril 1864. Entre ce jour et la date du départ de Max et de Charlotte de Claremont, le rêve de l'Empire mexicain fut à deux doigts de s'en tenir là : à un rêve. Le 19 mars, Maximilien et Charlotte étaient arrivés à Vienne, où on leur rendit les honneurs impériaux. Le lendemain, le comte de Rechberg rendit visite à Maximilien dans ses appartements privés et lui remit de la part de l'Empereur un document appelé « Pacte de Famille », qui contenait la renonciation de l'Archiduc et de tous ses descendants aux droits de succession d'Autriche, y compris le droit de tutorat sur tout prince autrichien. Max refusa de le signer et

Rechberg lui dit que dans ce cas l'Empereur ne pourrait pas autoriser l'acceptation de la couronne du Mexique par l'Archiduc. Le lendemain, le chef suprême de l'auguste Maison d'Autriche envoya à son frère un communiqué écrit où il lui confirmait ce que lui avait dit son ministre des Affaires étrangères. Dans sa réponse, Max, indigné, dit qu'il se verrait dans la triste obligation de porter à la connaissance d'un peuple qui avait déposé en lui sa confiance quant à un avenir meilleur, débarrassé de ces guerres dévastatrices qui avaient affecté des générations entières, le motif de sa renonciation. Une discussion furieuse suivit cet échange épistolaire : Max prévint son frère qu'il s'embarquerait sur un navire français à Anvers et François-Joseph lui dit que s'il osait faire cela, il l'effacerait de la liste des princes de la Maison d'Autriche. Sophie, indignée, courut se réfugier au château de Laxenberg, où Max et Carla la rejoignirent le 24 mars. Là, Charlotte souligna à nouveau que l'Autriche devait faire valoir un droit historique : le Mexique, après tout, avait appartenu à la dynastie des Habsbourg et maintenant il s'agissait de le récupérer. Deux jours après, ils revinrent à Miramar, et cinq jours plus tard arriva au château le cousin de Maximilien , l'archiduc Léopold, pour lui communiquer que François-Joseph le pressait de signer la déclaration de renonciation. Le 27 mars, Maximilien communiqua à la délégation mexicaine logée à Trieste qu'en raison des obstacles insurmontables auxquels il se heurtait il avait décidé de retirer sa candidature au trône du Mexique. Charlotte avait proposé de s'embarquer en secret sur le bateau français *Thémis* et, dès qu'ils arriveraient à Alger ou à Civitavecchia, de rendre publique l'acceptation, pour sauvegarder ainsi les droits de Max en Autriche, mais l'idée de l'Archiduchesse ne rencontra aucun écho... Max, en revanche, dit qu'il se rendrait à Rome afin d'expliquer la situation au Saint-Père. Hidalgo télégraphia à Paris et son rapport mit les Tuileries et le Quai d'Orsay sens dessus dessous. Louis-Napoléon fit réveiller Metternich à deux heures du matin en lui envoyant un messager qui lui remit deux lettres : une de l'Empereur et l'autre d'Eugénie, pleines de reproches, pour le prévenir du scandale qui menaçait. Metternich se présenta aux premières heures du lendemain aux Tuileries et il assura que son gouvernement était le premier à regretter la situation. Louis-Napoléon télégraphia à Miramar pour exprimer à Maximilien sa consternation et il souligna qu'un refus, à ce niveau, était impossible. Ce même matin du 28 mars 1864, Louis-Napoléon envoya à Vienne et à Miramar son aide de camp, l'inspecteur général de l'artillerie, le général Charles-Auguste de Frossard, avec la mission de s'entretenir avec François-Joseph et de remettre à l'Archiduc une lettre écrite de la main même de l'empereur des Français. La lettre comprenait un paragraphe dont Louis-Napoléon devait se repentir quelques années plus tard : « *Que penseriez-vous de moi,* disait-il, *si Votre Altesse Impériale se trouvait au Mexique et que je lui dise tout à coup que je ne pourrais pas respecter les conditions que nous avions fixées ?* », ainsi qu'une phrase qui devait obliger Maximilien à reconsidérer son attitude : «*Il s'agit,* écrivait Louis-Napoléon, *de l'honneur de la Maison des Habsbourg.* »

A Vienne, les démarches de Frossard n'eurent aucun succès : François-Joseph, dit-il à Rechberg, avait clairement posé comme principe que l'Autriche ne saurait être gouvernée par un prince que l'on chasserait d'un trône — cette éventualité ne pouvait être écartée — et il ne voulait pas non plus qu'avec le temps un prince mexicain descendant de l'Archiduc se crût investi du droit de disputer la couronne de l'Empire d'Autriche. A Miramar, devant l'insistance de Frossard à souligner que l'honneur des Habsbourg était en jeu, Charlotte intervint et elle dit au général qu'en partant pour le Mexique, ils rendaient un service à Louis-Napoléon. Frossard répondit que le service était pour le moins réciproque. Le 2 avril, Maximilien reçut à Miramar trois lettres de François-Joseph. L'Archiduc avait communiqué auparavant à son frère qu'il accepterait le Pacte de Famille si on n'y incluait pas l'héritage familial et il suggérait qu'on ajoutât une clause secrète où l'Empereur promettrait à l'Archiduc de le rétablir dans ses anciens droits au cas où il renoncerait au trône du Mexique ou qu'il le perdrait, ainsi que la restitution de tous les droits correspondant aux archiducs d'Autriche et, compte tenu des circonstances, revenant à sa veuve et à leurs enfants. Dans les deux premières lettres, François-Joseph confirmait ce que les deux frères avaient accepté à Venise pour ce qui était de cent cinquante mille florins annuels et du recrutement d'un corps de volontaires autrichiens. Dans la troisième, François-Joseph promettait de faire tout ce qui serait en son pouvoir, tant que cela serait compatible avec les intérêts de son Empire, afin d'y préserver la situation de Maximilien ou de sa veuve et de ses héritiers, au cas où l'Archiduc abandonnerait de son propre gré le trône du Mexique ou bien si les circonstances l'y contraignaient.

Comme cela n'était pas suffisant, Charlotte se rendit à Vienne pour parler avec François-Joseph. L'Archiduchesse échoua à son tour : l'empereur, inflexible, se borna à faire ce qui dans son esprit représentait une concession importante : il irait lui-même à Miramar en emportant avec lui le Pacte de Famille.

Le train impérial de François-Joseph arriva à Trieste le 9 avril au matin. Les deux frères s'enfermèrent dans la bibliothèque du château de Miramar. A un moment donné, Maximilien sortit seul de la pièce pour aller marcher dans le jardin. Peu après, le comte Bombelles alla le chercher et la discussion reprit. Plusieurs heures plus tard ils sortirent de la bibliothèque. Il était évident que tous deux étaient exaltés et qu'ils avaient pleuré.

Dans le grand salon, en présence de leurs deux frères les archiducs Charles-Louis et Louis-Victor, des ministres Schmerling, Esterhazy et Rechberg, des archiducs Charles-Salvador, Guillaume-Joseph, Léopold et Rainier, des trois chanceliers de Hongrie, de Croatie et de Transylvanie et d'autres hauts dignitaires de l'Empire, François-Joseph et Maximilien signèrent le Pacte de Famille.

François-Joseph quitta aussitôt Miramar. Avant de monter dans le train, il se tourna vers son frère, ouvrit les bras et s'exclama : « Max ! » Les deux frères s'étreignirent pour la dernière fois.

Le lendemain, 10 avril, le comte Hadik alla chercher les membres de la délégation mexicaine, logée à la Maison consistoriale de Trieste.

C'était dimanche, le jour où les jardins de Miramar étaient ouverts au public. Maximilien avait revêtu l'uniforme de gala d'amiral de la Flotte autrichienne et il arborait la Toison d'or. Charlotte portait une robe de soie rose, le ruban noir de l'ordre de Malte et la couronne de diamants archiducale. Gutiérrez Estrada prit à nouveau sur lui de prononcer un discours amphigourique en français où il fit référence à la devise des Habsbourg qui apparaissait sur un arc de triomphe de Vienne, face au palais, *Justitia regnorum fundamentum*: les empires sont fondés sur la justice, et il affirma que l'on distinguait clairement la main de Dieu dans cette entreprise. Maximilien, d'une voix tremblante, lut sa réponse en espagnol et y indiqua que, grâce au vote des notables, il pouvait se considérer comme élu, qu'il acceptait la couronne et que, grâce à la générosité de l'empereur des Français, l'Empire pouvait compter sur les garanties nécessaires. Il insista une fois de plus sur le fait que son intention était avant tout d'établir une monarchie constitutionnelle au Mexique.

Quand Maximilien eut terminé, Gutiérrez Estrada, rayonnant, s'agenouilla devant lui et s'exclama : « Vive Sa Majesté Ferdinand Maximilien, Empereur du Mexique. » Il fit de même devant Charlotte : « Vive Sa Majesté Charlotte Amélie, Impératrice du Mexique. » Le drapeau impérial mexicain fut hissé au mât de Miramar et salué par les canons des navires ancrés dans le port. L'abbé de Lacroma s'approcha pour recueillir le serment de Maximilien. L'Empereur s'agenouilla, posa la main droite sur le livre des Évangiles et jura de préserver l'intégrité et l'indépendance de sa nouvelle patrie. On enchaîna avec la signature de la Convention de Miramar et Maximilien Ier commença à prendre une série de dispositions, parmi lesquelles la désignation de nouveaux représentants du Mexique dans plusieurs capitales européennes. Il envoya également une lettre au podestat de Trieste, où il l'avisait qu'il lui avait conféré la croix de commandeur de l'ordre de son Empire et ordonné qu'on lui envoyât vingt mille florins dont les intérêts devaient être répartis chaque année, à Noël, entre les familles les plus nécessiteuses de Trieste.

Quelques historiens affirment qu'avant la fin de la cérémonie, un télégramme de félicitations de Louis-Napoléon arriva. D'autres, comme Gaulot, prétendent que le télégramme est arrivé le lendemain, que Charlotte l'a reçu et qu'elle l'a porté à Maximilien qui était en train de déjeuner avec le docteur Jilek, que l'Archiduc a jeté sa fourchette sur la table et s'est exclamé : « Je t'ai déjà dit que je ne veux pas qu'on me parle du Mexique en ce moment. » Maximilien s'enferma dans la *Gartenhaus* et se refusa à voir qui que ce soit. Le docteur Jilek dit que l'Empereur était épuisé et qu'il avait besoin de repos. Charlotte dut recevoir les députations de Trieste, de Venise, de Fiume, de Gorizia et de Parenzo, et présider le banquet officiel dans le salon des Mouettes. Dans la *Gartenhaus*,

Maximilien termina son poème et décida de repousser le départ au 14 : le 13 portait malheur. C'est ainsi que le 14 au matin, après avoir parcouru une fois encore les salons et les jardins de Miramar, Maximilien et Charlotte prirent congé de leurs serviteurs. Une fois encore, Maximilien fut ému jusqu'aux larmes. Richard O'Connor, dans son livre *Le Trône de cactus*, dit que le majordome de Miramar préféra se suicider plutôt que d'accompagner le couple impérial au Mexique... Au dernier moment, Maximilien reçut un télégramme de sa mère Sophie : « Adieu. Recevez nos prières et nos larmes. Que Dieu te protège et te guide. Adieu pour toujours depuis la terre natale où nous ne te reverrons jamais plus. Le cœur serré, nous te bénissons une fois encore. »

La *Novara* leva l'ancre et mit le cap sur Pirano, en longeant les côtes de l'Istrie.

2. *« Camerone, Camerone... »*

Camerone, Camerone... Je dirai pas que j'étais content, mais j'étais pas triste non plus, ni que j'étais réveillé mais j'étais pas endormi non plus, j'étais tout ébaubi à regarder un oiseau-mouche cornu qui se suspendait en l'air pour sucer le nectar des fleurs du manteau de la Vierge sous lesquelles j'étais caché, parce que ça, pour être caché, je l'étais à coup sûr et pas qu'à moitié, quand je les ai tous vus arriver, tous avec leurs képis à visière carrée, leurs couvre-nuques, leurs vareuses bleues et leurs pantalons garance et leurs guêtres, sauf un capitaine ou ce qui m'a paru être un capitaine avec une tunique noire et des galons dorés, remarquez que mon rôle n'est pas de raconter ni le vôtre de me croire, mais il avait une main en bois, la gauche, et alors je me suis dit ce sont les légionnaires, mais l'important ce n'est pas que je me le dise, je me suis dit, mais que je le dise au général, c'est pour ça qu'il m'a payé, pour que je le renseigne sur qui ils sont, et combien. Je me suis mis à les compter avec mes doigts : un, deux, trois et quand je suis arrivé à quarante l'oiseau-mouche a pris peur et j'ai perdu le fil, mais je l'ai retrouvé et je suis arrivé à soixante environ. On voyait à peine la poussière qu'ils soulevaient, quand je me suis mis à courir, mais moi je n'ai même pas fait de poussière car je ne crains personne pour ce qui est de courir. Le colonel s'était réfugié à l'ombre d'un caroubier et il ne m'a pratiquement pas remercié pour le message, car des chiques s'étaient glissées sous les ongles de ses pieds où sa femme était en train de fouiller, ce qui le faisait hurler de douleur et de rage. Mais quand il a remis ses bottes, il a changé d'humeur et il m'a remercié un peu plus, il m'a donné une petite tape sur l'épaule et il m'a dit Très bien, tu dis qu'il y a environ soixante légionnaires, très bien, on va les exterminer, viens avec nous, tu vas voir comment on va les arranger ces Français. Seulement un capitaine qui avait l'air au courant lui a dit Excusez, mon colonel, si ce sont des légionnaires, si ce sont les hommes qui d'après ce que je sais sont arrivés à Veracruz sur deux bateaux qui venaient d'Algérie sous le commandement du colonel Jeanningros, si ce sont ces hommes-là, qu'il disait, le plus probable, c'est qu'il y aura parmi eux plus d'Allemands, de Prussiens et même d'Italiens que de Français, sans exagérer, mon colonel. Dans le cas présent cela revenait évidemment au même, car d'un côté c'étaient tous des étrangers, et de l'autre on était tous des Mexicains, avec cet avantage qu'eux, ils n'étaient que soixante, ou soixante et quelque, et nous environ mille, soit dit sans exagérer. Si nous avions été informés alors de l'existence du convoi, si on nous avait dit que ces légionnaires étaient chargés de nettoyer la route afin d'ouvrir le passage à un convoi chargé d'or et de canons pour le général Forey ou quel que soit son nom, au lieu de les poursuivre nous aurions attendu le passage des chariots, parce qu'en fait on était beaucoup et sur tout cet or la moitié aurait été pour le gouvernement de la République et l'autre moitié pour nous, qui l'avions méritée, ou, au moins, c'est ce que j'aurais ordonné si j'avais été colonel, mais je ne suis même pas sergent puisque je ne suis pas soldat, moi on me paie pour espionner, pour rester tranquille à passer des heures et des jours heureux, comme quand j'étais sous le manteau de fleurs bleues, presque sans respirer, et on me paie pour courir, comme je vous l'ai dit, et pour goûter. Je goûte les figues de Barbarie pour voir si elles ne sont pas amères, je goûte les guignes pour voir si elles ne sont pas acides, je goûte les champignons pour voir s'ils ne sont pas vénéneux, bien que je le sache à l'avance, mais ils ne savent pas que je le sais, c'est pour ça, je vous disais, qu'ils me paient, parce que je connais tous les sentiers et toutes les bosses de la terre à cinq lieues autour de Chiquihuite, toutes les sources et toutes les rivières, comme le ruisseau de La Joya où se trouvaient ce jour-là les légionnaires, et comme le ruisseau de Camerone, qui donne son nom à la ferme où ces salauds se sont retranchés cette nuit-là. Camerone, Camerone... Pour ce qui est des légionnaires ils ne se sont pas endormis, on ne leur en a pas donné le temps, mais ils se sont endormis sur leurs lauriers, ils se sont fiés, comme a dit le capitaine je-sais-tout, à leur victoire de Sébastopol ou Cestpastaboule, comme dit l'autre, ils ont cru qu'ils étaient chez les Turcs et au lieu de battre en retraite comme je l'aurais ordonné si j'étais soldat, mais je ne le suis pas, le capitaine à la main de bois, qu'on appelait capitaine Danjou ou quelque chose dans le genre, les a conduits dans l'enclos de la ferme de Camerone et là, comme son nom l'indique, on les a bouclés. C'est-à-dire que ce sont eux, les soldats, qui les ont bouclés, parce que je me suis simplement caché dans des broussailles pour voir ce qui se passait et tout écrire pour porter le message à quelqu'un, à celui qui me paierait le mieux. Je ne sais ni lire ni écrire, mais j'écris dans ma tête. Personne ne sait tout ce qui y est écrit, pas même moi parfois. Je sais lire les pierres et les chemins, je lis le maquis et les fougères. Ce jour-là j'ai lu les nuages. A dire vrai j'ai lu le ciel car il n'y avait pas un seul nuage et je me suis dit qu'il n'allait pas tomber une goutte pendant un bout de temps et qu'à présent ces foutus légionnaires allaient vraiment savoir ce qu'était la fournaise, pas du tout la fournaise du désert, mais celle des terres chaudes, qui portent bien leur nom, la fournaise de la fièvre jaune qui avait déjà commencé à les décimer, car les hôpitaux de campagne étaient remplis de légionnaires miteux qui vomissaient une mélasse noirâtre infecte, comme je l'ai vu de mes yeux. Et je les ai vus aussi, le capitaine Danjou et tous les autres qui s'amenaient en fumant des cigares comme le font les officiers mexicains qui ne sont pas des terres chaudes mais qui y arrivent : comme ça ils chassent les moustiques. Mais ce qui est sûr c'est que les cigares ne chassent pas les balles : la première qu'on leur a envoyée a fait sauter le cigare du bec d'un officier, la deuxième a tué le cheval qu'un légionnaire avait entre les jambes, de la troisième et de toutes les autres qui l'ont suivie je ne vous dis rien car je n'ai pas eu le temps de les compter. On s'est lancé à leurs trousses jusqu'à ce qu'ils se réfugient dans le parc à bestiaux de la ferme et moi, comme je vous l'ai dit, je me suis caché dans des broussailles. Je n'ai pas besoin de fumer pour chasser les moustiques. Ils me connaissent bien et ils savent que mon sang n'est pas bon. Je reste tranquille, sans même cligner les yeux, pendant des heures et des heures, et si j'ai faim je mange ce qui me tombe sous la main. En revanche, je peux rester des jours entiers sans boire. Mais pas eux, comme on l'a appris plus tard. Ces ahuris avaient oublié de remplir leurs gourdes et quand on les a coincés à Camerone ils n'avaient pas une goutte d'eau, seulement une bouteille de vin pour soixante et quelque, imaginez un peu, ce n'est même pas suffisant pour que la mort ait un goût plus doux. Je les ai vus se passer la bouteille de bouche en bouche. Le capitaine à la main de bois a bu lui aussi. Deux autres officiers ont bu et puis quelques soldats. « Offrez-nous-en un coup, connards ! » cria un des lanciers mexicains, et alors j'ai vu un des légionnaires uriner dans la bouteille, remettre le bouchon et nous la jeter en disant quelque chose dans une langue que je n'ai pas saisie. Il aurait mieux fait de garder son urine pour la suite, mais à ce moment-là il ne le savait pas. La bouteille fut comme un signal qui déclencha la fusillade. Tels que vous nous voyez, ou plus exactement tels que vous les voyez, parce que moi je ne suis pas soldat, avec leurs chemises en loques et leurs pantalons couleur de terre, comme ça, à première vue, on ne fait pas très peur, mais dans une vraie bataille, celui qui nous voit passer au triple galop en hurlant plus fort que les soldats du bataillon égyptien et que les chasseurs d'Afrique, celui qui nous voit d'abord de loin puis de plus en plus près n'urine pas par plaisir, comme le légionnaire français, il chie de peur. Malheureusement, ce coup-là, les lances et les chevaux ne nous ont pas servi à grand-chose et à vrai dire, les gars de la cavalerie ont beau en avoir vu de toutes les couleurs dans les batailles, je vais vous avouer, on n'est pas très bons quand il faut se battre à pied. Une des premières balles des Français a tué un soldat qu'un de nos chevaux avait sur le dos. Mais quand la Providence est avec vous, à quelque chose malheur est bon. Les légionnaires avaient une couple de mules chargées de vivres et de munitions, de ces mules sans bride et sans licou qui ont appris à suivre un mulet et quand elles ont vu le cheval tout seul qui par pur hasard s'était approché de la ferme pour brouter, elles sont parties en courant à sa suite. Camerone, Camerone... Les légionnaires devaient vraiment roupiller. Ils se sont mis à crier après les mules comme des possédés, pour qu'elles reviennent, et je me suis dit que c'étaient de vrais abrutis, comment des mules mexicaines peuvent-elles comprendre le français, ça ne veut pas dire que les mules comprennent ce qu'on leur dit, mais elles comprennent, si je m'explique bien. Bref, moi qui n'arriverais même pas à être soldat, je pourrais encore moins être légionnaire, mais si je l'avais été je les aurais tuées à mi-distance pour que personne n'ait les vivres et les munitions. A l'inverse, ce qui est arrivé c'est que les légionnaires se sont retrouvés non seulement sans eau, mais également sans rien à manger. Après, le capitaine à la coule nous disait que ces légionnaires sont des démons qui supportent tout et qu'ils tirent leur force et leur paillardise de l'absinthe et d'un vin rouge et épais comme du sang : il nous disait que ces légionnaires savent monter à dos de chameau et qu'ils tuent les Bédouins comme des mouches, mais que quand on les attrape vivants, on connaît des cas où on les attache à un poteau pour que les chiens les dévorent tout crus, et eux ils restent sans piper mot, en plus, comme l'a dit le capitaine, ils sont tous malades de la sylphide ou d'un truc dans ce genre-là, ils ne sont plus qu'un chancre des pieds à la tête et c'est aussi ce qui en fait de vrais démons. Mais ici, ce n'est pas le cas, mon capitaine, on l'a bien vu, ils ne tiennent pas la route, je lui ai dit, ou, plus exactement, j'aurais aimé le lui dire, car je ne suis pas de taille à contredire un capitaine ni à traiter un officier à tu et à toi. Ici, macache. Ici, à Camerone, on va tous les tuer si les chiffres ne mentent pas, car de leur côté ils sont soixante et du nôtre on est mille. Ou alors je me serais risqué à dire au colonel : de notre côté, même si de l'autre Napoléon nous envoie mille soldats, on est un million et il aurait mieux fait, l'empereur, le Français et aussi cette merde d'Autrichien qu'on veut nous envoyer, ils auraient mieux fait de faire leurs calculs, car les chiffres ne mentent pas. Personne ne m'a appris à faire des additions ou des soustractions. Je ne sais pas lire les chiffres ni les écrire sur une feuille de papier. Mais je sais additionner les fleurs et les charognards. Je sais soustraire les jours et les morts. Et je ne me trompe jamais. Les charognards ne se trompent pas non plus. C'est pour ça, ce coup-ci, malgré qu'il y a eu beaucoup plus de morts chez nous, ce qui n'était pas très important parce que dans cette affaire on était beaucoup trop, les charognards ont commencé à faire des cercles, non pas au-dessus de nos têtes mais au-dessus du domaine de Camerone, c'est pour ça ou peut-être, à mon avis, parce qu'ils commencent à préférer la chair blanche de Français ou d'Allemand, que les charognards sont en train de prendre de mauvaises habitudes. Je dis qu'il y avait beaucoup de morts dans notre camp à nous, les Mexicains, parce que les légionnaires, sur douze balles qu'ils tiraient, en logeaient une dans un Mexicain, tant ils étaient bons tireurs. Sur les onze restantes, une se perdait dans les airs, une autre faisait un plongeon dans le ruisseau et remontait le courant comme un saumon argenté ; une autre embrassait la poussière et zigzaguait comme un serpenteau ; une autre s'incrusta dans le tronc d'un acajou et en fit jaillir des étincelles bleuâtres, et une autre, vous n'allez pas le croire, et pourtant je l'ai vu, a tué l'oiseau-mouche que j'étais en train de regarder et, sans mentir, je vous assure que si vous visez un oiseau-mouche vous ne le touchez jamais, parce qu'il est plus petit qu'une balle et aussi rapide. Mais, par un pur hasard, cette balle n'a laissé du pauvre oiseau-mouche qu'un petit nuage de plumes, qu'est-ce qui pouvait en rester d'autre? Je me suis mis à compter les morts qu'ils nous coûtaient, mais comme nos morts étaient nombreux et dispersés dans tous les coins, j'ai préféré compter les légionnaires et comme dans la chanson des petits chiens j'ai dit sur soixante légionnaires, un a été tué par une balle et il m'en est resté cinquante-neuf, sur cinquante-neuf légionnaires un autre a été tué par une balle et il m'en est resté cinquante-huit, et alors qu'il ne m'en restait plus que quelques-uns de vivants, je ne me suis pas perdu dans mes comptes, mais j'ai dû arrêter de compter. Il était midi. Les légionnaires ont arrêté de tirer et nous aussi. Le silence s'est fait. Un silence énorme, de la même taille que le monde. Mais quand je parle de silence, ce n'est pas exactement ce que je veux dire, car la forêt n'est jamais muette. Si ces légionnaires avaient tenu plus longtemps, s'ils avaient passé la nuit dans la ferme de Camerone, ils auraient vu ou plus exactement ils auraient entendu que la forêt, la nuit, est plus éveillée que le jour. Le colonel a attaché un mouchoir blanc à une lance, il l'a hissée au-dessus d'un arbuste, ensuite il s'est montré et il a demandé aux légionnaires de se rendre sans conditions. D'abord c'est un singe hurleur qui nous a répondu. Ensuite, c'est un légionnaire que j'avais déjà vu à plat ventre sur un toit pendant toute l'attaque, et je ne comprenais pas comment les balles ne l'avaient pas encore touché. C'était un homme aux cheveux blonds qui, d'après ce qu'a dit le capitaine à la coule, devait être polonais, vu la façon dont il parlait. Le blond s'est redressé et il a demandé à ceux d'en bas comment on disait en espagnol ce qu'il nous a dit ensuite: « Merde ! » Le colonel a fait semblant de ne pas entendre et il a attendu de voir ce que disait le capitaine à la main en bois. Mais ces abrutis n'ont pas voulu se rendre, ils ont dit que les légionnaires ne se rendaient jamais. Camerone, Camerone... Un oiseau moqueur leur a répondu, un de ces oiseaux qui rient toujours, mais que tu ne vois jamais. Puis on a eu l'impression qu'un autre oiseau moqueur répondait au premier: c'était le colonel qui éclatait de rire. Ensuite un capitaine s'est mis à rire, après ça a été notre tour à tous et très vite c'était comme mille oiseaux moqueurs qui riaient des légionnaires piégés, sans eau et sans pain, avec leurs képis aux visières carrées, des légionnaires et de leur capitaine avec sa tunique noire et dorée et sa main en bois. Nous avons débouché les bouteilles et on a crié A la vôtre les françouses. On a ouvert les boîtes de galettes et on les a jetées en l'air pour qu'ils voient qu'on en avait trop, on a bu à nos gourdes, on s'est gargarisés et on a craché des jets d'eau pour qu'ils voient qu'elle ne manquait pas. On a attaché des chiffons blancs, des tulipes, des caleçons, des aristoloches et des branches d'arbuste à fleurs rouges aux lances et aux baïonnettes et on leur a crié elle est là la paix que vous n'avez pas voulue, bande de salauds, on va vous l'enfoncer par où vous savez. On a attrapé les balles que transportaient les deux mules fuyardes et comme elles ne nous servaient pas parce qu'elles étaient trop longues et trop pointues pour nos fusils Spencer, même si après elles allaient nous servir quand on s'est emparés des fusils des légionnaires, on les a jetées par poignées dans les airs, pour qu'ils voient que les balles on n'en avait que faire. A vrai dire et comme je vous l'ai déjà dit, quand je vous dis on a fait ci on a fait ça, je vous répète que je parle des soldats, parce que moi je ne suis pas soldat mais espion. Non seulement je sais rester tranquille pendant des heures, mais je sais aussi ramper sans faire de bruit, sans bouger une feuille, comme un serpent fourré de plumes. J'ai profité de la trêve et du rire des oiseaux ricaneurs pour ramper, sans bruit, à la recherche de soldats morts. Raconter des choses ne nourrit pas son homme. Les gens me paient mal, quand ils me paient. Je vis plus sur les morts que sur les vivants. Leur anneau d'or me rapporte plus d'argent que celui qui me laisse raconter l'effort que m'a coûté le fait de l'arracher à la main crispée d'un mort. Une chaîne d'argent me rapporte plus que de raconter comment j'ai étranglé grâce à elle le moribond qui la portait pour l'aider à monter plus vite au ciel. Il n'y a pratiquement pas de bataille d'où je ne tire quelques pesos, deux ou trois dents en or, des mouchoirs de soie, des cigares de La Havane. Mais du siège de Camerone ce que je voulais avant tout c'était un képi de légionnaire, des bottes françaises, une vareuse bleue et des pantalons garance. En fait du siège de Camerone ce que je voulais vraiment ce n'était pas le képi ni les bottes ni la vareuse bleue ni les pantalons garance. Ce que je voulais c'était la main du capitaine Danjou. Je la montre au plus offrant. Je l'ai là dans ce sac. Je n'ai pas eu peur de l'arracher au capitaine Danjou quand il était en vie ni quand il était mort. La main a bondi quand une balle a frappé le capitaine en pleine poitrine, il est tombé d'un côté et la main de l'autre. Je l'ai vu bondir, faire un énorme saut comme un oiseau et, comme un oiseau mort, je l'ai vue tomber dans la poussière, comme un oiseau je l'ai vue trembler par terre, une autre balle perdue est passée en la frôlant, et elle a à nouveau fait un bond, alors que le capitaine était déjà mort. Puis la fournaise a commencé à se calmer, mais à ce moment-là les légionnaires étaient déjà morts de soif, ils se léchaient la sueur les uns des autres, ils se traînaient pour boire le sang des blessés et ils urinaient sans en avoir envie dans leurs gourdes pour boire leur propre pisse. Ensuite on a entendu sonner un clairon, ou ce que nous avons pris, et eux aussi, pour un clairon, et le colonel a pris la mouche parce qu'il a cru que d'autres légionnaires arrivaient pour briser le siège. Mais il ne s'est rien passé. Personne n'est arrivé pour les aider et j'ai pensé que peut-être, tout comme il y a un oiseau moqueur, il doit y avoir aussi un oiseau-clairon. On a commencé à imiter les clairons français, les trompettes françaises tout en se préparant à l'assaut final baïonnette au canon, car des cinquante-huit légionnaires qui nous restaient, l'un a été tué par une balle qui est entrée par une joue et sortie par l'autre en emportant une rangée de dents et un morceau de langue et il m'en est resté cinquante-sept, et sur ces cinquante-sept autres un autre a été tué par une balle qui a pénétré sous son aisselle sans même le chatouiller, et il m'en est resté cinquante-six, et sur ces cinquante-six cinquante ont été tués par cinquante balles et quand il ne restait plus que six légionnaires parqués dans l'enclos de la ferme de Camerone, six ou quinze si je me suis trompé dans les comptes, le colonel a dit Maintenant ça suffit, on va en finir et on s'est lancés à l'assaut de l'enclos. En fait, les autres ont donné l'assaut, parce que moi je suis resté tranquillement dans les broussailles, en me contentant de regarder, pour pouvoir vous rendre compte de ce qui s'est passé, et non pas parce que j'ai peur de la mort, mais parce qu'entre autres choses, je vis de mes comptes rendus et que si je meurs, messieurs, je ne pourrai pas vous rendre compte de la façon dont je suis mort. Si je meurs, je serai le seul mort dont je ne pourrai pas vivre. Une fois, dans une bataille, j'ai glané une paire de jumelles appartenant à un capitaine mort et ensuite je les ai vendues à un autre, car moi je n'ai pas besoin de jumelles : j'ai l'habitude de voir de loin. Des broussailles j'ai bondi pour grimper dans un guignier car de là on voyait mieux ce qui se passait près de la murette du grand enclos qui donne sur le fleuve. Du guignier j'ai à nouveau sauté pour me cacher dans un bouquet d'aubépines car de là on voyait mieux ce qui se passait dans les pièces qui donnent sur le grand enclos ; de l'aubépine j'ai à nouveau bondi pour grimper dans un arbre à fleurs rouges, car de là on voyait mieux ce qui se passait à l'entrée du grand enclos qui donne sur la route principale. Dans le guignier je me suis rempli les poches de guignes et ensuite je suis resté bien tranquille pour ne pas effrayer un cardinal de Jalapa qui fouillait dans ses plumes à la recherche de puces. Dans ce bouquet d'aubépines c'est moi qui ai eu peur, parce que j'ai voulu déféquer et je me suis piqué les fesses. Dans l'arbres à fleurs rouges j'en ai profité pour manger les guignes et pour cracher les petits noyaux sur un de nos soldats morts étendu en dessous de moi avec la bouche ouverte, pour voir combien de noyaux je réussirais à lui faire entrer dans la bouche. Du haut du guignier, j'ai vu des légionnaires qui essayaient de s'échapper en sautant par-dessus un monceau de cadavres presque aussi haut que la murette qui descend vers le fleuve, et je les ai vus sauter la murette, mais de l'autre côté il y avait d'autres de nos soldats qui les ont embrochés avec leurs baïonnettes comme des poulets. Depuis l'aubépine j'ai vu qu'un des nôtres enfonçait sa baïonnette dans le cou d'un légionnaire, faisait jaillir un jet de sang, et qu'un légionnaire, en représailles, enfonçait sa baïonnette dans la vessie de l'un des nôtres, faisant jaillir un jet d'urine. Du haut de l'arbre à fleurs rouges, j'ai vu un Français et un Mexicain se battre au couteau, je les ai vus s'étreindre pour planter leur surin chacun dans le dos de l'autre, je les ai vus tomber morts, l'un accroché à l'autre, comme s'ils faisaient l'amour, et je me suis rappelé ce qu'avait dit le capitaine à la coule, que beaucoup de légionnaires, à force de ne pas voir de femmes, finissent par s'aimer entre eux, mais que les officiers font semblant de ne rien savoir car ils n'en ont rien à faire qu'ils ne soient pas de vrais mâles quand ils s'aiment, pourvu qu'ils soient de vrais mâles quand ils nous haïssent. Et pour l'être, ils le sont. Ce sont des démons, des brutes. Sur les quinze légionnaires qui me restaient, un est mort d'un coup de baïonnette et il m'en est resté quatorze. Sur les quatorze qui me restaient, un est mort d'un coup de poignard et il m'en est resté treize. Et comme treize est un numéro qui porte malheur quand on n'a pas la chance pour soi, sur les treize trois ou quatre seulement sont restés vivants et les nôtres les ont faits prisonniers. Tous les autres sont là, à Camerone. C'est-à-dire étaient là. J'ai attendu que tout soit fini et que la nuit soit tombée, j'ai fermé les yeux mais je ne me suis pas endormi, parce que moi, même quand j'ai les yeux fermés, je ne m'endors jamais. Et maintenant, messieurs, laissez-moi vous montrer ce que je vous ai apporté dans ce sac. Voici les noyaux authentiques des guignes de la bataille de Camerone, messieurs, les petits noyaux des guignes en personne que j'ai cueillies de mes propres mains quand j'étais grimpé dans le guignier et que je regardais mourir les légionnaires. Voici les plumes authentiques de l'oiseau-mouche de la bataille de Camerone, messieurs, les plumes en personne que j'ai ramassées de mes propres mains quand le pauvre a été tué par une balle française. Voici les authentiques fleurs rouges de la bataille de Camerone, messieurs, les fleurs en personne que j'ai arrachées quand j'étais grimpé dans l'arbre à fleurs rouges et que je regardais tuer les Français. Comme je vous le dis, je n'ai rapporté de cette bataille ni képis ni guêtres ni vareuses bleues ni pantalons garance, pas seulement parce que je ne voulais ni képis ni guêtres ni vareuses ni pantalons, mais parce qu'une fois les autres partis, je me suis approché sur la pointe des pieds de l'enclos de la ferme, et je me suis aperçu que tous les corps étaient nus, que ces fumiers avaient emporté tous les uniformes et, pire encore, messieurs, tout l'argent, les bagues, les médaillons d'argent et les dents en or des légionnaires, qui ne ressemblaient plus qu'à de simples chrétiens, à poil qu'ils étaient, les pauvres mais sans souffrir de la chaleur ni du froid, parce qu'ils commençaient à pourrir et à se ballonner. J'ai écarté les chiens et les rats à coups de pied. Cette peau de rat que vous voyez là, messieurs, est la peau d'un authentique rat de la bataille de Camerone. Mais là, à moitié cachée sous des cadavres, sans avoir l'air de rien, tranquille et encore chaude pour ainsi dire, se trouvait ce que je voulais découvrir et que j'ai enfin découvert: la main en bois du capitaine Danjou. Et je vous l'ai apportée, messieurs. Et si on vous dit et si on vous raconte dans le coin que j'ai vendu plus d'une fois la main du capitaine Danjou, c'est vrai, mais c'est un mensonge. Comme on ne peut vivre uniquement en racontant des choses, comme je vous le disais, j'ai décidé de fabriquer plusieurs mains de bois semblables à celle du capitaine Danjou. J'en ai vendu une à un curé qui la voulait pour l'accrocher à la corde d'une cloche. J'en ai vendu une autre à un Français qui connaissait presque autant d'histoires que moi, non pas parce qu'il espionnait dans la vie, mais parce qu'il espionnait dans les livres. J'en ai encore vendu une autre, par courrier postal, à la veuve elle-même du capitaine Danjou. Les autres je ne sais pas trop à qui je les ai vendues, mais je les ai bien vendues. Mais celle-ci est la main authentique de la bataille de Camerone, l'authentique main de bois du capitaine Danjou. Voyez, voyez la poussière du chemin qui mène au domaine de Camerone. Cette main que j'ai là, parmi les noyaux de guigne, les plumes d'oiseau-mouche et les pétales de fleurs rouges, c'est la main en bois avec laquelle le capitaine Danjou a cassé la figure des berbères à Mers-El-Kébir, c'est bien la main fabriquée par un menuisier de Constantine pour remplacer la main du héros de Kabylie et de Magenta, de l'illustre soldat de Saint-Cyr qui a perdu une main en Algérie sans péril et sans gloire, regardez, regardez le sang du capitaine Danjou lui-même, regardez les esquilles provoquées par la balle qui lui a fait faire la seconde cabriole dont je vous ai parlé; c'est la main qui réveillait à grands coups de calottes les légionnaires abrutis de cafard, la main qui faisait trembler les princes déguisés en légionnaires, la main qui a frappé la carte de Veracruz quand le capitaine a dit Camerone se trouve ici, on atteint ce point et on s'y tient. Regardez-la, messieurs, c'est la main authentique qui s'est retrouvée sans le capitaine qui lui-même s'est retrouvé sans main, j'ai la garantie là-dessus du maire de Chiquihuite; j'en prends à témoin Dieu et les agoutis, tous les saints et les acajous, j'ai la garantie d'un déserteur polonais qui a filé en Californie à la recherche de pépites d'or de la taille d'une calebasse, j'ai la garantie du capitaine Danjou lui-même, qui l'a signée un tout petit peu avant de mourir, et je l'échange, messieurs, j'échange la main contre dix pesos d'argent si vous êtes riches, je l'échange contre une bouteille d'eau-de-vie si vous êtes pauvres, je l'échange, si vous le voulez, contre une autre histoire que je ne pourrai raconter et vendre, messieurs, qu'à une seule condition: qu'elle soit plus belle que celle de Camerone. Camerone, Camerone...

3. De la correspondance — incomplète — entre deux frères

Paris, le 25 avril 1864.

Mon cher Jean-Pierre,

J'admire ta constance à m'écrire et je t'en remercie. C'est toujours une joie de recevoir des nouvelles de toi. Mais je suis un peu accablé par l'arrivée d'une deuxième et même d'une troisième lettre avant que j'aie pu répondre à la première: je ne sais comment je pourrai m'intituler historien et aspirer à écrire ce qui dans mon esprit devra constituer trois ou quatre volumes sur la guerre de Trente Ans, si la nonchalance m'empêche d'envoyer simplement quelques lignes au seul frère que je possède, et qui se trouve de l'autre côté de la mer. Je te demande de me pardonner et je promets de t'écrire de façon plus suivie.

La nouvelle de ton mariage au Mexique m'a causé, évidemment, une grande surprise, mais aussi un énorme soulagement. Je vais t'en expliquer les raisons. Tu dois te souvenir qu'il y a déjà longtemps tu m'as dit de demander à Claude de m'accompagner au Père-Lachaise pour porter des fleurs à maman. C'est ce que j'ai fait, effectivement, et ensuite j'ai pris la liberté de l'inviter à déjeuner. Nous sommes retournés plusieurs fois au cimetière, sur son insistance, et entre nous est née une grande amitié fondée, avant tout, sur notre amour pour toi: elle, en tant que ta future épouse, et moi, parce que je suis ton frère. Mais Claude s'ennuyait beaucoup et ton séjour au Mexique se prolongeait tellement qu'il m'a semblé que le moins que je pouvais faire, c'était de l'emmener se promener, pour qu'elle se distraie, aussi avons-nous commencé à nous voir plus fréquemment, à aller au théâtre et à l'opéra (toujours accompagnés en l'occurrence par une de ses sœurs), ainsi qu'au jardin botanique et dans les musées. Je ne vais pas te dire «tu peux imaginer la suite». Non, ne te l'imagine pas, cher Jean-Pierre: il n'y a eu aucune trahison, nous parlions toujours de toi, de tes lettres, du bonheur que vous alliez connaître, Claude et toi, quand vous vous marieriez. J'ai même essayé de la persuader de faire un voyage au Mexique. Bref, que puis-je te dire d'autre: nous sommes tombés amoureux comme deux adolescents, sans que jamais l'un osât l'avouer à l'autre. C'est pourquoi, comme je te le dis, la nouvelle de ton mariage a été un grand soulagement, comme cela le sera pour toi de savoir que Claude n'a pas souffert quand je le lui ai appris. Elle m'a demandé de vous envoyer ses meilleurs vœux de bonheur à María del Carmen et à toi, et je fais de même. Et maintenant, mon cher frère, je me permets de poursuivre la polémique épistolaire que nous avons engagée il y a presque deux ans à propos de l'imbroglio mexicain. Bien que notre illustre Lamartine prétende qu'il s'agit là de «la pensée la plus grandiose du règne, vaste comme l'océan» — que pouvait-on attendre d'autre de l'homme qui a dit que notre départ d'Algérie reviendrait à nier notre mission et notre gloire —, l'enthousiasme a commencé à décliner non seulement dans le public en général, mais aussi chez les hommes politiques qui ont toujours été favorables à l'intervention et qui considèrent que si la conception de l'entreprise a été particulièrement audacieuse, l'exécution en est beaucoup trop timorée et imprécise. Il faut ajouter à cela un autre facteur qui a distrait les opposants à cette aventure: la Pologne. Bien que la presse n'ait pas cessé de s'occuper du Mexique, y compris celle qui donne la parole à l'opposition — dans *l'Opinion nationale* paraissent fréquemment des extraits des discours de Favre et *le Courrier de la Gironde* s'est proposé de publier les déclarations les plus importantes de Juárez —, l'an dernier, lorsque la politique de Wielopolski a précipité le soulèvement en Pologne, les Français ont cessé de penser au Mexique et à l'Amérique latine pour se préoccuper uniquement des Polonais. C'est toujours la même histoire: Mickiewicz, Chopin et d'autres exilés, presque tous polonais, qui se sont réfugiés à Paris, ont fait croire à la France qu'elle était quelque chose comme l'apôtre des nations et le gardien de la liberté. Ou le policier du monde. Cette diversion a évidemment permis à Louis-Napoléon d'avoir les mains plus libres pour tout ce qui touche au Mexique.

Mais ce qui est peut-être le plus désagréable dans cette histoire, c'est de se rendre compte que ce régime, celui de Napoléon, est totalement dépourvu d'autorité morale. Tu me dis que tu regrettes beaucoup la vie de Paris, qui est merveilleuse, et je le comprends. Merveilleuse pour toi et pour moi, qui sommes des privilégiés. Merveilleuse pour toute personne qui peut passer ses après-midi au Café Bignon, se rendre le dimanche au club de tir aux pigeons du Bois de Boulogne, ou se donner le luxe de perdre deux mille louis en une nuit en jouant au baccara. Merveilleuse pour le duc de Gramont-Caderousse, qui l'autre jour a offert à sa maîtresse un œuf de Pâques gigantesque, si grand qu'il contenait un carrosse tout entier avec son cheval. Oui, la vie à Paris, celle, du moins, dont parle Octave Feuillet dans ses romans et qu'Offenbach chante dans ses opérettes, doit pouvoir être belle si tu es courtisan, ou nouveau riche (ou riche de longue date ou un aristocrate *non* ruiné comme nous), ou si tu es Prosper Mérimée et que tu prépares le gazpacho dans les *tea-parties* de Compiègne (jusqu'où les gens peuvent s'abaisser, mon Dieu), ou si tu fais partie des cinq mille « bienheureux » qu'on invite aux bals masqués extravagants des Tuileries ou, enfin, un petit bourgeois fortuné qui peut s'offrir le luxe de bien manger, de boire de bons vins et de suivre les impératifs de la mode (je me demande si, de même que certaines couleurs portant des noms de batailles dont nous sommes sortis vainqueurs sont devenues à la mode, comme le magenta, le solférino, le vert Crimée et le bleu Sébastopol, on va se mettre maintenant à fabriquer des tissus jaune Puebla ou vert Tampico), bref, que puis-je te dire d'autre d'une ville que tu connais aussi bien que moi. Mais j'aimerais un jour t'inviter à parcourir le Paris des frères Goncourt (la Ville Lumière, disent-ils, est le bordel de l'Europe) pour que tu te rendes compte de toute la misère et de toute la prostitution qui existent. Tu pourrais m'accompagner à Belleville ou à Ménilmontant. Ou dans l'immonde rue Harvey. Les Goncourt, qui ont assisté à des chasses aux rats (Paris est infesté de ces animaux immondes), parlent de bien d'autres horreurs dans leurs romans. On calcule qu'il y a plus de trente mille prostituées à Paris et dans certaines zones de la ville, même la police ne se risque pas à pénétrer. Je me contenterai de te dire que le baron Haussmann lui-même estime que les quatre cinquièmes des habitants de cette ville merveilleuse vivent dans la misère, pour ne pas parler des ivrognes que tu rencontres affalés dans les rues, abrutis par l'absinthe, et des enfants qui sont loués par leurs parents aux mendiants, afin que ceux-ci fassent encore plus pitié.

Tu vas demander ce que tout cela a à voir avec l'affaire mexicaine. Eh bien, beaucoup de choses. Je ne vois pas comment nous pouvons justifier une intervention dans un pays quelconque au nom de la justice sociale, alors que nous avons en France tant de corruption et tant d'inégalité — toute entreprise coloniale qui se targue d'être une mission civilisatrice n'est qu'une misérable escroquerie, disait Jean-Jacques Rousseau dont on ne chantera jamais assez les mérites — et je ne m'explique pas non plus que Louis-Napoléon ait osé s'adresser au peuple mexicain dans les mêmes termes que ceux utilisés par les alliés en 1814, lorsqu'ils nous ont envahis pour «nous délivrer d'un tyran» qui n'était rien de moins que son propre oncle.

Du Mexique, nous critiquons tout. On se gausse en Europe de Santa Anna parce qu'il a créé un impôt sur les fenêtres, alors que la *window-tax* est une idée anglaise qui date des années trente. On se moque également de Santa Anna parce qu'il a institué sur sa petite île danoise une cour en miniature. Et qu'a fait Napoléon pendant son premier exil? La même chose: créer le petit royaume de l'île d'Elbe, avec tous ses ministres, son hymne national, son drapeau dessiné par le «Grand Corse» lui-même. Mais évidemment, de lui en personne ne s'est moqué, parce qu'il faisait encore peur.

On allègue également que le nombre infini de gouvernements qu'a eus le Mexique constitue une preuve de son instabilité politique: mais Achille Jubinal s'est déjà chargé de nous rappeler qu'au cours des soixante dernières années il y a eu plus de douze gouvernements en France — et je crois qu'il s'est trompé dans ses calculs, car uniquement pendant le règne de Louis-Philippe il y a eu dix-sept cabinets en dix-huit ans. Et que dis-tu de la quantité de gouvernements distincts qu'a connus l'Espagne sous l'égide de María Cristina et de Doña Isabel II? Je crois qu'on peut les compter par douzaines et ils n'ont rien été d'autre qu'une longue succession de dictatures militaires.

On qualifie Juárez de tyran parce qu'il fait appel à l'enrôlement de force. Je suis contre cette pratique, comme tu peux l'imaginer, mais ce n'est pas Juárez qui l'a inventée, c'est, comme tu le sais parfaitement, notre Comité de salut public en 1793, sous les auspices de Lazare Carnot, et Napoléon l'a appliquée dans tous les pays qu'il a conquis: sur les sept cent mille soldats qui ont atteint Moscou, un tiers seulement étaient Français. Plus tard les Autrichiens ont contraint les villageois des provinces lombardo-vénitiennes à servir dans les rangs de l'armée de leurs envahisseurs. Tu as sous les yeux l'exemple des déserteurs du bataillon égyptien envoyé au Mexique: ils désertent parce que nous, les Français, avons emmené ces pauvres diables de force, comme nous l'avons également fait il n'y a pas longtemps au Dahomey pour former les bataillons de tirailleurs haoussas que nous avons envoyés à Madagascar sans être habilités — alors que c'est le cas de Juárez — à invoquer la nécessité de défendre l'intégrité du territoire national.

On parle également beaucoup ici des atrocités commises par les Mexicains et tu me disais toi-même, dans une de tes lettres, qu'on en dénombre plus au Mexique que nulle part ailleurs. Je t'en prie, Jean-Pierre: je ne comprends pas comment tu peux te laisser aller à de telles affirmations alors que tu connais aussi bien que moi le nombre infini de cruautés commises au long de l'histoire, entre autres pendant *il sacco di Roma* où les lansquenets se sont livrés à des abus et à des crimes abominables — on ne comptait plus les nonnes violées et pendant huit jours on a vu rouler des têtes de prêtres et de moines — et la nuit de la

Saint-Barthélemy, qui constituent deux exemples, disons, classiques. Mais il y a plus encore. Pour rester dans notre siècle, le massacre des Britanniques par les Afghans en 1841, de chrétiens par les druses en 1860, de Turcs par les Grecs à Chio en 1821 et de Grecs par les Turcs en 1822, celui de Polonais par les Russes à Varsovie il y a à peine deux ans, pour ne pas parler des tueries qui se sont produites pendant les émeutes en Inde, étouffées par les Britanniques avec l'aide des hommes du Punjab recrutés *de force*. Bref, je ne vais pas te dresser un catalogue des atrocités (l'encyclopédie universelle de l'infamie comprendrait de nombreux volumes), mais je souhaite vraiment éclaircir certaines choses.

Je n'oublierai jamais (j'avais alors six ou sept ans) ce soir de Noël que nous avons passé avec le grand-père François dans sa maison de Perpignan (tu te rappelles ?), où tout à coup il s'est mis à raconter les horreurs de la Révolution dont il avait été témoin alors que lui-même n'était également qu'un petit enfant. Deux scènes me sont restées gravées à jamais, comme si je les avais vues de mes propres yeux : l'une, celle de ces enfants et de ces femmes qui, la nuit de la prise de la Bastille, dansaient, en brandissant des torches, autour des têtes de trois décapités. L'autre, la vision de cette foule qui a déshabillé et dépecé la princesse de Lamballe, dont la tête fut fichée en haut d'une pique et le cœur en haut d'une autre, avant d'être jetés devant la fenêtre de la prison de Marie-Antoinette. Il a été très douloureux pour moi d'apprendre que nous, les Français, nous étions capables de telles monstruosités. Tu pourras m'objecter que dans le cas de la princesse de Lamballe, comme dans beaucoup d'autres, il s'est agi d'un acte irrationnel commis par une foule surexcitée. Mais nous ne pouvons pas oublier que notre révolution a eu des chefs, comme Robespierre et tant d'autres, qui ont été responsables d'une série de forfaits épouvantables et que sur l'autel de la fraternité, de l'égalité et de la liberté (liberté, que de crimes on commet en ton nom, a dit Manon Roland au pied de la guillotine) sont mortes plus de quarante mille personnes exécutées en masse et de façon sommaire à Paris, en Vendée, à Lyon, que sais-je encore ? Et tout cela dans quel but ? Pour trahir tous les idéaux de la Révolution et nous soumettre à un Robespierre à cheval, comme Mme de Staël a appelé Napoléon Ier. Au nom également de la civilisation et de la gloire de la France, nation qui, parce qu'elle est catholique, devrait être régie par le principe de l'égalité universelle des hommes, on s'est lancé dans l'extermination, comme s'il s'agissait d'animaux, des nègres rebelles d'Haïti. On connaît la lettre que Leclerc a envoyée à son beau-frère Napoléon où il disait que le plus viable était d'exterminer tous les nègres des montagnes d'Haïti, y compris les femmes, et de ne laisser vivre que les enfants au-dessous de douze ans. Il est inutile que je te parle d'autres infamies qui ont eu l'Europe pour théâtre : tu connais bien la férocité avec laquelle, ici en France, Cavaignac a réprimé les mouvements de 1848, et, pour citer en exemple un autre pays impliqué dans l'aventure mexicaine, les crimes commis à Brescia et en Hongrie, au nom de l'Autriche, par le général Haynau — que Palmerston n'a pas baptisé pour rien le « Général Hyène ».

Et maintenant dis-moi, mon cher Jean-Pierre: ne m'as-tu pas raconté toi-même que lorsque la guerre de la Réforme a pris fin au Mexique, Juárez, qui en était le vainqueur, a décrété une amnistie générale et qu'il n'y a pas eu une seule exécution ni de représailles d'aucune sorte? Et qu'après la victoire du 5 mai il a libéré tous les soldats français blessés qu'il a fait transporter à Orizaba et qu'en outre, Lorencez a reçu les décorations de ceux qui étaient morts au combat afin qu'elles soient envoyées à leurs familles en France? Et c'est pour combattre le gouvernement de cet homme («un homme de Plutarque dont n'importe quelle nation serait fière», a dit Émile Ollivier) que nous avons envoyé au Mexique des officiers tels que Billault, qui, comme tu le sais, s'est acharné à incendier des hameaux et des villages entiers; tels que Berthelin, célèbre pour ses assassinats, ou Potier, accusé d'innombrables forfaits? Mais c'est, sans aucun doute, le sinistre colonel du Pin qui remporte la palme dans ce domaine, comme tu le sais, là encore. Il est irréfutable que les juaristes commettent parfois des atrocités, mais il faut également prendre en compte qu'il y a tout un tas de bandits qui s'abritent sous le drapeau républicain pour perpétrer impunément leurs agressions. On me racontait que des libéraux ont enterré debout, jusqu'au cou, des soldats de la contre-guérilla qu'ils avaient faits prisonniers, et qu'ensuite, en déclenchant une fusillade, ils ont attiré les hommes de du Pin dont les chevaux ont écrasé de leurs sabots les crânes de ces malheureux. Un acte barbare, sans aucun doute, mais qui répond aux méthodes identiques employées par le pilleur du palais d'Été à Pékin et par ses séides: les guérilleros mexicains enterrés vivants dans les dunes d'Alvarado, jetés dans les eaux du Tamesí avec une pierre attachée au cou, déchiquetés par les chiens pisteurs dans les marais de Veracruz — on me dit qu'il n'y a pas que la tête de du Pin qui a été mise à prix, mais aussi celle de son dogue: deux mille pesos — et pendus aux réverbères des places de Tampico: toutes ces victimes de la barbarie alimentent une soif de vengeance et des représailles tout aussi brutales. Et ne me dis pas que ces officiers sont des exceptions. Il ne faut pas oublier qu'à la tête de l'expédition se trouve un homme aux mains tachées de sang. Oui, je veux parler du maréchal Bazaine, que tant de gens admirent aujourd'hui, et qui a été envoyé au Mexique non seulement parce qu'il parle espagnol, mais aussi pour son comportement en Algérie. En fait, parce qu'il s'est distingué en soumettant un peuple en lutte pour sa liberté. Ce n'est pas un secret que Bazaine, expert en razzias contre de nombreux hameaux de Kabylie qui ont été détruits, est un des responsables de la mort de cinq cents Algériens de la tribu des Ouled-Riah qui ont péri, asphyxiés et brûlés — y compris beaucoup de femmes et d'enfants —, dans la grotte du massif rocheux de Dahra. A coup sûr, dans les contre-guérillas comme dans la Légion étrangère le nombre de soldats qui ne sont pas de nationalité française est particulièrement élevé — il a atteint un pourcentage énorme —, ce qui m'amène à m'interroger: est-ce avec ces hordes de Prussiens, de Hollandais, de Wurtembergeois et de Nègres de la Martinique que Louis-Napoléon tente de défendre la «latinité» sur le continent américain ? Et la foi catholique, va-t-il la sauvegarder grâce à ce ramassis de protestants ou d'Égyptiens musulmans qui, après avoir coupé les oreilles de leurs prisonniers mexicains, s'agenouillent face à La Mecque pour dire leurs prières ?

A propos de « latinité » je me permettrai d'ouvrir ici une parenthèse. Tu dois savoir qu'aux Tuileries prolifèrent les rêves de grandeur — Eugénie se prend pour une nouvelle Isabelle la Catholique —, et que Louis-Napoléon parle ouvertement des républiques américaines qui pourraient être transformées en monarchies, sans parler des pays qui, selon lui, y sont déjà enclins, comme le Guatemala, l'Équateur et le Paraguay. Mais on n'appelle plus toutes ces républiques « hispano-américaines », et encore moins « ibéro » ou « indo »-américaines. Car un nouveau terme a surgi — inventé, semble-t-il, par Michel Chevalier —, beaucoup plus adapté aux desseins de la France: le Mexique, la Colombie, l'Argentine, etc., sont désormais des nations « latino-américaines ». Certes, Louis-Napoléon pourrait difficilement se poser en héraut de l'« hispano-américanité ». Mais en changeant « hispano » par « latino » le problème est résolu et au passage on englobe toutes les colonies françaises des Caraïbes, présentes et futures.

Évidemment, mon intention n'est pas de suggérer que nous avons été, nous les Européens, les auteurs des pires atrocités de l'Histoire : je ne crois pas qu'il existe un seul peuple ni une seule race qui ait le douteux privilège de posséder le monopole de la barbarie. Je me garderai également de rejoindre Fourier et de clamer que nos bateaux ne sillonnent le monde entier que pour mieux associer les sauvages et les barbares à nos vices et à nos passions. Je ne crois pas au mythe du « bon sauvage » auquel Colomb a si puissamment contribué en affirmant dans ses lettres aux Rois Catholiques qu'il avait découvert la plus belle terre et le meilleur peuple du monde. Mais je ne pense pas non plus comme Bacon, Voltaire, Hume et d'autres, qui ont refusé de voir leurs semblables dans les « hommes dégradés » du Nouveau Monde et qui ont semblé justifier l'affirmation d'Aristote que la guerre est naturellement juste quand on la fait à des hommes qui sont nés pour obéir mais qui s'y refusent. Non, nous ne sommes en aucune façon, nous les Blancs, les seuls à avoir fait de ce monde un endroit encore plus sinistre qu'il ne l'est déjà par nature. Montesquieu nous raconte que les prêtres égyptiens sacrifiaient tout homme blond qui tombait entre leurs mains, et il suffit de jeter un coup d'œil sur l'histoire de l'esclavage pour apprendre, avec horreur, que les tribus d'Afrique occidentale passaient leur vie à se battre entre elles afin de faire des prisonniers de guerre qu'elles vendaient ensuite comme esclaves aux Portugais ou aux Britanniques. La cruauté du régime du roi Christophe à Haïti est elle aussi suffisamment explicite. Et il ne fait évidemment aucun doute que les Aztèques étaient également cruels. Ils pratiquaient des sacrifices humains. Certes, c'était mal. Mais nous, Européens, nous ne pouvons pas nous permettre de nous étonner éternellement de ces sacrifices alors qu'à l'époque où nous en avons eu connaissance, l'Inquisition fonctionnait en Europe dans toute son horreur. Avec une différence :

la religion des Aztèques était celle de dieux cruels et par conséquent le sacrifice y avait une logique, macabre, certes, mais cohérente en fin de compte. Nous autres, en Europe, nous torturions des innocents et nous brûlions des sorcières au nom d'un Dieu qui n'était que miséricorde. L'esclavage était également à son apogée — en 1517 l'Espagne accorde aux Flamands le privilège et le monopole de la traite des Nègres —, et il devait rester plusieurs siècles encore à ce niveau.

Mais il est clair que si nous abordons les horreurs de l'esclavage, mon cher Jean-Pierre, nous n'en sortirons pas non plus: c'est à l'insatiable avidité de l'Europe pour ce qui est du sucre, du coton, du tabac, de l'indigo et autres matières premières, que l'on doit ce qui est incontestablement le trafic le plus inhumain de l'histoire. Et les plus coupables n'étaient pas uniquement les trafiquants sans scrupules qui acheminaient les esclaves chargés de chaînes vers les Caraïbes, le Brésil et l'Amérique du Nord, mais ceux qui, étant au pouvoir, permettaient et encourageaient ce monstrueux négoce: les rois, les prélats, le système tout entier. Tu savais que notre illustre Colbert a préconisé la traite des Nègres comme tremplin indispensable pour le progrès de la marine marchande française? Les Anglais savent-ils que leur non moins illustre amiral Nelson — qui sur ses bateaux embarquait toujours des enfants de dix et onze ans pour servir ses canons — s'est opposé à l'abolition de l'esclavage parce qu'elle aurait signifié la ruine de la marine britannique? Qu'en était-il de la déchéance morale et physique, des tourments, de l'humiliation, de la souffrance de millions d'êtres humains? Cela n'avait que peu d'importance. Le système l'exigeait et l'exige encore, car l'abolition de l'esclavage n'a pas signifié sa disparition. Je ne fais pas allusion ici au fait que le trafic a continué alors que l'esclavage avait été proscrit, ce qui a donné lieu aux pires atrocités, car comme tu le sais, les capitaines des navires négriers préféraient se débarrasser de leur cargaison humaine plutôt que d'être surpris en flagrant délit et l'affaire dénoncée au Parlement par Benjamin Constant — celle du bateau *Jeanne Estelle*: tous les esclaves qu'il transportait furent jetés à la mer dans des caisses fermées — n'est qu'un cas parmi tant d'autres. Non, je parle de ce type de servitude condamné par Lamennais dans *L'Esclavage moderne*, par Charles Dickens et maintenant par les Goncourt dans leurs romans. Qu'il n'y ait plus de nos jours un duc d'York pour graver ses initiales DY au fer rouge sur les fesses des trois mille esclaves qu'il envoyait chaque année dans les îles à sucre ne signifie pas que les conditions inhumaines qui transforment une majorité d'hommes, de femmes et d'enfants en bêtes de somme au service de quelques privilégiés ne prédominent plus. On a de la peine à croire qu'en plein XIXe siècle et dans une Angleterre civilisée, alors que se développait ce qu'on a appelé le mouvement luddite qui a contraint le gouvernement britannique à concentrer dans le Nottinghamshire plus de troupes que Wellington n'en avait utilisé en Espagne, détruire un métier à tisser était puni de la peine de mort. De toute façon, la peine de mort existait déjà pour la capture d'un faisan et parfois pour le vol d'une vache. Les Anglais ont été encore plus cruels à l'égard de leurs sujets étrangers, parce qu'ils les contraignaient à mourir de faim : nous étions déjà nés, toi et moi, quand les tristement célèbres *Corn Laws*, destinées à protéger les agriculteurs anglais, ont entraîné une famine en Irlande, qui a tué des centaines de milliers de personnes et en a contraint des millions d'autres à émigrer, entassées dans les sentines des vapeurs de la Cunnard, vers les États-Unis.

Mais il y aurait encore beaucoup à dire sur tous ces sujets. Il suffit de se reporter, pour avoir à rougir de l'histoire de l'Europe, à toutes les horreurs qui ont suivi la conquête de l'Amérique — je veux préciser ici que grâce à un érudit mexicain qui vit à Paris, j'ai appris beaucoup de choses sur ce continent et je crois qu'un jour je vais abandonner mes recherches sur la guerre de Trente Ans et cesser de me spécialiser sur Gustave-Adolphe, Wallenstein et la défenestration de Prague, pour m'intéresser à Artigas, aux épopées sanglantes des *bandeirantes* et à Leona Vicario, si tant est, bien entendu, qu'on puisse traiter en même temps des sujets aussi vastes. Mais, comme je te le disais, il suffit de connaître l'histoire de la colonisation de l'Amérique, dans toute sa cruauté : le massacre commis par Cortés à Cholula et par Pedro de Alvarado dans le grand temple de Tenochtitlán ; le supplice d'Atahualpa à Cajamarca par cette brute analphabète qu'était Pizarre, et à Cuzco celui de Túpac Amaru, dont la tête et les membres furent dispersés aux quatre points cardinaux du Pérou ; le supplice, bien entendu, de Cuauhtémoc ; les chasses à l'Indien de Balboa et de ses chiens ; la profanation des tombes en Colombie pour arracher du ventre des cadavres les émeraudes enterrées avec eux ; les centaines de milliers de vies sacrifiées dans l'extraction de l'or sur le Cerro de Potosí. Bref, je ne veux pas non plus tomber maintenant dans une liste interminable d'atrocités. L'affirmation de Las Casas, selon laquelle les Indiens préféraient aller en enfer pour ne pas se retrouver au ciel avec les chrétiens, et la façon dont ils se suicidaient pour échapper à l'esclavage inhumain dans les mines de métaux précieux sont plus qu'explicites et émouvantes. Et aux crimes de l'Espagne, il faut ajouter ceux de la Grande-Bretagne, comme l'extermination systématique des Indiens peaux-rouges en Amérique du Nord, qui ne s'est pas arrêtée avec les tueries de Wyoming et d'Arapahos, mais qui se poursuit de nos jours. As-tu appris que le gouverneur du Minnesota vient de publier un édit où il offre vingt-cinq dollars pour chaque cuir chevelu d'Indien ?... une pratique, *by the way* (celle d'arracher le cuir chevelu), qui n'a pas été inventée par les Indiens mais par leurs conquérants saxons... Certes, je le sais bien, les Indiens n'étaient pas non plus de blanches colombes : les Iroquois ont torturé et brûlé de nombreux jésuites et on dit que parfois même ils les mangeaient... Mais que pouvions-nous espérer ? La torture de Valdivia au Chili par les Araucans a pleinement sa place parmi ces exemples. Quand j'aurai vérifié les détails, je t'en ferai part, car j'ai besoin de corroborer ce que j'ai entendu à ce propos : les uns disent qu'on lui a donné à boire de l'or fondu, les autres que les Araucans l'ont découpé morceau par morceau pour le dévorer vivant sous ses propres yeux.

Il y a également, *by the way*, puisque nous parlons des Anglais, une autre chose qu'apparemment nous n'arrivons pas à nous rentrer dans la tête: aucun peuple n'aime qu'une armée étrangère vienne l'aider — sans qu'il l'ait demandé — à se libérer soit de ses tyrans locaux — dans le cas du Mexique on suppose que le rôle serait joué par Juárez et son parti libéral — soit de ses oppresseurs étrangers. Parmi les rares exceptions dont je me souvienne on trouve, bien sûr, le cas de La Fayette, de Rochambeau et de l'alliance franco-américaine. Mais par ailleurs cela n'a jamais donné de bons résultats. C'est différent quand il s'agit d'un seul étranger, d'un individu, comme ce fut le cas pour Garibaldi en Argentine et en Uruguay, pour Lord Byron en Grèce ou pour Francisco Javier Mina au Mexique même. Mais tu dois te rappeler comment s'est terminée l'aventure argentine de Popam et Beresford en 1806 (celle-là même qui a fait pousser au parlement britannique le cri frémissant de *rejoice!* et qui a permis au *Times* de publier un article où on lisait: «Désormais, Buenos Aires fait partie du Royaume-Uni»): Popam et Beresford ont cru qu'il suffisait de débarquer à Buenos Aires et de dire à ses habitants qu'ils venaient les délivrer de l'oppression espagnole pour être acclamés par le peuple tout entier. Tu vois ce qui s'est produit: on les a jetés dehors aussi bien à cette occasion que l'année suivante, quand ils sont revenus. Les femmes et les enfants eux-mêmes se sont battus contre leurs «libérateurs» anglais, sur qui se sont mis à pleuvoir les pierres et les gourdins, et, par les fenêtres des maisons de Buenos Aires, les seaux d'eau bouillante et le contenu des vases de nuit. A cette liste des Byron, Garibaldi et autres je n'ajouterai pas le Français Liniers, héros de cette guéguerre anglo-argentine, car, envers et contre tout, il a toujours servi la couronne espagnole. A propos, j'ai appris la mort de Ghilardi. Je ne sais pas si tu es au courant, Ghilardi était un Mexicain d'origine italienne qui a combattu aux côtés des juaristes dans la guerre de la Réforme, il a rejoint ensuite les forces de Garibaldi en Italie et il est revenu au Mexique pour se battre contre les Français. On me dit qu'il a été fusillé à Aguascalientes.

Bref, quoi qu'il en soit, le sort en est jeté: le tout nouvel empereur «mexicain» est déjà en route pour l'Amérique, nimbé, je n'exagère pas, Jean-Pierre, d'une auréole de scandale. D'un côté, les cercles politiques ont été indignés par la rumeur calomnieuse selon laquelle Juárez suborneraít Jules Favre pour que celui-ci le soutienne, tandis que dans le même temps les interventionnistes tentent de justifier les subsides de deux cent mille dollars accordés à Maximilien pour acheter les libéraux mexicains. Il ne s'agit pas là d'une rumeur: c'est écrit dans ce qu'on appelle la Convention de Miramar. Par ailleurs, les gens qui réfléchissent, malheureusement peu nombreux, ne manquent pas de s'étonner qu'on exige du Mexique, le pays *envahi*, qu'il rembourse les frais de l'invasion jusqu'au dernier centime et comme si cela ne suffisait pas, on veut, à travers le projet d'un protectorat français sur le Sonora, lui voler tout son argent (on ferait aux Mexicains l'aumône d'un dix pour cent). Car, en fait, c'est bien de cela qu'il s'agit et non pas d'arrêter l'avance des infidèles anglo-saxons comme Charles Martel l'a fait avec les Sarrasins. Et puis on a besoin de sommes énormes pour continuer à entretenir le luxe insolent de la cour française, pour que les dragons ailés de l'Observatoire n'arrêtent pas de cracher de l'eau parfumée et colorée quand un dignitaire étranger nous rend visite, pour que Mme de Rothschild puisse encore et toujours se déguiser en oiseau de paradis et pour que notre empereur puisse honorer comme elles le méritent les faveurs qu'il reçoit des épouses de ses fonctionnaires et de ses courtisans. Car le cynisme est parvenu à une extrémité telle que les dames qui fréquentent les Tuileries mettent chacune un anneau ou une boucle d'oreille, bref un bijou, dans une corbeille, pour que le sort désigne celle qui ira passer la nuit avec Louis-Napoléon, lequel, à une heure convenue, attend l'heureuse élue dans ses appartements. Ainsi vont les choses : tout n'est que prostitution. Jusqu'au père de la future impératrice Charlotte, Léopold, qui vient à Paris coucher avec les grandes courtisanes : parfois, Hortense Schneider le fait attendre une heure aux abords de son hôtel. Et tout le monde est au courant. Dans ces conditions, quelle mine allons-nous prendre pour expliquer au Mexique qu'on envahit son territoire pour le civiliser et pour en finir avec la corruption ? Dis-moi, a-t-on quelquefois accusé Juárez de dilapider l'argent de son peuple avec des maîtresses et des prostituées ? Ou même avec sa propre épouse ? Parce que pour calmer la jalousie d'Eugénie, Louis-Napoléon doit se montrer très généreux avec elle. Un après-midi, dans les jardins de Saint-Cloud, l'impératrice a trouvé un trèfle à quatre feuilles constellé de quelques gouttes de rosée. Elle rayonnait de bonheur. Quelques jours plus tard, Louis-Napoléon lui a offert une broche qu'il avait commandée à l'un des meilleurs joailliers de Paris : un trèfle. Les feuilles étaient en émeraude et les gouttes de rosée, des brillants. Dans le même temps, un romancier médiocre comme Octave Feuillet devient l'écrivain choyé par le beau et le demi-monde, alors qu'on fait un procès à Flaubert ; un peintre comme Renoir meurt de faim, alors que Winterhalter (un de ses derniers tableaux représente Eugénie accompagnée de ses dames, « un bouquet des fleurs les plus exquises », a dit un critique), Winterhalter, te disais-je, nage dans l'opulence.

Last, but not least, comme disent les Anglais, bien que l'Archiduc ait eu la chance de se délivrer de Santa Anna, beaucoup parmi les Mexicains qui l'entourent et le soutiennent sont loin de jouir d'un prestige irréprochable. Aussi bien ceux qui vivent en Europe, comme cette caricature de Caton qu'est Gutiérrez Estrada, enrichi par la sueur et l'agonie des esclaves de ses plantations de sisal, ou comme Hidalgo y Esnaurrízar, qui a eu l'insolence, à peine nommé ambassadeur à Paris par Maximilien, d'augmenter lui-même son salaire de plusieurs milliers de piastres, que ceux qui vivent au Mexique, comme Leonardo Márquez, l'assassin de Tacubaya. En outre, parmi les gens qui traversent actuellement l'Atlantique avec l'Archiduc, il y a plus d'un personnage douteux, comme le général Adrián Woll d'Obm, ancien banquier de casino, qui abandonna sa femme dans les cuisines de la Légation de France, et Francisco de Paula y Arrangóiz, accusé de vol, car, quand il a représenté Santa Anna au traité de La Mesilla, il s'est adjugé une «commission» exorbitante : près de soixante-dix mille dollars. Je te rappelle que toutes ces informations m'ont été fournies par mon ami, le savant mexicain.

Cette lettre a tout l'air d'un réquisitoire interminable. Mais je t'assure, Jean-Pierre, que ce n'est pas le cas : tu dois comprendre que rien n'est dirigé contre toi, je sais parfaitement que tu es un patriote et qu'en tant qu'officier de l'armée française tu ne fais qu'accomplir un devoir qui t'est peut-être désagréable, mais qui, en fin de compte, est ton devoir. Je te demanderai simplement de réfléchir un peu à ce qu'a dit Victor Hugo : ce n'est pas la France qui fait la guerre au Mexique, c'est l'Empire. J'aurais également dû consacrer plus d'espace à des questions personnelles, parler de ce dont tout le monde parle dans les lettres : du temps, de la santé. Eh bien, nous sommes en bonne santé, Claude et moi, bien qu'elle sorte d'un refroidissement qui l'a obligée à garder la chambre pendant presque huit jours. Nous avons un beau printemps (mais quand cette lettre te parviendra, je le crains, nous grillerons de chaleur). J'ai précisément choisi une soirée lumineuse pour montrer ta lettre à Claude. Nous étions dans le jardin du Luxembourg et nous marchions le long d'un sentier littéralement tapissé de pétales. Dans quelques jours on lui livrera sa robe de mariée. Je me réjouis que Carmen soit une excellente cuisinière, d'après ce que tu dis, et que tu aies appris à apprécier la cuisine mexicaine qui, d'après mon ami l'érudit, est très variée et pour ce qui est de la qualité, à la hauteur (il le dit le plus sérieusement du monde) de la cuisine chinoise ou française. Je me permets d'en douter tant que je ne me serai pas personnellement convaincu du contraire et je suis d'accord avec toi que tout a une limite : si manger de l'iguane ou du tatou est une audace, manger des œufs de moustique ou des vers d'agave relèverait de la témérité. Je t'embrasse comme toujours bien affectueusement. Ton frère attentionné qui ne t'oublie pas.

ALPHONSE.

P.S. Deux éclaircissements judicieux : je suis *vraiment* fasciné par l'œuvre de Clausewitz, non pas que la stratégie m'intéresse, mais en raison de son contenu politique. Après tout, c'est lui qui a dit que la guerre n'est que la continuation de la politique, n'est-il pas vrai ? Maintenant, savoir si le fort de Perote possède ou non des bastions dans le style Cormontaigne, comme les places de la Moselle, tel que tu l'affirmes dans une de tes lettres, tout cela ne me dit absolument rien. Par ailleurs, je t'en conjure, Jean-Pierre : je n'ai *jamais* porté de monocle carré. Celui qui en utilise ou en utiliserait un, d'après ce que j'ai cru comprendre et par souci d'imitation de Morny, son protecteur, c'est Dubois de Saligny, qui à coup sûr est tombé en disgrâce auprès de Louis-Napoléon. Je t'embrasse à nouveau.

IX
CHÂTEAU DE BOUCHOUT
1927

Quand je leur dis qu'un de ces jours Benito Juárez va arriver au Vatican en pantalon de coton et en sandales, en affirmant qu'il est l'Indien Juan Diego et en demandant une audience au Pape à l'heure du petit déjeuner, et que quand il étendra son poncho sous les yeux de Pie IX, je vais apparaître, moi, changée en Vierge de Guadalupe, debout sur un croissant d'ivoire soutenu par des angelots, et que le Pape en sera tellement interloqué qu'il s'étranglera avec son chocolat, il recrachera une écume rose et il tombera aussitôt à genoux pour embrasser mes pieds et le bord de mon manteau bleu ciel brodé d'étoiles d'argent, et que tout comme dans les bals du Mondscheinsaal de Vienne où tout à coup, à minuit, des roses commençaient à tomber du plafond, de même, Maximilien, la coupole de la Basilique Saint-Pierre s'ouvrira en deux et il se mettra à pleuvoir des roses, elles envahiront le Vatican, elles viendront échouer avec leurs épines dans la tasse de chocolat du Pape, elles inonderont la Chapelle Sixtine, elles submergeront de leurs pétales la Pietà de Michel-Ange, elles déferleront sur Rome et dévaleront les escaliers de la Trinita dei Monti, elles noieront dans leur parfum la Villa Borghese, elles recouvriront la statue, tout juste sortie de son bain de lait d'ânesse, de Pauline Bonaparte, elles se répandront sur la Via Appia et plongeront, les effrontées, dans les fontaines de Rome et dans les eaux du Tibre.

Ou quand je leur dis que je vais emporter au Mexique la machine à fabriquer de la glace que j'ai vue à l'Exposition Universelle de Paris, pour congeler le lac de Chapultepec et que par une de ces journées d'été torrides comme celles où les empereurs aztèques devaient se baigner trois fois tant il faisait chaud, tandis que l'orchestre jouera la valse « Sur les flots » composée par Juventino Rosas que tu n'as pas connu, Maximilien, parce qu'il est né deux ans après que je suis devenue folle et qu'il est mort il y en a plus de trente, toi et moi, nous tenant par la main, nous allons patiner sur les eaux bleues et gelées du lac, moi habillée en jeune femme de Puebla et toi en *charro*, couronné du panache de l'empereur aztèque que tu as tellement voulu rapporter au Mexique mais ton frère ne te l'a jamais permis, ce fameux panache que depuis que tu étais enfant et que tu l'avais découvert entre le piano carré de Schubert et les statuettes égyptiennes, le clavecin de Joseph Haydn et les masques de Polynésie, t'a émerveillé avec ses longues plumes vertes de quetzal, aux reflets chatoyants, saupoudrées d'or, les plus belles plumes que tu aies jamais vues et qui t'ont fait prendre cet objet, parce qu'à l'époque tu ne savais pas ce que c'était, pour l'éventail le plus grand et le plus éblouissant du monde: l'éventail éblouissant de la Reine de Saba: il se trouve d'ailleurs toujours à Vienne, tu ne vas pas le croire, au Musée Ethnologique de la Hofburg, en compagnie des curiosités que notre chère frégate la *Novara* a rapportées d'Extrême-Orient, de la collection brésilienne de Don Pedro Ier, de quelques-uns des rares objets qu'on ne t'a pas volés ou détruits au Mexique et, également, des souvenirs des mers du Sud du voyageur anglais James Cook que, comme tu le sais, Maximilien, les Hawaïens ont assassiné à coups de bâton et de couteau pour la même raison qu'on t'a fusillé à Querétaro, parce qu'il croyait en ce qui n'existe pas: l'innocence des sauvages.

Je n'ai pas vu, dans ce Musée de la Hofburg, Max, les boutons de ta chemise de nuit que les dames de Querétaro avaient fabriqués avec des opales de la Sierra Gorda, ni le cœur ensanglanté que nous a offert pour notre mariage ton frère François-Joseph et qu'on appelait ainsi, tu te souviens? parce que c'était un très gros brillant en forme de cœur entouré de rangées de rubis: il y a longtemps que je ne l'ai pas retrouvé, on nous a tout volé, Maximilien, l'honneur et mes bijoux, tes portraits, mon bonheur, tes sourires, mes économies de toute une vie, bien que le Prince de Ligne me jure que je suis chaque jour plus riche car mon argent est investi dans les plantations de caoutchouc que mon frère Léopold a créées au Congo, mais moi je sais qu'il n'en est rien: on a tout volé, on ne nous a rien laissé. Comment voulez-vous, je vous le dis, que je paie mon voyage? Et ces rubis de Birmanie que j'ai oubliés au Château de Chapultepec dans ma hâte à me rendre en Europe, nous les avons également perdus: ils ont été emportés, m'a-t-on dit, par des parvenus mexicains qui, quand la Révolution a éclaté, se sont enfuis du Mexique sur un bateau qui a sombré dans la Baie de Chesapeake.

Ou quand je leur dis que je vais écrire au Musée de Madame Tussaud pour qu'on m'envoie la tête de mon arrière-grand-mère Marie-Antoinette, la tête de Robespierre et celle du curé Hidalgo, que je veux installer dans ma chambre à Bouchout, et tous les matins je m'entretiendrai avec elles, je mettrai du rouge à Marie-Antoinette pour qu'elle perde un peu de sa pâleur, avec de la poudre de riz je blanchirai la tête du curé Hidalgo qui est devenue toute noire à force d'être exposée aux intempéries dans sa cage, je les placerai chacune pour la nuit sous une cloche de verre, et je vais demander également qu'on m'envoie la tête de Charles Ier d'Angleterre, la tête de von Katte l'ami et l'amant de Frédéric le Grand qui fut décapité sous ses yeux sur ordre de son père le Roi Sergent, la tête de Möns l'amant de Catherine Ire de Russie qui lui fut offerte par son mari Pierre le Grand et qu'elle fut obligée de garder dans sa chambre, également sous une cloche de verre, afin de ne jamais oublier sa trahison, cette pauvre Catherine, qui n'a jamais été rien d'autre qu'une servante, une paysanne lituanienne, et quand je l'ai rencontrée à l'Exposition elle ne tenait pas debout tant elle était ivre.

Quand je leur dis toutes ces choses, Maximilien, il est certain qu'ils peuvent alors penser et dire que je suis folle.

Ou quand brusquement je me lève à minuit et que je leur ordonne d'allumer toutes les lumières du château, jusque dans le moindre recoin, d'enlever les housses des cages pour que les oiseaux croient qu'il fait jour et qu'ils se mettent à chanter. Quand je demande à mes dames de compagnie de se déguiser en toutes les Charlotte que j'ai été pendant ma vie : à l'une je mets la robe de mariée que je portais quand je t'ai épousé dans la Cathédrale Sainte-Gudule, à une autre le cordon noir de l'Ordre de Malte et la crinoline rose que j'ai étrennés quand tu as accepté la couronne du Mexique et à une autre encore la robe de soie couleur cerise que j'avais mise pour mon entrée à Milan : alors oui, qu'elles disent que je suis folle, qu'elle le disent, Maximilien, même si moi je sais que ces choses ne sont pas le fruit de mon imagination et que chaque fois que je les oblige à s'habiller de la sorte, elles me poursuivent et me harcèlent, elles me torturent, elles me crient aux oreilles le bonheur qui était le mien quand j'avais neuf ans et que mon oncle Aumale me racontait comment il avait vaincu en Algérie l'Émir Abd-el-Kader, elles approchent leurs joues de mon visage pour que j'y respire l'haleine au parfum de lys de ma mère, et quand je me réveille le matin elles sont toutes là, dans ma chambre, toujours les mêmes : à mon chevet, Mademoiselle de la Fontaine avec la robe noire et le chapeau blanc à larges bords que je portais quand je suis allée boire à la Fontaine des Abeilles, et au pied de mon lit Charlotte de Brander, vêtue telle que Winterhalter m'a peinte à Paris pour mes vingt-deux ans, et toutes deux muettes, sans me dire un mot, elles me crient combien j'étais innocente et fière, belle et svelte, combien mes yeux étaient lumineux et passaient du châtain foncé au vert clair quand je me penchais à la fenêtre de ma chambre à Laeken, que le soleil éclairait mon visage et que mes frères croyaient que je contemplais l'horizon, alors que mon regard voyageait au loin, au-delà des forêts de Soignies et d'Afflinghem, au-delà du campanile de Sainte-Gertrude de Louvain et de l'Hôtel de Gérard le Diable à Gand, au-delà de tous les dômes et des tours et des aiguilles et des clochers des églises de Bruxelles, de Courtrai, de Charleroi, au-delà de mes rêves.

L'autre jour, Maximilien, j'étais debout près de la fenêtre et j'ai vu sortir des douves de Bouchout un sous-marin, et je leur ai dit qu'il m'avait été envoyé par l'amiral de la flotte mexicaine, le Commodore Maury, pour que nous allions reprendre les rubis qui ont coulé dans le Chesapeake, et que toi et moi, en nous tenant par la main comme quand nous patinions sur le lac, nous allions descendre ensemble, à cheval sur des hippocampes géants, avec nos scaphandres d'or frappés de ton monogramme impérial et suivis par nos gardes palatins avec leurs scaphandres argentés surmontés de plumes blanches, jusqu'au fond de la mer, et que là nous découvririons les rubis nés des gouttes de sang répandues par Asura dans son combat contre le Roi de Lanka, l'ennemi des dieux, et qu'ensuite nous allons retourner au Mexique dans ce même sous-marin qui jaillira dans les eaux de Veracruz près du Château de San Juan de Ulúa au milieu d'un tourbillon d'écume, noir et brillant, ruisselant d'algues et de lilas, de chèvrefeuilles jaunes et de bougainvillées mouillées; je leur ai dit qu'il a la forme d'une baleine, mais qu'il est plus grand que la baleine mécanique qui a tant étonné, à Bruges, les invités de la noce de Marguerite d'Angleterre et de Charles le Téméraire.

Quand je leur dis tout cela, alors je leur permets vraiment de dire que je suis complètement folle, folle à lier.

Ou quand je leur dis que si j'ai un enfant, cet enfant, Maximilien, ne sera pas de toi, ni du Colonel Rodriguez ni du Colonel Van der Smissen: car si j'ai jamais eu en moi quelque chose de vivant, ce n'était et ce n'est pas un être humain, mais un axolotl, et je le sais parce que quand je suis assise, la tête basse, dans mon fauteuil à bascule je le vois grandir dans mon ventre qui est rond et transparent comme un aquarium, mais personne, personne, tu m'entends, Maximilien? personne ne m'a engrossée: c'est l'axolotl qu'a pêché le Baron de Humboldt dans le Lac de Texcoco et que j'ai avalé sans le vouloir l'autre jour en allant au parc zoologique de Paris avec mon oncle le Duc de Montpensier parce que j'avais si soif, j'avais tant couru dans le Jardin du Luxembourg derrière le cerceau jaune que m'a offert ma grand-mère Marie-Amélie, que j'ai bu l'eau de l'aquarium dans le creux de mes mains.

Elles peuvent bien dire, alors, que je suis folle. Mais pas quand je leur dis, pas quand je leur jure que je vis à l'heure de ta mort: en effet, j'ai ordonné que toutes les pendules du château soient à jamais arrêtées à sept heures du matin, à l'heure où ces bandits t'ont pris ta vie sur le Cerro de las Campanas. Il n'y a pas une chambre à Bouchout, pas une salle de ce château où l'on me retient prisonnière, pas un couloir, pas une fenêtre où il ne soit sept heures du matin d'un dix-neuf juin d'il y a longtemps, quand ton sang, Maximilien, a coulé sur les pentes de la colline, au long des rues de Querétaro et au long des routes du Mexique, et qu'il a traversé la mer dans une immense clameur. La lune peut éclairer les créneaux et les parapets de Bouchout, les eaux des douves peuvent bercer les reflets du soleil de midi, Maximilien, mais dans mon château et dans ma chambre, à la pendule aux anges bleus de ma table de nuit, à ta chère horloge d'Olmütz, au cadran solaire de l'Ile de Lacroma, dans mes yeux et dans mon cœur il est toujours, Maximilien, sept heures du matin. Parfois je me réveille en étant presque sûre que c'est le plein midi, à cause de la sueur qui perle sur mes seins, du soleil qui aveugle mes yeux, et je demande à mes dames de compagnie qui veillent constamment à mes côtés, dites-moi, quelle heure est-il, il doit être midi, pourquoi ne m'avez-vous pas réveillée, et mes dames, les yeux constamment ouverts, toujours vives et diligentes, me disent mais pas du tout, Doña Carlota, que va s'imaginer Sa Majesté l'Impératrice du Mexique, il est l'heure de vous lever, il est sept heures du matin, allez frottez-vous les yeux, allez étirez-vous, il est sept heures du matin, l'heure de se lever, l'heure de se laver, de s'habiller et de déjeuner, me disent mes dames en dansant autour de mon lit, l'une avec mes lunettes, l'autre avec ma robe de chambre, l'autre avec mes pantoufles d'astrakan, et moi je leurs dis mais il fait grand jour vous ne voyez pas le soleil là dans le ciel, vous ne voyez pas ses rayons se glisser par les barbacanes du château et jouer avec les vitraux, et mes dames de compagnie me disent si, bien sûr, Doña Carlota, Madame la Régente de l'Anáhuac, c'est éternellement l'été, et elles me mettent mes lunettes, mais on n'a pas pu voir le soleil se lever car tout le monde au château était endormi, me disent-elles, et elles me mettent mes pantoufles, et je leur dis c'est éternellement l'été et elles me répondent oui, Majesté, éternellement, et elles me mettent ma robe de chambre, et le monde s'est embrasé, il s'est embrasé, Majesté, il y a soixante ans que cela dure, et moi je leur demande pourquoi il y a soixante ans que cela dure et elles me disent qu'il a commencé à brûler quand s'est enflammé le gilet de Monsieur Maximilien à cause du coup de grâce qu'on lui a donné sur le Cerro de las Campanas et depuis lors tout est la proie des flammes, car Sa Majesté l'Impératrice d'Amérique doit savoir qu'a brûlé le Bazar de la Charité de la rue Jean-Goujon où votre nièce la Duchesse d'Alençon est morte carbonisée, qu'a brûlé la ville de Chicago à cause d'une vache qui d'un coup de patte a renversé sur le sol une lampe à paraffine, qu'a brûlé la citadelle de Mexico pendant la Décade tragique, qu'a brûlé l'Europe tout entière quand l'Archiduc François-Ferdinand est tombé sous les balles de Gavrilo Princip à Sarajevo, qu'a brûlé le *Lusitania* quand les Allemands l'ont coulé, qu'a brûlé Tervuren, Doña Carlota, parce que vous y avez mis vous-même le feu, qu'a brûlé la résidence de Biarritz où l'Impératrice Eugénie et Don José Manuel Hidalgo ont inventé l'Empire mexicain, et que Paris a brûlé, il a brûlé pendant cinq jours, incendié par les pétroleuses et les amazones de la Seine pendant la Seconde Commune, que les Tuileries ont brûlé et qu'avec elles se sont consumées les marionnettes du petit prince impérial, vêtues des uniformes des soldats de toute l'histoire de France, et le monde continuera à brûler, il restera la proie des flammes, jusqu'à ce que Son Altesse Impériale, Doña Carlota Amelia Clementina, Dieu ne le permette, meure, mais de toutes façons Dieu va le permettre un jour, me disent mes demoiselles et moi je leur ordonne de décrocher tous les miroirs du château, de les porter jusqu'aux fenêtres pour y refléter la lumière du soleil et pour la braquer sur l'ultime recoin de tous les palais et de tous les châteaux où nous avons vécu, afin que prenne feu ton portrait en Amiral, la Salle de la Rose des Vents, le sphinx de l'embarcadère de Miramar, le portrait de Catherine de Médicis et tout ce que nous avons eu, nous avons été et avons pu être, Maximilien, tous nos souvenirs et nos ambitions, mon Max chéri, mon Max adoré, et alors je ferme les yeux et je rêve au monde en flammes, je rêve que mon cœur est un charbon ardent et quand je m'éveille je pense qu'il est minuit, à cause de l'obscurité qui pèse sur mes paupières, du froid que je sens dans mes os et au creux de l'estomac, je m'assois dans mon lit, je cherche à tâtons une bougie, je l'allume, je réveille mes dames de compagnie qui dorment près de moi sur le tapis et je leur dis, éveillez-vous, chiennes, dites-moi l'heure qu'il est, et elles se lèvent, tremblantes, les yeux chassieux, et elles me disent tout en bâillant et bégayant, les fainéantes, ah, Majesté, ah Votre Impératrice d'Amérique, il est l'heure de se lever, il est sept heures du matin, levez-vous, frottez-vous les yeux, étirez-vous, Majesté, me disent mes dames, et elles m'apportent ma ceinture et mes faux ongles, mes bas de laine et mon dentier, ma perruque, et moi je leur dis vous ne voyez pas qu'il fait nuit noire, vous ne voyez pas les étoiles trembler dans le ciel et déverser leur éclat dans les jets d'eau des fontaines, vous ne voyez pas l'obscurité ramper sur le pont-levis du château et lécher les pierres des murailles, et mes dames me répondent si, Majesté, l'Impératrice du Mexique et d'Amérique, si, Doña Carlota Amelia, mais c'est l'hiver et on ne distingue pas encore l'heure où le jour se lèvera, c'est pour ça que tout est sombre comme s'il était minuit, mais il est sept heures du matin, nous vous le jurons à Vous, Majesté, nous vous le promettons par tous les saints et les anges du ciel, et je leur dis c'est éternellement l'hiver, n'est-ce pas, éternellement. Et elles, ces paresseuses, qui continuent à dormir même en étant debout, appuyées les unes contre les autres, avec les yeux fermés, elles me disent oui Majesté, oui, Doña Carlota Leopoldina, c'est éternellement l'hiver, Majesté, et il a neigé pendant soixante ans. Il a commencé par neiger sur le cercueil de Maximilien, quand on le transportait à bord de la *Novara* de Veracruz à Trieste, il a neigé sur l'écume des vagues et le dos des dauphins qui l'escortaient, il a neigé sur les galons dorés de l'uniforme de l'Amiral Tegetthoff qui a surveillé Don Maximiliano debout, à ses côtés, pendant tout le voyage, il a neigé sur le drapeau militaire autrichien qui couvrait de ses couleurs rouge, blanc et rouge le cercueil de cèdre que Benito Juárez lui avait fait faire, il a neigé quand on l'a transféré en chemin de fer de Trieste à Vienne, il a neigé quand on a envoyé Dreyfus à l'Ile du Diable, Majesté, il a neigé sur les corps des soldats morts à la bataille de Celaya, et sur les cadavres des Arméniens massacrés à Constantinople, il a neigé sur le pont de Brooklyn et il a neigé également, Doña Carlota, pendant tout ce temps, sur les sommets des Ardennes que votre cousin Albert Ier, le Roi de Belgique, escalade, habillé en Tyrolien, sur les sentiers et les ravins des Pyrénées où l'Impératrice Eugénie, accompagnée de ses dames, allait contempler depuis la France sa chère Espagne, il a neigé sur les cheminées de l'*Ipiranga*, le bateau où Porfiro Díaz a pleuré sur son exil, que Doña Eugenia et Don Porfirio Díaz reposent en paix, qu'ils reposent tous en paix, et il continuera à neiger, que Dieu ne le veuille, mais de toutes façons Dieu va le vouloir un jour, jusqu'à ce que Votre Majesté Sacrée, Votre

Altesse Doña Carlota Impériale meure, me disent mes demoiselles tout en dormant debout, les paresseuses, et alors je pense à toi, Maximilien, je t'imagine debout sur le lac gelé de Chapultepec, derrière toi le château avec ses terrasses et ses perrons couverts de neige, je vois tes larmes glisser comme des grêlons sur ta peau givrée, tes yeux de cristal glacé qui contemplent les pyramides vêtues d'hermine, les bananiers enneigés, les fleuves de lave bleue et froide qui descendent des volcans, et tandis que mes demoiselles continuent à dormir, debout et appuyées les unes contre les autres, j'ouvre la fenêtre du château pour laisser entrer la neige et pour qu'elle tombe dans le château, dans ma chambre, comme je leur dis, dans mes yeux, comme je leur crie, dans le feu de mon cœur, je les en implore, et elles ouvrent les yeux et elles me disent oui, Votre Majesté Charlotte, oui, Votre Altesse Amélie, oui, Votre Grâce Léopoldine, oui, Votre Sérénissime Clémentine, oui, Votre Impératrice la Folle, oui, Votre Archiduchesse l'Archivieille, oui, les maudites, les perfides, les chiennes, comme si je ne savais qu'elles sont constamment à l'affût pour me surprendre et se jeter sur moi, me déshabiller, me plonger dans la baignoire et me laver de force, me mettre de force des onguents, du parfum et du linge propre, me remettre au lit et me dire, maintenant, Majesté, vous êtes toute mignonne, toute propre, vous sentez bon, votre ventre et vos fesses sont fraîchement talqués, mettez votre perruque que nous avons frottée toute la nuit avec du sel pour la faire briller, vous allez plaire énormément à Don Maximiliano, mettez vos ongles que nous avons laissés toute la nuit dans une coupe d'argent avec de la poudre de nacre, Don Maximiliano va descendre de son carrosse, il secouera les pétales de flamboyant et les petites feuilles de lentilles d'eau qui sont restés collés à ses bottes, mettez votre culotte que nous avons lavée au savon de racine de savonnier, Doña Carlota, il secouera la poussière des plaines d'Apam qui est restée collée à ses épaulettes dorées, mettez vos faux cils que nous avons frisés au fer chaud, et il vous apportera dans son grand chapeau de feutre blanc un bouquet de roses rouges qu'il a cueillies lors de son dernier voyage à El Olvido, mettez votre dentier qu'on a laissé tremper toute la nuit dans un bol de lait, me disent mes demoiselles, allez, ne faites pas votre flemmarde, mangez un peu vous en avez bien besoin, regardez comme vous êtes maigre, Sa Majesté a l'air d'un squelette, et moi je demande au Docteur Jilek quelle heure il est, dites-moi l'heure, Docteur, pour l'amour de Dieu, sept heures du matin Majesté, l'heure du petit déjeuner, allez, acceptez de manger quelque chose, m'a-t-il dit et je lui ai jeté ma cuiller au visage et l'œuf est tombé sur ses lunettes, si tu savais comme j'ai ri, Maximilien, en voyant une longue morve jaune tremblotante lui glisser sur le nez, pourtant j'ai pensé alors à Marie Vetsera, à son œil qui pendait et à la liqueur visqueuse qui s'écoulait de son orbite et je l'ai imaginée descendant, morte, les escaliers de Mayerling. Et à force de penser à Marie Vetsera, dont on a dû rafistoler avec des épingles le cuir chevelu décollé par la balle, à force de penser à elle et à ton neveu Rodolphe nu près d'elle sur le lit et avec le cerveau hors du crâne, quelle pitié que tu ne l'aies jamais revu, Max, tu aurais été si fier de lui, j'ai presque vomi sur le visage du médecin, mais je n'avais rien dans l'estomac, rien sauf la brûlure d'une rancœur glacée, et je n'ai pas voulu manger, je n'ai rien pris de toute la journée, Max, mais pas par dégoût ni parce que je me repentais d'avoir lancé un œuf sur cet idiot de Jilek. Non, ce n'est pas pour cette raison.

Quand Jilek, Basch et tous les médecins qui m'ont enfermée ici, et quand mes dames, Marie-Henriette et le Baron de Goffinet me voient ainsi, assise tranquillement dans ma chambre, à passer de la sorte des heures, des jours et des années, ils pensent que je le fais parce qu'ils me l'ont ordonné, parce qu'ils m'ont appris à ne pas bouger, parce qu'ils m'ont menacée, parce qu'ils me grondent si je bouge, mais ils ne savent pas et ne sauront jamais que c'est un jeu que j'ai moi-même inventé et que dès mon enfance personne ne m'a jamais battue quand il s'agissait de rester tranquille, immobile comme si j'étais de pierre, sans bouger un doigt ni baisser les paupières, en respirant à peine, Max, sans que ma poitrine se soulève, sans avaler de salive, sans que dans mes yeux tremble la plus petite lueur, comme si je m'étais endormie les yeux ouverts, ou, plus encore, comme si j'étais morte, ou, plus encore, comme si je n'avais jamais existé, comme si cet après-midi du Jeudi Saint je ne m'étais pas rendue avec mes frères le Duc de Brabant et le Comte de Flandres à l'Église Saint-Jacques, comme si je n'avais pas récité à haute voix, en remuant à peine les lèvres, mon office de Semaine Sainte, comme si je n'étais pas là, dans les Jardins de Laeken, avec mes deux frères Léopold et Philippe, qui, comme moi, se tenaient tranquilles, très tranquilles, envoûtés, tranformés en statues, jusqu'à ce qu'une abeille vînt se poser sur le front de Léopold, alors Léopold a pris peur, il l'a chassée de la main, il a juré et a perdu la partie, et Philippe a éclaté de rire, il a crié peureux, il a perdu la partie, tous les deux m'ont regardée mais je n'avais pas bougé et l'abeille s'est posée dans mes cheveux, je ne l'ai pas chassée, je n'ai pas voulu bouger la tête, je n'ai même pas fermé les yeux et j'ai gagné, car à ce jeu-là j'ai toujours gagné, Maximilien, demande-le à mon père Léopich, demande-lui si quand il me grondait pour une espièglerie et qu'il me disait que je devais toujours me conduire comme une grande princesse et, un jour, comme une reine, demande-lui si je bougeais un seul doigt, demande-lui si, ensuite, quand il se repentait et qu'il m'embrassait la tête, qu'il répétait sans cesse que j'étais sa petite sylphide, le joyeux elfe du palais, l'Ange des Cobourg, demande-lui si je lui répondais un seul mot, si mes lèvres se déplaçaient pour sourire, si je lui jetais les bras autour du cou pour l'embrasser, si j'ai ouvert la bouche pour dire à Denis d'Hulst que je ne voulais pas que ma mère meure, quand la comtesse m'asseyait tous les après-midi à côté d'elle pour écrire des lettres à ma tante la Duchesse de Nemours où elle lui racontait que l'état de ma mère empirait chaque jour, qu'elle était chaque jour plus pâle et plus faible, que son visage s'effilait et que son long nez bourbonien en prenait plus de relief, demande à Mademoiselle Genslin mon professeur d'anglais, à Madame Claës mon professeur d'arithmétique, demande-leur, Maximilien, si l'une d'entre elles a jamais vu le sang me monter au visage et celui-ci rougir quand je ne connaissais pas une réponse, demande à mon père, Maximilien, si j'ai pleuré quand on a enterré ma mère la Reine Louise-Marie dans la Chapelle de Laeken. Et moi je restais là avec l'abeille dans les cheveux, et mon frère Philippe, Lipchen, qui a toujours été si bon avec moi, tu ne sais pas comme il me manque, il est mort à force de trop manger et de trop fumer, j'ai dansé avec lui six quadrilles pendant un bal à la cour, mes comtes et mes duchesses m'ont applaudie à tout rompre et mon oncle le Prince de Joinville m'a soulevée très haut dans ses bras, à en toucher les lustres du palais, et maman m'a lu cette nuit-là *la Belle au Bois Dormant*, et moi je suis restée tranquille, Philippe était là et cette fois je n'ai pas voulu danser avec lui, mais il s'est mis à danser autour de moi en faisant des grimaces pour me faire rire et comme il était magicien, d'après ce qu'il disait, il m'a tiré une rose de derrière l'oreille, il s'est agenouillé et il a dit voici ma belle dame la preuve radieuse de mon amour ardent, il a jeté la rose et l'a fait disparaître dans les airs, il a tiré de sa manche trois foulards de couleur noués entre eux, il s'est levé et il m'a dit et voilà la corde qui vous permettra ô belle dame de vous échapper du château et de vous jouer du dragon, ensuite il s'est chatouillé lui-même et s'est tordu de rire. Mais moi je n'ai pas ri, je n'ai pas bougé un doigt, je n'ai pas écarquillé les yeux d'effroi quand mon frère Léopold, qui savait tant de choses, m'a raconté comment on a assassiné en Zélande le Duc de Lotharingie Godefroy le Bossu, ni quand il s'est approché de moi comme s'il allait me planter ses ongles dans le visage, et je n'ai pas été davantage impressionnée quand il m'a rappelé que quand on a découvert Charlemagne dans une cave de la Cathédrale de Cologne, huit siècles après sa mort, il était assis sur un trône et son corps était intact à l'exception d'un morceau de nez qu'on a remplacé par de l'or : il voulait que j'ouvre la bouche, mais je n'ai pas bougé, j'ai fait comme si je ne l'avais pas entendu. Je n'ai pas ri non plus, ni montré les dents, comme il le voulait, quand il a commencé à me raconter les histoires de Renard et d'Isengrin le loup, pas plus que je ne me suis mise en colère ni que j'ai froncé les sourcils, car il savait très bien combien j'aimais alors les Français, parce que notre grand-père était français, quand il m'a dit que le Maréchal de Villeroi avait bombardé Bruxelles pendant deux jours et comment, cent ans plus tard, pendant la Révolution, les Français avaient détruit Saint-Lambert la Cathédrale de Liège et réduit à un amas de décombres l'Abbaye d'Orval qui était la plus belle du monde, et je ne me suis pas mise non plus à trembler quand il a évoqué devant moi la gravure de Dürer, *les Quatre Cavaliers de l'Apocalypse*, qui se trouve à Laeken et qui m'a toujours fait si peur. Non, c'était comme s'il n'avait pas été là et qu'il ne m'eût pas soulevé les jupes pour faire semblant de me fouetter les jambes avec une branche d'aubépine qu'il avait à la main : mes genoux n'ont pas tremblé et je n'ai pas rougi, comme il l'aurait souhaité. C'était, Maximilien, comme si je ne l'avais pas entendu me dire à l'oreille, sans que Philippe s'en aperçoive et pour me chagriner et me faire pleurer, qu'il détestait mon père et que c'était bien dommage que le grand-père Louis-Philippe ne soit pas mort quand Fieschi a voulu le tuer avec une bombe ni quand Lecomte a tenté de l'assassiner, la fois où j'ai dit que ce monsieur ne savait certainement pas que grand-père était à l'intérieur de sa voiture : je n'ai pas pleuré, je n'ai pas versé une seule larme, pas une ombre n'est venue voiler mon front, ni à ce moment-là, ni quand finalement Léopold m'a réellement mordu le cou jusqu'à y laisser la marque de ses dents, ni quand mon brave Philippe, indigné, lui a crié tu es un sauvage pourquoi as-tu mordu Bijou comme il m'appelait toujours, il s'est jeté sur Léopold et il s'est mis à le frapper et Léopold qui était un lâche est parti en pleurnichant et en courant avec Philippe à ses trousses, qui auparavant m'a juré, ô ma belle dame, qu'il reviendrait pour me sauver de l'envoûtement, mais seulement après avoir tué le dragon qui était déguisé en Léopold et, au passage, le Duc d'Albe afin de venger le Comte d'Egmont, seulement après, bien entendu, que le vaillant Philippe, le Brabançon, aurait bouté hors des Flandres les envahisseurs huns et normands ou qu'il les aurait tous pendus aux arbres de la sylve carbonifère. Mais Philippe m'a oubliée et je suis restée bien tranquillement dans ce jardin, sans pleurer. Je me suis rappelé alors la légende que m'avait racontée Léopold, de la source où la Vierge entourée de brebis blanches portant sur le dos une tache noire en forme de scapulaire était apparue à Ermésinde, la Comtesse de Luxembourg, pour lui demander de construire à cet endroit un monastère qui a pris le nom de Clairefontaine, et alors, rien que de penser à la source, j'ai ressenti à nouveau une soif dévorante : cette même soif, Maximilien, qui m'a tenaillée au cours de ces soixante années, mais je n'ai pas bougé et mes lèvres desséchées n'ont même pas tremblé : je suis restée ainsi, au milieu du Jardin de Laeken, au milieu du sombre Jardin d'Enghien, perdue au cœur de la Forêt de Soignies, debout au milieu des Jardins de Miramar : ce n'est que lorsqu'il s'est mis à pleuvoir que j'ai pu pleurer car ainsi mes larmes allaient se mêler aux gouttes de pluie, et ce n'est qu'à ce moment également que j'ai pu boire cette pluie et les larmes qui glissaient sur mon visage.

Lipchen est revenu bien des années plus tard et j'étais encore là, sans bouger, presque sans respirer. Il m'a prise par la main et nous avons marché dans le jardin et à l'ombre d'un sapin il m'a dit que j'étais encore ce qu'il aimait le plus sur terre et il m'a récité un poème de Heine. Je me suis alors souvenu : j'avais seize ans, j'étais presque une petite fille, il faisait très chaud et les invités avaient parcouru le Boulevard Botanique et la Rue Royale jusqu'à la Place du Palais. Dans le vestibule d'honneur, près de la fenêtre avec vue sur Trieste, sur la côte de l'Istrie et le Cap Salvore, Philippe m'a dit à nouveau que j'étais la plus belle des femmes qu'il connaissait, et je t'ai vu, Maximilien, dans le Salon des Conversations de Miramar. Tu contemplais la sculpture montrant Dédale ajustant l'aile droite d'Icare. Je t'ai vu également dans le Salon Novara, tu écrivais une lettre et en face de ton bureau il y avait une autre sculpture : celle qu'a faite Dürer, en bois, de Maximilien Ier. Philippe m'a montré l'Adriatique et il m'a dit des nouvelles sont arrivées de l'autre côté de la mer. Nous remontions le Rhin, sur le *Stadt Elberfeld*, par Mayence, vers Nuremberg et tu m'as dit qu'un des fils de ton frère François-Joseph venait de mourir de la rougeole en Bulgarie. Philippe m'a assuré que jamais, de son vivant, il ne me ferait pleurer comme ce misérable Léopold, pardonne-moi de l'appeler ainsi, m'a-t-il dit, et le dos tourné à la façade de Miramar, couverte de vigne vierge, il m'a juré que j'étais encore l'Impératrice la plus adorée du monde. Dans sa main droite il tenait une colombe qui a pris son vol vers La Havane. Je me suis rappelé que je me promenais avec toi dans les Jardins de Laeken le soir où tu m'as décrit Miramar. J'ai tourné la tête et je t'ai vu au fond du bois, avec ta redingote bleue éclaboussée de cire et une étrange couronne sur la tête, quelque chose comme un turban sanguinolent: je me suis rendu compte que tu étais couronné de tes propres intestins. Philippe m'a dit: des nouvelles sont arrivées de l'autre côté de la mer. Je me suis juré de toujours m'en tenir à la devise de la Maison de Cobourg, et de t'être fidèle dans mon amour. Tu m'as raconté que, comme tu étais très maigre, ta mère Sophie t'appelait parfois Monsieur Maigrelet. Maximilien, m'a dit Philippe, a été fait prisonnier à Querétaro. Après la noce nous avons visité, tu te rappelles, Max, ce fou rire ? le Manneken-Pis. Maximilien a été trahi, m'a dit mon frère Philippe, comme pour me faire pleurer en dépit de ses promesses. Mais ce n'est pas le peuple qui l'a trahi, c'est un seul homme: Miguel López. Et on a donné un concert au Théâtre de la Monnaie et une fête nautique vénitienne. Maximilien, m'a dit Philippe comme pour me faire rire, n'a jamais été fait prisonnier. Quand il marchait dans sa cellule du Couvent des Teresitas, en réalité il déambulait sur la Place de la Croix, il demandait du feu aux passants pour allumer son havane, il saluait les jeunes filles de Querétaro aux yeux noirs et les serviteurs qui lui apportaient dans un panier porte-repas sa soupe au vermicelle, ses haricots rouges et son riz au lait préparés pour lui dans la propriété de M. Rubio, il saluait les nonnes qui lui apportaient des draps et les colonels qui lui apportaient des rubans bleus pour les six mules blanches de sa calèche. Quand il s'asseyait sur le banc de sa cellule, il s'asseyait dans son bureau du Palais Impérial, où il programmait son prochain voyage à Guanajuato et rédigeait les règlements du cérémonial de la Cour, en disant à Blasio: note, Blasio, ceci et cela, les barrettes des cardinaux et les galons des amiraux. Quand il se couchait sur le lit de sangle de sa cellule, il se couchait dans le hamac de la terrasse de sa Quinta Borda, il jetait des miettes aux hirondelles et il demandait à l'un des jeunes gens de son Club du Coq de lui servir un verre de vin de Hongrie. Écoute, Charlotte, écoute-moi bien, m'a dit Lipchen: Maximilien a été condamné à Querétaro, non pas par son peuple, mais par un seul homme: il s'appelait Platón Sánchez, m'a dit Philippe comme pour me faire pleurer, et il a ajouté: écoute-moi, Bijou, ne crois pas à l'Almanach de Gotha. Si Maximilien n'y apparaît pas parmi les morts, c'est parce que l'Almanach que t'a donné Marie-Henriette est faux: Maximilien a été tué à Querétaro, mais ce n'est pas son peuple qui l'a tué, c'est un seul homme. Alors Philippe a sorti une balle de la poche de son gilet et il m'a dit : ce n'est pas un soldat du peloton qui a tiré cette balle pour le coup de grâce, c'est Juárez. C'est Benito Juárez, m'a dit mon frère, qui l'a tué. Et moi je n'ai pas bougé un doigt, je n'ai pas baissé les paupières, je suis restée immobile, sans presque respirer, comme si je m'étais endormie les yeux ouverts et comme si j'avais uniquement voulu à ce moment que le vent froid et pluvieux qui nous a conduits jusqu'au Cap d'Istrie, celui-là même qui a déchiré la tapisserie rouge du Salon des Ambassadeurs, qui a agité les iris sur le lac et embué les fenêtres de la Salle du Trône, j'aurais seulement voulu, Maximilien, que ce même vent me baignât à nouveau le visage de gouttes d'eau, même si Philippe me disait et me jurait, comme pour me faire sourire, ne me crois pas, Princesse, car Maximilien est vivant dans ton cœur et dans le mien, vivant dans les saules pleureurs et dans les sentiers des Jardins de Miramar, vivant et agenouillé dans la chapelle du château devant l'Assomption de Rubens, vivant dans le Salon des Princes et dans son berceau doré du Danube où chevauchait son père le Roi de Rome. De cette façon, Doña Carlota, nous n'allons aboutir nulle part, m'a dit le Docteur Jilek en essuyant la longue morve jaune qui lui pendait au nez. Votre Majesté Impériale ne peut voyager au Mexique dans cet état, regardez vos pommettes saillantes, vos côtes apparentes, la peau flasque de votre cou, vos coudes pointus. Que vont dire les maires ? Que vont dire les hussards ? Que vont dire, Majesté, vos gardes palatins ? Vont-ils dire qu'on ne vous a pas donné à manger à Bouchout ? Je vais écrire une lettre à Don Fernando Maximiliano, dit Blasio, il sort un crayon de sa mallette, il le suce et demande, les dents tachées d'encre violette : Que vais-je lui dire, Majesté ? Je vais lui dire... pourquoi ne me dites-vous pas, Majesté, ce que je peux dire à Don Fernando Maximiliano, l'Empereur et votre Auguste Époux ?

Maximilien chéri. Mon Roi du Monde et Seigneur de l'Univers adoré : ne crois aucun de ceux qui te diront que je suis folle parce que je ne veux pas manger. C'est un mensonge. L'autre jour j'ai dit à mes serviteurs que tu venais déjeuner au château. J'ai demandé qu'on dispose sur la table les marmelades anglaises que tu aimais tellement depuis que tu y avais goûté à Gibraltar, un soir où les Maures et les Espagnols se battaient à Ceuta et où tu as observé la bataille de l'autre côté de la mer, au télescope. Je me suis souvenu qu'une fois, à Valence, on t'a montré un magnolia gigantesque qui avait poussé dans un cimetière de moines capucins et tu as dit que les religieux devaient fournir un très bon engrais au sol, c'est pourquoi j'ai fait apporter plusieurs bottes de ces asperges sauvages qui poussent dans le cimetière du Père-Lachaise. Je me suis souvenue que pendant la guerre contre les Turcs l'Empereur Joseph II se faisait livrer à Belgrade de l'eau de Schönbrunn, et j'ai demandé qu'on apporte plusieurs bonbonnes pleines d'eau de Tehuacán. Le messager a apporté une corbeille avec des mangues et des goyaves et une jarre de lait blanc comme des fleurs de jasmin et mousseux comme du champagne, semblable à celui que t'a offert ce chevrier allemand des Canaries en embrassant la pointe de tes souliers. Ta mère l'Archiduchesse Sophie m'a envoyé des petits gâteaux aux graines de coquelicot avec du miel et un flacon de Milchrahm. Des caves de Miramar est arrivé un chargement de vins doux du Rhin et de vins corsés de la Rioja que tu appréciais tellement. La Princesse Paula Metternich t'a envoyé de Paris une boîte de tes havanes favoris. J'ai demandé à Tüdös de préparer une soupe Brunoise, du saumon à la tartare et du filet braisé avec une sauce Richelieu. Et j'ai dit aux musiciens et aux chanteurs de répéter la « Fantaisie Brillante » que Jehin-Prume a composée en l'honneur de mon père Léopold, le « Toast à Lucrèce », « La Paloma », l'hymne impérial mexicain. Et je t'ai attendu quinze ans. Je t'ai attendu soixante ans et tu n'es pas venu. Et pendant tout ce temps je suis restée là pour toi, Maximilien, sans rien manger. Il n'est pas vrai, Max, que c'est parce que je suis folle que je ne veux pas manger : ne le crois pas si on te le dit, comment refuserais-je de manger alors que je meurs de faim, comment refuser de boire si je meurs de soif ? Car si quelqu'un a été contraint de plonger la main dans une marmite de pot-au-feu bouillant à l'Orphelinat de Saint-Vincent pour manger un misérable morceau de viande, c'est moi, Maximilien. Si quelqu'un a dû mettre ses doigts dans la tasse de chocolat du Pape, c'est moi, et pas toi, parce que j'étais morte de faim, parce que tout le monde voulait m'empoisonner. Si quelqu'un a été contraint de boire l'eau des fontaines de Rome, si quelqu'un a dû transporter des poules à l'hôtel pour ne rien manger d'autre que les œufs qu'elles pondraient sous mes propres yeux afin que je puisse les casser et les cuire de mes propres mains, c'est moi. Si quelqu'un a été forcé de sortir à minuit du château de Bouchout pour boire l'eau des douves et manger le trèfle et les roses du jardin, c'est moi, Maximilien, moi, Charlotte Amélie, qui rampe dans les couloirs du château pour manger des araignées et des cafards, car je suis morte de faim, car tous veulent m'empoisonner. Ils disent que je suis folle parce que je mange des mouches, Maximilien. Ils disent que je suis folle parce que je voudrais dévorer les restes qu'on m'a laissés de toi, parce que je veux aller à Vienne dans la crypte des Capucins y dévorer ton cercueil et tes yeux de verre, même si je me coupe les lèvres et que je me déchire la gorge. Je veux manger tes os, ton foie et tes intestins, je veux qu'on les cuisine en ma présence, je veux que le chat les goûte pour être sûre qu'ils ne sont pas empoisonnés, je veux dévorer ta langue et tes testicules, je veux me remplir la bouche de tes veines. Hélas, Maximilien, Maximilien : ne crois pas ceux qui te diront que je ressemble à une petite fille parce que je mange la terre des jardinières. Le Docteur Bohuslavek s'est fâché contre moi quand je lui ai dit de ne pas s'inquiéter, parce que je me lave toujours les mains avant de manger de la terre, et il m'a dit que j'étais une idiote parce que je déchiquette à coups de dents les tapis, il m'a dit on va ôter tous les tapis du château, mais je mange les couvertures et les courtepointes, il m'a dit s'il vous plaît Majesté : on ne peut pas vous laisser sans couvertures ni courtepointes, parce que je mange mes vêtements, Sainte Vierge m'ont dit mes dames on ne peut pas vous laisser toute nue, parce que je m'arrache les cheveux et je les mange: sur ce point, m'a dit le Docteur Riedel, on peut vraiment faire quelque chose, Majesté, on va vous tondre à ras, vous raser les aisselles et le pubis, si vous ne cessez pas de manger vos cheveux, sapristi.

Est-il vrai, Maximilien, que personne ne t'a raconté qu'on a inventé l'aspirine et la machine à écrire? Avec l'aspirine on me soulage des épouvantables migraines que j'attrape dès que je me souviens du Mexique. Avec la machine je vais écrire une très longue lettre au Général Escobedo pour qu'il te laisse sortir de Querétaro et je vais composer un poème sur le jour où, pendant ton voyage à Séville, tu as déjeuné près du Guadalquivir dans un bosquet de citronniers ployant sous leurs fruits d'or. Et on a également inventé, est-il vrai que personne ne te l'a dit? un appareil magique pour voir les os et les viscères des personnes vivantes et pour les photographier, qui permet de savoir si tu as avalé quelque chose qui peut te faire mal, il faut que tu saches que ta mère Sophie a avalé la bague que lui a envoyée le Docteur Basch et qu'elle s'est dissoute dans son estomac en lui brûlant les entrailles. Que Louis-Napoléon a avalé la lettre où il te disait qu'il tiendrait toujours ses promesses et ton frère François-Joseph le Pacte de Famille et ils ont failli mourir tous les deux étouffés par l'angoisse. Que notre compère le Colonel López a avalé les vingt mille pesos-or qu'on lui a remis pour sa trahison et qui lui ont rempli la bouche d'écume, et qu'Eugénie a avalé un petit soldat de plomb habillé en officier anglais, qui lui a enfoncé son épée dans le cœur. Et que moi, ah, moi, Maximilien, quand l'autre jour Jilek, Bohuslavek et Riedel sont venus me voir, qu'ils ont commencé à me rabrouer et à me dire hélas Majesté nous pouvons vous laisser sans rideaux mais pas sans savon parce qu'alors nous ne pourrions pas vous donner de bains, ne le mangez pas parce que ça vous laisse un goût amer dans la bouche, ne mangez pas votre poudre de riz parce que vous allez avoir des nausées et si vous mangez, Doña Carlota, les braises de la cheminée, vous allez rester sans voix et la bouche et la gorge couvertes de plaies, alors moi, Maximilien, je leur ai raconté que j'avais avalé la balle qui t'a ôté la vie sur le Cerro de las Campanas. Cette même balle, leur ai-je dit, que mon frère Philippe m'a donnée à Miramar pour me faire rire, pour me faire pleurer, pour me permettre de vivre folle et lucide, endormie et éveillée, vivante et morte, pendant soixante ans encore. Si tu avais vu, Maximilien, la pagaille que j'ai semée dans le château. Ils ont cru que la balle allait me perforer les intestins. Le Docteur Jilek, pardonnez-moi, Majesté, m'a administré un lavement. De ma bouche sont sortis des caillots de morve avec des pétales de roses à moitié digérés. De mon nez sont sortis des fils de soie de plusieurs couleurs et des bulles de savon. De mon anus est sorti une boule compacte de cheveux blancs et les deux brillants de mon diadème de mariage que j'ai avalés l'autre jour. Mais la balle n'est pas sortie. Depuis cette date, tous les matins, quand j'ai fini de déféquer, le Docteur Jilek, le Docteur Riedel et le Docteur Bohuslavek emportent dans le Salon des Audiences mon vase de nuit de porcelaine et d'or, ils le posent sur une table laquée, ils s'assoient et avec une grande cuiller d'argent ils la répartissent dans trois petites assiettes creuses, puis avec les petites mains d'ivoire avec lesquelles mes demoiselles me grattent le dos, ils fouillent tous les trois dans ma merde, Maximilien, pour voir s'ils trouvent la balle, tandis que mes demoiselles dansent autour d'eux avec des encensoirs et des pulvérisateurs d'où sortent des nuages d'eau de Cologne. Aujourd'hui je leur ai fait une surprise. Quand ils sont venus prendre le vase de nuit ils l'ont trouvé vide parce que j'avais tellement faim, Max, que j'ai mangé ma propre merde. Les bajoues du Docteur Jilek tremblaient de fureur. Le Docteur Bohuslavek m'a dit qu'il allait me dénoncer à la Reine Victoria. Le Docteur Riedel m'a dit que désormais je devrais toujours déféquer devant mes dames de compagnie. J'ai été tellement humiliée d'avoir à le faire devant elles, Max, bien qu'elles soient si gentilles, qu'elles se mettent à chanter pour ne pas entendre les bruits que je fais, qu'elles mettent leurs éventails devant leur visage pour faire semblant de ne pas voir alors que je sais que les éventails ont des petits trous par lesquels elles m'espionnent, j'ai ressenti tant de chagrin et surtout tant de rage que j'ai décidé de me venger et j'ai déféqué dans mon lit, j'ai déféqué dans un couloir du château, j'ai déféqué dans une fontaine du jardin, j'ai déféqué dans la soupière de notre vaisselle impériale.

X

« MASSIMILIANO : NON TE FIDARE »
1864-1865

1. De Miramar à Mexico

Bleu ? Bleu comme en France ? Ou vert ? Vert foncé comme le vert du drapeau mexicain ? Le vert est aussi la couleur du prophète, observa don Joaquín. De quel prophète ? demanda la comtesse de Kollonitz. De Mahomet, chère madame. Il soufflait un vent de nord-ouest, froid et fort, mais favorable pour le voyage. Maximilien pensait, imaginait, interrogeait, écrivait. Les maires, dit-il, et il donna une tape sur l'épaule de M. Iglesias, casaque, donc, vert drapeau avec des broderies d'argent et chapeau à plumes noires : satisfaite, Carla, Charlotte ? Malgré le vent, l'Adriatique, habituellement agitée, était ce jour-là comme un miroir. Le trésorier de la Couronne, notez, Sébastien, aura toujours sur lui la clef, dit Max, et il leva la main comme s'il la tenait lui-même, la clef des Archives Impériales. Le yatch *Fantaisie* ouvrait la marche. Suivait la *Novara* et dans le sillage de la frégate, à environ deux cent cinquante brasses, la *Thémis*, commandée par le lieutenant de vaisseau Morier. Les juges de paix, écrivit Maximilien de sa propre main, ceinture de soie orange assortie de glands verts, et il s'imagina l'archevêque, lors des fêtes nationales, offrant l'eau bénite aux ambassadeurs pour rejoindre ensuite le chapitre. Jamais les eaux de l'Adriatique ne furent aussi bleues. L'escadre défila devant la ville de Trieste, parmi les navires ancrés dans la baie et pavoisés de tous leurs pavillons. Les batteries de la côte saluèrent l'escadre, et les détonations se succédaient sans interruption, au fur et à mesure que la *Novara* passait devant chacune d'entre elles. Les vapeurs de Lloyd prirent congé et l'escadre continua en direction de Pirano, où une multitude de barques de pêches entourèrent la *Novara* pour saluer le Prince et la Princesse qui s'absentaient. Et si vous en êtes d'accord, dit Maximilien en plongeant un biscuit dans son verre de Jerez, pendant les audiences publiques qui se tiendront chaque dimanche matin et où je recevrai tous ceux qui souhaiteront me voir, le chambellan portera un frac de cour, sa cravate sera blanche et il arborera ses décorations. Les comtesses de Zichy et de Kollonitz jetèrent des pièces aux pêcheurs, et Maximilien prit la main de Charlotte et à voix très basse, pour qu'elle ne l'entendît pas, il murmura : le jour où mourra l'infant d'une tête couronnée, un de nos enfants, Carla, l'Empereur ne portera pas le deuil, mais il fera recouvrir la chambre et l'antichambre du palais, les sofas et les fauteuils de toiles, de housses et de tapisseries de couleur violette, au pommeau de mon épée je nouerai également un crêpe violet et violette sera la bande de soie qui entourera mon bras. Que dis-tu, Max ? Le comte de Bombelles poussa un profond soupir et ils continuèrent à descendre le long de l'Adriatique, encore calme, à peine ponctuée de quelques moutonnements argentés. Charlotte se retira dans sa cabine tard dans la nuit : elle avait attendu le coucher du soleil et ensuite elle était restée à contempler pendant un long moment, en silence, les petites lumières des côtes d'Istrie et de Dalmatie. Maximilien, au bras du général Woll, décidait de la disposition des troupes en ordre de bataille, pour les parades et les revues. Maximilien écrivait : petits faisceaux de sept torsades d'or mat à la pointe du rebord du chapeau des généraux de division. Peut-être sa Charlotte adorée — la Princesse était triste — préférait-elle, pour le grand uniforme de sa Garde palatine, la Garde de l'Impératrice, un casque d'argent poli avec l'aigle impériale en or battant des ailes sur le dessus ? Triste, mais pas uniquement parce qu'elle quittait Miramar. Et une jugulaire de cuir verni blanc ? Triste également parce qu'elle n'avait pas pris congé de l'île de Lacroma. Et une redingote de drap incarnat, gants et pantalon de daim blanc, bottes vernies noires plissées au mollet ? D'accord, Carla ? Cela te plairait ? Mais Carla, *cara* Carla : Tu n'as pas réalisé que pour aller jusqu'à Raguse nous aurions dû nous détourner de notre route et perdre un temps précieux ? Et le grand chambellan aura la charge de la conservation des effets mobiliers de la cour, y compris le trousseau de la salle à manger, la vaisselle, le linge de table, les jardins : je te l'ai déjà dit et je te le répète, Carla : nous avons beaucoup de chance ! Nous avons un royaume à nos pieds ! Pendant ce temps ils voguaient en direction d'Otrante, de ce cap d'Otrante, jaunâtre et inculte, qui rappela à Maximilien son premier quart du matin en mer, quand il sentit pour la première fois sur sa peau l'ardeur du soleil d'Italie, empoisonneur, pour reprendre son expression, du sang sicilien. La comtesse de Kollonitz fit remarquer que les côtes de la Calabre étaient très laides et l'ingénieur Félix Éloin en fut d'accord. Maximilien dessinait. Il demanda des crayons de couleur, un fusain, et il traça le chapeau d'un fonctionnaire de la Cour d'appel, en feutre noir avec un ruban moiré, des plumes noires et une cocarde tricolore : une bande verte, une bande blanche, une bande rouge. Comme le drapeau italien ! s'exclama Charlotte. Ce n'est que maintenant que tu te rends compte, *carissima mia*, que les drapeaux de l'Italie et du Mexique ont les mêmes couleurs ? Cela doit être de bon augure. Et alors qu'on était déjà loin de la côte enneigée de l'Albanie et après avoir dit adieu à Corfou, Maximilien se rappela que lors d'une fête de la Saint-Sylvestre à Schönbrunn, il avait reçu comme cadeau surprise une corbeille miniature avec des mangues, des bananes et des ananas, et l'on pouvait voir, là encore, dans ces minuscules fruits de plomb fondu, un augure admirable, d'autant plus qu'il neigeait cette nuit-là sur Vienne. Un augure tropical, dit M. Iglesias. Et comme au matin le commandant Morier avait approché la *Thémis* de la *Novara*, les passagers des deux bateaux, à portée de mousquet, se saluèrent de bord à bord, échangèrent quelques mots en criant, Max et Carla apparurent à la poupe, à nouveau jaillirent les mouchoirs et les adieux, ensuite la *Thémis* s'éloigna, Max chaussa ses jumelles, fit des observations critiques sur les manœuvres du bateau français qu'il communiqua par sémaphore au lieutenant de vaisseau Morier, histoire de lui gâcher la digestion de ses *tripes à la mode de Caen**, dit Maximilien, il descendit dans son bureau, contempla les sextants et les boussoles, alluma une cigarette et à travers la fumée il vit, il s'imagina les conseillers d'État. Avec une casaque bleu clair comme en France? Non-non-non, devait dire Charlotte: verte. *All right*, verte, mais vert clair et avec de gros boutons dorés, sur la poitrine. Oui, et avec l'aigle sculpté dessus. *Das ist Recht*. Et avec gilet et pantalon noir? Il prit la plume, la trempa dans l'encrier et écrivit: «Remise de barrettes aux cardinaux». Pendant ce temps la *Novara* pénétrait dans les eaux de la Méditerranée. La barrette placée sur un plateau d'or. Ils longeaient la botte italienne. Le plateau placé sur une table couverte de velours rouge. Ils doublaient le cap de Santa Maria de Leuca, ils entraient dans le golfe de Tarente. Et la table placée près d'un des murs latéraux du presbytère. Maximilien se souvint: lors de son premier voyage, en vue de Leuca, à gauche de la batterie du bateau, ils avaient dressé une chapelle faite avec des pavillons autrichiens, mais l'aumônier avait le mal de mer et la messe fut interrompue. Est-ce un sacrilège involontaire que de vomir le corps du Seigneur et d'alimenter les requins avec sa chair transsubstantiée? On était déjà le dimanche 17 et au matin, une matinée fort limpide, confirma le comte Zichy, on pouvait contempler sur la droite la cime enneigée de l'Etna, bien que le clou noir fût caché dans la brume, et Maximilien leur raconta que lors d'un autre voyage le long des côtes de Calabre, il entendit un cri: *un uomo è caduto in acqua*, et c'était vrai, l'homme était tombé de la grande hune. Le pauvre s'est noyé? demanda le marquis de Corio. Le *salva uomini* fut mal lancé, dit Max, mais nous l'avons repêché avec une chaloupe, grâce à Dieu. Entre temps ils naviguaient en direction du détroit de Messine et Maximilien, qui avait écrit dans ses Mémoires que l'Etna était «témoin de tant d'époques révolues et de la dégénérescence des nations puissantes», écrivit maintenant sur une feuille immaculée: quand un vice-amiral visitera un navire pour la première fois, il sera salué par neuf coups de canon. Dès que nous arriverons au Mexique, rappelez-moi, général Woll, rappelez-moi vous aussi, *bitte*, demanda-t-il à son tout nouveau secrétaire Sébastien Schertzenlechner, de prendre contact avec le commodore Maury. Et comme la nomination de Schertzenlechner faisait mourir d'envie l'ingénieur Éloin, Max dit au Belge qu'il serait le chef de la police secrète. Et de quelle couleur sera la casaque de la police secrète, quelles broderies portera-t-elle ? plaisanta Charlotte, et Max lui dit : ah, ceci est un secret et nous l'écrirons à l'encre invisible dans le *Cérémonial*. Tous les bateaux devaient être des cuirassés et, comme il y aura également un Sénat, quelle sera sa tenue d'apparat ? Casaque bleue, dit Maximilien, pas verte parce que ce serait trop de vert, et Charlotte se résigna : bleue, donc, avec des feuilles de palmier brodées d'or et entrelacées à des branches de chêne. Et l'épée ? Dorée et à pommeau de nacre, dicta-t-il à Schertzenlechner et tandis que Charlote, appuyée au bastingage, s'abîmait dans la contemplation des eaux du détroit de Messine pour y redécouvrir le tourbillon qui avalait jadis les navigateurs, comme le lui avait raconté quand elle était petite son frère le duc de Brabant, Max montra à son secrétaire le plan du Palais impérial de Mexico avec le Protocole Numéro Huit pour les Grands Bals de la Cour. Pendant ce temps ils passaient près de Reggio, loin de Messine, et sur les pentes des monts de Calabre se déployait le vert d'une végétation admirable. Et il dit : à minuit l'Empereur et l'Impératrice se retireront du salon de l'Empereur précédés par le petit Service d'Honneur. Ils laissaient sur la gauche la côte montagneuse de la Sicile et le monastère bénédictin de Saint-Placide dominant le détroit. Il parcourut le plan de son index : ils traverseront la salle à manger, la galerie des Lions, la galerie Iturbide, la galerie des Peintures, le salon du Yucatán, prenez note. Scylla, un phare. Charybde, un énorme vieux château. Et aucun tourbillon en vue, rien qui rappelât les horreurs du *Plongeur* de Schiller, bien au contraire, la mer était superbe, nota Charlotte dans son journal : couleur émeraude, couleur lapis-lazuli, à nouveau émeraude et ainsi de suite. A midi ils arrivèrent au pied du Stromboli dont le cratère lançait d'épais flocons de fumée. Ensuite, pensa Maximilien, les personnes des deux premières catégories sortiront du palais par l'escalier de l'Impératrice, et il parcourut du bout des doigts les escaliers du plan. Toutes les autres emprunteront l'escalier de l'Empereur. Et comme concession à Charlotte : aimerais-tu, *cara*, Charlotte chérie, que la redingote du demi-uniforme de la Garde palatine, la Garde de l'Impératrice, soit de drap vert dragon, avec des revers de manches incarnats pour qu'ainsi, avec les gants de daim blanc, on ait les trois couleurs du drapeau impérial mexicain ? Bien sûr que oui. *Es bleibt dabei*. Et comme en sortant de l'archipel des Lipari ils naviguèrent au large, ils n'aperçurent pas Ischia, ni la côte de Naples, ni la cime des Abruzzes. Éloin serait en outre chef du Cabinet impérial, et le comte de Zichy directeur du Cabinet civil. Avec la côte napolitaine se perdit dans le lointain le souvenir d'une soirée où les eaux dorées du golfe de Naples baignaient les rivages de Castellamare et où au milieu des bois d'orangers en fleurs apparaissait Sorrente. Une vapeur violacée enveloppait le Vésuve et l'archiduc Maximilien, guidé par un moine capucin, avait visité le cimetière et observé qu'il avait l'air d'une ville aux maisons ou aux temples en miniature : grecs, égyptiens, gothiques, romains : il avait écouté le murmure des cyprès, respiré le parfum des myrtes, bu du Chianti et du Lacryma-Christi, fait le voyage de Capri, visité les ruines du palais de Tibère et tout en se remplissant la bouche du jus glacé d'une figue de Barbarie il avait admiré une femme au sourire de bacchante qui se laissait porter par la vague vertigineuse, enflammée, de la tarentelle. Mais il y avait déjà plusieurs années de cela. Le lundi 18 avril, à une heure de l'après-midi, l'escadre entre dans la rade de Civitavecchia, où elle fut reçue par des fanfares, les salves des bateaux ancrés dans le port et les troupes françaises d'occupation, ainsi que par le train spécial qui devait les conduire à Rome.

Là, dans la Ville éternelle, Maximilien perdit l'occasion, comme l'a remarqué le comte Egon de Corti, d'éclaircir la situation de l'Église au Mexique. Maximilien sollicita du comte Giovanni Maria Mastai Ferretti, connu aussi sous le nom de Pie IX, l'envoi au Mexique d'un nonce avec « des privilèges raisonnables » et le Souverain Pontife, peu avant de donner la communion à Maximilien et à Charlotte, signala que, sans doute, les droits des peuples étaient grands, mais que les droits de l'Église étaient plus grands encore et plus sacrés. « L'empereur Maximilien — indiqua depuis la *Novara* monsieur Velázquez de León à l'ambassadeur mexicain à Vienne, Tomás Murphy — répondit au Saint-Père que s'il accomplirait toujours ses devoirs de chrétien, comme souverain il devrait toujours défendre les intérêts de son État. » Il est possible que Maximilien se soit souvenu dans ces circonstances de ce tableau de Titien qui l'avait tant impressionné au musée de Dresde, *l'Argent de César*... Mais Rome était en fête en l'honneur du couple impérial mexicain, les foules les adorèrent, l'historien allemand Gregorovius écrivit que jamais le Pape n'avait béni un prince avec autant d'émotion, et leur escorte était toujours tellement pléthorique — un témoin oculaire a dit que si les Français prenaient autant de soin de lui c'est parce qu'ils ne retrouveraient pas de sitôt un autre gogo qui accepterait la couronne du Mexique — qu'il était préférable d'oublier l'Église, les nonces, Juárez et les biens de main morte jusqu'à ce qu'ils arrivent au Mexique. Autres motifs d'allégresse : Gutiérrez Estrada se pavanait parce que non seulement l'Empereur et l'Impératrice étaient descendus dans son Palazzo Marescotti, mais en outre Pie IX avait daigné lui rendre visite. Et aussi, bien entendu, les pins et les camélias blancs de Rome, les festins et les discours, les messes dans les Catacombes, le petit lac, les terrasses et les parterres de la Villa Borghese, et de là le panorama sur Rome et ses merveilles, réjouirent tous les cœurs, et Maximilien et Charlotte accompagnés de leur suite parcoururent les rues de la ville, montèrent et descendirent plusieurs fois les escaliers de la Trinità dei Monti, marchèrent le long de l'avenue des Magnolias, visitèrent les ruines de nuit, et Charlotte écrivit à sa grand-mère Marie-Amélie à Claremont qu'elle était tombée amoureuse du Colisée sous la lumière de la lune, et ils trempèrent leurs mains dans toutes les fontaines : dans la fontaine de Trevi, dans la fontaine du Maure, dans la fontaine de Neptune et dans la fontaine des Fleuves qu'on appelle ainsi, dit Maximilien à sa Carla chérie, car y sont représentés les quatre fleuves du monde, qui sont... le Nil? Oui, le Nil. Le Gange? Très bien, Carla, très bien: le Gange. Le... l'Amazone? Non-non-non: le Danube, et le quatrième? Voyons, devine. Charlotte ne devina pas. Le Río de la Plata, ma bonne. Et pourquoi pas l'Amazone? Pourquoi pas le Mississippi? Pourquoi pas? Pourquoi pas le Yang-Tsé-Kiang et pourquoi le Danube? Pourquoi ce dernier? Parce que c'était les fleuves, *cara*, des quatre continents, *mia cara* Carla, qui étaient soumis à l'autorité papale à cette époque, quand le génial Bernin l'a construite, Carla *carissima mia, meine Liebe*.

Quand ils revinrent à Civitavecchia et à la *Novara*, un poème en forme d'épigramme commença à circuler, d'abord de main en main, puis de bouche en bouche:

Massimiliano, non te fidare
torna al Castello de Miramare.
Il trono fradicio di Montezuma
è nappo gallico, colmo di spuma.
Il timeo Danaos, chi non ricorda?
Sotto la clamide trovò la corda.

Mais, évidemment, l'engagement de Maximilien et de Charlotte avait atteint un niveau tel qu'ils étaient enclins à aller de l'avant, à ne pas se méfier, à ne pas revenir dans leur château de Miramar, et qui, en ces moments de liesse, pouvait penser que sous la pourpre ils trouveraient la corde? En outre, comme l'affirma M. Iglesias: il y a toujours des gens envieux et mal intentionnés, toujours, confirma le comte de Bombelles, tout cela est méprisable, et tout le monde d'admirer du haut du bastingage les dauphins qui les escortèrent sur une longue distance et, comme dit le général Woll, sans l'assistance des baïonnettes françaises, en direction de l'île de Caprera, si chère au cœur de Garibaldi, Charlotte s'enferma dans sa cabine et elle n'en sortit pratiquement plus, plongée dans ses lectures de l'abbé Domenech, du baron de Humboldt et de Chevalier, et Maximilien écrivait, dictait, parlait, imaginait. Il écrivait: petite chaîne d'or sur un ruban de velours noir pour le chapeau des auditeurs; il dictait: l'ordre de la petite et de la grande suite pour les cérémonies du Samedi Saint sera le suivant. Il parlait: le grand écuyer. Il aura à sa charge l'administration et l'entretien des écuries, des équipages et des selles, ah, j'oubliais, notez, Sébastien, *bitte*: la longueur de l'épée des généraux de division sera de huit cent trente-cinq millimètres et le pommeau de bois — pendant ce temps ils passaient entre la Corse et la Sardaigne —, de bois recouvert de peau de crapaud. De peau de crapaud? demanda Charlotte avec une moue de dégoût. Oui, lui répondit Max tandis qu'ils franchissaient le détroit, à gauche le royaume sarde et la malaria, à droite le berceau du grand Napoléon, de peau de crapaud et entouré, notez, Sébastien, de huit révolutions de fortes torsades de filigrane doré: les femmes, Carla, n'y entendent rien en matière d'épées. D'épées, non, de fusils et d'épaulettes non plus, mais ce n'est pas le cas pour les couleurs et les dessins, protesta Charlotte, et je ne suis pas convaincue par les feuilles de vigne et les épis de blé brodés à l'or sur du drap gris pour les inspecteurs des finances, pourquoi ne pas proposer un dessin avec des plantes mexicaines plutôt qu'avec des plantes européennes ? Pendant ce temps ils laissaient derrière eux les îles Baléares et cinglaient vers Gibraltar. Je t'en prie, Carla, et il la prit par les épaules : tu ne penses pas, j'imagine, à des broderies de feuilles de cactus dorées pour les casquettes des généraux, n'est-ce pas ? et tu ne souhaites pas que je porte un panache de plumes comme l'empereur Montezuma. Ah ! vous ne savez pas, Sire, quelle émotion j'ai ressentie, dit don Joaquín, quand j'ai vu le panache pour la première fois à Vienne. Car dans un des livres que j'ai lus, plaida Charlotte en voyant ce bloc gigantesque, chauve, pelé et calciné par le soleil qu'est le rocher de Gibraltar, il est dit que sur les chasubles des prêtres mexicains on a reproduit des dessins de grecques mayas et aztèques. Nous devons en fin de compte manifester quelque gratitude à la reine Victoria, dit Maximilien au général Woll, qui venait d'être nommé premier aide de camp, quand ils furent reçus avec les honneurs impériaux par la Flotte britannique. Tu te rends compte, Charlotte, tu te rends compte ? La perfide Albion nous rend hommage. A gauche Ceuta, toute blanche, et une des colonnes d'Hercule : le mont Hacho. Il passa ses jumelles à Charlotte : regarde, voici les fameux singes de Gibraltar. Je t'avais bien dit, n'est-ce pas, quand nous sommes allés à Madère, que d'après la légende, quand disparaîtra le dernier singe les Anglais abandonneront Gibraltar. Ils ne partiront jamais, dit don Joaquín : ils préféreront plutôt importer des singes de Tombouctou. Ils furent tous ravis du banquet, de la magnifique *tea-party* à l'anglaise qu'offrit le gouverneur, le général Codrington, à l'Empereur, à l'Impératrice et à leur suite, ainsi que du banquet qu'à son tour le couple impérial a offert au général, à bord de la *Novara*. Il en fut de même avec la course de chevaux : Maximilien s'étonna du vert de la piste qui était comme un petit morceau du parc de St. James ou de Richmond qu'on aurait soulevé en l'air comme un tapis volant de gazon pour le poser à Gibraltar, et Maximilien dit à Schertzenlechner : voyez-vous, Sébastien, là où vont les Anglais, ils emportent leur pelouse, leurs délicieuses marmelades, leurs *curries* et leurs thés. Et leurs Anglaises, toujours aussi dégingandées, dit la comtesse von Kollonitz (elle préférait le « von » au « de »), qui fut à deux doigts de sombrer sur la chaloupe qui la ramenait à la *Novara*, mais qui avait pris beaucoup de plaisir à la visite des grottes de Gibraltar, même si, bien entendu, elle était d'accord avec l'Empereur : celles d'Adelsberg étaient plus belles. Ils s'amusèrent également beaucoup de la grotesque statue d'Elliot, le défenseur de Gibraltar, qui résista à un siège de près de trois ans imposé par les Espagnols et les Français : immense tricorne, des jambes comme des fuseaux, une perruque à traîne et à la main les clefs d'or de la ville. Mais un nuage vint obscurcir le front de Max, bien que la verte phosphorescence marine du détroit fascinât Charlotte, parce que Schertzenlechner, chargé *per motu proprio* d'éviter que la correspondance désagréable n'arrive entre les mains de l'Empereur, laissa échapper une lettre qui faisait partie d'un sac de courrier embarqué à Gibraltar, écrite, semble-t-il et à en juger par le langage employé, par un anarchiste autrichien, où l'auteur anonyme traitait Max d'*usurpateur* et lui rappelait qu'aucun *tyran* n'en avait jamais réchappé, qu'il avait un fusil et qu'il tirait juste, et que dès qu'il poserait le pied sur les côtes américaines il le lui démontrerait. Mais Votre Majesté n'est pas un usurpateur, dit le comte Bombelles. Et je ne serai jamais un tyran, ajouta Max. Personne n'osera jamais attenter à la vie de Votre Majesté, protesta M. Iglesias et quelques heures plus tard la lettre anonyme était oubliée, en apparence du moins et, allongé sur sa couchette, *gute Nacht*, mais les yeux ouverts, Maximilien imaginait: cortège du palais à la cathédrale. Un carrosse, deux chevaux, quatre places: pour le second maître de cérémonie, le chambellan de service et deux dames d'honneur, deuxième carrosse, deux chevaux, deux places: pour deux dames du palais. Le lendemain matin, *guten Morgen*, après qu'il eut procédé à ses ablutions et peigné sa longue barbe partagée en deux, la *Novara* entra enfin dans l'Atlantique: troisième, quatrième et cinquième carrosses. A droite, dit le comte de Zichy à la comtesse de Zichy, se trouve Trafalgar, où l'amiral Nelson s'est couvert de gloire. Et tandis qu'ils laissaient derrière eux les îles Désertes uniquement habitées par des chèvres, à destination de Madère, et après une bonne tasse — *a nice cup* — du thé Earl Grey que leur avait offert le gouverneur Codrington, sixième carrosse: quatre chevaux, quatre places: pour la première dame du palais, une dame du palais de service, le grand maître de cérémonie et l'intendant de la Liste civile, et, observait Max, c'est fou ce que ces Anglais sont clairvoyants, car avec leurs *men of war*, leurs bateaux de guerre, ils emportent toujours d'autres navires chargés de bœufs et de quelques vaches laitières: ensuite viendront, dit-il, six gardes palatins à cheval, un officier d'ordonnance, six officiers d'ordonnance, deux généraux aides de camp, le grand maréchal de la cour, des généraux de division. Impossible, Sire, dit don Joaquín. Pourquoi impossible? s'étonna Charlotte, au moment où Max en arrivait à son carrosse à elle, l'Impératrice, qui était — qui allait être — le numéro sept: six chevaux, Sa Majesté l'Impératrice et son grand chambellan... Vous allez voir, Sire, dit don Joaquín, et sur une feuille de papier il dessina un plan de la grand-place de Mexico. Ici se trouve le Palais national. Pardon: le Palais impérial. Et ici, la cathédrale. Comme Votre Majesté peut l'apprécier, la distance entre l'une et l'autre est très courte, beaucoup plus courte que la longueur du cortège. De telle sorte que lorsque le premier carrosse arrivera aux portes de la cathédrale, dit Maximilien... le carrosse de Sa Majesté l'Impératrice n'aura pas encore quitté le palais, compléta M. Iglesias. Exact. Et Maximilien fit ses comptes: il fallait ajouter tous les secrétaires de cérémonie, les écuyers, les médecins, les autres chambellans et les autres dames d'honneur. Impossible. Mais alors que Madère était déjà en vue, avec sa flore bigarrée et parfumée: mimosas, aloès aux grappes de fleurs pourpres, pélargoniums;

ce qu'on peut faire, dit Maximilien — en se souvenant du tableau de Van Meijtens qui décrit l'entrée à Vienne d'Isabelle de Parme, la promise de Joseph II: les centaines de carrosses ont tous tenu sur la place de la Hofburg parce qu'on les a fait défiler en zigzag, comme un serpent ondoyant —, ce qu'on peut faire, dit-il, c'est que le cortège, en quittant le palais, tourne à gauche, fasse tout le tour de la place et arrive par l'autre côté de la cathédrale. *Magnifique*!* s'exclama Charlotte, et tous applaudirent, Maximilien proposa un toast, en imitant le général Codrington: *Gentlemen, will you charge your glasses, please*, et il promit que le lendemain très tôt ils dresseraient la liste des vins et des menus pour les banquets, selon qu'il s'agirait ou non de banquets offerts à des chefs d'État, à des ambassadeurs plénipotentiaires ou à tout autre dignitaire. Cependant, Madère plongea Max et Carla dans une légère tristesse. Carla, pour deux raisons. La première, parce qu'elle avait passé plusieurs mois seule dans cette île, tandis que Maximilien se rendait au Brésil. La seconde, parce qu'elle savait que c'était là qu'était enterrée — et c'était aussi la raison de la tristesse de Maximilien — la princesse Amélie de Bragance. Maximilien se rappela avoir décrit dans ses Mémoires que là, dans cette île inoubliable, s'était éteinte «une vie dont j'avais cru qu'elle assurerait un jour le tranquille bonheur de la mienne»... Et d'autres choses encore. Quoi d'autre? Ah, oui: «Ange pur et parfait qui a gagné sa véritable Patrie», patrie qui n'était autre, évidemment, que le ciel. Pour distraire Charlotte, il lui assura: j'ai pensé à tout, lui dit-il, et il lui baisa la main, sauf à ceci. A quoi? demanda Charlotte. Au *baciamano*. Je t'ai également raconté, n'est-ce pas? qu'à Gaète, tous les dignitaires du royaume de Naples se sont agenouillés devant moi: une cérémonie ridicule, qui de plus n'a rien à voir avec le baisemain, puisqu'ils se bornent à tendre la main droite. Pendant ce temps la comtesse de Kollonitz contemplait extasiée la flore de Madère et susurrait un poème de Heine: celui d'un sapin enneigé qui rêvait d'être un palmier, ou quelque chose dans le genre. Mais quand je dis tout, poursuivit Max après la messe à bord de la *Novara*, c'est tout: si au Café Europa de Naples les mottes de beurre portent en relief le blason à fleur de lys des Bourbons, au Mexique le beurre sera également frappé de l'aigle impériale et du serpent. Tandis qu'il lui posait un châle sur les épaules: rappelle-moi de faire fabriquer les moules. Déjà les côtes de Madère se perdaient à l'horizon. Au même moment, Max, qui dans sa première visite dans l'île s'était pris pour un moderne Ahasvérus, inlassable pèlerin, avait confirmé que dans ce morceau de paradis se donnaient rendez-vous les fruits et les fleurs les plus exotiques des cinq continents. Quelle pitié, certes, quelle pitié que les habitants soient aussi laids! Et la glace, Max? Quelle glace? Les cygnes de glace qui ornent les tables des banquets: se changeront-ils en aigles de glace dévorant des serpents de glace? Et pourquoi pas? répondit Max. Oui, pourquoi pas: aux Tuileries on leur avait bien offert un aigle en sucre, pourquoi pas en glace ou en beurre, en nougat, en pain d'épice, en pâte de figues. Et bien que cette cérémonie fût réservée au passage de l'équateur, cette fois l'équipage de la *Novara* décida de fêter de la même façon la traversée du tropique du Cancer, ce qui signifia que marins et capitaines, officiers et Empereur, Charlotte et les dames qui l'accompagnaient se déguisèrent en neptunes et amphitrites, en néréides, en tritons et autres divinités, en animaux, en déesses de la mer, et personne, à l'exception des dames, n'échappa au baptême à l'eau de mer : trempette et allégresse générale. L'Empereur, lui, y échappa. Qui aurait oser lui lancer un seau d'eau ? *Dawider behüte uns Gott !* Que Dieu ne le permette. Les enseignes de vaisseau attachés à l'Empereur suppléent les chambellans et jouent leur rôle, écrivait Maximilien, et il demandait : Général Woll, les princes ont-ils le droit de faire porter à leurs serviteurs la cocarde nationale sans flamme ? Une nuit de calme plat, sans lune, où Orion brillait comme jamais on ne le voyait briller en Méditerranée, et Andromède également, ainsi qu'Éridan. Mais Charlotte ne trouvait plus d'intérêt, semble-t-il, au paysage marin, aux nuits ou aux crépuscules : enfermée dans sa cabine, elle passait son temps à lire et à écrire des lettres. Avec ses voiles immobiles, la *Novara* parcourait à peine trois nœuds à l'heure. Notez, Sébastien, pour qu'on n'oublie rien, disait Max : à propos des sermons de carême, du lavement des pieds le Jeudi Saint, ah, c'est sûr : le dimanche des Rameaux les dames du palais porteront le chiffre de l'Impératrice et elles porteront robe fermée de soie noire et mantille, ordre de Saint-Charles, et pour les services de terre chaude, l'habit de la Maison civile de l'Empereur sera redingote et cravate blanches, qu'est-ce qui nous manque, Sébastien ? Lisez ceci, monsieur Éloin, et donnez-moi votre avis, s'il vous plaît. A cette allure nous n'allons jamais arriver à Veracruz, dit M. Iglesias, captivé par les bonds des poissons volants, ni même aux îles Sous-le-Vent, et à la demande de Maximilien on jeta les filets et on remonta une de ces méduses qui flottaient, comme des roses marines, autour de la frégate. Le charbon était épuisé, la seule chose à faire, c'était que la *Thémis* remorquât la *Novara* jusqu'à la Martinique, et c'est ce qui se produisit, et les comtesses de Zichy et de Kollonitz, Schertzenlechner et tous les Autrichiens à bord, Max lui-même, se sentirent humiliés : les Français tiraient l'Empereur et l'Impératrice vers l'Amérique, quelle honte, n'est-ce pas, don Joaquín ? Il ne faut pas prendre la chose aussi à cœur, dit le Mexicain, mais plutôt par son côté amusant. C'est ainsi qu'ils le prirent et quand à Fort-de-France ils se retrouvèrent devant la statue de l'impératrice Joséphine, née ici à la Martinique, et alors que la comtesse de Kollonitz s'étonnait des boucles d'oreilles gigantesques que portaient les Négresses et de leurs turbans aux couleurs tropicales éclatantes, et qu'elle admirait le manioc et les cocotiers, les arbres à pain, les bambous, les autres plantes et des arbres qu'elle n'avait jamais vus de sa vie, l'incident était déjà oublié : on leur rendit à nouveau les honneurs impériaux, une partie de la suite fit l'ascension du Vauclin, et une foule de Nègres monta sur la *Novara* chargés de grands paniers où ils transportaient du charbon de la même couleur que leur peau, ce qui fit dire à la comtesse de Kollonitz que Nègres et Négresses étaient une offense pour l'œil, le nez et l'ouïe européens, ils prirent congé de Fort-de-France et voguèrent vers la Jamaïque décrite par Colomb comme un papier froissé, ils débarquèrent à Port-Royal et pénétrèrent — d'après ce qu'écrit la comtesse dans ses Mémoires — dans les mystères de l'immondice nègre, et, de là, Sir James Hope les emmena sur le vapeur *Barracoutta* à Kingston où, le lendemain, ils mangèrent au déjeuner des conserves de gingembre et d'énormes raisins muscats; puis ils quittèrent la Jamaïque à destination, enfin! enfin! du Mexique. *Good luck! Glück auf!*

Il ne lui servait à rien de fermer les yeux: cela ne l'empêchait pas de voir les nuées de sable jaune et les tourbillons de charognards noirs qui les avaient reçus dans le port de Veracruz. Elle pleura et se souvint, le regard fixé sur le porte-perruques en argent qui étincelait dans la lueur des fusées. Il ne lui était également d'aucune utilité de se boucher les oreilles: elle se savait condamnée à entendre toute la nuit le bruit épouvantable des fusées et des pétards avec lesquels le peuple mexicain célébrait, sur la Plaza Mayor, l'avènement de ses souverains. Elle pleura et se souvint. Elle se gratta également, elle se gratta jusqu'au sang, mais elle ne réussit qu'à répandre le poison acide sous sa peau: elle avait des cloques sur les cuisses, sur les jarrets, sur les bras, sur le cou-de-pied. Il y avait quelque chose de détraqué, de complètement détraqué. Au début, quelques heures avant que l'on aperçût à l'horizon le cône enneigé du pic d'Orizaba, tout n'était que joie et optimisme à bord de la *Novara*, et tous les deux, Max et elle, ils avaient compté le nombre de protocoles élaborés jusque-là et qui devaient figurer dans le Cérémonial: vingt-deux, vingt-trois, vingt-quatre: oui, on trouvait là presque tout ce qui serait nécessaire en cas de spectacle, de concert, de grandes réceptions, de soirées de l'Impératrice, de célébration de son anniversaire, etc., etc. Et quand sous le pic d'Orizaba noyé dans les nuages apparut Veracruz, Charlotte écrivit à sa grand-mère Marie-Amélie que les tropiques la fascinaient et qu'elle ne rêvait que de colibris et de papillons, et il me semble, lui disait-elle, que c'est une erreur d'appeler ceci le Nouveau Monde car il ne lui manque que le télégraphe et un peu de civilisation, et elle lui raconta que Veracruz ressemblait à Cadix, elle était simplement un peu plus orientale, et que quand elle avait vu la forteresse de San Juan de Ulúa elle s'était souvenue très intensément de son oncle chéri le prince de Joinville. Protocoles qui avaient été rendus possibles, et de cela Maximilien était très reconnaissant, parce qu'on lui avait fourni les plans du rez-de-chaussée et du premier étage du palais, ainsi qu'un plan spécial du salon de l'Empereur, un autre encore de la chapelle impériale, un, évidemment, de la cathédrale métropolitaine et un plan supplémentaire de la collégiale de Guadalupe. Finalement, alors qu'on était déjà en vue de San Juan de Ulúa, de l'île des Sacrifices et de l'île Verte, de la jetée et du squelette d'un bateau français échoué sur un récif de corail, commença à parvenir jusqu'à la *Novara* une odeur que la comtesse de Kollonitz qualifia de méphitique et qui devait provenir des marais qui entouraient la ville, et devant le silence et la désolation qui, avec les rafales de vent et les charognards, accueillirent cet après-midi du 28 mai 1864 l'empereur et l'impératrice du Mexique, Éloin et Schertzenlechner furent sur le point de s'agenouiller pour chanter l'hymne impérial mexicain. Pour sa part, Maximilien se prenait à penser que si sa dynastie ne disposait pas d'un musée historique où exposer, que sais-je, dit-il, la bourse de saint Étienne, le très célèbre rubis géant connu sous le nom de la Jacinthe, ou le phaéton du roi de Rome, paix à son âme, sa cour mexicaine, elle, allait rapidement acquérir une pompe, une dignité et un éclat qui feraient pâlir Londres, Vienne, Madrid et Paris. Notez, Sébastien, ajouta-t-il: les aides de camp de l'Empereur ne montent à cheval dans l'exercice de leurs fontions que quand l'Empereur lui-même se présente à cheval. Écrivez, Sébastien: la ceinture des vice-présidents de la Cour d'appel sera de soie carmin, avec des glands d'argent. Rappelez-vous, Sébastien, rappelez-moi de relire le décret de messidor an II qui a réglé en France la préséance des hauts dignitaires et fonctionnaires de la cour, bien entendu nous n'allons pas le copier, mais effectivement nous le prendrons en considération. Rappelle-le-moi également, mon aimée, *mia carissima* Carla.

En fait, personne ne connaissait à Veracruz la date exacte de l'arrivée de Maximilien et de Charlotte. Le général Almonte, craignant la contagion de la fièvre jaune, avait établi ses quartiers à Orizaba. Maximilien refusa de débarquer et ordonna que la *Novara* jetât l'encre loin des navires français, qui représentaient, après tout, une force d'intervention, et peu après montait sur la *Novara*, de fort méchante humeur, le contre-amiral Bosse pour protester contre cette décision, et Charlotte dit qu'elle n'était pas disposée à tolérer les mauvaises manières du Français. Pendant la nuit, la queue d'un cyclone venu du nord renversa les arcs de triomphe et les bannières déployées, balaya toutes les banderoles, guirlandes et tapis de fleurs qui décoraient Veracruz. Almonte arriva, il pressa Maximilien de quitter rapidement le port pour éviter la contagion, et Maximilien décida de débarquer à six heures du matin, après avoir écouté la messe à bord, sans donner, ou presque, le temps aux dames et aux demoiselles de la bonne société locale de se pomponner et de se coiffer, aux messieurs de gominer leurs moustaches et de s'habiller de blanc de pied en cap, au maire de revêtir son habit de gala pour la remise des clefs de la ville, aux balayeurs de ramasser les vestiges des ornements disloqués: fleurs fanées mêlées au sable, bandes de papier glacé déchirées, allons-nous imprimer les invitations aux soirées de l'Impératrice sur du papier glacé bleu, Max? Lauriers et palmes couverts de boue, serpentins multicolores enroulés dans les pattes des charognards, par contre l'Empereur et l'Impératrice prirent le temps de s'apprêter, Max décida de mettre un frac noir avec gilet et pantalon blancs et cravate noire pour le *Te Deum* dans la Parroquia de Veracruz où, à la grande surprise de la comtesse de Zichy, les hommes utilisaient eux aussi des éventails — mais Max lui affirma qu'il avait vu des hommes très virils s'éventer avec de tels instruments au Théâtre Saint-Charles de Naples —, ensuite il descendit du chemin de fer à Tejería vêtu de blanc des pieds à la tête, et plus tard, il assista au *Te Deum* de la cathédrale de Mexico en grand uniforme de général mexicain. De son côté Charlotte pensa qu'il serait bon que dès le départ ses nouveaux sujets fussent informés qu'elle aimait les bleus et qu'aucune autre couleur — pas même la pourpre impériale — ne lui seyait mieux, surtout sous des cieux aussi purs, aussi limpides, aussi bleus que l'étaient, d'après ce qu'on lui avait rapporté, ceux de la vallée de Mexico.

Il est vrai que les cieux de la vallée de l'Anáhuac étaient tout cela; pourtant, tout au Mexique n'était pas aussi beau ni aussi limpide. A peine Maximilien avait-il débarqué et à peine avait-on fait connaître la déclaration impériale commençant par ces mots: «Mexicains! Vous m'avez souhaité!» qu'à La Soledad un messager remettait à Maximilien une lettre signée par un de ces innombrables Mexicains qui, évidemment, ne souhaitaient pas sa présence: le président Benito Juárez. La lettre était envoyée de la ville de Monterrey, et un des paragraphes de la fin disait: «Il est donné à l'homme, Monsieur, de s'attaquer aux droits d'autrui, de s'emparer de ses biens, d'attenter contre la vie de ceux qui défendent sa nationalité, de faire de ses vertus un crime et des vices personnels une vertu; mais il y a une chose qui est hors de portée de la perversité, c'est le terrible verdict de l'Histoire. *Elle nous jugera.*»

L'histoire, avec une minuscule, raconte ou dit que Maximilien, pendant toute la traversée de Miramar au Mexique, oublia la douleur que lui causait l'abandon de son château blanc sur les rives de l'Adriatique, de son berceau autrichien doré, de ses parents et de ses frères, et se consacra non seulement à rêver à un Cérémonial de la Cour, mais aussi à le dicter et à le rédiger de sa propre main. Un cérémonial qui, imprimé à Mexico quelques mois plus tard, dépassait les cinq cents pages. Il entrait dans les détails à un point tel que, si l'on prend comme exemple la cérémonie de remise de la barrette à un cardinal, on s'aperçoit qu'elle ne comprend pas moins de cent trente-deux clauses ou dispositions. Une des rares fois où le nouvel Empereur interrompit cette tâche fut réservée à la rédaction, avec l'aide de son épouse, d'un document qui suscita un scandale de plus: c'était une protestation contre le Pacte de Famille qui dépouillait Maximilien de tous ses droits. Dans ce document, Maximilien et Charlotte qualifiaient le pacte de «tentative d'usurpation» et ils juraient qu'ils ne l'avaient jamais lu.

L'histoire affirme également que sur la route de Córdoba, la voiture dans laquelle voyageait M. Joaquín Velázquez de León se retourna, entre La Cañada et El Palmar, et que Joaquín et cinq autres notables durent sortir par la fenêtre; de plus, comme si cela ne suffisait pas, une roue du carrosse impérial se brisa et Maximilien et Charlotte durent continuer leur voyage à bord d'une diligence de la République, et Maximilien dit qu'il n'avait jamais cru jusqu'alors qu'une voiture pût être plus chahutée que les tartanes de Valence. Le cortège impérial arriva épuisé à Córdoba, sous une pluie torrentielle, et Maximilien demanda un parapluie, marcha avec Charlotte jusqu'au Palais municipal, le préfet Soane s'évanouit et Max lui-même aida à le relever. En l'honneur de l'Empereur et de l'Impératrice on accorda l'amnistie à quelques prisonniers de guerre et le lendemain, dans cette même ville, Maximilien, qui lors de son voyage au Brésil avait goûté le *chile* et écrit dans ses Mémoires : « Je sais maintenant qu'au purgagoire il y aura de la nourriture américaine avec des piments et des cajous », dut faire honneur au plat national mexicain appelé *mole*, comme le lui précisa don Joaquín en montrant la sauce noire, qui se prépare avec des cacahuètes, du chocolat et quatorze sortes différentes de *chiles* ou piments, ajouta-t-il, et que l'on sert avec la chair d'un volatile originaire du Mexique qui n'est autre que le *guajolote* ou dindon, goûtez-le, Majesté, c'est délicieux, et rafraîchissez-vous ensuite avec une gorgée de *pulque*. Du Mexique ? demanda Charlotte, alors pourquoi les Anglais appellent-ils le dindon *turkey* ? J'imagine qu'ils croient que les dindons viennent de Turquie, Votre Majesté. Ah, c'est comme pour les turquoises, dit l'Empereur, et le comte de Bombelles leva les sourcils et essuya une goutte de *mole* qui glissait sur sa barbe. Ici au Mexique il y a beaucoup de turquoises, dit le préfet Soane.

Mais laisser derrière soi les infectes terres torrides et atteindre les terres tempérées, contempler pour de vrai et de près les Indiens, ces représentants en chair et en os de *la race cuivrée** aux yeux de biche, dit la Kollonitz, bien qu'ils rappelassent plutôt à Maximilien, selon ses dires, les yeux des gazelles des plaines de Blida, et toute cette magnifique flore : la canne à sucre, les caféiers et les bananiers, l'agave que le voyageur anglais W. H. Bullock avait décrit comme « une asperge de Brobdingnag », le pays des géants où se rendit Gulliver, et le nombre infini de fleurs de toutes les couleurs imaginables : le violet des jacarandas qui se découpait sur le rouge cerise des bougainvillées ou sur le jaune canari de la pluie d'or répandue sur les murs et, au bord des chemins, l'écarlate des fleurs de fuchsias qui pendaient de leurs branches comme des lanternes, au fond le bleu ciel du manteau de la Vierge, aux pieds l'orange pâle des petites clochettes de la *granadina*, et enfin l'émotion profonde ressentie en dépassant les superbes volcans enneigés, le Popocatépetl et l'Iztaccíhuatl, bien qu'en réalité seul le Popo soit un volcan et non pas l'Izta, dit M. Iglesias, mais nous appliquons le mot aux deux, pour admirer dans toute son extension la vallée de Mexico. La comtesse Kollonitz a un peu saigné du nez à cause de l'altitude et le comte Zichy a un peu manqué d'air, mais tous étaient au bord des larmes. Ces merveilles et l'accueil de plus en plus chaleureux au fur et à mesure qu'ils s'approchaient de la capitale rendirent sa bonne humeur à Maximilien. A Charlotte également, puisque quelques jours plus tard elle racontait dans ses lettres, dont l'une était adressée à sa chère sœur l'impératrice Eugénie, qu'elle et Max avaient écouté la messe dans la chapelle élevée sur le teocali ou pyramide de Cholula où jadis les Aztèques pratiquaient des sacrifices humains, que la plaine de Cholula lui rappelait la Lombardie, de même que la campagne de Córdoba la faisait songer au Tyrol, et qu'à Puebla de los Angeles elle avait fait don de sept mille piastres de sa propre bourse à l'Hospice des pauvres, et en outre, dit-elle à Eugénie, le peuple est souverainement intelligent et presque tous les Indiens savent lire et écrire.

Non seulement dans la ville de Mexico il n'y eut pas d'ouragan pour renverser les innombrables arcs de triomphe, drapeaux, piédestaux supportant des allégories des Arts, du Commerce, de la Musique et de l'Agriculture, ou les bustes des empereurs du Mexique et de France ou les guirlandes de lanternes vénitiennes et de verres de couleur qui pendaient d'un balcon à l'autre, mais, en outre, ils furent reçus par une foule qui les acclama et entonna des poèmes en leur honneur sous le soleil brûlant de midi — des poèmes en espagnol et en latin, des poèmes en français, des poèmes en mexicain ancien écrits par don Galicia Chimalpopoca. Tous les princes de l'Église les attendaient, les canons tonnèrent en leur honneur, les cloches sonnèrent le tocsin et sous les voûtes de la cathédrale métropolitaine résonnèrent pour la première fois les notes et le chant du *Domine salvum fac Imperatorem.* En d'autres termes et en fin de compte, pendant tout le voyage de Miramar au Mexique il n'y eut rien de plus ressemblant à un défilé, à une procession impériale, que leur entrée solennelle et triomphale dans la ville de Mexico : la suite était accompagnée de plus de deux cents carrosses privés où voyageait la fine fleur de la haute société mexicaine de la capitale, qui s'était portée à leur rencontre à la porte de San Lázaro, après que Maximilien et Charlotte eurent passé la nuit dans le bourg de Guadalupe, et les carrosses — qui se dirigeaient vers le palais en empruntant les rues de La Santísima, del Amor de Dios, de Santa Inés, de la Moneda et de l'Arzobispado — étaient à leur tour suivis par des particuliers à cheval, les élèves des écoles, les corporations des vendeurs de billets de loterie, des portefaix, des porteurs d'eau avec des roseaux et des bâtons à l'extrémité desquels ondoyaient les fanions multicolores, ainsi que les journaux du jour ont décrit l'entrée de l'Empereur et de l'Impératrice, entre autres *El Cronista de México*, qui ce jour-là fut imprimé sur du papier bleu ciel, et peut-être Maximilien aurait-il aimé avoir à ses côtés Sébastien Schertzenlechner pour lui dicter : Salves d'artillerie. Pour les princes mexicains, vingt et un coups de canon. Pour les ministres de la Guerre et de la Marine, dix-neuf. Pour les autres, quinze. Ou peut-être le lui avait-il déjà dicté, oui, peut-être, quand ils s'éloignaient de la Martinique au son du *Chant du départ*. Les lanciers de l'Impératrice, sous le commandement du colonel López, ouvraient la marche. Suivaient les chasseurs d'Afrique, les hussards et ensuite le carrosse rococo de l'Empereur et de l'Impératrice. De part et d'autre du carrosse, le général Bazaine et le général Neigre, avec leurs épées dégainées et leurs montures caracolantes. Et rien non plus ne ressembla autant à un véritable deuil de cour quand, quelques jours plus tard, lorsqu'on apprit le décès de Sa Majesté Impériale et Royale la duchesse de Bavière, parurent dans le *Journal officiel* les dispositions pour le deuil et le demi-deuil que devait respecter la cour : ainsi la soie et le velours noir, les gants noirs et des bijoux uniquement en diamants ou en perles pour le deuil des dames, et pour le demi-deuil du blanc et du noir avec du violet et du gris et des joyaux de toutes les couleurs — émeraudes de Colombie ou rubis de Birmanie, saphirs de Ceylan ou turquoises non pas de Turquie mais du Mexique —, se transformèrent de lettre morte en deuil vivant. Ces dispositions étaient signées du général Juan Nepomuceno Almonte, que Maximilien dépouilla de tout pouvoir militaire et politique en lui confiant la charge honorifique de grand maréchal de la cour et de ministre de la Maison impériale.

Mais, une fois passées les festivités, les réjouissances, la première audience dans la salle du Trône, Maximilien et Charlotte ne dormirent pas, cette nuit-là, sur un lit de roses. Décrit par la comtesse de Kollonitz et par d'autres voyageurs comme une sorte de caserne ou d'hôtel européen de troisième catégorie, le Palais national non seulement ne comprenait aucun salon suffisamment grand pour les réceptions dont Maximilien avait rêvé : les chambres étaient comme des corridors, étroites et basses de plafond, et la plupart, qui étaient restées inhabitées depuis longtemps, pleines de poussière et de toiles d'araignée. Je suis sûr que le château de Chapultepec construit par les vice-rois sur une colline entourée d'*ahuehuetes* centenaires, dit don Joaquín, plaira beaucoup plus à Vos Majestés : depuis ses terrasses on contemple toute la vallée et sur ses pentes coule la source où se baignait l'empereur Montezuma. Chapultepec, Sire, veut dire « colline du criquet ». Don Joaquín, pour ne pas alarmer Maximilien, s'abstint de lui raconter que dans les grottes de la colline, en l'année « 7 Lapin », Huémac, le dernier roi toltèque, s'était suicidé. Pour cette nuit, de toute façon, il n'y avait pas d'autre alternative que de rester là, dans cette caserne baptisée palais, et dans ce qui est arrivé, selon l'histoire, à Maximilien et à Charlotte, certains faits sont vérifiables et d'autres pas. Il est difficile de savoir, par exemple, s'il est vrai que derrière les rideaux rouges et les vitres des fenêtres de leur chambre, les contemplaient, brillants et noirs, sournois, ces yeux sombres de biche, ces yeux étonnés, ces doux yeux pleins de frayeur dont ils avaient éprouvé le regard fixe et hébété au milieu des palétuviers et des marécages, des figuiers de Barbarie et des liserons bleus, quand ils étaient descendus de leur carrosse embourbé sur la route de Córdoba : les yeux de leurs nouveaux sujets qui contemplaient avec étonnement comment un homme se couche quand il est empereur et une femme quand elle est impératrice, car, d'après ce qu'on raconte également, quelques serviteurs du palais avaient vendu à plusieurs curieux le droit d'épier, depuis le balcon, les souverains qu'étrennait le pays.

En revanche, sur les fusées et les pétards, il n'y a aucun doute : ils ont commencé à éclater dès l'entrée de Max et de Carla dans Mexico, sous les pattes mêmes des chevaux qui tiraient le carrosse impérial. Un jour, le monarque espagnol Ferdinand VII demanda à un visiteur mexicain : « Que croyez-vous que soient en train de faire vos compatriotes en ce moment ? — Ils font exploser des fusées, Votre Majesté. » Quelques heures plus tard, le roi répéta sa question et le Mexicain donna la même réponse. Ainsi, plusieurs fois de suite. Charlotte l'apprit cette nuit-là :

pour les Mexicains, chaque fête ou commémoration, n'importe quel prétexte, sont autant d'occasions de faire sauter des fusées et des pétards assourdissants pendant des heures, des journées entières, des années, sans jamais s'arrêter.

Et s'il en fut ainsi jusqu'à l'aube, ce n'est pas la seule raison pour laquelle l'Impératrice n'a pas pu fermer l'œil. Car l'affaire des punaises est vraie elle aussi: à peine Maximilien et Charlotte se disposaient-ils à dormir qu'ils commencèrent à sentir les piqûres. Ils appelèrent les serviteurs, on alluma les lumières, on souleva les couvertures: la couche impériale était envahie de punaises, par douzaines, par légions, les unes pâles et plates, les autres grosses et rouges, luisantes, gavées de sang bourbonien et de sang habsbourgeois. Charlotte passa la nuit sur un fauteuil. Maximilien, à la recherche d'un autre lit, déambula à travers ces salles, ces salons et ces galeries qu'il avait auparavant parcourus du bout du doigt sur le plan du palais: la galerie des Peintures, la salle de Charles Quint, la salle du Yucatán, la salle à manger. Finalement il trouva un billard. Il contempla les murs nus et il se rappela la salle de billard de Schönbrunn avec ses deux peintures murales commémorant la création de l'ordre de Marie-Thérèse, après la victoire de Fédéric II à la bataille de Kolin. Il grimpa ensuite sur la table et c'est là, sur une table de billard tapissée de drap bleu, que l'empereur Ferdinand Maximilien Ier passa sa première nuit dans la ville de Mexico. Et le ministre de l'Instruction publique, toge de soie violette brodée de palmes d'or, mosette d'hermine, don Joaquín? Et les décorations du Mérite Civil et Militaire sur un plateau d'argent, général Almonte? Et la ceinture du président de la Cour d'appel, en soie blanche avec des glands dorés, comme en France? Car tu ne vas pas nous demander de changer les glands contre des figues vertes de Barbarie ou contre des chayotes pleines de piquants, n'est-ce pas, Carla, Charlotte chérie, *mi cara carissima Carla*?

2. *Avec le cœur traversé d'une flèche*

La barque se trouvait au milieu du fleuve, immobilisée par des cordes qui partaient des deux rives, et au milieu de la barque se trouvait le colonel du Pin. Sur une caisse de bois il avait placé un siège de rotin où il était assis, le chapeau sur la tête. Le chapeau était un chapeau mexicain à très larges bords et à toque très haute, couvert de brandebourgs et d'arabesques d'or, sur lequel était attachée, comme un voile de mariée à l'ancienne, une moustiquaire qui en faisait le tour et qui arrivait jusqu'au sol.

Le prisonnier était devant le colonel, à genoux, torse nu et les bras crucifiés, les poignets attachés à un bâton qui passait derrière sa tête.

Près de lui, sur le sol, il y avait un chapeau texan de feutre gris, constellé d'une infinité de petits objets métalliques brillants.

Le colonel dit:

«*Dis-lui que mon chapeau est plus grand que le sien**.»

L'interprète traduisit.

En plus de l'interprète, qui se trouvait près du colonel, il y avait cinq ou six autres hommes dans la barque, qui se balançait sur les eaux du Tamesí. Tous portaient des chapeaux de paille mexicains, hauts de coiffe, mais sans ornements. Certains étaient accroupis et fumaient. C'était une nuit de pleine lune, peuplée de grenouilles et de cigales.

Et le colonel ajouta:

«*Et que ma moustache aussi est plus grande que la sienne**.»

En plus d'une énorme moustache, le colonel du Pin, commandant des contre-guérillas françaises et gouverneur militaire du Tamaulipas, avait une longue barbe, pleine de poils blancs. Il portait comme d'habitude son grand dolman rouge à la hongroise avec des revers de fourrure et des brandebourgs dorés comme ceux du chapeau, un pantalon blanc, d'énormes bottes jaunes et de gros éperons. A la ceinture il avait deux pistolets et un sabre qui, lorsqu'il était assis comme maintenant, touchait le sol.

Près de lui, endormi, il y avait son dogue noir.

Le colonel montra le chapeau texan de feutre gris et il parla par la bouche de son interprète: «Où as-tu trouvé ce chapeau?

— C'est le général Santa Anna qui me l'a offert... il lui avait été donné par un Nord-Américain qu'il avait fait prisonnier à Fort Alamo, répondit le prisonnier.

— Avec les petites étoiles et tout le reste? demanda le colonel.

— Oui, avec les petites étoiles et tout le reste. Ensuite, je lui ai accroché les ex-voto.»

Il régnait une odeur puissante d'orangers et l'on entendait le bruit de quelqu'un en train de moudre du café sur la rive du fleuve.

«D'où es-tu?

— De Ciudad Victoria, répondit l'homme.

— Ciudad Victoria, dit le colonel, tiendrait tout entière sur la place de la Concorde.»

Alors il ouvrit la moustiquaire en portant ses mains à la hauteur de son visage, comme s'il sortait la tête de derrière un rideau, et il demanda d'approcher de lui le chapeau de l'homme. Il contempla pendant quelques instants les petites étoiles de métal, les épingles, les médailles et les petits écussons accrochés aux rebords et à la coiffe du chapeau, les broches en forme d'aigles, d'ancres ou de roses et les minuscules cœurs, jambes, mains et oreilles d'or et d'argent.

Ensuite il montra le fond de la barque et donna un autre ordre.

Deux des hommes se levèrent, se dirigèrent vers un tas de sacs et de caisses et ils revinrent déposer aux pieds du colonel plusieurs objets.

«Ce n'est rien qu'une partie du butin d'hier, dit le colonel. Regarde comme c'est joli: la canne de commandement du maire de Güemes, un tambour américain, un trombone, un fanion d'infanterie. Je vais tout garder, sauf ce drapeau de cavalerie brodé d'or et d'argent. Celui-là, je vais l'emporter à Paris pour qu'on le mette aux Invalides. Mais qu'est-ce que tu peux savoir, toi, de la Concorde ou des Invalides. Dis-moi, comment t'appelles-tu ?

— Juan Carbajal, répondit l'homme.

— Et tu sais où se trouve à présent le maire qui hier encore tenait cette baguette dans ses mains ? »

Le prisonnier ne répondit pas.

« Il est pendu à un arbre de la place de Güemes. »

Le colonel ouvrit à nouveau la moustiquaire, sortit un havane d'une poche de son dolman et l'alluma.

« Les juaristes et les ennemis de l'Empire, dit-il, les uns je les pends à des arbres ou à des poteaux, les autres je les abandonne aux chiens pour qu'ils les mettent en pièces. L'autre jour, j'en ai attrapé un, j'ai ordonné de l'attacher par les pieds et de le descendre dans un de ces puits que vous empoisonnez à l'arsenic et avec des cadavres de mules. On le levait et on le descendait, on le plongeait et on le sortait. On n'a pas su de quoi il est mort, d'avoir avalé autant d'eau ou d'avoir avalé autant de poison.

— Comment allez-vous me tuer, moi ? » demanda le prisonnier. L'interprète traduisit la question, mais le colonel n'y répondit pas.

« De Pékin, tu sais ce que c'est que Pékin ? C'est la capitale de la Chine. De Pékin j'ai rapporté pas mal de choses : un sceptre de jade qui avait la forme d'un champignon sacré qu'on appelle le lingchi et des petites poupées de porcelaine. J'ai rapporté des crochets, de jade eux aussi, sur lesquels l'impératrice de Chine enfilait des feuilles de mûrier pour les donner à manger à ses vers à soie... »

Le colonel rejeta une grande bouffée de fumée et il leva les yeux au ciel. A cet instant, un nuage recouvrit la lune et on entendit le cri d'un oiseau.

« Voyons quelles autres choses j'emporte du Mexique... Pour le moment ton chapeau, pour l'accrocher au mur de mon salon, près de mes autres trophées de chasse... »

Le colonel se tut quelques instants. La lune émergea à nouveau et le colonel se leva. Ainsi, debout sur la caisse, il avait l'air d'un géant. De la poche de son pantalon il sortit un papier plié et il ordonna :

« Mettez-le debout... »

Deux hommes soulevèrent presque Juan Carbajal en l'air. Le colonel déplia le papier et il le montra au prisonnier. Ensuite il parla presque en hurlant et l'interprète traduisit :

« Et maintenant dis-moi, fumier, que foutre dit ce petit papier que tu avais caché dans la viande ? »

Le colonel faisait allusion à un morceau de viande de bœuf qui pendait à l'arçon du cheval de Juan Carbajal et où il avait trouvé le message en code des juaristes. Le dogue du colonel du Pin avait déjà réglé son compte à la viande.

Le prisonnier répondit :

« Je ne sais pas ce qu'il dit. Je ne connais pas le code. »

Le colonel du Pin jeta son cigare, qui décrivit une courbe lumineuse dans la nuit avant de s'enfoncer, avec un léger claquement, dans les eaux du Tamesí.

« Tu es un menteur. Mais je vais te tirer les vers du nez, mon fumier. »

Le colonel se rassit et ramena la moustiquaire.

« En plus tu es un connard, parce que tu ne sais même pas cacher convenablement un message. Tu ne dois rien connaître aux diamants célèbres, n'est-ce pas ? Eh bien écoute : il y a un diamant jaune, qu'on appelle le diamant Orloff, celui du sceptre impérial russe, mais qui provenait d'un temple de l'Inde... tu sais comment on l'a sorti de l'Inde ? »

Le prisonnier ne répondit pas.

« C'est un soldat français. Avec son couteau, il s'est fait lui-même une entaille dans le jarret, il y a mis le diamant et ensuite il a recousu la blessure. Personne n'allait imaginer où il le cachait. Ensuite il l'a vendu au prince Orloff... C'est comme ça qu'il faut faire. On cache les choses dans sa propre chair et pas dans un morceau de viande de bœuf, où n'importe qui peut les trouver, c'est pas vrai ? »

Le prisonnier ne remua pas les lèvres. Le colonel dit :

« Tu es bien silencieux, et moi, j'aime les gens qui parlent. Voyons, dis-moi, d'où venais-tu ? Où allais-tu ? Combien êtes-vous ? »

Le colonel porta la main à son nez et s'écria :

« Et emmenez-moi ce chien d'ici, il n'arrête pas de péter !... Bon, alors..., tu ne veux pas me répondre ? Je connais beaucoup de moyens de faire parler les muets... ça tu le sais, n'est-ce pas ?

— Oui, je le sais, répondit Juan Carbajal.

— Laisse-moi réfléchir à ce que je vais faire de toi, pour que tu parles... voyons, voyons... Ah, ça y est, j'ai une idée. Passez-moi le chapeau... »

Le colonel ouvrit la moustiquaire. Il prit le chapeau de Juan Carbajal et il le fit lentement tourner.

« Tu sais une chose ? dit-il. Je vais être gentil avec toi. Je ne vais pas emporter toutes les petites étoiles de ton chapeau, ni toutes les petites mains d'argent : je vais te laisser en emporter quelques-unes... les emporter sur toi... »

Puis il choisit une étoile.

« Celle-ci. Cette étoile américaine me plaît. Allons, toi : décroche-la... »

Un des hommes prit le chapeau et détacha l'étoile.

« Et maintenant, dit le colonel du Pin, maintenant on va te décorer de l'ordre de l'ahuri... Toi, enfonce-la-lui dans la poitrine. »

L'homme s'approcha du prisonnier. Juan Carbajal ferma les yeux et pinça les lèvres.

« Qu'est-ce qui se passe ? demanda le colonel, il a donc la peau si dure ?

— Non, mon colonel. C'est que l'épingle est à moitié rouillée.

— Alors, pousse plus fort. »

L'étoile brilla sur la poitrine nue du prisonnier. Un filet de sang s'en échappait.

« Et maintenant tu vas vraiment me dire combien vous êtes ? demanda le colonel.

— Non. Je ne le sais pas. On m'a juste chargé de porter le message.

— A qui ? »

Juan Carbajal ne répondit pas.

« A qui ? Où ? »

Le colonel se caressa le menton.

« Pourquoi es-tu si buté ? Tu aimes souffrir ? La vie est si courte... Écoute : si tu ne parles pas, tu vas parler de toutes façons, et ensuite, dans le meilleur des cas je vais te tuer. Si tu parles, tu passes de notre côté, tu rejoins mes rangs et tu vas beaucoup t'amuser... »

Sur l'une des rives du fleuve, derrière la silhouette noire des arbres, brillaient les lumières de quelques torches en mouvement.

« Regarde, regarde là-bas... L'autre jour on nous a dit que les juaristes avaient caché des armes dans un théâtre de Tampico. On les a toutes confisquées : un tas de revolvers Colt et de carabines Sharp, et des munitions en pagaille. Mais on a également trouvé une caisse pleine de perruques de femmes, et parfois mes hommes se saoulent, ils les mettent et ils dansent dans la nuit à la lueur des torches et ils s'amusent beaucoup. Dis-moi... tu n'aimerais pas te mettre une perruque rouge et danser une habanera avec un des mes hommes ? Parmi eux il y a un grand gaillard de Hollandais qui pourrait te casser les reins avec un seul bras... »

Le colonel demanda qu'on lui redonne le chapeau.

« Toi, tu es un hérétique, n'est-ce pas ? Les gens emportent dans les églises ces petites mains et ces petites jambes d'argent et ces cœurs en or, en remerciement à la Vierge ou au Seigneur pour les avoir guéris avec un miracle... Ensuite toi tu y vas et tu les voles à la Vierge... peut-être que tu ne crains pas Dieu ?

— Quel Dieu ?

— Ah ! et en plus tu es un blasphémateur », dit le colonel du Pin et il détacha une petite jambe argentée. « Prends, ordonna-t-il à un de ses hommes, et accroche-la-lui aux lèvres pour qu'il apprenne à ne plus dire de blasphèmes. »

L'homme s'approcha de Juan Carbajal, il tira sur sa lèvre inférieure et la transperça avec l'épingle de l'ex-voto. C'est à peine si le prisonnier proféra une plainte.

Le colonel sortit à nouveau le papier de sa poche et il le déplia.

L'interprète traduisit les paroles du colonel :

« Si tu ne me dis pas ce qui est dit ici, pour chaque lettre du message je vais t'accrocher une petite étoile. Allez baissez le pantalon du prisonnier. »

Un autre filet de sang coulait le long du menton et du cou de Juan Carbajal.

« Rapprochez-moi le chapeau. Voyons... oui : enlevez ce charognard mexicain.

— Ce n'est pas un charognard, dit Juan Carbajal, c'est un aigle.

— C'est un charognard », insista le colonel.

L'interprète traduisit.

« ... et attachez-le-lui au prépuce, ajouta le colonel.

— Au quoi ?

— A la peau qui lui pend au bout de la verge », dit le colonel du Pin et il plongea la tête sous la moustiquaire. « On verra dans un moment ce qu'on va lui enfoncer dans les testicules... »

L'homme s'approcha du prisonnier, il tira sur le prépuce et le transperça avec l'épingle de l'aigle d'argent.

« Vous les Mexicains, dit le colonel, en plus d'être très butés, vous êtes aussi très bêtes. Tu sais qui était Napoléon Bonaparte ?

— Oui, répondit Juan Carbajal.

— Eh bien l'empereur que nous avons en France s'appelle lui aussi Napoléon Bonaparte, parce que c'est son neveu. Et grâce à notre empereur la France s'est couverte de gloire dans tout un tas de batailles, comme à Magenta et à Solférino, à Sébastopol...

— Nous vous avons battus à Puebla », dit le prisonnier. Le colonel continua à parler comme s'il n'avait pas entendu :

« Et nous avons apporté la civilisation dans beaucoup d'endroits : en Cochinchine, au Sénégal, à la Martinique, en Algérie... et maintenant que nous voulons l'amener au Mexique, vous autres vous n'en voulez pas...

— Et vous, vous savez qui est Benito Juárez ? demanda Juan Carbajal.

— Ah, oui, un Indien. Un Indien buté comme toi. Pourquoi êtes-vous tous aussi butés ?

— Napoléon n'était pas français, dit le prisonnier, et Benito Juárez, lui, est un vrai Mexicain. »

Le colonel du Pin se leva et ouvrit la moustiquaire.

« Bordel de merde, qu'est-ce que ça peut te faire ? Allez, tenez-le bien, parce que cette fois ça va lui faire mal. Prenez cette épingle de cravate, celle-là avec la pierre jaune : enfoncez-la-lui dans un testicule... bordel de bordel de merde ! »

Juan Carbajal se tordait de douleur. L'homme lui pinça à plusieurs reprises le testicule, qui lui glissait entre les doigts.

Il put enfin l'attraper et il le transperça avec l'épingle.

« Jetez-lui de l'eau pour qu'il revienne à lui », dit le colonel du Pin ; il s'assit sur son siège de rotin et tira à nouveau la moustiquaire.

Juan Carbajal ouvrit les yeux.

« Cette fois je t'ai vraiment fait crier, n'est-ce pas ? Comme un pédé. Voyons, voyons... pour qu'il ait encore plus l'air d'un pédé, accrochez-lui une étoile argentée à chaque fesse. »

Les hommes retournèrent le prisonnier et exécutèrent l'ordre du colonel. Ils trouvèrent la scène très drôle et éclatèrent de rire. Deux filets de sang s'échappaient des fesses de Juan Carbajal.

« Bon, ça suffit. Taisez-vous. Retournez-le... Dis-moi : vas-tu vraiment dire maintenant où et à qui tu portais le message ? Ou veux-tu qu'on te décore l'autre testicule ? »

Les jambes de Juan Carbajal se dérobaient sous lui. Les hommes le soutinrent à l'aide du bâton sur lequel il était crucifié. Il tremblait et sa sueur se mêlait aux filets de sang.

«Je te l'ai déjà dit, je fais parler n'importe qui. On me disait que les *plateados*, tu les connais, n'est-ce pas? ces bandits qu'on appelle comme ça parce qu'ils sont couverts d'argent de la tête aux pieds... on me disait aussi que ces autres bandits qui mettent des pantalons et des vestes de cuir épais parce qu'ils opèrent constamment sur des terres pleines de ronces et d'épines étaient de vrais hommes, et ça a été la même chose: tous ceux qui sont tombés entre les mains des contre-guérillas du colonel du Pin m'ont tout raconté, y compris comment ils sont venus au monde... Moi, de mon côté, je leur raconte comment ils vont en être expulsés...»

Le colonel du Pin se remplit les poumons d'air chaud et s'ébroua:

«Écoute, je fais preuve de beaucoup de patience avec toi», dit-il à Juan Carbajal. Et aux hommes qui le soutenaient: «Lâchez-le.»

Juan Carbajal s'écroula au fond de la barque. Le dogue du colonel ouvrit les yeux et dressa les oreilles. Puis il se rendormit.

«Butés, oui, vous êtes vraiment butés. Et en plus vous ne savez pas choisir. Il faut toujours choisir. On ne peut pas tout avoir. Toi, par exemple, tu vas avoir à choisir entre être un traître vivant ou un connard mort. Qu'est-ce que tu préfères?»

Juan Carbajal leva la tête mais il ne répondit pas. Le colonel se pencha à travers la moustiquaire, il sortit un bras et montra chacune des rives du fleuve.

«Regarde, regarde, dit-il, tout cela me plaît: la forêt, les lianes, les orchidées, les cris des singes, le vacarme des perroquets, le vol des toucans. Bon, il n'y a qu'une chose qui m'ennuie, ce sont les moustiques. Par ailleurs, j'aime tout dans la forêt, même la chaleur... et j'aime les mers tièdes... Alors, pourquoi est-ce que je ne reste pas vivre ici pour toujours? Pourquoi je ne me construirais pas au sommet du Chiquihuite une maison de granit rouge, que je couvrirais d'orchidées? Eh bien, parce que j'aime aussi Paris... Tu n'as jamais été à Paris, n'est-ce pas?»

Le colonel du Pin caressa sa moustache et ensuite il se lécha les lèvres.

«Paris... Paris... Paris est la ville la plus belle du monde, et surtout depuis que le baron Haussmann l'a remplie d'avenues très larges et très jolies, qui, en plus, rendent plus faciles les charges de cavalerie contre les fauteurs de troubles... les charges de nos chasseurs d'Afrique: ceux-là mêmes qui ont fait courir les juaristes à Cholula... Allez: soulevez le prisonnier. Agenouillez-le. Comme ça... et passez-moi à nouveau le chapeau.»

Le colonel commença à tourner lentement le chapeau.

«Ah, ça, ça me plaît. Regardez comme c'est joli: un cœur d'argent traversé d'une flèche. C'est ta fiancée qui te l'a offert?»

Le colonel arracha la broche et la contempla un instant.

«Je te donne une chance de plus: où portais-tu le message?»

Juan Carbajal ne répondit pas.

«Buté, je te dis, buté comme ces mules auxquelles vous criez: *macho!*

macho! Allez... accrochez-le-lui au téton gauche... Une fois, on a attaché les bras d'un traîne-savate avec une corde et la corde à la selle de mon cheval, et je l'ai tiré au trot toute la matinée. Chaque fois qu'il tombait, j'arrêtais mon cheval et je lui criais: *macho! macho!* et on lui jetait des pierres, comme vous le faites avec les mules. Mais une fois il ne s'est plus relevé et je l'ai traîné, je l'ai traîné pendant des heures, jusqu'à le laisser aux portes de l'enfer... Cette fois-là je montais un cheval de La Panocha, un de ceux qui ont les sabots si durs qu'ils n'ont pas besoin d'être ferrés... Dis-moi: tu aimerais mourir comme ça?»

La forêt commençait à se remplir de rumeurs et de cris différents des cris et des murmures de la nuit. A l'horizon, vers l'embouchure du fleuve, une pâle lueur blanche apparut. Du téton gauche de Juan Carbajal s'écoulait un filet de sang.

« A certains, ceux qui se conduisent bien, je leur donne même à choisir leur mort. Je leur demande s'ils veulent mourir fusillés. Ou écartelés par quatre chevaux. Ou noyés. Parfois aussi, à ceux que je pends, j'offre l'occasion de choisir l'arbre qui leur plaira le plus. Et il faut que tu saches une chose: le colonel du Pin ne pend jamais plus d'une seule personne avec la même corde: chacun étrenne la sienne...

— Comment allez-vous me tuer, moi?» demanda à nouveau Juan Carbajal.

Le colonel fit mine de ne pas avoir entendu.

« Quoique je doive avouer que j'ai un arbre favori, un arbre très grand et très gros, très touffu et très vert, qui se trouve sur la place de Medellín. Là, j'en ai pendu plus de vingt... mais je ne peux pas emmener tous les condamnés à Medellín, pas vrai?... Écoute, comme je te disais, ce que j'aimerais le plus ce serait que Paris soit au bord d'une mer chaude avec du sable blanc... tu m'écoutes?»

Juan Carbajal avait la tête affaissée et les yeux fermés.

« Allez, toi: donne-lui un peu de mezcal pour qu'il revienne à lui...»

Le colonel avait dit *anisette** mais l'interprète traduisit *mezcal*. Un des hommes attrapa Juan Carbajal par les cheveux pour lui soulever la tête et de son autre main il lui approcha une bouteille des lèvres. Le mezcal s'écoula sur le menton du prisonnier, qui garda les yeux fermés.

« Avec une de ces broches, dit le colonel à l'un de ses hommes, soulevez-lui la paupière et accrochez-la au sourcil, pour que ce salaud me regarde, même si c'est d'un seul œil...»

Quelques singes commencèrent à pousser des cris. Le dogue du colonel bâilla, dressa les oreilles, ouvrit les yeux, s'étira, se leva et se déplaça jusqu'au bord de la barque pour boire de l'eau du fleuve. Les eaux, noires et argentées, commençaient à se colorer de rose et de violet vers l'est, vers l'embouchure. Le filet de sang ourla la paupière de Juan Carbajal et commença à lui glisser sur la joue, jusqu'à la commissure des lèvres.

« Maintenant tu m'entends bien...? Maintenant tu me vois bien?»

Le prisonnier acquiesça avec un léger mouvement de tête.

« Eh bien oui, ce que j'aimerais le plus, comme je te disais, c'est que les

Champs-Élysées soient bordés de bananeraies... Tu sais ce que c'est que les Champs-Élysées? La rue la plus belle du monde.»

Le dogue se coucha aux pieds du colonel.

«Et qu'il y ait des cocotiers sur les rives de la Seine... Écoute, ajouta le colonel du Pin en se penchant par la moustiquaire, il fait déjà presque jour et je ne vais pas avoir d'autre solution que de te tuer. Mais c'est toi qui m'y obliges. Dis-moi: où portais-tu le message?»

Le prisonnier ne répondit pas.

«Ou que dans le Bois de Boulogne poussent les lianes et les fougères, les bambous, les mangues, que sais-je encore... Tu entends l'oiseau carillonneur? C'est comme s'il donnait l'heure. Il doit être déjà environ cinq heures... quelle heure est-il?»

Un des hommes consulta sa montre.

*«Il est cinq heures, mon colonel**.

— Mais je dois choisir et je reste à Paris. C'est là que je vais mourir. Dès que nous en aurons fini avec vous, que nous aurons installé bien solidement l'empereur Maximilien sur son trône et que nous aurons civilisé le territoire, je demande à être mis à la retraite de l'armée et je rentre en France. Bien que je sache qu'il ne va pas être aussi facile de vous pacifier, parce que vous êtes très fuyants et que le Mexique est très étendu. Dis-moi... tu as déjà entendu parler de la Concubine, *la Barragana*?

— On dit que c'est une combattante juariste..., répondit Juan Carbajal.

— Combattante? Une femme bandit, plutôt. Vous êtes tous des bandits, pas des combattants. Mais j'ai cru comprendre qu'elle est très courageuse et rien que pour ça je ne sais pas ce que je vais faire d'elle si on l'attrape vivante: ou bien lui couper les seins pour qu'elle ait plus l'air d'un homme, puisque c'est ça qu'elle aime, vivre et se battre comme un homme, ou bien lui pardonner en souvenir de notre sainte Jeanne d'Arc. Toi, qu'est-ce que tu en penses?»

Le dogue du colonel se leva, courut vers le bord de la barque et se jeta à l'eau. Il nagea vers la rive.

«Il a dû sentir un agouti... il adore les agoutis, dit le colonel; de toutes façons, j'emporterai à Paris quelques plantes pour voir si elles poussent là-bas, et quelques animaux, comme un ou deux perroquets bleus. Dis-moi: tu aimerais mourir noyé dans le Tamesí?

Juan Carbajal leva les yeux pour regarder le colonel, mais il ne répondit pas.

«Il y a beaucoup de choses de ce pays que je ne comprends pas», dit le colonel du Pin. Par exemple, pourquoi avez-vous donné à ce fleuve un nom presque semblable à celui du fleuve anglais, la Tamise, puisqu'ils n'ont rien à voir? Ou pourquoi, je pensais à cela l'autre jour, pourquoi certains Indiens comme toi se baignent tous les jours et d'autres jamais, alors qu'ils ont sur le visage des croûtes de crasse épaisses comme de l'écorce d'arbre. Je ne comprends pas non plus comment vous pouvez manger toutes ces cochonneries. Je suis fatigué de tous ces haricots rouges et de ces galettes. A part le Restaurant Récamier de Mexico et le Café

Reverdy de Tampico, il n'y a pas un endroit dans ce pays où l'on puisse trouver un repas décent... Je suis fatigué de ces boissons nauséabondes comme le *pulque* et de ces eaux-de-vie vénéneuses. Dans ma maison de Paris j'aurai une cave pleine de vins de Bordeaux, de Sauternes, d'absinthe Pernoy, de liqueur de cassis... mais je suis sûr que tu ne sais pas de quoi je parle, pas vrai? Et maintenant... maintenant je suis fatigué de toi...»

Le colonel du Pin se pencha à la moustiquaire, il leva les yeux, il sourit et montra un point en l'air.

«Regarde, regarde! Là, au-dessus de ta tête: les lucioles!»

Au-dessus de la barque passa un nuage lumineux de lucioles, comme une fugace constellation d'étoiles vertes.

«Des lucioles, des lucioles», dit le colonel du Pin et il se leva de son siège, «voilà ce que j'aimerais, qu'une nuit à Paris, alors que je serais en train de faire l'amour, une nuée de lucioles entre par la fenêtre et se mette à tourner sans fin au-dessus du lit... Mais on ne peut pas tout avoir.»

Le colonel du Pin descendit de sa caisse et d'une main il souleva la tête de Juan Carbajal.

«Toi aussi, tu vois bien, tu as dû choisir. Tu es un connard, mais je dois reconnaître que tu es un homme. Ça, je ne le comprends pas non plus: il y a des Mexicains qui, quand je vais les tuer, se mettent à pleurer comme des pédés, et d'autres, comme toi, qui ne bronchent même pas. Un colonel anglais me disait que les cipayes de l'Inde sont comme ça: indifférents à la mort...

— Comment allez-vous me tuer?» demanda Juan Carbajal pour la troisième fois.

Le colonel demanda qu'on lui passe le chapeau.

«Quelle jolie rose d'or... Elle est en or, pas vrai? Où l'as-tu volée? Celle-là, je vais la garder pour moi. Je la donnerai à une petite amie française que j'ai à Paris et je lui demanderai qu'elle se la mette dans le nombril... Comment vais-je te tuer, tu dis? Voyons, voyons... voyons un peu...»

Le colonel marcha lentement autour de Juan Carbajal. Des filets de sang s'écoulaient sur le visage et le cou, sur les fesses et les jambes, sur la poitrine et le ventre du prisonnier. Les premiers rayons du soleil teintèrent d'orangé la moustiquaire du colonel à la hauteur de son visage. Comme les lucioles auparavant, un vol jacassant de perroquets vert et jaune traversa le fleuve. Le colonel s'arrêta devant le prisonnier, il se caressa la barbe et les moustaches et dit:

«J'ai une idée.»

Il tendit la main à en toucher la broche qu'on avait enfoncé dans le téton gauche de Juan Carbajal. Il la prit et l'arracha d'un coup sec. Le prisonnier poussa un cri. Le téton, presque détaché, pendit sur la poitrine et un filet de sang, plus gros que les autres, jaillit de la blessure.

«J'ai une idée, mais, tu sais, avant de te tuer j'ai décidé que tu ne porterais rien sur toi, tu m'entends? Tu ne le mérites pas... Je vais tout remettre sur le chapeau, et le chapeau je l'emporte à Paris. Allez, toi et toi: arrachez tout ce que vous lui avez mis: l'épingle de cravate, les étoiles, le charognard, tout, pour que ça lui serve de leçon: un par un, d'un coup sec, sans ouvrir les fermoirs...»

Ensuite il fixa à nouveau le prisonnier dans les yeux.

«Et maintenant tu vas savoir comment je vais te tuer, Juan Carbajal. Je vais te tuer comme je n'ai encore jamais tué personne...»

Le colonel resta à regarder la broche qu'il avait dans la main et il murmura: «*C'est beau*!*»

Puis il dit:

«*Faites venir l'Indien Mayo et qu'il apporte son arc et ses flèches**.»

L'interprète traduisit.

3. Scènes de la vie royale[1]*: le néant mexicain*

«Le Nonce, en vol plané par la fenêtre!»

Louis-Napoléon, les yeux fixés sur la carte de Paris, y contemplait les projets passés, présents et futurs, qui allaient faire de la capitale de la France la ville la plus belle et la plus moderne du monde. Grâce, bien entendu, au baron Haussmann et à des génies comme Charles Garnier et Viollet-le-Duc. Les Champs-Élysées. Les pavillons de fer et de verre des Halles. La Sainte-Chapelle. L'Opéra... Les égouts...

«Le Nonce, en vol plané?» susurra Louis-Napoléon, et il posa sa cigarette dans l'un des deux cendriers que lui avait offerts Maximilien: ils étaient faits de la coquille ovale d'un mollusque appelé *abulón*, remarquable par la beauté irisée de sa nacre. «Pour ces cigarettes qui prédisposent tant à la méditation», lui avait écrit l'empereur du Mexique.

De son côté, Charlotte avait promis à Eugénie de lui envoyer un album de photographies des ruines et des monuments toltèques et mayas: les pyramides du soleil et de la lune et les temples d'Uxmal et de Chichen-Itzá dans la province du Yucatán, dans laquelle elle voulait se rendre le plus tôt possible, et aussi de ces géants monstrueux de Tula qui avaient dû être les gardes palatins du sanglant Huitzilopochtli, le dieu dévoreur de cœurs humains.

«Oui, en vol plané. Tu imagines, Louis, comme c'est drôle!»

Eugénie faisait allusion à ce que Charlotte avait dit à Bazaine: que plus d'une fois l'envie l'avait démangée de jeter Mgr Meglia, évêque de Damas et seul nonce papal de toute l'histoire du Mexique, par la fenêtre du palais. Car les entretiens avec le Nonce avaient donné à Charlotte une idée de ce qu'était l'enfer: ce que Charlotte et Maximilien voyaient blanc, Mgr Meglia le voyait noir, et vice versa. Tous les arguments glissaient sur le prélat «comme sur du marbre poli»: pour lui, comme pour François-

1. Jeu de mots intraduisible sur *real*, qui signifie à la fois «réel» et «royal».

Joseph, il n'existait pas de *mezzotermine*, de moyen terme, *ce juste milieu** dont parlait de son vivant son grand-père Louis-Philippe.

« Et en plus Charlotte affirme », ajouta Eugénie, « qu'en vérité Sa Sainteté Pie IX est un *iettatore* : là où il intervient, tout pourrit aussitôt. Sa Sainteté, un *iettatore* ! »

Eugénie éclata de rire.

Dans le salon des Ambassadeurs du Palais impérial de Mexico, Maximilien supervisait le démantèlement du faux plafond. L'expérience des punaises avait été très amère et il fallait enfumer jusqu'au dernier recoin. Le faux plafond recouvrait de magnifiques poutres de cèdre ignorées de tous. Maximilien ordonna de les laisser ainsi, à découvert, pour toujours. Et ce soir-là il le dit à Charlotte.

« Elles sont superbes. Ça a été une véritable surprise, comme tant d'autres que ce pays nous a réservées et nous réservera. »

Bref, toute surprise mise à part, et en dépit du fait que l'Empire mexicain, dont Charlotte avait pensé qu'il serait une occupation pour Max et dont Maximilien avait cru qu'il serait une distraction pour Carla, allait rapidement devenir un cauchemar pour tous les deux, malgré tout c'était un plaisir de parcourir les rues de la capitale dans le carrosse d'or impérial, offert par leurs anciens sujets de Milan, ou dans la voiture *à la daumont**, conduite par un cocher à l'immense chapeau blanc, avec son *spencer* de velours vert et un poncho tricolore sur les épaules, tirée — la voiture — par six mules isabelle aux pattes de zèbre. Ou de chevaucher, tous les deux seuls à sept heures et demie du matin, sur la Calzada de la Verónica ou sur cette autre avenue destinée à relier le château au palais et qui devait être plus belle que ces Champs-Élysées dont Louis-Napoléon était si fier... et qui allait s'appeler... elle allait s'appeler, oui, cours de l'Empereur. Ou mieux, *promenade** de l'Impératrice. Ou cours de l'Empereur ?

Aux Tuileries, Eugénie se dit à elle-même : « Je vais écrire à Charlotte pour lui raconter que Mgr Chigi m'a dit que Meglia n'est pas aussi inflexible qu'il aime en avoir l'air et que s'il se conduit de cette façon, c'est pour en rabattre ensuite... »

Et Eugénie se prit à penser que si Mgr Meglia avait eu l'occasion de participer, le Jeudi Saint, en compagnie de l'empereur et de l'impératrice du Mexique, à la cérémonie du lavement des pieds des vieillards et qu'il eût constaté que, comme l'ensemble des mortels, lorsque Maximilien et Charlotte croisaient sur leur route le saint viatique, ils descendaient de leur voiture et s'agenouillaient dans la rue, il est vraisemblable que le nonce n'avait pas lieu de douter de la dévotion et de la piété des souverains. Charlotte avait peut-être raison quand elle disait que Meglia n'était qu'un homme de paille, un *mannequin** de l'archevêque Labastida.

«Le problème, Majesté», dit à Eugénie Hidalgo y Esnaurrízar un soir où un petit vent chargé de sable soufflait sur les plages de Biarritz, «le problème, c'est ce décret par lequel l'empereur Maximilien a rétabli la liberté des cultes au Mexique. Et qui a, en outre, confirmé *de facto* la nationalisation des biens de l'Église. Certains ont commencé à appeler cela du juarisme sans Juárez.»

Au château de Claremont, en Angleterre, Marie-Amélie a soupiré à son tour. Elle soupirait chaque fois qu'elle se rappelait son enfance et l'éruption du Vésuve qui l'avait tant effrayée. Elle soupirait quand elle se rappelait Louis-Philippe, son triste couronnement à la Chambre des députés, avec ce trône recouvert par le drapeau tricolore français. Elle soupirait quand elle se rappelait son fils aîné, qui s'était tué, si jeune, en sautant de sa voiture. Et elle soupirait chaque fois qu'elle se rappelait Charlotte, qu'elle avait prévenue qu'on la tuerait, au Mexique, en compagnie de Maximilien. Et maintenant, Charlotte, sa petite-fille si douce, qui avait à peine vingt-trois ans et quelques mois quand elle était arrivée dans ce pays lointain et sauvage, lui racontait dans une lettre qu'elle vieillissait. Elle vieillissait, oui, parce qu'au Mexique tout était corrompu ou corruptible. Parce que gouverner, au Mexique, était un travail de Sisyphe. Et aussi parce que, s'il était vrai que quelques libéraux s'étaient ralliés à l'Empire, cela était dû, selon Charlotte, au fait que, tels des abeilles affamées, ils trouvaient un miel plus abondant et meilleur dans les ruches de Maximilien que dans les fleurs sauvages de Juárez...

Marie-Amélie se rappela que c'était l'heure de prendre le miel au citron que le médecin lui avait recommandé contre la laryngite.

«Ils seront assassinés, ils seront assassinés..., murmura-t-elle.

— Vous dites, maman?» demanda la duchesse de Montpensier.

Un jour, le duc de Brabant se promenait — il l'écrivit dans une lettre à sa sœur Charlotte — dans les rues de Paris avec Louis-Napoléon, lorsque tout à coup il vit une grande foule et il demanda à l'Empereur s'il s'agissait d'un enterrement.

«Non, cher monsieur, lui avait répondu Louis-Napoléon, c'est le bureau de souscription du nouvel emprunt pour le Mexique. Il s'agit plutôt du contraire: d'une naissance: celle d'un empire. Les extrêmes se touchent. Les Parisiens sont avides d'acheter des actions.»

«Et pourtant, dit Charlotte à Maximilien après avoir lu la lettre, par ailleurs on nous dit que les actions Jecker se sont effondrées et se vendent en France pour quelques centimes. Et encore, quand elles se vendent. Mais nous, nous ne voyons pas la couleur de cet argent.»

Charlotte glissa la lettre entre les pages du *Guide de la ville de Mexico* de Marcos Arróniz et se concentra sur la *Grammaire de la langue espagnole* de Herranz y Quiroz, tandis que Max lui faisait un long compte rendu de se tournée à travers sa nouvelle patrie et lui rapportait sa surprise en apprenant qu'un des villages visités n'avait pas vu un prêtre depuis dix, quinze ou vingt ans, et que par là même les couples vivaient en état de péché mortel et que beaucoup d'enfants et même de jeunes gens n'étaient pas baptisés ; par ailleurs, il avait eu le plaisir de converser abondamment avec ce colonel blond aux yeux bleus, Miguel López, qui les avait escortés de Veracruz à Mexico.

Comme presque toujours, il pleuvait encore cet après-midi-là sur Bruxelles. Le roi avoua à Éloin qu'il ne comprenait rien à cette histoire de puces habillées et de haricots sauteurs...

« Mais ce sont des puces vivantes ?

— Non, Sire, non, elles sont bien mortes... », ajouta Éloin, et il tenta d'expliquer au monarque belge que les Mexicains s'ingéniaient à habiller des puces en fiancé et fiancée, en *charro* et en femme de Tehuantépec, en n'importe quoi, et qu'on pouvait les observer à l'aide de loupes puissantes : des puces avec des jupes et des pantalons, avec des voiles et des châles lilliputiens, des puces mortes et desséchées avec canne et lunettes, bottes ou pantoufles... Quant aux haricots, eh bien c'était très simple : dans chaque haricot se cachait la larve d'un insecte, si bien qu'il faisait de petits sauts et des cabrioles aussi bien dans la paume de la main que sur une table quelconque...

— Ah, je vois, oui, oui, bien sûr... Une larve ? »

Or Éloin n'était pas au château de Laeken pour parler de puces habillées et de haricots sauteurs, mais pour informer le père de Charlotte de l'objet de son voyage : Maximilien l'avait chargé de s'assurer le soutien des nations européennes contre la convoitise des États-Unis. Lincoln était mort et, avec lui, les illusions de Max et de Carla, qui pensaient que le président assassiné par James Booth dans la nuit du 14 avril 1865 aurait fini, tôt ou tard, par reconnaître l'Empire mexicain. Et par ailleurs, son bras droit, Seward...

« Il a eu une de ces chances, ce Yankee, vous ne trouvez pas, Éloin ? »

Effectivement, la nuit même ou Lincoln était mortellement blessé dans sa loge du Théâtre Ford, William Henry Seward avait survécu à un attentat contre sa vie, lorsqu'un homme avait fait irruption dans sa maison et dans sa chambre et l'avait poignardé dans son lit. Avec Seward c'était la doctrine de Monroe qui survivait, et le nouveau président américain, Andrew Johnson, « le plébéien », s'en faisait déjà le héraut. Éloin rapporta avec tristesse à Léopold que Johnson avait refusé de recevoir une lettre de condoléances que Maximilien lui avait envoyée.

« Il n'a même pas daigné recevoir le messager, Sire. Je vous le disais : le fait que l'empereur Napoléon ait brusquement cessé de s'intéresser au protectorat sur le Sonora n'est pas dû au hasard: ce qu'il désire, c'est éloigner les troupes françaises de la frontière pour éviter un *casus belli*. Et quant à Montholon, vous savez, Majesté... »

Léopold de Belgique fit un geste pour interrompre Éloin, il prit la main de la baronne Eppinghoven et lui demanda de l'accompagner dans sa chambre. Ses coliques biliaires le reprenaient, dit-il...

Éloin se retira. Demain, enfin, il raconterait au roi comment Maximilien s'était attiré l'inimité de l'homme qui était maintenant ambassadeur de France à Washington.

Pourtant, le pays n'était pas dépourvu de certains agréments. Un entremets au lait de brebis brûlé, sombre et compact, voluptueux, très doux, appelé *cajeta*, faisait les délices de l'Impératrice. L'arrivée du fringant colonel Van der Smissen — cœur d'or, bras de fer, tête de linotte — à la tête des volontaires belges aux ondoyantes tuniques bleu roi brodées de brandebourgs rouges, verts ou bleus et aux chapeaux de feutre empanachés de plumes de coq fut une raison de plus de se réjouir. Enfin, l'apprentissage de quelques-unes des humbles coutumes du pays fut un motif supplémentaire de satisfaction. Ainsi Charlotte apprit à boire de l'eau dans l'écorce d'une calebasse, à se laver avec une sorte d'éponge végétale qu'on appelait *estropajo*, et tout en s'étonnant que certains des Mexicains fussent assez pauvres pour manger des moustiques, des fourmis, des sauterelles et des punaises d'eau, elle goûtait la *tortilla*, une espèce de pain rond et plat, ressemblant à la *chapati* hindoue, selon l'opinion de Sir Peter Campbell Scarlet, élaborée avec une farine qui ressemblait à la *polenta* italienne, à la *cruchade** française, à la *mazamorra* argentine ou à l'*abatí-atá* du Paraguay, mais qui possédait une saveur unique quoique modeste, et peut-être vaudrait-il la peine de l'incorporer aux banquets de seconde classe, dans lesquels les plats — par rapport aux grands banquets officiels de première classe — changeaient non seulement de nature et de qualité mais aussi de nom, de telle sorte que la *Dinde au Cresson*, le *Vol-au-Vent financière* et le *Boudin à la Jussienne** — plats figurant au menu du dîner offert à Bazaine à l'occasion de sa nomination au grade de maréchal — se transformaient en *Côtelettes à la Jardinière*, *Croquettes de Riz* et *Boudin de Sagou*. Et de toute façon, quand son cher Max était fatigué de la *Sole à la Hollandaise*, de la *Chartreuse de Cailles à la Bragation* et aux autres régals préparés par M. Bouleret et par M. Masseboue — indistinctement en français ou en espagnol —, on pouvait toujours demander à l'inséparable et fidèle cuisinier hongrois Tüdös — pris lui aussi par la lubie de s'habiller en *ranchero* mexicain de l'époque: veste courte et brodée à épaulettes, pantalon ouvert jusqu'à mi-jambes laissant voir le caleçon orné de dentelles, écharpe rouge à la ceinture, chapeau plat à très large fond — de mijoter un goulasch, modeste et simple, mais un goulasch quand même, auquel il ne manquerait rien, à commencer par une dose appropriée de paprika.

La chaleur de cette matinée à Saint-Cloud ne semblait pas affecter l'humeur d'Eugénie. Peut-être qu'en raison de ses origines madrilènes elle était habituée aux six mois d'enfer qui, dans la capitale espagnole, suivent les six mois d'hiver...

« Allez, allez, Louis, joue-la au piano et moi je la chante... »

Louis-Napoléon, qui croyait avoir hérité un peu du talent musical de sa mère la reine Hortense, accepta avec plaisir et commença à jouer au piano la chanson de Concha Méndez. Eugénie chanta :

Si a tu ventana llega,
Ay, una paloma...
Trátala con cariño,
Que es mi persona.
Cuéntale tus amores
Bien de mi vida;
Corónala de flores
Que es cosa mía...

« On me dit que Charlotte raffole de cette chanson... »

Effectivement, Charlotte chantait à cette époque, parce qu'elle en raffolait, la chanson « La Paloma », qui lui avait ravi le cœur dès qu'elle l'avait entendue pour la première fois au Théâtre impérial. Mise à la mode au Mexique par la chanteuse mexicaine Concha Méndez et adoptée par l'Impératrice mexicaine comme sa chanson favorite,

Ay, chinita que sí,
Ay, que dame tu amor,
Ay, que vente conmigo,
chinita,
Adonde vivo yo,

« La Paloma » était encore une de ces *habaneras* en vogue en Espagne, au Mexique et dans d'autres pays, qui, évidemment, s'appelaient ainsi parce qu'elles venaient toutes de La Havane. Et les *habaneras* possédaient un rythme lent et doux, si doux et si lent, avec des pas si nonchalants, si langoureux, si *pianissimo* que, comme disait le capitaine Blanchot, elles ne se dansaient pas, elles se soupiraient à deux.

Le pape Pie IX et Mgr Meglia déambulaient, très lentement, dans la chapelle Sixtine. Ils passèrent sous *le Voyage de Moïse en Égypte*, de Pinturicchio et du Pérugin.

« Je ne saurais être plus d'accord avec Votre Sainteté, dit Meglia, la seule solution consiste à signer avec le Mexique un concordat comme ceux que nous avons conclus il y a un an avec le Salvador et le Nicaragua... »

Ils passèrent sous *Moïse et les filles de Jethro*, de Botticelli.

« Et où nous avons défini, Votre Sainteté l'a présent à l'esprit, la doctrine catholique comme la religion propre à ces peuples... »

Ils passèrent sous la *Traversée de la mer Rouge*, de Cosimo Rosselli.

« Mais l'attitude de l'Empereur rend cette démarche impossible. Votre Sainteté a-t-elle su qu'un de ses ministres, qui s'appelle, je crois, Pedro Escudero, a qualifié de *lettre insolente** une lettre que j'ai publiée avant mon départ pour le Guatemala ? »

Ils passèrent sous les *Épisodes de la vie de Moïse*, de Rosselli.

« Et pourtant je n'ai fait qu'y dire la vérité, à savoir qu'avec le décret sur la liberté des cultes, l'Église mexicaine a été rabaissée à la condition d'esclave du droit public... »

Et ils passèrent sous le *Châtiment de Coré* de Botticelli.

« Je me le demande : comment Sa Majeste l'Empereur Maximilien a-t-il osé décréter qu'aucun rescrit, aucun bref, aucune bulle de Votre Sainteté ne pourra être publié sans l'*exequatur* impérial ? »

Pie IX ouvrit les bras et haussa les épaules.

« Je ne sais pas. Mais nous ferons en sorte que cette brebis égarée revienne au bercail », dit le Souverain Pontife et il leva les yeux. Ses yeux se posèrent quelques instants sur une des fresques de Michel-Ange : *Dieu séparant la lumière des ténèbres*.

« Iturbide ? Je ne savais pas que le Mexique avait eu un empereur... »

C'était la seconde ou la troisième fois que le vicomte de Palmerston disait à la reine Victoria que le Mexique, en effet, avait déjà eu un empereur, Agustín de Iturbide. Maintenant, au château de Balmoral, on se plaisait à souligner que le Mexique aurait, en plus de cet Augustin Ier, un Augustin II.

Victoria, comme Marie-Amélie, pleurait elle aussi un mari mort : le prince Albert, dans son cas. Mais elle écouta attentivement Palmerston : Maximilien avait-il ou non une ou des maîtresses, était-il ou non stérile, comme l'affirmait un pamphlet d'un certain abbé Alleau qui prétendait que Charlotte compensait sa frustration de ne pas être mère par l'exercice du gouvernement, était-il ou non impuissant, comme d'autres le soupçonnaient, le fait est que Maximilien et Charlotte n'avaient plus de rapports conjugaux, et que cette situation les avait conduits à envisager l'adoption d'un enfant pour assurer la succession au trône. L'élu, dit Palmerston à Victoria, était un petit-fils de l'empereur Iturbide. Il avait trois ans à l'époque — en 1865 — et c'était un enfant intelligent et mignon avec un seul défaut, d'ailleurs corrigible : sa mère étant américaine, le petit Augustin — qui serait un jour ou l'autre Augustin II par la grâce de Dieu — parlait mi-espagnol mi-anglais. Il disait : « *Me gusta a lot el cake* », par exemple.

«*Ma chère Vicky...*» Victoria cessa d'écouter Palmerston pour mettre au point mentalement la lettre qu'elle voulait écrire à sa fille adorée. Peu de princesses européennes semblaient promises à un avenir aussi brillant que celui de Vicky, mariée au prince Frédéric, héritier du trône de Prusse, cet homme si grand, si élégant et à la barbe prodigieuse.

«*Ma chère Vicky...*»

En raison de ses origines espagnoles, Eugénie était évidemment celle qui comprenait le mieux ou qui semblait le mieux comprendre toutes ces coutumes mexicaines exotiques dont parlait Charlotte. En outre, Don José Manuel Hidalgo y Esnaurrízar se chargeait de lui donner toutes les explications nécessaires. Ainsi, un matin, de retour aux Tuileries après un bref séjour à Compiègne, Eugénie apprit que les *piñatas* étaient des marmites d'argile qui par la magie de trois papiers — le papier mâché, le papier crépon et le papier de soie — se métamorphosaient en n'importe quoi: en un bateau argenté, en une rouge carotte ou en une comète à la queue en arc-en-ciel, et que les gens, les yeux bandés, les frappaient avec un bâton pour les briser et recevoir, comme une manne céleste, leur riche contenu: fruits et racines aux noms étranges: *tejecotes, jícamas*, et à la saveur aussi étrange que leurs noms: cacahuètes, *capulines...*

«Ils ont une saveur *sui generis*, Majesté, que je ne saurais décrire..., disait Hidalgo à Eugénie. Bien qu'on pourrait dire du *capulín* que c'est la cerise mexicaine, plus noire, d'une saveur plus affirmée.»

Eugénie songea que dans un pays aussi étrange que le Mexique, où, le Jour des Morts, les gens mangeaient des petits os de nougat et des crânes en sucre qui portaient leur propre nom sur le front; où il y avait des régions au climat si torride que les oiseaux couvaient les œufs non point pour les réchauffer mais pour les rafraîchir, et où dans un seul État, le Michoacán, il y avait plus de quatre cents fumerolles qui à tout instant pouvaient se transformer en autant de volcans et recouvrir l'Amérique d'une marée de lave brûlante — et à tout cela il fallait ajouter des tremblements de terre et le bruit, un bruit ininterrompu: et l'explosion, pendant la Semaine Sainte, d'énormes pantins de carton remplis de poudre, qu'on appelait des «judas» et qui pendaient au bout d'un bâton comme des grappes de cadavres. Dans un tel pays, tout pouvait arriver...

Il pouvait arriver, par exemple, qu'au bout du compte le Mexique ne fût pas un pays aussi facile à conquérir que l'impératrice des Français l'avait pensé. Car Eugénie qui, au départ, pleine de cet enthousiasme qu'elle avait toujours manifesté à l'égard de l'Histoire, des conquêtes et des avatars de ce qu'elle appelait la Cuba de Colomb, la Floride de Ponce de León, le Pérou de Pizarre et le Chili de Valdivia, se demandait comment il était possible de ne pas dominer le Mexique de Cortés avec trente mille hommes, alors que l'illustre conquistador y était parvenu avec quelques hommes — cent? cinq cents? —, avait changé d'avis avec le temps et elle pensait maintenant que pour soumettre un territoire aussi immense il en faudrait peut-être trois cent mille. Et c'était précisément ce moment que Louis-Napoléon avait choisi pour suggérer le retrait des troupes françaises? Il est certain, indiscutablement, et Eugénie le savait, que les Mexicains ne supportaient plus les Français. Beaucoup commettaient des brutalités qui restaient impunies, car aucun soldat ou policier mexicain ne pouvait arrêter un soldat français. Le troisième régiment de zouaves se rendit tristement célèbre par un vaste pillage commis à Huauchinango. Et Potier, Berthelin, du Pin acquirent très rapidement une réputation sinistre, même si Maximilien avait obtenu le rapatriement en France de du Pin, qui au nom de la civilisation avait commis tant d'atrocités, entre autres l'incendie d'Ozuluama. Mais, de toute façon, que pouvait faire Maximilien sans les Français?

« Organiser une armée mexicaine, l'heure en est venue, dit Louis-Napoléon. Et il peut très bien y parvenir s'il draine plus de fonds pour sa formation et s'il cesse d'en gaspiller pour un tas de sottises... »

Bref, il était fatigué de Montholon et aussi de Schertzenlechner. Le roi Léopold ne voulait écouter que ce qui l'intéressait. Ou ce qu'il ignorait. Il savait déjà fort bien que Maximilien s'était attiré l'animosité de Montholon quand il avait destitué le chancelier de l'Empire, Arroyo, parce que ce dernier avait établi, avec l'aide d'Almonte et sous la pression de Montholon lui-même, la convention qui attribuait à la France l'exploitation des mines du Sonora. Quand Louis-Napoléon avait cessé de s'intéresser, avant la fin de la guerre civile américaine, à l'argent du Sonora, cette inimitié avait tourné court... Montholon était parti pour les États-Unis et il avait été remplacé, au Mexique, par *Monsieur** Alphonse Dano.

Quant à Schertzenlechner... eh bien, le monarque belge se moquait du sort de cet ancien laquais qui avait perdu sa bataille contre Éloin. Le premier étant autrichien et le second belge, ils avaient intrigué tous les deux sans arrêt contre les Français, et quand ils en étaient fatigués, ils intriguaient l'un contre l'autre. Jusqu'à ce que Maximilien fût contraint de choisir: il choisit Éloin, et Schertzenlechner quitta le Mexique sans prendre congé de Maximilien, bien que celui-ci lui eût accordé son pardon, afin de le soustraire à l'accusation de diffusion de rumeurs alarmistes: sept mille Indiens, avait dit Schertzenlechner, marchaient sur Mexico pour défendre sa cause. Sept mille Indiens qui n'étaient jamais arrivés.

En revanche, ce qui intéressait vraiment Léopold, c'était cette affaire de l'adoption du petit Iturbide. Il ne se résignait pas à l'idée que Maximilien et Charlotte n'eussent pas de descendant. Que ce fût un étranger, et non pas un de ses petits-fils, un Cobourg, qui hériterait de l'Empire mexicain.

La famille princière Iturbide traversait la mer à destination de l'Europe. La seule qui restait au Mexique était la princesse Josefa. Cet exil était l'une des conditions de l'accord secret signé par la famille Iturbide et Maximilien. En échange et en plus du petit Agustín et de son frère Salvador, tous, y compris les oncles et les tantes, avaient été nommés princes et avaient reçu une indemnisation de cent cinquante mille pesos, ainsi que des pensions à vie. Selon d'autres termes de l'accord, aucun ne pouvait réintégrer l'Empire sans l'autorisation de Maximilien. Le problème, ce fut Alicia, la mère, dont Maximilien pensait qu'elle était à moitié folle parce qu'elle ne voulait pas se séparer de son fils, étant donné que de cette séparation dépendait l'avenir grandiose de l'enfant, et qui ne céda que momentanément aux pressions de la famille. De toute façon c'était un privilège que de contempler à Chapultepec le petit Agustín sur sa balançoire pendue aux branches d'un de ces *ahuehuetes* millénaires ruisselants de mousse, ou que de se l'asseoir sur le ventre quand on — Maximilien — se berçait dans un hamac à la Quinta Borda, sous les cages dorées des toucans, alors que les quatre chiens venus de La Havane — comme « La Paloma » et les habaneras — gambadaient sur la terrasse ou poursuivaient les papillons, et que le savant docteur Bilimek, avec son énorme parasol jaune et cette espèce de tablier plein de poches, elles-mêmes pleines de flacons, se consacrait, armé de pincettes, à la chasse aux lézards, aux lombrics et aux scarabées.

« Pourvu », pensait un des princes Iturbide tandis que la forteresse de San Juan de Ulúa se perdait à l'horizon, « pourvu que Maximilien et Charlotte n'aient pas d'enfant... »

Ce qui impliquait qu'ils persévèrent dans leur abstinence sexuelle. En fait, dans leur abstinence conjugale, car pour ce qui était de Maximilien, il n'avait rien d'un impuissant, allons donc, bien au contraire...

Il était évident que n'importe lequel des musées ou des galeries d'Europe, y compris le Vatican, que Maximilien avait visités contenait des pièces de plus de valeur et en nombre infiniment plus élevé que celles que l'Empereur contemplait quand il se rendait à l'École des arts de San Carlos à Mexico. Mais, se promener dans la gondole impériale sur le canal de la Viga au milieu de canots couronnés de coquelicots, et admirer *Saint François d'Assise* du Greco et *Suzanne et les vieillards* de Rubens constituaient à n'en pas douter des réjouissances qui compensaient revers et contrariétés. Comme de nager — ce qu'il faisait chaque matin dans l'étang artificiel de Chapultepec après avoir payé cinq pesos au gardien, pour donner le bon exemple — et ensuite de s'extasier devant *Esther et le roi Assuérus* de Rembrandt, *Bacchus et Ariane* du Titien, Judith et Holopherne du Tintoret, et, évidemment, de chevaucher dans les plaines d'Apam, à moitié habillé en *charro* mexicain : bien qu'en une occasion il eût susurré lors d'un banquet à la comtesse de Kollonitz : « *Nichts lächerlicheres, als solch'einen Anzug selbst zu efinden ?* » (N'y a-t-il pas de quoi rire de se retrouver habillé de la sorte?), Maximilien semblait heureux de porter ces vêtements — grand chapeau de feutre gris cerclé d'argent, poncho, pantalon de drap bleu orné de boutons d'argent et éperons d'Amozoc — et de monter sur une selle de vacher son fougueux cheval Orispelo ou Anteburro, beaucoup plus calme. *La Pietá*, de Luis Morales *le Divin*, où les larmes de la Vierge Marie semblaient être de la cire brûlante, et le sinistre *Saint Augustin* à la longue barbe noire, près d'une *Madeleine* dont le beau visage lui rappelait celui de l'impératrice Charlotte — tableaux, tous deux, de Zurbarán —, lui faisaient momentanément oublier la splendeur du palais Pitti. A San Carlos il contempla également, avec beaucoup d'intérêt, plusieurs tableaux d'un talentueux peintre mexicain contemporain, qu'il se promit d'appeler à la cour.

«Note, Blasio, que nous devons faire appel à Juan Cordero.»

José Luis, le secrétaire mexicain de Maximilien, écrivait alors avec ce qu'on appelait un «crayon à encre», car si l'on en humectait la pointe avec un peu d'eau — ou un peu de salive, comme le faisait Blasio —, ce qui semblait être du plomb ou du graphite se transformait sur le papier en une encre de couleur violette. C'est également ce qu'il faisait sur la route de Cuernavaca, quand il accompagnait l'Empereur dans la voiture que le colonel Feliciano Rodríguez avait fait construire et qui contenait une écritoire avec de petits tiroirs. Blasio finissait toujours par avoir la langue et les lèvres peinturlurées de violet, ce qui faisait beaucoup rire Max. Mais cela était incontestablement préférable à l'utilisation d'un encrier pendant le voyage, car avec tous ces nids-de-poule nous finirions inondés d'encre, n'est-ce pas, Blasio? Et en outre, comment sécherions-nous les lettres et les édits? Il faudrait que tu les sortes par la portière et qu'adviendrait-il si le vent les emportait, si les édits de l'Empereur se changeaient en oiseaux?

C'est en soupirant une habanera en duo avec Pepita Peña que Bazaine, nommé maréchal de France pour sa campagne du Mexique, tomba amoureux de la jolie Mexicaine de dix-sept ans et se maria avec elle. Charlotte, un brin inquiète, un brin amusée, devait écrire à Eugénie: «Les hommes de son genre, quand ils tombent amoureux, deviennent démoniaques.»

«Charlotte, toujours aussi judicieuse dans ses commentaires...», dit Eugénie.

Louis-Napoléon faisait, comme presque toujours, sa tête de perroquet assoupi, mais il entendit Eugénie. De toute façon, plus que par le commentaire de Charlotte sur les amours de Bazaine, il était préoccupé par d'autres remarques que l'impératrice du Mexique faisait dans sa correspondance avec Eugénie, ou qui parvenaient à l'Empereur par d'autres canaux. Charlotte affirmait que l'impossible n'était pas français et que grâce à Dieu et à Louis Bonaparte ils disposaient au Mexique de leurs chers *pantalons rouges** et elle avait déjà demandé leur photo à tous les officiers français, pour constituer un album. De telle sorte qu'avec l'aide de l'armée française on pourrait sans aucun doute pacifier l'Empire. Au Mexique, disait Charlotte, les dissidents sont une armée fantôme. Les bandes — ce ne sont rien d'autre que des ramassis de bandits — se forment quand un homme quitte son village avec un fusil et un cheval dans le but de s'enrichir, et une charge des pantalons rouges ou des chasseurs d'Afrique suffit à les disperser. En outre, comme disait son cher Max, « plus j'étudie le peuple mexicain, plus je suis convaincu qu'il faut faire son bonheur malgré lui ».

Louis-Napoléon ne manquait pas d'être flatté que Charlotte tînt de tels propos sur l'armée française, mais il était nécessaire de rappeler, une fois de plus, que les Français ne pouvaient pas rester éternellement au Mexique. Maximilien devait donc prendre des dispositions en conséquence.

Mais dans un pays comme le Mexique où tout pouvait arriver, on ne pouvait rien faire. Et quelques mois plus tard, Charlotte allait trouver la formule : au Mexique, en plus du chaos, on vénérait le *néant*, un *néant* de pierre, « inamovible, aussi ancien que les pyramides ».

Napoléon décida que ce bel après-midi méritait une promenade à pied dans les jardins des Tuileries. Mais quand il traversa la salle des Huissiers il sentit un courant d'air froid et il choisit de se promener en phaéton. Quand il parut dans le vestibule, le garde suisse frappa le sol de sa hallebarde et cria : « L'Empereur ! »

L'Empereur, c'est-à-dire l'autre empereur, celui qui était à Chapultepec, piquait une colère chaque fois qu'il constatait que le maréchal Bazaine n'obéissait qu'aux ordres de l'Empereur, mais de l'autre empereur, celui qui était aux Tuileries, et non pas aux siens, ce qui était intolérable. Comme première mesure, l'Empereur — Maximilien — décida de dire d'une façon ou d'une autre à l'Empereur — Louis-Napoléon —, peut-être à travers la correspondance entre Charlotte et Eugénie, que ce qui était superflu au Mexique ce n'était pas les soldats français, c'était le maréchal Bazaine, qui devait déguerpir en France avec son barda et sa Pepita Peña. Par ailleurs, Douay, qui avait trouvé absurde la réduction de l'armée française quand Bazaine avait suggéré le rapatriement de certaines unités en juin 1864, le mois même de l'arrivée au Mexique de Maximilien et Charlotte, était un homme très habile, simple, énergique et dépourvu des illusions que se faisait Bazaine. Bazaine affirmait, par exemple, que les guérilleros avaient été éliminés de régions entières. Ce qui, assurait à son tour d'Hérillier, était faux : lui-même avait dû affronter, bien des fois, des groupes considérables de guérilleros aux portes mêmes de la capitale. Et il était également certain, comme le rapporte le comte de Corti, que parfois, au milieu d'une des grandes soirées offertes le lundi par Charlotte, on entendait la fusillade d'un combat qui se livrait aux abords de la ville... En outre, rien de ce que faisait ou décidait Maximilien ne semblait susciter l'approbation de Bazaine. Le maréchal agissait comme s'il était le tuteur de Maximilien, et ensuite il s'étonnait que celui-ci ne le reçût pas à Chapultepec, mais uniquement au palais.

L'Impératrice — celle qui était aux Tuileries — reçut une lettre de l'Impératrice — celle qui était à Chapultepec — qui contenait des appréciations très élogieuses sur l'action du général Douay...

Charlotte assurait la régence à Mexico quand Maximilien s'enfuyait à Cuernavaca pour herboriser ou chasser les papillons. Mais on disait aussi qu'il y allait pour autre chose: on commença à chuchoter qu'à la Quinta Borda, l'Empereur recevait la nuit certaines dames qui entraient dans ses appartements privés par une petite porte du jardin à demi cachée sous des plantes grimpantes. A la cour commencèrent à circuler les noms de quelques-unes des visiteuses possibles, on parla d'autres maîtresses à Mexico et d'une certaine Mme Armida de Acapatzingo avec laquelle, devaient indiquer plus tard certains historiens, il eut quelques descendants. On affirma également qu'au moins à Cuernavaca il avait à coup sûr une maîtresse, une belle femme à la peau brune, qui était peut-être la fille ou l'épouse du jardinier en chef de la Quinta Borda.

Or, quand Charlotte restait en tant que régente, on ne pouvait pas dire qu'il y avait un empereur à Mexico. Mais pas non plus un «empireur», comme l'appelaient certains. Ce type d'insulte et de plaisanterie faisait sortir Maximilien de ses gonds. Le journal satirique *La Orquesta*, par exemple, publiait parfois des caricatures qui le rendaient furieux. Sur l'une d'entre elles, l'Empereur apparaissait avec un gros havane, dit *puro*, et l'on insinuait que Maximilien était un *puro* de plus, parce c'est ainsi qu'on appelait au Mexique les libéraux purs et durs: *los puros*. Sur une autre, Maximilien sortait d'un œuf et la légende disait: «*Nos salió güero*». On expliqua à Maximilien que *güero* voulait dire plusieurs choses au Mexique: un œuf *huero* ou *güero* était celui qui n'était pas fécondé par le coq, et un homme *güero* était un homme blond, comme lui. Enfin l'expression *salió güero* s'appliquait à une affaire ou à un projet qui ratait.

Quoi qu'il en soit, quand Charlotte assurait la régence à Mexico, les choses se faisaient et le Mexique avait à sa tête un véritable homme d'État qui n'hésitait pas à prendre des décisions. Charlotte, quoique un peu pure et dure, savait mener sa barque.

En plus d'autres choses positives, comme le fait que Juárez poursuivait son interminable fuite et remontait de plus en plus vers le nord du pays, qu'il y avait une excellente saison d'opéra italien dans la capitale, et du bon théâtre avec des acteurs amenés de la Martinique, en plus d'une description détaillée des bals de la cour — destinée aux représentants mexicains en Europe —, le jardin de la Quinta Borda à Cuernavaca était un des thèmes favoris des lettres que Maximilien écrivait à ses amis. C'est ainsi que la baronne Binzer apprit que la vallée de Cuernavaca était comme un immense manteau d'or entouré d'énormes montagnes dont les teintes allaient du rose pâle au pourpre et au violet ou au bleu ciel le plus profond, les unes rocheuses, escarpées et sombres comme les côtes de la Sicile, les autres couvertes de forêts comme les vertes montagnes de Suisse, que les plus belles en étaient l'Iztaccíhuatl et le Popocatépetl, et qu'on appelait l'Izta la Femme endormie parce qu'elle ressemblait à une femme étendue, couverte d'un suaire de neige, qui était restée endormie à jamais selon la légende, et à ses côtés, agenouillé, l'homme qui l'avait aimée ou qui lui avait donné la mort, car, d'après une autre légende, il s'agissait d'un couple de géants et lui, le Popo, l'avait tuée par jalousie, mais tout cela revenait au même, car le fait est que de ces deux montagnes descendait l'eau — qui était de la neige fondue —, la plus fraîche, la plus délicieuse du monde. La vallée de Cuernavaca était peut-être l'endroit le plus beau du monde, lui aussi, de la création tout entière, jurait Maximilien à la baronne Binzer, et au cœur de la vallée se trouvait la Quinta Borda, avec ses terrasses ombragées où se balançaient des hamacs de soie blanche, ses fontaines bruissantes cachées sous des arches touffues et verdoyantes formées par les sombres orangers et les bananiers, ses tonnelles couvertes de roses thé perpétuellement en fleurs, ses murs d'enceinte tapissés de vignes vierges couleur feu et ses oiseaux qui chantaient toute la journée, ses lucioles, ses papillons chatoyants, ses flamboyants et, dans tous les tons au-delà du rouge et allant jusqu'au pourpre, au lie-de-vin et au lilas foncé, ces merveilleuses plantes grimpantes appelées bougainvillées, en l'honneur d'un illustre voyageur français.

Par une soirée tranquille, à Saint-Cloud, Loulou, le petit Prince impérial, calculait combien de soldats algériens il allait tuer au prochain coup de canon, et il dit à son père qu'il y aurait vingt morts.

Louis-Napoléon fit une grimace de résignation comique. Sur le *parquet** brillant du salon les petits soldats de carton étaient disposés comme à la bataille d'Isly.

Louis-Napoléon relut la note que Maximilien avait envoyée à Paris, Bruxelles, Londres et Rome, où il attribuait à son frère François-Joseph l'initiative de lui avoir proposé le trône du Mexique et de l'avoir convaincu de l'accepter.

« Je vais donner des instructions au Quai d'Orsay, dit l'Empereur à Eugénie, pour qu'il fasse comme si cette note n'existait pas. Et tu sais une chose... ?

— C'est à toi, papa », lui dit Loulou. Louis-Napoléon n'aimait pas beaucoup jouer à des batailles qui n'avaient pas été gagnées par lui ou par son oncle, comme celle d'Isly, dont la gloire revenait au règne de Louis-Philippe. Mais le petit Prince impérial adorait combattre les soldats rouges d'Abd-el-Kader. Et quand c'était le cas, il mettait un chapeau le plus ressemblant possible à celui du *père Bugeaud**.

« De quelle chose veux-tu parler, Louis... ? »

Louis-Napoléon dit qu'au prochain coup de canon, il allait tuer dix soldats français. Loulou protesta et ils en arrivèrent à une solution intermédiaire : six morts et quatre blessés.

« Pardonne-moi... je voulais dire que je vais écrire à François-Joseph en le priant de ne rien faire qui puisse aggraver la situation de Maximilien, délicate en elle-même. Ce Pacte de Famille est pour nous un véritable casse-tête. François-Joseph n'aurait jamais dû le publier en Autriche, et Maximilien a eu tort d'ordonner à son tour la publication de cet article dans *l'Ère nouvelle* de Mexico où l'on dit que certains des plus éminents juristes mettent en cause la valeur du pacte du point de vue légal et constitutionnel... »

Loulou faisait ses calculs... S'il tirait vers le flanc droit...

« Et maintenant on me rapporte que dans le même journal est paru un document qu'on a appelé la "Lettre vénitienne" parce qu'on y critique beaucoup l'attitude de Vienne envers ses sujets du royaume lombardo-vénitien... Il ne nous manquerait plus maintenant qu'une rupture des relations diplomatiques entre Vienne et Mexico. »

... Il tuerait cette fois trente Algériens. Louis-Napoléon se résigna : de toute façon, c'était un combat perdu d'avance. Le maréchal Bugeaud était destiné à gagner éternellement la bataille d'Isly.

Et Louis-Napoléon se surprit lui-même à fredonner « La Paloma »...

Si a tu ventana llega,
Ay, una paloma

Éloin aurait aimé raconter au roi Léopold que son absence du Mexique était également due au fait que Maximilien voulait l'éloigner du pays parce que d'après le colonel Loysel — chef du Cabinet militaire —, Éloin — chef du Cabinet civil — tentait de s'attribuer trop de pouvoirs.

C'est de cela qu'il aurait aimé se plaindre au roi Léopold, de Loysel, de cet imbécile qui lui avait rendu la vie impossible.

Éloin aurait également aimé décrire au monarque belge le bureau de Maximilien. Comme Maximilien n'aimait pas utiliser de poudre séchante, Blasio étalait sur le plancher, l'une à côté de l'autre, les feuilles écrites, pour laisser sécher l'encre, jusqu'à ce que concrètement le bureau tout entier de l'Empereur fût tapissé de documents d'un mur à l'autre.

Il aurait aimé lui faire cette description, car d'après certains bruits, Loysel avait profité de l'absence d'Éloin pour suggérer à Maximilien de fermer le passage permettant aux appartements privés de l'Empereur de communiquer avec le bureau d'Éloin. Maximilien dit que c'était une bonne idée et dans le même temps il ferma également le passage communiquant avec le bureau de Loysel, et à partir de ce moment il décida qu'il ne recevrait que des rapports écrits et que toutes les instructions qu'il donnerait le seraient également par écrit, pour éviter tout malentendu. De telle sorte que le nombre de documents se multiplia du jour au lendemain de façon prodigieuse, et c'est cette description du bureau de Maximilien avec le plancher et peut-être les couloirs matériellement couverts de lettres, de notes, de décrets, de messages, de mémorandums, de circulaires, d'invitations à des fêtes et à des banquets, de commandes chez Saccone & Speed, de changements dans le *Cérémonial de la Cour*, de budgets et de projets de lois, qu'Éloin aurait aimé faire au père de Charlotte, comme exemple de l'absurdité du comportement de Maximilien et du chaos qui régnait dans l'Empire.

Mais d'un côté il ne se risquait pas à critiquer le gendre du monarque et par ailleurs celui-ci était, comme d'habitude, intéressé par d'autres choses : Pourquoi le représentant du Mexique accrédité à Bruxelles, Londres et La Haye, don Francisco de Paula y Arrangoíz, avait-il démissionné ?

« Il n'était pas d'accord, Sire, avec l'attitude de l'empereur Maximilien à l'égard de l'Église. Il a écrit à l'Empereur, vous devez vous le rappeler, une lettre ouverte dans laquelle il disait : "Tout, Sire, avec le consentement de Sa Sainteté. Rien sans lui...", et Sa Majesté l'Empereur Maximilien a dit que c'était là une attitude anti-patriotique. »

Luthérien convaincu, quoique non fanatique, Léopold fit une moue de désagrément. Il lui importait également de savoir pourquoi M. Corta, le ministre des Finances que Louis-Napoléon avait assigné à Maximilien, avait quitté le Mexique, contre le souhait de Maximilien lui-même, et avait tenu de longs discours au Parlement, à Paris, sur les richesses fabuleuses du Mexique, richesses dont personne ne savait très bien où elles se trouvaient, car l'argent manquait — et manquera plus encore, disaient certains, si les seules dépenses des cuisines de l'Empereur continuaient à dépasser les trois mille huit cents pesos par mois —, ou richesses que personne ne savait administrer, car Corta fut suivi par un autre ministre des Finances, Bonnefond, et Bonnefond par un autre encore, Langlais, en plus, bien entendu, de Budin.

« Pourquoi ne fait-on rien ? » demanda Léopold.

L'homme que contemplait Éloin ne ressemblait plus au monarque de jadis. La romancière anglaise Charlotte Brontë le décrivit un jour comme « une victoire silencieuse, un nerveux, un mélancolique... ». Et c'est vraiment à quoi ressemblait alors Léopold. Il avait également été très affecté par la mort de son neveu le prince Albert, et il avait le teint pâle et souffreteux. Éloin décida de le dire, tout à trac, dans une lettre à l'impératrice Charlotte.

Pie IX marchait à nouveau en compagnie de Mgr Meglia. A nouveau, également, sur le même côté de la chapelle Sixtine. Mais cette fois vers l'autel.

Ils passèrent sous *le Châtiment de Coré*, de Botticelli.

« Pourquoi l'empereur Maximilien envoie-t-il le général Miramón étudier l'artillerie à Berlin et le général Márquez à Constantinople et au Moyen-Orient étudier le Saint-Sépulcre de Jérusalem? Pourquoi éloigne-t-il des personnes qui peuvent lui être si utiles?»

Mgr Meglia n'avait pas de réponses aux questions du Souverain Pontife.

Ils passèrent sous les *Épisodes de la vie de Moïse*, de Cosimo Rosselli.

«Et pourquoi cette intention d'amener au Mexique près de cent mille Nègres et Asiatiques? Il veut remplir le pays de bouddhistes et de confucianistes? D'adorateurs du vaudou?»

Ils passèrent sous la *Traversée de la mer Rouge*, de Rosselli.

«J'imagine, Très Saint-Père, qu'on les catéchisera...

— Oui? Et tous ces confédérés américains, ces protestants avec lesquels il veut coloniser le Mexique, il va aussi les catéchiser?... A ce propos... qui est ce père Fischer, ce pasteur allemand converti au catholicisme que l'empereur Maximilien a nommé chapelain honoraire de la cour? Est-il vrai qu'il a juré à l'Empereur que s'il l'envoyait au Vatican il reviendrait avec un concordat en poche?»

Ils passèrent sous le *Moïse et les filles de Jethro*, de Botticelli.

«C'est un converti à la petite semaine, Très Saint-Père, un hypocrite, un immoral qui fornique et qui a eu des enfants naturels à Durango. Un intrigant. Un ancien chercheur de pépites d'or en Californie. Que puis-je vous dire d'autre, Très Saint-Père...

— A moi rien. Ce Fischer, je ne veux pas le voir... Mais s'il vient en tant que représentant officiel de Maximilien, que pourrons-nous y faire...»

Et il passèrent sous le *Voyage de Moïse en Égypte*, de Pinturicchio et du Pérugin.

A l'ombre de la statue équestre de l'empereur Étienne-François de Lorraine, dans les jardins du Palais impérial de Vienne, la Hofburg, l'archiduc Charles-Louis lisait une lettre de son frère Maximilien... Dans sa correspondance avec Charles-Louis, le docteur Jilek, le comte Hadik et la baronne Binzer, l'empereur du Mexique ne disait pas, comme il le faisait avec Louis-Napoléon, que parmi les Mexicains les hommes capables étaient inexistants et il ne lui racontait pas non plus tous les désagréments qu'ils avaient connus. Il est certain que Charlotte s'était remise très vite de l'impression qu'elle éprouva lorsqu'une de ses futures dames du palais mexicaines la prit entre ses bras, elle l'avait repoussée avec indignation parce qu'elle ne savait pas que ce geste, l'accolade, était une coutume du pays. Mais elle fut beaucoup plus offensée lorsqu'une dame de l'aristocratie de Puebla, où l'Impératrice avait fêté un de ses anniversaires, invitée à être sa dame de compagnie, répondit que plutôt que d'être domestique dans un palais elle préférait être reine dans sa maison. Il lui déplaisait également de voir les femmes fumer et plus encore que certains des invités aux banquets de seconde et même de première classe volent les couverts du service que Louis-Napoléon lui-même avait admiré quand on l'avait exposé chez Christofle à Paris avant de l'envoyer au Mexique, que des invités se grattent la tête avec les fourchettes, que pendant les fêtes disparaissent les boutons de portes et les pompons des rideaux et que pendant les bals, en raison d'une malfaçon des candélabres accrochés au plafond, les invités finissent la soirée éclaboussés de cire. Maximilien ne racontait pas non plus ses multiples ennuis de santé : l'angine qu'il avait attrapée pendant son voyage à travers le Mexique et qui l'avait laissé sans voix, ou l'hépatalgie qui, d'après ce qu'on lui avait dit, n'était peut-être qu'une congestion du foie et pour laquelle rien ne convenait mieux que l'*axolotl*, ce très étrange animal amphibie, la salamandre mexicaine, que Humboldt émerveillé avait emporté en Europe et qui avait tant fasciné Charlotte quand elle le vit pour la première fois au Jardin d'acclimatation du Bois de Boulogne. Mais ce petit animal était répugnant et comment le prenait-on ? Frit, sec et moulu, en infusion ? En outre, pour les maladies de foie et les diarrhées qui le harcelaient, la meilleure médecine, la seule peut-être était de redresser la situation de l'Empire. Sa calvitie prématurée n'était probablement pas le résultat d'une affection nerveuse, mais le destin fatal de nombreux Habsbourg : quoi qu'il en soit, il essaierait la pommade de quinine au rhum. Grâce au bon commodore Maury, la quinine était arrivée au Mexique sous la forme de trois paquets de semences de *cinchona* que lui avait envoyés la Clements Markham des Indes occidentales. Combien de temps les plantes mettraient-elles à pousser ?

Non, Maximilien ne racontait rien de tout cela à son frère Charles-Louis, mais en revanche, il lui décrivait sa merveilleuse tournée à travers sa nouvelle patrie : León, Dolores, Morelia, Silao, Toluca... Vêtu en grand propriétaire mexicain, il avait poussé le « cri » de l'indépendance dans le village même de Dolores, où le curé Hidalgo proclama la liberté du Mexique. L'industrieuse León était pleine de belles femmes, et il n'en avait pas vu autant depuis son voyage en Andalousie. Querétaro était superbe. A Morelia on lui avait réservé une réception délirante. Dans l'un des nombreux villages visités, les habitants dételèrent les chevaux et tirèrent eux-mêmes la voiture de l'Empereur ; Charlotte était venue le retrouver à Toluca et tous deux avaient fait l'ascension du Nevado jusqu'au lac gelé du cratère, et tout, en fin de compte, marchait pour le mieux. Charlotte avait gouverné à sa place, avec prudence et sagesse, et il allait oublier de lui dire qu'il avait fait une grande partie du voyage dans sa magnifique voiture anglaise ou sur de superbes chevaux mexicains.

L'archiduc Charles-Louis sentit dans son lit la chaleur du soleil caniculaire et il se déplaça de quelques centimètres pour se retrouver à nouveau à l'ombre de la statue d'Étienne-François de Lorraine, dans les jardins du Palais impérial de Vienne, la Hofburg.

En se rendant à Cuernavaca, l'empereur Maximilien se posait également beaucoup de questions. Son beau-père Léopold ne lui avait-il pas conseillé de s'entourer d'un nombre important de nationaux afin de ne pas blesser la susceptibilité des Mexicains ? Eh bien, n'était-il pas mexicain, le jeune homme de vingt-deux ans, intelligent et honnête, qui se trouvait à ses côtés, son secrétaire José Luis Blasio ? N'avait-il pas obtenu qu'un libéral mexicain, don Fernando Ramírez, acceptât un poste dans son cabinet ? Et l'aumônier de la cour, l'évêque de Tamaulipas, non seulement était mexicain, mais c'était un pur Indien. Et deux anciens et illustres généraux mexicains, Uraga et Vidaurri, ne s'étaient-il pas assis à sa table, en plus de différents amis de Benito Juárez qui avaient dit que s'ils n'étaient pas impérialistes, en revanche ils étaient franchement « maximilianistes » ? Et Charlotte et lui n'avaient-ils pas démontré leur amour et leur compassion pour les Indiens, à tel point que sur un ton mi-plaisant mi-sérieux on parlait déjà de l'« indiomanie » du couple impérial ? Charlotte n'avait-elle pas nommé dame du palais une descendante de l'empereur Montezuma ? Et lui n'avait-il pas fait la même chose quand, au cours de l'un de ses voyages, il avait rencontré une Indienne qui lui assura que le poète Netzahualcóyotl était son ancêtre ? Quant aux étrangers qui l'entouraient, n'étaient-ils pas tous des hommes honnêtes et intelligents, comme le père Fischer, le commodore Maury, océanographe de renommée mondiale qui devait inciter les confédérés américains à coloniser des territoires mexicains en friche ? Que pouvait-on dire contre le comte de Rességuier, qui projetait comme lui la future annexion de l'Amérique centrale à l'Empire mexicain, y compris, peut-être, Belize ? Ou contre le grand écuyer, le comte de Bombelles ? Ou contre le trésorier Jakob von Kuhacsevich ? Ou contre son fidèle valet Antonio Grill ?

Par ailleurs, tandis qu'Eugénie disait à Charlotte que le Mexique, comme toutes les nations latines, devait être gouverné avec une main de fer dans un gant de velours, Louis-Napoléon conseillait de conserver pour l'essentiel le pouvoir absolu. Comment créer, dans ces conditions, une monarchie libérale et constitutionnelle si on lui demandait de se transformer en dictateur ? Léopold lui-même affirmait : « Seule la dictature peut proclamer : lumière et ordre. » Quelle lumière ? Quel ordre ? Ou bien fallait-il donner raison à ce fou de Santa Anna qui, depuis son refuge caraïbe dans l'île danoise de Saint-Thomas, hurlait à la mort contre l'Empire et affirmait qu'au Mexique seul était viable un chaos burlesque.

Le mieux était d'agir sans les Français et de former une armée mexicaine. Note, Blasio, note pour que je ne l'oublie pas : convoquer l'ambassadeur autrichien, le comte Thun, pour qu'il nous aide à l'organiser. Et Blasio suçait le crayon à encre et notait : profiter de l'impopularité croissante de Juárez. A sa fuite interminable, Juárez ajoutait maintenant la tare d'un accord conclu entre son représentant à Washington, Matías Romero, et un certain général Schofield. Romero disait que pour éviter que le Mexique ne fût inondé d'aventuriers américains du sud des États-Unis, le mieux était de former avec eux une armée à la tête de laquelle on mettrait le général Ulysses Grant, le héros de la guerre de Sécession. Cette espèce d'« armée auxiliaire » serait sous les ordres de Juárez et l'on gratifierait ses officiers et ses soldats de terres, d'argent et de la possibilité d'acquérir la nationalité mexicaine. L'accord avait été passé par Romero à l'insu, semble-t-il , de Juárez, mais que, de son côté, Maximilien ait été au courant avait peu d'importance : on prétendait provoquer une invasion du Mexique plus funeste encore que celle des Français, comme devait le dire des années plus tard l'historien mexicain Justo Sierra et pour la commander Romero n'avait rien trouvé de mieux qu'un militaire américain qui avait participé à l'invasion du Mexique en 1847. Vers la fin de 1865 une rumeur, fausse, mais que Maximilien voulait croire, lui offrit sur un plateau d'argent le prétexte pour prendre des mesures draconiennes prétendument destinées à pacifier le Mexique une fois pour toutes : Benito Juárez, disait la rumeur, avait franchi la frontière avec les États-Unis, abandonnant ainsi le territoire national. Maximilien publia alors ce qu'on a appelé le Décret du 3 octobre, auquel Bazaine ajouta une directive « officieuse » pour que les prisionniers ne bénéficient d'aucune clémence : il s'agissait, selon le maréchal, d'*une guerre à mort*. Et c'est bien ce qui se passait. Ce décret — connu sous le nom de « Décret noir » — ordonnait que tout homme qui prendrait les armes contre l'Empire serait soumis à un jugement sommaire, et exécuté. Parmi les premières victimes se trouvèrent deux généraux républicains aux antécédents irréprochables : Carlos Salazar et José María Arteaga. Leur exécution, perpétrée à Uruapan, dans le Michoacán, à l'insu de Maximilien souleva une vague d'indignation. Il fut inutile d'alléguer que le responsable était le général impérialiste Méndez qui était l'ennemi des deux généraux et qui, poussé par un désir de vengeance, avait décidé de procéder à l'exécution sans en référer à ses supérieurs. Inutile, non plus, d'essayer de prouver l'impossible : à savoir que si l'Empereur l'avait appris à l'avance, il leur aurait accordé sa grâce.

« S'il en avait été ainsi, disait l'empereur Maximilien à son secrétaire particulier sur la route de Cuernavaca, comment peut-on croire que j'aurais osé ratifier l'exécution de deux honnêtes généraux républicains, patriotes à leur façon. Je leur aurais pardonné. Je leur aurais peut-être même demandé de m'aider à organiser une armée. Parce que je ne comprends pas ce que cherche le maréchal. Nous sommes dans ce pays depuis plus d'un an et il est évident que nous ne pouvons pas compter sur une armée mexicaine. Je propose à Bazaine de nommer Brincourt ou d'Hérillier pour l'organiser, et il ne veut pas. Je fais alors appel au comte Thun et je lui demande de former une brigade qui servira de modèle au reste des brigades mexicaines, et Bazaine le prend comme une offense personnelle. Alors, dis-moi, Blasio, ce que je peux faire. Le maréchal obéit à Louis-Napoléon, pas à moi. Il ose même me faire parvenir, de façon indirecte, certains commentaires que lui adresse Louis-Napoléon dans ses lettres, par exemple que je devrais dépenser moins d'argent à construire des palais — quels palais ? — et plus à instaurer l'ordre et la sécurité. Sais-tu que l'Impératrice a écrit à Madame de Grünne une lettre où elle l'assurait qu'elle serait capable de conduire une armée et qu'elle a dans le sang l'expérience de la guerre. Si cela n'était pas mal vu, je chargerais ma chère Carla de l'organisation des troupes mexicaines. Mais pour cela il nous faudrait compter sur la coopération des Mexicains. Or que font-ils? *Rien. Rien du tout**. Les rapports secrets du commodore Maury sont suffisamment explicites là-dessus. Et évidemment, à cause de tout cela j'ai maigri et je suis d'humeur très changeante. Ajoute mes ennuis de santé, Blasio, cette espèce de dysenterie qui me reprend constamment... Mais ici les officiers n'ont pas d'honneur, tous les juges sont corruptibles et le clergé n'a ni moralité ni amour chrétiens. Comme disait l'Impératrice, Blasio, pendant les six premiers mois tout le monde trouvait que gouverner était un enchantement. Ensuite — elle l'écrivit tel quel à l'impératrice Eugénie — "touchez n'importe quoi, mettez la main à la pâte et on vous maudit...". Moi, de mon côté, j'affirmais à mon brave beau-père le roi Léopold: les gens doivent apprendre a obéir avant de pouvoir parler. Ici tout le monde parle, tout le monde tranche. Il y a un Suédois fou qui veut séquestrer Juárez. D'autres me proposent de suborner Romero. Mais personne ne m'aide... et quand je pense que j'ai tant fait pour ce pays, que j'ai chevauché à travers la jungle pendant huit heures, avec mon cheval enfoncé jusqu'au ventre dans les eaux tumultueuses et boueuses des fleuves, que j'ai escaladé des montagnes, parcouru des sierras entières pour connaître mon peuple... qu'au petit matin, j'ai visité des hôpitaux, des prisons et des boulangeries... Et l'Impératrice s'est sacrifiée elle aussi... Et ensuite on me critique de recommander Rebull pour faire un portrait de moi, de demander à l'architecte Rodríguez un projet de monument à l'indépendance pour la place d'Armes... Une nation, Blasio, est aussi esprit... Oui, ma chère Carla a raison: dans un pays où *tout* peut arriver, *rien* n'arrive. Dis-moi, Blasio, as-tu lu Lucas Alamán, cet illustre conservateur mexicain? Alamán dit que comme nation le Mexique est un avorton... Parfois, je pense qu'il a raison... Mais n'en prends pas ombrage, Blasio, je t'en supplie, car si une telle vérité te blesse, pense qu'il en va de même pour moi; et peut-être même plus que pour toi, parce que c'est là la patrie que j'ai choisie, ma patrie adoptive et jusqu'à sa dernière goutte le sang qui coule aujourd'hui dans mes veines est mexicain... Note, Blasio, note...»

Blasio suçait le crayon à encre, il notait, et à ce stade, comme toujours, il avait déjà la bouche et les dents de la couleur, pour ne pas chercher plus loin, des plus foncées et des plus éclatantes de toutes les bougainvillées.

XI

CHÂTEAU DE BOUCHOUT
1927

Est-ce pour que je ne sache pas qu'on a donné le prix Nobel de la Paix à Theodore Roosevelt, le créateur de la politique du gros bâton ? Est-ce pour que je n'aille pas à Ypres voir les milliers de soldats belges empoisonnés par les Allemands au gaz moutarde traîner leur cécité dans les rues et mourir asphyxiés, la peau couverte d'ulcères incandescents ? Est-ce pour que je n'apprenne pas que le prince héritier du Brésil est mort en exil ? C'est pour cela qu'on voudrait, dis-moi, Maximilien, que je passe ma vie à compter les grains d'un sablier et les turquoises liquides d'une clepsydre, les flocons de neige, les jours qui me restent à vivre ? Pour que je ne sache jamais qu'Alphonse XII d'Espagne est mort sans connaître son fils ? Pour que je n'apprenne pas que le Comte de Paris et le Comte de Chambord sont morts sans jamais avoir pu régner en France, comme l'avait fait mon grand-père Louis-Philippe ? Est-ce pour cette raison qu'on voudrait que je compte les feuilles des arbres qui tombent en automne et que je les enfile sur un cordon de soie, ou que je passe ma vie à compter les touches du piano ? Est-ce pour que je n'apprenne pas que pendant la seconde Commune de Paris la populace qui se découvrait tous les après-midi quand le petit prince impérial se promenait dans sa voiture à la daumont à travers les Jardins des Tuileries, escorté par les cipayes algériens qui sur leur uniforme à la cape volante portaient les trois couleurs du drapeau français, cette même populace ne s'est plus jamais souvenue de lui après sa mort au Zoulouland ? Ne sait-on donc pas que l'autre jour le messager est venu et que c'était le mage Houdini, il m'a dit qu'on a inventé l'hélicoptère, il s'est transformé en rose des vents, il m'a transformée en aviatrice, il a transformé le château en hélicoptère aux pales d'argent et je suis partie en hélicoptère pour le pôle Nord avec mon neveu Louis-Philippe d'Orléans, et pour l'Amérique du Sud, avec mon oncle le Prince de Joinville ? Ne sait-on pas qu'un jour, quand j'étais petite, mon oncle Joinville, qui est mort très âgé et aussi sourd, le pauvre, que mon frère Philippe, m'a montré dans ce même Palais des Tuileries que la plèbe a réduit en cendres un modèle de *La Créole* et qu'il l'a fait naviguer sur un bassin du jardin tout en me racontant que c'était sur ce bateau qu'il avait reçu son baptême du feu quand, sur l'ordre de mon grand-père, il était parti pour Veracruz faire la guerre aux Mexicains ? A moi qui ai vu la frégate royale traverser la mer, ses voiles gonflées par le vent de mon éventail ; à moi qui ai vu les marins français me dire adieu avec leurs bonnets et mon oncle débarquer sur les plages d'Antón Lizardo dans une chaloupe propulsée par des rames doublées de fourrure ; à moi qui ai vu les minuscules canons de *la Créole* tirer leurs boulets et un de ces boulets emporter une jambe du Général Santa Anna, va-t-on me demander de passer ma vie à trier des lentilles, en comptant chaque lentille, à écailler des poissons, en comptant chaque écaille, ou va-t-on m'obliger, dis-moi, à rester toute la journée à broder des bouquets d'hortensias sur les taies d'oreillers et des giroflées sur les serviettes ? Ou alors veut-on que je me mette à faire des bulles de savon à tout moment et qu'avec ton filet à papillons je me mette à chasser les bulles dans les couloirs et les Jardins de Bouchout ? Moi, à qui personne n'est venu raconter comment Gaetano Brasci a assassiné dans les rues de Monza Humbert Ier de Savoie, parce que je le savais avant qu'il naisse, moi à qui personne n'est venu dire, imagine un peu le scandale, Maximilien, que le Prince Pierre Bonaparte a assassiné à coups de revolver Victor Noir, parce que je l'avais appris il y a des siècles, longtemps avant que ce même Pierre Bonaparte n'assassinât d'abord un agent du Pape et partît ensuite se battre aux côtés de Simón Bolívar, dis-moi, a-t-on la prétention de m'enfermer, moi, dans une bulle de savon, de me garder prisonnière sous une cloche de cristal, habillée en vierge alors que j'ai appris dès mon enfance, Maximilien, quand je m'approchais de la fenêtre les jours de pluie, j'ai appris, te dis-je, à voir le monde dans une seule goutte d'eau ? Moi, que personne n'est venu informer que ma mère allait mourir alors que j'avais à peine dix ans, parce que je l'avais vue agoniser avant même qu'elle ne tombât malade, j'avais écouté ses dernières paroles, j'avais reçu son dernier souffle sur mon visage, moi qui me suis vue moi-même aux portes de la mort, j'ai contemplé ma propre agonie, j'ai assisté à mes propres funérailles : on a croisé mes mains et entouré mes doigts d'un chapelet, je portais un bonnet de dentelle blanche dont les rubans soutenaient mes mâchoires. Je ne me rappelle pas qui m'a fermé les yeux, mais je me souviens par contre qu'au-dessus de mon lit il y avait un baldaquin bleu ciel et que quelqu'un a posé un bouquet de fleurs à mes pieds. La neige blanchissait les panaches noirs des chevaux du carrosse funèbre car il neigeait, Maximilien, comme quand ton corps est arrivé à Vienne, et la neige a blanchi les casquettes des six légionnaires belges aussi vieux que moi parce qu'ils avaient survécu non seulement à ces pauvres garçons qui sont restés étendus dans les plaines et les montagnes du Michoacán, assassinés par les hommes du Général Arteaga et de Nicolás Guerrero, mais parce qu'ils avaient également survécu au siècle, et tout comme ils l'avaient fait au Mexique, le jour de mon enterrement ils m'ont accompagnée, en portant mon cercueil sur leurs épaules jusqu'à la Chapelle de Laeken où reposait ma mère, pour que je puisse tenir la promesse que je me fis à moi-même le jour où j'ai appris qu'après le renversement et la mort de mon grand-père, et après l'abandon de ma mère par mon père Léopold, celle-ci n'allait pas vivre longtemps : je m'étais promis que si je mourais, je la rejoindrais très vite pour rester éternellement près d'elle. Je n'ai pas vu à mes funérailles mon fils, le Général Weygand, et je me suis imaginé qu'il était peut-être encore en train de se battre en Pologne contre les bolcheviks. Ton fils Sedano y Leguizano n'est pas venu non plus. Mais j'ai fini par me rappeler que Maxime Weygand n'était pas encore né quand j'avais dix ans et qu'on a fusillé Sedano y Leguizano à Vincennes parce qu'il espionnait pour les Allemands. Tout cela je l'ai vu, Maximilien, dans une larme. Dans une seule, parce que j'étais une Princesse qui avait appris à être triste sans en avoir l'air. A avoir l'air gaie sans l'être. Dans une seule larme que j'ai essuyée du revers de la main.

Depuis cette époque je n'ai plus repleuré et je ne veux le faire pour personne, pas même pour toi. Pourtant il vaut mieux, Maximilien, que tu te méfies. Si je te dis de ne pas manger, au Couvent de la Croix, de la viande d'âne que te prépare Tüdös ni de goûter les entremets au massepain et les cheveux d'ange que te donnent les nonnes de Querétaro, écoute-moi. Si je te demande, Maximilien, de ne pas boire de lait de chèvre quand tu iras à Chalco. Si je te demande, Maximilien, de te méfier, le matin de ta mort, du poulet et du pain qu'on t'offrira au déjeuner. Si je t'avertis, Maximilien, de te garder de Bazaine, de Miramón, de Sophie, de moi et même de ta propre ombre, c'est parce que je sais fort bien ce qui t'attend. Approche, écoute et n'oublie pas : une nuit, il y a longtemps, alors que j'avais déjà quitté Paris et l'atmosphère que Napoléon III empuantissait de sa perversité, du Cap Nord au Cap Matapan, je me rends dans mon Château de Miramar et ensuite, à Rome où j'allais embrasser les sandales de Pie IX afin d'implorer son aide. Mon train s'étant arrêté un moment sur la rive du Lac du Bourget, une vieille femme m'offre un ruban pour les cheveux et un jeune garçon habillé en enfant de chœur une reproduction de l'Abbaye de Hautecombe, le panthéon de la Maison de Savoie. A la sortie du tunnel du Mont-Cenis, un mendiant me jette une rose. A Milan, le Général Della Rocca vient me voir au nom du Roi d'Italie et me remet une lettre. A la Villa d'Este, j'écoute la messe sur la tombe de saint Charles, et un prêtre me fait don d'une veilleuse bénite. Ensuite, à Desenzano, le Général Hany monte dans le wagon impérial pour me saluer au nom de Garibaldi qui souffrait de sa blessure reçue à Aspromonte, et il m'offre un drapeau rouge. A Padoue je rends visite à Victor-Emmanuel en personne et il me donne un portrait de mon arrière-grand-mère Caroline de Naples. Je savais que la vieille femme du lac était Pepita Bazaine déguisée et l'enfant de chœur José Luis Blasio, qu'Hidalgo y Esnaurrízar s'était habillé en Della Rocca et le Comte del Valle de Orizaba en général Hany, et que toi-même, Maximilien, tu voulais te faire passer pour le Roi d'Italie. Je le savais parce que moi, personne n'a jamais pu me tromper. Personne, tu l'entends, personne, pas même au Mexique : ni quand cette jeune Maya m'a donné à boire, dans une conque marine, de l'hydromel dilué dans l'eau limpide du gouffre sacré, parce que je savais qu'il contenait aussi de la stramoine pour me rendre folle ; ni quand Concepción Sedano m'a donné du lait de cactus empoisonné mélangé à du jus de corossol pour me tuer et te garder, pour que tu ne sois à personne d'autre qu'à elle ; ni quand toi-même tu as voulu m'empoisonner avec du chocolat et de l'antimoine, pour rester au Mexique, pour que le Mexique soit à toi seul et à personne d'autre. Écoute : dès mon enfance j'ai appris à me méfier de tout et de tous, parce que je ne savais pas quand mon oncle Joinville était mon oncle Joinville, et quand c'était un assassin déguisé. De telle sorte que quand il m'a donné un des dessins de l'album qu'il avait composé lors de son voyage à l'Ile de Sainte-Hélène pour ramener en France les restes de Napoléon le Grand, de même qu'en arrivant à Miramar j'ai lavé la rose que m'a donnée le mendiant, chacun de ses pétales, chacune de ses épines, et que j'aurais lavé la roseraie tout entière, de même que j'ai lavé les feuilles du lierre qui recouvrait la tonnelle du jardin, les feuilles des saules pleureurs éclatants de verdure, j'ai aussi lavé tous les dessins de mon oncle Joinville et chacune des herbes et des fleurs séchées qu'il conservait entre les feuilles de l'album et qu'il avait lui-même cueillies, m'a-t-il dit, dans la Vallée de Saule. J'aurais lavé la vallée tout entière et avec elle la première tombe de ton grand-père. J'aurais lavé chacun des madriers et des cordages, chacune des voiles de *La Belle Poule* sur laquelle mon oncle a ramené ce qui restait du premier empereur des Français. J'aurais lavé les ailes des mouettes qui se posaient sur les vergues du bateau et qui déféquaient sur le catafalque. J'aurais lavé le catafalque. J'aurais lavé les Invalides tout entiers comme j'ai lavé le ruban que m'a donné la vieille femme, la reproduction du panthéon de la Maison de Savoie, la veilleuse bénite de la Villa d'Este, la lettre de Victor-Emmanuel, le drapeau de Garibaldi et le portrait de mon arrière-grand-mère, comme j'ai lavé le télégramme que tu m'as envoyé de Mexico après la chute de Tampico et l'assassinat du gouverneur impérial, comme j'ai lavé les numéros de *La Estafeta* qu'Almonte m'a envoyés par la poste et les roses fanées qu'il m'a offertes à Saint-Nazaire, et quand je suis arrivée à Rome pour voir le Pape j'aurais lavé ses sandales et l'anneau de saint Pierre avant de les embrasser, j'aurais lavé le Vatican en entier et ses jardins, la Via Appia et les carreaux de faïence de la Fontaine de Trevi, les têtes, les yeux, les crinières, les encolures de ses chevaux de marbre, la barbe de Neptune, avant que mes lèvres n'effleurent ses eaux. Tu me comprends, Maximilien ? Tu sais que je suis en train de te dire que quand tu iras à Tenancingo tu ne boiras pas de liqueur de mûre, et quand tu te rendras dans le Tabasco tu ne mangeras pas de viande de singe ? Méfie-toi, Maximilien, et si tu es constipé, ne bois pas d'infusion de cannelle. Si tu te maries, ne bois pas de fleur d'oranger. Quand tu iras dans le Sinaloa, ne mange pas de blanc d'iguane. Si on porte un toast pour te souhaiter bonne chance, ne bois pas de vin de trèfle. Si on t'emmène à Tampico, ne prends pas d'encre de seiche. Et si tu t'égares dans la Sierra de Maltrata, ne bois pas de sang de condor. Méfie-toi, Maximilien, et aide-moi à laver tout ce que j'ai à laver. Du Château de Chapultepec, il nous faudrait laver les stalles et le vitrail de Diane, les commodes marquetées, les piédestaux de malachite, les salons bleus que Porfirio Díaz a transformés en chambres d'hôtes, le lit présidentiel de Benito Juárez, la terrasse où sont morts les cadets héroïques. De Miramar il nous faudrait laver la chapelle, l'autel, les fenêtres, les stalles, les confessionnaux et les prie-Dieu en cèdre rouge du Liban, les tableaux de Cesare dell'Acqua. A la Hofburg il nous faudrait aller laver le carrosse impérial rococo construit pour le couronnement de mon arrière-grand-père François de Lorraine. Il nous faudrait laver les pattes de ses huit chevaux de Kladrup, les onze mille clous à tête d'argent de la litière tirée par des mules où il voyageait de Klosterneuburg à Vienne, chaque fois qu'il y avait un nouveau souverain, le chapeau des archiducs d'Autriche. De Querétaro, il nous faudrait laver la coupole tapissée de carreaux de faïence de l'Église de Santa Rosa de Viterbo et les trois colonnes tronquées du Cerro de las Campanas, élevées à ta mémoire et à celle de Miramón et de Mejía par l'architecte Maximilien Van Mitzell, et la croix qu'on a construite pour toi avec du bois de la *Novara*. Et surtout, écoute-moi bien, il nous faudrait laver les clefs de la ville de Mexico que le Conseil Municipal nous a présentées sur un plateau de filigrane d'argent au relais de la Concepción : méfie-toi, Maximilien, et ne lèche pas l'or ni l'émail des clefs, ne suce pas les brillants de leur anneau, n'embrasse pas leurs aigles impériales.

Et tu sais pourquoi ? Parce que tout est empoisonné. Parce qu'on veut nous empoisonner toi et moi comme tant d'autres l'ont été. Qu'on ne vienne pas te raconter que ton grand-père Napoléon le Grand est mort de nostalgie à Sainte-Hélène : on l'a empoisonné, Maximilien, sur l'ordre de Louis XVIII, je l'ai su quand j'ai lavé ses os et que j'ai découvert, dans la mèche de cheveux qui lui restait sur le crâne, des traces d'arsenic. Qu'on ne vienne pas te raconter, Maximilien, que ton père le Duc de Reichstadt est mort de tuberculose : c'est Metternich qui l'a assassiné avec un melon empoisonné : je l'ai su parce que l'haleine de l'Aiglon avait une odeur d'amande amère. Porfirio Díaz n'est pas non plus mort de tristesse : Venustiano Carranza l'a fait empoisonner. Il en a été de même pour tous. On a empoisonné Boris Godounov, André Hofer, Guillaume Tell. Et également la Princesse Sophie de Saxe, la troisième épouse de Ferdinand VII. Philippe II a fait empoisonner Guillaume d'Orange, l'Infante Isabelle ma nièce María de las Mercedes, Ferdinand d'Aragon Philippe le Beau. Retiens tout cela, Maximilien, et ne l'oublie pas. Le Prince Luitpold a empoisonné Louis de Bavière avec l'eau du Lac Starnberg. Ravaillac a tué Henri de Navarre avec une dague empoisonnée. Le Général Guajardo a tué Emiliano Zapata avec cent balles empoisonnées.

On dit que je suis folle parce que je me suis mise à laver tous les objets qu'il y a dans ma chambre. Mais c'est parce que je savais qu'ils étaient empoisonnés, qu'il suffisait que mes doigts touchent le bouton d'une porte, la toile d'un tableau, le cadre d'un miroir ou la poignée d'un tiroir, pour que le poison entre dans mon corps. Très longtemps, j'ai lavé mon linge de mes mains: mes crinolines, mes jupes bleu ciel et bleu marine, mes mouchoirs et mes capes, mes culottes de dentelle d'Amiens, mes tuniques et mes bonnets de nuit, ma robe de jeune fille de Puebla, mes gants, mes pantoufles, mes châles de soie. J'ai également lavé tout le linge blanc, mes draps, les taies d'oreillers, les serviettes. J'ai lavé les murs et les chaises, les couloirs, les balustrades de granit. J'ai lavé le plafond de la Salle de la Rose des Vents, les cygnes de l'étang, les glycines violettes qui couvrent la pergola, les choux-fleurs. Il ne s'agit pas de faire croire, me suis-je dit, que je vais me laisser tuer comme un rat par n'importe qui, et j'ai lavé les verres, les assiettes, les reliquaires et les lampes. J'ai refusé une boîte de chocolats de Perugia, offerte par mon propre frère le Comte de Flandres, quand il m'a emmenée de Rome à Miramar. J'ai refusé un châle de cachemire offert par ma belle-sœur Marie-Henriette. Les boîtes de confitures de lait que Blasio m'a rapportées du Mexique, je les ai jetées aux ordures. J'ai versé dans l'évier du vin au gingembre que Lord Kitchener m'a envoyé comme cadeau d'anniversaire. Avec les corsages que je me suis achetés à Alençon et les gants que m'a apportés Sissi, j'ai fait un feu de joie dans la cour de Bouchout. J'ai également brûlé un livre d'histoire que m'a offert un étranger qui passait par Bruxelles, car je savais que toutes ses pages étaient empoisonnées. Les galettes que m'a envoyées ta mère Sophie, je les ai émiettées dans tous les recoins du château, pour que les rats s'empoisonnent en les mangeant. Jusqu'au jour où je me suis rendu compte, Maximilien, que j'étais prise au piège: l'eau avec laquelle je lavais les perrons était empoisonnée elle aussi; le savon avec lequel je lavais les murs et les colonnes, les troncs des cyprès et la rampe des escaliers était empoisonné. J'ai longtemps arrêté de jouer du piano parce que je savais que les touches étaient empoisonnées. J'ai cessé de jouer de la harpe, parce que j'ai su qu'on avait frotté les cordes avec du sublimé de mercure. J'ai cessé de peindre, Maximilien, parce que je savais qu'on voulait m'empoisonner avec les émanations montant du vert-de-gris et du bleu de cobalt. Je n'ai jamais remis une seule de mes perruques, parce que je savais qu'elles étaient empoisonnées. Jusqu'au moment où j'ai compris, comme je te le disais, que les éponges avec lesquelles je frottais les créneaux de Bouchout et les roues de notre carrosse impérial, que le chiffon avec lequel je nettoyais les armoiries, les commodes et les nids que les hirondelles construisent chaque année sous les balcons de Miramar, tout était porteur du même poison. Mais quand je te parle de poison, Maximilien, je ne te parle pas du poison de l'Hydre qui faisait bouillonner les eaux des Thermopyles ni de la ciguë qui a glacé le cœur de Socrate, non. Le Roi Mithridate prenait tous les jours quelques gouttes d'une potion qui contenait soixante-douze poisons distincts, afin d'y habituer son corps; le poison dont je te parle est autre. Ce n'est pas celui des araignées venimeuses ou des amanites. On ne le trouve pas non plus dans les crocs des serpents à sonnettes et chez les scorpions que les guérilleros de Veracruz cachaient dans les havresacs des hommes du Colonel du Pin. Il n'est pas dans l'ombre de l'arbre de Java au pied duquel les conquérants hollandais se couchaient pour y dormir une sieste mortelle. Non, Maximilien, je sais fort bien que si la veuve de Miguel Miramón m'apporte des pêches en conserve, je dois les faire goûter aux chiens. Tu sais très bien que si tu vas à Puebla et qu'on t'y offre un thé aux fleurs de *tochomitl* contre la diarrhée, tu dois le faire goûter d'abord au Colonel López. Je sais fort bien que si Madame del Barrio m'apporte des boucles d'oreilles en argent de Taxco, je dois les faire mettre, d'abord, à Mathilde Doblinger, et que si Eugénie m'offre un autre éventail valencien, je dois d'abord éventer mon chat avec, tout comme tu sais, Maximilien, ou tu devrais savoir, que plutôt que de te laver la tête à Cuautla avec de l'eau de fleurs de *palobobo* contre la calvitie, il vaut mieux que tu invites le Duc de Morny à le faire, pour que ce ne soit pas toi qu'on empoisonne par les cheveux, que plutôt que d'enduire tes hémorroïdes avec le suc laiteux du laurier-rose qu'on te propose à Temixco, donne-le au Maréchal Bazaine, pour que ce ne soit pas toi qu'on empoisonne par le rectum, et que plutôt que de te frotter avec la pommade de bulbes de lys d'eau qu'on te donnera à Guanajuato pour t'enlever les taches de la peau, donne-la au Général Márquez pour que ce ne soit pas toi qu'on empoisonne par les pores. Mais ce n'est pas de ce poison que je te parle, pas même, Maximilien, du parfum des coquelicots qui t'ont empoisonné d'amour à Cuernavaca. Je ne parle pas non plus du poison de Néron que l'Empereur Claude jeta dans le Tibre et qui tapissa ses eaux de poissons morts, ni du poison dont Xénophon imprégna la plume qui vint chatouiller le palais de Claude lui-même pour le tuer, ni du poison qu'Agrippine versa dans le verre de son fils Britannicus. Écoute-moi: la Reine de Ganor tua son mari pendant leur nuit de noces avec une chemise empoisonnée, et le Chevalier de Lorraine tua Henriette, la fille de Charles Ier d'Angleterre, avec du poison qu'il mêla à de l'eau de chicorée. Je ne te parle pas de l'arsenic avec lequel on empoisonna le Pape Alexandre Borgia, ni des poisons avec lesquels Madame de Montespan, la maîtresse de Louis XIV, voulait tuer ses rivales. Non, je ne te parle pas du cyanure, ni de la belladone, ni du curare avec lequel les Indiens brésiliens tuaient les trafiquants d'esclaves portugais, ni de l'aconit avec lequel les Gurkhas empoisonnèrent les puits du Népal pour tuer les soldats anglais, ni de l'ellébore avec laquelle Solon empoisonna les puits où s'abreuvaient les Spartiates. Je te parle d'autre chose: en effet, j'ai découvert un beau jour que tout, Max, le ciel, l'air et le vent, la lumière du soleil, les montagnes, la pluie et l'eau de la mer, tout était imprégné de ce même poison qui a mis fin à ta vie, à tes rêves, à ma raison, à notre ferveur et à nos illusions, à tout ce que nous voulions de beau et de grand pour le Mexique: le mensonge.

Moi aussi, Maximilien, je te l'avoue, je t'ai menti. T'ai-je dit quelquefois qu'avant ton arrivée ma chair n'avait jamais connu ni le désir ni le plaisir? C'était là, Maximilien, écoute-moi bien, même si tu es mort, c'était là un gros mensonge. Tu ne sais pas, Max, tu ne sais pas, tu n'as jamais su ni même imaginé comme je t'aurais aimé, comme tu m'aurais aimée si seulement j'avais osé te dire qui j'étais, qui je suis, qui je serai éternellement. Ma chair, Maximilien, écoute-moi, écoute-moi même s'il est trop tard, ma chair était née pour l'amour. Je vais te raconter quelque chose. Je devais avoir douze ou treize ans, quand un soir, bien calée dans un divan et avec un panier de fruits sur les genoux, je me suis endormie, la bouche encore humectée du jus sucré d'une pêche. Madame Genlis m'avait laissée seule quelques minutes. C'était presque la fin de l'été et les fenêtres étaient ouvertes, laissant entrer une brise tiède qui jouait avec mes cheveux et ceux-ci frôlaient mon front, le caressaient. J'ai toujours aimé sentir la caresse de mes propres cheveux sur mon visage, dans mon cou. Je m'éveillai presque aussitôt, avec une étrange sensation sur les lèvres mais je n'ouvris pas les yeux. Je m'aperçus qu'une mouche s'était posée sur ma bouche et aspirait le jus de pêche mêlé à ma salive. Je la laissai faire. Je la laissai parcourir, de sa trompe et de ses pattes fines, la commissure de mes lèvres, que j'entrouvris à peine, pour lui donner plus de miel et de salive, pour la nourrir et nourrir mon plaisir. Je découvris que ma peau vivait d'une façon différente: cette caresse immonde ne ressemblait à rien de ce que j'avais éprouvé auparavant. Ou peut-être si: elle ressemblait à ce que je ressentais lorsque je faisais glisser les franges des rideaux sur mon avant-bras nu, de telle façon que les fils touchaient à peine ma peau, et y éveillaient à peine un minuscule chatouillis, un frisson qui montait jusqu'à mon épaule et irradiait dans mon dos. Ma peau et moi, nous sommes nées pour cela, pour être caressées par les pattes de mouches, par les franges des rideaux, par les pétales des fleurs: je vis nue au milieu d'un bois et quand tombent les fleurs des cerisiers leurs pétales roses baignent mon corps et parfument ma chair de leurs baisers. Je me rappelle que quand nous allions à l'Église Sainte-Gudule dans une voiture ouverte, j'aimais sentir le vent sur mon visage, j'avais envie, parfois, d'ouvrir mon corsage, de le déchirer, pour que le vent touchât mes seins. Depuis, je vis nue dans une cage, exposée au vent, et le vent, avec son haleine épaisse et froide, monte le long de mes chevilles et de mes cuisses, suit les contours de mon corps, le surprend dans ses vallons les plus profonds. Une autre nuit, où il faisait très chaud, j'ai demandé à la Comtesse d'Hulst de me laisser une assiette de miel. Quand je me suis retrouvée seule, j'ai ouvert les fenêtres, je me suis déshabillée et je me suis couchée sur le dos. J'ai étalé un peu de miel sur mes lèvres et sur les pointes de mes seins, un peu sur mon nombril et sur la toison qui était née entre mes cuisses, j'ai fermé les yeux et j'ai convoqué les mouches.

Je me rappelle également qu'une fois le Colonel Van der Smissen m'a aidée à descendre du carrosse impérial. Nous venions de visiter une fabrique d'étoffe de coton à Cuajimalpa, où l'on avait confectionné pour moi un trône qu'on aurait dit de neige pure parce qu'il était entièrement recouvert, de la base jusqu'au dais très haut qui le couronnait, de touffes de coton. Sur le chemin du retour, je me suis chatouillée le nez avec une de ces touffes, que j'ai passée ensuite derrière mon oreille. Quand nous sommes arrivés à Chapultepec, le Colonel est descendu de cheval et il a ouvert la porte de la voiture. J'ai pris sa main et, quand je suis descendue, je l'ai portée à ma poitrine, où je l'ai retenue quelques instants, contre mes seins. Chez Van der Smissen j'ai toujours aimé son sourire et l'éclat de ses yeux. Mais j'ai encore plus aimé, cette fois-là, la chaleur de sa main. Ma chair, Maximilien, est née pour sentir la chaleur des mains des hommes. Ma peau est née pour être aimée par les nuages, par les papillons. Je vis nue dans une pièce pleine de papillons aveugles qui de la pointe de leurs ailes me caressent le ventre, les cuisses, les mollets, le bord des paupières. Tu sais une chose ? On m'a toujours interdit de glisser sur les rampes des escaliers. On me disait que c'était dangereux, que je pouvais tomber et rester paralysée. Pourtant, j'adorais le faire rien que pour sentir le frottement de la rampe entre mes jambes. C'est pour la même raison que j'aurais aimé monter à cheval comme les hommes, pour avoir entre les jambes quelque chose de dur, contre quoi me corroyer la peau pour calmer mes démangeaisons. T'ai-je dit qu'avant de te connaître je n'avais jamais désiré un autre homme ? Je te répète que j'ai menti. En fait, j'ai menti à moitié, parce que je ne savais pas à l'époque ce que c'était que le désir : sentir une douce démangeaison, un léger picotement, une gêne entre les jambes. J'ignorais également que porter sa main à cet endroit et palper ce petit bouton charnu, le découvrir, sentir comme il durcissait et le frotter jusqu'à ce que m'apparût le visage d'un des amis de Philippe, j'ignorais que c'était là presque satisfaire un désir. Quand j'avais terminé, je ne revoyais pas le visage de l'ami de mon frère : il s'évanouissait avec le plaisir et avec le rêve. Je ne l'ai jamais revu dès que je t'ai connu. Je l'ai oublié, comme j'ai oublié son nom, et, depuis, chaque fois que je veux me le rappeler, c'est toi qui apparais. Ma chair, Maximilien, apprends-le même s'il est trop tard, ma chair est née pour être aimée de l'eau. Je marche nue à travers le monde, et la pluie m'inonde de caresses, la grêle se transforme en filets de cire fondue qui descendent le long de mon corps, qui le lèchent et l'embrasent. C'est pour l'eau de mer, pour l'eau de mer qu'est née ma chair, pour que ses langues bleues et tièdes, son écume amère viennent boire à mon ventre et à mes cuisses. Et aussi pour tes mains, tes mains blanches, fines et longues, mais elles ne l'ont jamais su. Je vis nue, Maximilien, baignée de pollen, dans une pièce pleine de libellules qui recouvrent parfois toute ma peau et me transforment en un fourmillement d'ailes transparentes et d'écumes parfumées. Tu te souviens, Maximilien, que quand je suis revenue du Yucatán, je t'ai parlé de ces bijoux vivants que portent les Indiennes mayas ? Ce sont des scarabées qu'on appelle *maqueches*, aux gros élytres incrustés de pierres précieuses. Le jour on les attache par un fil à une épingle que l'on accroche au corsage et le *maqueche* se promène sur les seins des Indiennes. On m'en a offert un, avec une émeraude de la couleur de mes yeux. J'ai demandé au Général Uraga de me le garder. Il m'a dégoûté. Mais cette nuit-là, j'étais si fatiguée, il faisait si chaud, le sable calcaire des chemins m'avait aveuglée, j'ai senti que je suffoquais d'angoisse dans l'Église des Caballeros de la Mejorada, les coups de canon de la Forteresse San Benito m'ont abasourdie, on a organisé une sérénade sous mon balcon et j'ai dû sortir, les gens grimpaient dans les arbres et les palmiers de la place, s'accrochaient aux grilles du Palais Municipal pour me voir, tout était bruit et lumière, vacarme insupportable, je suis tombée épuisée et j'ai rêvé que j'enfilais sur ma peau nue une robe d'insectes vivants qui me couvraient du cou jusqu'aux poignets et aux chevilles: abeilles au corps couvert d'opales, vers au dos incrusté de rangées d'améthystes, araignées surmontées d'une tourmaline, punaises aux carapaces dures et rouges, polies comme des escarboucles, grouillaient, rampaient, dansaient sur ma peau, la caressaient de leurs pattes de velours et de leurs ventres visqueux, y plantaient leurs aiguillons, aspiraient mon sang et ma lymphe, m'injectaient avec leurs trompes fines comme des cils leurs miels et leurs poisons lumineux, me couvraient de minuscules bulles, d'un lait épais et trouble. Je me suis éveillée trempée de sueur, de fleuves de sueur qui glissaient sur mon corps, s'écoulaient de mon front et sur mon cou, jaillissaient de mes aisselles. J'avais les cuisses baignées de sueur, mais aussi de quelque chose de plus, d'un liquide différent, plus chaud. Une odeur acide est montée jusqu'à moi. J'avais à nouveau treize ans et je venais d'appeler les mouches. Et les mouches, avec leurs ailes de turquoise, étaient accourues à mon appel.

J'aimais également, demande à mon frère Lipchen s'il s'en souvient, jouer que j'étais une sorcière et lui faire peur. Je le poursuivais, montée sur un balai, à travers les chambres et les corridors de Laeken, le long des allées et parmi les arbustes et les massifs de fleurs du jardin. Et tout en courant après lui je chevauchais mon balai, je chevauchais mon désir insatisfait, je remuais le manche du balai du haut en bas jusqu'à ce que je commence à me plaindre, et Philippe, le pauvre, me regardait tout effrayé. Je lui disais, ce n'est rien, Philippe, n'aie pas peur, c'est mon cœur, regarde, touche, vois comment il saute, et il mettait sa main sur ma poitrine. A cette époque, mes seins avaient déjà commencé à bourgeonner.

Quelqu'un qui m'a toujours répugné, c'est Achille Bazaine. Je me rappelle avec déplaisir ces soirées dans le Salon Iturbide, quand nous devions danser le quadrille d'honneur, toi avec la maréchale, moi avec le maréchal. On aurait dit que le supplice n'allait jamais finir. Mais ensuite, quand la main du Colonel Van der Smissen me prenait la taille, quand sans presque la toucher il la serrait, avec une fermeté qui invitait, qui sommait mon corps de s'approcher du sien pour sentir sa chaleur, ah, alors, Maximilien, j'oubliais que j'étais au Mexique et que j'étais l'Impératice Charlotte, je t'oubliais, je redevenais une fillette qui cessait peu à peu d'être une fillette, je me relançais à la poursuite de mon frère Philippe et je finissais par le coincer dans les replis d'un rideau, je lui touchais le visage, la poitrine, les jambes et ce n'est qu'à ce moment, après m'être assurée que c'était bien lui et personne d'autre, après avoir insisté malgré ses protestations et bien qu'il me jurât que c'était lui et me suppliât de ne plus le chatouiller, alors seulement j'arrachais le bandeau de mes yeux. C'était son tour. On jouait à colin-maillard et il devait me trouver dans l'obscurité et lorsqu'il me trouvait, il devait me toucher tout le corps, promener ses mains sur moi, sur mes épaules et mes jambes, sur mon visage, pour être sûr que j'étais bien Charlotte.

C'est moi Charlotte, la folle du logis. On croit que je suis aveugle car les cataractes recouvrent mes yeux et quand je marche je trébuche contre les meubles et je me cogne aux murs, et quand je me penche par la fenêtre, je ne vois pas les femmes qui chaque matin viennent de Louvain, d'Anvers, de Courtrai pour laver mes jupes et mes corsages dans les douves de Bouchout. Je ne vois pas le pont de barques construit par les pêcheurs d'Ostende pour que je m'échappe le jour où l'on s'y attendra le moins. Je n'ai pas vu les douves recouvertes par les roses que tous les jours les pèlerins qui passaient par Bouchout jetaient dans leurs eaux : les roses que tu m'envoies du Mexique, que m'envoient Garibaldi depuis Caprera et ton neveu Louis de Bavière depuis l'île des roses, et qui forment un tapis si serré que je pourrais y marcher pieds nus, pour m'enfuir d'ici, le jour où l'on s'y attendra le moins. On croit que je suis aveugle parce que quand je veux enfiler une aiguille je me pique le bout des doigts, parce que je renverse les verres sur la table et que je ne reconnais personne. L'autre fois Blasio est venu me voir, j'ai su que c'était lui parce qu'il me l'a dit, il m'a juré qu'il était bien José Luis ton ancien secrétaire mexicain, il avait très envie de me saluer parce qu'il y avait des années qu'il ne m'avait pas vue, mais je sais bien qu'il ment car tous les jours, quand je me promène dans les Jardins de Bouchout, il m'épie derrière les arbres, pour voir si je suis folle. Blasio m'a apporté un album de photographies, mais je n'y ai reconnu personne. Que l'Impératrice, a dit plus tard Blasio à mes médecins, n'ait pas su qui est ce général chauve et à grosses moustaches, on peut le comprendre, car elle n'a jamais connu Castelnau. Qu'elle n'ait pas su qui est cet homme à la barbe blanche et sans moustaches, on le comprend également car elle n'a jamais vu le Père Augustin Fischer. Et Felix Salm Salm non plus. Mais qu'elle n'ait pas reconnu l'Impératrice Élisabeth, qui était si belle, pendant son voyage sur le Danube, prenant congé des musiciens d'une fanfare qui du haut d'un pont jouaient une valse pour elle, qu'elle n'ait pas su que cet homme à la longue barbe, agrippé à un drapeau sur un bateau qui naviguait non pas sur le Danube, mais sur une mer déchaînée, un bateau qui sombre, que cet homme était son propre et auguste époux, l'Empereur Maximilien, cela signifie, ou bien que l'Impératrice Charlotte a perdu la mémoire, ou bien que l'Impératrice Charlotte est aveugle, a dit Blasio en refermant le livre. Il s'adressait à Jilek qui était assis près de moi, en pensant peut-être que j'étais également sourde. Ou sourde et muette, parce que je n'ai pas dit un mot. Ou sourde, muette et paralytique, parce que je n'ai même pas dit oui ou non de la tête quand on m'a demandé : et savez-vous, Votre Majesté, qui est ce monsieur à la barbiche noire ? Et savez-vous, Doña Carlota, qui est ce général à lunettes ? Et savez-vous, Madame l'Impératrice, qui est ce colonel aux yeux bleus ?

Et ont-ils su, a-t-il su ce Colonel López, notre compère, quand il me regardait de ses yeux bleus, qu'avec les miens je lui demandais quelque chose qu'il n'a jamais osé me donner parce que c'est non seulement un traître mais aussi un lâche ? Cette brute de Georges de Saxe avec laquelle ma cousine Victoria voulait me marier a-t-elle jamais appris que j'étais une des plus belles princesses d'Europe ? Léonce Détroyat a-t-il su, quand nous voguions de Veracruz à Saint-Nazaire, que la nuit je chuchotais son nom et que je lui ordonnais dans un murmure de descendre dans ma cabine pour me prendre dans ses bras ? Le Capitaine Blanchot s'est-il rendu compte, alors que nous allions à ta rencontre en direction de Toluca et qu'une de mes cuisses à frôlé ses épaules quand il m'a aidée à descendre de mon cheval, s'est-il rendu compte, dis-moi, lui est-il venu à l'idée de penser que sous les jupes de velours et les crinolines amidonnées de l'Impératrice il y avait deux jambes de femme, deux cuisses chaudes qui pouvaient serrer ses hanches à le faire mourir d'amour, à genoux ? José Luis Blasio s'est-il aperçu, le jour où il m'a offert des fraises cristallisées, que sous la blouse de toile, sous le corsage de soie et de dentelle de son Impératrice, il y avait deux seins de femme, plus doux et plus tièdes que tous les fruits ? Mes gardes palatins ont-ils pris conscience, quand je les passais en revue dans la cour du Palais National, que l'Impératrice était reflétée dans leurs casques d'argent poli, que la Souveraine qui de ses propres mains avait dessiné chaque détail de leur uniforme était elle aussi une femme qui, avec ces mêmes mains, pouvait leur ôter leurs bottes de cuir verni noir et dégrafer les boutons dorés de leurs casaques rouges pour leur embrasser les pieds et la poitrine, pour barbouiller de salive leurs pectoraux et laisser la trace de mes dents sur leur cou ? Non, Maximilien, parce que les aveugles, c'étaient eux. Mais c'était toi, aussi. Et manchot, en plus d'aveugle. Et mutilé, comme ton effigie.

Parce qu'on m'a laissée te posséder. Comme on croit que je suis folle, on m'a laissé fabriquer un mannequin à ta taille, que je garde dans une armoire. J'aurais aimé envoyer le messager à Versailles pour que dans le cabinet aux perruques de Louis XIV, parmi toutes celles que le Roi se mettait selon qu'on était le matin ou l'après-midi, selon qu'il allait à la messe ou à la chasse, et parmi toutes celles que le Roi enlevait, selon qu'il se couchait avec Louise de la Vallière ou avec la Marquise de Montespan, il me rapportât la plus fine et la plus soyeuse, la plus blonde de toutes, pour en faire ta barbe. J'aurais aimé que le Docteur Licea m'apportât à Bouchout ton masque mortuaire, celui qu'il a refusé de remettre à la Princesse Salm Salm parce qu'on lui en avait déjà offert quinze mille pesos, pour le maquiller avec de la poudre de riz rose et te rendre ton visage. Mais j'ai dû me débrouiller toute seule. Dieu seul sait comment je t'ai fabriqué, avec de vieux bas que j'ai remplis de chiffons pour former tes jambes et tes bras, avec des coussins et des oreillers j'ai fait ta poitrine et ton ventre, avec du fil, du cordon, des épingles et les baleines de mes corsets j'ai amarré et cousu le tout, pour que tu ne t'effondres pas entre mes mains. Avec les franges dorées d'un rideau j'ai improvisé ta barbe. A défaut de ton visage en plâtre, j'aurais aimé avoir près de moi la Comtesse de Courcy pour l'envoyer acheter un dentier de Dejardin et des yeux artificiels de Pilon, bleus, comme ceux que j'ai vus à l'Exposition de Paris, pour les coller sur ce visage que je t'ai fait avec un bas de soie blanc bourré de coton. Mais j'ai dû me contenter de la seule chose qu'on m'a laissée : mon imagination. En revanche, pour tes vêtements je n'ai pas eu de problème parce qu'on m'a permis de te mettre de vieilles bottes et ton uniforme d'Amiral de la Flotte Autrichienne qui, lui, est comme neuf, comme si le temps n'avait pas de prise sur lui, comme si c'était hier tout juste que tu étais parti pour Messine pour imaginer comment les navires de Don Juan d'Autriche qui allaient tailler en pièces l'escadre de Mehemet Siriko se perdaient à l'horizon à destination du Levant. C'était l'uniforme que tu portais quand tu as visité la tombe de Virgile et la retraite amoureuse de la nymphe de Capri, quand tu marchais dans les rues de Minorque au milieu des flots de marins anglais ivres, et quand sur l'Ile de Madère tu as coupé la fleur d'agapanthe, le strelitzia royal à la langue comme une lance bleu ciel et les azalées des Indes, blanches comme la neige de l'Himalaya. Ces fleurs, je les ai accrochées sur ta poitrine et mes geôliers le savent. Comme ils savent que toutes les nuits je te vois et je te caresse, et je m'entretiens avec toi de mille choses diverses. J'ai presque toujours pitié de toi et je te parle de choses agréables. J'aimerais parfois te faire des reproches et quand je pense à Napoléon Ier qui a fait transporter à Paris tous les meubles, les tableaux et les bibelots de Marie-Louise pour qu'elle ne regrette pas son appartement de Schönbrunn, j'aimerais t'interpeller pour savoir pourquoi tu n'as pas emporté ma chambre de Laeken à Miramar, de Miramar à Mexico et de Mexico de nouveau à Miramar, alors que moi, Maximilien, j'ai rapporté ici ton tombeau et tu ne m'en as pas remerciée. Mais non, je préfère te raconter des choses charmantes. Je préfère te faire croire que le temps ne s'est pas écoulé. Que ma grand-mère Amélie n'est pas encore morte à Claremont, que les troupes prussiennes n'ont pas assiégé Paris, que les Russes ne franchiront jamais le Danube et que les Américains n'envahiront pas le Nicaragua pour combattre le Général Sandino. Ce n'est pas de cela que mes geôliers m'entendent parler avec toi, mais des Jardins Borda et de la villa pompéienne de Cuernavaca où tu allais guérir ta nostalgie de la mer, et du jour où tu as acheté le Domaine de Cuamala pour étendre les terrains de Chapultepec. De tout cela, et de l'amour que j'ai eu pour toi pendant soixante ans.

Les autres croient que, quand ils me déshabillent, qu'ils m'enfilent ma chemise de nuit, qu'ils me mettent au lit et qu'ils éteignent la lumière, j'oublie que je t'ai rangé dans l'armoire et que je ne parlerai plus avec toi jusqu'au lendemain, mais ce qu'ils ne savent pas c'est qu'à peine m'ont-ils laissée seule, je me lève et je vais te voir. J'ouvre l'armoire, je t'emporte dans mon lit, j'ôte ma chemise de nuit et je fais l'amour avec toi. Je fais l'amour avec le bâton que je t'ai placé entre les jambes. Une nuit je me suis mise à saigner : je me suis presque transpercé la matrice et déchiré l'utérus, mais j'ai continué à faire l'amour avec toi jusqu'au matin, jusqu'à tomber de sommeil, à tes côtés. J'ai à peine eu le temps, quand je me suis éveillée, de te ranger à nouveau, avant l'arrivée de ces idiotes qui, lorsqu'elles ont vu les draps et ma chemise de nuit tachés de sang, ont fait un scandale, m'ont demandé ce qui m'était arrivé et ont commencé à pousser des cris, vite, appelez le Docteur Jilek, que le Docteur Bohuslavek vienne tout de suite, l'Impératrice perd son sang, j'ai eu beau leur dire non, il ne s'est rien passé, il ne faut parler à aucun docteur, il faut appeler Maximilien et lui dire : alléluia, alléluia, Monsieur l'Empereur : votre femme, Doña Carlota, Madame l'Impératrice, a eu à nouveau ses règles, ses saints favoris sont venus la voir, sainte Ursule avec les onze mille vierges, saint Hubert qui avait une tête de cerf avec une croix lumineuse entre les cornes, les onze mille vierges ont embrassé Doña Carlota sur le front, Doña Carlota a touché les cornes de saint Hubert et le miracle s'est produit : Doña Carlota, alléluia, a ses règles, c'est ce que je leur ai dit, Max, de te dire, et si tu avais vu le regard d'incrédulité et d'envie, de haine et de peur, d'étonnement et d'épouvante que m'ont lancé ces imbéciles, que Dieu les anéantisse !

On m'a pris le bâton. On l'a emporté. On t'a mutilé, Maximilien, Dieu seul sait ce qu'il est advenu de ton membre. Peut-être que, comme tes intestins, ta rate et ton pancréas, il a été jété dans un égout de Querétaro, ou peut-être que, comme ton cœur, il a été dispersé à travers le monde, coupé en morceaux, dans des flacons de formol. Mais j'avais caché dans ma chambre le couteau de trappeur avec lequel tu fendais les noix de coco vertes en Algérie, le fusil avec lequel tu chassais les lapins sur le domaine de Xonaca, et la longue-vue avec laquelle tu as observé, depuis le train qui traverse la Vallée de Nocera, ces jeunes garçons qui sortaient de la mer et se roulaient, tout mouillés, sur les plages de sable noir, jusqu'à ce que leur peau fût devenue noire comme du charbon. J'ai aussi l'épée que tu as remise à Querétaro au Général Escobedo. J'ai donc pu me faire saigner à nouveau, mais toujours en pensant à toi et à personne d'autre, je te le jure, Maximilien, ni à Van der Smissen, ni au Colonel Rodríguez, ni à l'ami de mon frère, car je les ai tous oubliés. Toi, en revanche, je peux t'imaginer, et pas eux. Parce qu'eux, au contraire de toi, je ne peux pas les ressusciter. Toi tu revis chaque fois que je te nomme, chaque fois que je dis ton nom : Maximilien. Partout où j'ai invoqué ton nom, dans mon lit, sur la table de billard du château, sur les terrasses, partout tu es apparu et là, avec toi à l'intérieur de moi, je me suis fait saigner, quel scandale, ont-ils dit, les draps sont tachés, le feutre bleu est taché, les tapis et les pierres sont tachés, quelle horreur, quelle honte, l'honneur de l'Impératrice Charlotte est taché, quel scandale, que va dire le Docteur Jilek, Votre Majesté, ont crié mes dames, que va dire votre frère le Comte de Flandres, que dirait l'Empereur Maximilien s'il vivait, que dirait-il s'il venait, ont dit mes dames, et elles ont porté leurs mains à leur tête, elles se sont arraché les cheveux, elles ont fait bouillir de l'eau come si j'allais accoucher et moi, tu ne vas pas le croire, Maximilien, je mourais de rire, car je n'ai pas eu d'enfant mais un morceau de bougie qui était resté à l'intérieur et que le Docteur Jilek a extrait avec des pinces, si tu savais le travail que cela lui a donné, il avait le visage si rouge qu'on aurait dit qu'il allait éclater, c'est à peine s'il pouvait parler, un jour je me suis enfoncé le goulot d'une bouteille et elle n'a pas voulu ressortir et on m'a transportée dans la salle de bains pour la casser, quelle horreur, quelle panique parce que le sol était couvert de sang, mais non, bande d'idiotes, ce n'était que ton vin de bourgogne favori, mais mes dames de compagnie ne m'ont pas laissé le lécher, avec quel plaisir je me serais rempli la bouche de son écume et des morceaux de verre, mais on ne m'a pas laissée, on ne me laisse rien faire et je meurs à t'attendre les jambes grandes ouvertes, on m'a supprimé les bougies, les couteaux, les bouteilles de vin, les bobines de fil, on a emporté ton épée, une fois je me suis enfoncé une bobine et le Docteur Jilek n'a pu attraper que le bout du fil avec ses pinces, comme ça me chatouillait, Max, pendant que la bobine se dévidait en moi, on aurait dit que le médecin n'allait jamais en finir avec le fil, on a emporté ta longue-vue et tes havanes, qu'est-ce qu'elles croient, ces chiennes, que je ne peux pas me coucher toute nue dans l'herbe et faire l'amour avec les tuyaux d'arrosage, la prochaine fois je vais m'enfoncer un rat et je leur dirai n'appelez pas le Docteur Jilek appelez un chat, elles croient peut-être que je ne peux pas entrer toute nue dans la Fontaine de Neptune de la Piazza Navona pour faire l'amour avec les jets d'eau que crachent les tritons, la prochaine fois je vais m'enfoncer une carotte et je leur dirai n'appelez pas le Docteur Jilek appelez un lapin, elles croient peut-être que je ne peux pas me coucher toute nue dans mon lit et faire l'amour avec la tige d'une tulipe, la prochaine fois je vais m'enfoncer une banane et je leur dirai ne m'amenez pas le Docteur Jilek amenez-moi un chimpanzé, qu'est-ce qu'elles croient ces chiennes : que peut-être je suis folle ?

XII

« NOUS L'APPELLERONS L'AUTRICHIEN » 1865

1. *« C'est comme la gélatine... »*

« Ainsi, Monsieur le Secrétaire, le maréchal Bazaine a trente-cinq ans de plus que sa Pepita Peña... » « C'est exact, Monsieur le Président. » « Alors il pourrait être son grand-père... Mais dites-moi... Bazaine... il n'était pas marié ? » « Si, Don Benito, mais son épouse, qui est restée en France, s'est suicidée. Apparemment elle était la maîtresse d'un acteur de la Comédie-Française, mais la femme de l'acteur a découvert des lettres compromettantes et elle les a envoyées au maréchal, après lui avoir dit à elle qu'elle allait les envoyer à son époux. Mais d'après ce que j'ai cru comprendre, Don Benito, un officier de Bazaine les a détruites avant qu'elles n'arrivent entre les mains du maréchal. On dit que Pepita Peña est très intelligente et très jolie : il y a des hommes qui ont de la chance, Monsieur le Président... » « Je n'appelle pas cela de la chance, Monsieur le Secrétaire. La chance c'est ce que j'ai connu toute ma vie, jusqu'à une époque toute récente, mais tout cela est terminé : je me sens chaque jour plus seul... » « Je comprends que la mort de votre fils vous ait profondément affecté, Don Benito, tout comme l'absence de Doña Margarita. Mais dans son combat contre l'Empire, Monsieur le Président n'est pas seul : il a toute la nation à ses côtés. » « Je le disais moi-même à Pedro Santacilia : ha Santa, Santa... Je ne sais comment j'arrive à supporter la douleur qui m'écrase. Deux fils morts la même année... parfois je pense que je n'ai plus assez d'énergie pour surmonter une telle tragédie... et la santé de Margarita me préoccupe beaucoup... avec le froid qu'il doit faire actuellement à New York... » « Je comprends, Don Benito, je comprends... » « J'ai demandé à Santacilia de m'envoyer des photographies des petits. J'ai peur d'oublier leurs visages... Et vous dites, Monsieur le Secrétaire, que toute la Nation est avec moi ? Malheureusement il n'en est rien. Vous pouvez le constater par vous-même: au moment où González Ortega devrait me venir en aide, il m'accuse de faire un coup d'État et il se proclame président depuis La Nouvelle-Orléans... si les Yankees ne l'avaient pas appréhendé à bord du *Saint Mary* et enfermé à Brownsville, nous aurions aujourd'hui un ennemi de plus... Vous imaginez un peu: avoir l'impudence de se proclamer président depuis un territoire étranger... Il est vrai, certes, que moi-même je suis arrivé jusqu'à la frontière, jusqu'à Paso del Norte, mais je n'ai jamais abandonné le territoire national depuis l'arrivée de l'envahisseur: vous le savez, tout le monde le sait... L'Archiduc le savait et pourtant il a fait courir le bruit que je m'étais réfugié à Franklin City, pour pouvoir promulguer le Décret du 3 octobre qui lui a servi à assassiner les généraux Arteaga et Salazar. Il a pris prétexte de l'exécution de quelques ennemis à Tacámbaro... Mais en vérité ce fut un acte de vengeance: d'abord, parce que c'étaient des compatriotes de Charlotte, appartenant à la légion belge...» «On dit que tous ces Belges, Don Benito, sont des jeunes gens imberbes, très mal entraînés...» «Ils ne sont pas tous belges dans ce corps de volontaires. Ne m'aviez-vous pas raconté qu'à cause de leurs brutalités, les Français eux-mêmes disent que la devise de la légion belge est...? comment avez-vous dit? le vol et le viol?» «Oui, Monsieur le Président: *le vol et le viol**.» «Ensuite, ou peut-être d'abord, ce qui a dû profondément peiner Charlotte c'est que le capitaine Chazal, le fils du ministre belge de la Guerre, ait été tué à Tacámbaro... ça a dû jouer. Enfin, de toute façon, deux généraux, fidèles à la République, ont également disparu et nous ne pouvons plus compter sur eux dans cette guerre. Ou plutôt dans ces deux guerres...» «Deux guerres, Don Benito?» «Oui, Monsieur le Secrétaire: l'une est celle du Mexique contre la France, l'autre celle de la République contre l'Empire... Faites les comptes: Zaragoza, mort, Comonfort, mort également et ses restes profanés par le curé de Chamacuero qui les a fait exhumer en disant qu'il n'avait pas le droit de reposer dans une terre sacrée...» «C'est un scandale, Don Benito. Le clergé a perdu le sens de la mesure, avez-vous su qu'on a refusé sur son lit de mort l'extrême-onction à l'ancien ambassadeur de Belgique, le baron de Graux, parce qu'il avait acquis des biens de l'Église nationalisés?» «Manuel Doblado, mort également à New York.. bon, celui-là c'est son médecin qui l'a tué. Quiroga, traître. Cortina, de même. Uraga et Vidaurri, également passés à l'Empire... quoique à propos de Doblado et de Vidaurri je n'aie plus su, à un moment donné, s'ils étaient mes protecteurs ou mes geôliers...» «Mais vous pouvez compter sur Don Sebastián Lerdo, Don Benito, et sur l'appui des gouverneurs Trías et Pesqueira. Ainsi que sur le général Escobedo. Ah, et, bien entendu, sur le général Porfirio Díaz...» «Díaz? Ah, oui, Díaz est un brave garçon. Mais il est très loin... et en outre il a perdu Oaxaca. Ce que j'admire chez lui c'est son habileté à s'échapper de prison...» «Pour revenir à l'affaire des généraux Arteaga et Salazar, Don Benito, j'ai cru comprendre que leur exécution a été perpétrée à l'insu de Maximilien et l'on dit que, s'il l'avait su, l'Archiduc leur aurait accordé son pardon...»

« Son pardon ? Quel a été leur crime ? Est-ce un crime que de défendre la Patrie contre les forces des envahisseurs ? » « Non, bien sûr que non, Don Benito. Mais il avait le pouvoir d'accorder la grâce... » « Et il l'a accordée souvent, depuis cet épisode ? » « D'après mes informations, il a décidé que les sentences des cours martiales ne lui seraient pas communiquées... » « Alors, en fait, il a abandonné du même coup son droit à accorder la grâce... » « C'est exact, Monsieur le Président. » « Il s'en est lavé les mains... » « Comme il se les lave chaque fois qu'il le peut, Don Benito, en fuyant à Cuernavaca... » « Chasser les papillons, d'après ce que vous me racontiez. » « C'est exact, Monsieur le Président, pour chasser les papillons dans les jardins Borda, tandis que Charlotte reste à la tête du gouvernement. » « Étrange personnage que cet Archiduc. » « Oui, effectivement, Don Benito... mais je crois, savez-vous, qu'on ne peut plus l'appeler *archiduc.* » « Et pourquoi ? C'est pourtant bien ce qu'il est, archiduc, pas vrai ? » « Non, Monsieur le Président : Ferdinand Maximilien n'est plus rien. Au moment où il a renoncé à ses droits sur la Maison d'Autriche, il a renoncé non seulement à toutes les dotations, terres héréditaires, domaines en fidéicommis, seigneuries et vassalités actuelles et mêmes futures, mais aussi à tous ses titres comme celui de prince de Lorraine, archiduc d'Autriche, comte de Habsbourg, colonel du premier régiment des hussards de Marie-Thérèse, etc., etc., de même qu'à ses droits à toutes les couronnes, royales et ducales, de Bohême, Transylvanie, Croatie, que sais-je encore, Don Benito. » « Quand j'étudiais l'histoire à Oaxaca, Monsieur le Secrétaire, j'ai été étonné du nombre infini de titres qu'avait Charles Quint. J'ai essayé, une fois, de les apprendre par cœur : roi de Castille, de León, des Deux-Siciles, de Jérusalem, de Grenade, de Navarre, de Tolède... Qu'y avait-il encore ? De Sardaigne, de Gibraltar... comte de Barcelone et de Flandres, duc d'Athènes et de Néopatrie... c'était une litanie sans fin. Je me demande si Charles Quint lui-même connaissait tous ses titres », dit Don Benito et il ajouta : « Mais alors, Monsieur le Secrétaire, si nous ne pouvons pas l'appeler Archiduc, comment allons-nous l'appeler ?... simplement l'Autrichien, comme ça, tout court ? » « Cela me semble très bien, Don Benito : nous l'appellerons l'Autrichien... quoique... » « Quoique, quoi ?... » « Quoiqu'il ne se considère plus comme autrichien, mais comme mexicain... » « Ah, oui, je connais cette histoire par cœur. Non seulement l'Autrichien "a adopté" la nationalité mexicaine, mais il se *sent* mexicain, il est convaincu qu'il *est* mexicain... » « C'est d'une hypocrisie inconcevable, Don Benito. » « Oui et non, Monsieur le Secrétaire... l'Autrichien appartiendra toujours, pour ce qui est de l'âme, à la race germanique, comme je l'ai déjà dit en une autre occasion, mais le droit divin qui, selon les Habsbourg, leur concède le privilège de gouverner d'autres peuples, leur permet de se placer — nous avons également parlé de cela, si mes souvenirs sont exacts — au-dessus des nationalités, et de passer de l'une à l'autre comme on change de chemise... » « Comme on enlève l'uniforme d'amiral de la flotte autrichienne pour s'habiller en *charro*... » « C'est exact, Monsieur le Secrétaire.

Mais le plus grave, c'est qu'il y a des peuples qui acceptent ces absurdités ou qui s'y résignent, et l'histoire est pleine d'exemples. Sans aller plus loin... qu'est-ce que Napoléon III a de français? Et son oncle? Non seulement Bonaparte était corse, mais en plus il est né en Corse à peine un an après que Choiseul l'eut acquise... c'est-à-dire que si les Français avaient tardé un peu plus à l'acheter à Gênes, Bonaparte n'aurait même pas été "sujet" français de naissance... Et quand lui-même, quand le Premier Consul a fait part à l'Angleterre de son désir d'établir la paix entre les deux pays, le gouvernant anglais a expliqué que la meilleure garantie pour la paix serait la restauration, en France, du monarque légitime... Savez-vous ce qu'à répondu alors Talleyrand? » « Non, Don Benito... » « Talleyrand a éclaté de rire, car le roi d'Angleterre qui posait cette condition était un Allemand, qui occupait le trône des Stuarts et qui ne savait même pas parler anglais... En même temps, ils sèment la zizanie chez les peuples placés sous leur domination, vous pouvez ainsi constater que tandis que les patriotes allemands luttent contre l'autonomie tchèque, les Croates et les Slovaques sont plus enclins à se rendre indépendants des Magyars que de leurs gouvernants germaniques, qui sont leurs véritables maîtres à tous... » « C'est exact, Don Benito... » « Quand on m'a rapporté que l'Archiduc... je veux dire, que l'Autrichien avait revêtu un costume de *charro* pour pousser le cri à Dolores... pour sûr, on m'a dit qu'on avait volé les battants de toutes les cloches avant son arrivée, est-ce exact? » « Je l'ignore, Don Benito, mais je ne crois pas qu'on ait osé voler le battant de la cloche du curé Hidalgo... » « Bref, je vous disais que quand je l'ai su, je me suis regardé dans un miroir. Et j'étais là, moi, le président du Mexique, avec ma redingote noire, mon chapeau noir, ma chemise blanche, mon nœud de cravate noir... ah, vous ne savez pas combien je regrette Margarita, c'est elle qui me faisait toujours mon nœud de cravate: avec moi ça rate tout le temps... J'aurais dû emporter des cravates au nœud tout fait... J'aurais eu l'air moins mal fagoté. Oui, comme je vous le disais, je me suis imaginé habillé en *charro* et je suis arrivé à la conclusion que j'aurais eu l'air complètement ridicule pour la simple raison que je ne suis pas *charro*, ni propriétaire terrien, mais un fonctionnaire civil. Et il est encore plus absurde qu'un Autrichien, un Européen se prête à ce jeu, n'est-il pas vrai? » « C'est exact, Don Benito. » « Dès que j'ai accédé à la charge de gouverneur, j'ai aboli la coutume consistant à porter un chapeau de forme spéciale dans les cérémonies publiques, j'ai adopté, comme vous le savez, le costume courant des citoyens et j'ai vécu chez moi sans être entouré d'aucune garde militaire particulière... » « Je le sais, Don Benito, je le sais. » « Et vous savez pourquoi? Parce que j'ai la conviction que la responsabilité de l'homme d'État émane de la loi, de sa rectitude dans la conduite des affaires, non pas de costumes ni d'apparats militaires uniquement bons pour les rois de théâtre... » « Mais eux ont besoin de cela, Monsieur le Président. » « Eux? Maximilien et Charlotte? » « Oui, Don Benito, ils ont besoin de magnificence et de faste, de pompe, parce que ce ne sont que des rois de théâtre... » « Effectivement, Monsieur le

Secrétaire...» «Le carrosse d'or qu'ils ont apporté de Milan, la vaisselle d'argent frappée du monogramme impérial, les ordres et les décorations: tout cela fait partie de la mise en scène dont ils ont besoin, Monsieur le Président... comme vous pouvez le constater, Maximilien a envoyé à Louis-Napoléon le grand collier de l'Aigle aztèque, Charlotte a demandé à son père d'envoyer à Bazaine, après la campagne d'Oaxaca, la grand-croix du Roi-Léopold...» «Ainsi Bazaine, non content d'étrenner un maréchalat et une gamine, a-t-il aussi étrenné un ordre...» «Et le palais de Buenavista comme cadeau de noce...» «Le palais, certes. Dites-moi, Monsieur le Secrétaire, comment est-il possible qu'un usurpateur étranger dispose d'un bien meuble appartenant au patrimoine national pour l'offrir à un autre étranger?» «Je ne sais pas, Don Benito: l'audace de ces gens n'a pas de limites... mais je crois que le mariage de Bazaine a servi la cause républicaine...» «Comment cela?» «Parce que l'on dit que le maréchal est si toqué de la dénommée Pepita Peña, qu'il ne veut plus la quitter et du même coup il néglige la campagne militaire. Le dicton le dit bien, si vous me permettez, Don Benito, qu'une paire de tétons tire plus fort que cent charretons...» «Le jour... ou plutôt la nuit où l'Autrichien a poussé le cri d'indépendance à Dolores, je me trouvais sur la rive du Nazas, assis dans l'herbe, et c'était la pleine lune, quelques heures après avoir poussé nous-mêmes le cri à la Noria de Pedriceña. Je voulais être seul et il y avait un grand silence. Je me rappelle, quand j'étais berger à Guelatao, que je me suis endormi sur la rive de la Lagune Enchantée. Vous connaissez l'anecdote: pendant la nuit le morceau de la berge où je me trouvais s'est détaché et au petit matin je me suis retrouvé flottant au milieu de la lagune. Quand je suis arrivé à la maison, on m'a donné une correction. Eh bien, j'ai pensé parfois, Monsieur le Secrétaire — n'allez pas rire de moi —, je l'ai pensé au moins cette nuit-là, qu'il m'arrive un peu la même chose. Depuis que j'ai quitté la ville de Mexico, je flotte à la dérive, et tout à coup je vais me réveiller dans une réalité complètement différente, tout seul, au milieu d'un vide immense. Cette errance continuelle m'a servi à mieux connaître ma patrie et sa grandeur. Ses beautés naturelles... Les plaines de Zacatecas, le Bolsón de Mapimí, les fleuves Concho et Florido entourés de plantations de coton, le désert ondulé de Samalayuca sur la route de Paso del Norte... Parfois je me vois moi-même, dans une plaine poussiéreuse, toujours dans ma calèche noire, suivi par les onze chariots, tirés par des bœufs où nous emportions les Archives de la Nation qui à présent sont restées derrière moi, dans une grotte... c'est que parfois je me demande si je connais véritablement tout ce qui m'entoure... Je ne sais pas si je m'explique. Écoutez... Cette nuit-là, près du Nazas, avec là-bas au loin les montagnes majestueuses baignées par la lumière de la lune, j'ai entendu tout à coup des chants d'oiseaux. Quand j'étais enfant, Monsieur le Secrétaire, je ne parlais pas espagnol, mais je connaissais le langage des oiseaux. Ou du moins je le croyais. Cette nuit-là, au bord du Nazas, tandis que l'Autrichien habillé en *charro* poussait le cri à Dolores, que les gens l'applaudissaient et l'acclamaient, j'ai découvert que j'avais oublié ce langage... et que peut-être je ne comprends plus non plus ce que cette terre, ce sol, et mes compatriotes me disent. Que le Mexique, le peuple veulent vraiment cela ? La pompe ? Des rois de pacotille ? » « Don Benito, cela s'est produit il y a plus d'un an, quand Maximilien et Charlotte constituaient une nouveauté... D'après ce que je sais, lors des dernières célébrations du 15 septembre, on a entendu à Mexico autant de *Mort à Maximilien !* que de *Vive le Mexique !* Et je n'ai pas besoin de vous rappeler l'article de ce correspondant d'un journal nord-américain qui dénonçait les autorités françaises qui avaient exigé que tous les commerçants de la ville de Mexico ferment leurs boutiques le jour de l'arrivée de Maximilien et de Charlotte, et qui révélait que la municipalité avait menacé de représailles tout habitant qui n'illuminerait pas et ne décorerait pas sa maison... » « Oui, oui, mais le fait est que je suis de plus en plus seul. Ou peut-être devrais-je dire : nous sommes de plus en plus seuls. C'est Melchor, n'est-il pas vrai, Melchor Ocampo qui disait : " Je plie mais ne romps pas. " Eh bien parfois je pense que moi, par contre, je vais me rompre. Et Melchor est mort lui aussi. A quoi me sert, par exemple, que le Congrès de Colombie m'ait nommé " Bienfaiteur des Amériques " et que mon portrait soit accroché dans la Bibliothèque Nationale de Bogotá, si les quinze mille hommes que le général Mosquera devait nous envoyer de Colombie ne sont jamais arrivés ? Pas plus que les cinq mille hommes que m'avait promis l'Alliance continentale constituée à l'initiative du Pérou. L'Alliance et le traité Corpancho se sont effondrés, comme le rêve américain s'est écroulé sous les pieds de Bolívar... Et Corpancho lui aussi est mort... » « Mais la guerre de Sécession est finie et les États-Unis sont de notre côté. Ah ! si Lincoln n'était pas mort, Don Benito... » « Lincoln ne méritait pas une fin aussi triste : la balle d'un assassin. Mais Lincoln a offert une aide contre l'intervention qu'il n'a pas concrétisée. Comme je l'ai dit à Romero, nous ne pouvons pas dépendre uniquement des Yankees pour notre victoire. Surtout si l'on considère que jusqu'à présent tout n'a été que toasts et discours... sympathies stériles. Romero considère même Seward comme un ennemi du Mexique, le saviez-vous ? Peut-être exagère-t-il, mais vous le constatez : il ne s'est pas fait faute de protester auprès de Seward contre le passage de troupes françaises par Panamá, mais sans résultat. Il est urgent qu'ils mettent eux-mêmes en pratique la doctrine Monroe. Certes, le président Johnson s'y est déclaré favorable, mais non pas parce que les États-Unis sont avec nous : ils sont contre les Français parce qu'ils sont au Mexique. Ils n'en veulent pas dans ce pays. Je l'ai dit : ils sont contre les Français, non pas contre la France. Croyez-vous qu'il pouvait arriver à la France la même chose qu'à nous, à propos des armes que nous avons achetées aux États-Unis et dont la douane de New York n'a pas autorisé la sortie ? Vous devez vous souvenir qu'on avait commandé près de trente-cinq mille fusils, dix-huit millions de cartouches, cinq cents arrobes de poudre, je ne sais combien de pistolets et de sabres, et après que le secrétaire à la Marine eut donné son accord, le secrétaire à la Guerre a refusé... Non, Monsieur le Secrétaire... on n'aurait pas mis de tels bâtons dans les roues à la France ou à un autre pays européen comme l'Angleterre. Et le meilleur exemple, vous le connaissez, Monsieur le Secrétaire : le *Rhine*... le *Rhine* qui a quitté San Francisco pour Acapulco avec une cargaison d'armes de contrebande destinées aux troupes françaises... Certes, je suis honoré et reconnaissant de la déférence avec laquelle le gouvernement américain a traité mon épouse et mes enfants, ainsi que Romero qui maintenant, pour finir de tout compliquer, nous lance dans les jambes cette malencontreuse convention passée avec Schofield... Grand Dieu ! Quelle idée de vouloir chasser un clou par un autre ! Ah ! Romero, Romero, si Seward n'était pas intervenu et n'avait pas envoyé Schofield en Europe, je n'ai pas besoin de vous dire qu'aujourd'hui nous serions également envahis par les Yankees... A ce propos, rappelez-moi de demander à Romero de continuer à m'envoyer les journaux de New York... Oui, comme je vous le disais, une chose sont les attentions dont la Maison-Blanche entoure ma femme, et une autre, très différente, qu'ils refusent de nous livrer les armes que nous avons payées, ou qu'ils nomment chez nous un ambassadeur américain, certes, mais qui n'ose pas abandonner le territoire de son pays. Quelle sorte d'ambassadeur est-ce là ? Quant à moi je suis là, à Paso del Norte, sans corps diplomatique, sans parlement, sans armée, et voilà mon fauteuil présidentiel... une chaise en cerisier avec un siège tressé... » « Monsieur le Président a dit que la présidence, le pouvoir exécutif de la nation se trouveraient là où lui-même serait... qu'ils voyageraient avec lui... » « Oui, c'est ce que j'ai dit, mais j'ai parfois la sensation, comme je vous l'ai avoué, que je vais brusquement me briser... Je vous en supplie, Monsieur le Secrétaire, que tout ceci reste entre nous. Je dois surmonter ces moments de faiblesse. Je ne veux pas que quiconque soit au courant. Je dois être fort, car c'est aussi de la force que découlent la respectabilité et l'efficacité d'un gouvernement. Oui, je vais l'être, même si je reste tout seul... » « Je dirai, Don Benito, que celui qui est seul ou qui du moins se retrouve de plus en plus seul, c'est l'Autrichien... » « On ne le dirait pas. Toute l'aristocratie séditieuse l'appuie... une armée de trente mille hommes... » « Mais regardez, Don Benito : il éloigne lui-même ceux qui pourraient lui être très utiles. Vous voyez bien qu'il a envoyé Miramón étudier l'artillerie à Berlin et qu'il a mandaté Leonardo Márquez dans les Lieux saints sous le prétexte d'étudier l'église du Saint Sépulcre à Jérusalem, dont l'Autrichien veut construire une réplique au Mexique... » « Ah, là, il a eu raison : Márquez est un homme dangereux... Bien que Miramón ne le lui cède en rien... Mais comment trouvez-vous l'idée d'envoyer comme ambassadeur dans les Lieux saints un homme qui a assassiné en toute quiétude des médecins et des infirmiers sans défense à Tacubaya... » « Et qui a pendu par les seins à des arbres plusieurs femmes libérales, Monsieur le Président... » « On me disait que Márquez a également remis l'ordre de l'Aigle aztèque au sultan de Turquie ; qu'est-ce que le Mexique a à gagner à décorer le sultan d'un pays dont on n'a rien à faire ? dites-le-moi... » « Rien, Don Benito... mais j'ajouterai que pour ce qui est d'Almonte, comme vous le savez, Maximilien l'a dépouillé de tout pouvoir politique en le nommant grand maréchal de la cour. » « Il doit être furieux, Jean Pomucène... » « Je vous crois, Don Benito. Et l'Autrichien a montré la même ingratitude à l'égard des hommes qui l'ont le plus aidé à venir au Mexique. Il les a éloignés lui-même, soit du pays soit du pouvoir. Il a également méprisé l'aide que Santa Anna lui a offerte... bien qu'on dise que Santa Anna a l'intention de se mettre au service de la République... » « Santa Anna ? Jamais je n'accepterai son appui. Il vaudrait mieux se fier à la parole de l'Autrichien qu'aux promesses de Santa Anna... En outre, il est certain qu'il me déteste. Quand j'étais serviteur dans la maison de mes beaux-parents, les Maza, Santa Anna est venu dîner un soir et c'est moi qui ai servi à table. Il ne pardonnera jamais à ce petit va-nu-pieds d'Indien qui lui a servi son repas d'être devenu président du Mexique... *son* président... quelle époque, Monsieur le Secrétaire. Vous saviez tout cela, non ? J'ai failli être curé, mais presque tous les évêques de la République étaient partis et pour recevoir l'ordination il fallait aller à La Havane ou à La Nouvelle-Orléans. Et c'est ainsi que mon parrain Salanueva m'a permis de faire mon droit. J'ai également été à deux doigts de devenir commerçant... Mon parrain me laissait parfois aller aux étangs de Montoya ; là, j'ai construit un tremplin avec de l'herbe, des planches et des tonneaux, je percevais quatre centimes par plongeon et avec les bénéfices je m'achetais des bonbons. Mais l'affaire n'a commencé à rapporter qu'à la deuxième tentative de construction avec l'aide d'un ami. Le premier tremplin s'est écroulé quand je l'ai essayé et j'ai failli me tuer... mais comme je vous le dis, j'ai toujours eu de la chance... Et puisque vous parliez de Miramón... Terán vient de m'écrire pour me dire que Miramón a manifesté son désir d'offrir ses services *contre* l'Empire... cela ne vous paraît pas incroyable ? » « Si, Don Benito... et pour ce qui est, si vous me permettez de continuer sur cette question, de l'aristocratie séditieuse, eh bien, vous avez raison, Don Benito : des gens qui se disent aristocrates, qui ne sont heureux que dans la pompe, le luxe, qui se délectent du *Cérémonial de la Cour* un bouquin épais comme ça, Don Benito, et des soirées que l'Impératrice, pardon, Charlotte, offre chaque lundi, à l'instar d'Eugénie de Montijo. Mais on critique beaucoup les dépenses excessives du gouvernement de l'Autrichien. Les banquets avec dix ou douze plats et plus d'une vingtaine de vins au choix. On dit qu'il a commandé en Europe une tapisserie carmin très élégante pour les murs du salon des Ambassadeurs, au Palais national, et qu'il a dépensé une fortune en bougies, en couverts et pour les uniformes de la Garde palatine... Il a également fait repaver les cours du palais et le château de Chapultepec a été complètement remanié... et évidemment, comme à Vienne et aux Tuileries il y a des bals masqués, on en a aujourd'hui également à Chapultepec. C'est ce qui explique qu'on vienne de publier un règlement pour les bals masqués au journal officiel, qu'on appelle maintenant le *Journal de l'Empire*... c'est très curieux : il y est interdit de se déguiser en prêtre, en religieuse, en évêque ou en cardinal... »

« C'est plus qu'une curiosité, dirai-je, c'est une redondance, car on interdit de se déguiser avec des déguisements... parce que les soutanes et les habits religieux ne sont rien d'autre que des déguisements de théâtre. Il me revient maintenant en mémoire ce qu'un de mes amis disait à propos des Jésuites, qui sont peut-être les plus dangereux de tous : sous le manteau noir d'Ignace de Loyola se cache l'épée d'Iñigo López. Savez-vous, Monsieur le Secrétaire, qu'une des choses qui m'irritent le plus, c'est toute cette hypocrisie... Charles III a expulsé les Jésuites et beaucoup l'ont considéré en Europe comme un grand roi, peut-être le meilleur de la lignée des Bourbons. Moi j'expulse quelques évêques et on me traite d'antéchrist. La séparation de l'Église et de l'État se produit en France vers la fin de 1700... Je fais la même chose au Mexique et on dit que je suis un démon rouge, un hérétique qui tente de fonder un État athée... comme si un État pouvait être athée. Cela n'a pas de sens. Seuls les individus peuvent être athées ou déistes. L'État est laïque, n'est-il pas vrai ? » « C'est exact, Monsieur le Président. » « Et dites-moi : le gouvernement du grand-père de Charlotte, Louis-Philippe, qui était constitutionnellement catholique, n'a-t-il pas longtemps été dirigé par Guizot, qui était calviniste, et par Thiers, un voltairien ? » « C'est exact, Don Benito. » « Vous avez appris, n'est-ce pas, qu'à Londres on a offert une grande réception à Garibaldi et que Lord Shaftesbury, ou quelle que soit la prononciation, l'a comparé au Messie ? Et sans aller plus loin, en Belgique, le pays de Charlotte, les œuvres de Proudhon circulent à profusion... Ah, des vents de liberté soufflent en Europe, Monsieur le Secrétaire, mais ici, au Mexique, cette même Europe veut faire revivre le Moyen Age, l'obscurantisme... Je n'irai pas aussi loin que Zarco, Mata et d'autres qui affirment qu'il existe une analogie fondamentale entre la Constitution mexicaine et l'Évangile : ce sont des choses qu'on ne peut pas et qu'on ne doit pas comparer. Mais, en vérité, mon gouvernement n'a persécuté ni les dogmes ni les croyances, n'est-il pas vrai ? Et si un guérillero comme Rojas tond des curés et les incorpore à ses troupes, ce n'est pas ma faute... il échappe à mon contrôle. Si vous y regardez bien, toutes nos guerres civiles ont été provoquées par les réactionnaires, depuis le plan de Jalisco jusqu'au plan de Tacubaya. J'ai parlé auparavant de deux guerres. En fait, ce ne sont pas deux mais trois combats que nous livrons. Parce que non seulement au Mexique, mais aussi dans de nombreux pays d'Europe, les luttes intestines n'ont rien été d'autre que des campagnes entre guelfes et gibelins, entre la puissance civile et la puissance ecclésiastique, entre l'Empereur et le Pape... » « Vous l'avez dit, Don Benito : entre l'Empereur et le Pape. Maximilien est aux prises avec de sérieuses difficultés vis-à-vis de l'Église pour des raisons que nous connaissons : il n'a fait aucune concession au nonce, la question des biens de mainmorte est restée au suspens et il a décrété la liberté des cultes... et c'est une autre des raisons pour lesquelles l'Autrichien se retrouve tout seul dans sa vaine tentative pour créer une monarchie libérale... » « Allons, allons, Monsieur le Secrétaire, libérale entre guillemets. Même s'il y a eu quelques monarques populaires qui ont favorisé les idéaux démocratiques. Mais, enfin, si par gouvernant libéral vous entendez celui qui tente d'établir une relation disons plus organique, plus complète entre le gouvernement et la communauté, alors, oui, l'Autrichien est peut-être un tant soit peu libéral. Mais cette relation, il ne va pas l'établir en incarnant un nouveau Haroun-al-Raschid ou un nouveau Louis XI, ni en se présentant, parce que vous le saviez, n'est-ce pas ? » « Tout le monde le sait, Don Benito. » « Ni en se présentant à l'improviste à minuit ou à l'aube dans les prisons et les commissariats, pour voir comment fonctionne la justice dans ce qu'il appelle son pays... Vous êtes au courant de l'histoire de la boulangerie ? » « Oui, quand un matin il s'est mis à frapper à la porte d'une boulangerie en disant : " Je suis l'empereur Maximilien, laissez-moi entrer. " On ne l'a pas cru et on a même menacé d'appeler la police pour l'embarquer... » « C'est ce qu'on appelle se rendre ridicule, n'est-ce pas, Monsieur le Secrétaire ? » « C'est exact, Don Benito. » « De toute façon, je pense que si l'Autrichien agit ainsi, c'est à l'instigation de Louis-Napoléon. Je ne crois pas que Maximilien soit un prince éclairé ni rien dans le genre, et encore moins en subissant l'influence néfaste de Gutiérrez Estrada ?... » « Mais Gutiérrez Estrada a désormais perdu sa faveur... » « Qu'en est-il exactement ? » « A cause du scandale de l'abbé Alleau... » « Celui dont on disait qu'il était un agent secret du Vatican ? » « Celui-là même, Don Benito. Vous devez vous rappelez qu'on a trouvé sur lui un libelle qui disait que l'obsession de Charlotte à gouverner est due à la profonde frustration qu'elle ressent devant son manque de descendance, et que cela est dû à la maladie vénérienne que l'Autrichien a contractée pendant son voyage au Brésil et qui l'a rendu stérile... » « Oui, oui, je connais cette histoire... Mais qu'est-ce que cela a à voir avec Gutiérrez Estrada ? » « Ah, eh bien on dit qu'on a également trouvé sur l'abbé Alleau une lettre de Gutiérrez Estrada, dans laquelle il excitait le clergé contre l'Empire. L'Autrichien a dû ressentir très profondément cette trahison. » « Oui, bien sûr, naturellement. Mais j'insiste, Monsieur le Secrétaire : l'Autrichien agit ainsi sous la pression de Louis-Napoléon, qui a toujours voulu se donner des allures de libéral. Ici, à Paso del Norte, j'ai lu le premier tome de sa *Vie de César*, qui vient de me parvenir. On dirait qu'il l'a écrite comme une apologie de sa propre vie. Mais je doute qu'il puisse se disculper devant sa conscience ou même se comprendre. Je ne saisis pas comment, dans une même tête, peuvent coexister le principe des nationalités joint à celui de la Sainte-Alliance, et, en même temps, le plébiscite et les baïonnettes. Il se targue d'être le premier chef d'État européen dont le mandat soit fondé sur le suffrage universel. Pures arguties, comme celles de son oncle Napoléon qui a créé une sorte de despotisme scientifique basé sur le référendum. Comme vous le savez, il a obtenu par trois fois le pouvoir du peuple, d'abord comme premier consul, ensuite comme consul à vie, enfin comme empereur. Mais lui au moins possédait, beaucoup plus que son neveu, la stature, disons... non, c'est faux. Mais il a presque été un César, et il se comportait comme tel.

Ce n'est pas pour rien, entre autres, que, de même que César avait divisé les Gaules, il a divisé le Tyrol, et... mais, en tout cas, il a fini par échouer. Il n'est même pas parvenu à être le nouveau Charlemagne qui aurait réuni les races latines et teutonnes sous un même sceptre. Quant à son neveu, non seulement c'est Napoléon le petit, mais c'est un César plus petit encore. Avec le Mexique il a trouvé son Rubicon : il ne le franchira pas... » « Et il trouvera son Brutus, Don Benito. » « Ah, je ne serai pas celui-là, Monsieur le Secrétaire, des brutes vous en avez déjà rencontré beaucoup, comme Maximilien, et aussi comme ceux qui le soutiennent... quoique, non, ils ne doivent pas être de telles brutes puisqu'ils se sont tous enrichis... » « C'est exact, Don Benito. » « Bref, je vous disais : Louis-Napoléon ne trouvera pas son Brutus, mais son Bismarck... écoutez bien ce que je vous dis, Monsieur le Secrétaire : son Bismarck. Ce n'est pas un poignard qui mettra fin à sa vie, c'est un fusil à aiguille ou un canon Krupp qui mettront fin à son Empire... » « Ce Bismarck, Don Benito, est terrible, saviez-vous qu'il dit qu'un homme ne doit pas mourir sans avoir fumé cent mille cigares et bu cinq mille bouteilles de champagne ? » « Il a dit quelque chose de plus grave, Monsieur le Secrétaire, vous devez vous en souvenir, alors qu'il venait d'être nommé Premier ministre : les grands problèmes actuels, a-t-il affirmé, ne seront pas résolus au moyen de discours ou par les décisions de la majorité, mais par *le sang et le fer*. Et il n'aura pas de repos avant d'avoir humilié la France par le sang et le fer. Cinq mille bouteilles de champagne ? Quelle horreur ! Je n'aime pas le champagne. Je le trouve un peu salé. Le tabac, oui, comme vous le savez, je l'apprécie, mais avec modération. Parfois, quand je fume, je me rappelle mon exil à La Nouvelle-Orléans, quand je travaillais dans une fabrique de cigares et que je devais passer des heures à rouler du tabac. Pendant un certain temps on m'a permis de travailler chez moi, mais ça n'a pas duré. On m'a obligé à aller à l'usine et on m'asseyait à une table où il y avait une foule de Nègres qui passaient des heures à chanter des psaumes en anglais. Je dois avouer que les Nègres ont une odeur, surtout en été, une odeur un peu acide, pas très agréable, dirons-nous. Ah, La Nouvelle-Orléans... Je vais vous raconter une anecdote à propos de mon exil à La Nouvelle-Orléans, Monsieur le Secrétaire. » « Oui, Don Benito. » « Imaginez-vous qu'un jour que je me promenais avec Ocampo, je suis resté immobile, au bord de la mer — bon, c'est ce que je croyais, que c'était la mer —, les yeux perdus dans le lointain. Ocampo me dit qu'est-ce qui t'arrive, Benito, pourquoi es-tu si pensif. Je lui ai dit j'aime à m'arrêter au bord de la mer et regarder l'horizon, car je sais que là-bas au loin, pas très loin, se trouve le Mexique, ma patrie. Alors Ocampo m'a dit, allons, Benito, il faut que tu apprennes un peu plus de géographie. En premier lieu, ceci n'est pas la mer mais le lac Pontchartrain, et en second lieu tu es en train de regarder vers le nord. Un jour nous irons dans le delta du Mississippi, jusqu'à l'extrême pointe, et là, effectivement, si tu te tiens face au sud-ouest, tu peux imaginer que ton regard voyage, en ligne droite, jusqu'aux côtes mexicaines. Je lui ai dit : allons, Melchor, tu dois apprendre un peu plus de géographie, et il m'a demandé pourquoi ? et je lui ai dit : mon regard aurait beau voyager, il n'arriverait jamais au Mexique, parce que le regard voyage en ligne droite et que le monde est rond, tu ne le savais pas ? Et Melchor a ri de bon cœur. » « Vous avez fait une très bonne plaisanterie à Don Melchor, Monsieur le Président... » « Oui, oui... Bismarck est un homme redoutable. Non seulement parce qu'il a déjà éprouvé la force de son bras au Danemark, mais aussi à cause de ce que nous avions observé une fois à propos de Hegel, vous vous le rappelez ? Hegel a fait de l'État un dieu et le résultat en est que la logique de la tyrannie se drape aujourd'hui dans le bel habit du sacrifice. Bismarck pourrait bien incarner, dans une Allemagne unifiée, le fils de ce Dieu qu'est pour eux l'État... Mais pour changer de sujet, Monsieur le Secrétaire, on me dit que se trouve au Mexique José Zorrilla, l'auteur de *Don Juan Tenorio*, et que c'est un grand ami de l'Autrichien... est-ce vrai cela ? » « C'est exact, Don Benito. » « Et que fait ici Zorrilla ? » « Eh bien, je suppose, Don Benito, qu'il passe son temps à composer des élégies et des odes pour Maximilien et Charlotte... Et à élaborer le projet d'un nouveau théâtre national, car l'Autrichien raffole de toutes ces choses. On dit qu'il pense créer une pinacothèque avec les portraits de tous les gouvernants qu'a eus le Mexique, aussi bien les vice-rois que les présidents. » « Moi compris ? » « Ah, je ne saurais vous le dire, Don Benito... et il est très préoccupé par l'embellissement de la ville. La place d'Armes, savez-vous, est couverte d'arbres, de massifs de fleurs et de petites allées. Et on me rapporte que dans les fontaines il y a des plantes artificielles flottantes... » « Des plantes artificielles dans l'eau ? Et elles ne se décomposent pas ? » « Ah, je ne sais pas, Don Benito, elles doivent être faites en moleskine... » « Oui, elles doivent être en moleskine ou en quelque chose d'approchant... des plantes artificielles flottantes... et c'est à tout cela que l'Autrichien perd son temps ? » « A toutes ces choses et à bien d'autres futilités, mais ce n'est pas cela qui a le plus irrité les partisans de l'Autrichien — en fin de compte beaucoup d'entre eux lui ressemblent sur ce plan —, mais ses minauderies avec les républicains. D'abord, il a pris Ramírez dans son gouvernement et maintenant il scandalise les conservateurs car en certaines occasions, quand il s'habille en *charro*, il arbore une cravate rouge, c'est-à-dire aux couleurs républicaines, comme il l'a fait, je crois, au Michoacán. » « Si tout cela n'était pas aussi tragique, Monsieur le Secrétaire, ce serait drôle... » « C'est exact, Monsieur le Président, et comme si ça n'était pas suffisant, l'Autrichien est indiscret dans ses commentaires. On sait par exemple qu'il a dit un jour : "Je suis un libéral, mais ce n'est rien en comparaison de l'Impératrice, qui est une rouge..." » « Rouge, Charlotte ? Qu'est-ce que Charlotte a d'une rouge ? » « Eh bien, par comparaison, Don Benito... une femme qui dit qu'elle a eu envie de jeter le nonce par la fenêtre — c'est une autre phrase qui a filtré, tout Mexico la connaît —, une femme de cette trempe, disais-je, on ne saurait l'accuser d'ultramontanisme... » « Jeter le nonce par la fenêtre... quelle bonne idée, mais qu'attendaient donc Charlotte et Maximilien de Monseigneur Meglia ? Qu'attendent-ils d'un pape qui dans le *Syllabus* a condamné toutes les idées philosophiques et politiques modernes ? Il y a eu une époque, certes, où l'on aurait pu se faire des illusions sur Pie IX, qui au départ semblait être un pape libéral. Mais ensuite il a viré de bord. Les Italiens eux aussi ont été bernés alors que tout laissait penser que Pie IX bénissait l'unité de l'Italie : ils n'ont pas pensé qu'un pontife ne soutiendrait jamais une guerre contre l'Autriche, le pays catholique le plus important d'Europe. » « Eh bien, imaginez un peu, Don Benito, la surprise de l'Église quand l'Autrichien a décrété qu'aucune bulle papale ne prendrait effet sur le territoire mexicain sans son approbation... On dit que Monseigneur Meglia a quitté le Mexique sans prendre congé de l'Empereur... je veux dire de l'Autrichien. » « Et vous vous expliquez pourquoi d'ici il est passé au Guatemala ? » « Non, Monsieur le Président, mais je sais par contre qu'il est allé pleurer ses malheurs et épancher sa rage sur l'épaule de Cabarrus, le consul français. » « Qui doit être également inconsolable, Monsieur le Secrétaire, parce que avec la mort du président Carrera, toujours disposé à se transformer du jour au lendemain en vice-roi du Guatemala avec l'appui de la France, s'écroule le rêve de Louis-Napoléon de fonder un empire du Mexique au cap Horn... » « Un rêve que Maximilien à son tour a "adopté", comme vous le savez, Don Benito. » « Oui, oui. Voyez un peu cette suffisance : ce que Bolívar n'a pu réussir, un Autrichien ose le rêver... » « C'est exact, Monsieur le Président... » « Mais cette attitude ne fait que refléter la sempiternelle arrogance des Européens. L'idée que la race de Japhet est destinée à gouverner le monde, à "se répartir les îles du monde", comme on dit, si mes souvenirs sont exacts, dans la Genèse. Ils se sont toujours arrogé le droit de dessiner et de redessiner la carte politique des continents... en y incluant le leur. Le droit à se partager le monde : prenez le traité de Tordesillas, celui d'Utrecht et tant d'autres. Avez-vous quelquefois réfléchi, Monsieur le Secrétaire, à la raison pour laquelle on parle de Proche-Orient et d'Extrême-Orient ? » « Eh bien, parce qu'ils sont près et loin, Don Benito... » « Près et loin de quoi ? Mais de Paris, de Madrid, de Londres et de Vienne. En effet, ils ne sont ni près ni loin d'eux-mêmes. Je m'explique ? L'histoire a toujours été orchestrée avec une seule baguette : la baguette de fer avec laquelle l'homme européen a asservi les nations... » « C'est vrai, Don Benito, mais il est également certain qu'il y a eu d'éminents hommes de lettres européens qui se sont prononcés contre le colonialisme, Adam Smith, par exemple... » « Ah, ne me ressortez pas Adam Smith, Monsieur le Secrétaire. Ce qui inquiétait Adam Smith, c'était que le monopole exercé par la métropole faussait la loi de la concurrence. Et Bentham, que les colonies pourraient devenir une charge inutile et dangereuse, et entraîner de multiples conflits entre les pays européens... Quant à Lamartine... Écoutez-moi bien : si Lamartine a demandé que l'on procède à des réformes humanitaires dans les possessions françaises, c'est parce qu'il sait fort bien que ces réformes consolideront le système colonial... » « Je n'avais pas pensé à cela, Monsieur le Président. » « Eh bien, pensez-y, Monsieur le Secrétaire. En outre, il faudrait distinguer entre deux concepts : coloniser, c'est-à-dire fonder des colonies, comme l'ont fait les pèlerins du *Mayflower*, et conquérir pour asservir et dépouiller. Je ne suis pas opposé à ce qu'on encourage l'immigration, par exemple. J'ai toujours cru qu'une immigration de gens professant des credo religieux différents peut favoriser la liberté des cultes. Mais il faudrait l'autoriser de façon modérée et non pas comme veut l'organiser aujourd'hui l'Autrichien... » « Vous voulez parler des confédérés de Charlotteville ? » « Pas seulement d'eux, mais des cent mille Nègres et Indo-Asiatiques que Maximilien et le dénommé Maury veulent faire venir au Mexique. En plus, il ne s'agit pas là de colonisation, mais d'une tentative pour restaurer l'esclavage au Mexique. Et moi, Monsieur le Secrétaire, qui ai séjourné à La Havane et à La Nouvelle-Orléans, je sais ce qu'est l'esclavage... à moi on ne me la fait pas... Et cette femme dont on donne le nom à une ville qui sera le symbole de cette restauration de l'esclavage, vous la qualifiez de "rouge" ? » « Je vous en prie, Don Benito, je ne l'ai pas qualifiée de rouge. C'est Maximilien lui-même qui l'a appelée ainsi. En outre, ce n'est pas mon intention de défendre quiconque, et encore moins l'Autrichien et sa femme. Tout ce que je veux, c'est vous convaincre que Maximilien se retrouve chaque jour plus seul. Vous savez que c'est le rapport de l'ingénieur Bourneuf... » « Ah, oui, Bourneuf, son ministre des Finances, celui qui a dit qu'il avait vu des ouvriers agricoles chargés de chaînes, des familles qui meurent de faim et des hommes fouettés et ensanglantés... Oui, oui, c'est peut-être vrai dans certaines occasions... Mais de toute façon c'est au gouvernement légal de la République qu'il revient d'impartir la justice, et non pas à un usurpateur... » « Bien sûr, Don Benito, mais le fait est que, d'après ce qu'on dit, c'est ce rapport qui a poussé Charlotte à convaincre l'Autrichien de décréter les réformes rurales sur la protection des ouvriers agricoles, et ce sont ces réformes qui lui ont aliéné les propriétaires terriens. Et maintenant faites les comptes, Don Benito : l'Église est contre Maximilien. Les grands propriétaires également. Les conservateurs ultramontains l'abandonnent et il n'a pu se gagner les républicains, car comme leur nom l'indique, ce que nous voulons ce n'est pas une monarchie mais une république. Il ne pourra compter que très peu de temps sur les troupes françaises, et de fait, il n'a jamais pu compter sur elles : l'empereur que sert Bazaine et qu'il a toujours servi, ce n'est pas lui, mais Louis-Napoléon. Et les gens dont il s'est entouré au début, ce Belge, Éloin, que lui a imposé le roi Léopold, et l'Autrichien Schertzenlechner, n'ont fait qu'attiser constamment la discorde entre Maximilien et les Français. L'Autrichien, Monsieur le Président, est seul... » « Oui, vous avez peut-être raison, Monsieur le Secrétaire... Dites-moi, cette affaire de l'adoption du petit-fils d'Iturbide, cela tendrait à confirmer que Maximilien est impuissant, n'est-ce pas, puisqu'ils ont perdu tout espoir d'avoir des descendants ? » « Pas nécessairement, Don Benito... D'abord, parce qu'on a beaucoup susurré que l'Autrichien avait eu des rapports amoureux avec plusieurs femmes, ici, au Mexique, et parmi celles-ci, la fille ou l'épouse, je ne sais, du jardinier en chef de la Quinta Borda à Cuernavaca. Ensuite, parce que de toute façon l'Autrichien et sa femme n'ont pas de rapports conjugaux... » «Et comment peut-on savoir cela?» «Eh bien, vous savez, Monsieur le Président, que les rois, les empereurs, bref, ces gens-là, sont entourés toute la journée de beaucoup de monde, et la nuit ils dorment dans des pièces séparées, surveillées par des gardes. Et c'est un fait qu'au moins depuis qu'ils sont arrivés au Mexique, l'Autrichien n'a pas rendu une seule visite conjugale à Charlotte... ni vice versa.» «Ah, je vois, je comprends... évidemment. Mais dites-moi une chose, Monsieur le Secrétaire: avez-vous jamais perdu un enfant?» «Par chance non, Don Benito...» «C'est peut-être une des plus grandes douleurs que l'on puisse éprouver dans la vie. Mais, au moins, j'ai eu plusieurs enfants, auxquels je lègue non pas un trône mais quelque chose de plus important et de plus sacré: mes principes et l'amour de la Patrie. Et aussi ce que m'a appris Plutarque: le respect et l'admiration pour la vie. Certains sont morts, certes, mais d'autres non seulement vivent, mais me survivront...» «Bien entendu, Don Benito...» «Vous ne pouvez pas savoir combien j'ai envie de voir María, ma petite-fille... J'adore les petites filles... Quand ma fillette est morte, je l'ai moi-même portée en terre. La loi qui interdisait l'inhumation dans les églises faisait une exception pour les gouverneurs et les membres de leur famille, mais je n'ai pas voulu faire usage de ce privilège. J'ai moi-même porté, tout seul, son cercueil, un tout petit cercueil, tout blanc, au cimetière de San Miguel...» «Oui, Don Benito...» «Mais, enfin, comment dire, je dois triompher de tous les coups du sort, Monsieur le Secrétaire, et agir avec constance et abnégation... comme l'aurait fait un Vicente Guerrero. Vous ne croyez pas? Après tout, j'ai un devoir sacré à remplir envers mes concitoyens...» «C'est exact, Monsieur le Président.» «*Tout va bien**: cette phrase contient à elle seule tout le *Candide* de Voltaire et pendant longtemps, elle m'a accompagné pour me donner du courage. En vérité, tout *ne* va *pas* bien, mais peut-être avez-vous raison sur beaucoup de points. Oui, nous pouvons faire pleinement confiance à la force sur laquelle nous comptons et la situation militaire s'est améliorée. Et comment oublier l'appui à notre cause de Mazzini, ce grand patriote italien?... bien que la légion européenne qu'il devait organiser pour venir combattre l'envahisseur au Mexique ne soit jamais arrivée non plus...» «C'est vrai, Don Benito, mais vous avez également reçu les félicitations de cette association de démocrates belges...» «Qui ont dû causer bien de la peine à Charlotte, vous ne croyez pas? Certes, à Allende, à Hidalgo del Parral, à Santa Rosalía, à Chihuahua, j'ai reçu de telles ovations du peuple et tant de marques d'adhésion...» «C'est ce que je voulais vous dire, Monsieur le Président, et aussi que, si l'on perd certaines places, on en gagne d'autres. Saltillo et Monterrey sont à nouveau à nous.» «Certes, certes, j'ai d'ailleurs moi-même écrit à Santacilia, je m'en souviens, que les impérialistes sont bien comme Don Simplicio: ils finissent à peine d'éteindre une chandelle qu'une autre s'allume... Oui, oui... je devrais être plus optimiste, pas vrai? Après tout, ils avaient raison, ceux qui disaient, vous vous rappelez ? que l'ennemi est comme la gélatine : il bouge, mais il n'avance pas. Dites-moi, Monsieur le Secrétaire, aimeriez-vous que je vous raconte une autre anecdote de mon exil à La Nouvelle-Orléans ? » « Bien sûr, Don Benito... »

2. *« Je suis un homme de lettres »*

Je suis un homme de lettres, messieurs, et par conséquent presque pacifique. Je dis presque pacifique, parce que j'ai un mort à mon actif. Ce n'est pas que la conscience me pèse, car je l'ai tué à la guerre. Mais j'ai payé pour sa mort, j'en suis persuadé, j'ai payé plus que le prix, j'ai payé avec ces lettres dont je vous parle, qui sont à la fois plus nombreuses que vous ne le croyez et en quantité très limitée. Ou plus exactement *étaient*, parce que d'un côté j'avais plus de trois mille lettres différentes, et de l'autre vingt-six, mais elles se sont toutes désassorties quand l'événement s'est produit. Je les transportais dans un coffre qu'à son tour transportait une mule avec laquelle j'ai sillonné le territoire du Sonora au Yucatán et du Yucatán au Sonora, pour mettre mes lettres au service de la République. Je ne me suis jamais chargé de porter d'un endroit à un autre un message caché dans un morceau de lard et surtout pas un message fourré dans la douille d'une balle elle-même fourrée à un endroit que vous pourrez devinez par supposition. Mais j'ai écrit beaucoup de ces messages de ma propre main. Je n'ai jamais prononcé un discours ou une philippique, ni signé un édit ou un décret : mais je les ai écrits. Je n'ai pas mon pareil pour écrire, ni pour peindre, car mon amour des lettres m'a également conduit à confectionner des écriteaux de toutes les tailles et de toutes les couleurs. Les premiers livres que j'ai lus dans ma vie, et que je continue à lire, furent *Don Quichotte* et *les Mille et Une nuits*. Mais avant que j'aie appris à lire, alors que j'avais à peine six ans, mon père, qui travaillait dans une imprimerie, a sorti de son armoire un étui contenant un alphabet en argent étincelant, et, avec des pinces, il a pris les lettres l'une après l'autre et les a placées en rang sur la table, du A au Z. Mon père, qui ne buvait jamais sauf dans les grandes occasions, s'est servi un verre de la meilleure eau-de-vie et il m'a dit que bien qu'il n'eût jamais été ce qu'on appelle un pauvre de la paupérité — et il me rappela que nous avions deux vaches, trois cochons et dix poules —, il ne pourrait pas me laisser grand-chose en matière de maisons et de terres attenantes, mais qu'il allait me transmettre le patrimoine le plus riche du monde, constitué par les lettres qui valaient moins parce qu'elles étaient en argent — et du plus fin, celui que produisaient les mines des montagnes d'Arizona — que, comme l'a dit mon père, pour leur valeur intrinsèque. « Avec ces vingt-six caractères, on assoit et on détruit des empires et des réputations, m'a-t-il dit, avec elles on écrit des lettres d'amour parfumées au patchouli et on rédige, au prix du sang des autres, des condamnations à mort. Avec elles, je ne sais pas si Homère a écrit *l'Odyssée* et Ésope ses *Fables*, car tous deux étaient aveugles, mais quelqu'un, de toute façon, les a écrites. Avec ces lettres on confectionne les journaux et les lois, avec elles on a fait la Révolution française et notre Constitution, et avec elles moi, ton père, j'ai écrit sous le pseudonyme du «Fils de l'Aigle» mes dithyrambes contre Hippolyte du Pasquier de Dommartin, un des premiers brigands français parmi tous ceux qui, pour le Sonora et pour son argent, ont vendu leur âme au diable. Avec elles, et en les accommodant tantôt sous une forme tantôt sous une autre, en groupes de deux, de cinq ou de vingt et ensuite en les mettant en file, tu pourras aider, mon fils, à écrire l'Histoire de notre Patrie, telle quelle, avec des majuscules, et tu écriras ta propre histoire pour le meilleur et pour le pire, pour ton honneur ou pour ta honte.» Mon père me donna alors les huit premières lettres de l'alphabet et il me dit: «Pour gagner les autres tu devras d'abord apprendre que le savoir s'acquiert dans le sang.» Et c'est ce qui s'est produit: quand est tombée ma première dent lactée, autrement dit de lait, je l'ai mise sous l'oreiller et le lendemain je n'y ai pas trouvé une pièce de monnaie, mais un I d'argent. Quand la deuxième est tombée, j'ai trouvé le J et ainsi de suite et postérieurement, jusqu'à ce que sans le vouloir j'avale la dernière dent — et le résultat c'est que j'ai dû chercher le Z non pas sous mon oreiller mais près d'une rangée d'agaves et, comme l'a dit mon père, loin des raz de marée dans le rez-de-jardin. Mon père, que Dieu l'ait en sa sainte-gloire, est décédé il y a longtemps: je lui ai écrit moi-même une épitaphe insigne que l'on a gravée selon mes instructions en lettres gothiques sur une dalle de marbre serpentin. Mais le vieux réussit à vivre suffisamment pour m'apprendre à lire et à écrire et à fomenter en moi un immarcescible amour pour les lettres à tel point qu'il composa lui-même de ses propres mains les typographies de mes premiers panégyriques sur la Patrie et de mes diatribes contre le Yankee William Walker et le Français Raousset-Boulbon — car de mon père j'ai également hérité l'aversion nationale contre les flibustiers —; il les a imprimés et à nous deux nous les avons distribués au marché de la ville, qui était Guaymas, car déjà à cette époque nous étions allés vivre au bord de la mer Pacifique, dans la baie la plus belle du monde: quelle ne doit être la beauté de Guaymas, que ne doit-elle promettre, pour qu'en la voyant simplement de loin Walker se soit élu président du Sonora et Raousset se soit pris pour un sultan. C'est vers cette Guaymas que je suis revenu, comme la brebis à son bercail, après des années et des jours heureux de vie dans la capitale, où je suis allé m'inculquer une meilleure éducation, après avoir voyagé *in extenso*, comme je l'ai dit, à travers toute la République et avoir combattu dans l'intérim les envahisseurs de Napoléon III avec lesquels l'Autrichien est arrivé. Mais combattre comme le disait mon père: non pas avec le fil de l'épée mais avec la fulgurance de la plume. Comment aurais-je pu savoir alors que par ma faute un homme allait embrasser à jamais ces mêmes sables dorés que Raousset-Boulbon arrosa de son sang pirate? Comment aurais-je pu penser une chose pareille, rendez-vous compte, moi, qui à l'instar du président Juárez n'ai jamais tenu un pistolet ou un fusil dans mes mains, ni la moindre arme blanche, même pas pour peler des oranges ? La première chose que j'ai été, c'est poète, et j'ai composé des pièces lyriques et des églogues aux bois du Guerrero, aux montagnes du Durango et aux forêts du Quintana Roo. Dans la capitale, j'ai appris à être « évangéliste », à savoir un de ceux qui s'installent dans les galeries couvertes des places publiques avec leurs écritoires bleues pour écrire les lettres de ceux qui ne savent pas écrire. Et là, de dix heures du matin à huit heures du soir, j'ai écrit des milliers de lettres de déclaration et de confirmation d'amour, de rancœur et de dépit, des lettres de renvoi et de condoléances, des lettres à des docteurs en droit et à des sénateurs, à des curés de paroisse et à des présidents municipaux. Et j'y ai réussi non seulement parce que j'ai de l'inventivité mais aussi parce que mon père, en plus de l'amour des lettres et de l'alphabet d'argent, m'a légué une liste de ces formules de courtoisie et de civilité comme Très Chers et Très Estimés Messieurs ou Votre Dévoué et Plus qu'Attentionné Serviteur, et une autre liste avec un chapelet de mots poétiques que je suggérais aux fiancés, aux amants et aux fils prodigues pour que leurs promises, leurs épouses ou mesdames leurs mères fussent informées de l'état gélif de leur cœur ou de la nébulosité vers laquelle évoluait apparemment le temps. Tout cela sans parler de la tendre roseur des crépuscules, qui coûtait plusieurs réaux de plus. Après avoir été poète et quand j'ai lu dans la *Revue scientifique* les épisodes de *l'Épingle de cravate du Diable* de Don Manuel Payno, ce que j'ai le plus désiré au monde a été de faire un roman, et j'en transporte un dans le coffre où je range mes typographies, mes pinceaux et mes écriteaux imprimés, mais je crois qu'il va rester incomplet *per saecula seculorum*, car il arrive tout le temps que certaines choses que j'avais écrites cessent de me plaire et que d'autres commencent à m'attirer, dont je ne sais pas quand je les écrirai, et comme si cela ne suffisait pas, avec les événements de la baie de Guaymas, plus de la moitié de mon roman a disparu. De toute façon, le fait d'écrire des romans, ou plus exactement de ne pas en écrire, m'a conduit, pour des raisons plus causales que casuelles, comme aurait dit mon père, à être journaliste : car dans mes pamphlets et mes articles, ce que je veux dire je le dis vite, et une fois dit c'est dit. Quoique, pour ce qui est d'être journaliste, tout soit relatif : je me suis fatigué à envoyer mes écrits aux journaux qui ne me les publient pas — je pense que c'est par pure jalousie, parce qu'une orthographe immaculée et une grammaire originelle ne m'ont jamais fait défaut, grâce à Dieu. Ou grâce à mon père. Entre temps, comme simple mortel j'ai dû m'escrimer pour m'en sortir, et comme apparemment j'ai des facilités pour le dessin, je les ai combinées avec ma vocation pour les lettres et je me suis mis à confectionner des annonces et des écriteaux. Si vous passez par Cocóspera, qui est un petit village de mon État natal du Sonora, puissiez-vous voir une buvette appelée La Consolidée : c'est moi qui ai peint son nom, c'est moi qui ai choisi les lettres, qui sont grosses, rouges, avec un filet argenté, comme doit l'être, et comme son nom l'indique, tout ce qu'on consolide. Mais, à part le Sonora, il n'y a pratiquement pas un seul État sur les dix-neuf que compte la nation, messieurs, où l'on ne trouve un bistrot, un marchand de couleurs, une épicerie dont l'enseigne n'a pas été peinte par moi en caractères Pica ou San Serif rouges ou jaunes, ou Clarendon et Renaissance bleus et noirs, qui sont les noms des différentes typographies que j'ai collectionnées tout au long de ma vie et que je garde dans mon coffre au service de la République. Je veux qu'il soit bien clair que je n'aime pas me vendre et que peindre des enseignes n'est pas ce que je préfère, mais, comme je vous l'ai dit, elles me servent à gagner mon pain et parfois, comme aurait dit mon père, littéralement, ce qui n'est pas la même chose que littérairement : quand je suis passé pour la seconde fois par la capitale et que j'ai vécu dans la rue de Tacuba, j'ai peint l'enseigne de la boulangerie L'Ile Saint-Louis, pour laquelle je n'ai pas pu choisir les caractères parce que le propriétaire était un Français borné qui avait déjà fait son choix, mais on m'a payé avec des petits pains pendant trois semaines — avec l'avantage supplémentaire que je pouvais choisir ce que je voulais : palmiers, croissants ou pains aux œufs, n'importe quoi. Mais cela se passait, évidemment, avant la guerre. En effet, si un boulanger français m'avait demandé la même chose après que ses congénères eurent foulé le sol de ma patrie, je ne lui aurais pas peint une enseigne, mais un bras d'honneur, et à bras raccourcis j'aurais attrapé mes couleurs pour en barbouiller ses pâtisseries, et c'est ainsi qu'aurait éclaté une nouvelle guerre des Gâteaux, mais celle-là, je vous le jure, on l'aurait gagnée. Entre temps, pendant ces trois semaines que j'ai passées au pain et à l'eau, pour ainsi dire et pour filer la métaphore, j'ai écrit plusieurs lettres au président Don Benito Juárez, Excellentissime Monsieur, lui ai-je dit, en le félicitant pour les lois de Reforma, et j'ai envoyé un article au *Moniteur Républicain* qui n'est jamais paru, ce qui m'a fait penser que peut-être on ne publie pas mes articles parce qu'ils sont trop épiques — et je le dis en fonction de la beauté de leur sonorité quand je les lis à voix haute et parce qu'il me semble qu'ils sont plus faits pour être récités que pour être lus —, peut-être, disais-je, ne les publie-t-on pas parce qu'ils sont trop acoustiques ? Comme on peut le supposer, et parce que l'homme ne vit pas uniquement de pain, j'aime qu'on me liquide moins en nature qu'en argent sonnant et trébuchant et une fois seulement, que je m'en souvienne, on m'a payé en nature et en argent en même temps, c'est quand j'ai peint une enseigne qui disait *Inglis Espoquen* pour une boutique d'argenterie de la ville de Taxco, par où, des années plus tard, l'empereur Maximilien devait passer dans son carrosse tiré par six mules blanches et avec un aurige en livrée pourpre. Et si cela n'avait été contraire aux principes moraux que mon père m'a instaurés, en une autre occasion on m'aurait payé avec la meilleure de toutes les espèces, sauf votre respect : avec une femelle. Mais quand la vieille toute peinturlurée en perruque à rouleaux rouges que j'ai connue dans une auberge de Tampico m'a demandé si je pouvais lui peindre une enseigne qui dirait : Poupées de Luxe à Louer, je n'ai même pas daigné lui bafouiller une réponse : j'ai pris un crayon et sur le menu, en gros caractères, j'ai écrit Non Monsieur, bien que ce fût une dame, si tant est qu'on ait pu lui donner ce titre. Je suis également responsable de plusieurs menus. Le plus joli de tous, je l'ai fait dans cette même ville de Tampico pour le Café Reverdy et je lui ai mis comme décoration des guirlandes d'ananas et de mangues qui ont beaucoup plu à l'administrateur. En une autre occasion j'ai peint l'enseigne d'un bureau de tabac et on m'a payé en cigarettes. C'est depuis cette époque que j'ai attrapé ce vice, il n'était pas question de les laisser perdre. Une autre fois j'ai fait l'enseigne d'une laverie et l'on m'a dit qu'on pouvait uniquement me payer en lavant mon linge pendant un mois et quelque, mais, comme je traversais une époque de vaches maigres et que je n'avais pas d'autres vêtements que ceux que j'avais sur le dos, j'ai dû peindre l'enseigne d'une boutique de pantalons et de chemises pour qu'on me paie en nature et avoir ainsi des choses à laver. Je ne suis pas près non plus d'oublier la pinte de bon sang que je me suis donnée quand dans un petit village des régions chaudes on m'a demandé de peindre l'enseigne d'un dépôt de glace, qu'on rapportait à dos de mule du pic d'Orizaba, et quand j'eus terminé et qu'on m'eut payé avec deux blocs de la taille de plusieurs malles, les gens m'ont dit : « Et maintenant, qu'est-ce que tu vas faire, une fête pour consommer toute cette glace ? » mais moi pour toute réponse j'ai attrapé ma mule, j'ai chargé dessus les deux blocs et je suis parti jusqu'à une source dite de l'Œil-Bouillant, d'où jaillissaient des eaux sulfureuses en ébullition, j'y ai jeté les blocs pour la tiédir et j'ai été le premier mortel, messieurs, qui se soit jamais, au grand jamais, baigné dans ses eaux brûlantes et tumultueuses. C'est là, dans l'État de Veracruz, que j'ai remis mon talent au service de la République. Et je dis *remis*, parce que comme je vous l'ai dit, dès mon enfance j'étais farouchement contre tous les envahisseurs, aussi bien les Comanches et les Apaches de la vallée de Gila qui, chaque fois qu'ils déboulaient, voulaient emporter le Sonora entre les pattes de leurs chevaux, que tous les pirates yankees et français qui arrivaient par bateau à Guaymas mais ne tiraient jamais de leçon de l'échec des autres : ce n'est pas parce qu'on a chassé à coups de pied Walker de Ensenada, ni parce qu'on a réveillé Charles Pindray au petit jour avec une balle dans la tête, ni parce qu'on a fusillé Raousset-Boulbon dans la baie de Guaymas, que pour autant Salar, de la Gravière, Castagny, Bazaine et tous ces autres pirates ont cessé de venir. Moi, donc, avec mes antécédents j'étais bien placé pour savoir qui j'étais et à quel camp j'appartenais, mais en plus, dans mes déplacements, j'ai tout vu de mes propres yeux, personne ne m'a rien raconté. S'il est certain que le général Escobedo a dit dans une proclamation — c'est d'autant plus certain que je l'ai aidé à composer le texte — qu'il promettait à ses soldats le pillage de tous les villages qui ne se soumettraient pas au gouvernement de la République à une date déterminée, il est vrai également, et je l'ai vu, que partout où passaient les contre-guérillas français il ne restait pas un crucifix ou un ciboire d'argent dans les églises et, ce qui est pire, il ne restait pratiquement plus de vierges, et par là je ne veux pas parler, messieurs, de celles qui se tiennent bien tranquilles dans les niches des églises. S'il est certain également que les nôtres faisaient subir aux Français le supplice de la corde avant de les exécuter — ce que, par ailleurs, je n'atteste pas —, il est tout aussi certain que les Français pendaient les émissaires juaristes aux arbres — je les ai vus se balancer comme des régimes de bananes aux branches du grand arbre de la place principale de Medellín. Et même si ce n'est pas totalement certain, eh bien, c'est pour ça qu'on a inventé l'imagination et moi je dis qu'il faut la mettre au service de la cause, cette même imagination qui m'habite depuis que j'ai lu *l'Ingénieux Hidalgo* et *les Mille et Une Nuits*, et par la faute desdits livres j'ai toujours été comme un demi-Don Quichotte et un demi-Haroun-al-Raschid, comme je crois que j'ai un peu été Maximilien, si l'on me permet cette liberté d'expression, et c'est pour ça que j'ai toujours eu un petit faible pour l'infortuné Empereur, mais je me suis dit, Juárez est l'Indien basané qui est né ici, l'autre est l'Autrichien blond qui est venu mettre son nez là où personne ne lui avait demandé, l'un est le Président, l'autre est l'Usurpateur, et sans hésiter une seconde ou sans cligner d'un doute j'ai décidé, comme je vous l'ai déjà dit, de mettre non seulement ma plume, mais aussi mes pinceaux, mes typographies, une imprimerie portable et surtout mon talent au service de la République, malgré que Don Benito n'ait jamais répondu à aucune des trois lettres qu'au total je lui ai envoyées et malgré que par la faute de l'imagination, quand je voyais un soldat égyptien avec son uniforme blanc et son fez rouge, un hussard avec ses galons dorés, un Français avec ses pantalons carmin, les légionnaires, les Abyssiniens, les janissaires et même les chasseurs d'Afrique qu'on appelait les bouchers bleus, j'avais presque envie d'être à côté d'eux, sinon au Mexique, du moins dans d'autres guerres, dans des endroits très éloignés d'ici, avec des noms bizarres, où il y aurait des oasis et des chameaux, des odalisques et des alhambras. Mais je vous disais que c'est dans les terres chaudes, dans le port de Veracruz, que je suis revenu travailler pour la République. D'abord j'ai peint un écriteau qui disait Il Est Interdit de Tuer des Charognards, mais je n'ai pas voulu qu'on me le paie car, comme vous devez le savoir, les charognards mangent non seulement la charogne mais aussi tous les déchets et les ordures que laissent traîner les habitants et que soulève le vent du nord. Par ce geste j'ai contribué à la propreté de la ville et je dirais même à l'hygiénation de l'environnement. Ma contribution à la guerre contre les envahisseurs, je l'ai apportée la nuit même où je me suis levé en cachette, et où, avec une mauvaise écriture et des fautes d'orthographe, comme si j'étais un autre, sur l'écriteau même et en dessous d'où on lisait Il Est Interdit de Tuer des Charognards j'ai ajouté Mais Il Est Permis de Tuer des Français. Ne méprisez pas ces détails, car c'est de minuscules grains de sable, comme disait mon père, qu'est formé le lit immense de la mer pélagienne. Au cas où l'on m'aurait payé l'ajout et l'écriteau en nature, c'est-à-dire avec des charognards vivants et des Français morts, eh bien, les premiers auraient bouffé les seconds, et affaire conclue. D'autres de mes contributions à la cause n'ont pas été aussi modestes et toutes, plus ou moins, ont eu à voir avec les lettres. Une des fois où le président Juárez a déplacé la capitale du gouvernement, j'ai aidé à distribuer la proclamation qui disait quelque chose comme La prise de Madrid n'a pas assuré à Napoléon Ier la victoire sur l'Espagne tout entière, la prise de Moscou ne lui a pas permis de conquérir la Russie. A une autre occasion j'ai passé trois jours à peindre des écriteaux truqués qui indiquaient la direction de villages et d'endroits du côté où ils ne se trouvaient pas, car d'après une idée que j'ai eue, nous voulions qu'un détachement belge s'égare et que, dans la mesure du possible, il reste à tourner en rond, mais nous n'avions pas compté avec leurs propres cartes fluviales et logistiques. Une autre fois, j'ai eu un grand projet qui consistait à installer sur une colline pelée près d'un village une énorme inscription faite avec des pierres peintes en blanc qui auraient dit Vive Juárez et qu'on aurait pu lire à trois lieues à la ronde, ou au moins à la mi-ronde car l'inscription n'aurait occupé qu'une moitié du coteau. Nous sommes restés cinq jours, moi et les assistants que m'avait délégués le maire, à transporter dans une charrette des pierres, parce que sur la colline il n'y avait même pas une pierre, et à les peindre à la chaux, et alors que nous avions déjà écrit le Vive et que nous allions installer le J de Juarez, on a prévenu le maire de l'arrivée des troupes françaises et il nous a demandé de mettre le M de Maximilien à la place du J, ce à quoi je me suis refusé catégoriquement, comme vous pouvez le supposer, et je me suis carapaté du village non sans avoir volé auparavant toutes les lettres A de l'imprimerie officielle, si bien que pendant plusieurs semaines, tant que les A de rechange n'étaient pas arrivés, ils n'ont rien pu dire de Maximilien, car s'ils avaient voulu imprimer son nom, celui-ci aurait plus ressemblé à un an de grâce écrit en chiffres romains qu'à un appellatif. Avec les A, le poids de mon coffre a beaucoup augmenté, mais je suis parti content de ma contribution à la cause et je me suis promis de les offrir, quand j'y passerais, aux villes et aux municipalités qui en auraient le plus besoin, comme Jalapa, Tlalpan ou Cosamaloapan. Finalement, fatigué par toutes ces allées et venues, je suis retourné dans le Sonora, au moment où l'escadre française du Pacifique sortait de Mazatlán sous le commandement du général Castagny pour se diriger vers Guaymas, où je suis arrivé presque en même temps que les Français: moi, par terre en venant de Tepic, eux, par mer en passant par le détroit qui sépare la pointe basse de l'île aux Oiseaux, et la première chose que j'ai faite a été de me rendre à la caserne du général Patoni, qui défendait la place à la tête de mille hommes, pour mettre mon imprimerie et mon talent au service de la République, mais bien que je fusse disposé à dire au général que je pouvais imprimer ses sommations et ses discours, il n'a pas pu me recevoir parce qu'il était très occupé par des questions de belligérance, d'où j'en ai déduit que c'était normal et pour cette raison et sans me sentir vexé je me suis mis, *ipso facto*, à travailler pour la cause. D'un côté, je m'étais déjà lancé à cette époque, pas tellement par besoin d'argent que pour l'amour des lettres, dans le commerce des pancartes imprimées et j'en possédais une infinité, depuis celles qu'on n'emploie que de temps en temps comme Chambre Meublée A Louer, jusqu'à celles qu'on accroche en permanence comme Aujourd'hui On Ne Fait Pas Crédit, Demain Si, ou celles qu'on utilise, pour ainsi dire, une seule fois dans la vie comme Fermé Pour Cause De Décès, et je me suis proposé d'en imprimer d'autres qui seraient utiles dans les batailles. Et comme par ailleurs je connaissais sur le bout du doigt la baie de Guaymas avec toutes ses îles : celle des Oiseaux, celle du Cactus-Candélabre et celle de Saint-Vincent, celle de l'Écureuil et les îles Jumelles, de même qu'Almagre la Grande et Almagre la Petite, ainsi que les montagnes rocheuses et arides qui la protègent contre tous les vents, je leur ai présenté quelques propositions idoines à la géographie de l'endroit, mais nous n'avons pas pu toutes les mettre en pratique. Par exemple, je voulais créer un courrier utilisant des pigeons voyageurs qui voleraient d'Almagre la Grande à Almagre la Petite, portant accrochés à leurs pattes des messages imprimés avec ma lynotipie, qui inviteraient les soldats ennemis à rejoindre les troupes républicaines et, quand un de ces pigeons survolerait un des bateaux français ancrés parmi les îles, nous le tuerions nous-mêmes d'un coup de fusil, pour que le pigeon tombe comme un plomb sur le pont du bateau, avec son message de rébellion. Mais grâce au fait que je connais une marée nocturne qui va de Playa de Dolores à Punta Lastre, un courant sur lesquel dans mon enfance je me laissais porter en faisant le petit mort et qui passait par où se trouvaient les bateaux ennemis, je leur ai envoyé les messages dans des bouteilles qu'on m'a vendues chez un marchand de vin de Guaymas et qui leur étaient restées sur les bras parce qu'un tonneau d'*Élixir d'Amour* avait été presque totalement gâché après avoir été transpercé par des balles. Dans ces bouteilles qui étaient bleues et allongées et que je lançais toutes les nuits à la mer, je glissais mes messages et j'y ajoutais aussi une poignée de lucioles pour qu'elles aient leur propre lumière, en plus de la lumière de la liberté. Une fois, une estafette que nous avions envoyée à notre détachement de l'estuaire de Cochore a été rejetée par les eaux, morte, le lendemain, sur la plage de la pointe de la Tortue et, attachée au cou, elle portait une inscription à l'encre indélébile qui disait : « Voici Votre Saloperie d'Estafette. » A peine deux jours plus tard, nous avons fusillé un espion des Français et sur mes instructions expresses on l'a porté, la nuit même, jusqu'à la plage de Dolores, avec un écriteau au cou qui disait : « Et Voici Votre Saloperie d'Espion », pour que les eaux le poussent vers l'ennemi, sans qu'il eût besoin de faire le mort, parce qu'il l'était déjà. Mais comme chaque fois qu'on le jetait à l'eau il coulait, on le ressortait, on le rejetait et il recoulait, alors j'ai eu l'idée salvatrice de lui attacher des bouteilles aux doigts de la main et d'autres à ceux des pieds et de mettre dans chaque bouteille non seulement un message imprimé, mais sa poignée de lucioles correspondante et afférente pour l'éclairer ; c'est ce que nous avons fait et le mort est parti en flottant vers les bateaux français, les pieds et les mains écartés comme une immense étoile de mer aux pointes irradiant de la lumière bleue. Bref, pour que vous ne trouviez pas l'histoire trop longue, je vais vous dire ce que vous savez déjà : bien que la République ait gagné la guerre contre l'Empire, la bataille de Guaymas, malheureusement, nous l'avons perdue, et le général Patoni et ses hommes ont dû battre en retraite, ils ont eu beau essayer de se retrancher dans les dernières maisons, l'artillerie de marine de Castagny les en a délogés. C'est pourquoi je me suis retrouvé du jour au lendemain moi aussi reperché dans cette montagne rocheuse et pelée qu'on appelle Tétines de Chèvre, caché dans une grotte avec le coffre de mes typographies. Un matin, le chagrin passé, j'étais en train de songer que si j'avais été le publiciste de l'Empire j'aurais conseillé à l'Autrichien de changer de nom et de s'appeler non pas Maximilien mais Meximilien, quand tout à coup j'ai entendu des bruits. J'ai marché sur la pointe des pieds jusqu'au bord de la pente et là-bas, au fond, à dix mètres environ en ligne droite juste au-dessous de moi, rampait un marin français mais mexicain, vous me suivez, avec un fusil, et j'ai deviné qu'il allait ajuster un capitaine de chez nous qui était plus ou moins à proximité et qui scrutait la mer avec sa longue-vue. J'aurais aimé lire à cet impérialiste un discours impromptu pour le faire passer de notre côté, j'aurais aimé lui lire un poème lyrique à la Patrie, pour l'empêcher de se conduire comme un traître. Ou, pour le moins, j'aurais aimé crier au capitaine de se méfier, mais je me suis rendu compte qu'à peine j'ouvrirais la bouche, le fils d'une autre, pardonnez l'euphémisme, me tirerait dessus, et je me suis dit en une révolution, comme disait mon père : un homme de lettres vaut autant ou plus qu'un militaire. Heureusement que je me suis souvenu à ce moment-là de mon père et de ce qu'il m'avait dit une fois : avec les lettres on donne vie aux causes et aux hommes, avec elles on donne la mort. En effet, j'ai eu l'inspiration que vous aurez déjà imaginée, j'ai couru à la grotte, soulevé le coffre qui contenait les typographies, je me suis approché sur la pointe des pieds du bord de l'à-pic et j'ai balancé le coffre sur le marin. Il lui est tombé sur la tête tout juste à temps, car la balle avait déjà eu le temps de sortir du fusil, mais le tir fut dévié. C'est là le mort dont je vous disais que je l'ai à mon actif et que j'ai payé très cher car le coffre s'est ouvert et la moitié des pages de mon roman se sont envolées, et avec elles mes typographies, y compris l'alphabet d'argent que m'avait donné mon père et qui s'est irrémédiablement éparpillé dans la montagne et sur la plage, sans parler de toutes les lettres qui se sont brisées. Plusieurs semaines après, alors que Gaymas était complètement tombée et qu'il n'y avait plus trace du général Patoni et des hommes qui lui restaient, en ce qui me concerne — finalement j'étais un civil et je n'ai pas quitté le port —, je continuais à trouver des lettres parmi les pierres et les broussailles, au milieu des épines, et plus bas, dans le sable et parmi les coquillages de la plage, mais évidemment, il y en a beaucoup que je n'ai pas retrouvées, entre autres — j'en ai eu beaucoup de chagrin et je ne m'y résigne toujours pas — quatre lettres de l'alphabet d'argent d'Arizona : le G, le H et le Z. Quant au M, en réalité, ce n'est pas que je ne l'aie pas retrouvé : je l'avais repéré, je l'avais vu briller dans le sable, là-bas tout près des roches éclaboussés par le sang de Raousset-

Boulbon, le comte et pirate français, romancier et auteur de romances, qui avait rêvé d'être sultan du Sonora, j'avais bien vu, vous disais-je, briller les petites pattes étincelantes du M de Mexique et de Maximilien, quand tout à coup, venu de je ne sais où ni comment, apparut un malencontreux oiseau noir, un de ces étourneaux qui sortent les crabes de leurs nids en les tirant avec leur bec par les pinces, qui emporta, le maudit, le M d'argent. Je l'ai suivi des yeux et je jurerais qu'il l'a laissé tomber au milieu de la mer. Mais avant cela, avant cette longue et, comme l'aurait dit mon père, infructueuse recherche et le chagrin afférent, j'ai voulu voir quelle tête avait le mort, c'est pourquoi j'ai retiré le coffre et j'ai retourné le corps. Là, dans une profusion de sang et de lettres de toutes les tailles et de toutes les formes, de A qui lui étaient rentrés dans les oreilles, de N et de X qui s'étaient fichés dans son cerveau, de O et W, j'ai vu ses yeux qui étaient restés ouverts et qui gardaient une expression mi-incrédule mi-béate, mi-impassible mi-stupéfaite, comme s'il s'était rendu compte qu'il avait été surpris par une des morts les plus invraisemblables et les plus extravagantes, je dirai même les plus péripatétiques de toutes celles qui se produisent habituellement. Car vous serez, messieurs, d'accord avec moi que ce n'est pas tous les jours qu'on peut tuer quelqu'un sous le poids des lettres et, comme aurait dit mon père, moins littérairement que littéralement.

3. L'Empereur à Miravalle

Des terrasses du château de Chapultepec, on embrassait dans sa totalité la vallée de Mexico, surtout par une soirée comme celle-là, aussi dégagée, et avec un air aussi limpide. La promenade de l'Impératrice arrivait, par l'orient, presque au pied de la colline où se dressait le château. Par le nord, le cours de la Veronica. Vers le sud-ouest on voyait les volcans enneigés. Au sud, la montagne de l'Ajusco. Par une journée comme celle-là, aussi limpide, on parvenait à voir quelques villages proches de la capitale. Au nord, San Cristobal Ecatepec, à l'ouest Los Remedios, Tacubaya. Au sud, Mixcoac, et ses arbres fruitiers hauts en couleur, San Angel et Tlalpan. Les rivières également, qui semblaient grimper dans les montagnes et les forêts de pins de Weymouth qui avaient tant plu à la comtesse de Kollonitz et sur les troncs desquels, disait-elle dans ses Mémoires, s'enlaçaient les bégonias. Pour elle, les cèdres américains qui poussaient au Mexique étaient plus beaux et plus décoratifs que ceux du Liban même. Par ailleurs, les arbres du bois de Chapultepec, au pied du château, déployaient leur sombre masse verte en direction du couchant. Les lacs de la vallée brillaient: Chalco et Xochimilco, Xaltocan, Texcoco...

«... et de même qu'il n'est pas possible, Commodore, de faire la distinction entre une girafe et une autre, entre un âne et un autre âne, je ne pouvais pas, je vous le jure, *parole d'honneur**, distinguer un Nègre d'un autre Nègre : ils sont tous semblables. Et maintenant expliquez-moi... *Alle Länder gute Menschen tragen* : chaque peuple a des hommes de valeur, certes, mais où, Commodore, où se trouvent-ils chez les Mexicains ? Je dois reconnaître, comme je l'ai dit dans une lettre à Louis-Napoléon, qu'au Mexique les hommes capables sont inexistants... et une autre fois, j'ai ajouté : ici il n'y a que trois classes d'hommes : les vieux, qui sont têtus et vermoulus ; les jeunes qui ne savent rien ; les étrangers, presque tous des aventuriers médiocres... avec de très estimables exceptions, certes... Vous avez, par exemple, le général Sterling Price, gouverneur du Missouri, qui vit dans une tente de campagne sous les orangers, au bord du chemin de fer de Veracruz et jure qu'il va faire pousser sur ses terres un tabac meilleur que celui de Cuba. Nous avons le général de brigade Danville Leadbetter, du Maine, qui contribue si efficacement à la construction du *railway*... des hommes préparés, Commodore, diplômés de West Point... ah, et pour fonder Charlotteville qui un jour sera plus grande que Richmond...

— Et que *New Orleans*, Sire...

— Et que La Nouvelle-Orléans, Commodore, est arrivé également Fighting Shelby, avec sa brigade de fer... Comment l'appelle-t-on exactement ? Sa *Iron Cavalry Brigade*... J'ai demandé à Shelby de m'écrire ses rapports en vers. Vous saviez qu'il procédait de la sorte dans ses communiqués au quartier général confédéré ?

— Oui, Majesté...

— Et, *of course*, vous êtes également là, vous l'illustre océanographe mondial... »

L'Empereur passa ses jumelles à l'océanographe et météorologue Matthew Fontaine Maury, et indiqua le nord.

« Regardez. Non, non : un peu plus à gauche. *Just a little*... Vous le voyez ? Vous voyez le sanctuaire de Notre-Dame de Guadalupe ? Je lui ai toujours trouvé un petit air moscovite... *Do you agree ?* Et dites-moi, quel pays au monde peut-il se vanter d'avoir comme directeur du développement un homme aussi éminent que vous, Commodore Maury ?

— Moi, Majesté, je ne suis que...

— ... l'homme qui nous a apporté au Mexique l'arbre de la quinine et auquel nous qui souffrons de la fièvre tierce devrons tant un jour prochain ? Voyez-vous, Commodore, cette petite éminence à côté du sanctuaire ? Et je souhaite acclimater également au Mexique l'alpaga et le lama... Vous la voyez.

— *Yes, Sire*...

— C'est le Cerro de Tepeyac, où la Vierge est apparue à l'Indien Juan Diego... On m'a raconté, Commodore, que les Anglais, qui ont toujours des idées inouïes, administrent aux sujets de leurs colonies britanniques de la poudre d'écorce de quinquina, dissoute dans de l'eau et du gin... *They are clever, aren'they*, Commodore ? Ils ne manquent pas d'audace. Et regardez, plus bas : ces reflets couleur argent, vous les voyez ? ce sont ceux du lac de Xaltocan...

— Oui, Majesté...

— Et je continue à m'interroger : quelle nation peut se vanter d'avoir comme *Director of Land Distribution*, comme chef de la répartition des terres, un général comme John Magruder ? Il y a aussi Isham Harris, le gouverneur du Tennessee, avec ses Nègres qui l'accompagnent au Mexique, et, enfin, il y a tous les étrangers qui souhaitent venir peupler et faire prospérer ce grand territoire : le monde tend une main au Mexique, ma Patrie, Commodore, et que faisons-nous, nous les Mexicains ? Rien. C'est cela : rien, *le néant mexicain* dont parle l'Impératrice... Ah, vous ne savez pas combien l'Impératrice me manque. J'aurais beaucoup plus envie d'être avec elle à Uxmal, Commodore, qu'ici à Chapultepec. Ma pauvre Carla, le soleil lui provoque des taches sur la peau... il fait si chaud là-bas, si froid ici ! Non, non, gardez les jumelles un moment, *keep them, please*...

— J'apprends qu'au Yucatán l'Impératrice a reçu un magnifique *welcome*...

— Exactement, Commodore : *magnifique** ! L'Impératrice est l'ange tutélaire du Yucatán. Sa marraine la fée. Et elle avait besoin de distraction, maintenant que la comtesse Zichy et que la comtesse Kollonitz sont reparties... elles s'en vont toutes : nostalgie de l'Autriche, des valses, des splendeurs de Vienne... Mais pas moi, Commodore, quand j'ai, là, sous les yeux les *ahuehuetes* millénaires, les frênes de la promenade de l'Impératrice, plus belle que les Champs-Élysées... »

L'Empereur prit le commodore Maury par le bras.

« Venez, je vais vous montrer la meilleure vue de la vallée de l'Anáhuac à cette heure de l'après-midi. La vue de Sorrente elle-même n'est pas aussi belle... Et comme si cela ne suffisait pas, il y a ces pauvres jeunes gens belges, mal entraînés, qui meurent comme des mouches... *like flies*. Un peu de tabac à priser, Commodore ? L'empereur du Mexique est un fumeur impénitent... *unrepentant*... et quand il ne souffle pas de la fumée, il prise ! »

Le commodore Matthew Fontaine Maury prit une pincée de tabac à priser dans la petite boîte d'argent incrustée de pierres bleues.

« C'est du tabac à priser de Séville, Commodore : fort, épicé... Il est arrivé dans la dernière livraison de Saccone & Speed... Qu'est-ce que je ferais sans Saccone & Speed, Commodore ? Que feraient tous les monarques *in partibus infidelium* ? Il est arrivé également une liqueur de cassis délicieuse, des marmelades de *blackcurrant* et d'autres friandises... ah oui, il y a aussi ce magnifique vermouth que je vous ai promis : le Noilly-Prat...

— *Yes, yes, it's been quite disgraceful, Sire*...

— Comment ? *Pardon** ?

— La mort de ces jeunes Belges, Majesté...

— Aux *Netherlands* on dit... mais c'est *strictement entre nous**, Commodore...

— Je comprends, Sire...

— On dit que Bazaine préfère sacrifier les Belges plutôt que ses hommes. Rien ne me surprend chez un homme qui a dit que si ses ennemis étaient mexicains, lui il était autant ou plus arabe que français, comme s'il voulait ainsi justifier son indolence... Et il est notoire que quand les Français se retirent d'une position, ils laissent là la cavalerie hongroise et les *Jäger... c'est-à-dire** les chasseurs autrichiens. Regardez là-bas, au fond, vous avez le lac de Xochimilco, avec ses gondoles pleines de pavots... L'Impératrice adore se promener en gondole...

— *Beautiful, Your Majesty*...

— Oui, *beautiful* est le mot... mais pour le Gog et Magog de la vallée, pour les volcans aux neiges éternelles : le Popocatépetl et l'Iztaccíhuatl, vous ne trouvez pas que j'ai bien prononcé ? j'emploierais un autre adjectif...

— *Superb ?*...

— *Maestoso*, Commodore : majestueux... Il n'y a rien au monde d'aussi majestueux que ce panorama... Et vous savez ce que m'a proposé le maréchal Bazaine ? La conscription obligatoire. Comme je lui ai dit : voyons, Maréchal, on peut tout faire avec les baïonnettes, sauf s'asseoir dessus...

— Bravo, Sire ! *Great !*

— N'est-ce pas ? mais... qu'est-ce que je vous racontais en sortant sur la terrasse ?

— Votre Majesté me racontait... *his experiences in Brazil, with the negroes*...

— Ah oui, oui. Tous pareils, comme un singe et un autre singe... Je pense que les Nègres américains, sont *another thing*... autre chose que ceux du Brésil...

— Le Nègre américain a été en contact avec la civilisation plus longtemps, Sire...

— Et il y a des exemples de grande fidélité et d'abnégation, Commodore, comme ceux que cite le baron de Sauvage dans la libre opinion qu'a publiée le *Journal de l'Empire* : les Nègres du Sud qui sont restés pour s'occuper des propriétés abandonnées par leurs maîtres... »

L'Empereur passa la main dans ses cheveux blonds, que dépeignait la brise.

« Connaissez-vous l'histoire de Juan Diego et de la Vierge de Guadalupe, Commodore ? J'aimerais par-dessus tout pouvoir couvrir de roses ce pays ! Mais on ne peut rien faire : on voulait planter des arbres en quantité dans la ville de Mexico, et qu'est-ce qui se passe ? Eh bien la ville est inondée tous les ans mais il n'y a pas d'eau pour l'arrosage... Je vous le disais : à Bahia, Mr. Maury, je n'ai pas trouvé le moindre signe d'une intelligence développée dans les yeux des Nègres. Et, le croirez-vous ? leurs voix ont quelque chose d'animal, sans modulations, sans... *nuances**. Je l'ai écrit tel quel dans mes Mémoires, que je publierai un jour. Il n'y a pas de doute, Commodore, comme disait Michel Chevalier... le connaissez-vous ?

— *Michel Chevalier? Chevalier, the one who fought with Lafayette in Yorktown?*

— *Yes, as far as I know... the author...* l'auteur du *Mexique ancien et moderne...* il dit que l'absence de Nègres au Mexique se reflète dans une moyenne plus élevée de l'intelligence aborigène... Ah, ils sont si curieux les descendants de Cham au Brésil! Vous demandez à un Nègre: comment t'appelles-tu? Et il répond: Minas. Où travailles-tu? Et il répond: Minas. Où es-tu né? Et il répond: Minas. Tout est Minas, la province de Minas Gerais. Et beaucoup de ces pauvres malheureux ont survécu parce qu'ils savaient nager: les bateaux négriers portugais les jetaient par-dessus bord à un ou deux kilomètres de la côte... *Ainda que somos negros, gente somos, e alma temos,* dit le proberbe portugais, mais là-bas leurs maîtres l'ignorent, Commodore, car le seul sceptre que connaît l'aristocratie brésilienne, c'est le knout...

— Le...?

— Le fouet, Commodore... mais que peut-on attendre de gens qui parlent avec leur nez et non pas avec leur bouche? Une langue laide, le portugais, n'est-ce pas?... C'est pourquoi nous devons équilibrer la proportion de Nègres avec des Indo-Asiatiques... pas des Chinois, des Indo-Asiatiques... Les Chinois, Commodore, sont superstitieux et enclins au jeu et au suicide... Regardez, Mr. Maury, ce qui brille là-bas c'est le Cerro de la Estrella, la colline de l'Étoile, d'une grande importance religieuse pour les Aztèques.

— *Did they use to sacrifice people there, Your Majesty?*

— Des sacrifices humains? Ah, je ne sais pas exactement, Commodore. Je demanderai à l'Impératrice: elle est très bien informée sur ces sujets... Ce que je sais, c'est que sur ce Cerro de la Estrella on célébrait la fin de chaque siècle aztèque, qui durait cinquante-deux ans, et le début du suivant. Justement, *à propos** de ma chère Carla, le bruit court que mon beau-père, le roi Léopold, est très malade... Ah, il y a tant de choses qui m'accablent! Cette année, on a eu également de grandes inondations dans le département de Colima, où une quantité importante de bétail est mort et où le sable a recouvert les récoltes... Et il n'y a pas d'argent, Commodore: le trésor est exsangue. Les banques émettent trop de papier-monnaie par rapport à leurs avoirs réels. Et tout cela, c'est mon gouvernement qui doit le payer. J'aimerais disposer de plus de fonds pour la commission au Développement, mais regardez ce que nous avons dû payer: les frais des Mexicains qui sont venus à *Miramar* nous offrir le trône: cent cinq mille pesos. Et cent quinze mille pour la réception qui nous a été donnée dans la capitale... Rien que l'année dernière, l'entretien des troupes de Bazaine nous a coûté sept millions de francs... Et les Mexicains, hélas, Commodore: Hidalgo y Esnaurrízar qui demande cent mille pesos d'indemnisation pour je ne sais quoi. Ajoutez ce que nous coûte la famille Iturbide. A ce propos, Alice ou Alicia, l'Américaine, la mère du petit prince, est folle: elle n'est d'accord avec rien, elle ne pense qu'à l'enfant... Ah, regardez, Commodore, quelles belles teintes rose et fuchsia prend la neige des deux volcans au crépuscule...

— Oh, oui, oui, très beau...

— N'est-ce pas, n'est-ce pas, Commodore ?

— C'est pour cela, Sire, que je ne comprends pas le peu de coopération de... de *the Mexican officers*, que Votre Majesté me pardonne...

— Des fonctionnaires de mon gouvernement, Commodore ? Oui, oui, je le reconnais, c'est exact, malheureusement, *unfortunately*... Et que pensez-vous de l'attitude intransigeante de l'Église ?

— Ignorance, *fanaticism*, Sire. Voyez par vous-même : on a enseigné... démontré qu'avec cent mille colons sur ce que vous appelez *les terres chaudes** du Golfe, on produira cinq cents millions de livres de sucre, et le... le... *the income*...

— Les revenus, Commodore...

— Les revenus seront de trente millions de pesos... Il y a également beaucoup de planteurs de coton qui sont attirés par le projet...

— Avec les cent mille colons noirs et du Sud-Est asiatique que nous ferons venir, Commodore, il y aura de l'argent pour tout... pour la Flotte impériale de cuirassés que vous commanderez : chose promise... pour votre nouvelle Virginie... pour tous mes grands projets : l'Académie des sciences et des arts, le nouveau système d'égouts de la capitale... J'ai commissionné plusieurs artistes pour qu'ils peignent l'histoire de l'Empire. Connaissez-vous *le Siège de Puebla* de Félix Philippoteaux ? Ah, mais personne n'égale Beaucé, Jean-Adolphe Beaucé, qui a acquis une grande expérience en Algérie et en Syrie et qui a peint un superbe *Combat de Yerbabuena*, entre l'escadron rouge de la contre-guérilla française et le premier régiment de lanciers mexicains... Actuellement nous lui avons commandé une grande toile qui décrira la soumission des Indiens du Río Grande à l'Empire mexicain, pour le salon Iturbide du Palais impérial... Non, ne vous évanouissez pas, Commodore, je vous en prie...

— C'est difficile, Sire, nous sommes humanitaires : nous avons fixé de justes indemnisations pour les propriétaires terriens. Nous avons fait une loi pour obliger les *masters*...

— Ne dites pas *masters*, Commodore, dites patrons... Oui, une loi qui les oblige à nourrir, vêtir et soigner leurs ouvriers et leurs enfants, Commodore, et à épargner à leur profit le quart de leur salaire, avec un intérêt de cinq pour cent : *five per cent* ; nous avons répété tout cela à en être fatigués, et que se passe-t-il ? Le Mexique ouvre ses portes à l'immigration mondiale, nous donnons la liberté à toute personne de couleur qui foulera le territoire mexicain, et on nous accuse, Commodore, de rétablir l'esclavage au Mexique ! *Ludicrous*, comme vous diriez, *completely ludicrous*...

— L'Empire mexicain a encore beaucoup d'ennemis, Majesté...

— Regardez, regardez, Commodore : quelle beauté ! L'Etna, le Stromboli éternellement empanaché de fumée, avec sa forme de pain de sucre tronqué, le Vésuve où nous cuisions des œufs dans le cratère, mes compagnons et moi, et où nous nous laissions glisser vers le bas, en nous roulant dans les cendres et en sautant comme des chèvres sauvages... Ah, quels souvenirs de jeunesse! Je connais beaucoup de volcans, comme vous-même après tous vos voyages, mais je n'en ai jamais vu, *never*, *Mr.* Maury, un seul qui soit aussi beau que le Popocatépetl... Une autre de mes *failures*: j'ai appelé *Miramar* ainsi parce qu'il regarde vers la mer et son nom m'a été inspiré par un *tusculum* qui était un refuge des rois espagnols dans le golfe de Biscaye; eh bien, j'ai voulu également appeler le château de Chapultepec *Miravalle* parce qu'il regarde vers la vallée... mais personne ne l'appelle de cette façon... Il faudrait promulguer un décret qui l'ordonnerait... Oui, c'est vrai, l'Empire a des ennemis. Mais je pense que si Lincoln vivait, il aurait compris le caractère humanitaire de notre projet, Commodore, et il nous aurait donné son appui. Mais vous constatez que le président Johnson...»

L'Empereur se tut quelques instants.

«Oui, Majesté? Le président Johnson...

— Oui, le président Johnson... mais que pourrais-je vous dire que vous ne sachiez déjà? Il y a eu tellement d'Américains qui ont renoncé parce qu'ils ne pourraient pas revenir aux États-Unis sans l'autorisation personnelle du Président... tant d'autres, Commodore, qui savent que les troupes du général Sherman, sur ordre d'Ulysses Grant, surveillent la frontière jour et nuit pour ne pas les laisser entrer au Mexique... que pouvons-nous y faire, *Mr.* Maury?

— Et le Quai d'Orsay, Sire? *What have they said?*

— Monsieur Drouyn de Lhuys conseille qu'on insiste sur le fait que les colons ne sont pas des confédérés mais *des réfugiés, des hommes désespérés** qui remettront leurs armes à la frontière. Et, oui, nous avons besoin d'armes: cette année, mon gouvernement a acheté six mille carabines et mille cinq cents sabres à La Havane, et j'ai commandé quinze mille autres fusils à Vienne... mais en tout cas, il est préférable que Sherman confisque leurs armes, pour qu'ils ne les vendent pas aux juaristes, comme certains l'ont déjà fait. Ce qui veut dire, Commodore, que le mot "confédéré" est interdit...

— *I don't see...* Je ne vois pas comment le président Johnson peut craindre la constitution au Mexique d'une force confédérée...

— Il a été spécifié, Commodore, que nous n'établirions pas de *settlements...* de colonies réunissant plus de douze familles de confédérés. Mais rien n'est à leur goût. Et ici, les Mexicains eux-mêmes, mes compatriotes, désapprouvent que j'aie fait venir au Mexique quelques pianos d'ébène rehaussés d'or, des commodes de Boulle, le service de Sèvres... Mais l'Empire a besoin de dignité, n'est-ce pas? Et si nous n'avions pas décoré le palais, si je n'avais pas ordonné d'enlever les faux plafonds, nous n'aurions jamais découvert ces merveilleuses poutres de cèdre! Et maintenant, dites-moi, comment trouvez-vous l'Ajusco, lui aussi enneigé? L'hiver a été froid dans la capitale... Et la semaine dernière, moi, moi votre serviteur, comme disent les Mexicains, j'avais très envie d'un bain bien chaud, Commodore, et qu'est-ce qui s'est passé à votre avis ? Imaginez un peu ?

— Je ne sais pas, Sire...

— ... eh bien, une partie de la tuyauterie du château avait été volée et nous sommes restés sans eau pendant quelques jours... c'est ainsi que les gens du peuple remercient leur Empereur de tous ses efforts et de son énergie... »

Maximilien reprit le commodore Matthew Fontain Maury par le bras. « Et tant de choses ont été faites, Commodore, comme vous savez... Le décret sur l'habillement et les insignes de l'Armée mexicaine. Le décret sur la tolérance des cultes. Le décret sur la vérification des biens nationalisés. Nous avons signé un traité sur la propriété artistique et littéraire entre le Mexique et la Bavière. Mais de quoi parlent constamment les ennemis de l'Empire, Commodore ? Du décret du 3 octobre qui, oui, oui, *lamentabilmente*, a peut-être provoqué une douloureuse erreur : l'exécution des généraux Arteaga et Salazar... mais c'était une mesure nécessaire : actuellement, beaucoup de pardons sont accordés. Nous avons créé les ordres de Saint-Charles et de l'Aigle aztèque : cette année nous avons nommé grand-croix avec collier quatre empereurs et trois rois. Et *précisément**, le premier janvier, pour commencer, nous avons transformé le *Journal officiel*, qui ne paraissait que de temps à autre, en *Journal de l'Empire*. Mmmm... beaux nuages. Vous vous souvenez de l'article de *Monsieur** Poey — celui qui n'est pas d'accord avec vous sur la question des alizés — sur le mouvement azimutal des nuages ? Je suis en train d'apprendre le nom que vous donnez aux nuages, Commodore : cirro-cumulus, cirro-stratus... Regardez ceux-là, là-bas, Commodore... »

L'Empereur indiqua des nuages aux teintes violettes en direction du lac de Texcoco.

« Ce sont des strato-cumulus, n'est-ce-pas ? *Eh bien**... je ne vais pas vous dresser le catalogue de nos succès. Ni celui de mes déboires... Ni celui des nuages... Comme je l'ai écrit au baron de Pont, comme Guatimozín, je ne suis pas sur un lit de roses : *j'ai mal à la gorge** : *a sore throat*... et je souffre aussi de la grippe, le foie me fait mal... et comment en serait-il autrement, après les calomnies de cet abbé, comment s'appelle-t-il, Alleau ? et après le retour du colonel du Pin que, je l'ai déjà dit au maréchal, je ne vais pas tolérer ? Ah, si l'Impératrice était là pour me soutenir !

— Sa Majesté l'impératrice Charlotte est... une sage gouvernante, Sire...

— *Bien dit, mon Commodore** : ma chère Carla sait gouverner : sans elle le décret sur les classes nécessiteuses n'aurait pas été approuvé. Vous avez vu la réaction des propriétaires terriens, *Mr.* Maury. Et il ne s'agissait que d'une modeste tentative de notre part pour rendre justice aux ouvriers agricoles... L'Impératrice ne pouvait contenir ses larmes en lisant ce qu'a écrit l'ingénieur Bourneuf sur les hommes fouettés jusqu'au sang, les familles qui mouraient de faim, les journalistes chargés de chaînes... Le

Mexique est le premier pays au monde, grâce à la législation impériale, à promulguer une loi protégeant le paysan, et qu'est-ce qui arrive, Commodore ? On nous taxe d'esclavagistes... on nous accuse de voler des terres : alors qu'il n'y avait jamais eu auparavant au Mexique d'office de la terre, Commodore... il n'y a jamais eu d'arpentage des terres ! Et on nous attaque même pour avoir demandé à une entreprise *particulière**, la Coutfield, d'organiser l'immigration, alors que nous n'avons fait que suivre l'exemple de l'Angleterre et de la France, qui ont accordé le privilège de l'introduction dans leurs colonies d'immigrants noirs et indo-asiatiques à la Hythe Hodger de Londres et à la Compagnie Régis Aîné de Marseille... Vous y comprenez quelque chose, Commodore Maury? *I don't understand at all...* je vous le jure : *at all.*»

Un nuage de poussière s'élevait au-dessus de la Calzada de la Veronica : c'était un groupe de cavaliers.

«Ah, voyons, prêtez-moi les jumelles, Commodore. Oui, bien sûr... tenez, regardez, regardez...

— Ce sont... *hussards*?

— Oui, oui, des hussards hongrois... quel beau spectacle ! Les Français les ont imités dès 1690 et ensuite l'Espagne a créé le régiment des hussards de la Princesse... mais rien ne vaut les Hongrois, les premiers... Savez-vous une chose, Commodore ? Avant, je disais : "Il n'y a que l'Autriche à en posséder, car il n'y a que l'Autriche à posséder la Hongrie !"... mais maintenant nous en avons également au Mexique...»

Le Commodore rendit les jumelles à l'Empereur et celui-ci les rangea dans l'étui de cuir de Russie frappé du monogramme impérial d'or qui pendait à son cou, accroché à une lanière de cuir verni.

L'ombre recouvrait la vallée de Mexico. Le sommet du Popocatépetl sembla s'embraser.

«*Nous dansons sur un volcan** : c'est ce qu'on a dit au duc d'Orléans à Naples, à la veille de la rébellion de 1830, qui envoya en exil Charles X, le dernier roi de France descendant des Bourbons en ligne directe... Moi-même, Commodore, je danserai peut-être bientôt sur un autre Vésuve : sur le Popocatépetl, ha, ha !... Mais venez avec moi... il commence à faire froid, et une *fragrance** délicieuse me parvient... vous la sentez ? Le chocolat doit être servi... le médecin me l'interdit, mais je me dis, un petit peu de temps en temps... mousseux... Allez, Commodore, courage. Comme je le dis à ma chère Impératrice : *Cheer up! Let's be optimistic!* Votre Nouvelle Virginie deviendra une réalité, comme ma Charlotteville : *you have my word.* Ainsi que notre marine nationale ! Je connais bien ces choses-là. Avec Tegetthoff, comme vous le savez, j'ai modernisé la Flotte autrichienne. Nous avons acheté aux Anglais la frégate à vapeur que nous avons baptisée *Radetzky*, comme notre vainqueur du Piémont, et nous avons construit le *Kaiser*, le *Don Juan d'Autriche* et nous avons blindé la *Novara*... Je n'y connais rien en coton, mais nous ferons du Mexique un grand producteur de coton... De bétail également, ça coule de source... Comment est-il possible que le coton soit moins cher en Angleterre qui n'en sème pas, que dans ce pays qui, lui, en produit? Cinq pence le yard pour le drap à Londres, contre treize pence à Mexico... Vous vous rendez compte! Auparavant, toute la vanille consommée en France venait du Mexique, maintenant l'île de la Réunion la lui fournit en grande partie... Mais on ne pourra rien faire, Commodore, si, comme le dit Charles Lemprière dans son livre, chaque nouveau cabinet répudie les engagements de son prédécesseur, aussi sacrés qu'ils aient été. Le Mexique a besoin de continuité en politique et cette continuité, c'est l'Empire qui la lui donnera... Oui monsieur, sapristi!»

L'Empereur étendit le bras et il tourna lentement sur ses talons, comme s'il voulait embrasser toute la vallée et son contenu: les ruisseaux, les *ahuehuetes* immémoriaux, les grands lacs scintillants, à l'est de la Sierra Nevada, tels Gog et Magog, le Tecámac et le mont Tláloc, à l'ouest les hauteurs de Las Cruces et de Monte Alto, au nord-ouest le lac de Texcoco d'où parfois s'élevaient en spirale des trombes d'eau écumantes et, de ses rives, des tourbillons de poussière. Il sembla vouloir embrasser également le ciel bleu et limpide où, dans l'obscurité des nuits sans lune, apparaissaient Sirius, Castor et Pollux, le Cœur de Lion et Antarès, ainsi qu'un million d'autres étoiles, plus brillantes que nulle part ailleurs dans le monde.

« Et dans cette vallée, dans la glorieuse vallée de l'Anáhuac poussera une herbe plus bleue que l'herbe la plus bleue du Kentucky...!»

Ensuite il appuya sa main sur l'épaule du Commodore.

« Venez. Nous allons prendre un peu de chocolat... Je vous parlais de mes expériences au Brésil. J'y ai vu un Nègre frappé d'éléphantiasis, qui produit d'épouvantables maladies de la peau. Mais j'ai aussi connu des compensations: j'ai été émerveillé par la flore et la faune du Matto Virgem: les colibris chatoyants, la couleur sombre des eaux de l'Amazone, les ronciers au prodigieux ramage. J'ai rapporté à Schönbrunn, entre autres choses, quelques spécimens d'animaux d'une rareté extrême... J'ai également vu là-bas des jeunes garçons *half-caste*, de race mixte, Commodore, qui m'ont fait penser au métal corinthien: un alliage de cuivre, d'or et de bronze. Mais c'est à Saint-Vincent, dans les îles du Vent, que des Négresses m'ont donné pour la première fois l'impression d'être des scarabées. Il est réellement *shocking* de voir ces esclaves noirs, au milieu de la jungle, en livrées et casaques de velours rouge brodées d'or et les Négresses habillées à l'européenne... Elles portent des mantilles, utilisent crinolines et parasols, se peignent à la bordelaise... et elles sont pieds nus, *barefoot! A propos** de Nègres, le capitaine Blanchot me racontait que, quand Bazaine voguait vers le Mexique à bord du *Saint Louis*, avec le 95e de ligne, on a offert aux officiers, à Saint-Pierre, un délicieux banquet, où la cuisine était *créole** et française, et comme dessert on a servi *une crème à la vanille** qui, d'après ce qu'on leur a dit, était faite avec du lait de Négresse. Et le capitaine me disait en riant: *Et pourtant elle est blanche!** »

XIII

CHÂTEAU DE BOUCHOUT
1927

Oui, Maximilien, c'est le mensonge, ce sont les mensonges qui nous ont perdus. J'ai ici, Max, dans ma chambre à coucher de Bouchout, un coffre plein de mensonges que m'a apporté le messager. Certains sont si innocents qu'ils ressemblent à la colombe de Concha Méndez : si je soulève le couvercle du coffre, ils s'échappent et quand je veux les attraper par la pointe d'une aile ils se désagrègent, comme s'est réduite en cendres, entre mes mains, la lettre de papa Léopold. Il y a des mensonges salés et phosphorescents, Maximilien, comme les eaux de la mer qui ont porté la *Novara* jusqu'aux côtes du Mexique. Il y a de pieux mensonges, comme ces petits Indiens mexicains qui pour la fête de la Saint-Jean se déguisaient en uhlans et le Vendredi Saint en Hérode et en Ponce Pilace, en Christ et en Madeleine. Il y a aussi des mensonges que je ne te pardonnerai jamais. Crois-tu que j'oublierai la nuit que nous avons passée à Puebla, où tu t'es indigné qu'on nous ait préparé un lit matrimonial : tu as ordonné qu'on te dresse un lit de camp dans une autre chambre et tu es allé passer la nuit sous un tableau qui représentait une prison, alors que je restais seule de mon côté, sous la peinture d'un hôpital ? T'en souviens-tu, Maximilien ? Et j'ai dû endurer cela de l'homme qui disait qu'il m'aimait tant. D'autres encore sont des essaims de mensonges, comme ces grenades écarlates de Teziutlán, pareilles à des gouttes de sang cristallisées. D'autres se cachent dans les pages des livres et sèchent, ils perdent le parfum et les couleurs qui, un jour, nous ont séduits, comme les feuilles des myrtes et les bryones des guirlandes avec lesquelles on m'a reçue à Raguse et que je garde là, dans le coffre, entre les pages de l'album aux onze mille signatures que nous ont donné les habitants de Trieste et où ils souhaitaient bonne chance à leur ancien Vice-Roi et à leur ancienne Vice-Reine des provinces lombardo-vénitiennes : là encore il n'y eut que mensonge : que pouvaient souhaiter les Triestins si ce n'est l'échec d'un couple représentant les oppresseurs autrichiens qui avaient condamné le patriote italien Gonfalonieri à pourrir pendant quinze ans dans un cachot ? Mais nous avons cru en eux, en leur amour et en leur bonté, et c'est ce qui nous a perdus.

D'autres mensonges sont comme les rubans de couleur avec lesquels je tresse mes cheveux, avec lesquels je fais des rosettes que j'accroche aux poignées de portes qui s'ouvrent sur des endroits que tu es loin d'imaginer : l'une donne sur la Salle du Trône des grottes de Cacahuamilpa. L'autre sur la Salle du Grand Trianon où le Maréchal Bazaine fut jugé pour trahison envers la France. Une autre donne sur les pilastres corinthiens de Saint-Cloud entre lesquels s'élevaient les sculptures de la Force et de la Prudence : mais tout cela n'est et n'a été que mensonge : la force et la prudence ont été réduites en poussière par les canons d'acier du Général Moltke, et Bazaine, ce misérable, bien qu'il eût mérité de mourir ainsi, déshonoré et banni, pour tout le mal qu'il nous avait fait au Mexique, est devenu le bouc émissaire destiné à occulter le déshonneur de Mac-Mahon, le Duc de Magenta, qui par ses bévues a fait perdre l'Alsace à la France, berceau de mon grand-père. Et ce trône de cristaux irisés qui resplendissait dans l'obscurité de la grotte, qui étincelait à la lueur des torches, était tapissé de stalagmites aussi pointues que ces baïonnettes avec lesquelles, Maximilien, tu t'es finalement entaillé les fesses.

Parfois je prends tous mes rubans de couleur, je les couds par une extrémité à mes jupes de jeune fille de Puebla et je m'en sers pour lancer des cerfs-volants dans les airs, comme je le faisais dans le Parc de Windsor avec mes cousins Aumale et Chartres après avoir confectionné du beurre et de la crème à Frogmore grâce à la recette de notre cousine Victoria, ou comme je le fais, mais ne le dis à personne, Maximilien, car c'est un secret, chaque fois que je vais au Mexique et que j'en fais à nouveau voler avec Madame Sánchez Navarro dans la Vallée de Tenancingo.

Allez, Maximilien, prends une faveur par l'autre bout, danse avec moi, chante et confesse tous tes mensonges. Pose sur ta poitrine le cœur d'une hirondelle et dis que tu as menti quand, une fois condamné à mort, tu as juré à Benito Juárez que tu perdrais la vie avec joie si ton sacrifice pouvait contribuer à la paix et à la prospérité de ta nouvelle patrie. Allez, Maximilien, mets sur ton front la langue d'une alouette et crie au monde entier que tu as menti quand, en remettant ton épée à Escobedo, tu lui as dit que s'il te permettait de quitter le Mexique tu t'engageais sur ton honneur à ne jamais y revenir. Allez, humilie-toi, agenouille-toi, marche à quatre pattes, redeviens un enfant obéissant et je t'appellerai le soleil de l'alcázar, l'étoile du matin de Cuernavaca, je te donnerai des bonbons au citron et à la belladone, je baisserai tes pantalons et avec un fouet de rubans aux mille couleurs je frapperai tes fesses entaillées pour que tu ne dises plus jamais de mensonges et que tu ne croies plus jamais les mensonges que te diront les autres. Tu as bien dit au Docteur Jilek, dans une lettre, qu'au Mexique régnait une démocratie saine, dépourvue de ces fantaisies morbides propres à l'Europe ? Tiens, attrape, espèce de menteur, et lave-toi les dents avec de la poudre d'orpiment. Tu as bien dit au Baron de Pont que jamais un Mexicain n'avait travaillé avec autant de zèle que toi pour sa patrie? Tiens, attrape, espèce de menteur, et rince-toi la bouche au peyotl et à la réglisse. Tu as bien écrit au baron et tu lui as bien juré que si tu te retrouvais à Miramar et qu'on t'offrît à nouveau le trône du Mexique, tu l'accepterais sans l'ombre d'une hésitation? Tiens, attrape et attrapez vous autres. Donne-moi ton fouet, Maximilien, donne-moi tes verges, donne-moi ton épée, je vais punir pour leurs mensonges les habitants de Chalco qui nous ont reçus avec des tapis de fleurs qui disaient Gratitude Éternelle à Napoléon III, car ni ces mots ni ces coquelicots ni ces lys ne disaient la vérité. Prête-moi ta salive, Maximilien, je vais aller cracher dans les eaux jaunâtres du Río Grande, donne-moi un bâton pour que je cogne sur les anges qui ont construit la Cathédrale de Puebla car eux aussi ont menti et leurs ailes de pierre n'étaient pas vraies, et je vais aussi bastonner ta mère Sophie qui a juré qu'elle ne se marierait jamais avec l'Archiduc François-Charles qu'elle a traité d'imbécile parce que c'est ce qu'il était, un attardé mental, mais qui pourtant est devenue son épouse et avec lui a conçu ton frère et toi aussi peut-être, à moins que tu ne sois le fils du Roi de Rome. Allez, Maximilien, prête-moi tes dents et mets le masque de Louis-Napoléon parce que toi, Moustachu, avec les dents de mort du Roi de l'Univers, je vais t'attacher ta tignasse et tes moustaches gominées, je vais fabriquer une corde avec des tranches de lard pour t'attacher par les testicules et te promener sous l'arc de triomphe du Carrousel comme le bœuf gras du carnaval et ainsi, accroché par les testicules, je te traînerai dans les rues jusqu'à ce que tu n'en puisses plus et que tu hurles au monde entier que le Général Forey a menti quand, en débarquant à Veracruz, il a dit qu'il ne venait pas faire la guerre aux fils du Mexique mais à son gouvernement, et ces pauvres soldats de Zacapoaxtla qui sont morts le crâne défoncé par les obus de Forey près des murailles du Fort de la Miséricorde à Puebla: qu'étaient-ils d'autre que les fils du Mexique? Et jusqu'à ce que tu cries que toi, Moustachu, toi, le Grand Arlequin, tu as menti toi aussi quand tu as dit que la France ne souhaitait pas imposer au Mexique un gouvernement qui n'eût pas reçu l'agrément de son peuple, et les soldats du peloton qui a fusillé Maximilien à Querétaro qu'étaient-ils d'autre si ce n'est le peuple du Mexique? Ainsi, en te traînant, je t'emmènerai jusqu'à la Salle du Conseil des Tuileries pour que là, debout sur le velours vert qui recouvre la table ovale où tu as signé la déclaration de guerre au Kaiser Guillaume Ier et à son Premier Ministre Othon Édouard Léopold von Bismarck-Schönhausen, tu cries à la France entière que quand tu as dit que tu ne quitterais la prison de Ham que pour prendre le chemin des Tuileries ou le chemin du cimetière, tu mentais car de là tu es parti ventre à terre pour l'Angleterre, comme l'ont fait Victor Hugo et mon propre grand-père et comme aurait voulu le faire Napoléon Ier, et comme tu l'as fait à nouveau plus tard, quand tu t'es rendu à Chislehurst pour mourir non pas des pierres que tu avais dans la vessie mais de celles que tu avais sur la conscience.

Aide-moi, Max, aide-moi à soulever le couvercle du coffre pour que tous les mensonges s'en échappent comme de la Boîte de Pandore se sont enfuis les fléaux qui ont assombri le monde, et pour voir si là-bas, tout au fond, je découvre une vérité. Une seule. Je veux savoir s'il est certain que c'est dans le Salon Turc du Palais de Palerme, qui avait des colonnes de turquoise et des candélabres d'opale, que j'ai connu ma grand-tante la Reine de Sardaigne. S'il est certain que pour notre mariage les serviteurs du château d'Eu se sont associés pour nous offrir un service à thé en porcelaine de Sèvres qui représentait les châteaux de la Maison d'Orléans et que plus tard Louis-Napoléon a dérobé. Méfie-toi, Maximilien, ne bois pas le thé à la cannelle que te proposera Eugénie dans la tasse du château de Compiègne, ne trempe pas tes lèvres dans la tisane de camomille que t'offrira Madame Carette dans la tasse du Château de Neuilly, car je te préviens, Maximilien, les mensonges, parce que ce sont des mensonges, n'ont pas l'air d'en être. Il y a de beaux mensonges qui sont comme le visage de ma mère ou les yeux du Colonel López. Il y a des mensonges tristes et gais comme l'histoire de Geneviève de Brabant que me racontait mon frère Léopold. Et il y a des mensonges comme toutes ces choses que j'ai vues l'autre jour quand j'ai visité l'Exposition Universelle de Paris : émaux du Limousin et confiture de pétales de rose de Turquie, miels du Yucatán et camées florentins, cornes d'abondance en cuir du Soudan et tant d'autres choses que c'est à peine si je m'en souviens, comme des cuillers en écaille de Roumanie, des fruits en cire de l'Ile Maurice et la statue en sel de Charles Quint.

Viens, Maximilien, viens, aide-moi à arracher ces violettes blanches que tu as envoyées de Corse à ta mère pour qu'elle les mette sur la tombe de ton père et qui se sont collées au fond du coffre, aide-moi à chasser les abeilles d'or qui veulent boire le miel amer qui déborde du cœur de l'Aiglon. Il y a des mensonges comme cet oursin que m'a rapporté le messager des plages de Mocambo et sur les piquants duquel mes médecins et mes dames de compagnie voudraient que j'enfile des paillettes et de la verroterie toute la sainte journée. Arrache un des piquants et plante-le dans la langue du Colonel López, qui a menti lorsqu'il a dit qu'il était allé voir Escobedo uniquement pour gagner du temps afin de te sauver la vie. Et plantes-en un autre dans celle d'Éloin pour t'avoir écrit de Vienne que le peuple autrichien te préférait comme souverain à François-Joseph, plantes-en à tous ceux qui ont dit que tu pourrais former à Miramar un gouvernement mexicain en exil comme l'a fait à Rome mon arrière-grand-père le Roi des Deux-Siciles. Le même châtiment pour Hidalgo, qui a juré à Eugénie que le peuple mexicain était de pure race latine. Au Comte de Beust, pour avoir envoyé un télégramme où il disait que ton frère était disposé à rétablir tes droits de succession en Autriche-Hongrie si tu abdiquais le trône du Mexique. Au Baron Magnus, qui t'a juré, à Querétaro, qu'il mettrait à ta disposition tout l'argent dont tu aurais besoin pour suborner tes gardes.

Et ce n'est pas tout. J'ai d'autres choses à te montrer : pour moi j'ai gardé ce fil d'or agrémenté de pointes en diamant que j'ai commandé à Monsieur Fabergé : je veux que tu le prennes pour m'attacher les mains, pour que jamais plus je n'écrive du Mexique à personne, ni à mon père Léopold, ni à la Comtesse d'Hulst, ni à mon frère le Duc de Flandres, ni à ma grand-mère Marie-Amélie, en leur disant que je suis heureuse, que notre peuple mexicain nous adore, que je ne sais comment remercier le Bon Dieu pour tout ce qu'il nous a donné, que ce serait une bien belle chose qu'une nation où tous les hommes seraient comme Gutiérrez Estrada. Et pour toi, Max, j'ai un autre cadeau. Te souviens-tu de cette soirée à Miramar, dans le Salon des Mouettes, où tu avais en face de toi une carte du Mexique sur laquelle tu piquais des épingles de couleur ? Une épingle à tête bleue en l'honneur du bleu turquoise du Golfe de Californie et de ses dauphins bondissants ? Une épingle argentée pour célébrer les gisements d'argent du Guanajuato et les pièces d'argenterie ciselée qui ont ébloui les conquérants espagnols dans le Palais d'Axayácatl ? Aujourd'hui le messager est arrivé déguisé en Colonel du Pin, il me les a apportées et m'a demandé de te les donner, Max, pour que tu te les plantes toi-même dans la langue, une pour chacun de tes mensonges, de tes mensonges blancs, de tes mensonges roses, de tes mensonges qui étaient dorés, comme tes rêves : perce-toi la langue pour avoir dit à Orizaba que si le peuple mexicain décidait d'être à nouveau en République, tu serais le premier à féliciter le président élu ; pour avoir écrit que l'Autriche était malade d'un mal incurable, rongée par l'ennui et la tristesse, en sachant qu'il n'en était rien et que plutôt que de te trouver dans cet horrible palais de Mexico, torturé par les violons désaccordés des Indiens aux pieds nus, par leurs pétards et leurs crécelles, tu aurais préféré te promener sur le Volksgarten de la Hofburg en écoutant éclater dans l'air pur de Vienne les bulles joyeuses et cristallines de la polka « Champagne » de Johann Strauss. Perce-toi la langue, Max, car tout en sachant que tu te retrouvais seul et désemparé, tu as murmuré, derrière un rideau du palais alors que les troupes françaises se retiraient du Mexique, qu'enfin tu étais libre, et parce que, une fois jugé et condamné, tu as dit que tu n'avais jamais pensé qu'on te rendrait responsable d'une situation que tu n'avais pas créée, alors que tu as toujours su que tu étais le principal coupable, car sans toi il n'y aurait pas eu d'Empire. Et traverse-toi la langue, Max, transperce-la jusqu'à la glotte avec une épingle du même noir qu'un de tes mensonges les plus sordides, car après t'être moqué de Napoléon III, après t'être étonné du cynisme dont il a fait montre quand il t'a dit, à l'Orangerie, à propos de la Guerre de Crimée, qu'il aurait mieux valu se répartir la Turquie au lieu de l'aider, et qu'ainsi l'Autriche aurait pu s'agrandir de l'Albanie et de l'Herzégovine, et après avoir écrit à mon père que l'étoile de Louis-Napoléon devrait s'éteindre, comme celle de toute la racaille de sa classe, tu as dit de lui, de Moustachu, qu'il était le plus grand souverain de son siècle.

Et à l'Indien, Maximilien, à ton assassin, à Benito Juárez, qui proférait un mensonge chaque fois qu'il ouvrait la bouche, réserve-lui, pour avoir dit à la Princesse Salm Salm qu'il n'épargnerait pas ta vie quand bien même tous les monarques d'Europe s'agenouilleraient devant lui, la stalactite la plus dure et la plus coupante, la plus éblouissante de ton trône de filigrane de sel et d'opales et de dentelle d'aigues-marines transparentes, pour la lui clouer dans la poitrine. Car si l'Indien a dit cela, c'est parce que devant lui était agenouillée une amazone de cirque, une arriviste, une fausse princesse et non pas ma cousine Victoria, la Reine d'Angleterre. Et parce que la Princesse Salm Salm était une idiote : pourquoi ne s'est-elle pas offerte à Juárez comme elle l'a fait avec le Colonel Palacios, qui a failli en sauter par la fenêtre de frayeur ? Tu crois que Juárez aurait bondi par le balcon du bureau présidentiel si la Princesse Salm Salm s'était déshabillée devant lui ? Lui, cet Indien basané qui, en dehors de la chair de sa femme Margarita qu'il a épousée uniquement pour pouvoir être tout ce qu'il a été : gouverneur et ministre, président et héros, n'a jamais pu caresser de ses mains sombres la peau douce d'une femme blanche, à moins que ce ne fût une prostituée, crois-tu qu'il se serait retenu de caresser les seins de la princesse yankee et de se jeter sur elle à peine Inés Salm Salm lui aurait-elle montré ses jarretelles et le début de ses cuisses ? Et parce que Magnus, et avec lui le Baron Lago et tous les autres ministres européens qui sont partis ventre à terre de Querétaro, étaient non seulement des lâches, mais aussi des idiots : ils ne connaissaient pas le prix de l'Indien. Ma cousine Victoria aurait dû lui offrir le Koh-i-Noor de la couronne anglaise avec lequel elle a tant paradé lors d'un de ses voyages à Paris quand cette hypocrite a rendu hommage aux Invalides à Napoléon Ier, le plus grand ennemi que l'Angleterre ait jamais eu. Mais on aurait ébloui l'Indien pour beaucoup moins que cela : avec le diadème d'émeraude dont la ville de Paris fit présent à Eugénie quand elle a épousé Louis-Napoléon. Avec les saphirs de la Duchesse d'Orléans qu'on a offerts à mon arrière-grand-tante Marie-Antoinette. Avec l'arbre à la rose d'or que Pie VII envoya à l'Impératrice Caroline Augusta et que Sissi aurait dû apporter à Juárez, ou que moi-même je lui aurais apporté si l'on m'avait dit, Maximilien, qu'on allait te tuer, mais personne ne me l'a dit et l'on m'a maintenue enfermée à Miramar pendant des mois entiers : moi j'aurais arraché la rose d'or, je me serais déshabillée et étendue sur le divan du bureau de Juárez où se prélassait le caniche d'Inés Salm Salm, je me serais mis la rose entre les jambes et j'aurais dit à Juárez que s'il l'embrassait avec ses lèvres basanées je le laisserais embrasser le nid de la rose et son auréole de gazon châtain, et alors ç'aurait été lui, l'Indien, qui serait tombé à genoux. Mais on ne m'a rien dit, Maximilien, et ils m'ont tous abandonnée. Sissi ne pensait à rien d'autre qu'à s'appliquer des masques de boue et de poudre de nacre pour effacer des rides qui ne sont plus jamais parties, ou qu'à se laver les cheveux au cognac et avec du blanc d'œuf pour leur rendre un éclat qu'ils n'ont plus jamais retrouvé. Ton frère François-Joseph, qui était trop occupé par sa maîtresse Katherine Schratt, n'a pas pris la peine de traverser l'Atlantique pour aller demander grâce à Juárez. Charles-Emmanuel II d'Italie ne pouvait te pardonner qu'un bateau portant ton nom eût coulé le *Rè d'Italia* à la Bataille de Lissa. Isabelle II d'Espagne se divertissait à ouvrir ses jambes à Carlos Marfori. Alexandre Nicolaïévitch se préoccupait avant tout de recevoir le prix qu'il avait gagné à l'Exposition de Paris pour ses élevages de chevaux et de se remettre de la frayeur que lui avait causée le Polonais Beresowski en tirant sur lui à Longchamp, que par ton sort et celui de ton Empire. Car personne, Maximilien, aucun monarque d'Europe, ni mon frère Léopold, ni Louis Ier de Portugal ni le Kaiser Guillaume Ier d'Allemagne, aucun, Maximilien, n'a été capable d'aller au Mexique demander à Juárez de ne pas te fusiller, d'aller flatter l'orgueil de l'Indien, encourager sa fatuité et lui dissimuler sa médiocrité et sa mesquinerie, pour te sauver la vie : ils t'ont tous abandonné. Mais si cela peut te consoler, Maximilien, je te dirai qu'ils sont tous morts. Ton frère, le mien, Victoria et Guillaume sont morts de vieillesse. Victor-Emmanuel est mort au Palais du Quirinal comme une gitane le lui avait prédit et la teinture avec laquelle le barbier avait teint la barbe de son cadavre lui a complètement noirci le visage. Isabelle d'Espagne est morte de vieillesse, mais aussi d'embonpoint, de saleté, de gloutonnerie, de putasserie, Louis de Portugal fut assassiné à Cascaes et Alexandre, découvert dans la neige éventré par la bombe de Ryssakov, est mort au Palais d'Hiver de Saint-Pétersbourg avec les entrailles gelées. Il n'y a que moi qui suis vivante.

Et parce que je le suis et que je t'aime, je vais te pardonner tous tes mensonges si tu me promets de bien te conduire et de répondre la vérité à toutes mes questions. Dis-moi : tes yeux ne me reverront donc plus ? Tes yeux clairs ne me regarderont plus depuis le bleu du lac ? Ma bouche ne te désirera plus ? Mes bras ne t'étreindront plus, Maximilien, depuis les balustrades blanches des balcons de Miramar ? Dis-moi, Max : tu te souviens quand tu as eu les oreillons et que ta grand-mère t'a offert une forteresse en carton avec des soldats de plomb et des canons à amorces ? Tes mains ne tireront plus le canon-jouet qui démantèlera les murailles de la forteresse rouge de San Juan de Ulúa et les fera s'écrouler dans les eaux de la rade de Veracruz, à la grande frayeur des requins et des raies mantas ? Tu n'auras plus jamais les oreillons, Max, pour que ton frère François-Joseph t'envoie à nouveau des lettres secrètes écrites avec son sang et la pointe de son épée ? Hélas, Maximilien, Maximilien, avec ton berceau d'ivoire sous l'alouette empaillée : tu as semé des violettes, tu as récolté des corbeaux. Tu as semé des fantômes, tu as récolté une rafale de balles. Hélas, Maximilien, Maximilien avec ton île solitaire et ses girafes, tes oreillons, ta cabane tapissée de peaux de chats sauvages et aux rideaux en peau de boa, et dans ta main une pipe nettoyée avec des pelures de pomme et du thé à la jacinthe : tu as semé des rêves, tu as récolté un coup de grâce. Hélas, Maximilien, dis-moi : dans le verdoiement silencieux de Venise, la tristesse n'a-t-elle pas bu des masques de mousse sur tes lèvres ? Sous les bougainvillées des Jardins Borda, ta joie n'a-t-elle pas bu des papillons bleus à tes yeux ? Sur les plages de Carthagène, le vent ne t'a-t-il pas parlé du fond de ses cendres ? Ces cendres n'ont-elles pas eu un fils et l'Alcázar de Tolède un oiseau? Quand l'oiseau s'est-il vidé de son sang sur ta poitrine de marin? Quand son bec s'est-il planté dans ton cou? On ne me l'a pas dit, Maximilien, on me l'a caché tout ce temps, vingt-deux mille nuits, Maximilien, où je t'ai attendu là dans mon lit de lave sèche que j'ai fait extraire du Pedregal del Ajusco, dans l'obscurité parce que je suis presque aveugle à cause des cataractes qui ne me laissent pas te voir comme tu as toujours été, grand et blond, avec le collier de la Toison d'Or à ton cou et ta barbe aérienne qui flottait sur l'eau quand tu te baignais dans le lac de Chapultepec. Tu te souviens, Max, de ces matinées si claires et comme fraîchement lavées à l'eau de fleurs de lys, et moi qui te saluais de la terrasse du château, qui te disais bonjour avec une lettre de papa Léopold à la main? Et je descendais alors pour te la lire à voix haute depuis la rive du lac? Je descendais les escaliers conduisant à la chambre où ma mère était couchée, le plafond formait une voûte piquetée d'étoiles et elle, l'Ange de Belgique, elle était toute pâle et au-dessus de son lit, comme suspendus en l'air par des fils invisibles, immobiles, il y avait trois cygnes noirs du Béguinage aux ailes déployées. Je descendais, je m'enfuyais avec la lettre de papa à la main, et tout à coup je me suis rendu compte que cet escalier n'était pas celui du château, ni celui de Laeken, que ces degrés de pierre sur lesquels rampait un lierre gris et bleuté, vieux et recroquevillé, étaient les marches de l'escalier en colimaçon de la tour ronde de Chichen-Itzá. Ensuite je me suis retrouvée dans un labyrinthe et je t'ai appelé en hurlant, mais seul m'a répondu l'écho en répétant ton nom à l'infini et j'ai su que je ne trouverais la sortie que si je suivais ce filet rouge, ce filet de sang toujours frais qui n'est pas celui qui a taché le cheval de bois de ma cousine Minette, mais cet autre filet de sang chaud qui s'est écoulé de moi la nuit où nous avons traversé le Tropique du Cancer à bord du yacht *Fantaisie* à destination de l'Ile de Madère et que sur un lit de madriers balayé par l'écume de la mer, les écouvillons et les bouteilles de vin Sercial, tes astrolabes et tes compas, le vent et l'obscurité de la nuit, toi et moi, tout nus, nous nous sommes tous mis à danser, et ce filet de sang, Maximilien, passe par l'Ile de Lacroma avec ses drapeaux mexicains en berne et ses crêpes comme des orchidées noires, il passe par le carrosse impérial que nous ont offert les habitants de Milan et qui est resté abandonné à El Olvido: les champignons y ont poussé, le chèvrefeuille s'est accroché à ses roues, à l'intérieur nichent des faisans et des quetzals aux longues queues chatoyantes et par ses fenêtres se répandent les fougères, et ce filet arrive, Maximilien, jusqu'à ton cœur hérissé de pointes comme l'oursin que m'a apporté le messager ou comme l'étoile de sang caillé que j'ai ici sur ma poitrine nue et ensalivée par tes baisers. Hélas, Maximilien, Maximilien, toi l'enfant aux mosaïques florentines de l'aile léopoldine de la Hofburg, toi l'enfant à l'âme parfumée par les miniatures perses de la Chambre du Million à Schönbrunn, dis-moi: la poussière des chemins d'Apam ne t'a-t-elle pas fait manger des miracles? Petit Maximilien, enfant qui t'es couché dans les ronces de soie de la Vallée de l'Anáhuac. Enfant à la barbe de serpillière et aux yeux de pétrole dépoli, Empereur du Mexique, Roi de Xochimilco, Amiral du Lac de Texcoco, dis-moi : n'as-tu pas pleuré des lacs d'arc-en-ciel dans les petits matins d'Uruapan ? Le Río Blanco aux eaux douces et amoureuses ne t'a-t-il pas embrassé les cuisses ? le sourire de Concepción Sedano ne t'a-t-il pas éclaboussé le visage ? Hélas, petit Ferdinand, damoiseau Maximilien, te souviens-tu qu'un jour tu as fait couper à la mode anglaise les queues des chevaux de ton régiment et que ton frère t'a puni parce que tu avais osé violer le règlement qui, depuis l'époque de Marie-Thérèse, ordonnait que les queues fussent longues et tressées ? Dis-moi, François-Joseph ne reviendra-t-il pas t'enfermer dans ta chambre, te mettre aux arrêts, pour que là, dans la solitude et dans ton imagination, les étalons blancs de l'École d'Équitation Espagnole de Vienne dont tu connaissais les noms par cœur viennent se cabrer, lancer des ruades, caracoler et galoper à la vitesse de la vie ? Tu ne vas plus reprocher de nouveau à ton frère, pour lui faire honte, d'avoir pleuré de peur, lui l'Empereur d'Autriche, la première fois qu'on l'avait hissé sur un poney ?

J'ai continué à descendre l'escalier, toujours avec la lettre de papa à la main, et je me suis aperçue que j'étais passée de l'escalier de la tour ronde à celui du Château de Chichen-Itzá et que cette sculpture de pierre d'un homme allongé qui tenait un vase sur son ventre était le chac-mool, que cet animal aux grands crocs avec le corps incrusté de fragments de jade était le jaguar rouge, et j'ai continué à descendre l'escalier et lorsque je suis arrivée en bas je savais déjà que cet immense cercle d'eau bleue n'était pas le lac de Chapultepec mais l'aven sacré. Je ne t'ai pas vu. Je n'ai vu que Blasio, tenant une serviette de bain grande et blanche comme un suaire, qui m'a dit quelque chose que je n'ai pas entendu, et ensuite il a disparu, je ne l'ai plus vu car j'ai été enveloppée par une nuée de vapeur ; alors la lettre s'est désagrégée dans mes mains comme de la cendre, parce que c'était la lettre d'un mort, parce que mon cher père Léopold Ier de Belgique l'avait écrite quelques jours avant de mourir et qu'elle ne m'était parvenue à Mexico que plusieurs semaines plus tard, quand je suis revenue, l'âme bouleversée et infectée par la stramoine, de là-bas, de Chichen-Itzá, de l'aven sacré. Je t'ai crié, je t'ai dit en hurlant et en sanglotant que l'on avait dû opérer mon père plus de dix fois, que ses pieds avaient gonflé de façon monstrueuse, que lors de son dernier voyage en Angleterre il n'avait presque pas pu s'entretenir avec Victoria car il avait passé son temps au lit dans le Palais de Buckingham, crucifié par les épouvantables coliques que lui causaient les pierres de sa vésicule, mon malheureux père que parfois la douleur contraignait à dormir debout, soutenu sous les aisselles par deux matelas cloués sur des tables, j'aurais dû là encore aller en Belgique pour m'occuper de lui, pour chasser de sa chambre à coups de pied sa maîtresse, la Eppinghoven, la seule personne à qui il ait permis d'être près de lui sur son lit de mort, pour le secouer, le réveiller de son délire et être ainsi sûre que quand il disait Charlotte, Charlotte chérie dans son agonie, c'est moi qu'il appelait, sa petite Charlotte, son Bijou, la Princesse de Laeken et non pas sa première femme

Charlotte d'Angleterre, la fille de George IV, cet ivrogne et ce dépravé, dont ma mère a pris le nom — et je ne le lui pardonnerai jamais — pour me le donner à moi, le nom d'une morte qui est restée à jamais vivante dans le cœur de mon père.

Alors j'ai compris ce que Blasio avait voulu me dire: qu'il faisait froid et que je me couvre avec ta serviette. Mais non, pas du tout: le nuage de vapeur me brûlait et je me suis jetée dans l'aven pour me rafraîchir et parce que je savais que tu étais au fond. D'abord je me suis couchée dans l'eau, sur le dos, calmement, sans même battre des paupières. Là-haut le soleil, au zénith, et le ciel bleu se découpant entre les sombres parois, très hautes, de l'aven, reflétaient, comme un miroir, l'astre tremblant de ma jupe orangée qui flottait et tournait autour de moi, et la mer de turquoises liquides où j'ai commencé à m'enfoncer, presque sans le sentir, comme je plongeais dans le sommeil quand ma mère me lisait quelques pages de *Fabiola*. Je suis ainsi descendue, très lentement, les yeux fermés, comme une fiancée endormie environnée de flammes, en un long voyage jusqu'au lit de l'aven. Quand j'ai ouvert les yeux, je t'ai vu étendu près de moi et j'ai vu que ton visage était si pâle qu'il semblait de plâtre. Mais tes cheveux et ta barbe étaient vivants: ils s'étaient changés en lombrics blancs. Ta langue aussi était vivante: c'était la queue d'un poisson violet. J'ai dévoré à belles dents tes lombrics, j'ai avalé le poisson, parce que je voulais que personne, Maximilien, ni le Docteur Licea ni le Baron Lago, ni le Colonel Platón Sánchez ni Miguel López, n'emportât chez lui les boucles de tes cheveux conservées dans des reliquaires ni les morceaux de ta langue conservés dans des flacons de formol en souvenir de ses infamies et de ses trahisons, de sa couardise et de ses félonies. A son tour, ton cœur vivait: dans la cage de tes côtes palpitait une méduse rouge comme la pourpre, tout comme ton membre: entre tes jambes pointait une anguille lumineuse et fuyante, brûlante, et ta peau, elle aussi, Maximilien, la peau de tes os, qui semblait faite d'une mousse bleue, douce et tremblante. Je me suis dévêtue pour faire l'amour avec toi, même si je savais qu'on nous observait et que de leurs orbites noires comme du jais nous contemplaient les vierges mayas jetées vivantes dans l'aven pour conjurer les dieux de la pluie.

Mais d'autres nous ont vus également et continuent à nous regarder avec un étonnement si fort qu'il ne tient pas dans les orbites vides de leurs yeux, car si, quand ils étaient vivants et qu'ils combattaient pour ce qu'ils croyaient être leur patrie, ils ont applaudi à ta mort comme à celle d'un usurpateur étranger, une fois morts ils n'ont pas compris comment leurs propres frères mexicains avaient pu les assassiner. Là, Maximilien, dans le bleu profond du gouffre, sur un autel tapissé des fleurs jaunes du *cempazúchil* et des fleurs rouges du *colorín*, se trouvaient les crânes de ceux qui furent à la fois héros et victimes d'une révolution dont tu n'as jamais entendu parler. D'une révolution qui, comme Saturne, a dévoré ses propres enfants: là, personne ne me l'a raconté, sur cet autel, j'ai vu un crâne doublé de peau de serpent, un autre de peau de puma et un autre encore croulant sous les cartouches, j'ai vu là un crâne recouvert de mosaïques de jade, j'ai vu là les crânes, blancs et polis, brillants de leur propre lumière comme des lampes, des Mexicains assassinés à Mexico, à Tlaxcalantongo, à Parral, sur le Domaine de Chinameca. Et eux ne m'ont pas vue.

Mais j'ai dit peu importe que tout le Mexique voie Maman Charlotte faire l'amour avec Papa Maximilien et, bien entendu, j'ai commencé à suffoquer, je m'étouffais, l'air m'a manqué mais j'ai bloqué ma respiration pour continuer à faire l'amour avec toi, et ce n'est que quand j'ai ressenti ce qui a été à la fois le plaisir et l'angoisse les plus forts de ma vie que j'ai cessé de me retenir, j'ai expulsé l'air qui me brûlait les poumons et mon âme s'est échappée par ma bouche. Ah, Majesté, Doña Carlota, nous pensions que vous étiez en train de mourir, votre gorge s'est bouchée? le vomi vous est remonté dans les poumons? c'était un cauchemar? m'ont demandé mes dames de compagnie et je leur ai dit que oui, j'avais eu un cauchemar: j'étais tellement lasse de constater qu'elles ne me croyaient jamais qu'en cette seule et unique occasion je ne leur ai pas dit la vérité, à savoir que je venais, cette nuit-là, de rentrer de mon voyage au Yucatán.

De toute façon, depuis cette époque, au moment où ces maudites s'y attendent le moins, je bloque ma respiration jusqu'à sentir que je vais m'évanouir, que mon visage devient violet, et mes dames, mes duchesses et mes médecins prennent peur, ils croient que j'ai une attaque cardiaque, que j'ai de l'emphysème, que je me suis étranglée avec de la nourriture, et ils me supplient de respirer, respirez Doña Carlota, pour l'amour de Dieu, m'implorent-ils, m'ordonnent-ils, ils me posent une plume sur les lèvres pour voir si elle s'envole, apportez une langue de belle-mère, a dit le Docteur Jilek, pour voir si elle la déroule, un réservoir d'oxygène: l'Impératrice s'asphyxie, a dit le Comte del Valle de Orizaba, une paille et de l'eau savonneuse pour voir si elle fait des bulles de savon, a dit la Comtesse d'Hulst, vite une pompe pour gonfler les pneus, a crié le Docteur Bilimek, c'en était trop et j'ai éclaté de rire, car j'ai imaginé qu'on me gonflait jusqu'à me transformer en ballon, alors je sortais par la fenêtre du château et je leur disais adieu, et je partais à travers les nuages en direction du Mexique, mais non, si je reviens un jour au Mexique avec le ventre prêt à éclater, ce ne sera pas parce que je suis grosse de vent ou d'un enfant de toi ou du Colonel Rodríguez: je serai lourde de tempêtes, de bourrasques et de tourbillons pour que, quand les Mexicains me frapperont de leurs bâtons comme ils l'ont toujours fait, j'éclate et que pleuvent sur eux, Maximilien, tous les malheurs et les calamités qu'ils méritent pour s'être montrés si ingrats à notre égard. Et comme d'habitude, au rire succédèrent les larmes, et, les yeux embués, je leur ai demandé pourquoi ils voulaient que je respire, pourquoi ils ne veulent pas que je meure, pour quoi et pour qui je dois continuer à vivre ainsi, aveugle et folle, vieille et solitaire, si le Roi de l'Univers ne doit plus désormais venir me voir, me toucher et m'embrasser, et elles me disent, mais Doña Carlota, Don Maximiliano ne va-t-il pas venir déjeuner? Ne va-t-il pas boire dans vos mains, Doña Carlota, l'eau claire des gouffres du Yucatán, le venin blanc du serpent à sonnettes ? L'Empereur ne va-t-il pas manger ses œufs *a la ranchera* ? Ne va-t-il pas partager un pot de chocolat avec le Commodore Maury, sur les terrasses de Miravalle ? L'Archiduc ne va-t-il pas rajeunir, voyager à nouveau à travers l'Empire des Habsbourg et les jeunes filles de Styrie ne lui offriront-elles pas un autre chapeau de feutre vert, avec une couronne d'edelweiss et une plume d'aigle ? Dites-nous, Doña Carlota : Don Maximilien ne redeviendra-t-il pas Empereur ? Et le Général Oxholm ne fera-t-il pas à nouveau le voyage du Danemark au Mexique pour le décorer de la grand-croix de l'Ordre de l'Éléphant ? L'Empereur n'arborera-t-il plus sur sa poitrine l'éléphant d'or sur champ d'émail azur ? Et si l'éléphant a soif, ne lèvera-t-il pas la trompe pour boire le ciel ? Et quand l'éléphant deviendra tout bleu de bonheur, la Princesse Salm Salm et le Nonce Papal ne deviendront-ils pas verts de jalousie ?

Mais plus que tes mensonges, que les miens et ceux des autres, plus que les mensonges de tous les jours, Maximilien, ce qui me tue d'angoisse c'est le grand mensonge de la vie, le mensonge du monde, celui qu'on ne raconte jamais, celui dont personne ne nous parle parce qu'il nous abuse tous. Quand j'ai dit, par exemple, à mes médecins qu'effectivement j'avais eu un cauchemar et que j'avais rêvé que je me noyais, ils ont été très contents. Et il en a été de même tout au long de ces années. Chaque fois que j'ai donné à leurs questions les réponses qu'ils veulent entendre, quand j'ai dit que je rêve, que je souffre de délires, que je m'imagine des choses, ou quand, à leur demande, je leur indique mon nom, mon âge, la date de ta mort, ils me regardent avec ravissement, ils me sourient et ensuite, dans les couloirs et dans les recoins, ils murmurent : l'Impératrice est lucide, Dieu veuille la conserver ainsi jusqu'à la fin de ses jours. Ce qui me préoccupe, ce qui, à mon avis, pourrait vraiment me rendre folle, c'est d'essayer de comprendre le mirage, l'hallucination dont ils sont tous victimes. Et en plus, je m'ennuie, je me fatigue à suivre leur jeu et à donner à toutes les choses le nom qu'ils veulent que je leur donne. Qui suis-je, Majesté ? m'a demandé un jour le Docteur Jilek. Le Docteur Jilek, lui ai-je répondu. Et cette chose là-bas, Majesté, qu'est-ce que c'est ? a-t-il dit en montrant les montagnes. Les montagnes, ai-je répondu. Et ceci, Majesté ? m'a-t-il demandé en indiquant une broderie au point de croix représentant le yacht *Fantaisie*, que j'ai faite il y a environ vingt ans, et j'ai répondu : c'est une broderie au point de croix représentant le yacht *Fantaisie*, que j'ai faite il y a longtemps. A ce moment-là, ils disent que je suis lucide et ils courent, ils volent le raconter à Léopold et à Marie-Henriette, et à mon neveu Albert. Parfois, ils me font presque pitié, mes pauvres médecins, mes malheureuses dames de compagnie. Je dis presque, parce que la haine que je ressens à leur égard m'empêche de m'apitoyer sur leur aveuglement. Peut-être n'est-ce même pas de la haine, mais simplement du mépris, parce qu'ils ne comprennent rien. Savez-vous, Docteur Jilek, où nous sommes ? lui ai-je demandé un jour. Et un dimanche matin, je me le rappelle très bien, où Albert est venu me rendre visite, je lui ai demandé : sais-tu qui je suis ? Nous sommes au Château de Bouchout, Majesté, m'a répondu Jilek. Tu es ma tante Charlotte, m'a répondu Albert. Non, non, leur ai-je dit, nous ne sommes pas à Bouchout, nous sommes au Mexique, et je ne suis pas ta tante Charlotte, je suis un miracle. C'est alors, figure-toi, qu'ils disent que je suis folle. Pourtant, ne m'ont-ils pas tous appris, mes frères, mes parents, mes maîtres, ne m'ont-ils pas obligée au-delà du tolérable à croire aux miracles ? Ne m'a-t-on pas parlé pendant toute mon enfance de la résurrection de Lazare et de Notre Seigneur Jésus-Christ ? La Comtesse de Mérode-Westerloo ne me racontait-elle pas comment la branche de valériane de saint Joseph avait fleuri ? Philippe ne m'a-t-il pas promis de m'emmener un jour à la Cathédrale de Cologne pour me montrer une des coupes des noces de Cana ayant contenu le vin que Jésus-Christ fit naître de l'eau lors de son premier miracle ? Ma Vice-Gouvernante Louise de Montanclos ne me parlait-elle pas de la transformation du propre sang du Christ en vin ? Le Cardinal Deschamps ne m'a-t-il pas dit de ne pas oublier que la Très Sainte Vierge était montée de la terre au ciel en sa chair immaculée ? Ne m'a-t-on pas emmené voir, à Sainte-Gudule, les hosties miraculeuses qui ont saigné pendant des siècles, après avoir été lacérées par trois Juifs qui moururent sur le bûcher ? Et Philippe ne m'a-t-il pas promis également de me montrer dans l'oratoire de Saint-Basile à Bruges la coupe contenant plusieurs gouttes du sang du Christ qui se liquéfiaient chaque Vendredi Saint ? Et maintenant qu'ils ont en face d'eux un miracle, maintenant que pour la première fois de leur vie ils contemplent un prodige, Maximilien, ils ne le reconnaissent pas, ils ne le comprennent pas, ils ne le voient pas. Le seul pour lequel j'ai ressenti un peu de tendresse, c'est Albert, car quand il avait cinq ans je lui ai posé la même question, dis-moi qui je suis, et quand je lui ai répondu non, je suis un miracle, il a su de quoi je parlais, ses yeux se sont illuminés, il a juré de garder le secret, mais maintenant qu'il se croit très important parce qu'il est roi, il a tout oublié et c'est devenu un crétin. Savais-tu, Maximilien, qu'après avoir inondé la vallée de l'Yser pour arrêter l'avance allemande, il est resté isolé sur un morceau de territoire qui n'avait même pas vingt mille mètres carrés et quand on lui a dit qu'il vaudrait mieux qu'il quitte le pays, Albert a pris comme exemple un homme d'État qui dans des circonstances semblables n'a jamais abandonné sa Patrie, Benito Juárez ? Albert, mon neveu Albert a dit cela, à ma grande honte et à celle de toute ma lignée. Albert Ier de Belgique. Mais je te disais que maintenant qu'ils contemplent tous un prodige pour la première fois de leur vie, ils ne le comprennent pas et ce n'est pas qu'ils jouent les idiots par pure jalousie, car eux aussi ils aimeraient vivre comme moi, en même temps, toutes les époques de leur vie. Non, tout cela dépasse les limites de leur intelligence. Hier, par exemple, nous avons eu la classe d'espagnol à Miramar : comment expliquer, dis-moi, au professeur que devant lui il avait non seulement une femme de vingt-trois ans, mais aussi une femme mûre de quarante ans et une vieille femme de quatre-vingt-six? Comment lui faire comprendre que sous ce teint de porcelaine, sous ce joli visage lavé à l'eau de Cologne et de réséda dont le Colonel Van der Smissen est tombé amoureux fou et qu'aurait envié Gabrielle d'Estrées, la maîtresse d'Henri de Navarre, il y avait dix, cent masques, chacun moins beau, plus vieux, moins frais, plus parcheminé, pour arriver à celui que je porte aujourd'hui? Et comment dire au Prince de Ligne, qui vient demain me répéter encore une fois la même histoire: que je suis très riche, que nous continuons à acheter les tribus congolaises avec des bouteilles de gin et que l'Angleterre et le Portugal sont d'accord pour que le drapeau à l'étoile d'or sur un ciel bleu qu'a inventé Léopold flotte sur les deux rives de l'estuaire du Fleuve Congo, comment lui dire de ne pas être stupide, qu'il perd son temps, qu'il parle à un fantôme, que soixante années me séparent de lui, que sous ce masque d'octogénaire transparaît le visage au teint de lys de l'Impératrice du Mexique qui se trouve à Chapultepec, où je donne une de mes soirées et m'entretiens avec Lola Escandón, Lola de Elguero et Pepita Bazaine, qu'il m'attende quelques instants, je ne vais pas tarder, et qu'il se taise, je sais déjà tout ce qu'il a à me dire à propos d'ivoire et de caoutchouc, de peaux et de diamants, je ne veux plus entendre parler de Nègres du Congo, seuls mes Indiens mexicains m'intéressent? Comment expliquer à notre professeur d'espagnol qui, en outre, est mort depuis longtemps, comment lui dire qu'il ne sert à rien de me parler de conjugaisons et de temps verbaux, car je n'ai pas été l'Impératrice du Mexique, je ne serai pas Charlotte Amélie, je n'allais pas être la Reine de l'Amérique, mais que je suis la totalité du temps, un présent éternel sans fin et sans commencement, la mémoire vive d'un siècle gelée en un instant?

Aussi, Maximilien, s'ils te disent que, parfois, pendant des heures et même pendant des jours entiers je suis lucide parce qu'ils me demandent l'heure et que je la leur donne, parce qu'ils me demandent quel jour on est et que je leur donne la date, parce que je ne me mets pas à casser des miroirs et que je n'accuse personne de vouloir m'empoisonner, ne t'occupe pas d'eux, ne les crois pas. C'est simplement, comme je te le disais, parce que je me fatigue, et alors je descends non pas l'escalier en colimaçon de la tour ronde de Chichen-Itzá, non pas les escaliers de bois de Laeken ou les escaliers du Château de Chapultepec ou les escaliers du Gouffre Sacré: je descends du château où je vis, c'est-à-dire de ma tête, je descends d'un palais aussi grand que l'univers, avec des portes et des fenêtres qui s'ouvrent sur toute l'histoire et tous les paysages, j'affleure à la surface de ma propre peau, uniquement pour m'apercevoir que je suis enfermée dans un monde qui m'étouffe, dans une réalité mesquine, pygmée, incompréhensible, qui me rend folle.

Et si l'on te dit que la démence s'est à nouveau emparée de moi parce que, folle de soif, de soif d'amour et de lumière, je jette une fois encore mon déjeuner au visage du Docteur Jilek et que je lui dis que je vais sortir la nuit de Bouchout pour boire dans les fontaines du jardin, ne le crois pas non plus. Je ne suis pas folle. Folle, la femme de Frédéric-Guillaume II,

Louise, qui ne dormait jamais la nuit parce que sa chambre se peuplait de spectres phosphorescents. Fou Caligula, qui nomma consul son cheval Incitatus. Folle Jeanne la Folle, qui voyagea avec le cadavre de son mari Philippe le Beau de la Chartreuse de Miraflores à la Cathédrale de Grenade, dans l'espoir de rencontrer en chemin un saint ou un sorcier qui le ressusciterait. Fou George III d'Angleterre, qui confondit un arbre avec l'ambassadeur de Prusse. Fou Louis de Bavière qui, dans son Château de Linderhof, dînait seul avec les fantômes invisibles de Marie-Antoinette et de Louis XVI assis sur deux chaises vides. Mais ce n'est pas mon cas : si je dis que j'ai bu à toutes les fontaines du monde, c'est parce que j'ai grimpé sur les tritons de la Donaubrunnen de la Hofburg pour boire les eaux des affluents du Danube dans une coupe d'argent ciselée par Benvenuto Cellini. Parce que j'ai bu, dans le pot de porcelaine dans lequel on servait le lait à mon arrière-grand-tante Marie-Antoinette, à Rambouillet, l'eau froide de la grotte du dragon que le Roi Soleil a construite à Versailles pour sa maîtresse la Marquise de Montespan. Parce que je vais quand je le veux au Mexique boire de l'eau dans des tasses de bois à la Fontaine de la Tlaxpana, à celle de Corpus Christi et à celle du Salto del Agua. L'autre fois, je suis allée à Bruxelles à la fontaine des trois nymphes, où l'eau jaillit de leurs seins nus, et j'ai bu à chacun de leurs tétons, ensuite je me suis rendue à la fontaine de l'enfant qui depuis deux siècles urine une eau limpide jour et nuit, j'ai collé mes lèvres à son petit membre et j'ai su que ce liquide qui me caressait la gorge n'était pas de l'eau de la Meuse, ni de la Sambre, ni de l'Escaut, ni d'aucune des autres rivières de Belgique : c'était le nectar si doux qui provenait des fleuves de lait et de miel du Paradis. Alors j'ai commencé à trembler, Maximilien, mais ce n'était pas de froid.

XIV
UN EMPEREUR SANS EMPIRE 1865-1866

1. Chroniques de la Cour

Du «Règlement pour les Services d'Honneur et le Cérémonial de la Cour», Maximilien Ier du Mexique. Troisième Section. Jeudi Saint.

23.
Les mets seront disposés dans la salle à manger. Dès que l'Empereur et l'Impératrice se dirigeront vers la table, les secrétaires des Cérémonies passeront dans la salle à manger et en ressortiront immédiatement suivis chacun par douze hommes de la Garde Palatine, qui porteront sur des plateaux le premier service. Le Premier Secrétaire des Cérémonies s'occupera de la table des hommes âgés et le Second Secrétaire des Cérémonies de celle des femmes âgées.

Une fois passés les sinistres Jeudi et Vendredi Saints, le deuil, l'adoration de la Croix, les messes et les sermons à n'en plus finir matin et soir, une fois passés le samedi de l'Annonciation et le dimanche de Pâques, la cour se demandait entre autres choses si l'impératrice Charlotte, qui de profil ressemblait de plus en plus à son grand-père Louis-Philippe, n'avait pas été prise de dégoût en lavant les pieds des douze femmes âgées, et quelle catégorie d'œuf de Pâques pouvait lui avoir offerte Maximilien étant donné qu'en France un œuf de Pâques de la grosseur de celui d'un pigeon pouvait contenir plusieurs bagues ou jusqu'à dix-neuf louis, un œuf de la grosseur de celui d'une poule un collier de deux mille pesos, et s'il était certain que, comme l'affirmait *le Journal de l'Empire*, la pomme de terre galicienne était plus productive et plus vigoureuse mais que celle de la Mancha était sans l'ombre d'un doute de meilleure qualité, opinion que, d'après ce qu'on croyait savoir, partageait M. Bouleret, un des cuisiniers du palais, et que le Secret de Cupidon annoncé dans le même périodique était sacrément utile pour éliminer le duvet superflu en réponse à une question de Mme L., et le bruit courait que le général Escobedo s'était emparé d'un convoi de deux cents chariots qui transportait onze millions de francs, et qu'on avait publié un calendrier des lutins et des fantômes et, comme le disait avec inquiétude à M. Mangino y Larrea un général de division vêtu d'une redingote de drap bleu foncé avec de grosses épaulettes torsadées, lors d'une messe célébrée à New York trente mille Yankees s'étaient déclarés juaristes, tandis qu'un œuf de Pâques gros comme celui d'une autruche pouvait contenir jusqu'à un million de pesos en diamants.

24.
A cet instant l'Empereur donnera son chapeau à
l'Aide de Camp de service, et l'Impératrice son
châle et son éventail à la Dame d'Honneur de service.

25.
Le Chambellan de service prendra les plats sur les
plateaux et les remettra entre les mains du Grand Maréchal
de la Cour qui les passera à l'Empereur et aux
Princes, qui l'aideront à servir la table :
on procédera de même pour desservir les plats.

Décidément, le noir de toutes ces cérémonies ne seyait pas à l'Impératrice, elle avait l'air plus grave, mais une fois passés ces jours où la ville était morte et où les landaus, les berlines et, bien entendu, le phaéton de l'Empereur et de l'Impératrice brillaient par leur absence, on retrouverait à coup sûr les fêtes du palais et les lundis de l'Impératrice où l'on pouvait écouter des poèmes du roi Netzahualcóyotl, et, bien entendu, on retrouverait les fêtes de Mariquita del Barrio — lors de la dernière, Concha Aguayo était rayonnante et Rosa Obregón plus laide que jamais, il y avait des lanternes vénitiennes de couleur et d'autres à la lumière très douce éclairées par des bougies de stéarine —, au palais nous pourrons savourer à nouveau la délicieuse soupe aux *quenelles**, on chantera les nouvelles habaneras comme « La Bella Elisa » et « La Tardanza » en plus de « La Paloma » qui plaît tellement à l'impératrice Charlotte —, pendant la fête chez Mariquita un chargé d'affaires par intérim de quelque ambassade inconnue a déclaré qu'aux États-Unis le *King Cotton* avait perdu du terrain face au *Bonhomme Pétrole**; tout le monde avait bu du Sercial sec de Madère dont l'Empereur raffolait bien qu'il fût un peu amer, et les mauvaises langues disaient que l'Impératrice s'endormait au théâtre et qu'elle devait se pincer pour rester éveillée, mais de toute façon elle était très belle, et quand le susdit *chargé d'affaires** ajouta que tôt ou tard le

Mexique devrait se soumettre aux États-Unis, *America must rule America*, ajouta-t-il, don Pedro Elguero et son homonyme don Pedro de Negrete le qualifièrent d'*agent provocateur**.

> *26.*
> *Le Grand Chambellan de l'Impératrice et le Chambellan de service prendront les plats sur les plateaux et ils seront présentés à la Première Dame d'Honneur et à la Dame du Palais de service, qui à leur tour les mettront entre les mains de l'Impératrice et des princesses qui L'aideront à servir la table; on procédera de même pour desservir les plats.*
>
> *27.*
> *Le même ordre sera observé lors des autres services, les secrétaires des Cérémonies devant toujours aller chercher les mets. Les services seront au nombre de trois, chacun se composant de quatre plats.*
>
> *28.*
> *Le repas terminé les laquais entreront pour desservir les tables, sous la direction du majordome.*

Bon, je parlerai de distinction plutôt que de beauté, dit, en faisait évidemment allusion à l'Impératrice, la Arrigunaga qui, elle, comme d'habitude, était resplendissante et qui écoutait sans rougir les galanteries de don Luis Robles Pezuela, en outre les diamants ne l'avantagent pas plus que le deuil; par contre, elle gagne à porter des pierres qui rehaussent la couleur de ses yeux qui ne sont pas pers, comme l'affirment les poètes, mais café et de toute façon très clairs, vous prendrez bien un peu de *Chéri** ? c'est un cordial, les savons de laitue et la poudre d'arrow-root sont d'un effet miraculeux sur les peaux délicates, dit Mme R. à l'oreille de son amie et confidente la marquise de K., mais l'Impératrice est au courant, je veux dire à propos du noir, et elle a eu raison d'ordonner qu'on en revienne aux couleurs après la mort de son père Léopold, quand le deuil *de rigueur**, comme nous disons maintenant, a été terminé, bien que l'on affirme que la mesure a été prise pour ne pas faire de peine au petit prince Iturbide, que l'Empereur juche sur son ventre quand il se balance dans son hamac des jardins Borda, dit Lupe Cervantes : les dernières nouvelles, arrivées de Paris, annoncent que l'impératrice Eugénie va offrir à la Colombie une statue de Christophe Colomb pour la ville de Colón au Panamá, que Gutiérrez Estrada a démenti que son fils ait critiqué Maximilien et que Napoléon III est très préoccupé par les fusils à aiguille mis au point par les Prussiens, étant donné qu'ils tirent trois fois plus vite que ceux que l'on charge par la gueule; trois fois plus vite ? demanda Concha Adalid, en restant bouche bée à son tour.

29.
Les tables levées, deux huissiers étendront une toile au-dessus des pieds des douze hommes âgés; deux autres huissiers étendront une toile au-dessus des pieds des douze femmes âgées, et leurs parents, par-dessous la toile, déchausseront le pied droit de chacun d'entre eux.

30.
Pendant cet acte, le Grand Aumônier et le Chapelain Maître de Cérémonie entreront dans le Salon et se placeront près de l'Empereur.

31.
Deux huissiers tiendront à la disposition du Grand Aumônier et du Grand Chambellan de l'Impératrice, les deux cuvettes et l'eau pour le lavement des pieds.

Je n'oublierai jamais la drôle d'allure, je dirai l'allure ridicule, du ministre Lares la première fois qu'il a dansé un quadrille, la générale Almonte, *die Frau Generalin*, comme l'appelait la comtesse Kollonitz, stupide et servile comme à son habitude, ratait la moindre note, de toute façon, assura don Ignacio de la H., donner à manger à douze vieillards et leur laver les pieds, mêmes s'ils les ont déjà tout propres à l'avance et bien rincés à l'eau de Floride, le plus délicat de tous les parfums tropicaux, est une tâche humiliante pour les souverains, qui flatte l'Impératrice si imbue d'elle-même et si distincte, si différente de l'Empereur, cet homme tellement séduisant, *qu'il est beau, notre Max!**, et que savons-nous ici au Mexique des figures du quadrille? que savons-nous de *la pastourelle,* du *chassé-croisé,* des *visites**? ah, si don Johann Strauss pouvait venir à Mexico comme *Ballmusik Direktor*! l'ennuyeux, d'après ce qu'on m'a rapporté, c'est que maintenant l'Impératrice insiste pour intégrer ce qu'on appelle des plats typiques mexicains aux menus du palais, et je me demande si un jour prochain le *mole de guajolote*, excusez-moi du peu, remplacera les gésiers *à la Périgueux** et la *capirotada* le boudin de Berlin, ou le *pulque* les vins de Johannisberg; je n'irai pas jusqu'à dire que l'Impératrice est arrogante, ainsi l'autre jour elle a visité l'orphelinat et elle a embrassé les petites filles trouvées, elle les a assises sur ses genoux et elles lui ont montré une chasuble brodée d'or par leurs soins, de toute façon les dindons truffés sont moins importants, remarqua le docteur Carpena, grand aumônier par intérim, que les dernières nouvelles en provenance de Veracruz, car avec le courrier de Saint-Nazaire sont arrivés plusieurs plis pour le maréchal Bazaine et tout le monde se demande ce qu'ils peuvent bien contenir, car c'est un secret de polichinelle que Napoléon est fermement décidé à retirer l'armée française du Mexique, on disait que Drouyn de Lhuys avait écrit à Montholon pour qu'il communique au gouvernement américain que si les États-Unis reconnaissaient ou au moins respectaient l'Empire mexicain les Français partiraient, et que par ailleurs les juaristes se moquaient, un peu à juste titre, de cette armée : il n'est pas si facile, comme l'a souligné le commandant don Rodolfo Günner, de conquérir un territoire aussi vaste : du Sonora au Yucatán il y a trois fois et demie la distance entre Marseille et Dunkerque,

32.
Le Premier Chapelain de la Cour entrera alors
dans le Salon, précédé de deux autres chapelains,
tous revêtus des ornements et accompagnés
d'enfants de chœur portant cierges et encensoirs.

33.
Le Premier Chapelain se dirigera vers l'Autel
érigé à cet effet et il entonnera l'Évangile
qui correspond à cette cérémonie.

34.
L'Empereur ôtera alors son épée et
il la remettra à l'Aide de Camp Général.

Lola Garmendia avait programmé pour après la Semaine Sainte une nouvelle excursion aux grottes de Cacahuamilpa qui, d'après ce qu'on affirme, sont plus belles que celles d'Antíparos et de Fingal — elles avaient ravi l'impératrice Charlotte — et plus belles même que les cavernes Mammoth du Kentucky ; nous avons besoin que les étrangers viennent nous montrer les beautés de notre patrie, a dit Lola Elguero, dont tout le monde reconnaissait le talent musical, l'Impératrice a perdu une chaussure dans le passage du Chicle, elle a inauguré le portrait de profil de Dante, la ressemblance est impressionnante, le dessinateur de la cour, Herr Hoffmann, a fait quelques très beaux croquis de la salle du Bouc, de la galerie de la Fontaine et du monolithe chinois, et il a semblé qu'un officier du protocole, lui aussi en redingote bleue mais sans ornements au col, allait dire quelque chose, mais il s'est repris : les mieux habillées, comme à l'accoutumée, à la fête de la Mariquita, étaient la comtesse del Valle, les Mier y Terán et la Lizardi qui avait si belle allure avec ce bandeau de perles sur le front qui lui encadrait le visage, encore que, si les troupes françaises ont évacué la Chine et n'ont laissé là-bas que la marine,

35.
Au moment où le Chapelain prononcera les mots
« Cum accepisset Linteum praesumpsit se », deux
valets de chambre présenteront sur des plateaux d'argent
deux tabliers aux grands chambellans, qui les remettront
à l'Empereur et à l'Impératrice afin qu'ils les revêtent
aidés par le Grand Maréchal de la Cour et par
la Première Dame d'Honneur.

36.
Ensuite d'autres valets de chambre présenteront
aux mêmes personnes deux serviettes sur des plateaux
d'argent, et celles-ci les remettront à l'Empereur et à l'Impératrice.

37.
Les valets de chambre se tiendront avec les plateaux
près de l'Empereur et de l'Impératrice, afin de recevoir les
serviettes et les tabliers dès que sera terminé le lavement des pieds.

je ne vois pas pourquoi on ne pourra pas faire la même chose au Mexique, maintenant on va vraiment pouvoir retourner au théâtre, à l'opéra et à l'opérette — êtes-vous allés voir *La Isla de San Balandrán* — ou à une corrida d'Atenco sur la place du Paseo Nuevo, mais ce n'est pas en s'amusant qu'on réglera quoi que ce soit dans ce pays nonchalant et corrompu ; en ce qui me concerne, l'Empereur ne me semble pas aussi séduisant qu'on le dit et beaucoup moins qu'on le disait jadis, dit Mme M., qui venait d'épouser un vétérinaire belge, rien ne se fera tant qu'il continuera à y avoir dans la rue Alconedo un seul réverbère et des tas d'ordures partout, des eaux noirâtres circulant à ciel ouvert, même s'il est vrai que l'on construit quelques avenues macadamisées, on n'a pas réparé l'aqueduc de Belén endommagé par le tremblement de terre d'il y a deux ans, et même s'il existe le projet de ceinturer Mexico d'un fossé qui évitera les inondations dont nous sommes victimes depuis l'époque de la vice-royauté, quant à l'Empereur, comme il est chauve, il doit se faire une raie sur la nuque pour se rabattre les cheveux sur le front, certes, mais il est très grand, dit la comtesse de Courcy qui accompagnait parfois l'Impératrice au sanctuaire de *Notre-Dame de Guadeloupe**, aussi grand que les gardes palatins triés sur le volet, pourquoi ne dit-on pas à Charlotte de prendre de l'eau de la source proche du sanctuaire, elle contient tellement de fer, c'est ainsi que la Vierge a permis à bien des femmes de se retrouver enceintes ? demanda, si mes souvenirs sont exacts, Mme Rodríguez de Esparza, tandis qu'à Vienne l'éclairage public a été inauguré il y a plus de vingt ans en 1843, mais l'Impératrice n'est-elle pas véritablement stérile ? pourtant ici rien n'est fait, alors que les voleurs dérobent tout, y compris les portails des maisons comme cela s'est produit dans la rue de l'Horloge, et que les invités au palais eux-mêmes emportent les couverts que Maximilien a commandés chez Christofle à Paris, ou bien n'est-ce pas, plus exactement, parce que l'Empereur et l'Impératrice ne dorment plus ensemble depuis qu'ils sont arrivés au Mexique ? et surtout rien ne se fera, ajouta M. Raygosa, tant que nous, les Mexicains, ne nous unirons pas tous sous la bannière de l'Empire et tant qu'on n'en finira pas avec les Juárez et leurs comparses et avec des gens comme le général Vidaurri qui ont offert leur appui aux confédérés pour qu'ensuite on les laisse devenir présidents de ce que Vidaurri voulait appeler la République de la Sierra Madre, mais n'est-ce pas plutôt que Maximilien, d'après ce qu'on dit, est impuissant ? et tant que nous mettrons la main à la pâte au lieu d'importer des Chinois et des Polonais dans le pays ou des Nègres des États du Sud, comme l'a suggéré Maury l'océanographe que l'Empereur a autorisé à reconstituer au Mexique, à ce qu'on me dit, l'ambiance de la Virginie, ou tant que nous continuerons à importer des pianos en bois de jacaranda alors qu'il y a ici tant de ces arbres, on n'arrivera à rien non plus, dit un académicien, un puriste *par excellence**, aussi longtemps que nous ne réaffirmerons pas notre caractère national grâce à un usage correct de l'espagnol et que nous ne rejetterons pas tous ces gallicismes, comme *adieu, cachet, pot-pourri* et *parvenu**, pour n'en citer que quelques-uns, et comment justifier que dans un pays où il y a autant de pauvreté on dépense tant d'argent à recevoir avec un faste extravagant Angela Peralta, avec des arcs de triomphe garnis de feuillages et de grappes de fruits recouverts de feuilles d'or, même s'il faut se féliciter que ce soit la seule Mexicaine qui ait chanté à la Scala de Milan,

38.
Quand le Premier Chapelain aura prononcé les mots
«Coepit lavare pedes discipulorum», l'Empereur,
à genoux, lavera et rincera les pieds des vieillards.

39.
Le Grand Aumônier versera l'eau, et le Chapelain
Maître de Cérémonie soutiendra la cuvette.

40.
L'Impératrice s'agenouillera également en même temps que l'Empereur, son Grand Chambellan versera
l'eau et un valet de chambre tiendra la cuvette
tandis qu'Elle lavera et rincera les pieds des vieilles
femmes.

une autre preuve de l'absence de toute arrogance chez l'Impératrice, c'est qu'elle a visité le Collège de la Enseñanza et qu'elle a accepté avec émotion des pantoufles au canevas pour elle et un bonnet phrygien pour l'Empereur, tous deux ornés de broderies faites par les petites élèves de l'école, rien ne se fera dans ce pays tant que le maréchal Bazaine restera aussi longtemps enfermé dans le palais de Buenavista comme cela lui arrive depuis qu'il s'est marié avec la dénommée Pepita, cette maréchale de pacotille qui ne rêve que d'être présentée aux Tuileries, et si par hasard il sort — je veux parler du maréchal —, il le fait tout seul le matin, à cheval, sans insignes, avec un simple dolman et un couvre-nuque blanc sous son shako, sans doute pour se rappeler les temps meilleurs en Kabylie, tenez voilà encore un gallicisme, qui en réalité vient du hongrois *csákò*, pourquoi ne disons-nous pas *morrión, adiós, distinción, olla podrida*? et aucun progrès non plus ne sera possible, je veux parler d'un progrès sonnant et trébuchant, tant que, c'est pourquoi je vous le dis ici tout à fait entre nous, pourquoi n'employons-nous pas *advenedizo* au lieu de *parvenu**? tant que, disais-je, l'Empereur se préoccupera plus de subventionner la culture des perles, les plus belles pour ma Carla chérie, avait-il dit, ou du ver à soie, pour que l'Impératrice arbore les perles sur des robes de soie, dit l'épouse de don M. B., que d'administrer le pays et quand il y pense, il promulgue soit des décrets sanguinaires comme celui du 3 octobre, fort opportun par ailleurs, soit des dispositions sur la création de viviers à sangsues, ce qui est perdre son temps, l'autre jour, vous l'avez appris? un homme a avalé plusieurs sangsues et il a eu des hémorragies épouvantables, pourtant je vais vous avouer que les Français commettent quelques hispanismes qui font froid dans le dos; par exemple sur le mot *novio* (fiancé) ils ont formé le verbe *novioter* et ensuite l'Empereur part pour Cuernavaca chasser les papillons, bien que je croie avoir compris qu'il s'agit d'une seule papillonne, mais alors l'Empereur n'est pas impuissant? avec laquelle il va novioter, une jolie papillonne aux yeux noirs, comment, allons-nous avoir une Pompadour au Mexique? une Diane de Poitiers? dit une belle jeune femme qui n'aurait peut-être pas dédaigné de se transformer en une nouvelle du Barry, à en juger par le décolleté vertigineux qui montrait dans presque toute sa turgescence la splendeur de ses seins blancs, et malgré les dents jaunes et creuses que non pas elle mais l'Empereur montrait constamment car il gardait en permanence les lèvres entrouvertes, défaut qui, du reste, dénonçait son sang bleu habsbourgeois.

41.
Le lavement des pieds terminé, l'Empereur et l'Impératrice enlèveront leurs tabliers de la même façon qu'Ils les ont revêtus, et Ils rendront serviettes et tabliers aux personnes qui les Leur auront donnés, lesquelles à leur tour les remettront aux valets de chambre correspondants.

42.
L'Empereur se lavera les mains au pied de l'estrade, le Chambellan de service Lui versera de l'eau, un valet de chambre tiendra la cuvette, et le Grand Maréchal de la Cour Lui présentera la serviette, qu'un autre valet de chambre Lui apportera sur un plateau d'argent.

43.
L'Impératrice se lavera également les mains au pied de l'estrade; son Chambellan de service Lui versera de l'eau, un valet de chambre tiendra la cuvette, et la Première Dame d'Honneur Lui présentera la serviette, que Lui apportera un autre valet de chambre sur un plateau d'argent.

Les conversations ont porté sur les vertus du sirop pectoral de figuier du Mexique; sur le scandale de l'abbé Alleau qui a bouleversé la haute société mexicaine en affirmant que l'Empereur avait contracté une maladie vénérienne dans un *Brazilian Bagnio*, pour le dire avec les mots d'un diplomate anglais frais émoulu qui ne s'est pas senti concerné quand quelqu'un a dit que les anglicismes comme *meeting*, *lunch* et *toast* lui déplaisaient plus encore que les gallicismes comme *homme du monde* ou *rastaquouérisme**; sur les modèles et les patrons de *la Mode élégante* avec lesquels on pouvait confectionner depuis des cravates de peluche garnies de guipure noire jusqu'à des gilets à baleines souples et rubans élastiques pour demoiselles de vingt ans; sur le grand bal du Casino espagnol en l'honneur de sainte Isabelle et le *Te Deum* pour l'anniversaire d'Eugénie de Montijo; sur la nouvelle grammaire française de Chastreau; sur l'incroyable camouflet que nous a infligé l'empereur Pedro du Brésil, qui n'a reçu notre ambassadeur, M. Escandón, qu'un mois après son arrivée; sur le récit également incroyable qui a été inspiré à M. Domenech par l'anatomiste mexicain collectionneur de crânes qui en voyant au Yucatán un Indien à la tête extraordinairement grosse l'a fait tuer pour l'ajouter à sa collection; sur le vapeur *Atalante*, qui était arrivé à Veracruz en provenance du Havre avec onze malades du choléra à bord; sur l'académie d'escrime de don Joaquín de la Cantolla y Rico; on a aussi parlé de la détestable habitude qu'ont les vendeurs de nougat de chanter des petits vers obscènes; on a remarqué que l'Empereur, conscient des problèmes économiques du pays, avait désapprouvé la somme excessive destinée à l'orphéon de la police municipale et ordonné des coupes dans le budget du palais, Charlotte elle-même a réduit le nombre de ses dames de compagnie de vingt à quatorze, ce qui était insignifiant quand on pensait que la reine d'Espagne en avait soixante, et l'Empereur avait abandonné son projet d'importer des chevaux de race, après tout on pouvait acquérir une monture de valeur à la vente de ses chevaux en surnombre que le régiment de hussards devait organiser sur la place principale, bien qu'il soit recommandé de toujours regarder leurs dents parce que certains ont des tumeurs sur le mufle ou des sabots trop développés, et, au prix d'aujourd'hui, une victoria coûte mille cent pesos et huit cents un attelage de chevaux pommelés, cinquante un cheval bai pour enfant et jusqu'à cent cinquante pesos-or un billet de Veracruz à New York, et à propos de New York, on y avait vendu aux enchères quinze mille peaux de chèvres mexicaines à quatre-vingt-dix et quatre-vingt-quinze centimes pièce, et le comportement de certaines personnes dans l'entourage de l'Empereur et de l'Impératrice est encore plus ridicule, révéla l'académicien, dans la mesure où pour ne pas leur faire de peine ils répètent les mêmes erreurs que celles que commet le couple princier en espagnol; ainsi, par exemple, depuis que Maximilien a dit *valso* au lieu de *valse*, tout le monde dit *valso*, depuis qu'il a dit *dolce* tout le monde dit *dolce*, on dit : avez-vous entendu « le Baiser », ce nouveau *valso* pour piano et chant ? avez-vous goûté le *dolce* *de leche* dont raffole l'impératrice Charlotte? on a également fait observer qu'évidemment personne, avec toutes ces moumoutes et ces postiches qu'on utilise aujourd'hui au Mexique, tous ces chignons simples et doubles, ces tresses, ces boucles et ces gonflages pour la coiffure à l'amazone, personne n'avait plus de prétexte pour arriver mal coiffé aux lundis de l'Impératrice, et que Charlotte parlait mieux espagnol que Maximilien, car depuis son enfance elle avait du *Sprachgefühl*, autrement dit de l'intuition linguistique, et en outre, c'était une preuve supplémentaire de sa bonté d'âme, Charlotte souffrait à la vue de ces pauvres bagnards enchaînés l'un à l'autre par des fers aux pieds, qui tous les jours au petit matin balayaient et arrosaient les rues de la ville de Mexico, San Francisco, Capuchinas, La Perpetua, la promenade de l'Impératrice, et le comble c'était que certains Français étaient si ignorants qu'ils disaient et écrivaient *pulgue* au lieu de *pulque, cancrejos* à la place de *cangrejos, tchintches* au lieu de *chinches*, pour ne pas prononcer « shinshes », ou bien ils employaient les doubles consonnes là où il n'y en a jamais eu en espagnol comme dans *Coffre* de Perote, Barranca *Secca* ou *Passo* del Norte et, pis encore, dans *Carlotta* alors que l'Impératrice avait hispanisé son prénom, Carlota, ainsi, avec un seul *t*, avant même de quitter Miramar, mais il était heureux de toute façon que l'Empereur pût compenser les mauvais moments qu'il connaissait par des joies comme celle qui lui fut donnée l'autre jour lorsqu'on lui a présenté le projet de fontaine pour la place d'Armes dont les jets d'eau entrecroisés doivent reproduire la silhouette de la couronne impériale, ou quand on lui a offert un mémoire sur l'agave mexicain et qu'on lui a dit qu'on avait classé le plus fin de tous les agaves sous le nom d'*Agave maximilanea*,

44.
L'Empereur et l'Impératrice, après s'être essuyé les mains,
rendront les serviettes aux personnes qui les Leur auront données,
lesquelles à leur tour les remettront aux valets
de chambre correspondants.

45.
L'Aide de Camp Général ceindra à nouveau
l'Empereur de son épée.

46.
Tandis que l'Empereur et l'Impératrice se laveront les mains,
les vieillards seront chaussés par leurs parents et ensuite
les huissiers enlèveront la toile.

on a parlé de toute ces choses, on a jasé, on a critiqué, on a multiplié les sous-entendus et on a dénigré, et une fois parti le *chargé d'affaires** qu'on avait qualifié d'agent provocateur, quelqu'un a dit qu'il importait peu que Lincoln fût vivant ou mort, un pareil événement pourrait-il se produire au Mexique, quelqu'un oserait-il tirer dans le dos de Maximilien au Théâtre national, en plein milieu de *La Traviata* ? si les Français partaient et si la dynastie impériale s'arrêtait, les Yankees nous envahiraient : ils ont leurs Butler pour Veracruz, leurs Sheridan pour la vallée de Mexico, leurs Milroy pour les villes de l'intérieur, et pendant ce temps on dépense cent un mille pesos pour la décoration du Palais impérial, dans les caves il y a deux mille bouteilles de vins fins depuis du Roederer jusqu'à du Prince-Metternich, il faudrait suivre l'exemple de la cour de Vienne, les jeunes filles y assistent aux bals en robes de percale à fleurs et de tarlatane, elles ne se font jamais la raie au milieu, dit Lola Garmendia, leurs mères conservent leurs robes longues de brocart dans du camphre d'une année sur l'autre, les États-Unis n'auront pas de repos tant que le sol mexicain ne produira pas de noix du Connecticut, le général Leonardo Márquez logé à Alexandrie dans le palais de Cast-el-Woska s'était fait photographier près de l'arbre qui abrita la Sainte Famille dans sa fuite vers l'Égypte, moi qui ai si longtemps vécu à Vienne je vous dirai, ma chère marquise, que si nous sommes paresseux personne n'est plus nonchalant que les Viennois, par la faute du *Föhn*, un petit vent chaud qui descend des Alpes, ce qui contredit les affirmations et les récriminations de Bazaine selon lesquelles les guérilleros mexicains sont comme des guêpes parce qu'ils accourent, piquent, s'éloignent au moindre geste et reviennent à nouveau, et on a parlé également des paratonnerres du fabricant Albert Adler, des nouveaux papiers albuminisés pour photographes, de la nécessité pour les Mexicains riches comme Barrón, le président de la banque Forbes, Beistegui et Escandón, de faire des économies et pour leurs femmes de ne pas aller en Europe acheter leurs bijoux et leurs vêtements, encore moins aujourd'hui puisque la mode des Champs-Élysées était arrivée à Mexico et qu'il n'y avait aucune raison pour que les couturières mexicaines ne sachent pas reproduire les crinolines style Eugénie et les grands décolletés et les bras nus qui au début avaient provoqué de tels scandales dans la capitale aztèque, comme on ne voyait pas non plus pourquoi, dit *sotto voce* un industriel français à l'aide de camp de l'Empereur, Mexico n'aurait pas, comme la cour des Tuileries, *sa haute bicherie**, sa quoi ? demanda Luisita Vértiz, et l'industriel ne se risqua pas à traduire ce qui littéralement aurait pu l'être par *putasserie de haut vol*, tout cela compte tenu du fait que, même si la ligne télégraphique entre la capitale et Cuernavaca qui allait être inaugurée dans quelques mois ne pourrait pas, évidemment, être comparée à la ligne de Sibérie qui arriverait jusqu'à Nicolaïevski, du moins elle servirait à l'Empereur à envoyer des télégrammes d'amour à sa Louise de Lavallière de la Quinta Borda, et quoi de neuf sur l'impératrice ? ah, il était plus délicat de critiquer l'impératrice Charlotte et de parler de ses possibles *affaires** avec le fringant colonel Feliciano Rodríguez ou avec le commandant des volontaires belges le colonel Van der Smissen, dit Antonio Suárez Peredo, grand chambellan du palais avec un salaire de quatre mille cinq cents pesos, c'était non seulement délicat mais peut-être diffamatoire car personne n'avait aucune preuve, et qu'est-ce que vous me dites des raids apaches du Sonora? et de l'affirmation de Delano selon laquelle ces terres sont inaccessibles, qu'on n'y trouve pas d'eau et que pour ce qui est de l'argent ce n'est qu'affabulation pure et simple, bien que les Américains aient investi sur le territoire du Sonora des millions de dollars? et du fait que, bien entendu, tous les Français n'étaient pas des modèles de distinction, prenez par exemple cet ivrogne de Saligny, ou le vicomte de Gabriac qui sur le terrain de la légation française à Mexico semait des oignons et des navets, pas uniquement pour la consommation de l'ambassade mais aussi pour les vendre au marché, et Bazaine, bon, le maréchal, qui comme lui-même l'avait dit en faisant sans aucun doute allusion à son indolence bien connue, était autant français qu'arabe, a trouvé sa première femme dans une porcherie d'Algérie, a dit, je crois, Mme Magnan qui, en compagnie d'autres Françaises comme Mme de Rancy et Mme Blanchot et de la Yankee Sarah York, se targuait de faire montre d'une véritable distinction, et pour couronner le tout on affirmait que le maréchal Bazaine, comble de la corruption, recevait des commissions des « Prix de France », la boutique la *plus chic de tout le Mexique**.

47.
Ensuite l'Empereur accrochera au cou des
vieillards les bourses d'argent que Lui remettra
le Grand Maréchal de la Cour, à qui le Trésorier
les présentera sur un plat d'argent.

48.
En même temps le Secrétaire de l'Intendance
présentera à la Première Dame d'Honneur un plateau
d'argent avec, également, des bourses, dont il disposera les
cordons pour qu'en étant présentées une par une à
l'Impératrice, Elle les mette au cou des vieillards.

49.
L'Aide de Camp de service remettra à l'Empereur
son chapeau et la Dame d'Honneur donnera à
l'Impératrice son éventail et son châle.

Et pour finir quelqu'un a affirmé, et plusieurs personnes en sont convenues, que quand bien même on parlait au Mexique de justice « à la française », ce qui équivalait à un peu d'injustice mêlée de répression, la France était le seul espoir de civiliser le pays avec ou sans l'aide de l'Église, le Vatican devrait faire un effort pour mieux comprendre la réalité mexicaine, l'Empereur et l'Impératrice sont très pieux et on en a eu une preuve parmi beaucoup d'autres avec la cérémonie du lavement de pieds du dernier Jeudi Saint, a dit à la fête de Mariquita del Barrio la piquante Lola Osio, un peu enrobée mais encore piquante, disions-nous, et très élégante dans sa robe de soie blanche, ses jupons de mousseline Chambéry de la même couleur et ses bottines microscopiques, de telle sorte que la seule chose qui manque maintenant, j'insiste, c'est l'unité nationale et aussi que Maximilien s'attelle pleinement à sa tâche, qu'il prenne le taureau par les cornes, dit Ciro Uraga, le chef du protocole, qui aimait user de métaphores taurines, afin de faire taire ces calomniateurs qui comparent son royaume à celui de Joseph Bonaparte en Espagne, en disant qu'aujourd'hui comme à cette époque il s'agit de donner à un peuple, ennemi de toute férule étrangère, un roi d'une autre nationalité qui ne peut s'appuyer que sur les baïonnettes françaises, c'est là une comparaison infâme, car notre Empereur a adopté le Mexique pour nouvelle patrie, il a été appelé par le peuple mexicain et il sera soutenu par lui, bien qu'il soit vrai que Joseph Bonaparte n'a pas suivi les conseils de Napoléon qui l'avait prévenu qu'il devrait gouverner avec une main de fer, et malheureusement notre Empereur pèche lui aussi par excès d'indulgence, car la loi du 3 octobre, aussi draconienne qu'elle paraisse, n'a servi qu'à fusiller deux généraux issus du bas peuple, par la suite on a laissé la vie sauve à beaucoup trop de rebelles, et bon, l'Empereur, grâce à Dieu, n'est pas un autre Pépé la Bouteille, mais il ferait bien de moins boire, car à mon humble avis il abuse un peu du *pulque*, du porto et du vin du Rhin, surtout quand il est à Cuernavaca et, à coup sûr, on ne va pas avoir ici une nouvelle Pompadour, parce que d'après ce qu'on dit, il s'agit de la fille, ou de l'épouse? oui, de l'épouse, d'un jardinier des Borda, un jardinier? a dit tout étonnée, avec sa belle voix de mezzo-contralto, la jeune femme aux seins blancs et ronds dont le cou s'ornait d'une rivière de brillants.

50.
Ces cérémonies terminées, l'Empereur et l'Impératrice descendront de l'estrade, et accompagnés de leur Grande Suite Ils regagneront leurs appartements, le même cérémonial devant être observé en cette circonstance.

« C'étaient des chevaux français, et ils ont commencé à donner des signes de fatigue dès qu'ils sont arrivés en altitude, Sire. Nous avons mesuré leur fréquence respiratoire en fonction du nombre de palpitations des flancs, et leur pouls au moyen de l'artère glosso-faciale, dans la région du maxillaire. Tirez la langue, Sire. Davantage. C'est cela. Il n'y a pas de doute que pour un médecin comme moi qui avais uniquement travaillé en Algérie et en Indochine, c'est une grande chance que de pouvoir étudier les effets de l'altitude de l'Anáhuac sur des organismes humains et animaux. Dites: ha! Sire! Votre Majesté n'a plus la luette engourdie? Non? Encore une fois: ha! Inspirez, Sire. Expirez, Sire. C'est cela. Maintenant vous pouvez rentrer la langue mais en gardant la bouche ouverte. Il y a encore quelques arborisations sur le pharynx et la voûte du palais est un peu irritée. C'est pour cela que les bêtes originaires des hauts plateaux sont si résistantes. Votre Majesté peut maintenant fermer la bouche. Mauvaise, très mauvaise, la poussière de l'Anáhuac pour le pharynx. Votre Majesté Impériale a-t-elle observé ces colonnes tourbillonnantes de poussière jaune, je dirai ces véritables trombes, qui s'élèvent sur la route de Chalco à Texcoco? Un collègue vétérinaire m'assure que les mulets arabes sont meilleurs que les français, mais que les mulets mexicains sont meilleurs que les arabes. Nous allons examiner maintenant la poitrine de Votre Majesté. Non, ce que Votre Majesté appelle pâte blanche n'a rien à voir avec la poussière: il s'agit de l'état saburral de la langue. Que Votre Majesté veuille bien se découvrir. Entre autres choses, les papilles gustatives ne sont pas bien lubrifiées. Mais, par contre, je recommanderai à Votre Majesté, quand elle monte à cheval, d'éviter les plaines de terre sèche et pulvérulente. Combien de fois Votre Majesté m'a-t-elle dit qu'elle a évacué aujourd'hui? Six. Votre Majesté n'en est pas sûre. Huit, peut-être? Disons sept. Voyons: inspirez, Sire. Expirez, Sire. C'est bien. En outre, la réverbération des efflorescences salines du lac de Texcoco fatigue la vue, inspirez, Sire, expirez. Les bronches sont un peu congestionnées. Les malades des bronches souffrent plus en altitude parce qu'ils oxydent moins ce qu'ils mangent, d'où une probable dénutrition. Nous allons voir maintenant le cœur de Votre Majesté. Profond. Pour les glaires, je vais vous ordonner de l'ipéca, mais uniquement à doses infinitésimales, afin de faciliter l'expectoration. Inspirez. Expirez. Après l'expectoration, je recommanderai à Votre Majesté d'inspirer et d'expirer avec force à plusieurs reprises pour éliminer la nausée. Veuillez, Sire, vous couvrir la poitrine et vous découvrir le dos. De toute façon, tout état organopathique qui fait obstacle à l'exercice régulier des fonctions vitales s'aggrave plus à Mexico qu'au niveau de la mer. Inspirez, Sire. Expirez, Sire. En tout cas, si Votre Majesté se voit dans l'obligation de se vider l'estomac, vous ne devez pas vous en inquiéter. Inspirez. Expirez. L'ipéca, qui stimule le centre bulbaire du vomissement, a rendu de bons services dans des cas de diarrhées chroniques, employé comme émétique. Inspirez, Sire. Expirez, Sire. Pour prendre un autre exemple, on constate, Sire, que sur les hauts plateaux comme ceux de l'Anáhuac, les décès dus à des pneumonies et à des pleurésies sont fréquents. C'est cela, très bien. Votre Majesté semble jouir de poumons magnifiques. Veuillez, Sire, vous couvrir le dos et vous asseoir au bord de la table: je veux compter les inspirations de Votre Majesté. De la fièvre? Votre Majesté Impériale n'a pas souffert de nouveaux accès de fièvre? Non? En Afrique, j'ai observé de nombreuses variétés de fièvres larvées dont le diagnostic est plus difficile que pour celles qui se présentent dans la vallée de Mexico. Chaque région a ses particularités. Reposez-vous un instant, Sire, et dites-moi: de la morve? Votre Majesté a-t-elle observé des traces de morve dans ses dysenteries antérieures? A Cuernavaca? Non. Et à Orizaba? Non plus. De prime abord, je crois que nous devons écarter la diarrhée lientérique: je n'ai pas trouvé d'aliments non digérés dans les dernières selles de Votre Majesté. Respirez calmement, normalement. Tout est différent en altitude : ainsi, si nous considérons que la superficie moyenne du corps d'un adulte est de dix-sept mille virgule cinq cents centimètres carrés, il en résulte que sur la meseta de l'Anáhuac, à deux mille deux cent quarante mètres d'altitude, la pression extérieure doit être d'environ treize virgule cinq cent quatre-vingts kilogrammes. Retenez quelques instants votre respiration, Sire, et recommencez à respirer quand je vous l'indiquerai. Et à Paris, de dix-sept virgule neuf cents kilogrammes. Maintenant : inspirez, Sire. Expirez, Sire. Une. Certains médecins anglais prétendent que la diarrhée des montagnes, inspirez, Sire, ou *hill's diarrhœa*, comme ils l'appellent, expirez, Sire, deux, est une variante de la malaria. Inspirez, Sire. Expirez. Trois. Le plus curieux, c'est que les Indiens réagissent mieux à la quinine, inspirez, Sire, que les Blancs, et en tout cas l'écorce du sapotillier, expirez, Sire, quatre, d'après Jacquin, peut totalement se substituer à la quinine, expirez. Au niveau de la mer on peut espérer seize inspirations par minute. Inspirez, Sire. Expirez, Sire. Cinq. A l'altitude de l'Anáhuac, vingt. Inspirez, Sire. Expirez, Sire, six. En effet, à ces hauteurs l'air ne pénètre pas dans les alvéoles pulmonaires en quantité suffisante, sept, pour obéir aux exigences de l'hématose, huit, c'est-à-dire de la transformation du sang veineux en sang artériel. Inspirez, Sire. Expirez. Neuf. Il s'ensuit qu'en altitude, le sang est un peu séreux, moins plastique, dix. Inspirez, Sire. C'est aussi ce qui explique pourquoi l'emphysème est fréquent sur l'Anáhuac, expirez, onze, en raison de la rupture de l'équilibre entre les fonctions inspiratrices, inspirez, Sire, et les forces expiratrices, expirez, Sire, douze. En revanche, les hémorragies, treize, pulmonaires sont rares, ce qui n'est pas le cas des embolies pulmonaires, quatorze. Incroyable la capacité de ces Indiens mexicains, Sire, quinze, qui plusieurs fois par jour, seize, montent à l'Iztaccíhuatl et au Popocatépetl, et redescendent chargés de soufre et de neige, dix-sept, à cette altitude, comme nous le rapportent Sonneschmidt et les frères Glennie, dix-huit, on constate des douleurs aiguës dans les genoux, inspirez, Sire, les paupières enflent, expirez, Sire, dix-neuf, encore une fois : inspirez... expirez, vingt. Parfait : la moyenne dans la vallée de l'Anáhuac, comme je vous l'ai dit. Veuillez vous allonger, Sire. Les lèvres bleuissent et le visage pâlit, nous allons maintenant examiner la région gastrique de Votre Majesté, de l'écume apparaît dans la bouche, veuillez vous découvrir le ventre, Sire, la peau se dessèche et devient pulvérulente. Un capitaine du 95e de ligne a été frappé d'hémiplégie en arrivant au Pico del Fraile. Du sang, Sire ? Avez-vous trouvé du sang lors d'attaques de dysenterie antérieures ? A Guanajuato ? Non. Que Votre Majesté me pardonne si mes mains sont froides. Du sang frais ? Respirez naturellement, Sire. Du sang digéré ? Nous pouvons également écarter les diarrhées saisonnières qui se produisent aux époques de grande chaleur, qui se caractérisent par des flux bilieux et qui sont colorées et abondantes. Inspirez, Sire. Expirez, Sire. Mais Votre Majesté doit éviter la déshydratation en ingérant de grandes quantités d'eau. Inspirez, Sire. Expirez. Pas durant les repas, car elle dissout le suc gastrique. Inspirez. Avez-vous mal ici ? Non ? Expirez. De toute façon, plutôt que l'eau de Santa Fe, qui est dure, et ici ? je vous recommande celle de Chapultepec, qui est légère, ici, oui ? un peu ? inspirez, et qui contient moins de sulfate de chaux, expirez, et presque moitié moins de silice. Je voulais également vous dire de ne pas vous approcher, pendant vos promenades à cheval, des eaux du lac de Texcoco, où aboutissent toutes les eaux usées du canal de la Viga. C'est bien. Texcoco me rappelle les marais Pontins de la campagne romaine. Inspirez, Sire. Les antiques *Paludes pontinas*. Expirez, Sire. Il est vrai que sur l'Anáhuac on ne trouve pas de paludisme, vous entendez, Sire, la percussion ? mais parfois il y est introduit par les muletiers qui viennent des terres chaudes, vous entendez, Sire ? C'est ce que nous appelons tympanisme : le ventre est distendu et douloureux par excès de gaz. Finis les haricots rouges, Sire. Inspirez. Expirez. Expulsion d'air par la bouche ? Votre Majesté éructe-t-elle souvent ? Oui ? Nous parlerons du *pulque* plus tard, mais vous devrez le prendre sans champagne. Je vais me permettre de plier la jambe droite de Votre Majesté. Avez-vous mal ici ? Non ? Parfois, en altitude, les diarrhées deviennent hémorragiques et dans ce cas on conseille les sels de plomb. Toussez, Sire. Encore un peu. Détendez-vous maintenant. Colique ? Votre Majesté a dit colique ? En effet, je peux entendre le cheminement de la colique hypogastrique dont souffre Votre Majesté en ce moment et qui monte le long du côlon accompagnée de borborygmes et de météorisme. Des gaz, Sire ? Des gaz par la voie rectale ? Très abondants ? Oui ? Pas d'eau de tamarin ou de pastèque, sous peine de nouvelles diarrhées, Sire, pas d'aliments irritants comme le *mole*, dont la marquise Calderón de la Barca disait que pour en manger il fallait avoir la gorge blindée avec du fer-blanc. Quelque désordre urogénital, Sire ? En cas de difficulté à uriner, des bains froids sur le périnée. L'altitude doit avoir d'autres effets étranges : je n'ai jamais rencontré comme sur l'Anáhuac, avez-vous mal ici ? autant de cas de leucorrhée, de dysménorrhée et d'aménorrhée, et là ? chez les femmes. Quelque gêne du côté de l'aine, Sire ? En altitude, l'orgasme violent des femmes peut congestionner le col de l'utérus, maintenant Votre Majesté devra me tourner le dos, et provoquer des accoutumances, tout en restant allongé ainsi, fluxionnaires. Pas de *cacahuátl*, Sire. Maintenant je vais me permettre de soulever la chemise de nuit de Votre Majesté jusqu'à la taille. Veuillez, Sire, avoir l'obligeance de plier les genoux jusqu'à ce qu'ils vous touchent la poitrine, sur l'Anáhuac les pertes spermatiques entraînent une faiblesse plus grande qu'au niveau de la mer. Votre Majesté me disait qu'à Taxco on lui avait ordonné du sous-nitrate de bismuth contre la diarrhée ? Cela donne parfois des résultats. Maintenant je vais me permettre d'examiner le conduit rectal de Votre Majesté. Inspirez. Inspirez profondément, Sire, ainsi l'examen sera plus supportable. En fait, sur l'Anáhuac, les dames sont paresseuses. Inspirez, Sire. C'est cela. Expirez, Sire. Elles sont esclaves, à mon avis, du *dolce far niente*. Inspirez plus d'air. Plus encore. Comme les femmes du Levant. L'avantage des diarrhées en altitude, c'est qu'elles ont moins d'effet sur le foie, inspirez, expirez, avez-vous mal ici,

Sire ? que les diarrhées des terres tempérées ou chaudes, et ici ? non ? Ici, oui. Inspirez profondément, Sire, et rapprochez plus les genoux de la poitrine. Quant au *pulque*, comme je vous le disais, consommé en quantités modérées, ici ? il peut être considéré comme tonique. Le rectum de Votre Majesté ne présente aucune tuméfaction. Inspirez, Sire. Expirez. Je ne trouve pas non plus d'indices d'hémorroïdes internes. Il ne contient que sept litres d'alcool par hectolitre. Inspirez. Expirez. La prostate de Votre Majesté semble en bon état. Quoique certains *pulques* coupés de jus de fruits, comme le *pulque* à la fraise, soient particulièrement enivrants. Inspirez. Expirez. Avez-vous mal ici? L'utilité du *pulque*, c'est qu'il congestionne les intestins et augmente leurs sécrétions. Je vais retirer mon doigt du rectum de Votre Majesté. Inspirez profondément. C'est cela. C'est çaaaa. Maintenant nous allons appliquer une pommade pour nettoyer la région. En outre, il contient un taux de glucose intéressant : presque vingt-huit grammes par litre, ainsi que de la gomme et de l'albumine. Votre Majesté peut maintenant allonger les jambes et baisser sa chemise de nuit. Quand j'ai séjourné à San Luis Potosí, je devais organiser des marches matinales avec les jeunes chlorotiques de la ville, afin de combattre leur paresse. Je vais me laver les mains et pendant ce temps, Votre Majesté voudra bien avoir l'obligeance de s'asseoir au bord du lit. Je parlais de San Luis parce que là-bas il y a un bon *pulque*, mais le meilleur sans aucun doute provient de ce qu'on appelle l'agave suave supérieur des plaines d'Apam. Non, il n'est pas nécessaire que Votre Majesté se découvre. Ah, et ne vous faites pas de souci pour ce qui est des rhumatismes, Sire : ils sont causés par les grosses averses et il s'agit presque toujours de maux passagers. Votre Majesté doit se souvenir de cet appareil, n'est-ce pas ? C'est le pneumatomètre. Il y a dix mois, je me suis permis de mesurer grâce à lui la capacité pulmonaire de Votre Majesté. Mais comme je vous le disais, les hauts plateaux présentent quelques avantages. Votre Majesté me permettra de lui adapter à la bouche l'extrémité du pneumatomètre et voudra bien retenir sa respiration quelques instants. Un de ces avantages, ce sont les ciels clairs et dégagés, éclatants, comme ceux de l'Anáhuac dont le bleu atteint souvent vingt-quatre degrés sur le cyanomètre de Saussure. Maintenant Votre Majesté va inspirer par le nez : inspirez. Et expirez par la bouche : expirez. C'est cela. Par le nez. Par la bouche. Et rien ne démontre qu'en altitude la quantité d'oxygène fixée par les globules du sang diminue. Par le nez. Par la bouche. Qui peut dire, par exemple, que les habitants de l'Himalaya, de La Paz, du Tibet, forment des nations d'anémiques ? Inspirez par le nez, Sire. Expirez par la bouche. Mais quand un Européen n'est pas adapté à des altitudes comme celles du Tibet, par le nez, par la bouche, des phénomènes très particuliers peuvent se manifester. L'autopsie d'un chasseur à pied du premier bataillon de ma division a révélé des poumons crépitants, des sérosités dans le péricarde, inspirez, Sire, expirez, Sire,un gros intestin d'une couleur rouge foncé, par le nez, une rate couleur lilas, par la bouche. Une demi-minute : presque trois litres, c'est très bien. Mais en altitude l'état des malades de phtisie pulmonaire, qu'au Mexique on appelle le mal français et en France le mal américain, s'améliore considérablement et on connaît même des cas de guérison. Inspirez, Sire, et une autre curiosité observée sur les hauts plateaux, expirez, c'est que les larmes s'évaporent plus rapidement et qu'il en va de même pour le parfum des fleurs, dont la senteur semble être ici moins puissante. Mais en plus de ces avantages que j'ai signalés, l'Anáhuac et avec lui tout le Mexique présentent une diversité prodigieuse pour ce qui est des plantes curatives. La *pingüica* comme diurétique, Sire, et le *tejocote* pour la désobstruction dans les cas d'hydropisie, sont tout à fait conseillés. Inspirez. Expirez. C'est vrai aussi pour des animaux, comme l'axolotl ou salamandre du Mexique, dont nous avons des exemplaires au Jardin d'acclimatation du Bois de Boulogne, et que l'on recommande pour certaines inflammations du foie. Par le nez. Par la bouche. Je me suis entretenu l'autre jour avec le docteur Bilimek, par le nez, c'est fou ce que cet homme sait sur les plantes mexicaines, par la bouche, il m'a dit qu'en infusion les bractées de bougainvillées calment la toux, respirez ainsi, naturellement, Sire, sans vous agiter, nous en sommes déjà à quatre litres virgule neuf, et que la décoction de feuilles du tournesol mexicain facilite les contractions utérines, par le nez, durant l'accouchement, par la bouche. Inspirez, expirez. Bien, je vais retirer à Votre Majesté le pneumatomètre. Cinq livres virgule quatre-vingt-quatorze, comparés aux cinq litres virgule soixante-sept d'il y a dix mois, pour une personne qui comme Votre Majesté vivait depuis plusieurs années à Trieste, c'est-à-dire au niveau de la mer, l'adaptation a été remarquable et corrobore ce que j'ai toujours dit: l'équitation développe le thorax et favorise une hématose complète, non, je ne vais pas demander à Votre Majesté de suspendre ses immersions quotidiennes dans le lac de Chapultepec: les bains froids ne sont préjudiciables que pour les poitrinaires, vous ne devrez les interrompre que lorsque vous souffrirez de laryngite, pour ceux qui souffrent du cœur et pour les vieillards, et la natation est également très saine. Comme je l'ai bien observé au Mexique et en Afrique, et M. Dutrouleau à la Guadeloupe, en Guyane et au Sénégal, la mortalité diminue avec le développement et l'essor des règles d'hygiène dont la meilleure entre toutes est un exercice régulier. Quant à la danse, on pourrait en douter, Sire, mais je suis arrivé à la conclusion que les habaneras, malgré leur rythme lent, ont un effet énervant, surtout pour les dames.

Votre Majesté Impériale en est certaine? Si Votre Majesté considère qu'elle n'a pas terminé, je vais me retirer à nouveau et vous voudrez bien m'appeler quand vous le souhaiterez. Non? Bien. Nous allons donc examiner les selles de Votre Majesté. C'est bien. Je crois que nous pourrions écarter également une diarrhée catarrhale, que nous traiterions avec des doses de sulfate de magnésium. Des vers? Votre Majesté a-t-elle parfois eu des vers? Non, si par hasard nous trouvions des ascarides lombricoïdes, je n'aurais pas besoin de faire appel au Japon, c'est-à-dire aux fleurs du kuso, alors que j'ai au Mexique comme remède les graines de papaye pulvérisées. Et maintenant veuillez vous allonger, Sire, en me tournant le dos. Si ces lavements ont produit de bons résultats après chaque évacuation, il n'y a pas de raison de les suspendre. Oui, Sire, comme d'habitude: quelques jaunes d'œufs dissous dans du lait tiède, pour qu'ils ne cuisent pas. Veuillez, Sire, soulever votre chemise de nuit et replier les jambes, un peu d'amidon et quelques gouttes de laudanum. Évidemment, il faudra vérifier tous ces supposés résultats thérapeutiques, oui, comme cela, Sire, que l'on attribue aux plantes mexicaines. Il n'est pas nécessaire maintenant de plier autant les jambes. Je vais introduire la canule. Inspirez, Sire. Profondément. C'est cela, voilààà. Pour savoir s'il est vrai, par exemple, que la fleur en forme de cœur du *yoloxóchitl* est un remède contre la stérilité, le liquide va maintenant commencer à passer, inspirez Sire, ou si la décoction des fleurs du manteau de la Vierge, expirez, appliquée en cataplasme, est utile contre l'érysipèle. Votre Majesté a-t-elle continué à prendre du vin à la cannelle, comme je le lui ai conseillé? Du chocolat, en aucune façon: Hernán Cortés écrivait à l'illustre prédécesseur de Votre Majesté, Charles Quint, qu'une seule tasse prise le matin entretenait les forces d'un soldat pour toute la journée, inspirez profondément, Sire, il n'y a qu'un litre et nous en sommes déjà au tiers, mais ce n'est pas pour autant qu'il cesse d'être un aliment très lourd pour l'estomac. Gardez votre calme, Sire. Inspirez profondément. Plus, encore plus. Il est indubitable que chaque pays a ses particularités. Au Mexique, par exemple, on ne connaît pas la pellagre, bien que quelques auteurs l'aient attribuée au maïs. Peut-être est-elle due aux galettes. Très bien, très bien, contrôlez vos intestins, Majesté: le désir impératif d'évacuer est naturel. Inspirez. Expirez. J'en profite maintenant pour recommander à Votre Majesté les rinçages de bouche à la teinture de myrrhe pour fortifier les gencives, et les fumigations pour combattre, inspirez, expirez, nous arrivons à la fin, le dessèchement de la gorge causé par la poussière de l'Anáhuac. Et, j'insiste à nouveau, boire beaucoup d'eau. Là, ça y est presque. Si l'on peut vous procurer, Sire, des eaux de Río Prieto qui proviennent des neiges de l'Iztaccíhuatl, inspirez, Sire, et qui contiennent très peu de sels, c'est l'idéal. Et maintenant, Sire, je vais retirer la canule: inspirez, Sire, comme cela, c'est celaaaa. Maintenant je vais demander à Votre Majesté de contracter les muscles fessiers et de dominer le désir d'évacuer pour laisser le temps à l'intestin d'absorber les jaunes d'œufs et au laudanum de faire son effet. Et si au cours de vos voyages, Sire, vous vous voyez dans l'obligation de boire de l'eau à haute teneur en carbonate de calcium, qu'on reconnaît entre autres à ce qu'elle ne cuit pas bien les légumes et qu'elle dissout mal le savon, je vous recommande d'y ajouter un peu de cendre de soude. Votre Majesté se sent bien? Un autre effet de l'altitude que nous avons eu l'occasion d'observer, c'est celui qui affecte la taille des individus. Votre Majesté savait-elle que les Araucans sont plus grands que les Péruviens? En revanche, aux points les plus élevés du Pérou, les propriétés siccatives de l'air conservent et momifient les cadavres... »

2. *Séductions (I): «Pas même avec mille Ave Maria?»*

« Tout cela a été ma faute, ma faute, Monseigneur, ma très grande faute. Mais au départ je n'y suis pour rien. Je lui demande: connais-tu l'histoire de la Vierge de Zitácuaro? et elle me répond: la grande bringue qui grandissait tout le temps? et je lui ai dit tout juste, on voulait la changer d'église et on l'a descendue de l'autel, on l'a étendue sur une table et le menuisier a pris ses mesures pour fabriquer la caisse où on allait la transporter, et quand la caisse a été prête, rien à faire: le menuisier a cru qu'il s'était trompé parce que la Vierge ne tenait pas dedans, et le voilà qui reprend les mesures pour faire une autre caisse et à nouveau le même résultat: la Vierge n'y entrait pas et on a recommencé jusqu'à ce qu'on s'aperçoive que la Vierge grandissait entre deux caisses et que du même coup elle voulait leur dire qu'elle ne souhaitait pas être changée d'église, c'est pourquoi on l'a remise sur son autel et elle y est depuis ce temps-là et moi je pense, ma fille, et alors elle me dit: mais j'ai pourtant pas l'impression que cette Vierge soit si grande, et moi je lui dis: bah, c'est parce que quand on l'a replacée sur son autel elle a repris sa taille naturelle, autrement elle ne serait pas entrée non plus dans sa niche, mais ne m'interromps pas, ma fille, moi je pense, comme je te disais, c'est ce que je lui ai dit, qu'il faut prendre Dieu et ses desseins impénétrables comme ils se présentent et ne pas essayer de les comprendre car si tu essaies de faire entrer Dieu dans ton cerveau comme dans une boîte, eh bien il n'y tient pas, je m'explique bien? et tu auras beau agrandir ton cerveau pour que Dieu tienne dedans, le résultat c'est que Dieu sera toujours un peu trop grand, tu me comprends? Dieu et ses desseins il faut toujours les avoir sur un autel et les contempler de loin, les accepter comme ils viennent, et si Dieu veut une monarchie pour le Mexique, laissons-le décider, tu ne crois pas? que je lui dis et elle me réplique qu'elle n'en était pas, disons, convaincue et qu'elle s'imaginait mal comment Morelia la glorieuse, elle me l'a dit tel quel, ou Zitácuaro l'héroïque, pourraient devenir un jour monarchistes, et moi je lui dis, allez, vas-y, dis-moi pourquoi Morelia est glorieuse, parce que c'est là que le curé Morelos est né, mon Père, qu'elle me réplique, Morelos était un renégat, je lui réponds, comment pouvez-vous dire ça, mon Père, puisque Morelos était curé? qu'elle me demande et je lui dis, Morelos a été jugé par le Tribunal de la Sainte Inquisition, au cas où tu ne le saurais pas, et il est mort déchu, maintenant vas-y, dis-moi pourquoi Zitácuaro est héroïque, parce que Calleja l'a incendiée, elle me répond, parce que les partisans de Santa Anna l'ont réduite en cendres, qu'elle ajoute mais je lui dis allons donc, ma fille, allons donc, Zitácuaro est un repaire d'hérésiarques et j'ai dû faire quelque chose de grave dans ma vie, hélas, Monseigneur, j'ai certainement commis quelque chose de grave et je me demande maintenant si vous allez me donner l'absolution, mais comme je vous le racontais, je lui dis, j'ai dû avoir grandement péché pour que Dieu m'ait envoyé dans le Michoacán, car c'est un châtiment, oui, un châtiment, que de devoir écouter ces blasphèmes, du genre la Vierge est républicaine, pour parler comme toi, ça m'entre par une oreille, par l'oreille qui entend tes péchés, mais ça ne me sort pas par l'autre : ça me sort par la bouche, ma fille, par la bouche, comme un jet de flammes, hélas ma fille, tu vas te damner, hélas Monseigneur, je vais me damner, et elle me rétorque, mais mon Père, il ne vaut pas mieux une Vierge bien de chez nous qu'une Vierge qui trahit sa patrie ? et moi je lui dis, ma fille, ma fille, arrête de blasphémer : la Patrie de la Vierge, c'est le Ciel, la Vierge y est la reine, *Regina Caeli*, et comme cette région est un repaire d'hérétiques, depuis vingt ans que je suis arrivé ici ma vie n'a été qu'un calvaire qui a commencé à Chucándiro et qui s'est poursuivi dans toutes les paroisses où je suis passé : à Tzintzuntzán, à Yurécuaro, à Pátzcuaro, et grâce à Dieu je suis basque, parce que sinon, je lui dis, et elle m'interrompt à nouveau, mais mon Père, n'exagérez pas, on peut être catholique et républicain en même temps, comme moi, ça jamais, que je lui réponds : c'est une contradiction et je te disais que sinon, si je n'étais pas basque je n'aurais même pas pu prononcer les noms de mes paroisses, qu'est-ce que vous voulez dire, mon Père ? elle me demande et je lui dis je veux parler de tous ces noms tellement compliqués que vous avez dans le pays : Tangacícuaro, Copándaro, Terímbaro, Pajacuarán, Parangaricutiri... Parangaricutiri...

— Mícuaro... Parangaricutirimícuaro.

— Mícuaro, oui, Monseigneur, Mícuaro, oui, ma fille, je lui dis, je te disais donc, heureusement que je suis basque, que je suis né en Guipúzcoa et que je m'appelle Belausteguigoitia, Belausteguiquoi, elle me demande, Goitia, j'ajoute en complément, mais ne t'éloigne pas de ta confession, ma fille, et revenons à ce que tu me racontais parce que mes oreilles n'arrivent pas à le croire, tu me disais, je lui dis, que le colonel Dumaurier urine sur toi, qu'est-ce que ça veut dire, et elle, Monseigneur, elle me dit mais oui, il urine entre mes jambes, entre tes jambes, ma fille, et ensuite ? ensuite parfois plus haut, plus haut comment ça ? sur les seins, mon Père, il urine sur mes seins, et ensuite ? ensuite rien, mon Père, parce que le colonel Dumaurier n'arrive pas à, n'arrive pas à, si je vous raconte tout cela, Monseigneur, c'est parce que je voudrais que vous compreniez ma situation, pour que vous puissiez m'absoudre, c'est pour ça que je vous donne tous les détails comme elle me les a donnés, et c'est pour vous les donner sans violer le secret de la confession que je suis venu à dos de mule à travers champs et par des routes épouvantables, depuis mon diocèse du Michoacán à cent et quelques lieues d'ici afin que vous ne reconnaissiez pas la pécheresse mais que vous sachiez par contre que moi, et pas un autre, je suis le plus grand des pécheurs, pour ma damnation, Monseigneur, et c'est aussi pour ça que vous devez considérer que tous les noms que j'ai cités sont tous des pseudonymes à commencer par le colonel Dumaurier qui, comme elle me l'a dit, n'arrivait pas à bander, oui, tel quel,

Monseigneur, elle me l'a dit en toutes lettres, la seule chose qui lui plaît c'est que nous soyons tous les deux dans une baignoire, tout nus, et il urine sur moi, et quand il urine il devient tout rouge, il se met à souffler et à gémir, et quand il a fini d'uriner il m'ordonne de me rhabiller et de partir, comment Monseigneur ? oui, oui, ce que vous me dites je le lui ai dit : hélas, ma fille, il n'y a pas de salut pour toi, mais mon Père, qu'elle me dit, puisque Notre Seigneur Jésus-Christ a pardonné à Madeleine qui avait tellement péché, oui, oui, Marie-Madeleine a beaucoup péché, je lui dis, mais elle a péché avec sa chair, moi aussi, elle me réplique, moi aussi, Monseigneur, j'ai péché avec ma chair, mais toi, ma fille, je lui dis, c'est avec la chair et avec l'esprit, mais pas moi, Monseigneur, moi je n'ai pas péché en esprit, car si tu t'en étais tenue à la chair, je lui dis, je t'aurais absoute, comme je vous demande à présent, Monseigneur, de m'absoudre, mon Père, elle me dit, imposez-moi la pénitence que vous voudrez, imposez-moi de prier dix Credo, vingt Notre Père, cela ne servirait à rien, je lui dis, à rien, ma fille, cinquante Ave Maria, elle me demande, pas même avec cinquante Ave Maria, je lui dis, pourquoi, mon Père, pourquoi ? à cause de ce que tu fais avec le colonel Dumaurier, je lui dis, et avec le capitaine Desnois et avec l'autre, le lieutenant Galliquoi ? Gallifet, mon Père, elle me dit, et alors je lui demande pourquoi elle prononçait si bien le français et elle me dit parce que j'ai fait mes études au lycée, mon Père, et parce que je suis mariée à un Français, avec un Français, ah, tu ne m'avais pas dit ça, je lui dis, et pourquoi, si tu as tellement horreur des Français, tu en as épousé un, je lui demande, et elle me dit, parce que ma famille m'a forcée, mon Père, vous savez ce que c'est, vous souvenez-vous, mon Père, elle me demande, vous souvenez-vous, Monseigneur, de ces vers qui disent : *Le voilà, le blondinet de mon cœur, je nage vraiment dans le bonheur, ah ! ma fille, je te demande pour gendre un Français ?* eh bien mon papa me les chantait, il me les rechantait, jusqu'à ce qu'il obtienne ce qu'il voulait, jusqu'à ce que je lui donne pour gendre un Français, vous comprendrez mon indignation et mon étonnement, Monseigneur, je lui dis alors, en plus, tu es une femme adultère, et elle me répond mais Jésus-Christ a dit qu'il jette la première pierre... et je lui dis, tais-toi, ne blasphème pas davantage, hélas, Monseigneur, il fallait que j'en sache un peu plus, revenons-en, je lui dis, à ce que tu fais avec le lieutenant Gallifet, ce n'est pas non plus son vrai nom, Monseigneur, ce que je faisais, mon Père, qu'elle me dit, parce que le lieutenant est mort il y a six mois environ dans les collines de Copándaro, encore une victime des balles impies, je lui dis, je me rappelle, non, qu'elle me réplique, il est mort dans un accident, ils ont découvert une grotte où on dit que don Melchor Ocampo ou le curé Morelos, je ne sais pas, allait méditer, ils y sont entrés avec des torches résinées, mais en réalité la grotte était bourrée de caisses d'explosifs, le lieutenant Gallifet a approché sa torche de l'une d'entre elles et elle lui a sauté en pleine figure, oui, oui, Monseigneur, pauvre lieutenant comme vous dites et comme elle a dit elle aussi, c'est le seul Français que je n'ai jamais trouvé antipathique, elle reprend, parce qu'il était belge et que c'était encore un enfant, je crois que c'est pour ça qu'il aimait tellement me téter les seins et alors je lui demande, le seul Français? alors tu n'aimes pas ton mari? et elle me dit que non, il sent très mauvais, pardonnez-moi, Monseigneur, moi qui suis si propre je me baigne tous les jours, qu'elle me dit et je lui dis, tu te préoccupes de la propreté de ton corps, et la propreté de ton âme? ah, Monseigneur, je me sens moi-même si sale, mais les deux choses ne sont pas contradictoires, elle me rétorque, ce que je fais je le fais avec la conscience toute propre, tu dois être folle, que je lui dis, j'ai toute ma tête, elle me réplique, et les mauvaises odeurs me révulsent, en fait les Français puent presque autant que les Espagnols, ah, pardon, mon Père, qu'elle me dit, j'oubliais que vous êtes espagnol, et je lui dis, moi? je ne suis pas espagnol, alors pourquoi vous parlez comme un Espagnol, eh bien pour me faire comprendre de vous tous, je lui dis, mais ma vraie langue c'est l'*euscara*, le basque, parce que comme je t'ai déjà raconté, je suis un Basque de souche, tant du côté de mon père Belausteguigoitia-Amorrortu que du côté de ma mère Lamateguigoerría-Azpilicueta y Lazarragaguebara, je lui dis, Guebara, ma fille, Guebara: Lazarragaguebara, Monseigneur, et elle me dit vous êtes basque, mon Père, comme Tata Vasco, et je lui ai répondu, hélas, ma fille, quand je pense que le Michoacán a eu un des meilleurs évêques que mon pays ait envoyés dans le Nouveau Monde et que toutes les graines de foi et de dévotion que l'illustre Vasco de Quiroga a semées dans cette terre n'ont donné que de la cendre, car non seulement Zitácuaro mais tout le Michoacán est une pépinière d'hérétiques, et qu'on me pardonne les exceptions qui confirment la règle, comme les archevêques Munguía et Labastida, dont je sais qu'ils sont eux aussi du Michoacán, n'est-ce pas Monseigneur? et je lui dis, tu sais une chose? tu sais pourquoi il y a tant de volcans dans le Michoacán? pourquoi il y a tant de fumerolles? non, mon Père, qu'elle me dit, vous ne le savez pas Monseigneur? eh bien parce qu'il est plus près des flammes éternelles, ou est-ce que je me trompe Monseigneur? parce que tous ces trous qui sentent le sulfure sont autant d'accès directs à l'enfer, et si ce n'est pas certain, Monseigneur, ça pourrait l'être, hou là là que j'ai peur, qu'elle me dit et je lui dis, mais revenons, ma fille, à ce petit capitaine ou à ce lieutenant, tu me disais qu'il te sortait les seins, un seul, mon Père, et il s'asseyait sur mes genoux, il le suçait et en même temps il caressait son machin à travers l'étoffe jusqu'à ce qu'il finisse tout trempé et ensuite il partait et vous pouvez vous imaginer, Monseigneur, combien toutes ces choses m'inquiétaient et si je voulais les connaître, ce n'était pas par esprit morbide, comment, je lui dis, ensuite le petit lieutenant s'en allait? oui, avec le pantalon mouillé, hélas, ma fille, il n'y a pas de salut pour toi, et pour moi, Monseigneur, absolvez-moi, mon Père, qu'elle me supplie, absolvez-moi, Monseigneur, je vous en prie pour l'amour de Dieu, inutile, ma fille, je lui dis, inutile, ordonnez-moi une grosse pénitence, mon Père, elle me dit, ordonnez-m'en une à moi aussi, Monseigneur, ce que vous voudrez, aller à genoux de chez moi à la cathédrale, ou bien dire cent Notre

Père et trente Ave Maria, elle me dit, ou deux cents si vous le voulez, Monseigneur, et je lui dis, ce n'est ni avec cent Ave Maria ni avec deux cents que tu te sauveras, et quand elle me dit qu'avec le lieutenant Gallifet c'était comme jouer à la poupée, comme donner le sein à un bébé, je lui réponds, toi, ma fille, tu ne veux pas comprendre, je suis fatigué de te dire et de te répéter que le péché de chair n'a rien à voir là-dedans, ah la chair est faible, Monseigneur, ce qui compte c'est d'avoir péché en esprit : parce que tu es une hérétique, une alliée des forces du mal, une espionne des juaristes, des rouges, ah, mon Père, qu'elle me dit, ne dites pas ça vous me faites peur et j'en ai la chair de poule, moi aussi à ce moment-là j'avais la chair de poule, Monseigneur, en vendant ton corps tu devais craindre la colère de Dieu, la réprimande est tombée de ma bouche, mais tu as de la chance, ma fille, car la colère de Dieu est lente, comme sa miséricorde, mais je ne vends pas mon corps, mon Père, elle me dit, je ne leur demande ni argent ni cadeaux, ils te donnent quelque chose de plus précieux en échange de tes faveurs, je lui réponds, quelque chose qui n'a pas de prix : l'honneur, mon Père : ce sont nos ennemis, ma fille, le véritable ennemi c'est Benito Juárez, je lui dis, vous n'êtes pas d'accord, Monseigneur ? Juárez est l'Antéchrist, mais on dit, qu'elle me rétorque, que le président Juárez est catholique, hélas ma fille, que le Ciel nous délivre de tels catholiques, comme il y a aussi des prêtres qui sont républicains, elle me dit, c'est parce que tu ne leur as pas soulevé la soutane, je lui réponds, qu'est-ce que vous dites, mon Père, elle me demande, parce que si tu la soulevais, dessous tu verrais la queue du diable, n'est-ce pas, Monseigneur ? et alors je lui demande, où faisais-tu cela avec le lieutenant Gallifet, où fais-tu toutes tes choses ? et elle me dit, parfois au mess de la caserne, parfois dans un hôtel, connaissez-vous le porche de Matamoros ?, là aussi, une fois, et au petit matin dans les arènes, mon Père, connaissez-vous la promenade des Jacarandas ?, dans la baraque de l'octroi à Chicácuaro, une fois dans le ravin de Cahuaro, et je lui dis, ma fille, *cahuaro* veut dire “ravin” en tarasque, il ne faut pas dire ça parce que c'est comme si tu disais le ravin du ravin, de même qu'on dit à tort la plaine de Tepacua, parce qu'en tarasque *tepacua* veut simplement dire “plaine”, et dans quel autre endroit je lui demande, dans une église également ?, jamais, que Dieu m'en garde, qu'elle dit, et je lui dis, tant mieux, ma fille, tant mieux, oh, Monseigneur, qu'est-ce que je n'allais pas apprendre encore, mais par contre je l'ai fait chez moi, qu'elle me répond, chez moi aussi, et je lui dis tout étonné, comment est-ce possible, mon mari, elle me dit, voyage beaucoup, mais tu profanes le lit, la couche conjugale où tu le fais avec ton mari, et elle me dit non, mon Père, je ne le fais jamais avec mon mari, ça ne l'intéresse pas et il a ses maîtresses, c'est vrai que je profane mon lit, et j'ai profané le sofa et la table de billard, mais le capitaine Dubois aimait faire ça à la campagne et il m'emmenait dans le maquis et on le faisait sous un arbre, alors comme ça tu as forniqué en plein soleil, je lui dis, il ne faisait pas toujours soleil, elle me répond, même qu'une fois on l'a fait en plein champ et il est tombé une averse du tonnerre de Dieu et je suis rentrée chez moi trempée comme une soupe, dis-moi que je lui dis, qu'est-ce que tu faisais avec ce capitaine Dubois, c'est également un pseudonyme, Monseigneur, et elle me répond que le capitaine Dubois aime surtout faire une chose qu'elle n'aime pas faire, quelle chose? j'insiste, ah, mon Père, j'ai honte de vous le dire, moi aussi j'ai honte de vous le raconter, Monseigneur, il me semble que ça s'appelle sodomie, il te semble? que je lui dis, tu ne sais même pas comment s'appelle ce que tu fais, oui, c'est la sodomie, c'était la sodomie, Monseigneur, et je lui demande pourquoi le capitaine Dubois tenait à le faire comme ça étant donné que la nature a prévu un canal approprié et elle me dit, je ne sais pas, mon Père, le capitaine m'a dit qu'il a passé beaucoup de temps chez les Arabes et qu'il s'est habitué à le faire comme ça, mais pas avec des femmes, surtout avec des hommes et même avec des boucs et des autruches, et il en a gardé l'habitude, hélas ma fille, il n'y a pas de salut pour toi, que je lui dis, que dites-vous, Monseigneur? ah, oui, ensuite elle m'a dit ce qu'elle faisait avec le capitaine Dubois, mais d'abord je lui ai dit: si tu dis que ça ne te plaît pas, j'imagine ou je crois comprendre que tu aimes bien le reste, et elle me répond, que voulez-vous, mon Père, quand le lieutenant Gallifet me tétait le sein, je sentais parfois des chatouilles entre les jambes et je mouillais mes cuisses, et quand le colonel Dumaurier t'urinait dessus? je lui demande, Monseigneur, qu'est-ce qui se passe quand il urine sur toi, eh bien ce n'est pas que ça me plaise, mon Père, qu'elle me dit, mais vous devez bien vous figurer que je meurs de froid à rester là, toute nue, debout dans la baignoire et alors quand je commence à sentir le jet chaud ça me fait du bien et quand il vise mon entrejambe, de tout près, eh bien ce n'est pas terrible mais ce n'est pas mal non plus, ah, ma fille, que je lui dis, pas même avec trois cents Ave Maria, au moins c'est chaud, mon Père, ça n'est pas froid comme le cidre, vous vous demandez ce que le cidre a à voir ici, Monseigneur? eh bien c'est précisément ce que je lui ai demandé, et elle me dit qu'un autre colonel qui était parti dans le Nord, un certain Dugason, là encore c'est un nom inventé, aimait bien l'asperger de cidre entre les jambes, Monseigneur, pour le laper ensuite, ah, Monseigneur, Monseigneur, imposez-moi la pénitence que vous voudrez, ordonnez-moi de dire cent Credo ou cinq cents Ave Maria, Monseigneur, pour le laper, tu dis, pour le laper, ces Français sont le diable en personne, je lui dis, vous voyez bien? maintenant vous le dites vous-même, elle ne m'a pas raté, mais je me suis défendu en disant que malgré tout ils sont notre seul espoir, vous ne le pensez pas, vous aussi, Monseigneur? et qu'est-ce que vous dites des zouaves? qu'elle me demande, et moi, Monseigneur, qui ai souvent souillé le bas de ma soutane dans une immondice laissée par un zouave, qu'est-ce que je pouvais lui dire, eh bien, monsieur, ce sont de vrais ivrognes et des cochons, ils nous accusent de vouloir les empoisonner, mon Père, qu'elle me dit, alors qu'en réalité ils ne savent pas manger, ils se bourrent de corossols, de rillons et de goyaves, tout en même temps, et ensuite, bien entendu, ils se carapatent à toute allure pour aller faire leurs saletés dans tous les coins, mais c'est que ce n'est pas facile, je lui dis, de s'habituer à cette nourriture, j'ai failli moi-même rendre l'âme, il y a vingt ans, quand je suis arrivé dans la paroisse de Tzitzipan... de Tzitzipan...

— Dacuri, Tzitzipandacuri...

— Dacuri, oui, Monseigneur, Dacuri, oui, ma fille, je lui dis, Tzitzipandacuri, j'ai failli mourir, comme je te disais, à cause de tous les morceaux de porc dont je m'étais empiffré, et le fait est que j'ai eu beaucoup de mal à me faire à tous ces piments et à toutes ces épices, je regrettais tellement, ma fille, tellement les anguilles à la guipuzcoane et la morue au pilpil, et tu aimais, je lui demande, que ce colonel lape le cidre sur toi, ah, mon Père, vous me faites rougir, elle me répond, et moi aussi j'ai rougi, Monseigneur, comme vous pouvez le constater maintenant, eh bien, à vrai dire, mon Père, tantôt oui tantôt non, comment ça, je lui demande, eh bien vous allez comprendre, mon Père, elle me répond, quand j'avais les yeux ouverts et que je le regardais faire, je bouillais de colère et de dégoût, mais si je fermais les yeux et que j'imaginais que c'était mon fiancé qui le faisait, alors, effectivement, mon Père, ça me plaisait vraiment, son fiancé ? c'est ce que je lui ai demandé moi aussi, Monseigneur, ton fiancé ? en plus de ton mari tu as un fiancé ? quel fiancé ? tu veux parler de ce pékin à qui tu transmets tous les secrets que te racontent les Français, ce bandit ? oui, mon Père, celui-là même, elle me dit, mais ce n'est pas un bandit, ah, si vous le voyiez, mon Père, sur son cheval bai avec son chapeau allemand enrubanné d'argent, son pantalon noir boutonné de nacre, ses bottes de daim, ça suffit, ça suffit, je lui dis, je me moque de savoir comment s'habille ton fiancé, et alors j'ai eu l'idée de lui demander : dis-moi, tu ne serais pas une autre Barragana ? et elle me répond, comment je pourrais être une Barragana, mon Père, puisque je ne sais même pas monter à cheval et que je n'ai jamais tenu un pistolet, il n'y a eu qu'une seule Barragana, Mme Ignacia Reichy, et je lui dis, madame, madame, elle n'avait rien d'une dame, c'était un démon, à tel point, tu peux le constater, vous le constatez vous aussi, Monseigneur, qu'elle a gâché sa seule chance que le Seigneur lui accorde son pardon, en se tirant une balle dans le cœur, Dieu n'ouvre pas le ciel à celui qui s'ôte lui-même la vie, alors elle me dit je n'ai rien d'une Barragana ni dans le maquis ni au lit, et je lui ai demandé, qu'est-ce que tu veux dire par là ? que la Barragana, elle me dit, tout en étant une femme, était tellement homme qu'elle couchait avec des femmes et moi je n'aime pas ça, elle me dit, je l'ai fait une seule fois avec l'épouse d'un général, oui, Monseigneur, vous vous rendez compte, qui voulait que je lui dispense mes faveurs et j'en suis ressortie toute déçue, elle me dit, parce qu'elle m'avait promis de me raconter un tas de secrets et en fin de compte elle ne m'a rien raconté, depuis ce temps-là j'ai appris qu'on ne pouvait pas se fier aux femmes, et ensuite, Monseigneur, je lui ai demandé qui es-tu, toi, je vous l'ai déjà dit, mon Père, je suis mariée avec un Français, un militaire ? non, mon Père, un commerçant qui fait dans l'importation de vins et l'exportation de peaux, j'appartiens à la bonne société, quand Charlotte, l'Impératrice, est venue, l'impératrice Charlotte, pardonnez-moi, mon Père, mais je ne peux pas l'appeler impératrice, eh bien, je vous disais, quand elle est venue à Morelia avec Maximilien elle m'a demandé d'être une de ses dames de compagnie et j'ai dit non, tu n'as pas saisi l'occasion, idiote? je l'interromps, mais, j'ajoute aussitôt, ne me parle pas de la visite de l'Empereur et de l'Impératrice, quand je pense que nous avions préparé toutes ces réceptions et toutes ces sérénades, que nous avions accroché tous ces ornements, ces fanions et ces calicots tricolores aux balcons, que nous avions tapissé les rues de tournesols, et voilà l'empereur Maximilien qui arrive en cravate rouge, en cravate populo, vous vous rappelez, Monseigneur, ce scandale? et alors elle me dit: ce n'est qu'un détail, on dit que Maximilien est encore plus populo que ses vêtements, et je lui réponds, parfois j'en suis persuadé, ma fille, quand tu penses qu'il a dédaigné notre *Te Deum*, vous vous rappelez, Monseigneur? et qu'il a demandé à la fanfare du marché couvert de jouer « Les Crabes » on a reçu ça comme une gifle, ma fille, une vraie gifle, mon Père, il s'est moqué des culs bénits, et je lui dis je t'interdis, ma fille, d'appeler comme ça les vrais catholiques, mais moi je le suis, mon Père, elle me dit, je suis une vraie catholique et je me repens de mes péchés, mais je t'ai déjà dit, je lui réponds, que tu es damnée et que tu ne te sauveras pas quand bien même je t'imposerais une pénitence de six cents Ave Maria, ah, Monseigneur, demandez-les-moi, imposez-moi de dire six cents Ave Maria, six cents ou davantage, autant que vous voudrez, sept cents, elle me rétorque: l'archiduc Maximilien est catholique lui aussi et vous voyez bien qu'à présent vous vous plaignez de lui, alors je lui dis en réalité, ma fille, tu n'y comprends rien, entre deux maux il faut choisir le moindre, vous ne croyez pas, Monseigneur? entre Juárez et ses suppôts et l'Empereur et les Français, je suis pour l'Empereur, je suis pour les franchouillards, comme vous les appelez, n'est-ce pas, Monseigneur? d'abord que je lui ai dit, parce qu'un jour Agustín de Iturbide, l'enfant qu'ils ont adopté, va succéder à Maximilien et alors nous aurons un empereur mexicain, deuxièmement parce que les Français vont s'en aller un de ces jours, troisièmement parce que Juárez ne changera jamais et que Maximilien, par contre, va changer, vous ne croyez pas, Monseigneur? il va changer quand les Français s'en iront, tu vas t'en apercevoir parce qu'à ce moment-là il ne pourra pas faire autrement que de revenir dans les bras de l'Église, tu ne le crois pas? vous ne le croyez pas, Monseigneur? alors elle me dit je n'en sais rien, mon Père, mais dites-moi: si je vous disais que mon vrai péché est celui de la chair, si je vous disais qu'en réalité je fais tout cela non pas pour qu'on me confie des secrets mais parce que ça me plaît et que ce n'est là qu'un prétexte, vous me donneriez l'absolution? ah non, ma fille, je lui dis, tu ne me feras pas tomber dans ce piège-là, non monsieur, et en outre je ne peux pas t'absoudre, que dites-vous, Monseigneur? ce qu'elle a fait avec l'épouse du général? eh bien j'ai oublié de le lui demander, et comme je vous le disais, comme je le lui ai dit, je ne peux pas te donner l'absolution car tu as de nombreuses morts sur la conscience, qu'est-ce que vous voulez dire par là, elle me demande, grâce aux révélations que m'a faites le capitaine Clinchant sur les plans des impériaux pour attaquer Tacámbaro nous avons pu les battre, et si on n'avait rien su, vous imaginez un peu combien de pauvres pékins ils nous auraient fusillés, et qu'est-ce que tu me dis de ces pauvres garçons belges, ma fille, je lui dis, qu'on a fusillés ici même à Tacámbaro, hein, ce n'étaient pas des êtres humains ? et alors elle me dit bien sûr que si, les pauvres petits, mais ils sont venus ici, au Mexique, pour se battre, nous ne sommes pas allés les provoquer chez eux, n'ergote pas ma fille, je lui réponds, tu ne peux pas comprendre qu'au bout du compte leur mission est sacrée : il s'agit de restaurer la religion, n'est-ce pas, Monseigneur ? et les prérogatives du clergé, pas vrai ? mais si le capitaine Estelle ne m'avait pas parlé de l'ordre du général Bertier d'organiser des battues dans le Quinceo, elle me dit, ils auraient attrapé la Barragana vivante, si le lieutenant Maréchal ne m'avait pas confié que le capitaine de La Hayrie et ses sbires africains allaient surprendre Nicolás Romero à Zirándaro, non, non, pas à Zirándaro, c'était à Angangueo, je ne m'en souviens plus, ils l'auraient tué sur place, elle me dit, si le capitaine Dubois ne m'avait pas parlé de l'embuscade qu'ils avaient tendue au général Arteaga sur la route de Tingüindín, quand on le transportait, le pauvre, sur une civière après une attaque d'épilepsie, ils l'auraient tué, ils l'auraient tué à coup sûr, et je lui dis, Monseigneur : eh bien tu vois à quoi cela a servi, car de toute façon ils sont tous morts, la Barragana de ses propres mains, Romero, Salazar, Arteaga ont tous été fusillés, hélas, pauvre général Arteaga, elle me dit, il a écrit une si jolie lettre à sa maman juste avant de mourir, et vous imaginez, mon Père, la peine de sa sainte mère, mais je lui dis, écoute, sa mère est peut-être une sainte, mais cet Arteaga était un fils de... ne m'oblige pas à dire des gros mots, non, Monseigneur, je n'ai pas dit le mot que j'avais sur le bout de la langue, Arteaga était un démon, ma fille, rien que ça, et un démon de moins sur terre, ce n'est qu'un démon de plus en enfer, ce qu'elle faisait avec le capitaine Maréchal, avec le lieutenant Estelle, Monseigneur ? moi aussi je le lui ai demandé, mais comme vous j'ai confondu : Estelle c'était le capitaine et Maréchal le lieutenant, elle me dit, comme je vous le dis maintenant, Monseigneur, mais de toute façon ce n'étaient pas leurs véritables noms et le hasard veut, mon Père, elle me dit, que je les voyais toujours tous les deux ensemble, je lui demande comment ça ensemble, oui, en même temps, mon Père, c'est ce qui leur plaisait, vous vous rendez compte, Monseigneur, et évidemment, je lui dis, je suppose qu'ils ne te confiaient pas de secrets militaires parce que j'imagine que chacun d'eux devait avoir peur d'être accusé par l'autre, pas vrai ? et elle me dit non, ils ne me racontaient rien, c'était moi qui leur fournissais de fausses informations, ça c'est un peu fort, ma fille, tu es très maligne, mais Lucifer lui aussi était très intelligent, l'intelligence n'est pas une vertu, n'est-ce pas Monseigneur ? et alors, dis-moi, vous vous retrouviez tous les trois dans le même lit ? oui, mon Père, ce qu'ils y faisaient, Monseigneur ? c'est exactement ce que je lui ai demandé et elle m'a répondu hélas, vous voulez vraiment que je vous raconte les détails, et je lui dis oui, si tu ne me les racontes pas complètement, comment pourrais-je te les pardonner? et elle me dit, alors vous allez vraiment me pardonner, je lui réponds non, ma fille, pas du tout, pas même avec toutes les pénitences du monde, ni avec tous les Ave Maria du monde, avec huit cents? qu'elle me dit, pas même avec neuf cents, je lui réponds, alors je m'en vais, si vous ne voulez pas me pardonner je ne sais pas ce que je fais ici à vous raconter toutes ces histoires, je m'en vais, elle me dit, non, non, elle n'est pas partie, Monseigneur, plût au ciel qu'elle ait décampé, je ne serais pas ici avec vous à vous raconter tout cela, pétri de remords, non, elle n'est pas partie, je lui dis on va d'abord voir ce que tu faisais avec le lieutenant et le capitaine, j'ai honte de vous le raconter, elle me dit, j'ai encore plus honte de vous le dire, Monseigneur, le capitaine se couche sur le dos et je lui embrasse son machin, et le lieutenant se met derrière moi, comme le capitaine Desnois? je lui demande et elle me dit non, ils ne sont pas tous comme le capitaine Desnois, le lieutenant le fait comme vous l'avez dit par le canal approprié auquel la nature a pourvu, et quand tous les deux ont terminé ils changent simplement de position et moi je reste au milieu comme une tranche de jambon, ça c'est un peu fort, ma fille, dis-moi, je lui demande, ton fiancé, par hasard, ce n'était pas Nicolás Romero? et elle me dit non, mon Père, mon fiancé est bien vivant, mais j'aurais bien aimé être la fiancée de Nicolás Romero, bien sûr, il était si bel homme, je le regardais passer dans la rue avec ses cent lanciers de Zaragoza quand les gens lui criaient Vive le Lion du Désert, et lui il faisait des pirouettes sur son cheval au galop, je vous assure, mon Père, qu'il me faisait fondre, voilà encore un patriote, elle me dit, assassiné par les étrangers, non pas assassiné, ma fille, que je lui dis, exécuté, ici on n'assassine personne, on exécute après jugement, et alors elle me dit, Monseigneur, tout le monde sait bien que le procès d'un pauvre diable a à peine commencé devant la cour martiale de Moralia, de Zamora ou de Zitácuaro, qu'on creuse déjà sa tombe, et je lui dis, ça suffit, ma fille, celui qui prend les armes sait pertinemment à quoi il s'expose, et pour chaque Arteaga, Salazar ou Romero que les Français ont exécuté, les juaristes ont assassiné dix et même vingt personnes, et elle insiste, Monseigneur, elle me dit hélas, non, mon Père, souvenez-vous simplement de tous les libéraux qu'ils ont fusillés au Mesón de las Animas et qu'ils ont enterrés dans les écuries, rappelez-vous, quand le général Pueblita a été battu à Zitácuaro, la quantité d'officiers de chez nous et même de simples soldats qui ont été passés par les armes à El Calvario, et sans aller plus loin, ils ont fusillé Nicolás Romero sur la place de Mixcalco à Mexico, mon Père, elle me dit, tous les jours ils tuent deux ou trois républicains, et vous ne savez certainement pas, mon Père, elle me dit, qu'il a fallu donner le coup de grâce à Nicolás Romero et que même comme ça il n'est pas mort, car quand on l'emportait au cimetière dans son cercueil, d'un seul coup il a fait sauter le couvercle et c'est alors seulement, sous le coup de l'effort, qu'il est mort, vous ne le saviez pas non plus, Monseigneur? non, je ne le savais pas ma fille, je lui dis, mais de toute façon il est mort et enterré, pas vrai ? et elle me dit oui, je lui dis : car le diable, lui, ma fille, il tient vraiment dans une boîte, je lui assène au passage, sans penser, Monseigneur, qu'à ce moment-là j'avais déjà moi-même le diable au corps, car il est vrai que le diable tient également dans n'importe quel corps humain n'est-ce pas, Monseigneur ? aussi bien d'un homme que d'une femme, et alors elle me dit : mon Père, vous me connaissez, moi ? je lui dis, oui, je suis la fille de don Aniceto Huitziméngari, de don Aniceto Huitziméngari, ma fille ? bien que ce soit là encore un pseudonyme, Monseigneur, ah, je lui dis, alors tu dois être la Blonde Huitziméngari, celle qui est mariée avec M. Antoine Dupont, le Français, bien sûr, bien sûr, évidemment que je te connais, je me souviens de toi, et alors, Monseigneur, elle me dit : c'est vrai, mon Père, que je suis jolie ? et alors le diable a parlé par ma bouche, ce n'est pas moi, Monseigneur, c'est le diable qui a dit : tu es jolie, c'est lui, comme un ange, et alors elle me dit, mon Père, il y a quelque chose que je peux faire pour vous si vous me donnez l'absolution et moi, Monseigneur, je lui ai dit ne me tente pas, comment je pourrais vous tenter, mon Père, puisque je suis de l'autre côté du confessionnal, et je lui ait dit tenter en tentation, ne me tente pas Satanas, et alors elle m'a dit mon Père, je peux vous dispenser mes faveurs, je sais faire des tas de choses comme vous le constatez, et je lui ai dit non, je ne constate rien, ne me tente pas, ne me tente pas, maintenant oui, je constate, Monseigneur, ne me tente pas, je lui dis, tu as mon absolution, mais moi qui va m'absoudre, Monseigneur l'Évêque, mon Père, elle me dit, Monsieur l'Évêque vous absoudra, et moi je lui dis, hélas non, ma fille, il ne m'absoudra jamais, jamais, pas même avec mille Ave Maria elle me demande, je suis resté un moment silencieux et elle m'a redemandé : pas même avec mille Ave Maria, mon Père ? et alors moi, Monseigneur, vous vous souvenez de la cloche que don Vasco de Quiroga a consacrée de ses propres mains et qui a la réputation, quand elle sonne, de calmer les tempêtes ? j'ai voulu entendre cette cloche à l'intérieur de moi car la tempête soufflait dans mon propre corps, mais je n'ai pas pu l'entendre, j'en ai été empêché par les cris du diable et par le toc-toc de mon cœur qui bondissait dans ma poitrine et c'est pour cette raison, Monseigneur, que je me retrouve ici, humblement agenouillé devant vous, et c'est à genoux que je vous demande de me donner l'absolution, même au prix d'une pénitence très grande, celle que vous souhaiterez, celle que vous m'indiquerez, les Ave Maria que vous m'imposerez, le nombre qui vous viendra à l'esprit, Monseigneur : mille si vous le voulez. »

3. De la correspondance — incomplète — entre deux frères

Mexico, le 25 avril 1866.

Mon cher Alphonse, cher frère,

Ta dernière lettre m'est parvenue avec un retard incroyable. Plusieurs commissions dont on a bien voulu m'honorer m'ont obligé à voyager dans différentes parties du Mexique et, d'après ce que j'ai appris par la suite, la lettre m'a suivi à la trace mais sans jamais m'atteindre, jusqu'à mon retour dans la capitale, où elle aurait aussi bien pu m'attendre pendant tous ces mois. On ne m'envoie plus au front : ma fracture de la cheville ne s'est pas bien ressoudée, et on m'a assigné la fonction de messager de luxe. Je crois que je suis voué à boiter pour le reste de mes jours, mais cela me permettra de demander ma révocation de l'armée et de me consacrer à la gestion des serres de mon beau-père.

Je ne t'ai jamais parlé de lui ni de María del Carmen, n'est-ce pas ? Eh bien, en attendant de t'envoyer très bientôt une photographie de ma femme, laisse-moi te dire qu'elle a dix-huit ans et que c'est une beauté créole typique, plutôt métisse, aux yeux et aux cheveux noirs, avec un teint de peau qu'on appelle ici *apiñonado*, c'est-à-dire de couleur ananas. Elle appartient, tu ne vas pas le croire, à une famille de tradition libérale. Cependant, aucune tragédie entre Montaigu et Capulet n'est à redouter, mon beau-père est un homme âgé, modéré et de surcroît estimable — veuf — qui se consacre à la culture des orchidées ; d'un côté il n'aime pas Juárez et de l'autre il admire beaucoup la France. Beaucoup de libéraux se retrouvent dans la même situation douloureuse : celle d'avoir été envahis par les troupes d'une nation dont ils partagent la culture et les idées. C'est ce qui a dû également arriver aux Argentins pendant les périodes d'occupation du début du siècle, s'il est vrai que les Argentins étaient déjà alors aussi anglophiles qu'ils le sont, dit-on, aujourd'hui.

La densité et l'érudition de tes lettres m'étonnent et m'enthousiasment même, et tu me convaincs presque, parfois, de l'injustice de cette intervention au Mexique. Eh bien non : plus j'y réfléchis, plus je suis persuadé — à l'instar de notre empereur Louis-Napoléon — que ce n'est qu'en plaçant un prince européen à la tête d'une monarchie que l'on pourra sauver ce pays non seulement du chaos mais aussi de l'influence néfaste des Américains qui, aujourd'hui, après le triomphe du Nord, allongent à nouveau leurs griffes. Le problème, c'est que nous avons manqué de méthode, de patience et, surtout, d'hommes compétents. A commencer, hélas, par l'Empereur lui-même, Maximilien, et par les gens dont il s'entoure.

Parmi ces derniers, Éloin et ce laquais de Schertzenlechner sont peut-être ceux qui ont fait le plus de mal, car, en plus de se haïr entre eux, ils nous détestaient, nous, les Français, et ils ont beaucoup influencé en ce domaine l'attitude de l'Empereur. Je me contenterai de te dire qu'Éloin a obtenu que Maximilien ne visite aucune de nos casernes ni aucun de nos hôpitaux militaires. On a assisté, certes, à un défilé d'hommes très qualifiés comme Bonnefond, Corta et tant d'autres, qui ont tenté en vain de mettre un peu d'ordre dans les finances de l'Empire mexicain. Mais en pure perte : personne ne les a écoutés, pas même Maximilien, et en outre, il n'y a pas, de toute façon, assez d'argent pour financer d'un côté la conquête de cet immense territoire et de l'autre les dépenses insensées de la cour. Et maintenant, après le limogeage brutal de Schertzenlechner, un autre personnage sinistre a fait son entrée en scène : un certain Augustin Fischer, pasteur protestant allemand converti au catholicisme, aventurier, chercheur d'or en Californie, père de plusieurs enfants bâtards, qui exerce une influence néfaste sur Maximilien. Il lui a promis qu'il obtiendrait un concordat avec le Vatican et on dit qu'il a été un de ceux qui l'ont convaincu d'« adopter » — je dirai de *séquestrer* — le petit-fils d'Agustín de Iturbide. Si tu ajoutes à cela l'animosité de plus en plus grande entre Maximilien et le maréchal Bazaine — plongé depuis des mois dans les délices d'une lune de miel interminable —, tu pourras te faire une idée de la situation délicate de l'Empereur.

Je ne crois pas que Maximilien puisse obtenir une trêve ni avec l'Église ni avec les conservateurs. Je doute même qu'il puisse se mettre en paix avec lui-même, car à l'heure qu'il est il a dû se rendre compte qu'il n'est pas venu ici par la volonté de la nation mexicaine, ce qui était une des conditions qu'il avait posées. Mis à part les innombrables hameaux habités par des Indiens analphabètes, la population des grandes villes se compose également d'une majorité d'Indiens et aussi de mendiants, les *léperos*, la version locale des *lazzaroni* italiens, qui ne savent pas quelle est la différence entre une république et un empire, et qui s'en moquent. Une autre partie est constituée par une classe que nous pourrions qualifier d'aisée qui, pourvu qu'on la ménage, reçoit aujourd'hui avec des embrassades et des arcs de triomphe les Français et le couple impérial, comme demain elle recevra les juaristes. Enfin il y a les riches, qui sont presque tous infatués de leur personne et, bien que dans d'autres domaines, tout aussi ignorants. La comtesse de Kollonitz me disait que certaines des dames qui entourent Charlotte pensaient que Maximilien était français, elles ne comprenaient pas pourquoi sa langue était l'allemand et elles lui demandaient où se trouvait Vienne : si c'était en Prusse ou en Autriche. En fait, à leurs yeux il n'existe que trois capitales européennes : Madrid — d'où viennent leurs ancêtres, en théorie du moins —, Paris, d'où elles font venir leurs vêtements au terme d'un voyage de cinq mille milles par mer et de deux cent cinquante à dos d'âne, et enfin Rome, parce que c'est là que vit le Pape. Évidemment, il y a des exceptions, mais elles sont rares. M. Escandón, par exemple, avec qui j'ai fait un long voyage entre Veracruz et sa propriété, constitue un cas à part, non dénué d'ironie : plus un Mexicain est distingué et cultivé, moins il est mexicain et moins il est préoccupé, également, par l'avenir de son pays. La seule chose qui les intéresse, c'est de vivre comme des Européens, et aussi que leurs enfants reçoivent une éducation européenne. Ainsi, par exemple, la famille Escandón, qui revenait de prendre des vacances en Europe, voyageait avec une institutrice et un valet anglais, un régisseur espagnol et un précepteur français. Les Escandón m'ont invité à passer deux jours dans leur propriété qui, comme la plupart des domaines mexicains, constitue une sorte de fief ou de petite ville où rien ne manque, y compris l'église et la chapelle, et où il y a même un orphéon pour les concerts du dimanche. Je te donne immédiatement des chiffres dont je ne doute pas qu'ils puissent t'intéresser : à un ouvrier agricole permanent — qui a pratiquement la condition d'un esclave — on donne deux cent quatre-vingt-cinq litres de maïs et trente piastres par an. A ceux qu'on loue, un réal et demi par jour, et aux enfants un réal comme salaire. Fais les comptes : un réal est la huitième partie d'une piastre, et la piastre, ou peso d'argent, vaut trente-cinq centimes de plus que nos cinq francs. Ce qui m'a également beaucoup impressionné sur le domaine des Escandón, c'est que tous les aliments et les boissons qui m'ont été dispensés pendant mon séjour étaient produits sur le domaine même, y compris le café, le rhum et le sucre.

Dans ces conditions, on se demande quels étaient, quels sont ces Mexicains qui se sont manifestés « à une large majorité », comme on nous l'a fait croire, en faveur de l'Empire. Et l'on arrive à la conclusion que seules quelques familles fortunées et ultra-conservatrices, qui ne rêvent que de vivre en Europe — ou qui y vivent —, alliées à ce qui est peut-être le clergé le plus corrompu du monde, étaient concernées. Pendant un de mes séjours dans le port de Veracruz, j'ai eu l'occasion de connaître le nonce, Monseigneur Meglia. Un homme très désagréable, inflexible, qui apportait au Mexique un message également inflexible de Pie IX et qui a débarqué en faisant étalage de toute la splendeur de son habit violet et vert, et entouré de Nègres. Des Nubiens élancés vêtus de blanc jusqu'aux pieds et arborant de longues carabines, qui lui avaient été prêtés par l'Empire ottoman, comme un hommage du croissant à la croix. J'avoue que j'ai éprouvé une certaine pitié pour le nonce, qui, d'après ce qu'on m'a dit, a souffert pendant tout le voyage d'un mal de mer aggravé non seulement par la puanteur que dégagent — je crois t'en avoir parlé dans ma première lettre — d'énormes cancrelats quand on les écrase, mais aussi parce que sur le même bateau voyageaient des Cubains qui crachaient partout malgré l'écriteau qui demandait en quatre langues de n'en rien faire. Cependant, le nonce semblait s'être facilement consolé grâce à un vin clairet, léger mais excellent, dont il m'a offert quelques bouteilles.

A propos de Maximilien, comme je te disais, il faut malheureusement reconnaître qu'il n'est pas fait pour gouverner un pays et surtout un pays comme celui-ci, pratiquement ingouvernable. Entendons-nous bien : l'Archiduc est un brave homme. C'est aussi une personne cultivée, aimant les lettres, les arts et les sciences, mais à un point tel qu'il ignore les très graves problèmes économiques de son administration, pour consacrer la majeure partie de son temps à des projets grandioses ou inutiles. Il en a été ainsi dès le début : l'inauguration du Théâtre de la Cour qui s'est élevée à quatre cent mille francs, une cérémonie excessivement somptueuse où l'on a dévoilé un monument, coûtant soixante mille francs, au curé Morelos — un des héros de l'Indépendance du Mexique —, et enfin, un projet de création d'une Académie des lettres et des sciences aussi importante que celle de Paris, un autre d'ouverture d'une pinacothèque qui réunirait les portraits de tous les gouvernants du Mexique — dont d'ailleurs certains sont exceptionnels, comme ceux des vice-rois peints par Miguel Cabrera, un Indien zapotèque comme Juárez, dont le style rappelle celui de Luca Giordano —, l'instauration de chaires de langues classiques, de sciences naturelles et de philosophie, et la rédaction d'innombrables modifications et ajouts au *Cérémonial de la Cour*: c'est à cela que l'Empereur passe son temps, quand il n'est pas pris d'une passion périodique pour la botanique, l'archéologie ou la littérature. Également pour l'entomologie: quand il est fatigué par le peu qu'il gouverne, il se retire sur une propriété qu'il a à Cuernavaca, pour chasser les papillons et les lézards. Pendant ce temps l'impératrice Charlotte assure la direction de l'Empire, ce qui n'est pas un handicap, parce qu'elle, par contre, elle sait gouverner et prendre des décisions. Jusqu'à présent, elle a déjà assumé deux fois la régence. Écoute, il suffirait que tu aies l'occasion de feuilleter le *Journal officiel de l'Empire*. Les pages de cette publication offrent un reflet assez exact de la perte du sens des proportions caractéristique du gouvernement de Maximilien. Le plus souvent, les nouvelles des victoires des troupes impériales sont si brèves et si laconiques qu'elles passent inaperçues. En revanche, tu trouves des pages et des pages consacrées au cérémonial qu'on doit observer lors de l'anniversaire de l'Empereur et de l'Impératrice, à la description des bals donnés dans le grand salon du Théâtre impérial — «il y avait cent miroirs et le tapis, tout blanc, était parsemé de paillettes et de givre d'argent» —, et autres futilités comme le catalogue des fournisseurs de Sa Majesté — Saccone & Speed, bien entendu, mais aussi Eduardo Guilló à La Havane, Perrin et Cie à Paris ou Francisco Toscano, rue des Orfèvres à Mexico — pour ce qui est, respectivement, des havanes, des armes, des denrées alimentaires et des articles de mode, comme un règlement pour les bals masqués, la chronique du voyage de Marseille en Corse du yacht *Jérôme* transportant les statues de quatre des Bonaparte: Joseph, Lucien, Louis et Jérôme, destinées au monument de la famille à Ajaccio, et d'interminables traités sur la cochenille, l'indigo ou sur la vitesse et la rotation azimutale des nuages. Mais le comble, c'est que le *Journal officiel* vient de publier un code naval qui établit toutes les hiérarchies, depuis le capitaine du navire jusqu'au mousse, les règlements, etc. Je me permets de citer la clause n° 6 de la troisième section, intitulée «Des voyages en mer», qui précise: «Au cas où les dimensions du bateau sur lequel naviguera l'Empereur ne seraient pas suffisantes pour recevoir toute la suite, on déterminera l'accès de celle-ci à bord d'autres navires, suivant les ordres transmis par l'Aide de Camp Général...» Il est évident que la suite de l'Archiduc non seulement ne tiendrait pas sur un seul bateau, mais que la marine mexicaine tout entière n'y suffirait pas, dans la mesure où elle n'existe pas: elle doit rassembler trois embarcations, en comptant large. Et pour que tu ne croies pas que je nourris des préjugés contre l'empereur du Mexique, je vais te le définir avec les mots employés par Madame de Courcy et par Monsieur E. Masseras. Monsieur Masseras est hors de tout soupçon parce qu'il est le directeur du journal *l'Ère nouvelle*, qui paraît à Mexico en français, et il a toujours été un fervent partisan de l'Empereur et de l'intervention. Je le cite de mémoire, parce qu'évidemment il n'a pas publié ce qui suit, mais il l'a dit à plusieurs reprises, à voix moyennement basse, dans les couloirs du palais : Maximilien est « léger jusqu'à la frivolité, versatile jusqu'au caprice, incapable de la moindre constance, irrésolu, obstiné... ». Quant à Madame de Courcy, je crois qu'elle a mis le doigt sur la plaie : « Ce qui est tragique pour Maximilien — a-t-elle dit —, c'est qu'il est facile de l'adorer, mais impossible de le craindre, et au Mexique on ne saurait inspirer le respect si l'on ne fait pas peur... »

Mais, pis encore, d'autres gaspillages beaucoup plus difficiles à justifier s'ajoutent aux dépenses excessives pour des cérémonies fastueuses. On sait, par exemple, que Maximilien a envoyé de l'argent à Hidalgo pour régler quelques-unes de ses dettes personnelles, après que celui-ci eut écrit à Éloin en lui disant que les pertes de ses propriétés dévastées pendant la guerre de la Réforme se montaient à cent mille piastres. De son côté, la fille de Gutiérrez Estrada, Loreto, a écrit à l'impératrice Charlotte en lui demandant des indemnisations pour des motifs divers. Tout cela a été interprété comme une extorsion, et comment l'expliquer autrement ? On sait également que le gouvernement a promis à l'épouse du maréchal Bazaine cent mille piastres au cas où elle devrait abandonner un jour le palais de Buenavista — comme si la cession ou le don ou l'usufruit ou toute autre forme de jouissance du splendide palais n'avait pas déjà causé suffisamment de scandale. Enfin, le bruit courait, bien que cela ne fût point du domaine public, que l'Empereur et l'Impératrice avaient conclu un pacte secret avec la famille Iturbide — lors de l'adoption du petit Agustín — qui incluait une compensation de cent cinquante mille piastres. Tu te rends compte, Alphonse, de ce que ces sommes représentent, quand on pense à la solde d'un militaire, trente piastres par mois ou, comme je te le disais, au salaire d'un ouvrier agricole, qui est de trente piastres *par an* ? quatre cent cinquante années du salaire d'un soldat, cinq mille années de celui d'un travailleur des champs !

Je te le répète à nouveau, il ne s'agit pas pour moi d'abonder dans ton sens — bien que par moments j'aie l'impression que c'est toi qui me dicte cette lettre —, parce que je ne partage pas tes utopies « socialistes ». Je crois aux desseins de Dieu et je respecte sa volonté qu'il y ait dans le monde des riches et des pauvres. Mais parfois je me demande si sa volonté est vraiment que les riches soient aussi riches et les pauvres aussi pauvres. N'est-ce pas là également l'image de ce pays qui de tout temps a été immensément riche, immensément pauvre ? Je n'en sais rien. C'est certainement en prenant connaissance de cette situation et du traitement inhumain que de nombreux propriétaires infligent à leurs paysans, après que l'ingénieur Bourneu les eut dénoncés, que Charlotte a été amenée à décréter quelques réformes. Grâce à elle, on a interdit le châtiment corporel et les journées de travail trop longues, et réglementé l'éducation des péons et de leurs enfants. Mais en même temps, ces mesures si méritoires — qui, par ailleurs, ont provoqué la colère des propriétaires terriens — se sont vues obérées par quelques-unes des dispositions relatives à ce grand programme d'immigration élaboré par l'Empereur et les confédérés à l'instigation de cet ineffable océanographe, le commodore Maury, inventeur, pardonnez du peu, de la torpille électrique. On y précise, entre autres, que les paysans seront dans l'obligation de servir leur patron cinq ans au minimum sans qu'il leur soit permis de changer de travail : tout fuyard sera arrêté et rendu à son maître. Après ça, Charlotte et Maximilien s'étonnent qu'on les accuse de rétablir l'esclavage au Mexique. Ce qui a également provoqué une profonde irritation, en dehors de l'immigration des esclaves — on projette d'importer cent mille Nègres et Indo-Asiatiques et on dit maintenant qu'ils pourraient atteindre les six cent mille —, c'est l'immigration, elle aussi programmée et en partie commencée, des maîtres : les confédérés, qui, pour les Mexicains, seront toujours (même s'ils sont du Sud) assimilés aux Yankees qui leur ont volé la moitié de leur territoire. Impossible qu'un Mexicain ne regimbe pas en apprenant que ces Yankees seront exemptés du service militaire pendant cinq ans, ainsi que des impôts sur l'importation de matériel agricole et que — un comble ! — on leur donne des esclaves et des terres... des terres, dans ce pays privilégié où tout pousse, du caoutchouc au sisal, de la noix de coco au tabac, du coton au lin, de l'acajou à la vanille, et même les arbres producteurs de matières tinctoriales !... finalement, pour ce pauvre Max, tout va mal.

Je te dirai que la ville de Mexico m'a profondément déçu. Je ne comprends pas pour quelles raisons Humboldt l'a appelée « la ville des palais », ne serait-ce que parce que le premier d'entre eux, le Palais impérial, a l'air d'une caserne. On dit que Maximilien, qui a demandé à un architecte de redécorer les terrasses du château de Chapultepec dans le style toscan, souhaite que l'on rénove la façade du palais pour qu'il ressemble aux Tuileries. Mais je doute qu'il trouve les fonds pour cette opération. Certes, on découvre quelques belles églises, de l'époque coloniale, mais sur les autres l'influence des frères Churriguera a été catastrophique : le rococo porté jusqu'à l'exacerbation. Il y a aussi, de temps en temps, une construction impressionnante, comme le Palacio de Minería, œuvre d'un architecte espagnol génial, Tolsá, qui a également sculpté une magnifique statue équestre de Charles IV d'Espagne. Pour le reste, les bâtiments sont monotones, les rues de la ville remplies d'immondices — certaines sont inondées en permanence — et l'éclairage au gaz y est inconnu : on n'utilise que de l'huile, du pétrole et des bougies de très mauvaise qualité qui dégagent des vapeurs nocives ; les chiens errants y sont aussi nombreux qu'à Constantinople — ou que les chats à Rome — et les *léperos* constituent de véritables colonies : sur la nouvelle promenade, la promenade de l'Impératrice, au Portal de las Flores, partout ils exhibent leurs plaies et leurs moignons, ils demandent l'aumône, ils gémissent avec des voix de faussets, les mères épouillent leurs enfants. En fait, on ne les voit pas *partout* parce qu'ils sont exclus des grandes cérémonies dans les églises, ce qui fait penser que, pour le clergé mexicain, tous les fils de Dieu ne sont pas égaux. Il n'est donc d'aucune utilité pour les *léperos* de se couvrir de chapelets et de scapulaires. Cependant, l'Église, elle, y a trouvé quelque utilité : tu dois savoir que l'archevêque Labastida a organisé plus d'une manifestation tumultueuse en se servant de ces mendiants. Manifestations, évidemment, opposées à la façon dont Maximilien a traité la question des biens de l'Église et de la liberté des cultes. Ainsi, il est fréquent qu'on soit témoin, dans la même journée, de spectacles aussi différents que celui du passage en revue des troupes françaises par l'impératrice Charlotte, très élégante, « coiffée de perles et de diamants, dans une robe chatoyante couleur fuchsia ou lilas, avec des volants de dentelle d'Angleterre » — je cite le *Journal de l'Empire* —, à cheval et accompagnée du maréchal Bazaine et des officiers de son état-major, « en burnous blancs et couvre-nuques flottants », tandis que l'orchestre joue une marche mexicaine typique, puis, quelques heures plus tard, de cet autre spectacle d'une foule de *léperos* au milieu de laquelle on se retrouve par surprise, en pleine cour des miracles, puis dans une interminable procession qui parcourt les rues avec ses scapulaires, ses médailles et ses casseroles en fer-blanc, en faisant un bruit infernal.

On touche là du doigt une réalité : cet empire s'est tranformé en une suite de spectacles. J'ai eu le privilège d'assister, dans le bois de Chapultepec, à un banquet que l'Empereur et l'Impératrice offraient à un groupe d'Indiens *kikapús* qui étaient venus depuis la Louisiane se mettre aux ordres de l'Empire et solliciter le droit de vivre au Mexique. Si tu avais vu Maximilien converser, sous les *ahuehuetes* surchargés de mousse, avec ces Indiens aux bonnets hérissés de plumes de couleur et vêtus d'habits en peaux de bison brodés de perles, et Charlotte pactiser avec leurs femmes, petites et laides — sans rien, évidemment, qui rappelât la « Fleur de Thé » de Fenimore Cooper. Le grand chef *kikapú* portait autour du cou une grosse médaille d'argent avec l'effigie de Louis XIV, cadeau de ce monarque à ses ancêtres à l'époque où la Louisiane nous appartenait. Le plus comique de tout, c'est qu'une semaine plus tard, à l'occasion d'un bal masqué au palais de Buenavista, des officiers français s'habillèrent en Indiens *kikapús*, et quand il est arrivé, le grand chef s'est prosterné aux pieds de Bazaine et l'a déclaré vice-roi du Sonora. Le maréchal en était fou de rage.

Les *léperos* contribuent également à nous rendre la vie difficile : ils insultent nos soldats, leur lancent des invectives en espagnol et crachent à leur passage. Leur insolence a atteint un point limite. Mais tout cela est également logique. Il est vrai que du Pin a quitté le Mexique à la demande de Maximilien — il n'empêche que le voilà qui nous re-vient ! —, mais son départ n'a pas mis un terme aux atrocités et aux abus de certains gradés français — oui, tu avais raison quand tu as dit, dans l'une de tes lettres, que la cruauté n'est le monopole d'aucune nation ni d'aucune race. Certains corps d'armée se sont également distingués par leur dureté. Sans aller plus loin, c'est le cas des zouaves tant adulés, qui débordent d'énergie autant dans l'héroïsme que dans la brutalité. Une énergie presque animale qu'ils tirent, je suppose, de cette pâte dont ils s'alimentent, faite de café en poudre mêlé à du biscuit écrasé. Ou peut-être de l'alcool, car certains ont toujours l'air plus ou moins éméchés, bien qu'on ne distribue à nos troupes que trois rations de vin par semaine et une d'eau-de-vie par jour, avec le café du petit déjeuner. Mais je ne serais pas étonné que les zouaves, dont beaucoup en raison de la couleur de leur peau pourraient passer pour des Mexicains, aient appris de ces derniers leur habileté diabolique pour la contrebande et la falsification. En une occasion nous avons découvert que l'eau-de-vie était introduite dans un campement par des vendeuses de confitures qui la transportaient dans de longs boyaux — l'intestin grêle de quelque animal, je suppose —, entrelacés avec leurs nattes. Mais que peut-on espérer d'un pays où chaque mois on découvre et l'on détruit deux ou trois machines à fabriquer de la fausse monnaie et où l'on pratiquait déjà cet art du temps des Aztèques. Je veux dire qu'on falsifiait déjà la monnaie ici, alors qu'elle n'existait pas. Je m'explique : ce qui, à cette époque, faisait office de monnaie dans beaucoup de transactions commerciales, c'était le cacao — dont j'ai appris récemment qu'il était originaire du Mexique. C'est-à-dire qu'on utilisait la graine de son fruit, qui est grosse. Eh bien, tu ne vas pas le croire, mais il y avait des Indiens qui se débrouillaient pour percer un trou dans la graine, en extraire le contenu avec lequel évidemment on fait le chocolat, pour ensuite combler le creux avec de la glaise et dissimuler l'orifice. Le sommet a été atteint, m'a-t-on raconté, quand Maximilien a visité les pyramides — si tu avais vu le spectacle : l'Empereur a décidé, pour aller à Teotihuacán, de traverser le lac de Texcoco, qui est un lac immonde, d'à peine cinquante centimètres de profondeur, aux eaux oléagineuses et pleines de larves de moustiques, dans une espèce de gondole ou de grande barque impériale avec des sièges recouverts de velours et des rameurs en livrée rouge brodée d'argent —, l'Empereur lui-même, accompagné de son guide, Monsieur Chimalpopoca, s'est fait refiler des « idoles préhispaniques » qui bien entendu étaient fausses et qui lui ont coûté une fortune. A ce propos, il semble que Maximilien soit tout contrit parce que François-Joseph, s'il a accepté de rendre au Mexique quelques bijoux préhispaniques, a refusé de restituer le panache de Montezuma, en prétextant qu'il n'était pas en état de supporter un long voyage et qu'il pourrait arriver en morceaux, bien qu'on annonce l'arrivée prochaine du bouclier de l'empereur aztèque et d'une lettre de Hernán Cortés à Charles Quint. Ce genre de choses préoccupe plus Maximilien qu'une défaite des troupes impériales face aux juaristes. Si tu avais vu le scandale qu'il a fait quand le *Cérémonial* est paru avec deux erreurs dans le titre : au lieu de dire Règlement provisoire « *pour* le Service et le Cérémonial *de la* Cour », il disait « *par* le Service et le Cérémonial *du* Cour ». On m'affirme également qu'il est excessivement affecté non seulement par l'absence d'une véritable aristocratie au Mexique, mais aussi par le fait que, comme dans ces malheureux pays libéraux et conservateurs se disputent le pouvoir depuis un demi-siècle, tout titre qu'il aurait l'idée de créer en fouillant dans l'histoire du Mexique indépendant rencontrerait l'hostilité immédiate des uns ou des autres. Et plus encore s'il s'agissait de glorifier par un marquisat ou un duché quelque action guerrière récente. Il serait impensable, n'est-ce pas, qu'il nommât Miramón prince de Ahualulco ou le général Márquez comte de Tacubaya ? En revanche, ses joies sont tout aussi puériles : rien, semble-t-il, n'a autant réjoui Maximilien que d'être reconnu par les Anglais qui ont envoyé au Mexique, par voie de conséquence, Sir Peter Scarlet.

Je te parlais de la capitale... Il y a certes quelques oasis pour l'étranger. Évidemment, nous, les Français, nous avons l'embarras du choix. Les Allemands peuvent fréquenter un club, Das Deutsche Haus, pour y boire de la bière alsacienne et y parler dans la langue du *Vaterland*, et de leur côté les Anglais passent leurs week-ends au Mexico Cricket Club près de Tacubaya, auquel la firme Blackmore fournit cette horrible bière tiède et amère qui fait les délices des sujets d'Albion. Tacubaya est un endroit charmant, qu'on appelle le « Saint-Cloud » de Mexico, ah, parce que tu dois savoir que ce genre de comparaison est devenu très à la mode : ainsi Xochimilco est la Venise de l'Amérique, San Angel le Compiègne aztèque, Cuernavaca le Fontainebleau mexicain, la ville de León le Manchester du Nouveau Monde — c'est Maximilien lui-même qui l'a baptisée ainsi —, le château de Chapultepec le Schönbrunn de l'Anáhuac, etc. Quant au pays, on le compare depuis toujours à l'Eldorado, au pays de cocagne, au jardin des Hespérides et à l'Éden, tout cela en même temps. « Si vous observez bien », me disait l'autre jour un distingué géographe, « le Mexique a la forme d'une corne d'abondance ». Je me suis borné a acquiescer, avec un léger haussement de sourcils. Je n'ai pas voulu répondre à ce brave homme, premièrement, que le territoire mexicain avait pris cette forme après que les Américains en eurent dérobé la moitié ; deuxièmement, que l'embouchure de la corne d'abondance s'ouvrait vers le haut, c'est-à-dire vers les États-Unis, ce qui était peut-être prémonitoire de la destinée future des richesses de ce pays. En ce qui concerne la cour mexicaine, je pourrais peut-être la définir en quelques mots : c'est une sorte de Malmaison mâtinée d'Indes galantes, le tropique accommodé à la viennoise. En outre, comme certains officiers français ont amené leurs familles, la mode des jupes amples, des bras nus et des grands décolletés tentateurs s'est répandue. Au début, elle a été une source de scandales, mais elle a fini par s'imposer et les jeunes Mexicaines, surtout celles qui sont fières de leurs seins, sont ravies d'avoir à utiliser de plus en plus d'étoffe pour le bas de leur corps et de moins en moins pour le haut.

Enfin, je me permettrai de t'évoquer, brièvement, la situation militaire, qui est aujourd'hui plus confuse que jamais et qui s'est trouvée aggravée par l'éternelle rivalité entre Bazaine et Douay, que Maximilien et Charlotte savent si bien entretenir, et par la paresse et le désordre qui caractérisent le maréchal — que ceci, je t'en prie, ne transpire pas. En vérité, les victoires de Bazaine ont été plus brillantes que durables. On dit en outre que la prise d'Oaxaca, l'année dernière, aurait coûté beaucoup moins de vies et énormément moins d'argent si la campagne avait débuté plus tôt, ce qui ne s'est pas fait en raison de l'indolence du maréchal. Par ailleurs, bien qu'on mette l'accent sur la sécurité qui règne à Mexico, il est incontestable que nous vivons constamment sur le qui-vive : on sait, par exemple, que Nicolás Romero, un célèbre bandit juariste exécuté récemment, avait réussi à effectuer plusieurs incursions à quelques lieues de la capitale. Plusieurs combats du colonel Potin au Michoacán ont été présentés comme de grandes victoires, sans en être vraiment. Castagny, qui a commencé par envoyer des rapports très pessimistes sur Durango, a failli être fait prisonnier à Culiacán et il n'a pu s'échapper que grâce à la vélocité de sa jument pur sang, qui l'a ramené sain et sauf jusqu'aux murailles de Mazatlán. Et, bon, on doit savoir maintenant en France que Bazaine a ordonné que l'on commence la concentration des troupes, ce qui veut dire que de nombreuses places ont été abandonnées aux républicains. Personne ne se cache que c'est là le premier pas vers le retrait de notre armée. Personne, d'ailleurs, ne pouvait espérer autre chose après que Lee eut évacué Richmond et Courthouse capitulé à Appomattox : la pression des États-Unis pour que nous partions d'ici est de plus en plus forte et je t'avoue, non sans en être blessé dans mon orgueil, qu'à mon avis Louis-Napoléon devra céder. Ici les monarchistes se sont fait des illusions quand Lincoln a accédé à la présidence : ils croyaient qu'il finirait par accepter Maximilien. Mais il n'en aurait jamais été ainsi, Lincoln était un ardent partisan de la doctrine de Monroe et par ailleurs son bras droit, Seward, a survécu aux coups de poignard qui ont failli le tuer : il a également survécu au gouvernement de Lincoln et nous l'avons à nouveau sur le dos, comme secrétaire d'État du président Johnson, cette fois. Il est possible, de toute façon, que le retrait des troupes françaises soit un soulagement pour le peuple mexicain — pour Maximilien aussi, mais que va-t-il faire sans nous ? à l'heure actuelle une armée mexicaine n'a toujours pas été organisée. Quoi qu'il en soit, j'espère, comme je te le disais au début de cette lettre, obtenir ma radiation et rester vivre ici.

En fin de compte, j'ai bien peur que toute cette entreprise ne soit un naufrage. Une étrange coutume, dont j'ai pris connaissance récemment, m'a fait penser à Maximilien. Certains Indiens, d'après ce qu'on m'a rapporté, descendent en ville avec des paniers chargés de fruits et, à la fin de la journée, quand ils ont tout vendu, ils remplissent leurs paniers de pierres pour un poids équivalent à celui que pesaient les fruits et, tu ne vas pas le croire, ils retournent dans le maquis avec les pierres. « Pour ne pas perdre l'habitude », disent-ils. Dans un certain sens, Maximilien est dans la même situation : il n'a plus rien à offrir et la seule chose qui lui reste à porter aujourd'hui est un panier rempli de pierres. Tout est clair désormais : si avant l'arrivée de Maximilien le Mexique était un empire sans empereur, aujourd'hui Maximilien est un empereur sans empire.

Ainsi vont les choses, et je crois que Charlotte elle-même n'arrivera pas à sauver la mise, d'abord parce qu'elle ne gouverne pas tout le temps, mais seulement par intermittence... et ensuite parce que la mort de son père Léopold et celle, plus récente, de sa grand-mère Marie-Amélie l'ont beaucoup affectée. Pauvre Impératrice : elle est rentrée toute contente de son voyage dans la péninsule du Yucatán où apparemment elle a eu beaucoup de succès et elle a appris la nouvelle de la disparition de son père chéri et, de surcroît, celle du baron d'Huart. D'Huart, tu t'en souviens certainement, était l'envoyé de Léopold II, qui apportait la nouvelle officielle du décès du souverain belge, et il a été attaqué et assassiné par des bandits à Río Frío.

Bref, j'aurais encore beaucoup de choses à dire, mais je crois que c'est assez pour aujourd'hui. Mes salutations les plus affectueuses à Claude, dis-lui que María del Carmen attend un enfant. Un petit Mexicain qui, avec de la chance, héritera des yeux bleus de la famille. Pour toi, mon cher Alphonse, une accolade et toute ma dévotion.

Ton frère,
JEAN-PIERRE.

P.S. Dis à Claude que María Del Carmen veut, si c'est une fille, que nous l'appelions Claudia. N'oublie pas, je te prie, de porter des fleurs à maman au Père-Lachaise. Ah, encore une chose : la mort de Morny a légèrement amélioré la situation du Trésor, car, du coup, les réclamations de Jecker semblent être devenues lettre morte. Un neveu de Jecker est passé par ici pour exiger une série de paiements, mais personne n'a prêté attention à lui. Évidemment, le premier qui s'est opposé aux paiements des bons Jecker, c'est Langlais... mais la malchance de Maximilien est infinie. Langlais, un de plus sur la longue liste — Corta, Bonnefond et aujourd'hui Langlais — des financiers français envoyés par notre Empereur, semblait être le seul à pouvoir sauver du chaos les finances impériales mexicaines et le seul à être conscient du tort porté au Mexique par les banquiers de Paris et de Londres. Mais, tu le vois, Langlais est mort lui aussi. Ici le bruit a couru qu'on l'avait empoisonné, mais l'autopsie l'a démenti. Et à nouveau, cher frère, à très bientôt.

XV
CHÂTEAU DE BOUCHOUT
1927

Folle moi ? Baronne du Néant, Princesse de l'Écume, Reine de l'Oubli ? Mensonge. Et si on me garde enfermée, si on m'accuse d'être folle, c'est pour cette seule raison : le mensonge. Parce que je suis, Maximilien, l'Impératrice du Mensonge. Mais du mensonge à grande échelle, du mensonge pour de vrai, du mensonge qui ne s'enflamme qu'au contact des roses coagulées : les roses de la Comtesse von Bülow. Du mensonge qui se love, comme une vipère cornue, dans le plus sacré des pains cuits au four, et qui change de peau quand il caresse la mer : la mer, c'est l'Adriatique, et elle est à moi sa peau bleue où se découpe, pavillons au vent, la frégate *Novara*. Je suis l'Impératrice du mensonge qui se lève du gazon et monte dans les airs pour éclater comme une bulle : le gazon est le jardin de Laeken et la bulle, ce sont toutes les illusions que je me suis faites sur toi et sur le Mexique. Dis-moi, Maximilien, dis-moi : as-tu vu le mensonge, ce maudit mensonge, se déguiser sous une coquille de rêves ou suivre, nu, horizontal et calme, les rayures de la peau du tigre et dénatter son chant ? Le mensonge, c'est Concepción Sedano et ton amour pour elle. Regarde-le, Maximilien : c'est un mensonge lisse et parfumé, indivisible, comme un livre aux pages blanches. C'est un mensonge ailé et noir comme un papillon de nuit. Allez, pars pour Cuernavaca et avec ton filet à papillons essaie, Maximilien, de l'attraper, d'épingler le mensonge sur ton oreiller et de lui couper les ailes, ces ailes qui sans que tu le perçoives ont emporté à jamais les meilleures années de ta vie. Tu le reconnaîtras aussi à ses joues ventilées et à ses ovaires endimanchés, caché derrière un essaim de masques de verre : j'ai mis un de ces masques, Maximilien, la nuit où j'ai dansé avec toi à Laeken, couronnée d'un diadème de gui aux fleurs jaunes et aux baies roses d'où suintait un liquide visqueux, tu t'en souviens, Maximilien ? J'ai pris un de ces masques le jour où, avant de partir avec toi pour Vienne, je suis tombée à genoux par deux fois devant la tombe de ma mère. Allez, risque-toi à avaler le mensonge, le mensonge souverain du monde, entouré de sa suite de pygmées qui le fourbissent, le mensonge sous son palanquin de pelures d'orange assis sur une tinette où mijotent ensemble violettes et tarentules. Les violettes poussent aux Tuileries et à Fontainebleau: les violettes nichent, également, dans le cœur pourri du Roi de Rome. Allez, possède le mensonge, si tu l'oses. C'est un mensonge de charbon, avec un suaire comme un vrai fantôme. Attrape-le, si tu le peux, par ses excroissances de neige et avec cette neige lave-toi le visage, lave tes mensonges, lave ta morgue pour retomber, comme moi, en enfance et retrouver le mensonge dans le cœur des pommes. Les pommes que ta mère Sophie t'a apportées dans un panier, quand tu gardais la chambre à cause de la rougeole. Le mensonge, Maximilien, change d'yeux quand il touche les étoiles: ces étoiles que tu as vues, une nuit, du haut de la Pyramide du Soleil. A leur tour les étoiles t'ont vu sur l'aqueduc de Zempoala et elles t'ont baigné de leur lumière de mensonges, elles t'ont pleuré, quand tu as quitté Miramar pour toujours. Mais tu ne pourras pas non plus, Maximilien, attraper les étoiles avec ton filet à papillons parce qu'à elles toutes elles forment un grand et unique mensonge rempli de vent noir, qui s'agite comme un croissant pendu à l'oreille de la lune, mais qui ne se laisse pas mordre la pointe de ses veines ni caresser l'argent de ses courbes.

Le messager m'a dit que je suis devenue vieille du jour au lendemain. Les yeux ouverts, j'ai vu, à ma naissance, les cuisses ensanglantées de ma mère. Les yeux fermés, j'ai vu ma mort qui chevauchait sur le chemin de Damas. Tout s'est passé en un clin d'œil: ma perruque est tombée dans un sac de farine et elle a blanchi, et mes veines sont arrivées de nuit et se sont accrochées aux miroirs. Mais j'ai un miroir secret qui ne me raconte pas de mensonges, et dans ce miroir je vois mon corps tout entier. Le miroir est une porte d'air invisible: je l'ai franchie et j'ai su que je me trouvais dans le couloir de Neuschwanstein qui conduit à la chambre à coucher du roi fou de Bavière, ton cousin Louis. Je l'ai su, parce que les stalactites étaient faites de mensonges, de mensonges aussi les murs qui imitaient les parois d'une grotte. Au fond il y avait une porte. Je l'ai ouverte. Je me suis retrouvée dans la Tour de la Souris, sur les bords du Rhin: je l'ai su parce que j'ai vu le corps de l'évêque Hatto dévoré par les rats. Je me suis fait toute petite et suis entrée par le trou par où sont sortis les rats. Je me suis vue tout à coup au milieu de la salle des fêtes la plus belle du monde, la Galerie Henri II du Château de Compiègne. Alors je suis devenue oiseau, je suis sortie par la fenêtre, j'ai survolé la forêt de Bomarzo, je suis entrée par une cheminée du Palais Orsini et je me suis consumée dans les flammes pour renaître de mes cendres. Je suis alors remontée dans les nuages, je suis redescendue, j'ai survolé le Château de Chinon et j'ai su que c'était lui parce que dans ses cours j'ai vu les cadavres de cent quarante templiers assassinés et parce que Éléonore d'Aquitaine y était retenue prisonnière, j'ai survolé la Forêt de Helenenthal où se promenait, sourd au chant des oiseaux, Ludwig van Beethoven, j'ai survolé le Pavillon Royal de Brighton où le prince régent se vautrait sur le lit chinois avec son épouse morganatique Marie Fitzherbert, je me suis envolée vers Bruxelles et je me suis vue moi-même, à Bouchout et à Tervuren, à Laeken, je marchais sur un chemin couvert de poussière, les yeux tatoués, les pieds imprégnés de lait et pleurant des larmes de mercure, rondes, métalliques, fuyantes. Je marchais sur les traces de ma mort et je comptais les pierres du chemin. Je comptais l'infini des grêlons, je plumais les oiseaux au cou brisé par la grêle. Et je me suis sentie triste de me voir moi-même, toute seule, enfermée pendant soixante années dans une pièce, sans rien d'autre à faire que d'enfiler des paillettes sur les épines des roses, de recouvrir des pommes de velours rouge, de me décolorer les poils du pubis à l'eau oxygénée et de peindre tes yeux sur des coquilles d'œuf vides, je me suis sentie si triste, Maximilien, au souvenir de mon père et de ma mère, de mes grands-parents, de mes frères que je me suis à nouveau changée en oiseau et les ailes déployées je me suis laissée tomber à la verticale sur la flèche de l'Église Sainte-Gertrude de Louvain.

J'ai un poignard planté dans la poitrine. J'ai, dans la poitrine, fiché, un rêve. Le rêve est un mensonge. Le rêve, à force de ressembler à tout, devient un fleuve et le mensonge est si vaste qu'il se répand sur les domaines luxuriants du vent et sur la promesse dolente de la mousse. Il est si grand qu'il ne tient pas dans sa cage de cris. Ce fleuve, c'est l'Amazone et j'ai bu de son eau à la Fontaine des Quatre Fleuves quand nous sommes allés à Rome. La cage est en verre, et à l'intérieur se trouve ton crâne recouvert des plumes des rossignols de Styrie que tu as emmenés au Mexique. Le mensonge est si paresseux qu'il s'endort sur la lie jaunâtre de l'absinthe et ne s'éveille que sur tes lèvres, quand tu parles de ton Empire. Le mensonge gesticule au fond des rêves les plus fastueux, mais le mensonge est si mensonger qu'il s'échappe de ses propres orbites et suinte, tel la salive du ciel, par les écailles des nuages, et c'est alors que les tatous se tordent de rire sur les sommets d'Acultzingo et que les pirogues glissent, entraînées par leur tristesse, sur les eaux de l'Usumacinta : le rire secoue les tatous parce qu'on t'a fusillé le 19 juin. Les pirogues, chargées de vanille, voudraient, mais elles ne le peuvent pas, parfumer l'atmosphère de la voûte des Capucins. Écoute-moi : si tu veux savoir ce qu'est le mensonge, je te le dis et je te le répète : tu le reconnaîtras à ses hélices en peau de salamandre et à l'éclair infatigable de son palais de cuivre, à l'étonnement spongieux de ses yeux postiches. A ton palais s'est accrochée une odeur nauséabonde, quand tu as su que Juárez ne t'accorderait pas de grâce. Les yeux ne sont pas les tiens. Ce sont les yeux de sainte Ursule. Si tu veux, Maximilien, connaître le mensonge, contemple-toi dans le miroir de mes rêves, et tu le verras tout entier. Mais tu ne te verras pas dans ce miroir, c'est moi que tu verras, moi qui reviens de très loin, qui suis passée à travers le vent et les années, à travers les eaux du miroir, pour jeter mes bras autour de ton cou. Ne t'afflige pas si tu me vois vêtue de noir et ne te flatte pas en pensant que c'est pour toi que j'ai pris le deuil. Je suis veuve, oui, mais veuve d'un rêve, veuve d'un siècle qui est mort de vieillesse, veuve d'un Empire resté orphelin. Ne t'effraie pas non plus, si tu me vois vêtue de blanc. Je suis la Dame Blanche des Habsbourg. La femme vêtue de blanc qui s'est assise, à Yuste, au chevet de Charles Quint pour lui annoncer sa mort. Celle qu'a vue l'Archiduc Ladislas avant de tomber mort au cours d'une chasse. Celle-là même qu'a vue ton père le Roi de Rome, dans son agonie, assise au pied de son lit et dont il a dit que ses vêtements mais aussi sa peau étaient plus blancs que la blanche cascade des Jardins de Schönbrunn. Je vais t'apparaître, à toi, Maximilien, pour t'annoncer non pas ta mort, mais ta vie : pour te dire, pour dire au monde que ta mort a été un mensonge et que si on ne t'a pas vu dernièrement sur la pyramide de Xochicalco ou sur la terrasse aux araucarias du Château de Chapultepec, que si on ne t'a pas vu hier sur la Tour de la Giralda, si dimanche dernier le Baron de Rothschild ne t'a pas salué à Naples depuis le phaéton doré qu'il conduisait lui-même, je vais leur en donner la raison, pourvu qu'à leur tour ils me disent, pour me consoler de ta mort, qu'à Querétaro tu as rasé ta barbe et que tu t'es échappé déguisé en capitaine de l'armée républicaine, qu'on t'a emmené à La Nouvelle-Orléans sur le *Susquehannah*, que tu y vis incognito en grand seigneur et que le soir, assis dans un fauteuil à bascule de rotin blanc et à l'ombre d'un palmier au tronc de marbre et aux feuilles de cuivre, tu écoutes les orchestres des Noirs qui jouent du jazz et dansent dans les rues, et que ce n'est pas toi qu'on a fusillé à Querétaro mais un pauvre diable affublé d'une fausse barbe. S'ils me disent qu'on te garde enfermé dans un cachot à Mexico depuis soixante ans et que Juárez vient te rendre visite tous les jours vêtu de sa redingote noire et de son chapeau haut de forme, qu'il te lit la Constitution des États-Unis du Mexique et qu'il se mouche dans des lambeaux du drapeau français... S'ils me racontent que tu t'es échappé et que tu as disparu dans les profondeurs du Chihuahua sans que t'atteignent les balles des soldats de Porfirio Díaz ni les flèches empoisonnées des Apaches, que tu es réapparu bien des années plus tard en Arizona et que tu as dit que tu étais Buffalo Bill. Ou s'ils me racontent que Juárez, sur la promesse que tu ne reviendrais jamais au Mexique, t'a donné un million de pesos et la permission d'emmener avec toi Concepción Sedano, la Princesse Salm Salm et tes quatre chiens de La Havane, qu'il t'a mis sur un bateau à destination du Brésil, que là-bas tu as vieilli parmi les palétuviers couverts de crabes et les caféiers aromatiques, avec tes pantoufles en peau de lama et une couronne de lianes constellées de brillants, entouré de tes esclaves noirs, et que la Princesse Salm Salm danse pour toi nue sur le dos d'un cheval tandis que Concepción Sedano chasse les mouches autour de toi avec un éventail en plumes de nandou : s'ils me le disent, Maximilien, je vais les croire.

C'est de cela qu'ils ont peur et c'est pour cette raison qu'ils disent que je suis folle : parce qu'ils ne me comprennent pas. Parce qu'aucun d'entre eux ne supporte qu'un mensonge grand comme le soleil vienne illuminer leurs vies sinistres. Aucun ne veut comprendre, Maximilien, que quand je parle de ta vie, je parle également de ma vie et de la leur. Aucun n'a voulu le comprendre tout au long de ces années où l'on m'a retenue prisonnière dans cette chambre, à tricoter des capuches pour les faucons de la Hofburg, des chaussettes pour les chiens qui accompagnent mon neveu Albert quand il escalade les sommets des Ardennes, des muselières pour les rats de Schönbrunn. On a voulu m'y garder perpétuellement assise, silencieuse, sans piper mot, sans rien faire, à me morfondre, à sombrer dans un océan d'ennui, comme quand j'étais petite et qu'on m'apprenait à m'ennuyer sans le montrer, comme tout prince ou toute princesse destinés, un jour, à régner. Je m'ennuyais pendant les longues messes chantées dont ma mère aimait tellement qu'on les célébrât dans la Chapelle de Laeken : mais avec un sourire sur les lèvres comme me l'avait appris la Comtesse d'Hulst. Je m'ennuyais comme un rat mort aux concerts de Mademoiselle Sforlanconi que Marie-Henriette organisait tous les quinze jours, mais je m'ennuyais avec les yeux brillants, comme m'y avait instamment invitée mon frère Philippe. J'affichais le même visage vivement intéressé, le même sourire hypocrite, les mêmes yeux étincelants quand chaque année ma cousine Victoria m'accablait de ses conseils et me répétait jusqu'à l'épuisement les mêmes sermons interminables dont l'avait abreuvée mon père Léopold, le Chevalier de la Terre Bleue, son Duc de Kendal si adulé, son mentor, pendant tant d'années, pour dire toujours la même chose, pour apprendre à être une princesse et pour tout se rappeler quand elle serait reine. Mais Victoria était déjà Reine d'Angleterre et moi je n'étais la Reine de rien ni de personne quand, ployant sous la tristesse et l'ennui, après avoir joué et chanté tout l'après-midi des chansons de Schumann, ou avoir peint à l'huile l'Église Saint-Georges de Venise ou le yacht *Fantaisie* sur lequel nous sommes allés à Madère, en Istrie et en Dalmatie, à Málaga, je reprenais la plume pour écrire à papa depuis Miramar et lui raconter que les mêmes clématites qui tapissaient les murs de Lacroma poussaient maintenant autour de la Chapelle de Miramar où, comme tu le sais, papa, lui disais-je, nous avons fait construire l'autel et la chaire, le confessionnal, les bancs et les poutres en bois de cèdre, de cèdre rouge du Liban que mon cher Max a fait livrer à Miramar qui, j'en suis sûre, va t'enchanter, car Miramar ressemble à Windsor et ses tours sont comme les tourelles du Château de Sintra et ses fenêtres, quand viendras-tu nous rendre visite, papa ? sont comme les fenêtres à meneaux de l'Alhambra. Je me morfondais, je mourais d'ennui, quand on m'obligeait à assembler des puzzles représentant les batailles célèbres : la Bataille de Jemmapes et la prise de Bruxelles. La défaite du Duc d'Orléans à la Bataille d'Azincourt. La victoire de Guillaume le Conquérant à Hastings. Puzzles qui reproduisaient des tableaux fameux inspirés par l'histoire des dynasties européennes : l'hommage des douze provinces du sud de l'Italie à François Ier, peint par De Laurentiis. Le couronnement à Reims de Charles X de France, peint par Gérard. Mon grand-père Louis-Philippe accompagné de Victoria et d'Albert lors de leur visite en France, par Winterhalter. Le portrait de Marie de Médicis présenté par les anges à Henri IV de France, par Rubens. Puzzles de tous les tableaux où Titien et Vélasquez avaient reproduit les tares des

Habsbourg. Ils ont voulu me contraindre à passer de nouveau, désormais, en m'ennuyant à périr, des heures à assembler des puzzles ou à construire un bateau à voiles à l'intérieur d'une bouteille, et parce qu'ils ont voulu cela, ils ne me pardonnent pas, ils ne me pardonneront jamais de leur avoir échappé au moment où ils y songeaient le moins, pour pénétrer dans la bouteille et monter sur le bateau, en compagnie de tous les rois et de tous les princes frappés de folie, de Marie Ire de Portugal, de Saül le roi mélancolique à la barre, d'Eric de Danemark attaché au grand mât, de Don Carlos d'Autriche enfermé dans la cale, de George III d'Angleterre, de Charles VI de France assis sur le château de poupe sur un trône recouvert d'excréments, de Jeanne la Folle et du cercueil ouvert de Philippe le Beau, jamais ils ne me pardonneront, je t'assure, de naviguer pour toujours sur ce navire et d'être ainsi partie, à l'intérieur de cette bouteille semblable à celles qu'on jette à la mer, escortée par des dauphins, des espadons et des vols de mouettes et d'albatros, à la conquête du monde.

Je vais te dire mon secret, Maximilien, si tu me promets de ne le répéter à personne : une fois, quand j'étais petite, j'ai découvert aux Tuileries une collection de presse-papiers dont chacun reproduisait un château en miniature. Le Château d'Ambrás. La Tour de Londres. L'Alcázar de Ségovie. Le Château d'Amboise. J'ai également découvert que si je m'asseyais en tenant un de ces presse-papiers sur mes genoux et en le regardant fixement en silence, le château s'animait, fourmillait d'habitants minuscules, beaucoup plus petits que ceux qui vivaient dans mes maisons de poupées, qui sortaient et entraient par ses portes, mangeaient et dansaient dans ses salons, grimpaient ses escaliers, chassaient le sanglier dans ses forêts, montaient à cheval dans les chemins menant au château. C'était comme si j'avais tout un monde entre mes mains. Sur chaque château enfermé dans une sphère de cristal la nuit tombait et ses habitants s'endormaient ou s'y aimaient, éclairaient ou obscurcissaient ses fenêtres. Ou bien le jour passait, comme une rafale bleue, et je voyais le soleil, un soleil de la taille d'une lentille lumineuse, voyager devant mes yeux, d'un côté à l'autre de l'hémisphère céleste que je tenais sur mes genoux, et la nuit revenait, ondulante, au ras du cristal. Parfois aussi il neigeait, ou bien la sphère s'embrumait et je devais souffler pour disperser les nuages ou pour les transformer en pluie. Il pleuvait un soir sur la Tour de Londres quand j'ai vu passer, par la porte des traîtres, la Reine Anne Boleyn. A Amboise, par un soir d'automne, j'ai vu jeter dans les eaux de la Loire les corps des mille huguenots décapités sur l'ordre de Catherine de Médicis. La neige tombait sur l'Alcázar de Ségovie quand Christophe Colomb s'est agenouillé devant Isabelle la Catholique. Par un matin ponctué de fleurs jaunes, Ferdinand II m'a invitée à découvrir, dans son Château d'Ambrás, sa collection d'armures géantes et d'oiseaux empaillés. J'ai très vite appris qu'il me suffisait de m'asseoir toute seule, les mains vides, pour que brusquement apparût sur mes genoux et soutenue par mes mains une sphère de cristal contenant une ville tout entière, avec toutes ses églises et ses maisons, ses cheminées fumantes, ses réverbères. Gand et la colline où l'on adorait le dieu Wotan. Bruges avec ses ponts et ses canaux verts. Bruxelles avec sa Place des Martyrs, le Palais de la Nation, ses fontaines et ses rues pavées, par une matinée humide que mon souffle a embrumée. Dans ces rues, les charrettes roulaient, les habitants se déplaçaient, les chiens couraient et l'histoire, elle aussi, passait. J'ai vu ondoyer sur le Palais Municipal de Bruxelles la bannière aux trois couleurs du Brabant le jour où la Belgique est née. Dans les églises de Liège, j'ai vu les calvinistes mettre le feu aux statues des saints. Dans les rues de Louvain, j'ai vu passer, l'année de la peste, les flagellants tout nus, marqués d'une croix rouge, qui se lacéraient la peau à coups de fouet.

Maintenant que je suis vieille et seule, et que je passe toutes mes journées assise dans ma chambre, la tête inclinée et les mains posées, paumes en l'air, sur mes genoux, après toutes ces années où mes geôliers ont cru que non seulement mes mains étaient vides mais aussi mon esprit, s'ils pouvaient simplement voir avec mes yeux, ils seraient étonnés, Maximilien, de la médiocrité, de l'insignifiance de leurs vies, et de l'immensité infinie des pensées grâce auxquelles je donne forme et sens à un monde, que j'illumine d'aurores boréales, d'éclairs et de nuits blanches. Ou d'arcs-en-ciel que je peux tenir et soulever dans mes mains avant de te les offrir pour que tu t'en couronnes. Si un seul de mes geôliers ou si toi seul, Maximilien, tu pouvais écouter avec mes oreilles les voix dont je remplis l'univers, le chant de ses étoiles, le grondement de ses précipices, le fracas de ses océans. Si tu savais que dans le creux de mes mains est contenue la plus bleue et la plus écumante de toutes ces mers, l'Adriatique, et que si je porte les mains à la hauteur de mes lèvres, je peux, d'un souffle, faire que ce bleu profond et pur t'apporte, là où tu te trouveras, la fraîcheur qui baignera tes yeux et leur redonnera éclat et clarté, et que cette écume qui dessinait des arabesques blanches sur ton uniforme de marin, pose un baiser de sel sur tes plaies pour les refermer.

Ils ne me pardonneront pas, parce qu'ils ne comprennent pas comment je peux rassembler ce monde entre mes mains et, simplement en les ouvrant, le laisser tomber et devenir poussière. Comment je peux, quand je le veux, pénétrer dans ces mondes et changer l'histoire. On t'a dit un jour que Henri III de France avait été assassiné par un moine appelé Jacques Clément ? Mensonge : hier soir j'ai fait l'amour avec le roi, je lui ai planté un poignard dans la poitrine et j'ai été éclaboussée de son sang. On t'a raconté, un autre jour, que c'est Hannibal qui a vaincu Scipion à la Bataille du Tessin ? Mensonge : j'ai encore sur mes éperons la neige des Alpes et des Pyrénées. On t'a dit que c'est Louis XIII qui a fait tuer Concini ? Mensonge ; c'est moi qui l'ai fait tuer et je vais aller offrir sa tête au Pape. Voilà ce qu'ils ne me pardonneront jamais : que je puisse, d'un seul coup, faire voler les pièces de tous les puzzles que j'ai faits et défaits dans ma vie pour les assembler de nouveau à mon goût, transformant les manants en héros, les héros en traîtres, les vainqueurs en vaincus, et faisant triompher ceux que la défaite a humiliés. Il y a longtemps que ma vie, elle aussi, a volé en éclats et s'est dispersée dans les airs. Ils disent que je suis folle parce que je marche à quatre pattes d'un bout à l'autre du château, et qu'ils doivent me porter jusqu'à mon lit et m'y attacher : mais il n'y a que moi qui sache ce que je cherche. Ils disent que je suis folle parce que j'ai brisé mon miroir à coups de poing : regarde, Maximilien, les cicatrices que j'ai gardées sur les mains. La nuit je me traîne dans les couloirs du château et je fouille tous les recoins à la recherche des morceaux du miroir. Dans l'un d'eux, je t'ai vu, vêtu de l'uniforme du régiment de uhlans et j'ai voulu le dévorer pour me rassasier de ton souvenir : regarde les cicatrices que j'ai gardées sur les lèvres. Dans un autre, je t'ai vu dans le jardin tyrolien de Schönbrunn, et dans un autre encore je me suis vue moi-même dans le Jardin des Tuileries, un jour de printemps, je lisais un livre sous un citronnier en fleurs, ensuite nous étions toi et moi dans le temple de la Pyramide de Cholula, ensuite nous avons visité les Invalides et nous avons vu les drapeaux mexicains capturés au siège de Puebla, ensuite nous avons parcouru le centre ville de Mexico et la rue des Plateros était tapissée de fleurs blanches parce que c'était le jour de la Fête-Dieu, et avec tous ces morceaux, Maximilien, j'aurais dû me couper les veines, m'ôter la vie, mais je ne l'ai pas fait. Regarde les cicatrices que mes poignets n'ont pas gardées. Regarde, par contre, Maximilien, les cicatrices que garde mon cœur : les lézards immondes d'Uxmal étendus au soleil, le guillemot qui s'est posé sur la poupe de la *Novara* et qui nous a accompagnés jusqu'à la Martinique, les jeunes Belges blessés que j'ai décorés à l'Hôpital San Jerónimo, le bateau *Tabasco* avec son équipage d'Italiens et de Maures, qui m'a conduit à Sisal en compagnie du Général Uraga qui m'a raconté la légende de Chilam Balam et du Roi d'Itzá qui allait revenir un jour de la mort pour jeter les étrangers à la mer : tous ces souvenirs, Maximilien, je les ai aussi fichés dans le cœur. Dans une allée de Bouchout j'ai trouvé tes mains et je les ai portées à ma poitrine. Nous naviguions, comme d'habitude, sur le Rhin et tu m'as caressé les seins. J'aurais dû me les couper, Maximilien, j'aurais dû mutiler mes seins pour que tu puisses y boire comme dans deux coupes et que tu saches quel goût a le lait destiné au fils d'un autre homme. C'est pour cette seule raison qu'ils disent que je suis folle : parce que j'ai voulu rassembler tous les fragments de mon existence et, comme avec un puzzle, en faire un miroir où je pourrais voir ma vie tout entière en un instant. Ne s'aperçoivent-ils pas que le temps m'est compté et que j'aurais besoin de vivre quatre-vingt-six années de plus que les quatre-vingt-six que j'ai vécues pour pouvoir m'en souvenir seconde par seconde ? Ne s'aperçoivent-ils pas, Maximilien, que je ne me rappelle plus le visage de ma gouvernante Madame de Bovée ? Un matin, du tiroir d'une commode, j'ai sorti des bas que j'avais portés un jour à Milan et là j'ai trouvé un morceau de miroir dans lequel me souriait Marie Auersperg, que j'ai tant aimée. Mais je n'ai pas pu y découvrir le visage de Marie Augusta de Bovée. Pourquoi ne veulent-ils pas, dis-moi, que j'écoute à nouveau la voix de mon cousin le Comte d'Eu et qu'avec lui je recommence à jouer à la corde, au jeu de l'oie et que j'aille revoir *le Malade imaginaire* ? Pourquoi ne voudraient-ils pas, dis-moi, qu'il me parle à l'oreille quand je me promène à cheval sur le Cours de la Veronica? Pourquoi ne veulent-ils pas croire que j'aurais pu me marier avec toi, comme je l'ai fait, dans l'église sur la Pyramide de Cholula, dont l'intérieur était une serre où fleurissait les citronniers, où l'autel était sculpté à vif dans le tronc de l'arbre le plus large du monde, celui de Santa María del Tule, et dont les niches ne contenaient pas des saints mais des quetzals couronnés d'auréoles, des grues habillées en Vierge Marie et un cygne noir crucifié, au cou et au bec repliés sur la poitrine, pourquoi ne pas croire que de ses branches pendent les ailes d'un ange et les pavillons mexicains qui flottent au souffle des caïmans? Pourquoi ne veulent-ils pas croire qu'un guillemot viendra recueillir la traîne de ma robe de fiancée? Pourquoi n'admettent-ils pas que la Fontaine de la Hofburg, avec ses statues du Danube et de Vindobona reposant sur les épaules des tritons, soit notre lit de noces? Pourquoi ne veulent-ils pas que j'épouse le Prince qui, lorsqu'il a assisté en Espagne au combat d'un coq aveugle, s'est souvenu de la mort, à la Bataille de Crécy, de Jean de Bohême? Je ne retrouve pas le portrait du Bourgmestre Charles de Brouckère et j'oublie également peu à peu son visage. Je veux qu'il nous marie à nouveau civilement. Je veux qu'ils nous marie à Ayotla. Je veux emmener au Mexique le grand maître de ma cour de Milan, le Comte Andrea Bartholomeo, pour qu'il continue à me lire le Tasse à voix haute sur le Lac de Xochimilco: je ne retrouve pas sa voix. Pourquoi ne veulent-ils pas, dis-moi, que Maximilien, le rêveur de Caserte, revienne à la vie? Pourquoi ne veulent-ils pas que je me couche pour faire l'amour, sous un baldaquin constitué par la peau d'un chameau aveugle, avec le Prince qui sur l'Ile de Madère a admiré la calla d'Éthiopie aux boutons comme des trombones de marbre et a savouré le vin foncé de malvoisie? Pourquoi ne veulent-ils pas, dis-moi, que quand je te couperai la langue d'un coup de dent ma bouche se transforme en une crête de coq et que je la vomisse changée en un vin de malvoisie qui ne serait autre que ton sang répandu sur le Cerro de las Campanas? Par pure jalousie. Car c'est par pure jalousie que ces maudites se retournent dans leurs tombes, comme le faisaient leurs cœurs dans leurs poitrines quand elles étaient en vie. L'autre jour, l'Archevêque de Malines est venu et il a voulu me confesser, il m'a dit, ma fille, agenouille-toi et confesse tes péchés, et je me suis mise à rire, à rire aux éclats sous son nez parce que lui non plus ne comprend pas que ce que j'ai à confesser, je le confesse tous les jours à tue-tête au monde entier, et j'avoue que plutôt que de me masturber toutes les nuits en pensant à un homme, je me masturbe en pensant au Mexique, à ses forêts, aux gargotes de La Merced que fréquentaient les Pères Blancs et où les mendiants dansaient au rythme des *malagueñas* et des *valonas* du Jalisco, et en pensant aux Dragons de l'Impératrice, à la Lagune de Chapala, à ton chapeau de feutre à ruban d'or; j'avoue que si une fois dans ma vie j'ai volé quelque chose, c'est la lumière du soleil mexicain pour illuminer mes paroles, l'arôme de ses poires de San Juan pour parfumer ma vie; j'avoue que si je t'ai quelquefois trompé, ce n'est ni avec le Colonel Van der Smissen, ni avec le pommeau de ton épée, mais avec toi-même, avec toi mort, agenouille-toi, Charlotte, disait ma mère, agenouille-toi devant Dieu Notre Seigneur, agenouillez-vous, Petite Impératrice, et c'est ce qu'ils voudraient tous : me voir agenouillée devant la Vierge de Guadalupe pour lui demander de me rendre féconde grâce à l'eau du Peñón, devant le Pape pour lui demander que José Luis Blasio déguisé en joueur d'orgue de Barbarie ne m'empoisonne pas : je l'ai reconnu à son visage couvert d'acné, devant Benito Juárez pour lui demander de ne pas te tuer, agenouillée en permanence, demandant pardon pour ce que je n'ai pas fait, à genoux devant Eugénie et la statue de saint Charles Borromée, le genou fléchi devant Huitzilopochtli et Napoléon III, devant les Quatre Cavaliers de l'Apocalyse, les mains stigmatisées et les pieds perforés, c'est ainsi qu'ils voudraient me voir, martyre parmi les martyres, enterrée vivante dans le sable comme sainte Darie, assassinée par son propre père comme sainte Barbe, décapitée comme sainte Flora, brûlée vive comme sainte Pélagie de Tarse, mais je ne suis ni ne serai jamais la martyre de personne. L'Archevêque de Malines lui aussi crevait de rage, car comme elles, mes dames de compagnie, comme eux, mes médecins, comme toi-même, Maximilien, il était aveugle, ils étaient tous aveugles et ils n'ont jamais osé affronter le miracle. C'est pourquoi personne ne m'a vue dire adieu, d'une fenêtre de Fontainebleau, à Napoléon Ier qui partait pour l'Ile d'Elbe. Pas plus qu'au Château de Laxenberg, où j'ai séché les larmes de la Princesse Isabelle de Croy, qui a fui à jamais ton neveu Georges de Bavière, au beau milieu de sa nuit de noces. Ni quand je me suis changée en aigle pour annoncer à Joseph Ier, dans la cour de la Hofburg, la victoire des Autrichiens sur les Français pendant la Guerre de Succession d'Espagne. Ils ne m'ont pas vue non plus me pencher sur le globe de la Lune qui couronne l'aile Amélie de la Hofburg pour observer avec ta longue-vue d'amiral la Bataille de Celaya où le Général Obregón a perdu une main. Ils ne m'ont pas vue ouvrir la porte de ma chambre à Bouchout et entrer dans le Château de Fénelon : je l'ai reconnu parce que du haut d'une tour on déversait des chaudrons de marmelade bouillante sur les soldats ennemis. J'ai ouvert une autre porte et je me suis retrouvée dans les grottes de Cacahuamilpa : je l'ai su parce que j'y ai vu le profil de Dante. Je suis descendue par un escalier de cristaux irisés, j'ai ouvert une nouvelle porte et je me suis retrouvée à Saint-Cloud, dans le cabinet chinois de Monsieur, le frère de Louis XIV : je l'ai reconnu parce qu'il était en train de se bécoter avec un garde du palais. Je suis sortie par une cheminée et j'ai volé au-dessus du Château de Rocamadour, que j'ai reconnu parce que j'ai vu, dans un cercueil de verre, le corps parcheminé et couvert de toiles d'araignée de saint Amadour, je suis entrée dans le château par une fenêtre, j'ai descendu un escalier, toujours à la recherche de fragments de ma vie et de ma mémoire, à la recherche de tes yeux dans la salle des miniatures de la Hofburg, de morceaux de ton cœur dans la Chambre des Roses, de tes mains dans l'horloge mécanique en or qui reproduisait les noces de Marie-Thérèse et de François de Lorraine, de boucles de tes cheveux dans le tabernacle de la chapelle où se trouvait le crucifix de marbre miraculeux qui a sauvé Ferdinand II pendant le siège des protestants, j'ai ouvert une autre porte et je me suis aperçue que j'étais aux Tuileries parce que des femmes aspergeaient de pétrole les planchers et les colonnes pour y mettre le feu, tout était en flammes, les lettres et les autographes d'hommes célèbres de la collection d'Eugénie brûlaient, les gravures des Halles et la symphonie des fromages de Zola flambaient, j'ai traversé comme une folle la Galerie de Diane et le salon de stuc où déjeunaient, carbonisés, les officiers de la Maison de l'Empereur, j'ai descendu l'Escalier de l'Impératrice et je suis arrivée à Miramar, que j'ai reconnu parce que j'ai vu ma cousine Stéphanie, je t'ai vu, toi, Maximilien, et j'ai contemplé la couronne d'épines dont le Docteur Jilek a ceint ton blason impérial.

Mais personne ne m'a vue, non plus, dévaler comme une folle l'escalier de Miramar et, en ouvrant la porte, me retrouver dans les jardins du Palais de Cortés à Cuernavaca, personne ne m'a vue couper un bouquet de bégonias et de dahlias, d'œillets et de marguerites pour en tresser une ceinture de chasteté car je veux, Maximilien, qu'il t'en coûte de m'aimer, sans te brimer pour autant, je veux que, de tes longs doigts blancs qui faisaient vibrer la harpe pendant ces interminables soirées de Miramar, tu m'effeuilles tout en ne m'effeuillant pas avec ces mains qui m'ont touché les seins, que tu ne me déflores pas tout en me déflorant et que tu me dises, tantôt avec tes lèvres, que tu m'aimes vraiment, tantôt avec tes dents, que tu m'aimes beaucoup parce que tu sais que parfois, pour ne pas t'oublier, pour me souvenir de toi pendant les soixante secondes des soixante minutes des vingt-quatre heures du jour, je reste debout, les yeux ouverts, tandis que tu effeuilles les marguerites, ou que tu dises que tu ne m'aimes qu'un peu, parce que je m'écroule de sommeil après être restée éveillée trois jours avec leurs trois nuits, tandis que tu effeuilles les bégonias, et alors je ne rêve plus seulement de toi, mais aussi de mon grand-père Louis-Philippe qui dans son atelier de menuiserie a fabriqué un minuscule fauteuil à bascule pour mon oncle le Duc de Chartres, ou que tu me dises que tu ne m'aimes pas du tout, tandis qu'avec tes dents tu arraches les derniers pétales des derniers dahlias, tu ne m'aimes pas du tout parce que parfois je t'oublie durant des années entières et c'est comme si tu n'avais jamais existé, comme si tu n'avais jamais contemplé dans la Galerie du Palais Pitti l'infortuné couple d'Angleterre, comme si deux cents voitures n'étaient pas venues à nouveau nous recevoir dans les plaines d'Aragon, comme si tu n'avais jamais été Roi du Mexique, Maximilien, pour me pénétrer avec ta langue, pour m'engrosser de tes paroles, pour faire de moi, Maximilien, la mère du Verbe Divin, pour recevoir la visite de l'archange, à genoux, de bon gré cette fois, non pas devant mes bourreaux et mes ennemis, ni devant un dieu ou une vierge quelconque, mais face à la création tout entière, face à ma création, non pas dans l'oratoire de la Chapelle de Miramar ni devant la tombe de ma mère à Laeken, ni devant la sépulture de mon père Léopold que je n'ai jamais visitée, que Dieu me pardonne, ni dans la Collégiale de Guadalupe, ni dans la Chapelle des Capucins de Vienne devant ton sarcophage : non, moi seule, seule avec ma vie, seule avec mes souvenirs devenus chair, devenus eau que je bois, air que je respire, nuit de velours noir, couronne impériale d'oiseaux tièdes qui voltigent en cercle au-dessus de ma tête, moi qui ne suis plus qu'une seule mémoire vivante et palpitante, sans début et sans fin, à genoux, Maximilien, dans le nombril bleu du Paradis.

Mais maintenant je suis très, très fatiguée. Y compris d'être un miracle. Je veux me coucher pour dormir. Avec papa, avec maman, avec grand-papa et grand-maman. Oublier que j'ai vécu dans le futur. Tu sais une autre chose, Maximilien ? Peu de choses me faisaient autant plaisir, quand j'étais petite, que de dormir avec maman. J'aimais aussi m'imaginer que j'étais dans une grande salle ronde où nous dormions tous, chacun dans son lit : maman et papa Léopich, mes grands-parents : Louis-Philippe et Marie-Amélie, mes oncles Nemours et Joinville, Aumale. Les chevets des lits étaient accolés au mur, sur toute la circonférence, de telle sorte que nous pouvions nous voir les uns les autres. Nous nous mettions tous entre les draps en même temps. La nuit était un peu froide, mais au milieu flambait un grand feu et nous nous couvrions avec de gros édredons en plumes de canard sauvage. Après les prières du soir, mon oncle Aumale nous racontait comment il avait chassé ces canards, par une matinée grise et humide, dans la forêt d'Enghien. Ma tante la Duchesse de Montpensier me racontait comment elle avait plumé les canards et qu'elle préférait cela à broder des fleurs tous les soirs, après dîner, aux Tuileries ou à Claremont, tandis qu'ils critiquaient les mauvaises manières de table d'Isabelle d'Espagne qui, en plus, empestait. Ma grand-mère Marie-Amélie nous racontait comment elle avait rempli de plumes les édredons et comment elle avait juré à ses parents que s'ils ne la laissaient pas épouser mon grand-père Louis-Philippe, elle entrerait chez les capucines. Ma grand-mère portait un bonnet de nuit en dentelle d'Alençon. Le bonnet de mon grand-père avait une frange dorée. Ma tante la Duchesse d'Orléans nous racontait comment elle avait tissé les fils d'or pour faire la frange. Mon grand-père lisait le *Morning Chronicle*, il nous racontait son exil à Philadelphie, quand il se promenait dans la forêt au bras du Prince de Talleyrand, il nous rappelait que Louis XVI et Marie-Antoinette l'avaient tenu sur les fonts baptismaux, après un bâillement il parlait des jours où il avait été emprisonné, avec ses frères, à La Havane, ensuite, au milieu des gazouillis de ses premiers ronflements, il évoquait le souvenir de son fils, mon oncle le Prince Beaujolais, qui était mort alcoolique à vingt-huit ans. De son lit, mon oncle Joinville nous disait qu'il n'avait jamais écrit ses Mémoires, mais qu'il les avait dessinés. Il nous montrait alors les dessins de l'époque où il jouait avec ses amis au Lycée Henri-IV et du jour où il était allé aux Tuileries rendre visite à Charles X et où, au détour d'un escalier, il avait rencontré des laquais qui transportaient le repas du roi dans des boîtes qui ressemblaient à des sarcophages d'enfants. Mon oncle avait un édredon sur les jambes, et sur l'édredon, un cahier, où il commençait à nous dessiner, chacun dans son lit : maman, qui se plaignait de douleurs dans le dos et qui était presque complètement recouverte par son édredon : on ne voyait plus que son nez en lame de couteau. Ma tante Clémentine, qui n'avait pas terminé la dentelle des draps de son lit, qui murmurait qu'elle ne s'endormirait pas tant qu'elle ne l'aurait pas finie, et qui promettait à maman de lui appliquer des ventouses le lendemain. Mon frère Léopold, qui jurait qu'il savait où étaient cachés tous les éperons d'or éparpillés après la Bataille de Courtrai, après la victoire des milices flamandes sur les chevaliers français. A cette époque, il m'était indifférent qu'on me parlât de guerre et de mort, qu'on me racontât que les eaux de la Meuse avaient été rougies par le sang des innocents massacrés par Charles le Téméraire et par Louis XI : pour moi les morts n'existaient pas, car tous les êtres que j'aimais étaient vivants. Et ils devaient le rester à jamais, c'est pour cela que je les aimais, là, tous les soirs. Qui peut-être n'étaient qu'un seul soir, un soir unique, qui ne finirait jamais. Chacun dans son lit douillet et tiède, avec son bonnet de nuit et ses mitaines, sa chemise de nuit, ses bas de laine et sa bouillotte. Moi j'étais là pour les protéger, j'allais rester éveillée pour être sûre qu'ils étaient tous bien endormis et j'irais sur la pointe des pieds embrasser ma mère sur le front et m'assurer qu'elle était bien couverte. J'irais faire le signe de croix pour mon père, enlever ses lunettes à mon grand-père et le crochet de ma tante Clémentine, qu'elle avait gardé à la main en s'endormant. J'irais caresser la tête de mon frère le gros Philippe, bercer mon petit cousin le joli Gaston, redonner son hochet à la petite Duchesse de Chartres, bénir le petit Duc de Guise, qui a toujours été si affectueux et remettre sa tétine dans la bouche du pétulant petit Prince de Condé. J'irais ramasser le crayon qui a roulé au sol quand mon oncle Joinville a fermé les yeux et a commencé à rêver qu'il dessinait un rêve. Ensuite je regagnerais mon lit, secouée par un fou rire que j'aurais du mal à dominer en entendant cette symphonie de borborygmes, de murmures et de sifflements. Alors je demanderais à Dieu de conserver ainsi pour toujours les êtres que j'aimais : endormis, tranquilles, et, s'ils rêvaient, ils rêveraient de choses charmantes et auraient des rêves sereins. Alors l'espace de la chambre se remplirait d'étoiles, les murs se changeraient en arbres, et moi je resterais là, dans la blanche clairière circulaire d'une forêt enchantée, à rendre grâce au Seigneur, face au ciel et les yeux ouverts.

Nous sommes tous là. Toi aussi. En plus, il y a d'autres personnes que je n'ai jamais invitées, dont je ne sais quand elles sont arrivées, quand elles sont entrées dans leur lit et s'y sont endormies. La salle est beaucoup plus grande que je ne l'avais imaginé et tous dorment dans un silence absolu. On n'entend aucun sifflement. Personne ne se plaint dans son sommeil. Tous sont immobiles, couchés sur le dos, les yeux fermés et les bras croisés sur la poitrine. Bien des années doivent s'être écoulées, Maximilien, car tous sont recouverts d'une poussière grise qui a durci et on dirait qu'ils se sont tous changés en pierre. Comme se sont transformés en pierre les fleurs que t'a apportées, dans la Chapelle des Capucins, la Comtesse von Bülow, le bouquet de jasmin que Sissi a envoyé à Linderhof pour qu'on le mît dans les mains de Louis de Bavière, la couronne de laurier desséché que ma cousine Vicky a déposée sur la poitrine de Frédéric-Guillaume de Prusse (celle-là même qu'elle lui avait offerte pour sa victoire dans la guerre contre les Français), les deux roses blanches que Katherine Schratt avait posées sur la poitrine de ton frère François-Joseph. Nous sommes tous ici, et moi je les surveille, parce que je suis la seule, Maximilien, à ne pas dormir.

La poussière ne m'a pas ensevelie et je suis là éveillée, couchée sur le dos, toute nue, sans draps pour me recouvrir, les yeux ouverts et fixés sur quelque chose dont j'ignore si c'est la coupole d'une église ou la voûte du ciel. Toute nue, dans le froid, un froid qui me gagne les os et qui ne m'a pas quittée depuis soixante ans, je suis fatiguée d'attendre que tu reviennes et que tu me couvres des larmes de tristesse jaillissant au spectacle de ma vieillesse et à la pensée qu'alors que tu avais jadis dix ans de plus que moi, aujourd'hui j'ai un demi-siècle de plus que toi. Je suis fatiguée d'attendre que tu viennes me couvrir de baisers, avide de mon corps et étonné de voir que je suis redevenue une fillette, la fillette du Château de Laeken qui, la nuit, ouvrait les fenêtres pour que l'été vînt faire l'amour avec elle. Une nuit je me suis endormie sans le vouloir et je me suis réveillée, figure-toi, avec un chatouillement sur toute la peau : j'avais convoqué les mouches et les mouches avaient répondu à mon appel. Je n'étais plus qu'un grouillement de mouches bleues, violettes, iridescentes, mais je ne pouvais pas les chasser parce que j'étais paralysée. Je ne pouvais même pas baisser les paupières pour empêcher les mouches de déambuler sur le bord de mes yeux et de mes narines, de se promener, les immondes, sur la pulpe de mes lèvres et le miel de mon sexe. Te souviens-tu, Maximilien, des scorpions et des mille-pattes, des lombrics et des mites qui recouvraient cette sculpture de femme dans le Palais de Palagonia sur la route de Messine ? Comme elle je suis recouverte, à présent, d'asticots : avant de partir, les mouches ont rempli ma peau de leurs petits œufs, et de ces œufs sont nés les vers, entre mes jambes et dans ma bouche, sur mon ventre, sur mon nombril, sur mon front, entre mes orteils, sous mes aisselles, sur les paumes de mes mains et sur mes yeux. Une fois j'ai rêvé que si, éveillée ou endormie — c'était sans importance —, mais étendue sur le dos, nue et les jambes écartées je restais allongée toute une nuit dans les Jardins Borda et qu'une nuée de lucioles vînt à me pénétrer, j'allais me retrouver grosse de lumière et dans mon ventre, comme sur la voûte céleste, les lucioles dessineraient les constellations. J'ai rêvé que si, étendue sur le dos, nue et les jambes écartées, je descendais en flottant ce fleuve qui était, comme a dit le poète, tu t'en souviens, Maximilien, tortueux comme la Seine, limpide et vert comme la Somme, mystérieux comme le Nil, chargé d'histoire comme le Tibre, majestueux comme le Danube, ce fleuve aux eaux coulant dans l'ombre des sept montagnes, où j'ai contemplé mon visage et où j'ai vu que finalement c'était un visage de femme, de femme caressée, pénétrée et embrassée pour la première fois, à la peau embrasée par la salive d'un homme, par sa sueur, par tes baisers, Maximilien, j'ai rêvé que si, endormie ou éveillée — c'était sans importance —, ou morte, comme Ophélie, mes cheveux entremêlés aux rayons de la lune et mes doigts enfouis dans les fleurs d'oranger de mon diadème nuptial, un saumon incendié de pourpre me pénétrait pour déposer sa laitance dans mon ventre, je resterais grosse de milliers d'enfants qui sortiraient d'entre mes jambes quand j'atteindrais la mer, comme un torrent de couteaux argentés prêts à étancher leur soif dans les tourbillons de sel. Mais les rêves ne sont rien d'autre que des rêves. Aujourd'hui je ne suis pas revêtue d'un manteau d'étoiles, ni même de la poussière des plaines de Tlaxcala ou du sable blanc des plages d'Antón Lizardo. Je ne suis pas revêtue, Maximilien, du pollen des roses de l'Ile de Lacroma, ni de la neige couvrant la poitrine de l'Iztaccíhuatl. Je n'ai pas été recouverte non plus par les feuilles sèches et dorées de la Forêt de Soignies, ni par les ailes des hirondelles du Domaine de la Teja. Ce sont les vers qui me recouvrent, qui m'habillent, qui ont tissé mon voile nuptial avec leur toile arachnéenne aux fils de soie, ce sont les vers qui entrent dans ma bouche et dans mon nez, dans mes oreilles et dans mes yeux. Les vers, qui, comme des chenilles enduites de bave tiède lors de leur cheminement vers mon ventre, dévorent la pulpe si tendre de ma vulve et ensuite s'endorment dans leurs cocons pour rêver, comme je l'ai rêvé un jour, qu'ils ont des ailes. Dans quelques mois ou dans quelques années, ou demain peut-être, aujourd'hui, Maximilien, je vais donner le jour à un essaim de papillons noirs.

XVI
« ADIEU, MAMAN CHARLOTTE »
1866

1. En route pour le paradis et pour l'oubli

« Il est salutaire pour un empereur et pour une impératrice de s'humilier, oui, en lavant les pieds de douze hommes et de douze femmes âgés, cela n'a rien à voir avec les humiliations qu'infligeaient au peuple le prince Starhemberg et ses courtisans qui se déguisaient en mendiants et amenaient au palais des paysans par douzaines pour les ridiculiser. Ils les habillaient avec des costumes de cour, ils les affublaient de perruques blanchies à la poudre de fève et ils leur attachaient à la ceinture des épées dans lesquelles les pauvres bougres se prenaient les pieds. Lors d'une cérémonie publique, un des princes Esterhazy s'était mis frénétiquement à arracher les perles des broderies de sa casaque pour les jeter à la foule. Finalement, je crois, Blasio, qu'il faudrait leur pardonner ces incartades en souvenir des services qu'ils ont rendus à la couronne d'Autriche. Starhemberg, par exemple, s'est distingué par de brillantes prestations militaires contre les Turcs, tu le savais ? Mais quoi qu'il en soit, ma devise reste : de la dignité avant toute chose. C'est ce qui explique que je ne me sois pas froissé quand le maire de Huatusco a refusé les mille pesos que je voulais offrir au village, en me disant que chez lui il n'y avait pas de pauvres. Non, je n'ai pas été froissé, parce que j'aime que le peuple ait de la dignité. »

Ce discours, je le tenais à Blasio alors que nous nous rendions à Cuernavaca dans la voiture tirée par six mules blanches comme neige et harnachées de bleu, que le colonel Feliciano Rodríguez avait construite pour moi et qui comportait une table avec de petits tiroirs où ranger le matériel pour écrire. J'avais les jambes recouvertes d'un plaid écossais que Blasio ne voulait presque jamais partager car il est beaucoup moins frileux que moi, et mon brave Blasio se tenait là, attentif aux paroles qui tombaient de mes lèvres, avec son crayon à encre à la main.

Je lui disais: «Note, Blasio, note: nous allons demander à Saccone & Speed de nous envoyer cinq ou six paquets de douze douzaines de crayons anglais qui sont les meilleurs du monde (bien qu'il ne faille pas oublier, comme je l'ai dit un jour à Lord Codrington, que le graphite a été découvert en Bavière) pour que tu puisses écrire correctement quand nous nous rendons à Cuernavaca, sans te peinturlurer les lèvres en violet, Blasio.»

Malgré tout, il restait accroché à son crayon à encre, qu'il suçait et resuçait pour pouvoir noter tout ce que je lui dictais.

Je lui disais: «Note, Blasio, qu'on nous envoie en grande quantité de l'eau de Vichy ou de Plombières-les-Bains, en bonbonnes ou en siphons, car les eaux de Tehuacán ne réussissent pas à l'impératrice Charlotte. Note, Blasio.»

Et Blasio notait: sur une feuille, la commande pour Saccone. Sur une autre, la lettre pour la baronne Binzer où je lui racontais que je m'étais opposé à ce qu'on enlevât les nids que les colibris avaient construits dans l'embrasure de ma fenêtre à Cuernavaca. Sur une autre: «Ah, sur une autre feuille, je veux que tu notes, Blasio, tous les mots qui riment avec Cuernavaca.

— Comme attaqua, Sire, laqua, matraqua?» me demandait Blasio; en riant de bon cœur je lui répondais:

«Non, Blasio, ne sois pas bête: je suis allé à Séville et je connais le dicton "Qui n'a pas vu Séville n'a rien vu qui autant brille", je suis allé à Lisbonne et je sais qu'on dit "Qui n'a pas vu Lisbonne n'a rien vu qui autant étonne", je suis allé à Madère et j'ai inventé le dicton "Qui n'a pas vu Madère n'a rien vu qui autant sidère", et maintenant j'ai dans l'idée d'inventer un dicton qui dirait "Qui n'a pas vu Cuernavaca...", mais comment le faire rimer avec un mot aussi laid que matraqua», disais-je en riant à Blasio, et il notait:

«Hamaqua, Sire?»

Et je lui disais:

«De hamac? allons-y pour hamaqua!» et je me réjouissais en pensant que le soir même je me retrouverais enfin allongé dans mon hamac blanc à Cuernavaca et que je pourrais oublier tous mes soucis pendant quelques heures. Entre autres:

«Écrire à l'empereur Napoléon, note, Blasio, pour lui dire que le baron Saillard ment quand il se plaint des mauvais traitements que nous lui réservons au Mexique. Comment Saillard a-t-il eu le mauvais goût, par quel manque de tact a-t-il décidé d'interrompre mon repos à Cuernavaca pour me remettre la lettre où Louis-Napoléon m'annonçait le retrait des troupes françaises? Note: opposer, dans le *Journal de l'Empire*, un démenti catégorique à Doménech, qui a osé dire qu'au Mexique l'heure d'un Joseph II n'a pas sonné et que ce dont le pays a besoin, c'est d'un Cromwell, d'un Richelieu, d'un comité de sécurité ou de salut public, comme on voudra. Note, Blasio: dans une lettre à mon ami le comte Hadik, lui écrire ce qui suit: je suis aux prises avec des difficultés et des obstacles, mais le combat est mon domaine, et lui raconter que je continue à perdre mes cheveux et que j'ai une calvitie presque *hadikienne*, hein, qu'est-ce que tu en penses ? » disais-je à Blasio sur la route de Cuernavaca, alors qu'à nos pieds s'étendait toute la vallée de Mexico avec, au fond, les volcans enneigés.

« Note encore : dans une lettre à Degollado lui dire qu'il me semble impossible que le monarque le plus sage du siècle et que la nation la plus puissante du monde — car la France l'est encore, Blasio — cèdent aussi piteusement devant les Yankees, oui, c'est le mot : aussi piteusement, et note aussi : dans une lettre au maréchal Bazaine... attends, écrite non pas en français mais en espagnol comme d'habitude, Blasio, lui demander comment est-il possible, et que pensera-t-on de nous quand on saura que tout un État, le Michoacán, situé à cinquante lieues de la capitale seulement, n'a pas pu être soumis, et note, Blasio, dans une autre lettre à Louis-Napoléon (tenons-nous-en pour l'instant à l'idée, ensuite on pèsera chaque mot), lui dire de ne pas croire que la France pourra indéfiniment contrôler toutes les douanes mexicaines pour empocher la moitié de ce qu'elles rapportent, comme il en a l'intention, et qu'en outre, parce qu'il faudrait également le lui dire, n'est-ce pas, Blasio ? les douanes de Tampico, de Mazatlán et de Matamoros ne nous rapportent rien parce que les communications avec ces ports sont coupées par les juaristes. Et pendant ce temps, que fait Bazaine ? Dis-moi : crois-tu que son inertie ait un rapport avec le fait que sa femme Pepita a de nombreux parents qui sont juaristes ? »

Blasio suçait la moitié de son crayon et écrivait à l'encre violette : « Demander à l'administrateur du château de Miramar de nous envoyer le buste de marbre de la reine Louise d'Orléans qui se trouve... »

Tous les quinze ou vingt mots l'encre du crayon s'épuisait et Blasio devait à nouveau en sucer la pointe pour continuer :

« ... qui se trouve dans *Il Salotto dei Principi*, *Salotto* avec deux *t*, Blasio, tu n'y peux rien », disais-je à Blasio, qui souriait en montrant ses dents violettes, et je terminais la phrase :

« ... pour faire une surprise à l'impératrice Charlotte. »

Voilà ce que j'ai demandé à Blasio de noter, alors que nous nous rendions à Cuernavaca et que nous avions laissé loin derrière nous le couvent de Churubusco, la ville enchantée de Tlalpan, la splendeur de Xochimilco avec son éternelle éclosion de fleurs aux couleurs et aux parfums les plus divers, et la route grimpait en ondulant comme un serpent, environnée d'énormes pins, jusqu'à ce haut plateau monotone, triste et glacé qu'on appelle Las Raíces, et arrivés là, Blasio a volontiers accepté mon offre de partager le plaid écossais.

Je n'ai pas dit, par contre, à Blasio que ma *cara, carissima* Charlotte avait besoin de réconfort. Le malheur avait voulu qu'au retour de son voyage, couronné de succès, au Yucatán, elle soit tombée sur la nouvelle de la mort de son père chéri le roi Léopold, dont j'avais reçu une lettre, à peine quelques semaines auparavant, où il écrivait :

«Ce qui manque en Amérique, c'est la réussite, tout le reste n'est que poésie.»

«Mais que vaut la vie sans la poésie?» ai-je demandé tout à coup à Blasio, puis je lui ai dit: «Note, Blasio, note que je dois écrire une lettre à Friedrich Rückert pour le remercier du poème qu'il a composé pour moi quand je l'ai décoré, tu savais ça? et qui commence par:

Der edle Max von Mexico,

"Le noble Max du Mexique" et qui se termine par:

Und der gesetzt hat Deinen Thron
Lässt fest ihn stehn und nicht im Sturme wanken,

"et que celui qui a fondé ton trône le tienne solidement pour qu'il ne vacille pas dans la tempête", note Blasio, et rappelle-moi de rappeler à celui qui a fondé mon trône, Louis-Napoléon, qu'il a promis de laisser au Mexique tous les hommes de la Légion étrangère pour quelques années encore, quand le reste des troupes françaises se sera retiré. N'oublie pas, Blasio.»

Ce que je n'ai pas dit non plus à Blasio, c'est que l'assassinat par des bandits à Río Frío du baron d'Huart, ami intime de Léopold II, qui venait annoncer le couronnement du frère de l'impératrice Charlotte, avait été une tragédie et une honte, et à propos de Léopold II j'ai dit à Blasio:

«Note que je dois lui demander des explications sur son refus de recevoir Éloin alors qu'il se trouvait à Claremont; et à propos d'Éloin, note, Blasio, de lui demander qu'il m'explique pourquoi à Paris on ne veut plus entendre parler du projet de banque mexicaine, et à propos de mission, note, Blasio, que je dois écrire au comte Rességuier pour qu'il m'informe sur ce que trame Santa Anna à New York, pourquoi il s'est acheté une maison là-bas et s'il est vrai qu'il est en train de monter un complot, et surtout pour qu'il m'explique (je veux parler de Rességuier) comment il peut soutenir que l'opposition à mon trône a diminué aux États-Unis quand le père Fischer, de passage là-bas, m'écrit pour me dire qu'on ne pourra éviter que difficilement une guerre entre le Mexique et l'Union, et à propos, Blasio, note», disais-je à Blasio et Blasio suçait son crayon à encre, qui lui tachait encore plus les lèvres de violet, et il notait de son écriture claire et harmonieuse:

«Remercier Fischer non seulement pour toutes ses démarches confidentielles auprès du Vatican afin d'obtenir le concordat entre mon gouvernement et le Saint-Siège, mais surtout pour ses longues lettres très plaisantes où il me raconte tous ces ragots si amusants...»

Je n'ai rien dit non plus à Blasio de ces ragots que me rapportait Fischer dans ces lettres, comme, par exemple, que le cardinal Alfieri se vendrait corps et âme à qui pourrait lui assurer la tiare pontificale et que le cardinal Antonelli, qui aurait pu le croire? avait une maîtresse, mais qu'il était inutile que quiconque le crût, puisque tout le monde le savait. Mais que représentait ce *peccadillo* du cardinal en comparaison du sérail de plus de quinze femmes dont dispose d'après le colonel du Barail un curé de Cholula? Par contre, je lui ai dit, alors que nous nous dirigions vers Cuernavaca et que nous laissions derrière nous la vallée de l'Anáhuac:

« Il ne fait pas de doute que je suis reconnaissant à Fischer de ses lettres, car si François Ier a dit après la défaite de Pavie "Tout est perdu, fors l'honneur", moi je dis, note Blasio: "Tout est perdu, fors l'humour." Mais ne prends pas cela au sérieux, Blasio, ce n'est qu'une plaisanterie: jamais nous ne perdrons l'honneur, jamais, jamais. Efface cette phrase, Blasio, efface-la: elle n'est pas digne d'un Habsbourg, elle n'est pas digne de celui qui a dit: " Ce n'est pas avec des baïonnettes qu'on extrait l'argent du sol", tu aimes cette phrase? oui? et cette autre? " La peur et l'ambition sont les moteurs qui font tourner le monde"... Mais ne les note pas, Blasio, ce n'est pas nécessaire: je les connais toutes par cœur, je les ai écrites il y a quatre ou cinq ans, et, comble de l'ironie, aujourd'hui la plupart d'entre elles ont encore plus de sens avec ce qui s'est passé, ici, au Mexique: "Les nations anciennes — ai-je écrit à l'époque — souffrent de la maladie du souvenir" et: "Au bout d'un certain temps, force et pouvoir se transforment en droit": toutes ces formules sont de moi, comme les vingt-sept règles de conduite que je porte toujours sur moi, je te les ai lues, n'est-ce pas, Blasio? mais elles aussi, je les connais par cœur. »

Voilà ce que je disais à Blasio sur la route de Cuernavaca, alors que nous avions déjà laissé derrière nous cette plaine aride et froide qu'on appelle El Guarda, parsemée de quelques cahutes misérables qui accroissent la désolation du paysage. Nous sommes arrivés au Monte de Huichilaque, parfumé par les pins dont la cime verte perce les nuages qui, cette fois, étaient si bas qu'on n'y voyait pas à trois mètres, ce qui me faisait craindre, comme je l'ai dit à Blasio, une attaque des bandits, comme pour le baron d'Huart, que Dieu ait son âme, et une fois encore je lui ai récité mes règles de conduite:

« Ne jamais mentir, ne jamais se plaindre car c'est un signe de faiblesse: *take it coolly*; écouter tout le monde, ne faire confiance qu'à quelques-uns; ne pas blasphémer et ne pas dire d'obscénités; deux heures d'exercice quotidien; ne jamais plaisanter avec les subordonnés; mais ne prends pas ce précepte, ai-je dit à Blasio, au pied de la lettre car toi, Blasio, si bon, si patient, tu es un peu plus que mon subordonné: tu es mon ami mexicain... »

Et mon ami mexicain a souri avec ses lèvres et ses dents violettes, mais je ne lui ai pas dit qu'à ce moment il avait l'air d'un cadavre souriant, je l'ai gardé pour moi, je me suis borné à rire en moi-même de la dégaine lugubre de ce pauvre Blasio, alors que nous traversions Huichilaque, village de chasseurs et de voleurs, en laissant derrière nous les plaines sinistres tapissées de rochers noirs, les escarpements couleur de cendre, La Cruz del Marqués, et que devant nous, ah, devant nous, le paysage prenait l'allure d'un paradis terrestre quand ma voiture avec ses six mules blanches harnachées de bleu, avec sa table équipée de petits tiroirs pour le matériel à écrire, quelle idée géniale du colonel Rodríguez ! a commencé à descendre en direction de la vallée de Cuernavaca. J'ai dit à Blasio :

« Ce qui veut dire, Blasio, qu'avec toi je me permets des plaisanteries comme, tu te souviens ? l'après-midi où je t'ai dit que celui qui perdrait la partie de billard devrait marcher à quatre pattes sous la table, et il s'est trouvé que c'est moi qui ai perdu ! Mais heureusement ton frère le Capucin était là et j'ai pu, à temps, transférer la punition sur lui. Tu me pardonneras aussi, Blasio, la fois où j'ai dit à Venisch de te demander de quitter la table car nous étions treize et ce chiffre, comme tu le sais, porte malheur, bien que dans le fond je ne sois évidemment pas superstitieux, ce n'est pratiquement que par tradition que je fuis le nombre treize, et rappelle-moi, rappelle-moi, note, Blasio, que dans ma prochaine lettre à Gutiérrez Estrada je dois lui dire que c'est la faute du clergé si les gens pauvres sont tellement superstitieux au Mexique, et qu'ici les prêtres vendent aux gens du peuple des images pieuses grâce auxquelles, prétend-on, les âmes sortent du purgatoire », disais-je à Blasio et je lui demandais « de penser à préciser à Estrada que ce n'était pas parce que l'impératrice Charlotte et moi, nous n'aimions pas dire des neuvaines ou le chapelet et que nous refusions les disciplines nocturnes, que nous étions moins catholiques pour autant, et vous devez savoir, en vérité, Monsieur Gutiérrez Estrada, ajouterai-je, que l'empereur du Mexique projette d'acheter une petite église à Rome afin de la consacrer à la Vierge de Guadalupe, ni plus ni moins. »

En pleine descente vers la vallée, avec derrière la brume des hauts plateaux et devant toutes les couleurs du paradis, j'ai lu les mots « vaqua, saqua » dans les notes de Blasio et je lui ai dit :

« Bien sûr, ils riment avec Cuernavaca, mais aucun d'eux n'est utilisable, dis-moi, Blasio, pourquoi les villes du Mexique qui me plaisent le plus n'ont pas de jolies rimes. Quelle rime trouver pour Morelia ? Ophelia ? Cordelia ? Pour Guanajuato ? Gâteau ? Bateau ? Et pour Cuernavaca ? La vache vaqua ? » disais-je à Blasio et on riait tous les deux de bon cœur.

« Note, Blasio, ai-je ajouté, note tout ce que je dois redresser, éclaircir, exiger à mon retour, oralement ou par écrit. Demander à Bazaine comment il se fait qu'il n'envoie aucun renfort au général Mejía, traqué à Matamoros par le général Escobedo. Qu'a-t-il à me dire sur les seize mille guérilleros encore disséminés sur tout le territoire ? Indiquer à Bazaine, encore lui, qu'il n'est plus possible de tolérer qu'aucun policier ni aucun soldat mexicain ne puisse arrêter un soldat français. Dire à Louis-Napoléon que je ne lui pardonne pas d'avoir autorisé le retour du colonel du Pin au Mexique. Écrire à mon amie la baronne Binzer que les éloges que m'a adressés le prince Grillparzer quand je l'ai décoré de l'Aigle aztèque sont un aiguillon pour l'avenir. A mon ami et maître l'historien César Cantu, que je le lis, comme toujours, avec beaucoup de plaisir et d'intérêt. A mon frère l'archiduc Louis-Victor qu'une des choses qui me rendent le plus heureux c'est de me voir entouré de braves gens, comme toi, Blasio, ne sois pas modeste, ou comme Schaffer le gouverneur de Chapultepec qui s'est marié avec une jolie petite Mexicaine de seize ans, rappelle-moi de parler de vous tous à mon frère, de Günner le lion de la capitale, ou du vieux Kuhacs qui a l'air d'une grosse boule sur son fougueux coursier, quel spectacle, Blasio ! et, bien sûr, d'Ursule, comment l'oublier, de la grande Ursule, l'ancienne *mandriera* ! Écrire à Éloin pour lui dire que je me chargerai bientôt personnellement de l'armée, et à mon frère l'empereur François-Joseph pour lui prouver qu'un marin comme moi peut également organiser une armée de terre et pour lui demander comment il est possible que son ambassadeur à Washington, Wydenbruck, n'ait pas quitté la réunion où le vice-ministre yankee de la Marine, son nom est Bancroft, n'est-ce pas ? m'a traité " d'aventurier autrichien ". Écrire à Barandiarán, notre représentant à Vienne, que nous ne pouvons rien attendre d'un gouverneur aussi peu loyal que celui de l'Autriche, lui demander également de parler avec Herzfeld et l'avertir de prendre très au sérieux sa mission secrète en ce qui concerne le Pacte de Famille, mais aussi de se méfier des intrigues. Écrire à Herzfeld lui-même, note, Blasio. »

Et Blasio suçait la pointe de son crayon à encre et il notait :

« A Herzfeld pour qu'il organise une campagne de presse à Vienne afin de démentir : un, que l'empereur du Mexique est devenu franc-maçon, franc-maçon, moi, Blasio, c'est d'un ridicule ! et deux, que je serais disposé à ce que le Mexique redevienne une république pourvu que j'en sois le président, président, moi, Blasio, quel gâchis ! »

J'ai dit en partie et en partie je n'ai pas dit à Blasio, alors que nous descendions vers la vallée de Cuernavaca inondée de papillons blancs et jaunes qu'un empereur doit savoir, et savoir faire, beaucoup plus de choses qu'un président. Qu'à un prince d'une dynastie européenne comme la Maison des Habsbourg, on enseigne, en plus de la géographie, de l'histoire, des mathématiques, de la philosophie, de la botanique et d'une foule d'autres choses, de nombreuses langues, ce qui explique qu'en plus de ma langue maternelle l'allemand, je parle le français et l'anglais, l'italien pour m'adresser au Pape, un peu de hongrois et de polonais, et maintenant, évidemment, l'espagnol, imagine-toi, Blasio, que sur les billets de notre papier-monnaie les indications figurent en dix langues différentes, celles que l'on parle d'un bout à l'autre de l'Empire. Il me reste encore à apprendre, Blasio, pour le jour où notre royaume s'étendra du Río Grande à la Terre de Feu, le nahuatl et le maya, le quechua, le guarani... ah, je me souviens très bien des noms de tous mes professeurs, Blasio : Esterhazy m'enseignait le hongrois, le comte von Schneider les mathématiques, le baron de Binzer les sciences politiques, je me souviens de tous, je lui ai dit, et aussi qu'un président n'a pas besoin de connaître l'escrime et des termes comme porter un contre, un coup fourré ou une botte (d'ailleurs, aucun président ne connaît rien à rien) ni d'être un habitué de l'École d'équitation espagnole de Vienne, c'est pourquoi tu dois me promettre, Blasio, quand je t'enverrai en mission en Europe, de ne pas manquer de faire deux choses quand tu arriveras dans la ville où est né ton empereur : un, d'écouter le chœur des Petits Chanteurs et deux, de fréquenter l'École d'équitation, où ta tâche consistera à apprendre les noms de toutes les figures et de tous les pas des chevaux, ainsi que des musiques avec lesquelles ils s'harmonisent le mieux: pour un *Pluto Capriola* rien ne vaut un menuet de Boccherini, pour un *Siglavy Flora* une valse de Strauss, et j'ajouterai qu'à l'inverse d'un président un empereur doit impérativement s'y connaître en valses, galops, mazurkas et autres danses, et qu'un empereur est un chasseur: « Moi, ai-je dit à Blasio, j'ai chassé le chevreuil et le lapin à Compiègne, le becfigue en Algérie, le sanglier à Gödöllö, l'ours en Albanie, l'ocelot au Mato Grosso. Et tu sais pourquoi ? Tu sais pourquoi un empereur, un prince doit apprendre toutes ces choses, et pas un président ? Parce qu'en plus de veiller à l'ordre, à la paix, à la justice et à la démocratie au même titre qu'un président, un prince est également comptable de la beauté, de la tradition, de l'élégance. Oui, Blasio, de l'élégance ! » Tels étaient les propos que je tenais à Blasio alors que nous nous rendions à Cuernavaca et comme la descente en zigzag sur la vallée est rapide, le climat a brusquement commencé à changer, je me suis défait de mon plaid écossais, j'ai aussi ôté mon écharpe, parce que je suis certes frileux, mais pas à ce point. A gauche nous pouvions contempler la masse de granit aplatie du Cerro de la Herradura, là-bas au fond on apercevait les maisons et les églises de Cuernavaca parmi les arbres fruitiers et nous avons décidé de faire halte pour prendre une collation. En attendant, j'ai dit à Blasio :

« Note, Blasio, note: pour en revenir à Herzfeld, lui dire de bien organiser la campagne de presse. Savais-tu, Blasio, que déjà en 1858 ou en 1859, je ne m'en souviens plus exactement, le journaliste allemand Julius Reuter a réussi à diffuser un discours tout entier de Louis-Napoléon à peine une heure après qu'il eut été prononcé ? Ah ! quand les câbles interocéaniques arriveront au Mexique et que le discours de son Empereur sera connu de l'autre côté de la mer en une heure également, cette vieille Europe pourrie devra nous respecter davantage... Allez, note, Blasio, sur une autre feuille et, s'il te plaît, tu iras te laver la bouche et les mains avant de manger, note : créer une agence mexicaine de presse pour l'Europe, oui, une agence. Et tu sais quoi, Blasio ? Nous allons avoir deux cordes à notre arc : l'argent et les décorations », ai-je dit à Blasio et je lui ai demandé de me passer la mallette que je transporte toujours avec moi, ce que mon brave Blasio a fait.

En route pour Cuernavaca.

En route pour la chaleur et pour les papillons qui volettent déjà autour de nous.

En route pour les flamboyants orangés et pour l'ombre des bougainvillées des jardins Borda.

« Oui, *l'oubli*... c'est pour cette raison que j'ai décidé d'appeler ainsi la villa qui plaît tant à l'Impératrice », ai-je dit à Blasio : « "L'Oubli"... J'ai d'abord voulu lui donner le nom de la fameuse résidence de loisir de

Frédéric le Grand à Potsdam : *Sans-Souci...* Mais depuis que Christophe, le roi nègre d'Haïti, a construit un palais qu'il a appelé ainsi, Blasio, ce nom a perdu de son charme... », ai-je dit à Blasio et j'ai ouvert la mallette où parfois je transportais une brochette d'ordres de Guadalupe et de l'Aigle aztèque, mais surtout un lot confortable de montres en or au couvercle émaillé de bleu, portant la couronne et le monogramme impériaux dessinés avec des éclats de brillants, que je destinais aux officiers, maires, juges provinciaux et autres fonctionnaires de moindre importance, et j'ai dit à Blasio :

« Si nous pouvions fabriquer des titres nobiliaires, Blasio, nous deviendrions riches... Et si l'on me disait : cette noblesse serait factice, je répondrais : voyez les ducs, les comtes et les marquis créés par Bonaparte, ils sont presque tous aussi plébéiens que le plus humble des bourgeois... »

Cela, par contre, je n'aurais pas dû le dire à Blasio, car un prince se doit également d'être discret et de savoir à qui il peut ou non dire une chose. Aussi suis-je resté silencieux et j'ai repassé dans ma tête mes vingt-sept règles : « Penser aux conséquences de chaque démarche », « Il y a un temps pour tout », « Quand on a raison, faire preuve d'une énergie d'acier », etc., et je me suis dit qu'il m'en manquait une, la vingt-huitième : « Avec les subordonnés, de la discrétion avant toute chose. » Et j'ai décidé de l'inclure dans la liste, mais je n'ai pas dit à Blasio de la noter.

Je peux dire à Blasio, par exemple, qui, tout en étant un brave garçon intelligent n'en est pas moins rien d'autre qu'un secrétaire, et effectivement je lui ai dit :

« De plus, un souverain, Blasio, doit connaître sur le bout du doigt la vie des grands monarques et empereurs de jadis, afin de suivre leur exemple. La vie, disons, de Frédéric le Grand. Celle de Charles III d'Espagne. Celles de tous ces illustres Bragance qui ont régné, comme Pierre V, très aimé de son peuple, ou Jean V le Magnanime, protecteur des arts, et, bien entendu, son prédécesseur Jean IV, qui fut un grand musicien, un grand compositeur comme le prince Albert et qui décréta que les monarques ne porteraient pas la couronne, mais qu'elle devrait reposer à leur côté, sur un coussin... Et parmi les Habsbourg, non seulement Marie-Thérèse mais aussi son fils Joseph II... »

Ce que je n'ai pas pu dire à Blasio et ce que je ne lui ai pas dit, c'est que si je devais porter la couronne à Cuernavaca, je la laisserais moi aussi de côté pour ne pas suer comme un damné et pour éviter que mes cheveux ne tombent encore plus.

Car c'est là un genre de plaisanterie qu'on ne doit pas faire avec un subordonné. A savoir que, si l'on s'en tient à la triste vérité, l'*éclaircissement** ou *Aufklärung* des philosophes français n'a été d'aucune utilité pour mon prédécesseur Joseph II, car il mourut sans être aimé par son peuple et il échoua en tout..., mais comme il était intelligent et qu'il le savait, il a rédigé lui-même sa propre épitaphe : « Ici gît un prince dont les intentions ont été honnêtes mais qui a eu le malheur de voir tous ses projets sombrer... »

Car, pour reprendre le dicton mexicain que j'aime tant: «Le linge sale se lave en famille.»

Blasio lui aussi salissait son linge. Chaque fois que nous allions à Cuernavaca et par la faute du crayon à encre, il se peignait la bouche en violet, mais aussi les doigts, et avec ses doigts il tachait sa chemise, sa redingote, son pantalon, son mouchoir... heureusement, les nappes restaient impeccables. Venisch se fit attendre un peu parce que ses mules étaient moins rapides que mes mules blanches, mais finalement il est arrivé et l'on a commencé à disposer sur les nappes les merveilles qu'il apportait: fromage frais, dindon truffé, croquettes de pomme de terre, jambon fumé, mangues et figues de Barbarie, cédrats confits, et quand on m'a offert du pain, j'ai dit non, merci, je préfère des galettes de maïs, et je me rappelle avoir fait observer à Blasio qu'un empereur doit lui aussi apprendre à manger tout ce que mangent ses sujets:

«Figure-toi que moi qui avais tellement mangé de piment à Bahia de Tous-les-Saints que la bouche me faisait mal, je m'étais juré de ne plus jamais consommer de plats épicés, et pourtant, comme tu peux le constater, Blasio, à présent je mange plus de piment que toi et que beaucoup de Mexicains, j'ai appris à déguster le *mole*, de même qu'en Algérie j'ai appris à savourer le plat national des Bédouins, le couscous, qu'on doit manger avec les doigts, comme il faut que tu le saches, et j'ai pleinement profité de mon voyage, bien que je n'aie pas eu la chance d'assister aux fêtes somptueuses que donnait Aumale quand il était vice-roi d'Algérie: rien de tel, Blasio, par ces chaleurs torrides, que de se réfugier sous les tentes sombres et fraîches en poil de chameau, pour y boire l'eau douce que les Bédouins transportaient dans des outres en peau de bouc et que Youssouf me servait dans des coupes d'argent, où, malheureusement, j'avais toujours l'impression de voir surnager quelques poils du défunt bouc...»

Nous avons partagé notre déjeuner, ainsi que les vins, avec l'escorte et j'ai dit à Blasio en remplissant son verre:

«C'est incroyable la quantité de choses dont un empereur doit s'occuper. Savais-tu qu'un jour, Blasio, j'ai découvert dans la liste des vins pour un banquet à Chapultepec un vin qui s'appelle "Montebello"? Nous avons dû réimprimer les menus à toute allure car, tu imagines un peu, comment aurais-je pu offrir à mes invités un vin qui porte le nom d'une des batailles où les Français ont vaincu les Autrichiens, tu te rends compte, Blasio?»

Je n'ai pas dit, parce que ce n'était pas nécessaire, qu'à la première bataille de Montebello quatorze mille Français avaient fait décamper dix-huit mille Autrichiens jusqu'à Alexandrie. Un désastre sur toute la ligne. En revanche, je lui ai dit:

«Je te promets, Blasio, que je vais te laisser en paix et que je ne vais absolument rien te dicter jusqu'à ce qu'on serve les desserts, mais c'est important, Blasio, note sur la commande pour Saccone, mais, je t'en prie, pendant le repas ne te fourre pas le crayon dans la bouche, trempe-le dans de l'eau. S'il vous plaît, un verre d'eau pour le jeune Blasio... »

Obéissant, Blasio a humecté la mine de son crayon dans un verre d'eau et il a écrit :

« Douze flacons du *tandoori curry* que j'ai promis au commodore Maury. Des sels anglais pour l'Impératrice. Ah, également pour l'Impératrice, des pastilles d'héliotrope. Et du paprika, Blasio, du paprika pour la cuisine et pour le goulasch de mon fidèle Tüdös !... »

Du même coup, l'eau du verre s'était teintée de lilas, je me rappelle avoir pris le verre, l'avoir levé, et j'ai dit :

« *Crème d'amour*, Blasio, c'est exactement la couleur de la *Crème d'amour** : qu'on nous en envoie plusieurs caisses. Et aussi du malvoisie de Madère, *El Vinho das Senhoras* ! »

J'ai été à deux doigts de dire : *El Vinho das Senhoras par excellence**, mais je ne l'ai pas fait car s'il sied à un empereur d'assortir sa conversation de quelques expressions en langues étrangères, j'évite d'y recourir de façon continue, bien que, par une curieuse ironie de la vie, plus je m'efforce de parler espagnol, plus les fonctionnaires de ma cour s'acharnent à prononcer des phrases en français, *tant pis**, ai-je dit en me moquant de moi-même, ou en italien, mais comme je le dis à Carla : patience, Carla chérie, patience, *da tempo al tempo*.

Comme j'avais promis à Blasio de ne rien lui dicter pendant le repas, j'ai continué à lui raconter mes voyages en Algérie entre deux bouchées et deux gorgées, pourtant je ne lui ai pas dit que c'est là que j'ai découvert une affinité secrète avec mon illustre prédécesseur Rodolphe II, quand j'ai pris conscience que j'avais plaisir à m'entourer de nains noirs, de bossus et autres monstres, ce que tout le monde va apprendre lorsque je me déciderai à publier mes Mémoires. Par contre, je lui ai dit :

« Don Julián Hourcade est actuellement en train de dresser les plans de la première fabrique de glace. Don Luis Mayer a soumis un projet d'installations pour le gaz inflammable. Nous avons imposé le système métrique décimal. Nous effectuons des explorations archéologiques dans la Sierra de Huauchinango... ah, rappelle-moi, Blasio, de revoir avec *Monsieur** Médehin le plan de la maquette du temple de Xochicalco que nous enverrons à l'exposition de Paris... On me dit que le vice-roi d'Égypte enverra une reproduction à l'échelle du grand temple d'Edfou : notre maquette de Xochicalco se doit d'être plus grande, tu ne crois pas ? Et je te disais : don Gennaro Vergara a inventé un moteur à vent. Nous avons créé le ministère de l'Instruction publique et des Cultes et nous avons instauré l'éducation primaire obligatoire et gratuite. Pendant ce temps nous consolidons l'Empire grâce au rattachement de la Basse-Californie. Nous allons construire une raffinerie de pétrole... Dans ces conditions, que signifie tout cela ? Que ton Empereur, Blasio, doit s'occuper de beaucoup de choses sérieuses et pas seulement, comme le disent les mauvaises langues, de poésie et de papillons... »

Mais ce que je n'ai pas dit à Blasio, alors que nous arrivions dans les faubourgs de la ville et que je me mettais mon panama blanc à cordon d'or, c'est que ces mêmes mauvaises langues m'attribuent comme maîtresses Lola Hermosillo, Emilia Blanco, une certaine Mme Armida, une autre qu'on appelle la jolie Indienne, Luz Bringas et qui sais-je encore? mais que personne ne saurait jamais, personne, Blasio, si j'ai une maîtresse ou non, si je pouvais parler, je te dirais: «Moi, ton Empereur, j'ai aussi, parfois, mes faiblesses. Depuis que sur le marché aux esclaves de Smyrne j'ai découvert la troublante beauté du corps de la femme... ah, Blasio, depuis cette époque... Écoute, j'adore l'Impératrice, mais j'ai plaisir à imaginer que j'arrive à Cuernavaca, Blasio, à Cuaunáhuac, dans cette ville où le marquis de la vallée d'Oaxaca, Hernán Cortés, s'est fait construire un palais et que là, de même que la Malinche attendait le conquérant, moi, le roi de Tula, je suis attendu par Xóchitl, la reine des fleurs, avec une tasse du miel distillé par ses lèvres... et distillé entre ses cuisses... Ma faiblesse est là, et non pas dans le domaine de la politique. Ah, non, elle n'a rien à voir avec ce à quoi se référait Turgot quand il a parlé à Louis XVI de la faiblesse politique du malheureux Charles Ier d'Angleterre, dont les sujets ont fini par couper la tête!...»

Nous étions sur le point d'entrer dans la ville et j'étais certain que mes jeunes garçons du «Club du Coq» devaient m'y attendre: comme je le racontais au comte Hadik dans une lettre, il s'agit d'un groupe de volontaires qui forment ma garde d'honneur à Cuernavaca et leur uniforme comporte un pantalon noir, un blouson bleu, un chapeau de feutre gris orné d'une plume blanche et, sur la poitrine, un coq d'or; ils allaient vouloir m'escorter jusqu'à ma résidence de la Borda et là je devrais leur offrir du vin et comme quand ils seraient partis et que je me retrouverais dans mon hamac blanc je n'aurais plus aucune envie de ne rien dicter à Blasio pendant des heures, pendant des jours entiers, peut-être, je me suis empressé de lui dire:

«Note, Blasio, note vite: dire à l'empereur Napoléon que je vais lui envoyer plusieurs volumes de lois, toutes celles que j'ai promulguées au Mexique. Exiger oralement de Bazaine qu'il m'explique pourquoi le Tamaulipas est submergé de bandes juaristes et lui dire par écrit que je songe à le nommer duc ou comte de quelque chose. Comte d'Oaxaca, Blasio? Non: duc de Puebla serait préférable. Raconter à mon frère Louis-Victor que l'empereur Montezuma mangeait tous les jours du poisson frais apporté depuis Veracruz par des estafettes et que je vais réimplanter ce système. Écrire au père Fischer pour qu'il précise au Vatican qu'à la différence de Richelieu, qui avait ajouté dans l'édit de Nantes un amendement dépouillant les protestants de tout droit civil ou militaire, il m'était impossible de faire la même chose au Mexique. Et encore moins si nous décidons de coloniser le Mexique avec des confédérés! Rappeler à Pierron que je lui demande de cesser de comparer ma situation à celle de Joseph Bonaparte: je n'ai pas, moi, de frère Napoléon pour me conseiller d'exécuter mes sujets et d'employer comme moyens dissuasifs la poudre, la potence et les galères. Dire au même Pierron de se souvenir des paroles de Julien l'Apostat, qui a dit qu'un prince est une loi vivante qui doit tempérer de sa bonté l'excessive rigueur des lois mortes. Écrire au maire que nous apposerons une plaque commémorative sur le bénitier où a été baptisé le premier sénateur tlaxcaltèque qui a embrassé le christianisme. A Saccone & Speed, Blasio, de nous envoyer quelques flacons de safran, car tu peux constater que Tüdös aime en ajouter dans la soupe aux clovisses... A Almonte, pour qu'il me fasse parvenir un rapport sur sa mission aux Tuileries. Rappeler à ceux qui s'opposent au retour de Miramón et de Márquez au Mexique que Miramón a participé à l'héroïque défense du Collège militaire de Chapultepec contre les Yankees et que Márquez a reçu, pour son courage lors de nombreuses actions militaires dont certaines contre des envahisseurs étrangers, la croix du Texas, la croix de fer de la vallée de Mexico, la croix d'Angostura, la croix d'Ahualulco. Et dire à Benito Juárez, qui, tu t'en souviens, Blasio, m'a écrit, lorsque je suis arrivé au Mexique : " L'Histoire nous jugera ", qu'effectivement il en sera ainsi, Monsieur Juárez, mais que si aujourd'hui même nous faisons la paix et que vous acceptiez d'être mon Premier ministre, l'Histoire nous jugera tous les deux avec beaucoup plus de bienveillance, note, Blasio », et Blasio suçait, notait, suçait, écrivait, suçait, le pauvre, son crayon à encre, et il notait d'autres rimes possibles, que dis-je, impossibles, pour Cuernavaca comme « plaqua, craqua, arnaqua ».

« Ça suffit, lui ai-je dit. Il n'y en a pas une de valable, Blasio, et certaines autres sont pires encore, en particulier une à laquelle je pense en ce moment, Blasio, mais je ne vais pas te la dire, Dieu m'en garde, bien que tu puisses l'imaginer si je te dis, Blasio — j'ai porté la main à mon nez et je me le suis bouché — si je te dis que... *It stinks* ! Elle empeste ! »

Et Blasio pleurait de rire. Je sais qu'il n'est pas convenable de permettre à un subordonné de rire de cette façon devant son Empereur, que c'est un manque de respect, mais pour cette fois je n'ai rien dit, pauvre Blasio : il avait tellement travaillé pendant ce voyage à Cuernavaca, les larmes de rire se mêlaient sur son visage aux gouttes de sueur et en atteignant ses lèvres — à ce moment il n'avait plus seulement les lèvres tachées, mais aussi les dents, le palais, la langue —, elles entraînaient l'encre et lui coulaient sur le menton comme des filets de sang violet.

« Jamais plus, lui ai-je dit, je ne t'autoriserai à écrire au crayon à encre. Et maintenant, pour terminer, note, Blasio : écrire à Benito Juárez pour lui dire qu'on a accordé une pension à la veuve du général Zaragoza. A la baronne Binzer pour lui dire que ceux qui affirment que les scientifiques et les intellectuels mexicains sont contre le régime sont des menteurs : dans notre camp on trouve Río de la Loza, Roa Bárcena, García Icazbalceta et beaucoup d'autres. A mon frère François-Joseph pour le remercier d'avoir autorisé la formation d'un corps de volontaires autrichiens... il va en venir des milliers, tu verras : ils n'abandonneront pas le frère de leur Empereur, je le sais fort bien, et, enfin, note, Blasio, et nous terminerons là-dessus cette odyssée " dictatoriale ", note cette grande idée que je rumine — ruminer est le mot juste — depuis plusieurs semaines, pour célébrer *comme* *il faut**, comme il se doit, le 15 septembre prochain, et qui ne pouvait être, qui ne pourra être que totalement mexicaine, note, Blasio, il s'agit d'un banquet au Palais impérial et tout le menu, tu m'entends ? tout le menu sera composé, depuis les *hors-d'œuvre** jusqu'au dessert et aux digestifs, de plats et de boissons qui arboreront... tu ne devines pas, Blasio ? rien de moins que les trois couleurs — vert, blanc et rouge — du drapeau mexicain, note Blasio, parce que je connais tout le menu par cœur : d'abord une coupe de fruits, sur un lit de raisins verts, des morceaux de poire blanche et, au centre, des fraises ; suivra une *mousse** d'avocat avec des morceaux de fromage blanc et du piment rouge ; ensuite une soupe aux épinards, avec au centre un peu de crème et par-dessus de la betterave émincée, la plus rouge qu'on pourra trouver ; comme plats principaux nous aurons, sur un lit de *mole* vert, un cône tronqué de riz blanc couronné de radis entiers, et sur un lit d'asperges vertes, du poisson blanc de Pátzcuaro, le plus blanc que nous pourrons trouver, surmonté de quelques grains de grenade rouge ; comme salades, note, Blasio, une salade de cactus avec de l'oignon du plus beau blanc et de la tomate du plus beau rouge, et une autre de laitue avec des navets et du chou rouge, note, ne saute aucun détail, et ensuite comme dessert, du melon fourré de crème et sur la crème quelques cerises, de la gelée de pomme verte avec de la noix de coco râpée et des morceaux de prune rouge, et comme glace, évidemment, quoi d'autre qu'une cassate, Blasio, à la pistache, à l'anone et à la groseille, pour tout le monde une tranche de pastèque qui présente les trois couleurs dans un ordre véritablement providentiel : vert, blanc et rouge, et nous boirons de la limonade, du sirop d'orgeat et de l'eau de fleurs de la Jamaïque, comme digestif de la crème de menthe verte, de l'*eau-de-vie** de poire et de la liqueur de mûre, et, tu sais une chose, Blasio ? les nappes seront vertes, les serviettes blanches et au centre de la table nous placerons un grand plateau supportant, tu ne devines pas, Blasio ? un énorme aigle impérial mexicain... tout en caviar ! »

Tout cela, je le disais à Blasio et je lui demandais de le noter, alors que nous nous dirigions vers Cuernavaca, en route pour le paradis et pour l'oubli.

Elle était fleur de toutes les fleurs, monsieur le juge. Fleur de tous les miels. Ses paroles étaient miel d'euphorbe. Sa bouche sirop de rose sombre. Je suis quelqu'un de modeste, monsieur. Je viens de loin, d'une montagne escarpée où, si vous regardez en l'air, vous verrez les toucans boire dans les calices des orchidées grimpant jusqu'aux cimes des arbres les plus hauts. Avant tout, je veux que l'on prenne acte de l'amour immense que m'inspirait Concepción et de l'immense amour que j'ai encore pour elle. Comment peut-il, comment pouvait-il en être autrement, monsieur le juge, puisqu'elle est, je vous l'ai dit, fleur de toutes les fleurs. Fleur quand elle marchait, parfum quand elle dormait, violette sauvage aux feuilles poisseuses où venaient se coller, tels des moustiques, tous ces galants qui voulaient se l'approprier, alors qu'elle était mienne. Mienne et objet de mes vœux, appeau de mes bras, prunelle de mes yeux, petit coquelicot violet. Comment ne pas aimer Concepción, moi qui l'ai connue presque petite fille, je dis presque parce qu'elle laissait déjà deviner la femme qu'elle serait plus tard. Connaissez-vous, monsieur, ces petites fleurs rose et pourpre qu'on appelle moisson d'amour, qui parsèment çà et là la campagne et se balancent, comme par distraction, accrochées aux roches vives ? Eh bien, elle a pareillement moissonné mon amour, depuis ses pieds de lys jusqu'à ses cheveux lavés au savon de gaïac. Ses pieds étaient menus. Sa chevelure, noire et brillante. Et entre sa chevelure et ses pieds, outre ses yeux et sa bouche, Concepción avait d'autres choses, que je suis pas disposé à décrire ni vous, sauf votre respect, à entendre, monsieur le juge. Je n'ai pas beaucoup d'instruction, monsieur. Non seulement j'ignore beaucoup de choses existant dans le monde, mais il y en a beaucoup plus encore dont j'ignore même jusqu'à l'existence. Pourtant on ne peut pas dire non plus que j'aie été ce qu'on appelle un ignorant. Interrogez-moi sur les fleurs. Demandez-moi quelles sont les fleurs qui font de l'ombre au cacao et je vous répondrai que ce sont celles du *cacahuananche*, qui sont petites et roses, et qui ressemblent à des papillons. Si vous cherchez un remède pour effacer les taches du visage, je vous dirai qu'il n'y a rien de meilleur qu'une pommade qu'on obtient en pétrissant les bulbes de la fleur qu'on appelle lys zéphyr. Si, enfin, quelqu'un qui voudrait semer des daturas me demande Sedano, hé, toi, Sedano, viens ici et dis-moi à quelle époque fleurissent les trompettes blanches du datura, je lui dirai toute l'année, comme ma Concepción, qui, une fois en fleur, n'a jamais arrêté de fleurir. Je veux dire par là que je connais mon métier et que j'en suis fier. Je suis jardinier, monsieur, de naissance. Je suis né dans une pauvre maison, mais pleine de fleurs, et mon grand-père, qui jadis fut jardinier dans une grande propriété de San Cristóbal Ecatepec, m'a appris le nom de toutes les fleurs et il m'a appris à parler avec elles, à ne pas toucher le mimosa, pas même du bout des doigts, pour ne pas le flétrir à ce simple contact, et à pardonner à l'aristoloche pour son odeur fétide, au cas où, un jour, nous devrions lui emprunter quelques-unes de ses feuilles pour nous guérir de la morsure d'une vipère. Ensuite, j'ai appris bien d'autres choses sur les fleurs et les plantes et je ne sais par quels méandres du destin, sans vraiment m'en rendre compte, je me suis retrouvé chef des jardiniers d'une propriété plus vaste encore qu'on appelle la Quinta Borda et où séjournait plusieurs fois par an ce monsieur qu'on appelle don Maximiliano et qui est, dit-on, c'est du moins ce qu'on m'a dit, le roi du Mexique. A cette époque nous vivions déjà ensemble, moi et Concepción Sedano, qui avait pris ce nom depuis notre mariage. C'est moi qui, de mes propres mains, lui ai tressé son diadème de fleurs d'oranger en boutons et qui ai cousu à son voile de mariée plus de cent marguerites des champs, c'est moi qui, de mes propres mains, ait enluminé l'église d'iris, d'arums et de lys, et c'est moi qui, cette nuit-là, monsieur le juge, soit dit en toute modestie, ai défloré avec autre chose que mes mains Concepción Sedano. Pendant un voyage qu'on m'a demandé de faire plus tard et que je vais vous raconter tout de suite, j'ai entendu parler d'un oiseau-mouche qui aspire le suc de la fleur rouge d'un cactus et qui ne s'empale pas sur les longues épines de la plante parce qu'il reste immobile dans les airs, par le seul mouvement de ses ailes, pendant qu'il absorbe le précieux nectar. Moi qui n'ai pas d'ailes, monsieur le juge, je suis resté accroché à jamais à Concepción, avec une épine fichée dans le cœur. Maintenant dites-moi ce qu'on peut faire d'autre, quand on a du travail, de la religion et de la nourriture à satiété, ainsi qu'un hamac pour les dimanches après-midi, que peut-on faire d'autre que d'être heureux, presque inévitablement. Si nous avons été heureux un jour ou l'autre, nous avons cessé de l'être, peu à peu d'abord, quand Monsieur Maximilien est arrivé à la Quinta Borda, et ensuite brusquement, le jour où je me suis aperçu que don Maximiliano regardait Concepción et que Concepción regardait don Maximiliano avec un regard comme je n'en avais jamais vu et qu'ils semblaient avoir inventé pour eux. Je ne veux porter aucune atteinte à l'autorité, monsieur le juge. Comme je vous l'ai dit, je suis un homme modeste, mais comme je l'ai également répété si souvent à Concepción, oh, Concepción, regarde un peu une chose et l'autre! Regarde-toi dans ton miroir pour t'étonner de ton charme, mais regarde aussi ta peau, qui est plus étonnante encore! Connaissez-vous, monsieur le juge, ces scorpions qu'on fabrique avec des brindilles de vanille à Corpus Christi? Eh bien la peau de Concepción était aussi foncée, aussi parfumée et aussi capiteuse. Autre chose était la couleur de son âme qui, comme je ne le lui ai jamais dit mais comme j'aurais dû le lui dire, aurait pu être blanche tant qu'elle était immaculée. Tant que ma Concepción était immaculée de jour comme de nuit. Je veux dire par là, quand je parle de jour, qu'elle était comme ces toutes petites fleurs qu'on appelle belles-du-soir et qui poussent plutôt en plein champ, n'importe qui peut les voir en automne dévalant les pentes des montagnes, comme si tout à coup du sang jaillissait de la neige, et aussi, je l'affirme, comme cette rose qu'on appelle reine-isabelle et qui est réservée pour les salons, comme le prouve le fait que plus d'une fois on m'a demandé de couper un bouquet de ces roses pour les mettre dans les appartements de don Maximiliano quand la reine Charlotte allait arriver à la Borda. Et pourquoi dire, ce qu'on ne sait que trop, que puisque la noblesse n'enlève pas à la rose ses épines, ce n'est pas parce qu'elles sont sauvages que les fleurs de la belle-du-soir en perdent pour autant leur grâce. Pour en revenir à la nuit, Concepción, si vous l'aviez vue, se levait tous les matins pour me préparer mon chocolat relevé de feuilles de fleur-du-cœur, comme je le lui avais appris, et quand je partais travailler dans le parc elle restait à s'affairer toute la journée dans la maison, à épousseter le plancher avec un balai fait de branches de plantes odorantes, à laver et à repasser mes chemises et mes pantalons de coton blanc, parce que l'intendant aimait qu'ils fussent toujours éclatants de blancheur, bien que, comme vous le savez, il arrive que parfois on se tache avec de la terre mouillée, avec le vert de l'herbe ou avec la sève du cactus écarlate. Quand je rentrais, elle me tenait tout prêts mes gâteaux de fleurs de courgettes, mes haricots rouges et mes galettes, si vous l'aviez vue ! Si vous l'aviez vue alors ! Quiconque l'a vue alors l'a adorée, comme moi, plus que personne au monde. Mais si j'avais su, la nuit, Concepción, ah, ma Concepción, quel était le scorpion qui t'avait piquée, j'aurais trouvé la fleur du tournesol qui t'aurait guérie ! Si vous voyiez les arbres, monsieur, quand éclatent les fleurs du berbéris, on dirait qu'ils sont couverts de boules de coton. Mon grand-père m'avait bien dit qu'il faut dix ou vingt ans de croissance aux magnolias pour qu'ils commencent à donner des fleurs et que pour les femmes c'est pareil. De même que les géraniums respirent mieux quand l'air est un peu froid, de même les hortensias deviennent roses ou bleus selon la teneur de la terre. Enfin le lys est né, monsieur le juge, des larmes versées par notre mère Ève en sortant du Paradis. Je sais toutes ces choses. Je m'y connais en produits pour tuer les verts et les mauvaises herbes, en engrais et en fumiers pour donner plus de fertilité à la terre. Mais il y a d'autres domaines où je ne sais rien et où je n'ai jamais rien su. Je n'ai jamais compris pourquoi Concepción est devenue d'un seul coup comme ces chattes qui se carapatent dès que Dieu fait tomber la nuit et qui ne reviennent qu'au petit matin, gluantes et tremblantes, pour ne réussir qu'à renverser sur le sol l'assiette de lait qui les attendait. Par contre, je me souviens très bien quand tout a plus ou moins commencé, un après-midi où je me trouvais dans le parc avec Concepción à planter des bulbes qu'elle gardait dans le creux de son jupon un peu relevé pour les empêcher de rouler par terre, et don Maximilien est passé par là en compagnie d'un homme lui aussi étranger, qui déambulait toujours avec un parapluie jaune, coupant des plantes sans demander la permission à personne et attrapant des scarabées et des lézards par la queue pour les introduire dans des flacons qui pendaient à des fils accrochés à son cou et à ses épaules. Ce monsieur indiquait à don Maximilien les noms des fleurs. Mais il ne lui disait pas cette fleur s'appelle ciste jaune et celle-là œillet jaspé, encore moins celle-là *cacomite* et celle-ci *acocotli*, car j'imagine que si ce monsieur ne savait pas l'espagnol, il bredouillait encore moins l'indien. Non, il donnait à don Maximilien les noms des fleurs en latin, en scientifique, monsieur le juge, comme ce qu'on chante à l'église. Ensuite ils sont arrivés devant une fleur dont le monsieur ne s'est pas rappelé le nom et don Maximilien me l'a demandé. J'avais ôté mon chapeau et je lui ai dit, ce sont les coupes d'or, Sire, on utilise l'eau de leurs calices, qu'il faut recueillir avant l'ouverture des fleurs, en gouttes pour les yeux gonflés, mais à cause de leur forme en capuchon on les appelle aussi bonnets de Napoléon, Sire, et, à cause de leur autre forme, certains les appellent des tétonnes. Don Maximilien a éclaté de rire, mais pas l'autre monsieur, qui a commencé à me prendre un peu en grippe car pour chaque fleur il ne connaissait que le nom latin et c'était tout, alors que moi, en revanche, je connais très bien les trois, les quatre, parfois les dix noms qu'ont toutes les fleurs suivant qu'on les sème à Cuernavaca, qu'elles poussent à Tomatlán, ou qu'elles perdent leurs feuilles, une fois sèches, dans l'eau du Tamesí. Et quand personne ne sait le nom d'une fleur et qu'il n'y a aucun moyen de le vérifier, je prends un peu d'eau dans mes mains et je la baptise, je laisse l'eau courir entre mes doigts et je lui dis : fleur, toi qui es blanche et petite, toi qui pousses éparpillée au milieu d'autres fleurs bleues et qui t'ouvres quand le jour se lève, je te baptise, fleur, du nom de petite écume de l'aube. Don Maximilien, qui faisait semblant de ne pas avoir vu Concepción, continua à me demander le nom de beaucoup d'autres fleurs, que je lui ai donnés jusqu'au moment où, brusquement, il s'est retourné pour la regarder et Concepción, qui jusque-là avait gardé les yeux baissés, comme si elle non plus n'avait pas vu don Maximilien, les a levés pour le regarder. Alors don Maximilien lui a demandé : et toi, comment t'appelles-tu et, avant qu'elle ait répondu, je me suis relevé et je lui ai dit : Concepción. Concepción Sedano, Sire, c'est ma femme, et j'ai même été tenté de remettre mon chapeau, comme pour lui dire que de cette fleur qu'était Concepción, fleur de toutes les fleurs, j'étais le seigneur et maître. Je lui ai fait signe de se relever et Concepción, pour ne pas renverser les bulbes sur le sol, se redressa en tenant sa jupe soulevée, et en montrant à moitié ses jambes un peu au-dessus du genou, sans cesser de regarder don Maximilien, et je me suis dit, à vrai dire je me le suis dit bien des jours après, quand je me suis rendu compte qu'il importait peu qu'ils ne se fussent jamais connus auparavant, car à partir de ce moment ce fut comme s'ils s'étaient toujours connus. Pour ce qui est de les voir, je ne les ai jamais vus. Je n'ai jamais suivi Concepción quand elle se levait la nuit et sortait de la chambre sans faire de bruit. Enfin, c'est ce qu'elle croyait, monsieur, parce que j'ai l'oreille habituée aux silences. Pour ce qui est de voir Concepción et don Maximilien, que Dieu me pardonne, je ne les ai jamais vus, comme je l'ai dit. C'est-à-dire, jamais avec les yeux ouverts, monsieur le juge, parce que je les voyais en fermant les yeux et aujourd'hui encore, si vous me permettez de les fermer un instant, je peux encore les voir. Don Maximilien avait dans sa chambre un grand lit, de ceux qui ont des moustiquaires en tulle et des barreaux dorés. Il avait également, dans le couloir, sous une jarre garnie de fougères qui pendait du plafond et près d'une cage avec des oiseaux, un hamac très large, en soie blanche. Je les y ai vus bien souvent, rien qu'en fermant les yeux, rien qu'en essayant d'imaginer ce que tout le monde disait, mais que tout le monde taisait. Il y a un mur de clôture à la Quinta Borda, monsieur, près des appartements de don Maximilien, qui a une porte dissimulée par une plante grimpante garnie de clochettes. Je n'ai jamais vu de mes yeux Concepción entrer et sortir par cette porte, mais par contre je peux dire que Concepción, quand elle revenait au petit matin, avait des pétales lilas et blancs encore pris dans ses cheveux. Je connais tous les jardins Borda comme la paume de ma main, leurs sentiers, leurs cachettes, leurs fontaines et leurs statues. Je connais également la pièce d'eau que j'appelais l'étang des bougainvillées, parce qu'on le trouvait parfois au matin recouvert de leurs fleurs. Bien que j'aie quelquefois enlevé des feuilles mouillées de bougainvillées collées dans le dos de Concepción, je ne les ai jamais vus entrer tous les deux tout nus dans l'étang, Dieu m'en garde, et s'y étreindre parmi les feuilles, les iris d'eau et les petits poissons rouges et dorés. Et quand je dis tous les deux, je ne veux pas dire Concepción et don Maximilien, monsieur le juge, mais Concepción et l'autre, l'autre homme, monsieur le juge, quel qu'il fût, le *don* que vous voudrez. Mais au cas où il a pu s'agir de don Maximilien, même dans ce cas je vous assure que je ne dirai pas comme ce saint homme de Job: Dieu me l'a donnée, Dieu me l'a enlevée, béni soit le nom du Seigneur. Car, en vérité, si Dieu m'a donné la Concepción, c'est un homme, et non pas Dieu, qui me l'a enlevée. Et je réfléchis: si un roi possède un jardin et une maison aussi grands que ceux-là, en plus d'autres palais, d'autres châteaux, d'autres jardins plus grands encore, pourquoi ne laisse-t-il pas à celui qui n'a rien la seule chose qui est à lui? Car si j'ai parlé de ma maison, monsieur le juge, de notre maison, à moi et à Concepción, ce n'est qu'une façon de parler, comme quand je dis mon jardin, en parlant de celui qui entourait notre maison, car tous deux n'étaient que prêtés, seulement tant que je travaillerais à la Quinta Borda, comme on en a la preuve maintenant que je n'ai plus rien. Pourtant je peux vous dire, si vous me permettez cette remarque, que je me réjouissais à la pensée, bien qu'ils ne fussent pas à moi, que si la maison de don Maximilien était bien petite pour un jardin aussi grand, ma maison, en revanche, était bien grande pour un jardin aussi petit. Le lendemain du jour où je les avais imaginés dans l'étang des bougainvillées, j'ai emporté un tas de branches d'anis en fleurs, qu'on appelle aussi fleur de l'intérieur des terres et qu'on utilise pour parfumer le bain des enfants, et je les ai répandues dans l'eau. Ce matin-là, quand Concepción est rentrée, une forte odeur d'anis, monsieur le juge, la plus forte odeur d'anis que j'aie jamais respirée m'a submergé l'âme. Malgré toute ma colère et toute ma douleur, je n'ai jamais rien fait à Concepción, je ne l'ai jamais touchée autrement que de la façon dont l'homme touche la femme. J'ai simplement pleuré un petit peu, je me suis levé, je suis allé à l'étang et j'ai jeté aux poissons de la poudre de graines d'érythrine, mais sans intention de les faire mourir, rien que pour les étourdir un peu, pour qu'ils dorment un moment, le temps d'oublier ce qu'ils avaient vu. Jusqu'au jour où l'administrateur m'a appelé et m'a dit Sedano, prépare tes affaires, tu vas aller travailler ailleurs, Son Altesse don Maximiliano veut que tu apprennes à connaître de nouvelles plantes. Je ne sais pas pourquoi, mais quand l'administrateur m'a dit ça, j'étais sûr de deux choses. La première, que Concepción ne viendrait pas avec moi et qu'elle resterait à la Borda, même pas parce qu'on le lui aurait ordonné, mais de sa propre volonté. La deuxième, qu'il se pouvait que Son Altesse don Maximilien n'ait même pas demandé que je m'en aille et que c'était une initiative de ce lèche-cul d'administrateur, et qu'ensuite il se pouvait qu'on lui dise que j'avais fichu le camp, en abandonnant ma femme. J'ai dit à l'administrateur que je voulais voir don Maximiliano et il m'a répondu qu'il n'était pas à la Quinta Borda, qu'il était à Mexico, en train de faire le roi. Je lui ai dit que je pouvais aller le voir à Mexico et il m'a répondu que non, que don Maximilien était toujours très occupé. Je lui ai alors demandé... mais ça ne s'est pas passé comme ça, monsieur le juge, je ne lui ai plus rien demandé, car je n'aime pas demander des choses aux gens, uniquement à Dieu. Et c'est à Dieu que j'ai demandé, comme je lui demande maintenant, de veiller sur ma Concepción et, pendant que j'étais en voyage, de la guérir du scorpion qui l'avait piquée, afin qu'en rentrant à la Borda je la retrouve comme elle était avant. On m'a emmené très loin, monsieur le juge, dans une diligence, puis dans une autre et encore dans une autre, et ensuite à dos d'âne à travers la montagne, jusqu'à une propriété où un monsieur avait des serres, là on m'a mis au travail et j'y ai appris beaucoup d'autres choses, monsieur, que je peux mettre à profit maintenant que je suis revenu sur ma terre, on m'a bien payé et j'ai même réussi à épargner quelques sous. Mais je me suis fatigué d'être aussi loin, persuadé que Concepción ne me rejoindrait jamais; c'est pourquoi une nuit, sans prévenir mon patron et non pas par ingratitude mais par peur qu'on ne me laisse pas partir, j'ai quitté le domaine sans que personne ne me voie, et j'ai pris la direction de la vallée de Cuernavaca. Pour que personne ne m'aperçût sur les routes, je suis revenu en faisant des détours que je connais même si c'est la première fois que je les emprunte, à savoir les sentiers pavés non pas de pierres mais de myosotis, les chemins couverts d'immortelles qui sont comme des ponts jaunes entre les pluies et l'hiver, les allées qui pénètrent sous les tunnels bleus qu'improvise le manteau de la Vierge, tendu comme pour sécher d'un arbre à l'autre, ces chemins, monsieur, où, pour qui sait l'apprécier et pour qui connaît le langage des fleurs, chaque rose est une rose des vents. J'ai marché ainsi pendant des jours et des nuits, le jour les étendards roses des œillets nains me montraient ma route, la nuit les fleurs nocturnes du cactus cierge éclairaient mon chemin. J'ai ainsi franchi des montagnes et des prairies, des ravins, portant constamment Concepción gravée dans ma tête, j'ai rencontré des énergumènes dont j'ai dû me cacher, mais je suis aussi tombé sur des braves gens qui m'invitaient à boire un *mezcal*, monsieur le juge, et à manger une assiette de haricots que nous dégustions en silence, tout en regardant les bois en feu. De toute façon la nourriture ne m'a jamais manqué, car je sais très bien quand les corolles de la fleur d'église sont mûres et personne n'a à me dire quand les grappes rouges de la mère cacao sont à point pour être dégustées. Je n'ai jamais souffert non plus de pénurie d'eau, car je suis aussi bien familiarisé avec les orchidées aux bulbes gorgés d'eau que je me rappelle la façon de sucer les étamines de la fleur de l'érianthe pour en aspirer le nectar qu'elles conservent pour les voyageurs. En chemin j'ai baptisé plusieurs fleurs nouvelles que j'ai découvertes. J'ai appelé nuage de l'arc-en-ciel une petite fleur qui prend des couleurs variées et qui pousse en nuées sur les flancs des collines. J'ai appelé sang de saint Sébastien une autre fleur blanche qui ne pousse qu'autour des arbres et qui est éclaboussée de taches rouges comme des gouttes. J'ai appelé langue de Satan une orchidée aux feuilles longues, criblées de trous, toutes noires avec des veines pourpres. Elle ressemble à ces langues, monsieur, les mauvaises langues, celles qui m'ont fait tant de mal, d'abord quand je vivais encore à la Quinta Borda, ensuite quand je suis revenu à Cuernavaca et qu'on m'a raconté le reste, ce que je vais vous expliquer, mais avant laissez-moi vous dire une chose. Je suis un homme, monsieur le juge, j'aime les femmes et je sais grimper sur elles, soit dit sans offenser le tribunal. J'aime, chez les femmes, ces deux roses qu'elles ont à la hauteur de la poitrine, et j'aime ce qu'elles ont plus bas, cette fleur secrète où est accroché un papillon noir aux ailes perpétuellement ouvertes. Je veux dire par là que je n'ai jamais sevré Concepción des preuves de mon amour d'homme. Connaissez-vous, Votre Seigneurie, cette plante grimpante aux fleurs orange qu'on appelle bignonia et qui monte le long des murs de Taxco et de Cuernavaca ? Eh bien, comme elle, monsieur le juge, dévoré de passion, je me pendais à son corps et je grimpais, accroché par les dents à sa bouche, accroché par les mains à ses seins, pour déposer en elle mon miel d'homme et lui parfumer le ventre avec un fils. Mais si Concepción a eu un fils, comme on me l'a dit, il n'est pas de moi. Même si un jour on est venu chercher Concepción et qu'on l'a emmenée à la Borda alors qu'elle avait, d'après ce qu'on m'a dit, le ventre gonflé comme une outre et qu'elle était sur le point d'accoucher, je ne pourrais pas dire exactement, Dieu m'en garde, que cet enfant était de Son Altesse don Maximilien, mais ce que je peux jurer, par contre, devant la Vierge, simplement en faisant le compte de tous les mois où j'ai été absent, c'est qu'il n'était pas de moi. Ah, Concepción, me suis-je dit et répété mille fois, comme si elle avait pu m'entendre, ah, Concepción immaculée. Je n'ai pas voulu croire que Concepción n'était plus à la Quinta Borda et je suis allé tout droit la chercher, j'ai frappé à la porte et quand quelqu'un que je n'avais jamais vu m'a demandé qui j'étais, j'ai dit je suis Sedano, je suis Monsieur Sedano. Car vous devez savoir, monsieur le juge, que si je ne suis pas un monsieur tout le temps, comme Votre Seigneurie ou comme Monsieur Maximilien, je le suis au moins par moments, comme quand j'étais chef jardinier dans de grandes maisons et que j'avais pour m'aider Pompilio, Guadalupe ou Pantaleón, et eux m'appelaient Monsieur Sedano. Mais aucun ne travaillait plus là, d'après ce qu'on m'a dit, ou alors on n'a pas voulu les appeler pour qu'ils me reconnaissent, et c'est à ce moment que j'ai commencé à crier Concepción, Concepción, à m'en briser la voix, si bien que la police est arrivée, monsieur le juge, et elle m'a emmené ici.

Je suis un homme de bien, monsieur le juge. Comme je vous l'ai dit au début, quand je vous ai parlé des toucans qui se désaltèrent dans les fleurs, je viens d'une terre très loin d'ici, mais où il y a aussi des oiseaux gros comme le petit doigt, verts comme l'émeraude, et si vous les mettez sur un plateau d'une balance et sur l'autre deux grammes de n'importe quoi, l'oiseau pèsera moins que les deux grammes, même si ce sont des cheveux d'ange. Je vous promets, Votre Seigneurie, de rentrer dans mon pays et de ne jamais réapparaître dans la vallée de Cuernavaca. Je vous promets d'emmener Concepción avec moi et, si elle le souhaite, je suis même prêt à prendre son enfant en charge. Je ne peux pas vous promettre, à vous ni à personne, que je vais le considérer comme mon fils, mais il est sûr que je vais m'en occuper, lui apprendre ce que je sais, et le pain ne lui manquera jamais. Quoique avec le temps, peut-on savoir : Concepción non plus n'était pas de mon sang et vous voyez à quel point j'en suis arrivé à l'aimer. Mais pour faire tout cela, pour vous le promettre et, ce qui est le plus important, pour l'accomplir, j'ai besoin qu'on me rende ma Concepción. Et si on me la rend, ah, monsieur le juge, si on la persuade de revenir avec moi une fois pour toutes, je vous promets sur tout ce que j'ai de plus sacré, sur sa tête, que je vais tout oublier et retrouver le bonheur qui était le mien quand elle était ma Concepción immaculée de jour comme de nuit : tournesol le matin, grande, svelte et le visage tourné vers le ciel ; flamboyant le soir quand le soleil couchant lui peignait la peau en orange ; belle-de-nuit, par les nuits semées d'étoiles et de lune en fleur. Quand je lui disais : ah Concepción, Concepción, avec les fleurs de mai les plus hautes je vais te tresser deux guirlandes : l'une pour la Vierge et l'autre pour ton lit. Ah, Concepción, Concepción, avec des bleuets, des pervenches et des pensées à trois couleurs je vais te faire un tapis pour tapisser ta maison. Ah, Concepción, Concepción, quand la pluie violette des jacarandas commencera à tomber, je t'invite, nue, à te rappeler que tu m'aimes, et je te promets une robe de petits pétales perlés de ta sueur et de la mienne.

2. Le Lamantin de Floride

« Mais cette femme est folle à lier... ! *Le Lamantin de Floride ! Le Rêne de Laponie...*

— Non, maman, non : il faut annoncer les noms du loto plus lentement... C'est précisément pour ça qu'on lui avait mis une camisole quand on l'a sortie du couvent.

— Quelle horreur ! Quelle honte ! *Le Lamantin de Floride !* En camisole de force... ! et elle buvait l'eau sale des fontaines !

— C'est toi qui l'as, Louis. »

Louis-Napoléon prit un disque argenté et il le posa sur le lamantin aux nageoires comme des mains d'enfant.

« *Le Rêne de Laponie !* Mais comment avez-vous pu la supporter ? »

Eugénie plaça un petit brillant sur le rêne de Laponie et elle soupira :

« Et que pouvions-nous faire, maman ? Elle ne voulait rien savoir. Dès qu'elle est arrivée à Saint-Nazaire, nous lui avons dit que Louis était malade, qu'il venait de rentrer de Vichy...

— La cure thermale vous a fait du bien, Sire ? *Le Gorille de Guinée !* Ouh, que cet animal est laid ! »

Louis-Napoléon prit une opale irisée et il répondit :

« Rien, Madame la Comtesse : elle ne m'a rien fait... »

Et il plaça l'opale sur le gorille de Guinée.

« Ah tu ne peux pas savoir, Maman, comme Louis était mal. Le docteur Guillon lui a dit qu'il avait la prostate enflammée et la veille de l'arrivée de Charlotte on a dû lui appliquer des sangsues, tu imagines un peu, Maman.

— Hou, quelle horreur ! *Le Cobra du Punjab !*... Et tout cela, vous l'avez dit à Charlotte ?

— Bien sûr que non, Maman. Mais nous l'avons pressée de ne pas venir.

— Et elle ne nous a pas écoutés. On lui a suggéré de se rendre d'abord en Belgique et vous voyez, ma Mère, elle a pris le premier train pour Paris...

— Hou, quelle grossièreté ! *Le Lama du Pérou !*

— Ah j'ai vraiment eu de la patience, Maman, une de ces patiences !

— C'est que tu es un ange, ma fille. *Le Lama du Pérou !* Ah, si ta sœur Paca vivait encore ! »

Louis-Napoléon adorait les jeux de société. Il jouait parfois avec le petit Prince impérial au jeu de l'oie que Philippe II avait mis à la mode en Espagne. Il jouait aussi, avec Eugénie, aux dames chinoises ou au parchis.

« Vous vous rendez compte, Mère, ce que ça a été que d'avoir cette femme ici...

— Elle n'est pas venue ici, Louis, elle s'est rendue à Saint-Cloud...

— En l'occurrence, c'est la même chose, ma bonne. Je disais : avoir ici cette démente hurlant devant nos ministres... ?

— Hou, quelle horreur ! *Le Buffle de Malaisie !*

— Allant jusqu'à dire qu'elle venait parler d'une affaire qui nous concernait autant qu'elle ?

— Mais, c'est incroyable ! *Le Crocodile du Nil !* »

Eugénie posa une perle de jais sur le crocodile et elle dit :

« Elle nous a reproché de ne pas l'avoir logée aux Tuileries. Elle s'est plainte que personne n'avait prévenu le maire de Saint-Nazaire de son arrivée. Et que le maire ait sorti un drapeau du Pérou...

— C'est affreux. *Le Bison du Canada !* et pourquoi du Pérou ?

— Parce que tout s'est mal passé, Maman : quand elle est arrivée à Paris, elle est descendue à une gare et nos délégués l'attendaient à une autre !

— Quelle fatalité... Pauvre femme ! »

Parfois, ils jouaient également tous les trois : lui, Eugénie et Loulou, au *jeu des bons enfants**, au jeu des jardins-labyrinthes ou au jeu de l'excursion dans la Chine excentrique et chaque fois que c'était possible, ils trichaient pour faire gagner Loulou : il en rayonnait de joie. A propos du parchis, Louis-Napoléon avait raconté à sa femme et à son fils que l'empereur Akbar, le plus grand de tous les monarques de l'Hindoustan, raffolait tellement de ce jeu qu'il avait fait daller une cour en imitant le dessin de l'échiquier, et lui-même, ses vizirs et ses courtisans jouaient, du haut des balcons, en utilisant, au lieu de pièces, seize odalisques du harem, quatre habillées de jaune, quatre de vert, quatre de rouge et quatre de bleu. Loulou ne pouvait pas le croire.

«Pauvre femme, non, Maman: elle nous a traités d'assassins, tu te rends compte? Elle a dit qu'on voulait l'empoisonner!

— Ah, oui, avec un verre d'orangeade, c'est bien ça? *Le Chameau!*

— Oui, avec un verre d'orangeade...

— *Le Chameau du Turkestan!* Quand on me l'a raconté en Espagne, je n'arrivais pas à le croire... C'est vous qui l'avez, Sire...

— Ah, ce Louis, toujours aussi distrait: c'est toi qui as le chameau du Turkestan... dis-moi, Louis, tu as mal quelque part?

— Non, non... j'étais en train de réfléchir...

— Mais c'est tout naturel, Sire, qui ne serait pas distrait avec tous ces problèmes?»

Louis-Napoléon choisit une agate vert nacré pour le chameau du Turkestan.

«Je suis bien placé pour le savoir, Mère. Vous savez que les Prussiens ont mobilisé près d'un million de soldats...

— Hou, comme c'est dangereux! *Le Tigre du Bengale!*

— Et comme je l'ai dit à Charlotte: je ne veux pas d'une guerre avec les États-Unis. Je ne supporte plus le chargé d'affaires américain.»

Une fois, une seule, il avait joué au jeu, inventé par Mr. John Wallis, de «l'Histoire et de la Chronologie universelles». Loulou s'était amusé comme un petit fou, mais le jeu n'avait pas plu à Louis-Napoléon parce qu'il s'agissait de l'Histoire envisagée du point de vue anglais: en commençant par Adam et Ève, certes, mais en terminant par la reine Victoria et le prince Albert placés au centre de l'échiquier et couronnés d'anges et de lauriers.

«Je suis sûre, ma fille, qu'elle faisait semblant. *Le Toucan de Pernambouc!*

— Elle faisait semblant, Maman?

— Elle faisait semblant.

— Et elle faisait aussi semblant d'être folle quand elle a mis les doigts dans le chocolat de Sa Sainteté?

— Ah, comme c'est drôle... *Le Singe...!*

— Et quand elle a plongé le bras dans le pot-au-feu bouillant, au couvent?

— Hou, c'est épouvantable... *Le Singe Araignée du Guatemala!*

— Et quand elle est restée dormir dans la bibliothèque du Vatican?

— Hou, quel sacrilège!

— Charlotte ne fait pas semblant, Maman: c'est une démente!

— Hou, oui, oui, elle est folle à lier.»

Non, il allait demander qu'on fabrique un jeu qui commencerait, bien sûr, par Adam et Ève, qui appartenaient à la mémoire universelle, mais qui terminerait par lui, Louis-Napoléon, par Eugénie et le petit Prince impérial nimbés de gloire. Et il devrait comprendre toutes les dates importantes de l'histoire de France et, en particulier, celles de sa dynastie : le 18 Brumaire, Austerlitz...

« Le Carcajou du Darién ! »

Wagram, Marengo.

« Le Grand Tamanoir... ! »

Magenta et Solférino.

« ... des Rocheuses ! »

Sébastopol, la prise de Puebla et d'Oaxaca, la Kabylie : c'était vraiment une idée géniale, que Napoléon aurait approuvée, lui qui, entre autres, avait fait faire, pour l'éducation du Roi de Rome, une vaisselle décorée du code napoléonien.

« Et pourquoi ne l'avez-vous pas logée aux Tuileries ?

— Mais, Maman, parce que nous étions à Saint-Cloud... En plus, elle est arrivée avec deux de ses dames de compagnie mexicaines, Mme del Barrio et une autre dont je ne me rappelle pas le nom. C'est peu de dire qu'elles étaient très spéciales : toutes les deux petites et très sombres de teint. Prosper Mérimée a dit d'elles... qu'est-ce qu'il a dit, Louis ?

— Qu'elles ressemblaient à des macaques...

— Ah, oui : des macaques en crinoline... Mais je vais te dire, Maman : tous les honneurs impériaux ont été rendus à Charlotte... Quand elle est arrivée à Saint-Cloud, Loulou l'attendait avec l'Aigle mexicain autour du cou...

— Ah, ça, j'aurais tellement aimé le voir ! *L'Hippopotame du Niger !* Hou, que cet animal est gros !

— Mais elle n'a pas eu la moindre pitié : c'est à peine si Louis pouvait marcher ce jour-là, à cause de sa cystite...

— A cause de quoi... ?

— Des difficultés pour uriner, Comtesse, et beaucoup de brûlures... je crois que j'ai des pierres dans les reins...

— Ah, pauvre empereur ! Et qu'est-ce que vous m'avez dit que vous aviez encore ?

— La prostate enflammée, Maman...

— Et comme si cela n'était pas suffisant, la goutte ne me laisse pas en paix, ma Mère.

— Aïe, on dit que la goutte c'est ce qu'il y a de plus douloureux !

— Et elle m'a aussi appelé le Méphistophélès de l'Europe !

— Qui ça, Charlotte ?

— Qui d'autre ça pourrait être, Maman : elle a dit de Louis qu'il était l'esprit du mal en Europe !

— Ah, je n'arrive pas à le croire !

— Et elle a dit que la cour était le lieu de toute les turpitudes !

— Ah, ne m'en parlez pas, Sire !

— Je vous en parle, ma Mère.

— Et elle a cité l'Apocalypse.

— Les quatre cavaliers, Maman, et la Bête incarnée.

— Hou, quelle horreur !

— Et brusquement, Mère, elle s'est mise à parler de l'Algérie.
— Qu'est-ce que l'Algérie a à voir avec le Mexique ?
— C'est exactement ce que j'ai dit, mais non, elle a voulu nous jeter au visage que c'est son grand-père Louis-Philippe qui a été le conquérant de l'Algérie, pour la gloire de la France...
— Alors que Louis a dû supporter tout le poids de la pacification de la Kabylie !
— Et elle a parlé de son oncle Aumale comme du grand héros de cette guerre !
— Comme je lui ai dit, ma Mère, qu'est-ce que vous faites de Lamoricière, de Cavaignac, de Mac-Mahon et, surtout, de Bugeaud et de Saint-Arnaud...
— Et même de Bazaine, Louis...
— Bien sûr. C'est à Bazaine, et non pas à Aumale, qu'Abd-el-Kader s'est rendu. Ensuite on a rejoué la reddition, pour que toute la gloire en retombât sur Aumale...
— Tu es fatiguée d'annoncer les noms au loto, Maman ?
— Non non non, pas du tout : *La Girafe du Cap, l'Ocelot de... !*
— Plus lentement, Maman...
— Oui, oui, c'est vrai, je suis très nerveuse... *La Girafe du Cap !...* »

La girafe du Cap, le rhinocéros d'Ouganda, le crabe géant du Japon : Loulou raffolait de ce loto éducatif qui avait été l'idée d'Eugénie et que, finalement, ils avaient décidé de faire fabriquer avant le jeu sur l'histoire de France. Au bout de quelques jours, le petit prince pouvait déjà identifier tous les animaux et il rendait fou ses professeurs car il voulait tout savoir sur eux: où se situait sur le globe terrestre la région d'où provenait chacun d'eux, ce qu'ils mangeaient, s'ils mordaient ou s'ils piquaient, s'ils pondaient des œufs, comment étaient leurs plumes et leurs griffes, leur peau et leur bec, quelle était la grandeur de leurs cornes ou de leurs crocs.

«*L'Ocelot du Paraguay !*
— Comment pouvais-je avoir l'esprit à parler du Mexique ? Vous n'êtes pas de mon avis, Mère ?
— Et surtout qu'à ce moment-là, Maman, on disait que la Prusse avait conclu plusieurs pactes secrets contre la France avec le Württemberg, Bade et la Bavière...
— La Prusse veut la guerre, Comtesse... Elle la cherche.
— Et elle va la trouver, Maman.
— Mon Dieu, non, je vous en prie.
— J'ai bien peur que ce ne soit une obsession pour Bismarck...
— Ah, cet homme-là est vraiment le diable !
— Oui, Comtesse, le diable avec des canons Krupp.
— Ah, le pauvre homme !
— Pauvre homme, Bismarck ?
— Non, non : Maximilien. Le pauvre homme, avec une telle femme !

— Enfin, oui, le pauvre, mais en vérié il est devenu si grossier et si exigeant...

— *Le Quetzal du Yucatán.*

— C'est toi qui l'as, Eugénie...

— Ah, comme j'aimerais avoir un éventail en plumes de quetzal ! » dit Eugénie et elle posa une tourmaline sur la queue du quetzal du Yucatán.

« Je regrette beaucoup, aujourd'hui, d'avoir accepté la participation d'officiers prussiens à la campagne du Mexique en tant qu'observateurs... dit l'Empereur.

— Oh, oui, renchérit Eugénie, ça a été une erreur !

— Et dites-moi, Charlotte a dit toutes ces choses devant M. Fould et le maréchal Randon ?

— Ces choses et pis encore : elle a sorti devant eux la lettre que Louis a envoyée à Maximilien à Miramar...

— Non, non, Eugénie : elle l'a fait quand nous étions tout seuls avec elle...

— Comme tu dis, Louis, ça revient pratiquement au même. Je te parle, Maman, de la lettre où Louis demandait à Maximilien ce qu'il penserait si l'empereur des Français manquait à sa parole...

— Mais Votre Majesté n'a jamais manqué à sa parole...

— Bien sûr que non, Mère, il s'agit d'un concours de circonstances...

— *L'Orni... L'Ornithorynque*, hou, que ce nom est difficile ! *L'Ornithorynque de Tasmanie.*

— Et elle a voulu nous lire bien d'autres lettres encore : figure-toi qu'elle en avait avec elle une valise pleine, des lettres de Louis et de moi, de Gutiérrez Estrada, de Hidalgo, de François-Joseph, de tout le monde ! Mais le plus terrible, c'est qu'elle nous a accusés d'avoir trahi notre parole d'honneur !

— Quelle horreur !

— Mais si, Louis », dit Eugénie et cette fois elle choisit un éclat de roche métallique rouge en forme de croissant, pour l'ornithorynque de Tasmanie.

« Si, quoi ?

— Si, elle l'a dit devant Randon...

— Mais non, ma bonne, non, ça s'est passé la dernière fois qu'elle est venue à Saint-Cloud.

— Mais alors, Sire, vous l'avez vue plusieurs fois ?

— Hélas, oui, Maman, sans qu'on l'ait l'invitée, sans qu'elle nous ait prévenus, elle a fait irruption dans nos appartements sans s'annoncer, elle nous a hurlé aux oreilles, elle était toute rouge et elle pleurait, une scène horrible, Maman, horrible, je ne pourrai jamais l'oublier... !

— C'est affreux ! Affreux ! »

Comme Eugénie adorait collectionner les petites boîtes et garnir les petites boîtes de pierres précieuses, semi-précieuses et d'autres babioles, le loto instructif des animaux obtint un grand succès. Il y avait là une petite tabatière de nacre qui avait appartenu à Joséphine. Eugénie y rangeait de petits morceaux de corail: la première épouse de Napoléon le Grand adorait le corail. Dans une autre boîte, allemande celle-là, qui avait sur son couvercle un camée représentant Léda et le Cygne, Eugénie rangeait des perles d'ivoire et des tourmalines. Ce jeu avait tant de succès que souvent ils y jouaient sans le petit prince comme cet après-midi-là où Loulou était allé prendre sa leçon d'équitation et où la mère d'Eugénie, la comtesse de Montijo, était en visite à Paris et annonçait le tirage du loto.

«*Le Tapir de Sumatra!* Comment a-t-elle pu oser vous voir sans s'être annoncée?»

Dans une petite boîte en or recouverte d'émail avec le portrait de Mme de Maintenon, Eugénie prit un spinelle et le posa sur le tapir de Sumatra.

«Quand on pense qu'elle a fait la même chose avec le Pape en personne, Maman!

— Comment, avec lui aussi?

— Oui, le jour où elle a trempé la main dans le chocolat, elle a fait irruption au Vatican, Maman, elle a hurlé après les gardes suisses, elle a provoqué un véritable scandale et évidemment, le Pape n'a pas pu faire autrement que de la recevoir.

— Ah, pauvre Saint-Père! *L'Orang-Outan de Bornéo!*» annonça Maman la Comtesse. Louis-Napoléon sourit.

«Qu'est-ce qui te fait rire, Louis?

— Rien, rien: tout à coup j'ai imaginé un orang-outan habillé en Pape...

— Ah, je vois que l'Empereur est toujours aussi facétieux... Mais vous ne lui avez pas expliqué que vous ne pouviez plus l'aider?

— Hélas, Maman, me suis-je épuisée à le lui dire! D'abord je suis allée la voir au Grand Hôtel... à propos, tu savais que pendant son séjour à Rome elle élevait des poules dans la suite impériale de l'Albergo di Roma?

— Comment? Des poules vivantes?

— Oui, vivantes, parce qu'elle ne mangeait que les œufs qu'elle voyait pondre elle-même, en plus des marrons grillés qu'elle achetait dans la rue...

— Mais je n'arrive pas à le croire! *Le Lion de l'Arabie Pétrée!...*

— Ah, comme j'aime ces noms! dit à nouveau Louis-Napoléon. L'Arabie Pétrée, l'Arabie Heureuse...» Il ouvrit un œuf de Fabergé en filigrane d'or et il y prit une améthyste pour le lion de l'Arabie Pétrée.

N'importe quelle pierre pouvait surgir des petites boîtes que collectionnait Eugénie: des brillants couleur rose cannelle comme les célèbres diamants des joyaux de la famille royale de Russie, des rubis de Birmanie, des chrysobéryls et des topazes aux reflets changeants, et d'une *vinagrette*, qui était une petite boîte où les dames transportaient une éponge imprégnée de parfum qu'elles portaient à leur nez en passant près de certaines rues, quelques éclats de brillants provenant — on l'avait juré à Eugénie — du gros brillant connu sous le nom de Nizam de Hyderabad, appartenant au roi de Golconde, qui avait été partagé en plusieurs morceaux lors des émeutes de l'Inde.

«Comme je te le dis, je suis allée la voir au Grand Hôtel, tout comme

Drouyn de Lhuys, Fould et Randon... Ils lui ont fourni des chiffres, montré des budgets. A Saint-Cloud également nous avons abordé la question des finances de la France et de l'Empire mexicain : elle n'a jamais voulu entendre raison. De plus, avant l'épisode du verre d'orangeade, elle semblait si lucide qu'elle a ébloui cet idiot de Fould en lui parlant des richesses du Mexique... Mais continue à annoncer les pièces du loto, Maman !

— Oui, oui, mais je n'arrive pas à le croire... *Le Cacatoès de Malaisie !*

— Et ce pauvre Louis si malade...

— Hélas, Madame la Comtesse... c'est toi qui as le cacatoès, Eugénie... Vous auriez vu le tableau : elle m'interrompait, elle me parlait de la grandeur de la France, elle demandait comment il était possible qu'un pays aussi puissant les abandonnât. Elle nous a traités d'avares. Elle nous disait que Maximilien était disposé à abandonner les libéraux mexicains et à franciser, c'est l'expression qu'elle a employée, son gouvernement. Je lui ai dit que je ne pouvais prendre aucune décision jusqu'à ce que se réunisse le Conseil des ministres, et après la réunion du Conseil, et en accord avec lui, j'ai dit à Charlotte une fois pour toutes que la France ne pouvait plus donner au Mexique le moindre soldat ni le moindre centime.

— Logique, tout à fait logique, Sire...

— Elle m'a tellement irrité que j'ai dû lui dire en plus que les finances de l'Empire mexicain étaient un désastre... Vous n'en avez pas idée, Comtesse. Je vous citerai simplement quelques chiffres, en les arrondissant, parmi ceux que Fould a présentés à Charlotte : les douanes des ports mexicains, celles du Golfe, rapportent quelque quarante-trois millions de francs par an. Celles du Pacifique, quinze millions. Soit un total de cinquante-huit millions de francs. Mais il faut déduire une foule de choses de cette somme : les droits municipaux, la subvention pour le chemin de fer, les intérêts de la dette anglaise et espagnole, résultat, il reste environ trente-quatre millions, et l'entretien d'une armée de vingt mille hommes au Mexique nous en coûte soixante-quatre. C'est-à-dire que nous avons un déficit annuel de presque trente millions de francs... en plus, dire que les douanes rapportent telle et telle somme est relatif, car les ports de Matamoros et de Tabasco sont tombés aux mains des juaristes... Par ailleurs, Charlotte a osé me rappeler que j'avais dit que la Légion étrangère resterait au Mexique huit ans après le retrait des autres troupes françaises. Langlais aurait peut-être pu mettre un peu d'ordre dans ce chaos... mais, voyez-vous, le pauvre est mort au Mexique...

— Hélas, pauvre monsieur Langlais...

— Et alors tu sais ce qu'elle a dit, Maman ? Que Langlais avait été empoisonné ! Et Palmerston aussi ! Et son père Léopold, et le prince Albert !

— Ah, mais ce n'est pas possible... mais c'est inconcevable... *Le Pingouin des Malouines !*

— Inconcevable, effectivement, Maman, mais c'est ainsi. Sais-tu que parfois j'ai des cauchemars : je rêve de Charlotte. Je la vois à nouveau dans ces vêtements noirs, avec cette mantille noire qu'elle triturait et qu'elle mordait sans arrêt, toute pâle, avec cet énorme chapeau blanc qui avait l'air d'un oiseau perché sur sa tête, comme une mouette, je ne sais... c'est épouvantable. Je rêve que c'est elle qui veut nous empoisonner... et c'est ce qui s'est produit, Maman, figure-toi ! Elle a tout empoisonné, elle a tout gâché ! Elle et sa terrible ambition... »

Louis-Napoléon fixait le pingouin des Malouines. Eugénie porta un mouchoir à ses yeux. Madame la Comtesse de Montijo continua à annoncer le tirage, à voix très basse.

«*La Vigogne de Bolivie...*»

«*L'Once du Bélouchistan...*»

«*La Baleine du Groenland...*»

«Ce qui m'a fait le plus mal, Maman, c'est que Loulou fût tellement heureux... il a été si ému d'arborer l'Aigle mexicain autour de son cou, et si tu avais vu, quand elle est arrivée, avec quelle aisance il a descendu le perron de Saint-Cloud pour recevoir Charlotte. Il lui a baisé la main et lui a offert son bras... Elle ne le méritait pas... Les gens l'ont acclamée dans les rues de Paris... Mais elle était sourde, aveugle. Folle, Maman, folle: c'est le mot !

— Si vous voulez... s'il plaît à Votre Majesté, nous pourrions marcher un peu dans le jardin, pour vous faire oublier...

— Il y a des choses, Madame la Comtesse, qu'on ne peut pas oublier, aussi dures soient-elles...

— En plus, comme je te l'ai dit, Maman, mon pauvre Louis marche avec beaucoup de difficulté, à cause des pierres...

— Mais on ne marcherait pas sur les pierres...

— Ah, Maman, Maman, à cause des pierres que Louis a dans la vessie, d'après ce qu'il dit...

— Dans les reins...

— Ah, pardon ! Mais, sérieusement, Votre Majesté a des pierres ?

— A vrai dire, Maman, les médecins n'ont rien trouvé...

— Ah, personne ne me croit, mais on va bien voir. Je suis certain que j'ai tellement de pierres qu'on pourrait en remplir une boîte comme celle-là», dit Louis-Napoléon en montrant une petite boîte chinoise de laque noire avec des incrustations de jade, et il ajouta: «Quand elles sortiront toutes, nous pourrons jouer au loto avec...

— Ah, Louis, par Dieu, tu es si... si... je ne sais pas quoi te dire: si inconséquent... Mais nous allons continuer le jeu...

— *L'Alpaga de...* ah, ton papa, Eugénie, adorait les costumes en alpaga... *L'Alpaga d'Arequipa !...* Dis-moi, Eugénie, qu'est-ce que c'est que cette histoire de verre d'orangeade, je n'y ai jamais rien compris ?

— Eh bien, c'était un jour où il faisait très chaud et Mme Carette a eu la bonne idée de nous apporter des verres d'orangeade glacée, et quand Charlotte les a vus, elle a dit que non, qu'elle n'allait pas prendre d'orangeade parce que, figure-toi, elle était empoisonnée...

— Mais c'est invraisemblable !... *Le Rhinocéros d'Ouganda !*

— Et elle ne s'en est pas tenue là, elle s'est mise accuser le monde entier de vouloir l'empoisonner... y compris les gens qui l'accompagnaient, comme Mme del Barrio, le docteur Bohuslavek, le comte del Valle de Orizaba... on m'a rapporté qu'elle refuse même la communion parce qu'elle dit que les hosties sont empoisonnées...

— Hélas, elle va se damner! Infortunée Charlotte, tu devrais lui pardonner, ma fille, son esprit divague!

— Moi? Lui pardonner, Maman? Jamais, elle a dit des choses tellement épouvantables... Elle en a même dit sur toi! Comment pourrai-je lui pardonner?

— Sur moi? Sur moi? Je ne peux pas le croire! *Le Piranha de l'Orénoque!*

— Oui, Maman, sur toi!

— Qu'a-t-elle dit? Qu'a-t-elle dit?

— Ah, Maman, je ne sais pas pourquoi je t'en ai parlé... non, je ne peux pas te le raconter, c'est une calomnie tellement épouvantable...

— Si, si, raconte-moi!

— Non, Maman, je ne peux pas, pas devant Louis...

— Mais puisqu'elle l'a dit devant l'Empereur...

— Ah Maman, tu sais ce qu'elle a dit? tu sais ce qu'elle a osé dire?

— Quoi? Quoi?

— Que tu avais eu une liaison avec Hidalgo, figure-toi!

— Moi? Avec Hidalgo? Avec ce malotru? Avec ce pauvre diable! Jamais de la vie! Tu te rappelles, Eugénie, qu'il se mettait à quatre pattes et que nous lui montions sur le dos? Il n'était bon qu'à ça! Mon Dieu, de quoi sont capables les mauvaises langues! *La Tortue des Galá*pagos!

— Oui, oui, je me souviens, Paca aussi montait sur son dos...

— Ah, Paca, Paca, pourquoi es-tu partie... *L'Autruche du Sahara!...* c'est toi qui l'as, ma fille... »

Eugénie prit un petit saphir oriental dans une boîte en filigrane d'argent et elle le plaça sur l'autruche du Sahara.

« Et vous savez ce qu'elle a dit de ma mère? De ma mère Hortense, paix à son âme?

— Quelle horreur! Elle a même osé, Sire, parler de madame votre mère?

— Oui, oui, Comtesse. Raconte-lui Eugénie.

— Ah, non, j'en suis morte de honte...

— Allez, raconte-le à ta maman, Eugénie...

— Eh bien écoute, Maman... ah, je ne peux pas.

— Mais si, mais si, tu le peux, Eugénie.

— Eh bien écoute... ah, cela me demande trop d'efforts, Mon Dieu: elle a traité Louis de bâtard...

— Oh...!

— Elle a dit que les Bonaparte étaient tous des parvenus, qu'elle ne comprenait pas comment elle, une princesse qui avait dans ses veines du sang des Bourbons et des Orléans, elle avait pu s'humilier devant un Bonaparte...

— Ohhhh... !

— Ensuite elle a dit que son père Léopold... mais je ne peux pas répéter cette infamie...

— Qu'a-t-elle dit ? Qu'a-t-elle dit ? Parfois il est bon de se soulager en parlant aux autres, ma fille... Et je suis la personne la plus discrète du monde, comme Sa Majesté l'Empereur le sait bien...

— Continue à annoncer les cartes, Maman...

— Comme tu voudras... Le *Panda de l'Himalya !* Ah que cet animal est gracieux !

— Elle a dit que son père, Léopold, avait eu une liaison avec ma mère, la reine Hortense...

— Ah, mais ce n'est pas possible !

— Si, Maman, cette folle a prétendu que lorsque Léopold est arrivé en France avec l'armée russe, en tant que lieutenant des cuirassiers de Maria Féodorovna, la reine Hortense l'avait séduit...

— C'est inouï !

— Imaginez un peu, insinuer que Léopold pourrait être mon père ! En fait, j'avais cinq ans quand Léopold est arrivé avec les Russes et quand auparavant il a résidé à Paris, je n'étais pas encore né. A cette époque, il s'est contenté d'importuner mon oncle Napoléon pour qu'il agrandît le duché de Saxe-Cobourg...

— Quelle horreur ! Et ensuite il est passé du côté des ennemis de l'Empereur !

— Continue, Maman, continue, je t'en prie...

— Oui, oui : *L'Aye... L'Aye* quoi ?

— *L'Aye-aye de Madagascar*, Maman...

— C'est... comme un singe, n'est-ce pas ?

— C'est toi qui l'as, Louis... Et évidemment, il y a eu un moment où je me suis évanouie...

— Ah, évidemment, c'est ce qui pouvait t'arriver de moins, ma pauvre fille... *La Gazelle de Perse !...* Ah, voilà ce que j'aimerais être si je me réincarnais dans un animal : une gazelle, elles sont si belles, si agiles... et toi, Eugénie ?

— Moi ? Je n'y ai jamais pensé...

— Eh bien, moi, Mère, dit Louis-Napoléon, j'aimerais être phoque... mais phoque dans un parc zoologique...

— Hou, que Votre Majesté est drôle !

— Mon Dieu, Louis, tu ne parles pas sérieusement...

— Très sérieusement, je ne connais pas d'animal plus heureux que les phoques de zoo. Ils nagent et ils mangent toute la journée, ils applaudissent, ils aboient...

— Votre Majesté ne perd jamais sa bonne humeur... Et il n'y a pas de phoque dans le loto ?

— Si, c'est moi qui l'ai, ma Mère : le phoque de Nouvelle-Écosse.

— Ah, souhaitons qu'il sorte bientôt... *le Zèbre d'Abyssinie !*

— De toute façon le zèbre est à moi, dit Louis-Napoléon qui prit une calcédoine argentée en forme de larme et la plaça sur le zèbre d'Abyssinie.

— Votre Majesté sait-elle ce qui a pu provoquer la folie de cette femme ?

— Eh bien certains disent, Maman, qu'au Mexique on lui a donné de la stramoine...

— On lui a donné quoi... ?

— De la stramoine, une plante qui rend fou...

— Hou, comme c'est affreux ! Ces gens sont diaboliques !

— D'autres disent, Maman, que Charlotte est devenue folle parce qu'elle attendait un enfant...

— Mais personne ne devient fou pour cette raison...

— Un bâtard, Maman...

— Tu m'en diras tant ! Un bâtard ? De qui ?

— Eh bien, soit d'un Mexicain dont on dit qu'il est très bel homme, le colonel Feliciano Rodríguez, soit du colonel Van der Smissen, le commandant des volontaires belges...

— C'est vrai ? Comment cela a-t-il été possible ? Mais il n'y a pas là non plus de quoi rendre quelqu'un complètement fou... elle pourrait dire que l'enfant est de Maximilien...

— Non, Maman, elle ne le pourrait pas...

— Comment cela ? Maximilien est impuissant ? Ou stérile ? Peut-être a-t-il besoin d'être opéré, comme Louis XVI ?

— On n'en sait rien, Maman, mais le fait est que Charlotte et Maximilien n'ont pas de rapports conjugaux : c'est le secret de Polichinelle... Tu imagines la panique de Charlotte à l'idée du scandale si elle donne le jour à un enfant naturel ? la honte qui rejaillirait sur les Cobourg et les Habsbourg ? tu l'imagines ?

— Ah, alors ils ne couchent pas ensemble ?... Mais pourquoi ? ne s'aimaient-ils pas d'un grand amour ?

— Bon, certains disent qu'effectivement ils s'aiment, mais que Maximilien est impuissant...

— Et d'autres gens disent, ma Mère, qu'en réalité Maximilien a contracté une maladie honteuse pendant son voyage au Brésil...

— Ouh, mais c'est dégoûtant... *L'Anaconda d'Itaparica !...* Ah, quelle coïncidence, n'est-ce pas ?

— C'est moi qui ai l'anaconda et il ne m'en manque plus que trois pour gagner, Louis ; et toi, cinq... », dit Eugénie et, toute contente, elle prit dans une boîte en écaille une perle rose des Bermudes, elle la plaça sur le gigantesque anaconda d'Itaparica et elle poursuivit : « Il y en a également qui disent que Charlotte, en raison de son éducation catholique, ressent de l'aversion pour les rapports physiques...

— Mais alors, elle n'aurait pas d'amants, c'est contradictoire.

— C'est comme ça, Maman, d'autres prétendent enfin qu'en vérité,

Maximilien, qui est très propre... figure-toi qu'il se baigne tous les jours dans le lac de Chapultepec...

— Tous les jours? C'est trop! Il doit avoir une maladie de peau...

— Que Maximilien, je te disais, a répudié Charlotte parce qu'elle est d'une saleté repoussante...

— Ah, cela devait arriver: un esprit sale dans un corps sale... *Le Tepez...* Non, *Le Tepeizcunte du Tas...* oh, je n'arriverai jamais à prononcer ça!

— *Le Tepeizcuinte de Tlaxcala,* Maman...

— Pour ce rongeur mexicain, une pierre mexicaine», dit Louis-Napoléon et il plaça un onyx de Puebla sur le tepeizcuinte de Tlaxcala. «Il ne m'en reste plus que quatre.

— Mais comment fais-tu pour retenir tous ces noms si difficiles, ma fille?

— On a déjà joué plusieurs fois à ce jeu... Loulou les connaît par cœur...

— Ah, demain je vais lui demander de me les réciter... Mais dis-moi, sa grossesse ne se remarquait pas quand elle est venue à Saint-Cloud?

— Non, Maman, non. Mais figure-toi qu'elle est restée enfermée plusieurs mois à Miramar, sans voir personne...

— Ah, alors il est certain qu'elle va avoir un enfant... cette traînée hypocrite, pardonnez-moi l'expression, et c'est elle qui m'accuse, moi et madame la mère de l'Empereur, de rapports illicites! Mon Dieu, dans quel monde vivons-nous!

— Comme tu peux le comprendre, Maman, quand on vous dit ces choses, vous perdez tout contrôle, et à mon tour je lui ai assené quelques vérités!

— Ah oui? Ah oui? Quoi, par exemple? *Le Phoque de Nouvelle-Écosse!* Ah, je félicite Votre Majesté!... il ne vous en reste plus que trois...!

— Oh, nous sommes à égalité! Eh bien, comme je te disais, Maman, quand elle a affirmé que les Bonaparte étaient des parvenus et que nous autres nous descendions d'un trafiquant de vins...

— Mais puisque mon père appartenait à la noblesse écossaise, tout le monde sait cela!...

— Bien entendu, Maman... mais je lui ai dit, qu'est-ce que vous vous croyez, les Orléans eux aussi sont des parvenus, votre père Léopold a passé toute sa jeunesse à mendier des trônes, il n'a jamais été rien d'autre que le marieur de l'Europe, et un vieill avare...

— C'est affreux! Tu lui as dit tout cela! *La Panthère Noire de Java!*

— Ah c'est toi qui l'as, Louis, tu vas me battre!»

Louis-Napoléon chercha une autre calcédoine, ronde et de grande taille, d'un rose piqueté d'or, pour la panthère noire de Java.

«Tout cela et bien plus encore, Maman: je lui ai dit que son père venait à Paris courir les prostituées, qu'il se teignait les sourcils et se mettait du rouge pour avoir l'air plus jeune.. qu'est-ce que je dis plus jeune: moins vieux... Ah, je ne sais pas comment j'ai osé... et elle a continué ses calomnies, elle a accusé Louis de m'être infidèle...

— Mais comment est-ce possible, Dieu du ciel! *Le Kangourou de Nouvelle-Guinée!*... C'est toi qui l'as, Eugénie!

— Il m'en reste deux, Louis, il m'en reste deux!

— Mais elle n'a rien dit sur toi...

— Elle n'a pas osé... mais de toute façon elle m'avait tellement blessée, Maman... elle m'a dit que je passais mon temps à m'habiller parce que je n'ai jamais eu de plaisir à me déshabiller...

— Ah, ah, je vais m'évanouir...

— Je vous en prie, ma Mère... Calmez-vous. Tout est fini.

— Oui, oui, Votre Majesté... je me calme, je me calme...

— Et elle ne s'est pas arrêtée là, Maman, tu sais ce qu'elle a dit encore?...

— Comment, ça n'était pas suffisant? *Le Condor des Andes!* C'est vous qui l'avez, Sire!

— Oh, oh, on est à nouveau à égalité... ah, quelle émotion! Oui, figure-toi qu'elle nous a dit que Maximilien était le véritable Napoléon III, parce qu'il était le fils du roi de Rome et que c'est pour cette raison que Louis s'était tellement hâté de se débarrasser de lui. Mais que Maximilien reviendrait un jour réclamer le trône de France pour l'Empire mexicain...

— Oh, oh, c'est d'un ridicule, mais cette femme a perdu tout sens de la proportion... Sans compter qu'après avoir dénigré les Bonaparte, elle dit maintenant que Maximilien a du sang Bonaparte? Ça n'a ni queue ni tête...

— C'est comme ça, Mère, c'est comme ça...

— Attends, Maman, laisse-moi souffler sur les cartes pour qu'elles me donnent de la chance...

— Bien qu'il ne fasse aucun doute pour moi que Sophie a trompé son mari, qui était un imbécile, comme aujourd'hui Élisabeth trompe François-Joseph... Il y a une telle corruption à Vienne...

— C'est vrai, Maman, mais, je t'en prie, on ne peut pas prendre au sérieux un ragot de ce genre...

— Je suppose que non... *Le Nandou de Patagonie!*... Vous l'avez, Votre Majesté!

— Hélas, Louis, tu vas gagner... continue, continue, Maman...

— *Le Tatou du Chiapas*... cet animal est tellement...

— C'est moi qui l'ai! C'est moi qui l'ai! A nouveau à égalité, ah quelle émotion! Allons-y, Maman, retourne-les tout doucement, tout doucement...

— *L'Ours Blanc...*

— ... *d'Alaska!* D'Alaska! D'Alaska! J'ai gagné! J'ai gagné!» dit Eugénie, et elle se leva et se jeta au cou de l'Empereur. «Ah, mon pauvre Louis... je te bats toujours. Mais, tiens, voilà un baiser comme récompense!»

Elle lui donna un baiser retentissant sur la joue, revint à sa place, ouvrit une boîte en cristal de Murano et en sortit une émeraude.

«Pour l'ours blanc de l'Alaska, ma pierre favorite, dit-elle. Je vous propose de changer de sujet et d'oublier Charlotte. Pourquoi ne racontes-tu pas à Maman, Louis, l'Exposition universelle ?» ajouta Eugénie et elle commença à ranger pierres, disques, gemmes et perles, chacun dans sa boîte habituelle.

«Ah, oui, oui, racontez-moi, Votre Majesté !»

L'émeraude à nouveau dans la boîte de Murano. Les agates couleur de sang ici.

«Ah, je pourrais passer des journées entières à parler de l'Exposition universelle, ma Mère, dit l'Empereur en se tordant les moustaches. Ce que je peux dire c'est que personne, pas même les Anglais, n'a jamais organisé une exposition aussi importante...»

Les boutons de mandarin en corail là-bas, les brillants de la du Barry ici.

«... et que le monde va rester bouche bée devant les merveilles de l'industrie, de la science et des arts de la France...»

Les grenats dans leur petite boîte d'argent, les lapis-lazuli dans la bonbonnière d'émail.

«Et aussi des colonies françaises, Louis...»

Les turquoises de Kishapur ici.

«En effet, bien sûr, des colonies nous ferons venir des matières premières, ma Mère. De la Martinique va nous arriver un million de gallons de rhum...

— Hou là là, que de gens pompettes en perspective !

— Et nous allons apporter du riz de Cochinchine, de l'indigo de Madagascar, du santal de la Nouvelle-Calédonie, du sucre du Sénégal, que sais-je encore...

— Et le carrosse du pacha d'Égypte...

— Mais ce qui va plaire à tout le monde ce sont les deux maquettes que je fais faire, ma Mère, n'est-ce pas Eugénie ? l'une du tunnel du Mont-Cenis et l'autre du canal de Suez.

— Hou là là, quelle merveille !»

Et ici le saphir que nous a offert le roi de Siam.

3. *Un pericolo di vita*

Maximilien ne savait pas, alors qu'il était en route pour le paradis et pour l'oubli :

Que le contingent de quatre mille volontaires autrichiens que lui avait promis son frère François-Joseph n'allait jamais arriver au Mexique car, bien que le détachement eût déjà été formé, le secrétaire d'État américain, Seward, devait donner des instructions à son ambassadeur à Vienne, Mr. Motley, pour qu'il reprît son passeport dès le départ du premier bateau chargé de volontaires pour le Mexique et qu'il déclarât qu'à partir de ce moment les États-Unis se considéreraient en guerre avec l'Autriche.

Les protestations du représentant de Maximilien à Vienne, Barandiarán, allaient être inutiles : l'Autriche devait faire marche arrière car elle ne souhaitait pas une guerre avec les Américains. Elle avait assez à faire avec les menaces de la Prusse : Bismarck voulait trancher par les armes la question de savoir qui allait exercer l'hégémonie en Allemagne et quelques mois plus tard il allait provoquer l'éclatement du conflit à propos du condominium austro-prussien sur le Schleswig-Holstein, ce qui, après la bataille de Sadowa, connue aussi sous le nom de Königgrätz, allait faire pencher la balance en faveur des Prussiens pour de longues années à venir. Deux semaines et deux jours plus tard, l'Autriche, également en guerre avec l'Italie, allait obtenir une victoire éphémère près de l'île de Lissa, dans le golfe de Venise : le navire enseigne *Ré d'Italia* allait être coulé, dans ce qui passerait à l'histoire comme le premier affrontement entre deux escadres de cuirassés, par le navire amiral autrichien *Erzherzog Ferdinand Max* et l'empereur du Mexique, tout heureux, devait évoquer ses « chers marins dalmates et istriens », jadis placés sous son commandement, et il devait déclarer qu'il regrettait uniquement de ne pas avoir été celui qui avait conduit à son baptême du sang le pavillon de la corvette qui portait son nom. Mais avant la fin de cette année 1866 — à l'époque, Maximilien ne le savait pas non plus —, l'Autriche allait perdre Venise pour toujours.

Maximilien ignorait également qu'après le triomphe des Prussiens sur les Autrichiens, qui serait dû plus vraisemblablement au talent du général von Moltke qu'à l'efficacité des nouveaux fusils à aiguille, le ministre de la Guerre français Randon devait s'exclamer : « C'est nous qui avons été vaincus à Sadowa. » Et que cette allégorie plût ou non à Louis-Napoléon, le fait est que d'un côté le parti de Thiers, et avec lui l'opposition, allait se renforcer de plus en plus au parlement français et que, de l'autre, la Prusse allait multiplier les gestes de provocation : quand l'ambassadeur de Napoléon à Berlin, Benedetti, présenterait à Bismarck la requête de la France pour que, comme récompense à son consentement à l'expansion de la Prusse, on lui cédât entre autres les territoires de Sarrebruck, Sarrelouis, le Palatinat bavarois et Mayence, Bismarck se bornerait à ne pas répondre à Benedetti. Ces rebuffades et le rapprochement de la Prusse avec les Russes pour la recherche d'une alliance finiraient de convaincre Louis-Napoléon de la nécessité de retirer ses troupes du Mexique. L'empereur penserait même à retirer également le contingent français stationné à Rome, malgré la crainte de Pie IX de voir dans ces conditions l'Italie annexer la Ville éternelle — ce qui de toute façon allait se produire.

En revanche, ce que Max savait mais qu'il préférait, dans la mesure du possible, oublier, c'est que la guerre intestine coûtait au bas mot à l'Empire mexicain soixante millions de francs par an et que sans l'aide de la France on ne pourrait pas trouver les fonds nécessaires (peu de temps avant sa mort, Langlais avait reçu de Fould, le ministre des Finances de Louis-Napoléon, l'ordre impératif de suspendre les paiements destinés à l'armée mexicaine).

Il savait aussi que la mission d'Almonte, chargé de négocier un nouveau traité secret qui remplacerait celui de Miramar, avait échoué. Tout comme avaient échoué les démarches qu'en sous-main le père Fischer menait auprès du Vatican afin d'obtenir un concordat, et celles que plus ou moins «en sur-main» menaient les trois représentants officiels du Mexique auprès du Vatican. Pie IX s'était exclamé: «Parlez-moi du triumvirat mexicain: l'un est un enfant, le second est un idiot et le dernier un intrigant!»

Et comme si tout cela n'était pas suffisant, Alicia Iturbide n'arrêtait pas de faire scandale sur scandale aux États-Unis pour qu'on lui rende le petit Agustín, et si elle continuait ainsi elle arriverait à ses fins.

Il savait également que s'il y avait un autre Français, en dehors de Langlais, sur la bonne foi duquel Maximilien aurait pu compter, c'était son bon ami et fidèle sous-secrétaire à la Marine, M. Léonce Détroyat, et que pour cette raison, parce qu'il était honnête vis-à-vis de l'Empereur et qu'il ne pouvait l'être sans trahir les intérêts de la France, le maréchal Bazaine avait sollicité de Louis-Napoléon la réintégration de Détroyat dans le service actif de la Marine française.

Et ce qu'il ignorait mais qu'il allait rapidement apprendre, c'est que Louis-Napoléon, lors de son discours inaugural de la nouvelle session du parlement français, allait écarter lui-même toute possibilité de changer d'orientation en annonçant officiellement le retrait des troupes françaises du Mexique.

M. Détroyat devait conseiller à Maximilien d'abdiquer.

C'est ce que fit également son ami Herzfeld.

Mais ce que Max ne savait pas, c'est que sa Carla adorée, *carissima*, ne partagerait jamais cette opinion et qu'un matin ou peut-être une matinée et un après-midi ou peut-être toute une journée et une nuit, Charlotte Amélie s'assiérait à sa table pour écrire de sa main un long mémoire quelque peu verbeux adressé à son impérial époux, dans lequel elle lui dirait qu'abdiquer était se condamner et se délivrer à soi-même un brevet d'incapacité: Charlotte prit l'exemple de Charles X de France et de son propre grand-père Louis-Philippe qui se sont sabordés, disait-elle à Max, parce qu'ils ont abdiqué. Dans le mémoire, Charlotte cita également une phrase de Louis le Grand: «Dans la défaite, les rois ne doivent pas se constituer prisonniers.» Elle ajouta que puisqu'on n'abandonne pas une position devant l'ennemi, pourquoi alors abandonner un trône? et elle affirma que, tant qu'il y aurait un empereur au Mexique, il y aurait un empire, quand bien même serait-il réduit à six pieds de terre...

Charlotte a même fait un peu plus, elle a décidé de voyager en Europe et de rendre visite d'abord à Louis-Napoléon et ensuite à Pie IX. L'impératrice du Mexique, la descendante des nobles maisons de Saxe et de Bourbon, saurait exposer son cas à l'empereur des Français et au Souverain Pontife et elle réussirait à les convaincre qu'il était indispensable, non seulement pour le bien du Mexique mais aussi de la France et de l'Église, de sauver l'empire chancelant de son époux.

Le ministre des Affaires étrangères Castillo, le comte de Bombelles,

M. Velázquez de León, le comte del Valle, Mme del Barrio et la fidèle camériste Mathilde Doblinger faisaient partie de la suite de l'Impératrice. Deux jours avant son départ, le 7 juillet, Charlotte ceignit pour la dernière fois au Mexique le diadème impérial pour assister à un *Te Deum* chanté dans la cathédrale à l'occasion de la fête de Maximilien. Après la cérémonie, Mme Pacheco demanda la permission de l'embrasser, ce que firent également d'autres de ses dames, les larmes aux yeux.

Une partie de l'argent représentant les frais de voyage de Charlotte, soit soixante mille piastres, fut prélevée, selon Émile Ollivier, sur le fonds destiné à protéger la ville de Mexico contre les inondations.

Le 9 juillet 1866, tôt le matin, l'Impératrice partit. Il pleuvait et certaines routes étaient impraticables. Maximilien l'accompagna jusqu'à Ayotla, petit village situé sur la route de Puebla, sur les contreforts de la Sierra Nevada, et connu à l'époque pour la douceur de ses oranges. Là, peut-être à l'ombre des orangers, Maximilien embrassa Charlotte pour la dernière fois : ils ne devaient jamais plus se revoir.

Et cela, Maximilien ne le savait pas non plus.

Les théories et les légendes abondent à propos des causes de la folie de Charlotte. Certains auteurs, comme Adrien Marx — *Révélations sur la vie intime de Maximilien* — ne savent pas de quoi ils parlent : Marx dit que Charlotte a été victime du « vaudoux », une façon de se référer au culte du vaudou qui a proliféré à Haïti et dans d'autres régions du continent américain à forte population noire, mais qui n'a jamais atteint le Mexique. D'autres assurent qu'on a donné à Charlotte au Mexique une herbe qui l'a rendue folle. Évidemment, il n'est pas impensable que quelqu'un ait souhaité ou tenté d'empoisonner Charlotte ou Maximilien. On a pensé, semble-t-il, à un moment donné que la dysenterie presque chronique et d'autres malaises dont souffrait l'Empereur étaient le résultat de l'ingestion d'un breuvage empoisonné avec lequel on avait voulu lui ôter la vie. On a parlé d'une possible vengeance du père, ou de l'époux, de la *belle jardinière** de la Quinta Borda. Le colonel Blanchot affirme même que Maximilien cessa de se rendre dans la villa impériale de Cuernavaca, le *Petit Trianon** mexicain, parce qu'il ne voulait pas courir le risque qu'on lui servît un autre *mauvais café** : un autre café empoisonné. Mais les raisons pour lesquelles l'Empereur ne retourna pas dans sa propriété peuvent avoir été tout autres : par exemple, la grossesse de Concepción Sedano qui, d'après ce que tout le monde chuchotait, était enceinte de Maximilien. Ensuite, l'Empereur cessa de s'y rendre parce qu'il s'en trouvait loin, à Orizaba, enfin il reçut la triste nouvelle que les troupes républicaines étaient entrées à Cuernavaca et avaient pillé la Quinta Borda. Il y avait à ce moment-là des choses plus importantes que de reconquérir la villa impériale.

Pour ce qui est de Charlotte, on dit que le poison a dû lui être administré peu avant qu'elle s'embarque pour l'Europe, puisque c'est sur la route de

Mexico à Veracruz que se présentèrent les premiers signes de folie. Charlotte s'arrêta à Puebla pour dormir et elle réveilla brusquement au milieu de la nuit ceux qui l'accompagnaient, elle s'habilla et exigea qu'on la conduisît chez l'ancien préfet de la ville, M. Esteva. Celui-ci ne vivait plus à Puebla, mais il fallut cependant ouvrir les portes à l'Impératrice, qui parcourut en silence et dans la plus grande agitation les appartements vides; quand elle arriva dans la salle à manger, elle rappela qu'on lui avait offert un jour un banquet dans cette salle et sans un mot de plus elle regagna l'endroit où elle logeait.

En ce qui concerne la prétendue intoxication de l'impératrice du Mexique, on a beaucoup parlé du *toloache*, qui n'est rien d'autre que la stramoine — correspondant à l'espèce *Datura stramonium* —, une herbe malodorante, recommandée par la médecine dans le traitement de l'asthme et qui entraîne, semble-t-il, une folie transitoire: ce n'est que si on l'ingère de façon suivie que la démence s'installe. Il est difficile, par conséquent, d'imputer au *toloache* la folie de Charlotte.

L'épisode du vapeur-courrier *Impératrice Eugénie* est considéré comme une preuve supplémentaire du mauvais fonctionnement de l'esprit d'Eugénie avant même qu'elle ait quitté les côtes mexicaines. Mais il faut également tenir compte de l'état d'exaltation de Charlotte au terme d'un voyage long et inconfortable, au cours duquel s'était produit un incident qui avait dû à coup sûr lui laisser de peu agréables souvenirs: en raison du mauvais état de la route, les roues de sa voiture s'étaient brisées. La même chose était arrivée au couple impérial fraîchement débarqué au Mexique lors de leur périple de Veracruz à Puebla. La première fois, Maximilien et elle avaient continué leur route à bord d'une diligence de la République. La seconde, Charlotte était décidée à ne pas perdre une minute et elle continua à cheval.

On dit encore que sur la route de Veracruz, l'Impératrice avait entendu près de Paso del Macho, chantées au loin par des guérilleros juaristes, les paroles d'une chanson attribuée à un républicain éminent, Vicente Riva Palacio, et qui courait de bouche en bouche à travers le Mexique tout entier depuis qu'on savait que l'Impératrice partait pour l'Europe:

Adieu, Maman Charlotte,

(disait la chanson)

Adieu mon tendre amour...
Les Français plient bagage...
L'Empereur s'en va lui aussi...

Dans un article, Egon Erwin Kisch énumère une série de plantes qui ont pu être responsables de l'aliénation de l'Impératrice, mais il en élimine certaines, comme la marihuana. A propos de certaines autres, on est dans le doute. C'est le cas de l'*ololiuque*, l'herbe qui rend «les yeux exorbités», qui, d'après le père Sahagún, provoquait chez ceux qui la prenaient comme philtre « des visions et des choses épouvantables ».

Cependant, en arrivant à Veracruz, Charlotte n'eut pas une vision épouvantable, mais elle aperçut le drapeau français qui, selon certains auteurs, flottait au mât du vapeur-courrier *Impératrice Eugénie*, le bateau qui devait la conduire en Europe. Charlotte, indignée, refusa de monter à bord tant que ne serait pas hissé à sa place un pavillon mexicain. Corti omet cet épisode, de même que la comtesse Reinach Foussemagne. D'autres historiens disent que Cloué, le commandant de la division navale française de Veracruz, finit par accepter et qu'on procéda au changement de drapeau. Castelot laisse la question dans l'ombre et d'autres auteurs — Blanchot chez les anciens, Gene Smith chez les modernes — disent que Charlotte a voulu faire amener le drapeau français qui flottait non pas sur l'*Impératrice Eugénie* mais sur la chaloupe qui devait la conduire au vapeur, et qu'ensuite elle n'a rien dit au sujet de l'autre pavillon français qui flottait alors, et qui a flotté pendant toute la traversée, au mât de l'*Impératrice Eugénie*.

Sur ce qui suivit, en fait tous les biographes et historiens coïncident : Charlotte s'indigna à nouveau et à nouveau il fut nécessaire de la calmer, parce que le vapeur fit hurler sa sirène, comme s'il pressait l'Impératrice et sa suite de s'embarquer. Une fois à bord, Charlotte se plaignit du bruit des moteurs et il fallut disposer des matelas sur le sol de la cabine et en clouer d'autres sur les parois. De toute façon, à partir de ce moment, Charlotte ne se préoccupa pas de savoir quel était le drapeau qui flottait au mât de l'*Impératrice Eugénie*, dans le mesure où elle resta tout le temps enfermée — elle refusa même de débarquer à La Havane, où le vapeur fit une escale de deux jours —, victime du mal de mer et de terribles migraines. On peut penser que, si les matelots amortirent un peu le bruit des machines, ils ne parvinrent peut-être pas à empêcher Charlotte d'entendre les paroles vulgaires de « Maman Charlotte » :

Qu'il est heureux le marin
qui chante d'une voix posée
et lève à présent l'ancre
avec un bruit étrange.
Le navire vogue sur la mer
en rebondissant comme une balle :
Adieu, Maman Charlotte
adieu, mon tendre amour !

Mais que Charlotte ait été folle ou non avant de quitter le Mexique, ou bien qu'elle le soit devenue pendant la longue claustration dans sa cabine, où elle défaillait non seulement à cause des migraines, mais aussi de la chaleur insupportable, le hasard, la malchance qui a poursuivi le couple impérial mexicain, ainsi que d'autres circonstances échappant à leur contrôle, contribuèrent aussi, indubitablement, à susciter l'irascibilité dont Charlotte fit preuve en France et très probablement à précipiter son aliénation. Par exemple, ce fut de la malchance, et rien d'autre, qu'à son arrivée à Saint-Nazaire — où la seule personne importante qui l'attendait était Almonte — elle ait été reçue par un maire hagard qui ignorait l'existence de Charlotte et qui fit déployer un drapeau péruvien pour célébrer la visite inopinée d'une impératrice qui arrivait de l'autre côté de l'Atlantique: pour un fonctionnaire de province il était parfois bien difficile d'établir des distinctions entre tel ou tel de ces exotiques pays américains.

Ce fut également de la malchance qu'à Paris, les voitures et les délégués impériaux attendissent Charlotte à la gare d'Orléans alors qu'elle arriva gare Montparnasse, bien que l'Impératrice eût pu interpréter cette situation comme un détail calculé pour l'humilier.

Ce qui n'est pas de la malchance, mais de l'insolence préméditée, c'est le refus de Louis-Napoléon de la recevoir, insolence non explicite mais qui n'en transparaissait pas moins dans le télégramme remis à Nantes par le préfet de la Basse-Loire à Charlotte, où l'empereur des Français avait eu l'outrecuidance de suggérer à Charlotte de se rendre d'abord en Belgique pour y saluer ses frères. A cela il faut ajouter qu'au lieu de la recevoir au palais des Tuileries on l'ait logée dans un hôtel. Ces vexations ne furent pas compensées par le fait que finalement Louis-Napoléon reçut Charlotte à Saint-Cloud avec tous les honneurs de rigueur ni que le petit Prince impérial l'attendît, avec l'ordre de l'Aigle aztèque autour du cou, au pied du perron pour la conduire, avec grâce, par la main. Si l'Empereur l'a reçue, c'est parce que Charlotte avait très clairement dit à Eugénie que si Louis-Napoléon refusait de la voir, elle entrerait par la force à Saint-Cloud: *Je ferai irruption**.

Parmi ceux qui pensent que les preuves d'amour que Maximilien donnait à Charlotte étaient hypocrites et superficielles, et que Charlotte le savait, certains imaginent que l'Impératrice a pu avoir recours à une herbe qui la guérirait de sa prétendue stérilité et lui permettrait d'avoir un fils, ce qui aurait renforcé l'attachement de son époux. Il y a là une contradicton avec l'absence, dont la certitude est pratiquement démontrée, de relations conjugales entre eux. Mais il ne faut pas écarter cette éventualité, et l'on dit également — peut-être est-ce une légende supplémentaire — que Charlotte s'est rendue, le visage recouvert d'une épaisse voilette, chez une herboriste qui l'a reconnue et qui, comme elle était gagnée à la cause de Juárez, l'a trompée et lui a fourni un champignon appelé *teoxihuitl* ou «chair des dieux», lequel, d'après ce qu'écrit Fernando Ocaranza dans son *Histoire de la médecine au Mexique*, entraîne une aliénation mentale définitive sans causer la mort.

Apparemment, les gens intoxiqués par la «chair des dieux» sont très agressifs, ce qui pourrait expliquer, d'après Erwin Kisch, le comportement de Charlotte à Saint-Cloud. A quel point l'impératrice du Mexique s'est montrée agressive lors de ses entretiens avec Louis-Napoléon, Eugénie et leurs ministres, il est difficile de le dire. On considère comme douteux, par exemple, qu'elle soit allée jusqu'à hurler à Louis-Napoléon qu'elle, une princesse dans les veines de qui coulait le noble sang des Maisons de Bourbon et de Saxe, ne s'humilierait jamais devant un aventurier et *un parvenu** comme lui. Mais, là encore, il faut accepter cela comme une possibilité. En premier lieu, tous les historiens s'accordent à dire que les conversations de Charlotte avec Louis-Napoléon et Eugénie ont été violentes dans l'ensemble, incohérentes par moments et, surtout, humiliantes pour l'empereur et l'impératrice des Français. Il est non seulement possible mais aussi fort probable que Louis-Napoléon ait pleuré plus d'une fois devant Charlotte, qu'Eugénie se soit évanouie et qu'il ait fallu lui faire respirer des sels anglais et la déchausser pour lui frotter les pieds et les chevilles à l'eau de Cologne : en effet, Louis-Napoléon était très malade et une grande partie de la responsabilité dans l'échec de cette aventure commençait à peser sur les épaules d'Eugénie.

En revanche, certaines phrases sont largement attestées, comme la fameuse «*Je ferai irruption**», ainsi que d'autres que la plupart des historiens attribuent à Charlotte. Par exemple, « Sire, je suis venue sauver une entreprise qui est la vôtre » semble avoir été une des premières choses que Charlotte ait dites à Louis-Napoléon le premier jour où elle l'a vu à Saint-Cloud, c'est-à-dire le 11 août 1866. Deux jours plus tard se déroula une autre scène célèbre : Charlotte, parmi les nombreuses lettres qu'elle avait emportées avec elle en Europe — en plus de l'interminable mémorial qu'elle avait rédigé avec Maximilien et qui contenait ce qui aux yeux de Louis-Napoléon ne pouvait passer que pour des impertinences —, Charlotte, disions-nous, exhiba rien de moins que l'original de la lettre que Louis-Napoléon avait envoyée à Maximilien à Miramar, en mars 1864, quand l'Archiduc avait annoncé qu'il n'accepterait plus le trône du Mexique. Dans cette lettre, Napoléon disait à Maximilien : « Que penseriez-vous réellement de moi si quand Votre Altesse se retrouvera au Mexique je lui disais brusquement que je ne pourrai plus remplir les engagements que j'ai signés ? » C'en était trop pour Louis-Napoléon. Trois jours plus tard, le 14, à son initiative un conseil des ministres fut convoqué, qui décida d'abandonner l'entreprise. Le ministre de la Guerre, le général Randon, fut chargé de communiquer la nouvelle à Charlotte. Le 18 août, Louis-Napoléon lui-même rendit visite à l'impératrice du Mexique au Grand Hôtel. Corti rapporte qu'après une longue conversation, Louis-Napoléon dit à Charlotte qu'elle n'avait rien à espérer et qu'elle ne devait se faire aucune illusion. Charlotte, hors d'elle, lui répondit que cette entreprise concernait Louis-Napoléon plus que n'importe qui et que lui non plus ne devait pas se faire d'illusions. Apparemment, l'Empereur se leva en silence, inclina légèrement la tête et quitta la *suite**.

Charlotte se rendit compte qu'il n'y avait plus rien à faire à Paris. Certains historiens ont cru que Charlotte était devenue folle simplement parce que son Empire, et avec lui son univers tout entier, avait commencé à s'effondrer à ses pieds. Mais quand elle quitta la France, et malgré le refus de Louis-Napoléon de continuer à soutenir Maximilien, tout ne semblait pas perdu. Louis-Napoléon n'avait pas encore pris la décision de retirer également du Mexique la Légion étrangère et, pendant les premiers jours de son séjour à Paris, Charlotte avait même eu de quoi nourrir encore quelques espoirs. Après la première visite que lui rendit Eugénie à son hôtel, en compagnie de la princesse d'Essling, de Mme Carette et de quelques fonctionnaires de la cour — entre autres le chambellan, comte de Cossé-Brissac —, visite au cours de laquelle Eugénie tenta, sans grand succès, d'entraîner la conversation sur des sujets rebattus — les *soirées** à Chapultepec, les voyages à Cuernavaca, les jardins flottants de Xochimilco —, Charlotte reçut la visite de quelques ministres de Louis-Napoléon qui semblaient la comprendre et la soutenir. L'ambassadeur d'Autriche à Paris, Richard Metternich, fut le seul à la prévenir qu'il n'y avait rien à attendre de la France, mais les fonctionnaires de Louis-Napoléon, peut-être par crainte de provoquer chez Charlotte un accès de fureur, agirent avec hypocrisie. Charlotte parla beaucoup avec eux: de finances, des douanes, de l'Église mexicaine, de l'organisation de l'armée mexicaine, du maréchal Bazaine — que l'Impératrice ne ménagea guère. Randon, le ministre de la Guerre, semblait convaincu par les démonstrations de Charlotte, alors qu'il pensait tout le contraire. Fould, le ministre des Finances, l'écoutait avec beaucoup d'attention, et quand Charlotte fit allusion aux grandes richesses du Mexique on vit même ses yeux briller et il affirma que s'il avait été plus jeune, lui aussi serait parti pour le Mexique. Mais Fould était décidé à recommander — et c'est ce qu'il fit — de tout refuser à Charlotte, dans la mesure où c'était la seule façon, pensait-il, d'obtenir l'abdication de Maximilien. Enfin Lhuys, le ministre des Affaires étrangères, montra lui aussi un grand intérêt pour l'argumentation de Charlotte, à tel point que celle-ci crut qu'il était de son côté, comme elle l'écrivit à Maximilien. Mais ce que l'impératrice du Mexique ne savait pas, c'est que Lhuys avait déjà sa démission en poche, démission qui devait être acceptée par Louis-Napoléon au début de septembre. Pour couronner le tout, Charlotte reçut également, dans la suite du Grand Hôtel de Paris, une visiteuse inattendue et peu gratifiante: Alicia Iturbide. Le comte Corti ne fait pas mention de cet épisode, mais ceux qui en parlent affirment que Charlotte posa comme condition à la restitution de son fils le remboursement par sa famille de tout l'argent que l'Empire mexicain lui avait donné. De toute façon, à cette époque Maximilien s'était déjà résigné à perdre le petit Iturbide.

Si la première manifestation de la démence de Charlotte était survenue non pas à Saint-Cloud mais au Vatican, après que Pie IX lui eut dit que l'Église ne pouvait rien faire non plus et que la célèbre formule *non possumus*, proverbialement employée par les papes pour repousser les demandes contraires à la tradition ou aux intérêts de l'Église, eut été transmise en toutes lettres à Charlotte, il serait alors un peu plus raisonnable de penser qu'effectivement, Charlotte était devenue folle quand elle s'était rendu compte que la France, le Vatican, l'Europe tout entière abandonneraient l'Empire mexicain.

Mais il n'en a rien été, puisque l'épisode du verre d'orangeade s'est produit au début de sa visite à Paris. Évidemment, il est impossible de savoir avec certitude si Charlotte s'est véritablement exclamée: « Sire, on veut m'empoisonner! » lorsque, au cours d'un des entretiens qu'elle a eus avec Louis-Napoléon et Eugénie à Saint-Cloud, Mme Carette est entrée avec une carafe d'orangeade et en a offert un verre à l'impératrice du Mexique. Un auteur, André Castelot, dramatise la scène au point de mettre dans la bouche de Charlotte des paroles beaucoup plus agressives: «*Assassins! Laissez-moi!... Remportez votre boisson empoisonnée** *!*», cette phrase impliquant une accusation ouverte et directe de Charlotte contre l'empereur et l'impératrice des Français. Peut-être la scène s'est-elle déroulée ainsi ou bien Charlotte, comme l'affirment d'autres historiens, s'est-elle bornée à refuser la boisson et ce n'est que plus tard, pendant son voyage de France en Italie, dans le train impérial que Louis-Napoléon avait mis à sa disposition, qu'elle a dit qu'on avait essayé de la tuer au château de Saint-Cloud avec un verre d'orangeade empoisonnée. Par ailleurs, rien n'empêche de penser qu'elle a fait part de ses craintes au Pape et, avec un peu d'imagination, on peut se la représenter, comme l'a fait Bertha Harding, affirmant à un Pie IX étonné et incrédule: «*Santissimo Padre, ho paura! Questo Luigi Napoleone e la sua Eugenia mi hanno invenenato!*» J'ai peur, Très Saint-Père: Louis-Napoléon et Eugénie m'ont empoisonnée!

Ceci se produisit pendant la première audience; c'est-à-dire la veille de l'épisode de la tasse de chocolat. Par ailleurs, l'historien Egon de Corti, quand il se réfère à la seconde audience que le Pape, contraint et forcé, accorda à Charlotte après que l'Impératrice eut fait irruption tôt le matin dans le Vatican, vêtue de noir des pieds à la tête, ne dit pas que Charlotte a plongé la main dans la tasse de chocolat du Pape. Le comte rapporte uniquement que l'Impératrice refusa une première tasse qui lui fut offerte et que, quand on lui en eut servi une seconde, elle but la première. En revanche, d'autres historiens vont jusqu'à affirmer que Charlotte a plongé trois doigts — l'index, le majeur et l'annulaire? — dans le chocolat pour les lécher ensuite. Beaucoup d'auteurs coïncident sur le fait que l'impératrice du Mexique s'est *vraiment* brûlé le bras le lendemain quand, dans la cuisine de l'orphelinat de Saint-Vincent-de-Paul, elle l'a brusquement plongé dans un grand faitout de pot-au-feu bouillant, et que la douleur a été si vive que la malheureuse Charlotte s'est évanouie. C'est alors, semble-t-il, qu'on en a profité pour la ramener dans la suite impériale de son hôtel vêtue d'une camisole de force.

Certains chercheurs modernes nient que Charlotte ait été empoisonnée avec une herbe qui l'a rendue folle, étant donné que les symptômes qu'elle présentait — ou ce qu'on sait d'eux — ne correspondent pas à ceux produits par aucune herbe connue. Il existe une autre théorie quant à la cause de sa folie: Charlotte était enceinte et, évidemment, pas de

Maximilien. On a parlé du colonel mexicain Feliciano Rodríguez comme père possible de l'enfant, mais d'autres événements postérieurs permettent de penser que, si elle était effectivement enceinte, le père pouvait être le commandant de la légion belge, le colonel Van der Smissen. La crainte du scandale retentissant qui, Charlotte le savait fort bien, allait éclater — si la théorie est juste — quand on saurait qu'elle portait un enfant bâtard, a pu être suffisante pour précipiter son état d'aliénation. La théorie de la grossesse est renforcée par le fait que l'Impératrice, conduite de Rome à Trieste par son frère le comte de Flandres — qui s'était rendu en Italie dans ce but —, passa plusieurs mois enfermée dans la *Gartenhaus* de Miramar, sans que personne pût la voir, à l'exception des médecins et de quelques dames de service. Certains affirment même que Charlotte a accouché d'un fils avant d'arriver à Miramar et que l'enfant est né pendant la nuit qu'elle a passée au Vatican. Cependant, on peut supposer qu'on aurait remarqué sa grossesse lors de son arrivée à Paris ou à Rome, et il n'y a aucun indice dans ce sens. Par ailleurs, les robes qu'elle portait en France et en Italie ne semblaient guère propices à cacher une gestation aussi avancée.

Charlotte a effectivement passé une nuit au Vatican, mais une certaine confusion règne également autour de cet épisode et à propos de l'endroit du palais où elle a dormi. Certains historiens disent qu'après le petit déjeuner, l'Impératrice fut conduite par le Pape dans la bibliothèque et que là le Souverain Pontife mit à profit un moment d'inattention de Charlotte pour s'éclipser. Ils ajoutent que l'Impératrice s'est alors refusée à quitter ce local et qu'il a fallu y transporter un lit, quelques heures plus tard, pour qu'elle pût y passer la nuit. Le lendemain, grâce au subterfuge de l'orphelinat, on réussit à la faire sortir du Saint-Siège. Ainsi, d'après ce que rapporte Corti dans *Maximilian und Charlotte von Mexiko*, après le petit déjeuner le Pape demanda au colonel de la gendarmerie pontificale, Bossi, d'accompagner l'Impératrice dans la bibliothèque. Plus tard, Charlotte a demandé qu'on l'emmène dans les jardins du Vatican où elle a bu à une fontaine, et ensuite elle a accepté de déjeuner avec le cardinal Antonelli, mais à une condition : Mme del Barrio et elle mangeraient en même temps dans la même assiette. A la nuit tombée il s'est agi de la convaincre de rentrer à son hôtel, mais l'Impératrice a dit qu'elle y serait environnée d'assassins et elle a refusé de quitter le Vatican. Jamais, dit Corti, une femme n'avait été reçue pour la nuit au Saint-Siège, mais Charlotte poussa des cris si déchirants que le Pape donna son consentement pour qu'elle dormît dans la bibliothèque.

Corti publia *Maximilian und Charlotte von Mexiko* en 1924. Neuf ans plus tard, à Leipzig, parut une édition abrégée et révisée, sous le titre *Die Tragödie eines Kaisers*. Ce dernier livre qui, bien qu'abrégé, n'en est pas moins volumineux, est une source d'informations sérieuse. Mais dans l'opération furent supprimés certains épisodes ou des scènes qui constituent un matériel précieux tant pour l'histoire que pour la littérature. Ainsi, par exemple, dans *Die Tragödie eines Kaisers*, Corti n'inclut pas la scène de l'orphelinat qui, dans la première version de son livre, apparaît avec des détails additionnels : avant de plonger le bras dans le pot-au-feu bouillant, l'Impératrice, à qui l'on offrait une cuillère pour goûter le plat, remarqua qu'elle était sale et s'écria : « Cette cuillère est empoisonnée ! » C'est alors qu'elle enfonça le bras dans le pot-au-feu bouillant et qu'elle s'évanouit de douleur. En arrivant à son hôtel, Charlotte, à nouveau consciente, se refusa à descendre de la voiture et il fallut la traîner jusqu'à sa suite. Or, non seulement cet épisode est supprimé dans la version abrégée du livre de Corti, mais, en outre, l'histoire change : on y dit que le lendemain de la nuit que Charlotte a passée au Vatican, l'Impératrice s'est calmée après avoir dicté plusieurs lettres et qu'elle a accepté d'être ramenée à son hôtel. Par ailleurs, dans *Die Tragödie eines Kaisers*, on ne dit pas, comme dans la première version, que Charlotte est restée au Vatican après le petit déjeuner avec le Pape et qu'elle n'en est pas sortie jusqu'au lendemain, mais on y raconte que le colonel Bossi l'a convaincue, vers huit heures du soir, de revenir à son hôtel et que l'Impératrice a de nouveau quitté l'hôtel à dix heures du soir pour se rendre au Vatican et y demander l'asile en criant à tue-tête. C'est alors, lisons-nous, que Mgr Pacca, qui l'avait reçue, a fait préparer une des chambres pour que l'impératrice du Mexique pût y dormir. Autrement dit, l'utilisation de la bibliothèque du Vatican comme chambre à coucher provisoire de Charlotte disparaît de la version abrégée, et avec elle d'autres détails, les chandeliers et les meubles somptueux — y compris deux lits, un pour Charlotte et l'autre pour Mme del Barrio — que, d'après Corti, dans *Maximilian und Charlotte von Mexiko*, le Pape a fait transporter dans la bibliothèque, auxquels on pourrait ajouter — bien qu'on ne le trouve mentionné ni chez Corti ni chez aucun autre historien, mais on peut supposer que le Pape n'aurait pas négligé un pareil détail — deux bassins ou deux vases de nuit : un pour Charlotte et l'autre pour Mme del Barrio.

Quel qu'ait été le critère appliqué dans la seconde version pour abréger, supprimer ou apporter des modifications — certaines étant peut-être dues à des doutes postérieurs ou à la découverte de documents et de témoignages nouveaux —, le fait est qu'apparemment, tous les biographes et historiens postérieurs à Corti ont eu l'une ou l'autre version, mais rarement les deux. Cependant, tout indique que la première version fut la plus fréquente, de telle sorte que certaines images grotesques : Charlotte plongeant le bras jusqu'au coude dans un pot-au-feu bouillant, Charlotte traînée sur le perron de l'Albergo di Roma, Charlotte à la lueur de quelques bougies couchée dans un lit et environnée des livres et des manuscrits de la bibliothèque du Vatican, ont survécu à la révision de l'œuvre de Corti et sont passées à l'histoire.

Mais d'autres choses apparaissent dans les deux livres, comme les lettres, le verre et le chat. Les lettres, Charlotte les a écrites au Saint-Siège, après y avoir passé la nuit. Celle adressée à Maximilien, son « trésor tendrement aimé », était en fait une lettre d'adieu : Charlotte lui disait qu'elle allait bientôt mourir, empoisonnée, qu'elle léguait à Maximilien toute sa fortune et ses bijoux, qu'elle ne souhaitait pas qu'on lui fît une autopsie et qu'elle voulait être enterrée dans la basilique Saint-Pierre, le plus près possible de la tombe de l'apôtre.

Le verre que Charlotte a emporté du Vatican, pour boire dans les fontaines de Rome, apparaît, comme nous le disions, dans les deux versions et il est mentionné dans un message que Pie IX envoya à l'Impératrice avant qu'elle ne quitte Rome, où il lui disait qu'il priait Dieu pour que son âme retrouve la sérénité et où il l'invitait à garder le verre. Enfin, le chat fut amené dans la suite de l'hôtel sur l'ordre exprès de Charlotte, pour qu'on lui donne à goûter tous ses aliments. La poule qui, selon d'autres auteurs, fut également amenée dans la suite pour que Charlotte puisse manger les œufs qu'elle verrait elle-même pondre, n'est mentionnée dans aucune des deux versions de son œuvre. En revanche, on y lit que dès son arrivée à Rome, l'Impératrice s'est pratiquement bornée à manger des oranges et des noix qu'elle achetait elle-même aux vendeurs des rues et dont elle examinait soigneusement l'écorce et la coque afin de s'assurer qu'on ne leur avait injecté aucune substance. Par la suite, Charlotte en arriva même à refuser d'être coiffée, car elle croyait que les dents du peigne pouvaient également être empoisonnées. La hantise d'être entourée d'objets pouvant contenir du poison s'exacerba au fil des jours et c'est ainsi que, quand son frère le comte de Flandres vint la chercher à Rome pour l'emmener à Miramar, Charlotte voyait partout des cuillères et des fourchettes empoisonnées. L'Impératrice prétendit même que sur la plume avec laquelle elle se préparait à écrire un message, l'encre sèche s'était transformée en strychnine.

Évidemment, cette plume a pu être inventée par un historien. Peut-être le chat n'a-t-il jamais existé non plus. Il aurait suffi, détail pour détail, que Charlotte, par exemple, s'abreuvât à une seule fontaine pour que l'on sût qu'elle était devenue folle. Charlotte, nous dit-on, a utilisé le verre du Vatican pour puiser de l'eau dans les fontaines de Rome : Rome est une ville où abondent les fontaines et si, comme l'affirment plusieurs auteurs, l'Impératrice s'est rendue chaque jour à une fontaine différente, il faut supposer qu'un matin elle a bu dans la fontaine des Fleuves du Bernin, un autre dans la fontaine du Maure, qu'un après-midi elle s'est rendue à la fontaine de Neptune, un autre à la fontaine des Tortues ou à celle de la Barque, ce qui revient au même. En effet, il a suffi qu'elle se soit abreuvée à l'une d'entre elles, il a suffi qu'elle se soit rendue à la première, celle de Trevi, le matin où, se dirigeant vers le Vatican en compagnie de Mme del Barrio, elle a ordonné au cocher de l'amener place de Trevi, et là, en se servant non pas d'un verre mais du creux de ses mains, face au palais des Ducs de Polo, face au majestueux dieu Océan qui surgit de la mer dans un char tiré par deux blancs chevaux marins conduits par Triton, elle a bu, morte de soif, la douce eau claire et fraîche qui jaillit des immuables roches de marbre, blanches et polies, il a suffi qu'on l'ait vue une seule fois, à genoux et de noir vêtue, près de la fontaine la plus belle du monde, pour que l'on sût que l'impératrice du Mexique, Charlotte Amélie de Belgique, était devenue folle en Europe.

Maximilien fut informé de la folie de Charlotte quelques semaines plus tard. Charlotte s'était éveillée parmi les incunables du Vatican le 2 octobre 1866. Le même jour, à Mexico, le *Journal de l'Empire* publia une note, assez sèche, où l'on disait que l'Impératrice avait accompli sa mission en Europe. Le 18 du même mois, Maximilien reçut deux télégrammes, l'un de Rome et l'autre de Miramar, où on lui communiquait que Charlotte était malade et qu'on avait appelé le docteur Riedel pour qu'il se rende à Trieste. Maximilien se trouvait en compagnie du docteur Samuel Basch, médecin militaire généraliste qui était arrivé au Mexique cette même année 1866, et il lui demanda s'il avait entendu parler du docteur Riedel. Basch, sans savoir la cause de la curiosité de Maximilien, lui dit que Riedel était le directeur de l'asile d'aliénés de Vienne.

Évidemment, cette révélation fit l'effet d'une bombe et elle constitua dorénavant un tracas supplémentaire pour Maximilien. L'Empereur prit alors la décision de partir pour la ville d'Orizaba. Son voyage suscita toutes sortes de rumeurs : d'un côté on avança que Charlotte allait revenir en Europe et que Maximilien se rendait à Orizaba pour la retrouver à mi-chemin entre la ville de Mexico et le port de Veracruz, de l'autre on apprit que Maximilien avait fait empaqueter tous ses objets et ses archives personnels pour les envoyer à Veracruz et les embarquer à bord de la corvette autrichienne *Dandolo*, qui y était ancrée. Cependant, le colonel Blanchot affirme dans ses Mémoires que depuis plusieurs mois Maximilien avait commencé à envoyer en Europe des meubles et des objets d'art, dont beaucoup parmi ces derniers avaient été acquis au Mexique. Blanchot dit que Maximilien s'est arrangé pour « extraire » de certains musées de province une bonne quantité de tableaux de maîtres anciens, qui « ont pris le chemin de Miramar ». D'après un rapport du colonel, des meubles en provenance aussi bien du château de Chapultepec que de la Quinta Borda — avant que celle-ci ne fût saccagée — avaient été rassemblés au Palais impérial et, emballés dans soixante grandes caisses au même titre que le reste des objets, ils en étaient sortis un matin escortés par un détachement autrichien. En même temps, Maximilien demanda à Herzfeld d'écrire à Rességuier aux États-Unis pour que celui-ci affrète un voilier qui se rendrait à Veracruz pour y prendre l'Empereur et l'emmener en Europe avec une suite de quinze à vingt personnes, pour le cas où le capitaine du *Dandolo* se refuserait à le transporter. C'est ce que fit Rességuier et, quelques jours plus tard, un bateau portant le nom de *María* était prêt à faire voile sur Veracruz. Enfin, le colonel Kodolitsch reçut des instructions pour vendre les canons autrichiens qui étaient la propriété privée de Maximilien.

Le voyage de Maximilien à Orizaba coïncida avec l'arrivée au Mexique d'un envoyé de Napoléon : le général Castelnau, qu'il croisa dans le village même, Ayotla, où il avait pris congé de l'Impératrice. Maximilien refusa d'accorder une audience à Castelnau et poursuivit sa route vers Orizaba.

Les rapports entre l'Empereur et les Français se détérioraient chaque jour davantage. Il avait également refusé une audience à Bazaine, sous le prétexte qu'il était souffrant, au moment où le maréchal partait pour San Luis afin d'accélérer la concentration des troupes. Le fait que le maréchal et Maximilien fussent «compères» — Max et Charlotte avaient tenu sur les fonts baptismaux le premier enfant de Bazaine et de Pepita Peña — n'avait apparemment pas servi à améliorer leurs relations. Les Français étaient également vexés parce que Maximilien parlait constamment de l'armée française comme d'une armée «auxiliaire» et parce que, lors de la célébration de l'Indépendance du Mexique, le 16 septembre 1865, Maximilien n'avait pas daigné mentionner une seule fois les troupes françaises. L'Empereur ne visitait jamais les hôpitaux de l'armée française et s'il s'était rendu aux obsèques du baron d'Huart — l'ami de Léopold II de Belgique qui avait été assassiné à Río Frío par des guérilleros juaristes et non par des bandits —, il n'avait pas assisté, par contre, à l'enterrement de Langlais.

Les rapports entre les Français et les légions autrichienne et belge s'étaient également dégradés, à tel point que Thun, le commandant autrichien, avait refusé d'obéir à l'ordre de Bazaine de se rendre à Tulancingo, et il était resté avec ses hommes à Puebla. C'est dans cette ville également que se trouvaient les jeunes Belges qui formaient la garde de l'Impératrice. Blanchot fait observer qu'il était naturel que Maximilien voulût avoir ses troupes les plus fidèles sur la route de Veracruz.

La mission de Castelnau, qui était investi de l'autorité suffisante pour prendre le commandement de toutes les troupes par-dessus la tête de Bazaine s'il le jugeait nécessaire, avait un double objectif: précipiter le retrait de l'armée française et convaincre Maximilien d'abdiquer. Il était évident que désormais Louis-Napoléon ne voulait plus entendre parler du Mexique et il avait été plus qu'explicite dans une lettre adressée à Maximilien, où il lui disait que la France ne pouvait mettre à sa disposition «*ni un écu ni un homme de plus**» et que comme l'attitude des États-Unis était de plus en plus menaçante, l'évacuation systématique des places militaires avait commencé. Monterrey fut abandonnée une fois de plus — la quatrième —, ainsi que les États du Sonora et de Sinaloa, ce qui signifia la perte des ports importants de Guaymas et de Mazatlán. De son côté, le général Douay se vit dans l'obligation de quitter Tampico où la première chose que firent les juaristes, en récupérant la ville, fut de dresser un gibet sur la place principale et d'y pendre le gouverneur impérial.

On pouvait penser que Castelnau n'aurait pas à convaincre Maximilien, car la décision de partir du Mexique, confortée par l'embarquement des objets et des archives et par l'abandon de la capitale, semblait évidente. Cependant, sur ce point comme en tout ce qu'il faisait, Maximilien montra une fois de plus sa faiblesse de caractère.

Une proclamation expliquant au peuple mexicain ses motifs ne fut jamais donnée à imprimer. En outre, on disait que François-Joseph ne le laisserait pas entrer en Autriche ou sur ses possessions. D'après Pierron, le nouvel ambassadeur autrichien lui avait dit que François-Joseph ne permettrait même pas à Maximilien de s'installer à Miramar ou sur l'île de Lacroma. Il n'y avait rien d'illogique dans cette attitude si l'on tient compte de ce qu'Éloin disait à Maximilien dans une lettre écrite de Vienne, en juillet de la même année. Non seulement Éloin y affirmait que les archiducs autrichiens avaient l'intention de placer leurs palais sous la protection du drapeau mexicain pour les sauver des Prussiens, mais il lui rapportait également qu'alors que François-Joseph, peu après la défaite de Sadowa, se rendait à Schönbrunn, la foule avait observé sur son passage un silence farouche, interrompu par un seul cri : « Vive Maximilien ! »

Apparemment, Max se repentit de l'affront fait à Bazaine et il chercha une fois de plus à se concilier les bonnes grâces des Français. Il songea à concéder à la France le droit de construire un chemin de fer et un canal dans l'isthme de Tehuantepec, et il fit entrer deux Français dans son cabinet : il nomma le général Osmont ministre de la Guerre et l'intendant général Friant ministre des Finances. Ils jouissaient tous les deux de la totale confiance de Maximilien : « Avec eux — disait l'Empereur —, je ferai en trois semaines ce que Bazaine n'a pas voulu ou pu faire en trois ans. » Mais Louis-Napoléon se rendit compte que grâce à ce stratagème Maximilien voulait impliquer la France de façon plus directe dans la gestion des finances et des opérations militaires futures, et Osmont et Friant ne restèrent à leurs postes que deux mois, dans la mesure où on leur donna à choisir entre renoncer à leur ministère ou démissionner de l'armée française.

Maximilien se sépara également d'un bon ami, Herzfeld, qui était un de ceux qui penchaient le plus pour l'abdication et qu'il envoya en Europe avec mission d'annoncer son retour. De même, il laissa à Mexico son chef de cabinet, Pierron, quand il partit pour Orizaba. Il n'y eut bientôt plus de Français autour de Maximilien, comme le conseillait Charlotte dans l'une de ses lettres, pourtant l'Empereur ne s'appuya pas, entre autres parce qu'il ne le pouvait pas, sur « l'élément indigène » — encore une recommandation de sa femme. En revanche, comme le dit Corti, au nom de Dieu il capitula une nouvelle fois en se jetant dans les bras des ultra-conservateurs et en renonçant ainsi à ses convictions politiques. Teodosio Lares, l'homme qui avait présidé la fameuse Assemblée de notables qui « avait élu » Maximilien, fut nommé chef d'un nouveau cabinet et le père Fischer, enfin de retour de Rome sans avoir en poche le concordat promis, commençait à exercer une influence de plus en plus forte sur Max. Ce « Mazarin passionné et ridicule », comme Blanchot l'appelle, alla jusqu'à s'installer dans les appartements de Charlotte quand celle-ci partit pour l'Europe, afin d'être en contact permanent avec Maximilien.

En compagnie de Lares, de Fischer, du docteur Basch, du savant Bilimek et avec, en poche, plusieurs ébauches de projets d'abdication écrits et réécrits, l'Empereur quitta Mexico le 31 décembre 1866 à quatre heures du matin, escorté par plus de trois cents hussards placés sous le commandement du colonel Kodolitsch. Dans son livre *Souvenirs du*

Mexique, le docteur Basch rapporte les déclarations de Maximilien: «Je n'hésite plus. Ma femme est folle. Ces gens sont en train de me tuer à petit feu. Je m'en vais.» Le bruit courut à l'époque qu'on avait découvert une conspiration pour assassiner Maximilien. Le général mexicain Tomás O'Horan en fit part à l'Empereur et il lui dit qu'il avait déjà pendu le chef et onze conjurés. Le docteur Basch pense qu'il s'agissait d'une invention pure et simple de O'Horan. Malgré tout, on remit à Maximilien ce que Basch appelle un *memento mori*: le fusil avec lequel, selon le général mexicain, l'assassin allait tirer. Sur la route d'Orizaba, au cours d'une étape au domaine de Zoquiapan, Maximilien fut sur le point d'abdiquer, mais il considéra que l'endroit ne se prêtait guère à une décision aussi grave et, en outre, Fischer et ses amis — que Maximilien surnommait «les mandarins à perruque» — l'en dissuadèrent une fois de plus. Basch affirme que Maximilien demanda à Fischer: «Dois-je abdiquer? Ou bien dois-je partir sans l'avoir fait?» et que l'ancien chercheur d'or lui proposa d'abdiquer en faveur de Napoléon, idée que Maximilien qualifia de «machiavélique». Par ailleurs, et bien qu'une réception enthousiaste ait été réservée à l'Empereur à Orizaba, le voyage fut lent, inconfortable et émaillé de déboires. Maximilien souffrait d'insomnie, de diarrhée et de fièvres intermittentes; à maintes reprises il fut contraint de dormir dans des chambres glaciales et dans un hameau appelé Molino del Puente, il passa une nuit pratiquement blanche à cause des bruits que faisaient les chevaux, les vaches et les brebis rassemblés dans des étables toutes proches. Mais c'est à Acultzingo que se produisit l'irréparable, car on y vola les six mules blanches qui tiraient la voiture de l'Empereur.

Une fois à Orizaba, Maximilien se calma un peu, comme cela lui arrivait chaque fois qu'il se trouvait à la campagne, loin de la capitale, et il s'y consacra, entre autres, en compagnie de Bilimek, à herboriser, à chasser, au milieu des yuccas et des caféiers, papillons, scarabées chatoyants et autres insectes, ainsi qu'à élaborer de nouveaux projets tels qu'augmenter les fonds destinés à l'instruction publique grâce à la création d'une loterie nationale dotée de douze tirages annuels et de billets à cinq et dix pesos. C'est également à Orizaba qu'il décida, comme il l'avait dit auparavant au maréchal Bazaine, d'annuler le funeste décret du 3 octobre. En pleine contradiction, comme d'habitude, il écrivit une série de lettres où il prenait congé de fonctionnaires et d'amis mexicains et qui commençaient toutes par les mêmes mots: «Au moment de me séparer de ma chère patrie...»: toutes allèrent, également, échouer dans un tiroir.

L'historien mexicain Justo Sierra dit que Maximilien, qui se rappelait parfois la légende de la nuit où Hernán Cortés, après sa défaite, s'assit au pied d'un arbre à Tacuba pour y pleurer et qui se demandait si le moment viendrait pour lui aussi où il devrait chercher un autre arbre de la Nuit sinistre pour y épancher son amertume et son désespoir, se retrouvait à Orizaba dans la situation d'un prince captif, mais captif de lui-même. Il y a un peu, et peut-être même beaucoup de vrai dans cette affirmation. Mais, quoi qu'il en soit, tous ceux qui ne souhaitaient pas l'abdication de

Maximilien contribuaient à son isolement et à son indécision. Et pas seulement le père Fischer : l'intendant de la Maison impériale, Arroyo, commença à faire pression sur Maximilien pour qu'il revînt à Mexico. Don Teodosio Lares lui représentait le danger que courraient ses partisans au Mexique s'il les abandonnait et se permit de lui rappeler le serment sur l'Évangile qu'il avait fait à Miramar. Le docteur Basch nous dit que, de son côté, le nouveau ministre des Finances, Lacunza, disserta devant Maximilien sur l'honneur des Habsbourg. En outre, le retrait imminent des Français pouvait être envisagé de deux points de vue presque opposés : d'un côté, il constituait un risque ; mais de l'autre, c'était un soulagement et peut-être du même coup obtiendrait-on la reconnaissance de l'Empire par les États-Unis, car, comme l'avait écrit Montholon à Maximilien, la doctrine de Monroe s'opposait à la présence d'une force d'occupation au Mexique, mais n'avait aucune raison de s'opposer à une monarchie soutenue par une armée nationale. Charlotte pensait la même chose. Bien qu'on ne pût faire confiance, évidemment, ni aux Français ni aux Américains. Ne lui avait-on pas rapporté que Montholon et son épouse avaient assisté à Washington à une fête que Seward avait offerte en l'honneur de Margarita Juárez et où le président Johnson lui-même avait fait une apparition ? Et le bruit ne courait-il pas que Seward, au cours d'une tournée dans les Caraïbes, s'était rendu dans l'île de Saint-Thomas pour s'y entretenir avec Santa Anna ? Enfin, qui les États-Unis soutenaient-ils ? Juárez ou Santa Anna ? Le vieux général ne s'avouait pas vaincu : il avait exposé tous ses plans et toutes ses ambitions à un lieutenant français dénommé Béarn qui était passé lui aussi par Saint-Thomas et qui s'était payé la tête du général en lui disant qu'il était allemand. Quant à l'aide que l'Empire pouvait espérer d'autres pays, de l'Angleterre par exemple, il y avait des raisons d'être optimiste. Il est vrai que la mort du roi Léopold qui, en sa qualité d'oncle de la reine Victoria, avait toujours eu de l'influence à la cour de St. James, ainsi que la mort de Palmerston considéré par certains comme une espèce de « champion des monarques libéraux », pouvaient signifier que l'appui de l'Angleterre à Maximilien diminuerait... Mais il était vrai également que le nouveau consul britannique se montrait très affable avec lui. En outre, Sir Peter Campbell, qui s'était arrêté à Orizaba lors d'un voyage à Veracruz, affirma qu'il partageait l'opinion de l'Empereur selon laquelle il ne devait pas abandonner le pays jusqu'à ce qu'une Assemblée nationale ait décidé de son sort. Maximilien non seulement accepta l'idée de respecter le verdict d'une Assemblée nationale nommée pour la circonstance, mais il semble même qu'il ait affirmé que si l'Assemblée nationale se prononçait pour la République, il serait le premier à féliciter le nouveau président.

Dans le même temps, un scandale supplémentaire avait rendu la position de Maximilien à Vienne encore plus inconfortable. Dans une de ses lettres, Éloin faisait à nouveau allusion à la popularité de Maximilien dans son pays d'origine. En Autriche, écrivait le Belge, les marques de sympathie à l'égard de Max se multipliaient, alors que le peuple exigeait l'abdication de François-Joseph. A Venise, c'était tout un parti qui avait acclamé l'ancien gouverneur. La lettre, qui contenait également des détails pénibles sur les affections dont souffrait Napoléon III, fut envoyée par Éloin depuis Bruxelles dans une double enveloppe au *Consul du Mexique à New York**. Éloin oubliait que le seul consul dans cette ville officiellement reconnu par les États-Unis était le représentant du gouvernement de Juárez, et c'est lui qui reçut la lettre. Il l'ouvrit, la lut, et avant de la remettre au consul impérial il la fit recopier et transmit les copies à la presse américaine.

Dans cette lettre, dont le monde entier prit connaissance, Maximilien avançait des motifs pour son retour à Vienne, à supposer que son frère lui eût permis d'entrer en Autriche ou dans ses possessions. Le sang des Habsbourg ne coulait-il pas, à vrai dire, dans ses veines? Le droit de figurer en second dans l'ordre de succession de la Couronne austro-hongroise ne lui avait-il pas été reconnu? Et en dernière instance, ne lui avait-on pas dit que Louis-Napoléon proposerait à François-Joseph de nommer Maximilien gouverneur de Venise afin de rendre ainsi moins douloureuse pour l'Autriche la perte de la province? Échanger le Mexique contre Venise permettrait que l'honneur fût sauf et, bien entendu, il n'était besoin ni à Éloin ni aux autres de le dire dans leurs lettres: Max et Charlotte, qui ne représenteraient plus, alors, le joug autrichien, seraient finalement respectés et aimés des Vénitiens.

Cependant, mise à part une nouvelle lettre de Gutiérrez Estrada où le Mexicain parlait lui aussi de l'honneur des Habsbourg et qui, selon Corti, était «adaptée d'une façon diabolique à la mentalité de l'Empereur», ce qui explique l'effet crucial qu'elle eut sur lui, il y eut, semble-t-il, une autre lettre dont l'existence n'a jamais été attestée. Corti dit qu'Émile Ollivier, dans *l'Expédition du Mexique*, attribue la décision finale de Maximilien à une lettre de sa mère l'archiduchesse Sophie, mais qu'Ollivier n'a jamais vu cette lettre et qu'il s'appuie uniquement sur un témoignage du baron Lago, qui en avait appris le contenu et en avait fait part à l'ambassadeur de France au Mexique, Alphonse Dano. Ollivier, en effet, donne pour avérée l'existence de la lettre et signale que Kératry fut, à l'époque, le seul historien à prendre conscience de l'importance de la supposée missive. On présume que l'archiduchesse y écrivait qu'en Autriche Maximilien se retrouverait dans une situation ridicule et humiliante — cela dans le cas peu probable où François-Joseph le laisserait rentrer — et que par là même Maximilien devait rester au Mexique et y affronter tous les dangers. Corti doute de l'existence de cette lettre et il renvoie le lecteur à une autre lettre de la même archiduchesse Sophie, écrite quelques semaines plus tard, à l'occasion des fêtes de Noël, dans laquelle Sophie dit approuver *entièrement* — c'est Corti qui souligne — la résolution de Max de rester au Mexique et plus loin elle exprime le souhait qu'il demeure dans son pays d'adoption «aussi longtemps que tu pourras le faire dans l'honneur», mais, comme le signale Corti lui-même, l'Archiduchesse, dans cette lettre conservée aux Archives d'État de

Vienne, s'abstient totalement de dire à son fils qu'il ne serait pas bien reçu et qu'il serait tourné en ridicule s'il revenait en Autriche.

Cependant, il y avait une raison plus puissante encore pour que Maximilien restât au Mexique: la folie de Charlotte. Il est possible que quand le docteur Basch lui expliqua qui était le docteur Riedel de Vienne, Maximilien ait soupçonné déjà que quelque chose ne fonctionnait pas bien dans l'esprit de sa femme. Egon de Corti, parmi les nombreuses lettres qu'il découvrit dans les Archives d'État de Vienne et chez le comte Rudolph Ressséguier, en publia plusieurs adressées par Charlotte à Maximilien — certaines écrites en allemand, d'autres en français — d'abord depuis Paris, ensuite de différentes étapes au cours de son trajet de Paris à Miramar, puis de Miramar à Rome. Il est vrai que non seulement de longs fragments de ces lettres étaient parfaitement lucides, mais qu'il est difficile d'imaginer que des choses aussi belles, aussi délicates, aussi passionnées aient pu être écrites par quelqu'un qui n'avait pas toute sa tête. La chaleureuse réception qu'on lui avait réservée en Italie y était certainement pour quelque chose. Par exemple à Villa d'Este, sur les bords du lac de Côme, «le lac que tu aimais tant», lui écrit-elle, Charlotte trouva dans sa chambre un portrait de Maximilien avec la légende *Governatore Generale del Regno Lombardo Veneto*. A Desenzano, les troupes garibaldiennes l'attendaient avec leurs chemises rouges, le drapeau mexicain qui flottait au côté de celui d'Italie avait été brodé par les dames de Bari, et le général Hany présenta ses respects à l'Impératrice au nom du héros du Risorgimento — Garibaldi était indisposé — et l'assura que l'empereur Maximilien aurait toute l'Europe derrière lui: *Oh oui, l'empereur Maximilien entraînerait toute l'Europe avec lui**. Et il faut noter que le roi d'Italie se rendit de Rovigo à Padoue pour saluer en personne l'impératrice du Mexique, bien que quelques semaines auparavant, comme nous l'avons déjà mentionné, le navire baptisé *Rè d'Italia* — Roi d'Italie — eût été coulé, à Lissa, par le bateau portant le nom — *Erzherzog Ferdinand Max* — de l'époux de la femme à qui aujourd'hui le monarque de l'Italie renaissante rendait hommage.

La bataille de Lissa et le château de Miramar, écrivait Charlotte à Max, constituaient les deux exploits du «Prince absent» qui étonnaient tout le monde. A propos de Miramar, Charlotte lui racontait que la tonnelle couverte de lierre était devenue une merveille, que les cèdres du parc étaient très hauts et que dans la salle à manger du château, on avait ajouté les armes mexicaines à la couronne impériale, bien que l'ancien médecin, Jilek, ait eu l'idée d'entourer d'épines la couronne. Elle lui disait également qu'on avait célébré à Miramar l'anniversaire de l'Indépendance du Mexique — le 16 septembre 1866. Quant à Lissa, Charlotte racontait à son «Max tendrement chéri» que l'escadre victorieuse allait défiler devant le château dans l'ordre même de la bataille, avec Tegetthoff — l'amiral vainqueur et ami de Maximilien — à la tête de la flotte sur le *Ferdinand Max*. «*Morituri te salutant*», disait Charlotte, et elle ajoutait à la fin de sa lettre. «*Plus Ultra* était la devise de tes ancêtres. Charles Quint a montré la route. Tu l'as suivie. Ne le regrette pas. Dieu est avec toi.»

Tout cela était fort bien. Fort bien qu'à Vérone et à Peschiera, la vieille et la jeune Europe, comme le racontait Charlotte, eussent rivalisé pour prodiguer leurs attentions à l'impératrice du Mexique, qu'à Reggio tous les dignitaires de la ville fussent sortis en grande tenue pour la recevoir, qu'à Mantoue on l'eût saluée par cent un coups de canon et qu'enfin Charlotte laissât transparaître dans ses lettres qu'on l'adorait, qu'on les adorait tous deux, dans toute l'Italie. Certes, tout cela dut être encourageant pour Maximilien. Mais non, par contre, de découvrir çà et là d'étranges phrases du style: «La République est une marâtre, comme le protestantisme»; «Tu as l'Empire le plus beau du monde»; «Le monarque est le Bon Pasteur, le président est le mercenaire»; «L'Autriche perdra toutes ses possessions... Le Mexique héritera de la puissance... Et aucune de ces nations, ni l'Allemagne ni Constantinople, ni l'Italie ni l'Espagne ne seront ce que deviendra le Mexique si toi seul tu œuvres pour ton Empire.» Seule une personne n'ayant pas toute sa tête avait pu écrire ces phrases dépourvues de sens et Maximilien dut s'en rendre compte dès les premières lettre qu'en août Charlotte lui envoya de Paris et dans lesquelles, non contente d'affirmer que l'atmosphère en Europe était écœurante et déprimante, elle soutenait à Max que Louis-Napoléon était *le principe du mal dans le monde et le diable en personne*, qu'il comptait Bismarck et Prim parmi ses agents et que cette Babylone qu'était le continent européen lui rappelait les Quatre Cavaliers de l'Apocalypse. Corti nous dit que Léopold possédait une copie de la célèbre gravure de Dürer où l'on voit comment, après que l'Agneau a détaché les quatre premiers sceaux du livre des révélations, les Quatre Cavaliers — la Faim, la Peste, la Mort et la Guerre — se jettent sur le monde pour en finir avec la race humaine et que, semble-t-il, ce tableau avait profondément impressionné Charlotte depuis qu'elle était petite.

Il n'était pas difficile de se rendre compte de l'aliénation de Charlotte à travers ses lettres et peut-être est-ce là la raison pour laquelle Maximilien, comme nous le disions, est resté au Mexique. Mais il a pu ne pas en être ainsi. Bien que Blasio, envoyé par Max, se soit rendu à Miramar, où Éloin était allé lui aussi, il est probable qu'aucun des deux — et personne d'autre — n'a fait part, oralement ou par écrit, à Maximilien des détails les plus grotesques des scènes provoquées par le soudain délire de persécution de Charlotte. C'est pourquoi, si l'Empereur n'a rien su des épisodes du verre d'orangeade, de la tasse de chocolat et du pot-au-feu bouillant, si on ne lui a pas parlé du chat et de la poule, si personne ne lui a jamais dit avoir vu Charlotte boire à genoux dans la fontaine de Trevi, si personne ne lui a rapporté qu'à Bolzano Charlotte prétendit avoir vu le colonel Paulino de la Madrid déguisé en joueur d'orgue de Barbarie qui s'était rendu en Europe pour l'empoisonner, qu'à Villa d'Este elle montra un paysan en disant que c'était le général Almonte qui voulait la tuer d'un coup de pistolet, qu'à Rome le comte del Valle,

Mme Kuhacsévich et le docteur Bohuslavek durent se cacher car Charlotte avait ordonné qu'on les arrête en les accusant de vouloir l'empoisonner, qu'enfin l'Impératrice croyait que tous ceux qui l'entouraient voulaient l'empoisonner, y compris Radonetz, l'intendant de Miramar, et José Luis Blasio, et qu'elle en était même venue à penser que son propre époux, son trésor, son Max tendrement adoré voulait lui aussi se débarrasser d'elle: si Maximilien n'a rien appris de tout cela — et il y a des raisons de croire qu'on a voulu lui épargner cette douleur —, on comprend qu'il n'ait pas complètement perdu espoir. Et dans ce cas on peut supposer qu'il est resté au Mexique pour sauvegarder l'honneur des Habsbourg.

Le 7 octobre, le comte de Flandres arriva à Rome. Le lendemain, Charlotte donna l'ordre d'acheter un cœur en or sur lequel elle fit graver: *A Maria Santissima in riconoscenza di esser stata liberata de un pericolo di vita il 28-7-1866. Carlotta Imperatrice del Messico* — A la Très Sainte Marie, en remerciement pour lui avoir sauvé la vie, le 28-7-1866. Charlotte Impératrice du Mexique. Le 9 octobre elle partit avec son frère à destination du château de Miramar.

XVII
CHÂTEAU DE BOUCHOUT
1927

On a inventé la bicyclette, Maximilien, et l'autre jour le messager est arrivé déguisé en Comte de Zichy avec son costume magyar et il m'a offert une bicyclette en argent massif. Mes demoiselles d'honneur ont attaché aux rayons de ses roues des rubans de papier crépon tricolore, elles ont recouvert la selle de pourpre impériale et le guidon d'hermine, et elles lui ont adapté un parasol de soie blanche garni de franges d'or. Sur ma bicyclette, Max, les jupes retroussées, je sillonne les galeries du château en lançant de grands coups d'avertisseur pour effrayer les rois et les reines au visage prognathe qui me regardent du haut de leurs portraits. Sur ma bicyclette je suis également allée l'autre jour à Paris avec Madame del Barrio et la Princesse Metternich. Pauline nous a amenées à Montsouris pour y manger au Jardin de la Paresse. Je les ai invitées ensuite à prendre un café au lait au Pré Catelan, dans le Bois de Boulogne. Du haut de nos bicyclettes nous jetions des mies de pain aux canards qui nageaient sur les étangs et des sucreries aux enfants vêtus de velours noir et coiffés de chapeaux à pompons, qui jouaient avec leurs cerceaux jaunes. A Montparnasse nous avons rencontré Barbey d'Aurevilly, qui a voulu m'offrir la langouste vivante qu'il promène tous les soirs au bout d'une faveur bleue. Comme j'aimerais, Maximilien, me promener avec toi à bicyclette dans Paris. On se ferait prendre en photo dans le studio de Monsieur Nadar sur un fond représentant le Château de Chapultepec. Nous jetterions des pièces aux enfants enchaînés aux wagons de charbon qu'ils remorquent sur l'Ile Saint-Louis, et des confettis aux mendiants et aux chiffonniers qui courent dans la neige recouvrant les rues de Paris à la poursuite du traîneau en forme de dragon du Duc de Morny. Nous irions aux Bouffes Parisiens voir le Bataclan. Nous irions à Vienne nous promener sur le Prater. Nous irions à Londres nous promener dans Hyde Park et saluer Big Ben. Sur nos deux bicyclettes, la mienne en argent, avec ses roues décorées aux trois couleurs du drapeau mexicain, la tienne en or, avec les armes de l'Empire, nous partirions pour le Mexique visiter la Calzada de Tlalpan, Cuernavaca, la Chapelle de Tepozotlán. Nous irions, Maximilien, écouter la messe à la Cathédrale Métropolitaine, suivis par nos généraux sur leurs bicyclettes empanachées.

On a inventé la bicyclette, Maximilien, et sur ma bicyclette je suis repartie pour Paris pour visiter l'Exposition Universelle. Mais cette fois j'y suis allée toute seule, pour te chercher. Évidemment, j'ai à nouveau rencontré le monde entier et comme je suis habituée à rester seule, les lumières et le bruit m'ont étourdie. Alors j'ai fermé les yeux. Comme je le faisais étant petite, quand mon frère Léopold me parlait du *Massacre des Innocents* de Breughel et qu'il me disait que ces innocents n'étaient rien d'autre que les milliers de sujets flamands décimés par le Tribunal du Sang du Duc d'Albe. Comme quand le messager est venu me raconter les dix journées de l'Yser où plus de soixante mille soldats belges ont perdu la vie dans la bataille contre la quatrième armée allemande. Comme j'aurais dû le faire, mais je ne l'ai pas fait, chaque fois qu'au Palais de Laeken je tombais à nouveau sur les gravures de Dürer représentant les Quatre Cavaliers de l'Apocalypse. Comme j'aurais dû le faire, mais je ne l'ai pas fait, quand les mauvaises langues me susurraient que tu avais eu un enfant avec Concepción Sedano. J'ai fermé les yeux de toutes mes forces, à en avoir des éblouissements de couleurs. Jusqu'à te voir monté sur ton cheval Orispelo, au milieu des éclairs, et j'ai pressé mes mains contre mes oreilles, jusqu'à ce que je commence à entendre à nouveau «La Paloma» de Concha Méndez et que j'entende de nouveau ta voix, alors je leur ai dit, je leur ai hurlé à tous que tu étais là, à l'Exposition Universelle de Paris, et que tu étais vivant. Ensuite j'ai à nouveau fermé les yeux et je me suis débouché les oreilles, j'ai respiré et j'ai senti que l'arôme de la mélasse de l'Ile de la Guadeloupe, le parfum de la verveine de Valence dont la Princesse Radziwill s'aspergeait les tempes, l'odeur du vinaigre aromatique me suffoquaient. Je l'ai dit alors à Madame de Bovée, mon ancienne institutrice. Je l'ai dit à Garibaldi qui était caché derrière son buste d'albâtre et qui portait une de ses chemises rouges achetées au marché aux puces de Buenos Aires, et j'ai senti que le bruit lui aussi me rendait folle: les cris des *Mädchen* aux yeux bleus qui servaient des saucisses viennoises avec de la choucroute; le ferraillement des quatre sabres qui pendaient à la ceinture du Prince Tou-Kougavva, le frère du Tycoon du Japon; les carillons des horloges de Leroy and Son qui donnaient l'heure de deux pays en même temps; le fracas de la Salle Pleyel où cent musiciens jouaient ensemble sur cent pianos. Et je l'ai dit à Louis-Napoléon III qui sur un de ces pianos jouait pour Franz Liszt l'hymne de la Reine Hortense, je lui ai dit que tu étais vivant, je lui ai crié que mon grand-père Louis-Philippe avait conquis pour la France non seulement l'Algérie, mais aussi la Côte-d'Ivoire, la Côte-de-l'Or, le Gabon et les Iles Marquises, et je lui ai demandé de ne pas l'oublier. Je l'ai dit à ma belle-sœur Marie-Henriette qui m'a raconté qu'elle se sentait bien seule à l'Hôtel du Midi de Spa, seule avec ses filles Stéphanie et Clémentine, seule avec ses deux perroquets

Cher et Beaucoup, avec son cheval Cocotte et un lama qui crache à la figure des invités, seule à danser avec le maître d'hôtel. Je l'ai dit à mon neveu Albert le Roi-Chevalier, à Cavour qui me regardait à travers deux culs de bouteille, à Don Martín del Castillo, à l'épouse péruvienne de Barandarián. Il faisait si chaud que le Prince de Hohenzollern-Sigmaringen s'éventait avec la dépêche d'Ems. Et Venustiano Carranza avec le télégramme Zimmermann. Mais le télégramme que je voulais détruire avant qu'il fût connu de tout le monde, c'est celui que le Quai d'Orsay a reçu ce matin et qui a été transmis à Louis-Napoléon et à Eugénie alors que la cérémonie de remise des prix était sur le point de commencer: les neuf cents médailles d'or, les quatre mille d'argent et le nombre infini de médailles de cuivre; mais il m'a échappé des mains, il a pris l'aspect de la colombe de Concha Méndez et il s'est envolé de pavillon en pavillon, du pavillon de la Prusse à celui de l'Espagne, il s'est caché parmi les cimeterres de Damas, il a volé du pavillon de la Norvège à celui de l'Égypte, il est entré dans les bouteilles de vin stérilisé de Monsieur Louis Pasteur, il a volé jusqu'au pavillon des principautés du Danube. Le télégramme venait de Washington, m'a crié le Tsar Alexandre II qui se débarrassait du sang de cheval qui les avait éclaboussés le matin même, Louis-Napoléon et lui, quand un patriote polonais avait tiré sur eux au retour de Longchamp, il s'est caché dans les cornes d'abondance en cuir du Soudan, et le Comte de Gontaut-Biron m'a crié que dans le télégramme, le Capitaine Groeller du S.S. *Elizabeth* ancré à Veracruz disait, mais je n'ai pas voulu les écouter, je leur ai dit que c'était des mensonges, que tu étais là, vivant, au sommet de la Pyramide de Xochicalco, assis sur un trône de cuivre du Río Tinto, tenant dans une main un flacon avec des orchidées de la Sierra de Guerrero conservées dans de la glycérine, sur tes genoux une poupée mécanique de Théroud qui disait Maman, Maman Charlotte, bien vivant dans tes bottes de kangourou d'Australie, sur la tête une couronne de nids d'hirondelles de l'Ile de la Réunion, je l'ai dit à mon frère Léopold qui avait introduit son membre dans le tranchoir centrifuge à betteraves de Champonnois, je l'ai dit à ton neveu le Tsar de Bulgarie qui a passé la tête par un de ces vases de nuit qui font de la musique quand on s'assoit dessus, je vais t'acheter, Maximilien, un vase de nuit en argent qui te jouera « La Paloma » de Concha Méndez quand l'amour te tenaillera et que tu voudras me voir, un vase de nuit en acier qui te jouera la « Marche de Radetzky » quant tu souffriras de diarrhée sous ta tente de campagne, un vase de nuit en porcelaine décoré de roses et de violettes qui te jouera la « Valse du souvenir » si tu es à nouveau victime d'une crise de dysenterie et de nostalgie à Cuernavaca, je l'ai dit à François d'Assise, dit Fanchon, qui avait revêtu une robe de dentelle et qui s'était envolé au milieu des bulles de la machine à fabriquer de l'eau gazeuse, suivi d'une meute de chiens portant les noms de tous les amants de sa femme Isabelle II d'Espagne, comme ils m'ont suivie moi aussi, en aboyant : le Général Serrano y Arana, le Marquis de Bedmar et Marfori, avec le museau couvert d'écume comme des chiens enragés, le dentiste McKeon, Puig Moltejo et le Colonel Gándara, tous les animaux de l'Exposition m'ont suivie, les chèvres d'Égypte, les lévriers de Sibérie, les vaches d'Angleterre, je suis montée sur une gazelle de Tunisie, j'ai attaché des fils aux pattes des oiseaux de Chine et aux ailes des bombyx, je l'ai dit au Général Victoriano Huerta qui était saoul comme une barrique, je l'ai dit à la Comtesse Lustow, la belle-mère de Gutiérrez Estrada, je l'ai dit à Plon Plon le cousin de Napoléon III et à sa pauvre femme Chichina, je l'ai dit à Néron le chien favori de Louis-Napoléon, avant de monter avec les oiseaux et les papillons jusqu'au vélarium du Palais de l'Industrie piqueté d'étoiles, je l'ai dit au Général Fierro qui a coulé, entraîné par l'or qu'il transportait, dans les marais de la Lagune de Guzmán, mais le télégramme m'a échappé, il a papillonné au milieu des drapeaux ondoyants de toutes les nations, il est tombé par terre, des gens l'ont ramassé, je leur ai crié de ne pas le lire, je suis descendue pour le leur arracher, il faisait si chaud, mon Dieu, il y avait tellement de monde, je me suis frayé un passage dans la foule à coups de coude, le télégramme a voleté au milieu des diplomates qui recevaient les prix et les trophées récompensant les Beaux-Arts et les Arts Libéraux, les Machines, les Meubles et les Vêtements, il a frôlé la redingote écarlate de l'ambassadeur britannique, il a taché l'uniforme d'un blanc immaculé du ministre autrichien, qui est parti de l'Exposition en courant pour télégraphier à ton frère, il a effleuré les coudes bleus des uniformes prussiens, les coudes verts des officiers russes, et quand j'ai vu Eugénie, dont les mains tremblaient, quand j'ai su que même si le télégramme ne parvenait pas jusqu'à elle, rien, ni les fontaines ni les jardins intérieurs du palais de l'exposition, ni les cages contenant des perroquets et des quetzals, ni les aquariums avec leurs poissons tropicaux, ni le journal en caoutchouc que je t'ai acheté pour que tu le lises quand tu prendras un bain de fleur d'oranger dans ta baignoire d'albâtre, rien ne pouvait étancher les larmes que le matin même Eugénie avait versées dans le carrosse d'or qu'ils avaient emprunté au Musée de Trianon et dans lequel, habillée de blanc, couronnée d'un diadème de brillants, elle avait parcouru, des Tuileries au Champ-de-Mars, les vastes avenues du Baron Haussmann qui émergea d'un égout parisien couvert de charognes sanguinolentes, elle m'a crié qu'il n'y avait aucun doute, que tu n'étais pas à l'exposition, vivant et assis sur ton trône en corne de buffle, tenant dans la main droite des fruits en cire de l'Ile Maurice, coiffé d'un déluge de rubans de Coventry, les lèvres estampillées par un cachet postal où figuraient ton visage, ton nom et le nom du Mexique, vivant, ai-je crié à la tête de mon arrière-grand-père Philippe Égalité qui flottait dans un parc à huîtres, rien ne pouvait étancher les larmes qu'Eugénie a versées quand le peuple de Paris faisait pleuvoir sur eux vivats et bénédictions tandis que le carrosse impérial roulait le long de ces avenues qu'Haussmann avait fait construire non seulement pour embellir et moderniser Paris et pour que puissent y flâner les dandies et les cocottes, Viollet-le-Duc, Garnier et le Duc de Morny avec ses gants jaune citron ou des courtisanes comme la

Païva qui m'a invitée à venir voir le perron tout en onyx de son palais, mais aussi pour que les chasseurs d'Afrique puissent y charger, au grand galop et sabre au clair, contre les mendiants et les loqueteux de la Ville Lumière, contre les mutilés et les aveugles de la Cour des Miracles, je l'ai crié à Louis-Napoléon, je l'ai crié au Maréchal Randon, je l'ai crié aux cent-gardes en tunique bleu ciel, aux courtisanes qui avec la pointe d'un diamant écrivaient des messages d'amour sur les miroirs et sur les cuirasses des gardes, je l'ai crié à Nini de Castiglione qui est morte de vieillesse et de tristesse cloîtrée dans son appartement de la Place Vendôme, je l'ai crié au Baron Puck et au Général Boum qui tirait des coups de pistolet en l'air pour se rafraîchir avec l'odeur de la poudre, à l'Empereur Solouque et au Duc de Limonade, à Octave Feuillet et à Honoré Daumier: car ces larmes, que l'hymne « Le Cygne de Pesaro » composé par Rossini en hommage à Louis-Napoléon et à la vaillance de son peuple, et que Rossini lui-même avait dirigé dans la salle des concerts de l'exposition, n'avait pu sécher, ces larmes que les paysages en liège de Gérone, les tapis turcs et les bijoux de Fontenay et de Boucheron, les fusils Chassepot et les tableaux de chevaux de Rosa Bonheur n'avaient pas pu arrêter, avaient coulé sur les joues d'Eugénie, le matin très tôt, quand accompagnée par une dame de la cour, vêtue de noir, le visage caché sous une épaisse voilette, elle était arrivée en secret à l'Église Saint-Roch et qu'elle y était restée plus d'une heure, agenouillée devant l'autel, seule à seul avec Dieu et sa conscience, une conscience que ces larmes n'étaient pas parvenues à apaiser, car elle ne les a pas répandues pour toi, Maximilien, mais pour l'humiliation que l'Indien a infligée à la France, j'ai poursuivi mon périple à coups de coude à travers la foule et le télégramme m'échappait constamment des mains, je n'arrivais pas à l'attraper, il a atterri sur le bonnet de ma cousine Victoria d'Angleterre qui se plaignait des coups de bâton qu'elle avait reçus sur la tête alors qu'elle se promenait dans Hyde Park, il s'est niché sous l'aisselle du bras paralysé du Kaiser de Prusse qui exhortait les troupes italiennes à massacrer l'ennemi comme l'avaient fait les Huns d'Attila, il a plongé dans le décolleté d'Alicia Keppel qui s'embrassait avec Édouard VII le fils de Victoria tandis que la Reine Alexandra les applaudissait, mais elle n'écoutait pas ses propres applaudissements, pas plus qu'elle ne m'a écoutée quand je lui ai crié aux oreilles car elle était de plus en plus sourde, je l'ai dit à la Belle Otero qui dansait une polonaise avec Menelik, l'Empereur d'Éthiopie, qui venait de battre les troupes italiennes à Adua, je l'ai dit au Roi d'Italie Victor-Emmanuel qui se promenait suivi de ses six cents bâtards, je l'ai dit à Helena Vacaresco qui m'a raconté que mon neveu le Prince Baudouin était Lohengrin ressuscité et mort une nouvelle fois, je leur ai dit que s'ils ne t'avaient pas vu c'était parce que tu allais arriver bientôt à travers le ciel de Paris dans un aéronef qui aurait la taille et la forme d'une de ces baleines qui avaient célébré en lançant de longs jets d'eau le passage du Tropique du Cancer par ton bateau *Fantaisie*, que le revêtement de l'aéronef était en cristal et son armature en tube d'iridium d'où pendraient des sabliers pleins de poudre des sept couleurs de l'arc-en-ciel, je l'ai dit à l'Archiduc François-Ferdinand qui faisait la sieste dans la roseraie de son Château de Konopitsch, au Comte Mensdorff-Pouilly qui avait mis ma robe de fiançailles, je l'ai dit à ma belle-sœur Sissi qui se plaignait que Sophie ne la laissait pas manger sans gants, je l'ai dit au Vicomte de Conway et au Baron de Saillard, je l'ai dit au Colonel Van der Smissen qui était tombé dans les eaux de Saint-Nazaire et je l'ai dit à Éloin qui le poursuivait avec un pistolet. Ainsi qu'au Maréchal Bazaine qui se pavanait au bras de mon fils Weygand et qui arborait sur la poitrine le grand cordon de l'Ordre Militaire de Savoie que lui avait décerné le Roi du Piémont, je lui ai tiré l'oreille pour qu'il voie comment le Duc de Malakoff faisait l'amour avec sa première femme Soledad Bazaine sous le piano qu'on lui avait envoyé d'Istamboul en Mer de Marmara, et je lui ai dit que la queue de ton aéronef serait en cuivre incrusté d'yeux de biche pleins d'eau et qu'il aurait la forme, ai-je dit au Duc de Peñaranda, d'une seringue hypodermique, avec, à la pointe, une hélice imitant une orchidée, je l'ai raconté à ma cousine la Kronprinzessin Victoria, et du ventre de l'aéronef pendent six paires de balais qui lui servent de pattes quand il atterrit dans la neige du Popocatépetl et qui, pendant le vol, se chargent de balayer les rivières de grêle bleue qui sillonnent l'éther; en outre il a un nombre incalculable d'ailes: des ailes recouvertes de miroirs qui reflètent les constellations boréales, ton visage déchiqueté, des fragments du Château de Schönbrunn et du Palais de Miramar, je l'ai dit au Baron de Beust, et des morceaux de ton portrait en marin et du tableau de ton exécution peint par Manet, d'autres ailes sont comme des feuilles de fougères géantes qui répandent, quand elle ondulent comme des serpents, une pluie de rosée qui refroidit les moteurs de l'aéronef, leur ai-je dit, d'autres ailes ressemblent aux voiles de la *Santa María* et de la *Niña*, d'autres encore sont des ailes d'anges d'âges et de tailles différents, et mes dames de compagnies se chargent de les débarrasser des libellules qui nichent dans leurs plumes et il a, telle une immense nageoire, une aile en canne de bambou pleine de nids d'oiseaux affamés de toutes les couleurs qui volent comme des fous et s'écrasent contre l'armature de l'aéronef, ils se dévorent les uns les autres et leur sang est recueilli dans un entonnoir, grâce à ce sang, et non pas avec le tien, non pas grâce au sang qui dévalait les marches de la pyramide de Xochicalco, leur ai-je dit, leur ai-je hurlé, grâce à ce sang la nef du Roi du Monde se déplace, grâce au sang de tous les oiseaux du Mexique, grâce au sang des charognards qui nous ont reçus à Veracruz et de l'aigle qui dévore le serpent, leur ai-je dit quand j'ai vu les serpents de pierre sillonnés des filets de ton sang, Maximilien n'est pas mort, leur ai-je dit, et je me suis frayé un passage parmi la foule qui visitait ce jour-là l'Exposition Universelle de Paris, je suis tombée sur mon frère Philippe qui venait de renoncer aux trônes de Grèce et de Roumanie, je me suis ouvert un passage à coups de coude au milieu des lanciers français et des grenadiers aux grands shakos en peau d'ours, des cuirassiers, des zouaves en turbans et en pantalons bouffants, des chasseurs d'Afrique avec leurs plumes vertes et des fusiliers en tuniques jaunes, et le télégramme m'a à nouveau échappé des mains, il s'est caché dans un baril d'huile de foie de morue, dans un tonneau de vin d'ananas du Natal, dans un calice de cristal de Bohême, dans ces tapis de la mosquée du pavillon de l'Empire Ottoman, j'ai dit au Comte de Palikao et au Comte von Moltke, au Comte de Thun et au Duc d'Isly que si quelqu'un était sacrifié ce jour-là au sommet de la pyramide, ce serait moi, l'Impératrice Charlotte, à qui on allait ouvrir le ventre avec un couteau d'obsidienne pour que je donne le jour au César du Nouveau Monde, et qu'Eugénie pouvait s'épargner ses larmes de crocodile, tout comme son hypocrite et son gredin de mari, je l'ai dit à la statue de sel de Charles Quint dont les yeux avaient commencé à s'embuer à cause de la chaleur, je l'ai dit au cheval de sel sur lequel il était monté et qui pleurait lui aussi d'immenses larmes d'eau de mer, mais j'ai commencé à me fatiguer, je me suis ouvert un passage au milieu des conserves de chair humaine du Docteur Brunetti de Padoue qui contenaient des bras et des jambes humaines, des cœurs et des poumons, des foies dont j'aurais aimé qu'ils fussent ceux de Salm Salm et de Juárez, ceux d'Eugénie et ceux du Colonel López, ensuite je suis montée dans l'ascenseur inventé par Monsieur Eydoux, qui était un ballon aérostatique qui montait et descendait dans une cage étroite et haute, couverte de chèvrefeuille, et finalement je suis tombée à genoux au pied de la Pyramide de Xochicalco et quand j'ai voulu humecter mes lèvres de ton sang, je me suis rendu compte, Maximilien, que ces filets rouges qui dévalaient les marches de pierre n'étaient pas formés de ton sang, mais que c'étaient des rivières de punaises qui en étaient gonflées, que c'était les punaises qui t'avaient dévoré à Mexico et à Querétaro et qui te laissaient maintenant, exsangue et mort, immensément pâle au sommet de la pyramide, seul et le cœur creux et vide, alors j'ai commencé à les dévorer vivantes, comme tu te souviens, Maximilien, ces *jumiles*, ces immondes cafards que les Indiens de Cuernavaca mangeaient vivants et qui s'échappaient de leur bouche et leur couraient sur le visage, eh bien, quand j'ai quitté l'exposition avec le télégramme à la main, télégramme qui disait, Maximilien est mort, les punaises me sortaient à moi aussi de la bouche et elles se promenaient sur mes joues et dans mon cou, elles me sortaient par le nez et elles se promenaient sur le bord de mes yeux, alors j'ai cru, je me suis imaginé que, comme le monde entier se retrouvait à cette exposition et que pour ma part j'ai couru du pavillon de l'Autriche au pavillon des Bahamas, à ceux de la Belgique, des États-Unis, de Hollande, j'ai cru ou j'ai voulu croire que la planète tout entière allait te pleurer, mais quand je suis arrivée dans la rue, j'ai rencontré une fleuriste qui vendait près du Café Tortoni des bouquets de ces violettes blanches dont raffolait ton père le Roi de Rome et je lui ai dit en brandissant le télégramme, Maximilien, mon Maximilien adoré, le Roi de l'Univers, est mort; alors elle m'a demandé avec un regard étonné, Maximilien? qui c'est Maximilien? et je me suis rendu compte que si je ne disais pas au monde qui tu es, Maximilien, le monde ne saura jamais qui tu as été.

Pour y parvenir, Maximilien, je devrai échapper à mes rêves. Car vivre et mourir ainsi, prisonnière, bâillonnée, tel est le prix que j'ai dû payer, tel a été mon châtiment, non pas pour être allée au Mexique, mais pour en être partie, pour avoir échappé à la réalité afin de vivre dans un rêve. Car s'il y a une différence entre toi et moi, Maximilien, et entre tous les autres et moi, Marie Charlotte de Belgique, c'est que j'ai choisi de rêver et de rester dans mon rêve. Et pour rêver, hélas, j'ai payé le prix fort, celui de me retrouver vivante et morte à la fois. Tu sais pourquoi? Parce que ni le jour ni la nuit n'ont été inventés pour les rêves. Les lumières de l'aube ne sauraient raconter comment les rêves naissent de leurs cendres ni la pénombre du couchant comment ils l'embrasent de leurs flammes. Car le temps ne passe pas sur les rêves: ce n'est pas pour eux qu'on a inventé le soleil et les étoiles et les grains d'or des sabliers ne sauraient nous rapporter comment les rêves s'effondrent avant de se faire rêves à nouveau, pas plus que les larmes nonchalantes des clepsydres ne peuvent nous dire comment les rêves se noient dans leurs propres sanglots, dans leur propre rire, dans leur folie et dans leur clairvoyance, dans leurs propres rêves, comme dans l'ombre et dans l'éclat d'une nuit et d'un midi sans fin et sans commencement qui dansent et s'aiment et se fondent pour célébrer les noces éternelles de la lumière et des ténèbres. Parfois j'y arrive encore. L'autre jour, je m'étais échappée et j'étais allongée au fond des douves de Bouchout. C'était l'hiver et je contemplais les patineurs à travers la couche de glace qui recouvrait la surface. Quelques pêcheurs faisaient des trous dans la glace et y laissaient descendre les fils de leurs cannes à pêche terminés non par des hameçons mais par des roses bleues et givrées destinées à leur Impératrice. Le printemps est arrivé et la glace a fondu, et je contemplais le fond des barques d'où descendaient des ancres d'argent couvertes de papillons. Je voyais les corps des nageurs, leurs jambes sans poils, leurs torses brillants, je voyais le ventre des canards et des cygnes qui plongeaient leur cou dans l'eau pour me contempler. Je voyais mes lavandières qui lavaient ma robe de première communion au bord des douves. Leurs veines se vidaient de leur sang et se transformaient en branches de corail. L'automne est arrivé et les serviteurs du Château ont attaché avec des fils des cailloux aux feuilles mortes des arbres pour les faire descendre jusqu'au fond. Les feuilles sont descendues, lentement, comme une pluie d'ailes de canaris, dans l'eau des douves de Bouchout, au milieu des grappes de raisin attachées aux presse-papiers des Tuileries et parmi une nuée d'hippocampes qui se laissaient tomber, eux aussi, accrochés à leurs minuscules parachutes. Mais une fois encore, l'illusion n'a duré qu'un instant. J'étais à nouveau dans ma chambre de Bouchout, assise toute seule, comme je l'ai été pendant soixante ans.

Afin de pouvoir raconter au monde, Maximilien, qui tu étais, je voudrais que mes veines et mes os soient en cristal et que mon âme soit d'eau pure. Je voudrais que mon âme s'échappe lentement par ma bouche.

Que le monde, Maximilien, ait envie de boire mon âme et qu'il ait soif de mes paroles. Que mes paroles soient un fleuve. Qu'en s'écoulant le fleuve nomme les choses en les touchant. Qu'il appelle pierre la pierre, sable le sable, chant le chant de la pierre, écume le rire de la mer. Que mes paroles soient une pluie fine et généreuse, et qu'en tombant elles nomment tout ce qu'elles toucheront, des nuages jusqu'au sol, du dos de l'arc-en-ciel jusqu'aux cristaux cachés du sel, de la feuille la plus haute de la lune jusqu'au moindre brin d'herbe.

Dis-moi, Maximilien, n'entends-tu pas pleuvoir mon âme? Ne l'entends-tu pas frapper de ses mille doigts d'eau à la porte de ta poitrine et donner un nom à tes désirs? Ne l'entends-tu pas tambouriner sur la peau pour s'infiltrer dans tes pores? Faite de mots, mon âme déchire sa robe d'eau, transformée en serpentins d'eau, elle s'enroule autour de tes doigts, et du cou des hérons et de ses jouets d'eau elle flagelle tes paupières et le giron des montagnes. Écoute, Maximilien, personne ne t'a dit que mon âme pourrait pleuvoir sur ton visage noyé de tes propres larmes? Seras-tu capable de la boire? Oseras-tu, dis-moi, dévisager le ciel pour que mes paroles descendent jusqu'à toi, pour que je donne grâce à elles un nom à tes yeux et un éclat à ton regard? Seras-tu capable, réponds-moi, d'ouvrir la bouche pour que mon âme te pénètre jusqu'à l'âme, la baigne de mots, imprègne ton cœur, l'inonde de fraîcheur?

De l'eau, j'ai fait mon signe, moi qui pouvais voir le monde dans une seule goutte d'eau contenant toutes les eaux du monde. Si je suis allée au Château de Schwetzingen, ce n'était pas pour y boire aux jaillissements de la Fontaine de Nicolas de Pigage. Si je suis allée à Versailles, ce n'était pas pour y calmer ma soif dans la Fontaine du Dragon. Si j'ai parcouru comme une folle les rues de Rome, ce n'était pas pour y boire, je te le jure, aux fontaines de la Piazza della Pilotta. Si je suis descendue dans le gouffre sacré, ce n'était pas pour m'y désaltérer, couchée à plat ventre, avec l'âme changée en eau des princesses mayas. Avec de l'eau j'ai bâti mes rêves et je les ai transformés en oiseaux de la Fontaine de Schwetzingen. Quand tu iras là-bas, Maximilien, tu y verras mon âme fuser à gros bouillons et briller au soleil pour donner un nom au soleil, s'éparpiller dans le vent pour donner un nom au vent. Quand tu iras au Yucatán, Maximilien, et que tu visiteras le gouffre sacré, tu pourras, si tu le veux, contempler ton visage dans mon âme d'eau dormante et profonde, mais là, par contre, je te préviens que tu ne verras de ma tendresse qu'un miroir d'eau et si tu le brises, tu n'entendras que l'écho silencieux de ta voix transformée en eau enchantée.

Avec de l'eau et mes mots je forgerai mes souvenirs: la Princesse Charlotte veut emporter sa baignoire aux Tuileries pour que la Reine Marie-Amélie lui donne un bain. J'inventerai une eau amoureuse d'elle-même: la Princesse Charlotte veut se laver les cheveux dans la cascade d'Actéon poursuivi par les chiens de Diane. Une eau circulaire qui, telle un serpent de verre, s'alimentera de sa propre transparence: la Princesse Charlotte, le visage recouvert d'une voilette, veut aller toucher l'eau du baptistère de Santa Maria Maggiore. Une eau qui m'enfermera dans un monde de reflets : la Princesse Charlotte vit, calmement, dans un château d'eau sphérique, entourée de dames blanches, bleues, violettes et de dix Maximilien vêtus de leurs uniformes de marins d'eau douce. Je bâtirai ce château. Par la seule force de mon désir, je ferai en sorte que mes amours et mes souvenirs, changés en source jaillissante, s'élancent tels des colonnes de cristal en équilibre et érigent, en décrivant leurs arabesques dans l'écume de l'air, leur propre architecture, leurs arcs, leurs cloîtres, leurs ogives : la Princesse Charlotte veut écrire ses devoirs sur le cahier que son oncle le Prince de Joinville lui a offert, avec l'encre insivible que lui a apportée le Père Noël. La Princesse Charlotte veut écrire avec de l'eau l'histoire de la guerre contre les Maures que son frère le Prince Léopold va lui raconter. La Princesse Charlotte veut écrire avec de l'eau les après-midi, au Château de Claremont où son grand-père Louis-Philippe l'attend, le dimanche, avec une grappe de groseilles à la main et une grappe de baisers à la bouche. La Princesse Charlotte veut écrire sa vie avec de l'eau, avec de l'air, avec le néant. La Princesse Charlotte veut inventer le néant le plus transparent, le plus pur, le plus diaphane, le plus clair de tous les néants, afin de s'y désaltérer.

Si tu veux apprendre à écrire, me disait-on, tu dois écrire dix fois le mot maman. J'ai écrit cent fois le mot eau. Tu dois écrire, m'ordonnait-on, vingt fois le mot papa. J'ai écrit mille fois le mot eau. Maman et papa étaient de l'eau. L'encre elle aussi était de l'eau et l'eau était d'un bleu de plus en plus clair, au fur et à mesure que j'écrivais sans m'arrêter, sans tremper à nouveau ma plume dans l'encrier et ma pensée à son tour s'éclaircissait de plus en plus : elle passait du bleu marine au bleu ciel, du bleu ciel au bleu invisible. Écrire de cette façon, d'une seule traite, en reliant les mots les uns aux autres, revenait à faire naître un fleuve qui ondulait sur les *m*, tournait lui-même sur les *o*, zizaguait sur les *z*. Tout écrire à la suite sans blancs et sans espaces revenait à vivre, simultanément, ce que j'écrivais. Il faut séparer les mots, me disait-on, comme s'il était possible de séparer chacun des instants de ma vie, chaque goutte d'eau de cette enfance qui, entre les caresses de ma mère et les lilas de Laeken, la *Vie du Roi Saint Louis*, la purée de marrons, les dessins de mon oncle Joinville, voguait toute seule, vaste et tranquille, comme un fleuve sans rêves coulant vers une mer immense dont chaque vague déposait sur la plage une avalanche de promesses et dont chaque vague en se retirant emportait, pelotonnée dans un sommeil profond, les rêves dessinés sur le sable. Comme s'il était possible de séparer chaque filet d'eau de cette cataracte, de cette cascade lumineuse qu'est brusquement devenue mon enfance, quand tu es arrivé à Bruxelles et que mon âme a basculé dans le vide, dans tes yeux, dans la folie d'un amour sans fond. Comme s'il était possible, aujourd'hui, de séparer ces gouttes serrées d'eau durcie qui recouvrent et glacent mon cœur.

Ce que je veux te dire par là, Maximilien, c'est ce que j'ai toujours voulu mais n'ai pas pu te dire. J'ai inventé l'encre invisible que le Père Noël m'a apportée. Dans un flacon qui était vide pour tout le monde sauf pour moi, j'imprégnais ma plume d'air, de néant, et j'écrivais sur mes cahiers qui étaient vierges pour tout le monde sauf pour moi ce que personne, en dehors de moi, ne pouvait lire. J'écrivais sur ces pages blanches l'histoire de ma vie. Ma vie, bien que je n'eusse à l'époque que huit, neuf ou dix ans, était aussi longue et aussi courte, aussi belle ou aussi triste, aussi ennuyeuse ou aussi drôle que je le voulais. Ma vie changeait tellement que, chaque fois que je relisais ces pages, elle me semblait différente. Qui m'aurait vue alors, absorbée devant ces pages vierges, aurait pu penser que j'étais folle. Mais personne ne m'a vue. En fait, tout le monde me voyait et me parlait, mais depuis ces pages mêmes que j'ai remplies de musique et de couleur. Mon imagination était le fleuve qui irriguait ces pages, nommait les choses: oreiller, arbres, étoiles et baptisait de leurs noms les êtres qui m'étaient chers: Louise-Marie, Léopold, Philippe. C'était mon imagination qui donnait son moelleux à l'oreiller, leurs feuilles aux arbres, leur lumière aux étoiles. C'est elle qui donnait à mon père ses cheveux de jais, à mon frère son sourire, à ma mère le bleu de ses yeux. Je vivais à l'intérieur de mon imagination et il n'y a que là que je pouvais respirer. Au dehors, je me sentais étouffer. Je vivais grâce à elle la double vie de l'eau qui naît pour être pure: parfois calme, quelquefois agitée, mais toujours limpide. Quand elle était calme, mon imagination pouvait être un palais gelé. Le palais, c'était Laeken. A Laeken vivait une Princesse. La Princesse était la Belle au Bois dormant, qui rêvait au Prince tout de bleu vêtu qui viendrait la réveiller. Agitée, mon imagination pouvait se fracasser contre les roches qu'elle inventait elle-même, se briser et s'envoler dans les airs, blessée, en mille morceaux, en mille illusions déchiquetées, mais elle redevenait toujours elle-même, tout entière, identique à elle-même, sans qu'il lui manquât une seule goutte. Car l'eau ne se brise pas. Car l'eau, en vérité, ne s'abîme pas.

Je ne sais à quel moment j'ai oublié ce que j'avais écrit sur mes cahiers par douzaines, ni à quel moment j'ai perdu la faculté de lire ce qui m'avait coûté tant d'effort et tant d'amour à écrire. Je sais seulement que depuis très longtemps, pour moi comme pour les autres, leurs pages restent blanches. J'ai été si furieuse de le découvrir, je me suis sentie si malheureuse que je les ai arrachées une par une. Ma chambre a été recouverte de feuilles et alors je me suis souvenue de ton fidèle José Luis Blasio qui, dans ton bureau du Château de Chapultepec, étendait sur le parquet et sur les tapis tes lettres et tes décrets pour en laisser sécher l'encre. J'aurais pu les tordre et les attacher pour en faire une corde et m'échapper par un balcon de Bouchout: mais je n'ai pas voulu qu'on dise un jour que je me suis enfuie accrochée à mon propre néant. J'aurais pu, également, coudre toutes les feuilles avec mes cheveux blancs et t'en faire un linceul: mais je n'ai pas voulu qu'on dise un jour que je t'avais enterré sous mon silence. Je les ai ramassées, à genoux, une par une, j'en ai fait un tas et je me suis juré que, même si je devais vivre, souffrir et mourir une fois encore, je devais dire dans ces pages ce que j'ai toujours voulu te dire. Je me suis également souvenue de ton fils, Sedano y Leguizano, qui s'est dénoncé lui-même car les lettres qu'il écrivait aux Allemands avec de l'encre invisible étaient toutes blanches : cet idiot n'a jamais eu l'idée de rédiger ses messages secrets entre les lignes d'une lettre quelconque. Je ne vais pas connaître la même mésaventure : j'ai déjà commencé à écrire, avec de l'encre véritable, avec l'encre violette tirée du catalpa rose que Blasio m'a rapportée du Mexique, l'histoire banale de ma folie et de ma solitude, les Mémoires creux de soixante années d'oubli, l'obscur journal de vingt-deux mille jours qui se sont changés en vingt-deux mille nuits. Cette histoire-là n'intéresse personne. Même si je me suis efforcée d'y raconter le plus beau de mon enfance et de notre amour. Même si je me suis appliquée à ne pas omettre de raconter, aussi, le plus tragique de notre aventure et de ta mort au Mexique. Ou peut-être parce que je l'ai raconté trop souvent. Mais entre les lignes, Maximilien, où je ne sais parler d'autre chose que des citronniers en fleurs des Tuileries ou de la balle qui t'a ôté la vie sur le Cerro de las Campanas, entre les lignes et avec l'eau bénite que m'a apportée l'autre jour le messager déguisé en saint Michel Archange, je vais écrire sans jamais m'arrêter, même si apparemment je reste paralysée, immobile pour l'éternité, comme le jour où j'ai joué avec mes frères à me tenir sans bouger dans les Jardins de Laeken, je vais écrire, d'une seule traite, comme un fleuve qui n'atteint jamais l'horizon, comme un torrent qui se précipite dans l'infini, tout en gardant mon calme, un calme immense, même s'il semble que, depuis la nuit où j'ai rêvé que ma mère était morte, où je me suis éveillée et levée d'un bond, j'ai couru jusqu'à sa chambre, j'ai ouvert la porte et je me suis retrouvée dans une immense galerie, que j'ai parcourue de bout en bout, pour tomber sur un escalier, que j'ai descendu, puis sur un autre, même s'il semble, te disais-je, que depuis lors je ne fais que courir à travers le monde et ouvrir des portes, descendre des escaliers à la recherche non pas de ma mère, morte ou vivante, mais de moi-même : mes paroles seront alors comme l'eau profonde d'un étang, mes paroles seront un puits d'eau calme et quand elles appelleront l'iris iris, celui-ci s'immergera dans l'eau dormante de mes paroles et il se fera deux fois plus iris. Et quand j'appellerai l'oiseau oiseau, il naîtra de mes paroles, il prendra son vol, les ailes mouillées, et il se fera dans le ciel mille fois plus oiseau. Ce n'est qu'alors que je commencerai à te dire, enfin, ce que je n'ai jamais cru pouvoir te dire et que maintenant je t'avoue.

Il te faudra alors, Maximilien, il faudra à tous ceux qui voudront me comprendre, apprendre à lire de nouveau. Il te faudra découvrir par toi-même ce que je veux te dire entre les lignes. Il te faudra, il faudra aux Mexicains comprendre que quand je parle de ma rancœur à ton et à leur égard, il se peut que je parle, en réalité, de ma tendresse. Que quand j'écris sur ma haine, il se peut que j'écrive, en réalité, sur mon amour pour toi, pour le Mexique, pour ce que tu as été, pour ce que sera mon Empire. Mon Empire, Maximilien, ne s'édifiera que sur l'oubli : nous avons besoin d'oublier ce qu'ils nous ont fait. Les Mexicains ont besoin d'oublier ce que nous leur avons fait. L'autre jour, Napoléon III est venu me voir et il m'a offert un verre de jus d'orange pour que j'écrive mes Mémoires avec lui. Il aurait pu me jurer que ce nectar provenait des fruits des orangers de l'Alhambra, sous lesquels tu as songé aux gloires passées de la Maison d'Autriche. Il aurait pu me dire que c'était le jus sirupeux des fruits des orangers d'Ayotla à l'ombre desquels, mais il est inutile que je te le redise une fois encore et que je le répète à satiété au monde entier, nous nous sommes séparés pour toujours. J'ai su que ce n'était pas avec du parfum ou de l'ambre, ni avec des liqueurs dorées que je devais t'écrire ce que je t'écrirais, même si on m'avait juré que c'était le jus des fruits des orangers qui ont fourni leurs fleurs pour mon diadème de noces. Le messager est également arrivé déguisé en Pie IX et il m'a apporté un bol de chocolat, et je me suis rendu compte que ce n'était pas non plus avec le sombre parfum, avec l'écume ardente de ce philtre somptueux que j'ai bu un soir à Hecelchakán et que j'ai bu à nouveau à Ticul et à Hunucmá, à Calkiní et Halachó, que j'ai écrit ce que je t'ai déjà écrit. En outre si tu savais, Maximilien, quel dégoût m'a envahie quand j'ai imaginé que le jus d'orange était mon urine et le chocolat mes excréments. Si tu savais quel dégoût j'ai eu à me souvenir du Docteur Jilek tenant en l'air un flacon de mon urine, près de la fenêtre, pour l'examiner à contre-jour. Pour constater quoi, Maximilien? Pour savoir si, en plus d'être folle, je suis diabétique? Ou pour découvrir que la douceur que j'ai accumulée tout au long de ces années, la douceur de mon amour pour toi et pour le Mexique, cette douceur, dont je ne peux faire don à personne parce que personne ne m'écoute, est si grande, si forte qu'elle m'étouffe, que je sens que mon cœur va en éclater, qu'elle se répand dans mon sang, qu'elle rejaillit par les pores de ma peau, qu'elle ressort dans ma salive et mes urines? Si tu savais le haut-le-cœur qui m'a secouée quand je me suis souvenue du Docteur Bohuslavek en train d'observer, dans un bol, un échantillon de mes excréments. Pour apprendre quoi, Maximilien? Pour y trouver le pétale mal digéré d'une rose des Jardins de Bouchout ou un lambeau de ton uniforme d'amiral? Ou pour y découvrir que je suis rongée de vers, et que ce sont ces vers, et non pas l'enfant du Colonel Van der Smissen, qui ont fait gonfler mon ventre comme un ballon? Si tu savais, Maximilien, comme il m'est pénible que tous ces liquides immondes me rappellent que je suis vivante, certes, vivante mais très vieille. Toute petite, comme j'étais très fière et très propre, j'ai appris très tôt à faire mes besoins dans le petit pot de chambre en porcelaine que m'avait offert ma grand-mère Marie-Amélie. Mais cela aussi je l'ai oublié. Presque toutes les nuits j'urine dans mon lit. Parfois également je rêve que je pourris sur pied, je me réveille croupissant dans mon propre jus nauséabond et je me mets à pleurer.

Hélas, Maximilien, Maximilien : t'a-t-on dit que l'on m'a vue boire dans le creux de mes mains l'eau de la Fontaine de la Villa Médicis? T'a-t-on raconté qu'une nuit je suis sortie en courant de Miramar pieds nus, pour boire dans la fontaine à l'enfant qui étrangle une grue? T'a-t-on confirmé qu'on a vu l'Impératrice Charlotte boire dans une cruche d'argile l'eau de la Fontaine de Tlaxpana, se baigner tout habillée dans les Chutes du Niagara, et toute nue dans la Fontaine de Trafalgar? T'a-t-on dit qu'on m'a vue faire mes ablutions avec l'eau de Linderhof et me gargariser avec l'eau de la rivière Churubusco? T'a-t-on raconté, Maximilien, qu'on m'a vue boire à genoux l'eau de la Fontaine de Trevi dans le verre de Murano que le Pape m'a offert? Comme je te plains, Maximilien, si tu commences à croire tout ce qu'on te dit. Écoute: je ne veux pas et je n'ai jamais voulu être engrossée entre les jambes, par le vagin. De toute façon, ni toi ni personne ne pourrait aujourd'hui me pénétrer car les mygales que m'a rapportées le messager sont descendues de ma perruque pour faire leur nid sur mon pubis et elles ont tissé sur mon sexe une toile chatoyante aux fils d'acier. En outre, c'est avec les épines des roses, et non pas avec les roses elles-mêmes que je me suis fabriqué une ceinture de chasteté. C'est par la bouche que je veux être fécondée, et ton membre n'y sera pour rien, pas plus que ton sperme: c'est l'eau qui me fertilisera, cette eau que j'ai constamment voulu boire dès que j'ai commencé à mourir de soif. Mais moi, Maximilien, moi Marie Charlotte de Belgique, la folle du logis, l'Impératrice du Mexique et de l'Amérique, je n'irai jamais boire aux fontaines où se désaltèrent les mendiants, où barbotent les enfants et où les lépreux lavent leurs plaies. Ma soif est d'une autre extrace. Je suis une fillette et je le serai toujours, mais non pas par manque de croissance: ma pureté et mon innocence sont aussi hautes qu'une cathédrale gothique. Je suis et je serai une mendigote, mais je mendie les traces de l'aube et je fouille les poubelles à la recherche de la peau de la lune. Je suis malade, également, mais ma maladie vient des roses effeuillées, des arcs-en-ciel qui se fichent dans ma poitrine, des astres et des aurores boréales qui m'entrent par les yeux pour illuminer mon délire. Je vais boire aux fontaines mêmes où Heine, Rilke, Mozart se sont désaltérés, si Dieu me le permet un jour. Si Dieu, si l'imagination m'inondent de leur grâce et me rendent ma transparence.

XVIII
QUERÉTARO 1866-1867

1. Dans la souricière

Pendant l'année 1866 une série d'émeutes, de révolutions et de guerres ont ébranlé les pays européens. Le journal *la Patrie*, de Paris, assurait que l'insurrection de Palerme, les révoltes de Candie, les bouleversements survenus dans l'Empire ottoman, l'inquiétude qui prévalait en Grèce et les victoires remportées par les juaristes au Mexique étaient autant d'événements qui faisaient partie d'une vaste conspiration internationale ourdie devant l'imminence d'une guerre avec l'Allemagne et d'une conflagration générale en Europe. La France, face à la menace prussienne et aux pressions américaines, avait amplement de quoi être inquiète et Maximilien ne pouvait plus rien attendre de Louis-Napoléon. Charlotte, depuis l'Europe, l'avait dit en trois mots : tout est inutile. Les deux autres nations qui, à l'origine, avaient participé à la conférence et à l'invasion tripartites, l'Angleterre et l'Espagne, devaient être, évidemment, encore moins disposées à s'intéresser de nouveau au Mexique et à son Empereur. Au cours de l'année 1866 les Anglais avaient dû affronter, d'un côté, le soulèvement de la population noire de la Jamaïque et, de l'autre, un phénomène touchant de près leur territoire et leur conscience : une fois terminée la guerre de Sécession aux États-Unis, tous les membres du Sinn Féin qui y avaient participé étaient revenus en Irlande pour lutter, dans la clandestinité et en faisant fréquemment appel au terrorisme, en faveur de l'indépendance de leur patrie par rapport au Royaume-Uni. Et l'Espagne, qui pendant plus de quarante ans s'était refusée à reconnaître l'indépendance du Pérou, était en guerre contre la nation sud-américaine : en 1864, l'amiral Pinzón avait occupé les îles Chincha ou îles à guano, et au cours de l'année 1866 l'escadre espagnole avait bombardé le port de Callao et, comme le Chili était allié au Pérou contre l'Espagne, le port chilien de Valparaíso.

Pour ce qui est des victoires juaristes dont parlait *la Patrie*, elles furent effectivement fréquentes en 1866, une année qui avait débuté sous dc funestes auspices pour le précaire Empire mexicain : le 5 janvier, près de mille soldats américains noirs, sous les ordres du colonel Reed et du général Crawford, envahirent et pillèrent sans merci le port frontalier de Bagdad, dans le Tamaulipas, alors sous le contrôle des forces impériales. Peu après, trois cents hommes de la Légion étrangère subirent sur le domaine de Santa Isabel, près de la ville de Parras, une défaite retentissante qui rappela le désastre de Camerone. Quand, quelques jours plus tard, le Général Douay voulut châtier les vainqueurs, ceux-ci s'étaient évanouis dans le désert de Mapimí.

En mars, les troupes franco-mexicaines furent victimes d'une nouvelle *débâcle** à Santa Gertrudis, prélude à la chute de Matamoros aux mains des juaristes. Dans ses Mémoires, le colonel Blanchot rappelle la phrase célèbre d'une reine de France qui s'était exclamée, alors qu'on lui disait que le peuple de Paris n'avait pas de pain à manger : « Eh bien, s'ils n'ont pas de pain, qu'ils mangent de la brioche ! » et, mi-figue mi-raisin, Blanchot se demande pourquoi le général Olvera ne s'en était pas souvenu, en faisant boire du vin à ses hommes puisqu'ils n'avaient plus d'eau. En effet, la colonne dont les soldats n'avaient plus bu une goutte d'eau depuis quarante-huit heures fut détruite par les forces du général juariste Mariano Escobedo. Le convoi qui escortait la colonne ne transportait rien de moins que quarante mille bouteilles de vin de Bordeaux. Si le général Olvera avait eu un peu d'imagination... Une bouteille de Château-Margaux par tête, dit Blanchot, aurait assuré la victoire.

Mais, avec ou sans vin, la victoire revint aux juaristes, et à Santa Gertrudis et Santa Isabel s'ajoutèrent au fil des mois d'autres victoires républicaines qui, combinées à l'abandon de certaines places après le retrait des Français, rendaient encore plus urgente la décision de Maximilien : ou bien abdiquer et se rembarquer pour l'Europe, ou bien se consolider sur le trône et revenir le plus vite possible dans la capitale de l'Empire. Le bruit courait que Porfirio Díaz se rapprochait d'Orizaba. S'il y avait lieu de mettre cette nouvelle en doute, il était par contre certain que les forces du général mexicain avaient taillé en pièces à La Carbonera une colonne de la légion autrichienne commandée par Karl Krickl, l'officier qui, dans une lettre adressée à Vienne à son frère Jules, observait qu'à Orizaba Maximilien n'était entouré que « d'aventuriers et de charlatans ». Quelque chose d'approchant était arrivé au commandant de la légion belge, Van der Smissen, qui avait récemment proposé à Maximilien d'organiser une division dont il aurait pris la tête et qui lui avait également suggéré, entre autres, la création d'une brigade austro-belge que lui, Van der Smissen, aurait commandée et une autre placée sous les ordres du colonel Miguel López — un autre des « compères » de Maximilien. Le général Mejía aurait reçu la charge de chef de l'état-major.

Un mois ne s'était pas écoulé que Van der Smissen fut battu à Ixmiquilpan, trompé, d'après lui — et il le souligne dans ses *Souvenirs du*

Mexique — sur le nombre des libéraux qu'il devait affronter. Corti indique que les soldats mexicains de la légion autrichienne désertèrent en présence de l'ennemi. Van der Smissen connut à nouveau la même mésaventure vers la fin de 1866 — et il le raconte également dans ses Mémoires — quand à la sortie de Tulancingo le 6e de cavalerie rejoignit l'ennemi au galop. Mais les Mexicains n'étaient pas les seuls à abandonner les rangs impériaux. Des Français, des Belges, des Autrichiens, les Nubiens du bataillon égyptien, mais surtout les hommes de la Légion étrangère désertaient eux aussi, et Blanchot raconte qu'en une occasion, alors qu'ils se trouvaient près de la frontière, quatre-vingt-neuf légionnaires passèrent d'un seul coup, tous ensemble, du côté américain.

D'anciens partisans désertaient à leur tour et on savait que quelques familles distinguées préparaient déjà leurs pénates pour gagner, sous la protection de la colonne française, Veracruz puis l'Europe. Les vieux amis, comme Hidalgo y Esnaurrízar, abandonnaient eux aussi l'Empereur. Maximilien l'avait rappelé au Mexique pour lui donner un poste de conseiller d'État, après l'avoir remplacé, en tant que représentant à Paris, par le général Juan Nepomuceno Almonte. Hidalgo revint au Mexique, effectivement, mais, pris de panique, il profita de la première occasion pour regagner en cachette l'Europe.

Il est vrai que si certains partaient, d'autres arrivaient au Mexique pour prendre le parti de l'Empereur, comme les généraux Miramón et Márquez. Leur retour inattendu rendit furieux le ministre de la Guerre, le général Tavera, étant donné qu'ils avaient abandonné tous les deux sans autorisation leurs commissions respectives. Cependant, Tavera ne se risqua pas à les arrêter — en fait, il ne s'y résolut jamais — sans consulter auparavant l'Empereur. Mais Maximilien était pratiquement séquestré par le père Augustin Fischer sur le domaine de Xalapilla, près d'Orizaba. Le colonel Blanchot, qui assuma temporairement la charge de vice-ministre de la Guerre, dit dans le troisième tome de ses Mémoires que le congrès qui devait trancher entre l'abdication ou le maintien en place de Maximilien s'ouvrit le 26 novembre à Orizaba, en présence de dix-huit membres seulement, dont quatre étaient des ministres du gouvernement impérial. Les absences s'expliquent par le fait que la plupart des autres fonctionnaires n'étaient guère disposés à affronter les dangers d'un voyage de soixante lieues à travers des contrées où pénétraient de plus en plus fréquemment les guérilleros juaristes. D'après Blanchot, le vote des quatre ministres fit partie d'une majorité de dix voix en faveur de la continuation de l'Empire. D'autres auteurs, dont Corti, ne parlent pas d'un « congrès » mais d'un conseil des ministres qui aurait dû inclure Bazaine, mais le maréchal s'excusa. Corti dit que onze ministres se déclarèrent favorables à l'abdication, « une autre partie y était opposée, et le reste souhaitait que l'on ajournât toute décision jusqu'à ce que fussent assurés les intérêts des partisans de l'Empire ». De son côté Scarlet, l'ambassadeur britannique, informa Londres que le Conseil avait voté par dix-neuf voix pour la prolongation de l'Empire, et deux voix contre. Quoi qu'il en soit, le fait est qu'au matin du 28 novembre Maximilien semblait résolu à partir et il rédigea plusieurs lettres d'adieu adressées aux ambassadeurs européens au Mexique. Mais dans l'après-midi de ce même 28 novembre, il changea d'avis et annonça qu'il n'abdiquerait pas.

Le même jour arrivait à Veracruz le navire à aubes *Susquehanna* en provenance de New York et La Havane. Il avait à son bord le célèbre général William Sherman et le nouvel ambassadeur américain accrédité auprès du gouvernement de Juárez, Mr. Lewis Campbell. On découvrit plus tard que le général Sherman remplaçait le général Ulysses Grant, qui avait refusé d'accompagner Campbell au Mexique, mais on n'a jamais élucidé ce que faisait le tout nouvel ambassadeur à Veracruz, alors que Juárez se trouvait dans le Chihuahua à deux mille kilomètres de là. Apparemment, les deux Yankees avaient l'intention de débarquer dès que Maximilien aurait fait savoir qu'il abdiquait. Comme ce ne fut pas le cas, le *Susquehanna* repartit à destination de La Nouvelle-Orléans et les émissaires que Maximilien envoya à Veracruz pour s'informer de la présence des Américains ne purent pas pu prendre contact avec eux.

Dans une lettre au président du Conseil des ministres Teodosio Lares, Maximilien affirma son émotion profonde devant les manifestations de « loyauté et d'amour » émanant des membres de son cabinet et il se déclara prêt « à tous les sacrifices ». Il posa comme conditions à son maintien au Mexique, entre autres, que l'on promulguerait des lois de mobilisation générale, qu'on couperait tous les liens avec les Français, qu'on continuerait à chercher un accord avec les États-Unis, qu'on annulerait le décret du 3 octobre et qu'enfin les conseils de guerre traiteraient uniquement de crimes de droit commun. Le 10 décembre fut la date choisie pour faire connaître à la nation mexicaine la décision de Maximilien de ne pas lâcher les rênes de son empire.

Maximilien quitta Orizaba le 12 décembre 1866, jour de la Vierge de Guadalupe, patronne du Mexique et de l'Amérique. La nuit précédente, les ministres avaient fêté son départ avec force bouteilles de champagne et le père Fischer avait tellement bu qu'il ne put accompagner l'Empereur lors de la première étape. Le cortège dépassa Ojo de Agua et s'arrêta dans la résidence de campagne de l'archevêque de Puebla, le domaine de Xonaca où, d'après ce que rapporte Montgomery Hyde dans son livre *Mexican Empire*, Maximilien poursuivit ses excursions botaniques et entomologiques. De son côté, le docteur Basch nous dit que l'Empereur s'amusait également à dessiner de mémoire le château de Miramar et l'abbaye de Lacroma et qu'après le déjeuner il s'entraînait à tirer au but au pistolet, mais qu'alors Bilimek se retirait parce qu'il ne supportait pas le bruit. C'est sur le domaine de Xonaca que l'Empereur accepta enfin d'accorder une audience au général Castelnau, qui arriva accompagné de l'ambassadeur de France au Mexique, Alphonse Dano.

Le général Castelnau ne cacha pas à Louis-Napoléon l'opinion qu'il avait de Maximilien. Dans son livre, Hyde cite le numéro d'août 1927 de la *Revue de Paris* où furent publiés des extraits d'une lettre du général à l'empereur des Français. Ce dont on avait besoin au Mexique, disait Castelnau, « c'est d'un homme doué de bon sens et d'énergie ». Et Maximilien, ajoutait-il, était dépourvu de l'un et de l'autre. Aux yeux de Castelnau, Maximilien était tout juste « un dilettante » et à ses défauts personnels « il avait ajouté cette malice très mexicaine qui lui permettait de cacher ses desseins ». A cette date, tout le monde connaissait déjà le télégramme que l'empereur français, fou de rage, avait envoyé à son aide de camp en apprenant la décision de Maximilien de rester au Mexique, où Louis-Napoléon ordonnait à Castelnau de procéder au rapatriement immédiat de tous les Français qui souhaiteraient regagner leur pays. Une des conséquences de ce télégramme fut également la dissolution des corps de volontaires autrichien et belge.

La mission de Dano et de Castelnau était d'obtenir à tout prix l'abdication de Maximilien et c'est pour cette raison qu'ils lui peignirent la situation avec les couleurs les plus sombres. Mais d'un côté Maximilien était entouré de gens qui tentaient de le convaincre du contraire et dont les arguments finirent par l'emporter. De l'autre, il devenait désormais évident que l'attitude de Bazaine était extrêmement ambiguë : quand Dano et Castelnau dirent à Maximilien que la seule issue était l'abdication et que c'était là ce que pensait l'empereur des Français lui-même, Maximilien leur tendit un télégramme qui se trouvait sur sa table. Il était daté de la veille, le maréchal y pressait Maximilien de conserver sa couronne et il promettait de faire les efforts nécessaires pour soutenir l'Empire. Le message semblait donc en contradiction complète avec les dernières instructions de Louis-Napoléon.

Selon Blanchot, ce télégramme ou cette dépêche avait été falsifié par le père Fischer. Mais de toute façon, la conduite de Bazaine éveillait bien des soupçons. Certains historiens pensent que le maréchal souhaitait rester au Mexique parce que cette solution répondait aux vœux de Pepita Bazaine. On a dit également que Bazaine a aspiré, à un moment donné, à devenir le Bernadotte du Mexique et à fonder dans ce pays, après le départ de l'Archiduc, une dynastie aussi brillante et aussi durable que celle de Charles XIV de Suède. Émile Ollivier raconte que Maximilien, après avoir savouré la surprise de Dano et de Castelnau, leur dit qu'il connaissait fort bien le double jeu du maréchal et qu'il n'ignorait pas que le jour même où il avait fait toutes sortes de promesses à Miramón et à Márquez, Achille Bazaine avait invité Porfirio Díaz à déjeuner. Plus tard le général Díaz devait raconter que Bazaine, à travers un intermédiaire, lui avait offert de lui vendre six mille fusils et quatre millions de cartouches, ainsi que des canons et de la poudre, étant entendu que la vente se ferait si Díaz se transformait en leader politique et militaire du Mexique. Cependant, Émile Ollivier souligne qu'aucun chef militaire n'aurait pu faire ce genre d'offre sans l'approbation préalable de son ministre, sous peine d'être traduit devant un tribunal de guerre.

De toute façon, Dano et Castelnau n'avaient besoin de personne pour alimenter leur ressentiment contre Bazaine. A cette date, tous les chefs français s'attaquaient les uns les autres ouvertement ou à mots couverts. Bazaine était la principale cible de toutes les critiques et, en particulier, il était en butte aux manœuvres du général Douay qui, dans les lettres qu'il adressait à sa femme à Paris, mettait le maréchal plus bas que terre. Douay savait fort bien que ces lettres finiraient par tomber entre les mains de Louis-Napoléon, étant donné que sa femme était la fille du général Lebreton, commandant militaire du palais des Tuileries. De son côté, Bazaine — nous dit Corti — s'était débrouillé pour obtenir un brouillon d'un rapport de Castelnau à l'empereur des Français et, indigné par les accusations contre lui que contenait le rapport, avait écrit à Paris pour demander qu'on le mît en disponibilité. Le nouveau ministre de la Guerre de Louis-Napoléon, le maréchal Niel, avait tenté de le calmer.

De retour à Mexico, Maximilien ne résida pas, au début, au Palais impérial ou au château de Chapultepec. On peut supposer que tous deux étaient à moitié vides, non seulement parce que l'Empereur avait fait acheminer sur Veracruz la plupart de ses objets personnels : durant son absence n'importe quoi avait pu arriver, pas seulement un pillage, mais aussi toutes sortes de ventes directes ou aux enchères. Castelot raconte, par exemple, qu'en abandonnant le château de Chapultepec, Maximilien et sa suite avaient laissé les grilles ouvertes et que l'Empereur avait oublié de payer son salaire au cuisinier du château, qui se vit du même coup dans l'obligation de vendre la batterie de cuisine et les provisions contenues dans la cave. Maximilien s'installa au domaine de la Teja, à quelques kilomètres seulement de la capitale, où ses anciens ministres libéraux vinrent prendre congé de lui : Ramírez, Robles et Escudero. Miramón et Márquez, ainsi que le général Mejía, avaient très vite rejoint l'Empereur. De l'avis de ces officiers la situation était délicate, certes, mais pas désespérée. Les partisans des trois militaires se joignirent à eux, le colonel Khevenhüller se chargea de former un régiment de hussards mexicains, le lieutenant-colonel baron Hammerstein un régiment d'infanterie et le comte Wickenburg organisa la gendarmerie. Sur ces entrefaites, M. Murphy présenta un projet d'organisation de l'armée, selon lequel les trois corps compteraient mille neuf cent treize officiers, vingt-neuf mille six cent soixante-trois hommes, six mille six cent quatre-vingt-onze chevaux et dix batteries et demie. Comme le souligne Corti, ce rapport avait pour objet de faire croire à Maximilien qu'une force militaire considérable serait très rapidement à sa disposition et que si, d'après Murphy lui-même, le nombre des dissidents se montait à trente-quatre mille environ, les forces en présence seraient alors relativement équilibrées. Mais cela n'était pas et ne serait jamais vrai.

Au même moment, Maximilien recevait de Vienne une note où on lui disait que l'impératrice Charlotte était complètement rétablie, aussi bien physiquement que mentalement. Rien n'était moins sûr, et un autre télégramme se chargea presque aussitôt de démentir le précédent. Quoi qu'il en soit, le sort en était désormais jeté et il semblait que rien ne pourrait plus dissuader Maximilien, qui décida d'organiser un nouveau vote. Cette fois, le maréchal Bazaine participa vraiment aux travaux de la junte, même s'il s'en est repenti par la suite et s'il l'a qualifiée de comédie, étant donné que la décision de Maximilien était déjà prise : il resterait au Mexique.

En effet, Maximilien avait choisi cette solution, comme le démontre, en premier lieu, le fait que, convaincu de l'impossibilité de convoquer une Assemblée nationale, il ait consenti à ce qu'une « junte » composée par les membres de son cabinet et par quelques éminents conservateurs mexicains décidât du destin de l'Empire. En second lieu, qu'il ait accepté sans broncher le résultat du vote, bien que la majorité en faveur de l'Empire ne fût que d'une voix. Une certaine confusion semble régner pour ce qui est des chiffres, étant donné que Hanna et Hanna, dans leur livre *Napoléon III et le Mexique*, font état de trente-cinq participants dont, d'après les historiens nord-américains, vingt-quatre ont voté pour l'Empire, six contre et cinq se sont abstenus — et ceux qui se sont abstenus, affirment Hanna et Hanna, étaient des membres du clergé qui ont allégué que la politique n'était pas de leur ressort. Mais d'autres historiens, qui avancent des chiffres différents, soulignent qu'on a donné le droit de vote à Fischer et que c'est sa voix, positive, qui a déterminé le résultat. S'il en a été ainsi, on peut affirmer que le destin de l'Empire mexicain, et celui de Maximilien de Habsbourg, ont été décidés, ce jour-là, par l'ancien pasteur protestant allemand.

Quoi qu'il en soit, le fait est que Maximilien a accepté la décision de la junte et qu'il est resté au Mexique.

Les Français, par contre, sont partis :

Ya los franceses marchan
para San Juan De Ulúa,
a recoger jujurifirifiró
y a beber vino Jerez
pitos y tamboforoforés,
vasos de cristal oroporé...

disait la chanson inventée pour la circonstance et qui, avec « Adieu, Maman Charlotte », est venue grossir le folklore mexicain de l'intervention française.

Mais avant le départ des Français, la rupture allait être consommée entre Maximilien et Bazaine aussitôt après la parution, dans le journal *La Patria*, d'un article qui insultait les Français — c'est du moins ainsi qu'ils le reçurent. Bazaine ordonna la fermeture du journal et la détention de l'auteur de l'article. Au même moment, Márquez fit arrêter un Mexicain, Pedro Garay, qui, d'après Corti, était au service de Bazaine. Le commandant français Maussion demanda qu'on libère Garay et comme il n'en était rien, il ordonna la détention du général Ugarte, le chef de la police mexicaine, ce qui fut considéré par Maximilien comme une ingérence inadmissible. Enfin, Bazaine reçut une lettre de Teodosio Lares où, entre autres, il lui reprochait l'absence de tout appui des troupes françaises aux forces impériales mexicaines lors de l'attaque contre l'agglomération de Texcoco. Le maréchal répondit que, compte tenu du ton de la lettre, il refusait tout contact avec le gouvernement de Lares. Il fit part également de cette décision à Maximilien dans une autre lettre qui lui fut retournée le jour même accompagnée d'un message signé par Fischer, où il lui indiquait que Sa Majesté, sous réserve que Bazaine retire ce qu'il avait dit, ne souhaitait plus avoir à l'avenir de rapports directs avec lui.

C'en était fini. Maximilien ne revit jamais Bazaine puisqu'il refusa l'audience sollicitée par le maréchal pour prendre congé. Le 5 février 1867, Maximilien, d'une fenêtre du Palais impérial et derrière un rideau entrouvert, contempla le départ de l'armée française. La colonne emprunta la Alameda à neuf heures du matin, suivit les rues de San Francisco et des Plateros, atteignit la Plaza Mayor et défila devant le Palais.

Une escorte de spahis à cheval précédait le maréchal Bazaine. Suivaient le général Castelnau, l'état-major, une escorte et un escadron de chasseurs de France, les chasseurs de Vincennes, le général Castagny, le 7e et le 95e de ligne, l'artillerie, un bataillon du 3e de zouaves, les bêtes de somme et une brigade du 3e de zoauves qui fermait la marche. La colonne prit la direction de l'octroi de San Antonio.

On dit que Maximilien mumura alors:

« Maintenant, enfin, je suis libre. »

Une phrase qui rappelait l'exclamation d'Eugénie quand les forces espagnoles et britanniques s'étaient retirées de Veracruz: « Grâce à Dieu, nous nous sommes débarrassés de nos alliés ! »

Avant de quitter le Mexique, les Français détruisirent toutes les armes et les munitions qu'ils ne pouvaient pas emporter avec eux. Léonce Détroyat cite une revue, *Nord*, qui se demandait, scandalisée, comment il avait été possible qu'au moment de l'évacuation Bazaine eût ordonné de jeter à l'eau quatorze millions de cartouches, au lieu de les laisser à Maximilien. Cependant, Bazaine, malgré tous les malentendus existant entre Maximilien et lui, avait commencé, les derniers temps, à ressentir une certaine pitié pour l'Archiduc. C'est ainsi qu'il télégraphia depuis Acultzingo à l'ambassadeur français Dano, en lui demandant d'informer l'Empereur qu'il pouvait encore l'aider à quitter le Mexique et à rejoindre l'Europe. Max, évidemment, repoussa l'offre. Ensuite, à Orizaba, le maréchal prolongea son séjour dans l'espoir, vain, que l'Empereur changerait d'avis.

Pendant leur retraite et par un accord tacite, les colonnes françaises ne furent pas harcelées par les troupes juaristes, qui se contentaient de les suivre à distance et d'occuper une place après l'autre après le passage des Français.

Le maréchal Bazaine fut le dernier Français à abandonner le sol mexicain.

C'était le 12 mars 1867. Le colonel Blanchot rapporte une anecdote très significative: alors que le *Souverain*, le bateau sur lequel voyageait le maréchal, avait déjà levé l'ancre, on vit arriver le paquebot *France*, en provenance de Saint-Nazaire, qui apportait le courrier. Tout le monde pensa que Bazaine allait donner des ordres pour que le paquebot s'arrête et envoie, dans une chaloupe, au navire amiral la correspondance destinée aux chefs et aux officiers: elle pouvait contenir des dépêches importantes des Tuileries, des messages du Quai d'Orsay, des lettres d'amis et d'épouses... Mais Bazaine n'y prêta aucune attention. A cet instant, peut-être, résonnaient dans sa tête les mots que pendant le conseil des ministres M. Araujo y Escandón lui avait criés et qui étaient les mêmes que ceux adressés par un pape au duc de Guise: «Partez, peu importe. Vous avez fait bien peu pour votre souverain, moins encore pour l'Église et rien, absolument rien pour votre honneur.» Le paquebot continua droit devant lui, jusqu'à ce qu'il disparaisse derrière la masse de San Juan de Ulúa, et le *Souverain* et les autres bateaux disparurent à l'horizon, à destination de Toulon, par le détroit de Floride et Gibraltar.

Bazaine fut reçu en France sans les honneurs dus à un maréchal: il fallait trouver un bouc émissaire pour l'échec au Mexique. Cinq ans auparavant, La Gravière avait affirmé que six mille hommes lui suffisaient pour être maître du Mexique. Quarante mille n'y avaient pas suffi et, dans les derniers temps, Charlotte savait qu'il en aurait fallu trois cent mille pour conquérir, peut-être, cet immense territoire: Louis-Philippe, le grand-père de Charlotte, avait eu besoin de cent mille hommes pour soumettre l'Algérie, un pays dix ou quinze fois plus petit que le Mexique.

Pendant quelques jours, Maximilien eut des raisons d'être optimiste, grâce à une victoire spectaculaire de Miramón. Benito Juárez, au fur et à mesure que les troupes françaises se retiraient, se rapprochait du centre du pays. Lors de son passage par Durango, il fut reçu dans l'enthousiasme par une population qui avait profondément admiré Maximilien, ce qui le fit s'exclamer: «Un vice-roi s'en va, un autre arrive», un peu à la manière de «Le roi est mort, vive le roi». Ce jour-là, Juárez connut un peu plus son peuple, qui était semblable à tous les peuples du monde. De Durango il descendit sur Zacatecas et là, comme le rapporte l'historien mexicain Valadez, le Président sentit pointer en lui l'homme de guerre et il décida d'aller inspecter les lignes de défense de la ville. Miramón lança une attaque surprise et Juárez sauta sur son cheval et partit au galop. On dit que Miramón crut que Juárez s'enfuyait dans sa voiture, qu'il fit poursuivre vainement, et que c'est ainsi que le Président lui échappa. Juárez se réfugia à Jerez, mais tous ses bagages tombèrent aux mains de Miramón, sauf, grâce à Dieu, sa belle et coûteuse canne évaluée à deux mille pesos. Les impériaux se rappelèrent qu'en une autre occasion déjà ils avaient fait fuir au galop le président Juárez — en novembre 1865, quand Bazaine avait attaqué Chihuahua — et en plaisantant ils affirmaient que ce que l'Indien zapotèque n'avait pas appris en un demi-siècle de vie: être un bon cavalier, il allait l'apprendre en quelques jours s'il lui fallait ainsi constamment décamper avec les maximilianistes à ses basques. L'Empereur, tout heureux, écrivit à Miramón pour lui dire que si Juárez et ses ministres tombaient en son pouvoir, il devait les faire juger sur-le-champ, mais ne pas exécuter la sentence sans son approbation. Ces instructions furent interceptées par les juaristes et quelques jours plus tard, le général républicain Mariano Escobedo, dont les forces s'étaient portées sur le flanc de Miramón alors qu'il marchait sur Zacatecas, l'attaqua sur le domaine de San Jacinto et le tailla en pièces. Miramón perdit le trésor impérial et vingt-deux canons, et mille cinq cents de ses hommes furent faits prisonniers. Parmi ceux-ci, près de cent Européens, français pour la plupart, furent passés par les armes : Benito Juárez était d'avis que, après le retrait de l'armée de Louis-Napoléon, tout Français qui restait au Mexique et qui serait surpris les armes à la main dans les rangs de l'usurpateur devait être considéré comme un flibustier. Le frère de Miramón fut fait prisonnier lui aussi et exécuté : on apprit qu'on l'avait amené jusqu'au poteau sur une chaise parce qu'il avait les pieds pratiquement déchiquetés et qu'on l'avait fusillé à la lueur de quelques bougies.

C'est vers cette date que Maximilien a dû recevoir la lettre de sa mère citée par Corti et qui existe dans les Archives nationales de Vienne, où l'Archiduchesse approuvait la décision de Maximilien de rester au Mexique et où, en outre, elle lui racontait comment ils avaient fêté Noël *en famille** le 26 décembre après les festivités officielles de la veille, comment ses petits-enfants Gisèle et Rodolphe avaient été ravis de jouer avec leurs cousins, comment l'empereur François-Joseph avait bercé sur un traîneau ce grassouillet d'Otto et enfin comment, le dimanche suivant, alors qu'ils étaient tous réunis à l'heure du petit déjeuner, l'horloge d'Olmütz appartenant à Max avait sonné, alors « mes yeux se sont remplis de larmes — écrivait l'archiduchesse Sophie — et j'ai eu l'impression que, de très loin, tu nous envoyais un salut... », Maman Sophie racontait également à Max que Gustave Sachsen-Weimar, au cours d'un déjeuner, dit qu'il avait parié une grosse somme d'argent qu'au mois de mai l'Empereur se trouverait encore au Mexique.

Effectivement, en mai 1867, Maximilien était toujours au Mexique, non pas dans la capitale, mais dans la ville de Querétaro, assiégé par trente mille soldats républicains.

Beaucoup d'historiens pensent que Maximilien s'est fourré tout seul dans cette véritable souricière qu'était la ville de Querétaro. Mais d'autres sont d'avis que la décision de sortir de Mexico pour aller affronter les forces républicaines ne manquait pas de logique. Les généraux juaristes Escobedo, Corona et Riva Palacio, avec un total, évalué à l'époque, de vingt-six mille hommes, s'approchaient de la capitale depuis différentes zones de la République, et Querétaro, située à l'intersection de plusieurs routes du nord et du couchant, offrait une excellente position. En outre, Teodosio Lares était partisan d'épargner à tout prix à la capitale ce qu'il appelait « les calamités et les horreurs » d'un siège et d'un assaut.

Les contreforts de la Sierra Gorda se prolongeaient jusqu'aux vallées de Querétaro et de San Juan del Río et dans cette zone le général Tomás Mejía, rallié à l'Empire, comptait — d'après ce qu'on disait — un grand nombre de partisans ; de même, on calculait que le général Olvera pouvait entraîner deux à trois mille « Indiens des montagnes » : deux raisons supplémentaires d'aller à Querétaro. L'historien mexicain Justo Sierra dit que, militairement, le plan de Lares n'était pas dépourvu de bon sens, étant donné que les impériaux, huit jours après leur arrivée à Querétaro, auraient pu vaincre les forces du général Corona, mais que les hommes de Maximilien furent perdus par leur complète inactivité, produit de leur indécision : quand les troupes d'Escobedo rejoignirent celles de Corona, la victoire n'était plus possible. En fait, cette opinion n'est pas celle de Justo Sierra, mais celle de Carlos Pereyra, l'historien mexicain qui écrivit les deux derniers chapitres — intitulés « Querétaro » et « Richmond » — du livre de Sierra sur Juárez. Sierra, très pris par ses fonctions de ministre de l'Instruction publique quand parut le livre, oublia de rendre justice à Pereyra pour son interprétation. Juárez, de son côté, eut un pressentiment et il se rendit compte que, l'Archiduc étant enfermé dans Querétaro, il suffisait de laisser passer le temps pour le vaincre, comme il l'écrivit dans une lettre à son gendre, Santacilia. Cependant, il mérite d'être signalé que certains historiens n'incriminent pas uniquement l'indécision de l'Empereur, mais que, pour eux, les habitants de Querétaro portent une part de responsabilité : apparemment, quand l'armée impériale voulut prendre l'initiative et se porter au-devant des républicains, les gens de Querétaro demandèrent à Maximilien de ne pas laisser la place sans protection et l'Empereur accéda à leur requête.

« Que ce noble descendant des Césars et des Germains était beau et empreint de majesté ! » dit ou plutôt s'exclame Albert Hans dans son livre *Querétaro : Mémoires d'un officier de l'empereur Maximilien.* Hans avait probablement raison et Maximilien, qui prit en charge le commandement suprême de l'armée et s'habilla en général mexicain, dut se prendre, avec sa longue barbe blonde divisée en deux, son grand chapeau de feutre blanc, le grand cordon de l'Aigle mexicain au cou, chevauchant son fougueux coursier Orispelo, pour un nouveau conquérant de la Toison d'Or. Ou pour le Don Quichotte du Nouveau Monde. Au passage, pour faire de son sécrétaire Blasio un nouveau Sancho Pança, il lui demanda, sur la route de Querétaro, de descendre de son cheval : « Les secrétaires sont des hommes de plume et non pas d'épée », lui dit-il et il lui ordonna de monter sur une paisible mule, ce qui, en plus, tandis qu'ils iraient au petit trot, lui permettrait de dicter quelques notes, comme il le fit effectivement, et Blasio dut les prendre en se servant — probablement — de son crayon à encre.

Maximilien quitta Mexico à cinq heures du matin le 13 février 1867, avec mille cinq cents hommes et cinquante mille pesos. On ne comprend pas comment l'Empereur qui était, dit-on — et lui-même le reconnaissait —, si superstitieux, a pu choisir un 13 pour partir de Mexico. Mais

Charlotte elle aussi avait commencé un 13 son voyage vers l'Europe. Le directeur de cabinet, Augustin Fischer, et le savant Bilimek n'accompagnaient pas l'Empereur dans son voyage à Querétaro. Mais son secrétaire Pradillo, son valet autrichien Anton Grill et son cuisinier hongrois Joseph Tüdös, entre autres et en plus de Blasio, voyageaient avec lui. Il était également escorté par les généraux mexicains Vidaurri et del Castillo, et par le prince Félix Salm Salm, qui appartenait à une des grandes familles d'Allemagne. Un Salm Salm, par exemple, avait été candidat au trône de Belgique quelque temps avant Léopold. Salm Salm, endetté jusqu'au cou dans son pays natal, était un aventurier qui avait participé à la guerre du Holstein — le roi de Prusse l'avait récompensé de sa conduite en lui accordant une « épée d'honneur » — et ensuite à la guerre de Sécession américaine, parvenant même jusqu'à la charge de gouverneur civil et militaire de Géorgie. Apparemment, Maximilien n'éprouva, au début, aucune sympathie pour lui, mais avec le temps il gagna l'entière confiance de l'Empereur. Salm Salm, militaire de carrière, considérait que Querétaro était le pire endroit du monde pour être défendu, étant donné que presque toutes les maisons, comme il le souligna, étaient à portée des balles de fusil tirées des collines environnant ce qui, à l'époque, était une agglomération de trente mille habitants, baptisée la « Ville lévitique » en raison de la multiplicité de ses églises et de ses couvents, dont certains, parmi ces derniers, étaient de véritables forteresses.

« *Majestät sind nicht allein* » — « Votre Majesté n'est pas seule » — aurait dit Salm Salm à Maximilien, si l'on en croit Harding. Et effectivement, Maximilien n'était pas totalement abandonné. A ses côtés se trouvaient les généraux Márquez, Miramón, Mejía et Méndez. C'est cette coïncidence des noms commençant tous par la même lettre qui fit naître la légende de la fatalité associée pour l'Empereur à la lettre *m*, puisque au *m* de ces quatre généraux s'ajoutait celui de son propre prénom, Maximilien, en plus des *m* de Mexique, de Miramar et, en dernière instance, du *m* de mort. Il fallait également considérer, bien entendu, le *m* du nom de baptême du compère qui allait le trahir à Querétaro : le colonel Miguel López, le chef du régiment de l'Impératrice, blond aux yeux bleus, svelte et distingué, qui chevauchait près de lui, tout fringant dans sa veste rouge de hussard bordée de ganse noire et décorée de la croix d'officier de la Légion d'honneur.

Sur la route de Querétaro, Orispelo, le cheval de l'Empereur, trébucha. Comme si ce mauvais augure ne suffisait pas, à Lechería la colonne fut attaquée par une bande de libéraux et un clairon tomba, blessé, aux pieds de Maximilien. Ensuite, à Calpulalpan, on découvrit un soldat impérial pendu à un arbre par les pieds et le corps déchiqueté à coups de machette. Mais il y avait une telle quantité de papillons ce matin-là que c'était des papillons blanc et jaune, jaune et noir, orangés, et non pas des mouches vertes, qui voletaient autour du cadavre et le cachaient presque aux regards. C'est également à Calpulalpan que Tüdös, le cuisinier hongrois, fut atteint à la bouche par une balle qui lui fit cracher plusieurs dents.

Mais Querétaro était une si belle ville... Son aqueduc de pierre rouge, aux arches très hautes construites cent trente ans plus tôt, qui déversait sur la ville la bénédiction constante d'un flot d'eau claire et fraîche venue de La Cañada, était si imposant. La vallée entourant la ville était si vaste, si bucolique, si fertile. Ses églises et ses couvents, parmi lesquels on trouvait en abondance de merveilleux exemples d'art colonial, rococo et churrigueresque, comme l'église Santa Rosa et Santa Clara, étaient si majestueux : Sainte-Rose-de-Viterbe avec sa tour et ses contreforts en saillie, ses masques et ses ondulations d'inspiration presque orientale ; Santa Clara avec son portail majestueux et le monumental filigrane d'or de sa chaire. Et les rues ensoleillées de Querétaro étaient si claires et si lumineuses, son ciel si bleu, les façades et les intérieurs de certaines de ses demeures les plus célèbres, comme la résidence de la marquise del Villar avec ses cours ombragées aux arcades lobées ou la maison d'Ecala avec son étonnant travail de ferronnerie, étaient si éblouissants, la fontaine de Neptune construite par Tres Guerras, le génial architecte de Guanajuato, auteur également de l'église et du couvent des Teresitas, était si élégante... que Querétaro, pour toutes ces choses et d'innombrables autres beautés, valait bien, non seulement une messe, mais une bataille ou même mille, un siège héroïque et, en tout cas, une victoire ou une défaite définitives. Querétaro, le lieu du Grand Rocher — c'est ce que voulait dire son nom qui venait de *Queréndaro*, lui-même issu de *Querenda*, qui signifie en tarasque « l'endroit de la grande pierre » —, était une ville pour y conquérir la gloire, mort ou vif.

L'empereur du Mexique, qui avait été reçu par une grande partie de la population sur ce qu'on appelait la Cuesta China, le comprit et en décida ainsi. Pourtant, les premiers jours, Maximilien ne logea pas en ville, mais il campa sur une colline des environs, qu'on appelait le Cerro de las Campanas — la colline des Cloches — parce que, disait-on, on y trouvait des pierres ou des rochers qui résonnaient comme des cloches quand on les frappait. Sur cette colline, couronnée par les ruines d'une fortification coloniale, d'où l'on contemplait toute la vallé, les immenses plaines piquetées de petits boqueteaux touffus et les routes conduisant à San Luis, Celaya et Mexico, Maximilien passa plusieurs nuits tantôt sous une tente, tantôt exposé aux intempéries, enveloppé dans des ponchos et des couvertures écossaises. Mais quand le siège commença à devenir pressant, Maximilien transporta ses quartiers dans le couvent de la Croix. La date choisie fut à nouveau un 13 : le 13 mars 1867. Deux jours auparavant, les troupes républicaines avaient détruit en partie l'aqueduc pour empêcher l'eau de parvenir à Querétaro. Mais la ville disposait de citernes et de puisards qui pouvaient fournir de l'eau aux habitants, à l'armée et à la cavalerie pendant quelques semaines peut-être. Il y avait également une rivière qui traversait en partie la ville, mais ses eaux allaient être bientôt contaminées par les corps en décomposition.

Castelot, qui décrit le couvent de la Croix comme « un ensemble un peu hétéroclite de cours, de cloîtres, de passages voûtés, de chapelles et de recoins reliés par des escaliers et d'innombrables couloirs », précise que le couvent s'appelait ainsi parce que les Indiens, au moment où ils rendaient les armes aux conquérants, virent une croix se dessiner dans le ciel. Le couvent, apparemment, était un lieu de reddition, car il avait servi de dernier rempart aux troupes espagnoles qui avaient capitulé à Querétaro le 28 juin 1821 — l'année où le Mexique accéda à l'indépendance — devant les troupes des insurgés.

Le jour même, le 13 mars, où Maximilien s'installa à la Croix, l'artillerie républicaine ouvrit le feu contre le couvent. L'Empereur, dans une petite cellule meublée d'un lit de sangle, d'une table aux pieds en fer avec une cuvette d'argent et un nécessaire de toilette personnel, un fauteuil et sur le mur deux tableaux : l'un qui représentait Ferdinand VII et l'autre la ville de Saint-Jacques-de-Compostelle, assumait désormais pleinement ses responsabilités en tant que commandant suprême de l'Armée impériale mexicaine. Il avait sous ses ordres, concentrés à Querétaro, neuf mille hommes — vingt mille de moins que ce qu'escomptait Murphy — et il disposait de quarante pièces d'artillerie. Leonardo Márquez était à la tête de son état-major. Miramón commandait l'infanterie. Mejía la cavalerie. Le général Méndez, la réserve. Reyes dirigeait le génie et Salm Salm se chargeait du bataillon de sapeurs.

Bien que certains auteurs omettent plus ou moins de parler du siège de Querétaro — on dirait qu'ils ont hâte d'en arriver au dénouement tragique, grotesque, de cette affaire —, les historiens ont à leur disposition un matériel abondant au cas où ils souhaitent s'étendre sur le sujet et ils peuvent s'appuyer sur un grand nombre de journaux et de Mémoires, de chroniques, de rapports et de chronologies élaborés par ceux qui ont vécu le siège et y ont survécu, parmi eux — dans le camp des républicains —, les généraux Sóstenes Rocha et Mariano Escobedo, Juan de Dios Arias et d'autres, et — du côté des impériaux — l'officier Albert Hans, le prince Salm Salm, le docteur Samuel Basch et le secrétaire José Luis Blasio, entre autres, là encore. Il faut ajouter à cela les articles du correspondant à Querétaro du *New York Herald*, qui se rendit compte lui aussi que l'Archiduc était perdu et que la guerre continuerait, écrivit-il, jusqu'à ce que « l'aigle autrichien » ait perdu toutes ses plumes, au point qu'il ne lui en resterait pas une seule « pour signer son testament ». Comme il n'y a pas lieu ici d'introduire une description détaillée de ce qui s'est produit depuis le début du siège, le 10 mars 1867, jusqu'à sa fin, soixante et un jours plus tard, au matin du 15 mai, on s'en tiendra aux principaux événements, ainsi qu'à quelques conclusions et commentaires, avec une annotation en marge : pendant la majeure partie du temps que dura le siège de Querétaro, les maux de Maximilien s'aggravèrent, en particulier la dysenterie et le paludisme. De son côté, le général Mejía fut victime de plusieurs attaques de rhumatisme aigu, qui le laissèrent prostré dans son lit à maintes reprises.

Une victoire de Maximilien à Querétaro n'aurait pas nécessairement signifié le triomphe de l'Empire. Il n'empêche qu'il semble bien que ses troupes aient gâché de nouvelles occasions d'attaquer à leur avantage les positions ennemies. L'inaction fut provoquée par une série de contrordres qui étaient le résultat de la rivalité et de l'inimitié opposant les généraux les plus proches de Maximilien. Ainsi, le 17 mars, alors que Miramón s'apprêtait à sortir avec ses hommes dans le but de s'emparer des collines de San Pablo et de San Gregorio, Márquez ordonna d'ajourner l'opération. Miramón se mit en colère et, après avoir jeté son chapeau sur le sol, il demanda à Vidaurri, les yeux pleins de larmes et « pâle de fureur » — du moins c'est ainsi que le décrit un témoin oculaire —, de dire à Maximilien que dorénavant il se bornerait à obéir aux ordres et qu'il n'assisterait plus jamais à aucun conseil de guerre.

Il était évident que Márquez était jaloux des victoires de Miramón, mais il donna comme raison qu'on ne pouvait laisser le couvent de la Croix sans garnison appropriée. Quelques jours plus tôt, le 14, l'ennemi avait attaqué la Croix et obligé Márquez lui-même à déguerpir de l'église, du cimetière et du jardin du couvent. Salm Salm, qui lui non plus ne pouvait pas voir Márquez, rend responsable de cet échec ce qu'il appelle dans son journal « la négligence stupide ou la fourberie » de Márquez. Le même jour, le 14 mars, Salm Salm se couvrit de gloire en s'emparant tout seul d'un canon rayé placé face au pont de San Sebastián, qui causait de graves préjudices aux assiégés.

Le 20 mars, Miramón trouva l'occasion de se venger de Márquez en s'opposant, uniquement dans le but de contrarier le chef d'état-major, à une « sortie en masse » des impériaux. La ville était désormais bloquée sur trois côtés.

Cependant, Márquez allait bientôt disparaître de la scène : avec le titre flambant de lieutenant de l'Empire en poche, il devait quitter Querétaro dans la nuit de 22 au 23 mars accompagné par mille deux cents hommes de la cavalerie, avec la mission de revenir environ vingt jours plus tard avec des renforts et d'attaquer Escobedo en arrière-garde. La sortie fut un succès, mais Márquez ne revint jamais. Le général républicain Porfirio Díaz, qui avait vaincu les impériaux à Tehuitzingo, Tlaxiaco, Lo de Soto, Huajapan, Nochixtlán, Miahuatlán, La Carbonera et Oaxaca, allait bientôt ajouter un autre nom à sa longue liste de victoires : celui de la ville de Puebla.

Porfirio Díaz prit Puebla le 2 avril. Márquez qui, au moyen d'un recrutement forcé, engagea, semble-t-il, de nombreux bagnards, avait fait passer ses effectifs à six mille hommes et se dirigea alors sur Puebla, mais Díaz le battit à San Lorenzo. Certains auteurs — comme Gene Smith — affirment que les troupes de Márquez, en se retirant, durent renverser au milieu de la route le contenu d'un wagon chargé d'or pour que les républicains s'amusent à le ramasser et ne les rejoignent pas. Márquez se replia sur Mexico et n'en sortit plus jusqu'à la chute de l'Empire : il quitta alors la ville en cachette, déguisé en muletier.

Le Tigre de Tacubaya était sorti tout juste à temps de Querétaro : le lendemain de son départ, le général Vicente Riva Palacio atteignait la Cuesta China avec quatre mille hommes et avec ces renforts le siège fut bouclé. On était le 23 mars. Le 24 se produisit la bataille de Casa Blanca où se distingua tout particulièrement le colonel des troupes impériales Ramírez de Arellano — promu général le jour même — en repoussant les troupes du général Corona. Ce jour-là, où les cadavres de deux mille soldats républicains restèrent étendus sur le champ de bataille, Maximilien fut à deux doigts de perdre la vie lorsqu'une grenade éclata tout près de lui.

Le 26, un puisatier de Querétaro réussit à effectuer un forage dans la levée d'un canal et une partie de la ville eut à nouveau l'eau courante. Mais un certain nombre de choses, en plus de l'eau, avaient commencé à manquer, comme le plomb et le zinc pour les boulets de canon, ce qui entraîna le général Severo del Castillo, qui avait remplacé Márquez comme chef d'état-major, à ordonner d'enlever toutes les plaques de métal qui recouvraient le toit du Théâtre Iturbide. Castelot dit que ce toit fournit, dans un premier temps, jusqu'à huit cents kilos de plomb par jour. Plus tard, on fondit les baignoires et même les caractères d'imprimerie.

Il fut également nécessaire d'instaurer des emprunts forcés et des impôts de guerre, et de nombreux abus furent commis. Le même Castelot rapporte le cas du consul d'Espagne à Querétaro, à qui non seulement on prit mille boisseaux de maïs mais dont on confisqua les poutres de sa maison pour étayer les parapets des nouvelles fortifications ordonnées par l'Empereur. Castelot ajoute que Maximilien créa également un impôt sur les portes et les fenêtres : une piastre par semaine et une piastre chaque fois qu'on les ouvrait. Le général del Castillo publia un arrêté où il disait que ceux qui ne déclareraient pas l'existence de réserves cachées de maïs et d'autres grains seraient passés par les armes dans les vingt-quatre heures.

Le 30 mars, Maximilien organisa une fête au couvent de la Croix et à la surprise générale, c'est lui, le chef suprême de l'Armée, qui à cette occasion reçut une décoration de la part de ses troupes.

Le lendemain, le général Miramón essaya en vain de reprendre la colline de San Gregorio. Plusieurs autres de ses sorties eurent le même résultat, comme celle du 11 avril, quand il échoua dans sa tentative pour récupérer l'octroi Mexico. A ce moment-là, tout le monde était au courant de l'inimitié entre Méndez et Miramón, ainsi que de la jalousie qu'éprouvait le colonel Miguel López à l'égard du prince Salm Salm, que Maximilien avait pris pour aide de camp et qui avait à son actif plus de six canons capturés à l'ennemi.

Le 22 avril, Maximilien eut connaissance de la défaite de Márquez, mais il la cacha au peuple et à l'armée. Severo del Castillo commença à diffuser des communiqués élaborés à partir de fausses nouvelles, et l'on annonçait, à grand renfort de salves et de dianes, des victoires inexistantes, malgré l'absence presque totale de courriers entre Querétaro et Mexico et entre

Mexico et Querétaro, étant donné que les messagers impériaux apparaissaient fréquemment, tôt le matin, aux abords de la ville, pendus à une perche ou à un pieu avec un écriteau qui disait : « Courrier de l'Empereur ». Pendant ce temps, à Mexico, Márquez utilisait la même tactique pour calmer la population. En d'autres termes, à Querétaro on disait que tout allait pour le mieux dans la capitale et dans la capitale que tout allait pour le mieux à Querétaro, alors qu'en vérité, aussi bien dans la capitale qu'à Querétaro, l'Empire s'écroulait irrémédiablement.

Ce même 22 avril, un émissaire des républicains entra dans Querétaro — Corti ne révéle pas son identité, Castelot affirme qu'il s'agissait du colonel Rincón Gallardo —, et il proposa que si la ville se rendait « on laisserait partir l'Empereur avec les honneurs de la guerre ». Castelot dit que l'émissaire ajouta que la condition principale était que l'Archiduc embarquerait à Veracruz. Maximilien repoussa la proposition.

C'est également vers cette date qu'un carrosse jaune tiré par quatre mules fut aperçu sur la Cuesta China, se dirigeant vers le campement d'Escobedo. Le bruit courut dans Querétaro que Juárez était arrivé. On devait apprendre plus tard qu'il ne s'agissait pas du Président mais d'une femme, la princesse Salm Salm.

On voyait fréquemment Maximilien s'exposer dans les tranchées au feu nourri de l'ennemi, à la recherche d'une « balle compatissante » qui mettrait fin à ses jours et, du même coup, au siège. Jusque-là, il avait rejeté non seulement l'offre de l'émissaire, mais aussi les suggestions répétées des impériaux eux-mêmes de tenter une sortie accompagné par une escorte : son honneur, affirmait-il, lui interdisait de s'éloigner de ses fidèles. Mais, comme le rapporte E. Masseras dans *Un essai d'empire au Mexique*, finalement il se laissa convaincre et il demanda à ses généraux de rédiger un document qui le disculperait aux yeux de l'Histoire. La date choisie fut le 27 avril, jour où l'Empereur devait tenter, à cinq heures du matin, de sortir de Querétaro avec son équipage et une escorte, en profitant d'une attaque que Miguel Miramón devait lancer contre le Cerro del Cimatario.

La bataille du Cimatario fut un des fait de guerre survenus au cours du siège de Querétaro qui est passé à l'histoire et qui, pour Maximilien et ses troupes, a représenté à la fois une victoire et un échec.

Une victoire car l'offensive éblouissante de Miramón mit en déroute dix mille soldats républicains « pris de panique » et les impériaux purent s'emparer de vingt et une pièces d'artillerie et de milliers de fusils, en plus de vivres, de vaches, de mules et de chèvres par douzaines, d'équipements et de plus de six cents prisonniers.

Un échec parce que les impériaux — et plusieurs historiens s'accordent sur ce point — perdirent des heures précieuses à se congratuler et à fêter la victoire, et il s'ensuivit que les républicains eurent le temps de se réorganiser et d'occuper à nouveau le Cimatario. Albert Hans raconte dans ses *Souvenirs de Querétaro* quelle fut sa déception en constatant qu'une bonne partie de l'armée impériale était constituée par « la piétaille verte », terme péjoratif que l'on employait pour désigner les troupes inexpérimentées et indisciplinées, par comparaison avec « la piétaille rouge », qui était le nom que l'on donnait à toute l'armée républicaine, mesurée à une seule aune. Mais le même Hans eut l'occasion de vérifier que les libéraux n'étaient pas tous de la « piétaille rouge » et que les chasseurs de Galeana, qui repoussèrent en fin de compte la seconde offensive de Miramón, formaient un corps qui savait vraiment se battre. A cela ils ajoutaient deux avantages : leurs fusils américains de seize et une animosité — dit Hans — « qui était supérieure à la nôtre ». Et en effet, quand le clairon sonna la charge sous la bannière de Galeana, ce sont les impériaux qui prirent la poudre d'escampette.

Après le Cimatario, personne, à Querétaro, ne croyait plus à la victoire de l'Empire. Le coup de grâce fut peut-être porté par ce qu'on a appelé le choc de Calleja, le 10 mai. Les républicains occupèrent le domaine du même nom et les impériaux reçurent l'ordre de les en déloger. A la tête d'un détachement, le colonel Joaquín Rodríguez, un des officiers favoris de l'Empereur — blond et les yeux bleus, comme López —, fut chargé de cette mission. Le matin même de son départ, Rodríguez dit à l'Empereur : « Aujourd'hui, Sire, vous me ferez général... dans le cas contraire, c'est que je serai mort. » Une balle dans le cœur coucha sur les plaines de Querétaro le colonel Rodríguez, qui ne monta jamais en grade.

Le 5 mai, les républicains fêtèrent en musique, avec force salves et feux d'artifice, l'anniversaire de la bataille de Puebla.

A l'intérieur de Querétaro montait la fumée des bûchers où l'on incinérait les cadavres, dont beaucoup devaient être pêchés avec des crochets dans les eaux de la rivière alors qu'ils se trouvaient déjà dans un état avancé de décomposition.

Le général Ramírez de Arellano, qui s'était occupé d'installer une fabrique de salpêtre et une autre de poudre — ce qui obligea à confisquer tout le soufre et tout le nitrate de potasse en possession de la moindre des pharmacies de Querétaro —, raconte, dans son livre *les Dernières Heures de l'Empire*, comment les forces de Maximilien à Querétaro avaient pratiquement été réduites de moitié : d'abord parce que Márquez avait emmené avec lui plus de mille hommes, et ensuite en raison du nombre de soldats tués sur le champ de bataille, de ceux qui avaient été faits prisonniers par l'ennemi et des désertions qui augmentaient de jour en jour.

Mais la chaleur, les conditions hygiéniques précaires et la pénurie d'aliments tuaient également de plus en plus vite les blessés qui encombraient les hôpitaux improvisés. La gangrène proliférait et le typhus faisait des ravages. Blessures et moignons se couvraient de vers.

Comme dans tous les sièges prolongés, la paille des matelas disparut car il fallut la donner aux chevaux et aux mules, ensuite les chevaux et les mules commencèrent à manger les écorces des arbres, avant que les soldats décident finalement de manger les chevaux et les mules.

Le prince Salm Salm se demande dans ses Mémoires ce qu'il était advenu des aboiements des chiens, qui rendaient les nuits mexicaines si bruyantes.

Il n'était pas nécessaire, bien entendu, d'avoir beaucoup d'imagination pour supposer deux éventualités : ou bien les chiens s'amusaient comme des fous à dévorer les morts, ou bien les vivants s'occupaient assidûment de manger les chiens.

Dans la nuit du 13 au 14 mai, Maximilien tint son dernier conseil de guerre. On avait décidé que l'Empereur tenterait une autre sortie, accompagné d'une escorte, au matin du 14. Castelot nous dit que, malgré tout, au plus profond de son cœur, Maximilien rejetait l'idée de fuir. C'est peut-être pour cette raison que la sortie fut ajournée de vingt-quatre heures, bien que Mejía eût sollicité lui aussi cet ajournement.

La trahison du colonel López eut lieu dans la nuit du 14 au 15 mai 1867. Le colonel se présenta avec un drapeau blanc dans le campement du général Escobedo et il négocia les conditions dans lesquelles seraient livrés le couvent de la Croix et la personne impériale de son compère. Ensuite il guida un détachement républicain jusqu'aux portes mêmes du couvent, gardées par son complice, le lieutenant-colonel Jablonsky.

Maximilien n'avait pu trouver le sommeil qu'à une heure et demie du matin. Mais peu après, il fut réveillé par une violente colique. Le docteur Basch accourut pour l'aider, il lui tint compagnie pendant plus d'une heure et il se retira à nouveau dans sa chambre. L'Empereur dormait.

A quatre heures et demie du matin, le colonel López pénétra dans la pièce qu'occupait dans le couvent le prince Salm Salm et il le réveilla en criant : « Vite, sauvez la vie de l'Empereur, l'ennemi est dans la Croix. »

Le colonel sortit de la chambre de Salm Salm. Pendant ce temps, Blasio se réveilla à son tour, alerté par Jablonsky, et il courut jusqu'à la chambre de Maximilien pour le prévenir. Le prince Salm Salm l'y rejoignit et il pressa l'Empereur d'abandonner le couvent.

Maximilien s'habilla en civil et en compagnie de quatre de ses partisans il quitta le couvent. Des soldats juaristes lui coupèrent la voie, mais le chef libéral qui les commandait, le colonel Rincón Gallardo, dit : « Laissez-les passer... ce sont des civils. »

L'Empereur se dirigea à pied vers le Cerro de Las Campanas et de là, quand il se rendit compte qu'il n'y avait pas d'échappatoire possible, il envoya un émissaire à Escobedo pour lui faire part de sa reddition.

Le général Echegaray accourut vers la colline, il descendit de cheval, s'approcha de Maximilien et lui dit : « Votre Majesté est mon prisonnier. »

A ce moment-là, apparemment, d'après ce que dit Blasio, Maximilien était monté sur Anteburro, et un palefrenier conduisait Orispelo, mais un guérillero lui arracha la bride et libéra le cheval.

Le Comte Egon de Corti rapporte que Maximilien avertit Echegaray qu'il n'était plus empereur et que sa lettre d'abdication avait été remise au Conseil d'État. On le conduisit ensuite devant le général Escobedo, à qui il remit son épée.

Le général mexicain la donna à son tour à l'un de ses officiers, en lui disant :

« Cette épée appartient à la Nation. »

2. *Cimex domesticus Queretari*

Une paire de ciseaux et deux miroirs — l'un à poser, ovale, et l'autre à main, rond et avec un manche d'écaille : c'était le plus beau des cadeaux qu'on pouvait lui faire pour le moment. Le général Mejía pensait que puisqu'il ne leur était pas permis d'avoir des fourchettes, ils pourraient encore moins obtenir des ciseaux. Mais qu'est-ce que les autres avaient cru ? Qu'ils allaient se suicider avec des fourchettes ? Ou attaquer leurs gardiens à coups de fourchettes et se frayer un passage jusqu'à la Sierra Gorda ?

Bref, l'important c'était qu'on leur avait rendu les fourchettes, que les ciseaux n'avaient soulevé aucune objection et que grâce au peigne et à la brosse que le docteur Basch lui avait apportés, l'équipement pour se tailler la barbe était pratiquement complet.

Cela, Maximilien le devait sans aucun doute à son talent personnel, qui lui servait à convaincre ceux qui l'entouraient de faire n'importe quoi. Par exemple, la princesse Salm Salm soutenait que seul l'Empereur avait été capable d'amadouer le féroce colonel Palacios, bigleux et analphabète, de la volonté duquel dépendait désormais l'avenir de l'Empire. Au reste, une foule de gens se comportaient de façon admirable à son égard. M. Rubio envoyait tous les jours de succulents petits plats cuisinés sur sa propriété pour la table de l'Empereur. Les dames de Querétaro l'avaient approvisionné en linge blanc, dont il avait tant besoin, et elles lui avaient offert des gourmandises faites à la maison — des poires confites, des figues au sirop — et des oranges. Des oranges, lui dirent-elles, qui étaient les filles de celles de Montemorelos, les oranges les plus douces du monde, et il leur avait alors répondu avec un sourire :

« Hélas, mesdames : si vous saviez ! Si je vous racontais mes joies et mes peines, je vous dirais que les oranges les plus douces que j'ai mangées de ma vie, et dont je goûterai peut-être à nouveau un jour ou l'autre, sont celles d'Ayotla, où l'on trouve également les oranges les plus amères du monde. »

Il ne leur révéla pas la clef de cette contradiction. Mais beaucoup de ces aimables dames de Querétaro savaient que c'était à Ayotla qu'il avait vu pour la dernière fois sa pauvre femme, sa pauvre *cara, carissima Carla*, aujourd'hui seule et aliénée, tout là-bas, de l'autre côté de la mer...

Il se contempla dans le miroir placé à côté de la cuvette, bien qu'il ne s'agît plus de la cuvette en argent dont il disposait dans sa chambre du couvent de la Croix — on la lui avait volée, avec ses jumelles et d'autres objets et documents. Ils n'avaient rien respecté. Ils avaient même déchiré le matelas. Peut-être s'imaginaient-ils que l'Empereur gardait ses économies dans un matelas? Grands Dieux!

C'était une cuvette modeste, de porcelaine blanche, courante, avec des petites fleurs peintes à la main. Encore un cadeau des dames de Querétaro.

Il se regarda dans le miroir et il recouvrit sa longue barbe blonde de ses mains. Quel air pourrait-il avoir sans barbe?

« Moi, messieurs, sans barbe? » avait-il dit à ses généraux un soir, vers la fin du siège, « moi, me raser la barbe et les moustaches, et sortir de Querétaro en cachette, déguisé, comme un délinquant? Grands Dieux, messieurs! »

Il ôta les mains de sa barbe, il prit la brosse et commença à la faire glisser, lentement, sur les fils d'or longs et fins...

« Moi, raser ma longue barbe blonde afin de sortir de nuit et en secret de la Croix, déguisé en quoi, messieurs? En greffier? En prêtre? En propriétaire ruiné? Ou bien habillé en charpentier, avec un tablier bleu et une perruque noire, et sur l'épaule une planche, comme Napoléon III quand il s'était échappé du fort de Ham? Grands Dieux, messieurs! »

Avec le peigne il traça une raie et sépara la barbe en deux moitiés. Il prit de nouveau la brosse.

« Grands Dieux, général Miramón! Au nom de Dieu et de votre frère don Joaquín qui fut fusillé à la lueur des chandelles tandis qu'une fanfare militaire jouait une polka: pour que son sacrifice n'ait pas été inutile! »

Il posa la brosse sur la table et ensuite il se lissa la barbe avec ses deux mains. Il en étira une moitié vers la droite et l'autre vers la gauche...

« Au nom de Dieu, leur avait-il dit. Au nom de Dieu, au nom de votre frère Joaquín Miramón et de tous ceux qui sont morts pour la cause comme le vaillant colonel Rodríguez! Ou alors vous avez oublié leur héroïsme? » leur avait-il demandé.

« Avez-vous déjà oublié comment il s'était lancé à l'attaque en criant dans son français correct — je dirai même, impeccable — *En avant, mes chasseurs*!* et comment il était tombé foudroyé par une balle républicaine qui lui avait fait éclater le cœur... »

Ensuite il se lissa la moustache: elle était un peu longue et il en voulait pour preuve qu'elle trempait plus qu'il n'aurait fallu dans son chocolat et dans sa soupe. Ah, ces soupes que ce pauvre Tüdös lui préparait toujours avec tant de soin!

« Au colonel Rodríguez, messieurs, dont le corps n'aurait pas pu recevoir une sépulture chrétienne dans l'église de la Congrégation si l'intrépide capitaine Domet n'était allé chercher son corps au risque de sa propre vie... Au capitaine Domet, messieurs! »

Et à Tüdös également, bien entendu. A tous les vivants et les fidèles qui restaient à ses côtés... A ceux qui ne l'avaient jamais abandonné. A ceux qui ne l'avaient pas trahi, à l'encontre de Leonardo Márquez et du colonel López.

Sur la table se trouvait une cruche avec de l'eau sucrée. Le docteur Basch lui avait ordonné d'en prendre plusieurs fois par jour, afin de ne pas être déshydraté par la diarrhée. Il ôta la serviette qui protégeait l'eau des mouches, il s'en servit un verre, et le leva devant le miroir comme s'il trinquait à lui-même, en disant : « santé... »

« Et à Blasio. A Méndez. A del Castillo... »

Il but l'eau sucrée comme si c'était du vin. Il se souvint des toasts qu'il avait portés en une autre occasion, un soir également proche de la fin du siège, alors que tout le monde mangeait du chien et du rat, mais ils avaient eu la chance de découvrir une cave pleine de vins fins chez un commerçant de Querétaro...

« A vous, Félix... », avait-il dit au prince Salm Salm.

« Et à vous aussi, Miguel », avait-il dit à Miramón en l'appelant par son nom de baptême pour la première et la dernière fois. Mais Miramón avait repoussé l'honneur, en souhaitant qu'on portât un toast, d'abord, à l'Empereur. Cependant, Maximilien n'avait pas accepté et finalement il porta d'abord un toast au général mexicain, bien que l'insistance de ce dernier lui eût rappelé (et maintenant il se rappelait se l'être rappelé) ce dernier jour de mars où, sur la place de la Croix toute chamarrée, on avait réuni plusieurs généraux et soldats auxquels l'Empereur allait remettre des médailles en récompense de leur courage, lorsque, tout à coup, Miramón était sorti des rangs pour décorer Maximilien de ce même insigne de bronze « Au mérite », parce que Maximilien, avait-il dit, le méritait plus qu'aucun de ceux qui étaient présents... Et le même jour on lui remit un pli avec un message qui disait : « Aucun monarque n'est jamais descendu de son trône dans des circonstances similaires afin d'affronter avec ses soldats, comme nous l'avons vu ici, les périls les plus grands, les privations et le dénuement, etc. »

Et c'était la vérité. Il se mit un linge blanc autour du cou. Il n'avait jamais fui les risques du combat. Il se peigna de haut en bas le côté gauche de la moustache. Il s'était même moqué du danger, comme de tant de choses. Il coupa sa moustache sur quelques millimètres.

« Je prends à témoin, leur avait-il dit, ou mieux encore, je vous prends tous à témoin, le boulet est entré par la fenêtre... »

Le boulet entra par la fenêtre du clocher de la Croix...

« Un boulet de douze livres et il a touché le mur d'en face... »

Il était vrai qu'un boulet de douze livres avait effectivement touché le mur d'en face, où il creusa un trou, en soulevant un nuage de poussière...

« Et on s'est tous retrouvés couverts de terre de la tête aux pieds ! »

Y compris le général Miramón, qui avait l'air d'un meunier...

« ... tout juste sorti de son moulin ! »

L'Empereur n'avait même pas cillé et ensuite tous s'étaient esclaffés qu'il eût donné l'exemple. Aucune guerre n'était comique, mais dans toutes il arrivait des faits marquants. Il peigna vers le bas le côté droit de sa moustache. Par exemple, les républicains leur avaient envoyé un bœuf qui n'avait plus que la peau sur les os, avec un écriteau qui disait : « Pour que vous puissiez manger un peu. » Il approcha les ciseaux et coupa sa moustache. En échange, ils leur avaient envoyé un cheval, également efflanqué, avec un écriteau qui disait : « Pour que vous tentiez de nous rattraper quand nous briserons le siège. »

Un côté, le gauche, avait l'air d'être un peu plus court. Il approcha donc les ciseaux du côté droit de sa moustache... et qui aurait pu nier le caractère humoristique de certaines escarmouches ? Quand les républicains conquirent le cimetière de la Croix, beaucoup perdirent leurs fusils grâce à l'habileté du capitaine Echegaray : à peine le canon d'un fusil apparaissait-il par un des trous du mur que le capitaine l'arrachait d'un seul coup. Et il coupa sa moustache. Echegaray s'était ainsi emparé de plus de vingt fusils.

Maintenant, les deux côtés étaient vraiment égaux. A propos de cet obus de douze livres qui creusa un trou dans le mur et qui ensuite tomba sur le sol sans exploser, Maximilien ordonna qu'on y inscrivît les noms de tous ceux qui étaient présents, pour l'envoyer à Miramar...

« Oui, messieurs, au musée de la Guerre de Miramar, où seront rassemblés un jour tous les trophées et entre autres, bien entendu, le canon du pont de Saint-Sébastien... »

Il s'aperçut qu'il n'avait pas recouvert la cruche d'eau sucrée et que s'il continuait à se couper la barbe et les moustaches, des poils allaient tomber dedans. Il la recouvrit. Il enleva le linge et le posa, sans le plier, sur la table.

Il se fixa lui-même dans le miroir : et les balles, les balles de mon exécution, dans quel musée finiront-elles ? Demanderai-je, dans mon testament, qu'on les envoie à Miramar ? ou à Vienne ? Où, Carla, où, mon Dieu ?

Et pendant une fraction de seconde, quand il dit — ou pensa — : « Mon Dieu », il tourna les yeux vers le crucifix d'argent accroché au mur.

Ensuite il prit le miroir à main pour observer, de profil, de quoi ses moustaches, ses longues moustaches blondes, avaient l'air. D'abord le côté droit. Bien. Ensuite le gauche. Pas mal. Ce n'est pas si mal, pour l'avoir fait moi-même. Il posa le miroir sur la table.

Et il sourit à nouveau : son front s'éclaircit et ses yeux retrouvèrent leur éclat.

« *Hombre ! Hombre !* Les choses vont finir par s'arranger, *hombre !* », murmura-t-il et il se souvint avec sympathie, presque avec tendresse, de ce professeur espagnol qui, dans le salon des Mouettes de Miramar, lui avait appris à employer le mot *hombre* comme une exclamation de joie, de surprise, de colère, selon l'occasion.

« *Hombre !* sûr que tout va bien se terminer ! *Hombre, Herr Professor :* les Mexicains ne vont pas oser fusiller leur Empereur ! n'est-ce pas ? Ce serait un crime, *hombre* ! »

C'est ce qu'il lui dirait s'il le rencontrait à nouveau. Si le professeur apparaissait là, par miracle, à Querétaro...

Il s'assit sur le lit et pensa à Agnès Salm Salm. Ce soir, si tout se passait bien, le colonel Palacios lui remettrait à lui, Max, l'anneau du sceau impérial, l'anneau que l'Empereur avait donné à la princesse. Et s'il en était ainsi, cela voudrait dire... que Palacios et Villanueva avaient accepté les billets à ordre de cent mille pesos que la Maison d'Autriche se chargerait d'honorer si sa fuite était couronnée de succès...

Il posa les coudes sur ses genoux et appuya le front dans ses mains. Il ferma les yeux. Et c'était pour en arriver là qu'il s'était si souvent refusé à s'échapper ? C'était pour cela qu'il avait dit, en s'étouffant d'indignation, à ses généraux tout en parcourant à grandes enjambées le jardin de la Croix, par un après-midi doré et suffocant :

« Moi, messieurs ? Moi, quitter en cachette Querétaro ? Moi, m'échapper comme un vulgaire délinquant, comme un convict ? Moi, quitter le pays, fuir, m'embarquer à Tampico, ou à Tuxpan, ou je ne sais où, sur une corvette américaine que les Yankees me prêteront par pure commisération, et quitter le pays, comme l'a fait Iturbide, comme l'ont fait si souvent Juárez et Santa Anna ? Par Dieu, messieurs ! Par Dieu et par le Mexique ! »

Il ouvrit les yeux et se rappela le beau visage d'Agnès Salm Salm. « Une chose, Majesté — lui dit la princesse Salm Salm qui était non seulement très belle mais aussi très persuasive —, est de fuir la justice, et une autre de fuir l'injustice : Votre Majesté a le devoir de vivre, de survivre, pour votre peuple, pour le Mexique. »

Il avait souri. Il se caressa la barbe, maintenant qu'il était dans sa cellule des Teresitas, comme il l'avait fait alors qu'il se rendait avec la princesse dans la superbe voiture de M. Rubio au domaine d'Hercule, et que le vent jouait avec sa longue barbe dorée et la dépeignait. Comme en écho, il entendit ses propres paroles : « Ce serait une chose, chère Princesse, de me raser la barbe pour partir déguisé, et c'en serait une autre que de partir tous poils dehors, n'est-ce pas ? Avec la barbe en fanfare, vous ne croyez pas ? »

Non seulement il était ravi du jeu de mots, mais en plus il se soumit à lui-même le marché suivant : si Agnès Salm Salm, ou le baron Lago, ou Miramón, ou Basch, ou Félix Salm Salm, si n'importe lequel d'entre eux — ou tous ensemble, comme c'était le plus probable — le persuadait de s'échapper des Teresitas et de Querétaro pour le bien des Mexicains et de sa patrie adoptive, alors il le ferait, oui, il consentirait à ce sacrifice, mais :

« Jamais je ne raserai ma belle barbe », dit-il au prince, qui lui assura qu'il ne serait pas nécessaire de la raser, mais simplement de la cacher, de la dissimuler un peu. Et c'est dans ce but qu'il lui avait envoyé dans sa cellule un peu de cire et quelques fils... tout cela était ridicule...

« Oui, complètement ridicule », dit-il en se levant et il se vit à nouveau face au miroir, avec toute sa barbe. « Jamais je ne la cacherai : moi, l'empereur du Mexique, Ferdinand Maximilien, je n'ai rien à cacher, chère madame », dit-il à la princesse Salm Salm en descendant de voiture, il lui offrit son bras et traversa avec elle le beau jardin de la propriété où les attendait le général Escobedo, près d'une pièce d'eau.

Il traversa également sa cellule des Teresitas, après avoir offert son bras à une princesse Salm Salm invisible, comme si la cellule avait cent mètres de côté, comme si c'était une énorme place ou une plaine...

Mais comme elle mesurait à peine quelques pieds de long sur autant de large, il buta contre le mur, il trébucha contre la table, se cogna à un autre mur, trébucha contre le grabat et se retrouva face au miroir.

Il se contempla. Il s'adressa un clin d'œil, haussa les épaules et dit: «*Hombre!*»

«*Hombre!* Que pouvons-nous y faire!»

Il avait beaucoup souffert de se retrouver confiné dans un espace aussi réduit, sans pouvoir aller se promener dans Querétaro...

«Certaines des villes que j'ai connues», avait-il écrit dans ses Mémoires, quand il était jeune et libre, «m'ont fait penser à une couleur précise. Rome, par exemple, est violet et bleu...» «Et Venise, Max?» lui avait demandé Carla. «Venise? Venise évoque pour moi le marbre rouge foncé... Cartagena est jaune... Grenade, verte... Constantinople a la couleur de l'or étincelant...»

«Et Querétaro, Majesté?» lui demanda Blasio un matin où ils traversaient ensemble la place principale de la ville.

«Querétaro?» dit Maximilien en saluant des dames du cru qui passaient ravies et étonnées près d'eux, et il ajouta: «Querétaro, mon cher Blasio, m'a fait songer à la couleur blanche, mais pas à ce blanc de cygne que possède Cadix, plutôt au blanc éblouissant de la neige en plein soleil. Et cela n'a pas de rapport avec la multitude de ses églises et de ses maisons blanches: la couleur d'une ville a moins à voir avec ses édifices qu'avec son esprit...»

Or non seulement il connaissait Querétaro, mais la ville tout entière connaissait son Empereur. Il avait l'habitude de se promener sur la place avec Blasio, un havane aux lèvres, pour lequel il demandait du feu à un passant surpris, il dictait à Blasio certaines modifications à apporter au *Cérémonial de la Cour*, il donnait le bonsoir aux officiers qui se rendaient à l'Hôtel de l'Aigle rouge pour y jouer au baccarat, ou bien il souriait à ceux qui, accompagnés d'une dame et sans chaperon, entraient au Théâtre Iturbide pour y voir un *vaudeville** canaille, ou bien il s'arrêtait pour caresser Bebello, le fidèle lévrier qu'on lui avait offert à Querétaro et qui dut à un miracle de ne pas finir en chevreau rôti, ou bien au bras du général Severo del Castillo il visitait l'hôpital improvisé dans le casino, il parlait avec les blessés...

«A Dieu! s'était-il exclamé, à Dieu et à ce pauvre capitaine Lubic, qui a perdu non seulement une jambe mais aussi la vie à Querétaro!»

Cela s'adressait également au colonel Loaiza, qui fut amputé des deux pieds et mourut lui aussi à Querétaro:

«A Dieu, messieurs, et au colonel Loaiza, et au colonel qui est mort d'une blessure au genou, messieurs, et qui a légué ses deux petits enfants au général Miramón, parce qu'il était veuf: aux enfants du colonel, messieurs!»

Il lui fallait presque crier à l'oreille du général del Castillo:

«Rappelez-moi, général, de demander aux dames de Querétaro d'autres draps pour faire des bandes...

— Pour quoi faire, Majesté ? Des tentes ? demanda le vieux général, sourd comme un pot.

— Non, pas des tentes, cher général, des bandes, des *ban-des* ! »

Des bandages pour les blessés impériaux. Mais aussi pour les blessés républicains, car de même qu'une fois prisonnier Maximilien avait fait acheter des ponchos pour les gardes juaristes qui dormaient à la porte de sa cellule, couchés par terre comme des chiens, de même cette générosité s'était manifestée pendant le siège à l'égard des blessés républicains recueillis sur le champ de bataille : il parlait avec tous et avait des mots affectueux pour tous, en dépit de ces touffeurs qui sous la chaleur écrasante émanaient des salles et des pavillons comme autant de gaz délétères, bien qu'il eût été reconnaissant à ses hommes, quand ils brûlaient leurs morts et ceux d'en face, de choisir toujours une heure où le vent empêchait la fumée, et avec elle l'épouvantable odeur de chair carbonisée, de prendre la direction du couvent de la Croix. On l'avait également vu bien des fois sur le front et sur les remblais accompagné la plupart du temps par le colonel López, et il demandait aux soldats s'ils étaient bien nourris et s'ils étaient contents... Il avait tellement arpenté Querétaro qu'il avait fallu interdire aux habitants et à la troupe de crier : « Vive l'Empereur ! » à son passage, car le cri était presque toujours immédiatement suivi d'une grêle de balles envoyées par l'ennemi, qui se guidait sur les voix.

Voilà en vérité ce qui allait se passer : seule une balle perdue pourrait lui ôter la vie et non pas ces gens du peuple qui s'approchaient pour lui parler, ces mendiants pour lesquels il avait toujours eu quelques pièces de monnaie, ces religieuses qui lui apportaient du pain pétri avec la farine des hosties, ces musiciens qui, un soir, sous les arcades de la place et pour faire taire les républicains qui, au loin, jouaient « Adieu, Maman Charlotte », ont entamé avec leur orchestre « La Paloma », en l'honneur de leur chère Impératrice absente...

Il se leva et se regarda dans le miroir.

« Pas un seul d'entre eux, pensa-t-il, pas un seul ne lèvera la main contre son Empereur, personne ne sortira tout à coup une dague cachée dans un bouquet d'œillets ou dans une corbeille de fraises pour me l'enfoncer dans la poitrine... »

Il porta une main à son cou.

« Mon frère François-Joseph a eu beaucoup de chance quand un bouton de son col a dévié le couteau de Livenyi... »

Il se caressa à nouveau la barbe et sourit :

« Moi, c'est ma barbe qui me sauverait... elle est si longue ! »

Il prit le miroir à main et se regarda de profil. Maximilien portait la barbe si longue que la personne chargée, au Mexique, de dessiner son profil afin qu'il figurât sur les pièces de monnaie se plaignait que sa barbe fût « si peu numismatique ». Ce qui voulait dire que la barbe ne tenait pas en raison de sa longueur ou que, si on voulait qu'elle entre, il était alors indispensable de réduire la tête de l'Empereur à un point tel qu'elle avait l'air minuscule.

Il se tourna et contempla son autre profil. Bien : les deux moitiés avaient la même longueur. S'il existait une différence, on ne la remarquait pas à l'œil nu.

Il pensa que quelque chose avait bougé sur l'un des murs de la cellule... une toute petite ombre... c'était peut-être une araignée ? un cafard ? Un frisson le parcourut et il se rappela les punaises. « Mon cher Bilimek, j'ai découvert ici, à Querétaro — écrivit Maximilien au savant entomologiste —, une punaise, mon cher ami, aux terribles mandibules et dotée d'un formidable appareil perforant et aspirant. Dès que j'en aurai l'occasion je vous enverrai quelques exemplaires naturalisés. Pour le moment, je veux vous faire savoir que je l'ai déjà baptisée. Elle s'appelle : *Cimex domesticus Queretari*, et c'est un petit animal qui raffole, en particulier, du sang bleu. Je peux vous l'assurer car je l'ai expérimenté sur moi-même... »

« *Cimex domesticus Queretari*... Qu'est-ce que vous en pensez, général Mejía ? » demanda-t-il au « petit nègre ».

Maximilien donna non seulement un nom à une punaise, mais aussi des surnoms à ses généraux, bien que chacun d'eux l'ignorât : c'était un secret entre l'Empereur et Salm Salm. Mejía reçut donc le sobriquet de « petit nègre » et le « petit nègre » répondit :

« *Cimex* quoi, Majesté, pardonnez-moi ?

— *Cimex* est l'espèce, comme la *cimex lectularius*, qui est la punaise commune, mon cher général, de la famille des cimicidés, exact, docteur Basch ? *Domesticus*, eh bien parce qu'elle habite dans les maisons, avec les êtres humains... bref, et dans les couvents, bien entendu. Enfin *Queretari*, évidemment, parce qu'elle est originaire de Querétaro...

— Ah, Votre Majesté est très ingénieuse », répondit le général Mejía, mais Maximilien se rendit compte que le militaire mexicain ne comprenait pas son humour. En fin de compte, le petit nègre était bien là où il était : c'était un bon soldat, un bon croyant, un bon monarchiste. Et c'était lui qui se chargerait de le guider de Querétaro vers la Sierra Gorda, et de là jusqu'à la côte. Nous passerons l'hiver à Naples ou au Brésil, général, disait Maximilien à Mejía pour le distraire de son rhumatisme et de ses soucis, et il lui décrivait la vie à Miramar et à Lacroma, mais rien n'y faisait : le général ne semblait pas s'intéresser aux six mille volumes de la bibliothèque de Miramar ou au bleu de l'Adriatique. « Je suis un homme simple, disait-il à Max, si vous m'emmenez à Miramar, je me mettrai à la pêche... »

Il eut à nouveau l'impression que quelque chose avait bougé sur un mur, mais cette partie de la cellule était dans l'ombre : impossible de distinguer la moindre bestiole, au cas où il s'agirait de cela. Il arriva à la conclusion que ce ne pouvait pas être des punaises, car les punaises ne courent pas sur les murs — d'après ce qu'il avait cru comprendre, ce sont des animaux nocturnes — et parce qu'il avait obtenu de faire laver le lit de sangle et le sommier à l'eau bouillante : il ne devait plus se trouver une seule punaise dans cette partie du couvent. Du moins *pas* dans sa cellule.

Il lui vint alors une idée toute simple : tenant le miroir dans la main il se dirigea vers le rayon de soleil qui entrait par la fenêtre et il se servit du reflet pour éclairer cette partie du mur où il avait cru distinguer le mouvement d'une ombre minuscule : il n'y avait rien.

Il éclaira également les autres murs, les recoins, le plancher : rien, Ensuite, debout et toujours dans la lumière du soleil, il plaça le petit miroir à la hauteur de sa poitrine et il regarda, d'en haut, comment était sa barbe vue d'en bas. Elle était encore plus dorée et plus fournie que d'habitude : on aurait dit un prodigieux nuage d'or. Il soupira profondément, le soupir fit bouger sa poitrine qui, à son tour, fit bouger le miroir, il reçut le reflet du soleil dans les yeux et en fut aveuglé pendant quelques instants.

Quelques instants au cours desquels il eut un épouvantable pressentiment : la salve du peloton venait de retentir et il était tombé, mais il vivait encore, il avait les yeux ouverts et il regardait le ciel, le soleil déversait dans ses yeux tout son tranchant et tout son éclat, et alors il se demanda ce que sa mère pouvait être en train de faire au château de Schönbrunn.

Il se dirigea vers la table et il y déposa le miroir. Il s'assit sur le lit. Il ôta ses bottes et s'allongea. Ordre avait été donné de ne pas le déranger pendant quelques heures. Avec de la chance il pourrait faire la sieste.

Il vit à nouveau le visage de la princesse Salm Salm. Une femme incroyable. Elle avait réussi à être reçue par tout le monde : Porfirio Díaz, le général Escobedo, le président Juárez lui-même. Elle les rencontrait tous, elle parlait à tous. Elle était capable d'aller n'importe où : à San Luis, dans la capitale, à Querétaro, de nouveau à San Luis, à Tacubaya, à Puebla, elle pouvait apparaître partout et à n'importe quel moment dans sa voiture jaune pâle, avec son inséparable servante Margarita assise près d'elle, sur ses genoux Jimmy, son caniche, et dans son giron, dans le tiède étui formé par ses deux seins ronds et blancs, son inévitable revolver à six coups. « Ah, chère Princesse, lui avait dit l'Empereur, un soir où ils se promenaient dans la cour des Teresitas, si un jour je sors libre d'ici, je ferai de vous mon ministre des Affaires étrangères... ou plutôt ma ministresse. » Il est vrai qu'elle était capable de tout, et elle allait le prouver, dans sa lutte pour sauver la vie de son mari et celle de l'Empereur.

Évidemment, la princesse ne voyageait pas uniquement dans ce vieux fiacre jaune : ce n'était pas pour rien qu'elle avait été écuyère dans un cirque — on l'appelait « le centaure femelle » — et quand il le fallait, elle chevauchait un fougueux coursier et s'approchait au galop des postes militaires ou sautait par-dessus les tranchées, avec un mouchoir blanc attaché à la pointe de son fouet.

Son expérience lui avait appris qu'il était plus facile de gouverner avec des femmes. Bien entendu, avec des femmes cultivées et à la sensibilité aiguisée, comme Charlotte, comme sa mère Sophie, comme Agnès Salm Salm. Parce qu'avec les femmes on pouvait aussi bien parler de stratégie militaire que de cuisine. Parfois, avec ses généraux, il ne pouvait même pas parler du dessin des uniformes: ils n'avaient pas l'air intéressé. Quelqu'un a remarqué, disait-il au général Méndez, que les vareuses rouges des soldats du bataillon de l'Empereur ressemblent trop à celles de la piétaille rouge des juaristes, mais vous devriez considérer, général, que les troupes de Garibaldi portent elles aussi des vareuses incarnates et que l'uniforme de la cavalerie régulière d'Abd-el-Kader était rouge de la tête aux pieds... et qui parle de piétaille rouge, au bout du compte? demandait-il à ce même général Méndez un soir où, depuis la terrasse du couvent, il observait à la jumelle les soldats de l'ennemi déambuler tout nus au pied de la colline, mais sans lâcher leurs fusils pendant que séchaient, étendus sur de grosses pierres, leurs uniformes blancs: oui, blancs de la tête aux pieds, et non pas rouges. Et pas seulement blancs mais impeccables, immaculés à force d'être constamment lavés, chose qui non seulement surprit l'Empereur, mais qui lui fut également pénible: une des choses qu'il regrettait le plus, c'était son plongeon matinal dans le bassin de Chapultepec. A Querétaro il y avait tout juste assez d'eau pour boire, alors qu'en revanche les républicains en avaient en abondance: une fois l'aqueduc brisé, plusieurs petites cascades limpides tombaient du haut de ses arcades. Il avait ordonné de ne pas en profiter pour tirer sur les soldats juaristes parce qu'il n'admettait pas qu'on tuât un homme dépouillé de ce qui, plus qu'une arme, lui conférait sa condition d'ennemi, c'est-à-dire l'uniforme. Et qui lui conférait également de la dignité, vous ne croyez pas, général Méndez? Mais le général Méndez ne semblait pas saisir la différence entre un ennemi habillé et un ennemi nu.

Il sut alors qu'il allait dormir, qu'il lui serait enfin possible de trouver le sommeil, ne serait-ce que pendant quelques minutes. La nuit précédente, les gardes du couvent — ce n'était pas la première fois — s'étaient égosillés à hurler à intervalles réguliers: « Sentinelle, qui va là! », « Sentinelle, qui va là! » et, évidemment, l'Empereur n'avait pas pu fermer l'œil. Pour couronner le tout, il avait été victime d'une nouvelle attaque de dysenterie et de douleurs que les pilules d'opium du *petit docteur* Basch n'avaient pas réussi à calmer...

A Querétaro on appelait Basch « le petit docteur ».

Il sut également qu'il avait dormi profondément car, avant d'ouvrir les yeux, mais déjà éveillé, il s'aperçut que sa salive s'écoulait de sa bouche sur l'oreiller. C'était indubitablement de la salive, car elle était froide. Le sang n'est pas froid, il est tiède, et ce filet qui lui coulait de la bouche n'était pas tiède, mais il se changea en sang car il s'enfonça dans le sommeil pendant quelques secondes encore, et il eut la sensation de s'enfoncer dans la mort. Blasio, dis-moi: ils m'ont blessé au visage? demandait-il à son secrétaire mexicain. Blasio se tourna et de sa bouche s'écoulait un épais filet de sang violet. Tu m'entends, Blasio? Mais Blasio n'écoutait pas. Maximilien sentit alors qu'un frisson lui parcourait toute la peau, des pieds jusqu'au front, comme un torrent de fourmis rouges... mais étaient-ce des fourmis? ou bien des punaises?

Il se leva d'un bond, chiffonnant les draps du lit de sangle. *Cimex domesticus*... il fut à deux doigts de vomir de dégoût, *Cimex domesticus Queretari*... à l'idée des files de punaises blafardes, des files de punaises rouges gavées de sang... mais heureusement il n'y en avait pas une seule. Pas une seule.

Il s'assit sur le lit et, du dos de la main, il nettoya les restes de salive qui maculaient sa barbe. Il se leva et se vit dans le miroir « tous poils dehors », madame la Princesse, « la barbe en fanfare », chère Agnès Salm Salm. Mais une fois encore, évidemment — c'était une histoire sans fin —, sa barbe s'était dépeignée pendant qu'il dormait.

Il prit la brosse. Il s'aperçut que la nuit était tombée et que quelqu'un — Grill, à coup sûr — était entré pour allumer les bougies du chandelier qui était également un cadeau des femmes de Querétaro... Ah, les dames de Querétaro qui s'étaient conduites avec tant de courage pendant le siège, qui le saluaient avec tant d'affabilité quand il sortait du casino après une partie de boules avec ses colonels, et qui avaient tellement souffert...

« Aux dames de Querétaro », dit-il, et il brossa de haut en bas tout le côté gauche de sa longue barbe.

Le prince Salm Salm, qui jouait au whist avec le major Malburg, était tombé d'accord : « Aux dames de Querétaro. »

« Aux dames, messieurs, et aux chasseurs hongrois qui sont morts sur le Cimatario ! » s'exclama Maximilien et il brossa de haut en bas le côté droit de sa longue barbe.

Tüdös avait été ému par son allusion à ses compatriotes hongrois morts à Querétaro. Et naturellement :

« A mon fidèle Tüdös, à qui une balle a fait cracher trois dents à Calpulalpan ! »

Et Miramón était tombé d'accord, pas uniquement parce que lui aussi allait être blessé par une balle à la bouche quelques semaines plus tard, après la chute de Querétaro :

« Et au général Miramón, messieurs, blessé pendant le siège héroïque de Querétaro... »

... Mais aussi à cause de la persévérance de Tüdös, de son inventivité, de son génie pour cuisiner un ragoût de cheval, un pâté de chien, des saucisses de chat...

Une fois sa barbe bien lissée, il s'attacha un linge autour du cou et il prit les ciseaux...

« Aux volontaires algériens qui sont tombés à San Pablo, messieurs, aux soldats du bataillon de Celaya qui ont donné leur vie pour leur Empereur dans la plaine de Carretas, aux hommes de la troisième compagnie du génie décimés au cimetière de la Croix, aux compagnes des soldats morts au pied des arcades de l'aqueduc, aux hommes du bataillon Iturbide qui ont péri au combat de Casa Blanca, messieurs, et au colonel Santa Cruz qui, au matin du 15 mai, est tombé, le pauvre, criblé de balles... »

« Et bien entendu... »

Bien entendu, son souvenir le ramena alors vers le général Méndez. Ramón Méndez, responsable de la mort des généraux républicains

Arteaga et Salazar. A Querétaro, Maximilien l'avait surnommé «le petit gros intrépide» — ou quelque chose dans le genre. Et il se rappelait, comme s'il l'avait devant lui, son visage brun et luisant, ses moustaches longues et broussailleuses, ses yeux lumineux et ses cheveux plats et noirs comme le jais. Méndez lui répétait constamment de l'accompagner, s'il quittait Querétaro, dans la Sierra de Zitácuaro, qu'il connaissait comme la paume de sa main... Quand la Croix était tombée, Méndez s'était caché dans une maison de Querétaro. Quand on l'avait trouvé, on l'avait emmené sur la Alameda et là on l'avait fusillé de dos, en tant que traître à la patrie.

«Et, bien entendu, au général Méndez, messieurs, qui est mort fusillé de dos...»

Bien qu'on prétendît que le général Méndez, en entendant crier: feu! avait réussi à se retourner et à présenter sa poitrine aux balles...

L'Empereur secoua sa barbe, il la nettoya avec le linge, il secoua celui-ci pour faire tomber les poils sur le sol, il prit la brosse et murmura: «Qu'on l'ait fusillé de dos ou de face, peu importe, ce n'était pas un traître. Je le répète, messieurs: au général Méndez.»

Puis il commença à se brosser la barbe lentement et il pensa: le barbier suisse que Salm Salm avait amené à Querétaro n'aurait pas fait mieux.

Oui, pour eux tous, pour tous les autres, il lui fallait conserver sa barbe et s'il réussissait à s'enfuir des Teresitas et de Querétaro, il devait le faire non seulement sans se raser, mais même sans cacher cette longue barbe blonde qu'on pouvait, comme le disait le général Miramón, identifier à deux lieues à la ronde, quand le soleil l'éclairait... et quand la lune l'éclaire? lui demanda Maximilien qui n'avait jamais perdu son humour, pas même pendant le siège ni dans sa prison, et on en avait une preuve avec l'enthousiasme que lui avaient inspiré les paroles de Mejía, le fidèle petit nègre, quand il l'avait supplié de ne pas tant s'exposer au danger. «Imaginez un peu, Sire. Si Votre Majesté, Dieu nous en garde, nous meurt entre les doigts, ce serait la bagarre entre nous pour la présidence.» Et Maximilien imagina une bataille rangée où tout le monde combattrait tout le monde: Mejía contre Miramón contre López contre Méndez contre Santa Anna contre Vidaurri contre del Castillo contre Teodosio Lares contre Márquez... Non, non, non: il n'en était pas question... il était définitivement impossible de laisser le Mexique tout seul.

Et si pour les morts il fallait conserver sa dignité et perdre son honneur, par ailleurs il fallait également, pour les vivants:

«A tous les Mexicains, Seigneur... aux Mexicains d'aujourd'hui et à ceux du futur, Seigneur...»

... ne pas perdre la vie. Et très bientôt, cette nuit même, dans quelques heures ou dans quelques minutes, on allait savoir si le plan de la princesse Salm Salm serait mis ou non à exécution.

En réalité, Maximilien allait le savoir dans quelques secondes.

Des coups frappés à la porte le tirèrent de ses rêves. Le gardien annonçait que le docteur Samuel Basch désirait voir l'archiduc d'Autriche.

Le docteur n'avait pas son visage des bons jours. Il avait l'air triste. Il tenta de sourire, il salua et sortit de l'une des poches de sa redingote le sceau en forme de bague de Maximilien. La princesse Salm Salm lui avait demandé de remettre l'anneau et de dire à Sa Majesté qu'il avait fallu suspendre le projet, que le colonel Palacios n'avait pas accepté les billets à ordre et qu'il était très possible qu'en ce moment Escobedo ait été informé de la conspiration. Oui, non seulement c'était possible, mais c'était probable : la garde des chasseurs de Galeana avait été relevée ce soir même. Tous les gardes étaient nouveaux et, en outre, leur nombre avait été doublé...

« Doublé ? » s'enquit Maximilien. Il prit l'anneau et se le passa au doigt : « Ah, mon bon docteur Basch : ils ont peur que leur proie ne leur échappe... ils tremblent parce que le lion s'agite dans sa cage...

— C'est ainsi, Majesté... », répondit le docteur.

Maximilien se dirigea vers le miroir et il s'y contempla. A la lumière des bougies, comme à la lumière du soleil, de la lune, des étoiles ou de l'imagination, sa barbe était et serait toujours indéfectiblement longue et dorée... Bien des années plus tard, un poète devait décrire Maximilien de la façon suivante :

> *... Blond, les yeux bleus, le front*
> *lisse — page blanche qu'aucune douleur ne trouble —*
> *Sa longue barbe partagée en deux, fluvialement*
> *déborde sur sa poitrine telle une coulée d'or...*

Il se rappela alors une longue randonnée qu'il avait faite avec le général del Castillo, par une après-midi ensoleillée et poussiéreuse, dans les premiers jours de mai. Maximilien lui avait demandé comment était mort le père de l'Indépendance du Mexique, le curé Miguel Hidalgo. Fusillé, fusillé par les Espagnols, lui répondit le général, mais en outre — ajouta-t-il — il a été très difficile de le tuer tellement les soldats visaient mal. Le curé était sur un banc — del Castillo ne savait pas pourquoi on l'avait fusillé assis —, et la première décharge lui avait seulement cassé un bras ; à la seconde, ce fut l'épaule et ses intestins jaillirent de son ventre ; une troisième décharge se perdit dans les airs, le bandeau du curé glissa et les soldats furent extrêmements troublés en voyant ses yeux pleins de larmes et on dit aussi qu'en recevant une nouvelle décharge le curé s'écroula du banc dans une mare formée de son sang, mais qu'il vivait encore et que ce n'est que lorsqu'on lui eut tiré plusieurs balles à bout portant qu'on put en finir définitivement avec le grand homme. Ensuite, figurez-vous, Majesté, qu'on lui a coupé la tête et qu'on l'a transportée à la halle au blé des Granaditas à Guanajuato avec celles de trois de ses capitaines. Là on a placé une tête à chaque angle, pendues dans des cages de fer, pour donner une leçon aux insurgés...

Maximilien savait que Juárez ne ferait rien de tel, que sa tête ne finirait pas dans une cage en fer, pas plus que celles de Márquez, de Miramón ou de Mejía...

Mais comment s'assurer que le peloton viserait juste ? Il lui fallait l'exiger... écrire à Escobedo...

« Que dites-vous, Majesté ? demanda le général del Castillo.

— J'ai dit qu'il fallait écrire à Escobedo ou à Juárez lui-même si c'était nécessaire, pour que tous les soldats soient d'excellents tireurs, pour qu'ils me tuent à la première salve. »

Il restait devant le miroir. Basch, dans un coin, contemplait l'Empereur en silence.

« Et pour qu'ils ne me réduisent pas le visage en bouillie, je leur demanderai de viser le cœur. Je le leur indiquerai moi-même... »

Il sépara sa barbe fournie, longue, fluviale en deux pans dorés et il montra son cœur :

« Ici, messieurs. »

3. *Séductions (II) : « Arrête, Arlette »*

Arrête, Arlette. Ôte ta main de mon aisselle, tu me chatouilles. Quoi ? Tu ne savais pas que j'étais chatouilleux ? Ne me dis pas que toi tu ne l'es pas. Voyons... tu te retiens pour ne pas rire. Tu sais une chose ? J'adore l'odeur de ta sueur sur mes mains. Oui, je sais bien que tu te tiens propre. Mais une femme doit avoir une odeur de sueur, un goût de sueur, et pas seulement de savon et de patchouli. Laisse-moi donc tranquille, je t'ai déjà dit plusieurs fois que ce soir je ne suis pas venu pour ça, mais pour me concentrer sur le procès de l'Archiduc qui a lieu demain, au Théâtre Iturbide. Non, je ne sais pas si on laissera entrer des femmes. Ce que je sais, c'est qu'il ne sera pas là et qu'on va le juger par défaut. On dit qu'il est très malade, qu'il a de la dysenterie et qu'il passe ses journées sur son pot de chambre. Moi je crois plutôt que c'est parce qu'il a la trouille. Mais je suis content, Arlette... laisse mes cheveux tranquilles. Non, aujourd'hui je n'ai pas mis autant de gomina. Je suis content qu'il n'ait pas pu s'échapper, même s'il a envoyé cette fichue princesse, la Salm Salm, séduire le colonel Palacios. Il a eu droit et à la prison et à la justice. Je suis content aussi que ce soit ici, à Querétaro, qu'il ait été fait prisonnier, parce qu'autrement, Arlette, on ne se serait peut-être pas revus pendant un bon bout de temps. Lâche-moi, je te dis. Laisse les boutons de ma vareuse tranquilles. Non, je n'ai pas trop chaud. Il n'a pas pu s'échapper, et il a eu beau, chaque fois qu'on lui a demandé le motif de sa venue au Mexique, on le lui a demandé trois fois selon l'habitude, il a eu beau répondre à chaque fois, d'où sors-tu cette bague ? c'est moi qui te l'ai donnée ? Non, je ne m'en souviens pas. Par trois fois, comme je te le disais, il a répondu que c'était une question politique. C'est-à-dire qu'il n'a pas reconnu l'autorité du conseil de guerre. Tu imagines un peu le toupet de cet

Autrichien. Et comment veux-tu que je puisse écrire si tu ne me lâches pas la main ? Je dois prendre des tas de notes. Comme si tout le monde ne savait pas que quand il est parti pour Querétaro il a pris la tête de ce qu'il appelait son Armée impériale, déguisé à moitié en *charro* mexicain et à moitié en général autrichien. Mais oui, ma fille, mais oui, tu sais bien que t'ai toujours aimé tes mains. Et le long duvet que tu as sur les bras. Et j'aime tes seins. Tu me plais tout entière. Mais maintenant ou bien je te caresse ou bien j'écris. Et il vaut mieux que j'écrive. Je dois être tôt au Théâtre Iturbide, frais et dispos. En plus, je dirai que l'Archiduc ne m'est pas franchement antipathique. Parfois il me fait même pitié. Par contre, Miramón, je le déteste cordialement. Président de la République, héros de Chapultepec et de Padierna. A quoi tout cela lui a servi si c'était pour trahir ensuite sa patrie ? A quoi bon, dis-moi, si c'était pour donner l'ordre d'assassiner les martyrs de Tacubaya ? Il commence à faire un peu chaud. Oui, d'accord, déboutonne ma vareuse. Et le cynisme de l'Autrichien ne s'est pas arrêté là. Tu ne vas pas le croire : il a dit aussi que comme il ignore la législation... un peu plus gros ? Bon, j'ai pris un peu de ventre, c'est vrai. Ça doit être, à mon avis, à cause de toute cette inaction et de tout ce *pulque* que nous avons bu pour célébrer la chute de l'Empire. Tu me l'as déjà dit hier. Comme il ignore tout de la législation en vigueur pour son procès, il a besoin d'avoir sous les yeux les lois rédigées par le président Juárez sur cette question. Non, je ne vais pas enlever ma vareuse. Ce qu'il ne sait pas non plus, arrête, Arlette, ne te frotte pas comme ça contre mes jambes, pousse-toi un peu, tu vas finir par me faire tromper. Ce qu'il ne sait pas non plus, précisément parce qu'il ne connaît pas les lois du pays et pour les connaître il lui faudrait mieux parler l'espagnol... Arlette, mon amour, laisse-moi tranquille. C'est que ces lois, je te disais, considèrent comme coupable des charges retenues toute personne qui refuse de se défendre et qui garde un silence inutile. Et là, Arlette, il y a récidive. Cet ongle-là ? Je me le suis cassé hier. Non, ne le coupe pas avec tes dents, va chercher les ciseaux. Attends un peu. Tu sais que tu as de jolies dents, Arlette. Oui, tu m'as fait mal, mais juste un petit peu. Et c'est pour ça que dans le dernier des treize chefs d'accusation... tu te rends compte, il fallait qu'il y en ait treize, quand on pense que ce pauvre Archiduc est tellement superstitieux, à ce qu'on dit. Non, ne me suce pas le doigt, ça me rend nerveux. Dans le dernier, je te disais, on l'accuse de rébellion et de récidive. Ré-ci-di-ve, mon amour. Comment je vais t'expliquer ? Eh bien c'est quelque chose comme de l'obstination. Comme de l'entêtement. Comme toi, Arlette, de temps en temps tu es entêtée, comme aujourd'hui. Je sais bien qu'on va dire que la confession tacite ou présumée qu'implique toute rébellion dont on répond est très loin d'avoir la force probatoire de la confession volontaire. Et qu'on va citer, c'est sûr, Escriche. Escriche, l'Espagnol, celui du *Dictionnaire raisonné de législation et de jurisprudence*. Et pourquoi est-ce que j'aurais le dos qui me démange uniquement quand ça te passe par la tête ? Arrête de me gratter. Je t'ai déjà dit que je suis venu pour être au calme et pour me concentrer sur le procès de l'Empereur. Je veux dire de l'Archiduc. Tu vois comme tu m'as fait tromper. Sous l'omoplate. L'omoplate, ma fille, cet os qui dépasse un peu. C'est ça, c'est ça... Tu imagines la bourde : moi appelant l'accusé « Empereur ». Mais pas si fort, tu me fais mal : hier tu m'as laissé avec le dos tout griffé. En fait, une des principales charges, je dirai même la principale, est celle d'usurpateur, n'est-ce pas ? On lui reproche d'être venu au Mexique usurper le pouvoir constitutionnel légitime et d'avoir favorisé par sa présence l'intervention française qui s'était fixé comme objectif... Évidemment que je me souviens de cette robe. Je te l'ai donnée la seconde fois que je suis venu à Querétaro. Tu penses si je vais m'en souvenir, elle m'a tellement plu et pas seulement parce qu'elle est en soie de Chine et à cause de sa couleur verte comme celle du drapeau, mais aussi parce qu'elle est excitante. Je t'ai dit que je ne voulais pas qu'on te voie avec cette robe, en dehors de moi. Dans le but de troubler la paix. La paix du Mexique, évidemment. Par l'entremise de... et pourquoi tu soulèves tes jupes ? Je te dis que je veux que tu me laisses tranquille. Ah, oui, les jarretières. Je m'en souviens, d'elles aussi. Mais écoute-moi. Écoute-moi, Arlette : si tu veux me montrer tout ce que je t'ai offert, il va falloir que tu te déshabilles. Dis-moi, tu as mis ce corset à baleines que je t'ai acheté à Mexico, dans la rue San Francisco, tu te rappelles, et que je t'ai rapporté un jour, déguisé en muletier et que j'avais caché sous la couverture d'un âne ? Tu te rappelles ? Dans le but de troubler la paix, la paix du Mexique, par l'entremise de... attends un peu. Attends, mon amour. Ne descends pas tes bas. Oui, oui, je sais que ce grain de beauté sur la cuisse, ce n'est pas moi qui te l'ai donné. Par l'entremise, je disais, d'une guerre injuste, illégale dans sa forme, déloyale et barbare dans son exécution... Je vais noter cette phrase, je la trouve réussie. Tu as vu, Arlette ? Il y a un long poil blond qui a poussé sur ton grain de beauté. Injuste, illégale dans sa forme, qu'est-ce que j'ai dit encore ? Ah, oui : déloyale et barbare dans son exécution. Tu as de bien jolies jambes, ma fille. Si je te racontais. Mais vraiment jolies. Si je te racontais, je disais, le tas d'atrocités qu'ils ont tous commises, aussi bien les Français que les Autrichiens. C'est eux qui ont introduit ici le supplice de la corde. Il suffit de se souvenir des crimes de Cavaignac à Paris. Pour ne rien dire de cette crapule de colonel du Pin. Tu savais que pendant le siège de Querétaro un Autrichien, je crois qu'il s'appelait le major Pitner, a fait sauter la cervelle à un de ses propres soldats rien que parce qu'il s'était montré un peu indiscipliné ? Et ensuite on nous parle de justice, de droit civil, d'incompétence du conseil de guerre. Pourquoi dis-tu que tes genoux ne te plaisent pas ? Ils me plaisent, à moi. Le fait est qu'ils sont toujours un peu froids. Ou alors c'est parce que mes mains, comme tu me l'as fait remarquer, sont toujours chaudes. Bon, maintenant ça suffit. Arlette, ma fille, remonte-moi ces bas et couvre tes jambes, tu me fais perdre ma concentration. Apporte-moi un verre d'eau, tu veux bien ? Et après avoir usurpé le pouvoir et formé une armée avec des étrangers, c'est-à-dire avec des flibustiers et des sujets appartenant à des puissances qui n'étaient pas en guerre avec le Mexique... cette phrase aussi je la trouve réussie, n'est-ce pas? l'Archiduc vient dire maintenant qu'il est formellement nécessaire que l'on précise s'il est considéré comme ex-empereur, car si ce n'était pas le cas, il ne pourrait être traité autrement que comme un archiduc autrichien, hein? qu'est-ce que tu en penses? et qu'alors il pourrait uniquement être remis en tant que prisonnier, je t'en prie, Arlette, à un bateau de guerre de son pays. Apporte-moi l'eau que je t'ai demandée. Pauvre diable. Je t'assure que je le trouve plutôt sympathique, cet Archiduc. Mais on va l'envoyer devant le peloton. Avec tous les autres, les trois autres. Oui, oui, ma fille, je sais très bien que si tes genoux sont toujours froids, tes cuisses, en revanche, sont toujours brûlantes. Et c'est à moi que tu le dis. Mais je n'ai pas besoin de les toucher pour le savoir. Ce qu'il veut, évidemment, c'est sauver sa peau coûte que coûte et se débiner dans ses Miramar sans se soucier de ce qui pourra arriver à ses thuriféraires et à ses estafiers. Ceux qui portent l'encens dans les églises. Attends un peu. Non, les thuriféraires. Pas rhuliféraires, thuri... attends, ma fille, laisse-moi écrire, lâche-moi. Tu t'es encore rasé les jambes, n'est-ce pas? Tu sais pourtant que ça ne me plaît pas. Après, elles restent râpeuses pendant plusieurs jours. Et figure-toi qu'en plus, il a eu le cynisme d'envoyer des lettres et des messages à don Benito, où il lui dit qu'il ignore le langage juridique espagnol et où il l'appelle Monsieur le Président. Il est bien temps qu'il le reconnaisse, pas vrai? Maintenant qu'il est coincé pour toujours dans sa cellule des Teresitas, assis sur son pot de chambre, avec un crucifix d'argent comme seul compagnon. Attends donc. Laisse-moi écrire. Comment peux-tu inventer des questions aussi idiotes? Pourquoi une de tes cuisses me plairait-elle plus que l'autre? Il était perdu, à coup sûr, dès le moment où il a considéré que ses arguments pourraient êtres déboutés et qu'il y aurait débat contradictoire. Non, ce n'est pas vrai: il était perdu dès qu'il est descendu de la *Novara* et qu'il a mis un pied sur les sables de Veracruz. Écoute, je ne vais pas te donner le sens de chaque mot. Un autre jour... si je commence à t'expliquer ce que veut dire ampliation légale, débats, interlocutoire ou rejet de pourvoi, on n'en finira jamais. Mais ne boude pas, Arlette. Oui, reviens t'asseoir ici, mais pas trop près. Merci pour l'eau, elle est bien fraîche. Non, assieds-toi de l'autre côté. Combien de fois je devrai te répéter que je suis gaucher? Oui, j'écris avec la main droite parce qu'on m'a appris comme ça... Par la suite, il a ordonné que ses propres agents ou il a admis que des agents de l'étranger assassinent des milliers et des milliers de Mexicains. La filiation m'échappe. Filiation prend deux *l*? Alors? Alors quoi, Arlette? Ah, eh bien même si je ne pense pas le faire maintenant, j'aime bien t'avoir à mon côté droit pour te toucher de la main gauche, qui est celle avec laquelle je caresse le mieux. Mais pousse-toi un peu et reste tranquille. Dis-moi, cette phrase te semble correcte: « Les résidus les plus dégénérés des classes vaincues, je veux parler des perdants dans la guerre de la Réforme, firent appel à l'étranger, en espérant qu'il les aiderait à satisfaire leur cupidité et leurs intérêts »? Ce qui m'inquiète le plus, c'est l'histoire de traître à la patrie. On voulait lui coller cette accusation, mais la peine de mort ne peut s'appliquer qu'au traître à la patrie dans une guerre avec l'étranger. C'est le cas de Miramón, de Mejía, de Márquez, par exemple, et de beaucoup d'autres. Oui, oui, je peux sentir les battements sous ma main. Mais pas de l'Archiduc. Lâche-moi la main. Mais, comme disent ses défenseurs, puisqu'il n'assure pas sa défense lui-même... C'est-à-dire comme il n'est pas lui-même originaire du Mexique, mais de l'Autriche, comment allons-nous lui imputer... ? tu sais ? Tu as des seins d'une rondeur et d'une fermeté... Lui imputer le délit de traître à la patrie ? De toute façon, il a bel et bien trahi. Non, non, ce n'est pas cela. J'ai une petite démangeaison à l'aine. Trahi l'Autriche. J'ai besoin de me dégourdir un peu les jambes. Oui, il a trahi son pays, l'Autriche. Quelle tache ? J'ai dû recevoir une goutte d'eau. En revanche, ces canailles de Miramón et de Mejía... Tu savais que Miramón a eu le toupet de dire que le militaire qui sert la République mais qui se prononce contre elle la trahit parce qu'il manque à ses engagements ? Mais que l'homme qui ne l'a jamais reconnue ni servie sera un ennemi, jamais un traître. Et c'est lui qui le dit, tu te rends compte, lui qui a été président de la République ! Oui, ce bandit qui, quand il était président, a fait forcer la porte de la légation anglaise pour en extraire les fonds destinés par le gouvernement constitutionnel au paiement de la Convention... D'accord, oui, oui, je vais m'asseoir, mais juste un moment. Je dois partir bientôt. Enfin, je crois que ça ne me ferait pas de mal d'arrêter de penser pendant quelques minutes à l'Archiduc et au procès pour te dire encore une fois que tu es une belle femme. Approche-toi un peu. Écoute, je peux t'avouer que de toutes ces choses que l'Autrichien et les Français ont apportées et qui me choquent tellement, comme les « suarés » de l'Impératrice et les « aurevois », et ces danses bizarres, et le pâté de « fuagra » par-ci et « la » champagne par-là, de toutes ces choses, je me disais, ce qui m'a vraiment emballé, c'est les robes comme celle que je t'ai offerte, avec leur décolleté qui laisse presque les pointes des seins à l'air. Tu as attrapé la chair de poule, Arlette. Qu'est-ce qui t'arrive, d'un seul coup ? D'abord c'est toi qui me provoques et maintenant tu ne veux pas que je te touche. Tu n'es pas facile à vivre, ma fille. Heureusement, je connais sur le bout du doigt le *Droit international* de Wheaton et le *Droit de la guerre* de Grotius. C'est sûr que les défenseurs vont les citer. Tu sais que l'avocat yankee, le dénommé Hall, est arrivé avec son Wheaton sous le bras ? Et ils vont citer Vattel, évidemment... C'est Vattel avec un V ou avec un W ? Vattel, ma fille, celui du *Droit des gens*... Laisse-moi te les toucher. Rien qu'un moment, s'il te plaît. Je t'assure qu'ils sont toujours doux et fermes en même temps. Non, s'il te plaît, ne les découvre pas. Pour l'amour de Dieu. Moi, croire en Dieu ? Bien sûr que non, c'est seulement une façon de parler. Tu sais que maintenant ils allèguent que le gouvernement de l'Archiduc a été un gouverneent *de facto*. *De facto* : de fait. Et que le véritable usurpateur a été Napoléon III ? Allez, ça suffit, arrête, Arlette. Pour l'amour de Dieu ou de qui tu voudras, couvre-toi, tu vas prendre froid. L'homme n'est que le fruit des circonstances qui l'entourent : c'est l'autre argument dont vont user les défenseurs. Et comment pouvons-nous amener Napoléon au Mexique, afin de le juger ? Et Mejía, ce cynique, qui dit que pour lui la régence et le prétendu Empire n'ont pas été l'œuvre de l'intervention française, mais des Mexicains qui ont exprimé leur consensus par leurs votes et qui ont appelé l'Archiduc. Me mettre à l'aise ? Non, je t'ai déjà dit que ce n'est qu'une petite démangeaison à l'aine. Vattel, qui dit que chaque fois qu'un parti puissant se sent en droit de résister au souverain... tu t'es aussi mis du parfum que je t'ai donné, n'est-ce pas ? Et que si ce parti est en situation de prendre les armes contre le parti au pouvoir, il est nécessaire... il est nécessaire... couvre-toi. Pourquoi crois-tu que je t'ai dit de ne pas m'attendre toute nue dans le lit aujourd'hui, mais que je te voulais habillée, des pieds à la tête, Arlette ? Il est nécessaire de considérer alors ces deux partis, dorénavant, ou au moins pendant un temps, comme deux corps séparés. Des corps, oui, mais des corps au sens de nations, de peuples, ne sois pas bête, peux-tu imaginer qu'il puisse y avoir deux peuples mexicains ? Arrête, Arlette, mon uniforme est en train de se froisser et c'est le seul que je possède. Demain je dois être impeccable et avoir fière allure, pour qu'on ne dise pas que l'Archiduc a été jugé par une horde de clochards loqueteux. Et quand vas-tu le repasser, ma fille, puisque je te dis que je dois rentrer très vite à la caserne pour dormir ne serait-ce que quelques heures et me réveiller en pleine forme ? Ils vont citer aussi Hallan et Macaulay. Qui sont Hallan et Macaulay, mon amour ? Et pourquoi veux-tu le savoir ? Des gens ennuyeux qui sont contre la peine de mort. Attention, tu pourrais tacher le col de ma vareuse. D'accord, d'accord, je vais l'enlever, mais juste un petit moment. Je dois partir. Et il y aura bien quelqu'un, c'est sûr, pour parler d'Alexandre le Grand et de la façon dont il a pardonné aux Milésiens en raison de leur courage. Ou de l'exécution du rival de Charles Ier, condamnée avec tant de vigueur par Pedro de Aragón. Non, ne la laisse pas comme ça, accroche-la avec soin, s'il te plaît. Mais dis-moi si on peut accorder grâce à un pleutre comme l'Archiduc, que nous allons également accuser d'avoir renoncé au faux titre d'empereur en faisant en sorte que ce renoncement prît effet, non pas immédiatement, mais une fois qu'il serait vaincu... Laisse-moi, arrête, Arlette... Donc, au moment où, je te disais, l'abdication ne relevant plus de sa volonté... Non, je ne suis pas en train d'essayer de t'embrasser... Mais de la force. Bien entendu, Arlette ; si je le veux, je peux changer d'avis. Donc, au moment où, non plus en fonction de sa volonté mais de sa force, avec ou sans abdication, il allait devoir se retrouver dépouillé du titre, usurpé, de souverain du Mexique. Bien sûr que j'ai quelques poils blancs sur la poitrine, tu ne l'avais pas remarqué ? Arrête-toi, qu'est-ce que tu fais ? Lâche mon ceinturon, s'il te plaît. Bien que Mejía ne se prive pas de proclamer à tout vent qu'un jour il a laissé la vie sauve aux généraux Escobedo et Treviño. Tu ne vas pas me les arracher. Quoi ? Les poils frisent quand on les mouille avec un peu de salive ? Et eux, qu'est-ce qu'ils ont fait ? S'il te plaît, arrête de me toucher le téton, il reste dur pendant des heures ensuite et ça me brûle à cause du frottement de l'uniforme. Oui, qu'ont-ils fait aux autres, à Arteaga et à Salazar? Qu'ont-ils fait, je me le demande, à tous ces juaristes qu'ils ont torturés et tués, à tous ces villages qu'ils ont rasés, réduits en cendres, et surtout... Tu as un cil près du coin de l'œil. Ah, Arlette; quel joli visage tu as, quelle douceur. Arrête, non, ne pose pas la jambe sur moi. Mon pantalon va se froisser. Surtout, je disais, dans le Michoacán, le Sinaloa, le Chihuahua, le Coahuila. Arrête de déboutonner mon pantalon, tu veux bien? Dans le Nuevo León et Tamaulipas. Comment, pourquoi je ne suis pas venu en civil? Tu ne m'as pas dit toi-même plus de mille fois que tu me préfères en militaire? En outre, je vais leur rétorquer que Vattel n'a écrit que pour les souverains d'Europe et qu'en fait il a ignoré le droit constitutionnel de républiques aussi modernes que la nôtre. Écoute: si je retire mon pantalon, il va falloir que je me mette au lit. Tu ne peux pas croire que je vais rester assis là, en caleçon. Et si je me mets au lit, je ne vais pas y rester tout seul comme un imbécile. Et si tu te mets au lit avec moi, Arlette, qu'est-ce que tu crois, que je suis de bois?

Arlette... Arlette... Tu dors? Tu n'as pas pu t'endormir aussi vite. Tu fais semblant de dormir, n'est-ce pas? Je t'ai dit que si je me mettais au lit avec toi c'était à la condition que tu resterais tranquille et que tu me laisserais penser au procès de l'Archiduc. Mais je ne t'ai pas dit de t'endormir. J'aime ta compagnie. J'aime que tu m'écoutes. Tu m'entends, Arlette? Bon, tant pis pour toi. Je vais m'habiller et je fiche le camp. Comment? Excuse-moi. Je croyais que tu dormais. Non, je ne suis pas en train de te mordre le cou. Ce n'est qu'un baiser. Pourquoi ne te retournes-tu pas vers moi? Bien sûr que ton dos me plaît. Tu me plais tout entière. Non, ne t'endors pas, s'il te plaît. Je te promets de ne plus parler de l'Archiduc. J'en ai par-dessus la tête de lui, de Mejía, de Miramón, de la Constitution, d'Escriche, de Vattel et de Reynoso. Ah, évidemment, ils vont citer Reynoso et la situation des peuples sans défense... Bon, si tu ne veux pas comme ça, alors tourne-toi. De la soumission au conquérant d'après le droit naturel. C'est cela, c'est cela. Maintenant, serre-moi dans tes bras. Et politique. Et ils vont dire que la loi du 3 octobre... je préfère caresser tes fesses quand je t'ai face à moi. Comme tu as de belles fesses, Arlette. Ne me touche pas. Et ils vont dire, je me disais, que cette loi visait des objectifs semblables à celui du décret du 25 janvier et qu'elle n'a été promulguée que *ad terrorem*. Je te dis de ne pas me toucher. Tu sais une chose? J'aime beaucoup que les os de tes hanches viennent s'encastrer dans mes flancs. Et là, Arlette, ce sont mes omoplates. Écarte un peu les jambes, juste un petit peu. S'il te plaît. Allez, Arlette, ne joue pas les saintes nitouches. Tu es trempée. Oui, oui, je me suis lavé les mains, tu ne t'en souviens pas? Tu trembles à nouveau. Arrête. Non, ne te retourne pas. Comme ça tu ne vas plus avoir froid. Je ne te pèse pas trop, ma chérie? En outre, je dirai que la loi du 25 janvier... Non, ne les écarte pas autant, rien qu'un tout petit peu. Aide-moi un peu. Arrête, arrête, tu me fais mal avec ta bague. C'est ça, c'est ça. Ça y est... Ah, Arlette, mon amour, tu ne sais pas combien tu me plais, combien je t'aime, combien... La loi, je disais, du 25 janvier. Juárez... Mais ne te mets pas dans cet état. Dieu du ciel, Arlette: comment peux-tu croire que l'Archiduc et le procès m'intéressent plus que toi? Comme ça, comme ça, mon amour. Tu sais bien que j'ai besoin de m'occuper ou de parler d'autres choses pour ne pas terminer trop rapidement. Arrête, tu me griffes à nouveau avec tes ongles. Pas si fort. Ah, Arlette, Arlette, tu sais si bien bouger ton corps. Comme ça, comme ça, mon amour. Non, pas autant. N'écarte pas autant les jambes, je ne peux plus me retenir. Mejía, Miramón. Attends, reste tranquille un moment. Non, restons comme ça. Mais ne bouge pas, laisse-moi penser à autre chose. Les atrocités qu'ils ont commises. Ne bouge pas. Ils les tuaient à coups de baïonnette. Michoacán, Coahuila, Sinaloa. Tu m'entends, Arlette? Tamaulipas, Nuevo León. Laisse-moi commencer à bouger, comme ça, tout doucement. Pas toi, fais comme si tu dormais, tu m'entends? Nuevo León, Tamaulipas. On va tuer l'Archiduc. Comme ça, mon amour, comme ça, un tout petit peu plus. Non, ne les écarte pas davantage. Et Miramón. Et Miramón. Et avec lui Mejía, Márquez, Coahuila. Parce qu'il est venu... parce qu'il est... je ne te fais pas mal? On va le tuer. Pour récidive, pour rébellion... Maintenant encore un peu plus. Non, non, pas autant... Oui, oui, comme ça, comme ça, Arlette, tout doucement. Tout doucement et ensuite, quand je te le dirai, alors plus vite. Ah, si tu savais comme tu me plais, Coahuila, Juárez, Tamaulipas. Tu me tues, Arlette. Non, je ne me plains pas, simplement... écarte plus les jambes, maintenant, Arlette, autant que tu pourras. Bouge, mon amour, bouge, Arlette. Non, arrête. Arrête, pour l'amour de Dieu. Coahuila, Miramón, Mejía, Arlette, mon Dieu, Márquez, Arlette, je t'en prie, Tamaulipas, Nuevo León, je t'en prie, je n'en peux plus, Coahuila, Mejía, Miramón, Miramón, Miramón! Miramón! Mira... mmmm... ooohhh...!

Arlette... Arlette... Tu m'entends? Je me suis endormi. J'ai tout juste le temps de me présenter au tribunal. Non, ne t'inquiète pas, je ne serai pas en retard. Voyons ce que tu penses de ça: je termine sur la Nation en demandant que les reconnus coupables soient passés par les armes. Le premier en application des articles 13 et 24. Regarde un peu comme mon pantalon est tout fripé, Arlette. Et la tache n'est pas partie. Les deux autres, je te disais, en application des articles premier, fraction quatre, treize et première partie de vingt et un, de la loi du 25 janvier 1862. Tu ne sais pas où j'ai laissé mon képi? Finalement tu n'as pas repassé ma vareuse et tu n'as pas recousu son bouton. Non, ma fille, je ne suis pas fâché. Regarde, un de mes cheveux blancs est resté collé sur ton sein. Tu sais une chose? Je vais t'acheter une autre bague. Une bague dont je me souviendrai toujours. Non, ça suffit, arrête, Arlette, je dois partir. Endors-toi. Repose-toi. Dès que le procès sera terminé je rapplique au galop.

Remets ta robe verte, tu veux bien ? Non, il vaut mieux que tu m'attendes toute nue. Tu m'entends ? Tu vas m'attendre toute nue dans le lit... N'est-ce pas, Arlette ?

XIX
CHÂTEAU DE BOUCHOUT
1927

Mais pour que je puisse dire au monde, Maximilien, quel homme tu as été, je dois me débarrasser des germes que tu m'as transmis.

Pourquoi crois-tu que ma cousine Victoria est morte écrasée de tristesse si ce n'est parce qu'elle n'a jamais pardonné au Prince Albert d'être parti quarante ans avant elle, quarante ans pendant lesquels le fantôme du prince allemand, déguisé en Écossais, l'Ordre de la Jarretière à la jambe et suivi de tous ses chevaux et de ses chiens favoris, l'a accompagnée dans les Salons de Sandringham, dans les Jardins d'Osborne, dans les couloirs du Palais de Buckingham et dans ses appartements de Balmoral où ni John Brown ni Abdul Karim ni les statuettes de jade volées au palais d'été de Pékin ni la vaisselle d'or de Charles II ne lui ont fait oublier une seule minute la mort de son Albert chéri, car son fantôme lui susurrait à l'oreille que c'était la contrariété d'avoir appris que son fils, mon neveu Édouard VII, était devenu l'amant de Nelly Clifden, ce qui l'avait tué et non pas la fièvre typhoïde, et ni le jubilé d'or de Victoria, ni la guirlande de plumes de couleur qu'à cette occasion lui avait offert la Reine d'Hawaii, ni la présence de sa bru favorite la Princesse Alexandra couronnée de roses, ni la présence, le jour où, agenouillée dans l'abbaye de Westminster, elle avait rendu grâce à Dieu de l'avoir laissée régner un demi-siècle et de lui avoir donné tant d'enfants, ni la présence de toutes les dynasties d'Europe: les Bourbons et les Habsbourg, les Romanov et les Hohenzollern, les Cobourg et les Savoie, les Wittelsbach, les Hesse, les Bragance et les Bernadotte, ne l'ont empêchée d'écouter le fantôme d'Albert, présent lui aussi pendant le *Te Deum* et l'hymne dont il était l'auteur, et les paroles qu'il murmurait à Victoria lui rappelaient qu'Édouard, le Prince de Galles, celui-là même qui le matin avait défilé sous l'Arche de l'Amirauté revêtu de son uniforme rouge de maréchal de camp, était un sybarite irresponsable, un coureur de jupons impénitent, un débauché qui jouait au baccara dans les casinos clandestins de Londres, un écervelé qui dansait le can-can avec la Duchesse de Manchester et un prince, en bref, qui avait ravivé, une fois de plus, la rancœur et les malentendus qui avaient toujours existé, depuis le règne de George Ier d'Angleterre, entre les monarques et les princes héritiers de la dynastie corrompue des Hanovre, et pendant que Victoria rendait grâce à Dieu de lui avoir offert la moitié du Canal de Suez et de l'avoir faite impératrice d'un immense territoire où elle n'avait jamais posé le pied, l'Inde, le fantôme du Prince Albert lui rappelait à l'oreille qu'un de ses petits-fils, le Duc de Clarence, celui-là même qui, vêtu de bleu, avait défilé le matin au côté de son père le Prince de Galles, était un pervers qui fréquentait les bordels de pédérastes dont raffolait Lord Somerset, et un dépravé qui à seize ans avait eu pour amant un marin qui lui avait communiqué la syphilis, et peut-être même un assassin car, quand il est mort à vingt-huit ans, on a dit que le Duc de Clarence, petit-fils de la Reine Victoria d'Angleterre, était le même homme qui passait ses nuits à lacérer à coups de poignard les prostituées de Londres et qu'on connaissait sous le nom de Jack l'Éventreur ? Tu sais pourquoi, Maximilien, ma cousine Victoria est morte minée par la sciatique, les cataractes et les années, mais aussi par la tristesse : une tristesse incommensurable parce qu'elle s'était éteinte dans les bras d'un homme qu'elle détestait, son petit-fils le Kaiser Guillaume II d'Allemagne, une tristesse irrépressible parce que de l'autre côté du Channel, Vicky, sa fille chérie, la mère du Kaiser, agonisait rongée par un cancer et, quelques mois plus tard, mourrait, elle aussi, au moment précis où un papillon entrerait par la fenêtre de sa chambre pour l'emmener au ciel, mais uniquement son âme, car son corps nu et enveloppé dans le drapeau du Royaume-Uni retournerait dans une Angleterre où sa mère éternelle ne serait plus là pour la pleurer ? Et tu sais pourquoi quelque chose de beaucoup plus douloureux que le cancer a prolongé pendant des années l'agonie de Vicky, et qui n'était pas uniquement le mépris qu'ont toujours ressenti pour elle ses sujets prussiens qui l'appelaient *die Engländerin*, mais, par-dessus tout, l'amertume d'avoir régné à peine quelques mois, parce que celui qui aurait pu être un nouveau Frédéric le Grand d'Allemagne, son mari, le prince le plus fringant d'Europe, ne s'était assis que quatre-vingt-dix-neuf jours sur le trône des kaisers, sans avoir prononcé un seul mot, non pas parce qu'il refusait d'ouvrir la bouche comme ton cousin le roi muet Otto de Bavière, mais parce que Frédéric avait la gorge pourrie, selon les uns par le cancer, selon d'autres par la syphilis que dix-huit ans plus tôt lui avait communiquée une ballerine espagnole, et parce qu'on lui avait extrait les cordes vocales ? Tu sais pourquoi, Maximilien, quand Frédéric et Vicky sont arrivés pendant leur voyage de noces à l'Old Schloss pour y passer leur première nuit, ils l'ont trouvé, comme ce fut le cas pour nous avec le Palais National de Mexico, hanté par les punaises et les chauves-souris, tu sais, dis-moi, pourquoi Vicky a perdu tous les enfants qu'elle chérissait le plus et pourquoi son fils, celui qui devait devenir le futur Empereur Guillaume II d'Allemagne, était né avec le bras gauche atrophié, raison pour laquelle il l'avait haïe toute sa vie et chassée à la mort de son père du palais de Friedrichskron où elle vivait avec lui, car puisqu'il ne pouvait pas arracher à Vicky le souvenir de Frédéric il avait décidé de débaptiser le château ? Tu sais pourquoi ce même kaiser dont le bras valide a soutenu l'oreiller sur lequel est morte ma cousine Victoria et qui a voulu être un nouveau Napoléon sans livrer ses batailles, celui-là qui a tellement été torturé quand il était petit par ma nièce Vicky et par son professeur d'équitation pour qu'il apprît à monter à cheval sans tomber, le malheureux, à longueur de temps, fut un pauvre diable arrogant, fréquentant des pédérastes comme le Comte von Eulenburg, qui voulut être poète, militaire, architecte, peintre et écrivain, et qui n'a rien été du tout, lui qui, peu de temps avant que ne s'écroulât le Deuxième Reich et qu'il ne dût s'enfuir en Hollande la queue entre les jambes, passa son temps à scier du bois et à prendre le thé pendant que ses généraux décidaient de la conduite de la guerre ? Tu sais pourquoi, Maximilien, mon neveu Guillaume n'a jamais réussi à être le nouveau César destructeur des Gaules, bien qu'il eût juré de l'être à Bismarck devant un buste du grand empereur romain, tu sais pourquoi il n'est jamais devenu le nouveau Charlemagne, bien qu'il se le fût juré à lui-même quand il avait déposé une offrande florale sur le sépulcre de Saladin ?

Pour la même raison, Maximilien, que ton cheval Orispelo a trébuché sur la route de Querétaro.

Tu sais pourquoi, Maximilien, Victoria est morte infiniment triste, parce qu'au moment même où elle rendait grâce à Dieu de lui avoir donné Albert pour mari, elle ne lui pardonnait pas sa mort précoce, comme elle ne pouvait pas non plus lui pardonner que trois ans avant son jubilé d'or se fût éteint son fils Léopold, le Duc d'Albany, le premier de ses descendants auquel elle avait transmis elle-même la maladie des rois, l'hémophilie ? Tu sais pourquoi, Maximilien, la souveraine de ce qui devint un jour l'Empire le plus vaste du monde a été porteuse d'une maladie qui a condamné seize de ses enfants et de ses petits-enfants mâles à la plus précaire et à la plus fragile de toutes les existences et qui les a rendus si vulnérables que n'importe quel anarchiste ou dément qui aurait voulu assassiner le Duc d'Albany ou le Prince des Asturies et son frère Don Gonzalo, les arrière-petits-fils de Victoria, n'aurait pas eu à se servir, comme Orsini ou Beresowski, comme Ravaillac ou Princip, d'une bombe, d'un poignard ou d'un pistolet, mais qu'une épine de rose lui aurait suffi pour les tuer ?

Pour la même raison, Maximilien, que Leonardo Márquez et notre compère López t'ont trahi.

Et tu sais pourquoi, Maximilien, Alphonse XIII, en plus de ces deux fils hémophiles, a eu un autre fils sourd-muet, Don Jaime? Tu sais pourquoi il ne lui a servi à rien d'être présenté au monde sur un plateau d'or ni d'être roi au moment même où il sortait du ventre de sa mère et qu'il lançait son premier vagissement ? Le messager m'a dit qu'on a assassiné trois de ses ministres, que les femmes de Catalogne ont jeté à la mer les fusils des soldats qu'il envoyait au Maroc, et que les hommes ont mis le feu à quarante églises de Barcelone. Il m'a dit également que l'Espagne avait perdu ses dernières possessions d'Amérique et les îles qui par leur nom éternisaient celui de Philippe II, et qu'Alphonse est un roi fantoche car c'est le Général Primo de Rivera qui fait la pluie et le beau temps en Espagne. Et tu sais pourquoi? Tu sais pourquoi il n'a été d'aucune utilité pour Alphonse d'épouser celle qui, après Sissi, a été la plus belle reine d'Europe, ma nièce Ena, petite-fille de ma cousine Victoria et filleule d'Eugénie, car ils n'ont jamais été heureux et cela, Alphonse aurait dû le savoir, il aurait dû l'imaginer quand, d'un balcon de la Calle Mayor de Madrid, est tombé le jour de ses noces, comme un avertissement venu du ciel, comme un signe épouvantable, un bouquet de fleurs qui a explosé devant son carrosse, éventrant les chevaux, tuant seize personnes, déchirant l'uniforme constellé de décorations d'Alphonse, tachant de sang, de sang humain et de sang de cheval, les escarpins argentés et la robe d'un blanc immaculé de cette pauvre Ena? Tu sais pourquoi ce porc et ce libertin d'Alphonse XIII, qui trompa si souvent ma nièce Ena, n'a tiré aucun profit d'avoir été baptisé avec l'eau du Jourdain? Tu sais pourquoi, Maximilien, le soleil se couche tous les soirs sur le royaume d'Espagne?

Pour la même raison, Maximilien, qu'on nous a chassés, toi et moi, des provinces lombardo-vénitiennes.

Et tu sais pourquoi, Maximilien, la petite-fille favorite de Victoria, Alix, s'est mariée avec le Tsar Nicolas II, non seulement pour devenir la tsarine de toutes les Russies, mais aussi pour sombrer dans la folie, pour s'enfoncer dans les ténèbres et le fanatisme, pour s'entourer de courtisans avides dans ses appartements bondés de tapisseries, de meubles et de tapis, tandis que son peuple était massacré dans les cours du Palais d'Hiver de Saint-Pétersbourg, que l'équipage du cuirassé *Potemkine* se mutinait et que la flotte russe était vaincue à Tsushima par les fils de l'Empire du Soleil-Levant? Tu sais pourquoi, alors que son Empire s'écroulait et avec lui les rêves de Nicolas d'annexer la Mandchourie, de soumettre le Tibet et de conquérir la Corée, l'âme d'Alexandra s'embrasait sous les oracles et les envoûtements de Grigori Iefimovitch Raspoutine, un moine fou et assassin, voleur de chevaux et voleur d'âmes, qui lui avait juré que tant qu'il serait à ses côtés son fils ne mourrait pas, vidé de son sang, mais qui ne lui avait pas dit que deux ans après qu'il aurait été lui-même assassiné par trois nobles russes, ce fils hémophile, et avec lui ses frères, Alexandra elle-même et Nicolas II mourraient tous ensemble, fusillés par les gardes rouges à Ékaterinbourg?

Sais-tu, dis-moi, pourquoi ton neveu l'Empereur Charles Ier de Habsbourg et de Lorraine s'est exilé à Madère pour cesser de jouer les grotesques? Par deux fois il a tenté d'entrer en Hongrie et par deux fois on l'a chassé, il s'est déguisé en jardinier et il s'est bandé le visage pour ne pas être reconnu, il a signé au crayon son renoncement à un Empire Austro-Hongrois qui n'existait plus, Zita et lui ont été expulsés à coups de pied aux fesses, on leur a volé leurs bijoux, on les a fait sortir d'Europe par le Danube à bord d'un paquebot anglais, et Charles est mort de tuberculose et de tristesse tandis que l'Autriche demandait l'aumône au monde entier, que les chambellans du royaume devaient travailler comme pompiers, les barons comme pianistes, les colonels comme jardiniers, et que les chevaux lipizzans de l'École d'Équitation Espagnole de Vienne tiraient dans les rues des chariots de charbon. Je n'ai jamais plus couché avec toi, et c'est pour cela que tu ne m'as pas transmis les chancres que tu as rapportés du Brésil. Mais tu m'as transmis quelque chose de pire, Maximilien. Pourquoi crois-tu que Sissi a été assassinée par un maçon? Pourquoi crois-tu que ta belle-sœur l'Archange Noir, par un après-midi limpide où le sommet du Mont-Blanc étincelait sous le soleil et où elle marchait en tenant le bras de la Comtesse Sztaray sur les bords du Lac Léman après avoir écouté, sortant d'une boîte à musique, l'ouverture de *Tannhäuser*, est morte comme elle devait mourir : avec un poignard planté dans la poitrine et avec le cœur débordant d'amertume parce qu'elle avait eu une fille bâtarde qu'elle n'a jamais revue et parce qu'elle savait que ce n'était pas elle, l'Impératrice d'Autriche, mais Katherina Schratt, la maîtresse qu'elle-même avait jetée dans les bras de François-Joseph pour qu'elle lui attache le cœur avec des saucisses douces ou piquantes dans son Domaine de Felicitas, qui allait pleurer cet homme qu'elle avait tant voulu et jamais pu aimer? Pourquoi crois-tu que Luccheni n'a jamais trouvé le Duc d'Orléans, qui était celui qu'il voulait assassiner, mais qu'en revanche il a croisé sur son chemin au bord du lac l'Impératrice de la Solitude, la Sibylle de Corfou qui traînait de plage en plage, d'île en île, de Madère à Baden-Baden, de Lainz à Ischl, à Malte, à Palerme, au Couvent de Paleocastrizza, le souvenir vivant de ton neveu, son fils Rodolphe, mort de sa propre main dans le pavillon de chasse de Mayerling? Pourquoi crois-tu qu'au cours des dix dernières années de sa vie Sissi s'est habillée de noir et a fui ton frère, a fui Vienne la ville maudite, a fui la vie, et que ni monter à cheval ou marcher en forêt jusqu'à en tomber de fatigue, ni manger de la viande crue et boire du sang de taureau, ni s'en remettre aux mains de masseurs et de coiffeurs, de professeurs d'escrime et de chasseurs de renards ne lui a jamais fait oublier le visage de son fils Rodolphe, sur le front duquel commença à couler, ramollie par la chaleur des cierges de la veillée funèbre, la cire rose qui bouchait le trou de la balle qui lui avait fait sauter la cervelle, pas plus qu'elle ne pouvait oublier que ce visage qu'elle contemplait chaque matin dans son miroir n'était plus l'image de la plus belle impératrice d'Europe, mais le portrait d'une vieille femme sur lequel la mort traçait chaque jour des sillons nouveaux pour y semer ses fleurs de charogne, qu'elle tentait en vain de cacher aux autres et à elle-même sous d'épaisses voilette noires et dans l'ombre violette de ses ombrelles?

Tu aurais bien aimé, c'est sûr, Maximilien, que je t'ouvre périodiquement les jambes pour que tu puisses satisfaire tes désirs immondes. Je ne l'ai pas fait et tu ne m'as pas empoisonné le sang mais il a suffi que je te connaisse, il a suffi que je t'aime un jour pour que tu contamines ma vie. Pourquoi crois-tu que Rodolphe est mort à Mayerling? Tu crois qu'il est mort d'amour parce que, comme il était l'héritier d'une monarchie catholique, il ne pouvait pas divorcer d'avec ma cousine Stéphanie ? Tu crois que c'est parce qu'il ne pouvait pas épouser Marie Vetsera qu'il l'a tuée avec sa carabine, qu'il l'a recouverte de roses, qu'il a pleuré sa mort toute la nuit, qu'au petit matin il s'est tiré une balle et qu'il est tombé enlacé au cadavre de cette petite putain de seize ans qui lui avait appris à fumer du haschisch pour le rendre fou ? Et si Rodolphe était vraiment fou et si c'est ce que la Cour d'Autriche a dû dire au Pape, qu'il avait mis fin à ses jours dans un moment de démence, pour que l'Église permît qu'il fût enterré comme un chrétien, pourquoi crois-tu, Maximilien, qu'il a sombré dans la folie ? A cause du haschisch qu'on rapportait du Caire à la baronne ? Ou à cause de la morphine qu'il s'injectait lui-même tous les jours dans ses appartements aux meubles et aux murs tendus de tissu lie-de-vin, pour vivre ce qu'il appelait ses heures blanches ? Ou parce qu'il était fou depuis toujours, car tu dois savoir que quand il était enfant il volait les oiseaux dans leurs nids, dans les Jardins de Laxenberg et qu'il leur serrait le cou jusqu'à les étouffer et à leur faire éclater les veines, afin de se venger des absences de Sissi qui l'abandonnait pour aller chanter des ballades de Schubert et réciter des poèmes de Heine dans la solitude des Iles Borromées à l'ombre des araucarias et des camphriers en fleurs ? Ou bien est-ce parce qu'il était amoureux d'elle, de sa mère ? Ou bien est-ce, comme on l'a dit, parce qu'il a découvert que la baronne était une fille naturelle de François-Joseph et qu'il a préféré mourir plutôt que perpétuer cet inceste ? Ou bien est-ce parce qu'il avait conspiré avec ton cousin l'Archiduc Jean Salvador et sa clique révolutionnaire afin d'assassiner François-Joseph, d'en finir avec la monarchie et de la remplacer par une république socialiste en Autriche, et qu'à la seule pensée d'être complice de la mort de son père il est devenu fou ? Et s'il est vrai que Rodolphe ne s'est pas suicidé mais qu'on l'ait tué. S'il est vrai que Bismarck l'a fait assassiner. S'il est certain que Clemenceau a ordonné sa mort. Ou si ses propres amis lui ont ôté la vie parce qu'ils ont cru qu'il allait dénoncer la conspiration à François-Joseph. Ou si, comme d'autres le disent, c'est son propre père qui l'a fait tuer, pourquoi, Maximilien, pourquoi l'a-t-il fait ? Parce qu'il ne pouvait pas tolérer que l'héritier du trône de la Maison d'Autriche fût un fou qui portait, accroché au cou, un reliquaire d'or plein de poison, un maniaque qui proposait des paris suicidaires aux chanteuses et aux choristes ? Parce qu'il ne pouvait pas comprendre que l'enfant qui l'avait fait pleurer d'émotion dans son berceau quand lui-même avait déposé la Toison d'Or sur sa poitrine de nouveau-né commençant à peine à respirer l'air humide de Schönbrunn et l'haleine parfumée à la lavande de l'Impératrice Elisabeth s'était transformé en une anarchiste qui publiait sous un pseudonyme des articles antimonarchistes dans le *Wiener Zeitung* et qui conspirait pour détacher la Hongrie de l'Empire des Habsbourg et s'en proclamer le souverain ? Ah, et qu'on ne vienne pas te raconter maintenant, Maximilien, que Rodolphe n'est pas mort, qu'il s'est enfui avec la Vetsera, déguisés tous les deux, et que la Maison d'Autriche, pour ne pas connaître la honte de tout avouer au monde, a loué deux cadavres, les a habillés en Rodolphe et en Marie, et les a enterrés sous ce nom, tandis que les intéressés s'enterraient vivants dans l'anonymat, au milieu des fleuves et des montagnes d'une jungle sud-américaine. Non, ton neveu Rodolphe et la Baronne Marie Vetsera sont morts à Mayerling parce qu'il devait en être ainsi et qu'ils le savaient, ou qu'ils ont dû l'imaginer, et non parce que quelques heures après la naissance de Rodolphe un gigantesque candélabre de cristal s'était effondré et brisé en mille morceaux sur le plancher du Salon des Cérémonies de Schönbrunn, et pas plus parce que Rodolphe avait tué un jour, comme on le prétend, un cerf blanc dans la forêt de Helenenthal. Mais lui-même a vraiment dû le savoir, dès qu'il eut donné à Marie Vetsera l'anneau qui disait « unis dans l'amour jusqu'à la mort », quand il a dit adieu à Mitzi Kaspar, la chanteuse qui n'a pas voulu l'accompagner dans l'autre monde et qui l'a dénoncé à la police secrète de Vienne, quand il a pris congé par lettre de Sissi et de ses amis, l'Archiduc Jean Salvador et Michel de Bragance, quand il a caressé pour la dernière fois Probus son corbeau dressé, qu'il est monté dans sa voiture et qu'il a dit à Bratfisch de le conduire à Mayerling, et quand sur la route de Mayerling, par une nuit sombre et sans étoiles où tombait la neige, tandis que Bratfisch sifflait et fredonnait des chansons tyroliennes, lui, Rodolphe, a dû savoir qu'ils allaient mourir là tous les deux comme ils sont morts : dans le pavillon de chasse couvert de neige à l'extérieur et aux murs couverts, à l'intérieur, des têtes aux yeux de verre de tous les cerfs et de toutes les gazelles, de tous les sangliers et de tous les chamois que Rodolphe avait chassés dans sa vie, au milieu duquel trônait, couvert de roses, le lit de leurs noces de sang — son sang à elle et le sang de Rodolphe qui éclaboussa le visage de porcelaine de sa fiancée morte et ses mules capitonnées de duvet de col de cygne, sur les roses constellées de larmes se répandit la cervelle de l'héritier du trône d'Autriche et elle vint souiller la cape en peau de phoque de Marie, les draps bordés de dentelle, les meubles de palissandre ; quant au cadavre de Marie Vetsera, on le cacha d'abord dans un panier à linge sale et, quand ensuite arrivèrent ses oncles Stokau et Baltazzi pour la descendre debout par l'escalier, en la soutenant sous les bras, et pour faire croire aux serviteurs de Mayerling qu'elle était vivante, ils durent lui attacher un bâton dans le dos et le cou au bâton, car la balle tirée par Rodolphe lui avait brisé la colonne vertébrale et sa tête ballait comme celle d'une poupée en chiffon, et ils durent également, Maximilien, réintroduire dans son orbite un de ses yeux qui en avait jailli et pendait au bout du nerf optique. Cet œil que Rodolphe avait posé sur une rose sur la joue de cette Marie Vetsera qu'il idolâtrait et qui attendait un enfant qu'on enterra vivant dans leur double tombeau, de nuit et en secret, dans le Cimetière de Heiligenkreutz.

C'est ainsi qu'ils sont morts et qu'ils devaient mourir. Et sais-tu pourquoi, Maximilien ? Pour la même raison qu'une balle a fait sauter les dents de ton cuisinier Tüdös sur la route de Querétaro.

Et sais-tu pourquoi, pendant sa vie, aucune douleur n'a été épargnée à ton frère, comme il l'a dit lui-même quand il a appris la mort de Sissi, sais-tu pourquoi François-Joseph est mort dans une telle solitude, sans même avoir près de lui Katherina Schratt parce que ton neveu le Prince de Montenuovo avait fermé la porte secrète qui conduisait à sa chambre et qu'elle ne put consoler sur son lit de mort un homme écrasé par le remords d'avoir commis tant de péchés, d'avoir violé une vannière qui était presque une enfant dans les jardins de son domaine de Hietzeg et dont il eut également une fille bâtarde, et d'avoir répudié son fils unique, l'héritier du trône des Habsbourg, et parce que l'Autriche, humiliée par Louis-Napoléon à Solférino et par Bismarck à Königgrätz ainsi que par le Mexique à travers ta personne et ton empire, humiliée par la perte de la Lombardie et de la Vénétie, avait perdu son pouvoir sur le monde allemand et s'était transformée en satellite de la Prusse, et l'Empire auquel Napoléon Ier avait déjà porté un coup mortel en créant la Confédération du Rhin, le vaste royaume qui était parvenu à protéger tant de nations sous les ailes de son aigle à deux têtes, l'Empire fondé par les descendants de Guntram le Riche et de Maximilien Ier, des Landgraves d'Alsace et des Comtes de Zurich, de César, d'Énée et des Troyens, de Cham, d'Osiris et de Noé, s'écroulait peu à peu sous ses pieds, et perdait son sang en Bosnie et en Serbie, dans les campagnes de Rava Russkaïa et dans les eaux de la Drina et de la Kolubara, par la faute d'une guerre que l'Autriche elle-même avait déclenchée quand l'héritier du trône, l'Archiduc François-Ferdinand et sa femme Sophie Chotek, sont tombés sous les balles de Gavrilo Princip dans les rues de Sarajevo? Sais-tu pourquoi?

Pour la même raison, Maximilien, que les punaises t'ont dévoré à Querétaro.

Ton frère a dû le savoir le jour même où le Congrès de Berlin a offert à l'Autriche un cadeau empoisonné: le protectorat de la Bosnie-Herzégovine. Il a dû l'imaginer quand la Reine Draga de Serbie a été assassinée en compagnie de son mari et de ses frères, ou quand, quelques années plus tard, il décida que l'Autriche s'emparerait de ces deux régions par la force. Et eux, l'Archiduc François-Ferdinand et la Duchesse Sophie Chotek, Princesse de Hohenberg, ce despote amateur de roses exotiques qui haïssait d'un même élan démocrates, socialistes, Magyars et juifs, et cette plébéienne parvenue que François-Joseph détestait à un point tel qu'il interdit à ses amis et à ses parents les plus proches d'assister à ses funérailles et qu'il ordonna, afin de l'humilier encore plus profondément dans la mort qu'il ne l'avait humiliée dans la vie, de placer sur son cercueil l'éventail noir et les gants blancs symboles des dames de compagnie, eux, peut-être, le savaient également. La Chotek avait dû le savoir, quand elle avait décidé que la visite à la Bosnie-Herzégovine inclurait la ville de Sarajevo. Ce ne fut pas une coïncidence. Pas plus que lorsque quelques jours auparavant, à la frontière de la Serbie avec l'Autriche, trois jeunes patriotes serbes, qui n'avaient pas vingt ans, s'étaient réunis dans une chambre où tout était noir: les murs, les masques qui cachaient les visages des chefs de l'organisation et le tissu qui recouvrait la table où se trouvaient deux bougies allumées, un crucifix et un crâne devant lesquels Princip, Grabez et Cabrinovic avaient juré d'être fidèles à la Main Noire et d'assassiner l'héritier des trônes d'Autriche et de Hongrie; tous trois, pourvus de bombes et de grenades, de pistolets et de pilules de cyanure avec lesquelles ils s'ôteraient eux-mêmes la vie afin de ne pas tomber vivants entre les mains de la police autrichienne, avaient traversé la frontière pour se rendre dans la capitale de la Bosnie-Herzégovine, où, en dehors d'eux, Popovic et d'autres assassins en puissance arpentaient les rues le jour même où l'Archiduc et l'Archiduchesse se rendaient en automobile au musée de la ville. Et il ne leur fut d'aucune utilité que la grenade de Cabrinovic rebondît sur la capote de l'automobile impériale pour éclater à plusieurs mètres de distance. Ils ne gagnèrent rien à sortir indemnes de ce premier attentat ni à ce que Grabez restât paralysé de terreur ni à ce que Popovic s'enfuît et cachât sa bombe, comme Cabrinovic ne gagna rien à avaler une pilule de cyanure qui ne lui produisit aucun effet ni à se jeter dans les eaux du fleuve car la police l'en retira frais comme un gardon. Et Sophie Chotek a dû le savoir lorsque au dernier moment ils ont changé de route sans prévenir le Général Potiorek, qui cria au chauffeur de continuer par le quai d'Appel et que l'automobile fit marche arrière, s'arrêtant juste à l'endroit où se trouvait Gavrilo Princip, le souffle coupé, qui croyait avoir perdu sa seule chance et se tenait devant les magasins Schiller, sur le trottoir où l'on devait reproduire dans le ciment l'empreinte de ses pieds pour que le monde n'oublie jamais que c'était de là qu'avait tiré le patriote Gavrilo Princip sur François-Ferdinand et Sophie Chotek, qui sont morts là, le 28 juin 1914, un mois et quatre jours avant que la guerre ne submerge toute l'Europe, parce que c'est là qu'ils devaient mourir, lui d'une balle dans la gorge et elle d'une balle dans le ventre, comme devaient mourir un demi-million d'hommes sur les rives de la Marne, un million à Verdun et quatre cent mille dans la boue de Passchendaele.

Tu sais, toi, de quoi je te parle, Maximilien, tu sais que les fois où je te rejoignais à Cuernavaca, ce n'était pas la fatigue qui me retenait dans ma chambre et qui t'empêchait d'y entrer pour m'y surprendre dans mon sommeil, car je ne dormais pas, je restais éveillée, les yeux grands ouverts, tout en sachant que tu ne viendrais pas, que tes mains ne s'imprégneraient pas de la sueur qui perlait sur ma peau pendant ces nuits de Cuernavaca remplies d'étoiles et du parfum des fleurs du cœur. Tu le sais, comme tu as toujours su que je n'ai pas commencé à devenir folle lorsque pendant le voyage de retour en Europe j'ai parcouru en parlant toute seule à voix haute les salles désertes du Palais Municipal de Puebla ni quand j'ai fait amener le drapeau français de la chaloupe qui à Veracruz m'a transportée jusqu'à l'*Impératrice Eugénie* pour faire hisser à sa place le drapeau mexicain, ni quand j'ai ordonné de clouer des matelas sur toutes les parois de ma cabine car j'avais l'impression que ma tête allait éclater à cause du bruit infernal des machines, ni quand j'ai refusé de débarquer à La

Havane, non, je n'ai pas commencé à sombrer dans la folie quand j'étais seule dans ma chambre et que la sueur jaillissait de mes pores en minuscules gouttelettes qui, pendant ces nuits claires et tièdes de Cuernavaca, dessinaient, sur la peau de mes seins, de mes cuisses et de mon ventre, de lumineuses constellations que tu aurais pu, si je l'avais voulu ainsi, Maximilien, éteindre avec ton corps.

Si je ne t'ai pas permis de le faire, ce n'est pas parce que je croyais vraiment qu'une négresse brésilienne t'avait transmis ses chancres. Cela m'était presque égal. De toute façon tu n'aurais pu me communiquer aucune maladie vénérienne car j'avais décidé, pour te punir de tes absences et de tes infidélités, de ne plus jamais me donner à toi. Je me suis juré à moi-même que, de même que j'avais passé tant de nuits à Miramar, à Madère, à Cuernavaca, à Chapultepec et à Puebla, à t'imaginer, à te voir, que ce soit les yeux fermés ou ouverts, enlever ton uniforme des dragons de Neumark pour coucher avec une choriste viennoise, te dépouiller de ton costume de *charro* en laine bleue pour faire l'amour avec la première de mes dames de compagnie qui s'offrait à toi, ôter tes vêtements de lin blanc pour te vautrer avec Concepción Sedano sur l'herbe des Jardins Borda, de même je me suis juré qu'en dépit des années qui passeraient et de l'amour que j'avais eu pour toi, au point que le souffle de ma propre vie se confondait avec la tienne, je me suis juré qu'une nuit viendrait, aussi lointaine fût-elle, où je te regarderais t'arracher la peau pour ne plus garder que tes os et ensuite t'arracher les os et te réduire toi-même en poussière pour pouvoir coucher, Maximilien, avec ta propre mort.

Je ne savais pas alors, pauvre de moi, que, pauvre de toi, tu allais mourir aussi vite. Je ne me suis pas aperçue, alors, que tu souffrais de quelque chose de beaucoup plus grave et que tu m'avais contaminée. Sais-tu pourquoi ce sont les charognards qui nous ont reçus au Mexique? Sais-tu pourquoi la roue de notre voiture s'est brisée sur la route de Córdoba? Sais-tu pourquoi le Colonel Miguel López t'a trahi? Pour la même raison, Maximilien, que Hartmann, le fils de ton prédécesseur Rodolphe Ier de Habsbourg, est mort noyé dans le Rhin. Sais-tu pourquoi, Maximilien, Napoléon III t'a trahi? Pourquoi la *Novara* est tombée en panne de charbon quand nous nous rendions à la Martinique? Sais-tu pourquoi ton cercueil était trop petit pour toi? Pour la même raison, Maximilien, que l'autre fils de Rodolphe, Albert Ier, a été assassiné à coups de poignard par son neveu Jean le Parricide. Sais-tu, dis-moi, sais-tu pourquoi tous t'ont abandonné, pourquoi même les esclaves nubiens que nous avait envoyés le Vice-Roi d'Égypte ont déserté de ton armée, pourquoi les soldats de la Légion Étrangère passaient, quand ils le pouvaient, aux États-Unis, sais-tu pourquoi on t'a volé la batterie de cuisine du Château de Chapultepec quand tu es allé à Orizaba, sais-tu pourquoi, Maximilien, il a fallu un coup de grâce pour t'achever? Pour la même raison que les fils d'Albert Ier se sont acharnés à exterminer les descendants de Jean le Parricide. Pour la même raison, également, que le Général Prim est mort sous les balles d'un assassin dans les rues de Madrid, que notre compère López a succombé à la morsure d'un chien enragé et que Napoléon Ier s'est éteint, oublié par la France, sur l'Ile de Sainte-Hélène.

Pour la même raison, également, que le Prince impérial Loulou n'a jamais réussi à devenir Napoléon IV. Pourquoi crois-tu que le trèfle à quatre feuilles qu'Eugénie lui a envoyé à Sarrebruck, où il a reçu son baptême du feu quand une balle tomba aux pieds de son cheval Kaled, ne lui a guère servi à se dépêtrer de sa malchance et à consolider en France, ce qui aurait comblé les rêves de son père, la dynastie des Bonaparte, comme l'avaient fait les Capet huit siècles plus tôt ? Et si on te dit que le corps qu'a ramené en Angleterre son fidèle serviteur Ulhman n'était pas celui de Loulou, qui n'était plus identifiable tant il était déchiqueté, si on te dit qu'on a fait du véritable Prince impérial un nouveau « masque de fer », réponds que tout cela est faux : que Loulou devait mourir exactement comme il est mort, trahi par le Lieutenant Carey, abandonné par ses compagnons à la fureur des Zoulous, transpercé par dix-sept lances, le jour même où une violette est tombée du livre de prières de l'Infante Pilar d'Espagne pour venir s'effeuiller sur ses genoux, quelques semaines avant qu'elle-même ne mourût de tristesse, éventuellement parce qu'elle aimait tellement Loulou, ou de rage, peut-être, parce qu'elle ne serait jamais plus impératrice des Français.

Et sais-tu pourquoi, Maximilien ? Pour la même raison qu'on t'a fusillé à Querétaro.

C'est mon frère Léopold qui me l'a raconté un jour. Il m'a raconté l'histoire de la jeune fille qui, il y a mille ans, fut violée dans la Forêt du Habichtsburg, le Château des Faucons, et qui mourut ensuite en donnant naissance à un enfant mort. Ils sont enterrés tous les deux là-bas et c'est de là qu'est née la légende. C'est aussi pour cette raison que Jeanne de Castille est devenue folle et qu'elle est tombée amoureuse d'un fantôme, que Don Carlos d'Autriche est devenu fou et qu'il arrachait les têtes des tortues à coups de dents, et c'est pour cela que son père Philippe II l'a enfermé dans un cachot jusqu'à ce qu'il mourût de faim et que ni tout l'or d'Amérique ni l'empire le plus vaste du monde n'ont pu rendre heureux Philippe II, le roi mort vivant, qui aimait poser sa couronne sur un crâne, me racontait Léopold, pour se contempler dans le miroir de sa mort. Et ils sont tous là, les uns dans le pourrissoir de l'Escorial, les autres dans la Crypte des Capucins de Vienne, les monarques les plus infortunés de l'Histoire. A cette époque, bien sûr, alors que je l'écoutais avec ahurissement, Léopold, lui, ne prenait pas trop au sérieux ce qu'il racontait. Il ne savait pas que lui, moi et une de ses filles nous allions nous marier avec trois Habsbourg. Lui avec Marie-Henriette, ta cousine, la fille du Palatin de Hongrie, moi avec toi et Stéphanie avec ton neveu Rodolphe. On était encore loin du temps où mon frère s'effondrerait en pleurs, comme un enfant, à la mort de son fils le Duc de Brabant, répudierait et enfermerait dans un asile Louise, son autre fille. Loin du temps où lui-même mourrait dans la serre où il avait fait transporter sa chambre à coucher pour s'enivrer du parfum des tropiques et oublier ainsi la pourriture de son âme qui suintait par tous ses pores. Pour voir si cette senteur puissante et douce lui faisait oublier les atrocités que mes compatriotes belges avaient commises au Congo au nom de la civilisation et du caoutchouc. Mais cela, ni Léopold ni personne ne me l'a raconté. Je l'ai vu, je l'ai toujours su. J'ai vu les populations entières réduites en cendres sur l'ordre de mon frère Léopold. Les enfants enchaînés comme des otages. J'ai vu comment on coupait une main aux Nègres qui ne travaillaient pas aussi vite que l'exigeaient les contremaîtres. Et de même qu'un soir où mon grand-père Louis-Philippe me parlait des aventures de l'oncle d'Aumale en Algérie j'ai vu les chameaux d'Abd-el-Kader lestés de sacs remplis des têtes de ses ennemis, pour donner une leçon aux infidèles, de même, un jour où le Prince de Ligne me parlait une fois de plus de tout l'argent que je possède, j'ai fermé les yeux et j'ai vu les contremaîtres de mon frère qui parcouraient le Congo de village en village avec des paniers remplis de mains coupées, pour convaincre les paresseux.

Il a fallu que meure mon frère Léopold, réduit à l'état de loque humaine. Que sa fille Louise soit ruinée, après s'être échappée de l'asile de Purkersdorf dans les bras de son Comte de Matacic. Que meure le Duc de Brabant. Que meure Eugénie, accablée de tristesse parce que la ville de Paris lui avait emprunté le berceau du petit Prince impérial et ne le lui a jamais rendu. Que meure à La Havane, à quatre-vingt-treize ans et dans la misère, le Général Leonardo Márquez. Que meure à Paris, oublié de tous, José Manuel Hidalgo y Esnaurrízar. Que meurent un million d'hommes pendant la révolution mexicaine, que les Russes traversent le Danube, que les Turcs massacrent les Bulgares. Que meure ma nièce María de las Mercedes, la première femme d'Alphonse XII, empoisonnée par l'Infante Isabel. Que meure du feu d'une maladie secrète et le visage défiguré l'Archiduc Otto qui a tellement mortifié ton frère parce qu'il sautait à cheval par-dessus les cercueils des morts qu'on menait au cimetière et qu'il se promenait tout nu sur le Prater. Que meure ton autre neveu, l'Archiduc Jean Salvador, déchu de tous ses titres et de la citoyenneté autrichienne, et englouti par la mer ou par Buenos Aires, car on n'a jamais plus rien su de lui. Que tous meurent les uns après les autres, que je me retrouve de plus en plus seule, pour me rendre compte de ce que Léopold voulait dire quand il me parlait des faucons qui habitaient le Habichtsburg et tous les palais et les châteaux des Habsbourg, qu'ils débarrassaient de leurs rats : Laxenberg, Schönbrunn, la Hofburg, Ischl, Gödöllö. Ce n'est qu'alors que j'ai commencé à comprendre et à me rappeler que mon frère Léopold m'avait raconté que, d'après la légende, lorsque les faucons abandonneraient les propriétés des Habsbourg, lorsque le dernier faucon s'envolerait du dernier des châteaux, il emporterait sur ses ailes la malédiction des Habsbourg. J'ai également compris que ce jour-là je récupérerais mon innocence et ma pureté d'âme. Je redeviendrais une petite fille.

Non, ce n'est pas une maladie vénérienne que tu m'as transmise. Ce n'est pas la syphilis, comme celle qui a empêché Maximilien Ier de réussir à devenir Pape. Ce n'est pas l'épilepsie, comme celle qui a amené Joseph II d'Autriche à échouer dans tous ses projets. Non, tous ces parents à toi, ces imbéciles, ces fous, ces tyrans, ces dégénérés, et toi-même, étiez malades de ce que tu m'as transmis la nuit où nous avons dansé ensemble pour la première fois et quand, à bord de la *Reine Hortense*, tu m'as montré les instruments de navigation et que tu as pris ma main entre les tiennes, tu t'en souviens ? Je t'ai regardé dans les yeux et dans ce ciel double je me suis vue plus belle que jamais parce que j'étais amoureuse, c'était ton amour qui me donnait cette beauté, et parce que je savais que toi aussi tu t'étais plongé dans mes yeux, tout entier et pour toujours : ce que tu m'as transmis, Max, ce que tu as transmis à tout le monde, c'est ta malchance. Ta guigne, ta poisse, ton guignon.

Ou pourquoi crois-tu, Maximilien, que ton prédécesseur Rodolphe II était fou et s'est enfermé dans le Hradschin de Prague entouré de nains, de monstres et d'astronomes au nez d'argent ? Ou pourquoi crois-tu que ton père fut un pauvre débile mental et son frère, ton oncle l'Empereur Ferdinand, un imbécile, un idiot qui n'aimait que déambuler entouré de ses singes ou se planter devant une fenêtre du palais et compter les fiacres qui passaient toute la journée en direction de Schönbrunn, ou attraper des mouches vivantes pour en nourrir ses grenouilles ? Et si c'est le Roi de Rome et non pas François qui a été ton père, sais-tu pourquoi l'Aiglon n'a régné que dix jours et n'a jamais défilé sous l'arc de triomphe colossal que son père avait fait construire et qui est resté inachevé à jamais, sans une grande étoile, sans un aigle gigantesque, sans l'éléphant de la Bastille, sans la statue de l'empereur debout sur un globe terrestre pour le couronner et éterniser ainsi la gloire de sa dynastie et celle de la France ? Pourquoi crois-tu, dis-moi, Maximilien, que le Roi de Rome est mort de nostalgie et de tuberculose à vingt-cinq ans sans jamais avoir répondu à l'amour de la belle Comtesse Camerata qui dans un couloir de Schönbrunn lui a baisé la main déguisée en homme, en laissant ta mère Sophie frustrée d'amour et écrasée de solitude, sans avoir hérité de son père non plus un Empire, ni même sa maison d'Ajaccio et la rente de cinquante mille lires qu'il lui avait laissée dans son testament, mais uniquement son souvenir et le sabre recourbé que Napoléon portait aux pyramides ? Pourquoi crois-tu qu'on a enlevé ses jouets à l'Aiglon, qu'on a caché sa Légion d'Honneur, qu'on lui a refusé la Toison d'Or et que les couleurs de son suaire ont été le jaune et le noir, les couleurs des ennemis de son père et non pas celles du drapeau qui a triomphé à Austerlitz et à Wagram ? Pourquoi crois-tu, dis-moi, que les communards ont fusillé le banquier Jecker, que le Colonel Van der Smissen s'est suicidé, et que le Prince Salm Salm et le Général Douay ne t'ont survécu que pour mourir dans la guerre désastreuse où Napoléon et Eugénie ont entraîné la France ? Pourquoi crois-tu que Louis-Napoléon est devenu le lâche de Sedan et que les murs de Paris se sont couverts d'affiches où on le montrait aux pieds de Bismarck, en train de lui lécher les bottes ? Pourquoi crois-tu que Bazaine a brusquement trahi la France en capitulant à Metz avec les cent soixante-dix mille hommes de l'armée du Rhin ? Pourquoi crois-tu, Maximilien, que sous cet arc de triomphe sous lequel ton père n'est jamais passé, l'armée prussienne a défilé, à la grande honte d'Ollivier qui a dit qu'il acceptait la responsabilité de la guerre d'un cœur joyeux, à la grande honte de Favre qui a juré que les Français ne céderaient pas un pouce de terrain ni une seule pierre de leurs forteresses, au grand déshonneur de la France entière, et qu'ensuite Paris a décidé de s'infliger à lui-même, en châtiment de sa stupidité et de sa suffisance, une défaite encore plus humiliante et plus cruelle que celle que lui avait fait subir le Chancelier de Fer ? Pourquoi crois-tu que le peuple de Paris a détruit la colonne Vendôme et que la statue de l'Empereur en habit romain a été réduite en poudre ? Pourquoi crois-tu que le monument à Strasbourg de la Place de la Concorde s'est retrouvé couvert de drap noir, que la plèbe a arraché les plaques qui indiquaient l'Avenue de l'Impératrice, l'Avenue de la Reine Hortense et la Rue du Duc de Morny, a renversé à coups de pierre les aigles des Tuileries et a mis le feu au palais lui-même, réduisant en cendres les crinolines de dentelle d'Eugénie, ses ombrelles de soie parées de plumes d'autruche et tous les bijoux qu'elle n'avait pu emporter avec elle en exil, que sous les balles des Versaillais assassins aux ordres de Thiers et de Mac Mahon sont morts des milliers de mendiants, de femmes et d'enfants, des milliers de communards dont les corps furent jetés dans la Seine, dans les égouts et les canalisations du Baron Haussmann pour servir de pâture aux rats ?

Pour la même raison, Maximilien, que ton sang a été versé à Querétaro et qu'en outre, il n'en est rien resté. Te souviens-tu, Maximilien, que dans le discours que tu as prononcé devant le peloton d'exécution tu as demandé que ton sang fût le dernier à être répandu au Mexique ? Effectivement, assez de sang mexicain avait déjà coulé par notre faute, mais beaucoup de sang encore allait couler au Mexique, Sóstenes Rocha l'a fait couler à La Citadelle, Pancho Villa à Celaya et à Trinidad, Porfirio Díaz quand il a ordonné de tuer sur-le-champ les hommes des canonnières *Indépendance* et *Liberté*. Mais les os de tous ces Mexicains morts sont retournés à la poussière dont ils étaient sortis et leur sang a teinté la terre qui a nourri leur corps, afin de féconder une histoire sauvage faite de trahisons et de mensonges, une histoire admirable tissée de triomphes et d'actes héroïques, une histoire triste peuplée d'humiliations et d'échecs mais qui est, en fin de compte, leur histoire, celle d'un peuple qui n'a jamais été le tien ni le mien, en dépit de nos efforts, à toi et à moi, et bien que je me sois retrouvée condamnée à déambuler toutes les nuits de mon existence sur la Place de Mixcalco, pieds nus et les cheveux défaits, dans une camisole de folle et comme une folle appelant à tue-tête mes enfants, mes enfants mexicains qui tombaient là, sous les balles des pelotons impériaux, à l'aube de chacun des jours, des mois, de chacune des années où nous sommes restés au Mexique : mais cela ne m'arrive que parce que je t'ai survécu si longtemps et parce que j'ai tous ces morts sur la conscience. Ah, Maximilien, te souviens-tu que dans tes mémoires, alors que tu étais encore un jeune Prince dont les yeux et le cœur étaient ouverts au monde, dans les pages que tu as consacrées à l'Alhambra, à ses fontaines enchantées et à ses roses de Damas, au boudoir de Daraxa et à la galerie garnie de grilles de fer où Zoraya, la plus belle des sultanes, qui eut Jeanne la Folle pour geôlière, venait respirer l'air frais, te souviens-tu que tu y parles du sang du grand guerrier Wallenstein, qui a taché à jamais le sol du Palais Municipal de Egra où il a été assassiné et que tu as écrit ces lignes le jour où, sur les azulejos qui tapissent la Fontaine des Lions à l'Alhambra, tu as contemplé les taches laissées par le sang des Abencérages, décapités là sur l'ordre du Roi Abu-Abdallah, et qu'en quatre siècles toute l'eau de Grenade n'a pas pu laver ? Ah, Maximilien, si tu pouvais venir à Querétaro tu verrais que de ton sang, de ce sang dont tu voulais qu'il fût le dernier à être versé dans ta nouvelle patrie, il n'est resté aucune trace, ni dans la poussière ni sur les pierres, ton sang n'a rien fécondé, dans l'ombre éternelle de Benito Juárez, sur les pentes du Cerro de Las Campanas : le vent l'a emporté, l'Histoire l'a effacé, le Mexique l'a oublié.

XX

LE CERRO DE LAS CAMPANAS 1867

1. *Le compère félon et la princesse agenouillée*

Maximilien tenait un cahier, connu par la suite comme « Le Livre secret de Maximilien », où il y avait une liste des personnages de sa cour, presque tous mexicains, avec de brèves descriptions concernant leurs antécédents et leur caractère et provenant de différents informateurs, presque tous étrangers. D'Almonte, par exemple, on disait dans le livre qu'il était « froid, avare et vindicatif ». De Miramón, qu'il était intelligent « mais fasciné par le jeu » — et mauvais perdant : le cahier soulignait qu'à Toluca, Miramón avait attaqué à coups de sabre quelqu'un qui lui avait gagné une grosse somme d'argent et qu'il lui avait fait rendre jusqu'au dernier centime. De l'archevêque Labastida que, tout en étant lui aussi intelligent et, en outre, érudit, c'était un fanatique exalté. Et tout à l'avenant. Les informateurs étaient, entre autres : Jeanningros, Aymard, Castagny, Kodolisch, Éloin... et même le colonel du Pin !

Au paragraphe consacré au colonel López on lisait :

« *López, Miguel : a servi dans les contre-guérillas organisées en 1847 par les Américains. Après avoir été protégé par Santa Anna, il l'a déclaré hors la loi en tant que traître à son pays. A beaucoup de courage, mais sa probité est discutée.* »

On s'explique difficilement comment, connaissant ces antécédents, Maximilien a accepté de porter sur les fonts baptismaux un enfant de Miguel López.

Bien que, par ailleurs, il soit facile de s'expliquer la trahison du colonel : traître un jour, traître toujours.

Mais... López fut-il vraiment un traître ?

Il y a, dans l'histoire, des *trahisons* qui ont toujours semblé évidentes, pour ainsi dire. Mais dans d'autres cas on ne saura jamais s'il s'agissait ou non de *trahisons*. Par exemple, il n'était douteux pour personne, à

Querétaro, que Márquez avait trahi Maximilien, puisqu'il n'était pas revenu dans cette ville comme il l'avait promis. Cependant, certains historiens disent que Leonardo Márquez, qui pour être honni n'en était pas moins bon militaire, calcula que si Porfirio Díaz prenait Puebla, le général républicain aurait tout loisir de marcher sur la capitale et d'empêcher ainsi l'arrivée des secours à Querétaro. La décision de Márquez d'attaquer Díaz, disent ces historiens, était la bonne. La défaite que le général d'Oaxaca infligea au Tigre de Tacubaya à San Lorenzo empêcha celui-ci de se rendre plus tard à Querétaro: il n'y a donc eu aucune trahison.

Quant à López, eh bien, s'il a vraiment trahi Maximilien, comme l'affirment beaucoup de gens, sa femme — la propre femme de López — a eu raison de lui crier à son retour dans sa maison de Puebla, comme l'affirme le baron Magnus: «*Hélas, Miguel, qu'as-tu fait à notre compère? Si tu ne le ramènes pas ici sain et sauf, je ne t'adresserai plus jamais la parole!*» S'il en a été ainsi, si Miguel López a vraiment livré le couvent de la Croix et avec lui Maximilien, pour une somme d'argent déterminée, à l'aube du 15 mai 1867, alors Bebello, le chien de l'Empereur, avait raison de remuer la queue à tous les généraux et officiers sauf à Miguel López: quand il le voyait, il grondait et, dans la mesure du possible, il se précipitait pour lui mordre les chevilles. Les auteurs qui soulignent l'hostilité que le chien manifestait à l'égard du chef des dragons de l'Impératrice veulent nous dire que celui-ci était tellement ignoble qu'il avait une odeur de traître et que Bebello, évidemment, la percevait, étant entendu que le chien ne pouvait pas savoir que la trajectoire de López à l'intérieur de l'armée mexicaine ne manquait certes pas de zones d'ombre.

Ceux qui étaient au courant de l'épisode honteux de Tehuacán demandèrent audience à Maximilien en apprenant que López était candidat au grade de général de brigade, et ils expliquèrent à l'Empereur pourquoi ils considéraient son compère comme indigne de cette charge. Pendant cette réunion, deux choses ont pu se produire: ou bien Maximilien a dit à ses généraux qu'il était au courant des avatars de López et qu'effectivement ils avaient raison, ou bien Maximilien a fait comme s'il ne savait rien de la trahison préalable de López et a pris l'air étonné quand ils la lui ont «révélée». Dans l'un ou l'autre cas, le fait est que l'Empereur a changé d'opinion et qu'il n'a pas accordé l'écharpe verte de général à son compère, et c'est pour cette raison, dit-on, que López, rongé par la colère, le ressentiment et l'envie, l'a trahi.

D'après les récits, entre autres, d'Albert Hans, du prince Salm Salm et du docteur Basch, le 15 mai à deux heures du matin, le colonel López s'est présenté devant l'officier responsable d'une des plates-formes garnies d'artillerie qui s'élevaient dans le couvent de la Croix; et il a ordonné de retirer un canon de sa meurtrière et de «l'obliquer vers la gauche». La nuit précédente, le même López avait remplacé le peloton de la garde municipale posté sur cette plate-forme par une troupe irrégulière d'éclaireurs sous le commandement d'un certain lieutenant Yablouski —

ou Jablonsky —, dont on suppose qu'il était son complice et qui ne devait offrir aucune résistance à ses ordres. Aussitôt, le peloton d'infanterie commandé par López prit position derrière la pièce. Hans remarqua à cet instant que son épée avait disparu — d'autres soldats se plaignirent qu'on leur avait volé leurs mousquetons — et quand il reconnut à leur uniforme de drap gris décoré de galons jaunes et à leurs shakos noirs les soldats républicains du bataillon des Devoirs suprêmes, il sut que la Croix était tombée aux mains de l'ennemi. Le lieutenant d'artillerie ajoute qu'il demanda à l'officier du bataillon des Devoirs suprêmes si c'était le colonel López qui les avait laissés entrer dans le couvent et que la réponse de l'officier avait été affirmative.

Corti nous dit que dès la nuit du 13 mai, López avait pris contact avec les juaristes, auxquels il avait rendu visite dans leur campement — celui du général Escobedo — à plusieurs reprises afin d'y entamer des négociations. Corti se réfère également à une déclaration que Maximilien a faite au baron Lago, selon laquelle López aurait « offert sa trahison » quatre jours avant la chute de Querétaro pour la somme de deux mille onces d'or, bien qu'il n'ait, semble-t-il, reçu par la suite que sept mille pesos : « L'Empereur calculait même que López les avait vendus, lui et ses troupes, pour quelque onze réaux par tête. » Mais le même Corti signalait que le 14 mai, vers onze heures du soir, López avait eu une conversation secrète avec Maximilien, lequel le décora, au cours de l'entrevue, de la médaille du courage et lui demanda — le docteur Basch dit que Maximilien lui a raconté cela par la suite — de le tuer d'une balle au cas où il serait blessé pendant la sortie qu'ils allaient tenter et que s'il ne le pouvait pas, d'empêcher les juaristes de s'emparer de lui... Certains historiens pensent que cette décoration, si soudaine et en un moment aussi insolite, fut une récompense que Maximilien donna à López pour son sacrifice. Carlos Pereyra, l'historien mexicain, peu avant de narrer la chute de Querétaro en se référant à Maximilien et à l'insistance de ce dernier à accuser Márquez de trahison, parle de ce qu'il appelle la « perversité spontanée » de l'Archiduc et il affirme que Maximilien voulait avoir un responsable, un traître : « Il n'expliquait ces malheureux événements que par des trahisons à l'égard de sa sacro-sainte personne », affirme Pereyra et ensuite il rapporte les événements de la nuit du 14 au 15 mai. Pereyra, sans le dire, nous dit que Maximilien avait décidé d'avoir un autre traître en plus de Márquez et que l'élu a été son compère Miguel López. Le sacrifice qu'il lui a demandé et pour lequel il lui offrait une compensation était d'apparaître comme un traître aux yeux de l'Histoire.

Ceux qui insistent sur la trahison de López s'en remettent assez souvent aux récits des survivants du siège, qui rapportent comment, pendant le reste de la nuit jusqu'à l'aube et au cours de la journée suivante, ils ont vu le colonel López à cheval, revêtu d'un somptueux uniforme brodé d'argent, qui guidait les troupes républicaines et qui déambulait dans la ville sans être inquiété. Le prince affirme que c'est le colonel Rincón Gallardo qui a dit à ses hommes : « Ce sont des civils, laissez-les passer », en découvrant Maximilien, Pradillo, del Castillo, Blasio et Salm lui-même, qui se dirigeaient vers le Cerro de Las Campanas, et il ajoute que López se trouvait au côté de l'officier républicain. Mais, d'après Hans, qui ne mentionne pas Rincón Gallardo, c'est López qui l'a dit. Salm Salm dit que lui, Félix, portait un uniforme, de telle sorte qu'on ne comprend pas comment les soldats juaristes l'ont fait passer pour civil. Et quoique certains auteurs laissent entendre que le manteau de Maximilien cachait son uniforme de général, on ne dit pas comment del Castillo était vêtu et si, comme il fallait s'y attendre, il avait lui aussi un uniforme — c'est dans cette tenue que le décrit Joan Haslip —, on ne s'explique pas non plus comment Rincón Gallardo aurait pu prétendre à son sujet que c'était un civil. La chose devient encore plus complexe quand nous apprenons que tous ne sont pas d'accord sur le fait que son manteau cachait l'uniforme de Maximilien et des auteurs décrivent son vêtement de dessus — en dehors du « chapeau blanc aux larges bords avec un fin ruban d'or, du pantalon de cheval tricoté et des bottes montantes » — comme une redingote militaire bleue aux revers flottants. Sans parler, également, de l'épée qu'il portait, « accrochée à la ceinture », sous les pans de sa redingote.

Des inexactitudes et des contradictions de ce genre abondent dans les récits du siège, même si la plupart d'entre elles sont finalement insignifiantes. Ainsi, par exemple, le chien de Maximilien, que certains appellent « Bebello », change de nom et de sexe et se transforme en « Baby » et en chienne dans l'exposé de Salm Salm, qui nous rapporte que « Baby » a suivi son maître sur le Cerro de Las Campanas, pour ensuite s'égarer et être retrouvée entre les mains d'un certain colonel Cervantes qui lui avait donné le nom d'« Impératrice » et qui s'est refusé à la vendre au prince Salm Salm qui voulait emmener le petit animal à Vienne pour l'offrir comme un présent à l'archiduchesse Sophie. Il faut se demander, de toute façon, si « Bebello » et « Baby » étaient le même chien ou deux chiens différents — sans parler d'un troisième, « Patschuka », qui apparaît également dans les Mémoires du prince — : les historiens nous laissent dans le doute.

Or si ces inexactitudes sont insignifiantes quand il s'agit d'un chien, elles n'en sont pas pour autant signifiantes quand il s'agit du colonel Miguel López, considéré par beaucoup à peine plus que comme un chien. En d'autres termes, peu importe que ce soit lui ou non qui ait dit « Laissez-les passer, ce sont des civils », et peu importe également qu'il ait été libre ou prisonnier le 15 mai et les jours suivants, car ni l'un ni l'autre détail ne l'accuse ou ne l'absout de sa supposée trahison.

Hans, Basch, Salm Salm et d'autres témoins de l'époque ont écrit et publié leurs Mémoires et leurs chroniques très peu de temps après les événements de Querétaro : pour eux López a trahi sans l'ombre d'un doute, et, apparemment, sa femme elle-même en était convaincue, ce qui l'a poussée à tenir sa promesse : elle a cessé de parler au colonel et ensuite elle l'a abandonné pour toujours. Mais vingt et un an après, López protesta à nouveau de son innocence — il l'avait déjà fait en juillet 1867, dans une déclaration aux citoyens du Mexique et du monde — et il publia dans le journal *le Globe* une lettre où il demandait au général Escobedo de révéler « la vérité historique ». Escobedo accéda à la requête de López et dans un rapport adressé au président de la République, le général Porfirio Díaz, daté du 8 juillet 1888, il déclara que « le colonel d'Empire Miguel López », qu'il décrit comme le « délégué en chef de l'Archiduc », n'avait été qu'un intermédiaire entre lui et Maximilien, qui ne pouvait et ne voulait plus poursuivre la défense de la place. « *López* — dit Escobedo —, *bien qu'indifférent envers la Patrie, n'a pas trahi l'archiduc Maximilien d'Autriche pas plus qu'il n'a vendu pour de l'argent son poste de combat.* » López a communiqué à Escobedo que Maximilien était prêt à livrer Querétaro si on le laissait sortir du pays en promettant de ne plus remettre les pieds en territoire mexicain. Escobedo lui a répondu que les ordres qu'il avait reçus du gouvernement suprême étaient de ne pas accepter d'autre arrangement en dehors de la reddition sans conditions de la place. Certains auteurs disent qu'Escobedo a probablement promis sous le manteau à López qu'il permettrait à Maximilien de s'échapper. D'après ces historiens, Escobedo pouvait être d'avis que garder l'Archiduc comme prisonnier de guerre occasionnerait à Juárez plus de migraines que de satisfactions, et c'est pour cette raison que le colonel Rincón Gallardo — suivant en cela des instructions d'Escobedo — a laissé passer Maximilien quand celui-ci est sorti du couvent de la Croix. A l'évidence, Egon de Corti, confronté à la question de savoir qui, de López ou de Rincón Gallardo, a dit la fameuse phrase : « Laissez-les passer, ce sont des civils », ne prend pas parti et décide de la faire prononcer aux deux en même temps. Cependant, Gustave Niox — *Expédition du Mexique. Récit politique et militaire* — laisse croire au lecteur que l'attitude de Rincón Gallardo n'obéissait à aucun ordre spécifique, mais à d'autres motifs : le père du colonel — qui était le marquis de Guadalupe —, nous dit Niox, avait accepté une charge à la cour de Maximilien. Était-ce le père ou les sœurs de Rincón Gallardo ? Harding, dans la liste des « dames du palais » entourant Charlotte, en mentionne deux portant le même nom : Anna Rosa de Rincón Gallardo et Luisa Quijano de Rincón Gallardo. Le *New York Herald*, quant à lui, se réfère à un autre épisode concernant López et Rincón Gallardo, cité par de nombreux historiens : on raconte que le traître supposé aurait demandé à Pepe Rincón Gallardo de le recommander pour « une situation » à l'intérieur de l'armée libérale et que don Pepe aurait répondu : « Si je vous recommandais pour une situation, colonel López, ce serait pour une situation dans un arbre, avec une corde autour du cou. »

Or, dans son rapport, le général Escobedo dit que López, au lieu de battre en retraite en voyant sa proposition refusée — celle de livrer la place en échange d'un sauf-conduit pour l'Archiduc —, souligna que Maximilien ne souhaitait pas prolonger davantage les horreurs de la guerre et que ses ordres étaient de convenir à tout prix d'un accord pour la reddition

— sans conditions, en dernière instance — de la ville et du couvent. «*López* — ajoute Escobedo — *est rentré dans la place, pour transmettre à l'Archiduc la nouvelle qu'à trois heures du matin le couvent de la Croix serait occupé, qu'il y ait ou non résistance.*» Plus loin, le général mexicain dit que le colonel López, après la chute de la ville de Querétaro, s'est à nouveau présenté devant lui et qu'il lui a présenté une lettre «dont le contenu textuel — dit Escobedo — est le suivant: Mon cher colonel López, Nous vous recommandons de garder le plus profond silence concernant la commission pour le général Escobedo dont nous vous chargeons, car si elle s'ébruite notre honneur en restera souillé. Votre très affectionné Maximilien».

López demanda à Escobedo s'il ne voyait pas d'inconvénient à garder le secret. Escobedo lui répondit qu'il divulguerait la nouvelle au moment où il le jugerait nécessaire. Dans les pages qui suivent, le général rapporte une conversation qu'il a eue en privé, peu de temps après, avec l'archiduc Maximilien dans la cellule du couvent des Capucines. Pendant cet entretien, Maximilien lui-même demanda à Escobedo — c'est le général qui l'affirme — de ne faire aucune révélation. Escobedo lui dit alors qu'à son avis, l'Archiduc devrait plutôt parler avec Miguel López, «qui était la personne qui avait le plus souffert moralement de ces événements». Maximilien répondit que López ne parlerait pas tant qu'Escobedo ne le ferait pas, et qu'il lui demandait seulement de garder le secret pendant un délai très bref: «jusqu'à ce que la princesse Charlotte cessât d'exister, elle dont la vie s'éteindrait en apprenant l'exécution de son époux».

A cette date, Maximilien était fondé à supposer que Charlotte pourrait mourir rapidement, et le fait est que des rumeurs concernant le décès de l'Archiduchesse coururent à plusieurs reprises. Comme nous le savons, Charlotte survécut pendant de longues années et, selon toute probabilité, Escobedo pensa que sa révélation ne porterait aucun tort à l'Archiduchesse, non seulement parce que vingt années s'étaient écoulées, mais surtout parce que l'Impératrice n'avait pas retrouvé la raison et que rien ne laissait penser qu'elle la retrouverait jamais. Dix ans plus tard, soit trente ans après la chute de Querétaro, Gustav Gostkowsky, auteur des *Derniers Moments de la vie de Maximilien*, eut l'occasion de voyager plusieurs heures en compagnie du général Escobedo — c'est du moins ce qu'il dit dans son livre — et à la question de savoir si López avait été le Judas qu'on prétend, le vieux général répondit avec emphase que non, que la situation des assiégés à Querétaro était désespérée, que la faim et le typhus les décimaient et que Maximilien avait alors décidé de dépêcher secrètement López pour offrir la reddition de la ville. On aurait pu supposer que ce qu'Escobedo dit à Gostkowsky confirmerait jusque dans le détail les déclarations faites dix ans auparavant par le général lui-même, en particulier si nous sommes disposés à croire, comme l'auteur nous le certifie, qu'Escobedo avait «une mémoire prodigieuse». Mais il n'en est rien, car dans son rapport au président Díaz, Escobedo dit que la première et unique fois où il a parlé avec López ce fut dans la nuit du 14 mai et, dans ce qu'il raconte à Gostkowsky, il parle de *trois* visites rendues par López au campement républicain. La première pour lui proposer la reddition de la place en échange du départ de Maximilien du territoire mexicain. La seconde, « muni d'un document qui l'accréditait, sans l'ombre d'un doute, comme envoyé de Maximilien », pour connaître la réponse : Escobedo lui avait communiqué alors que le gouvernement n'acceptait aucune condition. La troisième, pour dire à Escobedo que de toute façon Maximilien renonçait à la lutte. Ou bien la mémoire d'Escobedo n'était pas aussi prodigieuse que l'affirmait Gostkowsky, ou bien celle de ce dernier était plutôt vacillante et sujette à des élucubrations. Cependant, tout indique que Corti a plus fait crédit à cet auteur et au baron Lago — entre autres — qu'à la déclaration officielle d'Escobedo lui-même. Par ailleurs, ce document auquel Escobedo se réfère aussi bien dans son rapport que dans sa prétendue conversation avec Gostkowsky, c'est-à-dire la lettre adressée par Maximilien à López, est également réapparu vingt ans plus tard, en possession du traître supposé. Comme il fallait s'y attendre, son authenticité a été remise en doute par beaucoup de gens et c'est ainsi que, dès le début, Émile Ollivier signale que le docteur Kaska, « ami de Maximilien », l'a déclarée fausse en s'appuyant sur le jugement de quatre peintres. Ollivier se réfère au livre de José María Iglesias, *Rectifications historiques*, où l'historien et homme politique mexicain signale que l'on ne saurait prendre ce jugement au sérieux. Par ailleurs, Setién y Llata nous rappelle qu'Iglesias pensait qu'une falsification exécrable servait admirablement les intérêts de Maximilien, en confiant à son complice « non pas un véritable sauf-conduit mais un document dérisoire qui serait facilement taxé de faux ». En d'autres termes, Maximilien aurait pu s'ingénier à ce que le document *eût l'air* faux. Ollivier ajoute qu'Iglesias, grâce autant à sa sagacité qu'à la lucidité de sa démonstration, « avait détruit définitivement la légende de la trahison de López ».

Mais Ollivier se trompait. Depuis lors, on a vu se multiplier les essais, les articles et même des livres entiers — par exemple, A. Monroy, *López n'a pas trahi*, et Alfonso Junco, *la Trahison de Querétaro : Maximilien ou López ?* — pour ou contre le colonel mexicain, où l'on analyse tous les détails y compris les plus minuscules — et aussi les plus triviaux — pour tenter, à chaque fois, de prouver une ou plusieurs théories. Nous constatons ainsi que le 14 mai 1867 — nous dit-on — le soleil s'est couché dans Mexico à six heures vingt-six minutes du soir — la source est le calendrier Galván — et que par conséquent il s'est couché à Querétaro quelques instants plus tard. Mais le crépuscule, en d'autres termes la lumière, se maintient une demi-heure après le coucher du soleil. Par conséquent, lorsqu'il affirme, comme il le fait dans son manifeste, que « dans la nuit du 14 mai cet infortuné Prince [Maximilien] » lui avait demandé d'entrer en contact avec Escobedo, López ment. Il ment parce que le général mexicain précise, de son côté, que c'est à sept heures du soir, le 14 mai, qu'un adjudant l'a prévenu que López se trouvait dans la tente de campagne du colonel Cervantes et qu'il désirait le voir au nom de Maximilien. C'est-à-dire que pour être à sept heures du soir dans le campement républicain, López aurait dû partir du couvent de la Croix et de Querétaro à la lumière du jour et il ne pouvait le faire sans être remarqué.

Mais... si López ne mentait pas, alors c'est Escobedo qui a menti ? Ou bien s'est-il seulement trompé sur l'heure ? Aux arguments nouveaux, anciens et futurs se sont ajoutées toutes ces questions — et bien d'autres —, qui restent apparemment sans réponse. Basch, par exemple, nous rapporte que Maximilien, une fois prisonnier, aurait dit à plusieurs reprises aux officiers ennemis : « Si vous me livriez López et Márquez, je laisserais partir López, traître par méchanceté, et je ferais pendre Márquez, traître de sang-froid et par calcul. » Cette attitude étrange était-elle par hasard provoquée par le remords ? Il semble également certain que López a vécu pendant tout le reste de ses jours dans la pauvreté. Qu'est devenu, dans ces conditions, l'argent de la trahison ? Ou bien est-il vrai — Ollivier cite les bruits qui courent à ce sujet — que López a perdu deux cent mille francs au jeu ? Et pourquoi Maximilien a-t-il demandé à Escobedo de garder le secret *non pas* quand il lui a remis son épée, le 15 mai, mais deux semaines plus tard, quand le « secret » aurait déjà pu avoir été ébruité ? Et pourquoi ceux qui accusent López d'avoir falsifié — et de façon grossière — la lettre que lui aurait prétendument adressée l'Archiduc n'ont-ils jamais songer au fait que López a disposé de vingt années pour perfectionner son imitation de la lettre et de la signature de Maximilien ? Mais la lettre en elle-même n'est-elle pas absurde ? Pourquoi Maximilien allait-il demander par écrit à López ce qu'il lui avait déjà demandé oralement ? Et en écrivant une lettre où on lui demandait de garder un secret, ne courait-on pas le danger, beaucoup plus grave, de le dévoiler puisqu'on commençait, en procédant ainsi, par en révéler l'existence ? De plus, que cette lettre ait été absurde ou non, authentique ou fausse, pourquoi Miguel López a-t-il attendu vingt ans d'une vie misérable pour la produire au grand jour, au lieu de la montrer aussitôt après la mort de Maximilien sur le Cerro de las Campanas ? Et pourquoi Escobedo lui aussi a-t-il attendu aussi longtemps ? Le jour de la chute de Querétaro, Juárez, qui ignorait les détails de l'affaire López, écrivait, débordant d'enthousiasme, au général Berriozábal : « Vive la Patrie ! Ce matin, à huit heures, Querétaro a été investie *par la force.* » On a dit alors que la trahison de López réduisait les mérites du triomphe républicain, car la ville avait été livrée et en aucune façon investie *par la force.* Mais si Maximilien n'avait pas d'échappatoire, pourquoi allait-on dénigrer la victoire des juaristes ? En tout cas, après avoir vécu vingt et un ans comme une gloire nationale, le général Escobedo en a-t-il pris conscience ? A-t-il pensé qu'une révélation de cette trempe n'effaçait pas l'héroïsme de ceux qui avaient résisté au siège le plus long de l'histoire du Mexique, pas plus qu'elle ne ternissait le tromphe de la République et de ses généraux ?

En fin de compte, disculper López devait-il signifier inculper Maximilien? Ollivier, malgré tout le soutien qu'il a accordé à la cause de Juárez, pense que ce n'est pas parce qu'on détruit la légende de la trahison de López qu'il faut la remplacer par une accusation contre Maximilien d'avoir trahi ses généraux, car la seule chose que désirait l'Archiduc en l'occurrence c'était d'éviter un « holocauste épouvantable et inutile ». A supposer qu'il en ait été ainsi, il est évident que par son silence Maximilien n'a pas trahi López. Mais il est vrai qu'il lui a porté tort, terriblement. A tel point que dans ce cas c'est Charlotte qui aurait dû interpeller son mari : « Hélas, Maximilien, qu'as-tu fait à notre compère ? » En ce qui concerne les généraux, les officiers, la troupe, les volontaires, les morts et les blessés, ne les trahissait-il pas en empêchant une reddition honorable et en provoquant un abandon humiliant? Ne trahissait-il pas leur foi, leur courage, leur loyauté, leurs sacrifices? Peut-être qu'à ces questions il n'existe pas non plus de réponses aussi définitives et concrètes qu'un oui ou un non. Le fait est que, si Escobedo dit la vérité et que Maximilien lui ait demandé de ne révéler le secret que quand Charlotte serait morte, l'Archiduc a dû quitter ce monde avec la conscience un peu plus tranquille — mais avec le cœur plus tourmenté —, car le 15 juin, soit quatre jours avant l'exécution, Mejía lui apprit que, d'après des nouvelles arrivées d'Europe, l'Impératrice était décédée.

Devant l'impossibilité d'arriver à une conclusion, on aurait pu espérer que les auteurs qui se sont penchés sur le mélodrame de Querétaro, trente ou cinquante ans et parfois un siècle plus tard, éclaireraient le lecteur sur tous ces doutes et toutes ces polémiques. Mais, curieusement, il n'en est pas toujours ainsi. Corti l'insinue, mais bien qu'il qualifie l'œuvre d'Émile Ollivier de « magistrale », il n'est pas d'accord avec ce qu'il dit au sujet de López et si dans sa bibliographie il cite effectivement les livres d'Iglesias, il n'en fait pas mention dans le corps de son texte. De surcroît, c'est dans *Die Tragödie eines Kaisers*, c'est-à-dire dans la version abrégée et revue de *Maximilian und Charlotte von Mexiko*, que Corti ajoute la référence relative aux « onze réaux par tête », qui représenteraient le prix auquel López aurait vendu Maximilien et ses hommes. Il semblerait donc que Corti préfère ne pas douter de la trahison de López, de même que cette position semble également partagée par les auteurs qui sympathisent avec Maximilien et pour qui il est probablement plus commode et peut-être même plus romantique d'avoir un traître. Et si le traître a été mexicain, tant mieux. En tout cas cette solution parut très vite viable à Louis-Napoléon qui dans sa lettre de condoléances à François-Joseph, datée du 2 août 1867, se déclarait « inconsolable » de la mort d'un homme qui avait lutté seul, contre « un parti qui a triomphé uniquement par la trahison », pour reprendre les termes de l'empereur des Français.

Et quand nous disons : « Si le traître a été mexicain, tant mieux », c'est parce que presque tous les auteurs qui ont souhaité que leurs lecteurs gardent l'impression que Miguel López était un traître ne sont pas mexicains mais européens. A une extrémité on trouve Corti, que son honnêteté a empêché d'ignorer les plaidoyers d'Iglesias et d'Ollivier, mais qui n'y adhère pas et qui tient à le souligner. Au milieu se situent des auteurs comme Gene Smith, Castelot ou Haslip, qui ne prennent pas la peine d'entrer dans des détails à propos des doutes qui subsistent. A l'autre extrémité, les auteurs vociférants qui manifestent une haine viscérale contre tous les Mexicains — aussi bien López que Juárez, Santa Anna que Almonte — et qui soulignent que ce sont les Mexicains qui ont perdu l'Archiduc et non pas ce dernier qui s'est perdu lui-même, ainsi que ces autres auteurs qui, dans le but de dramatiser sur la trahison supposée, rapportent des faits qui ne se sont jamais produits : certains parce qu'ils ont peut-être confondu plusieurs affirmations, d'autres simplement parce qu'ils ont préféré inventer. Nous constatons ainsi que le docteur J. P. des Vaulx, dans son livre *Maximilien, l'Empereur du Mexique ou le Martyr de Querétaro*, raconte que sur le Cerro de las Campanas Maximilien s'est exclamé : « Dites à López que je lui pardonne sa trahison. Dites au Mexique tout entier que je lui pardonne son crime. » Et dans les lignes qui suivent des Vaulx ajoute : « Sa Majesté serra la main de l'abbé Fischer. » Or, pas plus que Maximilien n'a prononcé ces mots avant de mourir, Fischer n'a, évidemment, assisté à l'exécution. On sait que c'est le père Soria qui a assisté l'Empereur dans ses derniers moments, ou plutôt que c'est lui que l'Empereur a dû assister.

A propos de Soria et pour clore ce chapitre sur le compère félon, il est intéressant d'insister sur une déclaration du prêtre citée par Ollivier et ignorée par l'immense majorité des auteurs. «*López*, dit Soria, *n'a fait que ce qu'on lui a ordonné.*» Que cela plaise ou non aux partisans de Maximilien, l'interprétation la plus logique de ces paroles serait que, tenu au secret de la confession, Soria ne pouvait révéler ouvertement ce que Maximilien aurait pu ou voulu lui raconter sur les événements de la nuit du 14 au 15 mai, mais, par contre, il était en son pouvoir d'insinuer, en faisant cette déclaration, qu'il connaissait la vérité. Et pourquoi prendre cette peine ? Peut-être parce que sa conscience lui suggérait que, s'il ne pouvait plus rien faire pour sauver l'âme du compère mort, c'est-à-dire Maximilien, il pouvait en revanche faire quelque chose pour sauver l'honneur du compère vivant, c'est-à-dire Miguel López.

Il existe également des doutes et des contradictions à propos d'autres épisodes, comme par exemple la scène qui a eu lieu, dit-on, entre le colonel Palacios et la Princesse Salm Salm, dans les appartements privés de celle-ci. La Princesse n'en parle pas dans la partie de son livre *Ten Years of my Life* (Dix années de ma vie) consacrée à Querétaro, mais son oubli est plus que compréhensible si effectivement la Princesse, à ce qu'on prétend, voyant que tout était perdu, pensa que la seule façon de convaincre le colonel mexicain qu'il laissât s'enfuir Maximilien et son époux était de faire appeler le militaire à l'hôtel où elle logeait, de fermer la porte et de commencer à dégrafer son corsage. Il semble que Palacios, terrorisé, l'ait menacée de sauter par la fenêtre, et la Princesse dut se résoudre à ouvrir la porte, par où se précipita le colonel épouvanté.

Mais si ce n'est pas la Princesse qui a rapporté cet épisode et si la scène n'a pas eu un seul témoin, qui a pu la reconstituer ? Palacios ? Un colonel de l'armée mexicaine, dont on peut supposer qu'il portait sa virilité et son courage en sautoir, allait-il raconter à ses compères et à ses comparses, à ses subordonnés, qu'il avait été à deux doigts de bondir par le balcon quand une belle princesse étrangère, la superbe Yankee connue de tous, lui avait offert son corps de rêve ? Fuentes Mares résout le problème en faisant appel à différents témoins et à une offre multiple, et il nous dit que le soir où Escobedo ordonna d'expulser de Querétaro la Princesse et tous les représentants européens, Agnès Salm Salm, « prise d'un raptus propre à son tempérament, commença à se déshabiller devant les officiers venu l'appréhender et s'offrit à celui qui l'aiderait à sauver l'Empereur, mais aucun candidat ne se présenta ».

Corsages et balcons mis à part, il s'avère que la Princesse a tenté quelque chose de plus pour sauver la vie de Ferdinand Maximilien et qu'elle alla s'agenouiller devant Benito Juárez pour lui demander grâce. Cet épisode eut lieu dans le palais du Gouvernement, à San Luis Potosí, où le gouvernement républicain s'était établi, et dans le prologue à l'édition espagnole des *Mémoires de la princesse Salm Salm*, Daniel Moreno nous rappelle que ce moment a été immortalisé dans un tableau dû au pinceau d'un artiste mexicain connu et que la scène comprend également « la figure du Licenciado don Sebastián Lerdo de Tejada, qui, dans une attitude méphistophélique, se tient derrière le Président et refuse le pardon ».

Dans les Mémoires de la Princesse, qui s'ouvrent sur les différents voyages qu'elle fit à travers les États-Unis avant d'arriver au Mexique et à Querétaro, et où elle parle de la fièvre spiritualiste qui s'était emparée des Américains à cette époque, des embaumeurs professionnels qui suivaient les armées américaines durant la guerre de Sécession et des hôpitaux flottants qui descendaient, blancs et silencieux, le Mississippi, apparaît déjà son caniche Jimmy, lequel non seulement développa à Querétaro une véritable phobie contre le bruit des balles et des tambours, mais s'entícha du sofa que don Benito Juárez possédait dans son bureau de San Luis Potosí et où il avait pris l'habitude d'aller se vautrer chaque fois que la Princesse venait demander quelque chose au Président. Si un autre chien fait son apparition — c'est le quatrième dans ce chapitre —, c'est parce que dans les Mémoires d'Agnès — ou d'Inés, appelons-la Inés — nous lisons qu'en une occasion où la Princesse voyageait en train de Nashville à Bridgeport, Jimmy sauta du train pendant un arrêt au milieu de la campagne, le train repartit, la Princesse tira le signal d'alarme, le train s'arrêta à la grande frayeur des passagers et des employés, Jimmy, qui courait comme un fou derrière le fourgon de queue, rejoignit le wagon et se réfugia sur les genoux de sa maîtresse, sa maîtresse le gronda, le conducteur arriva à son tour pour gronder la Princesse, celle-ci poussa les hauts cris, mit les points sur les *i*, l'accusa d'être inhumain et inconséquent et le conducteur, tout honteux, finit par lui demander pardon : la femme qui était capable d'agir ainsi et de suivre son mari jusqu'au Mexique pour sauver un empire, de franchir des tranchées au galop sous son ombrelle jaune, les balles sifflant autour d'elle et ses noirs cheveux flottant au vent, d'affronter Leonardo Márquez à Mexico et Porfirio Díaz à Puebla, de répondre au général d'Oaxaca qui lui ordonnait de quitter le pays qu'il devrait la charger de chaînes ou la fusiller mais qu'elle ne partirait jamais sans avoir vu Escobedo, qu'elle affronta à son tour, finalement, sous sa tente de campagne dans les environs de Querétaro, une femme de cette trempe était bien évidemment capable tout aussi bien de se déshabiller devant un colonel ou de s'agenouiller devant un président, en plus d'avoir échafaudé, comme ce fut le cas, l'évasion de Maximilien et son départ du Mexique jusque dans les moindres détails.

En réalité, ces détails ne furent ni très nombreux ni très complexes. Sur les instances d'Inés Salm Salm, Maximilien accepta de faire appeler à Querétaro le représentant de la Prusse, le baron Magnus. De toute façon on devait s'attendre que, ne serait-ce que pour faire acte de présence, les autres diplomates européens qui avaient représenté leurs pays respectifs auprès de l'Empire vinssent rejoindre Magnus. C'est ce qui se produisit et on vit arriver très vite Lago l'Autrichien, Hoorickx le Belge, et Curtopassi l'Italien. Peu après Forest, l'envoyé spécial du ministère français, rallia le groupe. La Princesse souhaitait compter sur la complicité de l'ensemble ou d'une partie du corps diplomatique, soit pour exercer une pression concertée sur le gouvernement de Juárez, soit pour organiser la fuite. Une des idées d'Inés était de pousser les puissances étrangères à s'engager à payer une rançon pour Maximilien ou bien à garantir le paiement de la dette de guerre mexicaine si l'on épargnait la vie de l'Archiduc. La Princesse était certaine de pouvoir compter sur le soutien des pays de l'autre côté de l'Atlantique, car, à l'époque, Maximilien était plus ou moins considéré comme un « cousin d'Europe ». L'idée échoua car il était impossible que le gouvernement républicain acceptât une proposition de cette nature. La seule solution qui restait à Maximilien était donc la fuite, comme Inés le soutint au colonel Villanueva.

Le baron Magnus considéra que l'évasion était une folie et il en fit part à la Princesse, qui s'aperçut très rapidement que la conduite des représentants étrangers à Querétaro ne contribuait qu'à précipiter la catastrophe : Inés nous dit qu'en tant qu'Américaine et, par conséquent, « étrangère aux idées européennes », elle comprenait beaucoup mieux les Mexicains que ces messieurs les ambassadeurs. En outre, elle souligne que ceux-ci, en leur qualité d'Européens, ne croyaient pas que le gouvernement républicain oserait prendre la vie de Maximilien, car ce serait un acte « que toutes les puissances européennes se chargeraient de venger ». Mais la Princesse savait fort bien que Juárez et son cabinet se moquaient de l'Europe comme d'une guigne, et que si l'Archiduc était condamné à la peine capitale — et il le serait —, la sentence devrait s'accomplir. Inés Salm Salm aurait été confortée dans son opinion si elle avait eu connaissance des déclarations faites par le représentant de Juárez à Washington : « Personne en Europe ne pourrait croire à notre magnanimité », avait dit Matías Romero, « car on n'escompte pas que les nations faibles soient magnanimes... »

La première tentative de fuite fut décidée pour la nuit du 3 juin, mais la veille arriva à Querétaro un télégramme qui annonçait la venue du baron Magnus et des deux défenseurs de Maximilien, De la Torre et Riva Palacios. C'est pour cette raison, qui ne parut guère convaincante au couple Salm Salm, que Maximilien demanda que l'on ajournât le plan. On ne saura jamais non plus jusqu'à quel point Maximilien souhaitait véritablement s'échapper. On nous dit que, pendant qu'il était prisonnier aux Teresitas, il parlait à voix haute avec ses partisans des différentes possibilités de fuite, et que même pendant les derniers jours il s'imaginait parfois à bord de la corvette autrichienne *Elisabetta* qui était alors ancrée à Veracruz, sous le commandement du capitaine Groller. Ainsi il échafaudait avec Blasio, son secrétaire, des plans pour l'avenir. Il pensait voyager d'abord à Londres et ensuite à Miramar pour y écrire l'histoire de son règne. Il projetait également des voyages en Grèce, à Naples et en Turquie. Mais quelques minutes après, il remettait les pieds sur terre et il commençait à parler de l'embaumement de son corps ou de son testament. Alors il convenait que ce serait un autre qui se chargerait d'écrire cette histoire : « Vous êtes le seul à avoir la possibilité de retourner en Europe, dit-il un jour au docteur Basch, c'est pourquoi vous devez vous attacher à l'écrire et à me rendre justice. Je vous propose de l'intituler : *les Cent Jours de l'Empire mexicain.* »

Quoi qu'il en soit, Inés Salm Salm savait parfaitement ce qu'elle voulait et elle n'admettait aucun contretemps, et surtout pas l'impéritie ou la peur des ambassadeurs européens : ils devraient également cautionner les lettres de change. On en était arrivé à l'idée des lettres de change par manque d'argent. Si, pendant le siège, Maximilien s'était déjà plaint du manque de liquidités et avait affirmé que dorénavant « il ne garderait qu'un seul domestique, il vendrait son cheval et marcherait à pied pour faire des économies », maintenant qu'il était vaincu et prisonnier, il n'avait évidemment pas un sou, et il lui serait bien entendu impossible de déposer à la banque de M. Rubio cent mille pesos, comme Inés le suggérait dans un premier temps. Mais ce que l'on pouvait faire, en revanche, c'était de rédiger des lettres de change ou des billets à ordre signés par Maximilien et cautionnés par les ambassadeurs étrangers. Maximilien en fut d'accord, mais pas les ambassadeurs. Finalement, l'Empereur signa deux lettres de change, chacune de cent mille pesos, qui ne seraient honorées par la Maison d'Autriche que si la fuite était couronnée de succès. Dans les premiers jours de la détention de Maximilien, quelques officiers républicains avaient demandé de l'argent pour laisser échapper l'Archiduc, mais aucun d'entre eux n'était en mesure d'organiser une fuite et ils s'éclipsèrent une fois l'argent en poche. Mais il s'était agi de petites sommes : cinq cents pesos par-ci, deux mille par-là. Maintenant l'affaire était de corrompre, en les achetant, les deux hommes qui avaient vraiment à leur disposition les moyens de faire évader l'Archiduc : le colonel Palacios, qui avait « le commandement suprême de la prison », et le colonel Villanueva « qui avait sous ses ordres toutes les troupes de la ville ». Chacun devait donc recevoir cent mille pesos, ce qui, pour ces pauvres diables — Inés Salm Salm nous dit, par exemple, que Palacios était un Indien qui savait à peine lire et écrire —, devait représenter une immense fortune.

Le diplomate autrichien, le baron Lago, fut le seul à apposer sa signature sur les billets à ordre, mais cette signature disparut très vite : au cours d'une réunion, les représentants étrangers le convainquirent de l'effacer, et l'un d'entre eux prit des ciseaux et la découpa. De toute façon, ce n'était pas quelques morceaux de papier couverts de pattes de mouche qui allaient séduire le colonel Palacios, et ce non pas à cause de l'ignorance dont le gratifie Inés Salm Salm : étant donné les circonstances et pour employer les mots mêmes d'Inés, « un sac d'or aurait parlé un langage plus persuasif », non seulement pour un Indien semi-analphabète — si tant est que Palacios le fût —, mais pour n'importe quel officier instruit qui aurait été disposé à risquer son honneur et sa peau pour sauver la vie d'un envahisseur étranger désormais tombé en disgrâce et abandonné de tous. Palacios rendit le bon de paiement à Inés, qui lui remit alors le cachet monté en bague de l'Empereur et le pria de le remettre à Max dans sa cellule : c'était le signal convenu au cas où le plan d'évasion échouerait. Mais Palacios n'était pas non plus disposé à rendre ce service à la Princesse et, après avoir passé la bague, il la lui rendit. Inés la remit alors au docteur Basch afin qu'il la donnât à l'Empereur. On était le 13 juin 1867. Cette nuit-là, le baron Lago et M. Hoorickx s'enfuirent de Querétaro, en laissant leurs bagages derrière eux et en devançant du même coup, sans le savoir, les désirs d'Escobedo, qui décida d'ordonner l'expulsion de Querétaro de tous les représentants étrangers impliqués dans la tentative d'évasion. Escobedo fit également appeler la Princesse pour lui communiquer qu'elle devrait quitter Querétaro dans les heures qui suivaient. Et c'est ce qui se produisit : cette même nuit, Inés Salm Salm, en compagnie de sa chambrière Marguerite, de son petit caniche Jimmy et de son revolver à six coups, partit en diligence pour San Luis Potosí.

La veille avait commencé, dans le Théâtre Iturbide de Querétaro, le procès de Ferdinand Maximilien et de ses deux généraux, Miguel Miramón et Tomás Mejía. L'historien mexicain José Fuentes Mares, qui vers la fin de son livre *Juárez et l'Empire* se transforme plus ou moins en romancier et élabore et imagine des situations et des dialogues, nous dépeint une scène entre l'Empereur et le Français Forest au cours de laquelle Maximilien refuse, de façon catégorique, d'assister au procès : « Demain on me jugera, n'est-ce pas ? dit-il à l'envoyé français. Eh bien, je ne vais pas comparaître devant ce tribunal. Jamais, vous entendez, Forest ! Je préfère prendre tous les risques. Je ne m'assiérai jamais sur le banc des criminels. Jamais, vous m'entendez ! » Bien que Forest se soit chargé de rappeler à Sa Majesté que le banc des accusés avait été un

« piédestal » pour Louis XVI et Marie-Antoinette, Maximilien campa sur ses positions et on le jugea par défaut: le médecin-chef de l'armée républicaine, le docteur Rivadeneira, certifia que son état de santé ne lui permettait pas d'être présent. Et après tout, ce n'était pas une invention: Maximilien était très malade.

Ceux qui veulent à toute force que Maximilien ait été assassiné à Querétaro découvrent, dans la plupart des détails pittoresques ou de mauvais goût qui ont entouré le procès, des preuves qui, selon eux, viennent renforcer leurs arguments. Ils trouvent scandaleux, en premier lieu, que le procès se soit déroulé dans un théâtre. Mais Querétaro était une petite ville, jamais auparavant ne s'y était tenu un procès d'une importance aussi exceptionnelle — c'était aussi le premier de toute l'histoire du Mexique — et il est probable que l'enceinte la plus appropriée, en raison de ses dimensions imposantes, était le théâtre. Que la salle ait porté le nom du premier empereur du Mexique et que celui-ci eût été fusillé par ses compatriotes ne constituait qu'une de ces innombrables ironies de l'Histoire qui jalonnent la vie de Maximilien. Mais les juaristes ne portaient pas la responsabilité du nom du théâtre.

Cependant il s'agissait bien d'un théâtre: « La salle, écrivit Forest à Alphonse Dano, était illuminée comme pour une représentation. » Beaucoup n'ont voulu voir que cet aspect du procès: la représentation d'un drame appris par cœur, d'une farce sanglante dont aussi bien les défenseurs que le procureur, le juge et le public, les membres du tribunal et l'accusé lui-même furent les complices et les acteurs: tous connaissaient l'issue, tragique et inévitable.

L'issue était effectivement prévue, non pas parce que le drame se déroulait au Mexique et que le Mexique était un pays de sauvages, mais parce que dans n'importe quel autre pays d'Europe et du monde de cette époque et de la nôtre, le dénouement aurait été le même: Maximilien était l'usurpateur étranger du pouvoir établi — et constitutionnel, de surcroît — et il avait été le principal instrument d'une invasion étrangère qui avait cautionné son gouvernement illégal. Évidemment, l'Europe ne serait pas disposée à considérer ce dénouement comme civilisé. En fait, la majorité des Européens qui participèrent à cette aventure n'avaient aucunement l'intention d'appliquer cet adjectif à quoi que ce soit de mexicain, pas plus qu'à l'attitude de Juárez et de son gouvernement. Le prince Salm Salm, par exemple, s'étonne dans ses Mémoires qu'Escobedo n'ait pas mis à exécution ses « sinistres promesses » contre lui, Félix, après qu'il eut participé à une seconde tentative pour faire échapper Maximilien, et il ajoute que le fait de ne pas avoir concrétisé les menaces d'un châtiment ne se serait pas produit dans n'importe quel pays plus civilisé. Cette attitude donnait raison à Matías Romero.

Ce qui est étonnant, c'est que malgré tout Maximilien fut à deux doigts de sortir vivant de l'aventure car, après avoir été reconnu coupable, et bien que trois membres du tribunal eussent voté pour la peine de mort, trois autres votèrent pour le bannissement perpétuel. Cette égalité, qui fut rompue par le vote du colonel Platón Sánchez, le président du tribunal, démontre que ses membres n'étaient pas autant de parti pris qu'on aurait pu le supposer et que le gouvernement de Juárez n'avait pas besoin de leur graisser la patte — comme le docteur des Vaulx affirme qu'il l'a fait — pour qu'ils condamnassent Maximilien à la peine capitale.

Dans son *Journal*, à la page correspondant au 13 juin, le docteur Basch cite les propos de Maximilien: « Que Dieu me pardonne, mais j'ai l'impression qu'ils ont choisi ceux qui avaient l'uniforme le plus convenable pour qu'au moins tout cela ait l'air décent. » Il est impossible aujourd'hui de vérifier les antécédents de tous les membres du tribunal. Mais sur son président et sur le procureur on possède, en revanche, certaines informations. Ce dernier, Manuel Aspiros, s'était distingué comme avocat et comme homme politique dans son État natal, Puebla, et après 1867 et jusqu'à sa mort, survenue à Washington alors qu'il était ambassadeur du Mexique, il a eu une carrière diplomatique. Rien n'indique qu'il ait possédé des capacités particulières pour être procureur.

Le colonel Platón Sánchez, décrit par certains auteurs comme « un homme vêtu d'un uniforme élégant, portant des gants de chevreau », mourut quelques mois après le procès dans un endroit appelé la ferme des Loups, assassiné par des soldats du régiment de l'Impératrice — que commandait Miguel López — qui avaient rejoint les rangs républicains. Il n'eut donc guère le temps de se faire connaître après avoir conquis, par le seul fait d'être le président du tribunal, une place dans l'histoire du Mexique. Mais il existe certains antécédents du colonel Sánchez qui figurent dans le Journal du siège de Puebla en 1863 écrit par le général Francisco P. Troncoso. Dans son ouvrage, Troncoso, qui ne pouvait soupçonner alors le type d'immortalité qui était réservé à Platón Sánchez, non seulement souligne « le courage indomptable » de celui qui était en ce temps-là capitaine, mais parle de lui comme d'un homme d'une générosité extraordinaire.

Par ailleurs, la défense de Maximilien fut assumée par deux des avocats les plus prestigieux du Mexique de l'époque: le licenciado Mariano Riva Palacio — le père du général républicain auteur des vers de « Adieu, Maman Charlotte » —, à qui Maximilien avait offert un jour le portefeuille de l'Intérieur. L'autre fut le licenciado Rafael Martínez de la Torre, qui refusa de toucher des honoraires pour sa défense, ce qui lui valut de recevoir à Mexico de la vaisselle d'argent, un présent envoyé par François-Joseph. Tous deux chargèrent les licenciados Eulalio Ortega et Jesús María Vázquez de s'occuper à Querétaro des « bases juridiques de la défense » et ils se rendirent à San Luis Potosí pour voir le président Juárez. Leur objectif était double: un, demander plus de temps pour préparer la défense. Deux, solliciter du Président la grâce de Maximilien.

Riva Palacio et Martínez de la Torre se plaignirent amèrement du peu de temps dont ils disposaient pour préparer la défense, et ils perdirent un temps précieux dans la recherche de ce délai supplémentaire: ils voulaient un mois de plus, et Juárez n'accorda que trois jours de sursis. Le procès s'ouvrit un mois après la chute de Querétaro, et dès le premier jour on sut que Maximilien serait condamné. Personne n'ignorait non plus le chef d'accusation qui pèserait sur lui et quel serait presque à coup sûr le verdict du tribunal, étant donné que Maximilien avait signé sa propre sentence de mort en promulguant le décret du 3 octobre. Dans une longue lettre émouvante adressée au président Juárez à la veille de l'ouverture du procès, les défenseurs s'en prirent à ce qu'ils appelèrent la terrible et monstrueuse loi du 25 janvier, mais le licenciado Juárez se chargea de leur rappeler que la loi avait été publiée avant que l'Archiduc ne partît pour le Mexique et qu'en outre, un envoyé du gouvernement républicain, don Jesús Terán, avait rendu visite à l'Archiduc dans son château de Miramar, pour l'avertir des dangers et des risques de l'entreprise.

En ce qui concerne la grâce, les défenseurs de Maximilien commirent une erreur : ils la demandèrent avant le verdict et, comme le gouvernement le répondit, il n'était pas possible de rapporter une sentence avant qu'elle ne fût prononcée. Lorsque, après la fin du procès, les avocats réitérèrent leur demande d'un pardon présidentiel, Juárez répondit que « la loi et la sentence » étaient pour l'heure inexorables », car « le salut public » l'exigeait ainsi. Le même salut public, ajouta le Président, « peut également nous conseiller d'économiser le sang, et ce sera là la plus grande satisfaction de ma vie ». Il convient de rappeler ici qu'après la chute de Querétaro et de l'Empire, très peu de gens furent exécutés: parmi eux, Maximilien, Mejía, Miramón, Méndez, O'Horan et Vidaurri.

La lecture attentive de ce qu'on appelle la « *Cause de Ferdinand Maximilien de Habsbourg qui s'est intitulé Empereur du Mexique et de ses généraux les dénommés Miguel Miramón et Tomás Mejía complices avec lui de délits contre l'Indépendance et la Sécurité de la Nation, l'Ordre et la Paix Publique, le Droit des Gens et les Garanties Individuelles* », contenue dans un livre de plus de six cents pages serrées, peut aider à dissiper les doutes sur les compétences légales et morales du procureur et des avocats de Maximilien. Le manuscrit resta introuvable pendant onze ans. En 1878, un général du nom de Tolentino, prévenu qu'on tentait d'introduire à Guadalajara du cacao et de la cannelle de contrebande au milieu de fournitures pour l'armée, ordonna de procéder à une fouille et c'est là qu'apparut le manuscrit griffonné, jauni et — si la contrebande était prouvée — parfumé par la cannelle et le cacao. « Ce truc-là, il ne faut même pas qu'on le touche », s'exclama le général Tolentino tout excité. Grâce à cette découverte incroyable et au fait qu'il ne fut pas exposé à l'air, on a conservé un document d'une valeur historique considérable, où l'on peut apprécier tous les efforts non seulement des défenseurs pour sauver l'Archiduc, mais aussi du procureur pour garantir la dignité du procès. Ainsi que les arguties auxquelles l'Empereur et ses avocats eurent recours, comme, par exemple: un, le rejet de la compétence du tribunal, dans la mesure où, plaidaient les avocats, les charges pesant sur Maximilien étaient « de caractère politique »; deux, l'accent mis sur l'*abdication rétroactive* qui aurait pris effet dès l'instant où il était vaincu et arrêté;

trois, l'insistance sur la pureté des intentions et la bonne foi de Maximilien. Le verdict du tribunal fut prononcé à l'unanimité: l'Empereur et ses deux généraux furent reconnus coupables. Treize charges — à nouveau le chiffre du mauvais sort — furent retenues contre Maximilien et, comme on l'a signalé, dans son cas la peine capitale fut décidée à la suite du vote du président du tribunal.

Le Théâtre Iturbide de Querétaro, réplique à l'échelle réduite du Grand Théâtre national de Mexico, au plafond duquel étaient représentés, dans une débauche de nuages et de zéphyrs élyséens, sept dramaturges mexicains et deux espagnols — l'un de ces derniers étant José Zorrilla, l'ami de Maximilien —, contenait deux mille spectateurs et il est effectivement probable que, comme le remarque Foster, la salle ait été « illuminée comme pour une représentation », étant donné que rien ne justifiait un procès qui se déroulerait entre chien et loup. Par ailleurs, il est possible qu'on ait vendu des œillets au public, comme le prétendent certains auteurs, mais en tout cas cette opération ne pouvait être le fait que de quelque coquin et non pas celui du gouvernement, et il est évidemment possible aussi que des gens aient mangé durant le procès, bien que ce ne fût pas là une caractéristique exclusive du public mexicain: en France, à l'époque de la Terreur, il y avait des femmes qui tricotaient et qui mangeaient alors qu'à quelques mètres d'elles, sur l'échafaud, roulaient les têtes de ceux que la Révolution avait condamnés. Il est superflu d'entrer dans les détails: Harding dit que ceux qui assistaient au procès de Maximilien mangeaient des corossols et des pignons, ce qui avait aussi peu d'importance que de dire que les femmes françaises mangeaient des oranges et des marrons grillés au pied de la porte vers l'autre monde qui fut inventée, selon certains, par le docteur Louis Guillotin et, selon d'autres, par le docteur Antonin Louise.

Le 15 juin, comme nous l'avons mentionné, le général Mejía entra dans la cellule de Maximilien et affirma avoir des nouvelles du décès de Charlotte en Europe. C'était, semble-t-il, un mensonge ourdi par Mejía et Miramón afin de faciliter à Maximilien son passage dans l'au-delà: Basch nous dit que tout en constituant un coup terrible pour l'Empereur, en même temps cela « lui rendait l'abandon de la vie moins douloureux ». Puisque l'Impératrice se trouvait déjà « chez les anges », Maximilien, comme il l'a souligné lui-même, avait un lien de moins avec le monde. Dans ses Mémoires, Basch nous rapporte que le 16 juin à midi s'est présenté au couvent des Teresitas le « nouveau procureur González », qui, debout sur le seuil de la cellule de Maximilien, a lu la sentence. Le docteur Basch dit que Maximilien a écouté la lecture « pâle mais souriant » et qu'ensuite il s'est tourné vers son médecin et ami pour lui dire: « Tout a été fixé pour trois heures; vous avez donc plus de trois heures pour faire les choses sans vous inquiéter. » Ensuite il dicta à Blasio une lettre adressée à don Carlos Rubio, où il sollicitait un prêt pour l'embaumement et le transport de son corps. Puis la messe fut dite dans la cellule de Miramón et les trois condamnés reçurent le saint viatique. Peu avant trois heures,

Maximilien retira son anneau nuptial et il le remit à Basch: « Dites à ma mère, le supplia l'Empereur, que j'ai rempli mon devoir de soldat et que je meurs en chrétien. » Il remit à Blasio son épingle de cravate et ses boutons de manchette et au prince Salm Salm sa brosse à cheveux et d'autres objets personnels. Mais « trois heures sonnèrent », nous dit Basch, « et personne ne vint chercher l'Empereur et les généraux. » En réalité, personne ne devait venir les chercher ce jour-là et l'anneau nuptial regagna le doigt de Maximilien, car à San Luis Potosí, le représentant de la Prusse, le baron Magnus, avait obtenu de Juárez que l'exécution de la sentence fût reportée au 19 juin, à sept heures du matin.

Et c'est ici que réapparaît la princesse Salm Salm avec sa chambrière Margarita et son caniche Jimmy, pour se perpétuer dans l'histoire du Mexique comme la belle étrangère qui se prosterna à genoux devant le président Benito Juárez pour le prier d'épargner la vie de Maximilien.

D'autres étrangers, comme il fallait s'y attendre, intervinrent dans le même but. Garibaldi envoya un message à Juárez, où il sollicitait sa clémence. Victor Hugo fit de même, bien que l'on dise que sa lettre arriva après l'exécution. De toute façon, rien ne laisse supposer que cela aurait influencé la décision de Juárez. De son côté, la première chose que fit Inés Salm Salm fut d'exhorter le président américain Johnson à demander, au moins, un nouveau report de la sentence. Cependant, Juárez se repentait de l'avoir ajournée: les journalistes étrangers avaient écrit que la seule chose que souhaitait « l'Indien sanguinaire », « assoiffé de sang », c'était de « prolonger le supplice de l'Archiduc ». Le président américain ne pouvait pas non plus faire davantage: Wydenbruck, l'ambassadeur d'Autriche à Washington, avait demandé au secrétaire d'État Seward l'intervention de son gouvernement, et Johnson avait télégraphié à Campbell, le nouveau représentant américain auprès du gouvernement de Juárez, pour lui ordonner de se transférer immédiatement de La Nouvelle-Orléans — où il s'était réfugié — à San Luis Potosí afin d'intercéder en faveur de l'Archiduc. Mais Campbell, comme le baron Lago, mourait de peur et il préféra renoncer à sa charge plutôt que de se rendre au Mexique.

La veille de l'exécution, à huit heures du soir, Inés Salm Salm sollicita une audience auprès de Benito Juárez, qui la reçut sur-le-champ. Le Président, nous dit la Princesse dans ses Mémoires, « était très pâle et semblait souffrir profondément ». Inés tomba à genoux devant Juárez et lui demanda de pardonner à Maximilien. Le Président tenta de la relever, mais la Princesse lui étreignit les jambes et Juárez, nous rapporte Inés, lui dit, les yeux humides:

« Il m'est vraiment très pénible, madame, de vous voir ainsi à genoux; mais, même si tous les rois et les reines étaient à votre place, je ne pourrais pas épargner sa vie. Ce n'est pas moi qui la lui ôte: c'est le peuple et la loi qui réclament sa mort: si je ne respectais pas la volonté du peuple, alors celui-ci lui ôterait la vie et il prendrait également la mienne. »

Bien que Juárez, qui semblait toujours convaincu de ce qu'il disait de lui-même, ait répété à nouveau: « La vengeance n'est pas mon fort », certains historiens européens ne l'ont pas cru et ils ont voulu voir dans son inflexibilité — « jamais un attentat contre le principe des nationalités n'avait été aussi rapidement ni aussi terriblement châtié », dit Émile Ollivier — un acte de vengeance aussi bien individuel et conscient que collectif et subconscient : Montezuma prenait enfin sa revanche sur Cortés. Cependant, le Mexicain Fuentes Mares affirme qu'il s'agissait de résoudre une fois pour toutes la très ancienne querelle, le combat immémorial entre libéraux et conservateurs. C'est presque un demi-siècle de guerre civile, dit Fuentes Mares, qui réclamait ce sang. La mort de l'Archiduc était donc, d'après le Mexicain, une nécessité politique interne du gouvernement de Benito Juárez.

En sortant, Inés rencontra dans l'antichambre du bureau présidentiel « plus de deux cents dames de Querétaro » qui venaient, elles aussi, implorer la clémence. Peu après, Juárez reçut la femme de Miramón, qui arriva avec ses enfants et s'évanouit quand le Président lui dit qu'il n'y avait rien à faire. C'est ce que comprit, de son côté, le baron Magnus, qui se rendit à Querétaro avec le docteur Szänger, lequel, comme le souhaitait l'ambassadeur prussien, pourrait intervenir dans l'embaumement du corps de l'Empereur.

Après avoir écrit à chacun de ses avocats des messages pour les remercier de leur « défense énergique et courageuse », Ferdinand Maximilien envoya également une lettre à Benito Juárez. José Fuentes Mares nous dit que, bien que la lettre ait été écrite le 18 juin, Maximilien l'a datée du 19 pour qu'elle portât la date du jour de sa mort. L'Archiduc y affirmait : « J'affronte de bonne grâce la perte de la vie, si mon sacrifice peut contribuer à la paix et à la prospérité de ma nouvelle patrie », et il demandait la clémence pour Miramón, pour Mejía, pour tous les autres : « ... Je vous conjure de la façon la plus solennelle, et avec la sincérité propre au moment où je me trouve, de faire en sorte que mon sang soit le dernier que l'on répande... »

Le docteur Basch rapporte que le 18, à cinq heures du soir, la réponse à la requête de Maximilien parvint à Querétaro : la grâce était refusée à ses généraux. A huit heures, l'Empereur se mit au lit et le docteur Basch resta près de lui. Le médecin de l'Empereur raconte que vers onze heures et demie du soir, le docteur Rivadeneira et le général Escobedo se présentèrent. Basch les laissa seuls et quand Escobedo se retira, avec un portrait portant l'autographe de l'Empereur, Maximilien dit à son médecin : « Escobedo voulait prendre congé de moi. J'aurais plus volontiers poursuivi mon sommeil. »

C'est ce qui se produisit : Maximilien se rendormit, mais seulement pour quelques heures : il se réveilla à trois heures et demie du matin. On était le 19 juin. A quatre heures, le père Soria arriva. A cinq heures, nous dit Basch, Maximilien entendit la messe avec ses deux généraux, et à six heures un quart il déjeuna : viande, café, une demi-bouteille de vin rouge et du pain.

Maximilien remit à nouveau à Basch son anneau nuptial et également un scapulaire qu'il sortit de la poche de son gilet en lui demandant de le porter à sa mère. Cependant, d'autres chroniqueurs affirment que le scapulaire que Basch a porté à Vienne était transpercé par l'une des balles tirées sur le Cerro de las Campanas et s'il en a été ainsi, Maximilien ne l'a évidemment jamais donné à Basch et c'est ce dernier, en fin de compte, qui l'a ramassé sur le cadavre. Quoi qu'il en soit, le fait est que Basch a rapporté à Miramar et en Autriche une série d'objets que l'Empereur lui avait confiés, et l'on prétend que s'y trouvaient, entre autres, le scapulaire, percé ou non d'une balle, pour sa mère et l'alliance. Basch remit à l'empereur d'Autriche la croix de chevalier de l'ordre de l'Aigle et une médaille d'or à l'effigie de la Vierge Marie. L'impératrice Élisabeth, sa belle-sœur, reçut un éventail. Sophie eut également, semble-t-il, un portrait de Maximilien brodé par les dames de Querétaro. A l'archiduc Charles-Louis revint le sceau monté en bague, et à son frère Louis-Victor une médaille d'argent représentant également la Vierge. Victoria, la reine d'Angleterre, se vit attribuer un médaillon contenant une boucle des cheveux de l'impératrice Charlotte. La reine Caroline Augusta reçut un chapelet. Le docteur Zelley, médecin-chef de la Maison impériale, l'*Histoire d'Italie* de César Cantu, Léopold II de Belgique, l'ordre de Guadalupe que Maximilien portait au cou quand il était entré dans Querétaro et son frère, le comte de Flandres, sa montre avec sa chaîne; le capitaine de vaisseau Radouch, un petit miroir à main qu'utilisait l'Empereur; la princesse Marie Auersperg, ancienne dame d'honneur de Charlotte, un éventail en feuilles de palme; le comte Hadik de Futak, qui avait été grand chambellan de Maximilien au temps où celui-ci était archiduc, une paire de boutons de chemise, et le marquis Corio des éperons d'or. Basch remit également au grand chambellan le chapeau que Maximilien portait pendant sa détention à Querétaro et qu'il donna à Tüdös en arrivant sur le Cerro de las Campanas: Maximilien avait demandé de le transférer au musée de Miramar.

A six heures du matin, quatre mille hommes, sous les ordres du général Jesús Díaz de León, prirent position au pied de la colline, dans l'attente de l'Archiduc et de ses généraux. A six heures et demie, le colonel Palacios se présenta devant Maximilien, accompagné de l'escorte. A l'extérieur du couvent il y avait trois voitures de louage, portant les numéros dix, treize et seize. Cette fois, le numéro du mauvais sort ne revint pas à Maximilien, qui monta dans la première voiture avec le père Soria. Dans la deuxième se trouvait Mejía avec le père Ochoa et dans la troisième, Miramón avec le père Ladrón de Guevara.

Les hommes chargés de les escorter jusqu'au Cerro de las Campanas appartenaient au bataillon des Devoirs suprêmes et aux chasseurs de Galeana. D'après des descriptions de l'époque, un escadron de lanciers ouvrait la marche. Un bataillon d'infanterie sur deux rangs de quatre encadrait de part et d'autre les condamnés. Un groupe de franciscains suivait les voitures, avec des cierges allumés et de l'eau bénite. A l'arrière-garde marchaient des hommes transportant trois cercueils noirs et trois croix, noires elles aussi.

Les rues de Querétaro étaient vides, les balcons déserts, et toutes les fenêtres et les portes de la ville restèrent fermées.

2. *Ballade du coup de grâce*

En l'année soixante-sept,
je me le rappelle encore :
c'est à Querétaro même
que notre Empereur est mort

Le dix-neuf du mois de juin,
Personne n'a oublié,
la sentence fut exécutée
par l'président ordonnée.

Charlotte était loin là-bas,
A la mort point n'assista.
Elle était devenue folle
et n'a rien su de tout ça.

Cette année 67, comment je pourrais l'oublier. On dirait que je ne suis né que pour ça, pour me retrouver cette année et ce 19 juin-là, avec un fusil dans les mains et une balle dans le fusil. On dirait que je ne suis devenu hérétique que pour ça et ensuite soldat, et que c'est pour ça que j'ai appris à viser, à presser sur la détente et à faire sauter à coups de fusil la tête des saints dans les églises. Je me demande maintenant pourquoi je n'ai pas eu cette révélation plus tôt, pourquoi le Seigneur ne me l'a pas dit quand je suis allé avec la piétaille rouge voler aux saintjosephs leurs guenilles de brocart, pas uniquement pour obéir aux ordres du général et pour qu'il ait le plaisir de réchauffer la croupe de son cheval avec des oripeaux sacrés et de décorer ses pantoufles de velours avec les perles que j'ai arrachées moi-même, de mes propres mains, aux trois faisceaux de rayons entourant la tête d'un Jésus de Nazareth, mais aussi parce que j'aimais faire ça, parce que rien ne me plaisait autant que de déshabiller des vierges et d'arracher aux saintmichelarchanges leurs tuniques de soie. Cette année 67, comment je pourrais l'oublier, comment je pourrais jamais oublier la ville de Querétaro avec ses maisons et ses églises blanches que j'ai vues pour la première fois depuis le haut du Cerro del Cimatario quand je suis arrivé avec les troupes du général Escobedo pour commencer le siège. Le fusil me brûlait les mains et je me sentais comme des chatouillis dans l'index tellement j'avais envie de tirer pour tuer comme des mouches ces sales réacs de traîtres à la patrie, comme je les surnommais, pour tuer l'Usurpateur, comme je l'appelais à cette époque. Et j'ai tiré encore une fois sur lui, la dernière, sur le Cerro de las Campanas.

Très tôt dans la matinée
l'Empereur s'est réveillé,
au curé de sa confiance
il confessa ses péchés.

Puis en quittant le couvent
de tous il a pris congé,
il a dit qu'il est bon de mourir
par un jour ensoleillé.

Au Cerro de las Campanas
le cortège s'en est allé.
Le peloton était prêt
lorsqu'il y est arrivé.

Si au moins je pouvais oublier. S'il m'était possible d'oublier cette année et cette journée. Si par un miracle quelconque ma mémoire se vidait, je suis certain que ma mauvaise conscience me pousserait à tout inventer à nouveau, comme on invente une histoire ou un conte, avec tous ses détails exacts, et que je finirais moi-même par croire que tout cela est la vérité, que tout s'est passé comme ça. J'inventerais une matinée limpide et ensoleillée du mois de juin. J'inventerais qu'au moment où je me levais, quand sonnait la diane, le père Soria entendait l'Empereur en confession. Qu'à l'heure où j'allais derrière les cactus soulager mon corps, l'Empereur, vêtu de sa redingote noire, assistait à la messe avec Miramón et Mejía dans la chapelle du couvent des Teresitas. Qu'à l'heure où je déjeunais d'une tasse de café et d'une cigarette, assis sur l'affût d'un canon, l'Empereur sortait du couvent où il était resté enfermé depuis qu'on l'avait jugé comme traître à la Patrie et à la Constitution, il regardait le ciel sans un seul nuage qui laissait prévoir une grosse chaleur, et il disait : j'ai toujours voulu, moi, Maximilien, mourir par une matinée aussi belle. Des canards sauvages passaient au-dessus de nous en cancanant. Et je me persuaderais que tout cela a existé. Les trois voitures noires envoyées par la présidence de la République qui l'attendaient, ainsi que Miramón et Mejía. Le cortège qui a défilé en silence dans les rues de Querétaro, à l'heure où l'on me remettait mon arme, escorté par un bataillon d'infanterie et par un escadron de cavalerie. Le cortège qui parvenait dans les faubourgs de la ville à l'heure où je finissais d'astiquer le canon de mon fusil. La femme du général Mejía qui a couru en pleurant derrière les voitures noires, avec un tout petit bébé dans les bras. J'inventerais qu'à environ sept heures moins dix de cette matinée si dégagée et si bleue, le cortège est arrivé sur les pentes du Cerro de las Campanas et que là l'attendaient les hommes du bataillon du Nuevo León qui avaient été choisis pour l'exécution.

J'inventerais que j'étais l'un d'entre eux. J'inventerais, ensuite, une souffrance insupportable que je traînerais à travers le monde pendant des années.

La porte de sa voiture
est soudain restée bloquée,
il est sorti par la fenêtre
après l'avoir décidé.

Comme Christ sur le Calvaire
l'Empereur là est resté.
Juárez fut Ponce Pilate
et López le traître-né.

D'un côté était Mejía
et de l'autre Miramón
Com' s'il était entouré
Du bon et du mauvais larron.

Ne me visez pas au visage,
demanda-t-il au peloton
et à chacun de ses membres
d'une pièce il a fait don.

Mais alors si on me dit : Et vous, monsieur, pourquoi inventez-vous toutes ces choses ? Pourquoi tant de mensonges et de fariboles ? Qui, pensez-vous, va croire que vous avez été un des hommes choisis pour former le peloton qui a fusillé rien de moins que Ferdinand Maximilien de Hasbourg ? La porte du fiacre n'a pas pu s'ouvrir et Maximilien a dû sortir par la fenêtre. Et qu'est-ce que c'est que cette histoire de pièce d'une once en or que l'empereur Maximilien en personne vous aurait donnée il y a bien longtemps pour que vous visiez bien et ne le blessiez pas au visage ? On les a placés le dos tourné vers un mur de brique qui avait servi de retranchement aux républicains. D'où tirez-vous toutes ces sornettes et toutes ces inventions ? Maximilien a remis au père Soria sa montre en or où il conservait le portrait de Charlotte, pour qu'il l'apportât à l'Impératrice, qui était folle à Miramar. A quelle heure, quel jour, quelle année avez-vous vu trois condamnés qui s'agenouillaient devant trois prêtres pour recevoir l'absolution ? Il a remis son mouchoir à son cuisinier hongrois. Qui, croyez-vous, va avaler vos mensonges quand vous prétendez que vous, un hérétique convaincu qui aimait tellement arracher aux saints leurs auréoles de fil de fer pour s'amuser à les enfiler sur le goulot des bouteilles d'eau-de-vie, vous vous êtes brusquement retrouvé en train de prier, un beau matin du 19 juin 1867 ? A son frère l'archiduc Charles il a envoyé son chapelet. A prier pour quoi, après tant d'années d'incrédulité, depuis votre enfance, comme vous le reconnaissez vous-même, depuis le temps où vous étiez encore un saint comme votre mère et pas encore un hérétique comme votre père, avant de devenir soldat pour aller vous battre contre la religion et le clergé ? A sa mère, il a envoyé son scapulaire. A quels saints vous recommandiez-vous, à quelles vierges, puisque vous dites qu'après avoir cessé d'être accroché aux basques de votre mère vous vous êtes accroché à celles des curés, car rien ne vous plaisait autant que de soulever leurs soutanes pour les faire défiler à coups de ceinturon sur le même pas que la piétaille rouge ? Et à moi il m'a donné cette pièce d'or, avec la pièce j'ai fait une médaille, avec la médaille un ex-voto en forme de cœur. A quels apôtres adressiez-vous vos prières, à quels christs, puisque vous dites que vous avez cessé d'être accroché aux basques de votre mère pour vous accrocher à celles des vierges, car rien ne vous plaisait autant, et pas seulement pour obéir aux ordres du général, que de soulever les jupes des saintes effigies pour montrer que si elles avaient gardé leur virginité c'est parce qu'elles auraient été bien en peine de la perdre ? Et quand il m'a donné la pièce, il m'a dit : ne me vise pas au visage. Qui va croire à toutes vos histoires ? Puisque vous voulez me faire tourner en bourrique, puisque vous mettez en doute tout ce que je vous dis, depuis le ciel bleu de ce matin-là jusqu'au fusil américain à percussion, depuis le fiacre noir qui transportait l'Empereur jusqu'à l'ex-voto en forme de cœur qu'ensuite j'ai fait fondre pour couler dans de l'or cette balle que j'ai dans mon pistolet, eh bien je vous dirai que oui, que c'est d'accord, que je ne vais pas vous contredire, que je vais abonder dans votre sens et je vous dirai que c'est vrai. C'est-à-dire que c'est vrai que tout n'a été qu'un mensonge.

Puis il rentra dans le rang,
et céda la plac' d'honneur
au général Miramón
pour son courage et sa valeur.

Il découvrit sa poitrine,
partageant sa barbe en deux
et il s'adressa au peuple
en le fixant dans les yeux.

Pardonnez-moi, leur dit-il,
Comme moi je vous pardonne.
Je veux le bien du Mexique
et rien d'autre n'ambitionne.

On est venu me chercher
pour me nommer Empereur.
C'est vous qui m'avez couronné :
j'suis pas un usurpateur.

Oui, tout est mensonge: moi, messieurs, je ne suis pas moi, je vous le jure. Quand je suis né, ce n'était pas ma naissance. Ma mère n'a pas été ma mère, je vous le jure sur ma tête. Quand j'étais un saint, je n'en étais pas un. En revanche, quand j'ai cessé d'en être un, je n'ai pas cessé de l'être. Quand je violais les églises et les autels, je ne les violais pas. Quand j'ai vu que Maximilien, sur le Cerro de las Campanas, était un nouveau Christ crucifié, je ne l'ai pas vu. Quand j'ai compris que non seulement Il avait choisi l'heure, le jour et le lieu de son sacrifice, mais aussi qu'Il m'a choisi moi pour le consommer, je ne l'ai pas compris. Bien des années ont dû passer. Et alors que j'étais en prière, face à Lui, à demander, comme vous dites, à je ne sais qui, soit à ce Dieu que j'avais si souvent rejeté soit à ces vierges que j'avais tant outragées, ou peut-être à Lui-même, qui n'était séparé de moi que de quelques pas, le front levé, avec ses yeux bleus qui rendaient cette matinée plus bleue encore et sa longue barbe blonde partagée en deux pour mieux découvrir sa poitrine, à implorer, oui, tous les saints et tous les anges du paradis, à genoux dans mon cœur car mon devoir de soldat m'obligeait à rester debout et au garde-à-vous avec le fusil américain entre les mains, à supplier Maximilien, le nouveau Christ venu au Mexique pour nous racheter de nos péchés, à le supplier au nom de toutes ces statues que j'ai brisées à coups de machette pour que leurs pieds et leurs mains puissent servir de bois de chauffage pour les flambées des bivouacs, à le prier que cette balle à blanc que l'on introduit toujours dans un des fusils du peloton pour que chaque soldat puisse croire, s'il le souhaite, que ce n'est pas lui qui a tué le condamné, à lui demander que cette balle à blanc se trouvât dans mon fusil pour que je puisse grâce à elle sauver mon âme, pour que je ne porte pas pour le reste de mes jours la faute d'avoir infligé la mort au Fils de Dieu, Maximilien. Alors, dans ces moments, disais-je, je ne priais pas. Parce que je n'étais pas moi.

Prêts, a dit le capitaine
et l'Empereur a souri:
ne répandez plus de sang,
au nom de Dieu, je vous en prie.

En joue, dit le capitaine
et l'Empereur demanda:
je veux être le dernier
qui pour la Patrie mourra.

Il parla d'une voix rauque,
Vive le Mexique, il cria.
Feu! commanda le capitaine
et le peloton tira.

Alors, qui était en prière? Qui récitait Notre Père qui êtes aux cieux? Mexicains, s'est exclamé l'Empereur. Que ton nom soit sanctifié? Je veux que vous sachiez tous. Que son royaume arrive? Que les hommes qui possèdent un droit divin à gouverner. Notre Père qui êtes au Mexique? Sont nés pour faire le bien des peuples. Seigneur que ta volonté soit faite? Ou pour devenir des martyrs. Sur la terre comme au ciel? Et je veux être le dernier. La balle, Seigneur, tu me donneras la balle? Dont on versera le sang. Que ton nom soit sanctifié? Dans la Patrie. Me donneras-tu, Seigneur, la balle à blanc pour blanchir mon âme? Comme sur le Cerro. M'entends-tu, Seigneur? Et je veux que vous sachiez tous. Notre pain quotidien? La balle à blanc, Seigneur. Que je vous accorde mon pardon? Accorde-le-nous, Seigneur. Et que pour cela je vous demande? Et pardonne-nous nos péchés. Prêts, dit le capitaine? Je demande aux Mexicains. Au nom de Dieu le Père? De tous me pardonner. Au nom du Fils? Comme nous pardonnons nous-mêmes à nos ennemis. Ai-je vraiment entendu le capitaine? Ai-je vraiment entendu le premier coup de cloche de sept heures du matin? Si je suis venu au Mexique, dit l'Empereur. Au nom du Saint-Esprit? C'est pour le bien du pays. Ai-je vraiment entendu le second coup de cloche, la voix du capitaine qui disait en joue? Et je prends Dieu à témoin. Le troisième? Que je ne suis pas venu, messieurs. Et ne nous laisse pas succomber à la tentation? Par ambition personnelle. Mais délivre-nous, Seigneur? Mais délivre-moi, Seigneur, d'avoir à te donner la mort. Qui était en train de prier de la sorte? Donne-moi la balle à blanc. Qui a dit alors Mexicains Vive le Mexique? Qui a entendu la voix du capitaine qui disait Feu? Mais délivre-nous de quoi: de tout mal, Amen? Qui a entendu en même temps la décharge et le septième coup de cloche de sept heures du matin qui ont rebondi de montagne en montagne, du Cerro de las Campanas à la pointe du Cimatario, des pentes du Cerro de la Cañada au sommet du Cerro de San Gregorio? Et qui, surtout, s'est tenu bien tranquille, comme si de rien n'était, tout en tenant fermement son fusil américain, en visant soigneusement et calmement, en tirant au cri de feu! avec autant de calme que quand il communiait, à l'époque où il était un saint, accroché aux jupes de sa mère, tout aussi en paix avec lui-même que quand, à l'époque où il n'était qu'un hérétique, il jetait son lasso sur les vierges des églises, pour les traîner, les suspendre et les soumettre ainsi au miracle de rester à flotter corps et âme entre la terre et le ciel, pendues à un arbre? Eh bien, messieurs, qui d'autre pouvais-je être? A qui d'autre si ce n'est à moi, pécheur repenti de tous ses péchés, le Seigneur a-t-il octroyé le privilège d'une grande révélation, ce matin du 19 juin 1867 dont je me souviens si bien, quand il lui a plu de montrer, à mes yeux et seulement à mes yeux, que le Christ crucifié et Maximilien étaient deux personnes en une? A qui d'autre aurait-il pu donner la balle à blanc pour lui permettre de sauver son âme? A moi, messieurs. C'est du moins ce que je croyais à l'époque, alors que l'Empereur et les généraux Mejía et Miramón s'écroulaient sur le sol du Cerro de las Campanas.

Quand retentit la décharge,
l'Empereur d'un bloc est tombé,
mais allongé sur le sol,
une de ses mains a tremblé.

Il était encore vivant,
le capitaine l'a noté.
Il lui a montré le cœur
de la pointe de l'épée.

Un soldat prit son fusil,
et sur l'Empereur tira.
Mais il le fit à bout portant
et le manteau s'enflamma.

Oui la balle à blanc a été pour moi, *non* la balle à blanc n'a pas été pour moi : vous pouvez croire ce que vous voudrez, en fin de compte je m'en moque. Par exemple que Maximilien n'est jamais venu au Mexique et qu'il est resté dans son château de Miramar, lui à écrire des vers et Charlotte à jouer de la harpe. Que Maximilien est vraiment venu, à bord de la *Novara*. Vous pouvez croire certaines choses et pas certaines autres. Que Maximilien n'a jamais régné sur le Mexique. Que Maximilien, depuis le château de Chapultepec, dictait des décrets et faisait construire des musées. Ou vous pouvez croire, si vous voulez, qu'une moitié des choses que je raconte n'est que mensonges, et que l'autre moitié est vraie. Mais vérifiez vous-mêmes ce qui est vrai et ce qui est faux. La ville de Querétaro n'a jamais été assiégée. Quand Querétaro est tombée, l'Empereur a été arrêté. Maximilien n'a jamais été jugé. Les juges ont condamné Maximilien à mort. Maximilien n'a jamais été fusillé sur le Cerro de las Campanas. Quand Maximilien est arrivé sur le Cerro de las Campanas, les hommes du peloton l'attendaient. Maximilien est arrivé seul. Miramón et Mejía accompagnaient l'Empereur. Maximilien ne m'a jamais donné une pièce d'or pour que je ne le vise pas au visage. La pièce m'a brûlé les mains, et quand je m'en suis fait une médaille et que je me la suis accrochée autour du cou, elle m'a brûlé la poitrine. Le capitaine n'a pas dit prêts. J'ai préparé mon fusil américain. Le capitaine n'a pas dit en joue. J'ai mis en joue. Le capitaine n'a pas dit feu. J'ai tiré. Maximilien ne s'est pas effondré. Maximilien est tombé par terre. Maximilien n'était pas le Christ. Maximilien était le Fils du Seigneur. Le capitaine ne m'a pas ordonné, d'un mouvement de tête, de sortir du rang. Je me suis avancé de quelques pas. Le capitaine ne m'a pas indiqué le cœur de l'Empereur avec la pointe de son épée. J'ai presque plaqué le canon de mon fusil contre la poitrine de Maximilien, qui gisait là, allongé et baignant dans son sang, une de ses mains tremblait et il avait sur le visage un rictus de douleur et de colère, ses yeux étaient mi-clos. Le capitaine ne m'a pas donné l'ordre de tirer. J'ai pressé la détente. Le coup n'est pas parti et la redingote de l'Empereur a été la proie des flammes. Le coup ne l'a pas tué parce que Maximilien était mort. Le coup l'a achevé, parce que Maximilien était vivant.

Ensuite on l'a ramassé
pour le porter au cimetière
dans une caisse en sapin
payée par le président.

Mais comme il était très grand
et qu'on a mal calculé,
par l'un des bouts du cercueil
ses deux pieds ont dépassé.

Avant de l'ensevelir
et d'le ramener chez lui,
l'président l'a conservé
dans un' cuv' d'alcool remplie.

On a ouvert sa poitrine,
on a découpé son cœur,
on a vendu au détail
les morceaux aux acheteurs.

Ses yeux étaient d'un bleu pur,
une couleur inconnue,
le docteur lui a donc mis
les yeux noirs d'une statue.

J'inventerais que dès que son cuisinier a éteint les flammes de ses vêtements et que les médecins ont certifié qu'il était mort, on l'a enveloppé dans un drap qui avait l'air d'être de la toile de sac et on l'a mis dans une vulgaire bière en sapin, qui avait coûté vingt réaux. Et que comme l'Empereur était très grand et qu'on n'avait pas donné les mesures au menuisier, les pieds de l'Empereur dépassaient de la bière. J'inventerais qu'on a emporté la bière jusqu'à la chapelle du couvent des Capucins et ensuite chez le docteur Rivadeneira, pour qu'il l'embaumât, et que le docteur Licea lui a d'abord fait un masque mortuaire avec du plâtre de Paris et ensuite lui a coupé la barbe et les cheveux, pour les vendre. Que le colonel Palacios a couronné l'Empereur avec ses propres intestins et qu'il a dit : « Tu aimais porter des couronnes, n'est-ce pas ? Eh bien voilà ta couronne. » Qu'un autre officier s'est exclamé : « Pourquoi toutes ces chamailleries ? Qu'importe un chien de plus ou un chien de moins ? » Qu'on a embaumé l'Empereur comme on le faisait pour les momies d'Égypte. Que la balle du coup de grâce, bien qu'elle l'eût tué et qu'elle fût restée fichée dans la colonne vertébrale, n'avait pas touché le cœur, que les médecins avaient découpé en petits morceaux pour les mettre dans des flacons d'alcool et les vendre. Que le docteur Licea a envoyé un de ces morceaux au prince Salm Salm. Qu'on a déversé le foie et les intestins dans un seau et qu'ensuite on les a jetés à l'égout. Que comme à Querétaro on n'a pas trouvé d'yeux de verre de couleur bleue, on a arraché les yeux de la sainte Ursule de l'hôpital et on les a mis à l'Empereur. Qu'ensuite on l'a placé dans un triple cercueil, en bois de rose, en zinc et en cèdre ouvragé, qu'on a transporté dans la capitale et là le corps a commencé à se décomposer parce qu'il avait été mal embaumé, la peau s'est mise à noircir et les rares cheveux qui lui restaient sont tombés. Qu'alors on l'a déshabillé et pendu par les pieds pour laisser s'écouler les humeurs troubles, et qu'après qu'on lui eut fait de nouvelles injections et qu'on l'eut étendu, tout de noir vêtu, sur une table recouverte de coussins de velours noir, le président Juárez lui a rendu visite et, après un moment de silence, il s'est contenté de dire que l'Empereur était très grand. J'inventerais tout cela si j'avais assez d'imagination et assez d'audace. Je l'inventerais pour en faire un mensonge, pour qu'on ne me croie pas, pour qu'on me dise mais comment pouvez-vous imaginer toutes ces galéjades, d'où tirez-vous tous ces canulars, ces choses-là n'arrivent, quand elles arrivent, que dans les romans et les contes.

Maintenant qu'il est au ciel
à la droit' du Créateur,
ses blessures ont guéri,
il est à nouveau Emp'reur.

Charlotte est dans son château
folle et pleine de rancœur.
Le jug' qui l'a condamné,
on l'a tué pour son malheur.

López est mort de colère
et de sa bil' Napoléon.
Juárez est mort de vieillesse
près de la Constitution.

Márquez est mort comme un pauvre
et Bazain' dans l'déshonneur,
moi, messieurs, je suis resté
à ruminer ma douleur,

car ce satané coup de grâce
qui a tué l'Empereur,
c'est moi qui, cent fois hélas,
l'ai tiré pour mon malheur.

Et sur ce, je vous quitte. Je vous laisse en partage, messieurs, la vérité et le mensonge. Je vous laisse également, pour que vous en fassiez ce que vous voudrez, les guenilles de l'Empereur et la couronne d'épines qu'il a portée de son vivant. Je vous laisse le fiacre dont la porte s'est coincée. Mon fusil américain à percussion. La montre avec le portrait de Charlotte. Le mur de brique. Les coups de cloche indiquant sept heures du matin. Le détachement de cavalerie et le bataillon d'infanterie qui ont accompagné le cortège. Je vous laisse la ville de Querétaro avec ses maisons et ses églises blanches. Les yeux de verre noir de sainte Ursule. Le christ en argent que l'Empereur avait dans sa cellule. La cigarette que j'ai fumée ce matin. Le discours de l'Empereur. Les hosties que je volais pour qu'elles nous servent de fiches pour jouer aux cartes. La diane. Le chapelet que l'Empereur a envoyé à son frère l'archiduc Charles. Je vous laisse la balle à blanc qui n'a pas sauvé mon âme, le paradis que j'ai entrevu quand j'ai eu ma révélation, l'enfer où j'ai vécu depuis lors, quand j'ai su qu'Il m'avait choisi pour consommer le sacrifice, en châtiment de tous mes péchés, de mes sacrilèges et de mes hérésies. Je vous laisse une matinée bleue et ensoleillée. Le verre de vin et la cuisse de poulet dont l'Empereur a déjeuné ce matin-là. Je vous laisse Charlotte, la folle. Les assassins du colonel Platón Sánchez, le juge qui a condamné Maximilien. Le chien enragé qui a mordu Miguel López, le traître. Je vous laisse le bâton de maréchal de Bazaine. Je vous laisse Benito Juárez et sa Constitution. Je vous laisse la cicatrice de Márquez. Je vous laisse tout, pour que vous en fassiez ce que vous voudrez : une histoire, un conte, la chronique d'un 19 juin 1867, un roman, tout cela revient au même : une chanson, une ballade. Je vous le laisse pour que vous choisissiez, selon votre bon plaisir, ce qui est certain et ce qui ne l'est pas, pour que vous l'ordonniez comme vous en avez envie, pour que vous racontiez, si vous voulez, que l'Empereur a dû bondir, non pas de la voiture mais de sa bière en cèdre sculpté. Que Maximilien a envoyé sa montre à Charlotte, non pas avec un portrait de l'Impératrice mais avec un morceau de son cœur. Qu'en recevant l'ordre de faire feu, le peloton a levé ses fusils et a tiré sur le vol de canards sauvages qui traversaient en cancanant le ciel de ce matin clair et ensoleillé. Tout m'est égal, car il me suffit, et plus qu'assez, de savoir, moi seul, la vérité. La seule chose que je ne vous laisse pas c'est la balle que j'ai coulée dans l'or de l'ex-voto en forme de cœur que j'ai fait avec la médaille que j'ai faite avec la pièce que m'a donnée, ne m'a pas donnée, m'a vraiment donnée Maximilien par cette matinée de juin sur le Cerro de las Campanas, pour que je ne le vise pas au visage.

Et maintenant je m'efface,
par les feuilles d'un citron,
avec un autre coup de grâce :
celui-là je le mérite.
Et maintenant je m'efface
par la gueule d'un canon,

je vous laiss' cette ballade
d'un Emp'reur qui a souffert
et de la profond' souffrance
de l'homme qui l'a tué.

FIN

3. *Les yeux noirs de sainte Ursule*

Les yeux noirs de sainte Ursule ou en d'autres termes les yeux en pâte de verre qui furent arrachés à une statue de taille normale représentant sainte Ursule et placée dans l'hôpital de Querétaro pour être placés dans les orbites vides du cadavre fraîchement embaumé de Ferdinand Maximilien font partie de cet amoncellement d'anecdotes et d'événements, grotesques pour certains, incroyables pour d'autres, truculents pour la plupart, qui ont conféré une grandeur encore plus mélodramatique à la tragédie de Querétaro.

Sur la véracité de certains de ces événements il ne semble planer aucun doute : il était normal, quand on embaumait un cadavre, de remplacer ses yeux par des yeux artificiels de la même couleur. Il est tout à fait possible, par ailleurs, que dans une petite ville comme Querétaro, on n'ait point trouvé, ne parlons pas d'yeux bleus — ce qui aurait été beaucoup demander —, mais même des yeux en pâte de verre pour remplacer les yeux de l'Archiduc, de même que l'idée d'arracher ceux d'une statue est du domaine du vraisemblable. Les photographies du cadavre déjà embaumé de Maximilien le montrent avec d'énormes yeux noirs exorbités : les yeux de sainte Ursule.

Il semble être également hors de doute que le menuisier qui a fabriqué les trois bières transportées sur le Cerro de las Campanas — des bières en sapin, qui ont coûté vingt réaux chacune — n'a pas été prévenu que Maximilien mesurait un mètre quatre-vingt-cinq et que par là même, effectivement, les pieds de l'Empereur dépassaient à une extrémité de la bière. D'après certains auteurs, celle-ci était peinte en noir avec une croix sur le couvercle. Montgomery Hyde, qui a vu la bière au musée de Querétaro bien des années plus tard — son livre paraît en 1946 —, affirme qu'on y voyait encore des traces de sang.

Si les yeux du cadavre n'ont pas été bleus, par contre le ciel, lui, était d'un azur clair et limpide comme le regard de l'Empereur, le matin où il a quitté le couvent des Teresitas pour se rendre sur le lieu de l'exécution. Ce qui a exaucé un de ses vœux, car il avait toujours déclaré qu'il aimerait mourir par une aussi belle journée que celle-là. Il est également vrai que dans l'un des mauvais vers qu'il avait écrits quand il était un jeune amiral entiché de sargasses et d'astrolabes, passionné par les lucioles géantes de Bahia et par les lauriers-roses qui fleurissaient sur les côtes de l'écumeux golfe de Lépante — tel qu'il le décrit dans ses Mémoires —, il avait exprimé un autre souhait qui s'est lui aussi accompli : celui de mourir sur une colline ensoleillée.

Par ailleurs, on a un peu plus de difficulté à croire, comme le racontent plusieurs historiens, qu'en arrivant sur les lieux de l'exécution Maximilien ait dû sauter par la fenêtre de la voiture pour en descendre, étant donné que si une porte était coincée il pouvait sortir par l'autre.

Cependant, le père Soria nous dit dans ses Mémoires qu'une fois arrivé sur la colline, Maximilien a essayé d'ouvrir « la portière » et que, comme il n'a pas pu le faire rapidement, il est sorti de la voiture sans l'ouvrir, « ce qui m'a étonné parce qu'il était très grand et il grimpait si vite la pente de la colline qu'on ne pouvait pas le rejoindre ». D'après quelques historiens, Maximilien portait ce matin-là un chapeau de feutre blanc. Mais Soria affirme que le chapeau que Maximilien a jeté sur le siège de la voiture avant de descendre en disant : « Bah, maintenant il ne sert plus à rien ! » était « de couleur violet foncé, en peluche et de forme aplatie ». Il est également vrai que Soria — qu'on décrit comme un Indien otomi, petit, brun et timide, d'un caractère doux — a été à deux doigts de s'évanouir sur les lieux de l'exécution et que Maximilien lui-même a sorti d'une poche de sa redingote un petit flacon d'argent contenant des sels anglais, qu'il a fait respirer au prêtre, lequel, dans ses Mémoires, décrit comme étant de l'« alcali » le contenu du flacon, et il ajoute que l'Empereur le lui a remis ensuite, avec le crucifix et le chapelet destinés à l'archiduchesse Sophie. Le père Soria, qui a été malade de l'estomac plusieurs jours après l'exécution, dit que plus tard un Allemand a voulu lui acheter le crucifix pour cinq cents pesos, mais qu'il a refusé de le vendre.

Il est également avéré que l'Empereur a cédé la place d'honneur, celle du centre, au général Miramón, et qu'il a donné à chaque soldat du peloton une once d'or, équivalant à l'époque à environ vingt-quatre francs, en demandant de ne pas lui tirer au visage. Chacune de ces pièces était un « Maximilien » d'or, avec le buste de l'Empereur. Ensuite, pour consoler le général Mejía, il lui a assuré que celui qui n'était pas récompensé sur terre recevait toujours son juste prix au ciel. Mejía, semble-t-il, était le plus pâle des trois et l'on attribue son angoisse au fait qu'il était père d'un enfant nouveau-né. Mais quelque temps auparavant Mejía avait fourni la preuve qu'il n'avait pas perdu le sens de l'humour : quand Maximilien, à l'intérieur du couvent, a entendu une trompette et qu'il lui a demandé si c'était le signal du départ vers l'échafaud, « El Negrito » a répondu : « Je ne sais pas, Majesté, c'est la première fois qu'on m'exécute. » La femme de Mejía, avec son bébé dans les bras, a suivi la voiture depuis Querétaro jusqu'à la colline. A la suite du cortège on trouvait également Tüdös, le cuisinier hongrois, qui selon Harding pleurait et criait dans sa langue natale, le magyar : « Boldog Istenem ! » — Dieu du Ciel — et Maximilien, en arrivant sur la colline et en se rappelant que quand il était prisonnier Tüdös lui répétait : « Il n'oseront jamais attenter contre la vie de Votre Majesté », lui dit : « Tu crois, maintenant, qu'ils vont me fusiller, Tüdös ? » C'est aussi le fidèle cuisinier qui s'est élancé pour étouffer les flammes montant du gilet — ou en tout cas de la redingote — de Maximilien, qui avait pris feu après le coup de grâce. Si Tüdös n'était pas intervenu, le corps de l'Empereur serait devenu un brasier.

A cette époque, comme à beaucoup d'autres, il n'était pas rare qu'on comparât un martyre avec l'épisode du Calvaire. Si celui qui était peut-être le père de Maximilien, le duc de Reichstadt, et qui est mort dans son lit, a été décrit par Catulle Mendès comme « le petit Jésus des Tuileries qui s'est changé en Christ de Schönbrunn », on peut aisément comprendre les répercussions qu'a eues dans l'imagination populaire l'exécution du prince européen devant le portrait duquel les Indiens mexicains avaient l'habitude de se signer. Le général Mejía a contribué à cette interprétation, puisque au moment de l'exécution il a dit à l'Empereur qu'il ne souhaitait pas être à sa gauche, car c'était le mauvais larron qui s'était trouvé à la gauche du Sauveur sur le Golgotha. L'Empereur a souri, a traité le général Mejía de « petit idiot » et il lui a dit que ce serait lui qui se placerait à la gauche du général Miramón puisqu'il était en l'occurrence le plus grand pécheur des trois. Charlotte elle-même, dans un de ses rares moments de lucidité, écrivait en janvier 1868 à la comtesse d'Hulst, après avoir appris la mort de Maximilien : « En vérité, il m'est difficile d'imaginer une fin plus noble et plus chrétienne. On pourrait la comparer au sacrifice offert sur le Calvaire. » Certes, la mort de Maximilien à Querétaro a été fort chrétienne et indubitablement d'une grande dignité, non seulement en raison de son incroyable sang-froid et de son extraordinaire état d'esprit qui ne s'est relâché à aucun moment, mais aussi en raison de ses dernières paroles qui, bien que naïves et même banales, ont contribué à ennoblir ses derniers instants. En effet, l'Empereur a prononcé un bref discours quelques secondes avant la salve, et la plupart des chroniqueurs et des historiens coïncident au moins sur la partie finale de l'allocution : « Je vais mourir pour une cause juste : la cause de l'Indépendance et de la Liberté du Mexique. Plaise au Ciel que mon sang mette un terme aux malheurs de ma nouvelle Patrie. Vive le Mexique ! » On dit que Mejía a murmuré quelques mots et que Miramón a demandé à ne pas être considéré comme un traître. Cependant, Maximilien a dit un peu plus que « Vive le Mexique ! » avant de mourir, étant donné que les témoins oculaires du drame, sur la colline, affirment qu'après la décharge, et alors qu'il gisait sur le sol, l'Empereur a dit en espagnol : « *Hombre ! hombre !* », tandis que de l'une de ses mains crispées il arrachait lui-même un bouton de sa redingote. Évidemment ce n'est pas de cette redingote-là, qu'on décrit comme une casaque bleue à boutons dorés, dont on a revêtu le cadavre embaumé. La tenue a été complétée par un pantalon noir, des bottes militaires et des gants de chevreau, noirs eux aussi.

Il est vrai également que Maximilien a refusé d'avoir les yeux bandés et qu'avant la décharge il a écarté sa barbe de ses deux mains, vers les côtés, pour indiquer son cœur, bien que ce geste, comme le souligne le romancier Juan A. Mateos, ait peut-être eu pour but d'éviter que la barbe ne prît feu. Dans ses *Souvenirs du Mexique*, le docteur Samuel Basch indique que le général Díaz de León avait déjà donné l'ordre de ne pas viser l'Empereur à la tête mais uniquement à la poitrine, et que les soldats ont fait feu à une distance très rapprochée, de telle façon, dit Basch, qu'au cours de l'autopsie on n'a trouvé aucune des six balles qui ont traversé le corps. « Les trois blessures de sa poitrine », continue Basch que nous citons littéralement, d'après la traduction originale de Peredo de 1870, « étaient mortelles par essence : la première balle a traversé le cœur de droite à gauche, la seconde, en traversant le ventricule, a lésé la veine cave, la troisième, enfin, a traversé le poumon droit. La nature de ces trois blessures porte donc à croire que le combat de l'Empereur avec la mort a été très bref et que ces mouvements de la main, qu'une imagination cruelle a interprétés comme l'ordre de recommencer le tir, n'ont été que des mouvements purement convulsifs... » Cependant, les médecins mexicains ont dit avoir trouvé une balle incrustée dans l'épine dorsale de Maximilien et Félix Salm Salm, dans ses Mémoires, pense que c'est peut-être celle qu'on lui a tirée dans le cœur alors qu'il était déjà sur le sol. Par ailleurs, il faut rappeler que Basch n'a pas assisté à l'exécution et qu'il ne pouvait pas affirmer avec certitude si Maximilien avait demandé ou non un coup de grâce. Bertha Harding dit qu'une balle avait effleuré et endommagé un sourcil et la tempe de l'Empereur, mais on n'en trouve aucune confirmation sur le masque mortuaire que le docteur Basch a exécuté avec du plâtre de Paris.

En réalité, rares ont été les témoins directs de la tragédie du Cerro de las Campanas, puisqu'on a empêché le peuple d'assister à l'exécution. Le fameux tableau de Manet qui illustre le passage par les armes n'est qu'une allégorie : le mur, derrière les condamnés, par-dessus lequel se penchent les têtes des gens, n'a pas existé, Maximilien ne portait pas de chapeau, il n'était pas au centre, et les soldats n'étaient pas aussi fermes sur leurs pieds ni aussi bien alignés que les a imaginés le peintre français ou que Maximilien lui-même l'aurait souhaité : les huit hommes, y compris l'officier qui a donné les ordres, avaient tous des couleurs, des allures et des tailles différentes. A part le tableau de Manet, on a vu proliférer, au Salon de 1868 à Paris, les peintures les plus absurdes sur l'exécution de Maximilien, dans la mesure où les artistes ont donné libre cours à leur imagination. Toute cette iconographie s'est ajoutée aux tableaux et aux toiles mieux documentés sur l'intervention et l'Empire, signés par des artistes comme Jean-Adolphe Beaucé, Félix Philippoteaux, Charles Dominique Lahalle et beaucoup d'autres, qui à leur tour ont complété les documents sur la guerre des Gâteaux de 1838 et la prise de San Juan de Ulúa, ainsi que le matériel photographique. De plus, tous les Européens ou les Américains — du moins, la plupart d'entre eux — qui sont à l'époque passés par le Mexique ont publié leurs Mémoires. Pas uniquement ceux qui ont déjà été cités comme Basch, Hans, le ménage Salm Salm et Van der Smissen, mais aussi Frederick Hall, un avocat américain arrivé à Querétaro après la chute de Maximilien, Sarah York Stevenson, une Américaine qui a vécu dans la capitale pendant l'Empire, et la comtesse de Kollonitz qui a accompagné Charlotte au Mexique. A cela s'ajoute l'œuvre de du Barail, Gaulot, Blanchot, Niox, Détroyat et beaucoup d'autres : la bibliographie sur l'aventure de Maximilien et de Charlotte au Mexique et sur l'intervention française est infinie. De son côté, l'empereur François-Joseph a ordonné d'achever le plus vite possible l'édition des Mémoires — ainsi que des aphorismes — de son frère, qui ont été très rapidement traduits dans d'autres langues et publiés. Cependant, les Mémoires de Maximilien furent interrompus avant son voyage au Mexique et jamais repris. Leur lecture révèle un esprit raffiné et cultivé, avec un sens aigu de l'observation, mais aussi les robustes préjugés raciaux de l'Archiduc et en particulier le mépris profond qu'il ressentait à l'encontre des Nègres.

On découvre en outre dans ces Mémoires le mélange de fascination et de répulsion qu'éprouvait Maximilien devant les opérations en rapport avec l'embaumement des cadavres. Ainsi, à Santa Ursula de Tenerife — déjà sainte Ursule ! —, quand on lui montre les momies de quatre rois canariens enveloppées dans des peaux de chèvre, Maximilien se rappelle, en frissonnant, les horribles silhouettes des *Frati secchi* de Parme et il fait allusion à la substance utilisée pour les embaumer : une combinaison d'eau salée et de sang de dragon. Il raconte ensuite comment on embaumait les morts aux Canaries : on les lavait plusieurs fois avec des herbes aromatiques, on les ouvrait avec des couteaux faits avec une sorte d'obsidienne et, après en avoir extrait les viscères, on les remplissait d'herbes et de sciure et on les laissait sécher au soleil. Cette morbidité a pris des allures de courage — ou d'extravagance — chez Maximilien, quand, nous dit-on, il a décidé lui-même de dicter les démarches à suivre pour embaumer son corps et qu'il a abordé les détails de cette opération avec le général Escobedo. A ce propos, quelqu'un a remarqué que Maximilien avait agi de la même façon qu'une de ses illustres devancières, l'impératrice Marie-Thérèse, qui a pris plaisir pendant ses derniers instants à dresser les plans d'un magnifique sépulcre rococo. Et il est intéressant de rappeler qu'un autre des prédécesseurs de Maximilien, le fameux empereur Charles Quint d'Allemagne et Ier d'Espagne, une fois retiré dans le monastère des Hiéronymites de Yuste, avait l'habitude de contempler le cercueil destiné à contenir, tôt ou tard, ses restes mortels.

Bertha Harding dit que, comme ils n'avaient pas trouvé de naphtaline à Querétaro, les médecins ont décidé d'injecter au cadavre du chlorure de zinc, bien qu'un des docteurs européens qui se trouvaient dans la ville ait dit qu'en raison des perforations causées par les balles dans les régions thoracique et abdominale, il n'avait pas été possible d'embaumer le corps de Maximilien au moyen d'injections. En remplacement, on a utilisé la méthode égyptienne, indique Masseras, qui nous donne le plus de détails sur ce procédé, bien qu'on puisse supposer que l'Empereur lui-même le connaissait et l'aurait approuvé. Au cours de l'embaumement les épisodes grotesques et truculents se sont, semble-t-il, multipliés. Maximilien fut sur-le-champ tondu en quelques minutes, et les mèches et les boucles de cheveux d'or furent vendues comme *souvenirs**. Le responsable fut le docteur Licea, qui s'est lui-même acharné aux ciseaux sur l'Archiduc, mais indubitablement après avoir exécuté son masque mortuaire, qui apparaît avec la totalité de la barbe, comme on peut le voir au *Maximilian von Mexico Museum* de Hardegg. On nous dit que, quand Licea a pris son scalpel et effectué la première coupure sur la peau de Maximilien, il s'est exclamé : « Quel plaisir de se laver les mains dans le sang d'un Empereur ! » Certains auteurs affirment que de son côté le colonel Palacios a montré le cadavre et a dit : « Voici l'œuvre de la France. » Plus tard on a mis à l'Archiduc une barbe postiche. Il est intéressant de rappeler que cette sorte de vandalisme — pour ce qui est des cheveux et de la barbe de Maximilien — a de nombreux antécédents dans l'histoire. E. M. Oddie, dans sa biographie du duc de Reichstadt, dit que quelques minutes après sa mort, le pauvre roi de Rome était totalement tondu et les mèches de ses cheveux, blonds eux aussi, réparties dans des reliquaires. Il semble que le cœur de Maximilien ait connu un destin encore plus sinistre, ce cœur qui, d'après ses souhaits exprimés alors qu'il pensait que Charlotte était morte, devait être enterré dans le même tombeau que celui de l'impératrice du Mexique, et dont on suppose qu'après avoir été abandonné toute une journée sur un banc de la chapelle, selon Hyde, il a été découpé en morceaux et ceux-ci placés dans des petits flacons remplis d'alcool ou de formol pour être vendus à leur tour. Le prince Salm Salm, par exemple, affirme que le docteur Licea lui a envoyé un flacon avec un de ces morceaux et une des balles qui avaient traversé le corps de Maximilien. De son côté, sa femme Inés nous dit dans son *Journal* que le docteur Licea, un homme à « l'aspect répugnant », s'est présenté en personne pour la voir après l'exécution et pour s'offrir à lui vendre « les vêtements de l'Empereur et autres reliques », et qu'en cadeau il lui avait donné « une partie de la barbe de Sa Majesté et la ceinture de soie écarlate imprégnée de son sang ». Licea voulait trente mille pesos pour ces *souvenirs* * et la princesse lui demanda s'il avait en sa possession le masque mortuaire de l'Archiduc, ce à quoi Licea répondit que oui, mais qu'il avait déjà reçu une offre de quinze mille pesos pour cette pièce. La princesse se rendit quelques jours plus tard chez le docteur Licea en compagnie d'un témoin, le colonel Gagern, et le médecin lui montra le masque. Inés Salm Salm a alors consulté l'amiral Tegetthoff, qui lui a dit qu'il faudrait acquérir ces objets et les brûler, car « ils ne constitueraient pas un cadeau décent pour la mère affligée » — c'est-à-dire pour la mère de Maximilien.

Inés Salm Salm nous rapporte que dans la foulée elle a rendu visite à Juárez et qu'elle a dénoncé Licea. Juárez fut indigné et, par la suite, Licea fut traduit devant un tribunal et condamné à deux ans de prison.

On n'a jamais su ce qu'il était advenu des yeux bleus, des yeux véritables de Maximilien, mais pour ce qui est de ses viscères, entre autres de ses intestins et de son estomac contenant le vin, le poulet — ou la viande — et le pain à demi digérés, ils ont fini, d'après Montgomery Hyde, dans l'égout, mélangés à du tanin et à du fiel.

Sa sempiternelle malchance a poursuivi Maximilien par-delà la mort: pour une raison quelconque, l'embaumement n'a pas fonctionné et quand le corps a été transféré de Querétaro à la capitale pour être déposé dans la chapelle de l'hôpital San Andrés, des signes de décomposition sont apparus, dont les plus évidents étaient la mauvaise odeur et le noircissement de la peau. Le gouvernement de la République a ordonné un nouvel embaumement. Il a alors été nécessaire de drainer les liquides et les baumes que contenait le corps, qu'on a dévêtu et baigné dans une solution d'arsenic; on a pratiqué de nouvelles incisions dans les veines et les artères appropriées, on lui a attaché les bras le long du corps et on l'a pendu par les pieds à la chaîne d'une lampe qui descendait du centre même de la coupole de la chapelle San Andrés. Le corps noirci et nauséabond de ce prince que quelqu'un a qualifié de « joli jouet des cours européennes » est ainsi resté pendant sept jours, pendu la tête en bas, comme une apparition. Sept jours et sept nuits, baigné par la lumière des torches ou par les rayons du soleil qui tombaient du haut des fenêtres de la chapelle pour le nimber d'une auréole lumineuse où dansait la poussière. Sous le corps on a placé un récipient pour y recueillir les liquides qui s'écoulaient du corps. Mais, semble-t-il, si l'on tient compte des taches observées sur les dalles du sol par quelques visiteurs, le réceptacle était trop petit. Le nouveau cercueil, un coffre en bois de grenadille avec une croix gravée en bas-relief sur le couvercle et recouvert à l'intérieur de bois de cèdre, a remplacé le premier cercueil dans lequel on a transporté Maximilien de Querétaro à Mexico et qui se composait d'une caisse de bois tapissée de zinc à l'intérieur, avec du velours noir à l'extérieur et deux couvercles: celui de l'intérieur formé par trois vitres unies entre elles et — d'après ce qu'en dit Basch — « avec un *M* doré sur celle du milieu ». Les carmélites ont fourni, pour soutenir la tête de l'Empereur, un coussin de velours noirs avec un liséré et des glands dorés, et un groupe de dames pieuses un manteau, également de velours noir, avec des broderies de fil d'or.

Cependant, d'autres sources laissent penser que malgré tout, le corps de Maximilien est effectivement parvenu à Vienne, avec ses viscères sinon intacts, du moins complets. En 1886, le gouvernement mexicain a imprimé un petit livre intitulé *Juárez et César Cantu*, où l'on réfutait certaines des « accusations préférées » de l'historien italien contre Benito Juárez. Dans ce livre apparaît un rapport, daté du 11 novembre 1867 et adressé aux ministres des Affaires étrangères et de l'Intérieur du Mexique, par les docteurs Rafael Montaño, Ignacio Alvarado et Agustín Andrade, chargés du second embaumement de l'Archiduc. Dans ce rapport, les médecins disent avoir placé le corps sur une table de dissection Gaudl transportée dans la chapelle San Andrés et y avoir effectué les opérations nécessaires à l'obtention d'une préservation prolongée. Ils ajoutent que les viscères furent découverts dans deux boîtes de plomb, dont on les sortit pour les plonger dans un liquide destiné à les conserver tandis que l'embaumement se poursuivait. Le rapport n'indique pas dans quel état se trouvaient les viscères en arrivant à Mexico, mais, par contre, il précise que les médecins ont décidé de les replacer dans leurs cavités naturelles, « remplis de charpie imprégnée de la poudre recommandée par Souberain » ; ensuite, par un orificie pratiqué dans le crâne de l'Archiduc, ils ont introduit les morceaux, de taille diverse, selon lesquels le cerveau avait été découpé, ainsi que le cervelet, la protubérance annulaire et une section de la moelle oblongue. De la même façon, les médecins ont replacé dans l'abdomen et dans le thorax le cœur, les poumons, l'œsophage, l'aorte thoracique, le foie, l'estomac, les intestins, la rate et les reins. Ensuite on a bandé le corps avec de la toile fine vernissée et recouverte d'une couche de gutta-percha, et on a procédé à son habillement avec des vêtements — dit le rapport — « fournis par Mr. Davidson », à l'exception de deux sous-vêtements qu'il a fallu acheter, étant donné qu'ils ne figuraient pas dans la garde-robe qui était en possession du dénommé *Mr.* Davidson. Les médecins disent avoir brûlé dans le cimetière de Santa Paula tous les objets utilisés pour le réembaumement, ainsi que les cercueils, les bandes et les vêtements en provenance de Querétaro, et ils soulignent que toutes les opérations se sont déroulées en présence de l'inspecteur de police — auquel on a remis officiellement le cadavre dans son nouveau cercueil — et d'autres fonctionnaires du gouvernement. Certes, le docteur Basch fait allusion dans ses *Souvenirs du Mexique* à une autre partie des vêtements de Maximilien — peut-être ceux qu'il portait à Querétaro — qu'il dit avoir remis au secrétaire de la légation autrichienne, M. Schmidt, qui les a emportés en Europe.

On sait que les instruments utilisés avaient été transférés dans la chapelle après qu'on eut demandé aux sœurs de San Andrés de l'abandonner et d'en retirer le saint sacrement, les vases sacrés, les autels, les nappes et autres parements et objets du culte. On peut penser, par conséquent, que c'est là que fut installée la table de dissection Gaudl à laquelle les médecins font allusion. Mais, semble-t-il, le corps de l'Archiduc fut placé ensuite sur une longue table construite vers la fin du XVIe siècle ou au début du XVIIe, autour de laquelle, en d'autres temps, avait coutume de se réunir le Tribunal mexicain de la Sainte Inquisition pour prononcer ses verdicts. Cette table fut acquise plus tard par la Grande Loge de l'État de Mexico.

Une fois terminée la seconde opération de conservation du corps et, si l'on comprend bien, avant qu'on l'eût rhabillé, le Président s'est rendu à la chapelle San Andrés. Benito Juárez s'est présenté à minuit, accompagné par son ministre Sebastián Lerdo de Tejada. Le cadavre, nu, était entouré de torches allumées. Comme sur les photographies du cadavre de l'Archiduc prises avec l'autorisation du gouvernement mexicain on le montre les yeux ouverts, on peut supposer qu'il les avait également ouverts cette nuit-là. En fait, ce n'était pas ses yeux mais les yeux noirs de sainte Ursule qu'il avait ouverts. Les versions sur la visite de Juárez à la chapelle et sur ce qu'il y a dit varient peu. Le dramaturge mexicain Rodolfo Usigli, dans le prologue à son mélodrame historique *Corona de sombra*, signale que les observations du Président furent « d'ordre physionomique et anthropométrique». On retrouve là — dit Usigli — les scènes de la visite de Henri III au cadavre du duc de Guise, et la même attitude: «Il est plus grand mort que vivant», et aussi la même formule: «Le cadavre d'un ennemi est toujours un spectacle agréable.» Par ailleurs, ajoute le dramaturge, «il est évident que ce manque d'originalité, que ces affinités de Juárez avec le lieu commun de l'Histoire constituent sa force, de même que l'originalité même de Maximilien détermine sa perte». Ce sont là, évidemment, des affirmations discutables, mais elles se fondent sur ce qui constitue, d'après toutes les sources, un élément de vérité, à savoir les commentaires du président Juárez sur la grande taille de Maximilien. D'autres auteurs prétendent que don Benito a ajouté: «Il n'avait pas de talent, aussi, si son front semble aussi large, c'est à cause de la calvitie.» Le Président et son ministre prirent place sur un banc et s'entretinrent à voix basse pendant une trentaine de minutes. Le lendemain, le cadavre fut rhabillé et quelques personnes autorisées à rendre visite à la dépouille mortelle de l'Archiduc.

La chapelle de l'hôpital San Andrés n'existe plus. Le 19 juin 1868, premier anniversaire de la mort de Maximilien, un service religieux à la mémoire de l'Archiduc y fut célébré et le sermon fut prononcé par le père Mario Cavalieri. Le jésuite italien fit non seulement de grands éloges de Maximilien, mais en outre il attaqua violemment Juárez et son gouvernement. Il en découla que le Président ordonna au gouverneur de Mexico, Juan José Baz, de démolir la chapelle. Baz, après s'être entretenu avec plusieurs architectes qui refusèrent de s'engager à démolir l'église aussi rapidement que le souhaitait le gouverneur, appliqua une méthode de son invention. Le soir du 28 juin il arriva à la chapelle suivi d'une équipe de maçons qui portaient des poutres imprégnées de térébenthine. Les maçons commencèrent par encastrer des poutres aux quatre points cardinaux de la base circulaire qui soutenait la coupole, ensuite on passa à huit, puis à seize, et ainsi de suite jusqu'à faire reposer en fait toute la coupole sur les poutres. Alors on les enflamma et quand elles furent réduites en cendres, le dôme s'écroula d'un bloc. Au lever du soleil, sur l'emplacement de la chapelle il n'y avait plus qu'un monceau de décombres. Peu de temps après, Juárez fit ouvrir une rue à cet endroit. Ce n'est que sur le Cerro de las Campanas qu'on permit, des années plus tard, la construction d'un petit oratoire à la mémoire de Maximilien, de Miramón et de Mejía. A l'intérieur de l'oratoire — une chapelle de style néo-roman —, il y a trois croix. Celle de Maximilien, faite du bois de la frégate *Novara*, fut envoyée au Mexique par l'empereur François-Joseph. Au sommet de la colline se dresse une gigantesque statue de Benito Juárez.

C'est également le 19 juin que parut pour la dernière fois dans la capitale le *Journal de l'Empire*, qui avait systématiquement publié de fausses nouvelles. Le samedi 15 juin, le journal affirmait encore: «Arrivée prochaine de S. M. l'Empereur, à la tête de son invincible et héroïque armée.» Le mercredi 19, sous la rubrique «Opérations militaires dans la capitale», le journal annonçait: «Aucun événement d'importance ne s'est produit jusqu'à maintenant, neuf heures du matin. » Dans les pages intérieures un long article vantait l'aliment sain et agréable que constitue la viande de cheval. Et au bas de la dernière colonne de la dernière page, on pouvait lire l'annonce suivante : « Corbillard. Il en existe un relativement décent à l'hospice des pauvres. Les personnes qui en auraient besoin pour convoyer les cadavres peuvent s'adresser à l'établissement susdit. On trouvera également sur place des cierges et tout le nécessaire pour la circonstance. » Mexico tomba deux jours plus tard et Márquez s'enfuit. Certains disent qu'il passa quelques jours caché dans une tombe et qu'ensuite il quitta la ville déguisé en charbonnier, avant d'aboutir à La Havane. L'entrée triomphale de Juárez dans la capitale eut lieu le 15 juillet.

La presse européenne de l'époque a beaucoup critiqué — et les historiens l'ont suivie dans cette voie jusqu'à aujourd'hui — les refus et les atermoiements de Juárez avant de remettre le cadavre de Maximilien. Mais une partie de la faute en revient au gouvernement autrichien et à son représentant, l'amiral Tegetthoff, qui dès les premiers jours de septembre se trouvait à Mexico. L'amiral souligna que sa mission n'était pas officielle et qu'elle se limitait à accomplir une démarche privée au nom de Madame la mère de l'Archiduc et de son frère, Sa Majesté l'Empereur d'Autriche. Tegetthoff ajouta qu'il n'avait en sa possession aucun document ou lettre, puisque cette démarche lui avait été confiée verbalement. Benito Juárez, devant l'absence d'une demande écrite en bonne et due forme, que ce fût du gouvernement autrichien ou de la famille de Maximilien, refusa de livrer le cadavre. Auparavant, aussi bien le baron Magnus que le docteur Basch avaient réclamé eux aussi le corps, avec les mêmes résultats. Tegetthoff fut donc contraint d'envoyer un câble à Vienne pour demander qu'on fît parvenir au Mexique le texte de la requête. Au début de novembre on reçut enfin le message attendu, signé par le chancelier autrichien, le baron von Beust. Le gouvernement mexicain livra alors les restes de l'Archiduc, avec lesquels l'amiral partit pour Veracruz, en compagnie, entre autres, de Basch et de Tüdös, et sous la garde de trois cents dragons. La frégate *Novara* attendait Maximilien et, dans la cabine qui reproduisait son bureau de Miramar, on installa la chapelle ardente. Quand la *Novara* quitta les eaux mexicaines, on tira cent un coups de canon. On était le 28 novembre 1867. La *Novara* arriva à Trieste la troisième semaine de janvier 1868, elle jeta l'ancre dans les eaux bleues de l'Adriatique, et le corps fut transporté à terre dans une chaloupe qui, selon la description de José Luis Blasio, était recouverte de velours noir, avec, en son centre, un catafalque où reposait le cercueil, à l'ombre d'un ange aux ailes déployées qui portait une couronne de laurier. Le cercueil était recouvert du drapeau de guerre autrichien. Le même jour, un train spécial transporta la dépouille mortelle à Vienne. Il neigeait sur la capitale de l'Empire autrichien. L'archiduchesse Sophie attendait les restes à la porte de la Hofburg. Quand ils furent arrivés, elle contempla le visage embaumé de son fils à travers la neige, sous le verre du couvercle, et elle se jeta ensuite sur le cercueil en pleurant. On était le 18 janvier. La dépouille mortelle de Maximilien resta une journée dans la chapelle du palais, illuminée par deux cents bougies placées dans des candélabres d'argent. Des centaines de Viennois accoururent à la chapelle pour lui rendre un dernier hommage. A la seule exception de Blasio, aucun des Mexicains qui se trouvaient en Europe et qui devaient tant à Maximilien n'assista aux funérailles. Ce fut le cas d'Almonte, Hidalgo, Francisco Arrangóiz, José Fernández Ramírez y Velázquez de León, entre autres. Gutiérrez Estrada, le vieux propriétaire yucatèque, mort en mars 1867, s'était évité de contempler l'écroulement de l'Empire mexicain et, avec lui, de son rêve le plus cher. Le corps de Maximilien fut transféré ensuite à la chapelle des Capucins. Par respect de la tradition, le moine qui gardait l'entrée de la crypte devait demander le nom du défunt. On devait lui répondre en ajoutant au nom tous les titres du mort : celui d'empereur du Mexique et ceux dont jadis le Pacte de Famille l'avait dépouillé : archiduc d'Autriche, comte de Habsbourg, prince de Lorraine. Le capucin devait répéter sa question et la réponse devait être la même. Une troisième fois le gardien de la crypte devait demander le nom du défunt et la réponse, alors, devait se limiter à l'énumération des noms de baptême : « Ferdinand Maximilien Joseph, serviteur de Dieu », sans mentionner les titres : ce n'est qu'à cette condition que s'ouvraient les portes de la crypte et du paradis. Le cercueil de Maximilien fut placé près de la dépouille mortelle du duc de Reichstadt, le roi de Rome. Après les funérailles, une commission se chargea de l'identification officielle du corps et, sur le document correspondant, elle certifia avoir trouvé « un cadavre embaumé et en bon état de conservation, que les soussignés ont reconnu être celui de S. M. le défunt empereur du Mexique Ferdinand Maximilien ». Le cercueil fut refermé et la clef remise par l'intendant du palais au secrétaire pour être déposée dans le Trésor de la Couronne. Sur le couvercle du cercueil resta un bouquet d'immortelles sèches attachées à une palme, qui avait été remis à Maximilien par les natifs du village de Xocotitlán, accompagné d'un message écrit en nahuatl : *« Nomahuistililoni tlahtocatziné, nican tiquimopielia moicnomasehualconetzihuan, ca san ye ohualahque o mitzmotlahpalhuilitzinoto. Ihuan ica tiquimomachtis ca huel senca techyolpaquimo... »* (« Honorable Empereur, voici tes humbles fils, ces Indiens qui sont venus te saluer... »). La nouvelle de l'exécution sur le Cerro de las Campanas parvint effectivement à Paris le jour de la remise des prix aux participants de l'Exposition universelle de 1867, qui se tenait dans un immense palais elliptique dressé sur le Champ-de-Mars, sur une superficie qui s'étendait de l'École militaire jusqu'au bord de la Seine et où deux mille deux cent trente-sept exposants provenant de tous les coins de la terre présentaient dans des pavillons, des tentes, des kiosques et des stands toutes les merveilles, les matières premières, les marchandises, les produits et les machines découverts ou inventés jusqu'alors. La mauvaise nouvelle fut communiquée à Louis-Napoléon et à Eugénie dans la matinée, mais l'Empereur décida de ne pas la rendre publique avant la fin de la cérémonie. « Les principes de la morale et de la justice sont les seuls — avait dit Louis-Napoléon en inaugurant l'exposition — qui peuvent consolider les trônes, élever les peuples et ennoblir l'humanité. La France — avait ajouté l'Empereur — était fière de se montrer aux yeux du monde telle qu'elle était : grande, prospère et libre, laborieuse et tranquille, et toujours débordante d'idées généreuses. » Seize ans auparavant, quand il était devenu empereur, Louis-Napoléon avait dit : « L'Empire, c'est la paix. » Mais depuis Magenta et Solférino, une succession interminable de guerres, grandes et petites, d'interventions et d'expéditions punitives, qui devait culminer avec les désastres de Metz et de Sedan, allait démontrer que le règne de Louis-Napoléon relevait plus de l'épée que de la paix : « L'Empire, c'est l'épée », avait affirmé une publication allemande. Cependant, la France n'était plus la même, dit Napoléon III dans son discours, elle n'était plus « cette France jadis si houleuse qui avait réussi à répandre l'agitation au-delà de ses frontières ». Bien entendu, l'Empereur ne mentionna pas les noms des pays où la France avait exporté cette turbulence au titre de la civilisation, comme l'Indochine, l'Algérie ou le Mexique, et qui, à l'Exposition universelle de Paris, étaient représentés, entre autres choses et respectivement, par des boîtes de santal de Battambang, de l'onyx d'Aïn-Sefra et une reproduction à l'échelle du temple de Xochicalco au sommet duquel, comme l'indiquait le guide de l'exposition, les anciens Mexicains sacrifiaient au soleil des victimes propitiatoires en extirpant leur cœur fumant avec un couteau d'obsidienne.

La cérémonie se déroula telle qu'elle avait été programmée : la famille impériale arriva au Champ-de-Mars dans un carrosse d'or du musée de Trianon, Louis-Napoléon habillé en civil, Eugénie de blanc vêtue, avec une tiare de brillants, et le prince Loulou se chargea de distribuer les principaux prix. Cependant, on remarqua l'absence du comte et de la comtesse de Flandres et le départ subit, quoique discret, au milieu de la cérémonie, de l'ambassadeur d'Autriche à Paris, le prince Richard Metternich.

Comme l'exécution de Maximilien était prévue depuis longtemps, ce qui préoccupait le plus Louis-Napoléon pour le moment, c'était la réaction de Vienne. Mais au télégramme de condoléances qu'il envoya à la cour d'Autriche, l'empereur François-Joseph répondit avec des phrases aimables. Ce fut un grand soulagement pour Napoléon et pour Eugénie, et cela mit en évidence une réalité politique : ni la France ni l'Autriche ne voulaient à l'époque troubler leurs relations. On projeta alors un voyage à Vienne du couple impérial français, qui irait présenter ses condoléances à la famille de Maximilien. Cependant l'archiduchesse Sophie dit qu'elle n'était pas en état de les recevoir, et Eugénie, qui craignait d'être l'objet de manifestations hostiles à Vienne, proposa que la réunion eût lieu à Salzbourg, ce que François-Joseph accepta. Par une journée de grand soleil, le 18 août 1867, nous dit Corti à la dernière page de son livre, Eugénie apparut dans une *toilette** toute simple, « en s'efforçant comme le rapporte von Beust nous dit Corti de "s'effacer" devant l'éblouissante beauté de l'impératrice Élisabeth». De son côté, Napoléon se montra enjoué et tonique, au moins pendant un certain temps. «Tout d'abord, nous dit le comte Corti, on parla de Maximilien et de la douleur causée par sa mort. Mais rapidement les affaires politiques reléguèrent le souvenir douloureux au second plan.» On parla alors de l'Allemagne, de la Crète et évidemment de l'éternelle crise orientale, du «guêpier balkanique». Quelques jours plus tard, Clemenceau adressait à l'une de ses amies, à New York, une lettre qui allait devenir célèbre en raison du jugement implacable et rageur que le politicien français y émettait sur Maximilien et Charlotte: «Les gens qu'il voulait tuer ont eu sa peau et je m'en réjouis infiniment, disait le Tigre. Sa femme est folle, ce n'est que justice... c'est l'ambition de cette femme qui a poussé cet imbécile.»

Charlotte n'apprit la mort de Maximilien qu'en janvier 1868, lors d'un de ses rares moments de lucidité. Mais avant de la transférer à Bruxelles et en attendant, on interdit aux employés de Miramar de prendre le deuil. Au début de juillet 1868, la reine belge Marie-Henriette, accompagnée de la comtesse Marie d'Yve de Bavay, du colonel Goffinet, du baron Prisse et du docteur Bulkens, directeur de l'asile de Gheel, se rendit à Trieste. La reine se trouva en présence d'une Charlotte inconnue, étonnamment mince et pâle, avec un regard presque totalement inexpressif. Le départ pour Bruxelles fut fixé pour le 29 juillet et l'on dit que ce matin-là Charlotte, sur la terrasse du château, contempla pour la dernière fois les eaux bleues de l'Adriatique et murmura, en parlant de son mari: «Je l'attendrai soixante ans...»

Charlotte fut d'abord logée à Laeken et peu après elle fut transférée au château ou à la résidence de Tervuren. Charlotte demandait fréquemment si Maximilien était enfin arrivé en Europe, et pendant plusieurs mois on lui affirma que l'Almanach Gotha n'était pas paru. Par la suite, Marie-Henriette fit en sorte qu'on éditât quelques exemplaires du célèbre catalogue de la noblesse européenne où l'on supprima la référence à la mort de Maximilien à Querétaro. Mais finalement, la famille royale belge décida qu'on ne pouvait pas cacher davantage à l'Impératrice ce qui était arrivé et elle délégua l'ancien chargé d'affaires au Mexique, Frédéric Hoorickx, pour qu'il parlât à Charlotte. Quand Hoorickx eut terminé son récit, Charlotte se leva, sortit du château de Tervuren et s'élança dans le jardin en poussant des cris déchirants.

Il est fort probable que l'on ne saura jamais si Charlotte a donné ou non le jour à un fils pendant son séjour dans la *Gartenhaus* de Miramar, mais on ne pourra pas écarter non plus une telle éventualité, ni que cet enfant, dont le père devait être le colonel Van der Smissen, se fût appelé Maxime Weygand. En fait, les historiens modernes prennent cette possibilité au sérieux quand ils parlent du célèbre général français né à Bruxelles, de parents inconnus, élevé comme un prince et diplômé du prestigieux Collège militaire de Saint-Cyr, qui fut, entre autres, chef d'état-major du maréchal Foch pendant la Première Guerre mondiale, qui réorganisa en

1920 l'armée polonaise et combattit aux côtés de Pilsudski contre les bolcheviks.

Que Weygand se fût appelé ainsi parce que, comme certains l'affirment, il était né « sur la route de Gand : *Way-Gand* », relève indubitablement des innombrables balivernes circulant sur son origine, en tout cas, des plus innocentes. Mais... pourquoi lui a-t-on donné un nom de baptême aussi proche de celui de *Maximilien : Maxime*, son père n'était pas l'Archiduc ? Une des rares informations que l'on possède, c'est que le docteur et accoucheur belge Louis Laussédat a déclaré que le 21 janvier 1867 était né à Bruxelles, au numéro 59 du boulevard de Waterloo, un enfant de parents inconnus. Castelot signale un lien entre Laussédat et la famille royale belge, puisque, nous dit-il, c'est un neveu de ce médecin, Henri Laussédat, docteur lui aussi, qui s'est occupé de Léopold II pendant les dernières années de sa vie.

Castelot ajoute que Weygand fut élevé par un certain David de Léon Cohen, qui plus tard « le fit reconnaître par son propre comptable », un Français du nom de François Joseph Weygand, et que c'est cette « reconnaissance » qui permit à Weygand d'entrer au Collège militaire de Saint-Cyr. Le fils de Weygand raconte de son côté que son père a reçu, à la mort de Charlotte, plusieurs communications qui disaient : « Ta mère est morte. » Mais Weygand n'a répondu à aucune et il n'a pas assisté non plus aux funérailles de l'Impératrice. Castelot ajoute que le baron Auguste Goffinet, grand intendant de l'Impératrice et administrateur de la fortune personnelle de Léopold II, acquit en 1904 la maison où, suppose-t-on, Weygand était né et qui est devenue plus tard la Taverne Waterloo. Enfin, dans *Maximilien et Charlotte du Mexique*, André Castelot cite Albert Duchesne qui raconte que la fille d'un des médecins de Charlotte affirmait que chaque fois que le général Weygand se rendait à Bruxelles, il visitait le château de Bouchout et dînait parfois avec le baron Goffinet lui-même. Certains descendants de l'ancien sous-secrétaire à la Marine de Maximilien, Léonce Détroyat, qui était un des fonctionnaires favoris de Charlotte, ont dit que celui-ci aurait été le père du fils de l'Impératrice, mais en vérité la ressemblance entre Van der Smissen et Weygand était « hallucinante », comme on l'a à juste titre qualifiée : lorsqu'on place côte à côte, comme le fait Castelot dans son livre, une photo du commandant belge à cinquante ans et quelques — musée de la Dynastie, Bruxelles — et une de Weygand à peu près au même âge — Roger Viollet —, il ne peut y avoir le moindre doute, quand bien même on ne saurait jamais si Weygand était ou non le fils de Charlotte, que c'était à coup sûr celui de Van der Smissen : on dirait les photographies de deux frères jumeaux. Cette extraordinaire ressemblance écarte de ce fait toute possibilité que Weygand ait été un bâtard de Léopold II — comme on l'a également prétendu — qui, d'ailleurs, n'a jamais essayé de cacher aucun de ses enfants naturels.

C'est au pur folklore, au folklore *cockney* des marchés anglais, qu'appartiennent les rodomontades d'un vendeur de poisson de Londres, appelé William Brightwell, qui en 1922 déclara à la presse britannique qu'il était le fils de Charlotte, que son nom véritable était « Rudolph Franz Maximilian Hapsburg » et qu'il était venu au monde pendant la nuit que l'impératrice du Mexique avait passée au Vatican. Pendant plusieurs années, Mr. Brightwell maintint ses allégations. Entre autres choses il réclamait, dit Richard O'Connor dans *The Cactus Throne*, une partie de certaines reliques et des bijoux de Charlotte et de Maximilien qui avaient disparu, croit-on, dans le naufrage d'un bateau sur lequel les transportaient des partisans de Porfirio Díaz fuyant le Mexique en 1911. A propos de cet épisode, Harding dit que le croiseur *Mérida* coula à pic près du cap Hatteras — sur les côtes de Caroline du Nord — après avoir été éperonné par le vapeur *Admiral Farragut* de la United Fruit Company, et qu'avec lui furent engloutis de précieux joyaux volés au XVIe siècle dans un temple birman par un aventurier Habsbourg, le comte Herrmann, et qu'avec eux disparurent également d'inestimables émeraudes qui appartenaient au temple de Quetzalcóatl. Sur l'endroit où ces bijoux birmans ont abouti, il existe une autre version, dans le livre *Jewels of Romance and Renown*, dans lequel l'auteur, Mary Abbot, dit que Charlotte avait emporté au Mexique des rubis qui devinrent la propriété de la famille du révolutionnaire Francisco Madero, et qui furent envoyés plus tard en Europe, mais que le bateau qui les transportait fit naufrage dans la baie de Chesapeake.

Pour ce qui est de l'enfant que, dit-on, Maximilien eut de Concepción Sedano, plusieurs auteurs affirment qu'il fut amené à Paris, où il grandit. Que cela soit vrai ou non, le fait est qu'un homme qui disait s'appeler Julio Sedano y Leguizano, qui prenait des airs de grand seigneur et qui portait une longue barbe dans le style de celle de Maximilien — mais dans son cas la barbe était noire et il n'avait aucune ressemblance physique avec l'Empereur —, se fit remarquer dans les cercles parisiens par son insistance à prétendre qu'il était le fils de Ferdinand Maximilien de Habsbourg et de sa maîtresse de Cuernavaca, Concepción. Si l'on n'a jamais véritablement su d'où venait Sedano, en revanche on connaît parfaitement sa fin. Pendant la Première Guerre mondiale, il fut engagé par les Allemands, alors qu'il se trouvait, sans un sou, à Barcelone, pour espionner à leur avantage. H. Montgomery Hyde nous dit que la tâche de Sedano, de retour à Paris, consistait à envoyer des informations militaires écrites à l'encre sympathique sur des lettres destinées à un intermédiaire en Suisse, mais qu'au lieu de consigner les renseignements entre les lignes d'une fausse lettre, il le faisait sur des feuilles blanches, ce qui éveilla évidemment les soupçons de la censure française. Sedano, nous rapporte Hyde dans *Mexican Empire*, fut découvert par la police au moment où il postait des lettres dans une boîte du boulevard des Italiens, et arrêté. Au matin du 10 octobre 1917, on le sortit de sa cellule à la prison de la Santé à Paris et on le conduisit à Vincennes pour être exécuté. On croit savoir que l'officier qui commandait le peloton lui dit : « Sedano y Leguizano, fils de l'empereur du Mexique, tu vas être fusillé comme traître. »

Le 3 mars 1879, à cinq heures du matin, éclata l'incendie qui allait réduire en cendres le château construit par le prince d'Orange au début du XIXe siècle, sur la route de Louvain et à l'orée de la forêt de Soignies, que le frère de Charlotte avait acheté pour elle au comte de Beaufort. On pense que c'est Charlotte qui mit le feu à Tervuren, mais, comme tant d'autres choses, on ne saura jamais si cela s'est passé ou non de cette façon. On dit également que l'Impératrice a contemplé les flammes depuis le parc de la propriété et qu'elle a vanté leur beauté.

La famille royale de Belgique décida alors de transférer Charlotte au château de Bouchout, situé à plusieurs kilomètres de Laeken, véritable forteresse construite au XIIe siècle, hérissée de créneaux et de barbacanes, entourée par un étang — jadis un fossé — habité par des cygnes et sur lequel il y avait, à l'époque, une barque. Au fil des ans, les périodes de lucidité de l'Impératrice furent de plus en plus rares et de plus en plus brèves. On dit qu'à l'occasion il lui prenait envie de briser miroirs et vaisselle, photographies et peintures à l'huile, mais qu'elle n'a jamais touché un des objets ou des vêtements qui avaient appartenu à Maximilien, ni les toiles et les daguerréotypes où il apparaissait, ni ses lettres et ses papiers.

Pour Charlotte, Maximilien était vivant tant qu'elle était folle, et mort quand la démence l'abandonnait pendant quelques minutes ou quelques heures. Ainsi Maximilien devenait alternativement le « Seigneur de la Terre et le Roi de l'Univers », comme l'appelait l'Impératrice, ou simplement le bon pasteur qui avait donné sa vie pour ses ouailles. Dans ces moments-là, les serviteurs de Charlotte l'entendaient parler toute seule et dire : « Ne faites pas attention, monsieur, si on déraille : on est une sotte, et une folle... la folle ne meurt jamais, monsieur, et vous êtes dans la maison de la folle... » Ou bien elle jouait du piano ou de la harpe, et on l'entendait murmurer : « On a eu un jour un époux, monsieur, un époux qui était empereur, ou roi. Ah, oui, ça a été un grand mariage, monsieur ! Ensuite la folie est venue... » Louis-Napoléon apparaissait fréquemment dans son délire, toujours comme un misérable et une canaille, et l'obsession qu'on voulait l'empoisonner ne l'a jamais totalement abandonnée. Elle n'a jamais cessé, non plus, d'exiger les égards dus à une impératrice et l'on raconte que quand l'archiduchesse Zita, future impératrice d'Autriche, lui rendit visite à Bouchout, on la prévint qu'elle devrait faire, dans l'antichambre et face à la porte fermée de la chambre de Charlotte, les trois révérences de rigueur... on l'avisa que l'impératrice du Mexique guetterait par le trou de la serrure pour voir si le protocole était respecté. On nous dit que Charlotte devint une des femmes les plus riches du monde. Gene Smith rapporte à ce propos que quand le prince de Ligne était chargé d'administrer la fortune de l'Impératrice et qu'il lui rendait visite à Bouchout pour lui présenter ses comptes, Charlotte le recevait invariablement dans un salon où il y avait vingt chaises, ou plus, toutes alignées, et que l'Impératrice saluait chaque chaise comme si un visiteur y était assis. Par ailleurs, le prince de Ligne a toujours eu l'impression que Charlotte comprenait tout ce qu'il lui communiquait sur l'état de ses finances.

Certains biographes de l'Impératrice racontent également que celle-ci s'était arrangée pour obtenir un mannequin de taille normale, qu'elle avait revêtu des habits de Maximilien et avec lequel elle parlait des heures entières. Et l'on dit que chaque premier du mois, Charlotte descendait jusqu'à la pièce d'eau de Bouchout et qu'elle montait dans la barque. Certains auteurs affirment que, chaque fois que la folle répétait cette étrange cérémonie, elle disait à voix haute : « Aujourd'hui, nous partons pour le Mexique. »

Plusieurs psychiatres modernes ont donné différentes explications sur le type de folie qui a affecté Charlotte. L'un d'entre eux, interrogé par Suzanne Desternes et cité par Castelot, fut le docteur Pierre Loo. A son avis, Charlotte présentait dès l'enfance les symptômes de sa maladie : hypersensibilité en relation avec certains événements externes, accès de découragement et périodes de dépression, suivis de « phases d'optimisme et de satisfaction de soi-même ». En d'autres termes, une sorte de cyclothymie tendant vers la psychose maniaco-dépressive où alternent l'euphorie et la mélancolie. Quand la réalité devient inacceptable, ajoute le docteur Loo, survient une compensation artificielle caractérisée par des périodes de jovialité, « combinées à des élans mystiques, des délires de la persécution et parfois des affabulations érotiques »... Paranoïa ? Schizophrénie ? Ou les deux à la fois ?

« *Miserere mei, Deus !* Moi aussi je vais mourir, aie pitié de moi, Seigneur ! » hurlait parfois la folle de Bouchout.

Mais le Seigneur n'a pris Charlotte en pitié que soixante années après que Maximilien eut commencé à voir le monde avec les yeux de sainte Ursule.

XXI

CHÂTEAU DE BOUCHOUT 1927

Et pour dire au monde qui tu as été, je dois d'abord te le dire, à toi. Abdala-el-Zaquir a pleuré comme une femme quand il a perdu Grenade. Abd-el-Kader a pleuré, pour ne pas avoir combattu comme un homme, quand il a perdu la bataille d'Alger. Hernán Cortés a pleuré sous l'Arbre de la Nuit Funeste quand il a cru qu'il ne conquerrait jamais plus la grande Tenochtitlán. Mais toi, tu n'as pas pleuré, Maximilien, quand, en plus de Querétaro, tu as perdu tout le Mexique : tu as été Maximilien l'impavide. Tu as été également Maximilien le digne. Mon grand-père s'est enfui des Tuileries dissimulé derrière des lunettes noires et les favoris rasés : toi, tu n'as pas coupé ta barbe blonde. Napoléon le Grand s'est enfui de France en direction de l'Ile d'Elbe, vêtu d'abord en postillon, ensuite en officier autrichien et en commissaire russe : toi, tu n'as pas revêtu l'uniforme de la piétaille rouge. Son neveu Napoléon le Petit s'est enfui du Fort de Ham déguisé en maçon : toi, tu ne t'es pas déguisé en muletier. Don Carlos, le prétendant au trône d'Espagne, s'est enfui en Angleterre avec les cheveux teints : toi, tu ne t'es pas teint les cheveux. Toi, Maximilien, tu es resté à Querétaro. Toi, Maximilien, tu n'as pas imité Pierre le Cruel : il n'y a pas eu au Mexique de vêpres siciliennes. Tu as été Maximilien le juste. Mais te souviens-tu de García Cano ? Tu n'as pas été un nouveau Richard III, un nouveau Pierre Ier de Russie : tu n'as jamais ôté, tu n'aurais jamais ôté, la vie à quelqu'un dans les veines de qui coulait ton propre sang, comme l'a fait Richard de Gloucester avec ses neveux et comme Pierre Ier qui a assassiné son fils Alexis. Tu as été Maximilien le magnanime. Mais te souviens-tu de García Cano, le Mexicain qu'on a accusé d'avoir comploté contre ta vie? Non, tu n'as pas été un nouvel Empereur Ferdinand II d'Autriche, sous le règne duquel les troupes de Tilly ont commis à Magdebourg un massacre comme on n'en avait plus vu depuis la croisade contre les albigeois. Tu n'as pas été non plus un nouvel Ivan le Terrible : il n'y a pas eu dans les rues de Mexico des gens coupés en morceaux ou brûlés vifs, comme dans les rues de Novgorod. Tu as été Maximilien le bon. Mais te souviens-tu qu'on a exécuté García Cano parce que tu as rejeté sa grâce ? Te souviens-tu que quand sa femme s'est jetée à tes pieds au Château de Chapultepec, tu n'as pas voulu l'entendre et tu as ordonné de ne plus jamais la laisser entrer ? As-tu pensé à elle, dis-moi, quand tu étais face au peloton d'exécution sur le Cerro de las Campanas, et as-tu pensé à la Princesse Salm Salm qui a imploré Juárez à genoux d'épargner ta vie ? Te souviens-tu, Maximilien, que quand tu as rencontré la femme de García Cano sur le Cours de l'Impératrice, tu as fait dérouter ton carrosse, et elle s'est mise à courir derrière toi en te demandant à tue-tête de montrer de la clémence ? Et t'es-tu souvenu, dis-moi, de la femme de García Cano quand tu as entendu les hurlements et les sanglots de la femme de Mejía courant derrière la voiture qui l'emmenait vers le Cerro de las Campanas ? Non, parce que tu as beau vouloir jouer les purs, tu dois savoir malgré tout que tu as aussi été Maximilien le sourd, Maximilien l'impitoyable, et de même que Napoléon le Grand a refusé à Joséphine la grâce qu'elle lui demandait pour le Duc d'Enghien et que Louis-Napoléon n'a pas accordé à Eugénie la grâce pour Orsini, et qu'ainsi Enghien est mort fusillé et Orsini sur la guillotine, de même que ton frère a refusé la grâce que lui demandait à genoux la femme du comte rebelle Louis Batthyany et qu'ainsi le comte s'est ouvert les veines la veille de son exécution, tu n'as pas su, toi non plus, pardonner à ceux qui avaient attenté contre ta vie ou contre ton Empire. Tu as été Maximilien l'inflexible. Maximilien le rancunier. Et parce que tu n'as pas pardonné à García Cano, les Mexicains ne te pardonneront pas. Tu as également été Maximilien le ridicule car quand le Maréchal Bazaine s'est marié tu lui as envoyé une lettre écrite sur du papier rose, et Maximilien l'incrédule car tu n'as pas écouté Détroyat quand il t'a prévenu qu'ils allaient tous t'abandonner, Maximilien l'imprévoyant, Maximilien le délaissé, et Maximilien l'aveugle, parce que tu as écrit à Napoléon qu'au Mexique il n'y avait que trois sortes d'hommes : les vieux entêtés, les jeunes ignorants et les étrangers médiocres, pitoyables aventuriers sans avenir en Europe, et tu n'as pas su voir que tu réunissais toi-même dans ta personne les défauts de ces trois catégories. Tu as également été Maximilien l'imposteur, car, à mon retour du Yucatán, tu as sangloté sur mon épaule, à San Martín Texmelucan, pour la mort de mon père Léopold, et tu t'es fâché contre l'Archevêque Labastida parce qu'il ne voulait pas célébrer de service funèbre pour le repos de son âme en prétextant qu'il avait été luthérien, et pourtant c'est aussi toi, Maximilien, qui, après avoir rendu hommage au père que j'idolâtrais et m'avoir déclaré un amour que tu n'as jamais eu pour moi, as parlé derrière notre dos de ce que tu as appelé l'implacable rapacité de mon père, c'est toi qui as dit que c'était un vieil avare et que tu te réjouissais de l'avoir finalement obligé à se séparer d'une petite partie de ce qui lui était le plus cher au monde, sans t'apercevoir que j'étais, moi, sa douce Marie Charlotte, sa petite Princesse aux yeux châtains, ce qu'il chérissait le plus sur terre, comme il l'avait clamé au monde entier, à ma tante la Comtesse de Nemours, à qui il avait écrit dans une lettre que j'étais la fleur de son cœur, il me l'avait dit et m'avait prédit que je serais une des princesses les plus belles d'Europe et qu'il priait le Ciel pour que cela me rendît heureuse, il m'a juré que j'étais ce qu'il aimait le plus dans la vie, et non pas le mobilier, les bijoux, les cent mille florins de dot que tu lui avais arrachés, les trois cent huit mille francs que le Comte Zichy a déposés à Vienne pour cautionner notre mariage. En plus, Maximilien, tu as menti quand tu as dit à François-Joseph que tu devrais faire l'immense et inconcevable sacrifice de renoncer à tous tes droits sur la Maison d'Autriche parce que tu avais déjà donné ta parole à un peuple de neuf millions d'âmes qui avait tourné les yeux vers toi, tu as menti parce que ce qui t'intéressait le plus à l'époque ce n'était pas ce peuple qui ne t'avait pas appelé et qui ignorait jusqu'à ton existence, la seule chose que tu désirais, c'était que ton Empire ne fût pas mort-né et de ne pas perdre une couronne avant d'en avoir ceint tes tempes blondes, de la même façon que tu as menti dans une lettre à ta mère l'Archiduchesse Sophie quand tu lui écrivais que si tes principes religieux n'avaient pas été en jeu tu aurais déjà abandonné les provinces lombardo-vénitiennes, parce qu'à l'époque, plus qu'à Dieu, à l'Église et à la religion, tu tenais avant tout à ce lambeau de l'Empire Autrichien que ton frère nous avait donné comme un os qu'on jette aux chiens, et pour cette raison ni Dieu ni l'Église ni tes sujets de Lombardo-Vénétie ne te pardonneront jamais, comme les Italiens et les Hongrois ne pardonneront jamais non plus au Prince qui à Naples s'est apitoyé sur les prisonniers vêtus d'écarlate et chargés de lourdes chaînes qui réparaient les murailles, au Prince qui à Gibraltar s'est ému du spectacle de ces prisonniers que les Anglais obligeaient à porter d'énormes boulets de fer, à se déplacer avec eux, à les poser sur le sol et à les soulever à nouveau pour les redéposer à leurs pieds, au Prince qui, quand le Général Haynau a écrasé le soulèvement hongrois de 1849 et quand les soldats autrichiens ont massacré les martyrs de Belfiore, n'a pas pipé mot, car ce Prince, toi, Maximilien, était alors plus attaché à envoyer des corsages à fleurs aux comtesses et à faire des cabrioles avec un étalon lipizzan à l'École Espagnole d'Équitation de Vienne, qu'à satisfaire la soif de liberté des peuples asservis par les Habsbourg. Mais tu as également été beaucoup d'autres choses et il me faut le dire au monde. Il me faut te le dire à toi. Dans ta cellule du Couvent des Teresitas tu as lu l'*Histoire d'Italie* de César Cantu et le *Livre des chants* de Heine: tu as été Maximilien le cultivé. Maximilien le compréhensif, parce que tu as pardonné au Père Fischer d'avoir plusieurs enfants naturels dispersés à travers le monde. Et parce que tu as projeté d'envoyer le Prince Salm Salm aux États-Unis avec un million de dollars pour acheter la reconnaissance des États-Unis, tu as été, Maximilien, Maximilien le chimérique. Tu as été Maximilien l'orgueilleux parce que tu as repoussé l'offre du Colonel López de te cacher chez Monsieur Rubio. Maximilien l'hypocrite parce que tu as demandé à Salm Salm de te tuer si tu te trouvais en danger d'être fait prisonnier, et que tu savais que le Prince n'oserait jamais le faire. Maximilien le philosophe qui quelques années auparavant a écrit dans sa liste d'aphorismes que celui qui n'a pas peur de la mort a grandement progressé dans l'art de vivre, et Maximilien l'expert dans cet art de vivre, qui le 16 juin 1867 s'est exclamé que mourir était plus facile qu'il ne l'imaginait et qui pendant le siège, au plus fort de la mitraille, debout dans les tranchées, avec sa longue-vue de marine et comme du haut de la proue d'un navire, a exploré tout l'horizon à la ronde, Maximilien l'héroïque. Maximilien le naïf qui, pendant sa détention, s'amusait à envoyer au Prince Salm Salm des messages cachés dans des quignons de pain, tout en recevant de l'aumônier militaire d'autres messages dissimulés dans des cigarettes, et de nouveau Maximilien le menteur, quand tu écrivais au préfet de Miramar pour lui raconter que tu n'avais à tes côtés « que des Mexicains », en oubliant l'existence de Salm Salm et de Basch, du major de cavalerie Malburg, des officiers Swoboda et Fürstenwärther, du Major Pitner et du Capitaine Curié, du Major Görwitz, du Lieutenant d'artillerie Hans, du Comte Patcha et du Général Morett, de Tüdös, de Grill, Schaffer, Günner, Khevenhüller, Hammerstein et Wickenburg. Tu as été également Maximilien le sportif, qui jouait aux boules et au billard au Casino de Querétaro. Maximilien le bienheureux à qui les dames de Querétaro ont porté plus de linge blanc que tu n'en avais jamais eu, as-tu dit, de toute ta vie. Maximilien le généreux qui remplissait de pièces d'argent et de cuivre les mains des mendiantes qui t'assaillaient devant le casino de la ville et qui n'étaient autres que les femmes de tes propres soldats. Maximilien le romantique qui, en arrivant à Querétaro, a installé un bureau secret dans une grotte cachée au pied du Cerro de las Campanas, d'où un couple d'amoureux est sorti en courant, épouvanté. Maximilien le patient, qui jouait aux dominos avec ses officiers rien que pour leur faire plaisir, car les dominos l'ennuyaient souverainement. Maximilien le magnanime, qui a déchiré une liste des officiers de son armée qui projetaient de déserter ou de le trahir pendant le siège. Maximilien le reconnaissant, qui a décoré Inés Salm Salm de l'Ordre de San Carlos que, malgré tout, tu n'as pas pu lui donner puisque tu n'en avais pas à Querétaro mais que, Maximilien le prévenant, tu as décrit à la princesse écuyère : une petite croix d'émail blanc, un fond vert où l'on lit Humilitas sur l'endroit et San Carlos sur l'envers, et qu'on accroche avec un ruban carmin. Enfin, Maximilien le cultivé, qui parlait au Général Castillo de l'élégant bénitier de l'église quérétane de Santa Rosa, à Blasio des gargouilles à têtes de méduse de la Casa de los Perros, et qui a décrit au Général Méndez, les yeux fermés, Querétaro et ses environs : au nord San Gregorio et San Pablo, en bas la Cuesta China et la Cañada, derrière le Cimatario, vers l'ouest le Cerro de las Campanas. Dis-moi, Max, comment est-il possible que les Mexicains ne se souviennent pas de tout ce que tu as été, comment peut-il se faire qu'on ne se soit pas aperçu au Mexique de ta noblesse et de ta générosité ? Quand, par le passé, dans ce pays de sauvages, un homme d'État s'est-il intéressé autant que toi aux arts et aux lettres, ainsi qu'à la gloire de ses héros ? Quand quelqu'un a-t-il aimé autant que moi ces Indiens misérables que Juárez lui-même a oubliés? Quand, par le passé, ces gens avaient-ils eu un Empereur aux yeux bleus comme l'azur qui endurerait pour eux famines, fièvres et dysenteries, et qui serait prêt à verser son sang, à donner sa vie, comme tu l'as faite, pour eux, pour leur liberté et leur souveraineté, pour la grandeur de leur patrie que tu as faite tienne? Les Mexicains avaient-ils jamais songé qu'ils auraient une Reine dans les veines de qui coulait le sang du Roi Saint Louis, le monarque catholique le plus intègre de l'Histoire, chef de deux croisades contre les infidèles, et le sang des Bourbons de France, des Bourbons d'Espagne et des Bourbons d'Italie, le même sang qui a coulé dans les veines de Louis XIII et d'Henri IV de France, de Philippe Égalité le fondateur de la monarchie reposant sur la volonté du peuple, du Duc d'Orléans l'érudit assassiné par Jean sans Peur, du poète Charles d'Orléans fait prisonnier par les Anglais après la bataille d'Azincourt, quand, dis-moi, se sont-ils imaginé que dans les veines de cette Impératrice à la peau blanche comme le lotus venue sur terre pour poser les premières pierres de leurs écoles coulait le même sang que celui qui a coulé dans les veines d'Isabelle Farnèse et du Roi Soleil, d'Éléonore d'Aquitaine, de Marie-Thérèse d'Autriche et de Blanche de Castille? Quand, dis-moi, les Mexicains ont-ils su que lorsque je t'ai épousé j'étais à la tête d'une immense fortune de plus de deux millions huit cent mille francs en valeurs belges et américaines, anglaises, prussiennes, françaises et russes, et que de Bruxelles j'ai emporté à Miramar vingt-trois colliers, dont un qui valait plus de deux cent mille francs, trente-quatre bracelets, dont l'un avec le portrait, entouré de brillants, de mon père Léopold, le sage Roi de Belgique dont Napoléon le Grand a dit dans l'Ile de Sainte-Hélène qu'il était le plus fringant officier qui ait jamais arpenté les Tuileries, en plus de cinquante et une broches, onze bagues et trois cent soixante blouses, quatre-vingt-un châles, quatre cent quatre-vingts paires de gants, deux cent quinze mouchoirs, deux cent quatre-vingt-huit paires de bas et cent paires de chaussures, sans parler d'une paire de chaussures que je portais quand j'avais cinq ans et que j'ai laissée au Mexique en même temps que les rubis de Birmanie, que l'épingle de cravate que nous a donnée ton frère et que je n'ai jamais revue? Quand, par le passé, ces Indiens avaient-ils vu un carrosse impérial et doré parcourant les chemins bordés de cactus et d'agaves, quand un de leurs présidents ou de leurs dictateurs a-t-il été peint par Vélasquez ou Titien, quand ces bandits morts de faim avaient-ils eu comme chef un maréchal de France coiffé d'un bicorne à plumes blanches, quand ces malheureux, dis-moi, avaient-ils vu un hussard couper des noix de coco avec le même sabre qu'il avait utilisé pour couper la tête des Turcs, quand avaient-ils bien pu imaginer le faste, l'éclat, d'un Empire européen, quand, dis-moi, avaient-ils eu un grand chambellan de la cour, un Kapellmeister, cent dragons de l'Impératrice, quand avaient-ils jamais vu un laquais en livrée de velours pourpre acheter des *chichicuilotes* sur le marché de Santa Anita, quand se sont-ils imaginé, dis-moi, que le Prince qui dans les provinces lombardo-vénitiennes a assaini les lagunes de Venise et asséché les marais pour combattre la malaria, élargi les boulevards de Milan, construit une nouvelle place entre la Scala et le Palais Marino, restauré la Bibliothèque Ambrosienne, irrigué grâce aux eaux de la Ledra les plaines du Frioul, quand, dis-moi, ont-ils songé que ce même Prince : Maximilien le sage, Maximilien le libéral, Maximilien le mécène, Maximilien l'héritier du Saint-Empire Romain, Maximilien le descendant de la dynastie la plus vénérable et la plus illustre de l'Histoire, car si les Bourbons de Naples ont eu quatre rois, quatre les Hohenstaufen, cinq les Bonaparte, six les Tudor, sept les Bourbons de France, neuf les Hohenzollern, dix les Stuarts et dix les Bourbons d'Espagne, onze les Hannover-Windsor, douze les Savoie, treize les Valois, quatorze les Plantagenêts, quinze les Bragance et quinze les Capet, dix-huit les Romanov, la Maison d'Autriche, la Maison de Habsbourg, ta maison, Maximilien, est la seule à avoir donné au monde vingt-six monarques, dont vingt-deux empereurs et quatre souverains de la branche espagnole des Habsbourg, en plus de quatre reines à l'Europe, quand, te disais-je, les Mexicains se sont-ils rendu compte qu'ils avaient chez eux précisément un de ces empereurs, l'Empereur à la barbe d'or étendu dans un hamac à l'ombre des flamboyants en fleurs, qui passait ses après-midi à boire du Jerez et du vin du Rhin dans des verres de cristal de Bohême, Maximilien le sybarite, qui mangeait dans de la vaisselle de Limoges, Maximilien l'élégant, qui se promenait, au bras du Commodore Maury, sous les candélabres que tu avais fait venir de Venise, qui contemplait les tapisseries suspendues dans la salle de musique du Château de Chapultepec illustrant les fables de La Fontaine, qui méditait, Maximilien le penseur, assis sur une chaise Louis XV, près des vitraux de Cérès et de Pomone, de Flore et de Diane, que tu avais fait fabriquer pour que les couloirs du château baignent dans la lumière des légendes grecques, quand, dis-moi, se sont-ils rendu compte que c'est précisément un de ces Habsbourg qui frappait la nuit aux portes des boulangeries de Mexico, Maximilien incognito, qui a traversé à cheval et avec de l'eau jusqu'à la ceinture la rivière Jamapa, Maximilien l'audacieux, qui s'est proposé au sommet de la Pyramide du Soleil d'être le nouveau Justinien, le nouveau Solon d'Amérique, Maximilien l'ambitieux ? Ah, Maximilien, je pense parfois que je ne pardonnerai jamais aux Mexicains.

Tu as également été Maximilien le raté, toi qui as rêvé d'être un autre Maximilien Ier de Habsbourg, un autre Joseph II d'Autriche. Mais Joseph II a aboli l'esclavage et colonisé la Galicie, toi tu as tenté de rétablir l'esclavage au Mexique et tu n'as même pas pu ajouter l'enclave de Belize à ton empire, Maximilien Ier a reconquis les territoires hongrois que la Maison d'Autriche avait perdus, grâce à l'argent des mines du Tyrol. Mais qu'as-tu fait, toi, avec l'argent du Mexique, si ce n'est remplir les poches et les panses de l'armée française, remplir leurs fusils de poudre, leurs canons d'obus destinés à décimer les Mexicains ? C'est pour cela que tu as été traître à ta nouvelle patrie et pour cela que le Mexique te méprisera toujours. Tu as été, tu es, Maximilien, le méprisé, l'oublié: l'Archiduc Charles et le Prince Eugène de Savoie chevaucheront pour l'éternité leurs montures de bronze sur la Place des Héros de la Hofburg: mais tu n'y as pas ta place, Maximilien, car l'Archiduc Charles a vaincu les forces de Napoléon à Aspern et Eugène de Savoie a anéanti à Zenta l'armée turque de Mustapha II, mais toi tu n'as pas gagné la bataille du Mexique et cela, Maximilien, tes propres compatriotes, les Autrichiens, ne te le pardonneront jamais.

Pour toutes ces raisons, je sais maintenant, Maximilien, qu'il ne me suffira pas de la pureté et de la transparence pour écrire à nouveau ton histoire, et que je suis condamnée à vivre et à mourir ainsi, avec les entrailles en feu. Je l'ai su dès que le miroir d'eau où je me contemplais a commencé à se durcir et à se ternir. Je l'ai su dès que l'onde où je flottais, entre deux eaux, a commencé à charrier des liquides immondes et à rougir. Dès que je me suis rendu compte que je devrais écrire ton histoire et la mienne, pendant les années, les jours ou les minutes qui me restent à vivre, avec ce liquide vicié qui me coule dans les veines. Avec celui-là même qui a taché le dos du cheval de bois de ma cousine Minette, dont ma mère m'a juré qu'il était bleu et immaculé et dont j'ai découvert que c'était un liquide noir et bâtard: avec mon sang. Et également avec le tien. Avec celui des autres. L'autre jour, le messager est arrivé déguisé en Benito Juárez et il tenait dans ses mains une calotte crânienne qui débordait de sang. C'était le sang, m'a-t-il dit, de tous les Mexicains qui sont morts pendant l'intervention et l'Empire. Il m'a dit que si les Mexicains avaient recouvert d'un tapis rouge le chemin qui va du Palais National au maître-autel de la Cathédrale, le jour où toi et moi nous sommes allés à pied rendre grâce au Seigneur, avec le corps de tous mes Mexicains, m'a dit l'Indien, tués par les soldats français, par les chasseurs d'Afrique, par les légionnaires et par les troupes anti-guérilla du Tamaulipas, avec le sang qu'ont versé les volontaires autrichiens et belges, avec les bras et les jambes que les Mexicains ont perdus à Puebla et à Tampico, avec les oreilles que leur ont coupées les soldats du bataillon égyptien, avec ceux qu'on a fusillés et pendus après que tu eus signé le Décret du 2 octobre, nous pourrions recouvrir plus de cent fois le même chemin. Et l'Indien a ajouté que bien qu'on ait dû t'embaumer deux fois, tu as finalement retrouvé ton pays, ta terre, bourré de parfums égyptiens, sous les ailes d'un ange, et que là où tu es, à Vienne, tu y es avec tous tes os, pour que les descendants des Mexicains qui t'ont attiré au Mexique viennent les vénérer; mais, m'a demandé Juárez, et je te le demande, où sont les os des soldats zacapoaxtlèques qui sont restés enterrés dans la boue des plaines de Puebla, où sont les os des guérilleros que le Colonel du Pin a jetés dans les eaux du Tamesí avec une pierre accrochée au cou, où sont ceux des hommes fusillés à Mexico et jetés dans la fosse commune du cimetière de Campo Florido, où sont ceux dont les cadavres ont été dévorés par les requins de la baie de Guaymas? Alors, Maximilien, j'ai enlevé mes vêtements. Je me suis déshabillée, Maximilien, devant Juárez, non pas pour me donner à lui mais pour écrire sur ma peau, avec leur sang et celui du Mexique, notre histoire. J'ai trempé mon majeur dans le sang et je me suis dessiné une croix sur le front. Un cercle sur le ventre. Avec le sang des Mexicains répandu à la bataille de Santa Gertrudis, à la bataille de Pinoteca et à la bataille de San Lorenzo, sur les côtes du Tamaulipas, pendant le siège de Querétaro, dans les déserts du Sinaloa, dans la Rue des Fous de Puebla, sous les pattes des chevaux, dévorés par les chiens, décimés par le typhus et la gangrène, morts de soif et le crâne défoncé, dans les défilés de Hidalgo, à la bataille de Calleja: avec ce sang, Maximilien, je me suis tatoué le corps et c'est là, sur ma peau, que tout est resté écrit et non pas sur les feuilles, sur les milliers de feuilles blanches que j'ai arrachées de mes cahiers, que j'ai éparpillées dans mes appartements, qu'ensuite j'ai entassées avant de les disperser à nouveau, pour être à nouveau saisie d'angoisse, car je n'ai pas pu raconter ton histoire, pour à nouveau me réjouir car, après tout, l'occasion m'a été donnée de recommencer, une fois encore, depuis le début. Ah, Maximilien, je pense parfois qu'avec les feuilles du cahier où tu as écrit tes aphorismes et les règles de conduite que tu devais suivre toute ta vie, avec les pages de la Bible que t'ont présentée à Miramar Monseigneur Rechich et l'Abbé Gomez pour que tu prêtes serment sur elle en tant que souverain de ta nouvelle patrie, avec les pages de ton livre secret, avec les mémoires de tes voyages à travers l'Albanie, l'Algérie et l'Amérique du Sud, avec le Pacte de Famille où tu as renoncé à tous tes droits sur le trône des Habsbourg, avec les lettres que la femme de Kuhacsevich a écrites à celle de Radonetz pour se plaindre qu'à la cour du Mexique elle devait tout faire: majordome en chef et dame de compagnie, lectrice et secrétaire, palefrenière, chambrière, laitière, fille d'écurie, avec les lettres du Colonel Loizillon, de Bazaine et de la Comtesse Kollonitz, avec celles que t'a envoyées Santa Anna de l'Ile de Saint-Thomas pour t'offrir son adhésion à l'Empire, avec celles que tu as envoyées à la Baronne Binzer pour lui parler de l'enchantement des Jardins Borda, avec les interminables rapports que Fischer t'a envoyés depuis le Vatican, avec tout cela, Maximilien, on pourrait tapisser, avec les discours au Sénat mexicain que tu écrivais d'abord en allemand pour qu'on les traduisît en latin, avec les menus des banquets de la cour du Mexique que tu envoyais en Europe pour qu'on sût là-bas avec quelle magnificence tu traitais tes invités impériaux, avec les lettres d'Éloin où il te disait que tout le monde à Vienne regrettait que notre cher Max fût si loin, avec celles que tu écrivais à Éloin pour lui dire que tout allait bien au Mexique grâce à l'inertie de Bazaine et à l'abandon de la France, avec les lettres où tu racontais au Comte Hadik que tu avais fait planter cinq cent quatre-vingt-dix frênes à Mexico et que de ta bourse était sorti l'argent nécessaire à l'entretien d'un exemplaire presque unique du *mapasuchil* ou arbre aux petites mains qui poussait dans le jardin intérieur du Palais National et qui avait fait l'admiration de

Humboldt et de Bonpland, avec les lettres de mon père Léopold où il nous conseillait de ne pas perdre l'affection des Indiens, avec le Mémoire de Pierron où il te comparait avec Pépé la Bouteille, le roi d'Espagne, avec les lettres que Leonardo Márquez a écrites à Orizaba pour le peuple et pour tes ministres alors qu'un jour tu voulais quitter le Mexique et le lendemain rester, avec les édits que tu as signés pour encourager l'élevage des huîtres perlières et des sangsues, avec les pages des livres de Blanchot et de Niox, de Détroyat et de Hans, de Blasio et du Docteur Basch, avec les feuilles du *Journal Officiel de l'Empire* où l'on publiait les nouvelles des victoires militaires de Douay et de Castagny, et les comptes rendus des Lundis de l'Impératrice, avec les cinq cents feuillets du *Cérémonial de la Cour*, avec tout cela, Maximilien, et avec les mille et un folios de ton procès et de ton jugement on pourrait tapisser la route de Vienne à Querétaro, depuis ta chambre bleue avec son alouette empaillée du Château de Schönbrunn jusqu'à ta cellule du Couvent des Teresitas, depuis la porte des aigles d'or de la Hofburg jusqu'aux briques sales du mur improvisé sur le Cerro de las Campanas la veille de ton exécution. Mais ils ne suffiraient pas, Maximilien, à recouvrir notre déshonneur et mon malheur.

Car en fin de compte, dis-moi : à quoi t'ont servi toutes les richesses du Mexique ? Et tous ses bois précieux, si tu as fini dans une caisse en sapin qui t'a été trop juste ? A quoi t'ont servi les poutres de cèdre du Palais National si tu n'en as pas fait une potence pour Bazaine et un échafaud pour Escobedo ? Et tout l'argent des mines du Sonora, si tu n'as pas pu suborner grâce à lui tes geôliers et tes bourreaux ? Avec tous les scorpions du Mexique on aurait pu tapisser, Maximilien, le Palais de Saint-Cloud, mais la peau de tous ses serpents ne suffirait pas à habiller les traîtres, ceux qui t'ont abandonné, Napoléon le Petit, Hidalgo y Esnaurrízar, Márquez, López et tant d'autres, Maximilien, qui se sont enfuis comme les rats d'un bateau qui sombre, et ta propre mère qui t'a dit de rester au Mexique, qui ne voulait pas te voir revenir en Autriche. Ah, Max, cher Max, pauvre innocent, qui d'autre que toi aurait pu avoir l'idée de jeter des médailles en l'air comme qui jetterait des perles aux cochons, comme tu jetais des pièces à la foule des mendiants qui exhibaient leurs blessures et leurs moignons dans la Rue des Ponts-Rouges de Naples, aux gamins de l'Ile de Madère qui nageaient autour de ton bateau, aux gueux et aux clochards mexicains quand tu allais faire baptiser le fils de ton compère ? Ah, Maximilien, avec toutes les médailles, les grands cordons et les croix que tu as distribués au Mexique, on pourrait aujourd'hui recouvrir ton sépulcre, tu serais enseveli sous une pyramide d'or, d'argent, de bronze et de soie. Mais, dis-moi, Max, pourquoi n'as-tu pas décoré du grand collier de l'Ordre du Crime le Colonel Platón Sánchez ? Pourquoi n'as-tu pas décerné l'Ordre de la Lâcheté au Baron Lago et à tous les autres consuls européens qui se sont enfuis en courant de Querétaro ? Pourquoi n'as-tu pas nommé ton frère François-Joseph grand maître de l'Ordre de la Perfidie ? Pourquoi, dis-moi, n'as-tu pas décoré Juárez de l'Ordre de la Miséricorde, pour voir s'il épargnerait ta vie? Et toi, Max, cher Max, toi qui quand tu étais enfant jouais aux décorations avec des papiers de couleur, des coupures de faux lamé d'or, des rubans, des pompons et des franges de rideaux et qui demandais à ton frère Louis-Charles de te nommer, dans le Salon Napoléon de Schönbrunn, Grand Maître des Ordres de la Couronne de Fer, de l'Aigle Rouge et de la Toison d'Or, dans la chambre aux miroirs où Mozart enfant jouait du clavecin, Chevalier de l'Ordre du Bain et de l'Ordre de Philippe le Magnanime, à l'ombre des statues du parc, d'Eurydice, de Jason et d'Hannibal, Commandant de l'Ordre de l'Étoile Polaire, écoute-moi : j'ai ici, avec moi, l'Ordre de saint Olaf, avec la croix de Malte en or et le lion norvégien que m'a apporté Haakon VII pour que tu l'emportes au Mexique. J'ai ici le grand collier de l'Ordre de Charles III, avec la fleur de lys en or de la Maison de Bourbon, que m'a donné Alphonse XIII pour que je te l'accroche au cou la prochaine fois que je te verrai. J'ai également l'Ordre de saint Hubert de Bavière que m'a envoyé ton cousin Louis pour que je te le décerne à ton prochain anniversaire et l'Ordre de la Jarretière que m'a envoyé ma cousine Victoria, l'Ordre de Léopold de Belgique que veut t'attribuer mon papa Léopich et l'Ordre brésilien de la Croix du Sud que Pedro veut que je te remette pour l'anniversaire de ton Empire. J'ai aussi pour toi l'Ordre de l'Empire du Congo que m'a envoyé mon frère Léopold, l'Ordre de Nichan-el-Anouar dont le Président Poincaré veut te décorer pour ta fête, l'Ordre de saint Séraphin avec les trois couronnes de Suède et les trois clous de la croix du Christ que veut te décerner Oscar II, l'Ordre de saint Grégoire que Pie X ma demandé de t'apporter au Mexique comme cadeau pour la Fête des Rois. Mais je ne vais rien te donner. Dis-moi un peu, Maximilien: pourquoi, quand l'armée française t'a abandonné au Mexique et qu'au lieu de te les laisser, Bazaine a jeté dans les eaux du Canal de la Viga les millions de cartouches qui sont allées rejoindre, sur les herbes et les pierres du fond, les joyaux perdus du trésor de l'Empereur Cuauhtémoc, les idoles et les figurines, les offrandes qu'y jetaient les Indiens pour calmer les colères du dieu Tláloc, pourquoi ne pas lui avoir demandé de ne pas inonder à nouveau la cité aztèque, pourquoi quand, à Orizaba, tu as appris que les républicains avaient pillé ta chère Quinta Borda de Cuernavaca et quand, sur la route de Querétaro, ton cheval Orispelo a trébuché et qu'un clairon est tombé blessé à tes pieds, pourquoi alors que, dans la Ville lévitique, les forces d'Escobedo avaient refermé le piège de la souricière, que les chasseurs de Galeana achevaient à coups de sabre les soldats impériaux qui étaient restés étendus sur la plaine de Carretas, et que la victoire du Cimatario s'était transformée non seulement en défaite mais en échec total, car tout le monde savait qu'après le Cimatario ton Empire était condamné à disparaître, pourquoi, dis-moi, quand un coup de canon a renversé la Déesse de la Liberté de Querétaro, alors que tu mangeais avec tes généraux de la mule en vinaigrette, que tu offrais un dollar pour chaque balle en bon état, que l'air de Querétaro était empoisonné par l'odeur de chair carbonisée montant des bûchers pour les morts qu'on n'avait pas le temps d'enterrer et par les touffeurs de la gangrène, que presque chaque jour tu retrouvais le cadavre d'un de tes hommes pendu à un arbre, que tu as dû transformer le casino de la ville en hôpital pour amputés, que tu avais encore la force d'imaginer, Maximilien l'optimiste, que Juárez épargnerait ta vie et qu'une fois prisonnier au Couvent des Teresitas, tu as dicté à Blasio l'horaire de chaque journée de retraite que tu passerais à Lacroma et où tout était prévu depuis le petit déjeuner jusqu'à la partie de billard et le porto, la lecture de Dante et des journaux, le chocolat et les cigares, tout sauf quelques minutes d'amour pour moi, certainement parce que tu croyais que je vivrais loin de là, enfermée pour toujours dans un asile, pourquoi, dis-moi, alors que tu avais encore le courage, Maximilien l'humoriste, l'innocence de donner un nom latin à ces punaises immondes du Couvent des Teresitas qui te suçaient le sang et te dévoraient chaque nuit comme tous au Mexique t'ont dévoré en profitant de ton ingénuité et de ta bonté, Maximilien l'innocent, Maximilien le bienveillant, de ta générosité, Maximilien l'altruiste: car tu as été dévoré par Almonte, par le Père Augustin Fischer, par Gutiérrez Estrada et Napoléon III, par les moustiques, la dysenterie, le clergé, la trahison, par ta propre nonchalance, Maximilien le négligent, par l'humidité des terres chaudes, par le feu des terres tempérées, et à moi on ne m'a laissé que des ombres de toi-même: les orbites de tes yeux remplies de grêle noire, ta peau noire et écailleuse, quelques fils cassants de tes cheveux blonds, pourquoi, dis-moi, quand tu savais pertinemment que Márquez ne retournerait jamais à Querétaro pour accomplir la prouesse de revenir avec sa cavalerie et de surprendre l'arrière-garde d'Escobedo, pourquoi quand, à la Croix, tu as appris qu'il y avait là un arbre unique au monde, un *huizache* dont les épines avaient la forme parfaite d'une croix et préfiguraient ton martyre, pourquoi, quand notre compère López que tu avais choisi pour la Garde de l'Impératrice parce que tu as toujours aimé t'entourer de belles personnes: tu croyais qu'à un beau visage correspondait forcément une belle âme, pourquoi quand notre compère aux cheveux blonds et aux yeux bleus a livré le couvent à l'aube du 14 mai 1867, pourquoi, dis-moi, quand tu as su qu'à peine avais-tu abandonné ta chambre à la Croix les républicains étaient entrés pour la piller, pourquoi quand au Couvent des Teresitas tu as fait remarquer au Docteur Basch qu'un de tes gardiens s'amusait avec une poupée revêtue d'une redingote bleue, de pantalons rouges et d'une couronne sur la tête, dont le visage était une sorte de masque mobile sous lequel apparaissait un crâne, et qui préfigurait ta mort et les sarcasmes qu'elle inspirerait aux Mexicains, pourquoi quand on t'a fait passer une nuit dans un tombeau, comme tu l'as dit à Basch, parce qu'on t'a enfermé dans la crypte du Couvent des Capucins de Querétaro qui t'a rappelé ton voyage à Palerme le jour où un frère capucin t'a guidé jusqu'à une autre crypte dont la porte était ornée de crânes et à l'intérieur de laquelle tu as contemplé, pétri d'horreur, une série de corps desséchés et de squelettes à demi décharnés, dont certains avec encore des mèches de cheveux sur le crâne, recroquevillés selon des postures grotesques dans les niches qui couvraient les murs, à genoux, accroupis, debout, crânes coiffés de bonnets de nuit bordés de batiste qui te fixaient de leurs yeux sans fond, qui te souriaient de leurs bouches édentées, momies vêtues de chemises de nuit en dentelle, ou de redingotes, qui te tendaient la main : ton voyage à Palerme et cette nuit à Querétaro ont tous deux préfiguré ton destin, car finalement, quand tu arriverais à Vienne on allait te ranger, comme tous les autres empereurs et princes du Saint-Empire romain germanique, et de la branche autrichienne de la Maison des Habsbourg, une fois mort et embaumé pour l'éternité des siècles, dans la crypte de la chapelle impériale des Capucins, mais tu dois savoir, mon pauvre Max, que même dans la mort tes frères autrichiens t'ont refusé le titre d'Empereur qui t'est revenu de ton vivant, car dans la Kapuzinergruft seuls ceux qui ont été empereurs méritent un mausolée et toi tu n'en as aucun, on ne t'a pas élevé, comme à l'Impératrice Marie-Thérèse et à son époux François de Lorraine, un monument funéraire entouré des trois vertus théologales noyées dans leurs larmes de marbre, et c'est pour cette raison que la Foi que tu as eue dès ton enfance en ton noble destin ne pleure pas près de toi, ni la Charité que tu as toujours prodiguée à tes serviteurs, à tes sujets, et à tes amis, ni l'Espérance qui ne t'a jamais quitté tant que tu es resté vivant au Mexique, pourquoi, dis-moi, Maximilien, quand tu as su qu'on allait te juger, quand on t'a condamné à être fusillé, que tu as appris que Juárez te refusait son pardon et qu'il s'en tiendrait là quand bien même toutes les amazones agenouillées du monde et les têtes couronnées de l'univers le demanderaient pour toi, pourquoi, le matin où l'on t'a fusillé, quand tu t'es habillé et que tu as glissé sous ta chemise une douzaine de mouchoirs pour qu'ils absorbent ton sang et que tu n'offres pas un triste spectacle, dans un geste semblable à celui de Charles Ier d'Angleterre que tu admirais tellement et qui, le matin glacé où on lui a coupé la tête, a enfilé plusieurs chemises pour ne pas trembler de froid et pour que le peuple ne pensât pas qu'il tremblait de peur, pourquoi, alors que tu étais déjà face au peloton et que tu as demandé qu'on ne répandît plus de sang au Mexique après le tien et celui de tes deux généraux, pourquoi, dis-moi, Maximilien, après avoir crié Vive le Mexique et quelques secondes avant la décharge, pourquoi toi, l'idiot, le faible, le crédule, le candide, le confiant, l'arrogant et le paresseux, le téméraire et le fourbe, l'imbécile, pourquoi, dis-moi, tu ne t'es pas décoré toi-même du grand collier de l'Ordre du Couillon Suprême ?

On dit que je suis folle parce que j'ai brisé tous les miroirs de Miramar : je ne peux pas, je n'ose pas regarder le visage qui un jour a souri à Napoléon le Petit, les yeux qui un jour se sont illuminés devant les promesses de Gutiérrez Estrada. C'est avec ces yeux pleins d'adoration que j'ai regardé ma mère, mais c'est avec ces mêmes yeux que j'ai contemplé et convoité ton corps nu : je ne veux pas les revoir dans un miroir, je ne veux pas qu'ils voient ma bouche. C'est avec cette bouche que j'ai baisé les pieds des vieilles femmes le Jeudi Saint, avec elle que j'ai bu dans les fonts baptismaux de toutes les églises de Venise, que j'ai reçu sur la tombe de saint Pierre l'hostie sacrée des mains de Pie IX, mais c'est avec cette même bouche que j'ai mille fois maudit le Pape et l'Église. Je me suis caché la tête sous un bonnet noir car je ne veux plus jamais voir mes cheveux dans un miroir ni les toucher. Ce sont ces mêmes cheveux que mon père a caressés et que le Colonel Van der Smissen a couverts de baisers. Je me suis mis des oreillettes de velours noir : c'est avec ces oreilles que j'ai écouté, de tes lèvres, tes serments d'amour, mais aussi les insultes des Mexicains. Je ne veux plus jamais les voir dans le miroir. Je ne veux pas les toucher. Je ne veux même pas qu'elles entendent ma propre voix. J'ai également enfilé des gants noirs : c'est avec ces mains que j'ai brodé des pantoufles pour mon père Léopold, mais jamais elles n'ont déposé une seule fleur sur sa tombe. C'est avec ces mains que j'ai tenu les livres de Frayssinous et que j'ai brodé sur un coussin l'Agneau de Dieu, sur un autre la Sainte Eucharistie et sur un autre encore le Calice de la Dernière Cène, mais c'est aussi avec elles que j'ai caressé la toison blonde qui tapissait ta poitrine et celle de ton sexe. Je me suis bandé le corps tout entier avec des chiffons noirs : je ne supporte plus la vue des seins que Van der Smissen et toi avez couverts de salive, je ne peux, je ne veux plus voir le ventre qui a abrité le Général Weygand, les cuisses qui ont enserré ta taille et qui se sont ouvertes pour recevoir le membre de Van der Smissen et engendrer le fruit de ma luxure, je ne veux plus voir mes pieds ensanglantés par l'interminable route que j'ai parcourue depuis que je suis partie d'Europe et que j'y suis revenue, enflammés par le sable brûlant de tous les déserts du Mexique et déchirés par les épines de tous ses cactus et de toutes ses ronces. On dit que je suis folle parce que je passe des semaines et des semaines dans ma chambre sans quitter mon lit et que je me cache le visage sous les draps, et parce que j'ai fait recouvrir les fenêtres de rideaux de velours noir, j'ai ordonné que l'on me baigne et qu'on m'habille dans l'obscurité, qu'on me donne mes aliments dans l'obscurité et qu'on me laisse faire mes besoins dans l'obscurité : je ne peux pas voir le monde et je ne veux pas que le monde me voie. Quand nous nous sommes dit adieu pour toujours, Max, dans l'air parfumé d'Ayotla, les jeunes filles du village m'ont offert une couronne et un sceptre faits de lucioles vivantes attachées par des épingles : avec cette couronne et ce sceptre on pourrait illuminer le plus grand salon des Tuileries, mais ils ne suffiraient pas, Maximilien, à éclairer ma solitude et ma honte.

On a inventé le téléphone, Max, et j'ai ordonné de tendre une ligne secrète entre ma chambre et le Salon des Aides de Camp. Une autre entre ma chambre et le Salon des Excellences. Une autre entre le Salon des Grands Chambellans, le bureau de Napoléon III à Saint-Cloud et la chapelle de l'Impératrice Eugénie à Fontainebleau. Une autre encore entre le Palais National de Mexico et le Vatican. Une autre entre le Château de Chapultepec et les Jardins Borda. Une autre entre mon carrosse et la diligence de Benito Juárez. Ah, si tu savais, Maximilien, comme c'est drôle de parler tout le temps au téléphone. Chaque matin j'insulte Eugénie et je lui rappelle que son arrière-grand-père était un marchand de vins écossais. A Napoléon III, je lui rappelle qu'on le surnomme Arlequin le Grand. On me dit que je suis folle, Maximilien, et que j'ai l'air d'une petite fille, parce que j'ai un téléphone invisible avec lequel je parle aux morts et aux vivants. On a tendu une ligne entre mon lit et les nuages, pour que je parle avec les oiseaux et avec la pluie. On en a tendu une autre entre ma table de nuit et l'Adriatique pour que je parle avec les poissons et les marins noyés. J'en ai tendu une autre entre la *Gartenhaus* de Miramar et Neuilly pour demander à mon grand-père Louis-Philippe qu'il me garde toutes les coupelles d'eucalyptus qu'il trouvera dans les jardins du château. J'ai parlé à mon papa à Bruxelles pour lui raconter que je vais lui offrir un album recouvert de velours rouge où j'ai collé moi-même les photographies de tous les personnages typiques du Mexique: le porteur d'eau, le rempailleur de chaises, le rémouleur, le fripier, et je lui ai dit en outre que j'ai commandé à Gees le sculpteur un buste de lui et un autre de ma mère Marie-Louise que je vais placer au pied de mon lit pour que ce soit la première chose que je verrai en m'éveillant. J'ai parlé à ma grand-mère Marie-Amélie à Claremont pour lui dire qu'elle s'était beaucoup trompée, que l'on ne nous avait pas tués tous les deux au Mexique, mais uniquement toi, et que je suis vivante, plus vivante qu'elle et que tous les autres. On dit que je suis folle parce que je sillonne avec mes dames de compagnie la pièce d'eau de Bouchout dans une barque, d'où je parle avec toi et te demande de ne pas revenir, de ne pas renoncer à ton Empire, je te dis que les cygnes noirs sont de retour à Bruges, que je suis prête à retourner au Mexique et que je vais emporter avec moi le drapeau mexicain que j'ai gardé pendant tout ce temps plié entre des feuilles de lavande. On dit que je suis folle parce que je te demande de prendre garde à toi, je veux te retrouver vivant et pour cette raison je te supplie de ne pas manger de pierres précieuses quand tu iras à Ténériffe, de ne pas boire de thé de Chine et de ne pas manger de moules vivantes quand tu reviendras à la Scala, Maximilien, car on veut t'empoisonner: avec du jus de palmiste, avec des avocats de Tecozautla, avec l'eau écumante des sources de Tehuacán. On dit que je suis folle parce que je parle au téléphone avec le Pape. Parce que je parle avec Benito Juárez et que je lui rappelle qu'il est indien, qu'à treize ans il ne parlait que zapotèque, qu'il jouait de la flûte au milieu des roseaux de la Lagune Enchantée, qu'on l'a expulsé d'Oaxaca et ensuite du Mexique, qu'il était orphelin, qu'on le surnommait « le singe déguisé en Napoléon », qu'il a été emprisonné à San Juan de Ulúa, qu'il a roulé des feuilles de tabac à La Nouvelle-Orléans, qu'il a passé sa vie à fuir et à faire des sauts de puce entre Mexico et San Luis Potosí, Zacatecas, La Havane, Acapulco, Chihuahua et Veracruz. On dit que je suis folle, que j'ai l'air d'une petite fille parce que j'ai beau savoir que tu es mort, je demande à Juárez de ne pas te tuer et s'il te tue, de ne pas livrer ton corps à l'amiral Tegetthoff, de ne pas permettre que tu reviennes vaincu en Europe sans viscères et sans titre, je le demande tous les jours à Juárez, je le supplie, je m'agenouille devant lui, je lui embrasse les mains, qu'il a foncées et rêches, je lui rappelle qu'il a été professeur de physique et gouverneur d'Oaxaca, qu'il est président de la République et traducteur de Tacite, qu'il a étudié l'algèbre et la philosophie, je lui demande de ne pas te tuer, de ne pas t'embaumer, je lui demande au nom de Dieu, de ce Dieu qu'il a invoqué quand il a triomphé de l'Empire, de ne pas remettre ton corps à Vienne, je le supplie, au nom de la *Vie des saints* dans laquelle il a appris la grammaire espagnole, de le jeter par-dessus bord d'un bateau mexicain dans les eaux de Veracruz ou de l'enterrer à Mexico, je le supplie, au nom de l'effigie du Christ qu'il accompagnait dans les rues d'Oaxaca en faisant le chemin de croix, de me laisser creuser ta tombe avec mes mains et avec mes dents, de me laisser mourir avec toi, de me tuer moi aussi s'il le veut et de nous laisser pourrir tous les deux en paix, seuls et oubliés à jamais dans une fosse commune du cimetière de Querétaro. Mais Juárez refuse de parler avec moi. Il me fait dire par son secrétaire qu'il est occupé à rédiger la Constitution, qu'il est allé à San Luis, qu'il doit prononcer un discours à la Chambre des Députés, qu'il est en train de faire la sieste, que Margarita Juárez lui fait son nœud de cravate, qu'il doit inventer une phrase célèbre. Il me fait dire qu'il doit revêtir son uniforme de la milice civique pour défendre l'isthme de Tehuantepec que les Espagnols veulent envahir, qu'il est en train de préparer la campagne pour sa réélection, qu'il doit écrire une philippique contre les francs-maçons de Rite Écossais, qu'il va emmener sa petite-fille au jardin public. Il me fait dire qu'il ne se souvient pas de moi, qu'il ne sait pas qui je suis. Il me fait dire qu'il est mort depuis cinquante ans, qu'il n'est plus président ni *licenciado*, qu'il n'est plus indien, qu'il n'est plus rien, si ce n'est un monument sur la Alameda à Mexico et une statue dans chaque village de la République, un nom pour cent avenues et mille rues dans mille hameaux, un nom de ville, un nom de dahlia, il me fait dire qu'il est un tas de poussière dans le panthéon du saint qui porte ton nom.

De toute façon, il ne m'échappera pas. Il a promis que l'Histoire vous jugerait tous les deux et il devra comprendre que si tu as tout été: Maximilien l'impavide, Maximilien le digne, Maximilien le magnanime, le bienveillant, le sourd, l'implacable, l'inflexible, je vais le lui rappeler tous les jours, je lui demanderai au nom de la mémoire de sa sainte mère de penser que si tu as été rancunier et ridicule, incrédule, imprévoyant, Maximilien l'aveugle et le délaissé, l'obstiné et Maximilien l'ignorant, je le prierai sur la vie de ses enfants, Maximilien le médiocre et l'aventurier, le menteur, l'éclairé, le compréhensif, le gobe-mouches, ce prétentieux de Maximilien, je lui dirai que si tu as été tout cela: le courageux, Maximilien l'hypocrite, le philosophe et l'artiste, l'héroïque, l'ingénu, le sportif, je porterai des fleurs sur sa tombe, le détaché, le romantique, le patient, le reconnaissant, l'attentif, Maximilien le cultivé, je prierai chaque soir pour son âme à condition qu'il dise au Mexique, Maximilien à la mémoire fidèle, Maximilien le généreux, le noble, le sage, le libéral, le mécène, le sybarite, l'élégant, pour qu'il n'oublie pas et qu'il te pardonne, pour qu'il comprenne que si tu as eu tous les vices et toutes les vertus, si tu as été Maximilien le juste, l'ambitieux, le raté, le méprisé, Maximilien l'oublié, je lui dresserai un autel et je brûlerai un cierge en ton nom, au nom de Maximilien l'humoriste, l'innocent, l'optimiste, Maximilien l'altruiste, le négligent, le sot, le faible, le crédule, le candide, le confiant, l'arrogant, le fainéant, le rêveur, le téméraire, le fourbe, Maximilien l'imbécile, pour qu'il comprenne que comme presque tous les êtres humains tu as été souvent de tout un peu, mais jamais une seule chose, à jamais imposteur et usurpateur comme aiment te voir ceux qui ne t'aiment pas, ou comme moi qui t'aime tant et qui aimerais te voir, à jamais, victime et martyr.

XXII
« L'HISTOIRE NOUS JUGERA »
1872-1927

1. *« Qu'allons-nous faire de toi, Benito ? »*

Dis-nous, Benito :
« Qui jetait des petits fruits ? »
« Des petits fruits verts aux paroissiens ? »
« Qui, pendant qu'ils écoutaient la messe... »
« ... pour leur faire croire qu'ils tombaient du ciel... »
« ... ou qu'ils jaillissaient de l'enfer ? »
« Qui ? »
« Un ange ? »
« Ou bien c'est le diable qui les jetait ? »
« Ou bien c'était Pablo ? »
« Pablo Benito Juárez, le diable en personne ! »
« Le diable en personne, le diable en personne ! »

Il ressentit à nouveau la douleur. Il avait mal dans la poitrine comme si celle-ci n'était plus qu'une plaie pantelante, comme s'il avait à fleur de peau la chair vive, rouge, brûlante du diable.

Du diable en personne.
« Et qui, dans la lagune au nom enchanté... ? »
« Qui ? Qui parlait aux oiseaux ? »

Car il n'a jamais été un ange. De rien ni pour personne, il n'avait jamais été un ange. Ni pour ses parents Marcelino et Brígida. Pas même pour Margarita... Ah, le diable, par contre !

« Qui ? Benito Pablo ? »

Il ne s'est jamais souvenu des visages de Marcelino et de Brígida qui avaient fait de lui un orphelin alors qu'il était encore tout petit. Il n'a même jamais su si Brígida lui avait donné un jour le sein. Mais penser à la lagune et au langage des oiseaux fut comme si une brise fraîche et douce lui caressait la poitrine. Oui, oui, c'était lui, Pablo Benito Juárez, qui parlait avec les oiseaux, les moutons et les créatures de Dieu, lui, l'Indien qui connaissait la langue des bêtes quand il était berger à Guelatao: moi l'Indien. Il avait voulu dire: moi Pablo. Moi Benito, voulut-il crier, mais il s'aperçut qu'il ne pouvait pas parler, qu'aucun son ne sortait de ses lèvres.

Il sut également qu'il ne pouvait pas fermer les yeux, et s'il savait qu'ils étaient ouverts c'est parce qu'en face de lui il y avait une ombre plus sombre que toutes les ombres sombres qui l'entouraient. Et il sut que cette ombre pesait, qu'elle avait une forme et des dimensions, que c'était une masse qui pendait quelque part comme une gigantesque chauve-souris, un vampire assoupi la tête en bas, accroché au plafond par les griffes de ses ailes et il savait aussi ce qu'était cette ombre.

« N'est-ce pas, Benito Pablo ? »

De même qu'il ne pouvait pas s'empêcher de voir, de même il ne pouvait s'empêcher d'entendre et de sentir. Il vit d'abord une lumière qui venait d'en haut, blanche, pâle et diffuse, semblable à celle de l'aube, qui descendait lentement comme une poussière très fine, comme si elle était tamisée par les fenêtres et les rosaces d'une coupole, il entendit un bruit, on aurait dit des chaînes, et quelque chose qui était... oui, qui ressemblait au bruit d'une gouttière, comme s'il pleuvait, comme si les gouttes se glissaient le long des poutres du toit, se glissaient et tombaient, tombaient et faisaient plip, plop, sur un plateau de métal.

Ou comme si quelqu'un avait laissé un robinet ouvert.

Et une odeur de gardénia et de formol, une odeur pestilentielle, presque douloureuse, parvint jusqu'à lui.

« N'est-ce pas, Benito ? »

Mais le diable... ah, c'est vrai, il avait si souvent été le diable pour tant de gens : un diable de *licenciado*, un diable de gouverneur et un diable de président. Il sourit alors ou il voulut sourire en pensant : et parfois un pauvre diable, comme à San Juan de Ulúa, dans le cachot humide et brûlant comme l'enfer, où l'eau de mer suintait des murs, une eau salée, bouillante, qui tombait goutte à goutte sur sa poitrine blessée, comme des poignards de sel, ah Margarita, comme des épines de sel sur la chair qui, ah...

« Qui me brûle tellement... »

Il voulut parler et rien ne sortit de sa bouche, pas un son, pas une syllabe, mais la seule invocation de ce nom par la pensée fut comme si Margarita avait soufflé sur sa poitrine pour y faire apparaître le plastron frais et éblouissant de blancheur de sa chemise, Monsieur le Président, ou comme si un homme encapuchonné de blanc avait frôlé sa poitrine embrasée avec les feuilles d'un lys...

« Car tu as été, Benito, berger et enfant, studieux et propre... »

Oui, bien sûr que je l'ai été, voulut-il dire, crier aux ombres, et il se souvint de son oncle et parrain Salanueva, de l'époque où il était élève au séminaire et où il s'usait les yeux à étudier pour devenir prêtre, mais, que diable ! ce garçon ne veut pas être curé, il veut être avocat !

« Avocat, Benito ? »

Un éclat, une étincelle jaillit de l'ombre qui pendait au plafond, un reflet minuscule, un clin d'œil lumineux. Et il entendit à nouveau le grincement d'une chaîne : l'ombre bougeait et semblait tourner sur elle-même. Il entendit également tomber les gouttes, plip, plop, tandis que l'autre lumière continuait à descendre lentement comme une poussière impalpable et commençait à éclairer les lignes courbes de ce qui devait être une coupole. Benito savait de quelle coupole il s'agissait et il savait également, depuis le début, qu'il était couché sur le dos, de tout son long, avec la poitrine nue, sur quelque chose qui ne pouvait pas être un lit, pas même un lit de sangle mais qui, en raison de sa dureté et de sa froideur, était — devait être — une table, certainement très large et très longue. Il voulut lever le bras et indiquer l'ombre qui pendait devant lui, s'asseoir sur la table et la toucher, mais il était comme paralysé.

« Avocat, Benito ? »

« Avocat de qui, du diable ?

« Oui, avocat des cohortes du diable, des francs-maçons athées, des hérétiques et des blasphémateurs, des rouges et des bouffe-curés ! »

« Ah, Benito Pablo Juárez, traître des traîtres ! »

« Il a trahi son parrain », ont dit les voix.

« Son parrain Salanueva, qui voulait en faire un prêtre. »

J'ai trahi, moi, mon parrain Salanueva ? voulut dire Monsieur le Président, mais c'est à peine si une sorte de murmure sortit de ses lèvres. Un murmure qui aurait pu se transformer en cri quand il pensa, quand il crut voir qu'un homme à la tête recouverte d'une capuche noire lui touchait la poitrine avec une torche enflammée et lui brûlait la peau.

Trahi, oui, parce que ce garçon, ce masque de Judas — quels que fussent les mots employés en zapotèque pour dire « masque » et « Judas » —, tantôt en rêvant éveillé tantôt en rêvant endormi, avait abandonné ses ouailles et avait fini par abandonner son peuple, ses montagnes, par trahir son métier et sa lagune enchantée, son oncle Bernardino qui voulait en faire un berger :

« Où est allé Benito ? Où a-t-il bien pu se fourrer ? »

Là où on ne l'appelait pas : d'abord à Oaxaca, puis dans ce repaire d'hérésiarques qu'était le lycée. Ah, oui, ce Pablo Benito ou ce Benito Pablo, comme on voudra, se fourrait toujours là où on ne l'appelait pas, toujours.

« N'est-ce pas, Benito ? » dit une ombre tout près de son visage, et le souffle de cette voix lui brûla le cou, s'insinua le long de son corps comme une lave bouillonnante, lui brûla les côtes.

« N'est-ce pas, Benito, que tu te fourres toujours là où il ne faudrait pas, là où on ne t'appelle pas ? »

Benito à Oaxaca, en nœud papillon et plastron blanc. Benito professeur de physique au lycée, en redingote noire et souliers vernis. Benito au poste de gouverneur de l'État, en lunettes cerclées d'or. Benito à la présidence de la République, avec canne à pommeau d'argent. Benito vénérable compagnon de la loge de York, celle aux vinaigres, mais... ne l'avait-on pas appelé à ces différentes charges ?

« Ton peuple t'a appelé, Benito », dirent des voix et il sentit qu'une brise lui caressait, lui embrassait la poitrine.

« C'est faux, Benito : personne ne t'a appelé. »

« Ce sont tes Indiens de la Sierra de Ixtlán qui t'ont appelé, eux qui te saluaient, Benito, dans ta langue zapotèque, tu te souviens ? *Tzaquilzil, tata...* »

« Non, c'est faux, Benito : Personne ne t'a appelé. »

« Ce sont les pauvres de Loricha qui t'ont appelé et à cause d'eux tu t'es retrouvé en prison. Les paysans du Chihuahua t'ont appelé. Les citoyens de San Luis. Les libéraux et les républicains. Les Zacapoaxtlèques. La patrie tout entière t'a appelé. L'Amérique t'a appelé. »

« Non, c'est faux, Benito, c'est un mensonge », dirent les autres voix.

Mais ce n'était pas un mensonge, ses Indiens, ses amis, et même ses ennemis le savaient, la patrie, l'Amérique, l'histoire le savaient, n'est-ce pas, Margarita ? a-t-il dit ou voulu dire, et quand il a prononcé ou cru prononcer « Margarita », ce fut comme si quelqu'un, comme si un homme, ou un ange ? la tête recouverte d'un capuchon blanc et tenant à la main la fleur qui avait donné son nom à Margarita, l'effeuillait sur sa poitrine, lentement, et que ses pétales de neige fraîche et glacée, Margarita, vinssent couvrir la plaie et soulager la douleur.

Mais il avait beau penser à elle et invoquer son nom, elle ne viendrait pas, Margarita était morte. Elle était morte, la pauvre, à force d'avoir eu tant d'enfants et d'en avoir vu mourir autant. A force de suivre le *licenciado*, puis le Président, à droite et à gauche, sans arrêt, pendant toute sa vie. Margarita, oui, était partie avant lui et lui, Pablo Benito Juárez, était condamné à mourir seul.

Et c'était là, sans aucun doute, ce qui était en train de lui arriver : il mourait. Le président du Mexique mourait irrémédiablement.

Il mourait d'une angine de poitrine.

Mais il mourait aussi d'autres choses : à cause de ces ombres, de ces voix, de ce qu'elles disaient. A cause de leurs calomnies et de leurs mensonges. De leurs vérités. De ce qu'elles taisaient. Bien que tout cela fût un rêve.

Et il ne doutait pas un seul instant que tout fût un rêve, un délire, un cauchemar.

Car cette chapelle n'existait plus. Car la coupole d'où pendait la chaîne à laquelle on avait accroché le corps de l'archiduc Ferdinand Maximilien s'était effondrée il y avait au moins quatre ans et de la chapelle tout entière de l'hôpital San Andrés de Mexico il ne restait plus trace aujourd'hui.

Mais le fait est que lui, Benito Juárez, se trouvait dans cette chapelle, couché sur la table du Tribunal de la Sainte Inquisition où avait reposé le corps de l'Archiduc après avoir été embaumé une seconde fois, et maintenant c'est lui qui occupait la place de l'Archiduc, à une différence près : lui, Pablo Benito Juárez, était vivant. Peut-être allait-il mourir rapidement, mais il vivait encore. Il inspirait, douloureusement, difficilement, comme si on lui avait posé une énorme pierre sur la poitrine, mais enfin il respirait. Lui, Juárez, était vivant et l'Archiduc était mort.

Mort, oui, les yeux ouverts, ses yeux de verre noirs, grands ouverts.

Mort, et nu, il pendait la tête en bas, les pieds attachés à la chaîne qui descendait du centre de la coupole, avec les bras attachés le long du corps.

Par endroits, de quelques estafilades pratiquées au bistouri dans sa peau jaune et parcheminée, s'écoulaient des filets d'un liquide épais, à la couleur imprécise: peut-être vert olive, gris ou cendré, tombant goutte à goutte dans une cuvette posée sur le sol.

Un rayon de cette lumière impalpable et pulvérulente qui semblait tomber du ciel ou de nulle part éclairait maintenant le corps de l'Archiduc.

Derrière, tout au fond, commença à brûler un triangle de feu aux petites flammes bleues, avec en son centre une étoile flamboyante à cinq pointes.

Benito Juárez fit à nouveau un effort surhumain pour appeler à lui une fois encore le baiser rafraîchissant de la neige sur sa poitrine, le souffle glacial.

Il fallait pour cela qu'une voix ou des voix venues de loin, de son adolescence et de sa jeunesse à Oaxaca, disent de lui ce que beaucoup d'autres avaient dit quand Pablo Benito Juárez était un jeune *licenciado*, sachant lire et écrire le latin et l'espagnol, soigné, sérieux, croyant et amoureux de la fille des patrons qui l'avaient accueilli, lui l'Indien aux pieds nus, dans la grande ville capitale de l'État:

« Voilà Juárez parti, l'intelligent Juárez. »

C'est ce qu'on disait, ou encore:

« Voici venir Benito, l'honnête Benito. »

Car on ne jurait que par lui. Et alors le lys, les lys se transformeraient en papillons blancs qui poseraient leurs ailes ouvertes, fraîches, mentholées, blanches sur sa poitrine embrasée d'homme intelligent et bon, sa poitrine pantelante de patriarche honnête.

Mais il fallait que ce fût maintenant. Avant que l'angoisse ne vînt le submerger. Avant que ne vînt l'étouffer le sang: le sien et celui des autres.

« Ah Benito ! »

« Ah Benito ! »

« Qu'allons-nous faire de toi, Benito, traître envers toi-même, bradeur de ta patrie, assassin ? Qu'allons-nous faire de toi si ce n'est t'envoyer au diable ? »

« Si ce n'est t'envoyer au diable ? »

Quelqu'un, les mauvaises langues, avait inventé que Benito Juárez, quand il avait visité la chapelle San Andrés et vu le corps de l'Archiduc sur la table, avait murmuré: « Pardonne-moi. »

Mais rien n'était moins sûr. Jamais il ne lui aurait demandé pardon: ni quand il était couché sur la table ni maintenant qu'il pendait de la coupole.

Pour la simple raison que l'Archiduc était mort et que les morts n'entendent pas, ne voient pas, ne sentent pas, ne pardonnent pas. Il regarda l'Archiduc dans les yeux. Ils brillaient, certes, mais de l'éclat d'une matière minérale, sans vie. Des liquides verts, gris et denses s'écoulaient de lui, descendaient de son cou ou de sa poitrine vers son visage, des aines vers le ventre et la poitrine, et convergeaient vers la tête, les joues, atteignaient le front, les cheveux. Ensuite ils tombaient goutte à goutte dans la cuvette posée par terre.

Il se souvint alors de la lettre qu'il avait écrite à l'Archiduc et que celui-ci avait reçue en arrivant au Mexique.

« Il est donné à l'homme, Monsieur, d'attaquer les droits d'autrui, de s'emparer de ses biens, d'attenter contre la vie de ceux qui défendent leur nationalité, de faire de leurs vertus un crime et de ses propres vices une vertu... »

L'Archiduc avait-il lu la lettre d'un bout à l'autre ? Oui, évidemment, bien sûr que oui...

« Mais il y a une chose, lui disait le Président, il y a une chose qui est hors de portée de la perversité, c'est le verdict terrible de l'Histoire. Elle nous jugera. »

Le verdict terrible de l'Histoire, vous m'entendez, Monsieur l'Archiduc d'Autriche ? Vous m'entendez ? Elle nous jugera, voulut dire Juárez d'une voix bien timbrée, presque en criant, ou bien il pensa qu'il le disait, qu'il criait.

Mais il se rendit compte que c'était inutile.

Si cette chose qui pendait par les pieds devant lui était véritablement le corps nu, embaumé, de l'archiduc Ferdinand Maximilien, ou s'il n'en était pas ainsi et que tout fût évidemment un rêve, car que pouvait-ce être d'autre si ce n'est un rêve ou un délire ? et que le corps de l'Archiduc se trouvât de l'autre côté de la mer, sous la voûte de l'église des Capucins de Vienne, en fait tout cela ne revenait-il pas au même ? Ce corps n'était-il pas, de toute façon, qu'il fût pendu là au centre de la coupole de l'église San Andrés ou qu'il se trouvât dans le pourrissoir autrichien des Habsbourg, rien d'autre qu'un sac de peau desséchée, jaune ou noirâtre, rempli d'os sans vie, de myrrhe, de sciure, de viscères en conserve et d'une paire d'yeux de verroterie ?

Quel archiduc, puisqu'il n'existait plus aucun archiduc, pouvait-il se sentir concerné par le terrible verdict de l'Histoire ?

L'Histoire ne pouvait concerner que les vivants tant, précisément, qu'ils étaient en vie, se dit le *licenciado* Benito Juárez, et il se souvint que quand, dans sa jeunesse, il s'initiait à la lecture des encyclopédistes et des auteurs du siècle des Lumières, une phrase de Voltaire avait attiré son attention : « L'Histoire est une facétie », disait le Français, « que nous les vivants faisons aux morts... »

Un des aspects de cette facétie, de cette facétie fantastique, c'était, évidemment, que les morts n'en savaient rien : ils ignoraient non seulement ce qu'on disait d'eux, mais aussi, bien sûr, ce qu'on disait qu'ils avaient dit.

Quelle sorte de facétie les historiens du futur allaient-ils lui jouer à lui, Pablo Benito Juárez ?

Quelles paroles qu'il n'avait jamais prononcées ni jamais voulu dire allait-on mettre sur sa langue déjà rongée par les vers?

Il contempla les yeux de verroterie de l'Archiduc. Les liquides continuaient à couler sur sa peau, de plus en plus sombres, de plus en plus épais et nauséabonds. Parfois, comme s'il y avait eu du vent ou un léger tremblement de terre, le corps se balançait, avec une faible amplitude, et les gouttes tombaient en dehors de la cuvette.

S'il n'y avait pas cette douleur insupportable, pensa Pablo Benito Juárez...

Oui, s'il n'y avait eu pas cette douleur insupportable qui lui déchirait la poitrine, Monsieur le Président aurait pensé que ce n'était pas lui qui était là dans la chapelle de l'hôpital San Andrés, mais un autre Juárez, un autre Pablo Benito Juárez García, qu'un historien ou un dramaturge du futur étaient en train d'inventer.

Ils inventaient son procès. Ils inventaient le verdict de l'Histoire. Ils le plaçaient sur la table du Tribunal de la Sainte Inquisition, sans défense, paralysé, incapable de bouger un doigt ou de dire un mot.

Ils le pendaient en face du cadavre embaumé, putréfié et à nouveau embaumé du prince autrichien dont les dames de San Luis et de Querétaro, les ambassadeurs européens, les princesses à cheval et à genoux lui avaient demandé la grâce...

Ils le mettaient en face de lui, oui, mort et bien mort, sans aucune possibilité de le ressusciter, de redonner de la fraîcheur à sa peau et de l'éclat à ses yeux, ils le mettaient face à Abel.

Pour pouvor l'accuser d'avoir tué son frère.

Le triangle de flammes bleues, l'étoile flamboyante: tout était mis en scène comme au théâtre, comme dans un théâtre où l'on représentait un rite maçonnique, un jugement: le jugement de Caïn, le jugement de l'assassin d'Abel.

Il savait que ces hommes aux capuches noires, brandissant des bâtons enduits de goudron qui à tout moment pouvaient se transformer en torches, étaient là pour l'accuser. Il se pouvait que ce ne fussent pas des bâtons, mais des nerfs de bœuf ou des triques imprégnés de térébenthine, n'importe quoi prêt à s'enflammer pour lui brûler la poitrine, la lacérer, en tirer des fulgurances lancinantes.

Pour le défendre il y avait d'autres hommes avec des capuches blanches, portant des lys qui pouvaient tout aussi bien être autre chose, d'autres fleurs: des marguerites, ou de douces plumes blanches, les plumes d'un cygne ou des ailes d'un ange, pour lui caresser la poitrine, lui donner une bouffée d'air, soigner ses cloques.

Mais ce qui lui faisait beaucoup plus de mal que le feu, c'était les mots qu'allaient inventer contre lui pour le dénigrer, le condamner, le dénoncer, l'ensevelir dans l'opprobre et, pis encore, dans l'oubli, ceux qui se chargeraient de lui jouer ce tour sinistre consistant à raconter son histoire.

Il voulut fermer les yeux à nouveau. Peut-être, pensa-t-il, s'il s'agit d'un rêve, ce que je devrais faire ce n'est pas les fermer, mais les ouvrir.

Il se concentra. Il eut l'impression de fermer les yeux devant cet enfer et de les ouvrir sur une soirée calme, où il était allongé dans son lit, et pendant un instant, un bref instant, il vit le visage de son médecin de chevet tout près du sien. Et les mains du médecin qui tenaient... une cruche? une tasse fumante?

Mais le visage du médecin prit l'aspect du masque noir d'un encapuchonné et la cruche ou la tasse celui d'une torche ou d'un flambeau, et ce que le médecin allait peut-être lui dire à cet instant: « Excusez-moi, don Benito » résonna comme la voix d'un fantôme:

« Ah, Benito Juárez, qu'allons-nous faire de toi? »

Si eux ne savaient quoi faire de Pablo Benito, lui le savait encore moins.

Mais un matin, un petit matin humide où il s'était rendu, seul, à la lagune d'Etla, là où il avait fabriqué un tremplin pour lui et ses amis, il se souvint que sa sœur lui avait dit que les noyés, avant de mourir, se remémoraient et revivaient toute leur vie en une minute. Il ne se débattait pas au fond d'une lagune, il ne luttait pas contre l'écume et l'eau qui empliraient ses poumons et le feraient suffoquer, mais une chose était évidente: Monsieur le Président étouffait. Il étouffait sous la douleur de sa poitrine et le poids qui l'écrasait, il étouffait sous l'angoisse et les remords, sous le souvenir de Margarita et de ses enfants disparus, il étouffait sous l'orgueil et la tendresse et il savait qu'il allait bientôt mourir, de telle sorte qu'il pourrait peut-être lui aussi se rappeler sa vie entière en une minute et leur dire lui-même, mais dire à qui? à ces voix fantômes? aux encapuchonnés blancs, aux encapuchonnés noirs? à l'Histoire, aux historiens? leur dire ce que diable ils pourraient faire de lui, Benito...

Ou bien le placer sur un autel et le bénir:

« Que la patrie et ses fils te bénissent, Benito, parce que tu leur as donné la liberté, parce que tu as séparé le pouvoir temporel du pouvoir spirituel et que tu as mis fin à l'oppression exercée par l'Église... »

Et faire de lui un héros:

« Parce que tu as vaincu les envahisseurs et le prince étranger, et que tu as restauré la République... »

Et le consacrer:

« Merci, Benito, San Benito, San Pablo Benito Juárez. »

Ou bien le descendre de sa niche et le maudire, pour avoir attenté contre les croyances les plus sacrées de son peuple, pour avoir voulu faire du Mexique un pays d'hérétiques et de protestants. Et faire de lui un traître, pour avoir voulu vendre le Mexique aux États-Unis, pour avoir baissé les bras face aux Yankees, pour s'être réfugié, chaque fois qu'il l'a pu, sous la bannière rayée et étoilée.

Ce court laps de temps lui avait également permis d'apprendre toutes les règles de ce qui était peut-être un procès, ou peut-être simplement une farce, et qui, une fois de plus, allaient s'appliquer: à chacune des accusations, et on pouvait en imaginer d'innombrables: Juárez qui reconnaissait les termes humiliants du traité Mont-Almonte; Juárez l'homme qui avait les mains tachées du sang de l'Archiduc répandu au

Cerro de las Campanas et du sang des porfiristes fusillés à la Citadelle par Sóstenes Rocha, et Juárez par-ci, Juárez par-là, Juárez l'hypocrite qui avait employé l'archevêque comme précepteur de son petit-fils... Enfin, Juárez mauvais fils : mauvais fils de la Patrie, mauvais neveu de son oncle, mauvais filleul de son parrain : à chacune de ces accusations correspondrait une morsure féroce du feu sur sa poitrine :

Les trois ou cinq — il n'a jamais su combien ils étaient — encapuchonnés noirs étaient prêts, avec leurs torches, sur un côté de la scène.

Et à chacune des bénédictions correspondrait la caresse, le baiser de la neige sur sa poitrine :

Les encapuchonnés blancs étaient eux aussi sur le qui-vive, avec leurs lys blancs, de l'autre côté de l'église.

Et au milieu et tout au fond, le triangle de flammèches bleues, l'étoile de feu jaune.

Et au milieu, mais au premier plan, le cadavre de l'archiduc Ferdinand Maximilien de Habsbourg, nu et pendu par les pieds, et face à lui, couché, immobile sur la table, le corps ou presque le cadavre, presque la statue immortelle en pierre du président du Mexique Pablo Benito Juárez.

C'est alors que se produisit quelque chose dont il pensait que cela ne lui arriverait jamais : il fut pris de paresse, d'une paresse immense, comme quand, dans son enfance, il était resté endormi sur la lagune et que s'était détachée une touffe de roseaux, une sorte de jardin flottant sur lequel il a failli disparaître à jamais... c'est ce qu'il voulait maintenant : oui, rester endormi sur cette table, sur ce lit, sur cette tombe, quelle importance, et que la mort l'emportât, sans qu'il le sentît, tout doucement.

Lui, le président du Mexique, le gouverneur d'Oaxaca, le magistrat de la Cour suprême, le *licenciado* Benito Juárez toujours si matinal et si diligent, si responsable et si travailleur, si ponctuel, si exigeant avec lui-même, était pris de paresse. Oui, c'était cela, en toutes lettres : de la paresse. Et alors : tout le monde pouvait le savoir.

Car telle était la vérité, et non pas qu'il ne pût pas parler, ni bouger un doigt, ni fermer ou ouvrir les yeux à volonté : il pouvait faire tout cela, mais simplement il ne voulait pas le faire, il n'en avait pas envie : il était pris de paresse, d'une paresse irrépressible.

Car il savait que quoi qu'il dît, quoi qu'il fît, ce serait les autres, et non pas lui, qui allaient choisir et décider ce qui, dans sa vie — et aussi dans sa mort — avait été le plus beau, le plus désagréable, le plus digne d'être retenu, le plus honteux. Mais lui n'aurait pas voix au chapitre.

Le souvenir d'un soir où Melchor et lui avaient transporté Guillermo Prieto sur un brancard le long de la plage de Manzanillo, enrobés tous les trois dans des rafales de phosphorescences marines, se mêla au souvenir de ses déambulations sur les quais de La Nouvelle-Orléans, des voiles d'un bateau et de la fumée d'un havane. Puis au souvenir du jour où il était arrivé chez les Maza à Oaxaca et où il avait connu la petite Margarita, à la peau si blanche. Il ne voulut pas en savoir davantage... il ne fit rien —

il ne ferait rien — pour se défendre... que l'Histoire... oui, que l'Histoire fasse de lui ce qu'elle voudra...

Un des encapuchonnés noirs s'approcha et il lui posa une torche sur la poitrine :

« L'Histoire te condamnera, Benito Juárez », lui dit-il.

Et Benito Juárez ressentit une violente douleur.

Ce fut ensuite le tour d'un encapuchonné blanc qui s'approcha avec un lys à la main et qui lui en caressa la poitrine :

« Non, Benito : l'Histoire t'absoudra », lui dit-il.

Et Benito Juárez ressentit un énorme soulagement.

Il regarda l'Archiduc dans les yeux. Mais *cette chose* n'avait rien à voir avec l'Archiduc ni avec ses yeux. Il se rendit compte alors que le temps avait basculé, et que le soulagement n'avait pas succédé à la douleur, pas plus que la douleur n'avait succédé au feu sur sa poitrine : la douleur ouvrait et fermait le ban, c'était la seule chose qu'il avait ressentie pendant ce délire ou ce songe qu'il était condamné à oublier dès qu'il ouvrirait les yeux ; il comprit aussi que ce qui s'était produit — ou non — en plus de la douleur — tout et rien — avait duré moins que la seconde ou que les secondes qui s'étaient écoulées entre la première et unique brûlure et le moment où il a ouvert les yeux, où il a vu le médecin tenant à la main une sorte de cruche fumante, où il s'est aperçu que le médecin venait de lui verser un jet d'eau bouillante sur la poitrine et où il l'a houspillé :

« Mais qu'est-ce que vous faites ? Vous ne voyez pas que vous me brûlez ? » lui dit-il.

A peine avait-il dit « brûlez » qu'il sut qu'il avait oublié la totalité du songe et que les seules images qui dansaient encore en l'air devant ses yeux : quelque chose qui pendait au plafond comme une chauve-souris, une flamme, la coupole d'une église — et aussi une odeur pestilentielle qui aurait pu venir de son propre corps, de ses viscères —, s'estompait, s'estompa en un instant et il ne pouvait rien faire pour le récupérer : mais la vie elle-même était ainsi, elle s'enfuyait, d'un bloc, à une vitesse vertigineuse...

« ... que vous me brûlez ? »

Le médecin s'excusa auprès de don Benito et il lui expliqua qu'il avait dû recourir à ce remède brutal — répandre de l'eau bouillante sur la poitrine — pour donner de la force à un cœur qui avait presque cessé de battre et que peut-être, si c'était nécessaire — ajouta-t-il en lui éventant la poitrine —, il devrait à nouveau appliquer ce remède, en s'excusant et, surtout, avec la permission de don Benito.

C'est ce qu'il fit et le cœur de don Benito battit quelques heures de plus. Mais seulement quelques heures : Benito Pablo Juárez García, Président des États-Unis du Mexique, mourut d'angine de poitrine et avec la poitrine à vif, dans la matinée du 18 juillet 1872, à onze heures et demie.

2. Le dernier des Mexicains

Vingt-quatre ans avant la mort de l'impératrice Charlotte au château de Bouchout, les frères Orville et Wilbur Wright avaient inauguré l'ère de l'aviation.

Et l'année de sa mort — 1927 — Charles Lindbergh traverse l'Atlantique sur le *Spirit of St. Louis*.

La même année, Al Jolson joue dans le premier film parlant de l'Histoire. Le film s'intitule *The Jazz Singer*: le jazz était déjà né et avec lui, le fox-trot et le charleston. En Europe le tango triomphait et Gardel devenait célèbre en chantant «El día que me quieras»...

Pendant ce temps, alors qu'on dansait le tango à Paris, que James Joyce publiait *Ulysse*, qu'on inventait la margarine, que naissaient le surréalisme, le cubisme et les témoins de Jéhovah, que Gustav Mahler écrivait sa *Symphonie nº 9*, que Chaplin filmait *la Ruée vers l'or*, que Walt Disney dessinait Mickey la Souris, qu'on assassinait les ouvriers dans les rues de Chicago, qu'on décorait de la Légion d'honneur Alfred Dreyfus, que le capitaine Boycott se rebellait contre les accords de la Ligue agraire irlandaise et que naissait l'État libre d'Irlande, que Detroit devenait la capitale mondiale de l'automobile et qu'on inventait les prix Nobel, la Linotype et l'aspirine, et tandis qu'aux États-Unis un homme appelé Adams créait un empire industriel à partir du *chicle*, la gomme du sapotier, qu'il avait vu Santa Anna mâcher quand le général mexicain était exilé à Staten Island, qu'on découvrait dans le ciel la constellation Auriga et que sur terre on inventait l'espéranto... tandis que tous ces événements se produisaient et que Charlotte, folle et vivante, mourait sans jamais mourir, tous les autres personnages de la tragédie, les principaux et les secondaires, et avec eux tous les amis que Charlotte avait eus un jour ou l'autre, toutes ses connaissances et tous ses ennemis, avaient disparu. Tous.

Napoléon III est mort quelques mois après Juárez, en janvier 1873, sur le lieu qu'il avait choisi pour son exil: à Camden Place, Chislehurst, dans le sud de l'Angleterre. Il a ainsi survécu pendant quelques années aux deux plus grandes humiliations de sa vie: l'échec au Mexique et la guerre franco-prussienne. Avec cette guerre, qui mit fin au Second Empire et culmina avec la proclamation de l'Empire allemand dans la galerie des Glaces du château de Versailles, la France a perdu l'Alsace et la Lorraine, et, avec ces deux provinces, le million de personnes qui y vivaient, ainsi qu'une énorme source de richesse en mines, vignes et industries textiles.

Certains historiens pensent que l'aventure mexicaine a influencé de façon décisive la défaite de la France par les forces allemandes. Par ailleurs, d'autres pensent que la Seconde Commune a été une conséquence directe de la guerre franco-prussienne. Victime des séquelles d'un long siège — durant lequel, semble-t-il, les Parisiens n'ont pas tous souffert de la faim puisqu'on raconte que quelques animaux du zoo furent sacrifiés pour la table des riches et que dans les restaurants de luxe on pouvait manger des côtelettes de kangourou et du filet d'éléphant —, Paris s'est enfoncé dans la guerre civile la plus meurtrière du XIXe siècle : la révolution qui a débuté par un carnaval sanglant le 22 janvier 1871 devant l'Hôtel de Ville devait prendre fin quelques mois plus tard, le dimanche 28 mai, avec l'enterrement dans la fosse publique du cimetière du Père-Lachaise de cent quarante-sept communards fusillés au pied du mur qui est passé à l'histoire de l'infamie sous le nom de mur des Fédérés.

Entre quinze et quarante mille personnes — on ne saura jamais exactement — ont perdu la vie pendant la Seconde Commune française. On estime que le quart des victimes ont été des femmes. Mais beaucoup d'enfants sont morts également : les forces versaillaises et triomphantes de Mac-Mahon et de l'érudit Adolphe Thiers ne respectaient ni âge ni sexe quand elles chargaient contre les barricades en tirant ou baïonnette au canon. Les cadavres furent jetés dans la Seine ou dans les égouts construits par le baron Haussmann.

Paris a brûlé pendant des jours entiers et avec lui le palais des Tuileries, dont des ailes entières furent réduites à l'état de décombres. Après l'incendie, une partie des ruines a été achetée par le duc Pozzo Di Borgo, un Corse d'origine, qui les a utilisées dans la construction d'un château avec vue sur le golfe d'Ajaccio, là où était né le premier Napoléon.

Peu de temps après, une nouvelle couleur devait devenir à la mode dans le monde de la haute couture : cendres de Paris.

Après la mort de Napoléon III, son fils unique, le prince impérial Louis-Napoléon, se retrouva du même coup à la tête de la dynastie Bonaparte, mais ceux qui souhaitaient la restaurer à travers lui allaient bientôt voir leurs espérances déçues. «*Loulou will catch a Zulu!*» — «Loulou va attraper un Zoulou ! » —, disaient les journaux anglais quand Loulou, cadet au Collège militaire de Woolwich, décida de participer comme volontaire en 1879, avec l'armée britannique, à la guerre contre les Zoulous en Afrique du Sud.

La nuit du 10 juin de cette même année — nous rapporte Robert Goffin dans *Charlotte l'impératrice fantôme* —, un ouragan a balayé le parc de Camden Place et un gros arbre s'est abattu. Le même jour, Loulou, au cours d'une mission de reconnaissance commandée par un certain capitaine Carey, tombait dans une embuscade. D'après ce qu'on a dit alors, Carey et avec lui tous les soldats du groupe qui ont eu le temps de monter sur leurs chevaux et de fuir ont mis cette occasion à profit et ils ont abandonné le Prince impérial, dont le corps, transpercé par dix-sept sagaies et le visage dévoré par les chacals, fut découvert près d'une rivière au nom prédestiné : «Blood River», la rivière du sang. Carey fut déclaré innocent et le parlement britannique repoussa l'idée, suggérée par la reine Victoria, d'élever une statue au prince dans l'abbaye de Westminster. Victoria dut se contenter d'une sculpture dans la chapelle Saint-Georges du château de Windsor.

Eugenia Ignacia Agustina de Guzmán, Palafox y Portocarrero, comtesse de Teba et ex-impératrice des Français, a survécu à la mort de son fils — «J'ai le courage de te dire que je vis parce que la douleur ne tue pas», écrivit-elle à sa mère — et elle a vécu longtemps encore. Amie intime de Victoria, Eugénie n'a quitté l'Angleterre que pendant de brèves périodes, pour se rendre à Paris ou dans sa résidence d'été du cap Martin, qui portait le nom grec de la Corse : Villa Cyrnos. Elle se rendit également à Ceylan et au Zoulouland pour contempler le lieu où était tombé son fils. Mais elle a éprouvé une grande déception par la faute de Victoria : Eugénie a découvert sur place un quadrilatère dallé, surmonté d'une croix, qui avaient été édifiés à toute vitesse sur l'ordre de la reine d'Angleterre pour qu'Eugénie les découvrît à son arrivée, au lieu du trou ou de la tranchée, des pierres, des herbes et de la poussière que le Prince avait baignés de son sang et qu'elle aurait voulu à son tour baigner de ses larmes. Enfin, Eugénie s'est rendue en Espagne. Elle ne voulait pas mourir sans avoir revu le ciel de sa terre, la Castille. Et c'est sous ce ciel qu'elle est morte, à Madrid, au palais de Liria, âgée de quatre-vingt-quinze ans et plus de quarante années après la mort de Loulou. C'était le 10 juillet 1920. Son corps fut transporté en Angleterre pour reposer, à Farnborough, près des restes de son époux et de son fils.

Mais Charlotte lui a survécu, comme elle a survécu au général Prim et au maréchal Bazaine, morts tous les deux à Madrid, eux aussi.

Prim est mort des blessures par balles — huit en tout — dont l'ont gratifié dans la rue d'Alcalá les tromblons d'individus non identifiés, peut-être des assassins envoyés, a-t-on dit, par le duc de Montpensier, l'oncle de Charlotte, déçu de ne pas devenir roi d'Espagne.

François-Achille Bazaine est tombé en disgrâce et il a été déclaré traître à la France après avoir capitulé à Metz, deux mois après la bataille de Sedan et au terme d'un siège qui avait duré cinquante-quatre jours, à la tête des cent soixante-treize mille hommes de l'armée du Rhin. Les Prussiens s'emparèrent, après la reddition du maréchal, de mille quatre cents pièces d'artillerie et de cinquante-trois drapeaux français. Alors qu'il était détenu à Cassel, Bazaine fut rejoint par sa femme, Pepita Peña, sur le point d'accoucher. On raconte qu'un parent de Pepita a apporté un sac de terre de Lorraine, qui fut répandue en dessous et autour du lit de la parturiente pour pouvoir dire que le fils de Bazaine était né en terre française. Jugé à Trianon par un tribunal de guerre présidé par un autre oncle de Charlotte, d'Aumale, Bazaine fut condamné à mort. La sentence fut commuée en vingt ans de prison à l'île Sainte-Marguerite, dont il devait s'échapper plus tard, aidé par Pepita qui l'attendait au pied du mur de la prison, avec une corde et une chaloupe. Bazaine est mort en 1880.

Charlotte a également survécu à tous les Mexicains qui l'ont soutenue ou qui l'ont combattue pendant son éphémère empire : Santa Anna, Márquez, Hidalgo, López, Díaz.

Antonio López de Santa Anna est mort pratiquement dans la pauvreté à Mexico, en juin 1876.

Leonardo Márquez est décédé à La Havane en 1913.

Manuel Hidalgo y Esnaurrízar est mort à Paris en 1896.

Miguel López a survécu vingt-quatre ans à son compère impérial et il est mort en 1891, mordu par un chien enragé.

Le général Porfirio Díaz, président du Mexique pendant trente-cinq ans et renversé par la Révolution mexicaine, est mort à Paris en 1915.

Et Charlotte était toujours vivante, d'abord à Miramar, ensuite à Laeken et à Tervuren et enfin à Bouchout, vivante et folle, tandis que le monde tournait la page d'un siècle et qu'avec le nouveau siècle naissaient les hormones et le microscope électronique, la géométrie quadridimensionnelle et la cellule photo-électrique, Amundsen atteignait le cœur du pôle Sud, le *Titanic* sombrait corps et biens et à Chicago s'élevait le premier gratte-ciel...

Car Charlotte survit non seulement à Maximilien, Juárez, Napoléon, Eugénie et tous les autres, mais aussi à toute une époque, à une conception de l'Histoire, du destin de l'homme, et à l'idée que l'homme avait de lui-même et de l'univers : en 1927 il y avait déjà soixante ans que Karl Marx avait publié le premier tome du *Capital*, trente-deux ans qu'étaient parues les *Études sur l'hystérie* de Sigmund Freud qui avaient posé les fondements de la psychanalyse, et douze ans qu'avait été énoncée la théorie de la relativité d'Albert Einstein. Charlotte meurt donc seule dans un monde qui n'avait rien ou très peu de chose à voir avec cet autre monde à la lucidité ou à la démence duquel elle avait échappé depuis si longtemps. La structure de l'atome est déterminée et le mécanisme de sa désintégration découvert en 1927 : Charlotte meurt à l'ère atomique.

En 1927, année de la mort de Charlotte, il n'y a eu personne pour la pleurer, parmi tous les serviteurs, courtisans ou amis qui l'avaient accompagnée au Mexique, car ils étaient tous morts : le comte de Bombelles et Mme del Barrio, Tüdös le cuisinier et Blasio le secrétaire, le comte d'Orizaba, le docteur Basch et la comtesse Kollonitz, le père Augustin Fischer et Mme Sánchez Navarro. Certaines des dames de compagnie qui lui avaient été assignées étaient mortes elles aussi, comme Mme Moreau, qui est morte en 1893, ou Mlle Marie Bartels, morte en 1909, ou Mlle de la Fontaine et Mlle Anna Mockel, décédées toutes deux en 1922.

Le petit prince Agustín de Iturbide lui-même, que Maximilien avait l'habitude de jucher sur son ventre quand il se balançait dans son hamac à Cuernavaca, était mort de vieillesse après être devenu moine aux États-Unis.

Le colonel Van der Smissen s'était suicidé.

Juan Nepomuceno Almonte était mort à Paris.

Dans cette même ville, les communards avaient fusillé le banquier Jecker.

La liste, au bout du compte, serait très longue : le colonel du Pin, Mgr Meglia, l'archevêque Labastida y Dávalos, Richard et Pauline Metternich, Émile Ollivier, Saligny, Éloin et Schertzenlechner, Radonetz, le comte Hadik et le marquis de Radepont, la chanteuse Concha

Méndez, la princesse Salm Salm, la reine Victoria, Lorencez et La Gravière, le maréchal Forey: tous étaient morts en 1927.

Le prince Salm Salm n'a pas connu les lampes fluorescentes, car une balle française a mis fin à ses jours pendant la guerre franco-prussienne. Jean-Marie Mastai-Ferretti, également connu sous le nom de Pie IX, le créateur du dogme de l'infaillibilité pontificale, n'est jamais monté dans une Rolls Royce, car il est mort en 1878 et il a été suivi de trois papes qui sont également morts avant Charlotte: Léon XIII, Pie X et Benoît XV. Par ailleurs, Garibaldi n'a jamais volé en hélicoptère, car il est mort en 1882. Victor Hugo n'a jamais composé de poème à la machine à écrire, car il est décédé en 1885. Le général Mariano Escobedo ne s'est jamais rasé avec des lames Gillette, car il est mort en 1902, deux ans avant leur invention. Mais les lampes fluorescentes et avec elles l'aspirateur électrique; l'automobile et avec elle la production en série; l'hélicoptère et avec lui la télégraphie sans fil; la machine à écrire et les rayons X, la bicyclette, le gramophone et le téléphone, le wagon *pullman* et les sulfamides, les jeux Olympiques de l'ère moderne et les vitamines, les concours de beauté et les championnats de tennis de Wimbledon, le pont de Brooklyn et la télévision: tout cela avait été inventé, découvert, construit en 1927, l'année où meurt Charlotte.

En 1927, tous les grands dirigeants mondiaux, ceux qui allaient orienter l'histoire du XXe siècle — ou qui seraient balayés par elle — étaient nés: de Churchill à Staline, de John Kennedy à Fidel Castro. Hitler n'était plus employé au Kunsthistorisches Museum de Vienne et il avait déjà écrit et publié *Mein Kampf*. Le Mahatma Gandhi avait entamé ses campagnes de désobéissance civile et le général Chiang Kaï-shek se préparait à prendre Shanghai et Nankin. En 1927, Kemal Atatürk, Patrice Lumumba, Ernesto Che Guevara, Francisco Franco, Charles de Gaulle, Ben Gourion étaient déjà nés. Et quatre ans plus tôt, l'un de ces dirigeants avait fait de l'Italie le premier pays fasciste de l'Histoire: il s'appelait Mussolini et son père lui avait donné comme prénom Benito, car c'était un admirateur de Benito Juárez.

D'autres grands hommes du siècle étaient nés et morts pendant ce temps. C'était le cas, par exemple, de Rosa Luxemburg et aussi de Lénine, né trois ans après que la folie de Charlotte se fut déclarée et mort trois ans avant le décès de l'Impératrice. C'est ce qui se produisit au Mexique avec Francisco Madero, Emiliano Zapata et Pancho Villa, tous trois venus au monde après 1866, tous trois assassinés avant 1927, victimes d'une révolution qui dévora ses propres enfants et qui abreuva les campagnes et les villes du Mexique du sang d'un million de morts.

En 1927, à vingt-trois ans de distance de l'inauguration du chemin de fer transsibérien, trente ans après la découverte du bacille du paludisme et cinquante-huit ans après la publication de *Vingt Mille Lieues sous les mers*, les deux frères de Charlotte étaient morts eux aussi: le comte de Flandres et Léopold II de Belgique, mais leur maison régnante, celle des Cobourg, fut une des dynasties européennes qui ont survécu à l'Impératrice du Mexique. Léopold II, un monarque que ses serviteurs aspergaient tous les jours à six heures du matin de seaux d'eau de mer glacée, aimait les serres et se plaisait à vivre entouré de palmiers et de fougères, d'orchidées et de rhododendrons. Mais il aimait également le pouvoir, aussi s'efforça-t-il de faire de Bruxelles un Paris en miniature et il décida de donner à la Belgique une colonie outre-mer. Il pensa à la Chine, au Japon et déclara que la colonisation européenne était la seule façon de « civiliser et de moraliser les nations d'Orient, paresseuses et corrompues ». Il pensa également à l'Amérique latine et fit quelques tentatives pour établir des comptoirs belges au Guatemala. Finalement, il se décida pour l'Afrique. Il voulait apporter, dit-il, à l'obscur continent la bénédiction et les bienfaits de la civilisation. Léopold rassembla à sa cour toutes sortes d'explorateurs, de géographes et d'investisseurs, il créa l'Association internationale de l'Afrique sous l'égide d'un drapeau arborant une étoile d'or sur un champ bleu ciel, et à partir de l'embouchure du fleuve Congo en Afrique occidentale et en suivant le cours du fleuve, il conquit un territoire de deux millions trois cent cinquante mille kilomètres carrés. Léopold s'auto-nomma souverain de l'État indépendant du Congo et pour financer le développement de la nouvelle colonie il se livra à toutes sortes d'acrobaties, depuis la mise en gage des décorations et des livrées jusqu'à la captation de l'héritage de sa sœur Charlotte. Mais Léopold est allé encore plus loin. Quand, en 1866, son envoyé personnel au Mexique, le baron d'Huart, a été tué par des guérilleros mexicains, Léopold écrivit dans une lettre à son frère Philippe — citée par Mia Kerckvoorde dans son livre *Charlotte, la passion et la fatalité* — que la tragédie de Río Frío l'avait rempli d'horreur et qu'il n'y avait qu'au cœur de l'Afrique, au pays des cannibales, qu'on pouvait trouver l'équivalent de telles scènes. L'homme qui a écrit ces mots et qui, apparemment, n'a pas considéré un seul instant que dans n'importe quel pays civilisé d'Europe l'attaque d'une armée de résistance contre une armée d'occupation — l'armée belge en était une, elle aussi — aurait été envisagée comme un acte de guerre normal, ce même homme, afin de consolider la conquête du Congo et d'accélérer la production de la plus importante matière première que produisait la région, à savoir le caoutchouc, a commis au cœur même du continent noir une série d'indescriptibles atrocités contre les indigènes. Au Congo, les Belges réduisaient en cendres des agglomérations entières ; ils fouettaient et massacraient des hommes et des femmes de tous âges, ils enchaînaient des enfants en qualité d'otages et quand les travailleurs ne manifestaient pas l'empressement qu'exigeaient leurs maîtres blancs, ils leur coupaient une main. Toutes les mains coupées étaient placées dans des paniers et les paniers transportés de village en village pour convaincre les paresseux. Léopold II eut plusieurs maîtresses et plus il vieillissait, plus sa luxure devenait insatiable. On raconte qu'il se rendait à Londres où il visitait en secret un bordel de fillettes impubères. Une de ses dernières bien-aimées — alors qu'il était déjà septuagénaire — fut une prostituée française de seize ans, « la Reine du Congo », comme on l'appelait, avec laquelle il se livrait à toutes sortes de «perversions sexuelles» dans une chambre tapissée de miroirs.

Mais l'énorme fortune qu'il a amassée grâce à l'exploitation du Congo n'a pas fait le bonheur de Léopold II, qui ne s'est jamais consolé de la disparition du prince héritier, le duc de Brabant, mort tout jeune, de pneumonie, quelques jours après être tombé dans une pièce d'eau. Ce fut un des cas où ce qu'on appelait la «malédiction des Habsbourg» a touché les Cobourg de Belgique.

Elle a également détruit la vie de Louise, la fille aînée de Léopold, internée sur l'ordre du roi dans un asile. Folle la tante — Charlotte —, folle la nièce — Louise —, affirmait-on, et à une époque tout le monde a parlé des deux démentes de la Maison royale de Belgique. Mais apparemment, Louise n'a jamais été folle: son père l'a fait enfermer à Purkersdorf après qu'elle eut décidé d'abandonner son mari, un autre prince de la famille de Saxe-Cobourg, pour s'enfuir sur la Riviera avec un certain comte de Mattacic. Louise s'échappa de l'asile et revint à Paris au bras de son comte pour s'y ruiner.

La deuxième fille de Léopold et par conséquent elle aussi nièce de Charlotte, la princesse Stéphanie, surnommée «la Rose du Brabant», a épousé le fils de François-Joseph et neveu de Ferdinand Maximilien, le prince Rodolphe, une des victimes les plus célèbres de la malédiction des Habsbourg: le 31 janvier 1889, Rodolphe, le seul enfant mâle de François-Joseph et de l'impératrice Élisabeth, fut retrouvé tué par balle dans le pavillon de chasse de Mayerling, proche de l'agglomération du même nom, en Basse-Autriche. Rodolphe avait vingt-neuf ans. A son côté, tuée également par balle et recouverte de roses, se trouvait sa maîtresse, la baronne Marie Vetsera, âgée de dix-sept ans. On ne saura peut-être jamais ce qui s'est passé cette nuit-là à Mayerling. Cependant, tout indique que Rodolphe et Marie Vetsera avaient scellé un pacte d'amour suicidaire.

La belle-sœur de Maximilien, l'impératrice Élisabeth, la belle Sissi, a survécu neuf ans à son fils Rodolphe: le 10 septembre 1898, un maçon appelé Luccheni lui plongea un poignard dans la poitrine. Élisabeth mourut quelques minutes plus tard. Quand François-Joseph reçut le télégramme de Genève où on lui communiquait la mort de sa femme, on dit qu'il murmura: «Aucune douleur ne m'a été épargnée dans cette vie.» Le cercueil d'Élisabeth fut déposé dans la crypte des Capucins à Vienne, entre les catafalques de son fils Rodolphe et de son beau-frère Maximilien l'empereur du Mexique.

Cependant, tout autre a été la réaction de François-Joseph en apprenant la mort de l'archiduc François-Ferdinand et de sa femme Sophie Chotek, assassinés tous deux à Sarajevo, le 28 juin 1914, par Gavrilo Princip. «Un pouvoir supérieur, a-t-il dit, a restauré l'ordre que je n'ai pas pu maintenir moi-même.» En vérité, François-Joseph a dû se réjouir, car il ne pouvait tolérer l'idée que son successeur sur le trône d'Autriche-Hongrie fût ce collectionneur d'antiquités et cet amateur de roses exotiques, l'archiduc François-Ferdinand, célèbre pour avoir hérité le despotisme et la cruauté de son grand-père, le roi à la bombe de Naples. Mais il est évident que le crime de Sarajevo a été le point culminant de la malédiction des Habsbourg et qu'il a constitué le baril de poudre qui a fait exploser un conflit dont l'amplitude fut telle qu'on l'a baptisé à juste titre Première Guerre mondiale.

François-Joseph n'a pas vu la fin de cette guerre : il est mort en 1916, à l'âge de quatre-vingt-six ans. Son règne a été le plus long de l'Histoire : soixante-huit ans — Victoria d'Angleterre a régné soixante-quatre ans et Louis XIV, bien que roi pendant soixante-douze ans, n'a exercé le pouvoir que pendant cinquante-quatre années, après la mort du cardinal Mazarin. Comme toute ou presque toute majesté catholique, le frère de Maximilien a pratiqué une moralité ambiguë pendant son règne et il a eu plusieurs maîtresses. La plus connue de toutes fut l'actrice Katherina Schratt. Il s'est également conduit en séducteur : alors qu'il avait soixante ans, il rencontra, un jour, qu'il marchait seul dans un parc proche d'une propriété qu'il possédait à Hietzig, une gamine, la fille d'un vannier. François-Joseph l'a violée et de cette rencontre est née Hélène Nahowski, la future épouse du compositeur Alban Berg. L'impératrice Élisabeth, d'après ce qu'on croit savoir, a eu de son côté une fille naturelle dont elle a accouché au château de Sassetôt, en Normandie : Catherine, connue plus tard sous le nom de comtesse Zanardi Landi. Catherine partit vivre aux États-Unis, où elle écrivit un livre intitulé *le Secret d'une impératrice* et où elle eut une fille qui devint une actrice célèbre d'Hollywood. Il est probable que Catherine ait été la fille d'un aristocrate anglais, Bay Middleton, avec lequel l'Impératrice allait à la chasse chaque année.

La guerre allait sonner le glas de la dynastie des Habsbourg. Le successeur au trône d'Autriche-Hongrie, le populaire Charles Ier, a été contraint d'abandonner le pays après la signature de l'armistice et il est mort de tuberculose à Madère en 1922. C'est alors, dit-on, que les faucons qui avaient suivi les Habsbourg depuis le canton suisse de Aargau jusqu'à leurs résidences impériales de Vienne ont abandonné à jamais la Hofburg et le château de Schönbrunn, et la malédiction s'est également envolée avec eux.

En d'autres termes, cinq ans avant la mort de Charlotte à Bouchout, s'achevait cette dynastie qui, au cours des siècles, avait dominé des territoires allant du Portugal à la Transylvanie et de la Hollande à la Sicile et à l'Amérique ibérique, un empire au sein duquel « s'étaient combinés la conception médiévale de l'Empire et l'humanisme national allemand », comme le souligne l'historien Adam Wandruzka, « la politique et les concepts religieux de la Contre-Réforme et du baroque, la philosophie de l'humanisme italien et les théories des physiocrates français, le romantisme et le classicisme allemand et le nationalisme ethnique de l'Europe orientale ». Cette dynastie représentait, selon l'historien A. J. P. Taylor, un empire non pas multinational, mais supranational. Taylor dit que la monarchie des Habsbourg a constitué une tentative pour découvrir « une troisième voie », en Europe centrale, pour l'empêcher de tomber sous la domination russe ou allemande, et que, quand les Habsbourg sont devenus des satellites des Allemands, ils ont trahi leur mission et ont signé eux-mêmes leur arrêt de mort.

Il est bon de remarquer que quand une «malédiction» pèse sur une famille riche et puissante, les croyants ont tendance à penser à une espèce de justice divine, à un équilibre entre la générosité de Dieu et sa capacité à permettre la souffrance. Il est vrai, certes, que le pouvoir attire le terroriste et le fou, et que la richesse transforme en assassins ceux qui aspirent à en hériter. Mais il y a, il y a eu dans le monde, des millions d'êtres humains dont la tragédie est ignorée parce qu'elle est insaisissable et il s'y ajoute la malédiction qui épargne le riche et le puissant: la misère. Par là même, la prétendue «malédiction des Habsbourg» ne saurait être prise au sérieux, sauf en tant que matière première pour un mélodrame.

Avec les Bonaparte et les Habsbourg, trois autres dynasties européennes se sont achevées avant la mort de Charlotte: les Hohenzollern, les Bragance et les Romanov.

Le dernier monarque Hohenzollern a abdiqué en 1918 après les émeutes de Berlin et il s'est exilé en Hollande. Mais dès cette époque, l'autorité de Guillaume II, dernier roi de Prusse et empereur d'Allemagne, avait été réduite à néant par Hindenburg et Ludendorff.

En 1908, Charles Ier de Portugal et son fils aîné le prince Louis-Philippe furent assassinés à Lisbonne. Le règne de son autre fils, Manuel II, fut bref et agité, le mouvement révolutionnaire influencé par les carbonari et les francs-maçons finit par triompher et la République fut proclamée en 1910. Au Brésil, les Bragance avaient cessé de régner depuis 1889.

Enfin, le 15 mars 1917, le tsar de toutes les Russies, Nicolas II, dut abdiquer. Après la mort de Raspoutine, la révolution s'accéléra, Nicolas, sa femme et ses enfants furent assassinés à Ekaterinbourg le 16 juillet de la même année.

Charlotte a donc survécu à la Révolution d'octobre et à la Révolution mexicaine, mais également à bien d'autres révolutions, guerres et conflits, et à l'implacable rapine, pratiquée par l'Europe et les États-Unis, sur tout ce qui pouvait encore être réparti dans le monde, en leur impériale sagesse et volonté. Tandis qu'elle menait, à Bouchout, son existence de folle, les guerres maories ont presque exterminé la population aborigène de la Nouvelle-Zélande, et la guerre du Paraguay a pris fin avec la mort du dictateur local qui avait demandé à Napoléon III la permission de s'ériger en roi de ce pays sud-américain: Francisco Solano López. Tandis que Charlotte vieillissait, folle solitaire, enfermée dans son château, les Italiens étaient vaincus en Éthiopie par le sultan Ménélik et Lawrence d'Arabie soulevait les tribus du désert pour triompher des Turcs; la guerre du Pacifique éclatait puis s'apaisait entre le Chili, le Pérou et la Bolivie; l'Italie annexait Tripoli et la Cyrénaïque, et la France s'emparait de Madagascar et signait un traité secret avec l'Espagne pour se répartir le Maroc; la Grande-Bretagne s'appropriait la région des mines de diamants de Kimberley en Afrique du Sud; les États-Unis mettaient la main sur

Guam, les Philippines, Porto Rico et Hawaii, et l'armée anglo-indienne envahissait l'Afghanistan. Tandis que Charlotte vivait sa vie, les Arméniens étaient massacrés à Constantinople; les Nouvelles-Hébrides devenaient un condominium anglo-français; l'Ouganda, le Nigeria et l'Égypte se transformaient en protectorats britanniques et les Japonais taillaient en pièces l'escadre russe dans le détroit de Corée. Et tandis que le Gabon venait s'ajouter au Congo français et que la France réunissait sous le nom d'Indochine l'Annam, le Tonkin et la Cochinchine, ajoutait la Côte-d'Ivoire à ses colonies et le Dahomey et le Laos à ses protectorats, tandis que la Grande-Bretagne s'emparait des îles Tonga, soumettait les Ashantis de la Côte-de-l'Or, commençait à contrôler les terrains pétrolifères du golfe Persique, exerçait un mandat sur la Palestine au Moyen-Orient et, comme résultat de la guerre des Boers, annexait le Transvaal et l'État libre d'Orange, et tandis que la Grèce et la Turquie se battaient pour la domination de la Crète et que six nations européennes envoyaient en Chine une expédition pour châtier les agressions commises à Pékin par les Boxers ou confréries des « Poings harmonieux » contre des chrétiens occidentaux, Charlotte vivait toujours.

Évidemment, de toutes les guerres auxquelles Charlotte a survécu, la plus importante a été la Première Guerre mondiale. Alors qu'elle était cloîtrée à Bouchout, la guerre est passée près d'elle, ainsi que les soldats de l'armée allemande pour lesquels on avait placé à l'extérieur du château une pancarte qui disait : « Ce château, propriété de la Couronne de Belgique, est la résidence de Sa Majesté l'Impératrice du Mexique, belle-sœur de notre cher allié l'Empereur d'Autriche-Hongrie. Les soldats allemands doivent s'abstenir de chanter et de troubler cette demeure. » Le pays de Charlotte a beaucoup souffert pendant cette première violation de sa « neutralité perpétuelle » : en Belgique, les Allemands ont instauré le règne de la terreur et ont commis une foule d'atrocités, entre autres la destruction par le feu d'agglomérations entières et l'exécution en masse de citoyens, y compris parfois de prêtres, de femmes et d'enfants. Mais le neveu de Charlotte, Albert Ier, n'a jamais abandonné le territoire belge : il a ordonné l'inondation de la vallée de l'Yser pour contenir l'avance des Allemands et il est resté retranché dans une zone d'à peine vingt milles carrés au bord de la mer. Quand on lui conseillait de quitter la Belgique, il prenait Benito Juárez comme exemple d'homme d'État qui n'avait jamais abandonné son pays quand celui-ci avait été envahi par une armée étrangère.

Finalement, un beau jour, Charlotte Amélie de Belgique est morte à son tour. Sa mort a été précédée, selon certains auteurs comme Robert Goffin, par deux signes funestes : quelques jours auparavant, un arbre gigantesque s'est effondré, mort, dans le parc de Bouchout — un présage identique à celui de Camden Place — et, la veille, la statue de Marguerite de Bouchout s'est écrasée inexplicablement sur le sol, la tête s'en est détachée et a roulé sur les dalles. Le lendemain, le mercredi 19 janvier 1927, Charlotte décédait, à sept heures du matin. La chapelle ardente fut installée dans la chambre impériale de Bouchout. Le corps de Charlotte, recouvert d'une avalanche de roses et de cyclamens, reposait sur son lit de chêne couronné par un haut baldaquin de couleur bleu ciel. Charlotte fut enterrée par une journée de neige et de bourrasques. Derrière le cercueil marchaient, d'après le récit de Praviel, le roi Albert Ier, avec les princes Léopold et Charles, le grand maréchal de la cour le comte de Mérode, le baron de Goffinet, grand maître de la Maison de l'Impératrice, et le bourgmestre local. Dans l'église, le cortège funèbre était attendu par, entre autres, la duchesse de Vendôme, la princesse Geneviève d'Orléans et la comtesse de Chaponay, ainsi que par Mgr Van Roey, archevêque de Malines. Il n'y avait plus à l'époque que de très rares survivants de ces jeunes Belges qui avaient combattu au Mexique comme volontaires, mais le gouvernement s'arrangea pour en retrouver six, tous, évidemment, des vieillards octogénaires, qui portèrent sur leurs épaules le cercueil de l'impératrice du Mexique jusqu'à la chapellle de Laeken, où elle allait reposer près de sa mère la reine Louise-Marie.

Morte la bête, mort le venin, assure le dicton. Une fois l'impératrice du Mexique morte, sa folie s'est éteinte et la neige qui est tombée sur son sarcophage et sur sa tombe — il avait également neigé soixante ans auparavant sur le cercueil de Maximilien quand ses restes étaient arrivés à Vienne — a ainsi recouvert la dernière page d'un grotesque mélodrame personnel à la sombre grandeur.

Mais la dernière page concernant l'Empire et le couple impérial du Mexique, celle qui, idéalement, devait contenir ce «Jugement de l'Histoire» — avec des majuscules — dont parlait Benito Juárez, ne devait jamais être écrite, pas seulement parce que la folie de l'Histoire ne s'est pas achevée avec Charlotte, mais aussi parce qu'à défaut d'une véritable, impossible, et en dernière instance indésirable «Histoire universelle», il existe d'innombrables histoires non seulement particulières mais aussi changeantes, selon les perspectives temporelles et spatiales qui président à leur élaboration.

Comme les biographes ne nous disent pas si Charlotte s'est abstenue, un jour ou à un moment donné, de rêver au Mexique et à son Empire, nous pouvons supposer que l'obsession ne l'a jamais abandonnée et que son rêve ne s'est éteint qu'avec la vie de l'Impératrice. Ainsi envisagé, à distance, cet empire était peut-être condamné à n'être précisément qu'un rêve. Carlos Pereyra dit que l'Empire mexicain était «mort-né» et que le premier souverain de son siècle, comme l'historien mexicain appelle Louis-Napoléon, «a mis un fœtus dans les mains prodigues de l'Archiduc». De son côté, Octavio Paz affirme que l'idée de fonder un empire latin avec à sa tête un prince européen «qui opposerait une digue à l'expansion de la République yankee était une solution pas totalement inepte en 1820, mais anachronique en 1860: la solution monarchique avait cessé d'être viable parce que la monarchie s'identifiait à la situation antérieure à l'Indépendance».

Il est possible qu'il en ait été ainsi et que Benito Juárez n'ait pas ouvert «la porte aux slogans en la fermant à l'Europe», comme l'affirme la Malinche — la maîtresse indienne de Cortès — dans une petite pièce de théâtre d'un autre poète mexicain, Salvador Novo: il est certes possible — et même probable — que rien n'aurait arrêté l'expansion de la puissance nord-américaine sur le reste du continent américain et que de toute façon n'eût pas été atteint l'objectif, sinon erroné, du moins secondaire, avancé par Napoléon III pour justifier l'intervention: endiguer ce qu'il appelait «la sinistre influence anglo-saxonne et protestante» en Amérique latine. Puisque l'Europe elle-même n'a pas échappé à l'influence et à l'hégémonie américaines, comment le maintien de l'empire de Maximilien aurait-il pu les contenir au Mexique?

Bien qu'il soit toujours aventureux de se risquer à de telles suppositions, il n'est pas difficile d'imaginer que l'Archiduc, s'il était resté sur le trône, n'aurait pas pu supporter les pressions économiques des Américains — si le mot «géopolitique» n'existait pas à l'époque, le phénomène que l'on baptise aujourd'hui ainsi n'en était pas moins réel — ni contrôler la corruption interne qui, *effectivement*, a ouvert les portes du pays à l'impérialisme américain. L'ambassadeur américain à Paris, John Bigelow, en était parfaitement conscient quand il déclara à Seward: «Ma théorie est que nous allons conquérir le Mexique, mais pas à la force de l'épée.» Il est facile de penser qu'un héritier du trône de Maximilien, un Iturbide peut-être, aurait été renversé, comme l'a été Díaz, par une révolution, et que rien n'aurait arrêté l'avance des États-Unis.

Comme le remarque Justo Sierra, on peut aussi considérer comme possible que l'intervention française, en unifiant les Mexicains et en exacerbant le nationalisme, ait sauvé le pays de l'anarchie et du chaos — mais pendant quelques années seulement. Il n'est pas non plus difficile d'imaginer que Maximilien, qui souhaitait être un des plus éclairés et des moins despotes de tous les despotes éclairés, se serait transformé en tyran pour d'autres peuples — celui du Guatemala, par exemple —, comme cela s'était produit avec son prédécesseur Joseph II, qui a finalement été celui qui a consolidé l'emprise autrichienne sur la Lombardie, ou qu'il aurait suivi, également contraint par des circonstances politiques et administratives, le destin de Frédéric le Grand de Prusse qui, comme l'indique John G. Galiardo dans *Enlightened Despotism*, a fini par devenir le monarque le plus absolutiste de tous les États européens de son temps.

Par ailleurs, on peut aussi supposer qu'il aurait été indifférent à Juárez d'ouvrir la porte aux slogans, et au protestantisme, dont il s'est toujours déclaré inconditionnellement partisan: «Les Indiens, a-t-il dit en une occasion, ont besoin d'une religion qui les oblige à lire et à ne pas dépenser leur argent dans des cierges pour les saints.» C'était une époque curieuse où de nombreux libéraux mexicains étaient américanistes, c'est-à-dire pro-américains, et de nombreux conservateurs anti-américains. Mais les

États-Unis n'étaient pas encore un empire — même si la bête avait déjà montré ses griffes et ses crocs — et leur guerre d'indépendance, leur constitution, la légende et le sacrifice de Lincoln, la victoire des abolitionnistes proscrivaient toute autre considération et faisaient oublier les agressions passées. Ces sentiments pro-américains ont été partagées, en dehors du Mexique, par des personnages comme Friedrich Engels — l'industriel qui finançait les études de Marx à Londres —, qui a manifesté sa satisfaction de la défaite du Mexique devant les États-Unis en 1847 et qui a déclaré qu'il était juste que le Mexique, se sacrifiant à son propre développement, tombât sous la tutelle américaine. De son côté, Marx, qui a vanté ce qu'il appelait les sentiments d'indépendance et de courage individuel des Américains, partageait le mépris d'Engels pour les Mexicains. Le peuple mexicain, disait Marx, a tous les vices de l'espagnol: grandiloquence, forfanterie et donquichottisme, mais sans la détermination du peuple espagnol. Bien qu'il soit également vrai — ajoutait l'auteur du *Capital* — que les Espagnols n'ont pas produit un *génie* de la taille de Santa Anna. Ce ne devait pas être là la seule fois où celui qui luttait pour l'égalité de tous les travailleurs de la terre exprimait son mépris pour un peuple ou pour une race: par exemple, pour Marx les peuples slaves n'étaient que des hordes arriérées dont le seul espoir était de se soumettre à un peuple cultivé, comme les Allemands.

De toute façon, les agressions perpétrées par les États-Unis continueraient à se produire: un des principaux acteurs du drame de l'Empire mexicain, José Manuel Hidalgo y Esnaurrízar, disait dans ses *Notes pour écrire l'histoire des projets de monarchie au Mexique* que ce n'était pas la doctrine de Monroe que devaient professer les États-Unis, mais les conseils de «l'illustre et sage» George Washington, qui préconisait que les nations ne devaient pas profiter de l'infortune d'autres peuples. Hidalgo commentait: «Ah! si je pouvais écrire en marge: *Mexique, Cuba, Nicaragua, Panamá...*»

Hidalgo faisait évidemment allusion à des forfaits commis dans le passé par les États-Unis contre ces nations, mais en même temps ses paroles étaient prophétiques: entre 1868, date à laquelle il publie ses «notes», et 1927, l'année où meurt Charlotte, les États-Unis étaient intervenus d'une façon ou d'une autre dans ces quatre pays et, dans presque tous les cas, leur intervention avait été funeste. En 1914, après l'arrestation de quelques *marines* à Tampico, les troupes nord-américaines envahirent Veracruz, où elles séjournèrent plusieurs mois. Peu avant la fin du XIXe siècle, en 1898, les États-Unis avaient déclaré la guerre à l'Espagne pour «aider» à l'indépendance de Cuba, et le prix qu'ils ont perçu pour leur victoire a été: un, la domination économique et politique de l'île de Cuba, qui est devenue en fait un protectorat américain en 1901; deux, l'acquisition des possessions espagnoles déjà citées: Porto Rico, Guam et les Philippines. Le prétexte fut le naufrage, après une explosion, du navire de guerre américain *Maine* dans la baie de La Havane, attribué à l'Espagne. Avec le temps, on est arrivé à la conclusion que les Espagnols n'avaient rien eu à voir avec l'incident du *Maine* et qu'il est fort probable que ce soit les Américains eux-mêmes, à la recherche d'un *casus belli*, qui l'aient fait exploser. En 1925, les Nord-Américains envahirent le Nicaragua et entamèrent une occupation de huit années — au cours desquelles ils furent confrontés à l'opposition de la guérilla commandée par le général Augusto César Sandino — dans une tentative pour élargir leur contrôle militaire de la région et en vue de la construction d'une possible seconde voie interocéanique. Quelques années auparavant, ils étaient intervenus en Colombie pour provoquer la rébellion et la sécession de la province de Panamá et pouvoir ainsi mener à bien le projet où le cousin d'Eugénie de Montijo, Ferdinand de Lesseps, avait essuyé un échec retentissant: la construction du canal de Panamá... La prédiction de Tocqueville, selon laquelle les États-Unis et la Russie se répartiraient un jour le monde, a donc continué à s'accomplir de façon implacable du vivant de Charlotte. Et il est fort probable, comme nous le remarquions plus haut, que si Charlotte n'avait pas survécu autant d'années, folle, à Bouchout, mais qu'elle fût restée saine d'esprit et à Chapultepec, les choses n'auraient pas été fondamentalement différentes.

Pour ce qui est de l'action individuelle, et de la responsabilité politique et éthique de Maximilien et de Charlotte, l'impossibilité d'une Histoire universelle, qui à son tour empêche qu'on émette un jugement lui aussi universel, n'a évidemment pas évité — c'est de cela que sont faites les histoires particulières — la prolifération des jugements personnels. Mais comme cela se produit également, ces jugements émanent non seulement d'historiens, mais aussi de romanciers et de dramaturges qui ont cédé à la fascination de l'Histoire.

L'écrivain mexicain Rodolfo Usigli, passionné par la tragédie de Maximilien et de Charlotte, disait dans le prologue de *Corona de sombra*, drame historique qu'il qualifie d'« anti-historique », que si l'histoire était exacte, comme la poésie, il aurait eu honte de l'avoir éludée. Plusieurs décennies plus tard, l'écrivain Jorge Luis Borges déclara qu'il était plus intéressé « par ce qui est symboliquement vrai que par ce qui est historiquement exact ». Et vingt ans après que *Corona de sombra* eut été écrite, l'essayiste hongrois György Lukács affirmait dans son livre *le Roman historique* que c'est « un préjugé moderne que de supposer que l'authenticité historique d'un fait garantit son efficacité poétique ». Si l'on comprend bien ce qu'a voulu dire Usigli, si l'on partage la préférence de Borges et que l'on soit d'accord avec ce qu'affirme Lukács, on pourra toujours — moyennant du talent — mettre l'Histoire de côté et, à partir d'un fait ou de quelques personnages historiques, construire un monde romanesque ou dramatique autosuffisant. L'allégorie, l'absurde, la farce sont des possibilités de réalisation de ce monde: tout est permis à une littérature qui ne prétend pas coller à l'Histoire. Mais qu'arrive-t-il quand un auteur ne peut pas se soustraire à l'Histoire? Quand il ne peut pas oublier, à volonté, ce qu'il a appris ? Ou plus précisément, quand il ne veut pas ignorer une série de faits quantitativement accablants, écrasants par le poids qu'ils ont exercé pour déterminer la vie, la mort, le destin des personnages de la tragédie, de *leur* tragédie ? Ou en d'autres termes, qu'arrive-t-il — que faire ? — quand on ne veut pas éluder l'Histoire et qu'en même temps on souhaite accéder à la poésie ? Peut-être la solution consiste-t-elle à ne pas poser d'alternative, comme Borges, et à ne pas éluder l'Histoire, comme Usigli, mais à essayer de concilier la vérité que peut receler l'Histoire, l'associer à l'invention, à l'allégorie et même à la fantaisie la plus débridée... Sans craindre que cette authenticité historique, ou ce que nous pouvons considérer comme de l'authenticité, ne garantisse aucune efficacité poétique, comme nous en avertit Lukács : en fin de compte, conjointement à l'Histoire, fonctionnerait de son côté la recréation poétique qui, comme nous en avertissons le lecteur — comme moi je l'en avertis —, ne garantirait à son tour aucune authenticité en dehors de la symbolique.

A mon avis, Rodolfo Usigli n'a pas pu éluder l'Histoire : dans son drame transparaît une recherche longue et assidue, un énorme amoncellement de faits qui lui ont été nécessaires pour élaborer *Corona de sombra* et qui, évidemment, servent à la fois de squelette et de respiration à l'œuvre. On peut supposer que c'est en découvrant son ignorance initiale, et avec elle l'ignorance des autres, en apprenant de façon progressive et presque douloureuse, incrédule, étonnée, les innombrables mensonges, intrigues, trahisons, malentendus, impostures, illusions puériles, mythes et tout ce qui peut avoir constitué les données de la double tragédie — la tragédie du Mexique et la tragédie de Maximilien et de Charlotte —, que sa colère a éclaté et que son indignation s'est déchaînée — comme il nous le dit dans le prologue à *Corona de sombra* — devant la pauvreté des œuvres de fiction consacrées à ce grand épisode de l'histoire de son pays, en dehors de ce qu'il appelle « les tentatives formellement historiques ».

Usigli écrit *Corona de sombra* en 1943. Avant cette pièce, il n'existe qu'une demi-douzaine de poèmes sur Maximilien et Charlotte, écrits par quelques Européens — Carducci, un poète anglais, un autre allemand — et autant par des Mexicains. Parmi les œuvres théâtrales il y en a une, magnifique, de l'Autrichien Franz Werfel : *Juárez et Maximilien*, qui restitue de façon magistrale certains aspects de la tragédie — Maximilien, dit le général Díaz dans le drame de Werfel, était « un martyr de naissance ». Le reste est composé d'œuvrettes aux prétentions plus limitées. On ne trouve qu'une petite poignée de romans, presque tous exécrables et d'une pédanterie qui n'atteint pas au sublime. C'est le cas de *El Cerro de las Campanas*, du Mexicain Juan A. Mateos, ou des récits de Praviel et de la princesse Bibesco, ainsi que des romans d'un autre Mexicain, Victoriano Salado Alvarez. Rien d'autre, ou presque. Ensuite, *Corona de sombra*, qu'Usigli a écrit parce qu'à son avis « le sang de Maximilien et la folie de Charlotte méritent un peu plus du Mexique », nous dit-il dans le prologue.

Il semblerait qu'effectivement, cette mort et cette folie, dans leur magnificence, méritent un peu plus du Mexique et de ceux qui écrivent son histoire et sa littérature: plus que tout, elles méritent d'être considérées comme ce qui pourra tempérer avec le plus de force le procès que tout auteur se risquera ou se verra contraint à faire aux personnages de la tragédie.

Il ne fait pas de doute que sa folie est à porter au crédit de Charlotte: soixante ans peuvent passer pour un châtiment, un purgatoire plus que suffisant pour lui faire payer ses ambitions et son arrogance. Ainsi, pauvre Charlotte, que son affreux échec. Au crédit de Maximilien on portera sa mort, les gouttes de son sang qui se sont mêlées à la terre du Cerro de las Campanas et ses derniers mots: Vive le Mexique!: en affrontant l'issue fatale comme il l'a fait, il l'a transformée en une mort noble et opportune, en une mort courageuse, pour tout dire, en une mort parfaitement mexicaine.

Mais «c'est l'Histoire, finalement, qui nous dit», note également le dramaturge mexicain dans son prologue, «que seul le Mexique a le droit de tuer ses morts et que ses morts sont toujours mexicains». Effectivement, le problème n'est pas que nous les Mexicains ayons tué Maximilien et, peut-être, rendu Charlotte folle, mais que nous n'ayons enterré aucun des deux au Mexique: ni Maximilien — «le dernier prince héroïque d'Europe» et «le sublime suicidé de son siècle», comme l'appelle Usigli — ni Charlotte — cette Ophélie attendant le Shakespeare qui chanterait sa folie et sa tragédie, comme disait Pierre de La Gorce —, aucun des deux, ni lui ni elle, ne s'est aggloméré à cette terre équitablement fertilisée par les restes de tous nos héros et de tous nos traîtres. Avec cette précision, presque superflue, que tous ne sont pas tout le temps ni à cent pour cent des héros ou des traîtres: il y aurait ainsi beaucoup à dire, par exemple, du patriotisme de Miramón et de Mejía, qui étaient apparemment convaincus — ou du moins le furent-ils à un moment donné — que pour leur patrie la monarchie était préférable à la république. Leur péché a peut-être résidé — comme l'a dit Octavio Paz — dans le fait que cette solution était anachronique. Du reste, plusieurs caudillos ou héros latino-américains avaient songé à des empires ou à des monarchies pour leurs pays. Pas seulement le curé Hidalgo et ses partisans qui désiraient, comme nous l'avons dit, Ferdinand VII le désiré; mais aussi de nombreux Boliviens et Bolivariens envisageaient un empire en Amérique du Sud; on décerna à Simón Bolívar lui-même le titre d'empereur du Pérou, et en 1815 Belgrano et Rivadavia offrirent la couronne du Río de la Plata à un prince de la Maison de Bourbon, pourvu que la province pût compter sur un gouvernement indépendant de celui de l'Espagne.

Mais revenons à Maximilien. Témoin lucide de son temps, le sous-secrétaire à la Marine de Maximilien, Léonce Détroyat, dit dans son livre *l'Intervention française au Mexique*, que Maximilien n'a pas compris qu'il aurait mieux valu pour lui demeurer comme le premier des étrangers mais qu'en changeant de rôle il est devenu «le dernier des Mexicains». Le dernier, oui, peut-être, mais mexicain: Maximilien et Charlotte se sont mexicanisés: l'un, jusqu'à la mort, comme dit Usigli, l'autre — c'est moi qui le dis —, jusqu'à la folie. Et nous devrions les accepter comme tels: sinon Mexicains de naissance, du moins Mexicains de mort. De mort et de folie.

Nous avons peut-être tout à y gagner, pour qu'ils ne continuent pas à nous hanter: les âmes de ceux qu'on a laissés sans sépulture incriminent toujours ceux qui les ont abandonnés. Tout comme l'ombre de Cortès nous incrimine et nous hante encore. Par ailleurs, leur donner la place qui leur reviendrait dans notre panthéon n'impliquerait nullement la nécessité de justifier quoi que ce soit: ni les ambitions démesurées ni le tour impérialiste et arrogant qu'ont pris les aventures de notre premier et de nos derniers conquérants européens, de la même façon que malgré leur félonie et leur autoritarisme nos traîtres et nos dictateurs ne laissent pas d'être mexicains. Avec la différence, à porter au crédit de Maximilien — comme le souligne également Usigli —, que l'Empereur a été ou a voulu être un démocrate, un libéral, un monarque magnanime. A sa façon, certes, mais de la seule façon dont il pouvait l'être — le lecteur peut se reporter à l'analyse juridique que fait de l'Empire Martínez Báez, où l'on parle de la transcendance de la législation instaurée ou proposée par Maximilien.

Or, l'aspiration à être mexicains d'un prince qui, comme Maximilien, occupait la deuxième place dans la ligne de succession de l'Empire autrichien et qui, par conséquent, était en fait destiné à devenir le dirigeant d'un ou, dans le meilleur des cas, de tous les peuples placés sous la tutelle impériale, et d'une princesse qui, comme Charlotte, était destinée à être l'épouse du prince ou du souverain d'un peuple étranger, n'impliquait pas nécessairement une attitude hypocrite, même si cette hypothèse n'est pas non plus à écarter: il ne faut pas oublier que le droit divin à gouverner les peuples, inscrit de façon indélébile dans la mentalité de la plupart des princes européens, et les contraintes politiques qu'imposaient les alliances matrimoniales entre les membres des familles royales des différents pays d'Europe, faisaient que beaucoup de ces princes grandissaient avec la conviction qu'ils avaient la capacité de gouverner et le devoir d'aimer des peuples étrangers qui, avec un peu de chance, les accepteraient, et qui, avec un peu plus de chance, en viendraient à les aimer, comme cela s'est produit quelquefois. Par ailleurs, comme le souligne Edward Crankshaw, il y avait moins d'arrogance dans l'attitude — quand elle était sincère — de ceux qui se croyaient désignés par Dieu pour gouverner, qu'il n'y en a et qu'il n'y en a eu, dans ce qu'on nomme les démocraties, chez tout aspirant à une charge publique à laquelle il n'est pas appelé par Dieu mais par l'ambition et la conviction — née de sa seule suffisance — qu'il peut faire les choses mieux que les autres.

Ainsi, nous pouvons donc, avec un peu de bonne volonté, accepter la possibilité que Maximilien et Charlotte aient été honnêtes jusqu'à un certain point dans leur désir de devenir mexicains et suffisamment candides — Maximilien peut-être plus qu'elle — pour croire qu'ils y étaient parvenus.

Et s'ils n'y sont pas parvenus alors, peut-être y parviendront-ils un jour. Peut-être, si nous les y aidons un peu. Si à ces deux choses: l'exécution de Maximilien et la folie de Charlotte — pour lui, la fin de sa vie; pour elle, une mort sans fin —, nous donnons ce dont, selon Usigli, l'imagination du Mexique et des Mexicains leur est redevable.

Ah, si nous pouvions inventer pour Charlotte une folie inépuisable et superbe, un délire exprimé à tous les temps verbaux du passé et du futur, des temps improbables et impossibles, pour lui donner, pour créer grâce à elle et pour elle l'Empire qui a été, l'Empire qui sera, l'Empire qui aurait pu être, l'Empire qui est. Si nous pouvions faire de l'imagination la folle du logis, la folle du château, la folle de Bouchout et la laisser, folle déchaînée, folle ailée, parcourir l'amour et l'agonie, libre, oui, libre et toute-puissante, mais en même temps prisonnière, papillon étourdi et aveugle, condamné, tournant continuellement autour d'une réalité insaisissable qui l'éblouit, la consume et lui échappe, pauvre imagination, pauvre Charlotte, à chaque minute de chaque jour.

Si nous pouvions, également, inventer pour Maximilien une mort plus poétique et plus impériale. Si nous avions un peu de compassion envers l'Empereur et que nous le le laissions pas mourir ainsi, abandonné, sur une colline poussiéreuse et pleine de cactus, sur une colline grise et pelée, pleine de pierres. Si, par contre, nous le tuions sur la place la plus belle et la plus vaste de Mexico... si nous nous mettions un moment à sa place, si nous nous glissions dans ses souliers, dans son corps et dans sa tête, en sachant que nous sommes un prince et un souverain, que l'humour, le courage, l'esprit et l'élégance ne nous ont jamais fait défaut et que nous avons toujours aimé l'ordre et l'apparat, la pompe et le coup de théâtre, le spectacle, si nous pouvions écrire, dans le style de Maximilien, pour l'étonnement et la mise en garde, le souvenir et l'exemple de tout futur monarque qui perdra la vie à l'initiative de ses sujets — ou de ceux dont il croit qu'ils sont ses sujets — et qui donnera son sang pour eux, le *Cérémonial pour l'exécution d'un empereur...*

3. Cérémonial pour l'exécution d'un empereur

«Chapitre unique»

Première section: «Du lieu et de l'heure de l'exécution»

Le lieu de l'exécution sera le centre de la Grand-Place de l'Empire.

L'heure, sept heures juste du matin.

Deuxième section: «De l'ordonnancement des préparatifs»

Le jour de l'exécution, le Valet de Chambre de l'Empereur réveillera celui-ci à cinq heures du matin.

Le Valet de Chambre se retirera afin de permettre à l'Empereur de procéder à ses ablutions matinales.

L'Empereur appellera ensuite le Valet de Chambre, lequel se présentera dans l'alcôve impériale suivi de trois valets de chambre honoraires.

Tous porteront casaque et pantalon court de velours noir, bas de soie blancs, souliers vernis noirs.

Les valets de chambre aideront l'Empereur à s'habiller.

L'Empereur portera le grand uniforme de gala de Général en Chef de l'Armée Impériale Mexicaine destiné aux Grandes Cérémonies de Deuil National.

L'uniforme sera noir, avec des broderies d'argent.

L'Empereur portera également le grand collier de l'Aigle Mexicain et sur la poitrine l'écharpe aux couleurs impériales mexicaines passée obliquement de l'épaule gauche au côté droit.

A cinq heures et demie du matin quatre chapelains du service de la Cour entreront dans la chambre impériale, pour veiller sur l'Empereur quand il se rendra à la Chapelle Impériale.

Les chapelains seront vêtus d'habits de bure noire.

L'Empereur se dirigera vers la Chapelle Impériale, précédé par deux des chapelains. Les deux autres chapelains marcheront derrière l'Empereur.

A la suite de ces deux chapelains défileront par rangs de deux les représentants des paroisses, dans l'ordre suivant: Sagrario Metropolitano et San Miguel. Santa Catarina Mártir et Santa Veracruz. San José et Santa Ana. Soledad de Santa Cruz et San Pablo. Santo del Agua et Santa María. San Sebastián et Santa Cruz Acatlán. Santo Tomás la Palma et San Antonio de las Huertas.

Tous iront vêtus d'habits de bure noire et porteront des cierges allumés.

Le Confesseur de l'Empereur attendra celui-ci à l'entrée de la Chapelle Impériale, il lui offrira de l'eau bénite et lui remettra un Missel et un chapelet. Puis il le précédera jusqu'à l'autel.

La couverture du Missel sera de laque noire avec des incrustations d'argent. Sa tranche sera argentée.

Les « Je vous salue, Marie » du chapelet seront en obsidienne sculptée.

Les « Notre Père » seront en argent.

Les chapelains de la Cour et les représentants des paroisses se tiendront à l'extérieur de la Chapelle.

L'Empereur s'agenouillera sur le prie-Dieu.

Les coussins du prie-Dieu seront de velours noir, avec des lisérés et des franges de fils d'argent, sans broderies.

L'Empereur sera entendu en confession.

Au cours de celle-ci, le confesseur s'abstiendra de donner à l'Empereur le titre de Majesté Impériale, et il l'appellera par ses noms de baptême.

Après l'absolution, les chapelains et les représentants des paroisses entreront dans la Chapelle Impériale.

Le Confesseur célébrera le Sacrifice de la Sainte Messe que l'Empereur entendra à genoux.

A la fin de la messe, le Confesseur distribuera la communion à l'Empereur et lui administrera le Saint Viatique.

L'Empereur procédera ensuite, précédé par le Confesseur et suivi par les chapelains de la Cour et par les représentants des paroisses, à la traversée des couloirs et des salles du Palais Impérial, afin de prendre congé des dignitaires et des fonctionnaires de la Cour, ainsi que des employés et des serviteurs du Palais.

Les dames seront placées devant.

Les représentants des paroisses continueront à porter des cierges allumés.

La Garde Palatine formera la haie sur le passage de l'Empereur.

Ses casques seront pourvus de panaches noirs.

Le parcours de l'Empereur sera le suivant: Escalier de l'Empereur. Galerie de la Garde Palatine. Galerie Iturbide. Antichambre. Salle du Conseil. Galerie des Peintures. Salle du Yucatán. Salon de l'Empereur.

Toutes les lampes du Palais Impérial porteront un crêpe noir.

En signe d'adieu l'Empereur se bornera à incliner légèrement la tête. Les dignitaires de la Cour et le reste de l'assistance resteront immobiles.

Quand il arrivera dans le Salon de l'Empereur, on présentera à l'Empereur un Décret autorisant la libération d'un nombre prédéterminé de criminels dépendant des juridictions civiles et militaires. L'Empereur signera debout cette requête, ainsi que d'autres, et ensuite il se dirigera vers la Salle Charles-Quint, où on lui servira le déjeuner.

L'Empereur pourra choisir entre deux menus et deux sortes de vins.

On laissera l'Empereur seul. Le Confesseur, les chapelains et les représentants des paroisses resteront à la porte.

Le service sera en argent, orné du Monogramme Impérial.

La nappe et la serviette, de soie blanche damassée, ornée du Monogramme Impérial.

Après le déjeuner, l'Empereur procédera à ses ablutions et il se disposera à se livrer à ses dernières méditations.

Pendant ce temps, se constituera le Cortège Solennel précédé par un détachement de la Garde Palatine, par des valets de pied, des palefreniers, des dresseurs et des laquais à pied, comme il est indiqué au Chapitre III: Des Cortèges, Première Section, Cortège Solennel, du « Règlement pour les Services d'Honneur et le Cérémonial de la Cour ».

Le Cortège Solennel, les grands dignitaires et les fonctionnaires de la Cour se réuniront dans la Cour Principale du Palais Impérial et ils se dirigeront vers la Grand-Place de l'Empire où ils occuperont leurs places respectives, en accord avec le schéma élaboré par le dessinateur de la Cour.

Les places seront identiques à celles occupées lors des grandes réceptions dans le Salon de l'Empereur, avec les modifications nécessaires pour la circonstance.

Ainsi, et considérant que l'Empereur occupera pendant l'exécution le centre de la place, tournant le dos au Palais Impérial et avec à sa droite la Cathédrale Métropolitaine, les positions seront les suivantes:

A la droite de l'Empereur et à quelques pas en retrait se tiendra le Capitaine de la Garde Palatine accompagné par un lieutenant du même corps. Au même niveau, et à gauche de l'Empereur, il y aura un autre lieutenant de la Garde Palatine.

Tous ces officiers porteront un crêpe noir au bras gauche et un autre au pommeau de leur épée.

Face à la place réservée à l'Empereur, à quelques pas, se placera le Grand Maître de Cérémonie et un peu plus en avant le Président du Ministère.

Le Grand Maître de Cérémonie portera une écharpe de crêpe noir passée obliquement de l'épaule gauche au côté droit. Les gants et la cravate seront blancs.

A la droite de l'Empereur se tiendront par ordre de préséance: I. Les princes impériaux et de Iturbide; II. Les cardinaux; III. Les détenteurs du Collier de l'Aigle Mexicain; IV. Le Grand Maréchal de la Cour; V. Le Grand Chambellan; VI. Le Palefrenier en Chef; VII. L'Intendant Général de la Liste Civile; VIII. Des dames du Palais et des dames d'honneur.

A la gauche de l'Empereur se tiendront par ordre de préséance: I. Les princesses impériales et de Iturbide. II. Les Grand-Croix de saint Charles. III. La Première des Dames. IV. Le Général Aide de Camp. V. Le Grand Aumônier. VI. Le Grand Chambellan de l'Impératrice. VII. Les Dames du Palais et des dames d'honneur.

Tous ces dignitaires et ces fonctionnaires de la Cour porteront les vêtements appropriés à un Deuil National.

Les dames du Palais et d'honneur seront vêtues de robes de laine noire et auront des bijoux noirs.

Leurs visages seront recouverts de voiles noirs.

Tous les assistants tiendront des cierges éteints.

Le Médecin de la Cour et ses consultants se placeront également à la droite de l'Empereur, en tournant le dos au Palais Impérial. Ainsi que les Employés supérieurs de la Cour. Les palefreniers. Les Chambellans. Le Notaire de la Cour.

Tournant eux aussi le dos au Palais Impérial, mais à la gauche de l'Empereur: les chapelains honoraires, les chapelains de la Cour. Les officiers d'Ordonnance. Les Officiers de la Garde Palatine. Les aides de camp.

Le Médecin de la Cour sera nanti des instruments nécessaires pour certifier la mort de l'Empereur.

Le Notaire de la Cour sera accompagné par un Secrétaire, auquel il dictera l'Acte de Décès de l'Empereur.

Face à l'Empereur, c'est-à-dire regardant le Palais Impérial, à sa droite et par ordre de préséance, se tiendront le Président du Ministère et les ministres. Le Président du Conseil d'état et les conseillers. Le Président de la Cour Suprême et les magistrats. Les ambassadeurs mexicains. Le Président de la Cour des Comptes et les conseillers. Les Grand-Croix de l'Aigle Mexicain. Les ministres plénipotentiaires mexicains. Le Doyen du Corps Diplomatique. Les membres du Corps Diplomatique. Le Procureur Général, les procureurs et avocats généraux de la Cour Suprême. Les Grand-Croix de Guadalupe. Le Commandant de la Première Division militaire et les officiers. Le Président de la Cour d'Appel et les magistrats. L'Archevêque et le Clergé. Le Président de l'Académie et les académiciens.

Face à l'Empereur, c'est-à-dire regardant également le Palais Impérial, à sa gauche et par ordre de préséance : les décorés des Ordres et des Médailles de l'Empire qui ne seront pas placés ailleurs. Les présidents des Tribunaux de Première Instance, du Tribunal Correctionnel et de Commerce avec leur personnel. Le Maire et ses assesseurs. Le Préfet Départemental et le Conseil du Département.

Au centre, et regardant le Palais Impérial : le Premier Secrétaire du Protocole. Le Deuxième Secrétaire du Protocole. Quelques pas en retrait, l'Officier de la Garde Palatine de Service. Le Chambellan de Service. L'Aide de Camp de Service. L'Officier d'Ordonnance de Service.

Le peloton d'exécution.

Le dessinateur et le greffier de la Cour qui se chargeront d'enregistrer, pour l'Histoire, les détails de la procédure.

Quelques pas en retrait, et regardant le Palais Impérial, les sous-secrétaires des Ministères et les employés de ceux-ci et de leurs dépendances dans l'ordre suivant, de la droite à la gauche de l'Empereur : Affaires Étrangères. Marine. Justice, Instruction Publique et Cultes. Développement. Guerre. Finances.

Tous les fonctionnaires civils de l'État porteront costume et gants noirs, ainsi qu'un crêpe noir sur leur chapeau. La cravate sera blanche.

Les soldats du peloton porteront un uniforme de gala noir avec un ceinturon et une écharpe en bandoulière de couleur blanche.

Leurs gants seront noirs, à l'exception de ceux de l'officier commandant le peloton, qui seront blancs.

Les soldats seront tous de la même taille.

Si l'Empereur choisit d'être exécuté à cheval, le peloton sera composé de soldats de la cavalerie.

Leurs chevaux seront noirs, d'une hauteur au garrot réduite.

Les harnais et la selle seront noirs eux aussi, sans ornementation.

Viendront ensuite, toujours regardant le Palais Impérial : I. Les représentants de tous les diocèses et paroisses du pays ; II. Les délégués de tous les couvents du pays ; III. Les professeurs et les élèves des collèges, dans l'ordre suivant, de droite à gauche de l'Empereur : Collège de Tecpan. École de Commerce. École Impériale d'Agriculture. Académie de San Carlos. École de Médecine. École Impériale des Mines. Collège de San Juan de Letrán. Collège de San Ildefonso. Séminaire Conciliaire. Collège Militaire ; IV. Garçons et filles de l'Orphelinat de l'Impératrice ; V. Assistés de l'Hospice de Vieillards de l'Impératrice ; VI. Pensionnaires de la Maison des Pauvres de l'Impératrice ; VII. Malades et invalides de l'Hôpital San Carlos et autres hôpitaux du pays; VIII. Membres de la noblesse mexicaine qui ne soient pas au service de la Cour; IX. Représentants de la Banque et de l'Industrie; X. Le peuple.

Les messieurs et les dames porteront les vêtements indiqués par le Règlement en cas de Deuil National.

Les dames auront le visage recouvert d'un voile noir.

Les femmes du peuple porteront des robes de laine noire.

Les hommes du peuple, pantalon et chemise de drap blanc, et des crêpes noirs au chapeau et au bras gauche.

Les employés et les serviteurs du Palais Impérial resteront à l'intérieur de celui-ci, y compris la Directrice de la Garde-Robe de l'Impératrice, les premières et deuxièmes caméristes, les majordomes et les concierges, les huissiers et les inspecteurs de Table, les laquais et les veilleurs de nuit, de même que les serveurs, le chef de Cuisine et les cuisiniers, les confiseurs et les boulangers, les marmitons et autres ne figurant pas sur la liste.

On permettra aux employés et aux serviteurs d'observer l'exécution depuis les fenêtres et les balcons du Palais Impérial, qui ne pourront être ouverts tant que l'Empereur n'aura pas quitté l'enceinte du Palais.

Toutes les fenêtres et tous les balcons du Palais Impérial seront pourvus de rideaux noirs sans broderies, avec des cordons, des pompons et des franges de fil d'argent.

Le Balcon Impérial restera clos.

A six heures quarante minutes du matin, le Confesseur frappera à la porte du Salon Charles-Quint et demandera à l'Empereur s'il est prêt. L'Empereur répondra affirmativement et ouvrira lui-même la porte du salon.

L'Empereur sera escorté par les chapelains et par les représentants des paroisses et précédé par le Confesseur, jusqu'à la Grande Cour du Palais Impérial.

A l'arrivée de l'Empereur dans la Grande Cour, le Palefrenier en Chef s'approchera, tenant par la bride le cheval que devra monter l'Empereur.

Le cheval sera blanc, avec selle et harnais de cuir et de velours noirs, et housse noire avec des broderies de soie blanche.

Quatre aides de camp, à pied et nu-tête, suivront le cheval de l'Empereur, en tenant par la bride leurs propres chevaux.

Ces chevaux seront noirs, avec des selles et des harnais noirs également et une housse noire avec de discrètes broderies de fil d'argent.

Les chevaux auront des panaches noirs et leurs queues, coupées à l'anglaise, porteront un crêpe noir.

L'Empereur montera à cheval. Un Valet de Chambre s'approchera pour lui remettre son chapeau.

Le chapeau de l'Empereur sera en feutre blanc, avec un ruban de velours noir et une lanière de cuir noir incrustée d'argent.

Les aides de camp se couvriront et chevaucheront derrière l'Empereur.

Celui-ci donnera le signal du départ.

Les fers du cheval de l'Empereur seront en argent.

L'Empereur sera précédé par deux aides de camp. Les deux autres aides de camp chevaucheront derrière lui.

Tous les chevaux iront au pas.

Le Confesseur de l'Empereur marchera à sa gauche, à pied.

Quand il atteindra la Porte Principale du Palais Impérial, une fillette de l'Orphelinat de l'Impératrice, vêtue de blanc, remettra à l'Empereur un bouquet de violettes blanches.

Troisième Section: «De la procédure d'exécution»

Tandis que l'Empereur s'approchera du lieu de l'exécution, un silence absolu régnera sur la place.

Le Grand Maître de Cérémonie aura fait dérouler un tapis rouge sur le lieu de l'exécution afin que le corps de l'Empereur ne touche pas le sol.

Dans le cas où l'Empereur aura choisi d'être exécuté à cheval, on se passera du tapis rouge, mais les quatre aides de camp qui accompagnent l'Empereur resteront à une distance calculée, afin de recueillir son corps avant que celui-ci ne touche le sol.

Dans ce cas, si l'Empereur défaillant ne tombe pas de sa monture, les aides de camp le descendront et le soutiendront dans leurs bras.

L'Empereur se tiendra au centre de la place, face au peloton. Les aides de camp descendront de cheval. Quatre palefreniers mèneront les chevaux par la bride.

L'Aide de Camp placé à la gauche de l'Empereur arrêtera le cheval de celui-ci par la bride, pour que l'Empereur descende, au cas où il aura choisi d'être exécuté debout.

L'Aide de Camp placé à la droite de l'Empereur tiendra le cheval de celui-ci par la bride. Au cas où l'Empereur aura choisi d'être exécuté à cheval, il se limitera à le prendre par la bride.

Le Notaire de la Cour s'approchera et remettra au Grand Chancelier une enveloppe cachetée avec de la cire noire frappée du Sceau de l'Empire.

Cette enveloppe contiendra la sentence de mort de l'Empereur.

Le Grand Chancelier brisera le cachet de cire et remettra le document au Lecteur de l'Empereur, qui en donnera lecture à voix haute. Celle-ci terminée, le Lecteur remettra la sentence au Grand Maître de Cérémonie, qui à son tour la mettra entre les mains du Notaire de la Cour.

L'ordre sera donné aux soldats du peloton pour qu'ils prennent position.

Les soldats du peloton présenteront les armes.

Les armes seront noires, avec des crosses d'ivoire marquetées d'argent.

Toutes seront chargées d'une seule balle, à l'exception de l'une d'entre elles, qui aura une balle à blanc.

Les balles seront en plomb, avec la tête en argent.

Le Confesseur de l'Empereur procédera à la bénédiction des armes.

Après la bénédiction, le Grand Maître de Cérémonie annoncera le discours d'adieu de l'Empereur à la Nation.

L'Empereur prononcera son discours d'adieu à la Nation, qui ne devra pas se prolonger au-delà de six heures cinquante-cinq du matin.

Ensuite le Valet de Chambre de service de l'Empereur et deux valets de chambre honoraires s'approcheront.

L'Empereur remettra son chapeau au Valet de Chambre de service. Au premier Valet de Chambre honoraire, il donnera le Grand Collier de l'Aigle Mexicain. Le second Valet de Chambre honoraire recevra en dépôt l'écharpe aux couleurs impériales mexicaines.

Les valets de chambre se retireront sans tourner le dos.

Le Trésorier de la Cour remettra au Grand Chancelier une bourse pleine de pièces d'or.

Le Chancelier remettra la bourse à l'Empereur.

Les pièces seront des onces d'or frappées par la Maison de la Monnaie de l'Empire et par conséquent elles porteront d'un côté l'effigie de l'Empereur et de l'autre l'Aigle Impérial Mexicain.

L'Empereur s'approchera des soldats du peloton et il remettra une pièce à chacun.

Les soldats ôteront le gant de leur main droite pour recevoir la pièce, ils la glisseront dans la poche gauche de leur casaque, ils serreront la main que leur tendra l'Empereur et feront le salut militaire.

L'Empereur gardera ses gants.

Si l'Empereur à choisi d'être exécuté à cheval, les soldats du peloton descendront de cheval pour mener à bien l'opération décrite.

L'Empereur restera sur sa monture.

Ensuite, les soldats du peloton remettront leur gant et, si c'est le cas, ils remonteront sur leurs montures.

Ensuite, les soldats du peloton demanderont son pardon à l'Empereur, qui le leur accordera.

L'Empereur, sans tourner le dos au peloton, reviendra à l'endroit de l'exécution.

Le Confesseur s'approchera de l'Empereur pour accorder sa bénédiction.

L'Empereur la recevra à genoux.

Pendant la bénédiction, le Confesseur s'abstiendra de donner à l'Empereur le titre de Majesté Impériale, et il l'appellera par ses noms de baptême.

Au cas où l'Empereur aura choisi d'être fusillé à cheval, celui-ci pliera les pattes de devant pendant la durée de la bénédiction.

Après la bénédiction, l'Empereur fera de nouveau face au peloton.

Le Grand Chancelier d'Ordonnance de l'Empire présentera alors au Grand Maître de Cérémonie un bandeau étendu sur un coussin de velours noir.

Le bandeau sera de soie blanche, sans broderie et avec de simples lisérés de couleur blanche.

Le Grand Maître de Cérémonie prendra le bandeau et s'approchera de l'Empereur pour le lui offrir.

Si l'Empereur accepte le bandeau, deux valets de chambre s'approcheront pour l'assister.

Si l'Empereur repousse le bandeau, le Grand Maître de Cérémonie le rendra au Grand Chancelier.

L'Officier qui commandera le peloton sollicitera l'autorisation du Grand Maître de Cérémonie pour donner l'ordre de préparer les armes.

Après avoir reçu l'autorisation, l'officier donnera l'ordre.

Deux valets de chambre s'approcheront de l'Empereur pour dégrafer sa casaque, puis ils se retireront sans tourner le dos.

Si l'Empereur a choisi d'être exécuté à cheval, il enlèvera ses gants et dégrafera lui-même sa casaque.

Ensuite, l'Empereur remettra ses gants.

Dans ce cas, un Aide de Camp, à pied, se placera du côté gauche de la monture de l'Empereur, il mettra un genou à terre et baissera la tête de l'animal, en la soutenant par la bride pour éviter qu'il ne la relève.

Quand le premier coup de cloche indiquant sept heures du matin retentira à l'horloge de la Cathédrale Métropolitaine, l'Officier sollicitera l'autorisation du Grand Maître de Cérémonie pour donner l'ordre de mettre en joue.

Après avoir reçu l'autorisation, l'Officier donnera l'ordre.

L'Empereur écartera de ses mains les bords de la casaque et présentera la poitrine.

Quand sonnera le sixième coup de sept heures du matin à l'horloge de la Cathédrale Métropolitaine, l'Officier sollicitera du Grand Maître de Cérémonie l'autorisation de donner l'ordre de faire feu.

Quand le dernier coup retentira, l'officier donnera l'ordre.

Pendant la chute de l'Empereur, on gardera un silence absolu, et tous ceux qui assisteront à l'exécution resteront immobiles.

Au bout de quelques secondes, le Médecin de la Cour s'approchera pour examiner l'Empereur. Si celui-ci est mort, on ne tiendra pas compte de la section suivante et on passera à la Cinquième Section.

Quatrième Section: «Des mesures spéciales pour le coup de grâce»

Si l'Empereur est encore vivant, le Médecin de la Cour en fera part au Grand Maître de Cérémonie pour que celui-ci à son tour en informe le Grand Chancelier d'Ordonnance de l'Empire.

Le Grand Chancelier présentera alors, sur un coussin de velours noir, la balle destinée au coup de grâce.

Cette balle sera en plomb, avec la tête en argent.

L'assistance, pendant ce temps, devra garder un silence absolu.

Au cas où l'Empereur aura choisi d'être exécuté à cheval et où il sera soutenu par ses aides de camp, il restera entre-temps dans les bras de ces derniers.

Le Grand Chancelier d'Ordonnance de l'Empire remettra la balle du coup de grâce au Grand Maître de Cérémonie.

L'Officier du peloton s'approchera alors pour recevoir la balle du

Grand Maître de Cérémonie et il chargera l'arme choisie pour le coup de grâce.

Pour cette opération, le Capitaine ôtera le gant de sa main droite puis il le remettra.

Le soldat choisi pour tirer le coup de grâce recevra l'arme des mains de l'Officier.

L'Officier s'approchera de l'Empereur, dégainera son épée et de la pointe désignera la place du cœur.

Le soldat visera et attendra l'ordre de faire feu.

Si l'Empereur a choisi d'être exécuté à cheval, aussi bien l'Officier du peloton que le soldat choisi pour le coup de grâce descendront de leurs montures et s'acquitteront, à pied, des opérations décrites.

Après avoir reçu l'autorisation du Grand Maître de Cérémonie, l'Officier donnera l'ordre de faire feu.

Après quelques secondes de silence absolu, le Médecin de la Cour, accompagné du Notaire de la Cour, s'approchera du corps de l'Empereur, pour l'examiner.

Cinquième Section: «De la notification de la mort de l'Empereur et de la diffusion de la nouvelle»

Si après avoir examiné l'Empereur le Médecin de la Cour constate la mort, il en informera le Grand Chancelier et le Notaire de la Cour.

Le Notaire rédigera l'acte correspondant et il le remettra au Grand Maître de Cérémonie qui, à son tour, le transmettra au Lecteur de la Cour.

Le Lecteur de la Cour donnera lecture de l'acte, à voix haute.

Le Grand Chambellan de la Cour remettra à deux aides de camp et à deux officiers de marine attachés à l'Empereur le pavillon avec les couleurs et les armes de l'Empire mexicain.

Les aides de camp et les officiers de marine attachés à l'Empereur recouvriront le corps de celui-ci du Pavillon Impérial Mexicain. Pardessus, on déposera le Grand Collier de l'Aigle Mexicain et l'écharpe aux couleurs impériales.

Au signal du Grand Maître de Cérémonie, et simultanément:

Un enfant de l'Orphelinat l'Impératrice lâchera une colombe blanche portant au cou un crêpe noir.

Toute l'assistance allumera ses cierges.

Quatre messagers à cheval partiront au galop vers les quatre points cardinaux de l'Empire pour diffuser la nouvelle de la mort de l'Empereur.

Deux autres messagers, également à cheval, partiront vers le port de Veracruz pour s'embarquer sur la *Novara* et porter la nouvelle à l'Empereur d'Autriche et à l'Impératrice du Mexique.

Les messagers seront vêtus d'une casaque et d'un pantalon court de velours noir, de bas blancs et de souliers vernis noirs.

Leurs chevaux seront blancs et ils porteront sur la queue, coupée à l'anglaise, chacun un crêpe noir.

Au Palais National et au Château de Chapultepec, les laquais fermeront toutes les fenêtres et les balcons, et ils tireront les rideaux.

On procédera de même au Château de Miramar et à l'Abbaye de Lacroma.

Simultanément, on mettra en berne tous les drapeaux du pays.

On procédera de même avec les drapeaux du Château de Miramar et de l'Abbaye de Lacroma.

La hampe de tous ces drapeaux sera gainée de velours noir et ils seront surmontés eux aussi d'un crêpe noir.

On entonnera un Requiem dans la Cathédrale Métropolitaine et dans toutes les cathédrales du pays.

Simultanément, toutes les cloches du pays commenceront à sonner le glas.

Les cloches des chapelles impériales de Miramar et de Lacroma procéderont de même.

Toutes les cloches seront surmontées d'un crêpe noir.

Le battant de la grosse cloche de la Cathédrale Métropolitaine sera en argent.

XXIII
CHÂTEAU DE BOUCHOUT
1927

Parce que je suis une mémoire vivante et chancelante, une mémoire incendiée, redevenue flamme, qui s'alimente, s'embrase elle-même, se consume, renaît et ouvre à nouveau ses ailes. Parce que j'ai des ailes d'aigle : je les ai volées sur un drapeau mexicain. J'ai des ailes d'ange : elles m'ont poussée hier soir tandis que je rêvais de toi, tandis que je t'imaginais. Car je ne suis rien si je n'invente pas mes souvenirs. Car tu ne seras rien, Maximilien, si mes rêves ne t'inventent pas.

C'est pour cela, Maximilien, que le jour où je mourrai tu vas mourir avec moi. Je suis ton amour habillé en marin. Je suis ton épouvantail déguisé en miroir, ta poitrine tatouée de codex, ton membre entouré de feuilles de bananier. Je suis ta langue amarrée à la langue de Concepción Sedano. Ta barbe emmêlée aux aubépines en fleur brodées sur mon oreiller, tes lèvres qui embrassent la poussière du Cerro de las Campanas. Je suis, Maximilien, ta chair embourbée dans les ornières de la Cuesta China, ta salive qui s'écoule de l'Aqueduc de Los Remedios, tes ongles crochetés dans la pulpe d'une pastèque. Je suis tes os qui jouent une marimba. Tes yeux bleus incrustés dans le visage de l'Indien. Je suis ton nombril, Maximilien, pendu à la lune de Querétaro.

T'ai-je dit un jour, Maximilien, que tu as inventé le Mexique et le monde pour moi ? Là encore je t'ai menti : c'est moi qui t'ai inventé pour que toi tu les inventes. C'est pourquoi personne ne peut venir me dire maintenant, à moi, figure-toi, à celle qui t'a bercé dans le ventre de ta mère, à celle qui au lieu de lait t'a fait boire les cristaux de l'aube, à celle qui t'a donné son souffle et qui t'a amené par la main à travers les couloirs obscurs de Schönbrunn pour que tu entendes l'agonie du Duc de Reichstadt et le vol des faucons, à celle qui de son index t'a montré sur les plages de Bahia les martins-pêcheurs qui se plantaient comme des flèches dans le bouillonnement de l'écume, à moi, figure-toi, qui ai dessiné sur les lys la silhouette de tes mains et qui t'ai donné un cœur de tirelire pour que tu y amasses ma tendresse, à moi qui ai ordonné à la nuit de s'étendre sur ton corps, à la boue de grimper le long de tes aisselles, à tes intestins de se tranformer en un fleuve de mouches dorées, on va me dire maintenant que les cloches de Dolores mettent leurs jupes d'eau sonore et les balles leur traîne de lumière, que pour toi le dahlia chante dans la pluie d'Orizaba la ballade du 19 juin et que les éperons d'Amozoc indiquent de leur ergot d'argent le chemin de l'échafaud? Ne se rendent-ils donc pas compte, Maximilien, Empereur du Mexique et Roi de l'Univers, que c'est moi qui ai inventé les cloches et la lumière, les balles et les éperons, la pluie qui descendait du ciel du Mexique en doux filets d'eau tiède pour embrasser ton front? Ne se rendent-ils pas compte que c'est moi qui ai inventé le caméléon qui a avalé l'arc-en-ciel de Zempoala? C'est à moi, Maximilien, qui ai reconnu les crachats de jade qui se sont congelés dans ta gorge et les caillots en amande de ton foie, c'est à moi, dis-moi, qu'on va venir maintenant raconter mes rêves? Ils ne savent donc pas que j'ai dessiné ton portrait dans l'eau et que je t'ai copié dans le paysage? Ne t'ont-ils donc pas bu au fond du Lac de Xochimilco? Ne t'ont-ils pas contemplé mort à l'ombre d'un tamaris? Ah, Maximilien, la soif a des couleurs que le vent ignore, la faim a un éclat que le feu ne s'imagine pas: avec du vent et du feu, de la poussière et du néant, je crée tes dents, et avec tes dents une grappe et avec tes veines un filet aux mailles bleues pour te pêcher vivant et t'emmener te vendre au marché. Pour toi, pour t'inventer, pour palpiter dans tes faubourgs d'ambre, j'ai joué ma vie dans un combat de coqs, je jouerai ma mort à pile ou face. Je suis Charlotte, Impératrice du Mexique et de l'Amérique, et aujourd'hui, Maximilien, je vais retourner au Mexique avec toi. Même si c'est pour me repentir à nouveau, même si on me dit que je suis folle: folle Isabelle la Catholique qui n'a pas changé de chemise jusqu'à la chute de Grenade. Mais folle, moi, parce que je bois de la tequila dans la fontaine à la bouteille de pierre de El Arenal? Au contraire, qu'on m'apporte une barrique de tequila. Folle, moi, parce que je sais que tu te cherches dans la cicatrice de l'écume et que tu te caches dans le tremblement de l'encre? Folle parce que j'aime aller sur la Place des Évangélistes à Mexico pour leur demander qu'avec cette encre ils écrivent ma vie? Non, folle Jeanne la Folle qui déféquait au lit. Fou Christian de Danemark qui avait la bouche ourlée d'écume et qui demandait à son ami Holck de le fouetter. Mais folle, moi, parce que je sais que ta poitrine abrite un soleil tout entier et que ce soleil est celui du Mexique?

Ou folle moi, et putain, surtout putain parce que le fils que je porte dans mes entrailles n'a pas été engendré par l'Empereur du Mexique? Non, Maximilien: putain ta belle-sœur Sissi qui a eu une fille d'un chasseur de renards. Putain ta mère qui a eu un fils du Roi de Rome, et putain la mère du Roi de Rome parce qu'à Parme elle lui a fabriqué une kyrielle de frères bâtards avec son général borgne, comme mon père Léopold m'a fabriqué une kyrielle de frères et de sœurs naturels avec cette putain de von Eppinghoven. Et putain la mère du Tsar Paul Ier, qui l'a conçu avec le

Comte Saltykov. Putain Inés Esteves, la mère du fondateur de la dynastie ducale des Bragance, Alphonse de Portugal, car elle l'a conçu avec Jean Ier sans être mariée avec lui, et putain également la grand-mère d'Alphonse, Theresa Lourenço, qui a eu comme fils naturel Pierre Ier. Putain la maîtresse de Jacques Ier d'Angleterre, Arabella Churchill, mère de son bâtard le Duc de Berwick. Putain la mère de Napoléon III qui lui a donné comme demi-frère le Duc de Morny, fils illégitime du Comte de Flahault, lui-même fils de la putain qui l'a conçu avec le Prince de Talleyrand, dont il était le fils naturel. Et putains, Maximilien, les deux reines d'Espagne : putain Marie-Louise qui a eu avec Godoy le frère de Ferdinand VII, putain Isabelle II qui n'a pu donner Alphonse XII comme roi à ses sujets que parce qu'elle a ouvert ses jambes et sa matrice à un dentiste nord-américain et tout le monde, à commencer par ma bigote de cousine Victoria, a fait semblant de ne pas voir. Car si ce n'est pas toi qui as engendré le fils que je vais avoir, ce n'est pas non plus, tu m'entends, le Colonel Van der Smissen, ni Léonce Détroyat, ni le Colonel Feliciano Rodríguez. Le fils que je vais avoir ne sera pas chef d'État-Major du Maréchal Foch, il ne vendra pas non plus des truites et des turbots dans l'East End de Londres, car il ne sera pas le fils de quelqu'un, mais de tout le monde : j'ai été engrossée par le monde entier, sans que je m'en aperçoive, alors que je rêvais les yeux ouverts. J'ai été engrossée par le Maréchal Achille Bazaine avec son bâton de maréchal. Par Napoléon avec le pommeau de son épée. Par le Général Tomás Mejía avec un long cactus plein d'épines. Par un ange aux ailes en plumes de quetzal qui avait entre les jambes un serpent gainé de plumes de colibri. Je me suis retrouvée grosse de vent et de vide, de chimères et d'absences. Je vais avoir un enfant, Maximilien, du peyotl, de la souris *cacomixtle*, du ragondin *tepezcuintle*, de la marihuana, de la mouise !

Et si on te dit que je ne suis plus mexicaine parce que je ne vis plus au Mexique depuis des années. Si on te dit que le Mexique dont je rêve a cessé d'exister depuis longtemps, dis-leur, Maximilien, que ce n'est pas vrai, car le Mexique, c'est moi qui l'invente. J'ai donné leur fraîcheur aux eaux du Lac de Chapala. J'ai inventé l'argent du Sonora. J'ai donné leur transparence aux cieux d'azur de la Vallée de l'Anáhuac. Et si on te dit, Maximilien, si on te dit que le Mexique n'est plus le même, dis-leur que ce n'est pas vrai, car moi je suis toujours la même, et que le Mexique et moi sommes identiques. J'ai passé soixante ans devant un miroir, sans bouger, alors que le monde tournait autour de moi comme cette nuit, tu t'en souviens, où tu m'as serrée pour la première fois dans tes bras au Château de Laeken. Soixante ans, Maximilien, et le temps ne m'a pas effleurée : je te jure que j'ai pas un seul cheveu blanc, pas une seule ride, que pas une seule de mes dents n'est tombée, que je ne m'endors jamais, comme l'Impératrice Poppée, avec un masque de farine et de pâte à l'œuf, que je ne me teins pas les cheveux avec une infusion de feuilles de mûres et que pour avoir le teint frais je ne me passe pas de lotion de cerveau de sanglier et de sang de loup comme le faisait Sissi, je te le jure, Maximilien, parce que je suis tous les jours plus belle. Je te jure que pour que mes dents restent toujours blanches je ne les frotte pas comme l'a dit la Duchesse de Kent avec de la poudre de corne de cerf et des cendres de romarin, je n'ai pas de verrues à m'enlever avec de la bave d'escargots ni de duvet à m'épiler avec le jus laiteux des fleurs de Noël dont Joël Poinsett m'a envoyé un pot l'an dernier, je te jure, Maximilien, que mon haleine est encore fraîche et pourtant je ne la parfume pas avec des feuilles de bétel et de menthe, car je suis tous les jours plus jeune. Va et dis-le au Mexique. Va et dis-leur que je suis plus belle que jamais, plus que sur tous les daguerréotypes de Le Graive et que sur les portraits qu'ont faits de moi Portaels à Bruxelles et Winterhalter aux Tuileries. Va et dis-leur qu'ils ne se figurent pas qu'ils vont avoir à me dire quelles sont les couleurs de l'uniforme de mes gardes palatins, car je suis aveugle. Qu'ils n'imaginent pas qu'ils auront à me crier à l'oreille l'hymne impérial mexicain parce que je suis sourde et que j'en ai oublié les paroles. Dis-leur qu'ils ne se risquent pas à me conduire en chaise roulante jusqu'à la Cathédrale de San Hipólito en pensant que je suis invalide. Tu te souviens, Maximilien, de la Charlotte que tu as connue quand nous sommes allés à l'opéra à Bruxelles ? Les Mexicains se souviennent-ils de la Charlotte qu'ils ont connue quand la *Novara* est entrée dans la rade de Veracruz escortée par les charognards ? Se souviennent-ils, dis-moi, de l'Ange Tutélaire du Yucután qui s'est contemplé dans les eaux du gouffre sacré ? Dis-leur, comme je te le dis à toi, Maximilien, qu'ils ne vont pas me reconnaître parce que je suis la femme la plus belle de cette face du Golfe, la plus belle de la Sierra Madre Orientale, des dunes d'Antón Lizardo, des Iles Revillagigedo, des plaines de Tlaxcala, la plus belle, Maximilien, de toutes les Mexicaines. Va et dis-leur tout cela, dis-leur également que je vais revenir au Mexique pour que le Mexique se contemple dans mon miroir.

Et qu'ils me jouent un *jarabe tapatío* pour qu'ils voient comme je le danse sur la tombe de Napoléon III. Qu'ils m'apportent une guitare, un chapeau et des cartouchières, aujourd'hui je vais jouer du revolver à la Feria de San Juan. Montée sur ma bicyclette à skis je vais patiner sur le Lac de Chapala. Sur ma bicyclette volante je vais survoler le Sonora pour que d'en bas mes Indiens tarahumaras me saluent. Je vais me baigner dans la cascade de Necaxa. Aujourd'hui je vais au rodéo avec le Baron Neigre et Carmen Sylva, en pantalon et veste de cuir ornés de broderies d'argent de l'Arizonac. Qu'on m'amène les mariachis, que Juárez et ses ministres viennent me donner la sérénade et qu'ils me jouent *las mañanitas* pour qu'ils voient comme je les chante. Aujourd'hui je pars en goguette à Mexico avec la Princesse Bibesco et Eugénie de Montijo pour y brûler les mannequins de carnaval, pour y manger des crânes en sucre, pour y briser les pots pleins de friandises à coups de bâton, pour y chanter les litanies et demander l'hospitalité au Mexique, pour y faire tourner les crécelles d'ivoire et d'os, pour danser à Chalma, pour embrasser les mains de la Vierge de los Remedios, et les pieds du Christ au Poison. Qu'on m'apporte mon *huipil*. Qu'on m'apporte mon châle tricoté et mes jupes de jeune fille de Puebla resplendissantes de verroterie et de paillettes. Qu'on m'apporte mes sandales. Qu'on m'apporte un poncho de Saltillo, car aujourd'hui je vais m'habiller en Mexicaine pour étonner le monde. Je vais me mettre une jupe en queues de carcajou. Un masque de diable du Michoacán. Une blouse en peau d'iguane. Un chapeau de plumes de perroquet. Et un collier, Maximilien, de langues de *cenzontle*, l'oiseau aux quatre cents cris, car je suis tous les cris, toutes les langues. Car j'invente chaque jour l'histoire. Je voyage à travers le monde avec les ailes en toile de Cambrai que m'a faites Santos-Dumont, avec les ailes d'albâtre que Léonard de Vinci a inventées pour moi, avec les ailes de papier de Chine que Marco Polo m'a rapportées: rien ni personne ne peut m'enfermer, Maximilien. Ils croient tous qu'ils m'ont gardée quatre mois prisonnière à Miramar, dix ans enfermée à Tervuren, cinquante à Bouchout. Ils croient tous qu'ils m'ont maintenue à jamais enfermée en moi-même, mais ils ne savent pas que j'ai cousu tous les édits, les lettres et les feuilles blanches que tu as laissés éparpillés dans ton bureau du Château de Chapultepec afin de m'en faire un parachute et de sauter par la fenêtre. Car ils ne savent pas que si je ne me suis pas coupé les cheveux comme l'a fait Marie-Thérèse quand est mort son époux François de Lorraine ou Cosima à la mort de Wagner, qui a mis les siens dans son cercueil pour qu'il les emportât en enfer, c'est, Maximilien, pour les laisser pousser durant soixante ans et m'en faire une tresse pour me laisser glisser du haut du balcon. Car ils ne savent pas que quand arrive le message déguisé en mage Houdini il me change en Princesse de Lilliput et je me cache pendant le jour dans ma maison de poupées, et la nuit je monte sur le dos d'une chauve-souris qui vient de Bruges me chercher pour m'emmener à Dunkerque et à Dunkerque je monte sur le dos d'un poisson volant pour me rendre au Mexique.

Dis-leur aussi que je suis mexicaine parce que je sais fort bien où j'ai laissé mon cœur. Dis-leur qu'en revanche, toi tu ne sais pas où tu as laissé le tien, dis-leur que le cœur de ton cousin Ludwig de Bavière est conservé dans la chapelle votive d'Altötting et que les cœurs des empereurs et des princes de la Maison de Habsbourg se trouvent dans les urnes de la Chapelle de Lorette de la Hofburg, mais que toi tu ne sais pas, Maximilien, où est resté ton cœur. Dis-moi, qu'a fait l'Indien avec les morceaux après que le Docteur Licea l'eut coupé en cubes? Les a-t-il mis dans des flacons de formol pour les offrir à ses arrière-petits-enfants? Les a-t-il vendus à un collectionneur texan? Les a-t-il donnés à manger à un aigle? Ou les a-t-il utilisés comme appât pour aller pêcher le requin dans la baie de Chetumal? Toi, Maximilien, tu ne sais pas où tu as laissé ton cœur, mais écoute-moi bien et dis-leur, à tous ceux qui te diront que je ne suis pas mexicaine parce que je suis née à Bruxelles, parce que j'ai vécu beaucoup plus longtemps hors du Mexique pendant tout le temps que j'ai passé ici à agoniser, et parce que je suis une princesse de la Maison d'Orléans et de Saxe-Cobourg, dis-leur que je le suis vraiment, parce que j'ai laissé mon cœur à Puebla de Los Angeles, où pour fêter mon anniversaire je me suis habillée de blanc. Que je l'ai laissé sur la route de Toluca où j'ai monté à cheval pour venir à ta rencontre. Que je l'ai laissé à Cuajimalpa, au Peñón, dans la chambre à coucher du Palais National où les punaises m'ont dévorée. Et je l'ai laissé, Maximilien, à Ayotla, le jour où j'ai pris congé de toi, pour ne plus jamais te revoir, à l'ombre parfumée des orangers en fleurs.

Et si on te dit que mon cœur s'est révélé trop petit pour le Mexique, comme ton cercueil en sapin a été trop court pour toi, les Jardins Borda trop grands et ton cheval Orispelo trop bas sur pattes. Si on te dit que je suis folle de la tête aux pieds, que non seulement mes mains sont folles parce que je les plonge jusqu'aux coudes dans les marécages et les fontaines, mais aussi fou mon nez qui te respire dans la fleur de la cannelle, folle ma bouche qui te nomme dans les scorpions blancs qui t'ont aspiré la cervelle, qui t'invective dans les pages des livres, qui te maudit dans les grains du chapelet, dis-leur que non, que je sais très bien ce que je me dis. Et dis-leur que rien ne m'est trop grand ni trop petit car la robe que je porte aujourd'hui, je l'ai faite moi-même, sur mesures. La Tsarine Maria Féodorovna vient-elle m'offrir, à la condition que je ne retourne pas au Mexique, le collier de brillants à trois rangs qu'elle portait quand elle a béni les eaux de la Neva ? La Princesse Metternich vient-elle me corrompre avec le brillant Sancy que Charles le Téméraire arborait à son chapeau, le jour où il a perdu la vie transpercé par les hallebardes suisses en terre bourguignonne et que Paula a emporté à Londres enveloppé dans un journal ? Le Duc de Marlborough est-il venu m'offrir la tête de Sirius le chien ? Ta mère Sophie dépose-t-elle à mes pieds les émeraudes des Wittelsbach à la condition que je ne parte pas pour le Mexique et que je reste enfermée, ici, à Bouchout, à tricoter, à broder des paysages au point de croix, à pourrir sur pied ? Dis à la Tsarine, Maximilien, qu'elle peut jeter ses brillants aux cochons des porcheries du Palais d'Hiver de Saint-Pétersbourg : dis-lui qu'aujourd'hui, j'ai mis comme collier le fleuve Usumacinta. Dis à Paula Metternich d'aller sur le lac gelé où l'on a trouvé Charles le Téméraire pour lui rendre le brillant Sancy : aujourd'hui j'ai mis comme chapeau la ville de Guadalajara. Et dis au Duc de Marlborough d'offrir à Malbrough le rubis de Sirius, la prochaine fois qu'il ira à Malplaquet, et à ta mère qu'elle peut garder ses émeraudes Wittelsbach, le coffret d'argent que Napoléon a offert à Joséphine, la lance sacrée avec laquelle Longinos a percé le flanc de Notre Seigneur, les traîneaux d'or de Marie-Thérèse et la couronne impériale de Charlemagne, dis-lui qu'elle peut garder tous les bijoux et les reliques de la Maison d'Autriche, qu'elle peut garder tous ses chapeaux et ses palais. Et au passage, Maximilien, rappelle-lui qu'elle est morte et que je suis vivante, qu'elle ne pourra même plus pleurer sa trahison, se repentir et te rappeler en Autriche, se repentir d'avoir dit qu'elle préférait voir un de ses fils mort plutôt que de se soumettre à la masse des étudiants de Vienne, se repentir et recommencer à vivre pour les asperger, du haut des balcons de la Hofburg, avec du chocolat chaud et du champagne glacé, comme l'a fait Lola Montez avec les étudiants de Munich, au lieu de courir se réfugier à Laxenberg. Dis-lui de garder Laxenberg, de garder sa Hofburg et son Schönbrunn. Dis à ta mère, Maximilien, que pour maison j'ai les forêts et les déserts du Mexique, et ses montagnes pour palais. Et si Joséphine découvre l'opale qu'on appelait l'Incendie de Troie, si elle la découvre et qu'elle veuille me l'offrir, si l'Angleterre veut me rendre le saphir que George IV a légué à sa fille Charlotte, la première épouse de mon père, et qu'à sa mort on a demandé à la Belgique de restituer à la Couronne anglaise, si la Tsarine Alix m'offre le rang de perles Fabergé que lui a donné son mari Nicolas et qui était si long qu'il lui arrivait aux genoux, si la Reine Marie d'Angleterre vient pour me donner les perles hanovriennes ou Ferdinand Ier de Roumanie pour m'offrir la couronne de fer fondue avec les restes d'un des canons capturés à la bataille de Plevna ou ma nièce María de las Mercedes Reine d'Espagne pour me circonvenir avec sa couronne aux cinq mille brillants ou Pauline Bonaparte pour m'offrir tous ses colliers de corail, Éléonore de Provence, ses paons d'argent et ses saphirs, Édouard VII d'Angleterre le brillant Cullinan qu'on lui a donné quand il a accordé l'autonomie au Transvaal et sa femme la Reine Alexandra le collier de perles qui s'est rompu à l'ouverture du Parlement, dis-leur que non, Maximilien, que les chevaux peuvent écraser les perles qui ont roulé entre leurs pattes devant l'Abbaye de Westminster, qu'Alix peut aller sur la Place Rouge de Moscou sauter à la corde avec son rang de perles, que ma bisaïeule peut garder son collier de brillants pour se le mettre le jour où on lui coupera la tête sur la Place de la Concorde et la Princesse de Lamballe peut garder son collier aux grains d'ivoire pour le porter le jour où on brandira la sienne au bout d'une pique, et dis à Catherine de Russie qui a fait tomber un brillant dans la soupe d'un mendiant le jour du lavement des pieds qu'elle n'a qu'à l'avaler elle-même avec la soupe. Et dis à ma cousine Victoria la Reine d'Angleterre et l'Impératrice des Indes, dis-lui, Maximilien, de s'enfoncer dans le cul le diamant Koh-i-Noor de la Couronne d'Angleterre. Dis-leur, Maximilien, que moi, j'ai le Mexique à mes pieds.

Dis-leur que je l'ai dans les mains, car chaque jour je l'invente, Maximilien, et je les invente tous eux aussi. Je leur donne et je leur ôte la vie. Je les habille et je les déshabille. Je les enterre et je les déterre. Je leur enlève l'âme et je leur prête mon souffle. Je leur enlève leur rire et je leur donne mes larmes. Je vis et je meurs pour eux. Je suis Napoléon III habillé en Marquise de Pompadour. Je suis Benito Juárez déguisé en toréador. Je suis Jeanne la Folle qui croit qu'elle est Charlotte Corday, et un de ces jours, Maximilien, quand tu prendras un bain dans ta vasque en pierre meulière de Veracruz, je vais t'assassiner, te planter un poignard dans le cœur quand tu prendras un bain de tequila dans ta vasque de corail, je vais t'ôter la vie, Maximilien, quand tu prendras, dans ta vasque de turquoise, un bain de lait de serpent à sonnettes. Ensuite je vais plonger ma tête dans la baignoire parce que je suis morte de soif et que je veux, avec ce sang et cette tisane de la Jamaïque, avec le vin de Hongrie et le suc des fleurs d'oranger, avec la tisane à la menthe et le poison, le *pulque* et la tequila, le jus de cochenille, avec ta lymphe, avec le champagne et le bourgogne, l'hydromel et la salive, m'enivrer à nouveau de ton amour, me saouler de toi, te boire jusqu'à ce que ton amour et mon amour soient un seul amour, et que moi je sois toi. Et je serai de nouveau le petit garçon de Schönbrunn qui rêvait d'être Robinson Crusoé. Je serai de nouveau le marin ébloui par les esclaves nues de Smyrne. Je voyagerai au Brésil pour connaître la tanagra violacée. Je voyagerai à Florence pour bercer mon cœur sur les rives de l'Arno. Je voyagerai à nouveau au Mexique pour fonder une nouvelle Babylone aux limites des deux Amériques, comme l'antique Byzance s'est dressée aux confins de l'Europe et de l'Asie. Et tu sais quoi encore, Maximilien? Je vais aller avec Blasio à Cuernavaca et pendant la nuit j'irai voir Concepción Sedano pour la couvrir de caresses et de pétales de flamboyant, et avec Miramón et Mejía, Márquez et Salm Salm je me rendrai à nouveau à Querétaro pour y jouer au whist et manger des boulettes de chien, quand on me conduira sur le Cerro de las Campanas pour me tuer, je ne voyagerai pas dans une calèche noire mais sur une balançoire de soie blanche accrochée au cou de deux chevaux noirs, ce ne seront pas des soldats qui me fusilleront mais tes propres généraux déguisés en Judas qui lanceront avec leurs sarbacanes des serpentins empoisonnés, ou bien j'arriverai dans un grand bénitier de nacre porté sur un brancard par les quatre Papes que j'ai enterrés depuis que j'ai quitté le Mexique, ce seront des enfants mexicains déguisés en anges qui me tueront avec les flèches tirées de leurs harpes, et cette fois ce ne sera pas toi qui devra partager en deux la barbe blonde qui déferlait sur ta poitrine pour qu'on te vise au cœur, c'est moi qui ouvrirai mon corsage et descendrai mon soutien-gorge pour montrer aux Mexicains les seins qu'ils vont continuer à téter, c'est moi qui soulèverai mes jupes pour leur montrer ma barbe noire et frisée et l'endroit par lequel je les ai tous mis au monde et par où je continuerai à les mettre au monde.

Je suis Maman Charlotte. Ils ont décidé, eux, les Mexicains, que la tante de l'Europe, la tante d'Albert le Roi de Belgique, la tante de Frédéric III de Prusse et de sa femme Victoria, de Louis IV le Grand-Duc de Hesse, et de sa femme Alice, la grand-tante de Guillaume II d'Allemagne, de Constantin Ier de Grèce et de Haakon VII de Norvège, ils ont décidé, eux, les Mexicains, que la grand-tante de George V d'Angleterre, de Nicolas II le Tsar de toutes les Russies et d'Alphonse XIII d'Espagne, ils allaient l'appeler Maman Charlotte. Les Mexicains ont fait de moi leur mère et moi j'en ai fait mes enfants. Je suis Maman Charlotte, mère de tous les Indiens et de tous les métis, mère de tous les Blancs et de tous les sang-mêlé, de tous les Noirs et de tous les quarterons. Je suis Maman Charlotte, mère de Cuauhtémoc et de la Malinche, du curé Hidalgo et de Benito Juárez, de Sor Juana et de Emiliano Zapata. Car je suis aussi mexicaine, je te l'ai déjà dit, Maximilien, qu'eux tous. Je ne suis pas française, ni belge, ni italienne: je suis mexicaine parce qu'on a changé mon sang au

Mexique. On l'y a coloré avec du bois de Campeche. On l'y a parfumé avec de la vanille. Je suis leur mère à tous car moi, Maximilien, je suis leur histoire et je suis folle. Et comment ne le serais-je pas, même si ce n'est pas avec une tasse de stramoine qu'on a voulu me rendre folle, ni avec l'eau du gouffre sacré, ni avec le datura qu'on m'a donné à la Calzada de la Viga, le soir où je suis allée déguisée au marché avec Madame Sánchez Navarro pour y acheter une herbe qui me rendrait fertile, non, c'est avec le Mexique qu'ils y sont parvenus. Ce sont ses ciels, ses orchidées, ses couleurs qui m'ont rendue folle. C'est la lumière de ses vallées qui m'a aveuglée. C'est la fraîcheur de son air qui m'a intoxiquée. Ce sont ses fruits qui ont contaminé mon âme de leur douceur : les anones que m'offrait le Colonel Feliciano Rodríguez et les ananas, les pêches d'Ixmiquilpan. Dis à ta mère, dis-lui, Maximilien, qu'aujourd'hui je pars pour Irapuato manger des fraises avec la Comtesse de Kollonitz, même si elles m'empoisonnent. Dis à Napoléon et à Eugénie que je pars pour San Luis manger des figues de Barbarie avec la Marquise Calderón de la Barca, même si je me pique la langue et les mains. Et dis à ton frère François-Joseph que je pars pour Acapulco déguster des mangues avec le Baron de Humboldt, même si je meurs d'indigestion.

Dis-leur, en outre, que je vais me remarier avec toi, et à ceux qui ne voudront pas que je me marie pour que tu m'emmènes au Mexique, dis-leur que c'est moi qui t'emmène et que je ne vais pas te donner en dot les cent mille florins que, dit-on, mon père t'a remis, que je ne vais pas te donner, comme Catherine de Bragance à Charles II d'Angleterre, Tanger et Bombay, ou comme Louis le Grand de Hongrie à l'une de ses filles, le Royaume de Pologne, ou comme Maximilien Ier qui a donné à Marguerite presque toute la Bourgogne et Philippe II qui a fait don des Pays-Bas à sa fille Isabel Clara Eugenia : je vais te donner quelque chose de beaucoup plus grandiose. Je vais te donner l'Amérique. Je vais t'offrir le Pic d'Orizaba pour que tu voies arriver Hernán Cortés du haut de son sommet. Je vais t'offrir la Floride pour que tu partes avec Ponce de León y chercher la source de l'éternelle jeunesse et que tu boives son eau pour rester éternellement âgé de trente-cinq ans. Je vais t'offrir l'Amazone pour que tu le parcoures avec Orellana et le tyran Aguirre. Je vais te donner la Patagonie, Maximilien, pour que tu regardes passer Fernand de Magellan. Je vais t'offrir l'Archipel des Galápagos pour que tu ailles y étudier les tortues avec Charles Darwin. Je vais t'offrir l'Ile de San Salvador pour que depuis ses plages tu voies arriver Christophe Colomb. Je vais t'offrir la Serranía de Chihuahua pour que tu la traverses à cheval aux côtés d'Ambrose Bierce et du Général Pancho Villa.

Vite, vite, car ma vie s'en va et les mots me manquent. Habillez mes laquais avec leur livrée d'apparat. Appelez le grand maréchal de la cour. Convoquez tous les Fugger et tous les Rothschild pour qu'ils apportent à Miramar tout l'argent que mon frère Philippe m'a caché. Convoquez l'Archevêque et le Nonce. Ordonnez à toutes mes dames d'honneur de se présenter sur-le-champ au château. Allumez les chaudières de la *Novara*.

Appelez le grand maître de cérémonie. Rassemblez les gardes palatins. Que les chasseurs et les zouaves présentent les armes. Appelez le bataillon égyptien et le corps de volontaires autrichiens. Préparez la voiture découverte et les six mules couleur isabelle aux pattes de zèbre. Que se présentent les Dragons de l'Impératrice et les gardes ruraux. Préparez mon manteau de velours pourpre. Convoquez les généraux aides de camp, les généraux de division et les officiers d'ordonnance. Emballez tous les meubles de Miramar. Les rideaux de brocart portant la devise Équité dans la Justice. Les commodes Marie-Thérèse. Les chaises de la salle à manger Henri II. L'écritoire de Marie-Antoinette. Les pierres en granit du Tyrol de la façade. Empaquetez les lauriers du jardin, les magnolias, le kiosque mauresque. Vite, parce que je rentre au Mexique, même si ma vie s'en va, même si j'arrive morte, car le messager me l'a dit, il m'a promis que je reviendrais au Mexique morte ou vive.

Dis aux Mexicains de préparer mon trône. Dis-leur de me creuser un trou. Dis-leur d'astiquer la vaisselle d'argent. Dis-leur de me creuser une fosse sur les pentes du Popocatépetl, dans la dépression de Mapimí, dans le Lac du Xinantécatl. Dis-leur de balayer le Cours Santa Anita. De rassembler les joyaux de la Couronne pour me les attacher au cou et me jeter dans le gouffre sacré. Dis-leur que je vais revenir, morte ou vive. Vivante, je reviendrai couronnée d'un diadème d'abeilles et d'alouettes. Morte, je reviendrai enveloppée, comme une momie de Guanajuato, dans les lambeaux sanguinolents de ton linceul. Vivante, je reviendrai déchaussée pour que mes Indiens mexicains me baisent les pieds. Morte, dans un sarcophage découvert pour qu'ils m'embrassent le front, que les cloches sonnent le glas et que mes ducs et mes marquises arborent des crêpes noirs. Vivante, je reviendrai en marchant à genoux et en égrenant mon rosaire, avec un cactus me déchirant la poitrine de ses épines, pour que la Vierge de Guadalupe me pardonne. Morte, je traverserai l'océan sur un bateau aux voiles noires escorté par des oiseaux blancs, sur une barque noire je remonterai le Pánuco et le Tamesí escortée par des papillons bleus, sur une gondole noire je resterai comme toi, sans bouger, au milieu des jardins flottants de Xochimilco, entourée à jamais par toutes les fleurs du monde. Vivante, je reviendrai à Mexico par le chemin de fer qui escalade les crêtes d'Acultzingo et qui traverse le Pont de Metlac et les plaines de Texcoco, et des fenêtres du wagon impérial je saluerai mon peuple et lui jetterai des baisers et des maximiliens d'or. Et je reviendrai dans un carrosse d'ivoire avec des anges de Titien sur les portières et une kyrielle de roses enchevêtrées dans les roues, qui parcourra d'un bout à l'autre la Promenade de l'Impératrice à l'ombre des frênes, pour que mon peuple lance sur mon passage des confetti et des bénédictions. Et je reviendrai dans un ballon de soie poussé par les vents alizés, qui descendra du ciel jusqu'au cœur de la Vallée de Mexico, au milieu de mon peuple, pour que l'air s'inonde de colombes et que les cloches sonnent le tocsin. Mais si ma vie s'en va, Maximilien, si j'arrive morte au Mexique, j'y retournerai dans une boîte de verre, réduite en cendres, pour assombrir les neiges de l'Iztaccíhuatl et empoisonner les eaux claires des Jardins Borda. J'arriverai dans une caisse en sapin pour qu'on m'enterre au Mexique. Pour que le Mexique me rende, de mon Empire perdu, trois malheureux mètres de terre.

Je suis Marie Charlotte de Belgique, Impératrice du Mexique et de l'Amérique. Je suis Marie Charlotte Amélie, descendante du Roi de France Saint Louis et de la grande Impératrice Marie-Thérèse d'Autriche. Je suis Marie Charlotte Amélie Victoire, arrière-petite-fille de Philippe Égalité et cousine de l'Impératrice des Indes, fille du Roi de Belgique et femme de Ferdinand Maximilien de Habsbourg Empereur du Mexique et Roi de l'Univers. Je suis Marie Charlotte Amélie Victoire Clémentine, Régente de l'Anáhuac, Grande-Duchesse de la Vallée de Mexico, Baronne de Cacahuamilpa. Je suis Marie Charlotte Amélie Victoire Clémentine Léopoldine, Vice-Reine des Caraïbes et des Iles Malouines, Gouverneur du Darién et de Paramaribo, Marquise de Río Grande, Landgrave du Paraguay, Tsarine du Texas et de la Haute-Californie, Podestat d'Uxmal, Comtesse de Valparaíso: aujourd'hui le messager est venu et, avec lui et Cecil Rhodes, je suis allée fonder un royaume en Afrique, avec lui et Lawrence d'Arabie je suis allée combattre au Sahara les Turcs, avec lui et Jules Verne je suis allée faire le tour du monde en quatre-vingts jours. Le messager m'a dit, Maximilien, qu'on a fondé la Ligue des Nations, qu'on a volé la Monna Lisa du Louvre, qu'on a inauguré le barrage d'Assouan, qu'on a transporté d'Alexandrie à Londres l'Obélisque de Cléopâtre, que l'armée russe a séquestré Alexandre de Battemberg, le Tsar corrompu de Bulgarie, et l'a contraint à abdiquer, que Dumas fils, Baudelaire et Jules Goncourt sont morts de la syphilis, que le Comte de Chambord est mort sans laisser d'héritier à un trône qu'il n'a jamais eu, que le célèbre idiot, le Tsar Alexandre III de Russie, est mort quand le train impérial a déraillé en Crimée, que José Martí et Alexandre Scriabine, Ferdinand de Lesseps et Gustave Eiffel, Gustav Klimt et Sarah Bernhardt sont morts. Il m'a dit que le Ku Klux Klan s'est reconstitué, qu'à Atlanta on a inventé le Coca-Cola, que la terre a tremblé à Mexico le jour où Madero y est entré, qu'un séisme a détruit San Francisco, qu'un incendie a réduit Chicago en cendres et que les hommes de Plutarco Elías Calles ont battu à Colima les soldats du Christ-Roi. Il m'a dit également que Frank Wedekind a écrit pour moi *l'Éveil du printemps*, et Rubén Darío les *Chants de vie et d'espoir*, il m'a dit, il m'a juré que Rodin m'a dédié *le Baiser*, Joyce le monologue de Molly Bloom et Offenbach *la Grande-Duchesse de Gérolstein*, et que c'est pour moi, en pendant à ma soif et à ma folie, au feu qui consume ma bouche et mon ventre, qu'Ottorino Respighi a écrit *les Fontaines de Rome*.

Je suis Marie Charlotte de Belgique, Impératrice du Mexique et de l'Amérique. Aujourd'hui le messager est venu et il m'a apporté un bouquet de fleurs de *cempoalxóchitl.* Il m'a apporté, pour qu'il me serve de double, le chien qui a accompagné Quetzalcóatl dans son voyage à travers le Mictlán. Il m'a apporté un plat d'argile noire d'Oaxaca, la cape de plumes rouges de Belgique, le panache et le bouclier de l'Empereur Moctezuma. Il m'a apporté une cuisine revêtue d'azulejos de Puebla, le calendrier aztèque et un crâne tapissé d'agates noires des Monts Appalaches, et il m'a dit que c'était le crâne de la Princesse Pocahontas, il m'a apporté un crâne tendu de mouches bleues et il m'a dit que c'était celui de Jeanne la Folle, il m'a apporté un crâne recouvert de tes baisers et il m'a dit que c'était celui de Marie Charlotte de Belgique. Aujourd'hui le messager est venu, Maximilien, et il m'a dit qu'on a inventé la cellophane, aussi vais-je envelopper de cellophane tous les rosiers de Miramar pour qu'ils restent en vie jusqu'à ton arrivée, qu'on a inventé le celluloïd et toi et moi allons jouer au ping-pong sur le pont du *Mauritania*, qu'on a inventé la machine à laver et toi et moi allons y laver ta cravate de *charro* et mes châles, les uniformes des orphelines de l'École Charlotte et les draps du Château de Chapultepec, qu'on a inventé le gaz néon et j'ai fait installer sur la tour la plus haute du Château de Bouchout une enseigne lumineuse qui dit Vive le Mexique, pour qu'avec leurs périscopes les sous-marins de Ludendorff la voient depuis Ostende.

Je suis Marie Charlotte Amélie Victoire Clémentine Léopoldine, Princesse du Néant et du Vide, Souveraine de l'Écume et des Songes, Reine de la Chimère et de l'Oubli, Impératrice du Mensonge : aujourd'hui le messager est venu m'apporter des nouvelles de l'Empire, et il m'a dit que Charles Lindbergh est en train de traverser l'Atlantique sur un oiseau d'acier pour me ramener au Mexique.

Londres — 5 Longton Grove —, 1976.
Paris — Maison du Mexique —, 1986.

TABLE DES MATIÈRES

LA LITTÉRATURE ÉTRANGÈRE CHEZ FAYARD

Leopoldo Alas, dit Clarín: *La Régente,* trad. de l'espagnol par Albert Belot, Claude Bleton, Jean-François Botrel, Robert Jammes, Yvan Lissorgues.

Isabel Allende: *La Maison aux esprits,* trad. de l'espagnol (Chili) par Claude et Carmen Durand; *D'amour et d'ombre,* trad. Cl. et C. Durand; *Eva Luna,* trad. Cl. et C. Durand.

Anthologie de la prose albanaise, présentée par Alexandre Zotos, textes traduits par Jusuf Vrioni, A. Zotos, Luan Gjergji.

Vitaliano Brancati: *Les Années perdues,* trad. de l'italien et préfacé par Jean-Marie Laclavetine; *Le Vieux avec les bottes,* trad. J.-M. Laclavetine, suivi d'un essai de Leonardo Sciascia; *Don Juan en Sicile*, trad. Adeline Arnaud.

Joseph Brodsky: *Loin de Byzance*, trad. de l'anglais et du russe par Laurence Dyèvre et Véronique Schiltz.

Hermann Burger: *La Mère Artificielle,* trad. de l'allemand (Suisse) par Françoise Salvetti et Olga Weissert; *Blankenburg*, trad. Gilbert Musy.

Varlam Chalamov: *La Quatrième Vologda*, trad. du russe par Catherine Fournier; *Récits de Kolyma*, trad. C. Fournier.

Cyril Connolly: *Le Tombeau de Palinure*, trad. de l'anglais par Michel Arnaud, préface de Patrick Mauriès.

Joseph Conrad, Ford Madox Ford: *L'Aventure,* trad. de l'anglais par Marc Chadourne.

Julio Cortázar: *Les Gagnants,* trad. de l'espagnol (Argentine) par Laure Guille-Bataillon.

Alfred Döblin: *Hamlet ou La longue nuit prend fin,* trad. de l'allemand par Élisabeth et René Wintzen; *Wang-loun,* trad. E. P. Isler., avec un essai de Günter Grass.

J. G. Farrell: *Le Siège de Krishnapur*, trad. de l'anglais par Jean-Baptiste de Seynes.

Paula Fox: *Personnages désespérés,* trad. de l'anglais (États-Unis) par Antoine Jaccottet; *Pauvre Georges!*, trad. Rémy Lambrechts.

Mavis Gallant : *Les Quatre Saisons*, trad. de l'anglais (Canada) par Pierre-Edmond Robert ; *L'Été d'un célibataire*, trad. Jean Lambert.
Juan Goytisolo : *Paysages après la bataille*, trad. de l'espagnol par Aline Schulman ; *Chroniques sarrasines*, trad. Dominique Chatelle et Jacques Rémy-Zéphir ; *Chasse gardée*, trad. A. Schulman ; *Les Royaumes déchirés*, trad. Joëlle Lacor.
Grimmelshausen : *Les Aventures de Simplicissimus*, trad. de l'allemand par Jean Amsler, préface de Pascal Quignard.
Erich Hackl : *Le Mobile d'Aurora*, trad. de l'allemand (Autriche) par Jean-Claude Capèle.
Zbigniew Herbert : *Monsieur Cogito et autres poèmes*, trad. du polonais par Alfred Sproede.
Henry James : *L'Américain*, trad. de l'anglais par Gilles Chahine ; *Roderick Hudson*, trad. Marie Tadié.
P. D. James : *La Proie pour l'ombre*, trad. de l'anglais par Lisa Rosenbaum ; *La Meurtrière*, trad. L. Rosenbaum ; *L'Ile des morts*, trad. L. Rosenbaum ; *Meurtre dans un fauteuil*, trad. L. Rosenbaum ; *Un certain goût pour la mort*, trad. L. Rosenbaum ; *Sans les mains*, trad. L. Rosenbaum ; *Une folie meurtrière*, trad. Françoise Brodsky ; *Meurtres en blouse blanche*, trad. Michèle Hechter ; *Mort d'un expert*, trad. Éric Diacon ; *A visage couvert*, trad. Denise Meunier ; *Par action et par omission*, trad. D. Meunier.
Roberto Juarroz : *Poésie verticale*, trad. de l'espagnol (Argentine) et présenté par Roger Munier.
Ismaïl Kadaré : *Les Tambours de la pluie*, trad. de l'albanais par Jusuf Vrioni ; *Chronique de la ville de pierre*, trad. J. Vrioni ; *Le Grand Hiver*, trad. J. Vrioni ; *Le Crépuscule des dieux de la steppe*, trad. J. Vrioni ; *Avril brisé*, trad. J. Vrioni ; *Le Pont aux trois arches*, trad. J. Vrioni ; *La Niche de la honte*, trad. J. Vrioni ; *Invitation à un concert officiel et autres récits*, trad. J. Vrioni et Alexandre Zotos ; *Qui a ramené Doruntine ?*, trad. J. Vrioni ; *L'Année noire*, suivi de *Le cortège de la noce s'est figé dans la glace*, trad. J. Vrioni et A. Zotos ; *Eschyle ou l'éternel perdant*, trad. J. Vrioni et A. Zotos ; *Le Dossier H.*, trad. J. Vrioni ; *Poèmes (1958-1988)*, version française : Claude Durand, avec la collaboration de Mira Mexi et Edmond Tupja ; *Le Concert*, trad. J. Vrioni.
Jerzy Kosinski : *Le Jeu de la passion*, trad. de l'anglais (États-Unis) par Bernard Mocquot.
Édouard Kouznetsov : *Roman russe*, trad. du russe par Maya Minoustchine.
Hartmut Lange : *Le Récital*, suivi de *La Sonate Waldstein*, trad. de l'allemand par Bernard Kreiss ; *Une fatigue*, suivi de *La Promenade sur la grève*, trad. Dominique Tassel.
Luigi Malerba : *La Planète bleue*, trad. de l'italien par Roger Salomon.
Thomas Mann : *Les Buddenbrook*, trad. de l'allemand par Geneviève Bianquis ; *La Montagne magique*, trad. Maurice Betz ; *La Mort à Venise*, suivi de *Tristan*, trad. Félix Bertaux, Charles Sigwalt et G. Bianquis.

Monika Maron: *La Transfuge,* trad. de l'allemand par Georges Pauline.
Vladimir Maximov: *La Coupe de la fureur,* trad. du russe par Alain Préchac.
Mary McCarthy: *Cannibales et Missionnaires,* trad. de l'anglais (États-Unis) par Angélique Lévi; *L'Oasis et autres récits,* trad. Michèle Hechter; *Le Roman et les Idées, et autres essais,* trad. A. Lévi; *Comment j'ai grandi,* trad. Vincent Giroud.
Czeslaw Milosz: *Visions de la baie de San Francisco,* trad. du polonais par Marie Bouvard; *Milosz par Milosz,* entretiens de Czeslaw Milosz avec Ewa Czarnecka et Aleksander Fiut, trad. Daniel Beauvois; *Empereur de la terre,* trad. Laurence Dyèvre; *L'Immoralité de l'art,* trad. M. Bouvard; *Terre inépuisable,* poèmes, trad. François Xavier Jaujard et Christophe Jezewski.
Karl Philipp Moritz: *Anton Reiser,* trad. de l'allemand par Georges Pauline, préface de Michel Tournier.
Vladimir Nabokov: *Ada ou l'Ardeur,* trad. de l'anglais par Gilles Chahine, avec la collaboration de Jean-Bernard Blandenier; *Regarde, regarde les arlequins!,* trad. J.-B. Blandenier; *La Transparence des choses,* trad. Donald Harper et J.-B. Blandenier; *Machenka,* trad. Marcelle Sibon; *Littératures I* (Austen, Dickens, Flaubert, Stevenson, Proust, Kafka, Joyce), trad. Hélène Pasquier; *Littératures II* (Gogol, Tourguéniev, Dostoïevski, Tolstoï, Tchekhov, Gorki), trad. Marie-Odile Fortier-Masek; *Littératures III (Don Quichotte),* trad. H. Pasquier; *L'Homme de l'URSS et autres pièces,* trad. du russe et de l'anglais par André Markowicz, en coll. avec Armando Uribe Echeverría.
Kenji Nakagami: *Mille Ans de plaisir,* trad. du japonais par Véronique Perrin et Kan Miyabayashi; *La Mer aux arbres morts,* trad. Jacques Lalloz et Yasusuke Oura.
Edna O'Brien: *Un cœur fanatique,* trad. de l'anglais (Irlande) par Léo Dilé; *Les Filles de la campagne,* trad. L. Dilé; *Les Grands Chemins,* trad. L. Dilé; *Qui étais-tu, Johnny?,* trad. L. Dilé.
Fernando del Paso: *Palinure de Mexico,* trad. de l'espagnol (Mexique) par Michel Bibard; *Des nouvelles de l'Empire,* trad. Claude Fell.
Leo Perutz: *Turlupin,* trad. de l'allemand par Jean-Claude Capèle; *La Neige de saint Pierre,* trad. J.-C. Capèle; *La Troisième Balle,* trad. J.-C. Capèle; *La nuit sous le pont de pierre,* trad. J.-C. Capèle; *Où roules-tu, petite pomme?,* trad. J.-C. Capèle; *Le Maître du Jugement dernier,* trad. J.-C. Capèle.
Frederic Prokosch: *Voix dans la nuit,* trad. de l'anglais (États-Unis) par Léo Dilé.
James Purdy: *Dans le creux de sa main,* trad. de l'anglais (États-Unis) par Léo Dilé.
Barbara Pym: *Crampton Hodnet,* trad. de l'anglais par Bernard Turle; *Jane et Prudence,* trad. B. Turle; *Comme une gazelle apprivoisée,* trad. B. Turle.
Peter Rosei: *Comédie,* suivi de *Homme & Femme S.a.r.l.,* trad. de

l'allemand (Autriche) par Jean-Claude Capèle; *Les Nuages,* suivi de *Quinze mille âmes,* trad. J.-C. Capèle; *L'Insurrection,* suivi de *Notre paysage: descriptif,* trad. J.-C. Capèle.

Anatoli Rybakov: *Sable lourd,* trad. du russe par Monique Slodzian.

Alberto Savinio: *Souvenirs,* trad. de l'italien par Jean-Marie Laclavetine; *Hermaphrodito,* trad. René de Ceccatty; *La Maison hantée,* trad. J.-M. Laclavetine; *La Boîte à musique,* trad. R. de Ceccatty.

Leonardo Sciascia: *Mots croisés,* trad. de l'italien par Michel Orcel, Mario Fusco et Jean-Noël Schifano; *Petites chroniques,* trad. J.-N. Schifano et Bertrand Visage; *Œil de chèvre,* trad. Maurice Darmon; *Monsieur le député,* suivi de *Les Mafieux,* trad. M. Darmon; *La Sorcière et le Capitaine,* trad. Jean-Marie Laclavetine; *1912 + 1,* trad. Claude Ambroise; *Portes ouvertes,* trad. Cl. Ambroise; *Le Chevalier et la Mort,* trad. M. Orcel et M. Fusco.

Richard Sennett: *Les Grenouilles de Transylvanie,* trad. de l'anglais (États-Unis) par Philippe Mikriammos; *Une soirée Brahms,* trad. Ph. Mikriammos.

Alexandre Soljénitsyne: *Œuvres complètes* (version définitive): tome 1: *Le Premier Cercle,* trad. du russe par Louis Martinez; tome 2: *Le Pavillon des cancéreux, Une journée d'Ivan Denissovitch,* et autres récits, trad. Alfreda et Michel Aucouturier, Lucile et Georges Nivat, Jean-Paul Sémon, Lucia et Jean Cathala, Léon et Andrée Robel; tome 3: *Œuvres dramatiques,* trad. Alain Préchac, Dimitri Sesemann, A. Aucouturier; *Les tanks connaissent la vérité,* trad. D. Sesemann; *La Roue rouge* (version définitive) — *Premier nœud: Août 14,* trad. J.-P. Sémon, A. et M. Aucouturier, G. Nivat, Geneviève et José Johannet; — *Deuxième nœud: Novembre 16,* trad. Anne Coldefy, G. et J. Johannet, Françoise Louge et J.-P. Sémon.

Osvaldo Soriano: *Jamais plus de peine ni d'oubli,* trad. de l'espagnol (Argentine) par Marie-France de Paloméra; *Je ne vous dis pas adieu,* trad. Laure Guille-Bataillon.

Muriel Spark: *Intentions suspectes,* trad. de l'anglais par Alain Delahaye; *La Place du conducteur,* trad. A. Delahaye; *L'Unique Problème,* trad. Léo Dilé; *Ne pas déranger,* trad. Jean-Bernard Blandenier; *Une serre sur l'East River,* trad. Philippe Mikriammos; *Les Célibataires,* trad. L. Dilé; *Pan! pan! tu es morte,* trad. L. Dilé; *L'Appropriation,* trad. Ph. Mikriammos; *Le Pisseur de copie,* trad. Léo Dilé; *L'Ingénieur culturel,* trad. A. Delahaye.

Christina Stead: *L'Homme qui aimait les enfants,* trad. de l'anglais (Australie) par Françoise Brodsky.

Patrick Süskind: *Le Parfum,* trad. de l'allemand par Bernard Lortholary; *Le Pigeon,* trad. B. Lortholary; *La Contrebasse,* trad. B. Lortholary.

Albert Vigoleis Thelen: *L'Ile du second visage,* traduit de l'allemand par Dominique Tassel.

Ernst Weiss: *Georg Letham, médecin et meurtrier,* trad. de l'allemand

(Autriche) par Jean-Claude Capèle, préface de Michel-François Demet.

Adam Zagajewski : *Solidarité, solitude,* trad. du polonais par Laurence Dyèvre ; *Coup de crayon,* trad. L. Dyèvre ; *Palissade. Marronniers. Liseron. Dieu,* trad. Maya Wodecka avec la coll. de Claude Durand.

Theodore Zeldin : *Le Bonheur,* traduit de l'anglais par Éric Diacon.

Histoire de la littérature japonaise (trois tomes), par Shuichi Kato, trad. du japonais par E. Dale Saunders.

Histoire de la littérature polonaise, par Czeslaw Milosz, trad. de l'anglais par André Kozimor.

Histoire de la littérature russe, ouvrage dirigé par Efim Etkind, Georges Nivat, Ilya Serman et Vittorio Strada — *Le XXe siècle :* tome 1 : *L'Age d'argent* ; tome 2 : *La Révolution et les Années vingt.*

La photocomposition de cet ouvrage
a été réalisée par
GRAPHIC HAINAUT
59690 Vieux-Condé
☎ 27.25.04.64

Cet ouvrage a été réalisé sur
Système Cameron
par la SOCIÉTÉ NOUVELLE FIRMIN-DIDOT
Mesnil-sur-l'Estrée
pour le compte des Éditions Fayard
en mai 1990